文匯出版社

图书在版编目(CIP)数据

瞬世芳华 / 陈雅著. —上海:文汇出版社, 2018.7

ISBN 978-7-5496-2671-7

Ⅰ. ①瞬… Ⅱ. ①陈… Ⅲ. ①长篇小说-中国-当代
Ⅳ. ①I247.5

中国版本图书馆 CIP 数据核字(2018)第 148408 号

瞬世芳华

著　　者 / 陈　雅
责任编辑 / 熊　勇

出版发行 / 文匯出版社
上海市威海路 755 号
(邮政编码 200041)
印刷装订 / 成都勤德印务有限公司
版　　次 / 2018 年 7 月第 1 版
印　　次 / 2018 年 7 月第 1 次印刷
开　　本 / 787×1092　1/16
字　　数 / 1060 千
印　　张 / 53

ISBN 978-7-5496-2671-7
定　　价 / 165.00 元 (全二册)

目录 Contents

第一册

第一卷 恋

第二卷　怨

尘嚣浮华的李朝后宫，奇葩争艳，美玉生辉，三朝天下，谁能六宫为首?

风华绝代的宗亲贵胄，身负使命，披荆斩棘。
备受垂怜的将门遗孤，心怀天下，翻手覆云。
坎坷飘零的官宦婢女，数度沉浮，鞠躬尽瘁。

耀眼的锋芒背后，处处泪洒幔帐，时时血染珠翠，赤裸裸的真相令人不寒而栗。

忘情弃爱，数年蛰伏，隐忍成全，不得已回头时，方知尽是错付的忠诚和情义。

高墙起，红颜锁，后宫何处有安宁?
牵一发，动全身，波澜自是前朝起。

冥冥中，是谁在穿针引线，将这无数命运纠缠交织?
江山平定，乌云散尽，才发现秘密之中还有秘密。

爱恨是非间，荣辱得失，生死沉浮，输家，赢家，唯有自知。

第一卷

深宫不生情　恋字亦无心

断愫层层连　难敌步步惊

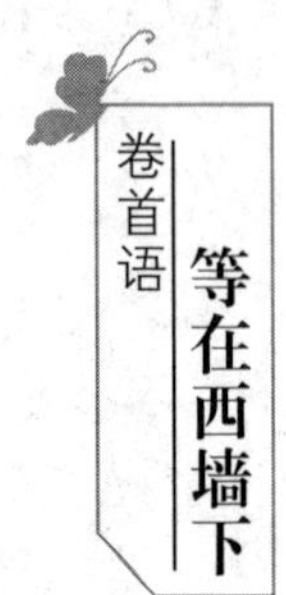

卷首语

等在西墙下

我站在西墙底下，踩着脚底的枯叶，听着沙沙的摩擦声响，心也开始痒痒的，那是黄昏落日对我最后的眷顾。这是我每天的功课，站在西墙下，朝着夕阳落下的方向，扫落叶。

我叫林西樵，住在一个叫做皇宫的地方，不知不觉已有十年之久。我长得很一般，而且有点瘸，按道理说像我这样的人能留在宫里真是有点不可思议。不过后来我发现，只有我这样的人，才能在宫里过得好。没有人会嫉妒我，没有人会害我，只需要每天扫扫落叶，就可以求得温饱。

唯一让我不满意的，就是整个皇宫总是弥漫着一片血腥的味道，喝过毒酒后从喉咙里喷出的鲜血，一头撞上石柱从额头上喷出的鲜血，被人按住身体一刀捅进去从肚子里喷出的鲜血，染红了西天边的云彩。

没人愿意陪伴她们，所以我来了。西墙脚下，三尺薄土，一把扫帚，扬起纷飞的枯叶，那是我为埋于冢下的冤魂抛出的冥币。

我住的院子有一个好听的名字，叫木园，曾经是弃妃所处的冷宫。二十年前，有个失宠的妃子在这里自杀，一把火烧毁了整个宫院，只剩一片废墟。从那时候起，这里便有了鬼的传说，没人再靠近木园，只有被偷偷处死的宫女，会被人在夜里拖来，偷埋在地下。木园从此有了新的意义，也是因为这个，我把木园

叫墓园。

不知从哪一年起，木园打了新的围墙，盖了一人住的小宫房，驼背弯腰耳聋眼瞎的老宫女一前一后地来这儿残度余生。可能她们活不了多久，便也不忌讳了。宫里的冤魂太多，这个宫的那个院的，最后都安顿到了木园里，生祭死祭都有人打点周到。依我看那是活着的人怕了，敢害人不敢害鬼，只好供奉着。

其实，我很孤独，我对皇宫的了解，全部来自于一个叫小玄子的公公，他经常送那些披头散发血流满面的宫女来这儿，其他太监们埋人的时候，他就跟我聊天，我不会为死去的人哭，用小玄子的话说，人心不足蛇吞象，在宫里不知道安分守己就只能是这个下场。每当他说起这个我就失笑，想我每天守着这些生前不得帝宠死后不得安生的女人，其意义就在于证明安分守己是多么的重要。

小玄子说，地下躺着的都是我的恩人，每天看着她们下葬，自然就安分了。我说，那你让宫里那些不安分的也来看看，说不定从此后宫就太平了。小玄子摇摇头说，她们已经被后宫纸醉金迷的生活给蒙住了眼，即使满眼是坟墓，她们也只会在坟头上看见别人的名字。听到此我便有了下句：所以她们很快又成了别人眼中的“别人”。

但对于此，我是没有资格去批驳的，我的安分守己并非来自我天生的定力和看透一切的能力，而是因为我无可选择。疏眉细眼，瘦脸薄唇，宫里的公公也生得比我俊美，上下几千宫娥，谈不上花容月貌，至少也四肢健全，若不是还有木园这一处净土，只怕偌大的皇宫，便不再有我的容身之处。出宫，不是没想过，但我实在不知宫外的生活该如何过，虽谈不上留恋皇宫，但起码我还能够守住那难得的一处安逸。所以，我认命了，就在这木园以帚做伴，与花为友，偶尔还可以嘲笑埋于地下的可怜人，以此为戒，让自己更安于孤寂。

当然，我不是圣人，除去平静安稳的生活，我也想为自己纵然可预见的一生留下些更有价值的回忆。宫外的大臣为留住富贵名利而斗，宫内的女人为留住名分尊贵而斗，至于我，就为了她们吧。我低头望向一色的尘土，谁也没有我清楚宫内的斗争有多残酷，那些成功上位的妃子皇后，究竟踩过多少人的尸体，谁背叛了自己的主子，谁做了垫背的替死鬼，我虽报不出她们的名字，我却亲眼目睹

了她们死后的美丽。在这木园里，也就是这还有点价值吧。美人如戏，我权当看戏，谁主后宫，我权当判官，若老天垂怜，容我苟活，我便做个见证，看看这数十年的后宫争斗，究竟谁葬身其中，谁得以善终。

一声哀号惊断我的思绪，我却只有恼恨，全无惊恐，我早已习惯这夜半惊魂的故事，只是突然发觉黄昏已转成深夜，石台上的菜饭早已冰凉，才不禁又可怜起自己，凭空安慰有孤寒做伴，却也来去匆匆，不予我知。

我匆忙扒了几口饭，便在园门口侍立。阴冷的风从我的脖颈两侧吹过，感觉像冰冷的刀刃在上面来回摩擦，远处传来沙沙的声音，我知道，那是有人要来了……

第一章　离园西樵望东宫

已经记不清这是第几次，小玄子消瘦又鬼祟的身影落入我眼中。跟往常一样，他带来了几个手脚麻利的小太监，还有木园的新主人。嘴角的血还没擦干，脖子上的印痕还很醒目，长发拖在地上，松松的髻儿，只有尘土愿为其做饰。这个人我认识，她是少有的几个曾经走来木园的宫女，最后一次见她，是上个月的今天，她为另一个宫女送葬。

“还记得她吗？是太子宫的秋莲。”小玄子在我耳边说。

“只记得样子。”我说。

“前次玉竹来，上次文香来，都是她送的。只是料不到，这回把自己搭进来了。”

“真是料不到。”我轻声附和着，看着小太监们在那里挖土，她睡在边上，失去血色的脸上写满了不甘。既然来过这个地方，为什么还不学乖呢，活着走出去过，又横着被送进来的，她是第一个。“要是我见过这样的场面，我就一定不让自己重蹈覆辙。”我用带有鄙视的口吻说这句话，对于这个叫秋莲的宫女，我用活该为她下定义。

“你不是她，你也跟她们都不一样。”小玄子有心没心地说了一句。

小玄子是卢公公的义子，卢公公是司律监的总管，也就是掌管后宫法纪的实权派，在皇后面前很吃得开，所以这种被处分的大事，都由小玄子亲自替卢公公办理。照小玄子的说法，妃子以上的人，就得由卢公公亲自伺候着，不过，从我

开始在木园当差算起，我还没机会见到卢公公的庐山真面目。

“行了，行了，走吧。”小玄子挥挥手，像完成了又一份功课一样，把我丢在空旷的木园里，消失在重重深雾之中。

之后的几天，小玄子没有再来，我也乐得清净，晨曦初现踏枯叶，艳阳时分理乱冢，黄昏扫叶望夕阳，夜半床畔轻吟唱，一个人的生活，就是这么简单。然而，皇宫就是皇宫，即便是死气沉沉的木园，也无法摆脱权力的笼罩。

那是在我酣睡的时候，杂乱的敲门声让我感觉这次送来的人绝不寻常。

“快，快，预备香炉冥纸!”小玄子急得满头汗，却不敢大声说话，只用喉咙出气，两脚跳得厉害。

“怎么了，谁来了?”我也失了方寸，边问边朝外张望。

“别望别望，”小玄子赶紧挡住我的视线，“事儿跟你没关系，就是要用些东西，你赶紧在秋莲的坟头前摆个案，反正是祭拜用的东西有多少放多少，要快，摆完了就进屋去，千万别出来，也别出声，不准偷看，知道吗?”小玄子边说边擦汗，我从没见过他这么紧张，于是我也紧张起来。“还愣着干什么，赶快呀!”小玄子见我不动地方，又急起来。

“哦，哦。”我赶紧回屋取东西，一脚深一脚浅地跑着，刨起的尘土混在湿雾里，弄脏了裙摆。

大约有一刻钟的工夫，我听到匆忙的脚步声由远及近。我躲在屋里，挨着墙，不敢往外看。我本想蒙头大睡，但耳边总有些窸窸窣窣的声音打扰我，后来我发现，那是我内心作祟的声音。我听到外面有人说话，但很轻，轻到被我的心跳声掩盖。我终于忍不住往外偷看，小玄子的警告适时地在我耳边响起。安分守己，还包括我的耳朵。

不知什么时候，我被急促的敲门声再次惊醒。被子蒙住了整个头，原来我是这样睡着的。门外站着的依然是小玄子，还有一个戴着面纱的女人。

“快扶进去。”小玄子以命令的口吻说。

我扶着那个女人进到屋里，她身上很香，与我的屋子极不般配。我还没来得及问清楚状况，小玄子就翻箱倒柜起来。

“找什么哪?”我问。

“安神茶，我带给你的那种。”小玄子继续倒腾。

“你们见鬼啦?”我看看倒在木榻上的女人。木园闹鬼的传闻在宫里没断过，我也是宁信其有勿信其无，托小玄子配了安神的药茶给我。我走到靠墙角的柜子前，拉开中间的小抽屉，取出一包丢给小玄子，“她是谁呀?”

“哎呀我的小祖奶奶，别嚷嚷。”小玄子立刻紧张起来。

我条件反射地看看昏睡的女人，突然发觉自己挺可笑的，“需要吓成这样吗?这样她就能醒，那也不用浪费我的茶了。”

“那也不能说话这么没轻没重的，”小玄子拉下脸，“你呀，真是没在主子面前呆过，胆都大得吓人。”这话他说得对，我没在主子面前伺候过，整天对着死人，木园里就我最大。“快，煮茶去。”小玄子一改往日的模样，把茶包重丢回我身上，我想象着卢公公是不是就他现在这个样子，这样的小玄子，我很陌生。突然我意识到，这十年我虽在木园之内，却在皇宫之外。

“她这样也没法喝呀。”我边说边往榻边走。

“你干什么?”小玄子一把抓住我，怕我会使坏似的。

“我把她弄醒!”我不高兴地甩开他的手。

“你，你怎么敢，你怎么能——”小玄子有点语无伦次，大概这是个有地位的人，我不能随便乱碰。

有地位的人，夜里来木园?我茫然了。“那怎么办?”我也没辙了，“要不，你给送回去?”

“不行。”小玄子毫不犹豫地否定了我的提议，他犹豫许久，“你真能弄醒她?”

“她到底谁啊?”我很少看到小玄子如此小心谨慎，即便在他带人来埋尸体的时候，也比现在要放松得多。

“别问谁，说你能不能?”小玄子跟我急起来。我坐到那女人身边，刚想伸手，小玄子一把拽我起来，“不想活啦，你不能坐那儿!”我猛地看他一眼，怪不得那么多人会死，原来不光是嫉妒心，还有被规矩害死的。我伸手掐住那女人的

人中，稍微一用力。“轻点儿！”小玄子像是自己被掐了一样，哆嗦着喊出声。我回头看他一眼，继续用力。“呦，醒了醒了！”床上的女人动了动唇尖，小玄子立马激动起来，“快，你快出去！”

我抓了茶包出去，在外头烧水泡茶。我隐约能听到交谈的声音，就跟刚才一样，无非刚才他们在屋外，而此时，我被赶了出来。茶泡好了，我闻着药香，忍不住赶紧端进去。

推开门，我最先看见小玄子惊恐的神色，然后是那女人急忙掩面的尴尬。其实我看不见她的样子，面纱足够挡住她的脸，她这样子只会让我觉得，暴露的人是我。我看见小玄子赶紧跪下，还冲我使眼色，让我也跪下。我赶紧照做了，却忘了一条腿还在门槛外，结果咣当一声摔了茶碗，连人也摔在地上。看这光景，我知道自己闯了大祸，惊慌中想起了一句娘教我说的话，奴婢该死。是的，我娘也是宫里的奴婢，已经死了，死在宫外。

那女人很快镇定下来，仔细看了看我，“你的腿怎么了？”这样都被她发现了？看来真是瘸得很厉害了。长年在木园里待着，已经很久没人笑话自己的腿了。

“主子问话，还不快答！”小玄子催我。

“回禀，回禀……”我不知道该怎么称呼她。

“称娘娘就行了。”那女人说。

“哦，回禀娘娘，奴婢六岁的时候，从树上跌下来，摔坏了腿。”我把头几乎都要埋到两个膝盖中间去了，身体也不自然地发抖。

“我听小玄子说，你是负责看守木园的，已经有十年了。”那女人没有对我的腿做任何评价，而是追问起我的生活来。那一刻，我竟然有些感激她。

“是的，奴婢八岁进宫，一直负责看守木园。”

“你身有残疾，按道理，是进不了宫的。”那女人略作思想，“是不是你家里人，有在宫里当差的呀？”

“奴婢的娘是文静公主和文秀公主的奶娘，曾在宫里当差，文静公主出嫁时，一同出了宫。”

“可文静公主出嫁不到一年，就去世了。”那女人似乎对宫里的人和事很

了解。

“是的，后来娘获准回乡，却在家乡身染恶疾，临终时托人带了书信给文秀公主，希望收留我在宫中，看守木园。”

“原来是文秀公主牵线，”那女人点点头，“这么说来，你应该还有兄弟姐妹了？”

“都不在了。”我的声音在发抖。

那女人沉默片刻说，“抬起头，让我看看。”她继续命令我。未梳洗半点的我仓皇地抬起头，我想到自己第一次让主子面对面地瞧着，竟是这副邋遢的模样，真怕她一个不高兴，就把我赶出宫去。她看了我一会儿，又回头看向小玄子，“她漂亮吗？”

小玄子和我都傻住了。我看见小玄子红着脸，不知该怎么答。

“说实话。”那女人的声音硬起来。

“不，不漂亮。”小玄子赶紧也低下头，他不敢直视主子，也不敢看我。

那女人站起身，“送我回去吧。”

“是。”小玄子起身，扶住那女人。我赶紧挪开身子给他们让位子，嘴里念着恭送娘娘之类的话。那女人朝木园的门那儿走过去，中途似乎停下来过几次，回头看看我，我不知道她在看什么，只是念经似地叨叨着巴不得把她恭送走，直到听到木园的门关上，才消了声。

我再也睡不着了，在榻上坐到清晨，想了很多。她掩面时的惊慌，她看我走路时那种琢磨不透的笑意，她离开时一次又一次对于我的回望，她是在望我吗？我想得有些头疼，突然惊觉自己竟然还没能真的做到心无旁骛。也许这就是旁观别人的生活，与审视自己的命运之间，最大的区别吧。算了，反正我无聊的生活也需要一些漫无目的的胡思乱想来填补，在注定平淡的人生中能有一次让我心跳加速疑惑深种的经历也不错，权当为我这潭死水激起的一小片涟漪吧。反正在那之后我又回归了平静，生活的主题终究还是如同白开水般索然无味，小玄子没有再来，说明最近大家都比较安分。

大概在那个女人到访木园后十天，突然来了一群人，要把我带走。我看见一

个比我还小的宫女哭着喊着被拖进来。

“别号丧了，”一个公公瞥着眼说，“主子饶你不死已经是恩典了，让你待在这儿是要保你的命，你不磕头谢恩，还在这儿大哭大闹，难道你想死吗？”

“要我待在这儿我宁可死了，这里不是人待的呀，公公，公公你帮忙求求情，放我出宫去吧，冻死饿死都是我的命，就是别让我待在这儿呀，公公……”那小宫女爬到公公面前，扯着他的衣襟不放开。

“哎哟，快把她拉开，”公公拿手帕甩开眼前扬起的尘土，“出宫，你想得倒真好，咱家都出不去，什么时候能轮到你！当初哭着喊着要留在宫里，挤破脑袋往里钻，你以为宫里的饭是好吃的？”

我听着公公在那儿喋喋不休，想我终究还是对的，这是个宫女们死都不愿待的地方，谁都有可能进来，而只有我有可能“出去”。

“还愣着干什么？跟咱家走吧。”那公公冲我喊了一声，然后打量了我一番，皱了皱眉头。

“去哪儿啊？”我讨厌那种嘲笑我的表情，连敬语也没用。

公公倒没有生气，只说了三个字，“太子宫。”

我浑身一抖，“还有事儿没料理呢，什么时候回来？”我看看身后露出草色的坟头，居然有一种留恋的感觉，脚步却不知不觉挪动着往前。

“不回来了。”公公说。

我猛地刹住脚，原来刚才那个宫女不只是来受罚的，而是来顶替我的。我是要去太子宫当差吗？不可能，这太荒谬了，估计是去领罪的。可罪从何来，太子宫与我又有何瓜葛？我想起了那天夜里来祭拜的女人。

我是被架着到太子宫的，公公嫌我走得太慢，其实是怕主子等急了。一路上，他念叨着快点快点，两个架着我的小太监额头上全是汗。

“两位公公辛苦了。”我被放下后，说了这第一句话。

“来人，传张御医。”那个领头的公公被人伺候着擦脸洗手，然后在梨花木的椅子上坐下。我不会看木头，但我闻到了梨花香。“叫什么名儿啊？”

“啊？”我突然被问了句话，有种受宠若惊的感觉，居然扑通一声就给跪

下了。

“慌什么，问你叫什么名字。”公公慢条斯理地说。

“回公公，奴婢叫林西樵。”

“嗯?”公公突然瞪圆了眼，上下打量我几番，啧啧嘴说，“名字倒是挺雅致，可惜模样……听说你的腿是从树上跌下来摔坏的。”公公转移话题。

“是。”我不知道他为什么对我的腿感兴趣。

“是真的坏了吗?”他有些阴阳怪气儿的，真的这两个字说得很重。

我心一哆嗦，怎么，难道是假的你们就再想办法把它整坏了不成?

“曹公公，张御医请来了。”未等我回答，一个小公公就带着个人走进来。我转头去看，是个中年男子，胡须微长，肩上背的药箱让我感到心头一沉。

“曹公公。”那个姓张的御医对着公公含笑相迎，十分客气。

“张御医，这位宫婢自幼跌伤了右腿，若无法治愈，则宫中留她无用，咱家对医道虽略知一二，但身有残疾者，咱家也是爱莫能助，故请张御医前来，替她诊治。”曹公公一席话说得我冷汗直下。难道是要撵我出宫?

张御医回头看看我，“这位宫婢可否起身走几步?”我站起身，略走了几步，还是瘸得很难看。张御医走近曹公公身边，耳语了几句，曹公公双目一转，起身走出宫房。屋内就剩下我跟张御医，我茫然地望着他，看着他的手伸向腰间的药箱，不禁害怕起来。他要做什么?扎针，烧艾，敷药?我盯着他看，我害怕。张御医只是把药箱放在一边，然后碰我的膝盖，沿着我骨头的轮廓，往下用力。他不看我，他只看我的膝盖。“你很害怕吗?”他的声音闷闷的。

“是。”我居然回答了他的问题。

“怕什么?”

“治不好了，被撵出宫。”

“为什么一定要留在宫里呢?”

“因为我不知道宫外的生活该怎么过。”我已经不再看他了，而是望向紧闭的门，门外的影子很明显是偷听的影子。张御医不再问什么了，他的呼吸声有些微妙的变化，我感觉他在思考着什么，可能跟我的腿有关。过了好一会儿，他告诉

我可以站起来了。我扯着裙子站起身，我感觉右边的腿还是拧着，我试着走了一小步，还是老样子。我的心凉了。

门吱呀一声被推开，外面的阳光射进来，照得我睁不开眼，脸很烫，但心却丝毫体味不到暖意。“怎么样啊？”曹公公还是捏着嗓子说话。其实他也残疾，为什么他就这么肆无忌惮。

“本官，无能为力。”他几乎没有任何表情，整张脸跟白纸一样，我想起了娘去世时守在一边的大夫，也是面无表情，也许看多了生死，便不再为任何生老病死动容了。

张御医无能为力，我也无能为力了，我想接下来曹公公该让我回木园收拾细软，然后滚出宫去了吧。我也听说过不少宫女被驱逐出宫的，犯了这样那样的错，却又不至于被处死，那就流放出宫，自谋生路，我该算得上是最无辜的一个吧。“我不要出宫！”我真想这样喊出来，但我多年与死人为伴培养而来的沉静，让我把嘴巴闭得紧紧的。

“从今天起，你就到太子宫伺候吧。”曹公公一句话如晴天霹雳般让我惊慌失措。是的，惊慌失措，而不是欣喜若狂。我隐约觉得这其中有什么阴谋，玉竹、文香、秋莲，她们都在太子宫当差，最后都进了木园。我发现我在阳光下瑟瑟发抖。

第二章　疾风骤雨花凋零

一个叫小顺子的公公从曹公公这儿把我接走，我实在不熟悉宫里的路，兜兜转转的像是进了迷宫，但我并不因此而苦恼，因为我看见一个紫色宫衣的小丫头把一杯水泼在了另一个绿色宫衣的小丫头脸上，随后另一个粉色宫衣的丫头气冲冲过来当脸甩了紫衣宫女一个巴掌。我忍不住想笑，赶紧捂住嘴，不敢在公公面

前放肆，看来我果然还是有看戏的心态，然而转过一个回廊，我便淡漠了笑容，一个挨了打的宫女被人拖着不知往哪儿去，我开始微微皱眉，原来惨剧不是只在黑夜里发生。又过了一个回廊，我终于看到了几张笑脸，跟我刚才的很像，捂着嘴，用眼睛偷瞄着，从心里笑出来，却比冷言冷语更刺骨。她们是在笑我，我知道。我下意识地捏紧裙边，加快步伐，而颠簸却愈加明显。我开始想念木园。

终于只剩我一个人了，但我却丝毫感觉不到自在。宫房顶再高也是遮天蔽日，熏香再浓也是矫揉造作，全无木园云淡风清、简居怡人的惬意舒适之感。这是宫女调用时临时更衣的地方，叫淄衣房。我按照小顺子的吩咐换了水蓝的宫衣，稍微扑了扑粉，把松垮的发髻又重新挽了挽。小顺子在屏风外侧等我，见我出来了，赶紧打量了我几眼，微微叹口气，怜悯的目光掠过我的脸，“跟我走吧。”

我跟着他进到一个更大更深的宫院中，看到了与我穿着相同颜色款式宫衣的婢女，奇怪的是这些婢女都低首含胸，既不看我也不与小顺子打招呼，或是有谁无意间瞥见了我的丑态也不发笑，不知是调教得好还是见多识广，以至于视若无睹安如泰山。

这时我听到小顺子说，“你呀，真是走了大运，多少宫婢被遣到辛者库、浣衣房、静禄院，做苦工和伺候被废黜的嫔妃，爬一辈子都爬不进后宫内苑，更别说是伺候帝后皇储，你可好，太子妃一句话，就把你从活死人墓里给拽了出来。你本不在后宫伺候，想是做不了什么手脚，如今被特指到太子宫当差，可不是时来运转，修了好大的造化吗?”正被训导着，我已到了殿前，抬头望向匾额，只见荣祺殿三个字高高在上，低头看向门槛，果然是比一般的高出许多。“记住了，不可无尊卑上下，不可妄言狂行，这里不是木园，但是这里的人，随时可能进到木园，这一点，你也不需我来教了吧。”小顺子的话像一把小锤子，一下一下锤在我的心上。在木园时，我并不觉得怎么可怕，可出了木园，我竟然对它有了畏惧之心。

我随小顺子进到殿内，来不及欣赏那些奢华精致的摆设，就被领入了偏殿。偏殿里并无可供歇息的床榻，高几上瓷瓶秋桂，既点缀了颜色，又平白让空间看

起来延展了许多，坐榻很宽，两侧的梨木椅子排放得特别讲究，由宽及窄朝坐榻对称地摆着，倒有几分榻为君王椅为臣的意思，帘帐、器皿均是淡色，略显明媚却过于轻佻，幸而特意罗列了几柜子藏书在坐榻两侧，书卷重墨方为这偏殿添了几分稳重。虽色淡而味浓，摆设轻巧却如此讲究对仗，不愧是皇储正妻应有的风范。我正独自思量，便听小顺子急道了一声，“叩见太子妃，太子妃千岁千岁千千岁。”

我定神往帘帐后面望去，众宫婢拥着一位身材高挑的女子出来，身着孔雀图案的菊色宽襟长褂，髻插凤凰展翅的点翠金钗，虽不是丹凤吊眉梢，但居高临下的逼迫之气已是锐不可当。只是，锐利得有些单薄，明快有余，厚重不足。我凝神观赏，竟有些呆了，脑子里胡思乱想，脚底下乱了方寸，竟步步朝帘帐靠近。

“站住，还不快跪下行礼!”

不知是谁唬了我一声，我两腿一软，竟惊了一身汗出来，扑通一声跪倒在地，“奴婢，奴婢，奴婢叩见娘娘。”我习惯地称呼她娘娘，而不是太子妃，因为我初见她之时，她就命我这样叫她。浓妆艳抹、华衣锦服之下，我依然认得她，虽然此刻美艳高贵，却不及那日在木园，素衣罗裙来得清秀宛然。没想到，她竟是太子正妃，这究竟是我的造化，还是她的冤孽。

太子妃抬抬手，让我起来，之后有宫婢将帘帐拉起，我方才看清楚她众目睽睽之下的模样，我正莫名地沾沾自喜，她凌厉的眼神立刻告诉我，拉起帘帐，不是让我看她，而是她想看清楚我。我“受宠若惊”地把头低下，又开始瑟瑟发抖。

“你怕本宫?”太子妃在我身边驻足。

“奴婢不敢。”我努力回忆着娘教过我的那几句救命的话，挑了一句自己认为最合适的赶紧说出来。

“那就是不怕了?”太子妃的声音里竟然有嗤笑的语气。

“怕，奴婢怕。”我知道自己中了套，忙于补救，却已说多错多了。虽没有刻意用哭腔，但我的声音已经有些许哽咽了，害怕，倒不仅仅因为她位高权重，而是因为陌生。离开木园半日而已，太子宫与木园也只不消半个时辰的距离，我却

有恍如隔世之感，这里的人我看不懂，这里的话我也听不懂，更甚至，连空气都变得陌生。陌生，所以害怕。

这时，外面突然躁动起来，我几乎可以听见乱糟糟的脚步声。“太子妃，玉昌公主驾到了。”一个小宫女忙慌不迭地冲进来，如临大敌似的。她穿着粉色宫衣，像是之前我看见扇人巴掌的那个。

太子妃脸色一凛，示意让我退到一边。我刚要挪动脚步，就感觉背后被人一推，趔趄着撞向那个粉衣宫女。她狠狠地瞪我一眼，十分气恼的样子，只是硬忍着没有发作。

“玉昌公主怎么这么莽撞，是不是老眼昏花，连路也看不清了。”太子妃也不行礼，这样讽刺的话说出来，足见两人的关系实在不好。听她这意思，撞到我的人就是玉昌公主了，我偷看一眼，很奇怪她为什么要梳这样一个发髻，从额际开始沿着脸颊往下挽了一个大弯，将左侧整个脸颊遮住了大半，虽然华丽却一点也不自然。

“好狗不挡道，主子无能，教出来的奴才也只会讨人嫌。”玉昌公主被激得脸色苍白，狠狠盯着我，以牙还牙对太子妃一顿奚落。

“玉昌公主来这儿，就是为了跟本宫吵架的吗！”太子妃怒目而视，一个转脸将右侧高髻边角处插着的夜明珠钗显露在前。

“好啊，果然是在你这里！”玉昌公主怒目圆睁，伸手直指向太子妃的头顶。“这夜明珠钗原是外藩使节赠于本宫的，怎么跑到你的头上去了！”

“这夜明珠钗是哈图使节洛其阿大人面赠于本宫的，自然是在本宫的头上。”太子妃气定神闲，伸手轻轻抚摩钗上的珠子。

“胡说！洛其阿大人拜见皇兄时，亲口说出要将哈图第一巧匠葛扎所制的珠钗赠于大长公主，也就是本宫，此话有皇兄为证，你休想否认！”

“洛其阿大人所言又非圣旨，只是表述心意而已，说不定他改变了主意，突然决定将珠钗赠于本宫，也未可知啊。洛大人又不是本国臣民，难道父皇还会追问他一个欺君之罪不成？”

“谁会相信好端端的，洛大人就改了主意？”玉昌公主把头一扬，“我听说昨

日你在洛其阿大人面前巧言令色、轻佻谄媚，又暗示洛大人，你正为太后生辰送贺礼之事烦忧，更将太后钟爱夜明珠之事直言不讳，”玉昌公主略做停顿，目光突然凌厉起来，“太后礼佛，洛大人求见不成之事众人皆知，你分明是借用太后之名，索珠钗谋私利!”

“这些不过是你道听途说，断章取义，”太子妃并不慌张，更似乎早有应对之策，“本宫的确提过太后生辰之事，但洛大人并非因此才将珠钗相赠。再者，公主既然消息灵通，难道不知道，这枚珠钗，是在今日清晨才送到太子宫的吗?”我心中不解，今晨送来的，就有不同吗?太子妃见玉昌公主没有罢休的意思，便继续说道，“本宫这里也听说了一件事，昨日公主曾在云摆轩设茶宴款待洛其阿大人，当时公主的发型与今日无异，洛大人见公主行为端庄、气质高贵，颇为仰慕，便命随行的画师朗布为公主画像。画师提议公主折花而抱，更添娇媚，于是婢女秀心折菊一支，递于公主。谁知杂枝未净，竟将公主的挽发挑起……”太子妃说着，走到玉昌公主身边，眼睛紧盯着公主脸颊边的大挽髻，“难道公主与夜明珠钗失之交臂，不会是因为这个?”

“以讹传讹之事，太子妃也能信吗?”玉昌公主转了个身，拿右边脸对着她。

太子妃见她此举，偷偷一笑，“听说秀心已被杖责二十，贬入辛者库，可见此事并非讹传。”

“大胆郑君怡!”玉昌公主突然发作，“洛其阿大人不受你蛊惑，不代表你行之无过，太后未有追究，不代表万事皆休，你借名索钗在先，不知悔改在后，本已错上加错。何况你明知此钗原该为本宫所有，即使洛大人相赠于你，你也该请示本宫再行佩戴。如今本宫问责于你，你不好言宽慰也罢了，居然出言不逊傲慢无理，根本就是轻狂自大、目无尊长!”

太子妃冷冷一笑，“宫中向来只有位分没有尊长，从来皇上可以执政太后只可垂帘，太子可以参政议政皇后只可统管后宫，国丈见娘娘要跪，驸马见公主要拜，只因位分有别，而非长幼有序。太子并非皇上长子，可众皇子皆以太子为尊，众皇子妃皆以本宫为首，从无一人说本宫不分长幼!”

玉昌公主明显地一愣，但随即又轻蔑地说，“众皇子以太子为尊，向来都是

如此，可众皇子以李政为尊，也不过一年的光景，更不要说众皇子妃以你为首，这器皿摆设，不都是三个月前匆忙添置的吗！虽然你是皇后娘娘的侄女，但本宫还是有必要提醒你，皇兄正当盛年，太子妃离皇后之位可还远着呢，这其中的变数无人可料，可是……”玉昌公主忍不住笑起来，“无论谁做皇上，本宫，永远都是玉昌公主。”

太子妃脸色一变，身体微微抖了一下，忍住了没有发作。待玉昌公主走远后，她立刻将尖锐的目光扫向粉衣宫女，大喝一声，“予蓝！”

那一声将我也吓到了。只见粉衣宫女扑通一声跪下，“娘娘……”

“你的嘴巴倒是很快啊，难道你的姐姐在玉昌阁当差，你的心也跑去玉昌阁了吗？”太子妃往榻上一坐，冷眼看着予蓝。

“奴婢只是听皇后身边的苑琼说，那枚夜明珠钗原本是给玉昌公主的，后来见娘娘得了，一时得意，才跟玉昌公主身边的丸其说了，不过是想炫耀罢了，根本没提娘娘为太后准备贺礼的事，想必是其他人走漏了风声，还请娘娘明查。”予蓝拼命磕头，表示清白。

“昨日本宫谒见洛其阿大人之时，宫婢中只有你一人在旁伺候，不是你，难道是本宫自己多嘴不成？”

“昨日小潘子也正好来找娘娘，也目睹此事，但求娘娘问一问他。”予蓝倒不乱了方寸，应答还算流利。

“小潘子一早就跟太子去了御书房，离开的时候珠钗都未送到，他哪里来的时间跑去告密！”太子妃似乎早已摸清原委，认定泄密之人便是予蓝。

“虽然珠钗未送到宫内，但娘娘索要珠钗之事他已目睹，难保不是他漏了口风出去。”予蓝的心思也算细密，辩解得滴水不漏。

“他倒是有口风可漏，可他漏给谁呢？难道一路跟着太子，还能半路撂下担子跑去跟人闲话吗？你当他是傻子，还是当太子是瞎子！”

“纵然今日起早不得空闲，那昨晚也有时间……”予蓝咬死了往小潘子身上扣。我也奇怪，予蓝一早甩手打人，如今还跟太子妃顶嘴，难道她也跟自己一样，不懂规矩吗？可看她的样子，是近身伺候太子妃的，这便更加令人不解了。

“以玉昌公主的个性，她能昨晚被点火今日才知道热吗？”太子妃稍微侧了侧身，“本来一时口快，急于炫耀，本宫也不想深究，只要你认错知改，小惩大戒也就过去了。可你偏偏措辞狡辩，抵赖在先，诬陷在后，自己不先检讨，反把过错往别人身上推。多嘴之举固然事小，但无德之人难容于我。”太子妃脸色一凛，“来人，将予蓝掌嘴二十，驱出太子宫，交司律监发落！”

“娘娘！”予蓝这才面露惧色，乞求地望着太子妃，挣扎着不愿离去。

“无德之人，本宫绝不姑息，带走！”太子妃并不看她，只管让人将她拖走。

“我不能走！”予蓝一反柔弱之态，挣扎着站直身体，“我腹中已有太子的骨肉，你们谁也不能赶我走！”

一语惊四座，连我这个毫无关联的人都不禁后退了几步。走进这太子宫不过短短一刻钟光景，便有好戏接二连三在我眼前上演，果然后宫的生活与木园是冰火两重天。

所有人顿时都安静下来，连太子妃都一时怔住无语。然而，只是一转念的工夫，太子妃就拍案而起，“放肆！小小宫婢，竟敢信口雌黄！皇上对诸位皇子管教甚严，从不允许他们与宫婢私下交往，现在各位皇子的嫔妃都是由皇上或皇后亲自指封，且宫中从未有过皇子与宫婢秽乱宫闱之事，太子身为储君，自然更加谨守圣训，不敢有负圣上厚望。如今你为求自保，竟然撒下如此弥天大谎，陷太子于不忠不孝不仁不义，实在是有违多年圣恩，天理难容！”

“奴婢身怀有孕乃是不争的事实，娘娘不信，请来太医一验便知。”予蓝也底气十足的样子，故意挺起肚子，向太子妃示威。

“你不要脸，本宫与太子还要呢！去年王昭仪宫中的婢女温霞与内廷侍卫郭镇海私情被揭，温霞怀孕四月被杖责二十，结果一尸两命竟无人怜悯，皇上也从未再临幸王昭仪，此丑闻传遍宫中，你也是一清二楚，难道你要太子宫也重蹈覆辙吗！”太子妃依然有理有据，可我奇怪，予蓝既已表示腹中孩儿为太子骨肉，为什么太子妃还要顾左右而言他呢？

“娘娘，奴婢腹中孩儿乃是太子的骨肉，这与温霞秽乱宫闱，并不能同一而论。”予蓝并没有被血肉模糊的教训给吓住，反而重新强调自己怀有太子骨肉的

事实。

“太子骨肉？你说是便是吗？皇上病重三月有余，太子代理朝政，日夜辛劳，且父皇病重，太子又怎会行此大不孝之事？”

“多说无益，娘娘不如请太子前来，一问便知。若奴婢有一字不实，甘愿领死。”予蓝也是好大的口气，可见是得皇宠而忘本分，我预感她的下场不会太好。

太子妃似乎也被震住了，眼神从尖锐渐渐变得柔软，口气也有所缓和，“宫婢有孕，实非幸事，传扬出去，于太子不利，眼下太子忙于朝政，突然叫人去请，防不得就有人怀疑，为策万全，你就暂待半日，待太子回宫，自然与你评说。”予蓝略有疑虑，欲言又止。“还不够吗？”太子妃看出她心中不满，厉声指责，“难道你心中只有自己，没有太子和太子宫吗？若你所言非虚，又岂怕虚等这半日。不过两三个时辰而已，连这点时间，都等不及了吗？”

“娘娘无须多说，奴婢静等就是。”予蓝也不再吵闹，理理衣袖，竟也有些主子的模样。

“不过，兹事体大，真相未明之前，还是谨慎为好，万一走漏了风声，于谁都没有好处。如今这么坐等也不是办法，纸鸢，”太子妃好像是在叫谁的名字，“你陪予蓝回房去待着，太子回宫前，不许走出房门半步。”

“是，娘娘。”随着应答之声，一个身材娇小的宫女从我身后冒出来，走向予蓝。予蓝似乎并不情愿，但此情之下，也只有照做。我猜想，她是等着太子回来给她做主吧。

“本宫累了，”太子妃的语气平静了不少，“林西樵留下，其他人都退下吧。”

我听到太子妃点我的名，着实意外，还以为她此刻再没有心情管其它的事了。我见她伸了一只手出来，正在纳闷是什么意思，就听见她慢悠悠说了一句，“扶本宫一把。”我赶紧小跑过去，扶住她。“本宫好像在哪里见过你。”说这话时，太子妃并不看我。

你自然见过我，不是你点名要我来的吗？可为什么要说这样的话给我听，难道是明知故问？我心里犯着嘀咕，不敢随便就回话。刚才的唇枪舌剑让我心惊肉跳，果然是说错一句就句句错，说错一字就罪难当。

“应该是见过的，许是本宫忘了，”太子妃见我不出声，反倒挺满意的样子，“忘了就忘了吧，记性太好了，也是徒添烦恼，不如忘记来得干净。”太子妃说着已到了寝宫，我扶她到床边坐下，自己立在一旁，听她的教诲。“在宫里生活，必须要学会忘记，这一点，你慢慢就会懂了。”太子妃第五次说到忘这个字，她的意思，已经很明确了。

“是。”我低头。

“本宫有些饿了，听说洛其阿大人送了几道西域美食的配方给御膳房，只是皇后不喜欢，所以未在宫中设宴品尝，本宫倒有兴趣试试，”太子妃明眸一动，“你拿本宫的牌子，到御膳房走一趟，找一个叫管德安的厨子，让他按着洛大人的方子，给我每样做一份尝尝，记住要快，不然撞上了午膳就不好了。”太子妃说着，从头上拔下一根簪子交到我手里，“告诉他，这是本宫赏赐给他的对食妻子的，难为他知道本宫的心意，常做了小点心孝敬本宫，本宫自然不会白让他辛苦。你若不认得路，就让小顺子领你过去。”

我接过簪子，匆忙离去。从某种意义上说，这是我的第一份正经差事。我把簪子交给管公公，又把太子妃的话一字不差地转告给他，大约等了两刻钟光景，他便把四层的食盒交到了我的手里。我回宫把食盒交给太子妃，说，“管公公说谢谢娘娘的恩德，娘娘有事尽管吩咐，他必定替娘娘办妥。”

“行了，你去把小顺子叫进来，然后在偏殿候着。”太子妃并不急着吃，把食盒搁在台几上。

我叫了小顺子进去，然后在偏殿无聊地等着，不消一会儿他出来了，安排我在一间宫房里住下，我听说隔壁就是予蓝的房间，心里竟突然毛乎乎起来。小顺子说司织房会有人送宫婢一年四季的衣服过来，让我在房里安心待着，在没正式分派司位之前，不要四处乱走。我点点头应下了，因起得早，又折腾了一阵子，觉得有些困倦了，便在床上靠着，不知不觉便睡了过去。

再醒来的时候，隔壁的呼喊声震聋了我的耳朵。我推开房门，只见宫婢们从隔壁的房门进进出出，乱得不成样子。我抓住一个小太监就问，“怎么了，乱成这样？”

“予蓝小产了!”小太监的声音不大，我却觉得脑袋嗡的一下，胀大了好多倍。我似乎闻到了血腥的味道扑鼻而来，我躲回房中，想着如此天翻地覆的变化居然就悄无声息地发生了。恍惚间，我听到有人在喊太子回宫了，跟着小顺子跑进来，让我赶紧去偏殿。

我马不停蹄地赶到那儿，只见许多宫婢太监已站在两侧，一位衣袍华贵的年轻男子站在正中央，太子妃立在一侧，另一侧站着个我没见过的女人，也是锦衣华服，只是脸庞略圆，较之太子妃更显温婉。我想这个陌生男子，应该就是太子无疑了。我赶紧也站到左侧的队伍里，自觉地排在最后。

“拖上来!”太子妃大声地说。

我暗暗感觉不好，果然几个小太监拖着一个卷起的床单进来，往地上一放，床单滑落下来，露出予蓝惨白的脸，披散的长发，还有衣裙上斑斑的血迹。

太子妃微侧过身说，“太子，既然太子说予蓝腹中所怀并非太子的骨肉，那么就请太子发落，以正宫规。”

不是太子骨肉？太子否认了吗？我虽不知道太子为人，但若予蓝说那样的谎话，不是愚蠢到家了吗？

我正有疑惑，便听见太子已然宣判，“宫婢予蓝，秽乱宫闱，妄言诬陷，罪不容恕，本应判杖责五十，驱逐出宫，现因其小产，命丧于天，死无对证，因而淫乱一事，不再多做追究，希望众宫婢以此为戒，如有再犯者，严惩不贷!”

予蓝很快就被人拖走了，我看见了太子妃脸上的安然，看见了那个陌生女人脸上的冷漠，我的心渐渐变冷。我进太子宫的第一天，我走出木园的第一天，就看见了一个后宫女人从生到死的过程。鲜血、散发、死人，我以前在木园里头看，现在在木园外头看，竟然原来是如此的不一般。以前我看，可以茫然无视，平静从容，此刻我看，却是心潮起伏，惊魂难安。

黄昏又至，我站在太子宫门口，朝着木园的方向遥望，心想着我是真的走进来了，走进了这个人吃人权压权的后宫，走进了这个将尸骨垫在脚下往上爬的后宫，走进了这个让人早晨还活生生站在面前午后便气奄奄满身尘土的后宫。从今日起，我不再远离尘嚣、轻松自在，高墙束缚之下、权欲围困之中，我虽置身于

锦绣斑斓，心中却已失了颜色。唯一宽慰我心灵的，是我的心愿还可以继续。我曾经想见证后宫的结局，如今，我兴许可以见证后宫的所有。想到这里，我将踩着门槛的脚收回槛内。

第三章　花落篱笆自相怜

对于予蓝的死，我并没有想得太多，也没有听见太子宫里有议论的声音。用晚膳的时候，我又看到了那个叫纸鸢的宫婢，红扑扑的脸蛋透着祥瑞之气，怎么看都不像是会给人带去厄运的角色。听说是她陪着予蓝用的午膳，之后没多久予蓝就小产了。更让我不可理解的是，她脸颊的苹果红始终洋溢着喜气，与此时太子宫中清冷沉寂的气氛格格不入。她是无心，还是无情？我仔细地瞄着她，凝神静气，忘了往嘴里扒一口饭，这时身边的小宫婢掉了筷子在地上，才把我的注意力吸引开。这个小宫婢一看就年纪很小，估计只有十二三岁吧。这么小的孩子，也在太子宫当差？

“她是秋莲的妹妹。”纸鸢突然说了一句。我顿时想起了木园，想起了那个嘴角流血的女子。

“你是新来的吗？”小宫女问我，声音还略带稚气，不知她是否清楚她姐姐的悲剧。对了，她们还不知道我的过去，那我是不是要对秋莲这个名字表示无知呢？

“我叫林西樵，今天第一天来太子宫，”我犹豫了片刻，还是问出口了，“你姐姐叫秋莲？”

小宫女突然眼神黯然，低下头继续吃饭，刚才还柔和的面庞突然变得枯涩起来。“姐姐死了。”小宫女含着饭说了这一句，我想她是不是故意不想我听清她的话，又或者，是她自己不想说清楚。

“你原来在哪个宫当差？”对面略微年长些的宫女没好气地问了我一句，也许

她不喜欢我提秋莲的事。

“我……在静禄院。”我不想吓着她们，可我又确实没伺候过什么主子，想来想去，也只有这个说法还能糊弄得过去。

“那可是冷宫，”另一个眉毛细得像条线的宫女瞪圆了眼，“听说那儿常闹鬼，你有见过吗？”

我微笑不语，只摇摇头。冷宫不闹鬼，木园才闹。

“听说冷宫里的妃子都得了失心疯，每天头也不梳脸也不洗，还哭哭笑笑，疯疯癫癫的，可怕得要命，你在那儿当差，就不怕吗？”一个稍胖的宫女表示好奇。说实话，小玄子很少跟我说冷宫里的事，自从木园被烧毁，冷宫就移到了南边的静禄院，关于冷宫的传说也就到此为止。如今她们问起来，我还真不知道该如何回答。

正为难着，小顺子突然跑了进来。“哎哟，说什么不好，非得说那么忌讳的地方，万一让太子妃听见，人人都得赏一顿嘴巴。”小顺子边岔开话题，边冲着我使眼色，好像在警告我什么似的，“你，太子妃传你去呢，跟我走吧。”他用手指着我，说话谈不上客气，也不觉严厉。

我赶紧跟他去了，跨出膳食间的那一刻，我听见她们吃吃的笑声。

太子妃的寝殿很宽敞，但是伺候的人极少，这一点让我颇为奇怪，听小玄子说，嫔妃娘娘们身边伺候的人都能赶上一支小规模的御林军队了，可太子妃跟前似乎只有一个小顺子贴身服侍，就算撞上宫婢用膳的时辰，那贴身婢女也该在啊。我低头站在太子妃跟前，空旷的寝宫竟然有些阴森的味道。

“你是不是很奇怪，为什么这太子妃的宫里，除了本宫与你们两位，连个多余的人影都看不到？”太子妃到底目光犀利，一眼就看穿了我的心，也许就是要有这种本事，才能坐在这太子妃的位置上吧。“本宫解释给你听，太子去了蒲侧妃的寝宫。婢女，死了。”

我的身体因为害怕抖了一下，离开木园只有一日，我竟然对死这个字变得如此敏感。

“其实你与本宫颇有些缘分，本宫的四位陪嫁婢女你全都见过。”太子妃一语

惊魂，我想到了秋莲、文香、还有玉竹。“玉竹失足落井，文香重病不治，秋莲为爱殉情，这是太子宫中众人皆知的事。本宫从不相信太子宫里可以断绝是非流言，所以日后你从谁的嘴里听到这些故事，都是有可能的，本宫只是怕有人添油加醋，扭曲实情，所以先给你提个醒罢了，你，明白吗?”

“奴婢明白。”我老实地回答。

“你跟她们说，你是从冷宫里调过来的，这很好，捏不住把柄，也吓不着人，若以后有他人问起，本宫自然会有个说法，至于冷宫里头的事，你也要备着一两件，谁防得了呢，一会儿小顺子会跟你交代的。”看来太子妃已经对我的言行了如指掌，如此看来，小顺子该是她的心腹了。

“可是，宫里还有人知道奴婢的底细。”我说出自己的顾虑。

“本宫知道，是文秀公主，”太子妃的笑意爬上脸庞，“她，你可以放心。”太子妃说着，开始解下发髻，小顺子上前服侍，我正也要上去，被太子妃制止了，“本宫既然接你出了木园，自然就是不介意你的出身，宫里有很多事情，是见不得人的，但你林西樵，却是亲眼见过不少。”话说到此，太子妃已经梳直了长发，小顺子拿了件白色的披风给她罩上，又取来白色戴面纱的斗笠为她戴上。

那一刻，我心惊肉跳，这就是太子妃来木园拜祭秋莲时的模样。看来，她很清楚我依然记得她，而她也不打算否认那些见不得人的事。

“本宫不想做愚蠢的事，既然上次已经在木园里见过你了，那就不需要再否认什么。本宫可以清清楚楚明明白白地告诉你，玉竹、文香、秋莲，全部都是本宫赐死的，她们不听话，就怨不得本宫心狠。”太子妃边说边摘掉斗笠，我看见了她眼中凶狠的目光，还有泪光。那一刻我有些诧异，我很难判断那些眼泪是真的在惋惜、后悔、无奈、痛心，还是为了收买我，故作的表演。“本宫希望，你和她们不一样。”太子妃扬起脸，让眼泪倒流过去，“予蓝的死虽然是意外，但本宫希望这对你来说，能是一个告诫。”

告诫两个字，她说得很重，我低头称是，顺便想起了木园里的亡魂，那都是对我的告诫。

“重复的话本宫不说了，今后你就补予蓝的差，在本宫身边伺候吧。”太子妃

点了我的差，我想从今以后只怕我也会成为众矢之的，必定要小心做人了。只是，太子妃真的如此信任我吗，还是怕放我在外头会乱说她拜祭秋莲的事？可若真是害怕，大可以把我也埋进地底下，何苦招我来呢？若说是收买，那她要收买的人又何其多，怎在乎我这样的角色？我正苦思不解，便听她又继续说道，“宫里的规矩你怕是应付不来的，正好明日起有批新入宫的宫婢要受训一个月，本宫跟司礼院的尹司礼说过了，你也一起去，只不过夜里还回我这里来伺候。”

“谢娘娘教诲，奴婢会用心的。”我赶紧应着。

“你当然要用心，宫里一下子来了那么多外头的人，谁知道谁是好的，以后分到各宫各院，也不晓得是积福还是造孽，要是不眼明心亮，提前看清楚了，只怕会引狼入室，后患无穷啊。”太子妃接我的话接得恰到好处，如今，我是不得不用心了。

“奴婢明白娘娘的苦心，必定不让娘娘失望，保后宫太平。”我只能中规中矩地回答，我人已在太子宫，即使心中的立场始终未偏向任何一方，也起码要让太子妃觉得，我并不与她作对。

“本宫乏了，让小顺子领你出去吧，凡有不知道的，多问问他便是了。”也许是最要紧的话已经说了，太子妃顿时减了不少锐气，声音也柔和下来。

我等着小顺子服侍太子妃歇下，老老实实地跟着他出了寝宫。对太子宫我还生疏得很，刚迈出寝殿，就和小顺子相互踩了脚。“哎哟，你倒是看着点呀，”小顺子拿拂尘掸掸脚尖，“太子宫的路，你都摸熟了吗？”

“还没有。”我揉着脚，低头不敢看他。

“别紧张，”小顺子倒没发怒，接着给我指点迷津，“我简单说给你听吧，眼下太子有两个妃子，一个是正太子妃，当今皇后的亲侄女，就是你以后的正经主子，还有一个你今儿也见过了，站在太子身边的，原是翰林院学士蒲松的独生女儿蒲冰墨，蒲大人一年前患了中风，久治不愈，蒲夫人又早亡，蒲小姐以此为由，辞去了选秀进宫的名额，在床前尽孝，无奈最终仍是回天乏术，蒲大人撒手人寰，只留得蒲小姐一人独守家业。后此事传入太后耳中，认为此女孝义可嘉，便特许她进宫，并指婚于太子，如今贵为太子的侧妃已有三月了。”

“那她也算善德有报了。”听了故事，我倒放松了不少，不自觉地就议论起来。

“善德有报?”小顺子不屑地摇摇头，嗤之以鼻地说，“若非她的孝心，又怎能越过选秀直入宫闱，怕这其中也有欲擒故纵的小小心计，你可知道，蒲妃是先拒寝后得宠，如此态度反复，故作矫情，绝非善类。”

“可我看她不爱多言，性格似较孤僻。”我说出对蒲妃的第一印象。

小顺子摆摆手，“蒲妃之事，你不必了解太多，倒是宫中婢女，你要仔细相处，予蓝便是你的前车之鉴。纸鸢你已认得了，那个年长些的叫琼芳，细眉毛的是舞雁，胖点的是棠颐，还没长开的那个叫冬暖。”小顺子报完名字，神秘兮兮地靠过来说，“她就是秋莲的妹妹。”

虽然之前已听纸鸢提过，我还是作出了意外的样子，我不想让小顺子觉得纸鸢是个多嘴的人。我由他带着认了认太子宫里的路，然后兜回侍女房，告别的时候，我突然想起了什么，犹豫片刻还是决心问一问。“请问公公，那位代替我看守木园的宫女是……”

“无关的事不要多问，进了太子宫，你嘴巴上这道门，可要栓牢了。”小顺子的声音颇有些警告的意味，我认真地点点头，他才满意地转身离去。

梳洗完毕后，我靠着床榻想着秀心的事。照太子妃说，她不过是挑起了玉昌公主的挽发，难道这样就要发落到辛者库去受罪吗？而且那个什么洛大人因为此事就将珠钗转赠，太子妃提及此事之时玉昌公主立刻恼羞成怒拂袖而去，这其中又有什么样的玄机呢？月光透进来，我叹口气，放下帐子，盖上被子。暖意袭身，我想起了木园的夜晚，手脚蜷缩起来，又慢慢舒展开。不得不说一句，这里的被子，还真是暖和。

小顺子领我到司礼院的时候，正好碰上一班宫婢排着队往里走。我仔细瞅了瞅，个个都是模样秀丽举止端庄，若是把我往中间一丢，那可真是鸡立鹤群，突兀得要命。我心中正觉得窘困，就听到小顺子在我耳边提醒了一句，“别乱瞧了，快站好。”

我赶紧站直了身子，一只脚踮着，生怕斜了肩膀。

“小顺子，人带过来了?”一位穿着讲究的嬷嬷甩着帕子过来了。很明显，她已上了年纪，眼角处可见细细的皱纹。但是，她身板挺直，额头光亮，声音洪亮，想必是个主子面前挺得宠的人物，保养皮肤固然不如主子们，可气质还是硬朗得很。

“来了，只是听说您不在院里，就没敢进去叨扰，怕那些不知情的人，不知如何处置。”小顺子客气地寒暄着。

“是你们心太急，来早了，这不，我刚从皇后娘娘那儿请安回来呢。”那嬷嬷略显得意地说。

“那是自然的，从来只有小顺子等您，哪有让您等小顺子的道理。”小顺子赶紧顺溜拍马，然后走到那嬷嬷身边耳语了几句。

“这些娘娘都交代过了，”嬷嬷不知听了什么好话，脸笑得跟朵花儿似的，“放心吧，我知道怎么做，”嬷嬷瞅了我几眼，“哎，如今的宫里可不比以前了，稍微有点门道的都能进，还要免这个免那个的，主子们统共没多少特权，都使在奴才身上了，这也是想着奴才们能知恩图报，也不算白费了心思。”嬷嬷长篇大论的，竟然也说得我面红耳赤，好像占了主子的便宜似的。“行了，你回吧，人交给我了。”嬷嬷把小顺子请走了，又认认真真地打量了我一通，最后帕子一挥，“得了，你们跟我来吧。”

我们?我一时诧异，这才感觉到还有人与我并肩站着，原本以为是嬷嬷身边的婢女，就没去留意，现在听嬷嬷这么说了，方觉得也是个托了关系的新人。我忍不住去瞧她，竟然一下子就喜欢上了。她的五官端正，皮肤宛如透明，虽谈不上貌美如花，但韵味清新，如同水中柠檬，让人感觉清凉舒爽。最奇的是，我竟闻不到她身上的脂粉气，不施胭脂倒没什么，可她浓眉挂梢，浑然天成，最是难得。虽然有太子妃与蒲妃珠玉在前，可反而是她来得更让人愿意亲近。

嬷嬷带我们进了一间正堂，她落座于正中的座榻之上，我们两个站在那儿，听候训示。

“我是司礼院的主事，你们可以称呼我尹司礼。”

“参见尹司礼。”我们异口同声。

“底子不错，”尹司礼点点头，“你们一个是皇后娘娘选的，一个是太子妃选的，两个我都不敢得罪，不过，你们学规矩也不是为了我，是为了皇后为了太子妃，皇后和太子妃又是为了皇上皇太子，这皇太子迟早也会登基做皇上，所以说白了，你们学规矩就是为了皇上，而我，是替皇上在管教你们，想到这儿，我也就不怕你们怨恨我了。”

“奴婢听从尹司礼教诲。”我边文绉绉地回答，边轻轻瞥了身旁的宫婢一眼。说实话，这一应一答，小顺子教了我一路，看来，身边这位姐姐也是有人教过的。

“教诲归教诲，你们毕竟与那些正经选进宫里的宫婢不同，在我这里不过是走个过场，我心里有数，只要你们循规蹈矩，不要胡乱生事，我自然不会为难你们。”尹司礼先兵后礼，倒是与众不同。“今日一早只是训诫，不需开课，一会儿会有程掌礼领你们去各自的房间，我知道你们晚上都不在这里住，但午歇还是免不了的，说到底规矩在，越有特别之处，越不要做得太明才好。”

“全凭尹司礼裁处。”我们又按规矩行了礼。这尹司礼的话讲得滴水不漏，真真让人佩服，而身边这一位也是坦然不惧的样子，看来宫里有如此本事的人，比比皆是，可即便如此，也只能是个奴才。那么，要有怎么样的心机，才能在主子的位置上坐到终老呢？我感觉自己像一颗不慎落入池中的石子，池水好深，好混浊，我隐约能看见各种各样的鱼在不同的水流层中穿梭，摆动着鱼鳍想要游上去，但终归不是所有的鱼都能如愿。而我，实在承受不了水中缺氧的环境，想要搭住漂流的水草浮出水面，或冲上浅滩，却实在承受不住水压的重力，一路往下，直到陷入烂泥之中，才算结束。我不想做鱼，我只想也许有一天水干了，我就可以呼吸了。

程掌礼来了，她约莫二十五六岁的模样，穿着淡绿色的宫衣，鹅黄的长裙罩了纱，带着一抹春意。她领着我们去了一个叫梨落轩的小院子，也就是宫婢受训时暂住的寝房。寝房共有三十六间，虽谈不上宽敞，倒也正好够两个人住，我们两个都不过夜，自然已经觉得很满足了。我们各自收拾了下细软，程掌礼也离开了，我就想着怎么跟她说上话。恰在这时候，她的帕子落在地上，我赶紧捡起来，见帕子角上绣了个纪字，便找到了话题。

“姐姐姓纪吗？”我把帕子送过去。

“让妹妹见笑了，”她并不害羞，接了帕子过去，“妹妹叫什么名字？”

“我叫林西樵，双木林，西边落日的西，樵木的樵。”

“这个名字真秀气，而且，跟我的名字也有缘分。”她说话也颇讨喜。

“缘分？”我来了兴趣。

“纪双木，双木为林，我娘亲也是姓林的。”

“那真是缘分了，”我对她更喜欢了，“我今年十八，姐姐呢？”

纪双木愣了一愣，突然捂着嘴笑起来，“这下可弄反了，你还长我一岁呢，我该叫你姐姐才是。”

“也别叫什么姐姐了，宫婢之间多是叫名字，你叫我西樵，我叫你双木，好吗？”

纪双木微微一笑，轻轻点头，满面梨花悄然开，两弯黛月对影照，那一刻我觉得，我与她的命运兴许会如同梨花纷落各有飞姿，可我们的缘分必定会如同天上弯月，美丽永恒。

第四章　一世芳华成追忆

很快的，新来的宫婢们由程掌礼领着鱼贯而入，原本安静的小院儿突然就热闹起来。我和纪双木趴在窗口往外瞧，若是看到特别漂亮的还会夸上几句。只是我心里明白，越是漂亮的宫婢，越是容易在后宫深海之中沉浮难测。我看向纪双木，幸而她是认准了主子的，若能安分守己，得皇后庇佑，自然能安居在后宫之中，若不然，只怕早晚也会成了有心之人的眼中钉。

转眼便到了午膳的时间，程掌礼来领我们去膳食间，那些正经入宫的婢女们整齐地排成两排，唯独我与纪双木站在边上不知如何是好。程掌礼招呼我们俩过

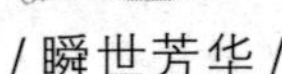

去，指着最前排的两名宫婢说，“西樵、双木，你们两个站她们前面。”

站她们前面？那不就是最前头？我们俩对望了一眼，站过去，隐约间，我可听见后面传来唏嘘的声音，不知是因为我们的“插队”，还是因为我的腿。从梨落轩到膳食间的路并不长，我却走得十分辛苦，背后的窃窃私语也许别人听不见，却字字如刺扎在我的心口。以前我躲在木园里，想着自己走在宫里被人嘲笑是多么可怕的一件事，因此我也更安于一个人的生活，没曾想这嘲笑真的来了，竟比我想象的更要难以承受。看来人会自卑不可以只怪自卑之人，若无人非议自卑又是为了哪桩？我不禁心乱如麻，脚下的步子也有些慌乱。这时，只感觉一只柔软温热的手捉住了我的手，稍稍握紧，有力却又不至于让我疼痛。我抬头看去，纪双木明媚的笑脸正如同阳光般照射着我微微发红的双眼。温暖蒸发掉我眼中的湿润，我也捉住她的手，脚下的步子不再慌乱。

唏嘘声渐渐没去，我开始有了一点心情欣赏周围的布景。程掌礼走在我的右边，时不时地看看我们，微笑不语。经过葡藤顶的时候，藤梢的一片叶子落了下来，眼看就冲着程掌礼的头顶飞去。我正犹豫着要不要提醒，只见程掌礼轻轻拿帕子一挥，叶子瞬间就落到了别处。她的动作轻盈，似乎漫不经心，但却出手极准，毫不拖泥带水。看到此，我不禁失笑，顿然领悟原来并非是木园拖累了我，若无一技傍身，纵然我四肢健全样貌美丽，皇宫对我，也与木园无异。

午膳的时间不长，而尹司礼的教诲却滔滔不绝于耳。按她告诉我们的，司礼院除了程善珍程掌礼之外，还有胡文修胡掌礼、高露义高掌礼和谭颖琮谭掌礼，分别掌管院、人、礼、物的教习。院为宫院，即皇宫各处院落的位置、名称、规格以及所住之人；人为后妃嫔婢奴，即后宫女子的位分司职、行事权限；礼为宫规礼数，即主子与主子之间的礼数、宫婢服侍主子的规矩以及喜丧节召等特殊场合的礼仪；物为衣食住行所用之所有，即各种饰物、器物的名称、作用以及使用之人的等级规范。所有这些，我们都要用一个月的时间统统记进脑子里。而这仅仅是“我们”的任务，至于我的任务，远不止于此。

午歇后正式开课前，程掌礼在臻训堂点报名册，我们二十四个宫婢排列成四列，凡听到报名字的，就走上前去领取笔墨纸砚与宫规籍册。除了纪双木之外，

还有四位宫婢让我印象颇深。袁乔安，身材娇小，巴掌脸蛋，鼻头圆润，口似樱桃，长得颇为精致；齐霜霜，眼带桃花面含春，回眸一笑百媚生，随意一瞥便觉娇艳欲滴、魅惑无限；唐季柔，皮肤白皙，目若点漆，乌发如云，眉目分明，骨子里尽透着精明干练的气质；肖玉华，身材高挑，平肩细腰，举止流畅，在一堆人中甚有鹤立鸡群之感。如此我不禁觉得，太子妃的担忧顾虑并非庸人自扰。

是夜，小顺子服侍太子妃就寝，我在一旁给太子妃回话，“今日给奴婢授课的是程掌礼，说的是宫中院落的分布……”

“这些不必说了，”太子妃打断我，“本宫受皇后之命监管司礼院，院中授课籍册皆为皇后与本宫所定，每日所授，本宫了然于胸，不如，说些本宫不知道的吧。”

“是。本届新入宫的宫婢连同奴婢在内共有二十四人，若论姿色，袁乔安娇美，齐霜霜艳丽，若论气质，唐季柔聪颖，肖玉华高贵，此四人皆为上选。”我如实作答。

“天生的条件虽是难得，但养成的品性更是重要，这四人学习可是用心?”太子妃不紧不慢，吐字清晰，生怕我听岔了问题似的。

“袁乔安对中宫殿似有兴趣，曾三度提问，问及宫中婢女的人数与分配之法；齐霜霜对东宫最为在意，并问及服侍东宫的宫婢是否由中宫派指；唐季柔似乎对后宫侍主并无兴趣，反问及包括尚宫局与司礼院在内的四局六院八房坐落何处；肖玉华则从头至尾未发一问。”我辛苦回忆、小心回禀着。这便是我在司礼院的任务，德容功貌，凡有任何一项出色的宫婢，我就必须细心观察，若有心思的，必定要报于太子妃。幸而出挑之人毕竟不是太多，否则短短两个时辰，我又如何把握。

太子妃沉默片刻，突然问我，“今日皇后娘娘是否也送了一个宫女过去?”

我心里一动，知道她问的是纪双木。我不敢隐瞒，点头称是，心里却是不情愿的。如果被太子妃盯上，只怕日后会有不尽的麻烦。

“本宫听说她也长得不错，眉清目楚，清秀怡人，本宫这话没错吧?”

“是。”我低下头，怯弱地回答。

“既然是个美人，怎么你倒没把人家记住呢?”太子妃说得缓和，我却心里发毛。

“回娘娘，只因为她是皇后娘娘身边当差的，奴婢料想她必是个可信的人，又怕胡乱说了，生分了娘娘与皇后娘娘的关系，所以不敢乱诌。”我小心翼翼地回答着，身体不自觉地往后缩着，生怕太子妃突然就一个嘴巴子下来。

“这么说，你倒是替本宫着想了。”太子妃虽没有扬手掌嘴，却把怀中的暖炉搁到一边，摆出要站起身的架势。

“娘娘，奴婢该死!”我条件反射地往后一躲，赶紧跪下。

“哈哈……”太子妃居然大笑起来，“本宫告诉你吧，她不是伺候皇后娘娘的，她是伺候郡主娘娘的。”

郡主娘娘？我一下懵了，竟然忘了尊卑有别，直愣愣地看着太子妃，朝她投去疑惑的眼神。

见我如此神情，太子妃倒将眼中的怀疑减去大半，轻轻抬手示意我起身，“你在木园之中，宫里宫外的事都不曾上心。一个月前，护国将军万云川战死沙场，皇后怜悯，上奏皇上，要将万将军的独生女儿万淑宁接入宫中，封为安国郡主，此事已得皇上与太后的恩准，册封大典就定在十一月初九。”

十一月初九，正好是一个月后。“这么说，纪双木是皇后娘娘指派给郡主娘娘的了。”我按常理推想着。

“不，她是由万淑宁从将军府带进皇宫的。”太子妃说这话的时候，故意走近我身边，身上的香气钻进我的鼻子，她是在告诉我，纪双木身份特殊，不亚于我。

“此事，确是奴婢失察，还请娘娘降罪。”事实如此，我已无可辩驳。

“此事，是纪双木存心隐瞒，也怪不得你。”太子妃归咎于纪双木，反叫我无所适从。我相信纪双木并非存心瞒我，但太子妃的“宽容大度”让我难以再开口为纪双木辩解。

犹豫片刻，我从喉咙里挤出几个字来，“奴婢们，并未谈及主子。”

“原来纪双木不是只会瞒天过海，还懂得笼络人心呢。”太子妃的话中竟有笑意，这种笑意，让人毛骨悚然。

我知道自己已是好心办了坏事，一时语塞不知如何作解。

太子妃轻轻一笑，“你不必紧张，本宫没有怪罪你们的意思，年轻姑娘彼此合眼缘便忘了主子的吩咐，这本就是稀松平常的事，想必她也只顾着和你要好，把皇后郡主的嘱咐都扔到了九霄云外，这不是什么大事，本宫是不会追究的。反过来说，本宫倒是真的希望你们能有这种缘分，本宫的这番心意，你可了解？”

“是。”我将回答简而化之，既然太子妃故意说得晦涩不清，我自然先应着再说，难道还真让她给我细细解释一番不成。

“可惜，本宫与那位郡主娘娘就没有你们这般的缘分了，”太子妃突然话锋一转，议论起安国郡主来，“听说万淑宁才貌双全，诗情横溢，不但称得上倾国倾城，艳冠天下，更是学富五车，玲珑剔透，双手可同时书写两种不同的字体，又向苏杭的师傅学得双面绣之绝技，如此了不得的人物，本宫竟然只得耳闻，未曾亲见，真是缘分浅薄啊。”

“安国郡主既然已经被接进宫里，娘娘又怎么会没有机会相见呢？若是凭空没有机会，娘娘也可以召见啊。”我从小顺子手里接过茶碗，递给太子妃。

太子妃接过茶，抿了一口，“这位郡主娘娘很是低调，又说要守孝，又说宫规严苛，总之未正式册封之前，是绝不会在宫中公开露面的。太后对于此举，竟然深表欣慰，夸赞万淑宁识大体懂孝道，不是那种恃宠而骄四处显摆的官宦子女，连皇后都不敢带着她四处走动，本宫又怎么会去自讨没趣呢。”

我好像听故事一样听完太子妃对这位安国郡主的描述，她的低调她的孝道虽让我略有惊喜，却不及太子妃的暧昧态度让我来得诧异。难道，她是在担心万淑宁会影响到自己太子妃的地位吗？万淑宁才貌双全、德行高尚，又是名门之后、家有功勋，一般的皇妃自然觉得如临大敌，可太子妃毕竟是当今皇后的亲侄女，端庄高贵、心思缜密，而且眼光高远、未雨绸缪，即使不能略胜一筹，也算平分秋色，再加上太子妃的既有名分，已经占了先机。再者，这位郡主听起来甚是安分，不像是会越矩争宠之人，太子妃实在无需如此担忧。难道，她还有别的顾虑？

我正苦思冥想，便听见太子妃吩咐我，“铺床吧，本宫也乏了，你们也早点歇着去吧。”

我巴不得赶紧睡觉去，和小顺子一起服侍太子妃就寝，然后离开。回寝房的路上，我几次想开口问小顺子关于安国郡主的事，但都忍住了。其实，她的传奇色彩并不怎么能吸引我，她是彩色的，而我的世界是黑白的，我在意她，也仅仅是因为纪双木。在纪双木清澈如水的目光中，我丝毫看不见荣耀的光芒，万淑宁的光彩并没有折去纪双木的诚朴与素净，难道那份与我相似的安然与淡定，就是我们缘分的由来吗？

“唉……”小顺子的叹气声把我从沉思中拉回，悻悻地说，“想五年前太子妃还是安韵郡主的时候，就被皇后接进宫里，那也是光芒四射、万人瞩目，长得就不用说了，清丽高贵，雍容大方，一看就是入主中宫的面相，而且通古博今，理事稳妥，太后、皇上与皇后娘娘都有意册封她为太子妃。”

“五年前，六皇子还不是太子呢。”我想起玉昌公主的话，突然意识到原来太子妃也并非是一步登天的。

“这正是娘娘高明的地方，”小顺子得意起来，“当时娘娘婉拒皇上的指婚，已是令人称奇，后来娘娘又主动跟皇后提起，愿嫁于六皇子。六皇子当时已被封为晋王，且已大婚，娶的是户部尚书严斌的二女儿严秀逸，可娘娘竟然甘愿为其侧妃，此事更是令人讶异。皇后本不舍得，架不住娘娘执意要嫁，最后只得恩准。”

“放弃将来入主中宫的机会，与人为妾，这的确不像是娘娘的作风。”我嘴上这样说，心中却疑虑丛生。也许是看到了太子妃如今的风光，对她曾经的抉择，我已很难用平常心去看待。

“可这奇就奇在，娘娘被册封为侧王妃之后不到一年，太子羡就突然病倒了，接着便有长安王爷为首的一班重臣推举晋王协理朝政。一年前，太子羡驾薨，太子之位就顺理成章地落于晋王手中。”小顺子一气呵成，似乎这些话他已准备很久，久到出口成章、倒背如流。

“那个时候，娘娘应该还只是太子的侧妃吧？”

“虽然在名分上只是侧妃，但宫中并没有人把她当侧妃看，晋王被册储位后，宫中议论之声颇盛，说是娘娘命贵，才把贵气传给了太子。”

“那娘娘在宫中岂不是风华尽现，势不可挡了？”

“可不是嘛！当时娘娘在宫中的风头，那是连皇后娘娘都盖不过去的。”

“那娘娘从太子侧妃变为太子妃，也是水到渠成了。”

“册立太子妃可不是小事，太子妃可是未来的皇后啊，若无特殊的理由，是不可以随意废改的，何况严妃也是大家闺秀，行事也算谨慎，虽未冠宠一身，也算尽职尽力，并无过错，怎么可能说废就废呢？说起来，也算是鹬蚌相争、渔翁得利吧。”

“鹬蚌相争？”我忽然想到了什么，“我记得玉昌公主说，娘娘被册为太子妃，仅仅只有三个月，而蒲妃入住东宫，也是三个月，莫不是这其中有何关联？”

小顺子闻言突然停住脚步，转过身仔细地盯着我瞧，随即暧昧地一笑，四下望了望说，“严妃被罢黜，的确与蒲妃有关，个中缘由，你已不必深究了。娘娘担心的，并非是过去，而是眼下。霎那芳华，怕的就是昙花一现。如今，蒲妃得宠，娘娘已是颜面有损，若是安国郡主再来个喧宾夺主，那娘娘的威仪又该何处啊。”

我闻言顿悟，原来后宫之中，不光是争宠爱，争位分，还要争能耐、争颜面。得宠后不可再失宠，一朝风光难容片刻黯淡，胜者既是如此，败者又岂能罢休？无怪乎这宫中纷争难断了。

“哦，还有，”小顺子似乎是想到了更为重要的事要嘱咐我，“有些话，娘娘虽然没有直说，但意思已是很明白了，那个纪双木，你要多留心才是啊。”

果然是纪双木，娘娘在意的果然是她。袁乔安、齐霜霜、唐季柔、肖玉华，四个人的才貌心思加起来，也遮掩不过一个纪双木去。太子妃对她如此在意，真的就是因为一个万淑宁吗？

我睡不安枕地过了一夜，第二天早上起来，发现天阴阴已下起了小雨，我踩着湿漉漉的石子，一路往司礼院去。小顺子的嘱咐还在我的脑子里打转，我正思考着如何与纪双木相处，她就已经走到我的面前了。翠绿色的油纸伞映衬着鹅黄的宫衣，雨点打在上面，啪嗒啪嗒地响，清脆、好听。

“下雨路不好走，怎么还分神了呢？”纪双木伸手挽住我的胳膊，生怕我

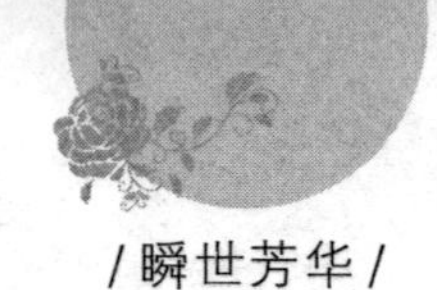

跌倒。

“这宫里的路我都走了十年了，下雨又算得了什么。”我知道是她多虑了，以前在木园，那儿的路更是泥泞，可我早已如履平地了。而她这份心，我是感动的。

“你在宫里十年了？”纪双木不敢相信，“那你怎么还来司礼院？”

“我是托了旁门进来的，留用在没人愿意去的冷宫里，那儿用不着规矩。”

“既然有旁门可托，怎么不去好点的地方，要在冷宫里受罪？”

“你也看见了，”我提提裙摆，示意她看我的腿，“这副样子，能进到宫里已是不容易了，还妄想什么更好的吗？”

“可你不是太子妃身边的吗？太子妃跟冷宫，又有什么关系吗？”

“冷宫中有被罢黜的妃子，原与太子妃交好，太子妃前去探望，不慎受风晕倒，正值我当班，便被太子妃的随从唤去服侍，太子妃许是见我服侍得不错，又怜悯我孤身一人身有残疾，便施恩将我留用。”这是小顺子事先与我套好的说法，以后凡有不知情的人问起我的来处，便用这套说辞，至于知情的人，小顺子说他自然会去打点。

“如此便是你与太子妃的缘分了，”纪双木替我开心，“太子妃心存仁义，留在她的身边，你从此便可以脱离苦海了。”

脱离苦海，那真是不知情的人才会说的话。心存仁义，太子妃鼎盛之时苦心经营的形象果然还在宫中被人传颂，只是，太子宫的宫婢奴才，是否也作此想呢。她的博古通今我没有见识过，她的理事稳重在予蓝一事中倒可略见一斑，至于心存仁义，恐怕我的特殊待遇又能为她的高尚德行添上重重一笔了吧。

“那你呢？”我想到我的任务，趁着她问起我的事，我便也顺势问起了她，“你与皇后娘娘的缘分又是什么？”

纪双木沉默片刻，抬头微笑地说，“此事虽尚未作准，倒也八九不离十了，你不问我，我自然不会四处宣扬，可你若问起，我怎能有所隐瞒，只是你我都莫要声张，以免节外生枝。”

“是什么难以启齿的事吗，让你如此谨慎，若真是不便，就不必说了。”我说这话时甚是矛盾，生怕她一个犹豫，就把要吐出口的话又给咽回肚里去。

“你凡事都诚然相告，我怎能再作隐瞒，其实我并非皇后娘娘的婢女，而是已故护国将军万云川府中的官婢。万将军为国捐躯，皇后垂怜，意欲册封我家小姐为安国郡主，我身为小姐的贴身侍女，随驾进宫。”纪双木讲述原委，与太子妃所说无异。

“如此说来，这倒是你与万家的缘分了。只是，宫婢不同于官婢，一日进宫，终身不得出宫，难道你家小姐不为你考虑吗？”昨日听太子妃说起这个万淑宁，是个胸有沟壑的大爱之人，又怎会将纪双木强留身边，困于宫中呢？

“小姐早已烧了我的卖身契，是我自己不愿意走。”纪双木的回答令我意外。难道她不知道一入宫门深似海，难道她还有什么别的心思，难道太子妃在意的就是纪双木本人？重重疑问叠上心头，此时纪双木又继续道，“宫中看似华丽锦绣，实则为虎狼之地，一时行差踏错便可万劫不复，如此险境，我怎能让小姐孤身犯险？”

“你就是为了照顾你们家小姐，才进到这宫里来？”这下轮到我吃惊了，天下奴仆何止千万，出于真心的又有几人？何况万淑宁贵为郡主，身边不缺服侍之人，若是有人与郡主为敌，也绝非她纪双木能够保护得了的，她进到宫里，好则罢了，不好，也只是多一个人受罪陪葬，这个道理，她难道不懂吗？

“我知道宫中复杂，非我纪双木可窥探，但成事虽在于天，谋事却在于人，保护小姐，是我的职责，也是我的心愿，只要我能做到，我就决不放弃。”纪双木这话说得斩钉截铁，我也确实从她眼中看到了坚定与决心。只是，她是否能够如愿呢？若她真是为护主而来，以她的坚韧与忠诚，恐怕万淑宁会在宫中披荆斩棘，那太子妃又该如何自处；若她以护主之名留任宫中，实则另有私心，以她的城府与耐性，恐怕翻云覆雨也不过是早晚而已。恐怕，太子妃独领风骚的局势将不复存在了。

第五章　细处无风不起浪

万淑宁尚未兴风，司礼院已掀起小小波澜。皇后娘娘突然驾临，众宫婢齐集荣训堂接驾，连我也不例外。只是首尾之位，皆易引起注意，我自惭形秽，低着头站在首位，很不自在。

“林西樵，你跟古月月换个位置。”程掌礼的吩咐正中我下怀，古月月列位三横四纵，最不易引人注目，皇后亲临训示，宫婢们谁不想露一露脸，这样一调换，我自是解脱了，古月月也不甚欢喜。古月月皮肤略黑，却五官立体，轮廓分明，像一株黑玫瑰，暗藏锋芒。

重新站队后，我们还来不及整理衣装，皇后娘娘便由宫婢搀扶着步入荣训堂。

“奴婢参见皇后娘娘。”尹司礼一声高呼，带领我们躬身行礼。

“尹司礼不必多礼，起身回话。”皇后客气地示意尹司礼起身，语调温和却掷地有声。

尹司礼站起身，古月月也跟着站起身，而我还躬着腰，其她宫婢也都躬着腰，连四位掌礼也不敢起身。我听得很清楚，是尹司礼不必多礼，是尹司礼起身回话，不是我们，更不是古月月。

时间似乎在那一刻凝结，我微微抬眼去看古月月，虽然只看到她的背影，但已经感受到她内心的惶恐和畏惧。平时貌不惊人的古月月一下子成了所有人的焦点，这是她要的结果，但我想这一定不是她想要的方式。然而，古月月并没有像我想的那样惊慌失措，跪地求饶，而是缓缓躬身，再次行礼，不慌不忙，将即将掀起的大风浪强压于拂面微风之下。

皇后用惊异的眼光看着她，然后慢慢露出微妙的笑容，“这个丫头本宫要了，一个月后就派到中宫来吧。”

“是，皇后娘娘。”尹司礼赶紧答应。

天啊，古月月这就被皇后看中了。就算宫中瞬息万变，世事难测，也不至于如此戏剧吧。我忍不住多看了皇后几眼，居然发现她的眉眼与太子妃有四五分相似。看来这果然是入主中宫的面相，她们家注定是要出皇后的。

“都起来吧，”皇后似乎已经忘记了刚才的一幕，从尹司礼手中接过茶碗，轻轻抿了一口，然后不经意地问了一句，“哪一位是齐霜霜，站出列来。”

齐霜霜正在我的边上，我感觉她本能地吸了口冷气，然后出列，走到皇后跟前，“奴婢齐霜霜，参见皇后娘娘。”

皇后朝她看了一眼，竟然一时也惊了一下，然后盯着她的脸看了好久，“果然是个美人呐，连本宫见了，也忍不住多看几眼，好像突然自己也变得年轻了。”我听着这话似有玄机，但见齐霜霜却绽露笑容，神采更为飞扬，心里很是为她担心。皇后接着说，“从来宫里优秀的宫婢，都是多才多艺，或能诗书，或能歌舞，你会什么呀?”

“回娘娘，奴婢自幼学器乐之艺，略通歌舞。”齐霜霜声如银铃，倒像是个练过嗓子的。

“嗓音婉转声似莺啼，倒是个有天赋的孩子，梨花腮、柳杏眼、眉弯似剑虹、发乌似黑瀑，如此天造地设的玻璃美人，若是只做些端茶递水的粗重活儿，岂不是暴殄天物了吗?”皇后娘娘一番夸奖，然后眉头一提，“尹司礼，前几日司艺院来报，说丝竹班又少了个弹古琴的，不如就让这孩子去吧，别浪费了天赐的人才。”

齐霜霜闻言脸色一暗，赶紧陈情，“启禀娘娘，奴婢学的乃是琵琶，对弹奏古琴并不谙熟。”

“这有什么？乐行天下，本就相通，你天赋异禀，定能举一反三、融会贯通，再加上名师调教，还怕学不会吗？你未学琵琶之时，可曾想过有一日能怀抱琵琶半遮面，如今根基已在，想要更进一步，又有何难呢?”皇后对齐霜霜安抚鼓励了一番，转过身对尹司礼说，“这件事就这么定了，你把她的名册送到司艺院去，让周司艺心里先有个数。”

“奴婢记下了。”尹司礼又躬了躬身。

齐霜霜退回到我身边，以前的得意高傲全然退去。这时，皇后又点名道，“唐季柔是哪一个?”

我心里一跳，突然想到这些被点名的人，都曾经是我在太子妃面前提起过的。天哪，就是因为我说的那些话吗？我突然领会了我不杀伯仁，伯仁却因我而死的痛苦。在宫里，未必要等到生死，任何一次抉择，都可能踏入地狱，或者天堂。我眼睁睁看着唐季柔走到皇后跟前，躬身行礼。我的心又揪起来。

“你是唐正宵的女儿?”皇后有此一问，想必已经查了她的身世。

“是，家父唐正宵，因为误诊，致使病人施救不及，已被封铺判狱。”唐季柔说起不堪往事，倒也平静。

“可保荐你入宫为婢的，却是京畿刑狱司翁仲恺翁大人，本宫听说，正是翁仲恺将你父亲判刑入狱的，这其中是何缘故啊?”

“娘娘果然明察秋毫，说得丝毫不差。翁大人与家父乃是旧识，所以家父被告误诊，翁大人也不曾轻信，多方奔走，意在查明真相。无奈事实不可辩驳，家父所学有限，又遇疑难杂症，确为误诊。翁大人虽心存怜悯，却也不徇私枉法，家父也不愿拖累翁大人清誉，甘愿受罚，只是家母早亡，家父怕奴婢无人照顾，便向翁大人托孤。翁大人早有妻室子女，奴婢不便在其府上打扰，恰逢宫中征召婢女，便有了翁大人保荐奴婢入宫之事。”唐季柔说得清楚，我也不禁感慨。一个小小宫婢，都有如此复杂的背景，看来这皇宫，真不是个寻常的地方。

“原来如此，”皇后含笑点头，“你父亲是京城名医，虽此次诊断有误，也曾经施医赠药，济世为怀，你从小跟随父亲，可通医理?”

“略懂皮毛而已，实在不足挂齿。”

“如此甚好，本宫身边，正缺这样的人，如今皇上龙体欠安，虽无大碍，却是需要仔细调养，本宫统理后宫，未能事必躬亲，正想找个略通医理的宫婢伺候皇上起居，你可愿意?”

“奴婢惶恐，服侍皇上乃是奴婢的福分，必定尽心竭力，不敢有负皇后娘娘重托。只是，奴婢才疏学浅，皇上贵为天子，奴婢何德何能，伺候皇上起居，若

有所闪失，只怕有负于天下，还望娘娘三思。”唐季柔虽然心中喜悦，却也不免担忧重重，犹豫之下，竟向皇后说出推托之词。

“皇上身边的婢女，并无一人精通医理，即便是本宫，也是照御医的医嘱而为，你家传渊源，自然在那些奴婢之上，再说宫中御医皆可为师，你不必有此顾虑。难不成，还要本宫下懿旨请你?”

“奴婢不敢，奴婢遵命就是，谢皇后娘娘。”唐季柔听皇后这样说，赶紧答应下来。

“袁乔安出来回话。”皇后似乎兴致正高，没有就此打住的意思。此刻我已确认，皇后是从太子妃那儿得到了消息，故意给这些宫婢一点颜色看看。只是皇后毕竟机敏慎重，没有偏听太子妃一面之词，而是查有实据，才对各宫婢做出安排，要不然，我就糊里糊涂做了离间之人了。

“奴婢袁乔安参见皇后娘娘。”袁乔安本就身材娇小，更显得皇后威仪盖世。

“袁乔安？司膳房的袁司膳是你什么人哪?”

“是奴婢的姨娘。”袁乔安还是很活泼可爱的样子，没有刻意轻声细语，故作柔弱。

“齐霜霜懂琴艺，唐季柔通药理，你会什么呀?”皇后把凉了的茶倒进茶几上的菊花盆中，把空茶碗递给尹司礼。

“奴婢只会做菜，不会别的。”袁乔安笑靥如花，两个浅浅的梨涡透着乖巧气。她如同一个没长大的孩子，说话时喜欢摇头晃脑，天真的表情落入我的眼中。

“那正好，”皇后对着尹司礼说，“就让袁乔安去静禄院的小厨房伺候吧。”

“静禄院!”袁乔安忍不住叫出声。既然有亲戚在宫里，她就必定是知道的，静禄院，其实是冷宫。

“怎么了？不好吗？那你想去哪儿？辛者库？浣衣房?”皇后一连串的问题，问得袁乔安直打哆嗦，眼睛睁得大大的，委屈得很，就快掉眼泪了。

“还不快谢恩!”尹司礼出面给她台阶下。

袁乔安看了尹司礼一眼，大概是看懂了她警告的眼神，赶紧收敛气焰，低头接受皇后的安排，“奴婢，谢皇后娘娘。”

袁乔安退回原位，我看见她将目光先后投向唐季柔和古月月，进出中宫，服侍君王，这才是袁乔安进宫之本意吧。现在，皆成泡影了。我想接下来被点名的该是肖玉华了吧。我正等着，却等到一个让我意外的名字。

“林西樵。”有人叫我。不是吧，皇后是在点我的名。我下意识地拽紧裙摆，尽量不让身体摇晃，慢慢走到皇后面前。终于可以近距离地看她了，她和太子妃真的十分神似，只是岁月留下的痕迹，让她少了几分靓丽，多了几分稳重。

“你是关琼慧的女儿?”关琼慧是我娘的名字，看来皇后是无所不知了。

“奴婢是关琼慧的女儿。”

“文静公主离开后，本宫甚是伤心，对你娘的处境也未能顾及。可惜你又……”皇后看了看我的腿，又看了看我的脸，“不过这样也好，母亲能求儿女什么，不过是平平安安，活得自在。太子妃是本宫的侄女，本宫自会有所交待。宫中婢女，最要紧的是安守本分，这一点，本宫倒是不担心你的。”

皇后将这段不知是安抚还是开脱、不知是信任还是贬低的话娓娓道来，竟然也能让我有几分感动。每次她的目光落在我的腿上，我便感受到隐隐的刺痛。她不是相信我，她是相信我的腿。

“皇后母仪天下，心中挂念的乃是天下百姓，奴婢的母亲也只是奴婢，实在不敢劳皇后娘娘挂心，娘娘不嫌疑奴婢身有残疾，留用宫中，已是天大的恩德，奴婢必定尽心尽力，不敢有负娘娘的期望。”在司礼院呆了几日，我竟也可以出口成章了，看来除天赋之外，环境对人的影响真的很大，我感觉自己已不再是木园里那个没心没肺的直肠子了，如果现在小玄子在，听到我这么说话，必定瞠目结舌，恍如隔世了。

皇后挥挥手示意我退回原位。之后，她站起身来将我们扫视一番，花红柳绿尽收眼底，姹紫嫣红网罗胸中，“从你们进宫那一天起，皇宫就是你们的家，家有家规，对的要赏，错的要罚，今日本宫不赏也不罚，只是正好宫中司职有所空缺，随便点了几个名，并无抬举或是惩治的意思。今后你们还跟以往一样，都是宫中正式入选的宫婢，没有上下，没有大小，所以不要妄自菲薄，也不要恃宠而骄，更不要互生嫌隙、彼此妒忌，本宫希望你们能相亲相爱，以后宫大局为重，

以皇上江山为重，各尽所能，不负天恩。你们，都记住了吗？”

“奴婢谨遵皇后娘娘教诲，娘娘千岁千岁千千岁！”我们高呼千岁，躬身行礼，这才把皇后恭送出了司礼院。半个时辰折腾下来，我们已是面色土黄，呼吸困难，原来国母的威仪，真的可以震慑人心，气盖万千。

是夜，我把今日发生在司礼院的事一五一十地告诉了太子妃。太子妃听完后，轻轻一笑，鼻子里哼的一声，轻蔑地说，“齐霜霜、袁乔安，只不过是小小宫婢，仗着有几分姿色，懂那么点音律歌舞，有那么点人情关系，就打起中宫与东宫的主意，简直就是不知死活，皇后娘娘最忌讳宫婢行为不端，她们心存不轨不说，还急着往外现，如今皇后也是杀鸡给猴看，以儆效尤，算是便宜她们了。”

“可是古月月和唐季柔……”小顺子似有顾虑。

“既然是皇后亲点的，她必定是成竹在胸，伴君如伴虎，她二人时常在皇后的眼皮子底下转，想必也生不出什么事来，即使有些什么，皇后还能放任不管？随她们怎么折腾，只要皇后坐稳中宫，再加上我东宫得保安宁，便后宫无忧了。”太子妃伸展双臂，像是要把天地都抱在怀中一般。

“还有纪双木呢！”小顺子提醒道。

“对，还有她！”太子妃突然警觉起来，“林西樵，纪双木最近可有特别之处？”

“没有，几日前她将自己的身世相告于奴婢，奴婢已回过娘娘了，这几日她虽常与奴婢说笑，却从不谈及她家主子，奴婢也不敢多问，以免惹她怀疑。”

“今日皇后处治了那些宫婢，她可说了什么？”

“她只是安慰了袁乔安几句，齐霜霜与她素无交情，她也未曾有所表示。只是大家都向古月月和唐季柔贺喜，她也跟着附和了几句，看不出什么异样。”我如实禀告。

“贺喜？哼，是喜是悲还不知道呢，一群不知天高地厚的丫头！”小顺子撇撇嘴说。

我不应声，心里想纪双木一定不知道每天我都要把她的一举一动报告给太子妃，有时连我自己都觉得没有意义，太子妃在意的是万淑宁，她把纪双木盯得这

么紧有什么用，纪双木根本对万淑宁避而不谈，我每天这样辛苦为难，都不知道是为了什么。还有，我虽早已告知纪双木我与太子妃的缘分，却对我的身世守口如瓶，今日皇后虽未明说，大家也肯定猜着一二了，我好怕纪双木会因此对我有所介怀，我真的不希望我们如此奇妙的缘分就从此烟消云散了。

太子妃没有再追问我什么，我与小顺子服侍她睡下后便退了出来。

“满面愁容的，是不是在想纪双木？”小顺子眼尖，一下说中了我的心事。

“她会对我有所介怀吗，会不再理我了吗？”我着急地问。

“放心吧，她不会不理你的。”小顺子并不担心。

“为什么？我隐瞒她这么多。”

“哎呀，”小顺子打断我，“她如果真的心思单纯，就绝不会跟你计较的。”

“那如果，她不单纯呢，她会不会以为我是故意在套她的话，不是存心跟她交好？”

“那她就更要粘着你了，你是谁，你是皇后娘娘特别关照的人，她不和你好，难不成不想在宫里混了？”

“我从没想过要被谁关照着，我根本就不想掺和进来！”那一刻我有点任性，我不喜欢这种生活，太累了。

“你已经进来了，出不去了，”小顺子用事实敲醒我，“看你刚才问的笨问题，你不是挺有脑子的吗，怎么一遇上纪双木的事儿，就开始犯糊涂了呢。我看你对纪双木是真喜欢，这样可不好，别是这后宫纷争你掉不进去，反是这不该有的姐妹情谊陷进去了。”

我闻言沉默，皇宫，真的是让人身在其外，如雾里看花，身在其中，仍是雾里看花。

第六章　雾里看花两重梦

小顺子说的没错，纪双木果然还是一如既往地待我，每天早晨在石子路上等我同行，喜欢挽着我的胳膊不让我跌倒，遇到门槛台阶会稍稍放慢脚步，我倒不是真的那么脆弱，只是她这份心意从不曾削减过半分。小顺子总提醒我说她是别有用心，可比起皇后驾临司礼院之前的点点滴滴，她给予我的关爱从未曾添加一分。相反，司礼院中的其她姐妹突然间就变得对我亲疏有别。疏者，俱是有了去处的宫婢，疏远的法子却又大不相同：齐霜霜、袁乔安对我恭敬有加，而笑脸相迎中总有忍辱负重之感；古月月、唐季柔对我退避三舍，凡有我之处皆敬而远之。亲者，全是前程未定的宫婢，个个视我如珠如宝，故作亲近。小顺子说这叫见风使舵，是宫婢奴才们最拿手的伎俩，就像是买卖人手里的铜板，一摸便是一个。

“我可不信，纪双木就不这样。”我已懒得与他争论，只是平静地说出自己的看法。

“皇后这般裁处之下，那些人对你亲疏有别固然有失善德，但却是应当之举，反观纪双木待你一如既往，颇有不以物喜、不以己悲之修为，倒是需要提防。”小顺子依然怀疑着纪双木的用心，站在他的立场，确实也无可厚非。

其实，我岂不知道宫中满是虚情假意，人人都戴着面具做鬼吗？可凡事皆有例外，否认纪双木，不就等于否认了我自己吗？以前小顺子贬低宫婢德行，我都气得不得了，他难道是看不见我，抑或是连我也骂进去了？可后来回想，我在木园之时，还不是一竿子打翻一船人，将宫中婢女一概冷嘲热讽、嗤之以鼻？虽不是真心讨厌她们，但也确实不相信宫里还有情愿避世之人。既然我是如此看人，又为何不许人这样看我？“你有你的立场，我有我的坚持，我们不如打个赌啊。”

我提议。

“打赌我是不怕的，只是你该掌嘴!”小顺子突然竖起眉毛，严厉起来。

“为什么?”我不明白好端端的，怎么又要挨打了?

“你是谁的奴婢?什么叫你的坚持?你没资格坚持!在这皇宫里头，主子们才可以有立场、有坚持，我们是没有的!”小顺子苦口婆心地教育我，虽然聒噪烦人，却不能抹煞了他的一番苦心。我自然知道在宫里说话要谨小慎微，每次回话我都是再三思量方敢开口。只是一不见了主子，就轻飘飘起来，说起家常话，就立刻忘了分寸。此刻小顺子一提醒，我才意识到原来宫中没有闲话白话，句句有玄机，字字要小心。

“奴婢知道了，谢小顺子公公提醒。”我诚心地躬身表示谢意，侧身之时正好瞥见蒲妃从环廊经过。蒲妃似乎不爱艳装华服，总是以白纱长袖衬托飘逸之感，素洁温婉，走在宫里，反若姹紫嫣红下一朵白玉兰，惹人注意。说起来，这是我第二次见她，第一次是予蓝被判淫乱后宫之时，血洒当场，令人不愿回忆，而这一次，则是夜幕遮蔽，多了几分晦涩和诡异。

“你猜猜，她是去哪儿?”小顺子突然考起我来。

“夜幕之下又孤身一人，多是行苟且之事，但蒲妃于黑夜之中身着白纱，似乎并不想掩人耳目，再加上她从环廊经过，莫不是去找太子?”我疑惑地说，“可太子现下不是在与大臣议事吗……”

“夜尚未深，我们不妨再等上一等。”小顺子径直走到环廊上，挨着大红的柱子就坐在了廊椅上。我跟着走过去，正好那个位置能瞧见太子正宫的大门。小顺子拉我坐下，我却如坐针毡，立刻又站起身来。小顺子倒也随我，笑而不语，只是努努嘴示意我朝正宫门口看。我回过头去，没一会儿，就看见一帮子人从正宫大门走出来，立刻有在旁等候的侍从跟上去伺候。

“那些就是来议事的大臣。”小顺子向我介绍着。

“不是说没有两个时辰都结束不了吗?”我一句话没问完，小顺子就起身沿着环廊朝正殿走去。“小顺子公公，去哪儿呀?”我嘴上还问着，脚上已赶紧迈开步子跟上。

小顺子领我到了正殿门前，几位大人还没散开，正围聚着说话。小顺子拂尘一挥，走上前去，“各位大人，这么早就散了？”

“哟，小顺子公公，多时不见，越发精神了。”一位短须高个、面盘四方的大人满面笑容，看似与小顺子也有些交情。

“不精神着点，难道等着讨主子打嘛，”小顺子也不见拘束，左盼右顾之下，轻声问道，“怎么，这两个时辰的议事会，这么早就结束了？”

“哎，太子突然身体不适，让我们改日再议。”另一位年纪稍轻的官员说道。

“哟，那奴才得赶紧请太医去，各位大人，恕不远送了。”小顺子应付自如。

“哪里哪里，劳烦小顺子公公了，请代我等向太子妃问安。”诸位大人们表了表对太子妃的敬重，纷纷散去。

“太子身体不适，要不要禀报太子妃？”毕竟在身边伺候了一段日子，我心里还是想着太子妃的。

“禀报什么！早点回去歇着吧。”小顺子一反刚才的担心样儿，转身就走。

“可刚才你还说要请太医去的。”我傻傻地追问着。

“请太医？哼，请他来看太子与蒲妃的好戏吗？”小顺子的话有些尖刻，却说出了一些我不知道的事情。

“你是说，太子谎称身体不适，支开大臣，是为了蒲妃。”我将事情贯连起来，不禁倒吸一口冷气，“那蒲妃的面子也太大了吧，能让太子为她不惜说谎阻扰议事。”

“蒲妃前往太子正宫是你亲眼所见，太子突然身体不适将议事搁置是你亲耳所闻，难道你的耳朵眼睛都是假的吗？”小顺子不再旁敲侧击，而是将事实直白道来，“蒲妃初进宫的头三天，一直拒绝侍寝，说是守孝未满三年，要等月底才能行周公之礼，太子爱重她，未有临幸就疼爱有加，可就在月底前，蒲妃陪同太子去校场骑马，不慎破壁，严妃细查后认为是蒲妃德行有亏，借此遮人耳目，然而太子坚信蒲妃无辜，反责严妃，后来更为安抚蒲妃，除去了严妃的太子妃之名，严妃心寒，自请休妻，离宫而去。”

“是这样，”我恍然大悟，疑惑地说，“如此，不就是蒲妃帮了太子妃吗？”

“帮？”小顺子摇摇头，“严妃的事，我和娘娘一直觉得蹊跷，严妃若离开，太子妃之位必属娘娘，蒲妃此举实在令人百思不得其解，但不解归不解，娘娘认定，凡有可疑，必有不轨。果然，娘娘承太子妃位后没有多久，就突然失宠，这里面一定也有蒲妃的功劳。”

我怔在那里，小顺子的话像一锅沸水浇在我的头顶，先疼得我在心里啊啊大叫，随即沸水在冷风中迅速降温，眼前的雾气消散，心也渐渐明了。我回头望向太子正宫的大门，凄然地说，“所以你故意让我看到蒲妃去找太子，让我听到大人们的话，让我相信蒲妃的确不是良善之人，是这样吗？”

“我知道有些事，靠我说给你听，是没有用的，你即便信了，那也不是真信，只有让你亲眼见了，亲耳听了，才能真的放进心里去啊。你说纪双木本性纯良，那我问你，你可见过她一人独处之时行为何举，你可见过她在自家主子面前是何嘴脸，你可知道她在你背后有何非言，你可知道她与其他宫婢之间究竟有何关联？你每日不过见她三四个时辰，而且是众目睽睽之下，直面相交之时，她所作所为何为真何为假，她所说所述何为实何为虚，你当真看得清楚分得明白吗？”小顺子又开始苦口婆心，看他年纪轻轻，就如此心事厚重，思虑成茧，便可想而知这皇宫对他的伤害，已远不在身体。“西樵，皇宫之中，勿要轻易信人。”

我抬起头，倔强地说，“也包括你，和太子妃娘娘吗？”

小顺子的眼神突然变得可怕，我不禁浑身一颤，本能地想要后退，这时，小顺子搭住我的肩膀，凑近来说，“林西樵，这里不是你的木园，一眼看穿三句说尽，有些话你要切记，却不能妄用，别忘了自己是怎么从坟堆里出来的。”

小顺子的话深印进我的脑袋里，其实我一直很努力地在观察每个人的生活，可是到如今我不得不承认，我还需要更勤勉地学习。

可能是怕说得太多我也消化不了，小顺子再没有唠叨什么，放我回去睡觉了。床榻之上我辗转反侧，小顺子的话固然让我对他又多了一层隔阂与顾虑，可让我最心绪不宁的，是我对纪双木的态度又有了模棱两可的选择。我本能地想选择信任，可小顺子的话总像一根棍子把心中的池水搅得一团乱。如果纪双木也像我一样，相貌平庸、身有残疾，恐怕我就会义无反顾地相信她，那样就不会是小

顺子说服我，而是我说服小顺子了。不，也不是，小顺子不是被我说服的，而是被如我一般的身体说服的。在这个鬼地方，没有人相信所谓的誓言、辩白，只相信自己的眼睛、自己的判断。而纪双木偏偏美丽、清纯、乖巧，即便没有坏心也会被有心的人当成对手，尽管她还不是主子，也难逃宫中无数双嫉妒的眼睛。只怕在她的主子万淑宁正式册封之后，这种妒嫉会愈演愈烈。

说到册封，转眼便在明天了。二十几天的光阴匆匆掠过，我与纪双木在波澜不惊中渐渐走到分离的桥头，我们彼此的缘分，今后，只怕要仰仗太子妃与万淑宁的缘分了。我感谢纪双木，她良好的表现让我从来没有在出卖她与背叛太子妃之间犹豫过，但愿这种犹豫永远不要降临到我的身上。

“我们还会再见的，”纪双木站在石子路的岔口上，拉着我的手，“宫若为家，你我为姐妹，宫若为天地，你我互为家。”纪双木是读过书的，说出来的话是我学不来的，这句话我视作她的承诺，而我却在心底告诉自己，如若此话不能应验，宁愿永不再见。

郡主册封选在朝阳殿举行，从皇上、皇后、太后，到皇子、皇妃、公主，再到王爷、王妃、郡主，全部都要参加，每人许带一个奴才或奴婢在殿外伺候。太子妃点了小顺子的名，这倒不让人意外，可她随即宣布选我做她的贴身婢女，让太子宫的宫婢奴才瞠目结舌。虽然我的位分还只是内人，是太子宫的宫婢中最低的，但除了小顺子，便再没有谁敢随便指使我做事了。昨夜在太子妃的寝宫陪寝，今晨起来，我与小顺子伺候太子妃梳洗换衣，特意挑选了金翅凤凰盘的扇形钗，柠檬的软纱坎肩罩在橘黄的宽襟宽袖的宫衣上，橘红与大红混色的裙配上金色的宽腰带，既表妩媚艳丽、又显端庄高贵，更衬富丽堂皇。

我送太子妃至太子正宫正殿，蒲妃已在那儿等候。今日特殊，蒲妃也将以往素白的风格稍作改动，穿了淡紫的罩纱上衣，窄领宽袖，下面是紫罗兰的裙子点缀了几朵绛紫色的边花，粉红的饰带披在肩上，显出流水涓涓之美。送走了太子妃，我突然空了下来，太子宫没有别的活安排我干，司礼院的课程也全部结束了，于是我想到，回木园去看看。

我依旧记得那条路，但一路上却偷偷摸摸鬼鬼祟祟，毕竟我的来历对大多数

人来说还是个秘密。走近木园，门尚未推开，我已听见门缝中传出的低吟浅唱。我以前也是这样，在木园生活，一定要会寻找快乐。我推开门，吱呀一声响打断了婉转低回的歌声，一个坐在坟头边拨弄野菊的宫婢回头看我。

她不是那天被拖来接替我的婢女。回头想来，那样寻死觅活哭闹不休的女人，如何能在短短一月之内就安于木园的生活，还过得如此怡然自得。

“你是谁?”小宫婢问我。她真的很小，比冬暖还小，大概只有十岁，与我进宫时差不多大。

“我是宫里的婢女，”我慢慢走近她，“之前在这儿当差的宫婢呢，去了别的宫院吗?”

小宫女没有回答我，只是用凄凄然的眼神望了我一眼，继续拨弄她手上的野菊花。

“许是你也不知道吧。”我抿抿嘴，突然觉得我反成了木园的局外人。我呼吸了两口木园的空气，扫了一眼那些高高低低的坟头，准备转身离开。

“她死了，”小宫婢突然说，“撞墙死的，就在那儿。”

我顺着她指的方向去看，那是西墙角的位置，桂花树下，一人高的地方，似乎还留着红色的痕迹。

“这就是她的坟。”小宫婢指指身边的坟头，野菊花铺撒在上头，透着新鲜气。

朝阳殿中，有人绝代芳华平步天下；西墙脚下，有人香消玉殒清尘葬魂，同样青春年华娇柔之身，同样生离死别孤身于世，却是天上地下两番景，冰火冷暖两重天。惩罚的方式有很多，但恐怕只有木园会逼着人去死。

那么，这个小宫婢又是怎么回事呢?我在她身边坐下，伺弄着坟头上的菊花瓣，她看看我如她一般的坐姿，如她一般的举止，看我的目光稍微柔和了一些。我趁机问她，“你是怎么进宫的，为什么要来这里当差，你不怕吗?”

小宫婢摇摇头，始终沉默，始终拨弄着手中的野菊花。

忽然，我感觉身上暖暖的，那是阳光照射在身上才有的温度。已经快正午了吗?我伸手遮在额头上，望向正空中的太阳，火红火红，那是老天为朝阳殿册封

大典架起的大红灯笼。我起身拍拍裙上的尘土，看那小宫婢没有要回答我的意思，便悻悻地转身走开了。

跟肖玉华的相遇并不在我的意料之中，我从木园穿过枣林，经过辛者库、浣衣房，绕过静禄院，在梨园池边碰到了肖玉华。司礼院的课程结束后，她被派往文秀阁当差。因太子妃与文秀公主交好，我知道自己与肖玉华再见的机会必定不少，可也没想到居然这么快就又重逢了。

"听说你做了太子妃的贴身婢女，看来真是以前受的苦如今有了福报了。"肖玉华对我已不似在司礼院时那么亲昵了，但也不见冷漠厌恶，想来她的去处也是不错的，如今有了各自的主子，就看各人的造化，曾经的疙疙瘩瘩也就抛去九霄云外了。

"那就借你吉言了，"我当她的话是好意，"我听说文秀公主性格谦和，你在她身边当差，可是自在?"

"性格谦和又怎么样?"肖玉华竟然有些颓丧，"公主毕竟不同于皇子，早晚是要出嫁的。一旦出了阁，可就是宫里宫外两重天了。"

我很奇怪她怎么会说这样的话，虽然道理没错，可她这样没来由地提起，倒着实让我不好应答。"公主是帝女，即使出嫁，也是千金之躯，怎会是两重天!"我模棱两可地说了些宽慰的话，因赶时间，就匆匆别过了。

紧赶慢赶地回到太子宫，宫门前已经整整齐齐地排了两溜队伍，小顺子的跟班徒弟小德子拼命冲我招手，刚到他跟前，立刻遭来他劈头盖脸一顿数落，"姑奶奶，你可真有胆子呀，一声不说就跑没影了，这要是太子、太子妃突然有个吩咐，让我们上哪儿去找你呀!"小德子拿袖子抹抹汗，倒还真是急红了眼了。

"奴婢知错了，是不是太子妃已经回宫了?"我急忙问。

"还没有，还没有，这不传了话过来，让我们在宫门口候着，赶快站到前头去。"小德子把我推到宫婢一列的首位，刚站稳，便望见远处的马车队浩浩荡荡地朝这边来了。

待车队走近，我不觉瞪大眼睛。我看见纪双木甩着帕子跟在其中一驾马车边上，时不时还和马车里的人隔着窗帘子说话。我的心一下子亮堂起来，虽然不知

道她是出于什么样的原因来到太子宫，也不知道太子妃如何肯接受这样的一次安排，但我终于可以看见了，那位传说中倾国倾城风华绝代的安国郡主万淑宁。

第七章　锦绣烟霞蝉双翼

我正期待着郡主车驾的门帘掀起，便感觉胳膊被谁往前拽了一把，“怎么还愣着，还不赶紧扶太子妃下马车！”小德子貌似对我的木讷很不满意，自己屁颠屁颠地赶紧往太子妃的车驾前去。

我没敢再往纪双木那头多看一眼，赶紧跟上小德子。小德子摆好下驾石，掀起门帘，再换小顺子上去扶着太子妃下驾，然后又换我上去随旁伺候。当我站到太子妃身边，并与她保持同一朝向的时候，我看到的是两列长队侍立在太子宫门的两侧，宫婢妆容统一，一律是淡粉的窄袖宫衣、荷花色绸裙和桃色腰带，内侍站姿整齐，一概是青灰色宫袍、淡靛青的帽冠和灰绿的腰带，宫婢弯腰、内侍躬身，齐声高喊：“恭迎太子妃回宫。”那一刻，我心有所触。回想皇后驾临司礼院之时，我站于躬身行礼的队伍之中，所以才未有所感觉。如今跳出来一看，此情此景还真算是阵容强大气势磅礴，一般宫婢奴才，若非心中有所坚持，一旦站出来，便不会再想着回去了。

蒲妃跟着下了马车，走在太子妃的右后侧，宫婢内侍们也是依例行礼，“蒲妃娘娘吉祥。”

我注意到蒲妃的衣裳，颜色搭配竟然与宫婢的衣衫几乎撞上，今日特殊，宫婢的着装是由太子妃在前一天就定下的，那么这是巧合，还是刻意制造的尴尬？蒲妃的贴身婢女银心穿着绿绦色的宫裙，是太子妃允许她例外，还是故意让她例外呢？我偷偷瞄向蒲妃，她倒是一副处变不惊的淡定样儿，相比之下，倒是我大惊小怪了。

小德子此刻正掀起安国郡主的车驾门帘，我看见太子妃突然转身走向安国郡主的车驾，将手伸过去，托住下车之人的纤纤玉手。这一举动让我和纪双木都心中一惊，随即互望了一眼，顿时无所适从起来。下车之人顾着脚下的裙带，竟然还未发觉托扶之人乃是太子妃，居然还真把手搭在了太子妃的手上，踩着下驾石落了地。

"郡主娘娘走稳了。"太子妃一出声，立刻惊得万淑宁猛然抬头，待看清眼前之人是太子妃时，赶紧将手缩了回去，受宠若惊的模样竟有几分我见犹怜的韵味。必须承认，万淑宁是我入宫以来见过的最美的女子。鹅蛋脸，轮廓清晰而且线条柔和，显得面庞如鹅绒般粉嫩软腻；眉尖若蹙，青黛之色浑然天成，目若杏桃，眼尾微垂，眼角含情轻透朦胧之美；鼻梁高挺，鼻头小巧，唇染玫瑰，颊惹桃色，娇艳欲滴又不失秀气，高贵优雅又不显骄胜，比太子妃多一分含苞羞涩，比蒲妃多一分落落大方。尽管此刻她略有惊恐，却仍难掩饰她那惊世的容颜与眼中绽放的流光溢彩。

"不敢劳烦太子妃，"万淑宁退后一步，"还请太子妃先行。"

"你是皇上亲封的郡主，又被太后认作了义孙女，跟我也算是平肩了，哪还有什么谁先行谁后行的道理，一同走就是了。"太子妃硬是把万淑宁拉到自己身边，肩并肩地跟她一同跨过门槛，进入太子宫。我和纪双木跟在她们身后，也是双双迈过门槛，只是我还没有忘记，在我这个小小宫婢的身后，还有一个蒲妃，被生生遗落了。太子妃先拉着万淑宁去竹沁园里逛，一边说些家常话，却仿佛都是冲着纪双木去的，"我虚长你几岁，姑且叫你一声妹妹，听说你的这个丫头是从将军府里带来的，从小一块儿读书玩耍，亲姐妹一样长大的，如今见了，果然有妹妹的几分品格，看来还真是腹有诗书自来香，妹妹持才抱谦，行为端和，孝义可嘉，可谓功德圆满，连身边的人都惠及极深哪。"

"太子妃谬赞了，双木自小聪慧，凡事一点即通，且能举一反三，名义上是我的陪读丫头，实则为良师益友，我虽读过书，却是死读，虽通琴棋书画，却难自成一派，多以临摹、仿学为主，倒不似双木，虽造诣不深，却心思奇妙，凡事略教其一二，便可触类旁通，正经诗书文章兴许能难倒她，可这春花秋月、夏荷

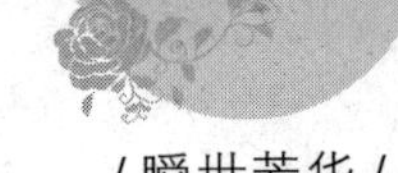

冬梅，无人问津的东西，她却能拿来做出好几处的学问，如此天赋，倒是我望尘莫及，哪还敢当什么惠及极深的功德。”万淑宁边说边看看纪双木，又将目光转移到我的身上停留片刻，“都说人不可貌相，海水不可斗量，太子妃调教出来的人，想必更有过人之处吧。”

“思想单纯，却又好奇心重，不知道这在妹妹眼里，算不算得上是过人之处呢？”太子妃用说不清是褒奖还是贬低的目光瞟了我一眼，“你们两个也别跟着了，自己找个地方说会儿话吧，午膳的时候来伺候着就行。”我答应得痛快，倒是纪双木眼巴巴地看着万淑宁等吩咐。太子妃见纪双木有些犹豫，就笑着跟万淑宁说，“果然是你的人，还得听你的，本来这贴身宫婢是不该随便就离身的，可她们俩在司礼院的时候就感情好，定是有体己话还没说够，虽然昨儿个还黏在一块儿，可保不齐今后三五天才难得能见一回，不如放了她们去，一次把掏心掏肺的话都说干净了，日后也好专心当差，免得心里惦记着彼此，倒把伺候主子的正经事给忘了，妹妹说呢？”

“太子妃言重了，她们不过是彼此投缘，这心里，必定还是敬重主子的，太子妃既然有意让她们俩说会儿体己话，那是体恤奴婢当差辛苦，妹妹又怎么会不乐意呢。”万淑宁说着，朝纪双木挥挥帕子，“你去吧，别忘了时辰就好。”

我与纪双木退下，转过身迎面便遇上了蒲妃和她的婢女银心。

“太子妃和郡主没让你们跟着吗？”蒲妃平和地问，她的声音好像温泉水，丝毫没有魅惑之气。

“太子妃说暂时不用奴婢们伺候。”我如实相告。

“那便是连我也不需要了。”蒲妃冷冷地朝前望了一眼，然后转身离开，并未追太子妃她们而去。

“主子！”银心不解不甘地皱起眉头，一转身把气撒在我的身上，“真是没用，才当了几天差就被主子嫌弃了。”

“你胡说什么！”纪双木似要替我出头。

“不是她自己说的吗，要不是没用被主子甩开，就是偷懒，真是撞邪了，就林西樵这样的，也能伺候主子，真是我们当奴婢的悲哀。”银心上下打量我，露

出嘲笑的嘴脸，我的心隐隐发酸。

“快跟上吧，你是伺候主子的样儿，别跟我们学。”纪双木难得说这么刻薄的话，我想阻止她，已经来不及了。银心要发作，生生忍住了，气呼呼地转身去追蒲妃。

银心走远后，我便拉了纪双木的手，“以后别这样说话，会给郡主和你自己惹麻烦的。”

“我在你面前也不藏着掖着，你听不出来吗，太子妃在宫门口说的那些话，分明是抬我们郡主，故意要压着蒲妃的，蒲妃顶不了太子妃的嘴，所以只好让银心来触你的霉头，这个时候你不能忍辱退让，因为你不再是你，你代表的是太子妃啊。”纪双木的话让我意外，小顺子说的，宫婢奴才没有自己，只有主子才能有立场，我白听他唠叨了那么多回，而纪双木早已对这种宫中法则了然于胸而且付诸行动了。看来万淑宁对她的夸奖并不是闲话一句。

“我知道了，”我怕她担心，赶紧答应下来，“不说这些扫兴的话了，今天你们小姐正式册封为郡主，皇上可有宫殿赐住？”

“皇上赐住文秀阁烟霞殿。”

“文秀阁？跟文秀公主一起？”我突然发现缘分这种东西也像一张网一样，错落相结。

纪双木摇摇头，“文秀公主要出嫁了，今日册封大典上皇上亲自指婚，配给了新任的吏部侍郎曾博文。”

“曾博文？”

“就是曾太妃兄长的亲孙。”纪双木停顿了一下，“肖玉华可能要出宫去了。”

“什么？”我脑子恍了一下。

“是做文秀公主的陪嫁。”纪双木解释。

我想起之前肖玉华说的那些不着边际的话，这才明白她确是言有所指。宫里宫外两重天，对于陪嫁出宫，她似乎是抗拒远远大于期待了。我对纪双木说，“这就是了，我见过她，她没告诉我什么事，只是含含糊糊地说了些话，我听她的意思，好像不愿意出宫。”

“这恐怕由不得她了，不是有规矩吗，十五到二十岁的宫婢，貌端品正，身体健康的，就可以作为陪嫁婢，随公主出宫，以后嫁娶生死，由公主做主，不必再循宫规。仔细想想，这也是一桩恩典，说不定能求公主给许个好人家，否则留在宫里，要到几时才能熬出头，最终免不了老死宫中，何苦来呢?”

“这是你的想法，在很多人眼里，在宫外当奴婢是奴婢，在宫里当奴婢也是奴婢，既然都是奴婢，不如做宫里的奴婢，万一运气好，飞上枝头乌鸦变凤凰的事，也不是一桩两桩了。”我回忆着那些进来木园的女人，她们就是想飞，结果不是撞到了墙就是遇见了鹰，最后只能折翅断翼。

我和纪双木又聊了一会儿，小厨房的艾梅来唤我们去玉暖阁伺候午膳。由于太子缺席，便由太子妃坐了主位，万淑宁坐东侧位，为主宾，蒲妃坐西侧位，为次主人，我们三个贴身婢女则由小顺子领着服侍主子用膳。宴席并不铺张，席间也是客套话成篇，略有意思的，就是太子妃讲了玉暖阁修葺时的几桩趣闻。万淑宁说话不多，蒲妃更是一言不发，太子妃却能滔滔不绝，丝毫不见冷场。我看见小顺子往太子妃的茶中加了薄荷叶，想必是润喉之用。

午膳过后，太子妃亲自送万淑宁出了太子宫，蒲妃没有作陪，好在太子妃也未曾在意。我趁着太子妃与万淑宁别前小谈，偷偷问小顺子，“娘娘都亲自送客了，蒲妃也不作陪，平时背着人有违宫规就算了，如今摆在台面上，蒲妃也太肆无忌惮了吧?”

“你不是不信我说的吗，如今怎么又来问我?”小顺子逮到教诲我的机会，立刻先冷嘲热讽一番，“告诉你，不是蒲妃不作陪，是娘娘不让她作陪。”

我一怔，这倒是让我意外得很，“可这样的话，不是让郡主娘娘笑话我们太子宫没有礼数吗?”

“笑话，那也不是笑话娘娘呀。”小顺子眯起眼，一甩拂尘，上前替万淑宁掀起车驾门帘。

我看着纪双木伴随着那驾马车逐渐远去，收拾心情，和小顺子搀扶太子妃回到寝宫，服侍她宽衣歇息。

“你今天和纪双木都说了些什么呀?”太子妃似乎并无睡意，反倒让小顺子退

下，让我挨着她的床榻铺了软垫子在地上，我坐在垫子上，给她回话。

“说文秀公主出嫁的事。”我捣鼓着香炉，很快便青烟袅然了。

“你知道文秀公主未来的夫婿是谁了？”

“听说是曾太妃娘家的人。”

“看来纪双木对皇亲国戚了解得很嘛，连曾博文这样偏门的亲戚都能如数家珍。”太子妃把暖炉压到被子上，然后竟然拉了我的手放上去，我立刻感觉暖暖的。

“身在宫中，是应该对这些事有所了解的，是奴婢才疏学浅，做得不好。”

“奴婢都做好了，还要主子干什么！”太子妃喝了口茶，“今日午膳，万淑宁和蒲妃都缄口不言，你说这是好，还是不好？”

“想必她们说不过娘娘，就不敢多言了。”我含糊其辞，其实是摸不准太子妃的意思。

“说不过本宫？哼！”太子妃哐当一声把茶碗砸在桌面上，“说多错多，不说就不会错，蒲妃反正就这样了，当面做乖背后作怪，进到这东宫本就是与我为敌来的，至于万淑宁，”太子妃的手指在暖炉盖上吧嗒吧嗒地敲打着，“哼，可别让我猜中了！”

我不明白这话的意思，猜中什么？我刚要深究，就听见太子妃吩咐，“去让小厨房做几样甜味的点心，明日本宫要去文秀阁走一趟。”

“是去看郡主吗？”我抬头问。

“她哪有那个福分，本宫是去看文秀公主。”太子妃直露露的表态让我唏嘘不已，如此寒如风霜的口吻，与之前她表现出来的与万淑宁的热络劲相差甚远。当面做乖背后作怪，又何止蒲妃一人？

我按太子妃的吩咐让小厨房准备了点心，等着明天去文秀阁的时候用。程掌礼给我们讲文秀阁的时候就说过，文秀阁不大，但非常精致，从香榧园里的山石竹桂、曲池长蒿，到锦绣殿里的梁柱窗格、桌椅柜榻，都是错落有致、疏密有律，曲线分明、镂刻有丝，既含水墨写意之笔，又见勾勒描画之功，与文秀阁的文秀二字极为匹配。由于娘亲与文秀公主的一段缘份，使我对这个陌生的宫殿顿生亲

切之感。

我陪太子妃站在锦绣殿的正殿门口，正忙进忙出的奴才们跪了一地，齐声给太子妃请安。

“这忙进忙出的，是在做什么呀？”太子妃问话。

“回太子妃，这是曾太妃送来的贺礼，如今奴才们正在点收。”一个手里不搬东西，像个领事公公的小太监答话。

“贺礼？”太子妃的口吻竟有几分讥讽的意味，“文秀公主呢？”

“回太子妃，公主在偏殿书房里看书，奴才这就去通报。”小太监拔腿就想跑。

“不用了！”太子妃喝止住他，然后径直往锦绣殿里走。

我不明白以太子妃与文秀公主的交情，她为什么还要如此执意而为，竟然不顾宫婢们的请安劝阻，直闯锦绣殿至偏殿书阁，一把推开正在守门的宫婢，双手用力将书阁的门重重推开。

书阁里的人惊住了，我也惊住了。书阁里并非只有一位公主，还有一位相貌堂堂的男子，正抬起手，欲抹去公主脸上的泪珠。他们俩同时回头，万分惊愕地看着我们，眼中的神色从惊慌变为尴尬变为平和，然后，公主背过身去，似乎在自己抹去眼泪，那男子则面向太子妃站正身体，点头致意，嘴里艰难地吐出几个字，“臣，赵翰扬，参见太子妃。”

我完全傻掉了，我感觉一个不可被剖白的皇室秘密正在我的面前一点一点地露出真实的颜色。太子妃跨入书阁，“灵珠、西樵在门外守着，其他人全部退出偏殿，无召不得擅入！”说完，太子妃砰的一声反手将门关上，门板直顶到我的鼻尖，我听到自己怦怦作响的心跳，成了那一记关门声连绵不绝的回音。

宫婢们都退了出去，只剩下刚才那个把门的宫婢还没走，她应该就是太子妃口中的灵珠了。她确实长得灵巧动人，与相貌平平的文秀公主相比，她似乎更好看些，只是公主与身俱来的贵族气质，是多么精致漂亮的五官都无可比拟的。偏殿里顿时安静下来，只能听到我与灵珠的呼吸，以及从书阁里传出的断断续续的争论。

“你疯了吗，现在是什么时候，你还敢来私会文秀，你的命不值钱，难道要拉着文秀一起背上不贞的罪名吗？”这是太子妃的声音。

“这与他不相干，是我召见他的。”话音刚落，我看见灵珠的眉头皱了一下，这应该是文秀公主在说话。

“你不用替他说好话，你也是该骂的，你是公主，纵然名节有染又有谁能奈你何，可赵翰扬的生死，就不是你能左右的了，你难道真要因为一时的儿女情长，让他做你们爱情的陪葬吗！”

“父皇已经指婚，难道无动于衷坐以待毙吗？”文秀公主语气平和，但情真意切尽在其中。

“你们有死的勇气吗？”太子妃坚定地问，“如果你们不怕死，也愿意对方去死，那就尽管暗通款曲，本宫不会说出去但也不会护着你们！”

“我不会让公主去死的！”赵翰扬终于说话了，一开口就是赌咒发誓般的承诺，“也绝不会让公主的贞洁之名有染。”

“那你现在又是在做什么？”太子妃一句反问立时让赵翰扬哑口无言。

“君怡，”文秀公主突然喊了太子妃的名讳，“这不是我们的错——”我听出她在哭，那是她向太子妃求救的声音。只是我不明白，像太子妃这样的人，把名利荣耀视作一生最高追求的人，怎么会成为文秀公主托付爱情支持的对象。

太子妃像是被感染了，声音也柔弱凄凉起来，只是依然坚决，“文秀，你们没得选择——”

“君怡，”文秀公主激动起来，声音颤抖着，满是哭腔，“这话若是从别人嘴里说出来，我会听的，可你跟别人不一样，你是最了解我们的，为什么你也这么说呢？”我听着文秀公主的意思，太子妃俨然是她与赵翰扬爱情的见证。

“正因为我了解，我才知道一意孤行有多么的可怕！”太子妃仍然坚持着，“留着青山在，不怕没柴烧，如果你们问我，我只给你们一句话，两情若是久长时，又岂在朝朝暮暮。”

书阁里安静下来，太子妃这句话似乎平息了文秀公主与赵翰扬心中的怒火，一场争论最终以一句诗文得以终结。然而狂风刚过暴雨即至，忽高忽低的吵嚷声

重新打破了偏殿的宁静。

哗啦一声，太子妃打开书阁的门，跨步出来，“什么人在喊叫，拉上来!”几个小太监架着一个小宫婢进来，在太子妃跟前跪下。“大呼小叫，成何体统!”太子妃关上身后的门，我和灵珠搬了椅子过去，拦住书阁的门，太子妃正襟危坐，一副当家人的模样。

“回娘娘，有个宫婢从香榧园的桂花树上跌了下来，已经昏过去了。”小宫婢惊魂未定地说。

“小小一个宫婢不慎受伤，只管找太医瞧就是了，何须惊动公主!”

“此宫婢乃是皇后选定的陪嫁婢女，明日就要觐见太后与曾太妃，十五日后就要随公主大婚出宫，如今这一跌，肯定是要误事的，所以奴婢——”小宫婢话说得快，不知是因为害怕，还是天生性急。

“文秀阁宫婢成群，一个不成，换一个便是，再说陪嫁婢女原就是皇后所选，此事只需回明皇后，何必来叨扰公主，最后还不是要兜到皇后那里!”太子妃思路清晰，判断果决。

小宫婢抬起头，犹豫着说，“奴婢也知道，这事并非由公主裁夺，奴婢只是怕，这事到了皇后那儿，就绕不过去了。这个陪嫁婢，是皇后指明了一定要的。”

太子妃眼中一亮，似有所思，“这个宫婢，叫什么名字?”

小宫婢咽了咽口水，“她叫，肖玉华。”

我心里一颤，敏感地回头朝太子妃看去，正好碰上她，同样尖锐质疑的目光。

第八章　禁宫深处难有情

我又一次见到了张御医，仍旧是微长的胡须，背在肩头的药箱，从容来去的步伐。此时太子妃已请走了赵翰扬，与文秀公主一同移驾正殿宣锦殿，除了我与

灵珠，其她宫婢奴才一律回避。

“微臣张学明参见太子妃、参见文秀公主。”张学明搁下药箱，躬身行礼。

“肖玉华的伤势如何？”太子妃开门见山。

张学明面无表情地说，“回娘娘，肖玉华已经苏醒过来，微臣替她仔细地检查过，她的脑部曾经受到轻微的撞击，但既然已经苏醒，就应无大碍，只是她的腿伤比较严重，恐怕要静养三月才能康复。”

“三个月！那公主的大婚之期——”灵珠说不出是忧愁还是欣喜，充满疑惑与期待的目光迅速投向公主，似乎在传递某种讯息。

“那就禀明皇后吧，本宫的大婚日期，顺延三月，再择吉时！”文秀公主与灵珠短促的目光交汇后，立刻起身做出决策。

太子妃并不马上表态，而是挥挥手让张学明先退下，然后沉吟片刻，缓缓说道，“为了区区一个宫婢，就更改公主的大婚日期，你觉得皇后会答应吗？”

“如果真的只是区区一个宫婢，皇后又何必亲自指名？”文秀公主复又坐下，“不管出于什么原因，皇后想让肖玉华离开皇宫，但又不愿太露痕迹，故而安排她做本宫的陪嫁婢，这点心思，本宫难道看不明白吗？只是后宫争斗向来残酷，皇后能如此处理，也算是难能可贵了，本宫帮她自是心甘情愿，但她却不能视作理所应当，何况顺水推舟，她也可以除去后患，何乐而不为？”文秀公主的亲生母亲是久病在床的甄德妃，听她只称呼皇后为“她”，恐怕她与皇后的关系也是薄纸一张。

“皇后想要肖玉华离宫的心是真的，可这难道能作为冠冕堂皇的理由摆到皇上面前去吗？”太子妃看看倔强的文秀公主，自己说话的语调也变得倔强起来，“宫婢的去留是后宫琐事，皇后自然可以做主，而公主婚嫁是国之大事，必定要交由皇上裁夺，何况这次还牵涉曾太妃于其中，即使皇后愿意勉强而为之，曾太妃、太后和皇上也是不会答应的。”

“我知道他们不会答应！”文秀公主又按捺不住激动，噌的站起身来，“但是如果连试也不试，我是不会甘心的！”文秀公主咬着嘴唇，那种用力的眼神，如同在悬崖边的挣扎。

太子妃的手指轻轻弹动了两下，沉默片刻后问了一句，“就是为了赵翰扬吗？”

“对，就是为了赵翰扬。”文秀公主斩钉截铁地说，头抬得高高的，仿佛在向整个皇宫宣告自己的誓言。

太子妃闻言立刻弹起身，目光牢牢抓住文秀公主的脸庞，眼里竟有恨铁不成钢的痛惜。这种眼神持续了一会儿，突然太子妃一收神，呼吸间发出轻缓的叹息，“好吧，本宫尽管为你试上一试。”太子妃说这话时，我注意着她逐渐变化的表情，像是拗不过孩子的母亲，决心为孩子做一次冒险的尝试。只是我想不通，太子妃与文秀公主的感情，何以深切到这种程度。

从锦绣殿出来，我看四下无人，便悄悄问太子妃，“娘娘真的准备去为文秀公主说情，顺延婚事吗？”

“不，本宫不会去。”太子妃眼都不眨一下，说得非常肯定。

“可娘娘刚才……”

“答应她，是本宫不想让她连一丝希望都没有，”太子妃停住脚，转过身很认真地看着我，“不去说，是因为根本没用，就像本宫说的，即使皇后出于私心答应了，也过不了皇上和太后那一关。”

“当真一点转圜的余地都没有吗？”我还是很同情文秀公主的，虽然我对她的用情之深还根本谈不上了解。

太子妃继续往前走，登上通往香榧园的竹桥，“此事有两个关键的人物，一是深居简出的曾太妃，二是久病在床的甄德妃，两人平时都闷不出声，如今竟成了此事的始作俑者。”

“始作俑者？”我忍不住问出口，太子妃迷离的眼神告诉我这婚事的背后必有隐情。

“曾太妃还是德妃的时候很受宠爱，却从不侍宠而骄，她的长子李贺受她影响，温顺厚德，在八岁那年为搭救落水的太子不幸溺毙湖中，如今太子已登基为帝，但对于已故皇弟的救命之恩还是不敢忘记，故而皇上和太后对曾太妃一直是敬重体恤，如今曾太妃亲自替侄孙儿提请婚事，皇上和太后定然极力促成，又怎会反对？”

“如此看来，倒是皇上和太后报恩报德了，怪不得娘娘难以开口。”我轻声说着，搀扶太子妃进到香榧园里，“可是十五日后就要举行大婚，未免仓促了些吧?”

“这就要说到甄德妃了，她是文秀公主的生母，却体弱多病，最近更是急症不断，连御医都束手无策，说是挨不过一个月的命了。”太子妃说到甄德妃时，脸上露出少有的怜悯哀愁之色，不知是本就敬重德妃的为人，还是因为文秀公主才爱屋及乌。

“难道赶着大婚是为了冲喜?”我的脑子里立刻蹦出乡下的习俗来，被太子妃狠狠地瞄了一眼。

“掌嘴!”太子妃的声音很轻，但语气却很坚决。我打了自己一巴掌，啪的一声响让太子妃的脸色稍有缓和，“甄德妃虽然抱病在床，想的可不比别人少，每次皇上太后前去探望，她都会有所暗示，希望皇后能视文秀公主为亲生女儿，为其筹谋将来，所谓将来，说白了就是大婚，其实此事皇上始终都有留意，只是一直未得合适的人选。”

“未得合适的人选？怎么曾太妃以前没有提过曾博文，皇上也不曾留意这个人吗?”我觉得以曾博文的家世背景，不应该埋没至今才对。

“还记得本宫因哈图使节赠送珠钗与玉昌公主几乎闹僵的事吗?”太子妃突然把话题转到这件事上，让我不禁迷惘，“这个洛其阿大人最会来事，不但乱赠珠钗惹恼了玉昌公主和本宫，还在接风宴后偶遇并相中了文静公主驸马竺邵云的亲妹竺静仪，而这竺静仪，自小就与人订有婚约，此人就是曾博文。”

我倒抽一口冷气，原来制造这错综复杂的困局的人，竟是个番邦使节。“也就是说，皇上已经决定把竺静仪远嫁哈图了?”

“皇上既不想得罪洛其阿，又急着为文秀公主挑选驸马，你说皇上会怎么做呢?”太子妃平淡清闲的语调，仿佛在叙述一件理所应当的事情，而我却感觉一个可怕的心思在我的脑海里逐渐成形。皇上，最高权力的拥有者，可以为了所谓的国家大局，为了所谓的父爱情深，用冰冷残酷的旨意，将天赐的缘分生生扭曲，或许，这就是天子的权力吧。

我思忖着，脚步不禁慢了下来，然而很快，我就发现了另一个问题，“为什么不把公主指婚给赵将军呢，皇上不是也很器重他吗?”我快步追上已经走进桂花林深处的太子妃，将我的疑惑直直地抛给她。

太子妃停住脚，略缓一缓气，思量片刻说，“告诉你也无妨，其实本宫早向皇后提议过赵翰扬这个人选，只是皇后坚决反对，本宫也没有办法。”

“是因为，赵大人是独臂吗?”我颤颤巍巍地问着，赵翰扬在沙场负伤，断臂自救，这是满朝皆知的事，而我，是在司礼院时，听程掌礼无意间说起的。

“原因已经不重要了，重要的是结果，那就是皇上绝不可能将公主许配给赵翰扬，驸马之位，即使不为曾博文所得，也绝非赵翰扬可获。”太子妃这话说得决绝，让我感觉文秀公主的前程一片黑暗，再无光明可言了。我继续陪太子妃往深处去，她似乎在寻找什么，三步两停，直到一棵挂着粉红色丝带的桂花树前才最终伫立不行。我见太子妃始终望着那缕丝带，不知她心中又在盘算些什么。忽然，太子妃脱了披风，往树上爬去。

“娘娘……”我几乎是震惊了，要去阻止。

“去园门口看着，不许人进来!”太子妃命令我，一边继续往上。

我实在摸不准太子妃的心思，只好听话地跑去香榧园门口守着。站得久了，远远的，我看见纪双木从锦西四所的宫门走出来。虽然秋风卷起的沙略为迷离了我的双眼，虽然锦西四所到香榧园还有较长的一段路程，但我不会看错，纪双木走路时那种行云流水般的感觉，是任何人都学不出来的。锦西四所，那不是锦绣殿当差的宫婢住的地方吗，纪双木在烟霞殿伺候，怎么会去锦西四所?我目不转睛地望着那逐渐缩小的背影，几乎忘记了自己此刻的任务，直到……

“有什么好风景吗?”太子妃略带质疑的问话把我惊了一下，我回过头，她已站在我身后，裹上了披风，除了脸颊微微发红，看上去还是那么端庄得体。

“娘娘，没事儿吧?”我轻轻拍着披风上的尘土，希望她不要介意我的失职。

“那儿是锦西四所吧，”太子妃还是注意到了我刚才始终凝望的地方，我感觉她遥望的眼神越过我的肩膀，朝我背后的锦西四所投去，“你跟肖玉华也算是同届的宫婢，如今她受伤了，你也该去看看才是，就不必陪我回太子宫了。”太子

妃边说边迈开步子径直朝竹桥上走去。

我奉命去了，锦西四所的宫婢引我进到肖玉华的房间，她起不了身，示意我自己找个地方坐，略带倦容的脸上平添了一丝安慰，还有些看到我出现时的惊讶。她受伤的腿用板子固定着，桌上的药碗里还剩着一点药渣，药香还未完全散去，与参汤的香味混在一起，弥漫在房间的每个角落。

“这参汤是小厨房做的?”我轻轻地问。

肖玉华正端着碗喝汤，听我这么一问便停了下来，“是纪双木送来的。”她的脸几乎埋进碗里，让我看不见她的表情，“真没想到，还是你们两个最惦着我。”

这话说偏了，若不是太子妃那声吩咐，只怕我也不会特意跑这一趟。我的目光四处扫着，放在窗边桌上大大小小的盒子引起我的注意。“那些是什么?”我边说边走过去，伸手打开其中一只小盒盖。

“哦，那是公主派人送来的。”肖玉华解释，眼睛直直地盯着我，生怕我弄坏她的赏赐似的。

“我听宫婢们说，你是为了公主点名吃桂花糕的事，特意替了小厨房生病的如意去摘桂花才跌伤的，想必公主是被你的诚意和忠心打动，才送了这些赏赐给你，如此也算是安慰了。”我复又合上盖子，笑着对她说，“如此我也不多打扰了，你好好休息。”

肖玉华也不留我，我便出了锦西四所回太子宫，正巧在荣祺殿门口撞上了小顺子，他怀里抱着本厚厚的册子，不知有何用途。

“娘娘可是要用午膳了?”我问小顺子。

“娘娘说不饿，正等着咱们回话呢。”小顺子和我一块儿往里走。

“咱们?”

“快点儿吧。”小顺子不由分说，拉了我往偏殿赶。

太子妃正倚在坐榻上看书，气定神闲的，仿佛刚才文秀阁的一阵大闹已经彻底烟消云散了。太子妃从小顺子手里接过那本册子，边翻看边说，“肖玉华没什么大碍吧，可还吃得下睡得着?”

“回娘娘，她还好，就是腿上不方便，下不了床，精神还好，奴婢去的时候

她刚喝了药，正饮用参汤调理身体。"我如实说。

"参汤？文秀公主赏赐的？"

我摇摇头，"不是。"

"那哪儿来的参汤？"太子妃起了兴趣。

我咬咬牙说，"奴婢只听肖玉华说，是纪双木给送的。"我刚说完就觉得不好，虽不是我亲见，但到底拖累纪双木招惹注意了，赶紧又补上一句，"文秀公主倒是赏赐了其它的东西。"

"其它的东西？比如呢？"

"百合珍珠的发簪。"我在那个小盒子里看到了这个，我也只看到了这个。

太子妃眉头一皱，把册子往小顺子怀里一扔，站起身来急匆匆往外走，"立刻摆驾，去西静宫！"

西静宫是甄德妃的宫殿，甄德妃为人朴素，不爱张扬，又长日为病痛所苦，皇上与太后虽偶有探望，到底冷清沉寂，加上秋风萧瑟，更显得西静宫空旷衰败。太子妃不让我和小顺子跟进去，只让我们在宫门口等候。风有些大了，呼呼的声音像在数着时间流过的节拍。小顺子不说一句话，娘娘又久等不来，眼见已经过了午膳时间，我虽不饿，却有些静不下来了。十年在木园里的修为，不过短短一月就付诸东流了。

"娘娘早上从文秀阁回来，说了什么吗？"我轻声问小顺子。

"没说什么，就是去皇后那儿坐了一会儿。"已经去过皇后那儿了？娘娘不是说求情也没用的吗？我在心里嘀咕着，然后背后被人拍了一下，"别发愣了，娘娘出来了。"

我立刻打起精神，上去伺候。太子妃还是披着披风，很庄重冷静的模样，但等走近了，我发现太子妃的眼睛微红，眼角还有些潮湿，明显是哭过了。我心里有很多疑问，但此刻都咽回肚子里，扶太子妃上车。回到荣祺殿，太子妃让我们都退下，连午膳也没传，我知道事态严重了，乖乖地和小顺子在殿门口守着，随时候召。

哪知道没等到太子妃传召，就等到了皇后的传召，说甄德妃突然病情加重，

随时可能危及性命，曾太妃查了日子，又请示了太后，将文秀公主的大婚日期提前到了十一月十五，现急召太子妃前去中宫共议婚庆事宜。我忽地一下就懵了，脚踩云朵似地一路小跑到太子妃面前，气喘得连句整话都说不全了。

“怎么喘成这样，出什么大事了吗?”太子妃的声音如同大鼎钟罩在我的头上，嗡的一声让我觉醒了。

“中宫来传，文秀公主大婚提前至十一月十五举行，现急召娘娘进中宫议事。”我咽着口水把诏令说清楚了，然后我很快愕然地发现太子妃脸上那种可以被称为如释重负的表情。在我看来，那是一种等待了很久，终于得偿所愿的释然。

“小顺子!”太子妃大声呼唤。

“奴才在。”小顺子几乎是撞进来的。

“你即刻去赵翰扬将军的府上，把这封信亲手交给他，”太子妃把一只信封交给小顺子，“记住了，必须要带着他给本宫的回信前来回话。”

“是。”小顺子接过信封，转身就走。

“还有，”太子妃叫住他，“此信只有赵翰扬一人可阅，阅后即焚，明白吗?”

“奴才明白。”小顺子心领神会，飞快离去。

“西樵，你去锦绣殿，告诉文秀公主，要保赵翰扬的命，就绝不能公开他们的感情，否则救不了所爱之人，恐怕还会让甄德妃含恨而终，至于她和赵翰扬的未来，我自会给她一个交待。”

“奴婢遵命。”我领命而去，心里却是一点底也没有。我不是太子妃，没有她的魄力和气势，没有她的权力和地位，更没有她与文秀公主之间的深厚交情，同样的话，只怕从我的口中说出来，会变得毫无说服力。然而，太子妃已下令，我只能依令而行。

果然，文秀公主当即赏了我一个嘴巴，一个众所周知性格谦和的人，也会如此失态，可见她与赵翰扬的感情已经深厚沉重到这个皇宫的礼仪规矩不可负荷的程度了。我理解她的心情，所以硬吃了一个巴掌却连一丝委屈也不肯摆在脸上。

“给我一个交待?她答应我去向太后求情的，结果呢?”文秀公主含泪质问我，我却给不了她任何答案。“备马，本宫要去赵将军府!”文秀公主下令，让我

感到事情正朝更糟的方向发展。

“公主，您现在真的不方便出宫！”灵珠也知道这样不妥，赶紧劝说。

“本宫说的是备马，你听不懂吗？”文秀公主开始脱去裙装，“去拿套内侍的衣服给本宫，再把行宫金牌找出来，本宫从没用过什么特权，如今倒要好好地用用！”

“公主想要害死赵将军吗？”我不知从哪儿来的勇气，竟然跟文秀公主说这么严重的话，“若垂死挣扎真能起死回生，那奴婢们就算搭上性命也会助公主一臂之力，但若只是徒劳无功，不如暂且忍辱负重，或许有一日还能东山再起，为什么公主不能耐心等待呢？如今连太子妃也无能为力，公主何苦以卵击石，飞蛾扑火呢？”我边说边跪走在文秀公主身后，膝盖的疼痛让我的话断断续续时轻时重。当我说出飞蛾扑火四个字的时候，文秀公主盘发的手停住了，她慢慢转过身，痴疑的目光深深望进我的眼睛里。

“公主？”灵珠轻轻唤她。

“公主看什么？”我不安地问。文秀公主如此目不转睛地凝视着我已好久，似乎忘记了赵将军的苦等，忘记了太子妃的承诺，忘记了五日后的大婚，圆睁的双眼中只有一个我。

“好一句忍辱负重东山再起，好一句以卵击石飞蛾扑火，一个小小的扫墓宫婢，居然也能出口成章了。”文秀公主微妙地一笑，深吸一口气，“她说会给我一个交待的，我等着她。”文秀公主说着，重新把头发放下来，开始穿回裙装，也不再提去将军府的事了。灵珠诧异地看看我，很显然她并不认为我能够说服公主，但对公主的妥协我们欣喜若狂，赶紧伺候她更衣。

我没敢走，一直留在锦绣殿守着文秀公主，灵珠时不时朝殿门口张望，生怕太子妃不来，文秀公主又要闹着去将军府了。终于大概过了一个时辰，太子妃来了，把一封信亲自交到文秀公主手上。随信附赠的，还有一枚蝴蝶玉佩。

信未拆开，公主已潸然泪下，她抚摩着玉蝴蝶，仿佛已经参透信中的内容。“这就是你给我的交待吗？”文秀公主凄然地问，“这就是我和翰扬的未来吗？”

“你们的未来，从来都不是我能决定的，我所能给你的交待，就是清楚地告

诉你怎么做才是最好。看来赵翰扬跟我的想法是一样的，所以文秀，别再一个人执著了，他没有选择你，而你也本就没有选择。”太子妃道出无情的事实，抑或是事实无情，抑或是人无情。

文秀公主含泪看着太子妃，许久，缓缓抬起手，指向宫门，“你走。”

太子妃的脸上划过一片痛楚的神情，默默转身走出文秀阁，冷风吹过，她抬头望着天空，突然问了我一个问题，“你是不是觉得本宫很无情?”

我避重就轻地说了四个字，“宫规无情。”

第九章　机关算尽难为恨

今天是文秀公主大婚，按例须先前往太庙拜祭祖宗，然后去朝阳殿拜别长辈，因甄德妃病重，皇上特许文秀公主从朝阳殿出来后，再前往西静宫拜别甄德妃，最后出宫前往曾府。太子妃受命于皇后，总理大婚庆典，所以寅时刚过便起来盛装打扮，卯时便由小顺子陪着匆匆赶往锦绣殿打点一切。我百无聊赖地在太子宫里打转，给竹沁园里的花草浇水，给养生池中的鱼儿喂食，给梵丝苑里的鸟雀添水，仔细伺候着这些娇贵的花鸟宠物。

大约过了个把时辰，太子妃回来了，此时我早已乖乖地候在荣祺殿门口，从小顺子手中接过太子妃，扶她到寝宫休息。茶是重复不停地泡着，只等太子妃回来喝的。小顺子给倒了茶，站到我身边等太子妃吩咐。

太子妃轻轻吹了吹滚烫的茶，“小顺子，去把本宫昨儿让你准备的东西拿来。”

“是。”小顺子应声便跑了出去。我偷偷望着小顺子的背影，心想好不容易把公主大婚的事了结了，太子妃又要折腾什么。

“想问什么就问吧，本宫今日有问必答便是了。”太子妃如此直白，反倒让我

不自在了。

“公主，嫁了?”我迟疑了一会儿，只从喉咙里挤出这么个傻问题。

太子妃果然笑了一下，然后正经回答我，“嫁了。”我正犹豫着下个问题该怎么问，小顺子就抱着一只锦盒进来，也不递给太子妃，而是直接朝我走来。“拿着吧，是本宫赏赐你的。”太子妃头也不抬地说，我立时感到手里被塞了东西进来，低头一看，锦盒已安静地躺在我怀中。

“打开看看吧，看喜不喜欢?”小顺子倒是说得真心实意。

我没有立刻打开锦盒，而是疑惑不解地问，“娘娘，这赏赐……”

太子妃笑盈盈地看着我，“你劝阻文秀公主有功，使一场大难得以化解于无形，这点赏赐，算不得什么!”

原来是为了那天的事。弄清楚原委后，我打开盒盖，发现盒内居然是百合珍珠发簪，七颗大珍珠被金银双色丝线穿着勾勒成北斗七星的模样，每颗珍珠都是一朵翠百合的花蕊，远比肖玉华那枚单花单珠的更加精致、华丽、名贵。我知道宫里的赏赐不是随便能拿的，何况还如此贵重。我合上盖子，走到太子妃正对面跪下，将锦盒高举过头顶，“娘娘，这赏赐太贵重了，奴婢怎么承受得起?”

太子妃笑而不语，伸手覆在锦盒上，轻轻用力，将我高举过头的锦盒压低至我的胸前，我举着锦盒的模样渐渐变成捧着锦盒的模样，“好好收着，自然有你能戴的那一天。”

“娘娘……”我抬头看着她，有些惶恐。

“同样是替主子办事，她肖玉华没办成都能有赏，你做得如此成功，本宫岂能视而不见，吝啬小气呢?”

我懵了一下，努力瞪大的眼睛冷不防眯了一下，“替主子办事? 肖玉华?”

“不然你以为，她从树上掉下来是为了什么?”太子妃把我拉起来，狡黠的目光盯着我，让我心中生出一股寒意。

“不是为了能留在宫里吗?”我脱口而出。其实肖玉华受伤的事我早有怀疑，只是公主大婚的事已让太子妃心烦，何况证据不足，我怕若是自己胡思乱想搬弄是非，恐怕害人害己，便始终藏着不说，如今才发现，不是自己想得太多，而是

根本想错了、想少了。

“哈哈哈哈，”太子妃掩面而笑，“你倒是跟万淑宁想到一块儿去了。”

“安国郡主?”我想不到这事情她也掺和进来了。

“汤是纪双木送的，可这心意却是万淑宁的，肖玉华前脚刚受伤，万淑宁的参汤后脚就到了，这参汤可是要熬上好几个时辰的，难不成她是神算子活神仙，早算准了肖玉华会断腿折腰？肯定是心中有所怀疑，又怕贸贸然探病过于唐突，这才从不知谁的口里省下了那点汤，拿去给肖玉华做个幌子。她也算有心思了，只是她初来乍到，不知底里，所以也只能想到这一层了。”太子妃仔细分析着，那些我看见了却没有深究的细节，都在她口中被一一剖白。

“娘娘是说，肖玉华跌伤腿，是有别的原因?”我的声音有点抖。

“跌不好可是要终身残废的，下这么大的决心，没有人在背后推一把，是不可能的。我查过日子，婚期若顺延三月，就要等上半年才有吉日，半年后肖玉华早就活蹦乱跳了，可甄德妃就未必能熬过明年的元宵，戴孝在身，只怕三年之内，肖玉华都当不了陪嫁婢了。”太子妃口口声声肖玉华肖玉华，其实我知道，她是在说文秀公主。于是整个故事在我的脑海中完整地浮现。文秀公主借皇后驱赶肖玉华出宫的心思，安排肖玉华故意跌伤，以养伤为由推迟婚期，再以选择吉日为名继续顺延婚事，再以守孝之名三年不嫁，如此虽不能断绝后患，但起码有了足够喘息的时机，她跟肖玉华便能各取所需了。“怎么，觉得文秀公主太狠心了?”太子妃看出我眼中的不快，“还是觉得这皇宫之中处处陷阱层层机关，一不留神就会掉进去，所以害怕了？你是看着死人长大的，皇宫之中的斗争有多残酷你应该是最清楚的，怎么如今又妇人之仁起来，连这样一个不伤筋不动骨的小手段都承受不了了?”

“不是承受不了，只是奴婢从不知道，原来后宫争斗远不止争宠这么简单。”我被真相包围住，忍不住想要撕破这重包围，但却深深感觉无力，“她是公主啊，万千宠爱本因天赐，如果在她的世界里还有计谋还有残忍，那这个皇宫将连最后一抹温暖最后一道阳光都会失去的!”

“这皇宫里本就没有什么温暖和阳光，你要温暖就要找到属于你的火把，你

要阳光就要把满天的乌云赶走，如果阴谋陷阱是柴你就要牢牢抱住，如果心机城府是风你就要狠狠地扇！你以为那些被埋进木园的女人都是为了帝宠权欲吗？错，大错特错！少娉馆温霞禁宫偷情只因爱深情切，中宫楚瑜偷卖贡品只为持家还债，司膳房绵忆私自出宫只求亲葬生母，静禄院闵瑶闯宫惊驾只想为主洗冤，情孝忠义，她们何曾是为了自己，何曾是为了争宠后宫，然而宫规难违，只能以死为代价，以命为筹码，成则为上天眷顾，败也是命中注定。所以林西樵，本宫要你记住，谁都可能在背后捅你一刀，不是因为她恨你，而是因为她有更爱的东西。文秀公主为人谦和，谁也不会把肖玉华跌伤之事与她联系起来，可是本宫知道，赵翰扬在她心中高过一切宫规律法，何况是一个小小宫婢？最爱之人即将失去，如此顺水推舟各取所需的把戏，已经是微不足道，算不上什么阴谋诡计了。”

太子妃的教诲重重地打击着我，原来我在木园十年，不过是活在我对皇宫争斗的臆想之中。我不该嘲笑她们，她们都是为情为爱而丢掉了性命，我不该轻视她们，她们所作所为需要的勇气和决心是我无法拥有的。我一直以为失败之人是败给了自己贪得无厌的欲望，原来，她们是败给了宫规。

那么文秀公主呢？她也是败给了宫规吗？大婚之事从一开始便是定局，而甄德妃突然病情加重，赵翰扬适时退还信物，恰好五日之内又有吉日可选，使得文秀公主的苦心经营转瞬付诸东流，如此天时地利人和的局面，也是宫规可以左右的吗？想到此，我突然记起太子妃那日怪异的举动，攀爬桂花树，派我去探望肖玉华，去中宫见皇后，翻看册子，追问公主的赏赐，独自相会于甄德妃，手持赵翰扬的断情书——我把一连串的事联系起来，在脑海中勾勒出另一个更为复杂庞大的计划。

“看你的样子，是已经猜到了。”太子妃竟然略带几分欣赏地说，“本宫也没想过瞒你，你知道本宫那么多的事，也不差这一件。”

“娘娘是怎么说服甄德妃的？”我颤抖着问。

“以实情相告，晓以利害得失。本宫不敢说是全心全意为了文秀公主，那甄德妃是公主的生母，她做出的选择，总不会害了公主吧？”太子妃这话倒像是有感而发，也许她也不敢替文秀公主就此决定了一生的命运，还是把公主的终身交

给了甄德妃来主宰。

“可是公主不想嫁啊，为什么不再等三年呢？也许那个时候皇上会改变主意，同意公主和赵将军的婚事也说不定啊！”我还是往好处在想，我想公主也是觉得有希望，才冒险设计的。

“如果真的可以转圜本宫都不会出此下策，”太子妃甩着袖子无奈又痛惜的样子，“本宫是拿姐妹情谊在博，文秀可能从此就会忌恨本宫，难道本宫想要这样吗？首先本宫可以告诉你，赵翰扬绝对不可能做我朝的驸马！然后本宫再告诉你，半年三年这些都不重要，重要的是公主的心，大婚一天不举行她的心是不会死的，只要她心不死早晚死的会是赵翰扬！所谓快刀斩乱麻长痛不如短痛，公主想要拖，本宫就偏不让她拖！”太子妃咬着嘴唇，帕子在手里拧成了麻花。

“也许拖过三年，曾博文就等不及娶了别人……”我自言自语地，总不甘心这对鸳鸯就这么活活被拆散了。

“只要不是赵翰扬，谁做驸马都是一样，”太子妃冷冷地说，“而赵翰扬偏偏是连一点机会也没有的，他自己也很清楚这一点，他比文秀更清楚眼前的局势，更清楚怎么样对两个人才是最好，否则，他也不会写那封信了。”太子妃透出点感激的语调，“本宫欠他们的，只怕今生还不清了。”

我听太子妃这样说，便也不好再说什么打抱不平的话了，只是想起那日在锦绣殿才刚听闻肖玉华跌伤的事情，就紧跟着有了入香榧园寻桂花树、探肖玉华知公主计、会甄德妃定大婚日、访将军府得断情信，一日之内，太子妃不但洞悉曲直，还巧设连环，声色未露便扭转局势一计定乾坤，如此城府计谋，还怕中宫之位不在囊中吗？

“那甄德妃的身子……”小顺子续了新茶，边递边问。

“本就是行将就木之人，若能换得女儿一生安康，又有何所惜？”太子妃接过小顺子新续的茶抿了一口，“如今倒是锦绣殿的那些宫婢奴才要重新安排个去处，老实本分的内侍宫婢各挑三人留守锦绣殿，其余的，分开了派到各花园里去，陪着那些花鸟鱼虫，也不容易犯错儿。”太子妃搁下茶碗，“这事儿皇后吩咐本宫办理，小顺子，你一会儿取了花名册来，按本宫的意思先排一排，午后就把事情给

定了吧。”

“是，那，肖玉华怎么办？”小顺子不愧是心明眼亮，立马问到点子上。

“她不是要留在宫里吗，那就留着吧，反正安国郡主也对她很有兴趣，就让她去烟霞殿伺候吧。”太子妃笑得眉眼都染了桃色，连小顺子也跟着贼笑起来，那种暗中窃喜的微妙感觉如同温热的气流在寝殿里四处流窜，如果不是纪双木的存在，恐怕我也会被她们感染，忍不住在心里爬起一丝笑意。

转眼到了十二月，桂花的香气已被冬雪的味道覆盖，锦绣殿形同空置，烟霞殿客似云来，皇宫也是只顾新人笑，莫管旧人哭的地方，我陪着太子妃忙于迎新岁的宫宴，无论是文秀公主的出嫁，还是纪双木在烟霞殿的生活，都因无暇顾及而渐渐淡忘了。

终于到了年三十的晚上，皇上在御隆轩大摆家宴，皇亲国戚悉数到场。太子妃特准我跟着去，但不能入宴，只能在御隆轩的门口守着。我本不屑这种觥筹交错的场合，也情愿守在门口静静等候宴会的结束，只是当所有的马车宫轿都停在御隆轩的门口，所有的皇亲国戚都从我眼前走过的时候，我对宫门之内的高台盛宴竟也有了向往。不得不承认，我已失去了在木园时的淡泊和沉静，除了一个宫婢的身份，我已在不知不觉中变化了许多，而且每次当我意识到这一点时，我已惊讶地发现，我内心流淌的危机感和谨慎感正在慢慢流失，一次比一次不易察觉。

“快看，长安王世子来了。”旁边的宫婢兴奋地拽住我的袖子。

我还算理智地拉开她的手，“又不是皇上来了，这么兴奋做什么？”我边说边转头看去，这才明白这丫头笑得如此花枝乱颤是为何故。这长安王世子确实比别的皇子亲王长得好些，倒不是说相貌俊秀面如冠玉，只是气度风范更显稳重沉着，举手投足更觉成熟高贵，皮肤微黑透着刚强之气，目光炯炯有神似有大将之风，步伐有节可见其胸有城府，举止干净利落足见其心有沟壑，比一般的王孙公子自是多了几分内涵。不过听说长安王世子今年已二十八了，自然比年轻皇子要稳重一些。我看他进了御隆轩，目光自然也收了回来，这才发现身边的宫婢还在痴望世子的背影，尽管那背影早已看不见了。

宴会大概持续了一个多时辰，皇上前阵着凉，小恙未愈，早早就回寝宫歇息

去了，剩下的人胡乱吃喝了一阵，也纷纷散了，几个略微喝多了的，由等在门外的内侍扶上马车，送回各宫各院各府去。安国郡主也来了，不过退得极早，几乎是与皇上一同退席的。皇上退席后，太子便成了宴会的主人，一直等到众人散尽，才由蒲妃扶着从里面出来，上了马车回太子宫去。太子妃是最后一个走的，精致的妆容已难掩倦意，我心疼地上去搀扶着，感觉她的身子比以往的都要沉。

这一夜，太子妃恩许我不陪夜，我实在是累坏了，回到乾安居的寝房里倒头便睡。子时，我从酣睡中转醒，出去小解了一下，回来后竟然没有了睡意，翻来覆去始终未能静下心来，便想到偷偷溜去竹沁园看月下雪景。天很冷，我选了件银灰色的绒毛披风裹住身体，哆哆嗦嗦地准备开门。这时只听吱呀一声，隔壁的门被推开了。我一时缩回手，捅破窗户纸往外看，竟然看到纸鸢裹了件雪白的绒毛披风也偷偷溜了出去。

我一时好奇，偷偷跟在纸鸢后面，跟着她穿过回廊，穿过竹沁园的石子路，走偏门出太子宫，绕过已经看不见荷花的荷花池，然后沿着一条隐蔽的小路悄悄前行。粗壮相连的廊柱，错落有致的山石，九曲十八弯的幽径，一路掩护着我。最后，纸鸢竟走到木园前的一片竹林子深处。我没有跟进去，而是躲在木园的围墙底下，杂草浓密的地方，远远地看着。我知道普通人没事是不会太靠近木园的，更不要说是挨着木园的围墙了。

稀薄的月光将纸鸢照出一个模糊的影子，她来回踱步，似乎是在等人。大约过了一炷香的工夫，又有一个人影落在竹林中，由远及近。纸鸢停住了烦躁的脚步，静静伫立。这幅画面我似曾相识，就在两年前，也是寒冬腊月的夜里，一个年轻宫婢身裹雪白的绒毛披风，倚靠在竹枝边翘首期盼，却只盼来宫内禁军，和残酷的刑责。而在今夜，一切都像是两年前那个夜晚序幕的重演。穿过竹林的风呜呜的响声慢慢掀开黑色的幕帘，月光渐渐倾斜，如影随形，暗色笼罩的面庞被一点一点照亮……

第十章　流言洗沙拂旧尘

我用手撑着沙石地，伸长脖子想看清那人的模样，却稍一用力就被锋利的石片子割伤了手掌。我忍着没叫出声，身体却早已失去平衡往一边倾斜。眼看就要扑出草丛去了，我赶紧一屁股坐在地上，管它生疼得厉害，先用草丛遮挡住身体再说。不过也许是老天爷要惩罚我偷窥的行为，纸鸢他们还是听到了植株被压断的声音，还有窸窸窣窣衣服在草丛堆里蹭来蹭去的动静。那个前来约会的陌生人瞬间转过身去背对着我的方向，纸鸢则开始慢慢往这边走过来。渐渐地，她离我只有一两丈远的距离了，野草在风中随意摇摆，随时可能将我暴露，我甚至以为纸鸢已经看到我了，只是不想打草惊蛇，才故意慢慢靠近。我的心揪起来，正想着是不是要随手拾一块石头扔过去吓跑她再说，这时，一阵幽怨凄楚的哀号声突然从木园里飘出来，像一条冷鞭打在我们身上，顿时都停住了手脚。我摸向石头的手正是鸡爪的模样，纸鸢迈出的脚步停在那儿，单脚独立的姿势在风中尤显摇摆之态。哀号声消散后，纸鸢颤悠悠地将提起的脚踩在地上，稍用了用力，见地面硬实，便继续小心翼翼地往前走。我忍不住开始往后蜷缩身体，手心里攥着石头，犹豫着要不要现在就扔出去。

“呜——”哀怨之声又起，如同怨曲一般，高高低低，时而如女子哭泣，时而如恨者诉冤，断断续续却又不绝于耳。纸鸢不再逞强，强作镇定地收回步子，转身，朝竹林子一步一步缓缓走去，走到距离我比较远了的时候，突然加快脚步，逃命似的跑进竹林，拉着那陌生人匆匆逃离。

我松了口气，瘫在围墙底下大口喘气，纸鸢落荒而逃是被鬼吓着了，我大汗淋漓是被人吓着了，这个世界还真是好笑。我庆幸自己以前在木园的时候没有刻薄了那些可怜的鬼魂，关键时刻，总算是有鬼帮了我一把。我休息够了，收拾心

情，顶着尚未褪去的夜色，匆忙回宫。

大年元月初一的早上，我难得能与姐妹们一起用早膳，冬暖好像长高了些，想想也有好几日没正面打量过她了，纸鸢一如既往的安静，仿佛昨夜的事根本没发生过。我埋头吃饭，不敢让纸鸢有任何机会看到我的眼睛，我怕我出卖自己，毕竟偷窥也是一种罪恶的心理在作祟，正在我心绪不宁的时候，冬暖的一句话更让我心惊肉跳。

“西樵姐姐昨晚出去了吗?”冬暖稚嫩的声音却像坚硬的刀子划开我脸上无形的面具，我感觉纸鸢的目光直直地投过来，让我无处躲藏。

“没有啊，大黑夜的我出去做什么，难道嫌天不够冷吗?”我否认着，一边思索这样的说辞是不是够顶用。

“西樵姐，太子妃找你呢。”打扫荣祺殿的小东子来叫我。我差点就感激得给他磕头了，赶紧逃离乾安居的膳堂。

太子妃今天请了恩准，去望月庵抄经祈福。望月庵是皇家庵堂，历代皇帝的妃子，若无子嗣，在新帝登基后就要到望月庵带发修行。太子妃让小顺子备好马车仪仗，随身宫婢点了我和纸鸢的名。十年没看见宫外的世界了，我激动得要命，但一想到有纸鸢同行，我的欢喜劲儿立刻下去了一半。一路上，我和纸鸢分别跟随在马车的两侧，虽然宫外的街道一直延伸至遥远的天际，我的心却始终没有从纸鸢身上离开。隔着马车，我似乎能看见她质疑的眼光，看见她滴溜溜转动的眼眸，我仔细回想昨晚是否留下了任何破绽，想来想去，最大的破绽，就是被冬暖看到了。

望月庵到了，我发现庵门口停着一驾精致的马车，一个小厮模样的人牵着马，身形略显孤独。

“快来扶着娘娘。”小顺子看我东张西望的，赶紧唤我。

我过去扶好太子妃，再看那小厮，他已走到了马头的另一侧，只能看见半个身子。我回过头，看见小顺子正把嘴从太子妃耳边挪开，好像刚说了什么要紧的话，小顺子有些严肃，太子妃则脸色一凛，目光轻轻瞥向我，又瞬间恢复温和，在小顺子耳边嘱咐了两句，然后放开声音说，“西樵和小顺子陪本宫进去，其他

人在外面等着。”

我扶着太子妃往庵门走，七七四十九格阶梯渐渐填满我的眼睛，我正被望月庵的雄伟所吸引，马车铃铛的响声引诱了我的注意，因为太子妃在身边，我只是随意地往马车方向一瞥，便迅速收回眼神，扶太子妃迈上阶梯第一格。然而，当我的脚踩上去的那一刻，我条件反射般地回头朝身后的马车看去。因为刚才，我目光一瞥的瞬间，我看到了铃铛，我还看到了牵马的小厮。当时我并没有反应过来，而此刻我想到了，我见过他，就在雪夜的竹林，他就是与纸鸢偷会的那个男人。

我扶着太子妃往上走，心中的疑团也同这阶梯一般越叠越高。难道，纸鸢和他真有什么私密的关系？难道，昨晚的相会被我打断，所以他们选择在今天再见？又或者，昨夜的相会只是为了偷传讯息，今日在望月庵才是真正的约会？我胡乱猜着，转眼已进到庵内。望月庵住持师太是先帝的锦妃贺氏闵贞，皇上赐号妙观居士。

贺氏迎上前来，慎重地说，“太子妃今日还照旧吗？”

“不，今日本宫要抄经祈福。”太子妃认真地说。

抄经祈福，那不就是照旧吗？我奇怪太子妃今日说话怎么竟前后矛盾起来，只见贺氏的眉头猛皱了一下，随即舒展开来，身子一侧，伸手引路，“太子妃这边请。”

“小顺子，你不用跟着来了，去把本宫带来的素斋送给各位居士。”太子妃遣走小顺子，跟着贺氏往里走。贺氏引太子妃到了一间大屋前，屋檐下的牌匾写着静安殿三个字。“西樵你候在外面，不得出声打扰，也不准任何人进来。”

“是。”我送太子妃进去，然后关上门，静候在门外。关于纸鸢的各种疑惑又重新涌上心头，那个男人的样子，不像是可以伺候得起那么一驾精致的马车，不会是偷来的吧？这样的人，纸鸢怎么会冒险跟他来往呢？我的脑子像塞了糨糊，胀得难受。然而屋漏偏逢连夜雨，船迟又遇打头风，静安殿的院子里突然涌进来一队人马，为首的竟然是玉昌公主，挽得大大的发髻盖住左脸，我是不会认错的。

太子妃不许我出声打扰，也不许任何人进入殿内，我一时茫然不知所措，玉

昌公主已冲到我的面前，一把将我推开，然后一脚踢开门，直接迈步进去。

“公主不可呀！”小顺子连滚带爬地进来，想要阻止已明显来不及了。

打开的门将殿内的一切曝露眼前。空荡荡的大殿，只有太子妃一个人，伏在案前抄写经文，玉昌公主的突然闯入并没有打断她，反而她静心书写的模样将玉昌公主的鲁莽反衬得尤其突兀。“公主怎么来了？也是来抄经的吗？”太子妃慢悠悠地说。

“抄经？哼！让他出来吧，躲是躲不过的。”玉昌公主边说边环视四周，眉梢眼角仔细打探着静安殿的角角落落。

“他是谁呀？小顺子吗？他又是哪里得罪了公主，本宫竟然不知道？”太子妃搁下笔，“本宫派他送素斋去了，公主只怕要等上一会儿了。”

“别在这里拖延时间了！”玉昌公主干脆四处搜查起来，只是转了一大圈什么也没搜出来，顿时变了脸色，语调也突然变得诡异起来，“你倒是心很静啊，居然一个人在这里抄经，也不让小顺子在身边伺候着，真是耐得住寂寞啊。”

“抄经要心静才行，本宫不希望不相干的无聊人在这里打扰。”太子妃重新提起笔，“西樵，送公主出去。”

“你敢赶本宫走？”玉昌公主觉得受了侮辱一般，脸涨得通红，牙咬得咯咯响。

“本宫不敢，”太子妃微微一笑，“西樵，这么点小事都做不了，还不跪下掌嘴？”

我心一惊，不知怎么这矛头突然就往我身上指了，但太子妃命令一下，我只有照做，于是噼里啪啦的巴掌声开始在静安殿里弥漫。我的脸肿了，玉昌公主的脸实在是挂不住了，一甩袖子转身走人。

太子妃赶紧扔下笔，朝我跑过来，“快停，小顺子，赶紧找些消肿的药来。”太子妃拿开我的手，看着我红肿的脸，眼中浮现出慈悲的神情，“你受委屈了，本宫会替你做主的。”

小顺子取来消肿的药，太子妃亲自替我上药，我感动得眼泪都要掉下来了，我知道太子妃做事心狠，为达目的不择手段，但我依然能从她身上感受到大爱的

气质。

我们出了望月庵，那驾马车连同那个男人都不见了，但是纸鸢还在。我的脸疼得厉害，太子妃特许我和她一起坐进车里，纸鸢掀起车帘子，看也不看我。那一刻我怀疑，是不是我想多了。

回到太子宫，小顺子立刻就不见了影子，太子妃让我留在寝殿里陪她，哪儿也不让我去。我虽然因为脸肿也确实不敢出去乱跑，但总有一种被软禁的感觉，从太子妃把我拉上马车那时起，我就感觉自己被她死死拽在手里，动弹不得。我隐隐觉得，玉昌公主闯殿的事，不是任性捣乱那么简单。

午膳时间过后，小顺子神色匆匆地回来，瞄了我两眼，向太子妃汇报，“娘娘，奴才一直跟着她，她果然去见绿萝了，两个人偷偷嘀咕了好久，奴才不敢靠得太近，只听见了一句。”

“讲。”太子妃已然有些动气了。

小顺子捏着鼻子，做着手势，既埋怨又警告地说了一句，“下次消息准点儿!”

“咣当”一声，太子妃打落桌上的茶碗，恨恨的眼神盯着地上的碎片，“你去，把她给本宫弄来!”

“是。”小顺子神色凝重地退出去，那一刻我感觉，又一个生命要从我的生活中消失了。

还好，小顺子没有弄死她，只是把她迷晕了，趁着天黑拖到一间小黑屋里。那个黑屋我第一次去，我没想过在荣祺殿的寝殿里还有这样一间密室，我更是怎么都没有想到，太子妃和小顺子口中的那个她，居然是冬暖。

太子妃把喝剩的茶泼在冬暖的脸上，水珠顺着贴在脸颊上的头发淌下来，残留的茶叶粘在眼角边、下巴上，把薄薄的一层妆彻底涂花了。胭脂在热水里化开，露出皮肤的本色，我站着，看躺在地上的她头发散乱奄奄一息的模样，像极了秋莲。“嘤”的一声，冬暖转醒过来，摇摆着脑袋将遮住眼睛的头发甩到两边，然后，眼睛慢慢张开。

“终于醒啦，本宫还以为你打算就这么一直睡下去呢。”太子妃已经续了新的

茶，边轻轻吹开面上浮动的茶叶，边和刚刚醒来的冬暖说话。

冬暖的瞳孔突然缩放了一下，然后很认真地睁大眼睛，仔细打量这个黑漆漆的房间。她倒在冰冷的地上，整个房间里没有任何颜色鲜艳的摆设，只有一把暗红色的木头椅子，配着一张暗红色的木头桌子。桌子上是茶壶茶碗，还有一只绒布套着的小暖炉，椅子上，是太子妃。然而冬暖的目光并没有到太子妃身上便停止下来，她继续环视整个密室，好像就是要看清这是个怎么样的房间似的。最终，她的目光回归到环视的起点，那一片黑得深不见底的天花板。天花板的上面，就是太子妃的寝殿。

太子妃搁下茶碗，换把暖炉捧在手里，“看够了？第一次来，觉得很新鲜是吧？那本宫就为你介绍一下，这间屋子，就是你和你姐姐说再见的地方。”

冬暖的目光迅速从天花板移到太子妃的身上，眼中刚才还是深深地震撼和逐渐滋生的恐惧，现在已变成了尖锐的质问和毅然的愤怒。

“你果然还是要报复本宫的，当初送你姐姐去死的时候就该把你也废了！”太子妃的话让我陷入某种恐慌，我预感自己将再次听到一个复杂而又可怕的秘密。

冬暖听到这话，眼睛瞪得更大了，但是片刻又收敛起来，低下头说，“娘娘说什么，奴婢不明白。”

“不明白？好，那本宫就说给你明白！”太子妃也不跟她兜圈子，直接说道，“你勾结绿萝，向玉昌公主告发本宫在望月庵私会男子，是不是？”我被这话吓住了，冬暖真是吃了豹子胆，怎么敢这么说，这是要出大事的。

“奴婢没有，奴婢冤枉！”冬暖立刻喊冤。

“冬暖，你是知道本宫的，没有把握的事本宫从来不做，其实今天在望月庵玉昌公主没有搜到人，你就应该知道，这件事，已经瞒不过本宫去了。”太子妃身体微向前倾，如青蛇吐信捕捉食物般捕捉冬暖四处躲藏的眼神，“你刚才说，你冤枉，那谁不冤枉呢？”

这话我听着怪，好像太子妃真跟什么人私会似的，只差把通风报信的人找出来了。“娘娘……”我刚想提醒她，就被小顺子一把拉回来，锐利的眼神制止了我。

“确实不是奴婢说的，还请娘娘问别的人。”冬暖说着，一边偷偷看我，那种怨恨的眼神，让冬暖整个人都在我眼中变得陌生起来，尤其是那股怨恨，让我浑身起毛。为什么她要这样看着我，我并不知道事情的来龙去脉，更没有在太子妃面前怀疑指证过她，她这样看着我，到底是为什么？

太子妃顺着冬暖的目光看向我，然后又逼视冬暖，而冬暖则回避了太子妃逼视的目光，把头埋进膝盖里，将颤抖的背脊露在我们面前。我完全不知道冬暖在暗示什么，可我知道太子妃看懂了，因为她突然露出了恍然大悟般的笑容，侧目看向我，扬着调子问，“你说的别人，可是站在本宫身边呐？”

啊，那不就是我？我惶恐地看向太子妃，正迎上她犀利的目光，直盯着我的眼睛。冬暖终于不再埋着脑袋，抬起头来看了我一眼，“昨晚奴婢起夜，看见林西樵偷偷溜出乾安居去了。”

“林西樵是本宫的贴身侍婢，她不在乾安居待着，兴许是来了本宫这儿呢。”太子妃不慌不忙地说，似乎并不想知道我昨晚出宫的行踪。

“娘娘想要护短吗？奴婢是亲眼看她出了太子宫的。”冬暖两眼泪汪汪地看着太子妃，期盼的目光流淌着晶莹的颜色，她很想让太子妃相信她说的话，她说的也的确是事实，于是我立刻跪下，而且没有做任何辩解。

太子妃见状思量着说，“这么说，是林西樵勾结绿萝，要谋害本宫了？冬暖，你是这么怀疑的吗？”冬暖沉默不语。“是，还是不是？”太子妃追问。

冬暖的身体晃了一下，嘴唇抿得紧紧的，不放一个字出来，牙齿把嘴唇咬得出了血，眼珠子慌乱地转动着，呼吸时重时轻，随时会晕倒的样子。太子妃一步步走近她，质问的目光渐渐逼近，冬暖忍不住又把头埋进膝盖中间，将颤抖的背脊露在我们面前。

“答不上来了是吧？别以为把脸遮起来本宫就会放你一马，是真的害怕还是在做戏，本宫一眼就能看出来！”太子妃伸手掐住冬暖的下巴，硬生生把她的脸抬起来，“哟，连嘴唇都咬破了，看来是真的害怕了，哼！”太子妃将冬暖的下巴一顶，冬暖整个脸仰面朝上，血色全无，“本宫就是要让你知道怕，知道在本宫面前耍心计动心思根本就是自掘坟墓！你以为把林西樵牵扯进来自己就可以全身

而退吗？刚才的问题只要你敢说是，本宫立刻就能让绿萝来认人，到时候，你是要帮着绿萝认人呢，还是要帮着绿萝开脱罪名呢？”

冬暖仰着头，艰难地从喉咙里挤出几个字来，“奴婢不知道什么绿萝不绿萝的……”

“是吗？”太子妃依旧没有要松手的意思，“本宫还以为你和绿萝是好朋友、好姐妹呢？”

“绿萝这个名字，奴婢确实……确实听过，但从无往来。”冬暖吃力地说着。我看着她的样子，心中难受极了，不仅因为她涨红发紫的脸庞，更因为她撒的这个谎。难道她不知道娘娘已经知晓她与绿萝会面的事了吗？如此否认，即便谋害娘娘的罪名不成立，那欺瞒主子的下场也不会好。

太子妃讥讽地一笑，怜悯地摇摇头，“冬暖，你太像你姐姐了，一样那么倔强，一样那么不知死活！”太子妃把手用力地抽回来，立刻在冬暖的下巴颈上留下两道血红的指痕，“小顺子，学给她看！”

小顺子走到冬暖跟前，捏住鼻子，嗲声嗲气地来了一句，“下次消息准点儿。”

只这一句，冬暖的脸色刷地全变了。原本充满期盼和挣扎的眼神顿时变得迟缓、木讷，仿佛被抽走了魂，呆呆地保持着一个姿势跪在那儿，如同等待最后判决的犯人，铁证如山，连辩驳的心也完全死了。

“西樵夜半出宫都能被你看见，你青天白日地溜出去找绿萝，又能瞒过谁？”太子妃坐回到椅子上，“冬暖，你不该存侥幸之心的，从一开始本宫提到绿萝这个名字的时候你就该知道，你已经完全没有退路了！”

“我是没有退路了，”冬暖不再跪着，而是慢慢站起身，一边狠狠擦去嘴唇上渗出的血，一边转过脸正视着太子妃，“我知道了你最大的秘密，即使没有谋害这回事，我也一样没有退路了。”

“本宫最大的秘密？”太子妃忍俊不禁，“你说的，该不会是所谓本宫在望月庵私会男子的事吧？”

“不只是望月庵，还有千佛寺，无佞坡，琼山温泉，庄周避暑园，”冬暖报出

一连串地名，熟悉得仿佛已在心里过了千百遍，让我觉得这个所谓的私会男子正在从谣言变为事实，“只要皇宫有大事庆典，太子妃就会在庆典过后请旨，前往这几个地方其中的一个，或抄经祈福，或拜祭功臣，到时自然会有人在那里等候太子妃。”

“抄经祈福、拜祭功臣，这是本宫应当应分的事情，本宫身为当朝太子妃，所到之处有人候驾接应，这也能受人诟病吗？”太子妃从小顺子手里接过竹签子，拨弄着暖炉里的炭末，竹签子插进暖炉的那一头很快就黑了。

“娘娘也说了，奴婢是做戏还是真怕，娘娘一眼就能看穿，那么娘娘是做戏还是真的抄经祈福、拜祭功臣，早晚也会被人看穿。今天玉昌公主没有搜到人，是冬暖没有运气，但太子妃最好小心一点，私会偷情的罪名就是一个普通宫婢都扛不起，更何况是堂堂的太子妃。”冬暖鼓足勇气说出这句话，她已经不要这条命了，她是真的豁出去了。

“大胆！竟然敢诬陷娘娘！”小顺子赶紧维护太子妃的名誉，“娘娘是东宫女主，怎会做出此等苟且之事，你小小贱婢竟然信口雌黄，诬赖主子清誉，毁东宫名声，应该处以杖毙。”

“冬暖并非造谣，凭什么受杖毙之刑！”冬暖据理力争，睁大眼睛瞪着小顺子。

太子妃闻言不急不躁，慢悠悠地说，“本宫相信你没有造谣，只怕是被造谣之人所欺，才在这里胡言乱语。”

“姐姐不会造谣欺骗冬暖，望月庵、千佛寺、无佞坡，哪个是太子妃没有去过的。每次抄经祈福，太子妃都不让姐姐服侍在侧，连小顺子都被轰了出来，这其中，会没有鬼？”冬暖说得有鼻子有眼，想今日在望月庵，太子妃也的确把我和小顺子都支开了。

“果然是你姐姐跟你说的谎话，”太子妃反露笑意，“你真的这么相信你姐姐吗，难道她就不会对你有所欺瞒？”

“不要离间我和姐姐的感情，她是不会欺瞒我的。”冬暖涨红着脸，不许人诋毁她们的姐妹亲情。

“是吗？”太子妃的眼中露出哀伤怨愤的神情，“那她有没有告诉过你，她曾经被太子所召幸呢？”

“这不可能！”冬暖想也不想就否认太子妃的话，“是你诬陷她的！”

“诬陷她？本宫身为太子妃，身边的宫婢为太子所召幸，你以为这是什么有脸面有光彩的事，需要本宫在这里编谎话来宣扬吗？”太子妃一巴掌拍在桌面上，啪的一声响震动了我的心，“本宫不怕老实告诉你，本宫在进宫前确实心有所爱，这件事皇上和皇后娘娘都心知肚明，所以即使你告到皇后那里本宫一样能全身而退。只是为了不让太子多心，本宫才没有另作交代。此事在本宫四位陪嫁婢之中，只有秋莲一人知道，她替本宫隐瞒过去的这段恋情，本宫对她着实感激，也一直特别倚重她，你何时见过本宫让秋莲吃苦受委屈？只是秋莲为权欲所诱，竟然要挟本宫向皇后提请册封她为太子侧妃。她也不想一想，册封太子侧妃是何等大事，以她的出身学识，皇后根本不可能答应，太子是储君，太子选妃是关系国本的大事，秋莲为一己之私，要挟本宫动摇国本，是对是错，冬暖你心中应该有数。再说本宫自嫁于太子，便忘尽前缘尽心服侍，对东宫对太子自问尽心尽力无愧于心。可是你的姐姐，因为私愿得不到满足，竟然将本宫过去的事向蒲妃告密，本宫今日被太子冷落，全是拜你姐姐所赐！”太子妃已经站不稳了，我去扶着她，感觉她的身体在剧烈地颤抖，不是害怕，不是冷，而是回忆起自己被最信任的人出卖，以至于空坐东宫女主之位却全然得不到太子的爱，甚至连尊重都得不到，这恐怕就是太子妃最无法忍受的痛楚了。

“这不可能，姐姐不会这样的，姐姐不会这样的……”冬暖显然被这样的真相吓到，她迟疑了好久，脸颊上的泪不知道是为谁流的，“所以，你因为恨她就……”

“如果本宫可以为了恨就杀人，那你被小顺子迷晕的时候，本宫就可以下手了，”太子妃挣脱我的搀扶，朝冬暖走去，“本宫可以告诉你，望月庵千佛寺抄经祈福，无佞坡拜祭历代功臣，全部都是本宫向皇后请旨而为，本宫没有做戏，是你姐姐在借题发挥、捏造事实，她想做妃子，所以她要造本宫的谣，这样才能逼着本宫帮她坐上太子侧妃的位置！冬暖你要知道，谣言是堵不住的，她已经剥夺

了太子对本宫的一切信任，难道她还要把本宫的尊严地位全部毁掉吗！本宫不能让她这么做，但是本宫也不可能把太子侧妃的位置给她，单凭她如此的人格品德就不可能！”太子妃一把抓住冬暖的胳膊，让她看着自己的眼睛，“所以本宫下手了，本宫没有选择。”

“怎么会是这样的……怎么会是这样的……”冬暖已经完全没有反驳的能力，身体瘫软着，太子妃稍一松手，她便整个人坐倒在地上，混乱的眼神似乎想从空气中抓住点什么，却始终空空如也。

“看来你姐姐真的很恨我，竟然用这种方法让你替她报仇。”太子妃似乎在道出某个更深层的事实，连冬暖都未曾意识到的事实。

我对秋莲的感情从可怜变成恼恨变成不齿，“太狠了，难道不怕连累自己的妹妹吗？”

“她有什么好怕的，她知道本宫不会，不会为难冬暖的。”太子妃疲倦地坐回椅子上，手托着额头，轻轻喘息着。“她临死前的最后一句话，就是，保住冬暖一条命。”太子妃看看坐在地上的冬暖，“本宫不想杀你，但是你给本宫制造的麻烦，必须替本宫解决。从明天开始，你就跟西樵一起，来本宫身边伺候吧。”

大年初二，冬暖正式成了太子妃的贴身宫婢，前一晚我送她回乾安居，她问我是否相信太子妃说的话，我想着太子妃身边的那些事，想着小顺子跟我说过的话，想着文秀公主出嫁前后太子妃的所说所做，我不知不觉就和冬暖说，“太子妃是有大爱的人，我相信她说的话。”冬暖沉默不语。于是我继续说，“我知道你不是故意要栽赃给我，但太子妃对我执著不变的信任告诉我，你姐姐可能真的是做错了，太子妃才被迫出手的。”冬暖睫毛一颤，似有所悟，于是今日，她成了与我并肩而立的宫婢。

第十一章　虚华落幕满疮痍

自从冬暖做了太子妃的贴身侍婢，她在太子宫中的地位水涨船高，太子妃去各宫串门的时候，都喜欢带冬暖去，而我只能留在太子宫里“歇息”，我倒不是因为冬暖得了更多宠爱在这里难过，只是难得的可见纪双木的机会，就这样一次次地流失了，心中难免觉得惋惜。

转眼已到了元宵佳节，皇后特意令人准备了十只花灯游船，邀各宫的妃嫔、公主们到御花园游船河，太子妃一早便起来梳洗打扮，特意将发髻梳低了，留了长长的发束披在肩膀上，没有戴珠钗，只用新鲜的梅花在发髻挽起的地方点缀一二，淡粉的披风将身体裹起来，与冬雪水影相互映衬，显得高雅脱俗。

我和冬暖扶着太子妃到东宫门口，太子妃停住步子，转身对我说，“西樵今日不用去岸边吹风了，你替本宫去木园走一趟，今日是玉竹的生祭，你替本宫拜拜吧。”

“是。”我早知道这种群芳聚会的场合太子妃是不会让我去被人笑话的，不过让我去木园拜祭倒是意料之外的事情。我欢心地答应了，将太子妃送上马车，看着冬暖和小顺子随驾远去，感觉自己顿时成了放飞的风筝，回乾安居换了套白色的宫装，就往木园去了。

木园如雪般静谧的韵味在冬日里更加增添了一分寂寥和纯净。那个小宫婢不在院子里，我径直走到宫房门口，敲敲门，里面有微弱的回应声，却不见她过来给我开门。我又连着敲了一阵，好久才听到扑通一声响，像是有什么重的东西倒在了地上。我心想不对劲，赶紧推门进去，只见那小宫婢裹着棉被就躺在地上，眼睛还巴巴地望着门，小脸红通通的，呼吸有些急促。我赶紧过去把她扶起来，顺势往她的额头上一摸，好烫！我赶紧把她扶上床，然后跑出去烧水，点着了柴

后又进屋从墙角的柜子里拿出一张旧毛毯，盖在棉被上，把毛毯边往里掖掖，然后从床底下抽出已经冰凉的炭火盆，到院子里去捡废炭往里扔。

水开了，我泡了热茶，虽不是什么好茶叶，起码也带点茶香。我将重新烧热的炭火盆搁到床底下，用热毛巾敷着小宫婢的额头，然后拿勺子舀热茶给她喝。也许是身体暖和些了，小宫婢的呼吸顺畅了些，她看着我，轻轻问，“你以前也是这里的宫婢吗?”

我一愣，“你怎么知道?”

“刚才我都看见了，什么东西放在哪儿你比我都要清楚，就跟在自己家里似的。”小宫婢微微喘着，勉强露着笑脸。

“别说了，先歇着。”我放低她的身体，给她盖好被子，然后从抽屉里取了拜祭用的东西，本想跟她交代一声，但待我回头，她已闭着眼睛睡着了，于是我悄悄走到屋外，找到玉竹的坟头，点香拜祭。

忙完后，我回到屋内，小宫婢还沉沉地睡着，我想给她抓副药，但我知道木园的宫婢是没有资格让御医来诊治的，也没有御医愿意来，以前我生病，也是自己扛过去的，只怕这小宫婢还有得罪受呢。我想起今天早上太子妃赐了吃剩下的山药糕给我，因走得匆忙，糕点带盘子还留在寝殿里，不如拿来给她，多少打点身体底子。

我回到荣祺殿，居然没撞上一个人，我走进空无一人的寝殿，一眼就看见山药糕搁在茶几上，我急忙走过去想端起来，谁知脚下踩了裙子滑了一下，整个人跌倒在床边，脑袋撞上床脚，头上的珠钗啪嗒一声断成两截，掉落的珠子滚到了床底下。

糟了！我赶紧爬进床底下摸珠子，手指刚触到一个圆滚滚的东西，就听见小顺子的声音在背后响起，“快点，快点，快扶太子妃坐下，快，拿烘暖的衣服过来!”小顺子忙里忙慌的，好像出了什么大事。

我趴在床底下，太子妃荷花色的裙子挡住了我的视线，我正犹豫着要不要爬出去帮忙，就听太子妃吩咐着，“所有人都下去吧，小顺子，你先去门口守着，没本宫的召唤，谁也不许进来。”

小顺子不知道我已经回来了，朝太子妃问，“那西樵来了呢？”

“先让她回乾安居歇着，本宫自会传她。”我听太子妃这样说，便老老实实地趴着不动了。

我听着动静，好像是纸鸢服侍太子妃换了衣裳，泡了热茶，接着纸鸢出去，换了小顺子进来。“娘娘受惊了，幸好救得及时，这次可真是险啊。”小顺子的声音忽轻忽重，我却丝毫听不懂，不过娘娘换下的裙子竟是湿的，难道今日游船河，太子妃落水了？

“总算是送她上路了，这场戏，演得还真够辛苦的。”太子妃满足的声音钻进我的耳朵，我的心突然凉了下来，咚咚直跳。

“那日奴才看她已经信了，娘娘怎么还……”小顺子欲言又止。

“她信本宫是一时，她恨本宫却是一世，再加上绿萝那个小贱婢挑拨离间，难保他日冬暖不会再起异心，这样的人留在身边，只怕本宫要寝食难安了，不如早早送她与姐姐团聚，也算本宫与她们的一场缘分。”太子妃一字一句说得清楚，我听进心里，却如同冰锥刺胸，疼痛难忍。

“既如此，娘娘何不当时就……”小顺子的声音没下去。

“她若那样神不知鬼不觉地就死了，岂不是反把谣言坐实了？玉昌公主虽没搜到人，保不齐她心里不留疙瘩，即便冬暖要死，也得死得其所，断了玉昌公主的疑心。”话毕，碗盖咣当一声落在茶碗口上的声音响起，刺耳得很。

“啊，”小顺子的一声惊呼，像是突然发现了什么惊天大秘密似的，“难道娘娘让冬暖在身边伺候是为了……”

“让玉昌公主怀疑，冬暖对本宫的恨不过是一场引诱她出丑的戏，”太子妃接着小顺子的话往下说，“她在望月庵里没有搜到人，早已是窝了一肚子的火，加上前次洛其阿大人送珠钗的事，也是绿萝听了予蓝的话在她面前多嘴才搞出后来的尴尬，连着两次在本宫面前出丑都是绿萝挑拨所致，本宫猜想她对绿萝应该是恨得牙痒痒了，对绿萝的话多少会有些不信任，只因漏出口风的是本宫身边的人，她才没有彻底跟绿萝翻脸，所以本宫不但不处罚冬暖，更要善待她，特意留她在身边，带着她各宫各院地转，当着所有人的面对她好，本宫要让玉昌公主知

道，冬暖是本宫的心腹，这样她就会怀疑冬暖向绿萝告密其实是本宫授意的一场骗局，是本宫耍了她，看她还信不信绿萝的话！”

“娘娘这招真高！”小顺子由衷地称赞，“只要公主认定望月庵捉奸的事是娘娘故意设圈套引她出丑，以后再有这样的风言风语传到耳朵里，她也不会再相信，即便相信，也不敢再轻举妄动了。”

“只要断了玉昌公主的疑心，冬暖就可以功成身退，去和她姐姐地下团圆了。”太子妃满足地说着。

“就怕这件事了了，玉昌公主还是不肯罢休，会在别的事情上继续刁难娘娘。记得皇后娘娘指婚那会儿，也是她多番阻挠，跟娘娘过不去。”小顺子不满地说。

“她是在记恨本宫当年不小心推翻蜡烛，烧了她的头发，让她半年不能出宫见人。”

“娘娘那时才多大，抱在手里的娃娃能是故意的嘛，再说她脸上的胎记是生下来的就有，与娘娘何干，她不去怪御医无能，倒要怨娘娘，真是不可理喻。”小顺子的话让我恍然大悟，原来玉昌公主的大发髻是用来遮掩胎记的，怪不得秀心要受罚，还真是捅到了玉昌公主的痛处。

“她也是可怜，好好的一张脸，偏有那么大一块青色的胎记，御医们想尽办法也没能除去，偏她又不肯受一点委屈，执意终身不嫁，这一点本宫倒也佩服，可惜本宫与她似乎天生八字不合，一见面就忍不住要唱反调，其实本宫心里，真真没把她放在心上。”太子妃说着，轻轻叹了口气。

这时纸鸢的声音从寝殿外传来，“启禀太子妃，内务府有公公来回话，说找到冬暖的尸首了。”

“本宫知道了。”太子妃让纸鸢退下，然后我听到她长长地舒了一口气。

“娘娘……”小顺子轻轻叫她。

“小顺子，你去皇后那儿请旨，就说是本宫的意思，太子宫宫婢冬暖护主有功，特赐承御封号，着内务府厚葬。”太子妃吩咐着。

“护主有功？这恐怕……”小顺子微露为难之色。

“冬暖是为了本宫才死的，难道本宫给她一个封号也不行吗？”太子妃的声音

大起来，“再说当时情势危急，谁能看清楚发生了什么！落水的是本宫，这事由本宫说了算!”

“奴才……明白了。”小顺子沉静了好一会儿才说了这句话，“冬暖也算是死得清清白白、堂堂正正了。”

“她若不死得清清白白，那本宫又何来清白，她若不死得堂堂正正，那本宫又何来全身而退呢?”太子妃这话让我赫然不已，她的话里一点听不出落水的惊慌和死人的惊赫，平静得如同结冰的湖面，将汩汩水流掩藏于宁静之下，“冬暖一定要死，但却不能死在本宫的手里，她要死，就必须死在众目睽睽之下。”

“总算是最后没有白费心思，要是冬暖命大死不了，娘娘可就被动啦。”小顺子心有余悸地说着，我隐约能听见他拍打胸口的声音。

“本宫既然愿意以身犯险亲自落水以彻底取信于玉昌公主，当然会安排妥当，冬暖溺毙湖中是必然的结局，绝不容横生枝节。”太子妃斩钉截铁地说。

“娘娘不识水性，为区区一个宫婢如此冒险，奴才真是替娘娘不值啊。”小顺子说得掏心掏肺地。

太子妃并不欣赏小顺子的这个马屁，鼻子里哼了一声说，“不值?但凡跟本宫偷情的谣言有关联的事，本宫如何处置，都没有不值的说法。”

小顺子被噎了一下，稍作停顿，便拿我换话题，“哟，都什么时辰了，西樵那丫头还没回来呢。”

“没回来也好，本宫还不想她陷得太深。”话说至此，太子妃突然站起身，喊纸鸢进来找披风。

“娘娘要出太子宫吗?”

“本宫要去皇后那儿，冬暖赐封的事，还是本宫亲自去跟皇后请旨比较妥当。”太子妃说着，罩上天青色的披风，又吩咐了几件事情让纸鸢去办，然后带着小顺子匆匆离去。我依旧躲在床底下，直到完全听不到一点儿声音了，才狼狈不堪地从床底下爬出来。冬日的冷风从门缝窗缝里吹进来，我背后一片冰凉，早已是虚汗淋漓。我看看手中握着的珠子，之前还又圆又亮，现在已黯然失色。

冬暖被追封为承御，这是后妃的宫婢中最高的等级，外面的人都称赞太子妃

厚德载物，只有我知道那是一种赎罪的方式。冬暖的葬礼很体面，太子妃居然破例为冬暖上香，就像那日在木园，她亲自为秋莲上香一样。

然而，冬暖的葬礼远不是元月里最风光的，昨天，也就是冬暖死去的第二天，甄德妃病逝西静宫，皇后亲自向皇上请旨，主理丧事，并提请皇上追封甄德妃为后。皇后此举博得盛赞不亚于太子妃为冬暖提请封号，一时间，皇后与太子妃这姑侄两个在宫中贤德之名风传，郑氏女子主中宫安天下的命数之说又悄然萌发起来。甄德妃死了，换来两桩所谓识大体顾大局的政治婚姻，冬暖死了，换来太子妃独立支撑却已伤痕累累的名节尊严，这究竟是值，还是不值呢?

“穿上它，”太子妃打断我的沉思，递过来一双绣鞋，“然后随本宫去西静宫行拜祭之礼。”

我不明就里地接过绣鞋，“奴婢有鞋穿啊……”

“穿上你就知道了，本宫还会作弄你不成?”太子妃说着将我推到一边，只让小顺子服侍她更衣。

“快穿吧，这可是娘娘的恩典呢!”小顺子像是知道什么，拼命催我。

我走到屏风另一侧，换上太子妃给我的绣鞋，“哎呀，好硬啊。”我不禁叫出来。

“一只硬、一只软，这样才能垫高你的脚!”小顺子从另一侧走过来，“真是大惊小怪，难为娘娘想了这个法子让你有脸出去见人，你还在这里不领情。”

“垫高我的脚?”我这时才感觉到，左脚的鞋子底是软软的，脚踏踏实实地踩着地，右脚踩在硬木头垫厚的鞋底上，有点紧，踩着不那么踏实，好像脚不是自己的，很不自在。“这还能走吗?”我小心翼翼地问。

“这是张御医教的法子，说走的时候会有些疼，但看着就不瘸了。”小顺子折起屏风，太子妃走到我面前，仔细打量着我，“你看你的肩，果然就平了，走两步让本宫看看。”

我挪了挪脚，却没有迈出步子去，“娘娘，奴婢能先自己看看吗?”

“怎么，还怕本宫笑话你，还是怕张御医的法子不灵?”太子妃笑着挥挥手，小顺子又把屏风展开，隔开我和太子妃。

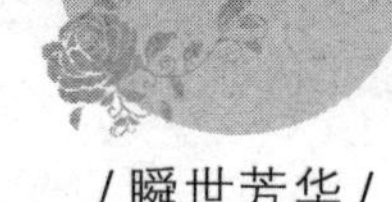

我怀疑地走了两步，脚底下很不真实，而且疼，我又走了两步，还是疼，但是，已经看不出来是个瘸子了。我差点就要喊出来了，原来，原来这么简单就可以……

“好了没有？西静宫那边还等着呢！”小顺子又开始催促。

“好了，”我匆忙放下裙子，小顺子已经把屏风折起，我看见太子妃笑盈盈地站在落地大衣镜前，朝我笑，我也忍不住笑了，真是从心底笑出来的，“娘娘，奴婢，奴婢可以好好走路了。”我连眼泪也笑出来了，之前因冬暖之事而生的芥蒂此刻已被心中的喜悦彻底倾覆，太子妃对于我在此刻，恩同再造。

太子妃披上白羽毛的披风，对着镜子整理妆容，“那还不赶紧去看看蒲妃娘娘准备好了没，传她随本宫去西静宫吊唁，也让那些曾经笑话过你的人打打自己的嘴巴。”

我“哎”了一声，急忙往蒲妃的圆祺殿去。守殿门的小祥子见到我，赶紧要往里头传报，突然又刹住脚，回头仔细瞅了我一眼，顿时嘴巴张得大大的，连说话也结巴了，“西，西樵姐，你这腿，能走了？”

我被他的样子逗乐了，“不能走，难道是爬着来你这里吗？”

“不是，我是说，你，不瘸啦？”小祥子也问得小心，一边又仔细打量了几眼。

“你看着不瘸，便是不瘸了。”我满心欢喜地说，“你们主子可准备好了，太子妃那儿催了，要赶着去西静宫呢！”

“去吊唁又不是喝喜庆酒，你身为宫婢，虽然戴孝却喜上眉梢，高兴成这样，对永德皇后也太不尊重了吧！”蒲妃出现在小祥子身后，厉声指责我的样子将她一贯温婉的情态抹煞得一点不剩。甄德妃病逝后，皇上追封其为永德皇后，因此全宫戴孝，我一时高兴，竟然忘了这个，被蒲妃捉了把柄。

“妹妹身为太子侧妃，应为东宫的表率，既然明知今日要去西静宫行拜祭之礼，又为何要拖拖拉拉，等本宫亲自来请催，难道这样，也算是尊重吗？”太子妃更为响亮镇定的声音从我背后传来，我顿时感觉到一股强大的力量在背后支撑着我，太子妃走到我前面，我看见蒲妃迅速收敛的眼神，还有银心从讥笑到怯弱

的眼神。

蒲妃捏紧手帕，慢慢躬身致歉，“姐姐教训得是，妹妹记下了。”

“小顺子，摆驾。”太子妃干脆转过身去不看蒲妃，伸出手来，递给我一个眼神，我立刻伸手扶住，然后跟着太子妃离圆祺殿而去。隐隐地，我能感觉到背后冷峻憎恨的眼神，直直地戳向我。我本能地要回头去看，手腕上突然感觉被太子妃狠狠一抓，疼得我不能转身。“不许回头，”太子妃用足够我听见的声音坚定地说，“本宫不回头，你就不许回头！”

我再不敢东张西望，直到东宫门口，扶着太子妃上了马车，还是刻意不朝蒲妃所在的方向去看，小顺子过来戳戳我的肩膀，冷冷地说，“别脚底下刚好就不知道看路，抬着头当大白鹅啊。”

“娘娘不让我看蒲妃。”我傻傻地说。

“哈哈，”小顺子嘲笑完后继续教我，“你少断章取义歪曲娘娘的意思，你眼里有没有蒲妃，娘娘不在乎，娘娘要的，是你心里没有她，你能不看她一眼，那不算什么，什么时候你能看见蒲妃当没看见了，那才算娘娘没白疼你。”小顺子说完，拂尘一挥，“走吧。”

车轱辘转起来，我跟在旁边，第一次不用左顾右盼，第一次不用东躲西藏，能好好走路的感觉真好，那一刻我跟自己说，一定不让太子妃白疼我一场。

在西静宫，我又看见了文秀公主，她清瘦了不少，不施脂粉的脸素得像一杯水，没有味道，没有颜色，只剩下干净二字可以形容它的存在。太子妃走上前去，用一种恍如隔世的眼神看着公主，那是怜爱、心疼、愧疚、期盼？对，是期盼，太子妃期盼文秀公主能够谅解她的苦衷，能够难舍彼此的情分，能够投给她哪怕一点点的宽慰和包容。然而，文秀公主根本没有看她一眼，尽管她的目光成片地在我们面前扫过，却也只是扫过，没有最后的落定，没有期待中的对视。曾经分享文秀公主感情秘密的太子妃，如今，也成了偌大皇宫中一个陌生人而已。我看到太子妃眼中的温热的期待逐渐冷却，变成漠然和平静，最后，她轻轻一笑，眼中的暖意彻底流失散尽，我知道，她认了。

“安国郡主到！”随着一声传报，我与太子妃转过头去，只见万淑宁身着素

服，缓缓而至，往日步伐轻盈今日却步履沉重，往日清笑婉约今日却双目含悲，素颜相见竟然如天降仙子，悲悯之气竟盖过吊唁之人多少哀痛之泪，思念之语。除了太子妃，众人纷纷后退，为万淑宁让出一条路，三次叩拜，亲手点香，万淑宁虽无言语，却徒然使我心增伤悲，没有眼泪，没有放声痛哭，她所有的悲伤全在眼中，全在举手投足之间，那悲天悯人的模样，真让我怀疑今日祭拜的究竟是病逝而去的甄德妃，还是为国捐躯的万云川。

文秀公主似乎也被她感染了，躬身谢礼之时，一直忍着没有哭泣的她竟然落下泪来。万淑宁一句劝慰的话也没有说，只是轻轻抬手，抹去公主眼角的泪。那一瞬间，我感觉手腕很痛，我回头，看见太子妃失神地望着公主和万淑宁，眼中的失落和绝望如浪潮般叠叠涌来，而我手腕上的疼痛也层层加剧。

忽然，我看见了纪双木，她远远地站在万淑宁边上，不去打扰她们。然而，这次难得的相见，只能在沉默和哀伤中成为过去。

回东宫的路上，我在马车上陪着太子妃，她很安静，安静到我要屏住呼吸才能不打扰她的沉思。我不敢看她的眼睛，害怕看到她伤心的模样。车轱辘颠了一下，我身子一斜，脑袋往太子妃肩上蹭了一下，一句话飘进我的耳朵里，“那是我的位置。”我一怔，这才认真地看向太子妃，发现她的嘴唇不停地蠕动着，似乎念念有词的模样。那是我的位置。虽然说得很轻，但我听清楚了。

我和小顺子把太子妃送回寝殿，她让我们都退下，我们虽不放心，也只能照做。小顺子在荣祺殿门口来回打转，我看得直头晕，忍不住冲他喊，“别转了，娘娘的心情，也不是你多转几圈就能转回来的。”

小顺子果然停住不转了，安静了一会儿，又开始急跺脚，“这安国郡主也太有心了，戏演得真真儿的，把人心都给揽过去了，我们娘娘是真心疼公主，反被冷落成那样，这也太让人心寒了。”

“真心还是做戏，公主自会分辨，如今不过是场面上让郡主得了风光，咱们也不用急成这样，我不过是怕娘娘被公主给伤了心，才愁眉苦脸的，若是说到郡主和娘娘的威望，那自然娘娘是一等一的，咱们不怕。”我给小顺子鼓劲，看得出他对太子妃的忠心，那也是一等一的。

“你知道什么?”小顺子不领我的情，反过来驳我的话，“场面上的东西，是最能见高低的，你呀，聪明都不在点子上，早晨要不是太子妃护着你，蒲妃早把你另一条腿也给打瘸了。”

“只怕不是打断腿，而是直接撵出宫了。”纸鸢突然冒出来，顶了小顺子一句。

“哟，纸鸢姐姐，你这话可说偏了，蒲妃再有胆，也做不了这个主啊。”小顺子冲纸鸢眨着眼睛，不屑地说。

“只怕从现在起，她能做这个主了。”纸鸢回了小顺子一句，眼中满是担忧和警惕。

小顺子脸色一变，赶紧跑到纸鸢跟前，紧张地问，“是不是你听说了什么?”

纸鸢看看小顺子，“我要见娘娘。”

“娘娘不让人伺候，连我们都被赶了出来。”我如实说。

“那好吧，”纸鸢也不勉强我们，转过身就要走，“反正御医院自会有人来禀报的。”

“等等，”小顺子叫住纸鸢，然后转脸对我说，“你在这儿守着，我进去通传一声。”小顺子说完，又看了纸鸢一眼，转身跑进殿内，没过一会儿又跑出来，冲纸鸢喊，“娘娘传你，赶紧进去吧。”

我也要跟着进去，小顺子拦住我，“娘娘没让咱们进去。”

“那纸鸢……”我看着纸鸢跃入门内的身影，想着究竟有什么要紧事，赶在这个节骨眼上来凑热闹。

纸鸢在里面待了一会儿就走了，也没跟我们交待什么，我和小顺子等在门口，听着空中闷雷阵阵，对殿内情景难以窥视，直到传膳的时间都过了，才抱着试试看的心情走进去。

寝殿里一片狼藉，茶碗摔碎在地上，茶水从歪倒的茶壶里流出来，柜子上的瓷瓶也滚落在地，瓶中的梅花折枝断裂，梳妆台的镜子上长长的一道裂缝触目惊心，胭脂首饰也连同首饰盒一起散落在地上，珍珠链子扯断了，珠子滚得满地都是，太子妃坐在床榻上，两眼空空地望着破镜中的自己，镜中的脸庞也因为那道

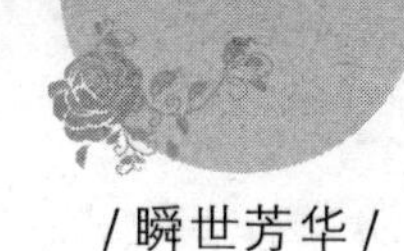

裂缝而被撕成两半。

“娘娘!”小顺子肉痛地叫起来，步子一乱，不知踩了什么，一个趔趄冲到太子妃的脚边，脑袋撞在床板上，发出咚的一声响。我看着满地的碎纸碎瓷片，顾不上小顺子脑袋上肿起的包，连忙收拾起来。

“蒲妃怀孕了。”太子妃的话如炸药爆炸般轰的一下震得我眼晕，拾瓷片的手一抖，手指上划开一道口子。我本能地要喊疼，又赶紧闭上嘴，把手指放进嘴里嘬着。

“娘娘，您说什么呢?”小顺子完全傻了，不相信地又问了一遍。

“蒲妃怀孕了，”太子妃推开小顺子扶着她的手，起身缓缓走到我身边，竟然捡起地上的碎瓷片来，我要阻止，却被太子妃推到一边去，“刚请了周御医来瞧，诊下来就说已有了两个月的身孕，如今只怕消息已经传到太子那儿了，本宫却还在这里替文秀公主难过，”太子妃的声音微微发抖，突然，她扔掉已经捡起的碎片，大声地斥问了一句，“本宫为人，可有人为本宫!”

一句话，盖过数片碎瓷洒落地上发出的清脆响声。我颤巍巍地站起身，看着太子妃，这是我进宫以来，第一次看到太子妃出离控制。我不怕主子发火，但我怕主子被火烧得没有了原来的样子。“娘娘，”我轻轻唤她，“蒲妃是太子侧妃，又承欢数月，如今有了身孕，也是难免之事，娘娘千万不要因此乱了方寸，要保重身体啊。”

“什么难免之事!本宫向来懂得未雨绸缪，若真是难免之事本宫只可能应对自如又怎会如此难以接受?一定是御医院搞错了，一定是御医院搞错了!”太子妃把我安慰她的话批驳得体无完肤，踩在满地的碎瓷片上来回打转，瓷片被她繁乱的脚步碾得粉碎，咔嚓咔嚓的破裂声最后变成了嗞嗞的粉磨声。

我也希望是御医院搞错了，但我知道这不可能，我冲小顺子使眼色，让他安慰太子妃，他却畏首畏尾不敢去刺激太子妃，我深吸口气，鼓起勇气说，“此事关乎皇族后裔，御医们不会那么糊涂吧。”

太子妃闻言立刻怒视于我，“御医不糊涂，难道糊涂的是本宫吗?”话音刚落，太子妃立刻变了脸色，转念略思，顿时目露凶光，“哼，没准真是本宫糊涂，

看走了眼。”

“啊……”小顺子又突然怪叫起来，“难道是……”

“是有人出卖本宫，瞒天过海，想要另寻靠山。”太子妃像是认定了什么，露出狠辣的笑容，“西樵，你把这里收拾了，晚上，本宫再让你看一场好戏!”

第十二章　戏尽情绝心难甘

夜幕降临，太子妃遣散了荣祺殿内外所有的宫婢奴才，只留我和小顺子伺候着。从用过晚膳开始，我便等着，等小顺子再弄个昏死的人过来，等太子妃再去开启密室的机关，不是我沉溺于这样的游戏，而是我以为那就是太子妃所谓的“好戏”该有的模样。然而一直等到亥时，荣祺殿都安安静静的，太子妃倚靠着躺椅看书，小顺子在一旁陪着说话解闷，偶尔沏杯茶，或挑几样太子妃爱吃的口食切成小块儿，服侍太子妃吃喝，从我开始收拾寝殿到全部拾掇停当，太子妃已经又变回了平时的模样，也许是发泄透彻了，也许是有更值得她在意的事要处理，总之是完全恢复原样了。其实，在她露出那种狠辣的笑容，告诉我要上演一场好戏的时候，她就已经变回来了。只是，我等了这许久，还不见有任何人来，不见有任何事发生，小顺子又跟没事儿人似的在那儿说说笑笑，我的心里反而更加烦躁不安了。

“你杵在那儿干什么呐？炉子都没火了，赶紧往里添。”小顺子冲我喊。

“西樵这是等着看好戏呢，”太子妃看穿了我的心思，“别着急，时辰还没到呢。侍卫队不换班，他是溜不出来的。”

溜出来？怎么不是小顺子去把人弄来吗？要躲过侍卫队，那就不是东宫的人了。蒲妃父母双亡，又深居太子宫甚少外出，难道在宫里还有其他人帮衬吗？一连串的猜想涌上心来，我预感今晚的戏会与上次的截然不同。

大约到了子时，太子妃不再看书饮茶，而是穿了披风从寝殿移驾到偏殿，坐在正座位上，并着小顺子去殿门口候着。我站在太子妃身边，猜想是不是太子妃约见的人来了，好奇心不禁泛滥起来，竟然有点仰着脖子往门外看的举止，被太子妃看在眼里。“本宫还以为你心如止水，不会有好奇心呢。”太子妃虽不看我，话却是说给我听的。

我心中暗惊，赶紧低头弯腰收敛起来，“奴婢只是替娘娘担心……”

“不用解释了，”太子妃打断我的话，“古往今来，心如止水的人只有两种，一是历经沧桑生死沉浮，已经生无所恋死无所牵了；二是生活在一潭死水之中，想动也动不起来。你以前在木园，那不单是死水一潭，简直就是冰窖雪窟，这心中暖流早被冻住了，又如何能不心如止水呢？如今你跟着本宫，看也是替本宫看，听也是替本宫听，自然是要长些好奇心的，否则怎么当差呢？只要能记住不多问，不多说，就可以了。”太子妃声声教诲都是在告诉我做奴婢的法则，我自然是记在心中，不敢有疑。

这时，小顺子匆忙走进来，“娘娘，他来了。”

“传他进来。”太子妃正襟危坐，一张脸立刻威严起来。

一个内侍模样、看起来三十岁上下的人跌跌撞撞从偏殿门槛处急匆匆跑进来，还没站稳就跪倒在地，拼命给太子妃磕头，“奴才，奴才刘福海参见太子妃，娘娘千岁千岁千千岁。”

“千千岁？你去见蒲妃娘娘的时候，也是这么说的吧？”太子妃顺着刘福海的话，给硬顶了回去。

“奴才不敢，奴才该死，奴才该死。”刘福海诚惶诚恐，磕头捣蒜。

“你是该死！”太子妃一句话直戳刘福海心窝，吓得他浑身颤抖，连头也磕不响了，“蒲妃进宫时随身带来的养身方子，本宫可是让你亲眼见过的，是你亲口告诉本宫，只要在她的汤药中再加那么一丁点的麸子粉，就可以让她一辈子坐不住胎，这话，是你说的吧？”

“是，是……奴才说的。”刘福海擦擦额头上的汗。

“这么说，是你说完就给忘了？”太子妃突然收敛起来，换了温柔俏皮的语

调，却让我听了心里发麻。

“奴才不敢，”刘福海赶紧澄清，“奴才确实是每隔三日便往蒲妃的汤药里撒了麸子粉，一次也没耽误过啊。”

“那蒲妃肚子里的孩子是怎么来的!”太子妃突然又爆发起来，从刚才的轻言细语到现在厉声质问，这种语调的变化，比本身说出来的话还要让人心虚惊慌。

刘福海吓得整个人伏倒在地，哆哆嗦嗦地哭喊起来，“奴才确实不知道啊，奴才也很奇怪，明明是下了药的，怎么又给怀上了，按道理，这麸子粉对孕妇危害极大，即使蒲妃怀上了，此刻也该掉了，怎么能活两个月呢？奴才，奴才真是，真是看不明白呀……”刘福海边哭，边左右开工打自己的嘴巴。

太子妃听他这样说，原本直盯着刘福海的眼神突然涣散开去，然后又渐渐聚焦到某个点上，眉头微微皱起，又渐渐舒展，逐渐暗淡的目光突然一下又亮起来，“别打了，”太子妃突然叫停，“本宫问你，蒲妃的汤药是谁负责煎熬的？”

“是安庆这奴才。”刘福海仔细回答着。

“蒲妃可还喝过其它方子的汤药？”

“喝过，有几副补血、祛湿、温补的方子，不过奴才都仔细看过，没什么不妥，而且与麸子粉的效力也不冲突。”刘福海仔细拿捏措辞，“奴才那儿每位主子喝过的汤药药渣都留存着，娘娘随时可以查验。”

太子妃给小顺子一个手势，小顺子从袖口里抽了张折起的纸，递给太子妃。“查验药材，本宫不是行家，自然什么都由得你来说了。”

刘福海一听这话，连说话也结巴起来，“奴……奴才不敢，奴才有……天大的胆子，也不敢欺瞒娘娘，奴才确实是放了药的，而且蒲妃的所有药方都打奴才手里过……过，要……真有门道，奴才必定能看出来，可实在是……实在是没瞅见一点儿破绽，娘娘……奴才无能，奴才有罪……”

“你不仅有罪，罪还大了，”太子妃把折纸展开，放到刘福海眼前的地上，“自己看看吧，房契地契还有存银的数量，都没弄错吧？”

刘福海只往那纸上瞟了一眼，脸色顿时刷白，不敢再辩解什么，只是哭喊着娘娘，磕头咚咚响。

“号什么丧，本宫还没死呢！”太子妃一巴掌拍在桌案上，刘福海立马收声安静了，“你一个小小御药房的首领太监，一年的俸禄能有多少，竟然突然间就暴富起来了，刨去房契地契不说，就你这千两存银当中，本宫赏赐给你的，不过区区三百两，就当那二百两是你省吃俭用存下的，那剩下的五百两，又是哪位主子照顾你的呀？”

“这……这……”刘福海眼珠子滴溜溜转着，舌头舔着干燥的嘴唇，明明是大冷天，额头上的汗却直往下流。

“小顺子，去拿炭夹子来，刘公公怕是舌头冻得吐不出字来了。”太子妃狠狠地说。

“不要啊，娘娘……”刘福海不再结巴，高声求饶。

“赶紧说！”太子妃直逼着刘福海招认，不留一点客气。

“奴才说，奴才说，”刘福海狠咽一口口水，“奴才家产中的五百两银子，是文秀阁烟霞殿的纪双木姑娘偷偷送来的。”

纪双木！我当场就怔住了。从离开司礼院各自侍奉主子开始，纪双木所作所为一次比一次令我瞠目结舌。

太子妃有意看看我，用那种胜利的眼神盯了我好一会儿，然后继续问，“纪双木？本宫知道她，她是安国郡主的贴身侍婢，可是本宫不明白，这安国郡主身边的人，怎么又来趟太子宫的浑水呢？”

刘福海连忙摆摆手，“娘娘误会了，纪双木给奴才好处，跟娘娘、跟蒲妃都无关的。”

“哦？那是为了什么？”太子妃见刘福海面露难色，将身体倾斜向前，故意好生劝导起来，“你若乖乖说了实话，本宫不仅为你保密，还要重重赏你，蒲妃怀孕的事，本宫也不再追究了，”太子妃见刘福海有心动之色，收回身子继续说道，“你若隐瞒糊弄，本宫就让你带着你的麸子粉去给蒲妃肚子里的孩子陪葬！”

“啊！”刘福海倒抽一口冷气，眼睛瞪得大大的，生怕一不小心眼睛一闭就什么都完了。

太子妃缓缓地继续说着，“刘福海，本宫这话的意思，够清楚了吧！”

“清楚……清楚，奴才不敢隐瞒，”刘福海深呼吸几口，准备细说，“纪双木是让奴才帮着给配药的，她说煎熬药汤不用奴才费心，只要把药材给她配齐了就行。”

太子妃不以为然地说，“宫婢身上不舒服，只管传御医来瞧，要配药也只管通知司药房去配，凭什么要拿出白花花的银子来便宜你，这里面，可还有什么花样?”

“娘娘英明，纪双木给奴才的药方里面有几味药是只有宫里才有，其中的穿山甲更是稀罕之物，若非十万火急，一般不予取用。”

太子妃闻言立刻在意起来，“穿山甲？有何功效?”

“回娘娘，此药是清内火，消毒肿所用。”

“哦，纪双木要这个干什么?”太子妃自言自语道，随后又接着问，“她的整副药方你都见过吗?”

“奴才见过。”

太子妃眼中一亮，“可看得出来，究竟是治什么的药?”

刘福海撇撇嘴泄气地说，“恕奴才愚钝，那方子奴才研究了好几回，但实在看不出蹊跷来，像是一副怪方。”

“怪方?”太子妃站起身来，皱着眉头在殿内来回踱步，突然拳头一攥，脚步轻轻一跺，“本宫想起来了，万云川曾经向皇上求赐过穿山甲。”

“万将军?”小顺子和我都不知道这桩事。

“没错，就是万云川，他得胜回朝却婉拒皇上的一切封赐，只要穿山甲……”太子妃自言自语着，眼神凝重起来，嘴角却渐渐翘起，露出狡黠的微笑，“如此看来，不管这药的功效是什么，对服药之人是万分要紧就是了。刘福海，麸子粉你就不用接着放了，本宫另有事情交待你去做。”

刘福海再一磕头，“请娘娘吩咐。”

太子妃冷酷地一笑，“你去报卢公公，就说御药房有名贵药材穿山甲失窃，现场遗落珠钗一支，现要搜宫查证，请卢公公主持。不过，不要给他任何暗示，更不许提纪双木。”

刘福海的身体抖了一下，“娘娘，这罪名恐怕奴才……”

“本宫又不是要查你，自然会保你平安的。”太子妃一挥手，小顺子抱着一只箱子上来，太子妃打开箱子盖，白花花的银子发出晃眼的白光，射得刘福海一时不敢睁眼，“不用低着头装看不见，这些银子是本宫赏赐你的，纪双木给你的那些，本宫也不会没收，你替本宫把这件事办好，本宫还有重赏。”

“奴才谨遵娘娘吩咐，谢娘娘赏赐。”刘福海被赏银懵红了眼，赶紧答应下来。他从小顺子手里接过沉甸甸的银箱子，又磕了好几个头，才屁颠屁颠地离开。

我本要扶太子妃回寝殿，她却甩掉我的手，也不让小顺子扶着，直接就拂袖往寝殿里去。“娘娘……”小顺子赶紧跟上。

我望着刘福海远去的身影，心想，这还真是一场好戏。

御药房失窃的事报到了卢公公那儿，搜宫查证的事闹得沸沸扬扬，最后却一无所获。当然，后宫这个地方，用小玄子的话说，每天都有案可查，每案都可不了了之，窃贼销赃本就是意料中的事，即使查不到什么，也不会有人来追究，无非就是查一查，闹一闹，吓唬吓唬人罢了。只是不知太子妃报案的初衷，究竟是真要查出点什么，还是也就咋呼一阵，另有所图呢？

又到了夜里，我去小厨房取了太子妃喜欢的红枣糕，刚进偏殿，就看见刘福海跪在那儿向太子妃请罪，“奴才已经照娘娘的意思，请卢公公搜宫查证了，可卢公公那边说，发现得太晚，恐怕窃贼已将失物销赃，搜不出来了。”刘福海边说，边挤着眼睛瞅太子妃的脸色，还有她身边桌案上那只木箱子。

“搜宫是只搜宫婢，不搜主子的吧？”太子妃不经意地问着。

“那是自然，卢公公还不敢擅自搜主子们的细软。”

“你给纪双木的穿山甲，还能用多久？”

“最迟到这个月底，本来说好的，每季给一次，每次五百两。”刘福海算着账。

“下次再要，不许给她，就说这次搜宫已是万分凶险，没把人供出来，已经是顶了很大的风险，若再想要，绝对不能再给了。”太子妃一字一句教刘福海如何应对纪双木。

“这，说好的……”刘福海犹豫着。

“说好的也得给本宫改了，”太子妃决不通融，“你放心，本宫这也是以防万一，纪双木要是聪明，她根本不会回头来找你。”

“奴才……明白了。”刘福海服软，眼睛还巴巴地瞅着木箱子。

太子妃不动声色地把木箱子往前一推，“东西拿走，你也可以走了。”

刘福海赶紧咚咚磕了两头，拿了木箱子顶着夜色离去。

“没有搜出来吗？”我把红枣糕搁到刚才搁箱子的地方。

“搜不着就搜不着吧，本来也就是做做戏而已。”太子妃拣了一块红枣糕，塞进嘴巴里，然后拿帕子抹抹手，回过头看我，“不用替你的好姐妹担心，她又岂能让万云川放弃皇上的赐封？”太子妃露出妖冶的笑，“最后露出软肋的，只会是万淑宁罢了。”

太子妃的话让我汗涔涔地发冷，万淑宁的软肋，那不就是纪双木的软肋吗。

之后的几天，我再没有听到关于万淑宁或纪双木的任何传闻，反倒是蒲妃怀孕的事成了皇宫最热的话题，皇上特别下旨，在御隆轩摆家宴，以示庆贺。蒲妃那日特别的美，一改往日云淡风轻的蓝白色调，穿了玫瑰红的宽襟款领袄，金色镶边的玫瑰红腰带松松地围了一圈，表示腹中有喜的意思，橘红色的裙子特意罩了五层纱，一层比一层色淡一些，烘托出暖暖的层次感，再有打了盘花结的束子系在腰间，与盘发的发带是一个花色的，头脚相映，别出心裁。相反的，太子妃打扮得甚是低调，只用宝蓝色的坎肩罩着湖蓝的窄领宽襟上衣，水晕花纹的浅蓝色长摆裙，点缀着紫罗兰绣花，湖蓝的束子编结成盘蝶的腰带围在腰上，倒是透着蒲妃往日的风格儿。

家宴之上，蒲妃赚尽了风光，皇上又赐药材又赐锦缎又赐珠宝，太子也毫无避忌地言明希望蒲妃诞下长子，皇后是太子妃的亲姑姑，却不是太子的亲娘，明明心里不高兴蒲妃如此得势，也只能笑脸相陪不发一言，太子妃更是克己忍耐，始终微笑着，少言寡语，以免招惹注意。

然而，蒲妃的风采在万淑宁登场的那一瞬间被彻底掩盖。石榴果色的宽袖绸衣，石榴花蕊色的盘花绸带，石榴花瓣色的百褶碎花长摆裙，青石榴皮色的绒纱

披风，将万淑宁置于姹紫嫣红之中独显轻盈柔美，馥郁馨香。

“万淑宁参见皇上，参见皇后，万福金安。”万淑宁盈盈下跪，长披风随风拂起，绸带飘飘，颇有玉枝迎风颤，香气自然来的感觉。

皇后微微一笑，正欲抬手请万淑宁起身落座，皇上的声音却抢先传来，“淑宁快快平身，来人，赐座。”皇上伸手做扶起万淑宁的姿势，皇后的手停在半空中，尴尬地收回，刚刚露出的笑容似乎有些僵硬。

万淑宁落座后，从袖中取出一支锦盒，双手托举高过头顶，复又起身至太子跟前，半屈膝盖缓缓说道，“今日家宴，乃是庆贺蒲妃娘娘腹中有喜，淑宁本非皇亲，不该打扰，但淑宁受皇上、皇后和太后眷顾，得以安居宫中，自当视宫中诸位为最亲之人。今日蒲妃有喜，乃是宫里的大喜事，淑宁特备薄礼一份，还请蒲妃娘娘笑纳。”

“是什么礼物，让朕也看看。”蒲妃未表态，皇上已插话进来。卓公公赶紧从万淑宁手中接过锦盒，递给皇上。皇上翻开盒盖，顿时面露喜色“淑宁，你果然是个有心之人哪，居然想到送石榴金钗给蒲妃，真是吉兆啊。”

“莫不是这石榴金钗有什么特别的讲究？”蒲妃见皇上喜欢，赶紧顺着问。

“石榴多子呀，淑宁这份礼是专门给你预备的。”皇上笑逐颜开，将金钗递给卓公公，“快拿给太子，让他亲自给蒲妃戴上。”

这话一出，皇后脸色全变了，太子妃却反而不动声色。

太子和蒲妃起身，太子接过石榴金钗，轻轻插入蒲妃高高挽起的发髻之中。石榴红的金钗，配上玫瑰红的衣裳，加上今日特别加重了胭脂的脸蛋，蒲妃整个人立时被一股喜气包围住，惹得皇上开怀大笑。蒲妃见自己如此长脸，对万淑宁顿时好感倍增，赶紧伸手引她上前，抓着她的手说，“多谢妹妹的厚礼，本妃会牢牢记在心里的。”

一听这话，我急忙去看太子妃的表情，却见她仍是泰然自若的样子，自斟自饮了一杯，夹了一块鱼饼放进嘴里。

“淑宁进宫有三个月了吧，”皇上开始岔开话题，“宫中生活可是适应了，平日里都在忙些什么呀？”

万淑宁轻盈地一笑，轻轻说道，“回皇上，淑宁闲来无事，不过串串门，游园饮茶，赏花对诗，文秀公主大婚之前，还偶然对弈论棋，公主大婚后，便再没摸过棋子了。”

“朕差点忘了，淑宁你是棋艺超群啊，”皇上立刻来了兴趣，“文秀公主既是朕的女儿，也是朕的徒弟，朕对文秀，可是倾囊相授啊，你与文秀对弈，谁胜谁负啊?”

“自然是文秀公主略胜一筹。”淑宁一副虚怀若谷的样子，除了微笑脸上再没有其它的表情。

“朕不信，文秀公主虽然聪慧努力，但朕知道，她的天赋远不如你。”

“淑宁说的是真的，真是公主赢了。”万淑宁从头上拔下一支簪子，“这桂花簪原是一对儿，其中的一支输给了文秀公主，皇上若不信，尽管让公主回宫的时候戴回来看看便信了。”

皇上仍旧摇头不止，“朕还是不信，定是你与文秀编了故事来诓朕的。”

“皇上要如何才能信，难不成要淑宁与公主当着皇上的面再比一局，皇上才肯准许淑宁认输吗?”万淑宁把簪子插回头上，却插在了不同的位置，顿时换了个造型，透着新韵味。

皇上摆摆手说，“不用这么麻烦，改日，你直接跟朕下，不准故意让朕，只要走上一盘，朕便能知真假。”

万淑宁受宠若惊，赶紧起身婉拒，“皇上棋艺冠绝天下，淑宁必输无疑，怎敢献丑。”

“朕说行就行，”皇上的口气硬起来，仿佛有股不服输的赌劲儿，“而且朕再说一遍，不准故意让朕，我们连比三局，胜负不在于棋局，而在于朕对你棋艺的判断，朕断言三局之内，你必能赢朕，若果真如此，便是你输了，朕要罚你，若你连输三局，就算朕输了，朕随你罚，如何?”

“皇上……”万淑宁面露焦虑，似乎还想拒绝。

“难道要朕下旨吗?”皇上的脸阴沉下来。

“淑宁不敢，淑宁遵命。”万淑宁的声音软和下来，笑容从脸上消失，但我，

却从她脸上看到了满足。

宴席散了，自从万淑宁出现，蒲妃就再没成为过话题的焦点，当然蒲妃得了石榴金钗和皇上的祝福，心满意足地早不在乎万淑宁抢了她的风头，皇后始终没再真正笑过，但也始终把持有度，风度宽厚，太子妃比皇后更为安淡，只顾自己吃喝，仿佛这席上发生的事都已与她无关了。我一直担心地看着太子妃，直到宴席结束，我才发现这宴席之上，少了一个人。纪双木，她怎么没有跟来？在我抬头寻望纪双木身影的时候，皇上宣布散席，于是我扶着太子妃走出御隆轩，结果看见肖玉华站在门槛之外。

“参见太子妃。”肖玉华躬身行礼。

“你是……”太子妃的目光落在她身上，疑惑的眼神上下扫动着。

“奴婢肖玉华，是安国郡主的侍婢。”

“哦，原来就是你啊。”太子妃阴阳怪气地说了一句，就摇着帕子走开了。

“娘娘，太子和蒲妃她们还在里头没出来呢。”我怕我们这样提前走了不好，小声提醒太子妃。

“皇上皇后都退席了，本宫还演什么戏？又不是本宫怀孩子，能坐到散席已经是尽礼数了。”

“安国郡主也还没出来。”我又加了一句。

“哼，若这后宫里也要定个结党营私的罪名，她万淑宁就是头一个。”太子妃恨恨地咬着牙，帕子甩得一下比一下高。

我们乘着马车回到荣祺殿，屁股还没坐热，就听到小顺子乱步奔跑的声音，还有人大喊着不好了不好了，惊得我和太子妃把手里的暖炉都砸到了地上。

“喊什么，进来回话！”太子妃本来就憋着气，这下全撒到小顺子身上，“皇上刚说了要蒲妃静心养胎，你们就在太子宫里大吵大闹，万一有个什么闪失，是你们担着还是本宫担着！”

“娘娘，已经没什么养胎不养胎的了，”小顺子顾不上诉委屈，拼命咽着口水想把话说清楚，“刚才有人来报，说御隆轩外闹刺客，没伤着太子，反把蒲妃给惊吓了，只怕孩子也保不住了……”

“啊!”我倒抽一口冷气，扶着太子妃的手竟然松开。咚的一声响，我回头去看，太子妃已连续倒退了好几步，整个人撞上贴墙的柜子，脸上的表情从震怒转变为惊愕，拳头猛地攥紧，将帕子绞得几乎碎掉。

“娘娘……”小顺子轻唤着，“皇后传您过去呢。”

“好……”太子妃这个好字说得吃力，紧握帕子的手撑着柜子站直身体，硬生生让抽搐的脸颊安静下来，深呼吸放缓急促的语调，眉头渐渐舒展，拳头渐渐放开，紧咬的牙关也渐渐松开……

“娘娘……”我试探地呼唤着。

“摆驾中宫，去见皇后。”太子妃终于以平缓的语气说了一句话，那一刻我知道，她已经从惶恐中走了出来，重新恢复到宴席时的淡定和宁静。

第十三章　曲径通幽谁知命

在中宫见到皇后的时候，我发现她脸上的表情与太子妃的出奇相似，看不到措手不及的惊慌，看不到痛失皇嗣的悲哀，看不到心愿得偿的欣慰，看不到求取真相的疑惑，也看不到查处元凶的急迫。作为母亲、作为妻子，她们因为没有那层嫡亲的血缘而漠然接受皇嗣不保的事实，这我可以理解，但作为皇后、作为太子妃，对于刺客闯宫险伤太子的事能够如此冷静，真的是让我刮目相看。

“臣妾参见皇后娘娘，给皇后娘娘请安。”太子妃仍然没有忘记礼数。

“奴婢参见皇后娘娘，给皇后娘娘请安。”我也跟着跪下。

“奴婢参见太子妃，给太子妃请安。”熟悉的声音吸引我的注意力，我猛然抬头，看见皇后身边的一位婢女正朝太子妃盈盈下跪。是古月月。我清楚地记得，那日古月月就因为这大方得体的盈盈一跪，博得皇后欣赏，从此侍主中宫。

皇后抬手示意我们起身，然后说，“月月和西樵退下，本宫要和太子妃

说话。”

我点头称是，然后转身要走。这时，太子妃突然说话，“西樵不用走，母后，西樵可以留下。”

我心里咯噔一下，不知太子妃此举是何缘由。

“西樵留下。”

皇后娘娘这四个字让我顿感惶恐，古月月从我身边擦过，我有意识地去看她的脸，却只看到她的背影。是她走得太快，还是存心不让我看她的眼睛？天哪，什么时候我竟然也开始多心了。我突然感觉太子妃每每对我的教诲都让我在不知不觉中变得复杂和敏感，别人一个不经意的小小动作，我都会自然而然地产生许多种猜想，这究竟是我更适应这个皇宫了，还是我内心的真感情渐渐地流失了？

“蒲妃的孩子已经没有了，”皇后开门见山，语气凝重却听不出是喜是悲，“据宫内的侍卫说，刺客是冲着太子去的，蒲妃是受到了惊吓，在躲避时又误踩了错落的台阶，狠狠跌了一跤，才会胎儿不保的。刺客虽然当场被擒，却已服毒自尽，一条线索就这么断了。”断了两个字，皇后说得极重，而太子妃却神情自若，并不因皇后所言而随意动容，顺便还拿起茶几上的苹果，削出长溜溜的一道皮，皇后话音一落，苹果皮便完整地剥落，皮肉连接之处断得干干净净。

“蒲妃胎儿不保实属意外，臣妾纵然觉得可惜也无从弥补，只能寄望于她还年轻，好生调养调养，再承雨露之恩，再得子嗣，”太子妃将苹果切成小块，用竹签子插着递给皇后，“至于刺客闯宫一事，既然是冲着太子来的，就必然牵扯官权政斗，已非母后可操权，再说连累蒲妃小产，皇上定然会严查，母后只需安心等待结果，不必思虑太多。”

“本宫身为皇后，将来的依靠便是太子，如今太子遇刺，虽已脱险但后患未断，本宫怎能安枕？”皇后说到自己的将来，这才显出一副忧心忡忡的模样，“君怡，你身为太子妃，须知有太子才能有你，即使你们之间情淡如水，你也不能否认太子对于你的重要性，难道，你真的不担心，如果今夜刺客得逞，那你这个太子妃就当到头了！”

太子妃面无忧色，清淡不屑地说，“臣妾嫁给他的时候，他本也不是太子，”

太子妃转过脸正对着皇后，很认真地说，“母后最相信的，不就是关于臣妾母仪天下的命数之说吗，那还怕什么，只要臣妾还是太子妃，太子就还是太子，只要臣妾不死、不改嫁，皇后的位置，皇太后的位置，就都还是您的。”

皇后听完这话，冷冷一笑，“羡儿若还在，这位置，就更是本宫的。”

太子妃闻言脸色顿变，“母后这话，是专门说给臣妾听的吧？”

“如果当初你选择羡儿，羡儿就不会死！”皇后悲痛地责怪起太子妃。

“那他如果死了呢！”太子妃也大声起来，两眼微红似乎委屈极深，“那母后的太后之位，臣妾的太子妃之位，就统统拱手让人算了！先太子的头痛症是毒瘤所致，根本无法医治，张御医偷用艾灸之法替太子压制病症，但早晚会压制不住。母后要看臣妾做了寡妇才会死心吗？”

“放肆！”皇后一掌掀翻茶几上的果盘，“难道本宫不想你好好的吗，难道本宫把你嫁给羡儿是为了让你当寡妇的吗，难道本宫不想郑家再出一个皇后吗？本宫把希望都寄托在你的身上，可你却退缩了，本宫有说过你什么吗？本宫还不是把你风风光光地嫁了？本宫还不是独自忍受着丧子之痛然后看着你做了太子妃？如今本宫连道一声可惜都不行吗？”

太子妃闻言有所动容，但仍狠狠心说，“母后丧子固然令人心痛，可母后要臣妾拿一生的幸福去赌一场必输的局，臣妾又情何以堪？母后，这局如果输了，输的不仅是臣妾，还有母后，还有整个郑氏家族啊，母后……”

“只要你愿意赌就不会输！”皇后还是坚持着，“皇宫之中，论仁德施政有二皇子，论才学诗书有三皇子，论智慧谋略有八皇子，论行军布阵有十皇子，即便羡儿不在了，怎么轮也轮不上六皇子。可是君怡，就是从你嫁给他的那天起，他便如有神助受众臣所辅，羡儿前脚刚卧病休养，他便后脚为重臣所举，最后更是盖过诸位皇子被册为储君，试问宫中谁人不信这是你带给他的福分！一无是处的六皇子都可以翻身变为太子，那羡儿的头痛症又算得了什么！郑君怡，你不敢赌，难道本宫就敢吗？本宫告诉你，本宫从来不赌，一旦出手就必须要赢！”

“母后说赢就可以赢吗？”太子妃一句话压得皇后面色刷白。她胸有成竹地对皇后步步逼近，“母后真这么相信命数之说吗？母后送臣妾出嫁之时，真的已经想到今天的局面了吗？”太子妃一口气连问皇后数个问题，每一问都让皇后哑口难辩，“臣妾知道，母后想救儿子，臣妾也知道，母后是没有办法才寄望于臣妾的命数之说，臣妾是退缩了，因为臣妾不信，臣妾由头到尾都不信命数之说！”

“你不信……”皇后一时怔住，很快又摇头轻蔑而笑，“你撒谎，你就是退缩了，如果你不信，你就不会说只要你还是太子妃，太子就还是太子，只要你不死、不改嫁，皇后的位置，皇太后的位置，就都还属于本宫的话。”

“臣妾是这么说的，臣妾也做到了，但这与命数无关，一切都是臣妾努力的结果。”太子妃坦然面对自己所说的话，“母后也说了，诸位皇子中最差劲的就是六皇子，难道臣妾是傻子看不出来吗？母后以为臣妾为什么要选择六皇子来嫁，选择一个最没用而且又有正妻的六皇子来嫁？因为诸位皇子之中只有六皇子生母亡故，只有六皇子没有外戚扶助，也只有六皇子肯甘心情愿认母后作亲娘！”太子妃说到此处，不禁泪如雨下，“后妃可以废黜再册，母亲却不可以再选，难道臣妾这么做，也只配用退缩两个字吗？”

皇后拿帕子捂住嘴，眼泪已经止不住流下来。她有忆起失子之痛的悲伤，有求助亲人不得如愿的责备，有事过境迁无奈旁观的愧疚和怜悯。

“臣妾知道母后心中记恨臣妾，一直认为是臣妾拒绝嫁给太子羡才害了他性命，那母后知不知道，臣妾还母后这个债还得有多辛苦。臣妾要顾着母后，不能给其她娘娘的儿子当妃子，就算太子是块朽木，臣妾也要抱着它从这皇宫深海里漂过去！母后说这是命，母后又知不知道臣妾付出了多少？”

“本宫连儿子都没了，还抵不过你的一点辛苦一点累吗？”皇后听到付出二字又激动起来，“付出得再多换你一个太子妃的名分还不够吗？本宫又换来了什么？一个没有血缘之亲的太子？一个皇太后的名分？君怡你不要忘了，本宫是皇后，无论谁做太子，本宫都是将来的太后，这是本宫自己的造化，不是你郑君怡给的！”

太子妃听这话大惊失色，脸上掠过绝望的神情，“既然母后这样说，”太子妃深吸一口气，将眼泪抹去，后退三步，扑通一声给皇后跪下，连磕了三个响头，“臣妾今日出言多有不逊，但一字一句皆为心表，身为郑家女儿，臣妾自当为传

承母后一位倾尽所有，母后记恨臣妾，处处不予襄助，臣妾不怕，臣妾自来都是孤军作战，早已知道在这宫中不可信命只可信己，命数之说，只不过是母后痛失爱子不愿独自承痛所找的借口，臣妾自知无法说服母后原谅臣妾，所以臣妾今后所为，恐怕也顾不上母后了……”

“娘娘……”我真想上去捂住太子妃的嘴，把她说出来的话全部塞回去。

太子妃此刻已经冷静，站起身来，“西樵，我们回宫。”

“等等，”皇后突然叫住太子妃，语气竟也已经平静了，“本宫再问你一件事，你丝毫不担心太子遇刺的事，是不是早就知道刺客的目标根本就不是太子？”

皇后问得无波无澜，我却心潮暗涌，皇后的意思，是说太子妃……我朝太子妃看去，她面不改色、泰然处之，慢悠悠地说，“侍卫来报之前，臣妾对此事一无所知。”皇后没有再说什么，太子妃挥着袖子走出中宫。我看见古月月进去，我随着太子妃离开，我们再次擦肩而过，依旧没有正视对方的脸。我相信皇后召太子妃前来，原本的谈话一定不是这样的，只是不知怎么地，随着蒲妃腹中胎儿的堕落，太子妃与皇后相互照应的亲情也彻底流掉了。又或者……我想着她们相互指责，相互诉冤的话，那种积累多时的矛盾、委屈、悲痛，轻轻一触便喷发不绝，或许，她们的亲情也只是外人的想象，只是一场戏，只是她们心底还奢望能够保存的一点感情。

刚到荣祺殿门口，小顺子就凑上来，“娘娘，刘福海来了，在偏殿候着呢。”

“来得正好，本宫正有事问他。”太子妃迈进荣祺殿，刚才与皇后的争执似乎已抛到了九霄云外。

“奴才参见太子妃。”刘福海赶紧磕头。

“又怎么了？本宫可没传你。”太子妃落座，斜眼看着刘福海。

“听说蒲妃小产了，那麸子粉的事……”刘福海哆哆嗦嗦地说。

“查不到你的，”太子妃从小顺子手里接过茶碗，掀开碗盖，“这茶不行，换碧螺春来，已经有替死鬼给你顶罪了，你就安心吧。”

“那这麸子粉还要不要继续……”

“以后都不要再放了，放了她也不会喝的，”太子妃再次接过茶碗，掀开碗盖

轻吹了几下，喝了一口，“纪双木有再找你吗？”

“没有，奴才想可能她也怕了，所以不来了。”

“怕倒是其次，只怕有了更好的法子，算了，先不说这个了，本宫让你查的事，查清楚了吗？”

“奴才查清楚了，蒲妃进宫后，总共召传御医十六次，先后有三位御医被传，这是名单。”刘福海从袖口抽出薄纸一张，交于小顺子。

“十六次？哼，蒲妃这是病上瘾了。”太子妃接过名单，我也偷偷瞄去，只见上面写着日期，旁边还有名字，想是蒲妃问诊的日子和断诊的御医。太子妃看了一会儿，手指点着其中一位御医的名字问，“这位韩冬青韩御医是什么背景？”

“这……”刘福海答不上来。

“不是说查清楚了吗？”太子妃把纸扔到刘福海面前。

“奴才该死，奴才这就回去重新查。”刘福海爬上来捡起名单，连滚带爬地出了偏殿。

小顺子眼尖心亮，赶紧凑上来问，“娘娘发现什么了吗？”

“御医诊断，蒲妃怀孕两月有余，从今日起往前算两月之内，韩冬青曾为蒲妃诊脉三次，可是一次都没有诊出个所以然来。虽说医学一道各有所长，可喜脉是医家基本，这都诊不出来，江湖郎中都不要做了，何况是进宫当御医。”

“会不会是刻意隐瞒？这妃子买通御医，也是常事。”小顺子说。

“若是如此，就该一直让韩冬青诊下去，怎会中途换人？本宫怀疑，韩冬青不是诊不出，而是根本就没有诊！”

“没有诊？那召御医干什么用？莫非是在替蒲妃解麸子粉的药效？”小顺子又猜起来。

太子妃摇摇头，“无论是下药还是解药，总得先把脉的，再说麸子粉用量极微，不易从脉象上显出来，若有人连麸子粉都能把出脉来，怎么可能会把不出喜脉？照本宫看，这两个月的三次诊脉都是子虚乌有，而蒲妃，也从来没喝过所谓的养身药汤。”

我不解地问，“没喝过，那她配来做什么？”

“也许本来想喝的，结果发现有人往里面下了麸子粉，又不能说穿，便偷着把药倒了，面上还继续让御药房送药。”说话间，太子妃已走入寝殿，在梳妆台前坐下，拔下发髻上的簪子，挑了点新进贡的胭脂，在手背上试颜色，“就蒲妃那身板儿，岂用隔三差五就请医问诊，不过是打个幌子，掩人耳目罢了。”

“娘娘是怀疑韩御医襄助于蒲妃，借看诊为名图谋他事？”小顺子一边替太子妃解下发髻一边嚷嚷着，“这个韩御医真是吃了豹子胆了，敢跟娘娘作对，简直是找死！”

“是不是找死还得等刘福海的话，反正蒲妃现在小产了，一时半会儿也很难跟本宫唱对台了，本宫就静观其变，不怕他不现形。”太子妃用帕子抹去手背上的胭脂，“这个颜色不错，明儿开始就用它了。”

“是，呃……奴才今天看见安国郡主穿得跟朵石榴花似的，是不是又搞什么名堂呀？”小顺子苦笑着问。

“哈哈……”太子妃忍不住大笑起来，“本宫差点忘了，今天最精彩的好戏还不是在蒲妃身上。哼，石榴多子！亏她万淑宁想出这么个噱头，寓意是不错，哄得皇上和蒲妃都拿她当宝贝疼，结果可好，摔出一个烂石榴来，看以后还有谁敢收她的礼！”

小顺子啪啪拍了几个响巴掌，“这么说万淑宁今天是白费心机了，本还眼巴巴盼着蒲妃得宠能推她一把，结果蒲妃自己不争气掉了胎，反把她也给拖累了，那不就是得不偿失嘛！”

“那可不一定，”太子妃白了小顺子一眼，“石榴多子只是个开场秀而已，万淑宁是什么人，那是敢把性命拿出来赌的人，她会把自己的前程系在蒲妃这么一座浮摇不定的冰山上？她连本宫都看不上眼，还能指望蒲妃？”

“那她想靠谁啊？”小顺子嘟着嘴问。

“靠皇上呀！”太子妃的眼神突然亮起来，放出如毒箭一般的光。

“皇上？”我不禁失口喊出来。

“你不觉得皇上对万淑宁特别感兴趣吗？”太子妃露出邪恶的笑容，“棋局之约是假，有心承诺是真，胜负，那还不是皇上说了算。”

“那万淑宁的心思呢？她也想给皇上做妃子吗？”我把梳子递给太子妃。

“接近皇上，未必是为了做妃子呀，”太子妃梳理长发，慢条斯理地说，“只怕皇后要睡不着觉了。”

“娘娘也太抬举安国郡主了，那皇后娘娘是好对付的？”小顺子不以为意地说。

太子妃缓缓起身，目光由铜镜转向我，“皇后她会知道的，知道她今天跟我说的那些话，会是她今后孤立无援的开始。”

我心里一动，太子妃冷酷坚定的目光让我感觉到一股杀气。借刀杀人，用皇后去对付万淑宁，这是我第一时间对太子妃心中所想做出的判断。

我做噩梦了，梦见皇后撕去万淑宁脸上的那层皮，露出血肉模糊的骨头。我大汗淋漓地醒来，发现已是晨曦明媚，鸟鸣啾啾了。今天天气不错，暖暖的，竟有些开春的迹象了。去给皇后请安的时候，她已不是昨晚那副悲愤哀怨的模样了，衣着光鲜地倚靠着坐榻，吃着暖气腾腾的糕点，还笑盈盈地招呼太子妃一起品尝。太子妃也真走过去在皇后身边坐下，一起吃着，古月月泡了茶，太子妃还亲自端给皇后，替她掀开盖儿，还吹了吹，这如画般的情景一眼看去，还真是祥和慈孝惹人羡慕。只是，想起昨夜的针锋相对泪流满面，不禁觉得人鬼两难做。

“皇上该下朝了吧，”太子妃不经意地说，“蒲妃说要向皇上请罪，可这身子又不方便，臣妾想着这事臣妾也有责任，就不该一个人先回宫去，把蒲妃留下来一个人东躲西藏地受了惊吓，所以一会儿还是由臣妾去给皇上请罪好了。”太子妃说着，招手让小顺子进来，“你去看看，皇上可退朝回宫了，若是没人臣在那儿议事，本宫就去请罪。”

小顺子退出去，皇后淡淡地说，“请罪一说倒是严重了，小产本宫也经历过，不怕，只要能怀上就不怕，养好身子还能继续怀，”皇后说这话时眼睛只往杯中的茶叶看，许是知道这话伤人，故意避开太子妃的眼睛，“如今皇上身体还未完全康复，朝政议事都是太子在主持，太子妃应当在太子身上多花心思才是，无论是国家大事，还是后宫繁衍，太子妃都不能疏忽了。”

太子妃早已目中含悲，却很快掩饰住了，脸色忽暗又明，紧跟着皇后的话尾

就说，“母后教训得是，臣妾知道了。”

又饮了会儿茶，小顺子匆忙跑回来，“回娘娘话，皇上已经下朝了，议事的大臣倒是没有，不过……”小顺子突然卡壳，说不下去了。

“不过什么？”太子妃问。

小顺子看看皇后，皱皱眉头说，“不过安国郡主已经在伴驾了，说是要与皇上对弈。”

太子妃闻言先不表态，侧目看向皇后，皇后却依旧低头去看杯中的茶叶，不发一言。太子妃微微一笑，“那便等皇上的棋局散了再去，小顺子，你去宫门口盯紧了，别再让其他什么人赶了本宫的先。”太子妃吩咐完小顺子，又亲自泡了杯茶，递到皇后跟前，“母后，那杯茶凉了，换杯热的吧，啊。”太子妃说着，伸手去拿皇后手里的那只茶碗。

“只要是茶，早晚会凉，”皇后把旧茶碗搁在茶几上，从太子妃手里接过新茶碗，“等两杯茶都凉透了，就会有第三杯、第四杯，”皇后喝了一口新茶，然后把茶碗也搁在茶几上，“一杯又一杯，最后搁得满桌子都是装了凉茶的茶碗。到时候你再问，哪个是热茶，哪个是凉茶，就分不出来了。可你要问这第一杯茶是哪杯，”皇后端起自己搁下的第一只茶碗，“哪个杯中的茶叶沉淀最深，哪个杯子沾上的茶香最浓，哪个杯子里装的便是那第一杯茶。太子妃，你是这第一杯茶吗？”

太子妃喝茶的动作停住，稍过片刻，她缓缓放下杯子，没来由地一笑，伸出手轻轻一拨，咣当一声，刚被搁下的茶碗摔在地上，碎了。

“你……”皇后一时不知其意，疑惑相望。

“管它是第几杯茶，只要碎了，就什么都不是了。”太子妃语调平平，大有看透生死的味道，不怒不笑，不悲不喜，缓缓站起身来，“本宫不想做第一杯，只想做摔不碎的那一杯。”

皇后霍地站起身，“你那杯已经碎了，太子妃。”我知道太子妃不好真摔了皇后的茶碗，才把自己的摔了做个样子，不想却被皇后当把柄说了。

太子妃毫不动气地往地上看看，然后朝皇后嫣然一笑，“本宫自己摔的，碎就碎吧，谁的命，不是捏在自己手里的？”

皇后刚要动怒，小顺子又跑进来，“回娘娘，棋局散了，皇上这会儿正有空，娘娘赶紧去吧。”

太子妃抓住绝好时机，赶紧帕子一甩给皇后行礼，“臣妾告退了，皇后娘娘。”太子妃领了我迅速从皇后眼前消失，不给皇后反驳的机会。虽然这场话局对弈太子妃看似赢了，但凭两人今日的地位，凭刚才太子妃摔碎的茶杯，我知道，太子妃离皇后的距离，还很远。

快到钦安殿的时候，我们撞上了万淑宁和肖玉华。我很奇怪万淑宁怎么突然和肖玉华亲近起来，两次面圣都不见纪双木的身影。她最近好吗？我有些担心，却不知如何去打探。

“参见太子妃，给太子妃请安。”万淑宁还是规规矩矩的，肖玉华跟着躬身行礼，怀里抱着个大盒子。

“看来这是皇上的赏赐了，难道妹妹一局也没有赢吗？”太子妃走到肖玉华身边，伸手抚摸着盒子。

“不，淑宁是赢了棋局，输了赌局。”万淑宁笑着说。

“原来棋局赌局都有赏赐，那还比什么，直接赏了不是更方便？”太子妃走回到万淑宁身边，看着她问。

“淑宁是连胜三局，皇上才另外赐赏的。”万淑宁毫不露得意之色，反让我惧怕起来。

“娘娘请快些吧，只怕皇上一会儿就不得空了。”小顺子在旁催促着。

“姐姐原来正忙着，那淑宁就不打扰了，”万淑宁侧身让路，“恭送太子妃。”

太子妃狡黠一笑便继续往前走，目光打盒子盖上扫过，步履轻盈毫不拖沓。

去到钦安殿，守门的小福子说皇上已经去御书房了，太子妃没见到皇上，也不怎么失望，转身就回东宫了。快到宫门口时，远远的，我就看见刘福海贼头贼脑地躲在大树背后四处张望。“娘娘，那不是刘公公吗？”

“这个蠢货，在这里转悠什么！”太子妃说着迈进东宫门槛，小顺子则朝刘福海走去。进入偏殿，我扶太子妃就座，把其她宫婢临时支开，然后小顺子就领着刘福海进来了。

“奴才参见太子妃。”刘福海还是老样子。

“不是让你白天没事不要来嘛，本宫的话你究竟有没有记在心里?”太子妃劈头盖脸就数落起来。

“奴才该死，奴才是有要紧的事要禀报娘娘。”刘福海畏畏缩缩地说。

“什么事，快说!”太子妃没心情听他说废话。

“刚才皇上支人来，把司药房药库里所有的穿山甲都给取走了。”

“什么!”太子妃霍地站起身来，随后眼珠一转，气焰慢慢消下来，“本宫知道了，你下去吧。”

“是。”刘福海由小顺子领着偷偷出去。

“娘娘，这穿山甲，难道……”我也想到了，没敢说出来。

“本宫不是没料到她会从皇上下手，只是没想到会这么快……”太子妃面露忧色，叹口气说，“你看见了吧，蒲妃刚刚小产，皇上就有心情履行棋局之约，即便连输三局，也心中欢喜。穿山甲是罕见药材，留在药库是给皇上皇后救命急用的，竟然全数赐给了万淑宁。就算万淑宁接近皇上是为了穿山甲，皇上也未必只满足于一盘棋，皇后娘娘这第一杯茶，存得再久，余味再浓，也不及大冷天一杯新泡的热茶暖心暖手呀。”

“那娘娘呢，娘娘要如何面对这个局面?”

“本宫?”太子妃站起身，目光遥望大殿，穿透屋顶，投向无边的天际，“哼，坐山观虎斗，四两拨千斤。”

第十四章　戏中有戏局中局

开春了，枯残的树枝新有了黄绿的颜色，梅花粉白的花瓣被融化的雪水浸泡着，埋葬于初春的泥土之下，桃花开了，胭脂色点缀着皇宫的每处角落，好似冬

眼后妩媚的春色染红雪般冰冷的容颜，暖暖春意荡漾不觉使人心猿意马。

蒲妃的身子已渐渐好起来，韩冬青还是照旧每月出入圆祺殿，照刘福海的说法，韩冬青的师傅是已告老辞官的前任御医院掌院刘世焕刘大人，韩冬青四年前出师，听从刘世焕的建议，不急于参考御医一职，而是由师傅引荐，为数位朝臣医病养身，积累经验，赢取口碑，直到旧年四月才正式任职御医院。刘福海交了一份京城所有请韩冬青问诊过的官员名单给太子妃，然而太子妃只粗粗瞟了一眼，就把名单用烛火烧了，然后告诉刘福海，蒲妃的事暂时搁置，不许再提了。刘福海虽摸不清头脑，也乐得无事一身轻，拿了太子妃的赏银就心满意足地走了。

万淑宁在甄德妃出殡、蒲妃贺宴之时出尽风头，又三局连胜赢得皇上重赏，在宫中声名大噪，若按一般人的心思，自然要乘胜追击，博取人心，而万淑宁却突然偃旗息鼓，不宴请、不邀贺、不炫赏，除了每隔几日奉诏入宫陪皇上下棋之外，几乎是足不出户，连其它宫中有嫔妃宴请，也是稍坐即归。听侍宴的宫婢们说，万淑宁每次赴宴，都妆容素淡、发式简约、衣着清丽，席间少言寡语、不论琴棋、不谈诗书、不言是非，别的主子送礼都是珊瑚玛瑙富贵至极的东西，她就只会送珠钗脂粉那些寻常物件，毫无攀谈结交之意，如此待人接物，与其宫中盛名相比，简直判若两人。宫婢们原本还想一睹风采，结果失望而归。与她们相比，倒是我受上天眷顾，几次目睹万淑宁艳压群芳的风采。

今日曾太妃在桃花洲设宴，太子妃只带了小顺子去，午时左右才回太子宫。我已在寝殿换好了新的被褥，扶太子妃宽衣歇下。“本宫今日并无睡意，你们去搬几盆新出芽的水仙过来，本宫要亲自打理打理。”

“是。”小顺子应声出去。

“今日安国郡主可去了桃花洲？”我一边筛着新送来的铁观音，一边把煮开的露水先倒进紫砂壶中。

太子妃揉揉太阳穴，双眼半睁透着朦胧，“她敢不去吗？曾太妃设宴，连本宫都不能不去，何况是她？”

“那她还是……穿得很不起眼？”我想着合适的形容词。

“人人都打扮得花枝招展，她不起眼，也起眼了。”太子妃接过我泡的茶，双

手焐着茶碗暖手，“万淑宁行为低调，这话自她没进宫时就开始传了，你也跟着本宫见过几次场面了，依你所见，万淑宁究竟配不配得上这低调二字呢?”

我把手伸向茶炉子，边取暖边寻思着说，“若是看她在甄德妃出殡、蒲妃贺宴、伴君对弈时的表现，固然相悖于低调之说，可是……”我犹豫片刻，继续说道，“一个人低调与否，是不是会因人而异呢？安国郡主的门槛太高，纵然有意放低身价，只怕也难得清静。甄德妃出殡时，赵昭仪泪如泉涌，哭得几乎晕死过去，蒲妃贺宴之上，李美人将皇上赏赐的求子观音像转赠蒲妃，好话说尽非得皇后喊停方才作罢，奴婢以为，如此故作张扬，突现美德，才算是高调吧。以安国郡主如今的条件，与后宫嫔妃相处能如此谨言慎行，已实数不易了。”

太子妃仔细听着我的话，时而绽露微笑，时而眉头暗锁，听完我最后一句话，她缓缓将茶碗送到嘴边，小啜了一口，咂咂嘴说，“这正是万淑宁高明的地方。高调和低调，都没有绝对的好坏，关键是，高调给谁看，低调又给谁看？在皇宫里，诱惑太多、敌人也太多，太暗淡无光则会疏远冷落，太锋芒毕露则树敌招恨，所以对能够给你利益的人，对不会跟你争夺利益的人，一定要高调，而对其他人，只能是低调。但是，皇宫是一个充满猜忌和怀疑、阴谋和陷阱的地方，在皇上看不见的地方，千万不能得罪人，在别人看不见的地方，也千万不能做好人，你要让皇上看见你的好，又听不到你的不好，你要让别人听到你的厉害，又看不到你厉害在哪里，这样才能躲明枪防暗箭，两头得利。”

我听天书似地听太子妃讲述在宫中的生存之道，惊觉原来万淑宁一直都是看似无心为靶，实则步步谋算，对于皇上，高调在明、低调在暗，对于后宫嫔妃，高调为虚，低调为实，这样就能左右逢源，游刃有余了。那么，纪双木知道吗?知道她所谓的寄人篱下、柔弱无助的小姐，竟是这样一个面上绘观音、腹中藏乾坤的厉害角色吗？她还为万淑宁出头挑事，为万淑宁不惜做个恶人，万淑宁何曾需要这样一个恶人，而更可怕的就是，万淑宁就这么眼睁睁看着纪双木做了这个恶人，难道，难道她在笼络人心的时候，就不怕失去这皇宫里唯一一个真正为她好的人吗？我感觉双眼模糊起来，眼前的茶叶变得一片青绿，分不清哪根是哪根了。

“哟，这怎么还哭了，怎么了呀？”小顺子的声音打断我的思绪，我赶紧擦掉眼泪，继续筛茶。

“你不用替纪双木担心，”太子妃看穿了我的心思，安慰我说，“如果纪双木真像你说的那么忠诚，那么只要宫里还有万淑宁越不过去的障碍，只要她想得到的还没有完全属于她，她就不会让纪双木受到伤害。”

“为什么？”我听了这话虽然欣喜，却不知缘由。

“皇宫里，没有永远的敌人，没有永远的朋友，所以胜负输赢从来就没有定局。如果万淑宁有一天走投无路了，能拼了命去救她的，除了纪双木，还能有谁？”

我深吸一口气问，“那如果有一天，她得到一切了呢？”

“她怎么会？”太子妃鄙夷的口吻让我感受到万淑宁离最终的胜利还有一段遥远的距离。我本以为这个问题会让太子妃愣上一愣，然后继续悠悠讲述万淑宁和纪双木未来的相处，然而，她毫不思索地用简单四个字否决了我的问题。小顺子把方形的茶几搬到床边，新栽的水仙开在铺着鹅卵石的浅底花盆里，搁在茶几上，太子妃拿了剪刀，仔细修剪起来，“万淑宁想要什么？皇上或太子的宠爱，贵妃甚至皇后的名分？哼，有皇后和本宫在，她休想！”

“哎，这安国郡主隔三差五地就奉诏陪皇上下棋，虽说眼下还不成气候，到底也是个隐患，怎么皇后还睁只眼闭只眼，不闻不问的呢？”小顺子又开始操心了，拿碟子兜着太子妃修剪下来散碎叶子，忧心忡忡又疑惑不解地问。

“你都说没成气候，皇后又何必打草惊蛇？”太子妃点点小顺子的脑袋，“皇后做事，一向喜欢釜底抽薪，从不拖泥带水，再说安国郡主被太后认作义孙女，虽然未册名分，但说起来也算是比皇上低了一辈，皇上想要明目张胆地册封，多少有些顾忌，怎么说也得暗着来，缓着来，本宫猜想，皇后一定是在等待时机，时机一到，就快刀斩乱麻，绝不给皇上有机可乘。”太子妃说着，最后一剪刀下去，原本的四株水仙被修剪得成了一枝独秀。

“快刀斩乱麻？皇后娘娘不会害了安国郡主的性命吧？”我收起剪刀，把那株孤独的水仙搁到窗边透阳光的地方。阳光弄暖了我的身子，我想起了冬暖，冬暖

的死，也叫釜底抽薪吧。

“你想到哪里去了？”太子妃嗔怪我，“皇后娘娘向来喜欢把事情做得漂亮，你看她安排肖玉华做文秀公主陪嫁婢的事就知道，所谓笑里藏刀、兵不血刃，皇后娘娘可是借刀杀人的高手，不会弄出一个血肉模糊的死人搞得难以收场的。”

“娘娘，娘娘……”刚跑出去清理残叶的小顺子慌忙跑进来，还没顺过气就急着回话，“奴才刚听说了一个消息，皇后娘娘传召文静公主驸马竺邵云和赵翰扬赵将军进宫了。”

“他们两个？”我一时懵了，回头看着太子妃，不知她的七巧玲珑心是否已参透玄机。

太子妃低眉略思，便莞尔一笑，轻松地舒口气，笑盈盈地对我说，“本宫都说了，皇后做事一要釜底抽薪，二要能上台面，既干脆又漂亮，看来本宫对皇后，还是比较了解的。”

“娘娘……”我见太子妃藏着掖着，心里着急。

太子妃轻拍着我的肩膀，示意我不要着急，然后轻悠悠地说，“想要断了皇上对万淑宁的念头，唯一一劳永逸的方法，就是把万淑宁，给嫁出去。”

“嫁出去？”我隐隐觉得有些操之过急，有所顾虑地说，“万淑宁进宫来住才不过百多日，又是新封的郡主，只怕皇上看不看中她，原意都是要留她在宫里长住的，这样匆忙嫁出去，会不会太急了，行得通吗？”我一连问了好几个问题，连我自己都说不清在心里到底是希望万淑宁嫁还是不嫁。

“竺静仪还不是前脚册封为公主后脚就嫁去了哈图？”太子妃走到窗边，享受着温暖的阳光，不以为然地说，“放心吧，万淑宁不是还有三年的孝吗，如今不过是先指婚，把名分定了皇后娘娘可以安心，婚事大可以拖着，等到三年后再办，这样既不至于太急躁，又可以让皇上有所避忌，一举两得。”

“哦，”我听这安排还有些谱，只是忍不住又替皇后感慨，“哎，当初皇后心心念念地接万淑宁进宫，一场风光过后如今竟搞成这样，还不如当初不接进宫来呢。”

太子妃摇摇头，“就怕接她进宫从一开始就是皇上的主意，照顾重臣遗孤是

笼络人心的好手段，”太子妃示意我把躺椅搬到窗边，然后往上一靠，轻轻一笑，拿帕子挥去阳光下飞舞的些许灰尘，“可惜孤力难支，后宫里除了皇上，谁会愿意万淑宁长留？但凡皇后有了这样的心思，就一定会有人推波助澜的。”

听太子妃如此说，我想这桩婚事是八九不离十了，竺邵云是曾经的驸马，赵翰扬是差点就成了驸马，这两人要娶个郡主回家，无论如何都能说得通，加上皇后从中斡旋，只怕万淑宁在宫中的好日子不会长了。

果然没过多久，皇后命人来传话，说太后晚上在晚芳亭设宴，请太子妃参加。到了晚芳亭，才知道参宴的人远不止皇后、太后和太子妃。十人圆桌上，皇后和太后分坐皇上两侧，太后右侧依次坐着曾太妃和季太妃，皇后左侧依次坐着安淑妃、张昭容、傅宛仪和周淑媛。许是宫里常有这样的小酒宴，皇上也不问是个什么缘由，就陪着太后喝酒聊天起来。酒过半巡，不知太后说了什么让皇上特别高兴的事，皇上竟突然哈哈大笑起来，弄得几位娘娘莫名其妙，只能面面相觑。

“皇上这是为什么高兴呢，说出来臣妾们也听听。”还是皇后打开话题，让皇上止住了笑声。

“方才太后说要与朕下棋，朕便想到了淑宁，这丫头的棋艺真是让朕自愧不如啊，不但能赢得漂亮，而且能赢得巧妙，每次都只赢那么一子半子的，让朕的时候朕还一点都看不出来，输呢，也往往能输到点上，朕哪招下去要兜底了，她就在哪招上头输给朕，哈哈，真正是个玻璃心肝的聪明人哪！”皇上高兴地自斟自饮了一杯，看来万淑宁还真是让皇上一盘棋就心花怒放，怪不得这么久也不见有新的进展。我借着给太子妃布菜的时机，飞快往每个人脸上扫了一圈，皇上是发自内心笑得畅快自然不必说了，太后含笑不语，频频点头，曾太妃笑逐颜开，似乎文秀公主大婚的喜气还没有淡去，季太妃双唇紧闭，目光盯着碗里的菜，似有心事，皇后笑容含蓄，却找不到目光的落脚点，安淑妃自顾自笑着，像是有什么喜事藏在心里，张昭容低头看着手腕上的镯子，脸上白得没有一点表情，傅宛仪眼珠子滴溜溜地转，笑得狡黠，周淑媛只管夹菜吃，捏帕子的那只手已经攥紧了拳头。

太后拿起帕子轻擦嘴角，看着皇上说，“这么个聪明漂亮的丫头，皇上可要

费点心思，给她指一门好婚事才行啊。”

皇上闻言眉头倏然一皱，没有接话。

“太后，话是这么说没错，可是只怕我朝找不出匹配安国郡主的人啊。”皇后一边盯着皇上，一边说，“原本曾太妃的侄孙曾博文倒是个不错的人选，只是文秀公主的婚事更加要紧，再说太妃家里的人自然要配婚于名正言顺的公主，所以安国郡主的婚事，只怕要拖一拖了。”

听说这话，皇上的面色立刻缓和了不少，对皇后也马上和颜悦色起来，“皇后这话有理，安国郡主无论容貌、才学、品德、家世，都无可挑剔，天下能配得上她的，能有几人啊？此事，朕认为不宜操之过急。”

“皇上这话偏了，照你这么说，越是条件好的姑娘越找不到人嫁了。”太后软绵绵的口吻暗中透着责怪的意味，她边给皇上夹菜，边继续说，“你是皇帝，你的女儿那就是天下的瑰宝，可瑰宝最后还不是都嫁出去做了人家的妻子？皇上要是真心疼安国郡主，就应该加把劲找个好夫君给她，怎么能说是操之过急呢！”太后不紧不慢的一番话，说得皇上浑身难受又说不出来，只好看着皇后，希望皇后再帮着说几句。皇后这时反而装着看不见，伸手到季太妃面前的盘子里夹了一块红枣酒酿糕。

“若是真要说人选，本宫倒是有一个。”季太妃开口了。

“是谁？说来大家听听。”太后一副饶有兴致的模样。

季太妃刚张了张嘴，又突然反悔地拿帕子擦擦嘴角说，“算了算了，只怕皇上不满意。”

“这都还没说呢，怎么就知道皇上不满意？”曾太妃亲自给季太妃斟酒，“先罚一杯，然后说是谁。”

季太妃求饶地看着太后，太后笑笑说，“只喝半杯吧，可一定要说啊，不准再吞吞吐吐的。”

“是。”季太妃喝了半杯酒，朝着太后说，“本宫说的这个人，是校检少将军赵翰扬。”

“不行！”太后还未发话，皇上就立刻否决季太妃的提议，“赵翰扬是独臂，

如何与安国郡主匹配？太妃此议，朕以为不当。”

“皇上，”太后一边示意季太妃稍安毋躁，一边立刻庄重严肃起来，“赵翰扬那条断臂不也是为皇上断的吗？若不是他断臂逃生，偷回敌军密信，查出潜伏于宫中的奸细，只怕皇上的性命会连同江山一起送掉。如今皇上说出这样伤人心的话，不怕今后再无人敢为朝廷鞠躬尽瘁了吗？”

皇上听太后讲得如此严重，也不敢太过放肆，恭顺地说，“母后教训朕，朕自当反省改过，只是赐婚一事，切不可仓促而为。赵翰扬功绩卓著，朕大可赐封赐赏，不一定要赐婚才显朕之诚意，纵然赐婚，也并非只有安国郡主一人，朕大可将长安王郡主赐婚于赵翰扬，以表嘉许。至于安国郡主，其父万云川战死沙场，如此骨肉离散，郡主已是悲痛难平，若再将已然断臂的赵翰扬赐予郡主为夫，岂不是更添其哀伤，万一将来赵翰扬再上战场，郡主如何安心，若赵翰扬再有任何死伤，您要安国郡主如何再承受一次丧亲之痛。母后，您接安国郡主入宫，不就是希望她能忘记痛苦，重新快乐地生活吗？万云川在天有灵，只怕也不希望自己的女儿再将一生幸福寄托在一个随时可能浴血沙场的将士身上吧。”

“皇上这话哀家听懂了，”太后不急不缓地说，“赵翰扬出征沙场生死难测，只怕不是个能托付终身的人选，皇上是这个意思吧？”

“母后明鉴，朕的确是有这层担心。”皇上情绪也缓和下来，面色也略有红润。

“那既然如此，长安王郡主又比安国郡主坚强在哪里，怎么皇上就不怕她日后没了依靠？”太后如此一问，顿时闹得皇上的脸红一阵白一阵的。

“太后，臣妾想皇上是考虑到长安王郡主有父兄疼爱，比起安国郡主父母双亡、孤苦伶仃，自然是要强些，这才有了指婚的念头，并非心存偏爱。”周淑媛说话轻轻柔柔的，却将皇上的尴尬悄然抹去。

季太妃见此场景，马上自认有错，“皇上，太后，都是本宫择人不当，还请皇上、太后恕罪。”

皇上见季太妃这般请罪，赶紧跟上说，“太妃不必在意，给安国郡主指婚原是好意，行与不行已是后话，朕与太后不会介意的。”

“哀家还是觉得赵翰扬是个可以考虑的人选，”太后坚定的语气让刚刚放松了点的皇上又重新紧张起来，“如今军中又不是只有赵翰扬一个将军，皇上若怕他战死沙场，少派他出征不就完了吗。何况近几年番邦少有侵扰，哈图、牧齐、噶里木那些较大的番邦国家都与我朝交好，呼达里那种小邦异族根本不是我朝的对手，哪里还有什么大仗要打？赵翰扬怎么说也是兵部尚书崇光远一手带大的，虽是独臂，却比那些四肢健全的只懂得纸上谈兵的侯门公子要好上千百倍，将安国郡主许配于他，哀家觉得，不算委屈了郡主。”

皇上听了这话，刚动了动嘴，就被皇后抢了先，“太后说的不无道理，只是这赵翰扬虽然值得考虑，却不见得是最好的人选，毕竟也是个独臂，不如再想想，还有什么人更合适一些。”皇后边说，边向皇上投去安慰的眼神。

皇上心领神会，赶紧接上皇后的话，“皇后说得对，再看看，再看看。”

“臣妾有个人选，”张昭容突然想到了什么，两眼放光，帕子挥得老高，“不过就是怕，安淑妃不答应。”

“这又跟本宫有什么关系？”安淑妃已经面露喜色，却依旧疑惑地问。

张昭容妩媚地一笑，“臣妾举荐的这个人，跟安淑妃有那么一点儿亲戚关系。”

“是谁？”太后来了兴趣。

张昭容转脸看着太后，说出三个字，“竺邵云。”

“竺邵云？”安淑妃脸色微变，轻呼出声，又赶紧拿帕子捂住嘴，压低情绪思索片刻，然后轻轻说了一句，“也是时候放他自由了。”

安淑妃是文静公主的生母，她这么一说，娘娘们一时都没再说话，皇上的脸铁青，张昭容无辜地看着皇上，好像做错事似地缩着脖子，然后可怜巴巴地望向太后，求救的眼神似真似假。

太后稍作思忖，突然会心一笑，期待地问皇上，“皇上觉得如何？”

皇上没有说话，也没有理睬太后，只是拿起酒杯，喝了一口。

“要不，就当臣妾没说过？”张昭容小声地说。

“说了就是说了，朕又没有责怪你，”皇上终于开口了，“竺邵云是朕亲自为

文静公主挑选的驸马，若论人品才学家世前程，朕也挑不出错来，可是母后，淑妃，他是文静的驸马啊，文静出嫁不到一年就……”皇上说得倒有些动了真情，“按理说文静去了已有十二年，朕为竺邵云再指婚也在情理之中，只是竺邵云已身是本朝驸马，此乃不争的事实，朕若将安国郡主许配于他，既是委屈了安国郡主，亦是委屈了文静公主啊。”

听说此话，淑妃已是泪流满面，却仍然梨花带雨嫣然一笑说，“文静自小身体羸弱，芳华病逝本不与驸马相干，本宫知道竺驸马对文静向来体贴周到，对皇上也始终全心报效，一份忠心并不因公主的离开而削减半分，文静若在天有灵，定然也希望竺驸马能过得开心、过得没有束缚。所以，若安国郡主不嫌弃，本宫倒真是希望，皇上能为竺驸马找一个像她那样美丽聪慧的女子，也算是没有辱没了文静和本宫的一份心意。”安淑妃说完又落下泪来，其他人也不禁动容。

“安淑妃都这么说了，皇上就应下了吧。”周淑媛又似试探又似劝慰地说着。

皇上沉默不语，似乎在考虑着什么，目光有些沉重。

皇后一边替皇上倒酒，一边缓缓道来，“安淑妃固然有心，可竺驸马到底曾与文静公主婚配，恐怕皇上是担心安国郡主那里，难免会受点委屈吧?”

“这事好办，”傅宛仪一个晚上没说话，这会儿终于开口了，“竺邵云本是驸马，如今娶了安国郡主，便成了郡马，这对竺驸马，是往下掉了一层，对安国郡主，却是往上升了一阶，何况公主是皇上亲生的，郡主是后来加封的，如此已是抵消了一层委屈，再者太后已认了安国郡主做义孙女，不如再来个亲上加亲，让安淑妃认她做个干女儿，堂堂正正地封一个帝姬，这样名分齐了，面子足了，安淑妃留住了竺邵云这个女婿，又多了一个女儿，岂不是四角俱全了?”傅宛仪越说越起劲，帕子在手里舞得像只花蝴蝶。

“这个主意好，”太后首先点头赞成，又问安淑妃的意思，“你觉得怎么样啊?”

安淑妃感激涕零地拉着皇后的手说，“好，好，如此倒是臣妾的福分了。”

太后微微点头，又问皇上，“皇上，这下你总没可挑剔的了吧，哀家做主，这事就这么定了。”

“哎呀，太后，安国郡主还有三年的孝呢。”皇后突然跑出来一句，把皇上的眼神又点亮了。

“没错，没错，此事待三年后再议。”皇上赶紧接茬。

太后不以为然地摆摆手说，“皇上这是怎么了，把人家接进宫里来就放着不管了，守孝的事哀家早想好了，先指婚，婚事等三年后再办，再说安国郡主和竺驸马未曾接触，也要留点时间给他们培养感情，即便没有守孝这一说，哀家也没打算立刻就办，竺静仪嫁去哈图就是办得太急，让竺家好久也没喘过气儿来，这回可得缓缓地，别再吓着人家。”太后嗔怪着，原本板着脸，话说完了，自己也忍不住噗哧一笑。

“朕要考虑考虑，”皇上突然来了一句，说得太后一脸的笑容顿时僵在那里，“请母后再给朕一点时间。”

“这还要考虑什么？淑妃都没有意见，你还挑剔什么？”太后有点微怒，脸色也暗沉下去。

“难道皇上还是倾向于赵翰扬赵将军？”曾太妃也终于说话了。

太后见皇上没有反驳，这才轻轻拍着胸口放心地说，“原来是这样，哀家还以为你又要一意孤行了。赵翰扬和竺邵云都是不错的人选，你考虑一下，给哀家一个回话。”太后说完做了个请的姿势，算是给安国郡主找夫婿的事告一段落，娘娘们重新端起酒杯，轻松自在地吃喝起来。

散席了，我陪太子妃回东宫。一路上，太子妃低头沉思，一言不发。我静等了好久，实在忍不住，终于出声问她，“娘娘，安国郡主的事，算是了了吗？”

太子妃听到我的问话，转过头来看着我，伸手将我头上散落的一缕发丝夹到我的耳朵后面，“差不多了吧，若是这样还能咸鱼翻身，那太后就太没面子了。”

“奴婢今天听皇后娘娘说的话，怎么都是帮着皇上的？”

“皇后一向这样，让不打紧的人替自己说话，然后就在那里欲擒故纵，变着法儿地煽风点火，等你烧着了，也不知道这火苗子是从哪里跑出来的。”太子妃拿过一只垫子塞在腰后，我帮着给捋平了，扶着太子妃靠上去。

“那几位娘娘说的话，都是事先套好的吗？”我小心翼翼地问，“赵将军和竺

驸马都是皇后召见过的人，季太妃说赵将军好，安淑妃说竺驸马行，奴婢想，不会那么巧的吧?”

“你也开始会看些门道了嘛，”太子妃笑着点点我的鼻子，“什么晚宴！那就是一台戏，满场的戏子，就皇上一个看客，那就是一个陷阱，满坑的矛头，就皇上一头笨熊!”

“嘘……娘娘!”我听她说皇上是笨熊，赶紧吓得要去捂她的嘴。

太子妃哈哈一笑，挡掉我的手，“你信不信，皇上最后作出的决定，一定是……”

“竺邵云!”我抢着回答。

谁知太子妃抿嘴笑着摇摇头，“错，是赵翰扬。”

“啊？怎么会?”我不相信，自然而然露出茫然的眼神，“安淑妃都那么说了……”

“如果安国郡主指婚的决定不能被彻底否决，而候选人又只有赵翰扬和竺邵云的话，皇上最后选择的，一定会是赵翰扬。”太子妃说这话时笃定的眼神，让我怀疑皇上是不是已经偷偷把结果透露给她了。

果然第二天，中宫传来消息，皇上选了赵翰扬。消息只到了太子妃这里就没再往外漏，上面只有太后和皇后知道，说是要等三日后安国郡主庆生辰的时候再正式公布。太子妃听到这消息时，并不怎么见得高兴，只是轻轻抽搐嘴角，很轻地哼了一声，就继续侍弄起花草来。

“娘娘真说中了，皇上选的是赵将军，这下安淑妃可白欢喜一场了。”我替淑妃惋惜，嘴巴不禁嘟起来。

“只要安国郡主能嫁出去，她就不会白欢喜。”太子妃让小顺子把盆栽拿下去，然后转身往寝殿外走。

“那倒也是。”我低声附和，想那天娘娘们你一言我一语接得天衣无缝，不就是想把指婚给定下来嘛。

“不过本宫可没有说，只要指婚了，万淑宁就一定能嫁得出去。”太子妃迈出荣祺殿门槛，我却被这句话挡在了门槛内。

嫁不出去吗，嫁不出去吗？太子妃不会无缘无故说这样的话，一定是有原因的。我赶紧又跟上去，小声地问，“娘娘，指婚了，又有太后作证，还会嫁不出去?”

太子妃站住身，转过来对着我，捧起我的脸说，“你以为皇上，为什么要选赵翰扬呢?”

我被弄得呼吸不过来，脸憋得通红，使劲摇着。

太子妃放开手，深呼一口气说，“你看着吧，这个游戏，还没有完呢。”

第十五章　情深缘浅一点红

皇上指婚了，果然如太子妃所说，万淑宁被指给了赵翰扬，就在同一天，长安王爷进宫面圣，皇上干脆就把长安王郡主李元珠指给了竺邵云，按原先提到过的，让安淑妃认李元珠做义女，册封为元淑帝姬，也算是给安淑妃一些安慰。威胁不再，自己又多了个女儿，安淑妃自然心满意足，千恩万谢地给皇上磕了头。长安王郡主也在当日奉诏入宫，向皇上磕头谢恩。那日是万淑宁生辰，我见到她，已是在庆生的晚宴之上。她一如既往的平静温和，让我完全摸不到她的心思，即便是向皇上和太后谢恩，她也只挂着淡淡的微笑，我不知道那是她无奈承受而勉强露出的笑脸，还是心花怒放无法刻意隐藏的喜悦，又或者，仅仅是欣然接受。她的笑很美，我却喜欢不起来，因为我看不透。太子妃也看不透，她总用质疑的目光搜索万淑宁眉梢眼角任何一点可以捕捉的痕迹，却最终被她面具一般的笑容模糊了视线。

“本宫看不透她，”太子妃在回太子宫的路上对我说，“本宫只能看她这一刻做的，想她下一刻要的，但她这个人，究竟是个什么样的人，她最终想要的，究竟是什么样的结局，本宫真的看不出来。”

“那这一刻，她做了什么，下一刻，她要的又是什么?”我追究起来。

太子妃掀起窗帘子的一角，看着路边盛开的桃花在暗夜中的剪影，清淡淡地说，“这一刻，她成了赵翰扬的夫人，下一刻，她要左右赵翰扬的生死。”

“左右赵翰扬的生死?”我忍不住把这话重复了一遍。

太子妃放下窗帘子，轻捋着发髻上被风吹散的花瓣，“皇上还没有死心，万淑宁的去留，三年之内，终是拴在赵翰扬的身上了。”

我并不很明白太子妃这句话的意思，只是转念之间想到了文秀公主，若今晚她也在席上，不知会不会当场掀酒翻桌拂袖而去呢?应该不会吧，毕竟是公主，如果会如此不成体统，当初也不会被自己的一句飞蛾扑火给劝住了。只是她的心里，一定翻江倒海，泪也流空了吧。

“在想什么?”太子妃戳戳我的肩膀。

“哦，奴婢在想文秀公主，”我边说边看太子妃的反应，“她一定很难过。”

“现在已经没有难过了，只有恨，”太子妃突然流露出强悍的眼神，“离开所爱的人，的确会很难过，但所爱的人被人夺走，就不是难过了，而是恨，透彻心肺的恨。”

“可那是皇上指婚的……”我急了。

“那也恨!”太子妃决断地打断我的话，“虽然明知道不该恨，心里还是忍不住恨起来，虽然是自已先离开的，却不允许别人也离开，虽然自己失去了，也不让其他人得到，”太子妃转脸看着我，伸手抚摩过我半边的脸颊，“你知道吗，这就是女人。”

“文秀公主也会这样吗?”我怯生生地问。

太子妃讥讽地笑着，一种从心底生出的快感染红了脸颊，“你再也看不见了，甄德妃出殡时，万淑宁和文秀公主姐妹情深的那一幕，你再也看不见了。”太子妃的笑容渐渐变冷，眼神也冷峻起来，“本宫得不到的，万淑宁也休想得到。”

我脑子里嗡的一声响，不禁感觉背后阵阵发凉。我干脆躲开太子妃的目光，挑起另一侧的窗帘子，不想竟看见了纪双木的身影。我本能地往前探了探身子，视野一下子宽了不少，突然，另一个人落入我的眼帘。是她?我的心突然猛跳起

来。我用身子遮挡着太子妃的视线，眼珠子拼命往远去的青竹林的方向瞥，想看清楚那似曾相识的背影究竟是不是她。

“看什么呢?”太子妃见我趴在窗口使劲往外拱，一把把我拽回来，然后自己往外瞅。

“没有没有，”我赶紧半扶半挡地把太子妃往回拉，“看见有根青竹子折了，觉得怪可惜的。”

太子妃拉开我，继续往外瞅了好久，可能真的没看见什么，这才缩回身子，嗔怪地瞄了我一眼，不再说什么。

我忐忑不安地看着太子妃，直到她不再搭理我，复又挑起她那侧的窗帘子往外看桃花，我才放松下来。就在太子妃拽住我的那一瞬间，我看清楚了，真的是她，玉昌阁的宫婢，绿萝。绿萝和纪双木一起在月光笼罩的青竹林里……这个画面在我的脑海中久久挥之不去。

桃花落去杏花开，杏花散去荷花绽，荷花睡去玫瑰红，玫瑰淡去生桂香。半年光景就这样随着花开花落在日月流转星辰轮回中匆匆流过，那个让我记忆犹新的画面如同一根卡在喉咙里的刺，拔不出来，也不敢去拔，生怕会流脓溃烂，留下一生都去不掉的疤痕，宁愿让它这样痛着，只要我还能忍受，我就能当它不存在。我渐渐地不再往烟霞殿跑了，我害怕去见纪双木，害怕自己会忍不住要去拔出那根刺，害怕到最后的结果会是那根刺越扎越深，再难拔出。幸好太子妃也没有再逼着我去纪双木那儿探消息，似乎指婚一事已让她逐渐将警惕的视线从万淑宁身上挪移开去，至于赵翰扬，我只在他进宫向皇上谢恩的时候，在钦安殿外头见过他一面，他奉诏进宫，我替太子妃办事，刚好在钦安殿前的玉兰树下擦肩而过，他似乎还记得我的模样，疑惑的目光在我身上停留片刻，我却是很认真地打量他，想看看这个曾经为了所谓大局离开文秀公主的男人在面对又一桩自己无法做主的婚事时，会是什么样的心境，然而他平淡无色的脸庞让我觉得他曾经炽热的心已经被连续而来的冰雪风暴吹刮得消散了温度，只剩下逐渐冷却的无奈和冷漠，冷到他的两只眼睛，都没有了一个将军该有的霸气和执着。匆匆一瞥，让我不敢期望万淑宁的婚姻能有多大的幸福，没有了感情，做将军的正房妻子，拥有

名分和平静安逸又不失名利的生活，或者做皇帝的妃子，拥有天下女子都期盼拥有的殊荣却陷入无止无尽的后宫争斗，这两种生活，孰幸孰悲，恐怕都不能说是幸福了。

与赵翰扬相比，竺邵云似乎要幸福一点儿，今天安淑妃正式接长安王郡主李元珠进南和宫居住，十五日后，李元珠将从宫中嫁出，入住驸马府。太子妃一早就派纸鸢去南和宫打探，一边让我把内务府新送来的衣裳挑了几款颜色娇艳的，用檀香熏了，准备给李元珠送去。

“元淑帝姬今日刚来，娘娘这就赶着去看吗？”我不明白太子妃为什么如此心急，元淑帝姬不过是有个名分，而且就要嫁出宫去了，太子妃实在不必对她如此上心。

“元珠是本宫的好姐妹，”太子妃把新折的桂花盘在发髻上，然后看着我目瞪口呆的样子，笑着说，“怎么，本宫不像吗？本宫在你眼里，就是那种只会攀龙附凤、见风使舵的人吗？”

“奴婢不是这个意思，”我摇脑袋像摇拨浪鼓似地，“奴婢只是没有想到，娘娘原来在宫外也有熟识的姐妹，而且还是皇上指婚的长安王郡主，奴婢还以为，郡主对娘娘而言，是个陌生人呢。”

“本宫又不是从小生在宫里的，以前和元珠一样都是王府郡主，打小一起玩大的，只是后来进了宫，不能相见，有些疏远了，可心里，还老想着以前一起玩闹时的情景，”太子妃说着不禁露出温馨的笑容，甜蜜纯美，看得出她脑海中一定正浮现儿时与郡主一同嬉闹的画面，平日里庄重的颜色几乎褪尽了，眼角的笑意竟然让我有些心酸，似乎在悼念某些已经消逝无法再挽回的快乐，突然太子妃一提气，把快要流出的泪收回去，继续把弄发髻上的桂花说，“元珠以前喜欢用桂花替本宫盘头，还说本宫若进宫了，只怕再也盘不出漂亮的桂花髻了，今日本宫非得盘一个给她瞧瞧不可。”

我听到这话，赶紧上手帮忙，不再说那些惹太子妃伤感的混账话了。

稍过了一会儿，纸鸢遣人来报，说李元珠的马车已到了南和宫，太子妃立刻叫小顺子备车往南和宫去。天热了，我不再躲进马车里，而是四处张望挑好看的

风景来赏，穿了半年太子妃赐的高低绣鞋，我差不多忘记了自己是个腿脚不利索的丫头，甩起帕子来比谁都欢。马车经过青竹林，我的心情一下子又低沉下去，那个月光笼罩的画面重新浮现在脑海中，我别过脸去，步子也拘谨起来，直到马车过了青竹林，我才从刚才的压抑窒息中解脱出来，我自己也不敢相信，就那么一次，就那么一次绿萝和纪双木在一起被我撞见，就会让我难受到现在，半分也不减。

在南和宫的和卿殿，我第一次见到李元珠。我惊叹她竟有着一双细长柔美的眼睛，柳叶眉薄嘴唇，皮肤白皙，脸颊修长，挽花的发髻两边各梳着一个，还是微微轻垂的那种空心挽儿，浑身透着小家碧玉的秀气，很精致，却看不出郡主的派头和架势，站在太子妃身边，像是个贴心的婢女，却不像从小相熟的姐妹，太子妃那种大气、凌厉、高贵的气度和风范，在李元珠身上连个影子都找不见。然而，李元珠哭了，哭着扑进太子妃怀里，像离家多时的小女儿重新回归母亲的怀抱般，哭得嘤嘤婉转，惹人怜爱。

“元珠，别撒娇了，一点规矩也没有。”说话的是长安王世子李昊，上次见他已是大半年前的事了，他依旧稳重含蓄，虽然话音中不免夹杂着几分疼惜，却依然面色平和，不骄不躁。

李元珠放开郡主，抹抹眼泪，嘟着嘴说，“王兄说的倒是轻巧，元珠几年都没见过君怡姐姐了，难道就不能难过一下?”李元珠说着，故意又上去抱住太子妃，露出鬼鬼的笑脸给李昊看。

李昊也忍不住笑了一下，赶紧收住，向太子妃谦逊地说，“舍妹莽撞，惊扰了太子妃，还请太子妃恕罪。”

“世子这是说哪里话，元珠性情纯善，爱哭便哭，爱笑便笑，这才是难得，世子要珍惜，切莫拿繁文缛节来约束她，委屈了她的好性儿。”太子妃怜爱地抚摸李元珠挽起的发髻，在她眼里，李元珠就是一个孩子，可如今连这孩子，也要嫁人了。

“皇恩浩荡，把元珠封为帝姬，竺邵云前途远大，为人宽厚，元珠若真能与他相伴，得他照顾，本世子也可以放心了。”李昊感慨地说着，一边用疼爱的眼

神看着李元珠孩童般稚嫩纯真的笑容，忍不住也嘴角挂笑。

我看着他们三个，心中突然萌发出一股美好的幻念。这种幻念说不清楚，很模糊，却没由来地让我感觉心里暖洋洋的，很甜蜜，很幸福。我正不知不觉地嘿嘿笑着，纪双木的声音飘进我的耳朵里。“奴婢参见太子妃、参见世子、参见元淑帝姬。”纪双木盈盈下跪，我却木讷地转身，直愣愣地看着她，一时间脸上所有的表情都飞散而去。我没想过她会来，不知从什么时候起，大概就是那个夜晚之后吧，我每次见她，都要想好要说的话，否则，我不知该拿怎样的态度对她。怀疑？我并不希望这样。质问？我又不敢去听答案。愤怒？好像一切都没有得到证实。我很为难，所以只有避而不谈，渐渐地变为避而不见，算算日子，我已有两个月没有见她了，想不到今天，在这里见到了。

“你怎么来了？你的主子呢？”太子妃倒是问得很直接，很随意。

“郡主今日身子有些不爽，又知道元淑帝姬今日进宫，实在不好只顾自己静养，所以特意让奴婢带了赠礼过来。”纪双木老老实实地回答，也不看我，不知是不是还没待我嫌隙她，她已开始疏远我了。

太子妃拉着李元珠坐下喝茶，一边慢悠悠地说，“什么样的赠礼？别又是珠花木簪什么的，元淑帝姬身份特殊，这赠礼也得有些新意才是啊。”

“是郡主请司锦房专门缝制的锦袍，袍上的图案都是郡主亲自描绘的，虽谈不上贵重，却是郡主的一番心意，早晨郡主又亲自焚香熏衣，让奴婢带来，特表迎贺之喜。”纪双木说着，转身从跟随的宫婢手中接过叠好的放在锦托里的衣裳，双手捧着走到李元珠跟前，跪下，将锦托高举过头。

李元珠稍微看了看，摸了摸，笑嘻嘻地说，“你替我谢谢你们家郡主，这贺礼我收下了。”

“谢元淑帝姬，奴婢一定把话带到。”纪双木说着站起身，把锦托交给和卿殿的宫婢，后退三步，然后转身离去。经过我身边时，我竟然害怕地躲开她的眼神，其实她也没有刻意来看我，我却先逃了，无论她是欢迎是抗拒，我都在逃避。

李元珠看纪双木走远了，用胳膊肘捅捅太子妃说，“这丫头长得不错啊，叫什么名字？”

“元珠，不许无礼。”李昊板起面孔，装出生气的样子。

“她叫纪双木，”太子妃端起茶碗轻吹开浮在最上一层的茶叶，“是长得不错，清清秀秀的，留在万淑宁身边做奴婢，真是可惜了。不过话说回来，若不是万淑宁太美，也不敢留这样的丫头在身边，哪天一不留神，主子变奴婢，奴婢变主子，都是有可能的。”

“只要你的奴婢不会变成你的主子就好啦，管其她人的呢!”李元珠塞了一块绿茶粉做的豆沙糕进嘴巴里，然后拉着太子妃的手说，“君怡姐姐，我们出去走走吧，现在桂花开得好，我给你盘头啊。”

“放肆!”李昊这回是真的火了，“太子妃身份何等尊贵，哪能由着你的性子胡闹!”

“什么胡闹，以前都是我给君怡姐姐盘桂花髻的，你还说好看来着，这会儿又唬我。”李元珠也不高兴了，把手帕揉来揉去撒气使。

“以前是以前，现在是现在!”李昊强忍着没有做出什么难看的动作，“我跟你说过，住进皇宫不比在王府，什么都要讲规矩，要是谁都像你这样，喜欢怎么来就怎么来，还得了!”

李昊的话说得太子妃变了脸色，眼角竟然微微带红，赶紧伸手搂住被训得快要哭出来的李元珠，好生劝道，“世子也别动气，元珠还是孩子，又从小娇生惯养，偶然任性也是天性使然，大面上过得去就行，何况本宫和元珠自小玩闹惯了，她不拿本宫当外人才会这样，世子就别责怪她了，免得大家伤和气，”太子妃温柔地抹去李元珠眼角的泪珠，笑盈盈地说，“元珠不哭，本宫陪你看桂花好吗?”

李元珠抽抽啼啼地止住哭声，然后立刻破涕为笑，“好，我跟姐姐去。”

看李元珠这么快就笑了，我不禁感慨她还真是个孩子。其实她就比太子妃小两岁，许是家里人疼她爱她，才让她像个经不起碰撞的瓷娃娃，动辄哭，动辄笑，一点酝酿都不需要。

太子妃起身，拉着李元珠往外去，谁知刚迈开一步，就突然整个身子往后仰，吓得李元珠惊叫起来。

我一看不好，赶紧要上去扶，就看见李昊手疾眼快，左手一把托住太子妃的腰身，不让她倒下去，右手抓住太子妃的胳膊，稳定她的身体。我刚要舒一口气，就感觉一抹绿色在门外闪过，我敏感地回头去看，却只看到空空荡荡的院子，我不甘心地跑到殿外，竟然发现没有一个宫婢守在那儿。“元淑帝姬，这和卿殿没有守殿门的奴才吗？”我满腹疑云地问李元珠。

“大白天的，要那么多奴才做什么，都让我撵到院子外头去了。”李元珠还没轻没重地炫耀着，“这样多好，我做什么，说什么，都不用怕人听见了去告状，我可不喜欢规矩，皇上皇后面前乖乖的就行了，到了自己家里还绑手绑脚的，多难受呀。”

“外头有人在偷听吗？”李昊发觉了我的担忧，也走过来往院子里张望了一下。

“没看见什么人，可能是奴婢多心了。”我实话实说，李元珠刚刚进宫，不会这么快就被谁盯上了吧。

“哎呀，君怡姐姐脚底下怎么有好几颗珠子呀？”李元珠叫嚷起来。

我和李昊跑过去一看，果然太子妃的裙摆底下有好多颗木头珠子，滚圆滚圆的，不知从哪里跑出来的。太子妃眉头一皱，竟然一把捋起左手边的衣袖，手腕上光秃秃的，什么饰物都没有。“原来是本宫的木珠串子散了，看来西樵的手艺还是不行啊。”太子妃边说边看了我一眼，眼中的复杂似乎在诉说一个故事。

我心领神会地赶紧跪下磕头，嘴里尽是认错求饶的话，“是奴婢手拙，想学司珍房做珠串儿给太子妃戴，不想惹了这样的祸出来，奴婢该死。”

“行了行了，”太子妃马上给我台阶下，“本宫又没怪你什么，快起来吧，咱们元珠最不喜欢规矩了，你在这儿跪着磕头认错，本宫倒没什么，只怕元珠心里头别扭。”

李元珠一听这话赶紧撒娇嗔怪起来，“君怡姐姐自己宽宏大量不够，还要拿我的小心眼儿去比吗，”李元珠边说边冲我招手，“赶紧起来吧，别跪坏了身子，又把账赖在我的头上，我可担不起。”说罢，李元珠自顾自地嘻嘻笑起来，她的这份天真我看在眼里，心里羡慕得很。生在帝王家，还能保留这份纯真，比什么

荣华富贵都要来得珍贵。

我站起身，太子妃已领着李元珠往殿外去，李昊锁紧眉头看看那些珠子，最后还是跟着太子妃她们去了。我走过去拾起那些木珠子，一把攥在手心里，然后跑出殿外的院子，四处张望起来。一个小太监匆忙跑进来对我说，“西樵姐姐，太子妃寻你呢，快去吧。”

“刚才有谁出过这院子没?”我抓着那小太监问。

“太子妃和元淑帝姬啊。”小太监抓抓脑袋说。

“在这之前，早一步出院子的，有没有?”我也有点急了，说话颠三倒四的。

小太监有点懵，翻着白眼想了一阵，最后无奈地摇摇头。“西樵姐姐，你再不去太子妃可要急了。”小太监催促我，生怕我去晚了太子妃会怪罪到他的头上。我舍不得地回头扫视了一眼院子，不安心地离开。

不多久后我们回太子宫，太子妃叫我也上了车。我再三掂量，还是忍不住问出口了，“娘娘，那个木珠子……”

“只要是到过和卿殿的人，都有可能。”太子妃还算平静，从她临场跟我串供就能看出，她并不想追究此事，“木珠子是在本宫的脚底下，本宫只能揽了，可本宫揽了，不表示这件事就这么完了，”太子妃说完，挨近我身边，吹气如兰地说，“你是不是看见什么了?”

我心一惊，“娘娘，奴婢没有……”

我话还没说完，太子妃就一把拽过我的左手，硬生生把我紧攥的拳头掰开，五颗圆滚滚的木珠子立时呈现眼前，“要不是心里头有怀疑，本宫已经不再追究的事，你怎么还会去多此一举?”

我的手被太子妃掰得生疼，怯弱弱地说，“奴婢是看见个影子在殿门口闪了一下，可没看清楚是什么，兴许是谁的手绢被风吹跑了，或是哪位主子放风筝给刮到和卿宫了，影子就那么一闪，奴婢都不敢肯定是不是个活人，只有先把这些木珠子留起来，看看能不能找到些线索。”

太子妃听我这么说了，才慢慢松开我的手，然后从我的手掌心里捡起一颗木珠子，掀开窗帘子，把木珠子放在阳光底下照着细细地瞧，“这不像是宫里头的

东西，是有人从宫外头带进来。”太子妃放下帘子，把木珠子重新放回我的手心里，“这事儿本宫就交给你去办了，本宫不催你，什么时候查清楚了，什么时候来跟本宫说。”

突然一下子，我觉得手中的木珠子沉重了许多，先不说这件事查不清楚，即便查清楚了，也未必是一个可以说的结果。我想起在和卿殿一闪而过的那抹绿色，绿色，是纪双木身上那件窄袖宫衣的颜色。

午膳后，我服侍太子妃歇下，就跟小顺子告了假往烟霞殿去。看到纪双木的那一刻，我的注意力完全集中在她绿色的宫衣上，我很想分辨清楚，这种绿色是不是就是我在和卿殿门口看到的那抹绿色，我真希望发现不是，太淡了，太浓了，都可以，但是我紧锁的眉头始终没能展开，我怎么看怎么像，直到纪双木拉我到她的房间去小坐，我看着她跨进门槛，身影挨着门框那么一闪，我肯定了，那抹绿色就来自于纪双木的衣裳。那一刻，我后悔我来了，我是来求证的，但我希望得到的结果不是这样的。

“你可是送完贺礼就回了这烟霞殿?”我不接她递给我的茶，生愣愣地说了这么句话。

纪双木怔了一下，搁下茶碗，走到茶几另一侧坐下，“倒也不是，我的香囊掉在和卿殿，一开始没敢进去瞎找，只在殿外转悠，等你们都走了，我才进和卿殿里头看了看，因此回来晚了，还被郡主训了几句。”

她把话都想好了。我这样想着，端起茶喝了一口，“香囊呢，找着了吗?”

“没有。”纪双木回答得干脆，“可能掉在院子里，被谁捡去了吧。”

“以前在司礼院的时候，好像没见你戴过香囊。”我也不知怎么没忍住，就说了这么句话。

“以前在司礼院的时候，也没见你走路这么快过。”纪双木的话刺了我一下，我竟然回不了嘴。

“我走了。”我放下茶碗的时候竟然发出了好大的声响，连茶水都晃了出来，我不仅手在抖，心也在抖。

“不送。”纪双木话说得无情，我却能听出哭泣的声音，我回头看她，看到她

微微发红的眼角。

我很想留下，很想她说一句挽留我的话，但我知道这不可能了，她已经别过脸去，看也不看我一眼。“为什么我们会变成这样?”我终于忍不住问出口，“万淑宁和太子妃之间已经不可能再有任何战争了，而且从来也没有过，既然她们可以和平共处，为什么我们两个会形同陌路，这到底是怎么了?”

纪双木沉默片刻，抬起头看着我说，“西樵，是你先走远的。”

“我走远是因为你做错了!”我从没想过自己会在纪双木面前如此大声地说话，我是真的生气了。

“我哪里做错了?”纪双木站起身反问我。

“你……”我刚想提绿萝的事，突然意识到时机不对，硬生生咽下肚去，从袖口里掏出手绢包着的木珠子送到她眼皮底下，“这是你做的吗?”

“我没有。”纪双木只看了一眼，就把目光挪开去。

“你都不问问这是什么，不问问这是从哪里得来的，就说没有，你觉得这样的否认能说服我吗?”跟着太子妃久了，我也学会从人家话里找漏洞了。

纪双木略慌一慌，然后镇定地说，“反正我什么也没做，所以无论你问的是什么事，我都是这个回答。”

那一刻，我心痛极了，凄凄然地说，“如果你什么都没有做，你就不会拿那样伤人心的话来逃避我的问题。为什么你不说香囊是万淑宁新赏给你的？为什么不说以前不喜欢的最近突然喜欢了？你有那么多的谎话可以编，哪种都可以让我试着去相信，哪种都不会伤我的心，可你偏偏要这么来伤我，伤到我离你而去……”眼泪顺着脸颊落入口中，很咸，很苦，我狠狠擦掉脸上的眼泪，“你刚才说的，我不会相信的，一句都不信。”我说完，转身就夺门而去，那一刻我觉得，我们的感情完了。

我失魂落魄地回到太子宫，太子妃午歇刚醒，我新上了些脂粉，把眼角的红色盖去一些，进寝殿服侍太子妃更衣。太子妃没有提木珠子的事，我也什么都没有说，证据我没有，纪双木也不承认，但说到底，还是我不忍心。从看见纪双木与绿萝在一起的那晚起，我就在纪双木和太子妃之间作选择，我最终选择了纪双

木，可我跟她之间的隔阂也在这一次又一次的选择中逐渐加深。

木珠子的事就这么过去了，太子妃开始张罗起李元珠的婚事来，元珠没有姐妹，只有李昊一个哥哥，这几日，李昊天天进宫来，把元珠看得死死的，生怕她任性起来又惹祸。说实话，李元珠的性格真不适合待在宫里，她是那种坐不住的人，小脑袋瓜子里装着数不清的怪点子，一副围棋到她手里，竟能玩出十几种花样，她舞跳得好，老吵嚷着要去司艺院看那些舞姬排舞，人小酒量大，皇后赐宴时她敢跟皇后拼酒，大家虽都知她是孩子性情，尽量让着她，李昊却不能容忍她这么胡闹，现在每天都盯着她学习女工，不许她出去疯。太子妃知道李元珠闷不住，时常忙里偷闲去给她送点好吃的，陪她聊天下棋，顺便也教诲她几句。这也奇怪，李元珠谁的话都不爱听，就听太子妃的，太子妃教她刺绣，她也乖乖地学了，今日还拿了新绣的桂花来给太子妃瞧。我在边上泡茶，心里寻思着，太子妃这么威严守礼的一个人，怎么就能让李元珠服服帖帖的呢。反过来说，李元珠这样的人物，太子妃怎么会喜欢疼爱成这样呢？我正百思不得其解，就听见纸鸢来报，说李元珠的宫婢来送东西了。

“快让她进来。”李元珠一下子快活起来，等宫婢进来，李元珠迫不及待地跑过去，从宫婢手中接过一只锦盒，送到太子妃眼前打开，一支造型简单的玫瑰钗出现在眼前。

“这是……”太子妃突然瞪大眼睛，两眼出神地盯着玫瑰钗，一时说不出话来。

“元珠说过的话，元珠永远都记得。”李元珠认真地说，以往精灵鬼马的模样突然间全不见了。

太子妃看着玫瑰钗，突然哭了，又突然笑了，眼泪顺着脸颊流入浅浅的梨涡，眼中流露的温暖融化她与生俱来的凌厉之气，“元珠说过的话，本宫也还记得，只是本宫，只是本宫没有想到，原来真的可以做到。”

“这是元珠和姐姐之间的承诺，只要姐姐还在，只要元珠还在，这个承诺就在。”李元珠从锦盒中抽出玫瑰钗，轻轻插入太子妃的发髻，“姐姐真好看，姐姐一定要戴着它，来送元珠出嫁呀。”

太子妃笑着点点头，把元珠抱在怀里，两个人彼此依偎着，像母女，像姐妹，像两个曾经有过不解之缘的人，如今到了要解缘的时刻了。只是我还不能明白，这样大相径庭的两个人，如何能有深厚至此的感情。李元珠俏皮任性，文秀公主执着真性，一个视宫规为无物，一个敢于违规而行，这样两个与皇宫格格不入的人，如何能让太子妃寄情如此？

辗转不眠的夜晚连续过去了三个，终于等到李元珠大婚的这一日了。我打开锦盒，取出玫瑰钗，手指触碰到它的那一瞬，我才发觉这钗是用木头做的，花瓣是剜刻出来的，染了胭脂红，用浆糊粘成花朵的模样，花蕊是红色绒线做的，簪条也是竹签子改的，没有刨光滑，摸上去很扎手，戴在头上，连头发也被勾散了。

“娘娘，这钗好像不能戴……”我犹豫着，元淑帝姬大婚的场合，太子妃戴这样的珠钗出现，太不合适了。

“戴！”太子妃很坚决，口气硬得我不敢再劝。

我们坐着马车往朝阳殿去，蒲妃的马车跟在后面。车轱辘转着，太子妃的身子偶然会颠一颠，我仔细盯着那支玫瑰钗，感觉它脆弱得很，好像再颠得重些，它就会从太子妃的发髻上掉下来似的。突然，车子右边的车轱辘好像撞上了什么似的，猛地咯噔一颠，太子妃冷不防往左边一倒，脑袋撞在我的肩膀上，我只觉得有什么戳得我生疼，一转念便想到了那支玫瑰钗。我赶紧扶好太子妃一看，玫瑰钗已经断成两截，一截还插在太子妃的发髻上，但已微微变形，另一截勾着我的衣裳，钗头的玫瑰花已经被挤压得惨不忍睹。我吓坏了，赶紧在马车里就给太子妃跪下，“娘娘，奴婢该死，奴婢该死……”

太子妃看着折断的玫瑰钗，眼神竟然有些痴傻，伸手将钩在我肩头的半截钗拿下来，然后又拔下头上的半截钗，把它们接在一起，看着，看着，然后凄然一笑，“本宫不信命，命又为何不肯放过本宫？”

我看太子妃这样，知道这钗对她实在很重要，赶紧想补救的法子，“娘娘，还没到朝阳殿呢，奴婢再整整，应该还能戴的。”

我要去拿玫瑰钗，却被太子妃制止住，我愕然地抬头看她，她却已露出绝望的眼神，凄凄然地笑着说，“算了，也许这就是命，命中注定，本宫没有这个缘

分。”太子妃痛惜地盯着玫瑰钗看了一会儿，突然狠狠掀起窗帘子把玫瑰钗扔了出去。我完全傻在那里，因为一支钗，太子妃如此情绪起伏，难道这钗的背后，还有什么故事吗？李元珠那日说的承诺，究竟是指什么？我在太子妃身边伺候了将近一年，本以为自己对她是了解的，尤其是经历了冬暖的死，经历了文秀公主的婚姻，经历了万淑宁的去留，经历了蒲妃的小产，经历了皇后的哀怨，我以为我逐渐看见了真实的太子妃，可就在刚才，我又怀疑了，我怀疑我所知的，仍然只是冰山一角。

李元珠出嫁了，她蒙着盖头，从殿堂的台阶上走过，从太子妃的眼前走过，从朝阳殿的门槛处走过，从高高累叠铺着金色长毯的石阶上走过，直到踏着奴才的肩背上了迎娶的马车，也没有摘下盖头看一看，那支玫瑰钗，是否戴在太子妃的头上。这就是她们的承诺，做不到，也要相信。

第十六章　峰回路转彻骨痛

李元珠大婚后没多久，天气就渐渐转凉了，随着枯叶沙沙作响，我离开木园已经有一整年了。太子妃今早让小厨房做了我爱吃的绿豆糕，说算是庆贺我在太子宫当差一周年。我谢了太子妃的恩，抓起一块儿就啃，还说好吃，把太子妃逗乐了。正胡吃海塞着，小顺子惊魂似地跑进来，大叫着又出事儿了。我赶紧放下绿豆糕，上去捶了他一拳，“喊什么，娘娘今天心情好，西樵我也心情好，都被你给喊坏了。”相处了一年，我在小顺子面前越来越没大没小了。太子妃喜欢我，也喜欢小顺子，所以他也愿意被我欺负两下，逗太子妃开心。可是今天，他似乎没有那个逗乐的心情了，被我捶了一拳，立刻板起面孔，抓着我的手把我往一边推。

“你躲开，今天没心情陪你玩，”小顺子跑到太子妃跟前，附耳嘀咕了几句，

然后看看太子妃的表情说，“娘娘，这里面会不会有什么门道啊？”

太子妃也面色阴暗下来，凝思片刻说，“皇后知道了吗？”

“据说已经有人报信到中宫了。”小顺子认真回答，不像敷衍。

太子妃闻言立刻面色缓和不少，“既然皇后知道了，那就让皇后裁夺吧，本宫上回没有说话，这次也不会出声。”

“可是皇后……处理得了吗？”小顺子不无担忧地瞅着太子妃。

“处理不了，那也是皇后兜着，与本宫何干？”太子妃的心情又好起来，丢下小顺子往殿外去。我不明就里地看看小顺子，他冲我摊摊手，也不说话，我一跺脚，赶紧跟着太子妃去。

秋冬的风吹在脸上有些凉，我缩着脖子，朝太子妃一望一望的，想问又不敢问。

“你听说过噶里木这个地方吗？”毫无防备地，太子妃突然问了我一声。

这个地名很熟悉，哦，对了，我想到了什么，回太子妃说，“是那日在晚芳亭里太后提到过的那个番邦小国吗？”

太子妃惊异地看了我一眼，“你的记性倒是极好，没错，就是那儿。”

“那个小国怎么了吗？”我知道太子妃不会无缘无故起个话头儿出来，一定是有事。

“噶里木的郡王来了，还带了几个能打架的壮汉，说要和我朝的将士比武，日子就定在三天后。”太子妃主动把情况告诉给我，我知道这一定不止比武这么简单，果然太子妃接着说道，“皇上已经钦点了五位将士参加比武，其中就有赵翰扬。”

“所以呢？”我期待后面的故事。

“赵翰扬是最骁勇善战的将军，皇上让他参加，也是意料中事。”太子妃边走边说，“可是再英勇的将士都不能保证每战必胜，一旦失手，就会改变很多事情，万云川的死成就了万淑宁的风光，而万淑宁的风光为她自己惹来了一场始料不及的指婚，如今这场指婚又遭遇了噶里木比武之约，所以三日后不论结果如何，赵翰扬和万淑宁所面对的，都不会再是如今这个局面。西樵，你懂本宫的意思吗？”

“他会死吗？”这是我第一时间的反应，刀剑无眼，这倒是个借刀杀人的好机会。如果赵翰扬牺牲了，那万淑宁的指婚就作废了，太子妃说过皇上会指婚赵翰扬，也说过这个指婚的游戏还没有完，果然是被她说中了。

太子妃轻轻一笑说，“死是最简单的出路，却不是唯一的出路，况且赵翰扬武艺超群，要失手也不容易，再说朝廷正值用人之际，皇上就算一时动过那样的念头，也舍不得付诸行动。无奈世事无常，听说这个噶里木的郡王是带着女儿一同来京的，照本宫看，此事尚有转机。”太子妃说着，将捧在手心里的刚从菊花台上摘来的一朵大白菊朝空中一抛，摇着帕子直往前去。我抬起头，看着大白菊落下，直直地砸到我的脸上。我捧住它，闻着它馨香的味道，想着这宫里那么多人前光鲜人后哭泣的可怜人，就如同这秋日里的菊花，惹人欢笑时赢得交口称赞，可一旦主子恼了，再美的身姿，再香的气味，都成了丑陋的污浊，随手一扯，随手一扔，便要结束瞬间的灿烂，芳华消尽。

三日后，比武在皇宫校场举行，我们不能去，都留在荣祺殿里等消息。大约是未时吧，小顺子跑来报信，说赵翰扬最后一场才上，对决噶里木第一勇士汉巴扎，本以为要打上半个时辰，谁知才两炷香的工夫，汉巴扎就被打倒在地起不来身了，博得满堂喝彩。

“赵翰扬如此争气，皇上一定是大赏了。”太子妃逗弄着鱼缸中的小红鲤，倒不曾被小顺子煽起情绪来。

“娘娘英明，皇上喜出望外，当场赏赐赵将军锦缎二十匹，青瓷十件，玉如意一柄，珊瑚两座，赵将军好不风光……”小顺子滔滔不绝，兴致高昂，好像得赏的是他自己一样。

太子妃轻轻瞄了小顺子一眼说，“那噶里木郡王有何表示啊？”

小顺子更来劲了，上前一步说，“说来也怪，原以为汉室全胜，噶里木郡王的脸挂不住，会拂袖走人，谁知他竟然对赵翰扬大为赞赏，还赐了西域的珍宝，不知是真的心胸宽广，还是要维护颜面。”

太子妃停住手，回头看向小顺子，“仅仅是赞赏和赐珠宝而已？”

小顺子一愣，太子妃一句话就把他的兴奋劲儿给消下去了，“呃，似乎是只

有这些，娘娘的意思是……”

太子妃低垂双目，喃喃而语，“莫非真是本宫多心了……”沉吟一瞬，她吩咐小顺子说，“你再去钦安殿那边候着，看有没有新的消息传出来。”

“嗳。”小顺子茫然地答应下来，转身离去。

太子妃转回身重新盯着那些小红鲤，我小心翼翼地说，“娘娘是不是预感到些什么，还是希望……”

“本宫怎么会希望发生什么，本宫是怕发生什么，”太子妃波澜不惊的语气中藏着谨慎和担忧，“噶里木是所有番国中最有实力的，也最富庶的，每年进贡给我朝的贡品多得数不胜数，郡王曾经提过要减少贡品的数量，以保障噶里木臣民的生活，可皇上没有答应，噶里木怕打不赢想和，皇上怕和不久想战，两个人眼对眼僵持了也有两三年了。记得前年，噶里木郡王曾提出，只要我朝能减少噶里木的进贡，噶里木就把和卓公主嫁入我朝并长留宫中。形同人质啊，却依旧被皇上婉拒。如今皇上有了私心，在这个当口，本宫怕皇上会做出假公济私，一箭双雕的事来，那便不是本宫和皇后能阻止的了。”

太子妃这话说完不到半个时辰，小顺子就急慌慌地跑进来。“奴才打听到了，那个噶里木郡王好像看中了赵将军，要把女儿嫁给他，皇上皇后正为难呢。”小顺子说得上气不接下气，我却因为太子妃刚才的一席话有了心理准备，假公济私，一箭双雕，皇上真是打了一把如意算盘。

“车到山前必有路，本宫就知道会这样，先有竺静仪嫁哈图，后有曾博文封驸马，指婚的恩旨也只能同样用指婚来取消，家事为轻，国事为大，不过说到为难，只怕皇上为难是假，皇后为难才是真吧。”

“那皇后，能处理得了吗?”我竟然也为皇后担心起来。

“她可是皇后，能坐这个位置，自然能想到办法坐稳它，坐好它。”太子妃对皇后倒是信心满怀的样子。

话音刚落，纸鸢便进来报信，说皇后召太子妃去中宫议事。

“娘娘，皇后娘娘看来是真没主意了。”小顺子得意地说。

“怎么会呢?”太子妃面露讥笑之色，一边接过我递过来的披风穿在身上，一

边鬼魅地笑着说，“来找本宫商量，不也是个主意吗？”

我听到这话不禁猛咽了一口口水。我知道太子妃向来能掐会算，往往事儿还没来她就想到了，难道，太子妃算准了皇后会来求救？还有上次，太子妃把话说得那么绝，皇后还会贴着脸上来找她，她难道就知道太子妃能给她出个好主意？我看不明白这两位娘娘之间的你来我往，我只能从太子妃眉飞色舞的神情中感觉到，她其实早已有了主意，只等着皇后找上门来。

我们到了中宫正殿，皇后依旧命所有人退下，太子妃依旧留下了我。皇后原要发作，硬生生忍下了，挥挥手让古月月她们退下，然后思忖片刻，正正经经地跟太子妃说，“噶里木郡王跟皇上提亲的事，你听说了吧？”

“臣妾听说了，噶里木郡王要把女儿嫁给赵翰扬，这消息这会儿宫里都传遍了，只是皇上还没有点头，是这样吗？”太子妃不慌不忙地喝着茶，轻轻松松把知道的事又说了一遍。

“你觉得……这样合适吗？”皇后明知故问。

“臣妾觉得合不合适有什么用，关键是皇上和皇后觉得合不合适，”太子妃依旧慢悠悠地，“不过最怕的，是皇上和皇后一个觉得合适，一个觉得不合适，这样就难办了。”

皇后听着听着脸色就阴沉起来，“赵翰扬已经指婚给安国郡主了，如今再把他指给别人，这成何体统，怎么可能合适！”

“当年竺静仪指婚给了曾博文，结果又如何？”太子妃放下茶碗，偷偷一笑，“既然是关系到两国邦交，皇上作此考虑，也不是不能理解。”

“什么两国邦交！噶里木郡王若真有此意，比武结束之时便可提出来，何须跟皇上两个人在钦安殿嘀嘀咕咕半个多时辰才传出这样的话来，这摆明了是两个人各取所需。皇上如今是不想把戏做得太过了，才说要考虑考虑，这心里早答应了百十次了，还跟本宫装什么仁君明主！”

“母后这话说得对，抱着两国邦交的牌子，皇上说的是大理大义，母后说的是家常情理，自然是要甘拜下风的，管他是真的还是装的，摆到台面上，谁也不能说皇上一个错字。”太子妃的话里透着怜悯，皇后越听心越凉，眼中的焦虑层

层加深。

“本宫不会说皇上一个错字，但本宫也不会让这件事就这样错下去。”皇后的拳头敲在桌案上，咚咚的声响诉说着她的愁与痛。

“难道母后已经有了对策?”太子妃试探地问，“那臣妾可要洗耳恭听了。”

皇后嘭地一掌拍在桌案上，“本宫若有良策，还要你来做什么?”皇后也不藏着掖着，对太子妃直言不讳。

“皇上是皇后的丈夫，皇后都无能为力，臣妾又能做什么?”太子妃摆出事不关己的样子，连看也不看皇后一眼。

皇后狠狠瞪了太子妃一眼，嘴角露出阴损的笑意，“万淑宁若嫁出去了，万事皆休，若嫁不出去，反正是留在宫里，宫里有皇上，但宫里，不是只有皇上。皇上毕竟年事已高，身体也不好，早晚这朝政、这后宫，都是要留给太子的，到时候万淑宁是去是留，就都是新君说了算了。”

太子妃回瞪了皇后一眼，冷冷地说，“母后这话说出来，是想拉太子下马吗?”

“本宫说的，都是实话。”

“那臣妾也说一句实话，宫里的皇上只有一个，可宫里的太后，可以不止一个。”太子妃戳着皇后的痛处，“母后刚才那番话若是传到了皇上的耳朵里，只怕臣妾和太子明日就得把东宫让出来，到时候新君登基，坐上太后宝座的，就不是母后您一个人了。”

“你……”皇后拍案而起，伸手直指太子妃，太子妃也站起身来，直视皇后毫无惧色，如此僵持片刻，皇后突然收起手，换了副笑脸说，“没错，没有你和太子，本宫就得跟别的娘娘分享太后的名分和权力，但至少本宫还是个太后，”皇后说着重新摆正姿势，端端正正地往座儿上一坐，“至少本宫，还做过这个皇后。太子妃，本宫拿一整个儿皇后的位置，加上半个太后的位置，跟你换一个太子妃的位置，值了!”

太子妃闻言脸色忽变，恨恨地转脸盯着皇后看，其实她应该是了解的吧，了解她所面对的困境，就是像皇后所说的这样，没有了太子，她的损失远远比皇后

的要大，所以，所以她即便曾经说过那么决绝的话，她还是奉诏前来，为皇后出谋划策。太子妃强压住内心的无奈和疲倦，慢慢说道，“皇后娘娘最擅长的顺水推舟，怎么不用呢?”

皇后听到太子妃说正题，赶紧态度好起来，“顺水推舟？怎么推?”

“既然皇上要拿两国邦交来说事，那就让他说个够吧。”太子妃的目光冷峻起来，嘴角却隐隐透着诡异的笑意，“不就是取消指婚吗？可以。赵翰扬自由了，万淑宁也一样可以自由，噶里木郡王不是还有一个尚未大婚的儿子吗，他的女儿抢了万淑宁的丈夫，就不用赔吗，所谓好事成双，皇后娘娘，还需要臣妾再说下去吗?”

我心中一震，不禁连步后退。这时我看见皇后渐渐面露喜色，胜券在握的表情在脸上蔓延开来，“来人，笔墨伺候。”

回太子宫的时候，已过子时，月亮被厚厚的云层遮挡着，我和太子妃坐在马车上，油纸灯笼透出微弱的光芒，将我们的脸照出简单的影子。

“皇后娘娘给噶里木郡王的那封信真的有用吗?”我担忧地问。

“威逼利诱的道理都是一样的，皇上可以做到，皇后也一样可以。”太子妃轻描淡写地说着，似乎威逼利诱这种事情在宫里就跟家常便饭一样可以张口就来。我不知道皇后给噶里木郡王的书信究竟写了什么，但我知道皇后和太子妃在策划这个双面玲珑的陷阱时，她们更期望得到的，是万淑宁远走他乡的结局。

清晨，我从酣睡中转醒过来，头很痛，嗓子干得厉害，浑身没劲，还有点恶心。我挣扎着坐起身，晕眩的感觉猛地袭击我的大脑，连着一阵干呕，逼出了一些汗。太子妃唤我了，西樵西樵地叫着，让我的心跳得更快，我有气无力地应了声就来，就突然两眼一黑，栽倒在床上。

不知过了多久，我感觉眼前有片朦胧的光在召唤我醒来，眼皮很沉，身体却很轻，迷迷糊糊地，我好像听见有谁在说话。

“娘娘，奴才听得真真的，皇上不但答应将安国郡主指婚给噶里木郡王的第五子，还下令明晚在烟霞殿赐宴，命安国郡主亲自宴客呢，娘娘，您说这奇怪不奇怪?”小顺子的声音一听就能听出来，忽颤忽平忽高忽低的，极力渲染那种难

以置信的氛围。

“皇上答应指婚这并不奇怪，本宫与皇后原就是这么打算的，如果皇上要放了赵翰扬，就必须连万淑宁一起放了，如果要留住万淑宁，就不得不把赵翰扬也一起留下，仁君明主，是不应该有所偏袒的，皇上想用国家大义来压着皇后，皇后偏偏就以国家大义给予反击，皇上心里再不情愿，也只能硬着头皮忍痛割爱，只是赐宴烟霞殿……看来皇上还是不死心啊。”太子妃似乎又窥探到了什么还未发生的事。

“奴才也觉得皇上没死心，可不死心也没办法了，已经当着满朝文武的面应允了，难道还能反悔？”小顺子阴阳怪气地说。

“明晚的宴席有谁参加？”太子妃突然加快了语速。

“皇上说宴席是专为噶里木郡王所设，由安国郡主单独接待。”小顺子也跟着快起来。

太子妃似乎陷入沉思之中，寝殿里一时安静下来，我能听见太子妃在殿中来回踱步的声音，突然她停住脚步，嘿嘿冷笑一声说，“看来皇上这次是要撒个弥天大谎了。”

“弥天大谎？”小顺子跟着重复着。

“偷龙转凤，破釜沉舟。”太子妃一字一顿地说着，“噶里木郡王并不曾见过万淑宁，皇后所书，也只是说万淑宁是个倾国倾城的美人儿，皇宫这么大，美人儿这么多，还挑不出一两个大方得体能文能诗的？”

“能文能诗也不够呀，万淑宁是万云川的女儿，这万云川又在沙场上驰骋纵横声名远播，弄不好就露馅儿了，再说这往宫里一搜罗，事儿不就传开了嘛？”小顺子不无担忧地说着。

“干嘛要往宫里去寻，万淑宁身边不就有个现成的美人儿吗？”太子妃说着，竟然走到我身边，伸手抚摸我的额头，我不敢动一分一毫，静静听他们继续说下去。

“娘娘说的是……纪双木？”小顺子突然吊起了高音。

太子妃拿开手，继续缓缓说道，“从小姐妹相称，一起长大，万云川的事不

说了如指掌也是熟门熟路，琴棋书画不说炉火纯青也是手到擒来，论忠心也好，论可靠也罢，都非她莫属，这样好的人选在身边，谁会看漏眼呢?”

太子妃这番话惊得我出了一身冷汗，眼皮子上好像有湿漉漉的东西往外渗，往两侧的太阳穴淌。

“这样一来，万淑宁就不能名正言顺地待在宫里了?”小顺子已经想到了后面的事。

“不能名正言顺才好呢，”太子妃愉快地说着，“皇后、太后、嫔妃娘娘们这么多双眼睛盯着，皇上要真想名正言顺地纳万淑宁做妃子，就得过五关斩六将，碍着一个安国郡主和太后义孙女的名分，皇上还不能霸王硬上弓，得万淑宁自己点头才行，估计是皇上觉着希望渺茫，这才将计就计，答应了噶里木郡王的要求，让万淑宁这个名字从此在皇宫里消失。没有了郡主的身份，没有了太后和皇后的帮衬，万淑宁还不落在皇上的手里，哈哈……”太子妃的笑声中忧愁浮动，看来她已经预见到皇后这个看似完美的计谋最终还是走向失败的。只是，这样的结局依旧有值得她高兴的地方，否则，她的笑声不会如此发自内心。

昼夜交替从来没有像今天这么漫长过，终于我等到夜深人静，等到太子妃也沉沉地睡去，我才敢小声地啜泣，因为害怕，因为不舍，因为恐惧。纪双木是万淑宁贴身又贴心的宫婢，竟然一眨眼的工夫就成了调包的工具，不因为主子和她生分，而是因为她跟主子最亲，亲到她可以无怨无悔地将自己一生的幸福埋葬在所谓的忠心里，亲到她无可厚非地被荣幸地选为最有资格代替主子的人。这究竟是幸运还是不幸?我想象着烟霞殿此刻绚烂的风景，只怕那绚烂的背后是无尽的绝望。

与万淑宁的指婚相比，赵翰扬的指婚似乎要顺畅很多，也许在送给文秀公主那封绝情信时，赵翰扬就不再对感情和婚姻有任何期盼。转眼过了三日，太子妃告诉我，纪双木要出宫了，因为万淑宁说不要宫婢陪嫁，就还了她自由。我心里明白，这也许就是在为偷龙转凤做准备，而太子妃也需要我去确认这一点。于是，在所谓的纪双木离宫的前一天，我梳了在司礼院时统一学的盘发，穿了程掌礼派发给我们每人一套的浅粉色宫衣，往烟霞殿去。烟霞殿当差的宫婢住在燕草

居，我问了小宫婢，知道她还在郡主跟前伺候，便自己到她的房里去等。大约有半个时辰吧，我等得有些困了，趴在桌子上眯了一会儿，醒来的时候只觉得脖子凉飕飕的，不知什么时候屋子里灌进了风，吹散了我的睡意。

“睡醒了？”幽幽的声音飘进我的耳朵，我一个寒颤转过身，发现纪双木已经在屋里了。

“等得久了，有点困。”我惊讶自己竟能如此平静，声音也很冷，可能是心寒了吧，不因为我们曾经的争吵，而因为纪双木对她自己的那份狠心。

“郡主明日就要起程去噶里木了，有很多事要忙。”纪双木一边收拾东西一边回答我。

“郡主真要嫁给那个郡王的儿子吗？”我看着她忙忙碌碌，其实都很假。

“当然是真的。”纪双木的话音里没什么情绪，连该替她家主子有的委屈和心疼都没有。

我犹豫很久，终于说出口，“是你要嫁给郡王的儿子吧？”

纪双木的动作停住，我知道会是这样，她已经承认了。“我给你泡杯茶。”纪双木转移话题，去拎小炉子上的茶壶。

“为什么？”我的声音大起来，“你真的甘愿吗？”

纪双木没有再被我的问题震住，她往茶碗里倒热水，汩汩的声音打破周遭的寂静，热气腾起来，迷离了我的眼睛。“这是皇上的意思，我们能怎么办？”纪双木说的也是实话。

我沉默片刻说，“你们主子到底想不想做皇上的女人？”

纪双木下意识地抿抿嘴唇，“她不想。”

“那你不就是白嫁了。”我生气，既然是于事无补的事情，为什么万淑宁还要拉纪双木下水。

“不会白嫁的！”纪双木把茶壶重重搁回炉子上，稍微缓了缓气，声音小下来，“我们没得选，噶里木和皇上，其中一定会有一个是郡主的归宿，置室宫外，安享富贵，怎么都比嫁去噶里木好，噶里木那个地方又冷又干，风沙又大，我不能让郡主去那儿受苦……”纪双木说了一堆话，都是在找理由说服自己，“再说，

只要我和那个郡王的儿子没举行仪式，就还有机会回来……”

“如果没有机会了呢?”我不忍但我还是要让她看清楚事实，“如果你再也回不来了呢?”

“那就只能希望皇上好好对待郡主，给不了名分地位，给一份疼爱富贵也好。”纪双木的声音有点抖。

“我没说你们家郡主，我是说你，你怎么办?”我恨死了，声音大得能把窗户纸震破了。

“我就做噶里木的储王妃!”纪双木也不再忍耐，大声地冲我吼着，“以前我做人奴婢，以后人做我奴婢，储王妃、王妃、王太妃，这些总够补偿我了吧!”

我怔住，我被她如此歇斯底里的疯狂给震慑住，被她说的这些疯言疯语给震慑住，一时竟分不清她说的是气话还是真心话。我木然地转身，走到门口，拉开门，一只脚迈出去。

“不想死的话，最好把刚才这些话，都烂在肚子里。”纪双木狠狠地说着，那一刻我觉得她的心中完全没有自己，眼下这条路不管是别人铺的，还是她自己寻的，她既然决定了要走，就无论如何也拉不住了。

“你放心，我不会说的，我的主子也不会说的，只要你的主子能离开皇宫，我们根本不理会走的究竟是正道还是偏门，这就是你和你的主子面临的局势，”我觉得话说到这分上，可以开诚布公了，“最后我只再问你一个问题，希望你可以真心诚意地回答我，你究竟为什么，对万淑宁如此死心塌地，即使知道她对你无情，即使知道她拿你赌命，即使知道这条路走下去只会是漆黑一片，还要继续走?”

纪双木沉默许久，最后只说了一句，“是我欠她的。”

够了，一句就够了。我不知道她们之间曾经发生过什么，不知道这一个欠字到底包含多少辛酸无奈，但只要她认准了她是欠了万淑宁的，我说再多也无益了。我的另一只脚迈出房门，停留一瞬，然后绝然地离开。

走出文秀阁的大门，我望见赵翰扬站在不远处的栀子树下，他看到我，很快转身离开，挺拔却落寞的背影让人唏嘘不已。他终于被指婚做了驸马，却不是文

秀公主的，不是李朝的，这样的阴错阳差，究竟是天意，还是天子意呢。不过也好，一场带有和亲色彩的指婚，反能道出他的无奈，不至于在情感上背叛了文秀公主，这恐怕也是他没有拒绝的原因之一吧。

万淑宁出嫁的日子渐近，皇上选定了长安王世子李昊奉诏送嫁，听说李朝和亲的队伍只到行宫，然后就由噶里木的皇室卫队护送出关，仅有长安王世子一人可陪同卫队出关至噶里木，照太子妃猜测，等马车到了行宫，宫婢奴才全部撤回，纪双木就可以堂而皇之地取代万淑宁，唯一有机会窥得内幕的就只有李昊，只要他替皇上守住秘密，这个弥天大谎就能圆满了。她唯一想不通的，就是皇上为何会选中李昊来委以重任，但这已经不重要了，重要的是，太子妃坚信李昊能帮皇上达成心愿，也是帮她郑氏一族达成心愿。

终于到了这一天，噶里木郡王的女儿和卓公主与万淑宁同日嫁娶，和卓公主在朝阳殿谢恩后被接去了将军府，而万淑宁则在朝阳殿拜别皇上皇后，蒙上盖头，由李昊护送出宫。我心里在想，这一场华丽的骗局应该不只被太子妃一人猜中吧，只是所有可能知情的人都愿意接受这样的结局，所以都沉默了。然而谁也没有想到，她们自以为是的沉默，竟然让这场偷龙转凤的游戏有了峰回路转的一天。

十月下旬的桂花已经没那么香了，我把它们摘来捣碎了，加在露水里蒸胭脂，刚才闻到一点儿香味，小顺子就着急忙慌地跌撞进来，“娘娘，娘娘，出事儿了！”

太子妃直接提起腿就踹了小顺子一脚，“慌慌张张的做什么？就你这样子，没事也咒出事来了，好好说话。”

小顺子喘着粗气说，“噶里木郡王要退亲，把安国郡主给送回来了。”

“你说什么！”太子妃腾地站起来，手边的茶碗被整个儿甩到地上砸得粉碎。

“娘娘……”我赶紧握住她的手，仔细瞧着有没有受伤。

太子妃狠狠地抽出手直指向小顺子，“你去，打听清楚了，到底怎么回事！皇宫里嫁出去的郡主娘娘，怎么能说退就退了，快去！”

“是。”小顺子赶紧又连滚带爬地出去了。

“娘娘……”我想安慰她几句，却不知道如何说起。

“赵翰扬娶妻了，她反倒回来了，能让噶里木提出退亲，本宫倒没料到她有这样的能耐!”太子妃气得浑身发抖。

“会不会是半路上出了什么意外?”太子妃的惊慌程度有点出乎我的意料，我胡乱猜测着，希望能安抚住她。

“意外？有意外怎么没把她给弄死?”太子妃说着听似恶毒的话，一边拿拳头砸着桌案，“她现在不是翻了本宫的局，也不是翻了皇后的局，而是翻了皇上的局！一个小小的郡主，居然敢翻皇上的局，她的心思该有多狠，她的野心该有多大!”

“娘娘别急，这事恐怕皇后也知道了，一定会想办法的。”我压不住场，只好把皇后搬出来。

太子妃摇摇头说，“皇后解决不了，她也不会去解决。”太子妃似乎突然一下就垮了，身子慢慢颓软起来，腰身一沉，整个人坐在床榻上，好像有天顶在头上，一点一点塌下来。

我看太子妃这副模样，又听到她说那样的话，顿时脑子一懵，六神无主。什么叫不会去解决，皇后袖手旁观不管了吗，说到底万淑宁留在宫里对她的威胁才最大，她怎么会不去解决？我正满腹疑问，小顺子跑回来说，“奴才查清楚了，噶里木郡王是因为郡主背后的刺青才要求退亲的。”

“你是说刺青?”太子妃一把攥住桌子角，重新站起来，眼中似乎突然燃烧起两团火，要把宇宙苍穹都烧成灰烬。

“娘娘，这刺青跟退亲有什么关系吗?”我看太子妃这副模样，好像已经洞悉了其中的玄机。

“噶里木国有一个不成文的风俗，就是身有刺青的女人不可以嫁入皇室，否则会倾覆王权，祸及族民。”太子妃慢慢调整气息，让自己逐渐平静下来，然后冷不防地捉住我的胳膊问，“纪双木的后背上，到底有没有刺青，你有没有看见过?”

“奴婢未曾见过纪双木裸身，但她说过刺青带有邪气，她绝不轻易沾染。”这

个时候我已顾不上护着谁，把知道的都说了出来。

“这么说，她是知道了这个风俗，故意在背后刺青逼噶里木郡王退亲，她这招可真够绝的!”太子妃把各种线索串联起来，得出其前因后果。

这时，小顺子突然咂咂嘴说，“不对呀，如果万淑宁一早就知道了这个风俗，为什么不在夜宴之时就透露给噶里木郡王知道，一定要兜兜转转搞得这么复杂呢?”

“也许是纪双木离开皇宫后才知道这个风俗的，所以才弄复杂了。”我又在混乱猜想着。

“有人帮她，”太子妃突然冒出来一句，“有人在半路上帮了她，告诉她这个风俗，还帮她刺了青。”太子妃逐渐露出怨恨的眼神，指甲划在桌案上刻出浅浅的划痕。

小顺子不相信地摇摇头，“怎么可能呢? 谁会这么做呢，谁又敢这么做呢?”

话音刚落，我就感觉自己的手腕被抓得生疼。我看见太子妃的眼中，怨恨的颜色越来越深，怀疑、惊愕、质问、痛苦，各种复杂的目光交织重叠着，越来越复杂，越来越深不可测。最后，不可遏制的眼泪夺眶而出……

第十七章　悲菊暗笼庐山影

万淑宁回宫的事在宫里闹出了很大的动静，连传膳的点都晚了。好容易十六道菜都上齐了，我冲小顺子眨眨眼，让他去请太子妃用膳。小顺子为难地看看我，最后硬着头皮走到太子妃身边说，“娘娘，该用膳了。”小顺子不敢太大声，憋着嗓子声音比蚊子哼哼还轻。

“本宫不吃了，全撤了。”太子妃的声音冰冷，满桌子的菜顿时没了热气儿。我和小顺子面面相觑，谁也不敢劝，但谁也没真的把饭菜给往下撤。太子妃见我

们站着不动，突然自嘲地笑了一下，“怎么，你们两个也想违本宫的意吗?”太子妃的话音突然从幽怨变成狠辣，如同暗藏的熔岩即将喷发而出。

“奴才不敢……”小顺子没等太子妃的话音落下，就双腿一软立刻跪倒在我身边。

“不敢?你们什么不敢!”太子妃没再跟我们玩什么猫捉老鼠的游戏，而是索性直指着我的鼻子，“你，和卿殿木珠子的事情你敢说至今没有查清?你心存仁义，别人有记得你的这份恩情吗!”

一听这话，我被吓得心慌眼花头晕目眩，连跪地求饶都忘了，还是小顺子狠狠拽了我一把，把我拽倒在地，“娘娘息怒，别气坏了身子。”小顺子算是替我说了句话。

“还有你，”太子妃丝毫不买账，又指着小顺子的脑袋，吓得小顺子刚抬起的头赶紧又缩了回去，“叫你看好刘福海，你却让他在你的眼皮子底下偷偷摸摸帮着万淑宁做事，如果不是蒲妃有孕本宫到现在都不知道万淑宁有多狠有多绝!”太子妃一席话说得小顺子冷汗直冒，他大口大口咽着口水，根本不敢正眼去瞧太子妃。

此刻，我倒反开始同情小顺子，毕竟我是真的做错了，而小顺子却着实委屈。刘福海一个大活人，哪能盯在眼皮子底下一刻都不走眼，说难听些，太子妃选了刘福海就已经是看走了眼，哪能全都怪到小顺子头上。我看得出来，太子妃今日是在闹情绪，为的就是万淑宁回宫的事儿。只是我想不明白，万淑宁回宫就回宫好了，太子妃骂也骂了哭也哭了，偏偏又冲我和小顺子撒起气来，以前蒲妃怀孕，万淑宁获赐穿山甲，还有和皇后起冲突的时候，都没有对我和小顺子这样过，如今为了区区一个万淑宁，真的至于吗?

我心里莫名其妙起了些猜想，正颠三倒四地琢磨着，就看见鹅黄色的裙摆从眼前飘过。我抬头一看，是纸鸢，她走到太子妃身边，附耳说了几句，太子妃双目一瞪，质疑的目光顿时射向纸鸢，纸鸢则轻轻点头。太子妃用力攥紧拳头狠狠地砸在桌案上，嘴唇快被咬出血来，眼中既有愤怒的火焰又有屈辱的泪水。“纸鸢，你替本宫传话给噶里木郡王，就说本宫今晚在菊花台设宴，邀郡王赏菊

共饮。”

“是。”纸鸢应声退下。

太子妃将眼中的怒火渐渐熄灭，泪水也收了回去，然后开始一步一步地绕着我和小顺子转，最终在我面前停下脚步，“西樵，你替本宫办件事，记住，别再心软。”

“是。”我看着太子妃冰冷的眼神，感觉自己的心肠也硬起来。

我去了燕草居，去办太子妃给我的差事，其实这差事有些荒唐，荒唐到让我忐忑不安。叩门两记，纪双木给我开了门，万淑宁回来了，她也跟着回来了，一切又回到了原点。我朝纪双木笑笑，自己都能感觉到那笑容有多假，真不该没想清楚就敲门，如今也只能走一步算一步了。我进到屋里，她泡茶，我看着她，她柠檬色的宫衣包裹着身体，腰带扎得紧紧的，我的心里突然衍生出一股罪恶感。

“喝什么茶?”她把烧开的水灌进壶里，拿了小茶碗出来。

“把衣服脱了。”我淡定地说，听起来淡定，其实心里慌乱得一塌糊涂。

“什么?”她重新问我，好像没有听清楚的样子。

“我说把衣服脱了。”我声音略大了一些。

纪双木没有惊叫，而是慢慢放下紫砂壶，用比我还淡定的声音回答，“我还以为我听错了呢。”

“宫里的人说你们主子回宫的时候，我也以为我听错了。”我的口气硬起来，其实这不是我的本意，我还是希望她能回来的，可是她回来了，我却感觉她更陌生了。

“我以为你会高兴的，”纪双木给我倒了茶，“太子妃要你来看我背后的刺青，是吗?”纪双木淡如白水地说，见我沉默不语，竟转过身背对我直接褪去了衣裳，顷刻间，她腰间乍现一块丑陋的疤痕，像是被灼伤的，颜色甚至还有些鲜嫩，像滴血的玫瑰。难道，难道她为了掩盖真相就这样残忍地对待自己吗……我还没来得及惊叹，她就又穿上衣裳，转过身说，“木珠子的事，我知道你替我隐瞒了，这是我欠你的，现在还你。”

这句话戳痛了我的心，我的眼睛微微发红，别过脸去深呼吸了一下。“你怎

么知道我隐瞒了，就因为太子妃没有追究吗？”

“我相信，你没有。”纪双木的声音浅浅游来。

“我有，”我赌气，抬起头说，“我一回去就和太子妃禀报了，只是她没有追究而已，”纪双木微微一惊，我则更加来劲，扬起脸高调地说，“反正本来她就与你们为敌，不过多一宗记在心里的罪罢了。不过话说回来，你们何曾真的害怕过，”我轻蔑地一笑，“太子妃将来是要母仪天下的，凡事以江山社稷为重，欺诈和亲是要挑起两国纷争的，太子妃怎么会把这种丑事宣扬出来，你们不就是吃准了这一点，才敢这样肆无忌惮的吗！”

话毕，屋里顿时陷入突如其来的沉寂，纪双木怔怔地看着我，很久都没有动。窗外的鸟鸣和翅膀扑腾的声音在某个瞬间打破沉寂，我觉得这场谈话已没有继续的意义，这时，纪双木突然说，“你就没想过为什么吗？”

我眉头一蹙，疑惑地说，“什么为什么？”

“为什么太子妃一定要让你看我的刺青，而不是用嘴巴来问我？如果我会愿意给你看，我应该也会跟你说实话不是吗？”纪双木的问题一个接一个打在我的心上，我不是没有怀疑过，这也是为什么我觉得这个差事很荒唐。

“对不起，我给不了你答案，因为我也不知道答案是什么。”我说完后想马上离开，但她的一句话又把我留住了。

“我知道答案是什么。”纪双木简单的一句话，让我感觉眼前的一切都颠倒了。我惊愕地看着她，她却给了我一个从容的微笑，“我送你一句话吧，不识庐山真面目，只缘身在此山中。”话毕，纪双木走到门边，推开门，让初冬的阳光照射进来，我的身体暖了，而我的心却感受到送客的冷意。“你可以回去复命了。”纪双木转身走回屋里，开始平日的劳作，我于她，似乎已是透明。

离开燕草居后，我的心纵然难过，却始终不停地在思考一个问题，我查清木珠子事件的事儿，太子妃是怎么知道的？这个疑惑像一颗石子投入我的脑海，压得我头昏昏眼沉沉，直到陪着太子妃登上前往菊花台的河舟，才被湖面碎冰碰撞溅起的水珠打醒过来。菊花台是宫中明湖湖面上的一处水榭，东面是菊宴阁，专为宴请所用，南面是菊芳斋，错落有致地排着几间厢房，有时喝得醉了或是身体

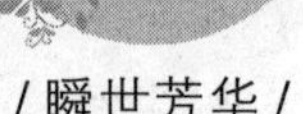

疲倦，都可以在斋中小憩，西面是菊墨轩，是宫中主子闲来无事聚会斗诗，舞文弄墨的地方，北面是菊芙林，由宫中的花匠把各地珍贵的菊花移植来此处悉心栽培，又搭了小桥流水，供主子游园观赏。菊花台的正中央是凹陷的渡口，现在河船正从菊芙林中修建的一座摇步竹桥下穿过，缓缓靠岸。掌舵的小太监用锚钩钩住石阶旁缠满水草的铁环，用力一拉，河船嘭的一声顶住菊花台埋在水下的石壁，停靠稳当。此时，渡口已停靠着另一只小些的河船，想是噶里木郡王已经到了。

我扶太子妃上岸，沿着石子路穿过菊芙林，一路绕着菊花台，经过菊墨轩、菊芳斋，最后到达菊宴阁。菊宴阁有一处相对独立的亭台浮云台是凌空于湖面之上的，太子妃特意选了那里，说是好看江景。到了浮云台，我挑开帘子，噶里木郡王迎上前来，以左手抚按右肩处，微微弯腰说，“噶里木郡王塔其木见过太子妃，娘娘千岁。”

“郡王免礼。”太子妃轻轻抬手，做出请起的姿势，此时她已经重新上了胭脂，笑靥如花的与中午的她判若两人。太子妃稍稍左右环顾，疑惑地说，“怎么不见郡王的侍从?”

“哈哈哈哈，”噶里木郡王豪爽地笑着说，“本王的侍从都是粗人，怕失礼于太子妃，故而不曾带来。”

“郡王玩笑了，郡王请坐。”太子妃笑盈盈的，我想她也不希望有人打扰吧。

两人落座后，噶里木郡王从怀中掏出一只弯月形的锦盒，双手捧着递给太子妃说，“太子妃亲自设宴款待，本王不甚感激，特备薄礼，还请太子妃笑纳。”

太子妃接过锦盒，打开一看，不禁面露惊色。锦盒里是一把弯弧匕首，被冬日里的雪色映着，更显锋利。“郡王这礼……倒也特别得很哪。”太子妃盖上盒盖，把锦盒搁在桌上，啪的一声响，似惊堂之木。

噶里木郡王笑呵呵地说，“太子妃不要误会，这弯月匕首乃是鄗国的吉祥物件，既能防身，又有求月神保佑平安之意。”

“如此倒是本宫孤陋寡闻了，”太子妃重新挂上笑脸，“噶里木地处遥远，有许多风俗都不为我朝臣民所知，这次安国郡主的事……”太子妃略作迟疑之态，

“看来是我朝与郡王没有这个缘分了。”

噶里木郡王豪迈地挥挥手，哈哈一笑说，“太子妃还不知道吧，皇上为表歉意，已经另赐了一位郡主与小儿婚配，虽说这位郡主不及安国郡主清丽脱俗，但也是高贵大方，最重要的是，她身带祥和之气，定能辅佐我儿统领全族，和平万代啊。”噶里木郡王文绉绉说了一堆，无非就是在暗自庆幸，他还以为把纪双木送回宫，是给自己的臣民积德行善。哼，他也算是头脑简单了。

“郡王如此宽容大度，本宫倒是自愧不如了。按理说，这过去的事，本宫不该再作追究，可安国郡主是我朝瑰宝，这样被人半路送回来，总归惹人议论，刺青本身倒无伤大雅，但是……”太子妃故作难以启齿之态，“宫中传闻，是郡王看见了郡主背后的刺青，才将郡主送回，这‘看见’一说恐怕对郡主的清誉有所损伤吧?”

“哪里是本王看见的!”噶里木郡王赶紧否认，“那是伺候郡主的侍婢看见了，来报于本王的。”

“哦，”太子妃又作恍然大悟之态，随即又眉头一皱说，“郡主离宫时日不浅，伺候的人早干什么去了?”

“太子妃有所不知，这安国郡主不喜欢有人伺候沐浴，所以侍婢难以见其裸身。要不是那日有毒蛇侵入帐中，安国郡主大声呼救，这刺青一事恐怕就要长埋地下了。”噶里木郡王用指关节连续敲击桌面，后怕之意溢于言表。

“不至于吧?”太子妃又摆出一副质疑的模样，“刺青一事瞒得过一时瞒不过一世，待到成亲之日洞房花烛，安国郡主照样做不了噶里木名正言顺的王妃。”

噶里木郡王摇摇头说，“本王的第五子塔克树的生母苏姬就是个有刺青的女人，她天生美貌，却在嫁给本王的前一天从土坡上滚落下来，被尖利的石块划伤了肩膀，留下一道很深的疤痕。她为了取悦于本王，故意用刺青遮住了疤痕，还欺骗本王说那是出娘胎时便有的胎记。本王爱她心切，娶她过门，结果当年噶里木大旱，颗粒无收，只能靠存粮艰难度日。苏姬心中愧疚，愿意以死承担罪孽，而此时她已怀有身孕，所以本王只是撤其妃位，并未将其处死。结果第二年噶里木依旧大旱无收，本王实在难以向臣民交待，所以一等苏姬产子，本王便将苏姬

赐死，并将塔克树过继给本王的另一位妃子苗姬。第三年，噶里木风调雨顺，大获丰收，刺青之女不得入主王宫的禁忌自此更加牢不可破。但不知道是不是母子血缘在影响着塔克树，鄙国百万臣民，唯独塔克树不相信这个禁忌，如果安国郡主已与小儿行过大婚之礼，塔克树定然不会说出刺青一事，更不会因此休妻，那我噶里木可就难逃厄运啦。”噶里木郡王说得字字句句出于肺腑，太子妃本也是装样听听，到后来也认真起来。

“真是个动人曲折的故事，想必皇上听了也很感动吧?”太子妃边说边示意我给郡王倒酒。

郡王猛喝了一口酒说，“皇上日理万机，哪有闲心听这些，君王做事，向来只要结果，不论过程。”

“这么说，本宫是第一个知道这个故事的人了?”太子妃摆出一副沾沾自喜的模样。

“唔……”噶里木郡王连连摆手，“太子妃不是第一个，长安王世子才是。”

啪嗒一声，太子妃的手中的酒杯翻落桌上，我见她脸色惨白，双目圆睁，身体瑟瑟发抖。噶里木郡王此刻已有些醉了，自己拿起酒壶往杯子里猛灌，暂时没有发觉太子妃的异样。我赶紧上前扶住太子妃，她却紧紧攥住我的胳膊，压低声音说，“本宫没事，你退回去，站好了。”我听话地退回原位，太子妃很快调整呼吸，恢复刚才笑谈畅饮的状态，“世子怎么会知道此事?郡王应该是初次到访我朝，怎么就……”

“太子妃娘娘有所不知，当年本王痛失爱妾，心中惆怅，曾独自一人游历名山大川，想要忘却前事，摆脱忧扰，谁知一日微醉从山坡跌落，被一十岁的少年所救。那少年照料我数日，与我甚是投缘，后来我的部下找到我，苦劝我回朝执政，为表感谢，我赠少年一把弯月匕首以作纪念，那少年，便是长安王世子。”又一杯酒下肚，噶里木郡王似乎醉得更深了一层。

太子妃的脸色愈加不好，但仍微笑着说，“原来如此，可惜安国郡主虽博学天下，却也不知你们有如此怪异的禁忌，否则早把刺青的事说出来，她也不用来回折腾了。”

噶里木郡王闻言突然哈哈大笑起来说，“又不是什么吉祥的事情，难道还要到处张扬吗？刺青之女不得入宫，这是噶里木最大的禁忌，也是最大的秘密，之前幸有世子为本王保密，如今是不得不退亲，本王才将此事宣之于口，就算你们的安国郡主再博学多才，也不可能知道这个禁忌，要不是那条毒蛇……幸好啊，幸好啊……”噶里木郡王醉醺醺地感慨着，突然就趴倒在桌上，呼呼打起鼾来。

太子妃冷眼看着昏睡的噶里木郡王，脸上的笑容渐渐消失，她重新扶起酒杯，给自己倒满酒，然后一饮而尽。

“娘娘……”我知道太子妃心里有事，不敢明劝，但也不忍心坐视不理。

“本宫没事，”太子妃的声音依旧很清醒，“西樵，你把噶里木郡王送回去，本宫让纸鸢给你留了晚膳，你吃点东西，一个时辰后回来渡口等本宫。”

“要奴婢传小顺子来伴驾吗？”我不放心太子妃一个人。

“不必了，本宫想一个人待会儿。”太子妃说着，走出浮云台往别处去了。

我没有办法，唤了几个菊宴阁的宫婢内侍帮忙把醉醺醺的噶里木郡王弄上船。其实菊宴阁到渡口很近，只不过来时太子妃有意要看看风景，才绕了远路。我跳上船，掌舵的取下锚钩，用竹竿使劲一撑，河船离开石壁，渐渐远去。

纸鸢果然给我留了晚膳，蟹黄狮子头，鱼皮酿龙眼，虾茸蒸扇贝，油淋脆酥皮，都是我爱吃的。我拿起筷子，一顿狼吞虎咽，随后满足地摸摸肚子，起身往外走。突然，我停住脚步，两手仔仔细细地在腰间摸索了一阵。糟了，木铃铛丢了！我的心立刻凉了，吃饱的感觉顿时消散得无影无踪，取而代之的，是焦急和害怕。

木铃铛是娘亲去世时留给我的唯一一件遗物，绝不能丢失。我沿着走过的路一路寻找，最后来到明湖的渡口。难道，木铃铛丢在菊花台了？我突然就想起了菊芙林。没错，今天穿过菊芙林的时候曾经被树枝钩住了腰带，那个时候，我使劲挣脱出来，没有站稳，在一棵大树下栽了个跟头。对，一定是那个时候丢的！我赶紧跳上河船，对掌舵的小太监说，“快，去菊花台！”

“这才半个时辰呢。”小太监看看天色，“到了渡口也是空等，西樵姐姐再歇会儿吧。”

“我掉了东西在菊花台，正急着找呢，你行个好，带我过去，我不会说的，好吗?”我从头上拔了根簪子下来，“这个给你，虽不值什么大钱，也能跟御膳房的公公讨点新鲜瓜果，行吗?”我是真心急了，才干这行贿的勾当，希望老天爷不要怪罪我呀。

“这是哪里话，”小太监接过簪子塞进袖子里，“早等晚等不都一样吗，我这就撑船去。”

我舒了一口气，眼巴巴地望着远处的菊花台，焦急的心愈烧愈烈。

终于船靠岸了，我跳上岸，让小太监把河船停到隐蔽些的地方，然后一头钻进菊芙林仔细搜寻起来。天很暗了，我不敢点烟火惹人注意，只好顶着月光沿着石子路，每到枝杈又长，树又大的地方，就过去在树底下踩两脚，看看是不是有什么硌脚的东西。然后，石子路都快走到尽头了，我都没有找到木铃铛。我心灰意冷地挨着大树，把整条蜿蜒的石子路从北头望到西头，又从西头望到北头，感觉希望渺茫了。

呜呜……冬风呜咽的声音钻进我的耳朵。我听见有谁在哭，断断续续的，哭声被风吹着往我这边来。我顿时感觉寒毛竖起，赶紧站直身体不敢再靠着树干。我循着哭声往前，渐渐地，渐渐地，我看见了菊墨轩里透出的隐隐火光。有火，那一定不是鬼，我的心稍稍放松，随即又紧张起来。我想起太子妃说过要一个人待会儿，难道就是在菊墨轩里?我想调头就走，毕竟我来早了半个时辰，又是找木铃铛来的，被太子妃发现了会很麻烦，正当我要转身的时候，菊墨轩二楼的窗户上突然映射出两个人影。我不禁停住脚，两个人，怎么会是两个人?我心中疑窦忽生，脚步也不禁改变方向，朝菊墨轩悄悄靠近。

菊墨轩的门口没有人把守，我溜进轩内，蹑手蹑脚地爬上二楼，刚刚往走廊里探出脑袋去，就听见嘎吱一声响，然后匆忙的脚步声接踵而来。我知道是有人过来了，赶紧吓得转身要跑。

“站住!”太子妃凌厉的喊声在背后响起，我惊出一身冷汗，两腿打颤再没敢动一下。

“事情的原委我已经说得很清楚了，太子妃还有什么不明白的吗?”一个男人

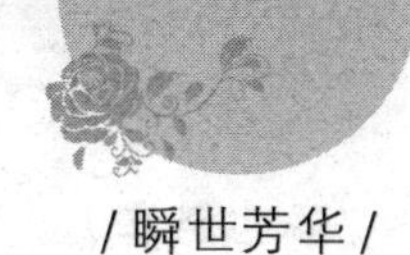

的声音跟着响起，原来太子妃不是在说我。我虚弱地擦擦额头的汗，准备趁早逃走。等等，这个声音……是长安王世子李昊吗？我有种不好的感觉在心里蔓延。

“你现在是不是后悔，曾经将噶里木的禁忌偷偷告诉了我，否则，我到今天都不会知道你的心已经变了。你打算放弃我了，是吗？”太子妃忧戚戚的声音钻进我的耳朵，我不禁浑身一颤，吓得差点没一屁股坐楼梯上。

“你已经是太子妃了，问这样的问题还有意义吗……”

“那我换个有意义的问题，”太子妃话锋一转犀利地问到，“蒲妃的孩子是怎么回事？”

我差点没捂住嘴巴。蒲妃的孩子，难道跟长安王世子有关吗？

“不是意外流产了吗？”没错，这是李昊的声音。

“什么意外流产！别拿这个来哄我。朝阳殿外那么多人，什么样的刺客会笨到选那个时间地点下手？你不过是让人做了一场戏罢了。先假意行刺太子，然后暗中推搡蒲妃让她流产，最后刺客被杀死无对证，这从头到尾都是你导演的一出戏，你敢说不是吗？”

“是我导演的，但是中途却出了意外，我安排在蒲妃身边趁机将她推搡倒地的宫婢告诉我，当时她根本没来得及动手，蒲妃就自己一个屁股坐在了石阶上。所以我只是编写了这出戏，而这出戏并没有照我的意愿演下去。”李昊略停顿片刻后说，“怎么，很吃惊吧？做梦也没有想到，蒲妃会这么做吧？她没有你想象的这么简单，所以，你离皇后的位置，还有很长的一段距离。”

“这个我自己知道，不需要你来提醒我。”太子妃重新气愤起来，“谁也别想跟我争，蒲妃别想，万淑宁也别想！”

李昊干笑两声说，“我知道你想当皇后，我也从来不敢妄想留住你，和你们郑氏家族的荣耀比起来，我实在是太渺小了。从今以后，我们断了吧。”

“你说什么？什么叫断了？”太子妃的声音突然尖利疯狂起来，“你说过你会一直帮我的，你说过你会一直守护我的，你现在又说要断？是不是因为纪双木？你替她刺青你看了她的身体你们是不是做了什么？”

“你真的在乎吗？”李昊并没有被太子妃几近扭曲的声音逼得狂躁起来，反而

是疲倦不堪地说，“除了皇后的位置，我还真不知道你究竟在乎什么。”李昊深呼一口气，“就这样吧，我们断了，你做你的皇后，我走我的路，我帮你辅佐太子，帮你除掉冬暖，帮你设计蒲妃，但我也把万淑宁和纪双木又送回了宫中。就当，我们两清了吧。”

李昊话音刚落，我便听到脚步声复又响起，我赶紧连滚带爬地跑到一楼，幸好走廊比较长，楼梯转角又旋转得厉害，我才能躲过李昊的视线，及时躲进一楼的走廊。我的心跳得快要出胸口了，若不是亲眼看着李昊出了菊墨轩，我根本就不敢大口喘气。糟了！渡口的河船。我一看天色，就快到我和太子妃约定的时间了，我顾不上害怕，拼命往渡口跑。也亏得老天保佑，一路上没撞见李昊，渡口也只停着送我来的那只河船，我没来得及分析来龙去脉，就冲掌舵的小太监使劲招手，他把船靠过来，我跳上船，大口地喘着气，把小太监递过来的热茶一饮而尽。

“哇，好烫!”我吐着舌头说。

“这茶哪里是这样喝的，”小太监笑着说，“怎么样，东西找着没?”

我懵了一下，突然想起我是找木铃铛来的，赶紧说，“哦，找着了，哎，一会儿别跟太子妃说啊。”

“放心吧，既然没耽误差事，我哪里会多嘴。”小太监很识趣，看来我也不是第一个给他好处的人了。

我四周围望望，突然想到了什么，拽拽小太监的衣袖说，“咱们来的时候，这儿没别的河船吧?”

“没有啊。”小太监脱口而出。

“那刚才有没有别的河船来过?”

“没有，”小太监摇摇头，“西樵姐姐，是有谁要来吗?”

我摇摇头，这一晚，太扑朔迷离，太跌宕起伏，我就好像在水晶迷宫里四处逃窜，什么都看见了，但怎么也逃不掉。我站在船头，等待太子妃如约而至，今晚的事，我不能问，但也忘不掉。我想起了纪双木送给我的话，不识庐山真面目，只缘身在此山中。

第十八章　缘起缘灭葬魂生

太子妃回到寝殿就睡下了，她今天真的累了，身子累，心也累。她没有再像中午那样拿我和小顺子出气，这样我反倒担心了。可能她与李昊之间的事情，真的是一个不可告人的大秘密，何况这个大秘密还牵连着太子上位、冬暖致死、蒲妃流产那么多的小秘密，一旦说漏了口风，那太子妃的一生都要推翻重来了。可是，这个秘密还能瞒多久？送亲噶里木的一行中，李昊和纪双木，他们之间究竟发生了什么？李昊会将秘密和盘托出吗？如果，如果纪双木，不，如果万淑宁也知道了这个秘密，那太子妃在宫中就难免受制于人了。我担心得整夜睡不着觉，加上腹中的饥饿感层层加剧，我度过了进太子宫以来最难过的一个夜晚。

太子妃小病了一场，御医说是在湖面上吹了冷风，得了风寒，开了几副药，嘱咐我们悉心照顾，也没说别的，而那个让我无法忘却的夜晚就在太子妃的沉默中如流水般淌过。今日，我熬了最后一帖药，送到太子妃床边。太子妃精神早已大安，只是身体还有些疲倦，故而卧床休息，顺便养精蓄锐，静观其变。

“最近宫里有什么新鲜事吗？”太子妃喝了药，擦着嘴，随意地问着。

我收拾起药碗，思量着说，“没听见什么响动，就是皇后突然关心起太子的学业来，常传召太子去中宫训示，宫里有传言，说皇上的身体又不见好了，只是旧年已传过一回，大家也没那么上心了。”

“这还叫没响动啊？”太子妃嗔怪我，“皇后知道关心太子学业了，也就该是太子有所作为的时候了。”

这话我听在心里，没敢胡乱接茬，小顺子突然跑进来，看样子又有什么好玩的事让他撞上了。果然，小顺子忍俊不禁地凑近太子妃耳边说，“娘娘，蒲妃来了。”

“她？”我不禁张大嘴巴，“她可是从来不进咱们荣祺殿门槛的，今儿个是转性儿了还是怎么了，居然来讨太子妃的脸色看，真是奇了怪了。”

“谁说不是呢，”小顺子挤眉弄眼的，“娘娘，您说这……”

太子妃拿起胭脂盒，挑了点颜色拍在嘴唇上，“刚才还说没响动呢，哼，看来这宫里，是要有大响动了。”

我把镜子递过去，“娘娘，咱们见吗？”

“见，当然见，”太子妃对着镜子理理发髻，“她敢来，本宫难道不敢见吗？小顺子，传。”

“是。”小顺子退下。我收拾起镜子，给太子妃加了个靠垫。

蒲妃走进来，有些为难地看看太子妃，步履有所迟疑，最后还是上前给太子妃行了礼，“姐姐万福。”

“妹妹请坐吧。”太子妃示意我搬把椅子过来，却没有做一点请的手势。她接过我递过去的暖炉抱在怀里，皮笑肉不笑地说，“妹妹是稀客啊，难得来一次，是有好消息啊，还是坏消息啊？”

蒲妃脸色一沉，忍着气露出笑脸说，“姐姐就算心里高兴，也不用这么明知故问吧。妹妹不是吃醋，只是姐姐身染风寒，病体未愈就勉强服侍太子，败了太子的兴致事小，若连累太子身体不适无法亲理朝政，那姐姐的罪过可就大了。”蒲妃这话遮遮露露的，不免让人脸红。只是，她又何出此言呢？

“妹妹说什么玩笑话？”太子妃立刻冷脸，“不顾太子身体日日承欢的人不正是妹妹自己吗？”

蒲妃闻言一怔，随即又莞尔一笑，“姐姐不是到了这个时候还要继续隐瞒吧？妹妹如今是船到桥头了，不得不来讨好姐姐，姐姐想要奚落妹妹尽可以说不好听的出来，何苦假作贤良，苦了自己的心？妹妹虽然恃宠而骄，却无害人之心，所谓人无百日好，花无百日红，何况是在宫中，妹妹早有准备，所以姐姐不必故作谦让了，妹妹不配领这个情，也不屑领这个情。”

太子妃眉头轻轻一蹙，随即重展笑颜，“既然妹妹说得这么明白，那姐姐也不藏着掖着了，你说得没错，人无百日好，花无百日红，那就请妹妹今后安分守

己，别再招惹不该招惹的人，也别想那些不该想的事，好好守着你蒲妃娘娘的名分，安安心心地住在你的圆祺殿衣食无忧，这一点，本宫还是可以保证给你的。"

蒲妃嘴角一提，露出欣喜之色，"如此，妹妹就谢过姐姐的大恩大德了。"蒲妃起身又给太子妃行了个礼，"姐姐保重，妹妹告退了。"蒲妃后退三步，转身离去，我也是难得见她行礼如此到位。

"这，这说的都是哪跟哪儿啊？"小顺子实在摸不着头脑，"蒲妃怎么突然变这样了？"

"本宫也不知道她说的是什么，虽然话不好听，做的倒还像个样子，这宫里肯定是有事。"太子妃心事重重地说着。

"那娘娘您刚才跟她说的那些话……"说实话，我也听得云里雾里的。

太子妃看了我一眼，"蒲妃的话颠三倒四，但有一点本宫是听明白了，她快要失宠了，或者说，她觉得自己快要失宠了，可又还没真到那个时候，所以先跑过来探探本宫的意思，不管以后如何，她都可进可退了。"

"蒲妃失宠？没听说呀。"小顺子眉头深锁，嘴里还发出啧啧的声响，"难道奴才又看漏眼了？"

太子妃双眼一亮，轻轻一招手，"小顺子，你过来。"

"是。"小顺子凑到太子妃身边，把耳朵送过去。

太子妃在小顺子耳边轻语了几句，小顺子点头哈腰地就出去了。大概过了半个时辰，小顺子匆匆而归，从我手里接了茶一口喝光，然后很慎重地说，"奴才查问过了，这些日子皇后不仅常传召太子进中宫训示，而且还时常传召安国郡主入中宫伴驾，而且时间上还常常撞在一起。"

太子妃听到这话，眼中的疑惑瞬间变为担忧，继而是怨恨，"皇后娘娘，您可真不愧是本宫的亲姑姑啊。"

"还有一件事，确实是奴才疏忽了，"小顺子继续说，"太子已经连着三个晚上没有在蒲妃那里过夜了。"

三个晚上……没在蒲妃处过夜……我立刻恍然大悟，"怪不得她来找娘娘，原来她以为……"

“她以为太子在本宫这里，”太子妃一边挑着指甲，一边利索地接上我的话，“哼，要真是她以为的这样倒好了，只怕本宫肯手下留情，有的人也不会就此罢休。”

“娘娘的意思是，皇后娘娘想把万淑宁推给太……啊！”小顺子的话还没说完整，就赶紧捂住嘴巴，不敢再说下去。

我顾虑重重地摇摇头说，“这事儿不行，皇上肯定不答应，皇后娘娘这是牛不喝水强按头，事情闹开了，皇后娘娘不也跟着受责备吗？”

太子妃看了我一眼说，“剑走偏锋也是不得已而为之，人人都以为万淑宁回宫是运气好，谁能想到她是别有用心。万淑宁去而复还，最高兴的莫过于皇上，大家嘴上不说，心里都明白是怎么回事，竺邵云指给了李元珠，赵翰扬投奔了噶里木，宫里没有册过正妃的皇子也是一个都不剩了，就算皇后娘娘想要故技重施给万淑宁找个夫婿，谁能来，谁敢来？她也只能在太子的身上动脑筋了。”

“可太子不是已经有娘娘您了吗？”我把新鲜的苹果切成小块，用竹签子戳着递给太子妃。

太子妃接过竹签子，笑了笑说，“那皇上还有皇后在身边呢，三年一次的后宫选秀不照样没有断过？你以为本宫帮着皇后把万淑宁弄出宫去是为了皇后？”太子妃起身下床，露出妩媚狡猾的笑容，“看看如今的局面，就会知道本宫不是在杞人忧天。谁不知道这太子终究是要变成皇帝的，凡是有点心思的，都不会跑去皇上跟前显摆，万淑宁跟皇后争，她争不赢，因为她有的只是皇上的宠爱而皇后有的却是天下的民心。但是和本宫争，她还是有希望的。皇后若真是剑走偏锋也就罢了，最怕她也看穿了万淑宁的野心，巴不得推波助澜呢。”

我听出太子妃这句话倒是由衷而发，万淑宁进宫后时而高调时而低调，玩的就是俘获人心的把戏。看来太子妃说的对，万淑宁的目标并不是皇上，而是太子。现在最头疼的是，皇后也在极力促成这件事，那太子妃不就孤立无援了吗？

“哎呀，不可能不可能，”小顺子又开始发癫了，“这皇上看中的人，谁能抢了去？皇后娘娘不过就是一厢情愿，到时候皇上一反对，这事又得作罢。”

“皇上怎么反对？”太子妃立刻高声反问，“赵翰扬独臂、竺邵云丧妻、噶里

木远隔千里，这样的指婚皇上都拗不过皇后，还能有什么更加冠冕堂皇的借口吗？”

“太子身边已有娘娘做伴，这侧妃的名分……难保皇上不会借题发挥啊。”小顺子有模有样地分析着。

“笑话！”太子妃把竹签子甩到小顺子脸上，毫不给面子就驳斥了小顺子的话，“皇上的嫔妃是嫔妃，太子的侧妃将来不也是嫔妃吗？若皇上要拿侧妃的名分说事，那他自己就先断了这个念头。”太子妃厉声说完，突然语调一软，轻描淡写地说到，“再说了，本宫给太子做侧妃的时候，皇上皇后不也反对吗，结果呢？”太子妃挑着眉毛笑着，仿佛看到了自己过去的一幕幕辉煌。

“不反对也没用，就像前两次，指婚是指了，可不都没嫁成吗？”小顺子还是抱乐观态度。

“指得太早了！”太子妃一语道破天机，“万淑宁要守三年的孝，这么长的时间，皇上想弄些花样出来，那不是轻而易举的事吗？所以这次，皇后娘娘一定不会心急，只要皇上没有要动万淑宁的意思，她就会一直等下去，最好是等到万淑宁守孝期满，再把事情提出来，然后快刀斩乱麻，给皇上来一个措手不及。”

小顺子还是摇摇头说，“奴才还是觉得不妥，皇后娘娘把万淑宁嫁去噶里木用的不就是这招措手不及嘛，结果不还是失败了？”

“那也是败在万淑宁的手上！”太子妃的声音突然尖锐起来，“皇后布了一重局，皇上又布了一重局，可她万淑宁居然好端端地回来了，可见只要是她不想要的，她就会想尽一切办法去逃跑去摆脱，就算那是皇上皇后压在她头上的千斤顶她也要举起来，更不要说，她如今是跟皇后站在一条线上。”

我走到太子妃身边轻轻地说，“万淑宁还要守两年的孝，能瞒那么久吗？”

太子妃走到窗边，轻轻压低并抚摸着从窗外探进来的梅花枝蔓说，“万淑宁的低调你是领教过的，她可不会把进出中宫的事到处跟人宣扬，中宫的宫婢奴才又被皇后训得服服帖帖的，谁敢不要命地乱传话。至于太子，就只碍着皇上这一层，就不敢张扬，若不是蒲妃神经过敏地跑来示好，本宫也不会自己往那上头想。万淑宁对太子有意这本宫可以预料，但连皇后娘娘也起了这样的心思，还以

中宫之名暗中给他们铺路搭桥，本宫真是做梦也没有想到！”太子妃的手狠狠一掐，好好的枝蔓立刻断成两截。

我仔细咀嚼着太子妃的话，心中不禁浮起一个疑问，既然皇后的安排如此缜密，太子妃又是让小顺子从谁的口中打探来这样的消息？正疑惑着，小顺子的声音又在耳边响起。“皇后既然不仁，娘娘也可以不义，不知娘娘打算如何应对？”小顺子把手绢朝太子妃递过去。

太子妃双眸一动，“本宫没法应对。”

“没……没法应对？”小顺子傻了一下，我也觉得此事难办。

太子妃从小顺子不自然地握拢的手中抽过手绢，仔细擦着指尖薄薄的泥土，手指松开的一瞬间，剩下的半截枝蔓弹回去，在风中一颤一颤的。“皇后现在是明修栈道、暗度陈仓，她不把事情先说破了，本宫就什么都不能做，否则万一被皇上看出了端倪，皇后好不了，太子和本宫也一样好不了，所以本宫不但不能问，不能说，反过头来还得帮着皇后一起藏，这就是最让本宫难堪的地方。”太子妃拧紧手绢，心中的无奈和焦急都变成这纠缠的褶皱，纵然重新铺展，也已留下了深深的印痕。

“要不咱们学皇后，再把万淑宁给推回去。”小顺子胡乱出主意。

太子妃一听这话，气得差点没笑晕过去，狠狠瞪了小顺子一眼，连反驳的话也懒得说了。风有些大了，我把窗户关上，太子妃拿棉枕头垫着腰身靠在躺椅上，闭着眼睛边想边说，“你们想没想过，皇后为何对万淑宁的事如此认真？皇宫里的妃子美人多得数不胜数，可谁也没有像万淑宁这样，惹得皇后竟然不惜与本宫作对，怎么说本宫与皇后也是一家啊，又是何苦呢？”

“没错没错，怪不得奴才老觉得这事儿不对劲，原来问题就出在这儿，”小顺子又卖起乖来，“想来万淑宁虽然厉害，可皇后已经做了二十年的皇后，权倾六宫，那地位是牢不可破呀，即便万淑宁再受宠爱，也不过宠妃而已，大不了就是第二个樊贵妃，又能奈皇后何？”

“樊贵妃是谁？”我不禁脱口问出。一瞬间，我看见小顺子的脸突然变得刷白，僵硬的表情和讳莫如深的眼神与刚才张牙舞爪唾沫星子满天飞的模样截然不

同。再看太子妃，早已阴沉着脸警告地盯着小顺子，双唇紧闭眉带怒色。我的直觉告诉我，樊贵妃很可能是宫中的一个忌讳，谁都不能轻易提起。

“她是跟皇后争宠的女人，在你没有进宫的时候，就已经死了。”太子妃将她的故事一语带过，随即又冷笑一声说，“不过她死的时候，倒是跟现在的万淑宁一般大。”说到这里，太子妃突然眼睛一亮，眉头轻轻一抖，身子也不经意地坐直起来，“小顺子，去把崔明府大人请来。”

“崔明府……”小顺子仔细琢磨了一阵，“哦……奴才这就去。”

我看着小顺子匆匆而去的背影，轻轻问太子妃，“崔明府大人是管什么的?”

太子妃瞥了我一眼说，“崔大人曾经是本朝的第一画师，只为宫中正一品以上的嫔妃作画，当年樊贵妃盛宠在身，崔大人亲自执笔为她画了一幅百米长卷，取名为百艳凤鸣图，将樊贵妃的百种美态描绘于纸上。后来樊贵妃死了，这幅长卷也被烧为灰烬了。”

烧为灰烬……我不禁感叹红颜薄命，昙花一现纵然美丽，却也是稍纵即逝，连一点回忆的东西都留不下。“樊贵妃也被埋在木园里吗?”我在木园待了十年，从没想过会有这样的人物睡在我的脚底下。

太子妃的眼神突然变得幽怨起来，嘴角轻轻弯出一个弧度来说，“连尸骨都没了，还怎么埋?”太子妃拉过我的身子，让我面对着她，有些不值地说，“看你那惋惜的样子，难道在木园里见过的惨剧还不够多吗?”

我苦笑一下，一时无语。稍时小顺子回来了，说崔明府在偏殿候见。

“哼，现在他倒是听话得很，要是放在四年前，本宫哪里请得动他?”太子妃鄙夷地说。

“这又是为何?”我搞不清这其中的复杂关系。

“长江后浪推前浪，谁还能一辈子坐在这第一画师的交椅上?”太子妃一甩袖子往偏殿而去。

初见崔明府，他并不如我想象中那般飘逸儒雅，我以为舞文弄墨的人多少会秀气一些，而崔明府却皮肤黝黑，脸庞棱角分明，鼻梁高挺，眼窝深陷，胡须短，颇有一股刚强之气。我觉得这样的人，与其执笔作画，不如持刀举剑来得匹配。

“素闻崔大人笔墨不离身，不知今日是否也不例外？”刚才礼毕落座，太子妃就突然来了这么一句。

崔明府淡淡一笑说，“回娘娘，所谓笔墨不离身，并非指物，而是指心，纵然柳叶为笔霜雪为墨，臣也可为娘娘作画。”虽然已经没有什么傲气了，但话语间还能听出他心中有所坚持。

“五年前本宫请崔大人作画时崔大人可不是这么说的。”太子妃拿茶碗盖子磨着茶碗口，发出的嗞嗞声响如同锯子在脖颈上来回拉锯，“如今本宫还留着崔大人的门生周怀德为本宫画的一幅小像，说实在的，周怀德的画技与崔大人相比还是有天壤之别啊，当然了，当时的本宫与现在的本宫相比，那也是差之千里。”

崔明府听闻此言赶紧起身下跪，“臣惶恐，臣有罪。臣愿意立刻为娘娘作画。”

“不必了，”太子妃反而提高音量加重语气，话也说得更加决断，“本宫自知位分不高，不敢劳请崔大人动笔，崔大人若真想赎罪，就画一幅樊贵妃的画像来看看好了。”

“樊……樊贵妃？”崔明府的脸色微微有变，“樊贵妃已经亡故多年……”

啪的一声，太子妃拍案而起咄咄逼问道，“崔大人不是号称过目不忘吗？难道崔大人画了一幅百艳凤鸣图，樊贵妃就真在你面前摆了一百种姿势吗！”

“娘娘……臣不是不会画，臣是不敢画……”崔明府跪倒在太子妃面前，已是畏缩颤栗不已。

太子妃冷漠的脸上掠过一丝快意，走下台阶到崔明府面前，“你放心好了，本宫自己拿来欣赏而已，不会告诉别人的。你怕死，难道本宫就不怕吗？”

崔明府的身体倏地动弹了一下，没有做声。

太子妃见崔明府没有再要拒绝的意思，微微一笑，冲小顺子说，“请崔大人到次偏殿书阁，笔墨伺候。”

“是。”小顺子答应了，赶紧把吓得虚汗淋漓的崔明府搀扶起来送进次偏殿。

“这世上真有人能过目不忘？”我轻轻惊叹着。

“他可以。”太子妃望着崔明府略显佝偻的背影，话语中流淌着几分怜悯，

“只可惜桃花依旧，人面全非。”

崔明府约摸画了有半个时辰，我陪太子妃在寝殿里等着，小顺子守在书阁门口，他说崔明府作画不让人看，太子妃也没有勉强。画作完成后，崔明府请小顺子报于太子妃，我先一步来到次偏殿推开书阁的门，看见崔明府正把画卷往画架上挂，我转身从小顺子手里接过太子妃，一起迈进书阁。崔明府挂好画卷，慢慢侧身让开，把整幅画卷呈现太子妃眼前。

书阁略有些暗，我们渐渐走近画卷，画中之人的容貌渐渐清晰起来。

“啊……”我突然忍不住叫出声，赶紧捂住嘴巴去看太子妃的表情。

太子妃也被画中之人震慑住，但她并没有像我这般惊愕，只是瞪大眼睛死死盯着画中的人，想要把她彻底看个清楚的模样。

“万……万淑宁……”小顺子哆哆嗦嗦的声音如同幽灵般在四周封闭的书阁里响起。他的胳膊颤抖着，蜷拢的手指慢慢伸直，指向画中之人。

没错，画中的美人活脱脱就是万淑宁的模样，只是万淑宁更偏娴静秀雅，纯若皎月，犹如牡丹之中的玉版白，而画中之人酷似牡丹之中的葛巾紫，浓艳绚丽，异彩灼灼。樊贵妃，万淑宁，死，生，十八岁……前缘，转世，借尸还魂……我脑海里好多可怕的念头一起涌上来，头疼得快要炸开来。

太子妃走上前去，离画卷很近很近，然后，伸出一根手指，沿着画中人脸庞的勾勒线条，慢慢划着弧度，好像在抚摸画中人的脸庞一般，幽魂般的声音在静谧的书阁里响起，“原来皇后娘娘怕的是这个……”

“娘娘……”小顺子孱弱的声音紧跟着就钻进我的耳朵。

“当真是引狼入室，太后和皇后肯定是肠子都悔青了。”太子妃开始正常说话，“想想就能知道，当年知情的宫婢，不是已经过了出宫的年纪，就是已然成了皇后的心腹高居女官之位，自然懂得守口如瓶的道理，方能使得至今仍无流言入耳。若非崔大人，本宫将永不知此中内情。小顺子，点火，把这幅画当着崔大人的面烧了，好让他放心。”

“臣谢娘娘。”崔明府赶紧感激涕零地跪下。

小顺子把火盆弄来，点了火，取下画卷拎着往盆里送。桃红的裙摆烧没了，

金色镂丝的腰带烧没了，翠绿的抹胸连同轻纱笼住的肩膀也烧没了，最后，那张美得让人嫉妒的脸也在刺眼的火光中慢慢变黑，化为灰烬。空气中弥漫起刺鼻的焦味，我不禁有些呼吸困难，然而，比这焦味更让人透不过气的，是那纵然被毁去却仍然存在的画中真相。

“奴才听说樊贵妃当年是因为淫乱之罪被打入冷宫的，是不是……”崔明府前脚刚走，小顺子后脚就胡乱猜测起来。

太子妃摇摇头，“樊贵妃的事绝不像传闻中那么简单，看皇上的态度，本宫更愿意相信这是一个巧合，而且是皇上极为珍惜的一个巧合。”

“珍惜……莫不是……”小顺子又要嘴快。

“转世投胎这种事，不信就是假的，信了便是真的，即便平日里不信，但要是能让自己心里快活，骗自己去相信一回又有何不可？哼，本宫就说嘛，皇后怎么会怕万淑宁，但要是樊贵妃的话，那可就难说了。”太子妃眼中突然流露出深渊般不可见底的深邃目光，仿佛正在努力穿透一层无形的障碍，而被遮挡住的真相正被这目光渐渐剥离掉保护的颜色。

我和小顺子一时都接不上话去，面面相觑地站在太子妃两侧，小顺子的眼中除了有淡淡的忧虑，再没有其它更复杂的东西，而我却不停地在脑海中重复着太子妃的话。樊贵妃的事绝不像传闻中那么简单，不那么简单，不那么简单……不知这又是哪段说不清，也不敢去说清的历史，主宰着仍旧在世之人的生死福祸。

过了没几日，宫中开始筹备除夕夜的宫宴庆典。连着下了几天的雨，今日放晴了，太子妃带了我到司艺院去看她们排演歌舞弹奏。司艺院有司竹、司调、司舞、司技四个班底，各自负责庆典场合的曲乐、吟唱、舞蹈和杂技表演。司艺院虽然和司礼院属于同一等级的司府，但无论人数还是宫院占地都要多得多，里面有好多模拟的殿阁，都是仿照宫宴的殿阁所造，以做演练之用。我们到的时候，各班的伶人正好都在仿照朝阳殿所造的朝飞殿排演，远远的，我就听见了琴瑟和鸣之下，款款吟声悠悠传来。

守在朝飞殿门口的小太监见我们到了，赶紧跑进去通报，很快就有一个年纪稍长，体型微胖，发髻高盘，衣着庄重的妇人，头顶着七色珍珠串连而成的环

钗，从殿内匆忙迎上前来，躬身行礼道，“奴婢周雪珍参见太子妃，娘娘千岁。”

“周司艺无需多礼，起身回话。”太子妃对她很是客气，驾轻就熟地径直往朝飞殿里走。

“是。”周雪珍起身扶住太子妃，并小心拎起太子妃的裙摆，好让太子妃顺利跨过门槛。虽然她微微有些发胖，但身手还是相当灵活，一颦一笑间，也可隐约见其年轻时的美貌。

我们穿过珠帘，顺着金色长毯铺展延伸的方向，朝高高隆起的舞台走去。台上一曲方罢，歌姬退场，换了一批司竹班的琴娘上来，摆好乐器，纷纷落座。只一会儿，海涛拍岸般的沙沙声渐渐扬起，温和地如同温泉的流水，流入我耳中。

“去年的《望江吟》皇上很是喜欢，今年又推了什么新的曲子？”太子妃说着走上舞台，穿梭在各位琴娘之间，看她们拨弄琴弦，时而微笑，时而皱眉。

“今年新作了一曲《天净思》，娘娘正听的这曲便是。”周雪珍认真回答着。

“沙海的声音拟得不错，你们知道这么做，可见是摸过皇上的心思了。”太子妃微笑着点头赞许。

我似懂非懂地跟着傻点头，左右那么一张望，我的目光突然被定住了。在舞台左前方有六位琴娘排成三角形状，最前面的那个看上去年纪最小，穿着紫色的宫衣，杨梅色的长裙，简单的发髻松松地垂在脑后，长发披着，流淌出乌黑的弧线，眉间紧蹙，十指拨弄琴弦，身子也跟着前后拂动，一副浑然忘我的模样。我的手不经意地松开太子妃的胳膊，牢牢地盯着她看，不是因为她美丽，不是因为她弹琴的神韵迷人，而是因为我认得她。

“哟，看什么都看入迷了？”太子妃显然注意到我的异常，也朝着我凝望的方向看去，这一看，她也不禁微微一愣，但很快又笑开来说，“果然是个美人胚子，不过眼生的很，不知是什么时候来的？”

周雪珍还没来得及回话，我就脱口而出说，“她就是齐霜霜。”

太子妃眼中一亮，神经敏感地立刻转过脸去问周雪珍说，“她不是没有学过古琴吗，怎么一年的工夫就坐到领奏的位置上了？”

周雪珍颇有深意地一笑说，“太子妃难道不觉得她的确能坐这个位置吗？”

话音刚落，所有的琴声戛然而止，只一滴水珠落地的工夫，孤单的古琴声悠然而起，在一片静谧之中透着孤寂沧桑的哀愁。循声望去，只见其他琴娘都静坐着，惟有齐霜霜紧闭双目，凝神于双手指尖，拨动琴弦，于是琴声绵绵不绝而来，虽缠绵却不拖沓，虽婉转却不绵软，短音如水滴石盘，清脆明快，长音似风穿峡谷，余音清澈，我虽不懂琴，但我看太子妃的眼神就知道，这是好曲。

“她真学得这么快?”太子妃从琴音中脱离出来，略带质疑地问。

“娘娘，齐霜霜的天赋在这司艺院只属中上，但她学习刻苦，又勤于练习，再加上弹奏琵琶的底子，本就对音律有所感悟，所以才能有此进步。”周雪珍又看了齐霜霜一眼，似有感悟地说，“所谓勤能补拙，何况她也不拙。”

太子妃听了这话，慢慢把目光挪回到齐霜霜身上。琴声正继续着，一个小宫婢急匆匆地跑进来，在周雪珍耳边说了几句，周雪珍立刻脸色大变。

“出什么事了吗?”太子妃看出端倪。

周雪珍面露难色，犹豫了一下说，“回娘娘，司舞班的班主关秀月已重病卧床三月有余，刚才宫婢来报，说关秀月又吐血不止，御医诊断说，她已是病入膏肓，若没有天山雪莲，只怕活不过三个月了。可这天山雪莲是何等珍贵的药材，怎么可能给她服用……”

“行了，本宫知道了，既然御医也束手无策，本宫也只能道一声可怜了。”太子妃打断周雪珍的话，回头又望了一眼齐霜霜，然后收起目光往舞台外头走，边走边说，“宫宴庆典的表演决不容有失，你要好好督导，切不可大意，至于齐霜霜，这次的表演就不要让她上了，换人吧。”

“换人……这……”周雪珍疑惑不解地看着太子妃。

“本宫老实跟你说吧，齐霜霜弃琵琶而奏古琴是皇后娘娘的意思，这其中的缘由周司艺难道还要本宫来说给你听吗？本宫知道周司艺知人善用且求才若渴，齐霜霜的将来本宫自有打算，请周司艺一定放心。”太子妃字字句句说得中肯，连我都不禁好奇起来，当初太子妃得知皇后对齐霜霜安排不是挺赞成的吗，怎么如今……

“奴婢明白了，奴婢遵命。”周雪珍含笑答应着，亲自把太子妃送出司艺院。

从司艺院回太子宫的路上，太子妃一直在嘴角挂着隐隐的笑意，这副表情我很熟悉了，每次有完美的计谋在脑海中形成，她便会露出这样的笑意。果然一回到太子宫，太子妃就抓住小顺子问了一句，“小顺子，皇上前年赐给本宫的天山雪莲还留着吧?”

“一直没敢动，娘娘，您这是……”小顺子一时摸不着头脑。

太子妃抬手示意小顺子打住，然后吩咐道，“今晚本宫想见一个人，你替本宫去安排。”

“谁?”小顺子一个激灵，似乎也预感到有事要发生。

太子妃用纤细的手指捋捋额角的发髻，轻轻吐出三个字，“关秀月。”

第十九章　同根难怨两相害

是夜，我与小顺子等在宫门口，寒风瑟瑟中，一驾看不出品级的马车由远及近，最后停在太子宫的正门口。门帘从里面被挑起，周雪珍探头看了看，见我和小顺子都候着，赶紧下车，然后从车里艰难地搀扶出一个人来。与其说搀扶，不如说是拖，车里的人好像完全没有在用劲，周雪珍显得有些吃力，我赶紧上去帮忙，那个人感受到我搀扶她的动作，抬头看我，那一瞬间我有点被惊吓到，那是一张惨白的脸，几乎没一点血色，消瘦得可以看见颧骨突兀的形状，眼中的无奈绝望像是与生俱来的一般，生死都在她的双眸中。

“太子妃说了，周司艺只需在马车里等候便可。”小顺子传着太子妃的话，一边过来从周雪珍手里接过那个人。两人交替的一瞬，我明显感觉身边的人往下沉了一下，她难道连站都站不稳了吗?我忍不住又去看她的脸，然后又很快忍不住把目光收回。“愣着干什么，走啊。”小顺子催我了，那一刻我觉得他就像阎王殿里的黑白无常，正面无表情地朝着奄奄一息之人催命。

她几乎不能走一步路，我也终于明白为什么太子妃要我和小顺子两个人去接她。我们把她架到次偏殿，太子妃见到她虚弱的样子也不禁皱起了眉头。“别拜了，赶紧赐坐。”太子妃怜悯地看着她，一向不信天命的她看到病魔缠身的痛苦也不得不徒生哀伤了。

我和小顺子把她往椅子上扶，她却吃力地挣脱我们，如同昏倒般跪坐到地上，然后挣扎着摆好跪拜的姿势，勉强露出笑容说，“奴婢关秀月给太子妃请安。”她的声音是虚的，我不忍心地过去搀扶她，她却按住我的手不起来，依旧跪着说，“太子妃深夜传召奴婢前来，不知所为何事?”

“你这副样子，本宫哪里还有心情说事，现在本宫命令你坐下，你就无须再推辞了。”太子妃一挥手，我和小顺子把关秀月架到椅子上。“本宫先说你的病吧，御医的诊断你也知道了，本宫只问你一句，你是想死，还是想活?”太子妃单刀直入，我听得不禁冷意暗生。

关秀月嘴唇轻轻一哆嗦，平静地说，“生死由命，非奴婢可以强求。”

太子妃轻蔑地一笑，“如果可以强求呢?”

关秀月的脸颊微微抽搐了一下。

太子妃把手放到桌案上的一只木箱子上，“这里面装的便是天山雪莲，”太子妃说着，把箱子往前一推，“本宫可以把它赐给你，给你续命。”

关秀月顿时面露惊喜，但只一瞬就眼神黯淡，双手微微发抖，她攥紧衣角，咬着牙说，“奴婢不敢领受。”

太子妃闻言并不动气，而是不以为意地缓缓道来，“本宫知道你家中还有年迈的双亲，父母膝下除了你只有一个盲眼的儿子，比你小十岁，你进宫为婢也是为家境所迫，担心父母无人奉养，弟弟无人照料，才不得不拿宫中微薄的俸禄去养家糊口。你是生死由命，这没错，那他们该由谁啊?”

关秀月的嘴唇咬得破出血来，“娘娘请吩咐吧。”关秀月说话如此前后不沾，让我莫名其妙。

“哈哈……”太子妃居然赞赏地笑出声来，“果然是既懂分寸，又识时务，而且够聪明，难怪樊如玥死了，你还活着。”樊如玥?我的心突然颤了一下。是樊

贵妃吗，她和关秀月也有关系？我看看关秀月，她依旧咬着嘴唇，沉默不语，眼中却已满是泪水。太子妃见她还算平静，就走到她身边轻轻问了一句，“你还记得敦煌飞仙吗？”

“啊……”关秀月不禁倒吸一口冷气，猛然抬头睁圆双眼看着太子妃，那种紧张恐惧的神色，完全遮掩住她虚弱苍白的神情，“敦煌飞仙……敦煌飞仙……”

太子妃一边用胁迫的眼神紧盯着关秀月惶恐不安的双眼，一边却又勾起嘴角吹气如兰地说，“本宫想要重现敦煌飞仙，而且要你亲自实现它。”

“要奴婢来实现……”关秀月的眼睛睁得更大了，干瘦的脸因为夸张的表情而褶起浅浅的皱纹，薄薄的嘴唇如被风吹动的两片纸细微地一开一合，发出的声音如同呜咽般幽怨绵长，“太子妃怎么会选奴婢，这太不可思议了，太不可思议了……”

“你想多了，”太子妃拍拍关秀月的手背，说着类似安抚的话，用的却不是安抚他人该有的口吻，“当年你没有变成关贵妃，今天也不会，你还是你，还做你的关秀月……你也只能做关秀月。”

这最后一句话一说，关秀月眼中似乎有一丝恍悟的东西闪过，惊恐的颜色逐渐加深，然后慢慢褪去，牙齿渐渐与嘴唇分离，脸颊的皮肤也稍稍放松下来。她调整了下呼吸，一手按住胸口，吃力地说，“如果奴婢还能上得了台，奴婢就替太子妃办了这件事，不为别的，只为奴婢的家里人还能有口饭吃。”

太子妃满意地笑了，她走回到正座前一抖衣袖，端起架势地对小顺子说，“传周雪珍。”

周雪珍来了，摇摆着微胖的身体给太子妃行大礼，“奴婢周雪珍参见太子妃，听候太子妃吩咐。”

太子妃也不绕弯了，开门见山地说，“从明天起，齐霜霜白天跟班练琴，晚上跟关秀月学舞，就说是本宫的意思，要特别栽培她，她要是个识相的，自然会乖乖照做，若有半点不服，你告诉她听，从今往后，别再想着能在皇宫里混出个样儿来。”

“奴婢遵命。”周雪珍精明得什么都不问就答应了。

“关秀月的身子由本宫担待，你不用多说什么，御医那头你也不用管，只是教齐霜霜跳舞的事，一定不能走漏半点，若是谁传了出去，上头怪罪下来，别怨本宫不救你们，这话，你也说给齐霜霜听，告诉她，万一出了岔子，我们都是能活命的，她就没准了。”太子妃这话是对着周雪珍说，但却是说给我们所有人听的。

“奴婢明白，奴婢会看好她的。”周雪珍脸上看不出一丝惊异、或是质疑、或是紧张的神情，那种心领神会的感觉让我觉得她就是太子妃遥控的一颗棋子，就跟小顺子一样，习惯了太子妃的一切表达方式，只要太子妃一个眼神，一个动作，一句话，就能理解透她心里的意思，然后正确地给予执行。至于我，还在逐渐习惯的过程中慢慢前行吧。

太子妃捧起桌案上的木箱子，亲自抱着走到关秀月跟前，把箱子塞进她怀里，深怀情感地说，“本宫把人交给你了，本宫相信以你的造诣和聪慧，以齐霜霜的刻苦和野心，一定能够重现那摄人心魄的一幕。也许故事会重演，但是关秀月，输的那个，永远都不会是你。”

关秀月软弱无力地笑笑，毫无力气的双臂象征地环抱住木箱子，惨白的脸第一次露出略带绯红的笑。我听见她说了一句话，很轻，但很深刻。

送走关秀月后，我回寝殿服侍太子妃就寝，她在梳妆台前坐下，对着镜子一边取下厚重的头饰一边说，“最后那会儿，本宫看她动了动嘴巴，是说了什么吗?”

“是，”我轻轻回答，“她说活着真好。”

太子妃的动作突然停住，眼神黯淡了一下，然后会心一笑说，“这还真是关秀月说的话。”

“娘娘何出此言?”小顺子凑上来帮着太子妃整理首饰。

“为了活着，她拒绝了荣华富贵，为了活着，她接受了本宫的旨意，每一次的决定都很艰难，但她却很坚定，因为她要活着，”太子妃转过身看着我和小顺子，“关秀月心细如尘，落叶知秋，她若有心，如今你们也要跪下磕头管她叫一声娘娘了。”

“娘娘，您都把小顺子给弄糊涂了，”小顺子谄媚地笑着，“奴才看了半天也没看明白，这关秀月和齐霜霜八竿子打不到一块儿去的人，您怎么就给拴上线了？还有那个什么……敦煌飞仙，您这又是唱的哪出啊？”

“本宫曾听说，敦煌飞仙是关秀月和樊如玥献给皇上的一支双人舞，据说是美艳绝伦，幻真幻影，就是凭借这支舞，樊如玥从舞姬一步登天变为贵妃，更是差一点就变成了母仪天下的皇后。”太子妃说这话时，眼中露出鄙夷的神色，想她一个奴婢出身的舞姬也能与皇后之位近在咫尺，实在是对自己的一种羞辱。

等等，敦煌飞仙，樊贵妃，万淑宁，关秀月和齐霜霜，难道是……想到这些，我不禁脱口而出，“那娘娘说的重现敦煌飞仙难道是要……”

“凤凰涅槃，本宫要让樊如玥重生！”这话让我骤然心惊肉跳，虽然我已有所预感，但太子妃如此直白的回答还是让我的瞳孔不禁放大。太子妃看到我惊异的神情轻蔑地一笑说，“西樵你见过万淑宁，也见过齐霜霜，你觉得她们两个，谁更像樊如玥？”

“要是按崔明府大人的画像来看，自然是万淑宁要像得多了，不过……”我把声音压低，我知道这一定不是太子妃想要的回答，于是我拼命回想着齐霜霜的面庞，希望能找到一些惊喜，其实我一直觉得齐霜霜很美，既然都是美人，应该会有相似之处吧，比如美人的眼睛都很大……慢着，眼睛，她们的眼睛……我兴奋起来，几乎是用喊的声音对太子妃说，“齐霜霜的眼睛长得像万淑宁，哦，不对不对，是长得像樊贵妃。”

话音未落，太子妃已含笑点头，“不错不错，虽然反应迟钝了些，到底还是用心了，”太子妃说着转向小顺子，“你是没有看到齐霜霜的眼睛，妖艳妩媚微泛桃红，比万淑宁的眼睛更像樊贵妃。”

“一双眼睛像罢了，万淑宁可是一个活脱儿。”小顺子又开始关心则乱。

“什么叫活脱儿，空有其形而不具其神，不过就是形似罢了。”太子妃显然有自己的想法，把小顺子的担忧彻底推翻掉，“齐霜霜有的可不仅仅是一双眼睛，她的神韵，才是本宫看中的东西。倘若她能做到神似，再加上敦煌飞仙的重现，关秀月的陪衬，本宫就不信皇上能把真实和虚幻分得那么清楚。”

我微微点头，思忖着说，“娘娘是要用齐霜霜取代万淑宁，这本是个不错的主意，可要是皇上贪心，想全都据为己有，又该如何应对?”

太子妃伸手过来，把我发髻上微微有些松动的簪子往里插了插，一边不以为然地说，“妃子可以有一群，皇后只能有一个，假设皇上真的要废后重立，你们觉得谁的胜算更大?”

小顺子略加思索说，“万淑宁吧！不是有句话，叫先入为主吗？奴才觉得，谁能先让皇上觉得她像，谁就更有机会赢。”

我摇摇头，“没这么简单，万淑宁虽然长得像樊贵妃，但她应该并不知道樊贵妃的存在，否则以她的心机城府，绝不至于陷入如今的尴尬局面，而且皇上从一开始就知道她是万云川的女儿，这个身份是他们之间的隔阂，皇上可以珍惜她，可以把她想象成樊贵妃的转世之身，但在皇上心里，永远无法把万淑宁和樊贵妃看成是同一个人，齐霜霜就不同了，皇上从不知道她的过去，也可以完全不追究她的过去，一旦齐霜霜的身世成了一个谜，皇上就更容易把她当成樊贵妃，她有樊贵妃的神韵，会跳樊贵妃的舞蹈，她是樊贵妃的魂寄生的鲜活躯体，一张脸，一个魂，恐怕后者更能博得圣心。”

“光博得圣心又有何用，”小顺子又来挑我的错，“万淑宁出身高贵，通古博今，更能匹配皇后之位，齐霜霜奴婢出身，只会歌舞声色，难登大雅之堂，若要说对皇后的威胁，还是万淑宁的大。”

“就因为万淑宁的威胁更大，本宫才不能让她一人独大。”太子妃斩钉截铁地说，“本宫虽然不知道皇上、皇后和樊贵妃之间究竟发生过什么，但就皇后与本宫作对的决心来看，皇上对樊贵妃的想念足以使皇后的地位受到威胁，这种威胁越大，皇后为难本宫的决心就更加坚定，可是如果皇后的威胁不再是万淑宁了，那本宫的危机也就迎刃而解了。”

“娘娘不怕皇后把齐霜霜也往太子这头推吗?”小顺子的脑筋转得飞快。

“推？皇后娘娘有这个时间吗?”太子妃露出挑衅的眼神，“所谓明枪易躲、暗箭难防，万淑宁是大活人摆在眼前，齐霜霜却躲在暗处伺机而动，皇后早把她给忘了，哪里还会去设防？再说了，万淑宁顶着安国郡主的名分，不能随意召

幸，自然就留给了皇后筹谋的时机，齐霜霜不过是后宫的一个舞姬，此刻皇上想要，谁能拖延到他时。”

小顺子先点点头，随后又皱起眉头来说，“向来得不到的才是最好的，齐霜霜若投怀送抱难免会落于俗套，何况又有万淑宁珠玉在前，只怕敦煌飞仙未必有用啊……”

“只靠敦煌飞仙当然是不够的，做戏要的是戏假情真，”太子妃显然已经有了全盘的打算，“齐霜霜有的不仅仅是神韵，更有横空出世的神秘感，万淑宁勉强能算一个转世投胎，齐霜霜却可以说是借尸还魂，魂都没灭，如何来的转世之说？如果再加一点缘分，再加一点零星的记忆，就更能以假乱真了。樊贵妃的喜好经历，最清楚的莫过于关秀月，本宫的天山雪莲可不是白赠给人的。”

“可是，齐霜霜做了皇后，对娘娘也不见得有好处啊，过河拆桥的事情，在宫里发生得还少吗？”小顺子又忧愁上了。

“谁说齐霜霜能当上皇后？”太子妃的嘴角挂着笑，“本宫让齐霜霜入局，是用来克制万淑宁的，本宫可以捧她，也可以踩她，你说螳螂捕蝉，黄雀在后也好，你说鹬蚌相争，渔翁得利也罢，功成身退才是她最好的结局。”

太子妃边说边起身往窗边走，我也跟着过去，伸手推开窗户，让稀薄的月光照射进来，“娘娘打算让齐霜霜何时登场？”

太子妃闭上眼睛，似乎享受着月光带来的寒冷的诗意，“灵异之事不都发生在月圆之夜吗？”太子妃深吸一口凉气，猛地睁开眼，探出身去遥望满天的星星，“等到星光散尽，圆月孤照的时刻，就是樊如玥重生的时刻。”

小顺子数了数手指头，“那还得等八个多月呢，中间会不会横生枝节啊？”

“放心吧，”太子妃示意我关上窗户，走到床榻边准备就寝，“万淑宁的举动，皆在本宫的掌握之中。”

太子妃这话说得平淡，毫无半点炫耀之意，看来眼观六路耳听八方对她来说不过是雕虫小技，只是我跟了她这么久，除了刘福海，就再没见过她安插在各宫各院的眼线，皇后是她的亲姑姑，万淑宁是新进宫的主子，如今连她们的身边也有太子妃的心腹了。突然，我觉得这皇宫中哪里都不安全，只有留在太子妃身

边，才是最安全的。

没有了齐霜霜的除夕宫宴庆典依旧绚烂夺目，但是可惜，我没有亲眼看到，我奉了太子妃的吩咐，去司艺院看齐霜霜练舞。周雪珍按照太子妃的意思，将关秀月移居到一个单独的院落，美其名曰是静心休养，实则偷偷教授齐霜霜舞艺。我绕过围廊，从虚掩的后门进入院内，黑漆漆的夜里，只有一处发着弱弱的亮光。我走近那间殿阁，把耳朵贴在门上才能听见时断时续的乐曲，很熟悉，好像在哪里听到过。我轻轻推开门，只见一抹长袖朝我挥来，我赶紧要躲，那长袖就突然被收了回去，如瀑布般从半空中落下，然后露出齐霜霜明媚的笑脸和妖冶的身段。我刚要惊叹，只见齐霜霜一个转身，飞快地转动手腕，将托在手中的长袖甩出不同的花弧来。此时的她，穿着荷花色的长裙，大裙摆，百穗的红绸腰带，身子一转，粉红的裙摆连同大红的穗带一同飞转起来，碧绿的长袖飞舞起来，把姣好的身段包裹着，整个人犹如碧波池中的一朵睡莲正层层绽放开柔软的花瓣，美轮美奂。我没有再往里去，而是把太子妃让我带来的赏赐放在门槛内，然后悄悄离开。

回太子宫的路上，我看见好几驾马车各奔东西，想必是庆典结束了。我加快脚步，很快又遇上万淑宁的马车迎面而来，今晚风大，马车门帘一掀一掀的，万淑宁露出半个脸来，一眨眼又被遮上了。跟着马车的是肖玉华，纪双木是没跟来，还是坐进了车里，我不知道。马车很快从我身边过了，我继续往前，脚步却无端端迟疑起来。很快，又一阵马蹄声由远及近，我认得那是长安王府的马车，刹那间，长安王世子李昊的声音浮现在耳边，我想到了菊花台的事。风又不识时务地掀起马车的窗帘，露出一个姑娘素净的脸庞。我浑身一个激灵，是她！我愕然地忘了挪动脚步躲藏起来，而她也凝神于别处没有注意到我。马车从我眼前过了，我相信自己没有看错。是纪双木，她坐在长安王府的马车里。冷风吹进我的衣领，我的心彻底凉了。

这一夜，我失眠了，醒来的时候，我几乎没有合眼的记忆，昨晚到今晨的点滴在我心里又匆匆过了一遍，从清冷殿阁中齐霜霜挥出的长袖凌空飞舞，到软软的床榻前水漾花纹的帘帐轻轻拂动，我的记忆竟然没有一处空白。果然，我彻夜

未眠。我用冷水敷脸洗去浓浓的困倦，伺候太子妃起床。

“齐霜霜怎么样了?”太子妃一边系住衣带一边不经意地问起。是啊，昨晚的事太多，倒把她给忘了。

“她挺好的，奴婢看见她甩水袖，可美了。”我由衷地赞叹着。

“皇后信命，不知这回她要如何解释齐霜霜的命运，别是打了自己的嘴巴。”太子妃的话中不免夹杂着讽刺的意味，连笑容都有解恨的感觉。

“娘娘这话如何解?”我一边给太子妃盘发，一边随意地问着。

“你想啊，皇后娘娘的本意是要她离后宫远远的，只可惜事与愿违，让她离开的是皇后，最终让她回来的，还是皇后。”太子妃用手指抹了一点发油，轻轻梳理着额角散出的碎发，“怕就怕，皇后不会去怨天怨地，只会怨本宫害她。”

我同情地看着太子妃安慰她说，“不是万淑宁，就是齐霜霜，对皇后来说，都是一样的。”

太子妃摇摇头说，“本宫不是怕这个，本宫是怕……”太子妃没有说出来，只在眉宇间露出隐隐的忧愁。

午后我又去了燕草居，纪双木亲自给我开的门，她看起来和以前没什么两样，我进到屋里，把门关上，看着她像以前那样泡茶、沏茶，然后把茶端到我的面前。这是玫瑰花瓣泡的茶，柔软的红色是茶水中浮动的馨香，是纪双木两颊晕染的胭红，是她乌黑发髻中点缀的韵味，是她轻纱遮掩下半露的抹胸。我接过茶碗，面无表情，心却跳得厉害。我挣扎了很久，终于让自己的心潮平静下来，我决定了，与其相互猜忌，不如一次问个明白。

“昨晚你去哪儿了?”虽然她的目光完全不在我的身上，但我依然毫不犹豫地问出口。

“哪儿都没去，留在文秀阁。”纪双木给自己沏茶的动作依旧很流畅。

她撒谎。我的心隐隐作痛，像被锋利的刀片狠狠地划了一刀，血流出来，很快因为寒冷而凝固。“你撒谎。”我波澜不惊地把茶碗搁到桌上，平静得整个茶面都没有怎么晃动，“你没有在文秀阁，你在长安王府的马车上。”

嘭的一声，我听到身体撞在桌案上的声音，紧接着一滴滚烫的茶水溅在我的

手背上。那一瞬间，我用余光瞥见纪双木仓促地捧住因为失手而掉落在桌案上的茶壶，顺势把它牢牢按住，不让它再慌乱地晃动。她的双手还未从茶壶上离开，身体已转向我，愕然的目光直直地投向我的眼睛，在我转过脸正视她的时候，我看见那愕然之中还有深不见底的恐惧、质问、怨恨和乞求。我看见她的嘴角微微抽动，她想说些什么，却最终把略显苍白的嘴唇闭上。她不知道我到底知道多少，所以她选择让我先说。

“你们一直都有来往吗？”我的声音冷冷的，连我自己都觉得心寒。

纪双木的双手从茶壶上离开，自然垂在身体两侧，不说话。

我气得拍了一巴掌在桌面上，然后站起身抓住她的两只胳膊，愤愤然地问，“他不是已经在你的身上刺青了吗？你不是已经回宫了吗，你的主子不是也回宫了吗？为什么还要去见他，为什么！”

我很少这样歇斯底里，纪双木大概是被我吓到了，瞪大眼睛露出赫然的目光，但随即，庆幸的眼神在赫然中游离而过，“我只是去谢谢他，没想惊动任何人。”

“谢他？需要吗？”我话一出口，纪双木迅速地回过脸来，也许是我的话说重了，但我却认为恰到好处。“不识庐山真面目，只缘身在此山中。”我把她教给我的话完整地重复了一遍，然后看着她的眼睛越睁越大，我嫣然一笑说，“我已经不在山中了。”

纪双木往后退了一步，狐疑地问，“是太子妃告诉你的？”

“你呢，你是怎么知道这件事的？”我不答反问。我才是太子妃的贴身宫婢，但我却不如纪双木知道的多，这让我多少感觉到不可思议，感觉到不平衡。

“那我们就都不要说了。”纪双木背过身去，口气坚决。

“你想保护谁？”我知道这样对她很残忍，但我觉得有必要让她清楚自己所处的局面，“是绿萝吗？”纪双木没有说话，于是我把话说得更加彻底，“别用沉默代替否认，万淑宁和玉昌公主素无来往，怎么你和绿萝就能钻到竹林子里去咬耳朵了！”

纪双木条件反射地颤抖了一下身体，然后用一种恍如隔世的目光凝视着我，

渐渐地，目光中透出一股恨意，冰凉冰凉，“你……你跟踪我……”纪双木的双唇哆嗦着，再没有说出别的话来，我知道她想骂我，但是那些暗中捣鬼的小动作让她心虚了。

“是你太大意了，”我别过脸去不看她责备的心痛的表情，“你应该想想，如果看到你的不是我会怎么样？也许你没来得及替万淑宁出嫁就已经身首异处了！”我看见纪双木眼中掠过一丝惊恐，我希望她能知道怕，“除了长安王世子帮你们主仆脱困的事情以外，太子妃究竟还了解多少我不清楚，但我有必要提醒你一句，适可而止，好自为之。”

纪双木牵强地一笑，努力用轻蔑的目光掩饰骨子里的虚弱，“这话，还是对你的主子去说吧，她才应该适可而止，好自为之呢。”

我嗤笑一声，端起茶碗在眼前轻轻转着，“你不觉得这话由你来说特别可笑吗？别忘了昨天晚上你还坐在长安王府的马车上，难道一个男人看了你的身体，被你拿住了把柄，还需要你去说一声谢谢吗？你们究竟在做什么？”我忍不住把话说得更重一些。

“什么都没有！”纪双木突然从迷惘中清醒过来，“不是你想的这样，林西樵！世子肯帮我，只是因为我拿他和太子妃的事胁迫他，你听清楚了吗，是胁迫，没有别的……”纪双木拼命摇着头，连发髻都有些松散了。

我凄楚地一笑说，“那样最好，不过我要告诉你，从今以后，他都不会再受你的胁迫了。”

我的话显然让纪双木谨慎起来，她认真看着我的眼睛，确认我不是在吓唬她后慎重地问，“他真的不怕后宫的流言蜚语？即使是凭空捏造都未必能全身而退，何况我还不是凭空捏造。”

“现在是了，”我利索地接上她的话，在看到她疑惑的目光后忍不住心痛地一笑，“世子没有告诉你吗，他们已经断了。”我说到这里，忽然觉得世子的绝情，极可能就是对彼此的保护。我看见纪双木明显地一怔，眼中飘过不安和怀疑，慌乱的目光找不到落脚的焦点。我竟然有些为她难过，放缓语气说，“昨晚的事，太子妃不会知道，但你们也最好收敛一些，就你知道的那些所谓秘密，根本不能

把太子妃怎么样，所以，别再继续在这条路上走下去了，不值……”最后两个字，是说她，亦是说给她听。

这一刻，我没有要哭，可眼泪已悄无声息地落下。在纪双木的沉默中，我心怀沉重而离去，我终究，没有办法不原谅她。

第二十章　凤凰涅槃困残局

我又一次向太子妃隐瞒了我与纪双木的对话，算上青竹林里与绿萝的偷偷会面，算上和卿殿里偷放的木珠子，算上除夕夜里穿过皇宫的马车，我已经做了四回叛徒了。其实聪慧如太子妃，她怎会一无所知，木珠子的事她不就了如指掌吗？说不定，恰恰是因为了如指掌，才视若无睹置若罔闻。我就像一个跳梁小丑，不知天高地厚地炫耀着自己对主子的忠诚和对姐妹的眷顾，而太子妃就坐在高位之上，看着我精彩的表演，掩面而笑。其实，我和纪双木又有什么不同呢？我们谁不是权力制衡下一颗自我操纵的棋子，只是我所依附的棋盘上有更多与我相同颜色的棋子，我不是最先落子的那一颗，也不是最关键的那一颗，很多龌龊的事，不是我不做，而是不用我去做。

那我做些什么？每天偷偷溜去司艺院看齐霜霜练舞，这就是我现在最重要的也是唯一的一件差事。万淑宁还在和太子以中宫伴驾的名义借机相会，每过几天便会有相关的消息传到太子妃这里，是谁传的，我一直都不知道。关秀月的身子渐渐好起来，大概从四月间开始，她已经和齐霜霜配合着练习双人共舞的段子。对于万淑宁，太子妃每每听过骂过就算过去了，而对敦煌飞仙，太子妃则交待我一定要盯紧，不光是舞跳得如何，齐霜霜整个人的转变更要牢牢把握住。我不明白如此艰巨的任务太子妃怎么就放心交给我，我从没见过樊贵妃，即使我看着齐霜霜一点一点变得妖艳瑰丽，我也判断不出她与樊贵妃究竟相似几分。好在关秀

月时常写了折子让我带给太子妃，所以渐渐地，我变成了信使，而且是夜不归宿的信使。我时常和齐霜霜一起留宿在关秀月静养的院子里，这也是太子妃授意的，也许是吃准了齐霜霜对太子妃的感恩和依赖，大概有半年的工夫，我就如太子妃所预料和期盼的那样，和齐霜霜结成了所谓的知己，虽然不知道她是否也在做戏敷衍，但她对于成为皇帝妃子的欲望和对太子妃扶她上位的期待，都在她半真半假的话里暴露无遗，每每我向太子妃描述齐霜霜充满欲望的眼神和内心膨胀得快要溢出来的喜悦，太子妃就会露出满意的微笑。用太子妃的话说，有欲望就会有求于人，而有求于人就不得不受制于人。

终于到了齐霜霜登场的这一日，中秋夜宴选在长清殿，殿中有一道长长的九弯曲池，池中九座莲花台，大小高低各错落有致，殿顶悬梁交错，各色华丽的绸缎相互交织着，在中央盘成一朵莲花，然后从花蕊处把绸缎拉直了朝四周铺展延伸出去，像长长的花萼蔓延着，绽放无尽的美丽。这是夜宴的舞台，更是齐霜霜走向高位的阶梯。一切正如太子妃暗中谋划的那样，齐霜霜避过皇后的耳目，早早地躲进空心的莲花座台里面，只等待着关秀月吹响竹箫的那一刻。

九把古琴从莲花台上撤下，我的心紧张起来，太子妃给自己倒了一杯酒，我知道她的心里正忐忑不安。放在明池中的冰块开始发挥作用，烟雾袅绕的美态在长清殿中渐渐展现，凄美孤寂的箫声破空而来，我有预感地抬头去看，只见关秀月吹着竹箫，腰系从顶梁悬挂而下的柠檬色绸带，缓缓飞天而来，轻轻落在曲池的莲花座上。我听见有人发出惊呼之音，寻望四座，看见玉昌公主紧握酒杯作思虑之态，二十年前她也有十多岁了吧，也许是曾经目睹过敦煌飞仙的瑰丽，便在此刻觉得时光倒流了吧。可是，刚才那声惊呼，明明是个男人的声音，能够传到我的耳朵里，应该就是在……我看向太子宫席位的左侧，四皇子正与四皇妃津津有味地看着关秀月的舞蹈，不像是会惊呼之人，那就是……我刚想往右侧的席位看，更大的惊呼声把我的注意力引向曲池中央。关秀月落脚的那尊莲花座缓缓转动起来，两股水袖从莲心中挥洒而出，直冲顶梁，然后又如同金色的瀑布般落下，在莲心处转成层层叠叠的漩涡。关秀月摆出醉仙半卧的姿势，金色的漩涡在她身后慢慢升起，忽然箫声戛然而止，金色的水袖甩向曲池两岸，莲心处突然现

出一位轻盈飘逸的美丽女子，纤臂托云髻，玉足点清池，伴着水袖的飘落摆出倚竹望月的姿势，与关秀月恰好横竖成比高低相映，在池水盈盈月影摇曳的点缀映衬之下，犹如花中仙子月中显影。我不惊呆住了，虽然之前无数次在黑暗中透过那一星点微弱的烛光观赏齐霜霜如仙子般飘逸的舞姿，我惊叹过，震撼过，唏嘘过，但直到刚才我才发现，原来没有了灯火辉煌的照耀，没有了波光粼粼的池水，没有了铺天华丽的彩绸，没有了宛若逼真的莲花，没有了轻轻泛起的寒烟，没有了忽隐忽现的月影，我见过的，也不过是敦煌飞仙在夜幕背后的剪影。

舞蹈继续着，四座惊叹之声此起彼伏。年轻的王爷皇子们失神凝望像被摄走了魂魄，或呆若木鸡瞠目结舌，或躲着妻妾故作镇定；年轻妃子公主面露赞叹却眼露嫉妒，或捏紧手绢强作大度，或轻触夫君迫其收敛；年长的王爷王妃则面色凝重，惊愕与质疑在眼中交织，瞬间的赞叹逐渐褪尽，只留下深埋的沉思和隐隐的忧愁，互观神色却沉默不语，偶尔还会朝皇上偷偷瞥去，又很快收回目光，故作稀松平常之态。我随着他们偷瞥的目光也看向皇上，却先看到了皇后惊恐愤慨的目光，酒杯紧紧攥在手里，嘴唇似乎被牙齿狠狠地咬着，脸色也铁青铁青的。皇上已缓缓起身，离开座位，一步步走下阶梯，朝曲池靠近。他从万淑宁的席位前经过，我看见了万淑宁脸上没有温度的微笑。

齐霜霜继续舞动长袖，飞旋的绸带迷离了我的眼，我好像看见万淑宁穿着金色的纱裙在粉红的莲花座上轻盈地旋转……不，不是万淑宁，万淑宁不会如此妖艳、如此放纵，但她们真的很像，以前只是眼睛像，现在是整张脸都像……我居然才发现齐霜霜今夜的妆容做了特别的修饰，五官照着万淑宁的样子描绘得特别精致，可能是我一开始就知道她是齐霜霜，才忽略了她样貌的改变。怪不得，怪不得万淑宁的表情如此奇怪，如果她没有见过樊贵妃，也不知道关于樊贵妃的故事，那么，她的脸上或应写着惊艳，或应写着震撼，哪怕是写着嫉妒和轻蔑，也不该流露出如此死寂的笑容，除非，她察觉了她们惊人的相似，察觉了这敦煌飞仙的背后有一个与她有关的阴谋。

舞蹈接近尾声，齐霜霜从一座莲花台上飞身跃起，落入另一座莲花台，变换几个姿势后，长袖一挥，继续飞身跃入下一座莲花台，如此沿着曲池蜿蜒的方向

朝长清殿门口翩翩舞去。皇上此时已走到曲池的堤岸边缘，跟随着齐霜霜的舞步沿着堤岸追寻而去。随身亲信卓公公紧紧跟着，生怕皇上一时意乱情迷就跌进曲池里去。

“如玥……”我又听到了那个声音，从之前的惊呼，到现在变成了樊贵妃的名讳。不是皇上在喊，他一直在我的视线里，他没有喊。那么是谁，谁敢直呼樊贵妃的名讳，而且还是如此深情？我本能地寻望四周，突然感觉脚上被滴了什么，凉凉湿湿的。我低头去看，正好看见太子妃右侧席位桌案上歪倒着一只酒杯，清澈的酒水流淌出来，沿着桌脚滴落到我的脚背上。我站在这儿好一会儿了都没挪过地，这只酒杯是刚刚才被弄翻的。想到这里，我的心猛一跳，敏感地看向右侧席位的宾客，居然是长安王爷李正茂。我的心往下一陷，脑海里顿时胡乱联想起许多东西。

此时，箫声渐渐隐没，齐霜霜如奔月嫦娥般被黑色的夜淹没。皇上已不在殿中，连同卓公公也不见了。皇后站起身，宣布撤宴，众人纷纷散了，万淑宁和长安王虽步履有所迟疑，最终也离殿而去。最后，整个长清殿只剩下皇后和太子妃，当然，我和古月月也陪伴在侧，看着皇后铁青的面庞和太子妃得意的微笑，面面相觑不知这残局该如何收拾。

皇后一步一步走到太子妃跟前，眼中愤怒的火焰可以把任何生命烧毁。她的嘴唇哆嗦得厉害，似乎有什么话含在口中如同火山熔岩在洞中翻滚即将奔涌而出。皇后强忍着不让充盈的泪水流出来，高高扬起手，狠狠甩了太子妃一个巴掌。啪的一声响，太子妃整个人向后跌去，头甩向右侧，连梳好的发髻也有些松动了。我扑上去扶住太子妃，我能感觉到她的身体已经失去重心，她是硬生生吃了这一巴掌，丝毫没有要躲的意思。

“你害本宫……你害本宫！”皇后几乎是要扑上来，她浑身打着哆嗦，凄厉地哭喊着，连声音都嘶哑了。

太子妃任由皇后哭骂了一阵，然后抬起头，雪白的脸上五道或深或浅的红色指印触目惊心，嘴角的鲜血更是猩红刺眼。“娘娘……”我有些急了，可皇后在场我又不好做什么。太子妃拉住我不让我做任何事，她没有还手回嘴，不卑不亢

地看着皇后，自己拿绢子狠狠擦去嘴角的血迹，然后毫不留恋地转身朝殿外走去。

我跟在太子妃身后，却忍不住一次又一次地回头，想从皇后的脸上看出点什么来。愤怒、嫉恨、羞愧、惊愕、痛苦，每次回头，我都看到了不一样的东西，也许是什么都有，我想着什么，就能看见什么。迈出门槛时，我最后一次回头，就是这回望皇后的最后一眼，我看见她的眼泪决堤而出。那一刻我觉得，所有的愤怒、嫉恨、羞愧、惊愕、痛苦，都不过是表象，或是我对皇后内心情感的曲解，而伤心，才是皇后此刻最深切的体会。即使坐在高不可攀的一国之母的宝座上，她的内心依旧拥有女人的脆弱和柔软。所以她对李羡的死耿耿于怀，所以樊贵妃的影子对她就如同芒刺在背，不仅是因为名利权位，更是因为她的爱被生生剥夺了。而这两件事，都与太子妃脱不了干系，可偏偏太子妃又是她在皇宫中最坚实的同盟后盾，难怪她会打那一巴掌，她能做的，也仅仅是打这一巴掌了。太子妃生扛硬挨，恐怕也是因为这个吧。

我们回到太子宫，小顺子差点没哀号起来，赶紧找来冰块药酒替太子妃敷脸上药。“哎哟我的祖宗，你是怎么伺候娘娘的，怎么弄成这样了？”小顺子止不住地埋怨我，又气又急的样子让我忍不住要甩自己一个嘴巴。

“这个巴掌非挨不可，是本宫不让她管的，从本宫要做这件事开始，就知道皇后这头的结局不会那么好收拾，如果一个巴掌就能息事宁人，本宫认了。”太子妃稍稍拿开冰袋，脸颊上的红肿略有好转。

“皇上真的把齐霜霜当成樊贵妃了？”小顺子又赶紧把冰帕子轻轻按在太子妃的脸颊上。

“何止是皇上错认了，连同皇后和列位皇亲，但凡是在二十年前目睹过敦煌飞仙的，没有一个不心生猜疑的。旁观之人尚且如此，何况是皇上？”太子妃得意地笑着，似乎忘记了脸上火辣辣的疼痛，随即又露出嗤笑鄙夷的眼神欢喜地说，“哼，当即就抛下四座宾客随齐霜霜去了，如此不成体统的模样，本宫还真是第一次见呢。”

“这都是娘娘运筹帷幄才有的结果，如今事儿成了，娘娘总算苦尽甘来了。”小顺子见太子妃笑了，自己也跟着乐起来。

“成不成的，本宫现在可不敢说，本宫不怕别的，就怕……”太子妃露出谨慎的目光，随即又眉头一松，莞尔一笑说，“应该不会的，否则这个巴掌，也白挨了。”

我从太子妃的话里听出自我安慰的意思，说实话，我的心很不踏实，从一开始，我就觉得这个计划像一个空中楼阁漂浮在虚无的高空中，虽然瑰丽奢华，但随时都可能坍塌下来。

兵行险招，开端倒还不错。小顺子打探来的消息，皇上在夜宴当晚就召幸了齐霜霜，而且厚赏了周雪珍和关秀月，皇后气得牙痒痒，但在这当口上，竟也没敢对周雪珍和关秀月有所惩罚。三日后，皇上册封齐霜霜为正二品淑仪，宫中哗然之声响成一片，我和小顺子却在暗自窃喜。

册封礼结束后，各宫嫔妃都被皇后娘娘请去小坐，齐霜霜也去了，直到快传午膳的时候，她终于得闲来太子宫坐一坐了。按照规矩，太子妃是要给齐霜霜行礼的，但太子妃没有那么做，齐霜霜也不介意，她们像姐妹一样手拉着手，在竹沁园里悠闲地逛着。

一片玉兰花瓣落在齐霜霜的肩头，太子妃替她轻轻拂去，不经意地说道，“淑仪娘娘如今正得父皇宠爱，还纡尊降贵来臣妾这里走动，实在难得啊。”

“什么娘娘臣妾的，太子妃这是说哪里话，”齐霜霜摆出不悦的表情，“如果不是太子妃栽培，霜霜哪有今日，以后无人之时，你我只管以姐妹相称，不需那些虚礼。”

太子妃听她这么说，立刻满面堆笑地说，“今日在皇后宫中，母后没给你什么脸色看吧?”

“那么多姐妹在场，皇后怎好发作?”齐霜霜略显得意地说着，忽然又眉头一沉，苦着脸说，“只是张昭容周淑媛她们几个，对霜霜有些冷淡。”

“张昭容她们都是皇后一手提拔栽培的，自然会替皇后不高兴，这个你不用在意，附庸之人，掀不起什么大风大浪，只要皇后不出声，你就安心做你的淑仪娘娘，那些人的冷面孔，忘了就好。”太子妃说得有模有样，把齐霜霜安慰得立刻笑逐颜开。

“姐姐说得再是不过了，而且也不是每个人都站在皇后那边，那个安国郡主就对霜霜挺和颜悦色的，还说我跟她的眉眼特别像，以前老听宫里的人把她吹捧得天上有地下无的，还以为是个冷若冰霜高不可攀的人物，想不到也是这般随和可亲，姐姐是常有机会见她的，你说我们俩的眉眼是不是真有点像啊……”齐霜霜越说越来劲，根本没注意太子妃的脸色已经变了，我拼命拽她的衣袖，想示意她闭嘴，她却丝毫没有察觉，继续滔滔不绝地说着。

“哎呀，别说了。”我终于忍不住出声制止齐霜霜，猛地就遭到齐霜霜尖锐的质疑的目光直射我的眼睛。“奴婢是说，淑仪娘娘和安国郡主的眉眼相像，是好多人都在私下议论的事儿，所以娘娘不用再怀疑了，不然以淑仪娘娘的身份，跟一个外封的郡主比来比去，不是掉身份吗?”我赶紧好话说了一箩筐，免得齐霜霜追究。

齐霜霜果然是从奴婢堆里走出去的，这话听了特别受用，马上笑嘻嘻地看着我说，“西樵的嘴巴就是会说话，难怪太子妃要把你带在身边，我想找个这样的丫头，还找不着呢。”

“这个好办，你要什么样的丫头，我分派给你一个就是了。”太子妃把这个无关紧要的话题就此打住，继续拉着齐霜霜往前走，“你刚才说安国郡主，她又不是嫔妃，怎么也去凑热闹了?”

“她可不是特意请来的，”齐霜霜诡异地笑着说，“我们都散席了她才来，看那个样子，像是常来的。”

“她和你们撞上了?”太子妃紧锁眉头，眼中深藏疑惑。

“只有我撞上了，”齐霜霜告密似地小声说，“出了中宫门没走多远，我就发现一支金钗没了，马车上找遍了也没有，只好再回中宫去找，谁曾想就看见安国郡主下马车……”

“你怎么认得她是安国郡主?除了中秋夜宴，你不该有机会见她的。可中秋夜宴，你也顾不上见她吧。”太子妃很快发现这其中不对。

“我没见过，紫玉见过呀，哦，紫玉是皇上从皇后那儿给我拨过来的丫头，可怜啊，跟着皇后三年了，只在院子里扫落叶种花草，苦吃了不少福没享着，这

不，我稍微待她好点，她就什么都说了。这安国郡主差不多隔一天就去一次中宫，什么样的感情呀，要粘乎成这样，肯定有猫腻。”齐霜霜凑得更近，声音更鬼祟了，“我听说宫里好多失宠的娘娘都有女宠，你说这万淑宁会不会也是啊?”

“别胡说，人家可是御封的郡主，哪会做这种龌龊的事?”太子妃驳斥着，声音不大，却坚定有力。

“郡主的封号不也是皇后那儿讨来的，我听说皇上原本没打算封她做郡主，是皇后坚持，才册封下来的。”齐霜霜瞟了瞟四周，继续说，“太子妃别不信，这也是紫玉告诉我的。”

太子妃刹住脚步，双眸一动说，“这个紫玉到底是个什么来路，怎么扫扫落叶就扫得什么都知道了，别不是在皇后那里没捞到什么好处，如今有机会得了你这个新靠山，就加油添醋地造谣生事，到时候你把话传开了，追究下来，难道还指望她替你担着不成？别忘了，皇后对她可没有兴趣，小心替人背了黑锅，还是个早就铸好了的锅，就只等着你这头替罪羊做道开胃菜呢。”

太子妃一席话说得齐霜霜双腿打颤，“太子妃你可别吓我，难不成那紫玉丫头是皇后埋的一颗雷啊，哎呀，太子妃，你可得帮我呀。”

太子妃轻轻一笑，抓住齐霜霜的手说，“你也别这么紧张，我是怕你口无遮拦才说了重话，好让你谨言慎行，以后听了什么，别胡乱就信了，更别胡乱就往外传，过来告诉我一声，我也好替你拿个主意。至于紫玉，你也别先露了疑心，说不定还真是个傻丫头，胡猜乱说的逗你开心，你若真是心里不安，怕她背后捣鬼，我就再派个丫头给你，替你管着紫玉，不就行了。”

“姐姐这个主意好，姐姐的人能干有脑子，若能把紫玉看住了，我就可以一心一意伺候皇上了。”齐霜霜眉飞色舞地，笑得花枝乱颤，“姐姐给我派个什么样的丫头，快叫来我看看。”

“不急不急，你先在我这儿用了午膳，吃完我就让你把人带走。”太子妃拉了齐霜霜继续往前，一边回头吩咐我说，“快去，把纸鸢叫来，认新主子。”

纸鸢？我怔了一下。明明怀疑紫玉的来路，太子妃还要把纸鸢拨给齐霜霜，那是让她们三个谁看着谁呢？我的头痛起来，在齐霜霜身上，已经出现了敌我不

明的三角困局，皇后和太子妃皆在暗处，却是真正相互博弈之人，齐霜霜在明处，却是皇后和太子妃都要争夺利用的人，这场困局，实在胜负难料，祸福难测。

纸鸢跟着齐霜霜走了，我们回到荣祺殿，小顺子愁容满面地等在那儿。

“又怎么了，这副嘴脸？”太子妃的话悲戚大于气愤，她似乎有所预感了。

“回娘娘，万淑宁今日又到中宫去了。”小顺子干巴巴地说着，情绪低落。

“太子呢？”太子妃问得干脆。

“刚从皇后那儿回来。”小顺子的话音渐渐隐没。

太子妃刚刚迈入寝殿的步子停住，迟疑片刻，忽然一个转身朝殿外走去。

“娘娘，您去哪儿？”小顺子叫唤着。

“摆驾，去中宫！”太子妃的口气十分坚定，我知道，太子妃害怕的事情，终于发生了。

一路上，太子妃沉默不语，只是用手绢不停地抹着根本没有泪水的眼角。我们到中宫的时候，皇后还在午歇，太子妃不顾宫婢的阻拦，直闯皇后的寝宫，我跟在后面，不知该帮着宫婢拦她还是帮她阻拦那些宫婢，手忙脚乱间，我们已站在皇后面前了。皇后早听到了动静，已经起身更衣完毕，等着判太子妃一个惊驾之罪。

“太子妃是忘了自己的身份还是忘了宫里的规矩，怎么能就这样闯进来，实在有负本宫对你的教诲！”皇后先给了太子妃当头一棒，随后才吩咐众人退下，“除了林西樵和古月月，其他人全部退出去！”

古月月也留下？我的心一动，这才想起那晚皇后给太子妃一个巴掌的时候她也在场。那么是说，她也是皇后的心腹了吗？我偷偷看向古月月，她凝神静气地注视着皇后，根本不理会我的目光。

“母后这么做是什么意思？万淑宁已经不再是母后的威胁了，为什么母后还要把她推到臣妾的丈夫身边，这样做对母后又有什么好处？”太子妃开门见山，直接质问皇后，丝毫不畏惧皇后的身份和浑身散发的那种威严。

“难道太子妃的所作所为对本宫就有好处吗？”皇后轻蔑地笑着，大有同归于尽的意味，“你给本宫的丈夫找了一个女人，那本宫自然是投桃报李，也要给你

的丈夫找一个女人，这难道不是礼尚往来，最起码的事吗?”

“别说这种哄三岁孩子的话了，”太子妃一声冷笑，“是母后挑衅在先，难道臣妾就要坐以待毙吗?”

“太子妃真的害怕万淑宁吗?”皇后也开始用轻蔑的口吻说话，“即使万淑宁真的比你好，有本宫在，你还怕后位不保吗?”

“这话母后怎么不对自己说！有太后在，难道母后还怕后位不保吗?臣妾如今还不是皇后，可母后已经母仪天下二十年了，害怕一个不到二十岁没爹没娘没势力的黄毛丫头，这不是更说不过去了吗?”太子妃耻笑的目光直射皇后，那种得意比毒蛇的眼睛还要骇动人心。

“太子妃是在明知故问吗?”皇后显然已经出离愤怒了，“看看你安排的这场夜宴，你当本宫是傻子吗?你根本就知道本宫怕的是什么，但你偏偏要重现敦煌飞仙，你是在拿刀子戳本宫的心，戳本宫的心啊!”

“戳母后的心的不是臣妾，是樊如玥，是皇上。”太子妃的声音坚实起来，“母后责备臣妾就等于在责备杀人犯手中的尖刀，刀杀人，但错不在刀，樊贵妃的存在早就注定了皇上的爱最终难以落回母后的手中，齐霜霜不出，谁能与万淑宁争锋！难道母后宁愿面对万淑宁，也不敢和齐霜霜一较高下吗?母后，臣妾是在自救，但臣妾也在救母后，齐霜霜总比万淑宁容易对付吧?”

皇后笑着摇摇头说，“别把话说得这么好听，齐霜霜要是比不过万淑宁，你会用她来勾引皇上?”皇后鄙夷的笑脸转瞬又阴沉起来，“你不就是想让本宫分心，忙于对付齐霜霜，好把万淑宁和太子的事搁在一边不管吗?齐霜霜的舞跳得不错啊，学了有大半年吧，出身查无实据，又爱做梦，说是在梦里学会的敦煌飞仙，还说从记事起就老觉得自己是活在皇宫里的，这些话吃不准谁爱听谁不爱听呢，她就敢都说给皇上听，要不是有人在背后给她编故事，她能自圆其说吗，她敢在宫里嚼这些鬼神之说吗?”皇后说着快步走到太子妃跟前，“樊贵妃重生，敦煌飞仙重现，这是多么大胆的构想，这是多么艰难的计划，若不能一击即中，就只能兵败如山倒，只有你敢做，也只有你能做到，但是做到以后呢?”

“以后?”太子妃轻轻转动眼珠，随意地说，“以后就请母后替万淑宁再找个

好婆家，只要不是太子，是谁都可以，至于皇上那边，母后不需要担心，臣妾可以保证，皇上不会再强求把万淑宁留在身边了。”

“你保证？你凭什么保证？”皇后的目光由轻视变为质疑，“你真的以为齐霜霜能按照你授意的那样去说服皇上放弃万淑宁吗？”

“不用臣妾的授意，”太子妃一点都不为难地回答皇后的质问，“齐霜霜自然会为了自己的名利去跟万淑宁抗衡的，臣妾和母后需要做的，只是坐山观虎斗而已，这难道不是母后最期望看到的局面吗？”

“你以为两虎相争的结局就只有两败俱伤这一种吗？你有没有想过，万淑宁可能会无心恋战，难道要本宫自己去充当那只老虎吗？”

太子妃一听这话，脸色立刻变了，直接上前按住皇后的胳膊，“你说什么？无心恋战？原来母后也知道万淑宁可能会无心恋战……”太子妃哽咽着，眼泪流出来。皇后的衣袖被太子妃攥得扯开，古月月跑上去想把她们两个分开，却被太子妃狠狠甩开撞在桌案上。太子妃把皇后推到墙边，双臂颤抖着，嘶哑的声音几乎是吼出来的，“其实臣妾一直都知道万淑宁的目标不是皇上，但若母后愿意力挺臣妾，万淑宁也绝无取臣妾而代之的可能，可偏偏母后为保私利陷臣妾于危地，臣妾虽心痛却也体谅，故而重现敦煌飞仙，不求别的，只求母后不再受万淑宁的威胁，不再插手万淑宁和太子的事，仅此而已。可是母后却说了无心恋战这样的话，也就是说母后知道……万淑宁根本没想过要跟皇上在一起，她对你根本就没有那么大的威胁，既然这样为什么还要火上浇油唯恐天下不乱？”太子妃使劲摇晃着皇后的身体，我可以听见身体撞在墙面上的声音，一下一下，都那么真实。

“太子妃，您不能这样，快放手啊。”古月月跑过去，用力把太子妃的手掰开。太子妃连着后退几步，虚脱地靠在桌案上，我上去扶住她，感觉她的衣服都是湿的。

皇后也虚弱不堪地倚靠着墙面，喘息着说，“人若想死，便怕死不掉，人想活时，便怕死得早，本宫不想与万淑宁为敌时，怕她心存妄念，本宫想万淑宁入局时，怕她无心恋战，这有什么错！万淑宁究竟作何盘算，谁能说得清，斩草不

除根，后患无穷，本宫也只是不想冒险罢了。”

“皇后不愿意冒险，就把危险都推给臣妾，这样对臣妾就公平吗？”太子妃推开我，朝皇后走去，“早知今日，何必当初？樊贵妃如果不死，也不会有这笔冤债要到今日让臣妾来替你偿还。”

“你，你说什么？”皇后的面色苍白，呼吸急促，仿佛脑子里有什么可怕的念头闪过，眼中的恐惧一下子迸发出来。

“宠妃亡故，还成为皇宫的一大禁忌，臣妾不相信皇后娘娘能脱得了干系。”太子妃步步逼近，皇后闪烁不定的眼神反倒让太子妃更加大胆起来，“臣妾说过，皇后与臣妾是一家，臣妾会为了这个家族而努力，但是如果皇后不把臣妾当一家人了，臣妾也只能让皇后孤立无援了。”太子妃声声称之为皇后而非母后，可见已是有心疏远了。

皇后闻言绝望地闭上眼睛，沉默片刻，突然双眼睁开，身子一挺，锐利的目光直射太子妃，一副豁出去的模样对太子妃说，“你对二十年前的事根本就一无所知，道听途说断章取义还指望拿这个来胁迫本宫，实在是不知天高地厚。本宫现在告诉你，樊如玥的事是皇上和太后亲自过问的，樊如玥的结局根本就不是本宫想要的，你想让樊如玥活着，本宫告诉你，在这个皇宫里，最希望樊如玥重生的不是别人，就是本宫！”

“够了！”坚实的喝止之声在寝宫里响起，但喝止之人并不是太子妃，更不是我和古月月当中的一个。我本能地四周寻望，猛地看见太后站在寝宫门口，后面的宫门紧闭，只有太后一个人。太后面色沉重，目光犀利，一看就是有备而来。

皇后和太子妃不敢再放肆，赶紧整理妆容给太后请安。太后走到她们二人面前，盯着她们看了一会儿，冷冷地说，“你们在做什么，吵得整个皇宫都能听见了，是不是想把皇上也惊动了，你们就满意了，高兴了，可以守着皇后和太子妃的位置高枕无忧了，啊？”太后的话说得平淡，却说得皇后和太子妃满脸羞愧，无言以对。“怎么，你们都没话说了？那就让哀家来说。曹子建的七步诗你们从小都学过，本是同根生，相煎何太急，皇宫多是非，即便你们相互扶持、相互体谅，都未必能够降妖除魔，扶摇直上，何况你们还互生嫌隙，多有猜忌，彼此利

用，你们想做什么，鹬蚌相争让别人渔翁得利吗？”太后说着先看向皇后，“你这皇后都当了二十年了，什么大风大浪没有经过，就让一个万淑宁给吓得乱了方寸，说出去也不怕丢人！”

“臣妾不是怕万淑宁，臣妾是怕……”皇后涨红着脸要解释。

“怕樊如玥？”太后替她把话说了，然后用一种荒谬的笑容对着皇后，“樊如玥就真这么可怕？皇上对她的感情就真这么深？你把樊如玥摆得那么高高在上，你打算把哀家放在哪里，把满朝文武放在哪里，把天下百姓放在哪里，把江山社稷放在哪里？不错，皇上对她是有感情，不但有感情，还有感恩，还有愧疚，还有后悔，还有想念，可是那又怎么样？做了皇上就首先要对权力对江山有感情，否则一切免谈。皇上当年可以为了权力江山毁了樊如玥，他如今就还会为了权力江山毁了那些像樊如玥的女人。”太后看着欲言又止的皇后说，“怎么，你不信？哀家告诉你，哀家信！”

“太后，如今不同二十年前了，皇上江山稳固，没有什么后顾之忧了。”皇后怯弱弱地说。

“那难道就没有别的办法解决了？就必须要拿太子妃开刀吗？”太后的语气更重了，“管她万淑宁还是齐霜霜，管她是形似还是神似，假的就是假的，戳穿它不就行了。万淑宁不就是长得好嘛，毁了她的脸让御医再还她一张更美的不就行了，只要不像樊如玥要多美有多美，这宫里的御医难道是吃闲饭的？齐霜霜就更简单了，不就是能跳敦煌飞仙吗，哪天台子塌下来断了一双腿哀家看她还怎么跳？皇后，你总想把事情做漂亮了这是不可能的，残忍不是在表面上，而是在心里头，你觉得毁容断腿很残忍，那么你把君怡本就脆弱不堪的婚姻搞得更加支离破碎这就不残忍了？她到底是你的骨肉亲人啊，你捅她一刀好比捅别人十刀啊，这个时候你怎么就没想过要把事情做得漂亮呢，你们这样窝里斗难道很好看吗？”太后说着残忍的话，却让人找不出错来。她承认自己是残忍的，但又标榜着把残忍的程度降到最低，所以她的话，无可反驳。

“太后教训得是，臣妾知罪。”皇后不再辩解，低头认错。

“君怡也是一样，矛头指的根本就不是地方！本来皇后的威胁还是虚的，这

下倒好，被你给坐实了，可也不见得你的危机就解除了。”太后训完皇后，又开始细数太子妃的不是，“万淑宁的本事你不是不知道，她能被你牵着走？她心里想的若是皇上，你这就是多此一举，她心里想的若是太子，你以为皇后不插手，她就没办法了。幼稚，可笑！”太后说着又看了看皇后，“哀家跟你们说过，釜底抽薪才是上策，尽想些治标不治本的办法，隔靴搔痒，适得其反。现在齐霜霜得了宠爱，万淑宁没了牵制，你们两个反倒陷于被动，这就是你们想要的结果吗？”

此话一出，皇后和太子妃顿时醒悟，互望一眼似有千言万语却说不出口。

“不要以为哀家深居简出就什么都不知道，你们做的这些事儿啊……”太后的手指点着，最后无奈地摇摇头，叹了一口气说，“你们就是在赌气，否则不会连这些粗浅的东西都看不透，自己的事情总能处理好了，可一旦触及到彼此的利益，你们两个就开始赌气，赌在面上，更是赌在心里，以为哀家看不出来吗！”太后心疼地说着，愁容满面的样子让皇后和太子妃不知如何请罪才能让太后心里好受一些。太后沉默片刻，然后郑重地说道，“这件事，你们两个都不要再管了，齐霜霜继续做她的淑仪，万淑宁继续做她的郡主，你们谁也不要再做什么手脚，这里面的分寸，哀家自会把握，你们两个，就观棋不语真君子吧。”太后说完，径直走到寝宫门口，突然想起了什么，回过头来说，“看好你们身边的人，哀家可不想听到什么闲话。”

话音刚落，我就听见寝宫门被推开的吱呀一声响，我的心忽地就颤抖了一下，身边的人，是指我和古月月吗？我抬头去看她，她也正好抬头看我，四目相触的那一刻，我们看到彼此眼中对皇宫的深深疑惑和恐惧。也许我们都曾经以为皇宫中最有智慧的人就在我们身边，但是直到刚才，我们才发现皇宫中人的智慧，是那么遥不可及，那么深不见底，那么阴暗莫测，那么残忍可怕。所以，我们要被人看着，所以，这宫里的闲话，也从来不是闲话。

第二十一章　登高跌重面目非

今天是十一月初九，万淑宁册封为郡主整两年的日子，但恐怕这宫里只有极少的人还记得这个日子对于万淑宁的意义，大家都只会记得，这一天，齐霜霜被正式册封为正一品贵妃，赐居东华宫，也就是樊贵妃曾经居住过的宫殿。在这之前，齐霜霜已经由淑仪晋升为妃，赐号骊，那是樊贵妃曾经用过的封号。

消息是小顺子摸着夜色带回来的，他说齐霜霜给皇上跳了一支超高难度的舞蹈，把皇上感动得怆然涕下，当场就册封她为贵妃。太子妃边听他絮絮叨叨，边示意我赏了他一杯热红枣茶，馋嘴的小顺子没来得及掸掉身上的雪，就猛喝了一口，烫得直吐舌头。“这个齐霜霜还真有两下子，”小顺子龇牙咧嘴地笑着说，“一个月前才封的从一品骊妃，现在转眼就成了贵妃，看来皇后娘娘又要寝食难安了。”

“这很可笑吗?”太子妃冰冷的质问让小顺子嬉笑的脸庞顿时冷冻僵硬起来，“如今太后出面干涉，不准本宫和皇后再动任何手脚，那本宫把齐霜霜放在皇上身边又有什么用?”

“怎么没用?”小顺子立刻安慰地说道，“娘娘把齐霜霜安排到皇上身边，不就是为了让皇后别再为万淑宁和太子搭桥铺路吗？如今太后出面，皇后自然也不敢再在暗地里谋算什么，娘娘看似做了无用功，但至少逼出了太后，又断了皇后的歪念，也不算是白忙呀。”

“你懂什么！万淑宁又不是死人，难道皇后不出面，她就收心乖乖做她的郡主了吗？本宫捧齐霜霜上位，不光是要她取代万淑宁，更是让她替本宫做事的，万淑宁的去留，本宫希望她在皇上面前能说得上话，可如今太后说了不让本宫插手，这不就等于是过河拆桥吗，无非这过河的人和拆桥的人不是同一个罢了。”

太子妃面露忧虑之色，自嘲地笑着说，“原本以本宫和皇后之间薄弱的感情做代价就很是冒险了，如今不但功败垂成，更是后患无穷，齐霜霜越得宠，皇后对本宫的恨就越深，本宫这一步可能真的是走错了。”

“太后不是说，齐霜霜和万淑宁的事她自有分寸吗？”小顺子努努嘴说，“这都从淑仪一路升到贵妃了，怎么也不见太后出来说句话？”

“封妃而已，又不是废后再立，太后能说些什么？”太子妃冷眼嗤笑着说，“太后看的是大局，若是为了一点点后宫倾轧争风吃醋的事就跟皇上进言，那太后的话也没什么分量了。”太子妃转过身，对着我和小顺子认真地说，“本宫不是担心眼下，而是担心将来。万淑宁也好，齐霜霜也罢，都不是太后的对手，可太后毕竟年事已高，皇上的身体又不好，谁也不知道十年二十年之后会是个什么光景，本宫不想杞人忧天，但至少也该未雨绸缪吧。”

小顺子把嘴一撇，“说来说去，都是齐霜霜没良心，也就刚当上淑仪那阵还往咱们这边跑跑，自打封了骊妃，就再没露过面，太后不让娘娘插手，娘娘自然要避嫌，不能主动往她那里去，可她又没被禁足，怎么也不见走动？依奴才看啊，她是早忘本了，这桥太后不拆，她自己也会拆。”小顺子说到兴趣足时，拿手一抹鼻子哼了一声说，“也不想想封骊妃的时候太子妃给她撑了多大的场面，忘恩负义！”

小顺子说到这个，我在脑海中直接浮现出齐霜霜册为骊妃那日在赋娉宫摆贺喜筵的场景，同位分的嫔妃一个都没到，只是按规矩送了贺礼，也没有表贺的话让奴才们传过来，位分更低一点的嫔妃干脆就都被太后传召走了，连托辞都不用费心准备了。偌大的赋娉宫，只有太子妃和万淑宁到贺，实在是冷清得有点可笑。齐霜霜当时气得脸都白了，又羞又怒，竟然在走下阶梯时不慎脚下打滑，大为失态，幸好万淑宁上去扶了一把，才不至于露出更大的丑态。不过话说回来，万淑宁去，是在情理之中，不管太子妃的本意如何，最后的结果对她只会有益无害，那就是皇上已经不再是她选择自己未来的绊脚石。

“本宫不怕她有拆桥的心思，最怕是她已经拆了桥，本宫却还蒙在鼓里。”太子妃的话打断我杂乱的思绪，原来刚才那么多的回忆冥想也不过是转瞬间的事。

我注意到太子妃的目光越来越有警惕的神色，她转脸看向小顺子，“纸鸢那边没什么新的消息吗?”

小顺子皱着眉头直摇脑袋，“到今晚为止，都是在忙排演新舞的事儿。这个骊贵妃，册封前还四处巴结位分比她高的嫔妃，得了册封后就傲慢起来，每日只来往于司艺院和东华宫之间，传召司舞班的舞姬陪她排练新的舞蹈，人多眼杂的还有紫玉跟着，纸鸢不敢把话说得太明，可有时暗地里劝她往太子宫来，她也是心不在焉的样子。”

“心不在焉……心不在焉……”太子妃咬着嘴唇，眯起的双眼泻出一片疑虑的目光。突然呼地一声，窗户缝里漏进的风把蜡烛上的火苗子吹灭，寝宫顿时暗了许多。我条件反射地浑身一抖，毛骨悚然的感觉立刻从后背脊梁往上蔓延。太子妃亲自重新点燃蜡烛，映衬着橘红的温暖的烛光，阴森森地说了一句，“本宫怎么觉得，这宫里要出事儿啊……”

太子妃说完这话不到十二个时辰，宫里果然就出事了。谁也没有想到，就在新晋贵妃齐霜霜在琼池嫔馆为皇上献舞之时，高高架起的舞台突然坍塌，齐霜霜重重跌落，当场昏厥。更糟糕的是，皇上当时正举着酒杯踩着阶梯一步步走向舞台，舞台坍塌时，皇上来不及后退，被落下的木板砸中，顿时头破血流。消息传来，太子妃立刻前往中宫，恐怕也只有这个时候，皇上才会睡在皇后的寝宫里。

从马车上下来，我就远远地看见整个中宫正殿灯火通明，隐约能听到皇后尖锐的斥责声。我扶着太子妃慢慢走近正殿门口，皇后的声音越来越清晰，也越来越叫人不安。“到底是怎么回事！好好的台子怎么说塌就塌了，还把皇上给压伤了，你们是怎么伺候皇上的，都想死了吗?”我们迈进门槛时，皇后站在正殿的中央，周围里里外外共跪了三层的宫婢内侍，都颤抖着身体低头挨训，却没人敢先回话。

“卓公公，你来说。”皇后开始点名。

“回娘娘，那个台子是新搭的，奴才以前也没见过……”卓公公哆嗦着，声音都时断时续地打起抖来。

“没见过，没见过你就敢让皇上往上爬!”皇后怒目相视，尖锐的目光如两支

冷箭直射入卓公公的眼窝。

“不，不不，奴才见过，台子搭完奴才就见过，”卓公公赶紧把头低下躲开皇后的目光，“这台子搭得像个云台，高高的，那阶梯是螺旋一样盘着上去的，奴才乍一看也吓了一跳，要不是眼睁睁看着骊贵妃在上面又蹦又跳一个多时辰都没事，奴才打死也不敢让皇上冒险啊……”

“等等，”皇后打断卓公公的话，“这个台子，究竟是谁要搭的?”

“是，是皇上……”卓公公的声音小下去。

“再说一遍!”皇后大吼一声，显然是在否认这样的回答。

“是骊贵妃，是骊贵妃……”卓公公赶紧换答案，忙不迭地给皇后磕头。

皇后眼角上扬，露出威吓的眼神，“嘿嘿，她说搭便搭，这后宫何时由她来做主了?”

“奴才本也觉得不妥，只是她说皇上等着看她的云台献舞，奴才盘算着怎么样她也断不敢拿自己的性命开玩笑，才没有继续阻止……”卓公公的声音轻下去，只剩下一丝发虚的哼哼。

“她是不拿自己的性命开玩笑，她是在拿皇上的性命开玩笑!”皇后先是冷嘲热讽后是厉声责骂，“大胆贱妃，自己邀宠献媚不要命就算了，居然连累皇上龙体受损昏迷不醒，这跟弑君大罪有何不同，她这个贵妃，算是做到头了!”说到最后，我看见皇后嘴角溢出的一丝浅浅的快意，心里不禁寒了一下。

这时，太子妃脱开我搀扶着她的手，朝皇后行礼，“臣妾参见皇后娘娘，娘娘千岁。”在皇后尖刻的质问声与卓公公怯弱的应答声之间，太子妃温婉大气的话语让整个正殿顿时从阴霾走向明朗，压抑紧张的气氛顿时被驱散了。皇后明显地怔了一下，惊异、疑惑、恐惧的目光一一从眼中掠过。太子妃迈开步子往前走，跪着的奴婢们赶紧挪动膝盖让出一条路来。“臣妾听闻皇上受伤，特来探望。不请自来，皇后娘娘不会怪罪臣妾吧。”太子妃径直走到皇后跟前，没有温度的笑容展示出冷静的美丽。

“太子妃是好意，本宫怎会怪罪于你？只是皇上仍在昏迷，不便探望。”皇后侧过脸去，挥挥手让宫婢奴才们全数退下。

“那臣妾就在这儿陪皇后娘娘坐一会儿吧，免得皇后一个人，愁坏了身子。”太子妃并没有告辞的意思，反而走到客座边上，轻轻抚摸着扶手，期待着皇后请坐的手势或话语。皇后甩袖回到自己的主座坐下，太子妃也跟着坐下。“臣妾听说皇上是被突然坍塌的舞台压伤的，不知伤势如何啊？”太子妃问着，我却没听出一点担心忧虑的口吻。

“好一副幸灾乐祸的腔调，太子妃是来看笑话的吗？”皇后直直地讽刺着，丝毫不留情面。

“错，臣妾是看到皇后娘娘如此冷静，想必皇上的伤势也不会太过严重，既然皇后都可以安如泰山，臣妾又何必心急如焚？”太子妃针锋相对，想来除了两人紧张的关系之外，皇后刚才那个残忍的笑意也被太子妃尽收眼底了。

“难道本宫要以泪洗面、语无伦次，才叫关心皇上吗？”皇后说这话时，倒是露出了一些悲戚的眼神，“皇上是本宫的夫君，有皇上才会有本宫，难道本宫对皇上的感情，还没有太子妃对皇上的感情来得深吗？”

“皇后与皇上感情深浅不该是臣妾理论的事，臣妾来这里也不是来说这个的。”太子妃看看皇后，坚定地说，“臣妾只想知道这舞台坍塌之事究竟是如何发生的？”

“废话！本宫若知道这个中缘由，又何须问奴才们话，更不会让这种事情发生！”皇后突然激动起来，手拍着桌案连续发出啪啪的响声。

太子妃霍地站起身，毫不留情地问道，“皇后是不知道舞台会塌还是不知道皇上也会往舞台上走！”

皇后闻言立刻甩袖将桌上的茶碗一下子扫到了地上，刺耳的瓷片破裂的声音充斥着我的耳膜，清脆却震耳欲聋。皇后铁青着脸，嘴唇因为气愤而不住地哆嗦着，眼角微微发红，胸脯因为大幅度的动作随着厚重的喘息而轻轻起伏。太子妃在茶碗落地的那一刻本能地缩了下脖子，像是害怕那些蹦起的碎瓷片会割伤自己。她的目光放空，不去看任何人，孤傲的面孔隐隐闪过一丝不忍和残忍相互夹杂的颜色。

这时，一个小太监出现在门口，看到里面这副光景，赶紧缩了脖子往回走。

“站住!”皇后突然出声，我还以为她沉浸在愤怒中将周围的一切都无视了，原来根本不是这样。“贼头贼脑地逃什么，进来回话!”皇后恢复面对奴才时的那份威仪，重新坐回主座上，看着那个小太监连滚带爬地到了跟前，拿脏兮兮的袖口抹着额头上的汗，强压厌恶之感说，“事情查清楚了?”

“查……查不出来……”小太监哆哆嗦嗦地回答。

“什么叫查不出来?”皇后愠怒着。

“奴才查看了废墟的断木，并没有发现整齐的断口，所有断木的断痕都是自然折断……”

“这么说是意外了?”皇后的话中充满了怀疑。

果然小太监立刻就否认了，“不是意外，奴才比照着云台的图纸，发现有几处关键的接缝位置的木段不翼而飞了……”

皇后柳眉一竖，“你是说有人销毁罪证?”

小太监摇摇头说，“依奴才推断，事先抽走的可能性更大些，恐怕正是因此，云台失去了支撑的要力才会……”

“琼池嫔馆是司艺院专管的宫院，难道……”古月月略作揣测，疑虑的目光看向皇后。

“司艺院的事现在都是太子妃在管，”皇后摆摆手示意古月月不要多说，转过身看着太子妃，皮笑肉不笑地说，“你不会徇私舞弊吧?”

“司艺院的人自然是脱不开嫌疑的，可有嫌疑的，也不光是司艺院的人吧。”太子妃不慌不忙地回应皇后的质疑，“臣妾听说，骊贵妃身边的紫玉原本是皇后宫里的人，不知道这个消息是真是假?”

皇后闻言敏感地扭头看向太子妃，冷峻锐利的目光直直地射向太子妃绝情的面孔，片刻之后，皇后冷漠地莞尔一笑，“你不就是想说，本宫是这件事的背后主谋吗? 那本宫也向太子妃求证一件事，听说太子妃把纸鸢派给了齐霜霜，这又是真是假呢?”

太子妃立时变了脸色，却依然倔强地看着皇后，没有要躲避的意思。

“太子妃，你与本宫是一样的，所以不要在这里以五十步笑百步，太后的警

告本宫可是不敢忘记的，虽然本宫也真的很想让齐霜霜去死，但本宫还不至于为了一个贱妃去得罪太后。再说了，本宫这么做又能得到什么好处……”皇后说着，突然露出挑衅和嘲笑的眼神。

“皇后都没有好处，那臣妾就更没有好处了。”太子妃理直气壮地对视皇后，却被皇后轻蔑的笑容惹起满眼的疑惑和不安。皇后的那种轻蔑，似乎是在嘲笑太子妃的无知。

“怎么会没有好处呢？也许是你发现纵然没了本宫的安排，万淑宁和太子照旧在暗通款曲，所以后悔了，想把齐霜霜毁了，让万淑宁顶上……”皇后讥笑的味道越来越多地渗透在话语中，仿佛她真地看到了太子妃与纸鸢互通情报的情景，然后在这里嘲笑太子妃的掩耳盗铃。

“这不可能……”皇后的话未说完整，太子妃就从嘴里呼出这么一句。我发现她的眼神有些呆滞，呆滞之中，是深深的恐惧。这句不可能来得如此突兀，莫非太子妃想到了什么？

“怎么不可能？”皇后似乎没有领会太子妃的话意，自顾自地继续说，“有皇上夹在中间，她们到底忌讳一些，不过虽然你的动机比本宫的要大得多，但本宫还是愿意相信你的，还是那句话，你我都没有必要为了一个贱妃去得罪太后……”皇后说到最后，语气变得严肃起来，这时候我觉得，她的确像是一个长辈。

回宫的路上，太子妃一言不发，我坐在她身边，注意着动不动就被风吹起的窗帘。就是这马车的窗帘，几次我都透过它看到了一些人企图隐藏的秘密，这次，我还能看到些什么？马车经过青竹林，我的神经紧绷起来，我怕看见纪双木，我怕看见李昊，我怕看见绿萝，我更怕看见万淑宁或是太子鬼祟的身影。最终，我没有看见他们之中的任何一个，反而是回到寝殿后眼前闪过的一抹豆绿，让我的心忽悠悠地颤了一下。

“奴婢纸鸢未经通传前来见驾，还请娘娘恕罪。”纸鸢身着豆绿色的宫衣纱裙，朝着太子妃盈盈拜下。

“本宫想着你也该来了，”太子妃回到寝宫后明显放松了许多，靠着铺了绒毛

毯子的躺椅捧着热茶，因为温暖脸色也红润起来，“说说吧，这么惊天动地的一出戏究竟是怎么演出来的?”

纸鸢站起身说，“奴婢并不知底细，只是猜测，这件事，恐怕跟太后有关。”

“太后?”我不禁叫出声来，太子妃倏地直起身子，我顿时感到手背上有被滚烫的热茶溅到的痛感。

“太后去过东华宫?”太子妃的每一个字都说得谨慎，目光敏锐却略带怀疑。

“是，就在今日午膳之后，而且屏退了所有的宫婢奴才，只和骊贵妃在一起。”纸鸢认真地说。

“知道她们说了什么吗?”太子妃的语气放缓，似乎是因为太后的介入反而从容了许多。

纸鸢略露尴尬之色，“她们说话的时候奴婢并不得靠近，只是后来听骊贵妃说，太后是来警告她的。”

太子妃闻言沉默不语，只把茶碗往我这边送过来，我去接过茶碗，一边还傻乎乎地问，“骊贵妃做了什么错事，要太后亲自来警告她?”

小顺子忍不住掩嘴一笑，“哟，这问题可蠢，她齐霜霜恃宠而骄，又高居贵妃之位，这错得还不够严重吗?太后只是警告警告她，已经是仁慈了，要是换了我小顺子，我就直接……”小顺子说着，把手举高，摆出斧头往下砍的姿势，然后猛地戛然而止，手停在半空中，犹豫恐慌的目光渐渐转投向太子妃，“娘娘，莫不是……”

“先礼后兵，齐霜霜恐怕是仗着皇上的宠爱，没有向太后服软，太后这才动了真格的，”太子妃滴溜溜地转着眼珠子，半握着拳头把指关节在躺椅的扶手上敲得嗒嗒响，随即握住拳头轻轻一提，皱着眉头犹疑地说，“不对，齐霜霜即使城府不深，但也并不愚蠢，表面功夫总是会做的，本宫不信她当着太后的面，敢连一点顺从的样子都没有。”

“也许太后是觉得，光靠嘴巴警告警告不够分量，就想再给她点厉害瞧瞧呢?”小顺子边给太子妃捏肩，边腾出一只手来瞎比划。

“不可能，”太子妃的脸上浮起疑虑之色，“太后去东华宫的事说大不大，说

小不小，关键是让宫婢奴才们都看在眼里了，如今出了事，就免不了七嘴八舌地到处议论，即便他们不议论，太后到过东华宫的事还是会传出去的，难道皇上就不会多作猜想？太后怎么会把自己置于这种处境？”

“娘娘的意思是，有人背后动了手脚，让太后背黑锅？”纸鸢低眉沉思，“东华宫里那么多奴才，说不好是谁贱嘴贱舌的传了话出来，让人利用了一把，这可难查了。”

“查什么查!”太子妃调子一扬，话音里透着隐约的无奈和轻蔑的抱怨，“皇后是后宫之主，她要查是她的事，本宫没职没权的，何况太后又不让本宫插手骊贵妃的事，本宫又何必自讨没趣?”太子妃抚弄着绒毛毯子上的绒毛丝，用更从容些的口吻继续说着，“事到如今，不管有心还是无意，这件事已经把太后牵扯在内了，咱们还是避而远之的好，”太子妃的眼中突然发出耀眼的光亮，“说不准人家就是想要……”

“借刀杀人，醉翁之意不在酒。”小顺子揣摩着太子妃的思路，不知不觉接上话，随即被自己的想法吓到了似地露出惊恐的眼神，“天呐，谁有这么大的胆子，敢拿着贵妃娘娘这把刀，把太后当砧板上的鱼肉……”小顺子说着，发现自己言语有所越矩，赶紧猛地拿手打了自己嘴巴一下，然后心惶惶地说，“娘娘，这可不是什么好迹象啊……”

“天塌下来有高个子的顶着，太后还在呢，本宫着什么急!”太子妃干脆闭上眼睛，凝神静气地休息起来，好像不愿再说什么，也没兴趣再听什么了。

纸鸢有些无奈地站了一会儿，然后告退了。小顺子送她出去，我却静静地站在一旁仔细观察着太子妃的表情。她虽然双目紧闭，但眉宇之处并不放松，眉头微微有些拧着，很明显心中并不平静。她的呼吸有些重，好像是为了赶紧平静下来而故意调整着呼吸，双手虽然垂放两旁，但手指却微微弯曲着，时不时地抽动一下，每一下似乎都伴随着心情的变动。我相信，太子妃的心里绝没有把这件事放下。

事情过去了三天，后宫里开始流传一个消息，皇上快不行了。一时间，咒骂齐霜霜的流言蜚语在后宫盛传，那些被冷落的嫔妃时不时聚在一起嚼舌头，还四

处散播红颜祸水，厉鬼索命的谣言，连东华宫的奴才们都冷言冷语起来，对齐霜霜爱搭不理的，只有紫玉和纸鸢还不至于做得太绝。

“她原就没有根基，又是学樊贵妃的样儿才得的宠爱，现如今折了一条腿，又连累皇上病重，只怕从天上落到地下的那份罪，她是非遭不可了。”刘福海跪在太子妃面前，说得恳切，却恳切得虚假至极。

“本宫不是让你来怜香惜玉的，”太子妃厌恶地皱皱眉头，“现在宫里头在传，说皇上病危，皇后没有出面澄清，太后也频繁出入中宫，这原本不靠谱的话倒越来越像是真的了，”太子妃边说边看着刘福海微微紧张的脸孔，轻声轻气地问道，“刘福海，这是真的吗？”

刘福海肩膀一抖，“回娘娘，是……是真的。”

太子妃顿时脸色一凛，“你说什么？皇上真的病危了？”

“不是只砸到了头吗？”小顺子也跟着急躁起来。

“其实皇上额头上的伤口并不深，只是……只是……”刘福海的汗下来了，脸涨红得跟紫猪肝一样，好像眼前放着刀山火海要他走一遭似的。

太子妃干脆一巴掌拍在桌面上，“本宫不会卖了你的，说！”

“奴才说，娘娘可千万别说是从奴才这儿听去的，”刘福海又连续磕了三个响头，“御医用银针在皇上的伤口处探出了毒素，此毒虽不致命，但却会使得伤口无法愈合，至今仍未能止血……”

太子妃嗖的一声站起来，震愕的目光找不到一个具体的聚焦点。她开始用嘴巴呼吸，那种苍白的脸庞，让人感觉她正被人扼住喉咙，窒息的恐惧感正袭击着单薄的躯体。这样的结果完全不在她的意料之中，原来这不是简单的后宫争斗，这很可能是个可怕的政治阴谋。我胆颤心惊地看看小顺子，他也紧闭双唇不敢呼一口气，我又看看刘福海，他好像虚脱了一样猛擦着脑门上的冷汗，最后我看向太子妃，她的脸庞如同羊脂白玉的雕塑般死寂清冷，沉默片刻后，她终于开口问了一句，“是哪位御医探的针，可靠吗？”

刘福海一愣，回答说，“最早是御医韩冬青，后来其他御医也探针确认了……娘娘，娘娘……”没等刘福海把话说完，太子妃已转身往寝殿里去，刘福

海眼巴巴地看着太子妃的背影消失在帘帐的背后，连小顺子也一同退场了。刘福海不明就里地看着我，无辜地睁大眼睛问，“西樵姑娘，奴才又说错什么了吗？”

“别瞎猜，娘娘心里想事儿呢，你且回吧，娘娘见你的事，出去别说一个字。”我拿着主意，这也是跟了太子妃之后慢慢学会的。我看着刘福海离开，脑子里回忆着方才的场景，在刘福海提到韩冬青三个字的时候，我看见太子妃的眼睛突然放出异样的光芒，记得第一次听到这个名字，是在太子妃让刘福海调查蒲妃怀孕的时候。御医探针，蒲妃问诊，这本是两件毫无关联的事，我想太子妃提出此问的本意，并不是要听到这样一个凑巧的答案。

因为伤口无法愈合，皇上的身体一日比一日虚弱，皇后和太后还是没有公开调查，太子妃对韩冬青也未作深究，皇上病危的传言已经变成了众人皆知的事实，齐霜霜没有了皇上撑腰，又落下了残疾的毛病，宫中再没有她的一席之地，刚一入春，皇后就传下懿旨，齐霜霜迁入静禄院，褫夺贵妃封号，先降为嫔，待皇上日后发落。

太子妃一听这懿旨就冷笑着说，“什么日后发落，谁知道还有没有日后，别说皇上活不过来，就算御医们能妙手回春，齐霜霜凭一条腿，还能学谁？”太子妃脱去厚厚的绒毛披肩，让我把窗户打开透透气，然后忍不住深吸一口气，让初春的融雪的味道飘入心肺，“本宫苦心经营八个月，好不容易让樊贵妃能够涅槃重生，没想到这么快就虚华落幕千疮百孔了，看来人算到底是不如天算，本宫也只能道一声无奈了。”

“娘娘，”小顺子小心翼翼地凑上来，“齐霜霜的事算是告一段落了，皇上那边……还能撑多少日子呀？”

“只怕……”太子妃的脸色突然凝重起来，犹豫而又谨慎地说，“过不出这个春天了。”

雪又融化了一层，大地的颜色清楚地露在眼前。皇上驾崩了，三月初三，桃花初开的日子，宫中的哀号将粉嫩的花瓣点上血红的颜色。我终于又见到了小玄子，在中宫的正殿之外，我们相互望着站了一会儿，然后慢慢走近彼此。他没怎么变样，只是眼中的机灵劲没有以前那么跳跃了，他有些惊讶地看着我，我想我

的变化一定比他要大得多。

“卢公公差遣你来的？”我没有说什么客套话，跟他也不需要。

小玄子压低嗓音说，“我来送葬的。”

“什么？”我没有准备好听这样一个吓人的答案，本能地轻呼一声。

“殉葬呀，”小玄子没有表情地说，“按照惯例，妃一级以下的后宫姬妾都要殉葬，我是来跟皇后娘娘确认妃嫔名册的。”

我点点头，想起来宫规里确实有这么一条。

“齐霜霜已经被打入冷宫了。”小玄子突然提到齐霜霜。

“她也要殉葬吗？”我突然有所觉悟。

“既然降为嫔了，当然要殉葬，”小玄子停顿了一下，然后用极轻的声音说了句，“真不知道太子妃是帮了她还是害了她。”

“啊？”我猛地瞪大眼睛，几乎怀疑自己听错了。太子妃和齐霜霜的事，难道小玄子也知道？

小玄子见我这副惊慌失措的表情，眯起眼睛笑着摇摇头说，“你还是修行不够啊，这么快就露怯了。不过，我是站在你这边的，所以你这副表情也就在我这里做做好了。什么都别多问，我害不了你，也害不了你的主子，她离皇后的位置就要更近一步了，不是吗？”

“更近一步？”我隐隐觉得苗头不对，“她不是就要成为皇后了吗？”我期盼地看着小玄子，却看到他眼中的犹豫。

小玄子在认真凝视我的眼睛好一会儿后问道，“其实谁当皇后，对你也不是太重要，是吧？”

我的心一下子掉进漆黑的冰窖里，我觉得这就是一个否定的回答。但是，他为什么会否定，他听说什么了吗？刚才他在皇后那里，是不是皇后说了什么，难道皇后要因为齐霜霜的事跟太子妃作对到底吗，连家族利益也不要了吗？无数个疑问涌上我的心头，我感觉自己快要晕过去了。

“我要去静禄院传旨了，你要一起去吗？”小玄子岔开话题，他向来懂得点到为止，我也知道任何的追问都必须有适可而止的时候，这是我们之间的默契。

我摇摇头。小玄子走了，我站在风中遥望静禄院的方向，心里已经看见了齐霜霜最终的结局，也终于明白了太子妃凭什么能将皇上的病情推断得如此准确。齐霜霜若仍为妃，则能在望月庵平静地生活，那是一种解脱，可皇后不会让她解脱，所以尽管没有确凿的罪名，皇后还是急匆匆地将齐霜霜降为嫔，她成了嫔，皇上才可以驾崩，也就是我现在看到的这个结果。我佩服皇后的心思，我更佩服太子妃看透人心的本领。又或者，她不是在看人心，而是在将心比心，若我始终只会用奴婢的心去思考，我永远无法理解她们。

第二十二章　平步青云不是终

风刮得有些大了，呼呼的声响让我的耳朵阵阵生疼，我拿手捂住耳朵，风声消失了，而另一个声音抢占了我全部的听觉。那是小玄子的话，像一把小锤子，一下一下敲得我心疼。谁当皇后，对我是没有那么重要，可是对太子妃来说，皇后的名分可能比她的性命还要宝贵。小玄子的话，我不敢说给太子妃听，但我却深深地害怕，如果这一切真的发生了，太子妃要如何去面对，如何去接受。

我浑浑噩噩地沿着石子路往回走，迷离而模糊的视线中，出现一个迎面而来的人影。我根本没去看那是谁，只是渐渐走到石子路的侧边，让出空间来好让来人走过。可是不知道为什么，我总觉得那个人故意往我这边靠过来，我越躲，她越凑得近，眼看她的裙摆就在我的眼皮子底下了，我终于忍不住抬头想说她两句，却没来得及看清她的样子就被她冷不防地踹了一脚。我哎哟一声就蹲下去抱住脚，这时她又热情地扶住我，还用胳膊揽住了我的腰。我心里气得火冒三丈高，刚要抬头骂人，就感觉自己的腰间被塞了什么东西。我的心一紧，惊惧地抬头，不禁吓得拿手捂住嘴巴，免得叫出声来。这时，不远处传来宫婢说话的声音，我敏感地回头看了看，再回过头来时，那人已经朝远处走开了。我望着她的

背影，感觉今天的世界整个儿颠倒了。

我回到太子宫，把塞进腰里的东西拿出来，那是一个小葫芦，有盖子的，我把盖子打开，里面落出一个纸卷。我把纸卷展开，发现竟然是空白的。我傻眼了，这算什么意思啊？我把纸卷放回葫芦里，然后把葫芦系在腰间，我说不清自己到底是怎么想的，只是一时的激灵，我就这么做了。

我走进寝殿，小顺子赶紧冲我摆摆手，那是说太子妃需要安静，让我别出声。我蹑手蹑脚地走到床榻前，看了看太子妃沉睡的模样，然后一转身，就看见小顺子紧紧盯着我的裙子看。我顺着小顺子的目光往自己的裙子上看，结果目光落在了那只小葫芦上。“你认得这葫芦吗？”我兴奋起来，眼里都放着光。

“你……你哪来的？”小顺子竟然结巴了，我想我很可能做对了一件要紧的事。

我生怕吵醒太子妃，捏着嗓子轻声轻气地说，“肖玉华塞给我的，你信吗？”

小顺子的眼睛一下子睁大了，他一把拉开我跑到太子妃的床榻前，硬生生把太子妃唤醒过来，然后轻声耳语几句，最后指着我坠在裙上的小葫芦给太子妃看。太子妃看见小葫芦顿时眼中一亮，吩咐小顺子说，“倒盆水过来，点蜡烛。”小顺子应声去了，太子妃起身更衣，一边问我说，“她怎么把东西给你的，有没有说什么，有没有人看见？”

我听这话，竟没有半分讶异，心中隐隐有所感悟，老实说道，“她绊了我一脚，趁着扶我的时候把东西塞进我的腰带，当时没别人，她也没说话，后来听到有人来，她就匆忙走了。”我说着，把系在腰上的葫芦解下来递给太子妃。

太子妃麻利地打开葫芦盖子，把纸卷倒出来，也不急着打开看，而是等小顺子把水盆和蜡烛都预备好了，才小心翼翼地将纸卷展开。我特意看着太子妃的表情，她似乎一点都不为空白的纸卷所困扰，而是将纸卷铺平了浸入水中，片刻之后取出，又用烛火慢慢烘烤着。渐渐地，那空白的纸上显出字来，墨迹由浅变深。

“娘娘您怎么会……”我好像做梦一样喃喃自语。我好像突然明白了木珠子的事太子妃是如何得知的，明白了万淑宁中宫伴驾的消息是如何走漏的。这不像是临阵倒戈的匆促之举，更像是个蓄谋已久的潜伏计划。如果深想下去，文秀公

主的提前出嫁，万淑宁与肖玉华的主仆结缘，那些貌似阴错阳差的因果，说不定就是这场潜伏最初的端倪。

我从水盆里弄了些凉水拍打在脸上，我终于冷静清醒了。而就在这时，小顺子急促的喊声打断我游离的思绪。我感觉有零碎的纸片飘到我的脸上，接着太子妃的尖刻的喊声刺疼我的耳膜。

“李政！万淑宁！你们竟然敢私授定情之物，你们眼中还有没有先帝，还有没有本宫！”太子妃把手中的纸卷撕得碎无可碎却仍不停手，细碎的纸屑撒得满地都是，好像一股可怕的寒潮又带来冬天的雪子。

“娘娘……娘娘……可不敢直呼新君的名讳啊！”小顺子癫狂地跟在太子妃身后，急得眼泪都要下来了。

太子妃一脚将床榻边取暖的火盆踢翻，“有什么不敢的！他们做得出，就不许本宫喝责吗！”太子妃狠狠地跺着脚，将攥在手心里的最后一点纸屑狠狠地抛甩到小顺子的脸上。小顺子本能地伸手去接住那些碎纸片，可它们却从小顺子的指缝间溜走。

我用棉被扑灭火盆中跳跃的火星，顺手拾起火盆边已被火星灼出焦色的小葫芦。纸卷已经取出，它成了纯粹而廉价的饰物。我触摸着它饱满而小巧的圆弧，忽然间，脑海中闪现过几个看似毫不相干的画面，还有一些我听到过的从不同人口中说出来的话。刹那间，那个曾经被我忽略的可怕的念头重新涌上心来。

破碎的纸片无法还原成最初的模样，但残酷的事实并不因此而有所逆转。皇后挑衅的话，小玄子暗示的话，竟然都是真的。辗转难眠的一夜过去，清晨宣告的诏书，让中宫之位悬而不决。皇上登基为帝，并没有将太子妃按常例册封为皇后，而只是将她册封为皇贵妃，赐居荣庆宫，暂代皇后之职，虽然已在正一品贵淑德贤四妃之上，但终究不是皇后。

太子妃，哦，不，是皇贵妃，皇贵妃接过诏书的那一刻，强颜欢笑却难掩心中的悲凉，故作从容却难消心头的嫉恨，昨夜她已伤过痛过，因此无论怎样的结果，她都已经说服自己去坦然地接受，但接受，绝不是最后的结局。

卓公公读完诏书并不马上离开，皇贵妃更是主动请他到偏殿一坐。我看卓公

公丝毫不拘谨的模样，想他与皇贵妃的关系倒也融洽。落座后，卓公公就关切地说道，“皇上的生母田氏被追封为孝德太后，这事皇贵妃已经听说了吧？”

“田太后赐号孝德，郑太后赐号康庄，这些本宫都已经知道了，只是本宫还不知道，皇上是怎么安置蒲妃的？”皇贵妃对卓公公很是尊重，想来他也是皇宫的老总管了，说不定以后还有要倚仗他的地方。

卓公公四下看看，轻声说，“诏书上说的是，册为妃，赐号谧，赐居锦颐宫。”

皇贵妃思虑片刻，似有所指地问，“册封谧妃的诏书，是最后一道了吗？”

卓公公略一愣神，然后很快就说，“是的，因为没有封后，奴才先是宣读了册封太后和太妃的诏书，再来娘娘这儿宣读册封皇贵妃的诏书，一会儿离了皇贵妃这儿，就去谧妃那里传诏，之后便送梅妃娘娘她们去望月庵，最后是送周淑媛等诸位嫔妾娘娘们上路。”卓公公果然老练，明知此问有它意，却仍是回答得稳稳当当。

皇贵妃没再多问什么，让小顺子把卓公公送出去。我陪着皇贵妃回到寝殿，拿出上好的积雪泡了茶，茶香悠悠，却难博皇贵妃轻盈一笑。

“娘娘不必太过忧心，纵然皇上对后位另有盘算，总还要顾忌太后和娘娘的母家，这暂代皇后之职，不也正能看出娘娘的威望吗？”我小心翼翼地安慰着，尽管有些话连我自己都觉得勉强。

“威望？”皇贵妃的眼角已微微泛红，“恐怕早已是颜面扫地了。即便他日皇上仍然立本宫为后，今日这皇贵妃的封号，终是本宫抹不去的耻辱。太后啊太后，你终究是报复了本宫一回，殊不知种下的祸根，恐会危及郑氏一族的荣耀。”

“娘娘是说，这是太后的主意？”惊诧之余，我想起那日小玄子说的话，那时，他刚见过太后。

“主意倒不至于，只不过放任皇上的心意自流罢了，顺便给本宫一记狠狠的教训，让本宫明白，自己离羽翼丰满还尚有距离，她这个太后仍是本宫命运的主宰，今后便不敢视她若无物。”

“如若太后抱的是这个心思，那势必最后还是会帮娘娘争得皇后之位的。”我

顿时乐观起来。

“那是她以为，”皇贵妃端起茶盏，却无心品茗，“她已非后宫之主，局势怎会如此随她心所欲？”

“可是皇上并无不立娘娘为后的理由，想来所差的只是时间而已。”

“久则生变，这宫里，想要伺机扳倒本宫的，又何止万淑宁一个?”

我心微微一颤，“娘娘所指的，可是即将入住锦颐宫的那位? 昔日她盛宠在身亦难有作为，如今岂能再与娘娘一争高下?”

“你忘了严秀逸是如何被废的了?”皇贵妃清冷的目光看向我，“如今的本宫正如当年的严秀逸，只要一个行差踏错，就与后位从此诀别了。她蒲冰墨即便不得后位，亦可因此再添宠信，何乐而不为?”

“娘娘已位居皇贵妃，比起严秀逸当年的太子妃之位尊贵数倍，当年她为陷害严秀逸已不惜破壁，如今，她可还有更为狠辣的手段?”

“所以啊，这才是本宫最担心的——”皇贵妃仰起脖子，将盏中茶一饮而尽。

我不再说什么，默默走过去接过茶盏，续上一杯。茶很暖，心，很凉。

这时，纸鸢回来了，她说小玄子已经带着三尺白绫到了静禄院，要齐霜霜自缢殉葬。

皇贵妃一时沉默了，手指点着桌面划着没有规律的弧线，眼珠子转动着好像被什么问题困扰着，眉头一皱一展似乎既要放开什么又不知不觉地要去追究，“搭建云台纵然是齐霜霜之意却肯定是先帝之令，云台倒塌本就非寻常小事，何况还牵连到先帝驾崩举国哀丧，她齐霜霜为此深受连累，难道就没有什么说法，就没有一点的怀疑?”皇贵妃目光一凛，“还是有怀疑，也已经被人堵住了嘴。”

纸鸢听到这话，二话不说就跪地请罪，“奴婢惭愧，奴婢没能完成娘娘的托付。”

皇贵妃一时怔住，“你这话又怎么说?”

纸鸢脸色一沉，缓缓道来，“其实齐霜霜并不完全信任奴婢，册封骊妃之前，倒还亲奴婢多一些，可不知奴婢哪里出了纰漏，册封骊妃的诏书下了之后，齐霜霜对奴婢渐渐疏远起来，搭建云台，排演新舞，奴婢所知与他人所知并无半点不

同，云台坍塌，先帝重伤，个中细节奴婢完全无法参透，以至于面对娘娘所问，奴婢实在无言以对。”

“看来是本宫小看她了，”皇贵妃徒然失了兴致，懒懒地换了个姿势，捋着垂挂在纱裙外的柿子红的绦子，一边摆摆手说，“算了，反正大局已定，就让她这么上路吧。”

纸鸢没再说什么，给皇贵妃磕了头，然后起身静静地退到一旁侍立着。我偷偷看着她，她刚才的回话让我心中的念头愈加强烈。册封骊妃之后开始的疏远……册封骊妃之后……我在脑海中将某一幅画面定格，一种无名的冲动在我的心中膨胀。

我好不容易得了空，飞奔着往静禄院去，最终只看到在空荡荡的殿堂中飘扬的白绫和齐霜霜悬挂在屋顶的冰冷的身体。她白色的宫裙没了粉红的颜色，苍白的脸没了胭脂的润色，僵硬的身体没了灵动飞舞的姿色，一切的美丽都随着灵魂的散去而彻底散尽。她就是齐霜霜，从来不是樊如玥。

小玄子带着人来，把齐霜霜的尸体弄下来抬走了，这时我就站在殿门口的台阶上，这么眼睁睁地看着，微薄的惋惜和怜悯让我自己都觉得自己是个无情的人。我从未真正地期待她能活着，可是她走了，我满腹的猜疑就无法得到求证。我慢慢蜷起身子，抱着膝盖坐在冰冷的石阶上，脑海中过滤着零散的画面和声音，我不知是该将它们记住还是遗忘。

啪嗒，啪嗒，啪嗒……熟悉的脚步声打断我的思绪，我看见鹅黄的裙摆在我低垂的眼角下飘动，我的心又不得安宁起来，好不容易在脸上摆出平静的表情然后镇定地抬起头，果然就看见了纪双木那张没有瑕疵的脸。

“你来做什么？”我还是没有将声音中的怀疑彻底消去，但无所谓了，我们早已无法彻底坦诚。

“我来送送她。”纪双木并没有躲开我的目光，很平静地回答着我的问题。

“是因为愧疚吗？”我颤抖着问出声。

“我没什么好愧疚的。”纪双木答得干脆，我却在她眼里看到了一闪而过的犹疑。

我没有再说话，突然伸出腿狠狠踹了纪双木一脚，她吃痛忍不住叫唤出声，蹲下身去。我又赶紧扶住她，揽住她的腰，把手中的帕子塞进她的腰带。完成了这一连串的动作后，我失笑，原来竟然这么简单。纪双木的身体突然开始瑟瑟发抖，她愕然地看着我，我看见她眼中的犹疑渐渐变成了恐惧。

"果然是这样，赋娉宫里贺郦妃，你们郡主也对齐霜霜干过这个吧?"我突然就这么问她，阴森地笑着看进她的眼睛里，连我自己都感觉毛骨悚然了。我感觉着她发抖的身体，看着她眼中的恐惧又变成了逃避，我终于放开她站起身，转身往台阶下走。我终究还是不忍心逼她。

"你敢用这个问题问你自己吗?"纪双木叫住我，"你也来了，你也愧疚吗?"纪双木的话总能把我急于离去的脚步缠住，我放过了她，她却不肯放过我。

我转身重新走回到她的面前，轻轻一笑说，"是的，我愧疚，"我平静地回答，将她那一记聪明的反问轻轻挡开，如愿以偿地看见她眼中的惊讶和彷徨，我不想给她难堪，但我更不想放任纪双木把轻轻附着在身的谎言的外衣变成一撕去便会血肉模糊的皮肉，何况我说的也并非不是实话，"月满则亏，登高必跌重，若非有人扶其登高，其怎会跌重。你我，都送过她一程。"

话音一落，纪双木不禁倒吸一口冷气，迅速转过身去背对着我，身体微微地发抖，用极轻的声音喃喃自语着，"郡主只是给了她更好的舞谱而已……"

"当然，"我第一次用这种不屑的口吻和她说话，一边朝着白绫飞舞的方向静静遥望，"不然还能给什么？云台的图纸吗?"话毕，我感觉纪双木的肩头微微动了一下。"给过也不要紧，因为很多秘密会像石头一样沉入大海，死去的人是石头，皇宫是大海。"我说完，转身离开。其实我并不确定自己了解了真相，但我很清楚，有些人绝不能用无辜来形容。

如履薄冰的日子一天一天过着，大概过了有小半个月吧，小顺子带来一个坏消息。谧妃召见了刘福海。一瞬间，我和皇贵妃的脸色都变了。李昊说过，他的人还没来得及动手，谧妃就自己一屁股坐到了台阶上，流产了。李昊也说过，谧妃没有我们看到的那么简单，有她在，皇贵妃离后位的距离始终存在。看来今日，她是要拿自己的流产，来做皇贵妃私放麸子粉的文章了。谧妃一向柔弱示

人，谁能信她有如此狠辣的手段，比起当年破壁，这弑杀亲子的行径，更是让我毛骨悚然。谋害皇子，这是连皇后都担不起的罪名，何况娘娘今日还只是皇贵妃。

忽然，我听见咣当一声巨响，震得我不禁缩了下脖子。我震惊地看见皇贵妃拿着茶碗硬生生砸在桌案上，茶碗顿时破碎，飞溅出的碎瓷片让我忍不住想要后退闪躲。而此时，她的手还牢牢握着没有砸碎的碗盖，死死地按在桌面上，没有要放开的意思。“娘娘……”我赶紧上去抓住她的手，发现虎口的位置已经破开两道口子，血一点点渗透出来。我吓坏了，赶紧掰开皇贵妃还在用劲的手指，将碗盖放到一边，然后用帕子捂住伤口。

“奴才该死。”小顺子赶紧跪下磕头。

“你起来!”皇贵妃大声地喊着，“你跪什么，让蒲冰墨自己来跪!”

“娘娘……”小顺子茫然地看着皇贵妃，不知她是赌气还是说真的。见皇贵妃没有再喝斥自己，他便埋头收拾起满地的碎片来。

“不许收拾!”皇贵妃厉声喝止，惊得我和小顺子面面相觑，满腹疑惑却不敢开口多问。皇贵妃扫视满地的碎片，然后竟然微微一笑，慢慢地把受伤的手举起到眼前，然后用另一只手轻轻抚摸着包住伤口的帕子，胸有成竹地对小顺子说，“去，把韩冬青韩御医请来，给本宫疗伤。”

“是。”小顺子不敢再乱说一句乱动一下，乖乖地就应声退下。

“娘娘怎么想到请他来了，还是在这个当口上?”我低头看看满地的碎瓷片，疑惑地说，“娘娘这莫不是摔给韩冬青看的?”

皇贵妃看了我一眼，突然露出捉摸不定的笑容说，“你说是，便是了，遍地狼藉，倒也不失为一番好景致。”皇贵妃眼中透着此刻不该有的笃定和得意，我隐隐觉得背后爬起一股凉意。

韩冬青来了，一脚踩在碎瓷片上，发出吱吱的声响。韩冬青本能地往后缩了一下，站到没有瓷片的位置上，给皇贵妃行礼，“微臣韩冬青参见皇贵妃。”

皇贵妃此刻已靠在床榻上，帐子放下来，把整个人遮挡着，只露出模糊的影子。“韩御医不必多礼，西樵，赐座。”皇贵妃的声音透过帘帐传出来，竟显得有些柔弱。

韩冬青坐到我搬给他的圆凳上，双手覆于膝盖，显得有些拘束。

“韩御医不必觉得拘束。”皇贵妃轻轻一句释缓的话，让我忍不住在心中噗嗤一笑，我看见韩冬青原本就僵硬的脸庞更加紧绷了。皇贵妃继续轻盈地说道，“本宫今日不慎摔了一只茶碗，割伤了手，所以召韩御医前来诊治。”

韩冬青闻言立刻起身说道，“既是如此，还请娘娘着行医女官前来诊治。”

“韩冬青，你敢拒诊？”小顺子又拿起架势来。

韩冬青略露紧张，但仍不卑不亢地说，“微臣不敢，只是微臣主修内症，肌体之伤，各宫主子通常都是传召薛御医诊治，且娘娘与微臣男女有别，按宫规，即便由微臣搭脉主诊，伤口的清理和包扎，也要由行医女官来操持。”

“就不能为本宫破一次例吗？”皇贵妃的口吻有些怪异，我感觉那是一个陷阱。

韩冬青犹犹豫豫地说，“除非有特殊的理由……”

“什么是特殊的理由？”皇贵妃突然刁钻起来，毫不留情地打断韩冬青的话，“先帝的伤口有毒，还是谧妃的腹中有喜？”

话音未落，韩冬青脸色骤变，虽刻意紧闭双唇一言不发，脚下却已摇摇不稳，碾得碎瓷片发出吱吱的声响。

皇贵妃的声音接着从帐内源源不断而来，“先帝是被云台的断木所伤，伤口之毒按理应来自断木，可谁又知道先帝会登云台，谁又知道先帝会被哪一处断木所伤，毒不害人却使伤口无法愈合，这肯定是有人顺水推舟事后下毒，而且还是懂医道懂药理之人！”

皇贵妃尖锐的质疑之辞终于让韩冬青难以继续保持沉默。他抬头狂呼而出，“娘娘，微臣只是受太后传召替先帝诊治……”

“本宫不需要你作任何解释，”皇贵妃果断地打断韩冬青的话，“但本宫要让你认清自己所处的局势，”皇贵妃继续说着，“先帝所受之伤，乃属肌体之伤，你主修内症，资历又最浅，却第一个破解疑难，锋芒毕露之时你置御医院的诸位前辈于何地？纵然他们不恨你，他们又怎能不疑你？下毒弑君可是灭族大罪，太后悬而未决，密而不查，无非是怕动摇国本，且弑君之罪向来牵连甚广却罪证难

寻，但若真要让御医院来担这个罪名，弃车保帅是免不了的，你说到时候，谁最可能成为那个可怜的替罪羔羊呢?”

“啊?”韩冬青顿时面色苍白，双腿打抖，扑通一声跪倒在地，紧接着咔嚓一声响，韩冬青发出艰难而短促的呻吟声，我看见他的膝盖底下透出隐隐的血色，很可能是扎在了碎瓷片上，额头上豆大的汗珠开始往外冒，不知是因为害怕，还是因为疼痛。

皇贵妃掀起帘帐，起身走到韩冬青面前，“如今本宫暂代皇后之职，若能有所作为必能离后位更近一步，先帝中毒一事，只要本宫想查，就一定会有结果。”韩冬青身体很厉害地抖了一下，皇贵妃看在眼里，嘴角微微露出笑意，“不过，本宫也不是非查不可的，毕竟逝者已矣，真相大白也无法改变眼前的事实。”韩冬青的脸色略有缓和，太子妃偷偷一笑，继续说道，“不过，本宫只是暂代皇后之职，日后皇上册封了新的皇后，是不是会旧事重提，旧案重查，本宫就管不着，也管不了了。”

韩冬青颤巍巍地抬起头说，“难道皇上不打算册封娘娘为后吗?”

皇贵妃的眼神突然犀利起来，“皇上心里有更合适的人选，等到今年的中秋一过就会正式册封，不过，这个人并不是谧妃。”

韩冬青的眼睛猛睁了一下，“等到中秋……中秋……”韩冬青喉咙里发出含糊的声音，突然，他张大嘴巴，露出恍然大悟后不可思议的眼神，“难道……难道新皇后是……”

“新皇后是个厉害的角色，”皇贵妃不让韩冬青把那个人说出来，而是露着奸邪的笑意说，“说句大不敬的话，这父子俩的眼光也难免有撞上的时候，先帝驾崩后，得到好处最多的人，除了皇上，就是她了。”皇贵妃这话说得我心里一动，仔细一琢磨，竟发现事实还真是如此。不知韩冬青听了这话，会不会跟我一样，萌发出那个大胆的念头。但我想皇贵妃故意说这番话给韩冬青听，就是要让他去怀疑和害怕的吧。

果然韩冬青顿时瞪大眼睛，惶恐不安地说，“娘娘的意思……娘娘的意思是……”

“本宫没什么意思，只是说出事实而已，”皇贵妃走回床榻边坐下，伸出受伤的手，“韩御医，你还没回答本宫的问题，你可以为本宫破一次例吗?”

韩冬青绝望地闭上眼睛，深吸一口气，身体哆嗦了一阵，然后一咬牙稳住心神，站起身走到皇贵妃身边，曲膝跪下，伸手慢慢解开我包在皇贵妃手上的帕子。

皇贵妃笑了，视线望向透着阳光的窗户，阴霾被慢慢驱散，温暖的光一点一点铺洒。

皇上的诏书终于下了，皇贵妃郑君怡被册封为皇后，入主中宫。册封大典过后，皇后站在新寝宫的窗户边，打开窗户，伸手接住轻轻落下的绵绵雨丝。“替本宫送份大礼给谧妃，告诉她，本宫会保她和韩冬青太平的。”

“是。”我应着。

“韩冬青和谧妃……”小顺子鬼祟地说，“娘娘是早就看穿他们了吗?”

“从本宫查到他那天起，就差不多看穿了，今天的事，不过是一个验证罢了，”皇后走到寝宫中央，慢慢转着圈子欣赏华丽的陈设，“刘福海招了供，谧妃却毫无动作，若不是为了韩冬青，还能为谁?”

“哦……”小顺子迫不及待地作恍然大悟状，“怪不得娘娘让刘福海暂停调查韩冬青，原来是早有准备，不想打草惊蛇。”

“本宫是想留着韩冬青，但这样的用法也是意料之外，他与先帝中毒一案的瓜葛就算是老天凭空送给本宫的一注筹码吧。”皇后露着得意的笑脸，那种峰回路转柳暗花明的惊喜在她脸上暴露无遗。

“那娘娘原先的打算是……”

“没什么原先的打算，只是觉得这样医术高明的人，留下比除去要好，士兵不会挑敌人来杀，大夫不会挑病人来医，本宫也不会挑杀手锏来用。”皇后轻飘飘地说着，走到小顺子身边，从他捧着的一簇牡丹中挑选了一株开得最艳的，拿剪刀折断了，插到高高盘起的发髻上，“太后曾经告诫过本宫，不要相信有一天敌人会不再是敌人，但一定要相信没有谁可以一生只有一个敌人，在皇宫这个地方，朋友未必能并肩作战，并肩作战的也未必是朋友。”皇后说着，开始挥舞起镶了金边的衣袖，耀眼的光线划出属于她的世界，“皇宫太大了，女人之间的斗

争根本就无从避免而且也永远不会终结。纵然今日，本宫成了皇后，这所有的一切，也不过才刚刚开始。”

夜深了，我躺在崭新的床榻上久久未能入眠。这是我睡过的最软和，最温暖，最舒服的床榻，这也是我最困惑，最慌乱，最疲倦的一夜。郑君怡做了皇后，这是她想了二十年终于成真的梦，这是我从不敢想却忽然而至的事实。两年多前，我在木园陪伴被尊贵践踏过的失败者，今天，我在中宫陪伴被尊贵托举着的胜利者，不过就是从皇宫的西边走到了东边，却是从权宠的地狱走进了天堂，从灵魂的自由走向了禁锢。皇宫就是一个禁锢，它禁锢皇权的贪恋，所以予蓝的血染红了东宫，它禁锢纯真的爱恋，所以文秀的泪弄湿了嫁衣，它禁锢血缘的依恋，所以冬暖的仇沉在了湖底，它禁锢私密的暗恋，所以皇后的痛葬没了菊花，它禁锢无度的迷恋，所以霜霜的美化成了白绫。

深宫不生情，恋字亦无心，断愫层层连，难敌步步惊。

第一卷　恋［完］

第二卷 怨

夕阳照孤影 有心难有幸

自怜易生恨 怀嫉望天明

第一章　湖心美人惹涟漪

我被升为承御了，在桂花初开的季节，发髻上绿莹莹的柳叶珠环，向皇宫中人昭示着我在奴婢之中高人一等的地位。宫中奴婢归四局六院八房所管：八房级别最低，分浣衣房、辛者库、清帚房、巡灯房、侍狱监、奴役库、守宫房、侍奴房，各房宫婢做的都是宫里最脏最累最低贱的活；六院专司宫中事宜，下设司艺院、司礼院、司珍房、司膳房、司织房、司药房，各院宫婢都有所专攻，各司其职；四局高于六院八房，由高到低分为尚宫局、次尚宫局、尚殿局、次尚殿局，专管侍主的宫婢。

四局之中，次尚殿局的宫婢位列最末，只在朝阳殿、菊花台等观景、宴请的殿阁服侍；在中宫、东宫等主子们居住的宫院里伺候的宫婢属于尚殿局所管，通常由皇后亲自挑选，多是相貌一般，行为规矩之人。这两局的宫婢分为三等，低品级的称为辅殿，略有资历的称为守殿，管事的称为殿值，她们通常跟殿不跟人，没有主子特别的庇护，也不会被主子之间的争斗拖下水，在四局的奴婢之中，位分虽低，却清闲安稳。

尚宫局是后宫拥有最高地位的奴婢的集中营，而奴婢的地位通常是由她们所跟从的主子的地位来决定，只有在皇上、皇后和太后身边当差的贴身宫婢才有资格列入尚宫局的名册之内，其他贴身侍主的宫婢只能归入次尚宫局的名册。不仅如此，次尚宫局的奴婢只能册封为内人和守嫔，只有尚宫局的奴婢有资格册封为承御，赐戴柳叶珠环，因此对于出身木园的我来说，能被皇后册封承御，实在是

天大的恩赐。

然而，承御的身份并不能让我得意忘形，因为还有掌事女官和御前尚义的存在。

在皇宫中，只有皇上的贴身侍婢才有资格被晋封为御前尚义，一旦成为御前尚义，便被视同于女官，有特殊的职权，以皇上御用宫婢的身份进出御书房，甚至旁听君臣议事。也正因为如此，御前尚义的存在始终隐藏着皇后最大的威胁，一直以来，能够被册封为御前尚义的宫婢寥寥无几，即使被册封了，也没有谁能坚持到最后，如果说有谁例外的话，就要属李袖音李尚义了。她在先帝在世时就是御前尚义，只是我甚少与她同处，如今新帝登基，她续留原职，与我的首次相见竟是在卓公公的住处。

我本是奉命于皇后前去找卓公公，他早就打发了下面人各自忙去，好让我避过耳目。没曾想，一个穿着考究的宫婢先我一步敲开了卓公公的房门。我本无意偷听，但又不好站在显眼的地方等人发现，就依偎着屋檐等在门外。隐隐约约的，里面传出说话声，我断断续续听到几个字，刑部，打死了人，疏通，兄弟，有赖公公。只字片语，我已听出这里名堂不浅，不知不觉把耳朵贴近了房门。突然，里面没声了，我不禁身体前倾，更努力地去听，就在这个时候，窸窸窣窣的脚步声飘出门缝，我这才惊觉他们是讲完了，赶紧后退一步，装作刚来的样子。同一时间，门被吱呀一声打开。李袖音站在我面前，穿着稍显身份的湖蓝色绣花宫裙，宝蓝色描花坎肩，发髻上戴着皇宫里独一无二的粉红色的蝴蝶珠环。这蝴蝶珠环只有御前尚义才有资格佩戴，相比之下，我的柳叶珠环显得黯淡无光。

“一切有劳卓公公了，奴婢先行告退。”李袖音丝毫不乱地行礼告退。

卓公公送李袖音离开，回过头看见我，尴尬地咳嗽两声，一本正经地说，“李尚义的弟弟在宫外头惹了祸，求我替她疏通疏通，皇后那边，我就不去叨扰了。”卓公公边说边留意我的表情，看来我装得还不够像。

“卓公公多虑了，”我轻轻一弯嘴角说，“皇后只管后宫，不管宫外的事。”

卓公公突然眼前一亮，赞赏的神韵一掠而过，然后便只是频频点头，嘴里念叨着，“好，好……”

我不多理会他的话，只是淡淡地说，“娘娘说，进宫参选过了初选的秀女画像该在今日就完成了，特派奴婢过来取。”

“确实已经完成了，”卓公公从身后桌案上端起一只长长的木卷轴盒子，“这里面放的便是五十名复选秀女的画像，请送交娘娘过目。”

“多谢公公。”我接过木盒子，感觉到它沉重的分量，更感受到皇后内心的沉重，远比这木盒子沉上百倍千倍。三年一次的后宫选秀，这是所有皇后都不想面对，却又不得不面对的痛苦。万淑宁的麻烦还没有解决，后宫的纷争又要再起，皇后初登国母之位，要如何应对这前后堵截的困局。我心中轻轻惋叹，随即提醒说，“对了，娘娘提过，此事不要外传，还请公公照应。”

“好说，也请林承御切记，这画像明日便要送去呈皇上御览，皇上退朝之前，你一定要将画像送回来，到时会有个叫小宝的小太监在这里等你。”

“奴婢知道了。”我抱着木盒子匆匆消失在夜色之中。

回到皇后的寝宫，我看见小顺子瞌睡的模样，忍不住在心里一笑，却发现眼角笑出了几滴眼泪。我推醒小顺子，跟他站开两丈远的距离，让他和我一起拉着画轴。我的手指灵活地转动卷轴，画卷慢慢展开，一个个亭亭玉立的女子模样跃然纸上。卷首头一位秀女相貌平平，衣着倒很是讲究，葡萄紫的抹胸配着桃红的轻纱裸肩搭着，抹胸连着紫罗兰渐变色的印花长裙，没有用腰带却已经显出细窄的腰身。我抬眼想看皇后的表情，却发现她的目光早已跳过了三四位女子，直愣愣盯着小顺子那头的一幅画像看。

我离得有点远，看不清那女子的模样，只能看出她荷花色的披风和碧波绿的纱裙，乌黑的发髻上不戴任何的装饰，看不清五官的脸十分白净，整个人犹如出水芙蓉般素雅纯净，仿佛立于荷花池中的一尊白玉雕像，令人心旷神怡。“娘娘觉得她好看？”我试探地问。

“是美。”皇后静静地站在那儿，没作任何姿势，也没特别露出什么表情，只是从口中吐出这两个字。

“宫里的美人儿多了，皇上未必看得上眼。”小顺子急于安抚皇后，迫不及待地要把画轴往后铺开，转移皇后的视线。

“你不觉得她美得特别干净吗？”皇后毫不吝啬地夸奖着，也毫不遮掩地透露着心中的妒嫉，“宫中女子大多沟壑太深，若以水喻女子，那便是一潭浑水，污浊得很，只不过皇上自幼生在宫中，与自己最亲最近之人皆是如此，他也就不觉得混浊了。”皇后说着，看向画像右上方的留白处款款之字，“这个庄環就好像一波清池中水，透彻见底，连本宫见了都喜欢，何况是皇上？就是不知道真人有没有画中如此清丽无媲。”皇后又看了她一会儿，让我和小顺子接着卷动画轴，又有五位女子的画像展现眼前。这下，倒是我先惊了一记。

“娘娘，这位秀女的娇憨之态倒很像媛淑帝姬呢。”我指着第一位秀女说。

“确实挺像的。”皇后还是从容地说着，眼中却泛着惊喜。

小顺子一拍大腿说，“奴才想起来了，媛淑帝姬小时候进宫跟皇上见过几次面，皇上还挺喜欢她，要不是被先帝指了婚，只怕也是个皇妃的人选。”

皇后摇摇头轻飘飘地说，“元珠可不会走本宫的这条路，她受不了宫里的规矩，她也没有防人害人的心思，能嫁给竺邵云是她走得最对的一步棋，尽管这步棋是好多个人帮她走的，也许这就是她命中注定的福分。”皇后说着，伸手触摸画卷上那个貌似李元珠的秀女的面庞，“不过元珠没心思，不代表这个杨岫云没心思。”皇后的手指重重地点在秀女的名字上，杨岫云，这名字清新脱俗，让我联想到庄環身上那种清澈流云的纯美，而她酷似李元珠的圆润乖巧的模样，反让我觉得更适合庄環这个名字。

画轴继续卷动着，似乎再没有哪位秀女引起皇后的注意，直到最后，小顺子的手顶住了卷轴，皇后才抬手示意我们暂停。她走到最后第二幅画像前，仔细端详起来，脸上却露出忧虑之色。我卷着画轴朝小顺子靠近，直到自己能看清那女子的模样。她长得很干净，不过也只能用干净这个词形容她，她双眼微合，完全看不出神韵，脸颊白净，连胭脂的红晕也打得不够，鼻子和嘴唇都只有简单的线条，看不出特色，不知是本就如此还是画师没能画实了。与苍白的脸庞相比，她的衣着倒是考究得很，穿的是金缕丝线的坎肩，玫瑰云锦的绸裙，艳丽的色彩将她平淡的脸孔映衬得更加索然无味。这样一个女子，怎么会引起皇后的注意呢？

“娘娘，这位秀女资质平庸，能过初选已经是运气了，不值得娘娘在意。”小

顺子捂嘴窃笑着说。

“资质平庸，可出身不平庸啊。”皇后努努嘴示意我们看她的名字，“安瑾萱，这个名字就没让你们联想到什么人吗？”

安瑾萱？我和小顺子一边卷起画轴，一边冥思苦想，最终面面相觑，目露疑惑。

皇后看我们俩这样，不禁无奈地摇摇头说，“她是安太妃的侄女，兵部尚书安佑国的女儿，恐怕在所有留用的秀女当中，她的出身是最好的。”

小顺子摆摆手不在乎地说，“出身好又如何，即使有了册封，皇上不宠不爱的，又能有什么样的造化！”

“可奴婢怎么觉得……”我紧接着小顺子的话小心翼翼地说，“娘娘是希望安瑾萱能有那么点造化呢？”

话音刚落，皇后就利索地飘了我一眼，“西樵真是越来越像宫里的人了，心思细得跟针尖儿一样。不错，本宫的确对她寄予厚望。太后稳坐后位二十年，不是因为她善于排除异己，而是在于她懂得笼络人心，除了樊如玥和曾经的甄德妃，后宫所有得宠的妃嫔都是太后一手扶持的，这才是她屹立不倒最根本的原因。原本凭安郑两家的关系，本宫很愿意托安瑾萱一把，不过现在……”皇后虽面露难色却从容不迫，眉目凝神似乎心中另有打算。

“不过现在发现安瑾萱实在是资质平庸，莫说是让她成为娘娘的臂膀，只怕连与其她秀女抗衡的能耐都没有，”小顺子摆出一副尽知主子心意的模样，眨着眼睛，眼珠子还滴溜溜地转，“娘娘要选左膀右臂，又何须只盯着安瑾萱一人，奴才看娘娘对杨岫云和庄環甚是欣赏，不如趁她们还没在皇上跟前露脸，先拉拢过来，免得日后骄横，难以收罗。”

皇后走到窗边，我手持烛台跟着，我看见她用手指在窗台上啪嗒啪嗒敲击出清脆的声音，那是她心事深重时最习惯的动作，“杨岫云和庄環本宫自然是要捏在手里的，只是争宠为轻后位为重，都说朝中无人，后宫无尊，这话很是有理，杨岫云和庄環能邀宠于皇上却未必能立言于后宫。”说到这里，皇后停止敲打握起拳头转身对小顺子说，“你去做两件事，一、查清楚杨岫云和庄環的家世背景，

要查得细查得准；二、告诉卓公公，安瑾萱一定要过复选。”

“奴才遵命。”小顺子极尽谄媚地答应着，一边替皇后掀起帘帐，扶她坐到床榻上。

我在一旁将画轴轻轻放进盒子里，盖上盖，突然卓公公的叮嘱就在脑子里跳了出来，我朝皇后看了一眼说，“娘娘，卓公公那边就由奴婢去传话吧，反正明日一早奴婢也要送画像过去，就一事不烦二主了。”

皇后听闻此话，伸手拨开床帐露出脸来，仔细盯着我看了一会儿，然后微微一笑说，“你去也好，去了就别急着回来，卓公公呈画像给皇上御览，那是要看皇上的意思，好左右复选的结果，免得殿选的时候让皇上失望，说不定连秀女复选的管事太监也会跟着去，你就在那里等着，看看皇上是个什么心思。”

“奴婢知道了。”我看着皇后的眼睛认真回答，心中竟然莫名其妙荡漾起一丝紧张不安的感觉，直到看见皇后露出宽慰的眼神，心中的沉重感才渐渐隐退下去。本来选秀的事，皇后要过问插手都不难，可她偏偏要保全自己的贤德大度，所以连过问都变得小心翼翼，不愿张扬。

烛火又灭了一根，皇后将长发捋到胸前，松手放开床帐缓缓躺下，床帐轻轻落下填满我的视线，只是隐约透出绣被包裹住身体的形态。我和小顺子放下主寝宫最外一层的厚厚的织锦帘子，各自歇息去了。

也许是心里记着事的缘故，我醒得特别早，梳洗完毕后就抱着沉甸甸的木盒子，沿着御花园中穿梭丛林的石子小路往卓公公住处的方向去。时间还早，我玩赏风景的心情被清凉的晨风撩拨起来，怀中的木盒子似乎也轻盈了不少。皇上早朝的时辰，正是后宫主子们酣睡未醒的时刻，奴婢们或蜷缩在暖和的被窝里享受随时会被打断的安逸，或守候在主子的身边准备随时为任何一个吩咐跑腿卖力，若不是今日这特别的差事，只怕我也难以享受到皇宫清晨难得的一份宁静和清新。我深吸一口气，一股湿润的凉意灌进我的身体里，我惊觉脚上冰凉的湿漉漉的一片，低头一看，我的绣鞋已踩进满是青苔的湖岸湿泥里，边上就是清澈的皓月湖湖水，不时地被风吹送着扑上岸来。我下意识地把脚缩回来，惊讶于自己竟然不知不觉走到了如此危险的地方，我本能地往后退去，想要与湖岸保持些许距

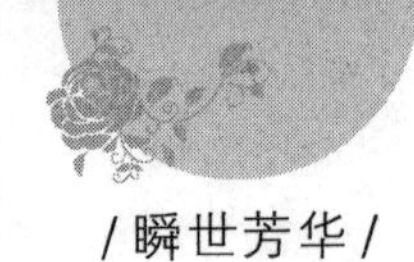

离，谁知一脚踩在特别湿滑的青苔石上，身子往后一倒就一屁股坐在地上，两只胳膊在空中乱舞了一阵，最后摔在石头上，疼痛的感觉立刻沿着骨头往肩膀上蔓延。

我揉着肩膀坐起身，突然感觉肩膀上被柔软的东西托扶了一把，我倏地回头看去，竟然看见纪双木漠然又柔和的眼神，似乎是在与一个陌生人擦肩而过时慷慨地施以援手。我心中激起的一点点感激很快沉没在心海中，我没有推开她的手，但也没有去抓住她的手，只是自己从地上爬起来，任由她的手扶在我的肩膀上，不欣喜，不抗拒。她似乎感觉到了我的冷漠，自觉地将手收回去，然后漫无目的地看看天空看看湖水，就是不看我的眼睛。于是我也把目光挪开了，那一瞬间我觉得自己落下了什么重要的事，却莫名其妙地心烦意乱，想不起正经事来。纪双木，她终究还是能打扰我的心境。

“那是什么?”纪双木空灵的声音突然响起，我回神看她，发现她伸手指向湖面，湖面上漂着个木盒子。

“糟了!”我突然想起那件重要的事是什么了，秀女的画像被我刚才的重重一甩落进了湖中，眼下已漂到离岸边好远的地方了。我冲到岸边，脚下打着滑，整个人就要扑出去了，我心里一阵悸动连忙站稳了，心里一阵害怕着急，明明光亮的天竟然一下子暗沉下来。我不能喊人帮忙，我也不习水性，看着木盒子越漂越远，我的心越沉越低。

“是要紧的东西吗?”纪双木走到我身边，看着我慌乱的样子，言语还是那么冰凉。没等我回答，她竟然扑通一声跳进湖中，溅起的水花打湿了我的衣衫。“喂……”我心里猛惊了一下，想要喊住她，却又怕引来更多的人，赶紧闭上嘴巴。她朝着木盒子游去，我的心跳得厉害，不知是因为她的奋不顾身，还是因为她正一点点靠近那只装着秘密的木盒子。

纪双木游回岸边，我赶紧伸手过去想接过木盒子，纪双木却把自己的手递过来，把木盒子用另一只手捧在自己怀里。我愣了一下，只好硬着头皮顺势拉住她的手，将她拽上岸来。

“你的东西。”纪双木大方地将木盒子递到我眼前，我反而不好拿了东西就跑

了。"怎么也不打开看看，在湖里泡了这么久，要是湿透弄坏了就不好了。"纪双木目不转睛地看着我，似乎在期待一场好戏。

我心里一紧，捧着木盒子的胳膊围得又紧了一些，湿漉漉的感觉渗透衣衫让我感觉很不舒服，我更担心木盒子里的画像已经被浸泡得没了样子。可是，我不能当着纪双木的面打开它，更不能就这样跑去卓公公那里，纪双木好像已经起疑心了，皇上又随时可能要看画像，该怎么办呢？我心如乱麻，明知道自己不该坐以待毙却又好像被施了定身法似的一步也挪动不开。

突然，纪双木伸手从我怀中抢过木盒子，我赶紧抓住木盒子，紧张地说，"你要干什么？"

纪双木打掉我的手，露出很少见的犀利的眼神，"盒子是我找回来的，我总该看看自己是在为什么拼命吧。"纪双木说着打开木盒子，里面的画轴露出来，水渍很深，轴卷的颜色也有些变了，"这盒子根本不密封，难道你就这么捂着它，不怕它烂了吗？"纪双木说着将画轴取出来。

"不要……"我喊着要制止她，却被她凌厉的眼神惊慑到。

"我不会害你的。"纪双木说着展开画轴，绵软的画纸上露出几个秀女的画像，已经全部都模糊了。

糟了！我在心里暗暗叫苦，这样的画像如何呈给皇上。

"秀女的画像？"纪双木看出了眉目，猛地皱了下眉头，疑惑担忧的神情在脸上弥散开来，"这是要送到哪里去的？"

"哪里都送不去了，"我的心情已经跌到谷底，伸手抚摩着湿漉漉的画轴，"这次不知又要连累多少人。"

话音刚落，纪双木就卷起画轴，拉着我转身奔跑起来。

"我们去哪里？"我气吁吁地问。

"去救你的命。"纪双木回答着，奔跑的步子更快了。

我的脚很痛，垫高的木头鞋底磨擦着脚掌，一路奔跑让我的脚踝有脱臼的感觉。我们跑到了烟霞殿，万淑宁的宫殿。熟悉而又陌生的感觉扑面而来，这里我好久没来了，但一草一木都深深印在脑海之中，至今未能挥去。"你这是什么意

思，为什么带我来这里?”我生气又害怕地甩开纪双木的手，转身往回走。

“如果你能靠自己解决这件事你就走好了，”纪双木在背后冲我大喊，“只有我们家主子能救你，救你就是救你们家主子。”

我停住脚，不相信地问，“你们家主子救我们家主子，你没有骗我吧?”

纪双木走过来抓起我的手，“真要害你，我就把这画轴扔回湖里，你要试试吗?”我心里一阵后怕袭来，不再多说什么。纪双木见我不再抗拒，拉起我朝烟霞殿走去。刚到殿门口，就撞见了肖玉华。她满脸错愕地看着我，我心里生出一种很不好的感觉，隐隐觉得今天的失误会在我与皇后之间添上一层隔膜。纪双木无视我的错愕担忧，拉着我直奔桓书殿。进入殿内，万淑宁已经倚靠在窗边的竹藤软椅上看书了。晨曦的光从窗户眼里射进来，打亮万淑宁的脸庞。她盘着云髻，珍珠簪从中穿过，素雅简洁，粉色的长裙沿着藤椅流畅的弧线拖曳在地，透出行云流水般的质感。桓书殿是万淑宁的小书阁，满屋子透着书墨的香气，几扇大屏风错落相叠，尽是山水墨色，柔美中包藏气吞山河之势。

纪双木走过去在万淑宁耳边悄声言语了几句，万淑宁缓缓起身，沉默片刻后说，“画像呢，拿来给我看看。”纪双木将怀中的画轴展开，模糊的秀女模样呈现在万淑宁眼前。万淑宁紧皱眉头，嘴巴轻轻开合，轻声念叨着什么，我听不清，只看见她轻轻接过画轴，仔细看了一阵，然后站起身走到桌案前，将画轴铺展开，从桌案上的竹筒里抽出一把剪刀，朝画卷剪去。

“郡主做什么?”我急忙要上去阻拦，却被纪双木一把拉住。

“本宫这里没有一模一样的画轴，如果不把旧画纸剪下来重新装裱，怎么好瞒得过去，”万淑宁不慌不忙地说着，一边利索地将两只卷轴换了下来，“双木，去准备笔墨宣纸，吩咐下去，本郡主今日抱恙，谁也不见。”

“是。”纪双木应着，准备起笔墨来。

“郡主要怎么做?”我看出些眉目，疑惑地问。

“这画是不能用了，要保命，就得以假乱真。”万淑宁仔细瞧着画卷上秀女的模样，那种欣赏、嫉妒、惊艳、轻蔑、警惕交织出现的神情，像极了皇后，这些待选的秀女，既是皇后的敌人，也是她万淑宁的敌人。

“这好像并不容易吧。”我担心地问，其实是不敢相信万淑宁有这个本事，更不相信她有这份心。

“本宫的画技你还没有机会欣赏呢，也算是你我的缘分吧。”万淑宁依旧是波澜不惊的模样，只是嘴角轻轻洋溢的微笑让我更加感觉到她深不可测的心机。“虽然模糊，但形态还在，反正皇上没有见过原来的画像，奴才们也肯定不会把私传画像的事抖落出来，只要能在复选开始前将画像重新临摹呈献给皇上，那今天的意外就神不知鬼不觉了。”万淑宁说着开始提笔，“只是这么一大卷画像，没有两三个时辰是完成不了的，纵然误不了复选，可谁也说不准皇上什么时候就兴致大发，你一大早就急着送画像回去，不就是怕皇上心急要看吗？本宫可以为你画像，但是皇上那边，你得自己想办法。”万淑宁说完，用笔尖蘸了黑色的墨，崭新的画纸上立刻勾勒出一道婀娜的身形弧线。

自己想办法？我在心里苦笑。我有什么能耐，可以拖延皇上的时间。

“先去卓公公的住处报个信吧，画像没有送到，只怕那边也要炸锅了。”纪双木提醒了我，小宝还在等我，别等不及找到中宫去，那就麻烦了。

“本宫作画不需要人伺候，你们该干什么干什么去吧。”万淑宁转瞬已勾勒出一个完整的秀女模样，我惊叹于她熟练的笔法，诚心跪下叩首，然后匆匆离开。

纪双木跟了出来，拉住我说，“你去卓公公那里把事情先压住，我去拖住皇上。”

“你能拖住皇上？”我以为自己听错了。

“试试看吧。”纪双木表情凝重地说着，“现在郡主也牵涉进来了，无论如何都要拖住皇上。”

听她这么说，我有些内疚，如果不是要帮我，万淑宁根本不需要承担任何风险，这么说纪双木还是在乎我们之间的姐妹之情的。我稍稍有些感动，突然又觉得不对。万淑宁可不是傻瓜，有弊无利的事她怎么肯冒险做，这里面一定有门道。纪双木虽然替我着急，可她似乎是胸有成竹，并不像我，是真的惊慌失措。我心中染起一片更深的不安，一次次回首遥望纪双木远去的背影，感觉她的影子越来越模糊。

小宝已经等急了，尤其是见到两手空空的我，急得都要跳起来了。我把事情经过告诉了他，安慰他说只要能拖延时间，就能将事情瞒过去。他听了我的话，急躁地跺着脚说，“你说得倒轻松，她一个烟霞殿的宫女，如何能拖延皇上的时间？事情闹开了，别说是我和卓总管，就连你的皇后主子也要受连累。”小宝的眉头拧成了疙瘩，我对自己的这个失误更加痛恨了。

“小宝公公……”一个小太监瘦小的身影映在窗纱上。

“进来。”小宝高喊了一声。

一个小太监推门进来说，“小宝公公，卓总管让奴才来传话，说皇上被长安王世子请去皇家林苑打猎了，要等用了午膳再回来，让小宝公公不必等他了。”

我心里一阵欢喜，悬在嗓子眼的一颗心终于放下了些许。小宝更是愕然地看着我，仿佛被天上掉下的元宝砸中了，到现在还晕乎乎的。我离开卓公公的住处往烟霞殿去，我得找机会给肖玉华一点暗示，免得她误会了我和万淑宁的关系，擅自向皇后传递消息，反而把稍稍趋于好转的情况又弄出枝节来。然而，我在烟霞殿找不到肖玉华，难道她已经去向皇后报信了吗？我刚刚平静的心情又混乱起来。

“怎么不进去，在外头打什么转？”纪双木又一次突然出现，我情不自禁地去看她的脚，她的脚步是那么的轻盈，以至于我好几次都感觉不到她逐渐临近的步伐。她的确可以做个跟踪的好手。

“皇上被长安王世子请去打猎了，是因为你吗？”我想起刚才小太监的话，长安王世子李昊又一次被牵涉在万淑宁和皇后的争斗之中，而这每一次的牵涉其中，都与纪双木有关。看来纪双木和李昊的关系，真的值得推敲。

纪双木微微一笑，“事情解决了，是因为谁，都不重要。”我也笑了，却是无奈的，纪双木，我曾经觉得她是清澈的湖水，可现在，她更像重重冰花，看似晶莹剔透，实则满目迷离。纪双木走上台阶，推开门露出一个口子，“画像即使画完了也不能马上干，就算我帮着郡主熏蒸，也要午时才能将画卷装裱成轴送去给皇上。皇后那边，没有催促你回去的意思吧？”

我摇摇头，跟着纪双木进了桓书殿。大概是万淑宁凝神作画的缘故，殿中静

谧得如同纯洁的梦境，墨香弥漫四处，笔尖的柔软似乎随着气息传递出来，活着的美人，画中的美人，一笔一勾都散发着优美的气息。我不禁步步亦趋，亲眼目睹秀女们神仙般飘逸的姿态跃然纸上，娇俏的媚眼正在旋动的笔锋下露出若隐若现的桃花红，对照着被湖水浸泡过的皱巴巴的画纸上如出一辙的美人，若不是那水渍污了美人的容颜，还真难分清楚哪一卷才是宫中画师的原作。万淑宁，她居然有这等本事，难道真是天上的仙女托胎生的？我惊叹的眼神被吸附在万淑宁清澈如水的双眸中，那种温柔灵巧的神韵，既诱惑，又深邃，好像不见底的深潭，明明流淌着清澈，却可以让你陷入泥沼而不自知。

咯噔一声响，纪双木摆放熏蒸竹笼的声音打断我欣赏美人的心情。我看见她把一只竹笼子样的东西搁在地上，用竹篾子编织的网插在竹笼子的中央，将竹笼子隔成两层，下层放进一只填了木炭的小火炉，上层放着三四片比冰片还薄的檀香，竹笼子顶上又罩了一层密致的纱。只见纪双木抬起落在桌案脚边的卷轴，将画纸在纱面上平整地铺开，却不贴合着，露出一指的间隔，让弥散出来的烟气能均匀地作用到纸面上，烘干湿墨又不至于失去了亮泽，笼中放着檀香，香气混合着烟气渗透到画纸的细孔中，犹如美人的体香甜而不腻，淡而有味，所谓活色添香，就是如此吧。

“西樵还是去燕草居等着吧，”万淑宁突然说，“不然熏得一身檀香味，要如何服侍皇后娘娘？”

这是逐客令吗？我看向纪双木，她默默朝我点了点头。我虽不放心，但此刻主动权已是在万淑宁手中，我也只好依令而行。我在燕草居等到近午时，纪双木过来叫我去验画。

走进桓书殿，我被弥散的熏烟惹得有些泪眼婆娑，万淑宁站在桌前欣赏自己的大作，抑或是说欣赏画中的美人。那长长的画卷霸气地完全铺展开，一侧的卷轴垂落地面，另一侧的卷轴被万淑宁扶在手中，像一道彩墨的瀑布，将美赋予行云流水之间。

“过来验验画吧，时间仓促，本宫亦恐有纰漏。”万淑宁谦逊地说。

我往前挪了两小步，却不敢明目张胆地上前检验，只粗粗扫了一眼垂落桌沿

的卷段，正好瞧见安瑾萱等人的画像，与昨夜所见一般无二。我诚心地跪下磕头说，“郡主娘娘的大恩，奴婢铭记心中，奴婢代皇后主子，谢过娘娘。”

“谢就不必了，”万淑宁将画纸卷成轴递到我跟前，“只求皇后娘娘知道了事情的原委，不要恨本宫就好了。”万淑宁的话让我的心忽地往下沉了一下，头却忍不住抬了起来，与她略显疲倦的脸打了个正对面。我颤微微地伸出手，从她手中接过画轴的那一刻，我看见了她嘴角隐隐的笑意，一阵寒颤在我的心中蔓延，我预感到这卷画像将为后宫的争斗带来新的风雨。

画像送到了皇上那里，我本该听从皇后的吩咐，留在卓公公那里等着听皇上的意思，可现在情况有变，我只能拜托小宝公公替我留心听着，自己匆忙赶回中宫向皇后禀明一切。无论万淑宁的介入是否偶然，皇后都越早知道越好。

然而，当我一脚迈入中宫寝殿的门槛，身后立刻传来殿门关闭的声音，我迅速回头，竟看见小顺子和纸鸢守在殿门两侧，用冷峻的目光看着我，好像守城的侍卫在审视逃窜的罪犯。我的心又一次落入冰凉的湖底，身后笃定的脚步声更让我浑身发颤。我转过身，看见皇后从帷帐后缓缓走出来，尖锐的眼神像要戳穿我的心。那一刻我知道，我还是回来晚了。

第二章　苦心错投枉为佞

我被皇后罚去面壁思过，大约在阴暗的密室里跪了有一个时辰，才有微弱的灯光让我看到被谅解的希望。我揉着酸麻的膝盖，爬着冰冷的石头阶梯，沿着灯光袭来的方向迈着沉重的步子，怀着即将接受审判的心情，重新站到皇后跟前。皇后似乎并不急于要我解释发生了什么，大概是早有这样那样的消息传到她耳朵里了吧，不过她只是惩罚我面壁，想来事情还不算太糟。

“腿疼吗？”

我咽咽口水，干燥的喉咙发出略微嘶哑的声音，“不疼。”

“啪”的一声，我感觉小腿上一阵剧痛，嘴里忍着没喊出来，人却没能站住，手掌撑着地直接跪倒。

“没有人可以在本宫面前撒谎，任何事都一样，这你是知道的。”皇后尖锐的声音让我忍不住抬起头，发现她的手里不知从什么时候开始多了一把木尺子。我看向她的眼睛，看见她急忙藏起来的怜惜的眼神，然后便听到她冷漠的声音，“知道本宫为什么要惩罚你吗？”

“因为奴婢差点误了娘娘的大事……”

“不是差点，是已经误了！”皇后将木尺子狠狠地拍在桌案上，如同惊堂木突然响起震慑我本就虚弱的心。“你怎么能让画像落入万淑宁的手中，你是昏头了还是忘了自己究竟是谁的人，怎么能犯这么严重的错误！”

“奴婢也不想的，画像已经模糊得没法看了，只有万淑宁能临摹……啊！”我的话没说完，脸上就被一堆迎面扔来的东西砸得生疼。那是一幅字画，我不知道皇后此举究竟是何用意。突然，一泼冷水从头顶直直地浇灌下来，冻得我浑身都凉透了。我闻到了泥土的草腥味道，很熟悉。“这是……”我惶恐地看向皇后，心中的猜想渐渐坐实。

“这是皓月湖的湖水。”皇后平静地说着，凝视着我惶恐的模样。皓月湖……我低头，看见字画滑落到地上，连同我的裙摆一起浸泡在水中，裙摆上的印花依旧透着淡淡的粉色，水流浮动下的墨色字迹与云山水墨依旧深浅分明轮廓清晰。刹那间，我的心揪起来。我忍不住伸手触摸画纸上的墨迹，我能感觉细腻的水流在手掌与墨色山水之间流淌，我甚至能感觉到化开的墨沾染我的手掌，在清澈的水流中渗出淡淡的一缕缕的黑色。然而，当我慢慢将手拿开的时候，我发现墨还是墨，水还是水，而我的掌心，依旧是干净的皮肤的颜色。

“不会化开的吗？”我心痛地自言自语。

“小顺子。”皇后喊了一声，小顺子过来抓起我的手，然后往我手上涂了一层油腻腻的东西，然后把我的手按在画纸上。没过一会儿，我看见从手底下流出淡淡的墨丝。我本能地缩起手，发现手底下的山脉已经模糊了原先的模样，而我的

掌心也沾染了黑色。

“皇后娘娘……”我愣然地看着皇后，心中的疑惑如同地底泉水，喷涌而上。

“这叫松墨油脂，有它就可以让墨化开，”皇后端起茶碗，轻轻吹着，“宫里的上好贡墨，哪里是湖水就能化开的，这么个小把戏，就把你给蒙住了，究竟是纪双木太聪明，还是你太愚蠢呢?”

我一屁股坐在地上，整个身子连同整颗心重重地下沉。纪双木，她又骗了我吗？我回想着早晨发生的一幕幕场景，回想着纪双木如何不动声色地出现在我身边，如何奋不顾身地跳入湖中，如何急不可待地打开字画，如何处变不惊地为我出谋划策，这一切似乎是早就串联好的一条线，而我却没有发现。

“娘娘，这也不能怪西樵，谁让这事凑的巧呢。”小顺子这回倒替我说起话来，“从中宫去卓公公府邸的路也不只这一条，字画落水更不是这丫头能料到的，谁能想到纪双木早就在暗中窥探着，要往那画像上使坏呢。”小顺子这话说中了我心中的疑虑，难道纪双木是未卜先知的神仙，随身带着松墨油脂，专等我落难吗?

“就算真是老天爷的安排，她纪双木毫无半点设计之心，也不该把这么重要的东西交出去。”纸鸢毫不怜悯地说，“如今落了把柄在万淑宁手里，娘娘就被动了。再说，哪个主子的贴身侍婢会一大清早跑到老远的湖边上溜达，肯定是有所图谋。”纸鸢说着，埋怨地看着我。

“是奴婢疏忽了……”纸鸢说的句句在理，我只能俯首认错。

“你不是疏忽了，而是被纪双木的好戏给迷住了。”皇后略显失望地说，“本宫知道你们是好姐妹，可是你这位好姐妹利用你欺骗你也不是一次两次了，你怎么就不能长点记性，还是你实在是太宽容太大度了，眼睛里可以容得下那些得寸进尺的人。她为你跳湖，为你去求她的主子，你就感动得钻进圈套里还以为找到了可以依靠的怀抱，你怎么就不想想，她对你的好都是为了她的主子，而你对她的好却是在背叛你的主子!”皇后说着说着激动起来，我想这次我真的让她失望了。

我咬咬牙，往自己脸上扇了一个巴掌，嘴里连连喊着，“让你再信她，让你

再信她……”

“娘娘，这发生的事儿是再难回头了，如今得好好想想，究竟哪个环节出了岔子，让万淑宁钻了空子。”小顺子示意我别再出声，说起正经话来。

“这皇宫里只要有活着能说话的人，就没有秘密，负责秀女选拔的宫人没有一百也有几十，保不齐谁就知道了画像要出馆的事，万淑宁在宫里也有些年头了，收买几个俸禄低微的宫人也在情理之中，”说到这儿，皇后突然盯着我看起来，然后幽幽地说，“谁敢说松墨油脂不是早就抹在画像上干透了的，就算你不摔跤，也难保这画像就不沾水，也亏了有你，反让纪双木显得无辜了。”

我更加感觉到惭愧，把头埋得更深了。

皇后起身走到窗户边，月光稀薄得很，却也能将皇后的侧影清晰地勾勒在窗纸上，“从万淑宁肯冒险临摹这点来看，她并不想毁掉那幅画，而且也不想揭本宫的短，只怕她的用意是在日后……”皇后沉思片刻，突然转过身对我说，“不管万淑宁此举何意，你今日的错儿是赖不过去的，本宫要罚你去储芳阁做清帚婢一个月，明日就过去吧。”

“是。”我低头应承着，心里明白，这是我将功折罪的机会，因为储芳阁，就是复选秀女们暂住的地方。

储芳阁，一听名字就知道是个美女如云的地方。皇后没有褫夺我承御的封号，却让我去储芳阁当清帚婢，这明摆着是假借惩罚的名义，让我去窥探秀女的生活。这一点我清楚，储芳阁的殿值阮心梅也清楚，何况我的品级在她之上，所以从我到储芳阁上任的第一天起，她就做好了任我调遣的准备。

“储芳阁在奴婢之下一共有三十位宫婢，除去隶属八房的十八位婢女，还有八位辅殿和四位守殿。储芳阁有两处院落供秀女们居住，一处是北面的流芳阁，再就是我们刚才经过的怡芳院。”阮心梅把我领到她房里，遣散了其他人，跟我细说起储芳阁来。

“这些我都知道，你说些我不知道的吧。”我从怀里掏出一块雕花的玉，塞到阮心梅手里。这是皇后赏我的，她经常赏我和小顺子一些小玩意，可以自己玩，也可以拿来做人情。

阮心梅见我懂事，比先前更恭顺了，打算盘似地数起这院中的是非来，“这次进入复选的秀女当中，属安太妃家的安瑾萱最有背景，可惜资质太差，为人又清高骄傲，很不合群，不少人在背后嘀咕，说她是靠着安太妃的面子才进的复选，把她气得楞是连昨儿的晚膳都没用……”

“这有什么好气的，咱们做奴婢的倒没人说，她可愿意来做？”我打趣地说着，给阮心梅斟了杯茶。

“哎哟，这可当不起，”阮心梅赶紧把茶接过去，接着说，“要说资质，那得是庄環和杨岫云，都是天生的美人胚子，真正的人如其名，背后羡慕的、嫉妒的都一堆堆的，”阮心梅喝了口茶润润喉咙接着说，“昨儿晚上不知哪个秀女在杨岫云的房门前搁了桶洗脚水，结果没整到杨岫云，倒让庄環摔了个大跟头。”

“这事倒动静不小，后来怎么着了？”

“本来庄環是要告到管事公公那里的，后来木佳子出来息事宁人，这事就没往上报。”

我眼睛突然一亮，“木佳子是谁？”

阮心梅眼珠一转， “她是翰林院学士木方舟的小女儿，也是这届的入选秀女。”

我轻轻哦了一下，然后沉默不语，安瑾萱、杨岫云和庄環我是早就知道的，这个木佳子，一点印象都没有。看来，她既没有显赫的身世，也没有出众的容貌，在宫中从未听闻她的名字，也就是说她不可能像万淑宁那样拥有惊世的才学，那么……

我的嘴角刚刚露出意味深长的微笑，阮心梅像是看出了我的疑惑，凑上来说，“眼下司礼院尹司礼正教习她们宫中礼仪，林承御要不要随我前去看看，听说木佳子的表现还不错。”

尹司礼也来了吗？倒是很久没见她了。想到这里，我点头表示同意，“就在蹙芳殿外头偷偷瞧着便好，不要打扰了她们。”

“我明白的。”阮心梅说着，领我往蹙芳殿去。

我站在蹙芳殿外，透过纱窗往里头看，里面的秀女穿着一色的宫装，梳着同

样的发髻，正练习觐见的各种礼仪和动作。我粗粗一看，立刻注意到两位极美的女子。一位娇俏玲珑，眼露欢悦之色，似在沾沾自喜，另一位清雅脱俗，面若冰霜，似有些漫不经心，因之前看过画像，我知道她们就是杨岫云和庄環。果真是绝世美人，艳压群芳，一眼就能望见。我继续观察，忽然指着一位动作极为标准的秀女说，“那个就是安瑾萱吧？”

“林承御真是好眼力，她就是安瑾萱，承御是怎么看出来的？”阮心梅好奇地问。

我微微一笑，“你看她的动作，比其她人的都要轻盈随意，却又十分标准到位，可见她对这礼仪早已是熟能生巧，这班秀女之中，谁能对宫中礼节如此熟悉，谁又能有机会时常进宫行觐见之礼，答案不是呼之欲出了嘛。”

“难怪皇后娘娘派承御前来担此重任，林承御果然是慧心慧眼啊。”阮心梅咂叹着说。

我在心里轻轻哼了一下，慧心慧眼吗？就凭安瑾萱的平庸姿色，想要错认也不容易啊。我挥挥手，“不提别人了，到底这里哪个才是——”我刚想问木佳子是哪个，突然目光被一个女孩子牢牢地抓住。她眉眼清透，脸上除了分明的五官，干净得没有一点杂质，胭脂几乎是没有打过，明媚的双眸如同黑珍珠镶嵌在白玉般的面庞，这份纯净到极致的感觉，我似曾相识。直觉告诉我，那个就是木佳子。“就是她吗？木佳子。”我指着那个女孩子问。

阮心梅睁大眼睛，“承御又是怎么知道的？”

果然是她。我轻蔑地笑笑，“瞎猜的，中了吗？”我最后扫了一眼纱窗那头的人，转身离开。第一眼看见木佳子，我就像是看见了纪双木的影子，她的清淡如风，她的纯静如溪，与纪双木最初的模样如出一辙。

夜深了，我偷偷回到皇后那儿，把今日所见简单讲述一番。

皇后眉头一蹙，微微摇头，“这事奇了，以姿色论，杨岫云和庄環皆为首选，杨岫云春色上面固然有些不矜持，但庄環冷若冰霜又似乎不合情理，更何况你刚才说她略露漫不经心之态，这就更加值得琢磨了。小顺子，她二人的家世查得如何？”

小顺子上前一步说，“回禀娘娘，庄環和杨岫云的家世竟然惊人地相似，两人均是罪臣之后，而且均获罪于王梁成一案。”

皇后稍作回忆，“王梁成？就是半年前因为收受贿赂被削职罢官的王梁成吗？”

“正是。王梁成在受审时，供出当时任职刑狱司的庄兆瑾和任职录史官的杨莫青也与此行贿受贿案件有关，并提供账簿一册，但是行贿人在入狱的第一晚就撞墙死了，账簿的真假未能证实，所以此案就成了悬案，一直未能解决。由于当时的案件牵涉的人数众多，影响极差，皇上最终还是将两位大人削职罢官，但是却保留了庄環和杨岫云的选秀资格。”

“胡闹！”皇后闻言怒目圆睁，“自古以来罪臣之女只可入尚宫局为婢，怎能以秀女的身份入宫！秀女身份是何人负责核查，立刻传召。”

“是。”小顺子得令二话不说跑出去。

纸鸢若有所思地说，“父亲沦为罪臣，女儿入宫侍君，娘娘，这里面，会不会有什么文章？”

“替父报仇。”我不知不觉就说出这四个字，然后立刻意识到自己失言，赶紧闭上嘴。

皇后尖锐的目光瞬间刺透我的心脏，如同冰做的利刃，让我又冷又痛，渐渐地，冰冷的剑锋融化成暖暖的流水，渗透进我的每一寸骨骼，温柔地将我逐渐吞噬。“选秀资格非她们所能决定，王梁成的案子，皇上也并未深究其罪，替父报仇的说法未免过于严重了，但是，若能顺水推舟，借着皇上的宠爱，替父翻案，重归政坛，倒是个不错的想法。”皇后沉吟片刻，“哼，既然这样，本宫不介意帮她们一把。”皇后说完，见我还跪着，示意让我起身，走到我跟前，“你又提醒了本宫一次，看来你的八字，跟这个皇宫，还挺匹配的。”皇后又靠近我一点，“除了本宫点过名的三位秀女，还有谁，是本宫看漏了的？”

皇后的话如同一阵冷风钻进我的耳朵里，我下意识地颤抖了一下，木佳子三个字在喉咙里堵塞着。要把她供出来吗，也许她真的就像大家看见的那样，是个善良的女孩，何必因为我毫无边际的猜测将她推入危险的境地。我抬起头，坚定地看着皇后的眼睛，“回皇后娘娘的话，没有。”

皇后死盯着我的眼睛，我感觉眼睛发酸发涩，却始终不敢眨一下，生怕露出逃避的怯意。

皇后的左边嘴角微微一抽，“没有就好。”我听出她在怀疑我，但我不愿意改口。

这时，一位年轻的小公公被小顺子拎着领子拽进屋来，小公公趔趄着扑倒在皇后面前，磕头如捣蒜般使劲，“奴才……奴才福顺参见皇后娘娘，娘娘千岁，娘娘万福。”小顺子撇撇嘴，挥着拂尘站在他身后，眼睛不屑地看向别处。

“这奴才瞅着眼生啊，”皇后用眼角余光打量着福顺，“可是刚刚进宫的？”

“奴才……”福顺颤巍巍地不敢说。

小顺子提起腿朝福顺屁股上给了一脚，“结巴什么，快回娘娘的话。”

“奴才，奴才是十岁进的宫，如今算来也有整整十五年了。”福顺赶紧掰着手指头算起来。

“噢……”皇后略显恍然大悟之色，“原来已经进宫十五年，比本宫在宫里的日子还长，平平安安，无风无浪，掰着手指头算得门清啊，”皇后不紧不慢地说着，突然神色一变，拍案喝到，“连老祖宗的规矩也忘了，这十五年本宫看你是嫌命长了！”

福顺闻言身体猛地一缩，顿时汗如雨下，磕头求饶，“奴才该死。奴才不知办错了什么，只求娘娘让奴才死得明白。”

“不知办错了什么，”皇后怒目圆睁，“杨岫云和庄環都是罪臣之女，你是知道还是不知道！”

“奴才……奴才知道。”福顺边说边擦着额头的汗。

“知道？知道你还把她二人留名在册，你简直找死！”皇后随手抓起案头的镇纸朝福顺砸去。

福顺抱着脑袋赶紧扑倒在地，身体蜷缩成一团，哭喊着说，“娘娘，奴才冤枉，奴才冤枉，要将她二人留名在册的并非奴才，而是，而是……”

“是谁？”皇后追问。

“奴才，奴才不敢说……”

“那就拖出去杖毙！”皇后一甩袖，小顺子就上来拖人。

还没等小顺子的手碰到自己，福顺就吓得嚷嚷起来，“奴才说，奴才说……是，是皇上……”

我闻言一惊，看向皇后，她早已握紧了拳头，咬牙切齿地说，“胡说八道！”

福顺见话已说开，干脆大着胆子全抖了出来，“奴才不敢胡说，原本奴才已将二人的名字删去，可是名册交给卓公公不到两天，卓公公就让奴才再把删去的名字加上，说只要不是欺君叛国之罪，罪臣之女也可候选，奴才也觉得奇怪，就问其中是不是有什么缘故，万一主子知道了怪罪下来如何担待，谁知卓公公说，这就是主子的意思，还能怪罪谁去，奴才问是哪位主子的意思，卓公公就指了指天，这难道还不是万岁爷的意思吗？”

皇后听着听着，神色复杂起来，踱步几个来回后，忽然冷笑一声，“你认准了本宫不敢找皇上对质去，这才把皇上搬出来做挡箭牌是不是？你的胆子，倒是大得能补天了。”

福顺扑通一声扑倒在皇后脚下，“娘娘千万相信奴才，就是借给奴才十个胆子，奴才也不敢造万岁爷的谣，卓公公确实是这么跟奴才说的，奴才不敢作假。”福顺咚咚磕起响头来。

“哼，你别以为一句皇上的意思就能把本宫唬弄过去，这秀女名册从来不经皇上的手，杨岫云和庄環又不曾进过宫，皇上与她们可说是素昧平生，又怎么会知道她们原本上过名册，又凭什么破例追着你要人？”

“这……”福顺哆嗦着，说不上来。

皇后盯着福顺片刻，看着他颤抖的背脊，脸愈发冷下来，绕过他走到绣着牡丹的屏风前，抚摸着紫红色的花瓣，轻描淡写地说，“传本宫旨意，奴才福顺违规在先，欺君在后，赐杖毙，五服之内，连坐。”

“遵旨。”小顺子高声说着，让人进来把福顺架走。

“娘娘饶命，”福顺双腿蹬着使劲挣扎，哭嚎着，“奴才，奴才知道一件事，可能和这件事有关……”

皇后眼睛一亮，“都先住手！”听到皇后的喝令，内侍们松开手，福顺整个人

松垮下来，边喘粗气边擦汗。皇后微微颔首，居高临下地看着福顺，“这可是你最后的机会了。”

“是，是……”福顺沙哑的嗓子发出急促的声音，“王梁成案结束后，杨岫云和庄環就该随父亲搬出官宅，另觅住所，奴才复核秀女身份之时，查得庄環暂居其乳母家中，倒是合情合理，可那杨岫云，竟是在一位宫中显贵的府邸中居住，不知这其中是不是……”

皇后眉尖一耸，“宫中显贵？是谁？”

福顺突然有些害怕，打磨着牙齿说，“是……安国郡主。”

我心中猛然一惊，回头去看皇后，她早已紧咬嘴唇，拳头攥得恨不得把指甲嵌进肉里。许久，她的拳头渐渐松开，僵硬的面孔也恢复了柔和，聚拢在眉间的阴霾也一点点散去。“你回去吧，今日本宫传召你的事，不许告诉任何人。”

“奴才明白，奴才遵旨。”福顺见皇后放他走，千恩万谢地磕了头，匆匆离去。

皇后见他走远，一脚将旁边的椅凳踹翻在地，发出很大的声响，顿时风度仪态全失，“万淑宁这个贱人，什么都要跟本宫对着干吗！本宫在宫里的光芒，她要抢，本宫自小的姐妹，她要抢，本宫的夫君，她要抢，现在连本宫看中的人，她也要抢，难道她进宫来就是跟本宫争抢的吗！武夫之女，外作端庄，骨子里尽是野蛮霸道的本性！”

纸鸢走到皇后身边，“娘娘，现在怎么办？明日就是复选，这个杨岫云貌似已经和郡主结成了同盟，恐怕日后对娘娘不利啊。”

“不如……”小顺子伸手做了个刀斩的姿势，“一劳永逸，免除后患。”

我顿时心惊肉跳，小顺子竟然也赤裸裸地狠毒起来，若是将来倚靠皇后的势力权冠后宫，就太可怕了。

皇后没有说话，转而看向我，“西樵，你觉得小顺子的主意如何？”

“奴婢觉得不妥，”我大着胆子说，“杨岫云特准候选，是皇上的意思，皇上是真的知道她也好，是被安国郡主巧言蒙蔽也罢，至少她的存在已经足够在后宫引起不小的波澜，若闹开去，定会有人吃不完兜着走，也说不定安国郡主正等着

拿皇后的短，任何的风吹草动，都会成为郡主手中的把柄，何况究竟杨岫云与郡主的关系如何，谁也不能确定，现在就急于处置，并非上策。”

皇后明眸一动，转过脸来看着我，“你又想护着谁?”

我抬头无辜地看着她，“奴婢没有……”

“行了，”皇后打断我，“杨岫云不是一般的宫婢，本宫也绝不会轻举妄动。不过，杨岫云竟然居住在万淑宁的府邸之中，两人的关系必然亲厚，即便过去不亲，如今也难说了。”皇后说着又看向我，“你不是说，杨岫云面露悦色，沾沾自喜吗，没准就是万淑宁给了她什么承诺，她自感得宠在望，喜形于色了。”

“这么沉不住气，郡主这次可算是所托非人了。”纸鸢有些幸灾乐祸，忽然又神色一正，“那个庄環有没有问题，她也是罪臣之女。”

“这就要问西樵了，”皇后过来拉起我的手，我的手冰凉，皇后也许是感觉到了我内心的微弱恐惧，用力握住我的手，“你替本宫好好盯着杨岫云和庄環，尤其是杨岫云，要是发现她和万淑宁那边的人有什么勾勾搭搭的，即刻来回禀本宫，可别再像上次那样，又迟了一步。”皇后的话音越说越重，我也感觉心口如同压了块大石头，越来越重。

“奴婢自会用心，只是储芳阁人多口杂，奴婢的身份，那些老宫人都是知道的，只怕流言难止，那些别有用心的秀女难保对奴婢抱有戒心，未肯交心。”

“谁要你交心了?”小顺子撇撇嘴说，“这里是皇宫，别说你是皇后的人，就算是平常的一名宫人，那些心有盘算的秀女也不会跟你说真话，再说就你这点心眼，没套出话来，说不定就把咱们娘娘给卖了，还是闭上嘴的好。你呀，就远远地看着，谁跟谁要好，谁跟谁不和，谁跟谁勾勾搭搭，谁在宫里有人帮衬。那些偷偷见面的，打架拌嘴的，行为鬼祟的，不用走到跟前就能看出端倪来。还有啊，别再想着能跟谁交心，像纪双木这样的好姐妹，一个就够我们头疼了。”

皇后看看我，“就照小顺子说的办吧。多看少说，莫生事端，本宫，不想落人口实。”

我点头称是，随后服侍皇后睡下，返回储芳阁。

复选过后，储芳阁中的人少了大半。按惯例，复选落第的秀女，均赐予淑女

的名分，分派到各个妃嫔的宫中居住。若能有幸被皇上看中，再另行册封。时间匆匆而过，明日就是殿选之期，我却一无所获。难道是我们想错了？皇后已经数日没有传召我，想是已经对我彻底失望了。我忽然觉得，可能我会永远待在储芳阁，再没有回去的时候了。

我睡不着，在空旷的宫院里随意地走着。忽然，我感觉有个人影在不远处闪过。杨岫云！我一个激灵，跟过去，却只有树影摇曳。我四周张望，猛地瞥见不远处人影又一闪动，不假思索就追了过去。就这样，人影一下子出现，一下子消失，引我一路往前，最后竟然到了储芳阁的后门。人影这回是彻底消失了，我一时迷失了追踪的方向，看着虚掩的后门，总觉得那背后就是我寻找的踪迹。我小心翼翼地走过去，心里害怕得要命，总觉得那门会突然开了，然后一张人脸就会贴过来。我不禁一个寒颤，脚步也有些不稳。终于，我走到门边，仔细听了听，没有动静，于是一点一点把脸挪到门缝处。

天哪！我差点喊出来。杨岫云和纪双木站在不远处的树丛中，不知在说些什么。月光下树影遮挡住她们的模样，只在某个风吹树摆月光移的瞬间，我看见了她们藏在暗处的脸。万淑宁，她果然先皇后一步摆下了棋子，而这一步，就是半年的时间。处心积虑，处心积虑啊。万淑宁，你到底要做什么。

她们分开了，杨岫云朝后门走来。我的步子没有她快，只能匆忙在蜿蜒的小路边找了个较为茂密的矮树丛躲进去。很快，我听到了脚步声，我屏住呼吸，不敢乱动。这时，我感觉脚边有东西爬过，我用眼角的余光望去，一下子四肢冰凉。那是一条小蛇，正爬上我的裙子。我怕极了，又不敢动，却还是因为紧张微微抖动身体，竟然发出了嚓嚓的声响。

“是谁？”杨岫云警觉地停住脚步。

完了。我闭上眼睛，感觉她朝我靠近，如同死神正在临近。

“是我，是我。”不属于我的声音从另一处树丛中传出，然后便钻出一个人来。借着月光我看见她的脸，竟然是木佳子。

杨岫云怀疑地看着她，“你在这里干什么？”

“我睡不着啊，出来看大月亮。”木佳子指指天空。

“躲在树丛里看月亮?”杨岫云阴笑着，与平日娇柔的模样相去甚远。

“你以为我喜欢吗？突然肚子痛，没办法，才躲进树丛里解决一下，你不会去告我的状吧。”

听她这么说，我才闻到微微的臭味，杨岫云也赶紧捂住鼻子，皱着眉头白了木佳子一眼，匆忙要走。

“等一等，”木佳子反叫住她，“你也是来看大月亮的吗?”

杨岫云尴尬地愣了一下，然后吊着嗓子说，“这月亮又不是你一家的，还不许别人看吗?”说完，仓促消失在夜色中。

“哎哟，”木佳子突然又叫起来，捂着肚子，“不行，还得再解决一次。”木佳子说着，就冲进我藏身的树丛。我来不及逃跑，被木佳子撞个正着。一瞬间，我们四只眼睛相互对着，相互僵持着。“你……”木佳子睁大眼睛看着我。

我尴尬地笑笑，不知该说什么。

木佳子忽然眨眨眼睛，“噢，我知道了，你也是来看大月亮的。”木佳子揉揉肚子，“嘻，被你一吓，肚子也不痛了。”木佳子钻出树丛，我也跟着钻出去，那条小蛇已经不知游到哪里去了。木佳子看看我，“都说皇宫规矩严，我看也不尽然。”

我听到这话心里一慌，按理我不该怕她会将我怎样，但确实没来由地慌了一下。

木佳子甜甜地一笑，“不要说见过我，我也替你保密。”说完，木佳子淡然地转身，很快被夜色吞没。

声音明明是我弄出来的，她为什么要替我遮掩？疑惑落入心中，我暂时顾不上这些，连夜去了中宫。我隐瞒了木佳子的事，只把杨岫云私会纪双木的事和盘托出。皇后闻言诡异地冷笑一声说，“小顺子，去把韩冬青找来，不要让别人知道。”

我看着小顺子一溜小跑出去，心里咚咚打鼓。这么晚了找韩太医进宫，绝非平常事，难道皇后娘娘又要……我没敢想下去，皇后此刻的笑意是我从没有见过的，就好像要把谁撕碎了一样。

韩冬青来了，皇后开门见山地说，“有没有什么药，吃了之后会突发疾病，不治而亡呢?”

韩冬青立刻明白皇后的意思，斟酌着说，“药有千万种，药性如娘娘所述的，自然是有，只是一旦诊脉，就会立刻暴露……”

“那如果由你诊脉呢?”皇后立刻将韩冬青的退路堵死。

“普通的药材，难有此效，特殊的药材，如去御药房抓药，难免留下记录，惹人怀疑，如去宫外寻找，只怕需要时日，不知娘娘等不等得及?”韩冬青有条有理地说。

“本宫明日就要用，你说等不等得及。”皇后的声音大起来。

“若是如此，微臣有一办法，所谓药为食，食为药……”韩冬青说着略微停顿，见皇后颔首静思，才接着说，“最好能够知道此人的体性及病史，微臣才能……”

“此人乃是候选的秀女，”皇后也不多隐瞒，“韩太医，秀女的病史记录，御医院应该有才是啊。”

韩冬青犹豫片刻说，“微臣斗胆相问，不知是哪位秀女?”

“杨岫云。”

韩冬青双眸一动，似有印象，“娘娘，微臣知道此女。”

皇后一喜，“哦?难道她有什么恶疾，所以韩太医对她留有印象?”

韩冬青摇摇头，“并非恶疾，而是顽疾。”韩冬青说着暗瞅了瞅皇后的表情，继续说，“杨岫云体质特殊，不能食用大蒜，否则性命堪虞。”

“你是说顽疾……”皇后陷入深思，微闭起眼，抬手轻轻挥动，“本宫知道了，这件事，你不用管了，本宫自会处理。”韩冬青闻言告退，皇后则走到摆放着红海棠的花架旁，口中喃喃自语，“大蒜，蒜……”

纸鸢思量着说，“大蒜味道浓烈，只怕杨岫云对蒜味更是敏感，不易误食。”

皇后不在意地瞅着纸鸢一笑，“难道皇宫御厨，连蒜味都除不掉吗?”

纸鸢立刻心领神会，“奴婢明白了，奴婢这就去办。”

我猜到纸鸢要干什么，她们竟然都能如此平静地去伤害别人的身体，甚至性

命，我突然感觉这中宫好冷，冷得没有温度，没有气息。我看皇后还在闭目养神，弯腰轻声说，“奴婢也告退了。”

“你还真想回去啊，”皇后突然睁开眼睛，“储芳阁过了明日就成了空宅，你就继续留在本宫身边吧。”

“是。”我上前扶着皇后娘娘进入寝殿，多日不在皇后身边服侍，我的动作依然娴熟，看来，我的确有伺候人的天分。皇后肯让我回来，我心里是感激的，但是我总隐隐觉得，我与皇后之间，再难如从前了。

殿选之日，皇后精心打扮着自己。高高梳起的发髻，象征着至高的权力，金碧耀眼的后冠，象征着无上的尊贵，雍容繁锦的凤袍，象征着天赐的荣宠，等候宫外的銮驾，象征着绝世的唯一。是的，后宫的女人很多，但皇后只有一个。为了这个唯一，任何努力都是值得的。我看着皇后坚定的眼神，知道她的心里已经没有任何怜悯、犹豫、愧疚的余地，只是，却也不像表面看到的那样笃定。因为，储芳阁那里还没有她所期待的消息传过来。

“娘娘，要不要奴才去打听一下？”小顺子轻声问。

皇后披上孔雀羽毛织成的五彩长披，“又不是你打听了事情就能发生的，别节外生枝了。她要是躲过去了，那也是本宫的命。”

这时，一位小公公过来说，“启禀皇后娘娘，储芳阁的一位辅殿有急事求见。”

皇后眼睛一亮，立刻收敛起来，“传。”

很快，储芳阁的辅殿刘采江走进来，看见我的时候，她微微一愣神，然后很快恢复常态，“启禀皇后娘娘，等候殿选的秀女，出了点问题。”

“马上就要觐见了，这个时候怎么能出问题！”皇后一副关心则乱的样子，“说，到底怎么了？”

“是这样的，可能是司织房的宫婢操作不当，将一枚绣花针留在了给秀女准备的绣鞋里，一位秀女刚穿上就被扎伤了，现在无法行走，恐怕不能参加殿选了。”

是这个事情？我心中疑惑，看向皇后，她的脸上不经意划过失落的神色。

“既然这样，就改册为淑女，不必参加殿选了。日后有机会，本宫会为其引见的。”皇后转过身看着镜子中的自己，尽量让自己看上去不那么在意这件事，“对了，哪位秀女这么不走运啊，本宫要让司织房犯错的宫婢，好好跟这位秀女赔礼道歉。”

“回娘娘，是翰林院学士木方舟的女儿，木佳子。”

木佳子？我心里一惊。

“你认识？”皇后从镜子中捕捉到我的神情，话中不免透着些怀疑。

“哦，没有，只是奴婢听说过此人，听说性情随和，颇有人缘。”我隐瞒着那天树丛的事情。

皇后让刘采江退下，然后转身对着我，“本宫记得问过你，是不是看漏了谁，那个时候，你说没有。”

我尽量平静地说，“奴婢觉得，木佳子就是人好，别的，并无特别之处。”

“人好？”皇后一笑，“即便是，也会变。”皇后说完，走向殿外。

我只觉得一阵冷风吹过，心里凉了半截。

銮驾到了朝阳殿，小顺子说已经安排可靠的人让杨岫云服食掺有大蒜的食物，只是到现在，还没有她猝发疾病的消息。难道，韩冬青的话有假？不，他没有这个胆子，那么，是杨岫云识破了皇后的计策，没有真的吃下去？我不知道究竟哪个环节出了纰漏，我只是无奈地发现杨岫云站在秀女的队伍里，进入朝阳殿。我看了皇后一眼，她面带微笑，我却感觉到她的心里在哭。

杨岫云站在最前排的左边，依旧是娇俏可人的模样，安瑾萱站在最前排的中间，显然这个位置是特别留给她的，庄環站在安瑾萱身后，气质超然让人一眼就能发现她。我偷偷看皇上，他的目光始终停留一处，我看过去，竟然是安瑾萱。

“男人如果一直盯着一个女人看，不是爱，便是恨。”皇后的声音钻进我的耳朵，“要将最高的册封违心赐给不喜欢的女人，这也算是一种恨。”皇后这话说得颇有刻骨铭心的感觉，我知道，她是在影射自己。

卓公公开始喊秀女的名字，被喊中名字的秀女，要走上前来，给皇上、皇后以及太后行礼，然后由皇上赐送信物。被赐珠花的册为十二美人，被赐珠串的册

为九嫔或六夫人，被赐玉佩的册为六妃或四皇妃。秀女们一个接着一个走出来，很快，我听到了杨岫云的名字。

然而，杨岫云并没有挪动脚步，而是站在原地。我正觉得奇怪，突然秀女中有人发出一声尖叫，然后我就看见庄環痛苦地捂住胸口，慢慢地跪倒在地上。皇后立刻惊得站起身来，愕然地看着眼前发生的事情，然后猛地将凌厉的目光投向我。我无辜地看着她，惊愕的模样同样镌刻在我的脸上。

太后看了我们一眼，立刻让人将庄環扶出去救治。我知道太后在怀疑我们，赶紧扶住皇后的胳膊，“皇上和太后都在，娘娘一定要坚持住。”说这话的时候，我自己都觉得荒唐，又不是杨岫云出事了，我们紧张什么。然而不知道为什么，莫名的紧张缠绕着我，我甚至感觉眼前有一片黑色的乌云，正慢慢压近。

“殿选继续。”太后沉着老练，很快控制住了场面。

“下一位，庄環。”卓公公喊着名字。

庄環？我一时没反应过来，然后很快就一个激灵，吓出一身冷汗。庄環不是刚刚被抬下去了吗，卓公公不应该不认识她的。我的心突然剧烈地跳起来，这个时候，真正让我惊恐的事情发生了。杨岫云，我认识的杨岫云，竟然迈开脚步，走到皇上面前……

第三章　玄机暗藏黄雀计

众目睽睽下，这个叫庄環的女子盈盈拜下，“臣女庄環参见皇上，皇上万岁万岁万万岁……”我的耳朵嗡嗡作响，再也听不进她说的任何一个字。她是庄環，那杨岫云是谁？我的心猛地上下狂颠，失重般虚晃得厉害，好像被人整个儿抓住了倒转过来，连天地都颠倒了。如果她是庄環，那刚才晕倒的是谁？杨岫云？不，这不可能……我拒绝这样的猜想，害怕这样的猜想，顷刻间我觉得呼吸

困难，仿佛一路走到了黑暗的尽头。

“林西樵，”皇后突然叫我的名字，带着我的姓氏，还用冷到彻骨的语气，让我的心立刻蒙上一层霜冻。我看向她，果然她用那种恨到无奈的眼神看着我，嘴角扬起的笑意让我头皮发麻，“你又帮了本宫一次。”

就这一句，我的手一抖，感觉被逼到了死角。

“皇上赐，珠串一束。”卓公公大声传达着皇上的意思。珠串，那就是册封为嫔了。我看见皇后努力维持着端庄的坐姿，隐忍的笑容如同冰封的海棠，美丽高贵也不免让人心寒。我不忍再看，稍稍抬眼，正好看见庄環接过珠串，眼角藏不住的窃笑和得意一览无余，甚至在某个瞬间，她娇俏妩媚的眼神突然变得狠毒奸邪，我有一种被深深欺骗的感觉。

殿选结束，安瑾萱不出意外地被赐玉佩，而其余秀女都只得到珠花一枚。走出朝阳殿，太后只甩给皇后一句话，让她即刻彻查杨岫云殿前猝病之事。匆忙回到中宫寝殿，皇后未等一众宫人退下，就反身扬起手给了我一个响亮的巴掌。小顺子见状立刻吩咐旁人退下，只留纸鸢冷眼旁观我的窘困。

皇后柳眉一竖，“小顺子你去，把秀女画像给本宫取来，本宫倒要睁大眼睛好好看看，究竟谁是谁!”

小顺子没敢停留就冲出去，纸鸢没好气地看看我，扶皇后在锦榻上坐下，“娘娘别生气，等小顺子回来，把事情查清楚了再作打算。”

“自然是要查清楚的，”皇后冷笑着看向我，“一个小小的储芳阁，倒也是瞒天过海的好地方。”

“奴婢该死。”我知道皇后怪我疏忽失职，惶惶不安地磕头谢罪。

“你是该死!”皇后劈头盖脸责骂着，“本宫是住得远，看不见也听不见，才把你当成耳朵当成眼睛，哪里知道你又聋又瞎，连杨岫云和庄環错弄了身份都没有发觉，你是死人吗，还是把储芳阁当成是你过去看守过的西墙那片坟地!”

我跪爬到皇后脚边，“奴婢知罪，请皇后娘娘责罚。”

“责罚有什么用!是能改变已经发生的事，还是能阻止将要发生的事?”皇后露出嫉恨的目光，“安瑾萱虽已册妃但终究是太后的意思，杨岫云虽可匹敌但已

是半死不活，如今秀女之中再无人与庄環抗衡，这样的结局，绝非本宫所望……但恐怕，却早已是她人所谋。”

她人所谋？皇后是在说谁？我心里颤悠了一下。

这时，御膳房送了午膳过来，纸鸢服侍皇后用膳，我在一旁跪着，不敢出声。许是心情焦虑，皇后只用了少许就让人把膳食撤了，刚巧小顺子也回到寝殿。“皇后娘娘，”小顺子解开轴绳，“画像取来了。”

皇后不等小顺子展开画卷，直接抢过来，哗地一下用力地将画卷拉开。画轴骨碌碌直转，皇后骤然停手，定睛一看，顿时脸色一沉，怒目圆睁，紧紧咬住嘴唇，双手也绷紧着微微颤抖。“这根本就不是本宫看过的那幅画！”皇后一把扯起画卷，狠狠一扔，恰好砸落在我的怀中。

我一眼就看见了杨岫云和庄環，真正的人如其名。人如其名？我想起阮心梅曾经说过的话：杨岫云和庄環都是天生的美人胚子，真正的人如其名。原来，我真的有很多机会去发现这个错误，却都被我忽略了。

“是原来的画被人改了，还是原本就有两幅画卷？”纸鸢提出疑问。

“自然是画被改了，”皇后不假思索地说，“否则，不会有当日的西樵落水，更不会有今日的李代桃僵！”皇后话音刚落，一连串的瞬间已经在我脑海中完整地闪现。画像落水被毁……郡主提笔临摹……庄環深夜偷会……我的脑子里似乎有一道闪电穿过，觉醒了。想来那日万淑宁边作画边熏墨，先下逐客令，后又大方地让我验画，全是满满的算计，吃中了我心中的软肋。此时，皇后猛一个转身下令说，“小顺子，你再去，把当日画像的内侍找来，本宫要仔细问问。”

“奴才这就去。”小顺子答应着。

纸鸢轻轻地问，“娘娘可是心中已有分数？”

皇后微微弯起嘴角，眼神却依旧狠辣，“若是本宫没有猜错，这画像错位之事，定然与万淑宁脱不了干系。至少，在画像落水之前，她就已经知道了画像有误，至于她如何得知，又为何要改动画像，还得细细斟酌才是。”

“可是这画……”纸鸢看看我怀中铺开的画卷，“只怕没有证据。”

皇后冷眼看我，“西樵，你把画卷给本宫。”我把画卷递过去，皇后展开画卷

端看起来，整个人突然祥和宁静下来。

小顺子很快返回，后面跟着个年纪轻轻的小公公，长得倒眉清目秀像个书生，只是拘束地缩着脖子，眼里露出惧色。

“奴才李桂给皇后娘娘请安。”小公公跪下磕头。

皇后没说话，只是看着画卷，渐渐侧过身去，好让李桂看到她的表情，却不让他看见画卷上的秀女。李桂大气也不敢出，只是偷偷瞅了小顺子两眼，无奈小顺子也不知道皇后打的什么主意，只好装作没看见。突然，皇后呵呵呵地一阵冷笑，嘲讽中略带怒气，把李桂吓得埋下头去。皇后折起画卷，顺手递给我，我赶紧收着。“收好了。”皇后吩咐我，随后斜视李桂问，“秀女的画像是你画的？”

小公公早被皇后的架势吓得丢了魂，跪在地上哆嗦着说，“这是奴才的师傅画的，奴才来的时间短，不敢轻涉秀女的画像，只是陪着研墨。”

皇后看向小顺子，小顺子解释说，“这奴才的师傅叫徐小春，昨日得了急症，如今吃了药，还昏睡着，不得前来，奴才便带了这个研墨的李桂来给娘娘回话。”

“哦？”皇后吊着嗓子，看看李桂，“这画像错了。”

“错，错了？”李桂不敢质疑，只是茫然地看着皇后。

“张冠李戴，你可知道是怎么回事？”

李桂许久没有说话，也没有辩解。

“看来，你是知道的。”皇后紧盯着李桂。

李桂猛咽一口口水，犹犹豫豫地问，“是今日册嫔的庄環吗？”

皇后眉头一耸，“你果真知道？”

李桂突然磕起头来，“奴才该死，求娘娘饶命！”

皇后一拍桌案，“饶什么命，先说清楚了！”

“是，是，”李桂边擦汗边说，“那日师傅给秀女们画完像，因身子不爽回寝宫休息，奴才留下来收拾画室，却一时大意，弄翻了墨砚，将其中一位秀女的面容，和两个秀女的名字弄污了。奴才无奈，又不敢惊动师傅，自恃有些书画天赋，偷偷求了储芳阁相熟的宫婢，请那位秀女回来重画。可那位宫婢也不认得所有的秀女，也叫不全名字，只能带奴才去储芳阁偷看，看是谁没在画卷上，回来

再补画。结果也是凑巧，奴才偷看时让那位秀女发现了，本以为会被责罚，谁知她不但没张扬，反倒偷偷给奴才一包银子，让奴才把她画得丑一些，说是不愿意被后宫争斗所困，宁愿落选，临走之时，她告诉奴才说她叫杨岫云。"

"可是画卷之上，杨岫云依旧是美人一个。"皇后如实说。

李桂又磕了一个头，"奴才回去后想了很久，这作假乃是欺君之罪，万一东窗事发，奴才可担当不起，最后还是如实描绘了她的容貌。至于银子，奴才日后自会想办法送还。"

"她说她叫杨岫云，你对照名册之后，就顺理成章地把另一个弄污的名字改成了庄環。"皇后已经把事情连贯起来。

"娘娘圣明，的确如此。"

"你并未与真的杨岫云会面，假的杨岫云也不会向你招供，你是如何知道自己张冠李戴了呢?"

李桂又磕了两个头，"事后奴才还是忍不住跟师傅说了这事，师傅说，若杨岫云存心扮丑，早该落选，又何须劳画师之手，再说她若真是出淤泥而不染之人，断不会行贿赂之事，连累奴才担这欺君重罪，定有蹊跷，说不定是想李代桃僵，害了杨岫云。不过幸好庄環也是个美人，即便张冠李戴了，也不至于害了别人。"

"你师傅倒是个明白人，你多留心学着，未必没有出息。"皇后坐回榻上，"此次事出有因，本宫谅你是初犯，又是受人蒙蔽，且主动向本宫坦白事实，就不追究了。只是今日你在本宫这里说的这些话，出去了，不许说一个字，明白吗?"

"奴才谢娘娘恩典，若敢说一个字，叫奴才不得好死。只是，这画已然错了……"李桂忧心地问。

"本宫自会担着。"

"奴才谢娘娘恩典，奴才谢娘娘恩典……"李桂感激涕零。

"不过，"皇后话锋一转，"本宫不说，难保别人不说，若是走漏了消息……"

李桂急忙摆摆手，"不会不会，这事奴才只跟师傅和皇后娘娘提过，再没别

人知道。”

皇后眼睛微微一亮，满意地点点头，“本宫心里有数了，你去吧。”

“是。”李桂虔诚地又磕了好几个响头才千恩万谢地去了。

皇后的脸渐渐阴沉下来，转过身走到我面前，用力地说，“看见了吧，这宫里暗藏多少杀机，这女人包藏多少祸心！且不说换了别的没轻重没分寸的奴才，要是李桂重新看了画像，知道有人替他瞒天过海，他还会招供多少，只怕本宫到现在都不会知道究竟谁在背后捣鬼！”

“按李桂所言，画像的事全是庄環自己使坏搞出来的，不应该有外人知道，难道说……”小顺子突然作惊慌之态，然后又后怕连连地说，“哎呀，原本还以为万淑宁要拉拢的是杨岫云，原来是庄環！”

纸鸢眉毛一挑，“哼，小小一个秀女，才刚进宫，就敢如此行事，简直是胆大妄为，娘娘，此人绝不能姑息。”纸鸢竟然也心冷嘴冷地说出这样的话来，像个薄命的女子在那里愤世嫉俗。

小顺子轻蔑地笑笑，“只怕她是小聪明，大糊涂。皇上的眼睛，除了看江山，就是看美人，活脱脱的美人住在宫里，又岂能被一幅画像遮盖锋芒。”

“不但如此，这画像乃是一世的把柄，”皇后一语道破内里乾坤，“只要杨岫云留在宫里，东窗事发的危机便如影随形，所以，万淑宁才要将画像复原。”

纸鸢露出厌恶的神色，“说到底都是庄環先斩后奏，否则万淑宁不会有机可乘。”

“她是自觉高明，想去万淑宁跟前炫耀，”皇后露出讥笑的神情，“哼，用计如此拙劣，这一定是万淑宁始料不及的，暗自叫苦，又不能坐以待毙，当时的万淑宁一定比本宫现在更加焦虑不堪。可是偏偏，本宫令西樵前去取画，这便是她千载难逢的机会。她知道西樵心机尚浅，又至今难解与纪双木的姐妹情结，于是设落水之局毁掉画像，将欺君铁证彻底销毁。”

纸鸢皱眉摇头，“取画像的是西樵，但送还画像的未必是西樵，万淑宁这个局，其实也很冒险。”

“她不但敢冒险，而且够贪婪，”皇后的目光更加深邃，“本来，事情可以到

此为止，可是她发现李桂并未丑化杨岫云，于是心生一计，竟然想到要借本宫的手除掉杨岫云。她知道本宫派西樵在储芳阁探消息，于是不早不晚，专挑殿选前一晚在西樵眼前安排了庄環与纪双木的露夜相会。结果西樵同本宫一样错认了杨岫云和庄環而不自知，又因为时间紧迫，只能假手于人，速战速决，才会阴错阳差连累杨岫云遭遇死劫。螳螂捕蝉，黄雀在后，这一招将计就计，果然够绝。”皇后说着突然想起了什么，“杨岫云那头有没有什么消息？”

“说是难过今晚，”小顺子略露惋惜之色，随后连连咂舌，“啧啧啧啧，这个安国郡主，真是贪婪狡猾又有心机，不过……西樵在储芳阁数日，万一画像对调的事露了馅，那死的不就是庄環？”

“不成功，便成仁，”皇后早已想通全部，“庄環初入宫闱就敢欺君王，胆大谋不足，留在身边是福是祸都未可知，如若借本宫的手除掉了她，对万淑宁未必不是件好事。她死了，对错都不会再有人追究。”

纸鸢皱起眉头，“其实画像一事，就足以让安国郡主明白庄環并非有智慧之人，甩手不管就是，又何必设下种种计谋为她冒险？”

“这就是万淑宁的性格注定的结果，”皇后突然露出微笑，“要是本宫没有看错，万淑宁这个人绝对是心思细腻，凡事苛求完美，容不下一点瑕疵。本来弃车保帅也无可厚非，尤其遇到庄環这种自以为是的傀儡，起换兵之心实属平常，可是庄環以罪臣之女的身份入宫，万淑宁出力不少，所谓骑虎难下，如果庄環罪犯欺君的话，万淑宁这个举荐之人如何能在宫中维持她的好名声？”

“名声真的这么重要？”纸鸢露出迷惘的眼神。其实，这也是我疑惑的。万淑宁维护庄環，真的只是追求完美而已吗，难道，就没有别的原因？

皇后轻轻瞟了纸鸢一眼，“万淑宁能在宫中立足，不就是靠名声吗？每年都有将军战死沙场，但是有谁的女儿能像万淑宁这样幸运？都说虚名如浮云，但有了这片云，人就可以扶摇直上。”皇后说着，再次走到我的面前，我不敢看她，她却盯着我努力躲藏的目光，“感情也是一样，虽然虚无缥缈，但却能杀人于无形。万淑宁有多厉害本宫不知，但是纪双木有多无情你现在应该心中有数！她一次一次在你面前演戏，一次一次让我们主仆相疑，一次一次陷你于不仁不义，你

要是还不知道清醒早晚会祸及中宫!”

“奴婢不会再信她了,”我突然抬头大声地说,“不会再信了。”我的眼睛睁得大大的,努力让自己勇敢地面对皇后的训斥和内心的选择。眼泪流下来,这是我对这段感情的诀别。

皇后的脸色略微红润些,情绪慢慢收起,平静下来。

这时,小顺子小心翼翼地喊,“娘娘,娘娘……”

皇后并没有把目光从我脸上挪开,干净利落地说,“讲。”

“娘娘,太后说的彻查一事……”

“查!”皇后肯定地说,一边抬起头,将目光从我身上挪开。

“这……”小顺子为难地看看我,只动嘴不出声,“这怎么查呀?”

我正冲小顺子作无奈之态,皇后突然说了一句,“传韩冬青!”小顺子愣了一下,还没来得及应答,皇后就迈开脚步往它处去。小顺子赶紧挥挥手,我和纸鸢小跑着紧跟在后,追逐着皇后拖曳在身后的长长的裙摆,一路跟到了偏殿。“西樵,泡茶。”皇后在偏殿正位落座,拉开一副坐堂审案的架势。

我递上新沏的茶,皇后刚要接过,小顺子就匆匆返回,“回禀皇后娘娘,韩御医已经在殿外候传了。”

“传。”皇后把手抽回,我识趣地捧着茶碗退回一旁。只见韩冬青大步走到殿中央,步履沉稳目光坚定,叩拜之礼行得干净利落,垂首静候皇后问话。皇后微微向后靠着椅背说,“韩爱卿从储芳阁来?”

韩冬青的太阳穴经络似乎微微一跳,“是。”韩冬青略微抬眼看看皇后的表情,“微臣适才替秀女杨岫云诊治,已确诊其误食大蒜而引发过敏之症,”说到这里,韩冬青停顿片刻,嘴唇微微一抿说,“实属意外。”

皇后双目微合,“身有过敏之症,杨岫云本人可曾向储芳阁殿值报奏此事?”

“据微臣所知,未曾报奏。”

“秀女的病历医案是否有过敏之症的记载?”

“医案遗失,已查无实据。”韩冬青虽然略有迟疑,回答时却依旧坚定。

皇后微微露出满意的笑容,却不抬头,朝我伸过手来,我赶紧递上一盏茶。

“那本宫就如此向太后禀报了。”皇后轻轻闻了闻茶香，并不急着喝。

“是，娘娘如实禀报便是。”韩冬青一字一顿说得清清楚楚。

皇后浅浅地饮了一小口茶，突然想到什么，略微警惕地抬起头来，“若是太后要求证于御医院……”皇后放慢语速，质疑的目光紧紧盯着韩冬青。

韩冬青目光垂下躲开皇后尖锐的眼神，提高声音说，“微臣，也是同样说法。”

皇后的眼神稍一放松，突然又面色一沉，将茶碗塞回给我，身体微向前倾，双手紧握椅子两侧扶手上雕刻的凤凰，“若太后要追究医案丢失一事……”

韩冬青的嘴角隐隐抽搐一下，面色凝重却回答从容，“太后大可问责于医女唐季柔……”

“谁?”皇后顿时眉头一皱，霍地站起身来，右脚匆匆往前一挪又赶紧刹住，只是一个瞬间，疑惑的目光便消散殆尽，继续从容不迫地说，“接着说。”

“是。医女唐季柔……”韩冬青说到这里，又微微抬眼看了看皇后的表情，犹豫和停顿稍纵即逝，强掩猜疑的目光，继续说，“医女唐季柔，被派责为各位秀女诊脉问案，记录秀女的体症病历，并将医案报奏医女官。然而，据医女官沈碧珠所言，在唐季柔所报奏的医案中，并没有杨岫云的记录，而且也没有证据证明医案库曾经被人偷盗，最大的可能就是在运送和整理过程中不慎遗失。”皇后听着韩冬青的叙述，缓缓走到韩冬青身边，绕着他徐徐踱步，时不时观察他的细微神色。韩冬青尽量不去看皇后的眼睛，稍作沉吟继续说，“微臣觉得，如果唐季柔无法说明其中缘由，被问失责之罪也是顺理成章，此案也可宣告终结。”

皇后的脚步停住，右脚前掌翘起朝地面啪嗒啪嗒拍打了两下，“你确定，沈碧珠没有见过杨岫云的医案?”

“微臣……确定。”韩冬青说完迟疑片刻，继续说，“微臣并未与她……”

“本宫知道了，”皇后打断韩冬青，走回到我身边，从我的手里端过茶碗，“你退下吧。”皇后背对着韩冬青，脸上已经露出如释重负的笑容。

我等到韩冬青离去，疑惑不解地问，“要说韩冬青抽走了医案，奴婢倒是相信，可是沈碧珠……难道是韩冬青买通了她?”

“她何必要别人去买通?”皇后轻轻抚摩略微松散开来的发丝，“秀女身有顽疾，竟敢隐瞒不报，不找人替罪，她还等什么!”

“既是有罪，为何要隐瞒?”我疑惑不解。

“当然要隐瞒。”皇后轻蔑一笑，“一个明明进不了宫的罪臣之女偏偏挨到了复选，背后不是万淑宁也会有别人，到时候捅破了天，不是送走杨岫云，就是送走她自己。沈碧珠又不傻，何必不知天高地厚地去得罪新旧两个贵人。”皇后说着伸出两根手指头，像是一把无情的剪刀，随时要人性命，断人前程。

“娘娘，太后那边……”纸鸢似乎又生顾虑。

“韩御医不是都说清楚了嘛，”皇后仔细看着被蔻丹精心涂抹过的指甲，“照实回禀不就行了。”

“奴婢倒不是担心御医院，而是……”纸鸢咬咬嘴唇说，“自己的病，自己清楚，杨岫云进宫多日始终平安无事，一定对膳食甚为谨慎，今日未能察觉，显有蹊跷，奴婢怕太后深究起来，牵扯到御膳房……”纸鸢的声音簌簌抖颤，仿佛被人揭短一般。

“御膳房不会有事儿的。”皇后的脸一下阴沉起来，似乎在拒绝纸鸢的担忧。

纸鸢犹豫片刻说，“奴婢不是怕太后查到什么，可要是太后对娘娘在心里记住了一个疑字，总归是不好。”

皇后轻轻朝指尖一吹，“哼，杨岫云晕倒的时候，她就已经怀疑了。”皇后突然伸展双臂，我赶紧上去替她整理衣装，这是她出门前的习惯。“怀疑又如何!宫中多的是无凭无据的悬案，哪一件不是草草收场，连先帝驾崩这样的大事，太后都能扣压不查，杨岫云的意外就更无需刨根问底了。”

“是奴婢多虑了。”纸鸢微微颔首。

“皇后娘娘，”婢女棠颐走过来，“储芳阁有消息传过来。”

我正蹲低身体替皇后整理腰带，听到这话本能地停住手看向棠颐，她说的消息极可能关乎杨岫云的生死。

“别东张西望的。”皇后没有感情的声音在我的头顶响起，我惶恐地发现她正低斜着目光看我，好像我又做错了什么。我躲开她的目光，走到另一边开始整理

她的衣袖。“是不是杨岫云的病情有变?”皇后的口吻竟然有几分关切之意，让我颇感意外。

“请皇后娘娘放心，”棠颐温温柔柔地说，“杨岫云已无性命之忧，刚刚醒过来了。”

醒过来了！我的心微微一震，还没缓过劲来，皇后就倏地将双手一抽，宽大的袍袖猛地拂过我的脸颊，袭来一阵疼痛。“摆驾，去储芳阁。”皇后静伫的脚步突然凌乱起来，之前的有条不紊似乎被杨岫云的死里逃生顷刻扰乱。

马车朝储芳阁去，轻微的颠簸让我更加焦躁不安。“娘娘要去见杨岫云吗?”我的声音几乎要被车轱辘声掩盖掉。皇后没有回答我，只是紧锁着眉头，拳头时而攥紧时而松开，手指时不时地轻轻弹动，总不能沉静下来。转眼到了储芳阁，皇后收起忧心忡忡的模样，重新展露她的高贵与从容，只有微微潮热的手心和深重的呼吸声出卖了她的忐忑，不过，也只有我知道。

“参见皇后娘娘。”阮心梅出来迎接，眼角的余光偷偷瞥向我。我微微颔首，示意她不要担心。

“本宫来看看杨岫云。”皇后说着看看我，我赶紧领路。阮心梅面露难色，但不敢阻挡，只好一路跟着我们。我推开杨岫云的房门，屋里竟然没有人照顾。皇后一手扶住门框，身体微微侧转，质疑的目光看向阮心梅，“怎么回事？怎么没人照顾?”

“杨岫云不让奴婢们照顾。”阮心梅小心翼翼地说。

皇后看了我一眼踏进门槛，我跟进去，阮心梅也要进来，我却反手将门关上。皇后走到床边，仔细看着昏睡的杨岫云，像在欣赏一件艺术品。杨岫云脸色苍白，失去血色的皮肤宛如透明，仿佛灵魂还没有归回身体。我服侍皇后在离床铺不远的桌边坐下，走到杨岫云床前，虽然不忍打扰却还是用足以唤醒她的声音说，“杨岫云，皇后娘娘来看你了。”

杨岫云慢慢睁开眼睛，似乎不习惯光线的感觉，又微微合上，稍后才渐渐完全睁开。我本想跟她说话，却被皇后阻止。杨岫云慢慢曲起胳膊，用手支撑身体，挣扎着想要坐起来。皇后看了我一眼，我微微点头，上去托住杨岫云的身

体，她却委婉地挣脱我的怀抱，右手把住床沿使身体向前弯倒，“臣女……参见皇后娘娘。”杨岫云声如纸薄，气若游丝，话音刚落，身体便犹如断折的柳枝，整个倒向前去。皇后急忙喊我的名字，我赶紧把住她的身体，然后坐在床沿，让她微微后仰靠在我身上。她的身体绵软无力，头枕着我的肩膀，散乱的发丝披落在我身上，却有股幽香飘过我的鼻尖。

“好好的一个美人，竟然遭这样的罪。”皇后藏起锋利的口吻，怜香惜玉地看着杨岫云，我却觉得这少有的温柔背后藏着不怀好意的预谋。

杨岫云轻轻摇头，目光落在被褥上，仿佛有点魂不守舍。

皇后收起笑脸，“本宫若不能给你个说法，就枉为这后宫的主人。”

突然，我感觉自己的手腕被冰凉的手指抓住，杨岫云正耸起身体，用力地说，“请娘娘不要再追究此事。”

“不要追查?”皇后诧异地看向杨岫云，“此事差点让你丢掉性命，怎能不查?”

杨岫云被皇后质疑的目光吓得身体一缩，低头回避皇后的注视，深吸一口气说，“正因为事关生死，臣女才不想追究，否则，只怕会让别人丢了性命。”

皇后眼中顿时掠过一缕欣喜的颜色，却不露声色地说，“你不愿追究，是你的善良，本宫也不愿意宫中杀戮随意生死，但本宫身为后宫之主，却不得不查，否则，难以给众人一个交待。”

杨岫云咬咬牙说，“娘娘想要一个怎样的交待?”

皇后的嘴角浮起一丝笑意，隐藏得很好，连我都几乎看不出来，“本宫已经问过御医院，也查过御膳房，据御医诊断，你是误食大蒜引发过敏之症，但是御膳房的记录却是，今日供给储芳阁秀女的早膳，并未以大蒜入料，”皇后说到这里，我心中微微一惊，偷偷看向杨岫云，她却目光黯淡，若有所思，接着听到皇后继续说，“若是他们都没有撒谎，那么只有两种可能，第一，有人故意在你的膳食中加入大蒜，想要害死你，”皇后故意停顿，看见杨岫云略露焦虑之色，想要争辩什么，立刻继续说道，“第二，御厨不慎将沾染到的蒜料混入了储芳阁的其中一份早膳之中，碰巧让你给吃了。”皇后强调碰巧二字，却故意把目光从杨

岫云的身上挪开。

“是第二种，”杨岫云断然说到，“请娘娘以此结案，判为意外。”

“若是意外，却有不通之处，”皇后正视杨岫云，“本宫要告诉你，你的病历医案已经遗失，所以御膳房并未得报你的病症，所以也不可能为你在准备膳食时有所避忌，送去储芳阁的膳食曾有数次以大蒜入料，但你进宫至今，从未误食，偏偏今日殿选出事，如何让人相信，这其中没有隐情呢?”皇后说到隐情二字，故意放慢速度，仔细观察杨岫云的表情，见她眉头深锁却眼眸轻转，嘴唇微动却沉默不语，便趁势继续说道，“其实此事疑点颇多，医案遗失，你的秘密明保实泄，东风既起，她人借之又何妨，若不能解开你的误食之疑，即使本宫盖棺定论，也堵不住悠悠众口，此案终难了断。”

“娘娘，”杨岫云突然说话，“臣女误食大蒜，全因前夜受凉感染风寒，以致嗅觉有损，口苦无味，膳食入口只能囫囵吞枣不知其味，”杨岫云恳切地看着皇后，“如此解释，皇后娘娘认为可以吗?”

皇后注视着杨岫云的眼睛，目光充满了疑问。杨岫云这次没有逃避，坚韧笃定的目光与她此刻虚弱的身体形成强大的反差。皇后眼中的疑问渐渐消失，转变为满意和欣赏。皇后转过身去，沉吟片刻后说，“既这样，本宫就如你所望，就此结案了。”

杨岫云淡然一笑，“臣女谢娘娘恩典。”

“只是……”皇后微微侧转身体，略作迟疑后说，“医案遗失乃是此事根源，医女唐季柔仍然难脱失责之罪……”

“皇后……”杨岫云露争辩之态。

“……罪不至死，”皇后提高声音，意在安抚，“本宫会保住她的，这已是最好的结果了。”

听到这样的话，杨岫云知道再难勉强，用极小的幅度点头接受。

“只是……”皇后突然话锋一转，“本宫若要如此结案，你的过敏之症便再难遮瞒，你虽是无辜受累，却要担责于己，恐怕，无法继续秀女之选了。”

杨岫云淡淡一笑，“臣女本就无意为妃。”

我心中略惊，看向皇后，她微愣片刻，随即微笑地看着杨岫云低眉哀愁之态，“本宫知道了。这储芳阁只是暂居之处，现在秀女们都各有居所，你若觉得冷清，本宫可挪你去别处与相好之人同住，”皇后略顿一顿，“本宫听说，你曾居住在安国郡主的旧邸……”

“不必打扰郡主了，”杨岫云说，“只因臣女在京中已无亲眷，而万将军与家父有些旧交情，故而郡主安排臣女到旧邸暂住，别无其它，亦不必再去打扰。”

“是这样，”皇后的话音中似有庆幸，“那本宫就另行安排了，你且好好休养吧。”说完，皇后转身迈出房门。

我把杨岫云轻轻放倒在床上，嘱咐她好好休息，就跟着出来。追上皇后，我试探地问，“娘娘，杨岫云说的话……”

皇后得意地一笑，“还好，她说了本宫想要听的话。这下，真的可以给太后一个说法了。”

我心里打了两下鼓，要是杨岫云说了别的，皇后又打算如何处置。我扶着她出了储芳阁，回头看看那道宫门，不无担心地说，“杨岫云会被遣出皇宫吗？”

皇后毫不犹豫地说，“本宫，不会让她离开的。”我的心猛一摇晃，一种悬空不安的感觉随之而来。走到车辇旁，我掀起车帘。“去永宁宫。”皇后平平淡淡的一句话，此时说出来，让我有种如临大敌的压迫感。

车轱辘转到永宁宫门前。刚下车辇，我便看见两个孔武有力的内侍架着一个身材略胖的公公从宫门口一路踩着台阶而下。我认得那个公公，是御膳房的管德安，在我进太子宫当差的第一天，就替皇后给他传过话。我陪着皇后往上走，管德安离我们越来越近，彼此经过的瞬间，我感觉自己被灼热的目光紧盯着。是管德安，他在看我，还是……我放缓脚步，发现他的目光脱离开我。他看的是皇后。我刚一发现，他的目光就稍纵即逝，先是转落在我身上作短暂的停留，之后便很快暗淡消散。

我心惊不已，猝然收回溜跑的眼神，转而看向皇后。她依旧从容地望着永宁宫的牌匾，一步一步走向石阶的最高一层，似乎这段石阶上从来没有过第三个人。猛地一瞬间，我想通了很多事。之前如临大敌的感觉不是空穴来风，而是某

种危机发出的警告。管德安，他很可能就是皇后埋伏在御膳房的刽子手。那么刚才管德安被架走的情形，是巧合，还是太后的安排？我终于理解了皇后的视而不见，这个无时无刻不处在紧张的戒备和应对之中的女人，纵然有了杨岫云对误食一事的默认，却仍然在用她的方式证明自己的清白。

第四章　点兵藏弓缔新盟

太后在偏殿侍弄花草，背对着我们，咔嚓咔嚓的声音让我依稀可知太后此刻正在修剪枝叶。古月月捧着竹篓站在一旁，当散落在地上的枝叶一多，她就过去拾起来装进竹篓里。皇后行过礼，太后还是不予理睬，只顾着摆弄手中的剪刀。古月月偶尔会看我一眼，那种事不关己高高挂起又带点怜悯的眼神，让我浑身不舒服。如此难堪的场面，对于心高气傲的皇后简直是一种逼迫。

“杨岫云猝病的事臣妾已经查清，特来回禀太后。”皇后终于打破沉默。咔嚓咔嚓。太后用枝叶被剪断的声音回应皇后。皇后有些尴尬地看看我，耐着性子没有说话。

“说吧。”太后懒洋洋地说，似乎倒等得不耐烦了。

皇后的脸色并不好看，她勉强露出尊重的微笑，平铺直叙事情的原委。太后始终保持沉默，不打断、不质疑、不反驳，我甚至怀疑太后根本没有在听。我同情地看着皇后，她的独白如同沉淀了一天一夜的龙井，本该有的馥郁浓香被凉透的白开水过滤得只剩下苦涩的茶叶滋味。咣当一声，太后把剪刀扔进桌上的托盘里，像是扣在心门上的惊堂木，剪断皇后的最后一记尾音。皇后略微紧张地抬头，太后却没有要转身面对的意思，轻轻磨擦手掌，从古月月手中接过石子盅，将一颗颗圆润透亮的小鹅卵石点缀在泥土中，“接着说呀，皇后还没说要怎么处置呢。”

我觉得太后的口吻不太对劲，有点揶揄皇后的意思。皇后努力维持笑容，谦和地说，“唐季柔虽有错却是无心之过，只是险些误人性命不得不有所处置，臣妾打算小惩大诫，免其医女之职，调往浣衣房为婢，至于杨岫云，既有违规之嫌，又有性命之忧，却能坦言事实，顾全大局，臣妾以为值得嘉许，如今碍于宫规无法继续参选，不如就留用宫中……”

“哼！”太后从鼻子里轻轻哼出一声，似嘲笑似愤怒。皇后一时不再开口。太后从石子盅里捞起几颗鹅卵石，然后微微松手，让石子一颗一颗落回到石子盅内，发出一连串丁零当啷的响声，清脆却刺耳。“你去处理吧，”太后将石子盅递给古月月，慵懒地挥挥手，似乎有些倦怠之意，“现在你是皇后了。”

皇后的脸色顿时变了。她躬了躬身，见太后没有任何要挽留的意思，转身离开。走出永宁宫，阳光照射到我们的身上，我不禁露出微笑，回头瞬间却看见皇后的脸上布满阴郁。走到马车边，消息灵通的小顺子已经等候多时，“娘娘，奴才听说管公公被太后处置了……”

“太后处置奴才，这样稀松平常的事也要本宫过问吗！”皇后突然板起脸对小顺子劈头盖脸，“回宫！”

小顺子无端端被训，眼巴巴瞅着我，我却不好说什么，只好竖起手指在口前，让他不要乱说话。马车动起来。我坐在皇后身边，没敢出声。按道理，太后没有质疑皇后的说辞，还让皇后自行处置相关的奴婢，这是好事，可皇后却紧锁眉头闷闷不乐，刚才还朝小顺子发了顿无名火。可话说回来，太后虽然不批不驳，但口吻却透露着不满和厌烦，这又是为什么。

“太后全都知道了。”皇后突然说，“那种态度，那种口吻，就是一边看着本宫演戏，一边在嘴上冷笑在心里窃笑。她当着本宫的面把管德安架走，就是在警告本宫！御膳房有太后的人，一定。”

“可太后也并没有戳穿娘娘。”我尝试宽她的心。

“戳穿本宫对她有什么好处？”皇后转过头来看着我，“本宫到底是她的侄女，保全本宫就是保全她自己，有些事，她不满意也没办法。”

我顿时释然，“既然这样，娘娘还担心什么？”

皇后哀愁地摇摇头，“太后的眼线若是早就埋伏下的……只怕不止是在御膳房……”皇后的声音如同摇曳的烛火渐渐熄弱，目光也越来越暗淡。

纸鸢等在宫门口，见我们回来，赶紧迎上来，“娘娘，卓公公和阮殿值都来了，在正殿门口候着呢。”

“传吧。”皇后眼也不眨地说，像是知道他们会来，一点也不意外。

“娘娘，”纸鸢走到皇后身边附耳轻轻说，“听说皇上已经下旨册封了。”

“皇上不下旨，卓公公也不来呀。”皇后奚落着自己，先回到寝殿换了衣服，然后到正殿落座。

“参见皇后娘娘。”卓公公和阮心梅都行了礼。

“卓公公是来传旨的?”皇后开门见山。

“是，”卓公公谦和有礼地说，“皇上才刚下了旨，册封安瑾萱为贵妃，赐居东华宫，册封庄環为嫔，赐号怡，居南和宫。”

“南和宫?”皇后略有嗤笑之意，“皇上这是打定了主意，要把正一品淑妃的位置预留给庄環吗?一个从二品的怡嫔，赐居南和宫，东华宫的贵妃娘娘心里能痛快吗?”

“这个，奴才就不知道了。”卓公公说着瞥了阮心梅一眼，阮心梅赶紧上前一步，将怀中的卷册高举过头，“皇后娘娘，这是殿选秀女的名册，请皇后娘娘裁夺。”

我走过去接过卷册，要递给皇后，却被皇后一手推开。“名册留下，明日来取。”皇后说着站起身，“卓公公，关于杨岫云当殿晕倒的事，皇上有什么说法吗?”

卓公公面无表情地说，“皇上，并未提及。”

皇后双目一转，“这件事本宫已经向太后回明了，关于如何处置，太后的意思是，由本宫来定。”

“是。”卓公公表示认同，“宫规裁处，向来由卢公公操持，娘娘尽管吩咐他就是。”

皇后不置可否，挥挥手让他们退下，待他们离去，不屑地说，“这个老滑头，

倒是躲得快。小顺子，你去卢公公那儿传本宫的懿旨，管德安杖责二十，唐季柔调去浣衣房，杨岫云取消秀女资格，留用锦颐宫为婢。”

“锦颐宫?”我不禁叫出来。

“怎么？不行?”皇后冷眼看我，从我手里抽走名册，翻阅起来。

“锦颐宫可是谧妃娘娘的居所。”我几乎是喊的。

“本宫知道!”皇后抬头瞪了我一眼，然后看向小顺子，“发什么愣，怎么还不去?”

“娘娘，管德安已经被太后……说不定已经杖责过了。”小顺子露出怜悯的眼神，确切地说，是担忧。

“那就再杖责!”皇后不留情面地说，“太后罚太后的，本宫罚本宫的。”

“太后和娘娘，许是罚的同一件事。”小顺子的声音轻了很多。

“可是它不能是同一件事！即便真的是，太后没说本宫就不能知道!”皇后提高音量，声音中同时混杂着不忍与残忍，“小顺子，你要知道什么是不得已而为之!”皇后的身体因为激动而微微颤栗。

小顺子没再说什么，转身离去。纸鸢轻轻说，“娘娘，小顺子也是担心，娘娘如果不保管德安，他就不会对娘娘尽心了。”

“你也是这么想的?”皇后突然问起纸鸢来。

“是。”纸鸢不假思索地回答。

“那是不是如果本宫今日不保你，你就打算把本宫卖了?”皇后调转枪头反问纸鸢。

“奴婢不敢。”纸鸢发觉自己失言，赶紧跪下磕头，“奴婢愿为娘娘赴汤蹈火，誓死效忠。”

“废话!”皇后并没有丝毫感激，背对着纸鸢蜷缩起来颤抖的身体说，“难道本宫身边只许你一人忠心吗?”皇后说这话时看到了我，我却惭愧地躲开皇后的目光，听见皇后继续说，“纸鸢，本宫知道你的心思，但如果你不能明白本宫的心思，本宫永远也成全不了你。”

“是。”纸鸢被皇后咄咄逼人的言语压弯了腰，整个身体团起来，像是受惊的

刺猬。

“西樵，你去锦颐宫，传谧妃来见。”

“是。”我不问一句就转身离开。

“等等，”皇后叫住我，“你怎么不问问本宫，传她做什么？”

“娘娘安排杨岫云去锦颐宫……”我刚说了个开头，立刻改口，“是娘娘要见，娘娘知道是什么缘故就行。”我说完转身离开，殿外的风有些大，我本能地抬起胳膊遮挡，别在腰间的手绢被吹起，落到屋檐下。我贴着墙壁走到殿门口，弯腰拾起手绢，恰好听见皇后的声音，“听到西樵刚才说的话了？”

“奴婢听见了。”这是纸鸢的声音。

一片安静，但我能感觉到皇后缓缓挪动的脚步声，就在我感觉这脚步停下的时候，再次听到皇后的声音，“纸鸢，这就是为什么，我明知西樵忠心不如你，却还是忍不住想要用她。”又是一段短暂的安静，然后我听见，“你不要以为她什么都不懂，她其实比谁都懂这皇宫，最重要的……”皇后没有说出来，我也没有继续停留，攥着手绢匆匆离开。

走出中宫，我看见了一驾华丽的马车停在石阶前，安瑾萱正从马车上下来。她已经换上了奢华的装束，只是平淡无奇的脸依旧没有丝毫动人之处。安瑾萱踩着石阶朝宫门口走来，我赶紧侧身，微微低头给安瑾萱让路。其实石阶很宽很宽，但宫中的虚礼永远没有尺度。安瑾萱走到我身边，突然停下来，斜着眼睛盯着我看。皇后也曾经斜视过我，提起的眼角散发着威严和妩媚，而安瑾萱的斜视，怎么看都像睥睨的白眼，俗气而没有美感。当她开口说话的时候，更透着一种愤世嫉俗的傲慢。

“本宫见过你，”安瑾萱死盯着我，“哼，一个小细作！”我把头埋得更低了，比起万淑宁的奸险，安瑾萱的低俗更让我反感。“林承御好大的架子，见到本宫，膝盖也不知道打弯。”安瑾萱仰起脖子，像被吊颈的大白鹅。

“参见贵妃娘娘。”我不想给皇后惹事，于是如她所愿地在冰冷的石阶上跪下，弯曲膝盖在心里嘲笑她，不要以为把头抬高了就能真变得高贵。

安瑾萱扶着高高的发髻，居高临下地说，“奴婢就是奴婢，爬得再高也终究

是奴婢。哈哈哈哈……”安瑾萱放肆地笑着，她的膝盖撞过我的肩膀，我硬挺着没有摔倒。抬起头，我竟然看见谧妃站在石阶的最下一层，遥远地望着我，风吹起她的衣袖，如同不识人间烟火的仙子。我站起身，迎上前去，告诉她皇后传召一事。

“就算皇后娘娘不传召，本宫也是要来的，只是没想到，有人比本宫来得更早。”谧妃的步子很轻，声音也很轻，与刚才安瑾萱的嚣张跋扈一比较，立刻就赢得了我的好感。我知道皇后以前很不喜欢她，但是自从韩冬青被收归重用，皇后与谧妃的对峙局面，只怕要改写了。

我微微一笑，“娘娘与皇后心有灵犀，岂是新进宫的娘娘们可比。”

谧妃嘴角微微荡漾起笑意，“听说这个新贵妃是个张扬的人，仗着安太妃的庇护，很不把其她秀女放在眼里。”

我掂量着说，“安贵妃是有些骄纵，但这里是中宫，她不敢放肆的。”

谧妃自嘲地说，“可惜本宫的位分低，如果她要在本宫面前放肆，本宫只怕是无力还击的。”

我迟疑片刻说，“奴婢倒是以为，在后宫，只要尊重皇后，皇后自然会出来做主。”

谧妃突然笑了，我听到了随着笑声而传出的呼吸。谧妃没有再说话，我也不再多嘴。我们走到皇后面前，安瑾萱也在，舒舒服服地坐着，手里端着茶。谧妃没忘记朝安瑾萱行礼，安瑾萱看也不看一眼，埋头喝茶置若罔闻。

“安贵妃先请回吧，”皇后说，“纸鸢，送安贵妃。”

安瑾萱被噎了一下，抬头看看皇后，突然怨气腾腾地瞪了谧妃一眼，有些撒气地站起身，搁下茶碗，象征性地朝皇后蹲了蹲，转身离开。

谧妃望着安瑾萱的背影，眼中突然流露出钦佩和羡慕的目光，稍瞬即逝。“都说安贵妃清高，果然如此。”谧妃恢复温婉柔和的姿态，回过头看着皇后，“刚才她让林承御跪石阶了。”

“是真的?”皇后闻言看向我，我低头不语。我真不明白谧妃为什么提及此事。“算了，这件事以后再说，谧妃，你跟本宫来。”皇后的语气突然凝重起来，

谧妃适时收起温婉的笑容，跟在后面，我和纸鸢并排走在最后。也许纸鸢的心中还有些芥蒂，一直逃避我的目光，但是此刻，我无心照顾她的心情。

皇后把谧妃请到了寝殿，屏退所有人，只留下我和纸鸢。我给谧妃倒了茶，谧妃把茶碗捧在手心里，却没有喝，拇指和食指捏着盖子顶，其它手指则在盖子上摩挲着打转。

皇后端起茶碗慢悠悠地问，“杨岫云殿选晕倒的事，宫里都传开了吧？”

谧妃继续手指的动作，“宫里就是这样，一丁点的风吹草动，都会掀起轩然大波，自然也会传到臣妾的耳朵里。”说到这里，谧妃暂作停顿，小心翼翼地抬头注视着皇后，“臣妾听到一个说法，说是皇后娘娘已经判定是意外了。”

皇后不置可否，微微侧脸勾起单边的嘴角，“谧妃以为呢？”

皇后此话一出，谧妃的手指猛地停住。“以为什么？”谧妃尴尬地笑着。

皇后将谧妃的小动作看在眼里，不露声色地问，“会不会有这样的意外？”

谧妃躲开皇后的目光，轻轻地说，“皇宫这么大，什么都可能发生，然而事实终归是事实，又何需臣妾来以为？”

皇后的眼睛死死盯着谧妃，继续问，“谧妃就没有听到点别的说法？”

谧妃镇定地说，“后宫里，最不缺的就是流言蜚语，重要的是，皇后娘娘如何断定。”

“这可不是什么风吹草动，更不是流言蜚语，而是性命攸关的后宫丑闻！”皇后把茶碗重重地搁在桌上，浮在脸上的笑容顿时消失。

谧妃的身体不自觉地一震，明亮的眼神突然暗淡下去，渐渐蒙上一层更深的黑色，“那为何娘娘的说法却是……是意外？”

“意外是杨岫云说的，本宫从来就没信过！”皇后复又端起茶碗，“本宫自小在宫中出入，什么没有见过？从太后做皇后开始，就耳闻目见宫中秀女为先声夺人首占帝宠无所不用其极，二十多年来，就没有风平浪静的秀女大选，但是，也从来没有人敢像今天这样把阴谋诡计使到皇上和太后跟前去！”皇后猛地抬手指向我，眼睛却看着谧妃。我赶紧让开，顺着皇后直指的方向望去，那是寝殿的窗户，如果没有外面的围墙，可以一直遥望到朝阳殿。皇后将手收回，覆盖上茶

碗，“不要以为本宫不作声就是被蒙在鼓里，哼，小小秀女，还以为皇宫是自家的后花园，胆大包天为所欲为，不知道天高地厚，本宫就看她们如何惹祸上身。”

谧妃仔细听着皇后的话，低眉寻思着说，“太后娘娘那边，皇后娘娘也要将实情隐瞒吗？”

“瞒？”皇后睁大眼睛，“谧妃是高看了本宫，还是低估了太后？她老人家岂会连这点也看不通透？只不过太后向来喜欢大事化小，小事化了，何况杨岫云也坚持要息事宁人，本宫何苦把事情闹大，沸沸扬扬的，对本宫有什么好处，”皇后深吸一口气，“太后早就告诫过本宫，后宫安宁就是皇后的命门，所以本宫这么做，也是太后默许的。”

谧妃喝了一口茶，犹疑着问，“那皇后娘娘……打算如何处置？”

皇后打开碗盖，带着茶香的热气立刻升腾起来，“既然是意外，本宫就不能处置，反而要夺取杨岫云的秀女资格。”

谧妃眼中晃过一丝不安，喃喃地说，“那还真是可惜了。”

“也不尽然，”皇后漫不经心地说，“本宫已经决定将杨岫云留用宫中，暂时，就住锦颐宫吧。”

“咯噔”一下，盖子在茶碗上打了个滑，滴下的茶水弄湿了谧妃的手。“皇后娘娘要是喜欢，就直接给了皇上吧。”谧妃像是被压迫的小媳妇，可怜地顺从着。

“就是因为喜欢，才不能给皇上，至少，不能现在就给。”皇后也端起茶碗，轻轻吹起碗中荡漾茶香的涟漪，全是用心良苦满腹无奈的味道。

“娘娘这是要……”谧妃略带迷惘地抬起头，怀疑的目光中微微透着抗拒。

“宫里的女人只会越来越多，但是空着的名分只会越来越少，所以，”皇后盖上茶碗，一字一顿地说，“当用时则用，不用时则藏。”

谧妃的睫毛抖动一下，“皇后娘娘要把她藏起来？”谧妃笑中抱屈地问。

“对，藏起来。”皇后说得有些迟疑，口气却是坚定的，眼睛直愣愣地盯着漂浮的茶叶，直到把话说完后好一会儿，才慢慢抬起眼，睁大眼睛直视谧妃，“可以吗？”

谧妃低下头躲开皇后的目光，摸索着将茶碗搁下，两只手相互握在一起，

“为什么要是锦颐宫，为什么要选臣妾?”

“因为这宫里所有的女人都在打江山，只有你我，是在守江山。”皇后把你我两个字说得特别清楚，“这些秀女个个都不简单，虽然你我由太后指婚，一步登天，但却反而没有了退路。一个皇宫可以住几朝的皇帝，一个秀女可以等几代的君王，但是你我一生只能有一个丈夫。孰难孰易，谁亲谁疏，不是显而易见吗?但是，”皇后话锋一转，“如果谧妃愿意孤军奋战，本宫也决不勉强。”

“娘娘说难，臣妾怎敢说易，”谧妃终于抬起头，努力睁大眼睛，声音微微颤抖，“但是，臣妾可以不战。”

“谧妃是忘了当初吗? 破壁之局，严秀逸何曾想战，可结局又是何等凄惨?”谧妃的瞳孔猛地一下缩放，明亮的眼神突然就暗淡下来。“你可以不战，但你不能不迎战!”皇后拍案而起，“除非你现在就让出锦颐宫给别人住，否则不可能置身事外！本宫答应过一个人，要保住你谧妃的一宫主位，这个人是谁你应该明白！本宫，不想失信于人，也不会失信于人。”皇后上前一步，面对谧妃把左手搭在她的右肩上，“谧妃，本宫把话说到这个地步，你不该再怀疑，也不该再拒绝了。”

谧妃攥紧两只手，睫毛簌簌地抖着，把眼泪努力收回去，“藏跟藏不一样，娘娘要怎么藏?”

皇后如释重负地舒口气，换用平静舒缓的语气说，“很简单，第一，本宫要她平平安安，第二，本宫不想有人打扰她，第三，没有本宫的允许，不准她见皇上，也不准皇上见她。”

谧妃的睫毛微微抖动一下，“皇后娘娘，杨岫云可是活人一个，若臣妾不能用强，一个锦颐宫，是藏不住一个活人的。”

“那是有人喜欢自己跳出来，”皇后像是说到了自己的痛处，指甲掐进手心的肉里，无限恨意透过黑色的瞳孔，被湮埋在深邃的目光中依稀可见，“这样的人哪里都藏不住，本宫也不会去藏！本宫只是借你的地方用一用，不会害你的。”

谧妃微微颔首，稍事沉吟说，“若是如此，臣妾要提醒娘娘一句，这样的人，未必肯为娘娘所用，固然臣妾有心结盟，若她杨岫云无意相帮，同样白费皇后的

一番心思。”

皇后不以为意地一笑，“本宫没打算让她知道得跟你一样多，对杨岫云而言，她仅仅是被留用宫中。”皇后拉起谧妃的手，我自犹怜地一笑，如同经历了劫后余生的疲惫，“都说后宫争斗不亚于官场倾轧，妃嫔相害不异于战场厮杀，这都不是危言耸听。但是你发现没有，真正能笑到最后的都是无为之人。不说远的，就说先帝身边的女人，凡是能先帝在世时在宫中安身立命的，谁不是时时谨言慎行处处如履薄冰，但凡能夺得一宫主位的，无不事事以皇后为先，处处以皇后为尊，像安太妃这样能够留在宫中得享天年的，更是得皇后扶持，受皇后提携，谧妃，本宫的这份良苦用心，你能体会吗？”

谧妃紧紧盯着皇后与自己相握的手，缓缓躬身，“臣妾，谢皇后娘娘。”谧妃缓缓抬眼，清亮透彻的眼神与皇后质疑锐利的眼神碰撞在一起，“臣妾会让她，像影子一样活着。”

皇后扶起谧妃，在她的手背上轻轻拍了两下，然后慢慢放开，转身走到窗边，“杨岫云明日就会到你宫中，你回去准备吧。西樵，你送一送谧妃，也不枉谧妃替你抱屈。”皇后这话说得平静极了，而我却看见她脸上阴谋得逞的那种坏笑。

“是。”我走到谧妃身边，“娘娘请。”

“臣妾告退。”谧妃也是一脸平静，从寝殿一路走到宫外的石阶下马车旁，她都没有跟我说一句话，连一个表情都没有，直到我踩着上马石托着谧妃的胳膊将她送进马车，她在我要松手之时突然拽住我，在我的耳边轻轻说，“如果有机会，不要留在皇后身边了，今天你对她的尊重，将来会成为你的枷锁。”

我怔怔地看着谧妃，谧妃却突然松开手，我正诧异，猛然瞥见小顺子正朝宫门口走来。我顿时明白谧妃的好意，退向一旁恭送谧妃。马车走后，小顺子已经到我跟前，“谧妃怎么来了？”

“娘娘传召她来的，现在让我送走。”我解释着，转身回宫。回到寝殿，皇后已经歪在躺椅上看书，纸鸢半跪着给她捶腿。

“回来啦？”皇后微露倦态，懒洋洋地问。

我刚要回答，就听见小顺子的声音抢先响起，“是的，娘娘，奴才回来了。”

“原来小顺子也回来了，事情都办妥了?”皇后翻动一页书册。

“奴才都办妥了。”小顺子一副邀功的模样。我看他们有话说，便渐渐跑了神，琢磨起谧妃刚才那句奇怪的话来。

“谧妃说什么了吗?”皇后转身换了个姿势。

“回娘娘，奴才刚到宫门口，谧妃的马车就走了。”小顺子轻声轻气地说。

“本宫不是问你，”皇后拿开书册，“西樵?”

“啊?”我猛愣了一下才反应过来，“噢，谧妃不曾说什么。”

“她不曾说什么，就惹得你这样失魂落魄的?”皇后的口吻中明显透着怀疑。

“奴婢是在想谧妃之前说过的话，”我赶紧转移话题，“她先前虽有推托之词，但有一句话，奴婢以为有理。”

皇后朝我勾勾手指，我走到皇后身边，接替纸鸢。“谧妃的话句句有理，你说的是哪一句?”

我一边给皇后捶腿一边掂量着说，“就是她说杨岫云未必有相帮之意的那句。”我略微停顿，见皇后不置可否，继续说，“在奴婢看，杨岫云确有置身事外之心，虽然皇后暂不言明，只怕日后有用之时，她会有负皇后苦心，谧妃所忧并非空穴来风。”

“哼，”皇后突然冷笑一声，我不敢继续再说，微微抬眼，只看见皇后将卷起的书册握在左手，啪嗒啪嗒敲打在右手的手心，“没有谁能置身事外，谁越是这么想，就越不能小看她。”

我的心顿时往下一坠，难道皇后并不是真的感激杨岫云，难道皇后对杨岫云也有戒备?疑惑迷惘间，我不禁问出声来，“既如此，娘娘何必用她……”

“当用时则用!”皇后霸道地说，尖锐的目光如同锋利的刀剑削过我的脸庞，“不用时则杀。”

我的心顿时冰凉，原来，这才是皇后真实的想法。

皇后的手摸上我愕然的脸，“别绷着脸，好像本宫故意吓唬你似的。”皇后幽幽地说着，感觉有些鬼魅，就在我心里慌慌就快到毛骨悚然的地步的时候，皇后

又突然换了副口吻说，“对了，谧妃说安瑾萱让你跪石阶，是不是真的?”

我的脸更加僵硬了。皇后在这个时候突然调转话题，是故意要试探我对安瑾萱的态度，还是试探我对谧妃的态度？虽然她问得心不在焉，但我知道，她的每一个问题，都会有下文。我斟酌再三后说，“安贵妃并非有意为难，只是清高惯了，想要摆摆架子而已。”

皇后摸着我脸的手停了一会儿，突然放开，鼻子里轻轻哼了一声，突如其来的冷淡让我有一种被抛弃的感觉。那一瞬间，我几乎可以肯定，皇后曾经期待的同气连枝，已经无可挽回地变成了如今的分道扬镳。

“真是笑话!”纸鸢明显不相信我的话，“安瑾萱是贵妃娘娘，跟你摆架子，无异于自贬身价，你说她清高，这却不是清高之人所为之事。现在宫里谁不知道你是皇后娘娘的人，她分明就是存心向皇后娘娘示威，你却避重就轻说她清高，林西樵，”纸鸢愤恨地说，“娘娘这么信任你，你怎么还有脸帮别人说话?”

“哎，没办法，心软的毛病又犯了。”小顺子歪着嘴巴哼哼唧唧。

“心软也不能这样，你成全了自己的善良，却让安瑾萱得意，让娘娘吃亏，如何使得!”纸鸢斩钉截铁地说，“娘娘，决不可轻易让此事过去，今日不做规矩，只怕日后更难管束。”

“都别说了。”皇后竟然有些厌倦地打断纸鸢，侧转身体背对着我们，沉默了好一会儿说，“但愿安太妃能长寿。”

我浑身一个激灵，脑海中显现出安瑾萱被皇后迫害的无数个场景，玉竹落井，文香病亡，秋莲殉情，予蓝小产，冬暖沉湖，这些我未曾亲见的意外死亡幻化成一幅幅生动的画面交替着在我眼前穿梭。当用时则用，不用时则杀。想到这句话，我脑子里嗡的一下，有个声音在说，如果有机会，不要留在皇后身边了，今天你对她的尊重，将来会成为你的枷锁。我突然下意识地将手摸上我的脖子，不自觉地渐渐掐紧，似乎刻意要感受那种窒息的感觉。

“啪啪”，皇后在腰背处轻轻拍打两下，打破寝殿一时的静谧。我把手放上去，轻重有序地揉捏着皇后温热的身体，却像是在捏着一块坚硬冰冷的石头，痛在指尖，凉在心里。皇后对杨岫云人前人后南辕北辙的说辞，皇后对安瑾萱事前

事后背道而驰的态度，让我开始怀疑自己被皇后摆布的人生是否也像风中的油灯，燃灭无时。

第五章　疑心作饵钩连环

翌日清晨，我一如既往地比皇后早半个时辰起床，惺忪的睡眼尚未完全睁开，就看见有人坐在皇后的床边，披散着长发，雪白的绸衣单薄得让我也感觉瑟瑟发抖。“是谁?”我迅速举起烛灯，昏暗中朦胧的光亮勾勒出那人的轮廓。“皇后娘娘!”我惊得轻呼出声，赶紧抓起一件斗篷包裹住皇后的身体。皇后的身体摸上去冰凉，像是被寒夜侵蚀了很久。

“什么时辰了?”皇后并不看我，没有温度的声音却有种让人不可抗拒的厚重感。

“三更刚过，娘娘再睡会儿吧。”我拨开床帐，试了试被窝还暖和，想要扶着皇后躺下。

“梳洗吧。”皇后突然起身，披上的斗篷滑落在地。

“现在?”我满腹疑惑地看着皇后在梳妆台前坐下。这比皇后平日梳洗的时间整整早了一个多时辰，天都不能算是蒙蒙亮，就算把灯烛凑到跟前，也只能勉强照清楚皇后的容貌。

皇后微微勾起嘴角，右手的中指像抹胭脂似地从左边嘴角滑到右边嘴角，然后弯起手指，指尖离开嘴唇，“对，就现在。”

我没有再多嘴，点亮了五盏灯烛围放在寝殿内，架起三面铜镜，替皇后梳妆。

小顺子守在外头，见里面灯亮了，赶紧进来张望，见是皇后起早了，正要喊人来服侍，被皇后阻止，“是本宫起早了，只准备车辇就好，不必惊动其余的人。”小顺子轻轻应声，随即着手去办。

皇后梳妆完毕，已是三更过半，寒气却依然未退，我给皇后披上鹅绒的斗篷，在秋日的清晨，最是能挡风暖身，又轻盈飘逸的。上车辇的时候，皇后想起了什么，转身问小顺子，“虽说不惊动不相干的人，怎么连纸鸢也没来伺候?”

小顺子迅速地瞅我一眼，尴尬地笑笑，“是奴才没有叫她。”

皇后轻轻哦了一声，上了车辇。我刚跟着迈进一只脚，不知怎么总觉得小顺子瞅我那一眼别有它意，于是忍不住回头瞥了他一眼，他脸上刚刚还挂着的尴尬笑容被一种为难的表情代替。坐进车辇里，我竟觉得比外头还要冷，风吹起窗帘子，呼呼往里灌，让整个车厢都瑟瑟发抖起来。我挪到起风的那一头，用身体把窗口挡住，凌乱飘舞的窗帘打在我的后颈和肩膀上，无意的回眸间，我看见小顺子人还站在原地恭送皇后，一双眼却焦躁地左右顾盼。

“你说他在看谁?”熟悉的声音这样问我。

“奴婢也不知道。”我自然地接话，突然意识到了什么，猛地回过头来，正对上皇后疑惑的目光。

“小顺子也学会撒谎了。”皇后笑了，眼里却流露出悲戚。

“娘娘说什么?”我倒是没往这上面想，有点猝不及防。

“他不是冲你，”皇后居然一眼就看出了我的心思，“那是说给本宫听的，还有他看你的那一眼，也是做给本宫看的。他是护着纸鸢呢。”

我仔细想了想前因后果，心中有些明白了，微微歪着脖子问，“莫不是纸鸢与我赌气，故意不来服侍，小顺子怕娘娘怪罪她，所以替她担下了责任?”我见皇后没有反驳之言，心里更认定了这个理，不禁起了失落之意，低头喃喃而语，“那便是为娘娘待奴婢亲厚宽容的缘故了。”

皇后许久没有说话，而后轻描淡写地说，“宫里就是这样的，任何的忠诚都不可能纯粹得没有一点私心杂念。”话说到这儿，车辇突然转向右去，皇后掀起窗帘子叫车辇停下，从袖中掏出一只信笺递给我，“你现在就下车，去储芳阁把这个交给阮心梅，然后……”皇后勾勾手指，我凑过去，皇后在我耳边轻言几句，我渐渐睁大眼睛，待皇后说完将身体向后退回。“此事一定要办得妥帖，本宫不想露出任何蛛丝马迹留人猜测。”皇后谨慎地说。

“那……太后娘娘这边……可说定了？”我忐忑地问。

皇后的眼中突然荡漾起一片朦胧的笑意，“你以为本宫这么早出来，是为了什么？”

我明白了，皇后这是要去跟太后“串通”演戏，只怕皇后又要费一番唇舌了。我跳下车，急匆匆往储芳阁去，如今我唯一能做的，便是把皇后的吩咐办妥。我赶到储芳阁，偷偷把皇后的意思跟阮心梅说了，又把信笺交给她，阮心梅看完烧了信笺，让我在储芳阁的后门等。不一会儿，一驾马车到了跟前，阮心梅从上面下来，让我上车。我上前掀开帘子，看到的正是杨岫云淡如清风冷如寒霜的面庞。她穿着淡蓝色的窄袖圆领绸衫，青灰的碎花简折裙，苏紫的腰带打着松垮的结垂在腰间，头发只简单挽了两个髻，用柳叶细的彩色发带盘绕着扎起来，轻盈灵巧。这模样乍看，就是个普通得再不能普通的小宫婢，只是仔细一瞧，倾城美人儿的模样就活脱脱显出来了。谧妃这藏人的活，还真不容易呢。我这样想着，登阶而上，坐到杨岫云身边，一股淡淡的幽香立刻钻入鼻子里，比我曾经闻过的任何一种花香脂粉香都要清润舒爽。

“你擦了什么香吗？”我把头转向杨岫云，看着她如雪的肌肤，轻轻吸了吸气。

“我从不擦什么香。”杨岫云的声音依旧如同涓涓流水，温润，却也清凉，比之前虚弱之时多了几分婉转。

我盯着她看了一会儿，转过脸来深吸了口气，很认真地说，“从今天开始，你就不叫杨岫云了，太后娘娘和皇后娘娘给你赐名沉香，并赐锦颐宫辅殿之职，今日起用。”说完，我微微侧转脸庞，用眼角余光观察她的表情，她倒是很平静，也许从得知自己留用宫中那刻开始，就对今日的局面有所准备了。“我现在带你去永宁宫，一会儿你就改乘谧妃的马车随其回宫，至于你在锦颐宫的生活，自会有谧妃娘娘替你安排。记住，”我突然加重语气，“你是太后赐给谧妃的宫婢沉香，而杨岫云这个名字，在相当长一段的时间内，不会再有人提起了。”我适时地凝视住杨岫云的眼睛，生怕错漏她任一个细微的表情，“分寸二字于你，并非难解之事，无奈事关生死，千万要谋定而后动。”我把手搭上杨岫云的手，“唯认

命之人，方留人之命，你明白吗?”

杨岫云没有说话，马车渐渐停住，想是到了永宁宫的偏门，那是皇后与我约定的地方。我掀起窗帘，看见谧妃的马车正并排停着。我知道不能再耽搁，但杨岫云未曾言语半句，让我不敢轻易放她下车。就在这转瞬的犹疑之间，杨岫云突然说话，“是谧妃的马车吗?”我微微一怔，喉咙里模糊地嗯了一声，不知算不算是承认了。杨岫云突然起身，自己掀开帘子跳下车，我正惊骇，急忙跳下车要拉住她，她却一个转身朝我躬身行礼，“林承御不必送了，奴婢沉香，不会与命争。”

话音刚落，就听到三声拍手响，旁边马车的帘子被掀开，露出谧妃的脸来。我蹲了蹲身，算行礼了。谧妃笑盈盈地冲杨岫云招招手，杨岫云最后看我一眼，上了马车，坐在谧妃身边，把头埋得很低。我眼巴巴望着谧妃，想从她的笑颜中看出点什么来，却一无所获。谧妃拿绢子掩着嘴角说，“这丫头不错，果然皇后娘娘没有为难本宫，你回吧，让你们娘娘放心。”

我又蹲了蹲身，算是遵从了。待谧妃的马车跑开一阵后，我让储芳阁的马车回去，自己则步行绕到永宁宫门前。此时永宁宫前已停了四驾马车，皇后的，谧妃的，安瑾萱的，还有庄環的。我悄悄走到皇后娘娘的马车旁，像其他等候主子的宫婢一样，静静站立着。没有人问我为何此时出现，没有人问我从何而来，除了纪双木，谁家的宫婢还会盯着我。我不经意地将目光锁定在谧妃的马车上，也只有纪双木不在的时候，我才敢如此放肆如此大胆地盯着一个大秘密看。风把窗帘子吹起来，但只要里面人趴低了身子，就不能被看见，天晓得，里面还藏着人呢。

永宁宫里陆续有人出来，走在最前面的是庄環，一步三摇，把柔美变成了轻佻。谧妃跟在庄環身后，相比之下，要清丽脱俗高雅端庄得多了。她若无其事地缓缓走下台阶，娴熟地登阶上车，拂袖转身入辇，外头的人根本来不及看清辇内闪过的一抹颜色究竟是谁的。

“回宫吧。”皇后的声音已近在耳畔，袅袅而绕的，还有那开弓没有回头箭的宿命感。回宫的一路，皇后默不作声，只是偶尔掀起窗帘子，用力地呼吸着，除

此之外，我只听见车轱辘在青石板上留下痕迹的声音。

之后的一段日子，各嫔妃倒也相安无事，谧妃把杨岫云照顾得不错，宫里也没有任何与杨岫云或沉香有关的流言蜚语，只是庄環比较受宠，好在并没有威胁到皇后什么。唯一让皇后挂心的，就是皇上与万淑宁的交往，似乎并没有因为后宫的扩充而有明显的改变。

今夜，肖玉华的葫芦传信又来了，皇后看罢不禁怒笑声起，“并无异常，并无异常，还是并无异常，”皇后将信笺拍在桌案上，“品茶论天下，吟诗试文采，对弈知高下，抚琴觅知音。每次都是这些话，每次都是这些事，都让本宫觉得自己是在无事生非了！”皇后说着，凌厉的目光刷地一下扫向我们，从小顺子到纸鸢，再到我，一个一个打量过来，然后铆足劲幽幽怨怨地问，“你们说，这信里的话，本宫该不该信呢？”

我们三人面面相觑，不敢乱说。

“小顺子？”皇后弯起嘴角，声音极其温柔，却让人瑟瑟发抖。

“奴才以为，”小顺子憋着一口气，闭紧眼睛使劲说出来，“不可信。”

“纸鸢呢？”

“奴婢也以为，不可信。”纸鸢的语气比小顺子更坚定一些。

皇后的眼神有些微微的变化，目光渐渐落回到信笺之上，“万淑宁擅长伪装，肖玉华心思难测，报忧不会假，报喜未必真啊……这被蒙在鼓里的人到底是本宫还是肖玉华，真就不好猜了。”皇后自嘲地笑着，一副狐疑的模样，惹人怜爱。

“娘娘，奴才有个想法。”小顺子贼笑着凑上来。

“讲。”皇后拿冷面孔对着小顺子的笑脸，小顺子赶紧把笑脸收起来。

“娘娘把肖玉华安插在万淑宁身边，自然是未雨绸缪的妙招，然男女之事，防不胜防，虽然现在还不曾出大乱子，但是长此下去，难保没有破戒的一日，更何况肖玉华只能在烟霞殿监视万淑宁，一旦万淑宁离开烟霞殿，肖玉华便说不准她与皇上之间究竟如何了。倒不如……”小顺子的眼珠子滴溜溜一转，“要是能在皇上身边安插自己的人，不就一劳永逸了吗，不只是万淑宁，其他敬事房不了解的桩桩件件不也能一目了然了吗？”

皇后的眼睛渐渐放亮，轻咬着嘴唇思忖片刻，突然微微张开口，将右手半握成拳，曲起的手指第二个关节在桌案上啪嗒啪嗒连敲了两下，然后张开手掌覆盖在茶碗盖上，“小顺子，传李袖音来见本宫。”

李袖音？御前尚义李袖音？我心里猛一惊，再看小顺子也是略微惊异的表情，说明我并没有记错。小顺子的惊愕只停留短暂一瞬，就领命出去了。我见过李袖音，不知为什么，提到这个人，我总有种惴惴不安的感觉，那次无意间撞破她与卓公公的对话，虽已时过境迁但却在心里留下了影子。我有种不好的预感，似乎这件事，会引起又一场不小的风波。

李袖音从夜色中匆匆而来，步履飞快却神情淡然，到底是在皇上身边当差的，落落大方不卑不亢，连给皇后问安的声音都比其她宫婢清晰沉稳。皇后微微抬手，李袖音颔首起身，一举一动都恰如其分怡然自得，这无疑与两代君王对她的信任有关，而她的本事，是在于能把招人厌恶的恃宠而骄演绎得内敛而有分寸。

皇后已经褪去五彩刻丝的织锦纱罩，改披着轻薄如蝉翼的雪纱外衣，里面是鹅黄的连襟抹胸，淡菊的流苏长裙，早解了金缕盘花腰带，换了玫瑰的细丝挽花带，少了几分牡丹的高贵庄严，添了些许睡莲的清雅怡然。她坐在梳妆台前，从镜子里瞅着李袖音低垂的脑袋，把右手平着伸出去。我从皇后的左侧起身，绕到右侧半跪而下，将她的手搭在我的膝盖上，举起早已握在手中的精致的小锉刀，替皇后修起指甲来。皇后缓缓举起刚修过指甲的左手，目光从镜中的李袖音转落到左手上，撅起嘴巴呼地轻轻一吹，全是旁若无人的感觉。

我替皇后修着指甲，偶尔会偷偷瞄向镜子，每次都能看到李袖音细微的表情变化。在皇后的沉默长得有些不合理之后，李袖音隐隐露出焦灼疑惑的神情，时不时地用眼角余光瞥望窗外，一片漆黑让她的淡定一点一点消退。

“不用着急，”皇后突然说话，似乎就是在捕捉李袖音的焦灼，“皇上有后宫的娘娘伺候，不会深更半夜召唤你的。”

李袖音赶紧收回偷跑的眼神，微弱的惊异混合着疑惑在眼眶中打转。

皇后把两只手交叉在面前，左右对照着，边看边说，“皇上若无人侍寝，你是无论如何也到不了本宫这儿的，既然出得来，那皇上必是在哪位娘娘那里歇

了，就算本宫放你回去，也轮不到你上前伺候，倒不如安心在本宫这里待着，本宫，还要赏你呢。”

李袖音闻言顿时一愣，嘴唇木讷地哆嗦两下，小心翼翼地说，“奴婢不曾在娘娘身边当差，鲜有为娘娘效劳替娘娘分忧之时，怎敢得娘娘的赏。”

“你要真是本宫身边的人，本宫还不赏你呢，”皇后回头看了李袖音一眼，又指着我们几个说，“你看她们这几个，天天围着本宫转，本宫纵然知道她们的好，也是受惯了，什么赏赐嘉许的，全都让本宫抛在了脑后，就觉得平日里待她们亲厚些也就对得起她们一年到头辛苦了。”皇后说完眼珠子滴溜一转，恰对上李袖音捉摸不定的疑惑眼神，“你说，是这个理吗？”

“娘娘说的是。”李袖音含糊地说。

“哎，”皇后突然无可奈何起来，“本宫自己的人，这样就罢了，可你是皇上的人，论辛苦，比她们辛苦百倍，可偏偏皇上是个男人，想不到这些上头，也不碍情理，可本宫身为皇后，若不能替皇上想到这一层，岂不是失职？”话音未落，皇后早已紧紧盯住李袖音的眼睛，“无奈你不在本宫身边，本宫想对你好，也不能够，只能俗人做俗事，权表本宫的一份心意了。”皇后说着，把左手搭上梳妆台左侧的一只檀木箱子，稍微使劲，将箱子滑到右侧，让李袖音看个清楚。

李袖音肩膀微微提起，像是在暗暗深吸一口气，“奴婢做的是分内事，况每月有俸禄在拿，从不奢求额外的赏赐。”

“你不求，但也不必拒。”皇后微微露出愠怒之色。

李袖音咬了咬嘴唇，像是下了很大决心似地说，“无功而受禄，受之有愧。”

“你要无愧于心又有何难，”皇后露出正中下怀的窃喜之颜，“本宫自会给你立功的机会。”

李袖音的身体微微晃动一下，没有说话，头埋得深深的，我看不出她在盘算什么。

皇后反而笑得更深了，“本宫要知道皇上与宫中女子所有的来往，尤其是敬事房不知道的那些，更尤其是不在后宫妃嫔所列之内的那些。”

李袖音猛地抬头，脸色微微有变，眼睛睁大了一下，随即眉头蹙起，沉默片

刻后，才用十分镇定的语气说，“奴婢，恐难以胜任。”

我心中一惊，想起皇后刚才的笑容，该是胸有成竹才对，如今话已出口，李袖音却重提推诿之词，只怕是有偷鸡不成反蚀米之嫌。我担心地看向皇后，她并没有发火，而是轻轻梳着垂挂胸前的长发，慢悠悠地说，“本宫知道你在宫外还有个弟弟……”

“皇后娘娘……”李袖音像被戳中了软肋似地，双腿一弯重重跪在地上，眼中的坚定一点一点消磨。

“你在宫里吃穿用度都不缺，不如把本宫赏你的玩意儿都送到你弟弟那里去，也好让他有钱傍身，不至于惹祸遭罪。”皇后把最后四个字说得特别清楚，一听，就有别的意思。惹祸招罪？难道皇后娘娘也知道那件事了？

李袖音的口微微张开倒抽一口气，一句话含在口里咀嚼了好久才说出来，“奴婢……谢皇后娘娘赏。”

皇后慵懒地闭上眼睛，好像使劲闻着清甜的香味，重新睁开眼睛站起身，把檀木盒子亲自交到李袖音手里，“你的确是个聪明人，若是能更加先知先觉一些，就更合本宫的心意了。”皇后说完，悠然自得地转身往寝宫内殿去。

李袖音怀抱着檀木盒子站起身，没有预兆地用质问的声音对我说，“是你告的密吧。”

我一时愣住，彻底语塞。她的眼睛诉说着对我的恨意，寒霜般的面孔让我感到扑面而来的冷酷。皇后的脚步也随之停住，我知道自己又一次陷入了困境。没等我替自己申辩，李袖音就大步走出了寝宫，让我独自面对四处投来的怀疑的目光。

“她有什么密可以让你告吗？”皇后的声音很轻柔，却像洪钟敲响，震得我头疼。

我恍惚间觉得有些不对头，可面对皇后的询问，未及细想就说，“就是皇后娘娘知道的那件事呀。”

皇后突然笑起来，笑得我心里发颤，“本宫，可是什么都不知道。”

我的心颤抖得愈发厉害了。

“本宫说的罪，是欲加之罪，吓唬吓唬她而已，看来是歪打正着了。”皇后折回到我跟前，伸手捏住我的下巴，抬起我的脸，她能清楚地看到我因为惧怕而涌出的眼泪。“难得啊，林承御居然捏住了李尚义的把柄，看来这尚宫局，是江山代有人才出啊。”

“娘娘一句话没说完，李尚义就服软了，看来这事情也相当不简单啊。”小顺子又开始阴阳怪气的。

“这已经不重要了!”皇后喝斥着小顺子，怒睁的眼却死死地盯着我。是啊，当隐瞒成为事实的时候，被隐瞒的事实，就已经不重要了。“纸鸢，把西樵带到黑室去，三天不给饭吃，让她好好反省反省。”

“是。”纸鸢有些幸灾乐祸，抓住我胳膊的手特别使劲。

所谓的黑室，其实就是拷问下人的密室，我在那里断水断粮不见天日地呆了三天，明显感觉身体里的能量在一点一点流失，我曾企图回忆在木园清冷苦楚的生活，聊以慰藉，却无奈地发现身在木园时的我也比此刻幸福，粗茶淡饭却无需忍耐饥渴，木墙瓦顶却能尽享阳光雨露。黑室，不过是个略微文雅些的代名词罢了，说白了，就是私设宫中的牢房，慢慢耗尽你的体力和精神。三天，在我最初想来，不过就是挺一挺的事儿，原来，不是谁都能挺得过的。

嘎吱一声，有一线光投射进来，很薄，很细，可以想象是暗道的门开了一个极小的口子。三天到了吗？我残存的意识无法告诉自己答案，最多也就是勉强维持着不让自己彻底失去意识。啪嗒，啪嗒，那是脚步声吗？我这样期望着，突然放弃了坚持，任凭全身的疲倦如洪水般席卷我的身体，冰冷的地面贴上我的脸颊，视线消失前，我仿佛看见了翠绿的绣花鞋。

“醒了醒了!”我被小顺子的声音唤醒，疲倦还未完全消退，腹中的饥饿仍在折磨着我，只有久违的阳光让我萌生出一种感谢苍天的冲动来。“瞧你那没睡醒的样子，能走路吗?”小顺子没良心地嘲讽着，我倒听出那句能走路吗传递的关切有几分真。

“去哪儿?”我用力说话，发现声音倒还清楚。

“去给娘娘谢恩呐，我可没胆子放你出来。”小顺子说着过来搀扶我。

“我自己走。”我倔强地把手缩回来，“你是伺候娘娘的，我可不敢劳你的驾。”

“啊哟，这个时候了还嘴犟，小心一会儿娘娘审你。”小顺子戳戳我的脑门。

“审我？”我一时有点懵。

“装什么傻？李袖音的事儿！”小顺子瞪着眼，连揪带拽地把我弄到了皇后的寝宫。纸鸢老远就看见我了，扭头装作没看见，让我心里不是滋味。

皇后没有提黑室的事，开门见山地问我到底抓住了李袖音的什么把柄。我一五一十地说了，连卓公公对我的嘱咐也一并交待了。皇后听完沉吟半刻，一杯茶从头捧到尾，一口都没喝。此时已近午时，棠颐来张望了几回，每次不等开口就被纸鸢直接打发了。咕噜噜，我的肚子叫了起来，我赶紧捂住，却捂不住腹中不断加重的饥饿感。

“房间里不是给你留了点心吗？怎么上这儿喊饿来了。”小顺子压低声音训斥我。

“你拉着我就走了，哪有时间吃。”我小声抱怨着，翻起微微的白眼。

“能出来就不错了，还想吃？”纸鸢已经不再掩饰她对我的不满，尖酸刻薄的语气即便在皇后面前也不加任何的修饰，“说到底，你也是自找的。”

我一时理亏，知道争不过她，便老实闭嘴，重新把目光落到皇后身上。皇后把茶碗送到嘴边，嘴唇刚贴上茶碗，便皱起眉头，眼睛朝下看了看杯中茶，像是这才发现茶水已经凉透。“想不到啊……想不到，”皇后没有缘故地念叨起来，“本宫竟然会为了一个违逆宫规的奴婢跑神，看来这宫里就没有什么简单的角色。”

“皇后掌管后宫，宫婢违规惹娘娘费心也是在所难免，不值得娘娘多想。”小顺子轻声安慰着。

“可她李袖音不是一般的宫婢！”皇后斩钉截铁地说，“她是什么人，御前尚义！太后千挑万选，选中她伺候先帝，这是多大的荣耀，又是多大的危险。太后、太皇太后，能让她犯一个错？她能做御前尚义到今天，那是她的道行，更是后宫的幸事。可如今连她也不能信了。”

小顺子谄媚地嘿嘿一笑，“也亏得她是如此，否则哪能吓唬两句就往咱这边靠。她可以不知道奸字怎么写，但不能不知道怕字怎么写。”

我被这话刺痛了，突然感觉到身为奴婢的可悲，胁迫之下，不从是违逆，从便是背叛，这句话是娘死前跟我说的，我曾经遗忘了很久，如今便与眼前的现实吻合了，“既然娘娘有心胁迫她，又何必奢望她是可信之人呢。”我说出这话，身边立刻投来阴森愤恨的目光，然后另一边，有人猛拽住我的手腕，惩罚性地使劲抓住，让我吃痛。我甩开手，无惧的勇气和坚定的力量让我自己都感到吃惊。

啪啪啪，皇后击掌三下，“西樵啊……西樵，你真是让本宫又爱又恨，”皇后说着，两手撑住椅子两边的扶手，霍地站起身，“在宫里，奴才们因各种原因起背叛主子的心思并不难理解，可李袖音背叛的不是一个主子，而是主子治下的律法朝纲，更让本宫介怀的是，她不光有这样的心思，她竟然真的有这样的能力！从宫里到宫外，从宦官到朝臣，她凭什么能打通层层关节，凭什么能左右刑律执判，宫里宫外这许多人，谁是心甘情愿帮的她，谁又有非帮不可的理由，她是何时笼络的人心，她是何时有了这样的能耐！一个被两朝皇后器重、被两代君王信任的奴婢，竟然背着主子营私党，还敢撇开主子行宫权，这难道不可怕吗？”

我听着皇后的话，心里阵阵发凉，就是用脸上火辣辣的疼痛也压不住。

边上小顺子发出嘶嘶的声响，好像牙疼得厉害，“那娘娘，还用她吗？”

“用，当然用！”皇后毋庸置疑地说，“因为只有李袖音，才能不着痕迹地打探到别人不知道的事儿。但是，”皇后的口气缓缓转变，稳中有重地说，“本宫不完全信她……本宫也不会再只下单注。”

“娘娘的意思是……”纸鸢跟着皇后的心思走。

“本宫不能找别人看着皇上，但本宫可以找别人，看着李袖音。”皇后的目光从我和纸鸢的身上扫过，但只蜻蜓点水地瞥了一眼，就转身走到窗边，推开窗户遥望秋日的骄阳，“本宫要另找一个聪明人，最好，是个生面孔。”

我听着皇后的盘算，心里忍不住苦笑。她到处找人替她办事，可在她心里，从头到尾都不信任其中的任何一个，她只能以不信任对不信任，然后拼命从真真假假的讯息中寻找可信的真实和可疑的破绽。其实她不必如此辛苦，立后可无

功，废后须有过，可惜，她不是个眼里能揉沙子的人。

第六章　澜起东华四重波

饥肠辘辘的我几乎是被棠颐拖到膳房的，好多宫婢眼睁睁看着我如饿狼扑食般贴着饭桌，呼哧呼哧地乱填乱塞，瓢碗碰撞混合着我吧唧嘴的声音，窃窃私语混合着嗤嗤嘲笑的声音让膳房顿时喜闹起来。吃饱喝足，我肆无忌惮地打了一个饱嗝，惹得她们一阵轰笑。

“都别笑了，”棠颐的声音盖过她们，“你们是什么身份，也来笑林承御，都出去。”棠颐是从东宫跟着皇后过来的，现在的品级是内人，在这些尚殿局的宫婢面前，还是很有威信的。我也是此时才注意到，除了棠颐之外，还有两个宫婢一直没有发笑，她们依偎着站在膳房的角落，远远地打量着我。

“舞雁，琼芳，你们也在啊……”我热情地打着招呼，得到的回应却是一片诡异的安静。我惘然地回头看看棠颐，惊奇地发现她们三个人脸上的表情惊人的相似，看着我，如同看着天外来客，那种不可思议的目光，立刻拉远了我们之间的距离。“你们，怎么了……”我很清楚地知道，她们虽然品级比我低，但是服侍皇后的资格都比我老，她们的这种眼神，一定有不能说的含义。

棠颐看看舞雁和琼芳，沉默了一会儿说，“林承御……娘娘说给你放半天的假，让你好好休息，明儿还有要紧事差你去办呢。”棠颐到底没有说出我想听的话，再看舞雁和琼芳，也已经各自转向不同的方向，收拾起膳房来，好像完全忽略了我的存在。我知道是问不出什么的，就干脆回房休息了。

近日的夜已经有些寒意了，窗外沙沙的雨声卷起一层泥泞，连被子都沾染了阴湿的潮气。雨到后半夜就停了，我迷迷糊糊地睡去，又迷迷糊糊地醒来，包裹着脚的潮气已经都退了，身体暖暖的，看来今天是个好天。昨晚小顺子来说，皇

后赏我一个回笼觉，今早由纸鸢陪着去请安，我算算时间也差不多了，赶紧洗漱完毕到宫门口去等候。

皇后请安回来，脚步急匆匆地往宫里冲，我正弯腰请安，差点被她掀翻在地。纸鸢黑着脸，踮着脚尖兔跳般紧随其后，根本顾不上给我一点眼色。皇后先是往偏殿去，突然又调转方向往寝殿走，我使劲加快步伐，先皇后一步回到寝殿，把泡开的茶从炉子上取下，灌进碗里，哆哆嗦嗦地端着，刚摆到桌上，啪的一声，一张大红的帖子被皇后摔在桌上，把茶碗震得厉害。

皇后拂袖坐下，袖子鼓起的风把帖子往我这儿又吹近一些，我有准备地把肩膀耸起来，等着皇后疾风骤雨般的训斥怒骂。没想到，皇后竟然安静了下来，似乎那一股子快要爆发出来的怨气都随着那帖子一同甩了出来，就只是脸色还阴沉得可怕。我瞅瞅纸鸢，她把目光一撇，干脆装不知道，我看看小顺子，他暗暗指了指桌上的那张帖子。我瞥了帖子一眼，想偷偷拾起来看，却又不敢。

“西樵，”皇后突然开口，目光朝上正对上我惊慌的眼，“你拿着这张帖，替本宫走一趟。”

“去哪儿……”我被皇后弄得摸不着头脑，却找到了光明正大看帖子的理由。我在皇后的眼皮子底下把手伸过去，摸起帖子翻开，入眼便是皇后娘娘的名讳，落款是安瑾萱。这是安瑾萱为自己庆贺生辰发出的请帖，请皇后在十月初五巳时到东华宫赴宴。“这是请皇后娘娘的……”我惧怕犹豫地把帖子朝皇后摊开。

“那又如何，她有资格请吗，有她这样的请法吗？”皇后睁圆双眼，“当着太后和太妃的面，当众下帖子给后宫各主，这哪里是下帖？根本就是下战书，是炫耀，是挑衅。”

“她还请了别宫的主子？”我放下帖子，心想许是大肆派帖的事让皇后愈发恼怒了。

“是请了整个后宫！”皇后愤愤地说，“南和宫、锦颐宫、仙居殿、长淑殿、重华殿、锦玉殿、良恭殿，宫宫有帖，殿殿有请，竟然无一错漏，就算是本宫的生辰，也不敢这样大张旗鼓，她一个小小的贵妃，凭什么！”

我低着头说，“她能凭什么，就凭太后、太妃粉饰太平的脸面呗。有宫里的

长辈在场为证，她倒是演了一场姐妹和顺的好戏，挣足了贤德的名，谁要是不去，反落了不是。”

皇后斜瞪我一眼，“本宫就背了这不是，她能怎样?”皇后的话如此赤裸，令我一时语塞。皇后从我紧攥的手里拔出帖子，帖子已经有了折痕，皇后的名讳和安瑾萱三个字被一道斜划的折痕贯穿着，皇后看着帖子，眉头一蹙，“小顺子，让人留意着，要是太后明日去了什么花园湖边，有树有草的地方，立刻来报。”

“是。”小顺子不问缘由就去办了。我偷偷又看了帖子一眼，十月初五，那不就是后日嘛。

“纸鸢，靠近了说话。”皇后把纸鸢喊过去，在她耳边轻言几句，纸鸢点点头，转身出了寝殿。

一天一夜的时间匆匆而过，直到晚膳的时间过了，小顺子放出去的人终于有消息传来，说太后刚去了明湖散步。皇后深吸一口气，摊开手心到纸鸢面前，“拿来吧。”

“是。”纸鸢稍稍犹豫，从袖中取出一只棕色的小瓶子，“娘娘小心啊。”

皇后拿过棕色瓶子，“西樵，跟本宫走。”

我看皇后脸色凝重，又听纸鸢说那样的话，不禁有些毛骨悚然，机械地跟着皇后走。我们顶着微暗的夜色，匆匆赶到明湖边，老远就看见太后的銮驾在草坡外的道上等候。皇后取出棕色瓶子，让我走开一些，微微向后勾起小腿，将瓶盖打开，倒了几滴透明的液体在裙摆上。

“娘娘，这是……”我有不好的预感。

“就当什么都不知道，”皇后收起瓶子，交给我，“藏好了，记住，不要离本宫太近，无论发生什么事，都要学会旁观。”皇后说完，不给我机会提问，转身朝太后走去。

太后对皇后的出现并不意外，简单地过了礼数，太后就不咸不淡地说，“皇后是来找哀家抱怨的吧，因为安贵妃的事，心里不痛快了?”

“不痛快是必然的，抱怨，就算了吧，宫里的人和事，从来不是抱怨就能如愿的。”皇后轻描淡写地说着，一边轻轻挪动脚步，在草尖发出嚓嚓的声响。她

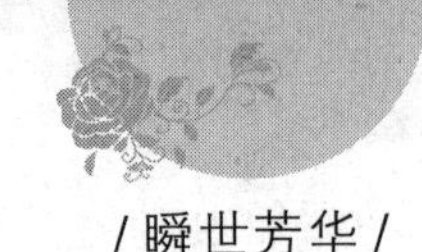

们开始沿着湖边慢慢走，我跟在后面，注意与皇后保持一定的距离，不敢靠近，也不敢远离。走到某一处叶宽丛深的地方，皇后转身从宫婢手中拿过绒线织的披风给太后穿上，然后在领口打上结。

咝，咝……我听到一个奇怪的声音，伴随着枝蔓摆动的声音。这是……我的心猛一惊，赶紧低头寻找，看见的时候，它的脑袋已经对准了皇后的裙摆。

“蛇!”一个宫婢喊起来，太后吓得一个趔趄，握紧皇后的手步步后退。

宫婢们围在太后周围，却都跟着后退，没有谁敢上前。蛇立起身体，吐着信子，毫无防备猛地就蹿了过去。“啊……”宫婢们吓得大叫，拽着太后和皇后，身体却躬着往后缩。这时，皇后挡在了太后的身前，把太后往边上狠狠一推，蛇扑上来，咬中了皇后的脚踝。

“皇后娘娘!”我随手捡起一根枯枝，冲上去要把蛇挑开。皇后已经跌倒在地，狠命地蹬着腿，把蛇甩到了旁边。我过去扶住皇后，她使劲抓住我的手，“别管那条蛇，赶紧送本宫和太后回宫，叫韩冬青来，快!”

韩冬青赶到的时候，皇后已经半躺在床上，裙摆拉起，布袜褪下，露出伤口，两个带血的窟窿。

“怎么样，本宫还有命吗?”皇后虽然脸色苍白，声音倒不那么虚弱。

“娘娘放心，此蛇无毒。”韩冬青清楚地说着。

皇后微微一笑，“可是本宫想让它看起来像有毒的，而且，要能骗得过宫里的医女。”

韩冬青没有说话，直接打开了药箱。不出一炷香的时间，皇后脚踝上的两个牙印伤口显现出青黑的颜色，连小腿都略有浮肿。皇后传了医女过来，检查了伤口，写了医案，这件事算是毫无破绽地作实了。

韩冬青走后，太后亲自来探视，准了皇后十日的假，不请安，不理事，不陪亲，只管好好休养。太后离开后，小顺子长吁一口气说，“总算是有惊无险地过了，吓死奴才了。娘娘，下次可别再用这种要命的招了，那绿滴子是专门喂蛇的宝贝药，哪能往身上抹啊。”

“你不引蛇出洞，如何成就这段苦肉计？兵行险招，本宫不来点狠的，怎么

对得起安瑾萱的良苦用心呢?”皇后吃了口太后送来的雪莲糕，不免露出得意的神色，“再说，齐霜霜的事让太后和本宫的关系僵硬了许多，借个机会扭转一下，也是水到渠成的事情。”

“看在一箭双雕的分上，奴才担点惊受点怕也算值了。嘿，如今娘娘可以名正言顺拒绝安瑾萱的邀请，活活气死她。”小顺子的眉毛鼻子眼睛都挤到了一起，一边还忙不迭地给皇后捶腿。

“她以为身后有安太妃坐镇，就可以挟制本宫，哼，别忘了本宫的身后有太后，有打断骨头连着筋的亲姑姑，先不说太后准本宫不去，单凭太后亲口免了本宫十日的请安，安瑾萱就不该再有奢望，难道，她还敢跟太后争强。”皇后说着又把目光转到我身上，“不过，西樵这一趟走还是免不了的，小顺子，去准备些能拿得出手的贺礼，让西樵带过去。”

“还是娘娘想得周全，派林承御登门送礼，也算给足她面子了。”小顺子的奉承话比口头禅说得还要顺嘴。

“西樵可不是只为送礼去的，”皇后的话让小顺子一愣，“她是代表本宫，赴宴东华宫的不二人选。”

“奴婢去赴宴?”我惶恐地睁大眼睛，“这怎么使得，安贵妃肯定会将奴婢拒之门外的……”

“本宫说使得就使得，”皇后霸道地打断我的话，“你是本宫的承御，拒绝你就是拒绝本宫!”

“可还有别的主子呢，奴婢……”我着急了，皇后可以为所欲为，我却不敢惹那些后宫的小主。

“不会有主子们了，”皇后不顾我的愕然，温柔地抬起胳膊，直起身子靠近我，双手拎起我的衣领，往上拢了拢，“到时候好好打扮打扮，安瑾萱这顿丰盛的筵席，就指着你一个人给她捧场了。”

“啊?”我受宠若惊地瞪大眼睛，“奴婢，一个人吃……”

皇后放开我，低头摆弄手中的帕子，笑盈盈地说，“不信，你看着。”皇后说得轻巧，我却听得出她轻飘的声音里深藏着的赤裸裸的得意和自信。

十月初五天蒙蒙亮，棠颐在宫门口迎了医女进来，给皇后换药包扎，前脚刚走，我后脚就把药布扯下来烧了，再把韩冬青留下的一样颜色和气味的药布换上。到了寝殿外间，我扶皇后坐下，把小米粥和几碟精致小菜搁到桌上，突然一股馨甜的味道钻进鼻子里，好闻极了。我看看桌上的菜，不过就是平日里吃的那几样，心中正起疑，就看见棠颐怀抱着一个食盒站在寝殿门口，冲我招手。我走过去，香味渐渐清晰，看来，这个食盒里装的东西就是香味的源头。

“这是什么?”我指着食盒问。

“刚刚有位淑女送来的，说是特别替娘娘准备的开胃健脾的清口点心。”棠颐微微拉开盖子，露出一点碧绿的颜色。

我回头看看皇后，似乎她有点跑神，嘴唇微微动着，似在低声喃语。我走近皇后，听到一个很轻的声音，“这个味道……”我敏感地回头看看食盒，把事情跟皇后说了，皇后眼睛一亮，朝棠颐挥着帕子说，“快拿过来。”棠颐把食盒抱过来，皇后似乎对这个点心很感兴趣，亲自把盖子打开，露出一盘绿色的略带透明的圆球形状的糕点。“碧心绿!”皇后喊出声来。

“娘娘认得这个点心?”棠颐一边说，一边把盘子取出来。

“气味、模样都对，本宫要尝一尝。”皇后亲自剜了一勺送进嘴里，也不见咀嚼，喉咙就出发轻微的吞咽的声音。“真的是碧心绿。”皇后失神，手指微微松开，勺子掉落在桌上。“这是谁送来的?”皇后转过神来，盯着棠颐问。

棠颐为难地摇摇头，“奴婢也不知道，那位淑女不肯留下名讳，只说是长淑殿的淑女，知道娘娘受伤，特来探望。”

“即是探望，怎么不请进来。”皇后愠怒地说。

棠颐委屈地说，“奴婢请了，可那位淑女说自己位分低微，不宜打扰娘娘静养，说完就走了。”

皇后沉默不语，缓缓转过头盯着碧心绿发呆。

“这糕点有什么名堂吗?”我大着胆子问。

“这是前任尚宫局尚宫苏筱菊的私房点心，天底下尝过的人不出十个。”皇后慢慢回忆着说，“苏筱菊原是司膳房的宫婢，就是因为这道碧心绿，破格提拔为

司膳，再后来，苏筱菊一发不可收拾，短短三年就成了本朝最年轻的最高尚宫。本来她可以成就后宫宫婢的一记传奇，结果却因为一段不为宫规所容的感情，自毁前程。本宫记得，那是在十五年前，本宫进宫参加甄德妃的庆生宴，太后顺便留本宫在宫中居住游玩，第二日傍晚离开的时候，竟然在马车里发现了一个奄奄一息的女人。她要本宫救她出宫，在本宫犹豫不决的时候，把一只揉捏得变了形的碧心绿塞到本宫手里。本宫不认得她，却认得碧心绿，知道那个好吃，好吃极了，于是脑袋一热，一逞能，就把她藏在马车里带出了宫。”

“这个人就是苏筱菊？”我仔细看着碧心绿，闻着它的香味，心想到底好吃到什么程度，竟然让皇后如此冒险。

“本宫也是后来才听说的，”皇后的目光变得遥远起来，“苏筱菊不知跟谁做了苟且之事，有了身孕，太后下令严加调查，她便偷跑出了皇宫。一开始，太后还以为是先帝干的，后来又有一个说法，说是朝中的一位大臣所为，至于到底如何，至今未有定论。”皇后又将目光锁定在碧心绿上，“本宫从没想过，这道点心还能再在宫中出现，还能再让本宫尝上一尝。”

“难道苏筱菊又偷偷进宫了？”我猜测着，“可就算她还活着，她也没有回来的理由啊，好不容易活下来，难道回来寻死吗？”

皇后的眼睛逐渐放亮，“本宫记得苏筱菊说过一句话，小郡主，奴婢，会报答您的。”

“苏筱菊进宫报恩？”我浑身一哆嗦，感觉有点鬼魅阴魂之气绕梁而飞。

“可是人不对啊，”棠颐皱着眉头，“她也就十五六岁的模样，而且不像是替人跑腿的。”

“十五六岁就对了，”皇后端起碗，勺子在粥里没有规律地搅动着，“至于是不是跑腿的，日后自然会有分晓。”

“娘娘不查一查吗，若是跑腿的，可能就不再来了，奴婢还记得她的模样……”棠颐给皇后娘娘布菜。

“你没听她怎么说吗，长淑殿淑女，这话里带着钩子，能是想跑的人说出来的吗？”皇后瞪了棠颐一眼，把勺子丢进粥碗里，“你们记住了，本宫和苏筱菊的

瓜葛不想有人知道!”皇后说完站起身，“她们差不多该来了，你们把早膳撤了，让纸鸢和小顺子过来，至于西樵，棠颐，你领她准备去吧。”

“是。”我低声应承着，一边把早膳撤了，一边悄悄问棠颐，“喂，娘娘让你领我准备什么?”

“打扮你啊，不然就你这身衣裳，这个模样去东华宫，怎么能显出咱们娘娘的风光和尊贵。”棠颐把我拉进她的寝房，架起铜镜，将胭脂水粉珠花钗环依次排开，拉着我坐下，拆了我的发髻，重新梳理起来。

“娘娘刚才说，她们差不多该来了，她们是谁?”我不习惯这样被人伺候，于是找话说。

“当然是后宫的主子们了，皇后为救太后而伤，太后都亲自探视，各宫主子怎能不来，这是摆在面上的理，谁也绕不过。”棠颐把我的头发盘高，用一支翡翠绿的簪子固定住，再把柳叶珠环扣上去。

“梳得太高了。”我看着镜子里的自己说。

“就是要高，这是身份。”棠颐像是早就想好了要如何打扮我，手上一点犹豫拖沓都没有。打扮停当，小顺子溜进来，绕着我转了一圈，酸唧唧地说，“哟哟哟，打扮起来还不错嘛，你知道吗，娘娘还给你派了个辅殿宫婢跟着，这是真把你当个能替她出面的人了。”小顺子说着东张西望一下，“一会儿你偷偷往后门走，别让那些娘娘们看见。”

“娘娘们还在?”我想起昨天皇后说过的话，“那安贵妃的寿筵……果然是没人打算去了吗?”

“谁稀罕去!”小顺子忙里偷闲在桌边坐着喝茶，“安瑾萱在那么多娘娘面前耀武扬威，谁心里能痛快，本来就不想去。太后娘娘从来不掺和这种事儿，无非当着安太妃的面，只能默认了，所以众位娘娘都不好拒绝，巴巴地瞅着皇后去不去，再作打算。可如今皇后受了伤，娘娘们是既有了不去的心思，又有了不去的理由，你还指望谁跑去凑这个热闹?”

我把礼单揣进怀里，“话是没错，到底给安贵妃难堪了，那些娘娘们夹在皇后与贵妃之间，只怕难有安生日子过了。”

“你也把娘娘想得太没有担当了，”小顺子跷着脚，“真把安瑾萱惹不高兴了，娘娘自然出来圆场，不会让识趣的人吃亏的。”

“那到时候我怎么说呀，就说我是代皇后娘娘来赴宴的?”我看小顺子点点头，更加觉得此事不妥，“要是这么说了，安贵妃还不得气死，不活剥了我才怪。”

小顺子拍拍衣服上的灰尘，“你怎么还不明白，娘娘就是要看她安瑾萱气得半死不活的样子，要是你因此被安瑾萱迫害致死，娘娘一定会将你风光大葬，说不定还会追封你个御前尚义什么的，你也就死有所值了。”我听他这么说，随手抓起一个隔夜馒头扔过去，他侧身躲过，跳着说，“时间到了，你赶紧去吧，回来跟我们讲讲，安瑾萱气成了什么样子。”小顺子幸灾乐祸地屁颠屁颠走出房间。我深吸一口气，由棠颐在前面探路，径直往后门去。

东华宫门口围满了人，并不像我想象的那样冷清，可走近一看，都是送礼的宫婢，没有一个主子。东华宫的大门紧闭，连迎客的奴才都没有一个。

“林承御来了。”一个小宫婢发现了我，大家很快围拢过来。

“这是怎么了，都围在门口，也不进去?”我拿出承御的风范，也让小宫婢们有几分敬重。

那个发现我的小宫婢恭敬地说，“回林承御，奴婢是良恭殿谭美人身边的内人，谭美人去了皇后娘娘那里，只派奴婢来送贺礼，可安贵妃不让奴婢进去，说非要谭美人亲自来，才肯开门。”

“你们也是吗?”我看着小宫婢们同病相怜的目光，突然觉得安贵妃的度量也小得太过了。

小宫婢们小鸡啄米般点头，“林承御，要是贺礼送不进去，奴婢回去不好跟主子交待啊。”小宫婢们无助地看着我，异口同声。

我抬头望了望东华宫的大门，迈开步子走到门前，啪啪啪，拍响门板。嘎吱一声，门开了，一个小太监探出脑袋，打量了我几眼，又往我身后看了看，挥挥手准备关门。我伸手推住门，镇定地说，“看清楚了，再关门。”我一边说，一边用另一只手按了按发髻上的柳叶珠环。小太监先是愣了愣，突然明白过来，作揖

说，“给林承御问安，不知林承御有什么吩咐？”

“吩咐不敢，只是要你把宫门打开，把这些贺礼收进去。”我清清楚楚地说着。

“这……”小太监为难地搔搔头，“安贵妃有谕，主子不到的，贺礼一概不收。”

我把头一扬，“皇后娘娘的贺礼，也不收吗？”

“呃……”小太监焦躁地跺跺脚，“奴才去请示娘娘。”小太监跑进宫去，不一会儿就跑出来，陪着笑脸说，“娘娘说，皇后娘娘的贺礼可以收下，其她娘娘的贺礼，就请带回去吧。”

我微微一笑，“这里没有其她娘娘的贺礼，都是皇后娘娘的心意，那就请小公公都收了吧。”

“林承御，您这不是为难奴才吗？”小太监不情愿地说，“这些都是各宫美人送来的，不与皇后娘娘相干啊。”

我镇定地说，“怎么不相干？这都是皇后娘娘的意思。要不然，我回去问问娘娘，安贵妃，该不该收下这些贺礼。如果娘娘说了不相干，我立刻带她们走，可要是娘娘点了头，那你可就是违抗懿旨……”

“林承御您饶了奴才吧，奴才是谁也得罪不起啊……”小太监跪下磕头，我略胜一毫却胆颤心惊。

“你不用怕，横竖有皇后给你做主，有后宫各位娘娘给你做主，大不了，调你到中宫当差。”我咬着牙说出这话，一时是豁出去了。

小太监不求饶了，浑身哆嗦了一阵，不放也不拦。我推开宫门，领着小宫婢们鱼贯而入。

谁知才走几步路，一群小太监就冲过来把我们围住，为首的小太监指着我的鼻子说，“林承御，虽然你是皇后的承御，但到底是个奴婢，怎么能违贵妃娘娘的意，这是哪一朝的规矩，哪一国的体统！”这个小太监声音极细，就像女人在说话。

“贵妃虽是贵妃，但到底只是个贵妃，怎么能违皇后娘娘的意，这又是哪一

朝的规矩，哪一国的体统!”

“我可没见到什么皇后娘娘。”小太监张扬得很。

“我，也没见到什么贵妃娘娘。”我针锋相对。

“你……”小太监一时语塞，脸色也青白得厉害。

“哟，这是怎么了，怎么在宫门口就吵起来了。”温润的声音轻易夺走了我和小太监大声争执的风头，如同涓涓流水从岩石的夹缝间淙淙流过，不伤分毫，却磨圆了岩石的棱角。这声音太熟悉了，我不禁一个激灵。回过头去，果然是万淑宁笑盈盈地站在宫门的门槛内，看不出是刚来，还是站了很久。她穿着淡菊色的抹胸长裙，腰身很好地剪裁出来，没有腰带的修饰，反而凸显出玲珑的曲线。米黄色的纱衣，隐隐衬托洁白的肌肤，鹅黄色的飘带，萦绕出袅袅仙气。不知是谁带的头，围在我身边的宫婢们纷纷跪下行礼，反倒是我驻足凝望，显得与众不同。

“林承御，见了郡主娘娘还不下跪!”那个小太监的声音直冲进我的耳朵，我机械地做着标准的请安动作，目光却从万淑宁的肩膀上越过去。这是在我向皇后发誓不再相信纪双木后，我们的第一次见面。她依旧穿着最普通的宫婢的衣裳，别在衣襟交叉处的一束桂花成了唯一的也是最雅致的点缀，她依旧梳着最普通的婢女的发式，除了那一点白玉兰形状的簪子头点缀着乌黑的头发，再不能从头上找到一点多余的修饰。

“怪不得本宫没有在皇后娘娘那儿看到你，”万淑宁迈开莲步轻盈而至我跟前，“原来你在这里。”

万淑宁的热情让我觉得虚伪，但眼下，倒是可以利用她的虚伪。“回郡主娘娘刚才的话，奴婢们是奉命来给贵妃娘娘送贺礼的，可这位小公公说，贵妃娘娘的意思，不是主子亲自送来的，就不收。”我指着那个小太监，他想要争辩的样子，却硬生生把话咽进肚子里，气不过地看着我。

万淑宁轻飘飘看了那个小太监一眼，缓缓走过去，轻轻柔柔地说，“请问小公公，本宫的贺礼，贵妃娘娘收不收呢?”

“郡主娘娘亲自送来贺礼，自当要收的。”那小太监说话谨慎得很，亲自来送四个字，说得尤其响亮。

万淑宁微微一笑，“小公公，靠近一些说话。”

小太监犹豫一下，走近万淑宁一步。万淑宁凑近他的耳朵，一阵嘀咕。我顿时觉得不妥，万淑宁的嘴巴都要碰到小太监的耳垂了，虽说皇后也时常跟小顺子咬耳朵，但从未亲近如此，况且皇后和小顺子相处多年，情如亲人，万淑宁和这个小太监不过偶尔相见，怎能如此有失仪态，举止欠雅倒在其次，关键在于，这并不似万淑宁的品性德行。我好奇地看着他们，见那小太监一时眼露欣喜，随即又面露惶恐，让人猜不透其中玄机。话毕，小太监转身离去，不消一会儿，又匆匆而回，对宫婢们说，“娘娘恩惠，说看在各位主子一片心意的分上，就收了贺礼，你们且跟着我来，不要乱了顺序。”小太监说着，带路往里面去。我朝跟来的小宫婢使了使眼色，她也跟着去了。

万淑宁一手搭住我的肩膀，一边温柔地笑着说，“你看，这不是解决了吗？”

我的心猛一跳。万淑宁，只一句没有人听见的话，就解了众宫婢的燃眉之急，只怕这些宫婢，连同她们的主子，都要记着万淑宁的这份人情了。她到底说了什么，如此管用，此刻我心中不仅有疑惑，更充满了羡慕和嫉妒。“到底是郡主娘娘的面子大，连贵妃娘娘都收回成命了。”

“呵呵，”万淑宁竟然也笑出声来，“本宫哪有什么面子，不过是凑巧，借了别人的面子罢了。”

“别人的面子？”我皱起眉头，心中隐隐有个答案，却不敢去肯定。宫婢们出来了，纷纷告退，那个小太监站在宫门口，盯着一个个离开的宫婢，生怕谁赖着不走似的。最后，只剩我一个了，他站到我的身边，用驱赶的眼神牢牢盯着我，好像防贼一样。我是不会走的，我是代替皇后娘娘来赴宴的。这句话在我嘴里咀嚼了一遍又一遍，最后含在嘴里，咽不下去，吐不出来。

“怎么样，皇上来了吗？”一声高高的吟哦让我浑身起了鸡皮疙瘩，转眼看去更是让我瞠目结舌。火红的羽毛织锦包裹着安瑾萱并不值得称颂的体态，用粉扑白的脸让人感觉难以呼吸，满头的金色翅钗晃眼得很，让人感觉沉甸甸的，都不自觉要去摸自己的脑袋。我彻底被惊到了，原来目空一切的安瑾萱也会用这种“婉转娇啼”的声音说话，原来自小承袭宗室教养的安瑾萱也会打扮得如此“绚

丽”夺目。这一身行头落在她的身上，白白糟蹋了难得的好料和师傅的手艺。我一时惊诧地看着她，直到她也看见我，才将目光回避。她慢慢缓下步子，防备地盯着我，最后在我面前站住脚，冷冷地说，“林西樵，你在这里做什么，谁准许你留下的?”

安瑾萱明摆着是下逐客令，我正绞尽脑汁想法子应对，宫门外就传来了皇上驾到的传报。万淑宁果真就是借了皇上的面子，才这样畅行无阻。我的注意力一下子跳开，目光也转向宫外。安瑾萱气急无奈地哼了一声，匆忙出去迎接，那个小太监急跟在后面，从我面前经过时，回过头气恨地瞪了我一眼，鼻孔明显地张了一下，却碍于我是皇后的人没敢真的出声。

万淑宁也出宫迎接，我正犹豫要不要跟出去，纪双木竟然过来拽起我的胳膊把我往外拉。“愣着干什么，一起出来。”

我被她拉着到了宫门口，和她并肩站着，那个小太监在我的对面，依旧很不满地瞅我几眼。我突然觉得有些不对，那不是一个小太监该有的眼神。

安瑾萱花蝴蝶一样缠住皇上，拉着皇上到宫里来，皇上含蓄地笑着，看不出是真心欢喜，还是逢场作戏，万淑宁跟在旁边，笑得不惊波澜。看这样子，皇上的到来对安瑾萱是个惊喜，对万淑宁却是不出意外，甚至有可能，这两个不请自来的人，就是想借东华宫彼此一聚。想到这里，我不禁在万淑宁的笑容中品到了一丝阴森的寒意。

皇上在离我不远处开始放缓脚步，最终如我预料的那样止步不前。“嗯?”皇上喉咙里发出的质疑让之前欢快的气氛一扫而光。我埋下头，却始终都能感受到那种冰凉渗骨的审视的目光在我脖子上扫来扫去。到底还是被发现了。我知道躲不过，只好主动跪下请安。皇上来了，我还要留下来赴宴吗？这个问题一瞬间在我脑中过了千百回，始终没有答案。

“真的是西樵啊。”皇上的声音远比他的目光要温暖，我似乎都能感觉到他嘴角的笑意，却不敢抬起头去验证。这时皇上走近我说，“你站起来。”

这是命令吗？我颤颤巍巍地站起身，眼睛左瞄右瞄，心里忐忑不安。

“皇上，西樵是来给贵妃娘娘送贺礼的。”万淑宁过来替我解围。

“送贺礼？不像吧。”皇上的话吓得我心怦怦乱跳。“你看她今天的打扮，比官家的小姐还要有面子，这可不像是来送礼的，倒像是来赴宴的。”皇上的话里有几分调侃之意，虽是调侃，却是全中。

“回皇上的话，奴婢就是来赴宴的。”我把头抬起来，把心中的那几分惧怕隐藏起来，大声地说，“虽是赴宴，却不为享用美食，而是为服侍贵妃娘娘。皇后娘娘因身上有伤，无法前来，心中愧疚，便命奴婢前来，服侍贵妃娘娘宴待宾客，以明皇后娘娘对贵妃娘娘的友爱之意。若是贵妃娘娘抬爱，容奴婢伺候，奴婢定当铭记于心，皇后娘娘也会有感于贵妃娘娘的宽容大度，日后更修姐妹之好，若娘娘心疼奴婢辛苦，不予差遣，奴婢自当回宫，不再多作打扰。一切，全凭贵妃娘娘裁处。”我满口贵妃娘娘，话却是对着皇上在说，不知这样，是不是能脱离困局。

安瑾萱动了动肩膀，欲言又止，小心地看了皇上一眼，无奈地说，“皇后娘娘美意，本宫怎好拒绝，只是你的身份特殊，伺候皇后娘娘才是应当应分，本宫怎有资格让你服侍。这样吧，既然皇上在这里，就由皇上做主吧。”安瑾萱奉承地看着皇上，眼中的期待不知指望的是什么。

“你是皇后的承御，让你服侍贵妃，实在不太合适，”皇上的话让我的心凉了半截，安瑾萱露出得意的笑容，巴不得我赶紧走的样子，此时皇上又说，“然皇后一番心意，实在不好拒绝，你就和李尚义一同服侍朕吧。”

真是柳暗花明又一村。我感激地看着皇上，突然觉得他并不像皇后所说的那样心冷意冷。安瑾萱撇撇嘴，没多说什么，挽着皇上往里走。万淑宁走到我的跟前，饶有意味地一笑，我感觉那一笑是在告诉我，皇上留下我，也在她意料之中。纪双木走到我跟前，脚步略作停留，却没有给我任何的眼神。我正望着她的背影，感觉又有谁在我跟前停住了脚。是李袖音。我们相互看了一眼，许是之前的误会一直没能说清，我从她的眼中还能看到埋怨。众目睽睽下，我们谁都没有说话，默契地并肩往里走。

一路往里，很快到了沁芳园。不知怎么的，我总有种怪怪的感觉，好像有什么很不对劲。宫婢！我猛地察觉，这东华宫中居然没有宫婢，引路的，奉茶的，

摆宴的，全是清一色的小太监。这是怎么回事，难道宫婢不够用吗？咦，好像有股香气，哪里飘来的？我私下寻找香味的来源，却不得头绪。沁芳园虽然一片青绿颜色，但透着春泥味道的花草香气和那种清甜的幽香是不同的，那是一种略带甜腻的香味，如果不是来自于食物，那就是……女人香！我被自己的猜测吓到，但是仔细回想，那的确像是混合着淡淡脂粉味道的体香。等等，小太监，宫婢，体香……难道……一个大胆的想法冒出来，我迅速把目光逐一落在穿梭忙碌的小太监身上，他们都如此清瘦，如此白净，如此步履轻盈，如此举止柔和。我偷偷盯住离我最近的一个小太监，瞄向他的手指，果然纤细白皙，再瞄向他的耳垂，果然有一个细微的小孔。怪不得，那个小太监露出那种眼神，要是个小宫婢，就好理解了。可是，为什么这些宫婢都要打扮成太监呢？

第七章　映秧红染碧心绿

宴席开始，虽然只有皇上和万淑宁两个人来捧场，却是比后宫的娘娘们都来了更让安瑾萱觉得脸上有光。万淑宁不请自来倒还在其次，皇上能大驾光临着实给了安瑾萱足够的面子，更要紧的，如果那些娘娘们知道了皇上也在这里，肯定会后悔得要死，只怕还会责怪皇后受伤得不是时候，这才是让安瑾萱窃喜不已的真正缘由。想到这些，我不禁怀疑这是万淑宁策划的阴谋，也许就是她请来了皇上，既抹了皇后的面子，又抬了贵妃的身价，搞不好，连后宫的众位娘娘都要被她拉拢过去，而赴宴东华宫，只是她取信后宫的第一步。

“皇上，臣妾给您斟酒。”安瑾萱一直缠着皇上，把我和李袖音的活全抢跑了。

哼，以为我真是来伺候你们的吗，我还乐得清闲呢。我看见李袖音在一旁温酒，就走过去，在她耳边悄悄地说，“那件事，不是我告诉皇后娘娘的，你信与

不信，我都是这句话。”李袖音没有搭话，只顾温酒。一个小太监送菜来，李袖音接过，端到皇上的桌上，夹了几片放在碗里，在安瑾萱驱赶的眼神下，很快回来。我看看四周，更小声地说，“你有没有发现，这些小太监都是……”

“你这么爱嚼舌根，说不是你告密的，我也不信呀。”

李袖音的话让我一震，她明显是在暗示我不要多言。看来李袖音知道宫婢扮太监的事，可上次在皇后面前却没有说。那么，是在那之后知道的？数数日子，也才三天，若是后来发现的，来不及报给皇后，也是正常。“你打算什么时候给娘娘消息？”这话我是替皇后问的。

“你还真有胆子问，”李袖音下意识地四周看看，“等有了机会，我会给你们消息的。哦，今日的事，就烦请你禀报娘娘了。”李袖音说完起身离开，我转动着泡在热水里的酒壶，回想李袖音刚才笃定的言行，觉得自己毕竟还是稚嫩得很。

酒席散了，我回到中宫，正遇上各位娘娘从里面出来。这些都是储芳阁里出来的秀女，当初青涩的模样都已经被锦衣华服金钗银环改变了颜色，珠光宝气，并不是在所有人身上都能成为一道点睛之笔。我寻望着庄環的身影，想看看她是个什么模样，却遍寻不见。难道，她没有来？既不来皇后这里，又不给贵妃贺寿，就只有她有胆子这么干。等娘娘们都散了，我径直走到寝殿，皇后靠在躺椅上，摇动的躺椅发出咯吱咯吱的声音，特别刺耳，听到我的脚步后，一下按住摇动的躺椅，顿时一片安静袭来，再看她一脸阴沉，想来是知道万淑宁赴宴的事了。

我把所见所闻所猜所疑全都说了，皇后沉默许久，躺椅又轻轻摇起来，“万淑宁真会做人啊，本宫还真有点怕她了。”皇后闭上眼睛，“就再等等吧，万淑宁这一折腾，是福是祸，如今还不能断定，既然李袖音说了会有消息，咱们就再等上一等，以静制动，方能全身而退。至于宫婢扮太监，这也不是什么新鲜事，奴婢们老在皇上的眼前晃，自然让人不放心了，这种小儿科的伎俩，随她闹去吧。”

“娘娘，这请帖怎么处理？”小顺子在一旁发问，我回头看去，他手上居然还拿着一份大红的请帖。

“这又是谁请的，怎么还没完没了了？”我好奇地问。

“这是仙居殿的孟美人和长淑殿的焦美人联名送来请帖，邀请本宫赴她二人的生辰之宴。”皇后懒洋洋地说。

“据说这两位美人是同年同月同日生，自小结识，早在宫外就结拜了金兰姐妹。照这请帖上的意思，她姐妹二人的生辰不请别人，也不惊动皇上和太后，就只请皇后娘娘一人，先到仙居殿蓬莱园赴宴，再到长淑殿紫菱园赏花。”纸鸢细细补充。

皇后似笑非笑地说，“都说焦不离孟，孟不离焦，这两位美人的缘分倒还有些典故。在这个姐妹不成亲，兄弟不和心的后宫，也难得她们各自有了名分，还能对彼此不偏不倚，请的是本宫一个，赴的却是两家的宴，两位美人心照不宣，却把什么都考虑了，这可是难得的默契，难得的心思啊。”

“娘娘这是要去？”小顺子听出点门道，却有些不爽快地说，“她们可是醉翁之意不在酒啊。”

“醉翁之意在皇上，”皇后毫不避讳地说，“这没什么可隐讳的，宫里的女人，有这份心不稀奇，本宫就喜欢她们有自知之明，知道没有本宫，光靠她们自己，是爬不上枝头当不成凤凰的。要是本宫不拉她们一把，她们只当是本宫没有这个本事，没有这个胸襟呢。”皇后说着突然看向我，“西樵，你对这二人的印象如何，可有什么值得说的？”

我略回忆了一下说，“这两人奴婢都见过，确实挺要好的，孟美人叫孟萝依，体态圆润，鹅蛋脸，五官端正，举止亲善，焦美人叫焦胧月，身材苗条，瓜子脸，长得还算秀气，性格直爽。”

“听起来也是好的，怎么看起来，也只是一般人儿呢？”皇后稍稍遗憾地说。

“纵然上好姿色，放在后宫里，也就是中人之姿而已，”我赶紧顺着皇后说，“若只看背影，倒还有些环肥燕瘦的味道，只是一见正面，就减去了大半的兴致。”

“你都如此，那皇上还不背过气去，”皇后要笑出声来，忍住了，“这样也好，这样，更合本宫的心意。”

三日后，我陪着皇后前往仙居殿，坐在马车里，远远就看见孟焦两位美人站在宫门口迎风等候。孟萝依一身柳叶绿的织锦，绣着莲蓬和杨桃，焦胧月穿着绣

满粉荷的绸缎，金缕线盘缠的袖带在风中摆舞。

“西樵，”皇后放下帘子轻轻地说，“你觉得她们拉拢本宫，是为了得到皇上的宠爱，还是为了得到宫中的安逸？”

我疑惑地歪一歪脑袋，“这不都一样吗？”

皇后把脸转向另一边，“本宫只给名利，不给恩宠。”

皇后的话我琢磨不透，只好缄默不语。到了仙居殿，孟焦两位美人殷勤献礼，拥簇着皇后往芜蘅院去。芜蘅院是仙居殿的正殿，却没有一般正殿的呆板和肃静，倒是多了一番雅致和清新。走过回廊，转眼便是一片青葱翠绿，无怪乎取名蓬莱，倒有些仙境的意韵。落座后，孟萝依手绢一挥，小宫婢小太监们排成两行，从前后门同时端菜进来，颇有秩序，看来是早就练过的。本以为觥筹交错是彼此笼络的大好时机，谁知孟焦二位美人对后宫之事丝毫不提只言片语，只一味说些宫外的趣闻趣事，或是自家的家长里短，我原本警惕的心竟然也渐渐松懈下来。

宴席结束，孟焦二位美人自始至终没有触及到敏感的话题，我搞不清是她们在欲擒故纵，还是真的要浪费一次难得的机会。酒菜撤下，焦美人请皇后前往长淑殿赏花。一个瞬间，我看到了皇后意味深长的微笑，我突然一个激灵，长淑殿，那不是……难道皇后是为了那件事才答应赴宴的吗？

我随着皇后移步长淑殿，到紫菱园的葡藤小筑稍事休息。几个小太监过来奉茶，听着汩汩的茶水声，我闻到一阵沁脾的香味。这是什么好茶，竟然有如此怡情的味道。我好奇地瞅了瞅，却只看见一只纱包浸在茶中。

“皇后娘娘要喝什么顶级的好茶没有？我们姐妹要给更好的，确是没有了，所以自作主张，泡了家常喝的养生茶，把几种中药材加了菊花和枸杞，用雪水洗净的纱布包裹着，再用旧年埋过梅花的积雪泡开，借一点梅花的香气，可还入口？”说话的是焦胧月，她自己也捧着一杯茶，飘起的热气把脸熏得通红。

“再好的茶也是茶农种的，没有宫里人一点的功劳，”皇后用手绢按了按嘴角，“茶不重要，重要的是泡茶的心思，本宫喝的，也是这份心思。”皇后给焦胧月露了一个笑脸，手心拍了拍茶碗盖。焦胧月喜上眉梢，朝侍立在旁的小太监一

招手，很快，三只巴掌大、三寸高的小食盒分别摆到了皇后和二位美人跟前。

特别的香味扑鼻而来，我的心一下子揪紧。就是这个味道，好像碧心绿的味道。我看了皇后一眼，她脸上虽然平静泰然，耳根已微微发红，手指也轻轻弹动。小宫婢刚要去揭开盖子，被皇后一手按住。焦胧月和孟萝依面色一沉，自然不敢先于皇后打开盖子，挥挥手让宫婢退到一旁，困惑而又紧张地看着皇后。皇后指着食盒笑眯眯地说，“光是闻味道，就知道这又是个绝佳的吃食，先说说是个什么名堂，本宫再享用。”

焦胧月舒了口气，笑意重新浮上面庞，“回皇后娘娘，这道点心叫映秧红，是用桂花瓣加上石榴汁蒸出来的爽口点心，清柔可口，留一点甜，餐后润舌清肠是最好的。”

映秧红？听起来和碧心绿倒是一对儿。还有焦胧月说的做法，和碧心绿也有异曲同工之处，莫不是出自一人之手？我将疑惑的目光投向皇后，她则带着默许的眼神轻轻眨眼一下。我拿住盖子，慢慢往上提，正对着皇后的这一侧微微向上斜起。皇后装作无意地瞥了几眼，一线复杂的颜色匆匆掠过，随即向我投来肯定的眼神。我放下心来，将盖子完全打开，毫无戒备地扫了一眼，一下子被拿住了魂。这虽不是碧心绿，但长得竟然是一个模样，粉团玉润，玲珑剔透，如同一对双胞胎，唯一不同的，就是荷叶绿变成了石榴红。

“这个颜色好，正应了二位妹妹的好事，”皇后似乎完全把映秧红当成了与碧心绿无关的东西，只轻轻咬了一口就赞口不绝，“这点心不但名儿好听，心思也巧，最重要的，竟比御膳房里蒸出来的还要好吃。”

孟焦二位美人正吃得欢喜，听见皇后夸赞，赶紧放下点心，擦干净了嘴推诿着说，“臣妾宫里的吃食，不敢比御膳房的，娘娘谬赞了。”看她们这样，显然不知其中的巧妙。

“御膳房的才不好呢，没有一点新意，”皇后托起一只映秧红，笑眼弯眉地说，“本宫在各宫吃过不少的私房膳，有些是听过没见过，有些是见过没尝过，这映秧红，本宫是闻所未闻，见所未见，尝所未尝，”皇后有些羡慕有些嫉妒地说，“二位妹妹是淘到了绝好的方子，还是私藏了绝好的厨子？”

焦胧月和孟萝依相互对看了一眼，犹豫着没有说话。

“这是怎么了？”皇后露出好奇的神色，“东西都让本宫吃了，还有不能说的秘密？”

“不是的，娘娘，”焦胧月尴尬地说，“臣妾这里根本没有什么私房膳，这映秧红就是膳房里一个小厨子做的。”

“一个膳房小厨子竟有这样的手艺？”皇后眼珠子滴溜溜一转，“那还真是让人意外啊。”皇后说着把目光转向别处，“不是说赏花吗，那就走走吧。”皇后让我把剩下的一只映秧红包起来，起身缓缓走过木桥，沿着溪流一路漫步。

孟焦二位美人跟在后面，时不时找些闲话聊一聊，偶尔有几句会提到皇上的喜好和后宫嫔妃之间的玩笑，多少有所暗指。孟萝依说庄環心眼太直，满口都是皇上如何宠爱的话也不知藏拙避忌，焦胧月说安瑾萱到底是宗室教育出来的女孩，最是端庄有礼不苟言笑，这听着有三分夸，全藏着七分骂，皇后听在耳里含笑不语，将手中的饲料撒落湖中，引得鱼儿争相夺食。突然，一条锦鲤向上跃起，从皇后的手臂上一跃而过，重新落入湖中，泛起朵朵水花。

“恭喜娘娘，鲤鱼跃龙门，这是好兆头。”孟焦二位美人齐声道贺，脸上的喜悦之情远胜于惊异之色。

“哈哈哈哈……”皇后畅快地一笑，毫不避忌地说，“西樵，二位美人各赐锦被一条，留着暖床。”

“谢皇后娘娘恩典。”孟焦二位美人两颊绯红，忙不迭跪下朝皇后谢恩。

“先别忙着谢，”皇后的话里透出婉转之音，“本宫把赏赐给你们留下，却还得从你们这儿讨走点什么。”

孟萝依和焦胧月的笑容一时僵在脸上，跪着不敢起来，面面相觑，不知皇后所指为何。

“膳房里做映秧红的小厨子……”皇后的眼珠子溜溜地转着，“无缘无故，本宫也不好偏袒了谁，若是皇上喜欢吃这映秧红，或是这小厨子能讨皇上的喜欢，追问起来处……”皇后话说一半，转过身对着湖面整理起发髻来。

孟萝依和焦胧月顿时恍悟，异口同声地说，“一切全凭皇后娘娘做主。”

皇后对着湖面露出含蓄的微笑，波光泛动的湖面却把这笑容扭曲得厉害。

我在长淑殿门口见到了做映秧红的膳房小厨子。他叫小葛子，是个矮胖的小太监，脚下的步子一快就有点蹒跚。皇后只匆匆打量了他一下，就进了马车，我从马车的窗户看见他跟在銮驾的最后，两只胳膊相互抱在胸前，把自己给围起来，脸上一半是憧憬的喜悦，一半是迷惘的不安，拍打着胳膊肘的手指透着一个厨子该有的灵活。我放下帘子，从怀中掏出剩下的那只映秧红，还是软软的，却不再温热。

"你尝一口。"皇后突然说，眼睛看着我手里的映秧红。

我咬了一口，很绵，很软，却不能入口即化，虽然味道相仿，但口感和碧心绿相差甚远。"这不是她做的?"我直接说出口。

"你说的她指谁?"皇后拨弄着自己的手指。

"苏筱菊。"我看着皇后。

"那上次的碧心绿是谁做的？苏筱菊?"皇后淡淡一笑，明显就是在否认自己所说的，"一会儿你去审那个小葛子，本宫要知道除了苏筱菊，这宫里还有谁能做碧心绿。"皇后的声音很轻，却很坚定。

"奴婢来审?"我有些惶恐。

"好端端的，难道本宫会为了一个吃食去审问一个厨子吗?"皇后把头扭过去，她这是把自己彻底撇清了。

"奴婢知道了。"我答应下来，再没有心思想别的，一个劲琢磨如何才能审出结果，又不露破绽。

回到中宫，我喊上小葛子跟我走。真是凑巧，我撞见了棠颐，在她耳边咬了两句话，然后一边在她愕然的目光中走远，一边用乞求的眼神不舍地回望她。我选了间空置的屋子，把吃剩的映秧红搁在桌子上，小葛子捏紧拳头拘谨地站在桌子边，眼睛死死盯着映秧红，脖子缩起来，有些胆颤地舔着嘴唇。

我隔着桌子站在他的对面，尽量板起脸，很平静很严肃地指着映秧红问他，"这是哪里学来的?"

"没，没从哪儿学。"小葛子的指尖在裤缝上磨蹭。

我冷冷地甩了他一眼说，“我是在帮你，你别害了自己，宫里的厨子那么多，你以为是为的什么把你请来这里，只有说实话，才能救你的命。”我指着他的鼻子说。

小葛子的嘴角明显抽动了一下，手捏住袖子磨蹭着鼻子，没说话。

我看了看紧闭的房门，硬撑着继续说，“别以为不说就能赖得掉，我既问你话，自然是有问的缘故……”我努力憋出几句不冷不热的话，拖延着时间。棠颐，你别在这个时候不管我呀。我心里祈求着，一边使劲想着下一句能说的话。咚咚，敲门声响起，我得救了。棠颐送来了我想要的东西，碧心绿，我有心留起来的碧心绿，虽然已过了几日，但样子还在，但愿能骗得过去。

我把碧心绿放在映秧红的旁边，“你说，是你做的这个好看，还是我做的这个好看？”我先指指映秧红，又指指碧心绿，眼睛始终盯着小葛子，审视着他，亲眼看着他发红发胀的脸颊渗透出几颗汗珠。“别以为把名字换了就能瞒天过海，也别以为把荷叶换成了石榴就能鱼目混珠，更别以为偷学了一招半式就能以假乱真。”我的喉管一直发抖，却把声音抑制得相当平稳，有一点沙沙的，反能在冷淡之上平添一层底气，“孟美人和焦美人不知道，皇后娘娘天天有我伺候着，也能不知道？要不是看你有天分，我不会拦着皇后娘娘治你的罪。”我转过身去，让自己的声音因为看不见说话的面孔而更有分量，“眼前有一个机会，就看你懂不懂得珍惜。”

稍过了一会儿，小葛子终于开口说话，“什么……机会？”

“钦安殿的私膳房正缺人，你天分不错，手艺也好，只是伺候皇上的人，绝不能是个偷儿。”

“偷儿？”

我转身回来，正对上小葛子委屈、急切、而又向往的眼神，于是指着碧心绿说，“我的手艺，我教给你了，是你的，但是偷，就是不行。”

“我没偷……”小葛子急忙辩解，不像是狡辩，倒像是真的受了委屈。

“那是谁偷了？”我顺势紧接着反问他。

“是……”小葛子吐出一个字，急得跺了好几下脚，颠三倒四地说，“我也不

知道是不是偷的，总之，是别人教给我的。”

“是长淑殿的人?”我小心试探。小葛子皱着眉头瞅我一眼，烦躁地点点头。我觉得真相已呼之欲出，便挑开了说，“是宫里的淑女?”小葛子猛地抬头，眼睛里很快一亮一灭，显然是被我说中了。我深深吸一口气，缓缓吐出两个字，“是谁?”

小葛子差不多投鼠忌器，几乎没有犹豫，就说了六个字， “绾月阁，木佳子。”

我一下子呆住，竟然是她，木佳子。我陡然失笑，走到门边，伸手触及门板，心里全是木佳子笑若明菊的模样。无意间，手慢慢用力，门渐渐滑开，发出婉转的吱吱声。门口站着棠颐，她是没有走，还是又回头?在我愕然的目光中，棠颐平静地告诉我，皇后娘娘正在桃源居等我。我问小葛子怎么办，棠颐说，她会看着。

桃源居是皇后娘娘自家的后花园，就跟长淑殿的紫菱园一样，种养四季花草，雀鸟游鱼。也许是今日天好，皇后娘娘在湖边的小亭子里靠着围栏坐着，风从冰凉的湖面吹起，拂动皇后娘娘的衣襟袖带，她却依然微笑着，嘴角浮起的暖意驱散秋日的寂寥，添几分春煦的柔和。

皇后对我的审问未作丝毫的评价，只是沉吟片刻后说，“木佳子，就是玩绵里藏针的那个秀女?”

我的心如同湖中投石一下子难以平静。我虽看不见皇后的表情，但一听她说到绵里藏针，我就知道了，原来皇后始终记得那件事，也始终记得木佳子这个人，可她竟然从不向我问起，也从不旁敲侧击，不动声色地把这份记忆埋在心里这么久。“嗯，就是她。”我轻轻地说。

皇后终于把身体转过来，她手里缠绕着两条细长的树叶，眼皮微微向下，用微醉的口吻说，“你说过，她人缘好，是个好人。”

“大家都这么说。”我低头，好像犯了错误。我没想到皇后竟然记得这句话，我都快忘记了。

“你想个办法把她请来，本宫要见一见。”皇后把纠缠在一起的树叶散落

湖中。

“是，”我稍微犹豫一下说，“小葛子要怎么安排？”

“这个问题以后不要再问了，”皇后的声音突然没有了温度，“宫里再没有小葛子这个人了。”

我一时大惊，想起刚才棠颐的莫名出现，惊觉原来一切早有端倪。“皇后娘娘，奴婢并没有提到跟苏筱菊有关的任何事……”我还想着救他一命。

“如果有一天木佳子不见了，本宫不想有人找来你这里。”皇后极快地打断我的话，“你为了本宫把碧心绿的事揽在自己身上，那么本宫，又怎么可能不管你的好歹呢。”皇后一边说，一边从我身边走过，堂而皇之的理由让我连一句拒绝和推诿的话都说不出来。“你说木佳子是个好人，一个好人，就不该用别人作饵来引诱本宫，”皇后在掠过我几步后站住脚，微微侧转身体，饶有意味地说，“一旦鱼上钩了，还会有饵吗？”

我浑身一震。小葛子是木佳子钓鱼的饵，那么我是什么，鱼儿的牙，将饵咬碎撕裂的牙吗？我跑回那间空屋，小葛子直直地躺在床上，棠颐守在边上，面无表情。我有一点恨她，但我知道她也是被人捉住手，取了人的性命。桌上的碧心绿彻底凉透了，映秧红的血色也尽数退去，谁说食物没有寿命和灵性，此刻，也都随着终结的生命一同葬送了。我知道小葛子的尸体自然有人会处理，临走前，我把碧心绿和映秧红放到小葛子的手里，一边一个。

事隔一日，我带着皇后的赏赐到了长淑殿，除了焦胧月，殿中的三位淑女均有赏赐，这是我给皇后娘娘出的主意。木佳子果然推诿不掉谢恩的礼数，又一次出现在我的视线里，她还是纯净如水的模样，雪白带梅花的裙子，散绣着桂花的坎肩，三层薄纱重叠的袖，还有一枚白玉兰的九曲簪，把素淡如水的木佳子勾勒得如同行云飘舞轻盈无痕。这样清浅明泽的女人，竟然有这样深如沟壑不见底的心计，真是让人从心底产生恐惧。我没有和她说一句话，但我知道她今晚一定会出现，因为我已经把相约的信笺放进了她的赏赐中。

是夜，木佳子如期而至。我打开后门，带她绕过巡夜的守卫，到达谨书殿。谨书殿是皇后的书房，除了太后，再没一个后宫的主子进去过，在中宫伺候的

人，除了我、纸鸢和小顺子，其余的太监宫婢一律不得靠近，连打扫都是我们三个轮流在做，木佳子第一次来中宫，就能进入谨书殿，实在让人费解。我一路走来，听到她的脚步声丝毫不乱，便知道过去是真真小看了她。

开启谨书殿的大门，我又闻到那股独特的香味，如同置身于书墨山水之间。层层叠叠的书柜摆放得如同层层错致的山峦，四壁上垂挂的书画犹如涓涓山涧溪水铺陈直下，或是原木本色，或是墨彩颜色，木香沁脾，墨香绕梁，远比那檀香、熏香更古朴纯然，甚至比花香、泥香更静心养性。

木佳子装束未改，只因漏夜前来，加了件青纱的披风，裙色单一，添了枚弥勒佛的小玉坠。“奴婢参见皇后娘娘，不知皇后娘娘深夜传召，有何吩咐?”木佳子声音不大，却一开口就抓住了我的耳朵。奴婢，这不该是她的称呼。

果然，皇后提起的笔停在半空，笔尖似有墨滴凝聚，皇后及时落笔，在纸上画出一片柳叶，“你是淑女的身份，该自称臣妾才是。”

木佳子吹气若兰地说，“获封淑女只是奴婢赖以进宫的倚仗，而非奴婢进宫的本愿。”

“那你的本愿是什么?”皇后用笔尖勾勒一条细枝，穿过柳叶根部略显粗大的墨点，将瑕疵完美地遮掩。

木佳子始终微微颔首说，“奴婢想找一个人。”

“这个人不会是本宫吧?”皇后把笔搁在洗砚上，须子浸入清水，漾开一片青黑的颜色。

“不是。”木佳子果断否决。

皇后换了支笔，沾了胭脂色，手腕点抖几下，梅花瓣跃然纸上，“那你的食盒不是送错地方了吗?”

“没有错，”木佳子倏然提裙跪下，膝盖顶地，“奴婢所寻之人虽不是皇后娘娘，但要找此人，需得皇后娘娘相帮。”

“你找本宫并不难，可你凭什么认为本宫会帮你?”皇后手中的动作并不见停。

木佳子的手把上腰带，摸到那根系着弥勒佛玉坠的须子，捻着须子一直往

下，直到触及那一方墨绿的玉坠。“娘娘还记得这个吗?”木佳子用指尖向前托起玉坠，将弥勒佛的足底朝向皇后。虽然很模糊，但我看见那上面有字迹存在。

皇后只抬眼一看，就被拿住了魂，梅红的笔尖脱离开纸面，啪嗒，落下一滴红。“这是从哪家当铺里赎来的?”皇后似乎认得此物，相问之下，已匆匆宛转笔锋，抹出一片飘落的梅瓣，但已是难掩错落之笔。

“娘一直没舍得当……”木佳子毫无防备地说出娘这个字，我明显感觉自己的手指缩动了一下，似乎被带毒的尾刺扎到，不觉疼痛却有一股麻痒钻入指尖。我不禁将目光从弥勒佛转向木佳子的脸庞，她已经慢慢将头抬起，光洁的额头下，一双明亮的眼睛犹如清泉之底的鹅卵石，一汪清澈淹不灭深藏的坚韧，“……她也不敢当。”

皇后搁下笔，掀起宣纸左侧的飞瓣覆盖上宣纸右侧的斜竹，走到木佳子身边，托起小玉坠，把弥勒佛的足底朝向自己，并不拿近，轻轻捻动，轻轻吐字，“帝赐笑佛。”皇后酸涩一笑，放开手，玉坠落回裙摆褶皱之间，“苏筱菊这么个聪明人，怎么当初就犯了那样的傻呢?”皇后流露惋惜之色，悠然转身，拂风摆柳间忽又止步而问，“你现在的身份是翰林院学士木方舟的女儿，难道当年的那个男人就是……”

“不是的，”木佳子回答得干脆，“奴婢不是木方舟的亲生女儿，奴婢是冒充的。”

“哈哈!”皇后大笑两声，也极为干脆，“有胆识!”皇后边说，边亲自拉木佳子起身，“但是，秀女身份都要经过重重核查，你如何能冒名顶替而不露破绽?”

木佳子微微一笑说，“奴婢只是乘虚而入而已。木佳子乃木方舟外室所生，因不容于婆母，孩子落生后，母女二人一直被安置在京城以外，亲朋好友同朝官卿，虽有知情之人，却无从得见木佳子真面目。后来适逢宫中选秀，木家为求名利，才想起还有个符合秀女身份的木佳子流落在外，这才令人接回府中。可万万想不到，木佳子突发急症不治而亡，秀女名额空置，让木家惋惜不已。”

“哦……”皇后故作恍悟之态，嘴角含笑地说，“所以你就扮演了救木家于危难的好人角色，顶替木佳子进住后宫。可天下女子何其千万，木方舟如何选中

了你?”

“并非选中，而是机缘天定。”木佳子的微笑缓缓渗透出一丝命中注定的淡然和自信，“当年，木方舟不敢违逆家规，将木佳子母女安置在外，每月借公务之名出京一次，送来足够的银两，还雇了一个奶妈，照顾她们母女…… 真真假假间，奴婢便有了可趁之机。”

“这个奶妈，就是苏筱菊?”皇后示意木佳子坐下说，让小顺子上茶。

木佳子酸涩地一笑，“后面的故事，娘娘都猜到了。奴婢与木佳子同吃同住整整十五年，除去血缘之别，何来贵贱高低之分？她的秉性教养，奴婢都了如指掌，她的举手投足，奴婢都仿学若然，木方舟不选奴婢，又要选谁?”

皇后看向木佳子的眼睛，“木方舟对你有收留之义，故而相信你有报恩之心，木佳子与你有主仆之谊，故而相信你有姐妹之情，选择你，是因为他还期望你能为木家带来荣宠恩泽。”

“不会有什么荣宠恩泽了，奴婢本就不是为了这个入宫的，”木佳子眼中的坚韧逐渐柔和起来，“奴婢不是什么好心人，别说木方舟选了奴婢，纵然木佳子在世，奴婢也会想办法进宫。这一点，是奴婢瞒过了木大人，也利用了木大人。”

皇后拧起眉头，眼中似有怀疑，“苏筱菊是拼了命地要走，你是费尽心思要回来，究竟这宫里有什么值得你像飞蛾扑火一样……”说到这里，皇后没了声音，眼睛盯着木佳子渐渐握拢的拳头，期待的目光变得异常诡异。我知道，每当皇后要在别人身上挖掘秘密的时候，就会露出这样的眼神。

“娘的眼睛瞎了，”木佳子的声音一下子全变了，颤抖里透着悲悯和哭噎，“左眼，在乱石坡躲避官兵搜捕的时候，摔倒磕在岩石上，积了淤血，瞎了。”

“怎么可能?”皇后疑惑地说，“据本宫所知，宫里并没有派官兵追捕过苏筱菊，此事最终是不了了之的。”

“可是娘并不知道!”木佳子激动起来，“她当时如同惊弓之鸟，可能是遇上了搜捕犯人的官兵，吓得躲进乱石坡，结果从此就失去了一半的光明。”

“苏筱菊犯的是宫规，她自己很清楚。”皇后说到规矩，一点同情都没有留下。

“可这原本是可以避免的，她是被人出卖的!”木佳子眼睛里喷出的怒火将刚才的温柔平淡烧成灰烬，她用手绢把眼泪抹掉，把哽塞在喉的眼泪吞下去，一个字一个字地说，“在娘发现自己有孕以后，已经打定主意，要向当时的皇后，也就是如今的太后坦承一切，求得出宫，她根本没有想到，自己最信任的姐妹会落井下石，在她准备向太后坦承的前一晚将事情张扬出去，沸沸扬扬之下，太后纵然想救也是有心无力。都说宫规无情，能无情得过有心之人吗?”

皇后不露声色地说，“你就这么肯定，太后会站在苏筱菊这边？身为当时执掌宫规的皇后娘娘，很多事情，都是情非得已，坦诚布公的结果，很可能是一尸两命。”

“那奴婢也认了，”木佳子面若寒霜地说，“死于宫规，奴婢无话可说，无人可怨，但事实与猜测怎能相提并论，没有发生的事，奴婢不作猜测也不妄断是非，但已经发生的事，奴婢不能不追究。也许太后会护娘周全，也许太后会痛下杀手，但是因为有了这个人，有了这个将娘的信任当成跳板的人，留给娘的所剩无几的逃生机会彻底变成了无可挽回的悲剧，那么，太后娘娘的无奈的错，也让她一起背了吧。”木佳子说到这里，起身朝皇后跪下，“皇后娘娘，奴婢回来不为别的，只想找到这个人，然后，请皇后娘娘代为处置。”

“为何要本宫代为处置，你若真有鱼死网破的决心，大可自己动手。”

“以奴婢一人之力，恐怕不能动她分毫，只能寄望于更高的权力，比如，娘娘，”木佳子抬起头，乞求地，坚定地看着皇后，“任何罪名，任何足以让她付出代价的罪名，奴婢都愿意去成全，哪怕牺牲自己的性命，也在所不惜。”

第八章　桃花含恨人面非

木佳子赌咒发誓一样的话让我害怕，同归于尽，这是她已经做好的最坏的打

算，这是她为自己铺埋的一条通往地狱的不归路，这是她留给皇后的杀人的暗示。为了惩罚别人而捏造罪名，甚至用自己的性命去捏造罪名，就算报了仇，苏筱菊真的会笑吗？忠有愚忠，孝有愚孝，但我最怕的，就是木佳子对自己的这份狠心，连愚孝，都不是。

“你想一命换一命？”皇后的面色凝重起来，沉吟半刻后，示意木佳子起身回话，“你还没有告诉本宫，这个只有更高的权力才能动得了的人是谁。”

木佳子咬咬牙说，“李袖音。”

我心中一震，皇后则是眸中一亮，“是你娘亲口说的？”

木佳子摇摇头，“不是。”

“那你如何知道是李袖音？她可是先帝最信任的宫婢，本宫见到她也要给三分脸面，你能确定是她吗？”

木佳子点点头，“奴婢整理娘的物件时，看到一块玉牌，一面刻着菊字，一面刻着音字，这便是金兰情谊的见证，再者，娘说过，此人是将信任当作跳板，奴婢想，一定是能够取其位而代之的人，两相一对，所谓最信任的姐妹非她莫属。”

皇后明显皱了下眉头，站起身来回踱步，认真回忆着，突然双目放亮，惊异之色浮上脸庞，又渐渐褪去，归于平静。

“可现在的最高尚宫是方清啊。”纸鸢不解地说。

“不，”皇后缓缓地说，“你们不知道，苏筱菊不但是本朝最年轻的尚宫局最高尚宫，还是本朝第一位卿封的御前尚义，也就是李袖音的前任。”

“什么？”我们三个几乎是喊出来的。

皇后看了一眼木佳子，重新坐下，话锋一转说，“既然你已经下定了决心，又不打算向本宫隐瞒你的真实目的，为何不直接来找本宫，还要故弄玄虚多起波折？”

木佳子无奈地笑笑，“事隔十五年，娘娘说不定早已将旧事忘却，若缘分不再，奴婢如何能求得娘娘相帮，若不能相帮，奴婢又何必多生事端？”

“所以你用碧心绿试探本宫，你想让本宫去找你。”皇后晃荡着茶碗盖，撞在

茶碗上发出当当的声响。

“娘娘找奴婢，比奴婢找娘娘，更能促成这件事。”木佳子毫无隐瞒地说，“当奴婢无意得知皇后娘娘要来长淑殿的时候，就知道机会来了，就当是再试一次也好，奴婢把映秧红的做法教给了小葛子，虽然只有三分像，但有心的人，一定吃得出来。”

“其实以你的聪慧，没有本宫，也一定能将她扳倒，如果能够通过皇上……”皇后把茶碗盖竖起来，吸附在上面的茶水一滴一滴跌落茶碗中。

“奴婢不会那样做的，”木佳子坚决地说，“当年没有皇后，便不会有奴婢，奴婢，绝不与恩人为敌。”

“绵里藏针，也是因为这个？”皇后复又露出隐隐的笑意。

木佳子微微一愣，说，“娘娘真是绝顶聪明，此事确系奴婢所为。奴婢有求于娘娘，无论如何，都该先表诚意。”

皇后点头赞许，“皇宫之中，诚意二字尤其珍贵，况出卖兄弟姐妹之人，本就为本宫不齿，更不容于后宫，宫中若真有此等行径，本宫绝不会袖手旁观。”皇后虽顾左右而言他，但言下之意，已昭然若揭。

木佳子闻言毫不犹豫地说，“当真如此，奴婢但凡能苟活于世，愿听娘娘差遣，赴汤蹈火，绝不推辞。”

皇后的嘴角露出微曲的纹路，那是她忍笑浅止故作矜持的标志。转瞬间，笑隐唇边，疑上眉间，是那样真实，“苏筱菊也同意你这样做吗？你要如何说服她？”

“说服……”木佳子的双眼已蒙上霜重的哀愁，“没有这个必要了，她已经……过世了。”木佳子落下泪来，我看不清她眼里的勇敢坚定是否还在，只有那一份饱含悲怜的孤独感，在梨花雨般的泪中被过滤得更加纯粹。

皇后用手绢缠绕着手指顶住鼻子，不知是在遮掩嘴角的泣容，还是在压抑鼻腔的哀响，“终究是红颜命薄，天妒良人。”皇后猛一吸气，放下手绢说，“本宫都明白了，你先回去，就当今晚没有来过，也别再找本宫，需要之时，本宫会去找你。”

“奴婢知道了。”木佳子识趣地行礼告退，没有丝毫拖沓的形迹，没有一点纠缠的意思。皇后闭上眼睛，微微仰起头，深深呼吸着，我赶紧上去扶住她，她侧目轻轻看我一眼，提起的架子又松了一些。我知道，每次她疲倦的时候，就会这样放松自己。小顺子把躺椅搬过来，和我一起扶皇后坐下，缓缓放倒身体，完全贴靠在微微倾斜的椅背上，纸鸢拿来轻薄暖和的褥子，盖在皇后身上，没有一点惊动。

我把褥子掖好，抬头时，竟发现皇后已睁开眼睛，怔怔地望着顶壁，“李袖音从本宫这里离开有多少日子了？”

小顺子掰着手指头算了算，“回娘娘，有十日了。”

“是吗？”皇后突然勾起嘴角，她是真的在笑。我心里突然开始发毛，皇后的笑甚少有坦荡的，纵然是开心的笑，那种开心，也让人不寒而栗。而且，而且，在这个时候突然问起李袖音，我总觉得不是那么单纯。

李袖音的第一支告密信笺是被塞在一只琉璃盏中送到皇后手里的，这离她接受皇后的委托已有半月之久。这琉璃盏是月支部落的朝贡之物，盏中盛有琥珀色的蜡油，一看便知是作烛台之用。皇后虽不得宠爱，碍其国母身份，获赐的贡品数不胜数，因而这琉璃盏刚拿到手里的时候，也并不稀罕，差点就让小顺子收到库房里去。只因我一时好奇，说了一句，“这大老远进贡的烛台，怎么还捎带着蜡油，也不怕风干了吗？”

皇后闻言一把拽住刚要迈开脚的小顺子，把琉璃盏捧在手心好好细看了一番，吩咐小顺子点着了。火苗冒出来，只燃烧了一丁点工夫，就飘起了干涩的黑烟。小顺子上去瞅了瞅说，“娘娘，这蜡油只很浅地包裹了一层，里面全是干蜡，烧不下去了。”

皇后倏然一笑，两只手指环扣住琉璃盏送到眼前转动着细看，“到底是有动静了，竟然想到用月支的贡品传递消息，也只有李袖音能干得出来，”皇后把琉璃盏递回给小顺子，“把干蜡掰开，看看里面是什么？”

“是。”小顺子小心翼翼地把干蜡捞出来，轻轻掰开，里面竟然是弹珠大的纸团。小顺子把纸团展开，竟然空空无一字。“娘娘，这……”小顺子面露难色。

皇后凝神思忖片刻，让小顺子取来一支燃烧的蜡烛，然后将信笺铺开，在烛火上方来回缓缓移动，让烛烟熏过信笺的每一寸。渐渐地，字显了出来。“隐字之法，无非是水中浸，火上熏，到底是宫里的老资格了，干得漂亮。”皇后赞赏着，不经意地轻轻抖一抖信笺，竟然落下一层灰色的粉末。似乎没有人注意到这些粉末，我还没来得及说话，皇后就把信笺朝小顺子一扬，“念。”

我就站在小顺子边上，信笺几乎扑上我的左脸，无意间，我乍然看见一个不该出现的名字，纪双木。她怎么也被李袖音盯上了？我顿时心乱如麻，眼睁睁地看着小顺子接过信笺，假意咳嗽两声，学着李袖音的嗓音念起来，“十月初一至十月十五，皇上御幸各宫嫔妃共十五次……”

“那就是一天都没落下了，”皇后打断小顺子的话，露出酸涩而又鄙夷的目光，“除了东华宫、锦颐宫、南和宫，还有别处吗？”

“呃……敬事房在录的，就没有了。”小顺子有些难以启齿地说，“至于各宫得皇上御幸的次数……”

“敬事房有录在案的就不用废话了，”皇后凌厉的目光看向小顺子，“说些本宫想听的。”

“是，”小顺子咽了下口水，老老实实唯唯诺诺地念起来，“录不在案者，锦玉殿李美人，园中偶遇，得圣宠一次，重华殿江美人，湖心操琴，得圣宠一次，良恭殿谭美人，得见永宁宫，得圣宠一次……”

“这个李美人、江美人、谭美人都是哪里冒出来的，宫里园大湖多，哪能这么容易就碰上了，挺会花心思啊，都把太后给用上了，”皇后一拍桌子，狠狠地说，“这三个人都要查，看看是她们自己在唱戏，还是别的什么人下的钩子。”

“是，奴才回头就去查，”小顺子看看信笺，“后面还有几位，是不是也一并查了？”

“还有？”皇后一把抢过信笺，自己念起来，“图云殿王美人，瑾安殿赵美人，侯驾钦安殿，举宴茯苓园，暂无恩宠。哼！不能脱颖而出，便结攻守之盟，好手段啊。”

“还不是有样学样。”小顺子低声嘟囔着。

皇后狠狠瞪了小顺子一眼，脸阴沉起来，忍着气往下看，却越看脸色越苍白，目不转睛地盯着某一处看了好久，突然放声大笑起来。我惊诧迷惘地看着皇后笑得前俯后仰的模样，心中的不安迅速扩大。果然，皇后笑累了，啪啪用手指弹了弹信笺，发出清晰的脆响，“另有安国郡主……”皇后故意不念了，诡笑着把信笺递给我，“还是西樵来念吧。”

我木然地接过信笺，找到皇后念了一半的那句话，等看清楚内容后，两片嘴唇如同粘了浆糊，分开一点都觉得吃力，“另有安国郡主……之婢女纪双木……奉命替主告假，愿代行对弈之约，皇上恩准，并赐画一幅，未言及他事。”我的声音如同蚊子哼哼一般，艰难地念完这不多的字数。

皇后转过脸来，不管别人，独独瞅着我，轻谩地一笑，“看来，你的好姐妹，也不简单啊。告假就告假吧，还代行对弈之约，究竟是万淑宁宽容大度作贤良，还是纪双木巧取名目李代桃呢?”我被问得无言以对，无论是纪双木的自作主张，还是万淑宁的刻意安排，都让我从心底感觉到纪双木的深不可测。“不过本宫更在意的是，”皇后又露出那种怀疑的想要穿透人心的目光，“除了安瑾萱生辰那一日，难道这足足半个月，皇上和万淑宁都再没见过一面?究竟是李袖音没有发现，还是万淑宁故意躲开了?”

“躲开了?”小顺子用手捏捏下巴，又搔搔头说，“难道是……李袖音暴露了?”

皇后缓缓摇头，“只怕李袖音也不是什么都知道，谁，都有一个人的时候，”皇后一挥袖子干脆利落地说，“你找个机会告诉李袖音，除后宫往来外，凡是她未侍左右之时，身在何地，时有多长，期间何人随侍，均报于本宫。还有，事无大小，三日一报，埋于钦安殿外西侧第一棵柳树下。望查，亦安身为重。”

纸鸢顾虑地说，“要不要让她尤其留意万淑宁和纪双木?”

“不用了，本宫不想让她知道太多……”皇后突然不说下去，一时间，她的眼睛睁大了，目不转睛地盯着桌上的某一处，露出愕然的神色。“这是什么?”皇后喃喃自语。

我们凑过去，只见桌面上蜡烛旁有一层散落的薄薄的暗灰色粉末。我这才想

起刚才信笺里落下的粉末。

“这是哪儿来的?”小顺子好奇地问，“之前看琉璃盏的时候还没有呢。”

“是从信笺里抖落下来的。”我轻声说。

“信笺呢?”皇后突然找起信笺来，我把信笺递过去，皇后把信笺平铺在桌上，用手指沿着细碎杂乱的折痕重重地抹了一笔，然后仔细观察指肚，果然沾上了很浅的一些粉末。刹那间，皇后脸上闪过一丝惊愕，“竟然是熏墨。”

“什么是熏墨?”纸鸢问。

“熏墨是西域特有的墨种，生就暗灰色的粉末，遇水溶化成墨，用熏墨书写的文字，字迹干透后就会隐于无色，熏烤之后方能重显。虽然本国的能人异士研制出不少有同样功能的药粉，但后天所得与天然长成还是颇有不同，其难得之处在于，熏烤之后，熏墨能重新还原成最初的粉状，再次使用。”皇后说着把手上的粉末拍落在桌面，“小顺子，把它们收起来，日后留用。”皇后起身走到窗边，月光浅浅地在她身上洒下一片银白，流淌出不尽的寂寞和无边的悲凉，只有寒霜般的目光，凝结出梅花不可掩埋的香魂。

“这个李袖音会不会还有别的问题?”纸鸢猜疑的性子又上来了，“熏墨来自西域，岂是她能拿到手的，纵然是过手的贡品，她竟能十分知道其物性用途，这里面，只怕还有我们不知道的，当真深不可测。”

听到这话，皇后的目光有些变了，“深不怕，就怕看不透澈，见不着底。就这西域熏墨一桩疑案，就足以留下隐患，”皇后的喃喃而语漫溢着对李袖音的怀疑，我感觉那份怀疑已经不仅仅是对于她的忠诚，更是对于她不为人知的一面，“把柄能治她一时，却不能制她一世……看来，不能再等了。”皇后眉头一蹙，忽然想起什么，“纸鸢，今天尚宫局是不是报来一批到年纪出宫的婢女名册?”

“是的，娘娘。”

“去拿来。”皇后提起劲头，像是要有所动作。纸鸢拿来名册，皇后仔细翻看，“真是天意，钦安殿的辅殿昭儿正满二十五岁要出宫，补缺的人定了吗?”

“这是补缺的候选名册。”纸鸢早已预备。

皇后翻开名册，对照查找，手指在罗列的名字上来回徘徊，最终落在朝阳殿

昙瑾和菊花台尔容两个人的名字之间，闭上眼睛深深思量，最后点中了尔容。这一刻，皇后浑浊暗淡如雪消融的目光逐渐清晰透亮坚若磐石，“纸鸢，太后的赏菊会是哪一天?”

“回娘娘，是十月二十五。”

“就差十天了，十天，应该够了，”皇后沉吟着，解下腰牌，朝桌子那边喊了一句，“小顺子过来!”

“哎。”小顺子踉跄着跑过来，站在我边上等着皇后吩咐。皇后伸直手臂，拎起的腰牌正好悬吊在小顺子眼前。小顺子面色猛地一变，双手接过腰牌，嬉笑的脸一下子收敛起来。皇后轻轻勾一勾手指，小顺子快步上前，俯下腰，听皇后在耳畔轻声嘱咐，不禁睁大眼睛，“易……”小顺子刚说出一个字就闭紧嘴巴，一边频频点头，一边发出唔唔的附和声。他的胳膊不自然地弯曲着，拎着腰牌的手维持最初的姿势，玉腰牌悬吊在空中打转，灯火照射下，发出荧荧亮光。

“此事要办得妥贴，不可走漏了一点风声。”这是小顺子离开前皇后留给他的警告。

太后的赏菊会又选在了明湖的菊花台，那个我偷听皇后秘密的地方，那个我遗失贴身信物的地方，真是不好的回忆。也许是心里总有这两个疙瘩，我总期望着赏菊会早些结束，尤其那天皇后特意询问赏菊会的日期，还说什么十天就够了，让我感觉今天肯定会有什么不寻常的事发生。午宴的时候，安瑾萱和庄環暗里较劲，皇后则默不作声，有几分坐山观虎斗的意思。木佳子也来了，坐在最角落的一桌，似乎丝毫没有引起别人的注意。宴席散后，众人各自散开赏花，只留皇后陪在太后身边。乘船离开的时候，我见各主子都摘了好看的新鲜菊花戴在头上，真是应了粉黛三千这句话。我随意扫了一眼，没见到木佳子，也没看到庄環和安瑾萱，可能是早一步离开了吧。

回到中宫，皇后径直去了寝殿，小顺子已然等在那里。皇后命令所有旁人退下，把门关上，我的心砰的一响，感觉事儿要来了。

“娘娘到了，走出来吧。”小顺子朝幔帐后面喊了一声，细碎的脚步声随之传来，一个打扮稳重的宫婢从屏风后面走出来，顶着一张与木佳子如出一辙的脸。

我愕然地望着她，费了很大劲才把要喊出来的木佳子三个字咽下去。

“你想清楚了?”皇后从窗前走向木佳子，身体从明媚的光影中移出，一点点陷入阴影。

“是。”这是木佳子的声音，真的是她。

皇后把手一摊，小顺子戳戳我的鼻子示意我不要乱说乱动，然后从怀里掏出一个软乎乎的东西交给皇后。皇后把那东西摊开，竖着拎起来，竟然是一张人皮面具。“想清楚了，就戴上吧。”木佳子的嘴角抽动一下，闭上眼睛，像是等候凌迟的羔羊。皇后把手朝纸鸢一伸，纸鸢立刻接过面具，朝木佳子的脸上捂去。

皇后转过身，望向窗外，我也不忍再看，把头低下，直到纸鸢说一声好了，我才抬起头，此刻在我眼前出现的已经是另一张面孔，一张似曾相识的面孔。

“这是……尔容……”我难以置信地说。

“对，是尔容，宫婢调动，正是以新换旧的绝佳机会。”皇后走过去，摸上木佳子的脸，木佳子闭上眼睛，有很浅的泪从紧闭的双眼中湿润出来，皇后抚摸她的额头，鼻子，脸颊，嘴唇，脖颈，最后到耳朵，木佳子突然缩动一下。皇后微微一笑说，“触觉不是问题，那么唯一的缺憾就是这把嗓音略有不同，为了大家的安全……”皇后后退三步，又把手一摊，小顺子送上来一碗黑乎乎的东西，飘着一股药味。

“这是……”我慌张起来。

“别怕，只是一副传说中可以维持年轻貌美的偏方，对嗓子有点伤害，”皇后瞟了木佳子一眼，把药碗递过去，我在木佳子的眼中看到挣扎，又在她的脸上看到平静，虚假的面具把一切真实的表情都掩盖得恰到好处。

木佳子慢慢抬起双手，上升一些，略停一瞬，就在她的手要触及药碗前的那一瞬，皇后突然抽手，把药碗往后拿开。木佳子的手接了个空，愕然地看着皇后，双手停在半空，一时不知所措。

“面具可以摘掉，汤药却不能落回碗中，如果你能伪装到最后，这药你可以不喝，你还是再考虑考虑吧。”皇后虽这样说，却没有放下药碗，依旧高高地端着，在木佳子触手可及的地方。

木佳子迟疑了很短的一瞬，一把捧过药碗，仰起脖子把汤药喝了下去。她把药碗重重按在纸鸢手里，狠狠地抹了抹嘴，抹掉药渣的残迹，却抹不掉伪装的面具。

皇后转身走回窗边，静静地站了很久，我不知道她在等什么，一时没有人说话，殿里静得可怕。阳光有些不那么暖了，微微倾斜着，窗户上的阴影逐渐扩大，当皇后完全落入黄昏的阴影后，突然说了一句，“在皇上身边，要小心，另外，别忘了在尔容的房间里留下这药渣。”

“奴婢知道了。”听到这句话，我差不多要晕过去了。我明明看见木佳子的嘴巴在动，可听到的，却是另一把沙哑不堪的嗓音。

皇后摆摆手说，“你去吧。”话毕，小顺子领着木佳子出去了。我有些沉默，心里一阵阵刺痛，不是滋味。皇后许是注意到我的心绪不对劲，走过来拍着我的肩膀说，“西樵好像不太高兴，是觉得本宫的计策不好吗？”

“娘娘要木佳子做尔容，那尔容呢？”我把临时想到的顾虑说出来，我不想暴露自己对这个计谋的反感。

“当然是做木佳子了，只不过，不是活的。”皇后不紧不慢地说，似乎宫里的人就如同海边的沙，每天踩在脚下，时刻随波逐流，何须管它多少，谁人管它存亡。

我深吸一口气，“那木佳子的声音，还能恢复吗？”

“恢复声音？你是巴不得事情露出破绽吗？”纸鸢的不满似乎比我还要强烈，嘟着嘴巴冲我嚷嚷。

我无暇理会纸鸢的不满，只替木佳子感到悲凉。我和纸鸢不同，在她眼里皇后什么都是对的，别人的服从是理所应当心甘情愿，别人的拒绝是忤逆犯上不知好歹，她的是非观，早已打上了皇后的烙印，再无第二个归属。

皇后拍拍我的肩膀，转身走到花架边，挑了几朵开得最艳的菊花，捋了捋细长卷曲的花瓣说，“西樵你要知道，要在李袖音的眼皮底下监视皇上，和要在皇上的身边监视李袖音，两件事都不容易，不做这样的牺牲，只怕会冒更大的危险。”皇后总是有道理的。

我苦笑着，大着胆子说，“可毕竟娘娘此刻能给她的也只是一句空话。”

皇后霍地转过身，衣袖扇起的风吹得我脖颈发凉。“你凭什么说这是一句空话?”皇后似乎在挑衅我，她反手使劲一拧，摘下一朵硕大的白菊，贴上我的脸颊拱动着，轻声细语吹气如兰地说，“你是不是忘了李袖音和苏筱菊的关系了?为什么你只看到本宫从木佳子身上得到的，却看不到木佳子从本宫这里得到的?”

白菊的香味钻进我的鼻子，皇后的话提醒了我。没错，李袖音对于木佳子不是不相干的人，纵然没有皇后授意，她也会自己想办法接近李袖音，就像她一步一步接近皇后那样。

皇后把白菊从我脸上拿开，顶住自己的鼻尖轻轻嗅了嗅香味，享受地勾起一丝浅笑，“本宫是答应替她做主，也确实有李袖音的把柄，但本宫如何能公开去查一桩不该与本宫有牵连的旧案，如何能明着和李袖音作对，这也不是一个口口声声说要报恩的人该有的妄念。”

我脸上的苦笑变成心里的冷笑，皇后，她又站住了道理。

“尽管如此，本宫还是给了她别人给不了的机会，”皇后摇曳着枝蔓，白菊一下一下颠颤着，像是苏筱菊颠簸不定的命运，“潜伏在出卖苏筱菊的人身边，亲自查证可将她治罪的错处，这些在你眼里，是一条看不见尽头的路，但对木佳子来说，这是个千载难逢的机会，任何付出都是值得的，尽管，只有一半的胜算。”皇后把白菊往我胸前一塞，擦身而过，我本能地抓住白菊，手指被枝叶上的锯齿扎痛。

有人狠狠地拽了我一把，我抬头一看，是纸鸢。“你搞清楚了，娘娘是在成全木佳子，是帮，不是利用，更不是伤害。”纸鸢指着我的鼻子，狠狠地数落我，皇后在的时候她不敢这样，但我知道她的心里一直想找机会教训我，她自始至终都不相信我对皇后是忠诚的。

偏殿里就剩下我一个，手指尖的痛蔓延到心里，流出来的血也是凉的。皇后娘娘，你为什么总是这样，利用别人的感情，收买别人的忠诚，这就是你掌握后宫人心的唯一途径吗？无关名利的合作，看似天衣无缝，恩情捆绑的关系，看似牢不可破，但是，虚情假意一旦被揭穿，就只能是疯狂的报复和无情的背叛。木

佳子，她岂是能任人欺骗一世的蠢人，早晚，不是皇后将她送进坟墓，就是她将皇后逼至死角。那么我呢，皇后对我的宽容，偏爱，信任，也都是虚情假意吗?我越来越怀疑，也越来越害怕。

第九章　一己求私惹杀意

送走木佳子的当夜，小顺子拿了木佳子换下的衣裳出去，第二天一早，宫里就传出木佳子在明湖溺水身亡的消息。被湖水泡了快一天一夜的尸体伏倒在岸边，头发凌乱，低垂的绾发已经松散了大半，盘在头顶的髻挂满了水藻，斜插的蝴蝶钗被浸湿的头发缠绕着，脸部微胀，脸颊和额头有被礁石磨破的痕迹，谈不上面目全非，也已经是惨不忍睹，只有那一身淡粉的裙装，和绣着桂花的纱衣，还是原来的样子。鹅绒的斗篷被人找到，团起来的斗篷如同落水的鸭子，羽毛粘附在一起，失去了原有的光泽。长淑殿的焦美人前来认尸，她对着肿胀的脸孔露出厌恶的神情，还用手绢掩住口鼻，随时要逃开的样子。

我冷眼看她，实在不喜欢她故作娇柔的模样，催促着问，“怎么样，是淑女木佳子吗?”

“是她，是她，”焦胧月指着木佳子说，“昨天，她就是穿着这套衣服游园的，林承御你看，她那件纱衣上的桂花还是她亲手绣的，宫里再没有第二件了，还有那支蝴蝶钗，不就是皇后娘娘前几日赏赐的嘛。”焦胧月露出嫉妒又解恨的表情，我突然感到这个女人内心的阴暗，但是，我很满意她的回答。

确认溺毙者是木佳子后，皇后当即下旨，厚葬木佳子，抚恤木家。我听着她给司礼监下令，心里一阵阵地发麻。在我以为木佳子的失踪刚刚开始的时候，一切竟然如此迅速地终结了。短短一天一夜，易容、调包、谋杀、验身，这些骇人听闻的事都悄无声息地就完成了。我想哪天如果我也需要消失了，也会这样悄无

声息吧。

午膳的时候，司礼监的曹预来给皇后复命，说一切都已照皇后娘娘的意思办妥了，只是木方舟执意要进宫谢恩，面见皇后，曹预不敢做主，特来请皇后示下。皇后把火签子从暖炉中抽出来，轻吹了吹亮红的火星子，慢悠悠地说，“木方舟是不是已经在宫门口了呀？”

曹预紧张地看了皇后一眼说，“娘娘圣明，奴才已经让他耐心等候，有了娘娘的传召再进宫，可他不依不饶的，硬是要来，德胜门的守卫不让他进来，他就赖在那儿了。”

皇后冷笑一声，“堂堂翰林院学士，竟然学得跟泼皮无赖一样。曹预，这件事你别管了，本宫自会处理，你回吧。”

“是。”曹预乐得此事与他无关，磕了头就离开了。

我本来就觉得此事了结得过于匆忙，曹预带来的消息更让我隐忧丛生，“木方舟要做什么，好像不是来谢恩的。”

皇后又冷笑一声，笑中带着厌恶，“木佳子死了，他父凭女贵的心愿彻底泡汤了，他不来讨个说法，难道就这么认栽了？”

“木佳子是落水溺毙的，这公道跟谁要去？”小顺子撇着嘴，突然作惊恐状说，“噢，难不成，他想说女儿是被人害死的，要在宫里找人陪葬，还是，他趁机闹事，想讹一点好处，娘娘，他好贪呀！”

皇后刚刚还挂着冷笑的脸一下子就只有冷没有笑了，“这个木方舟，不感恩戴德就算了，还敢来跟本宫说理，”皇后摘下腰牌给我，“西樵，你去说给木方舟听，说什么都可以，一定要让他知难而退。”

“是。”我接过腰牌，匆匆赶往德胜门。守卫们见到腰牌，为我开启宫门，我看见一个男人背对着宫门而站，听到宫门挪移发出的嘎嘎响声，兴奋地转过脸来，见到宫门敞开，立刻快步朝宫内冲过来。守门的侍卫将长矛往前一架，拦住了他的去路。那男人留着长长的胡须，额头微窄，眼睛细长，嘴唇很薄，不太有官相，许是为木佳子的事伤身劳心，苍白的脸上除了焦急，就是懊恼和苦闷。我轻轻摆了摆手，侍卫将长矛拿开，那男人急着要往里冲，我抬起左臂，将他拦

住。他愕然地看着我，眼中既有疑惑也有不满。我不计较他看我的那种愤怒的眼神，微微笑着说，“是木大人吗，奴婢是皇后娘娘身边的承御林西樵。”

那人明显收回了之前的眼神，客气地说，“本官是翰林院学士木方舟，要觐见皇后娘娘，烦请林承御通传。”

我依旧微笑着说，“皇后娘娘有要务在身，无暇接见大人，大人若有事，可告知奴婢，奴婢一定代为转告。”

木方舟浑身轻轻一颤，尽量克制自己的脾气说，“此事事关重大，本官必须面见皇后。”

我不再微笑，示意守门的侍卫退回原位，压低声音说，“事关重大？有多大？无非就是木佳子溺毙一事罢了，皇后娘娘已经下旨厚葬，抚恤你木家，木大人还有什么不满意的？”

木方舟似乎是被这话激怒了，瞪着眼睛说，“我女儿熟识水性，怎会溺毙湖中，这分明是有人存心谋害！”

我闻言略惊一惊，木佳子熟识水性，这点我们都疏忽了。但是，人已经死了，流动的湖水早就把死亡的痕迹全部清除，是非对错，全由得我来说了。我定了定神，略带惋惜地说，“奴婢见过木淑女的尸体，头和身体都有被水藻缠绕、被礁石碰撞的痕迹，明湖水藻丛生，暗藏礁石，并不是熟识水性就能幸免于难的。再说，木淑女为人谦和，从不邀宠献媚，更尚未被皇帝临幸，谁会害她？”

木方舟白了我一眼说，“你倒说得轻巧，难道我好好一个女儿，就这么死在皇宫里，就算完了？”

我浑身的汗毛顿时倒竖起来，机敏地盯住木方舟说，“那木大人想怎么样？”

木方舟张了张嘴，最后嘿嘿一笑说，“这个，本官和你说不着，本官要见皇后。”

我见他这样，也嘿嘿一笑，放话说，“如果奴婢不说好话，皇后娘娘是不会见大人的。”

木方舟明显皱了下眉头，干巴巴地说，“木佳子的死，怕是追究不出结果了，木佳子还有个表妹，品貌端庄，而且已经过继给本官做女儿，要是皇后娘娘怜

惜，肯给个恩典，许她进宫，替她姐姐继续服侍皇后，报效皇恩，她姐姐也就瞑目了。”

我不禁在心里嘲笑木方舟，原来他是替自己找前程来了，如此，倒是印证了木佳子说的话。我拍拍手掌，故意用夸赞的口吻说，“木大人能够体谅，奴婢心中敬佩，只是木淑女的表妹进宫一事，奴婢以为，木大人还是不要奢望的好。”我的语气渐渐转冷，嘲笑之意微微流露。

木方舟被我驳了面子，不禁有些尴尬，黑着脸说，“林承御管得太宽了吧，不让本官进去也就罢了，凭什么替皇后娘娘下决断，本官又凭什么要听你的！”

我见他如此没有自知之明，干脆把脖子一扬说，“奴婢没有替皇后娘娘决断，奴婢说的就是皇后娘娘的决断，娘娘说了，要您知难而退，这，可是皇后娘娘的原话。”

“难？本官可不觉得难。”木方舟露出奸佞的笑容，“之前的蒲大人的女儿，也就是当今谧妃，不也是靠太后娘娘的恩典破例进宫的嘛，还有万将军的女儿，虽说只封了个郡主，也是莫大的恩宠了，既然他们的女儿可以，为什么本官的女儿就不可以？”

“因为他们的女儿是亲生的，而木大人的女儿是过继的。”

“可本官死去的女儿是亲生的！”木方舟很激动，整张脸都憋红了。

“木大人！”我大声地喝止他，从心里看不起他，“您说话可要谨慎啊，有些错误，犯一次就够了，再要过分，可是会闯祸的。”

“你……你胡说！”木方舟指着我脸的手拼命地颤抖着，也许是被我气着了，也许是看到没有希望了，心里着急，又或者是从话里听出了点什么，心里害怕，连声音都有些变样了，“本官有什么错，本官能闯什么祸！”

我实在觉得可笑，干脆摊开了跟木方舟说，“之前进宫的根本就不是木佳子，你的亲生女儿的确死了，但不是死在宫里，而是死在京城之外。”我说完这话，看见木方舟已经连连后退几步，面如死灰，双腿打颤，在他准备转身逃离的时候，我远远地喊着，“木大人，您还打算要个说法吗？”

木方舟猛地愣了一下，身体僵硬地慢慢地转过来，看了我一眼，低下头抬起

手臂冲我摆了摆手，跌撞着转回身，蹒跚着走到马车边，艰难地爬上去。车轱辘转起来，我看着远去的马车，心想木佳子溺水的事到现在，该是真的宣告终结了吧。

回中宫的路上，我从锦颐宫前经过，想起那里藏着杨岫云，我便有意无意地多看了几眼，就是那无意的一瞥，我看见一个人的背影消失在宫门处。皇上？他怎么一个人来锦颐宫？我不禁站住脚，但很快看到小潘子匆匆而来，便没再多作停留，加紧脚步往中宫去。

锦颐宫到中宫途经一片梅林，点点绛红点缀枝头。我脚下虽然快，目光却时时流连这星星点点的梅红，匆匆的一瞥又一瞥间，我又看见一个熟悉的人影。淡紫罗兰的宽袖上衣，杨梅紫的裙子，透明的纱罩在裙上，将高贵的紫色衬托得清淡柔和，腰带还是细细的盘花的那种，是石榴籽颜色的，发髻仍旧是空心的绾发，没有厚重的金器饰物，只有一枚梅花簪，点缀优雅。她总是保持这样的风格，婉约，就是对谧妃最恰当的形容。等等，谧妃，怎么会是谧妃？我明明看见皇上进了锦颐宫，可谧妃怎么会在梅花林里？难道皇上是悄悄去的，谧妃不知道？我正疑惑，肩膀上被人拍了一记，我回头一看，竟然是小顺子。

“看什么呐？”小顺子也张望了两下。

“不过是看梅花而已。”我扭头就走，此时周围没人，我轻声问他，“尔容的事，你是怎么做到的？”

小顺子嘿嘿一笑，“谁不想往上爬，借娘娘之名约她到偏僻的地方处理了就好。菊花台平时甚少有人去，夜深人静，把木佳子送进去，把尔容带出来，一个换一个，谁会留意。”小顺子一副轻松的口吻，像是这种杀人的事已经驾轻就熟。

“其实险得很，”我如实说，“木佳子水性极好，幸好没人怀疑到这上头。”

“明湖中水草丛生，即便熟悉水性也有溺毙的可能，总之没让人抓住现形，就怎么说都行。”小顺子揉捏着自己的下巴，笑嘻嘻地说，“也幸好有焦胧月那个笨女人，竟然傻兮兮地跑来看热闹，这次又帮了娘娘的大忙，从她指证湖中女子是木佳子的那一刻起，木佳子这个人，就彻底从人世间消失了，就算她要反悔，也来不及了。”小顺子沾沾自喜，好像是除掉了自己的一根心头刺一样。

我侧抬着脸，看着小顺子，把欣然喜悦都藏在平静的脸孔之下。哼，我怎么不懂，我要是不懂，就不会把焦胧月请来作证了，这种事，还是要有个可信的主子出来说话才行，要是皇后娘娘就这么断了木佳子溺毙，日后追究起来，反倒被动，现在焦胧月是长淑殿的主位，是接触木佳子最多的主子，在宫里无权无势无宠爱，有她一句话，反倒没人起疑。不过，既然皇后没有问起，我也没有必要说明焦胧月是我特意请来的，反正现在事情已经解决，不会再有人追究了。相比于木佳子的事，刚才锦颐宫和梅花林的两处风景，才更让人有种说不出的担忧。

之后的三个多月里，木佳子渐渐在钦安殿扎稳脚跟，当值的时间规律也摸透了，李袖音算是听话，木佳子暂时还抓不到她的错处，不过皇后倒更愿意这个过程漫长一些。万淑宁又开始进出钦安殿，每隔几日便与皇上对弈，这虽令皇后心中不快，倒也没出什么大事，皇上依旧宠爱庄環和谧妃，这本在皇后的意料之内，而且谧妃能维持圣宠，也让皇后十分欣慰。不知不觉，又是一年冬末春初。

黄绿的飘絮在嫩柳新芽间无痕而过，薄冰消融下，鹅掌轻拨。迎着暖暖的风，我去司织房领取新的四季衣裳，碰巧遇上了谧妃的贴身宫婢乔银心，她也带着好几个小公公，把新衣裳一摞一摞地搬出去。

“乔守嫔，衣裳都齐了，一共四十件。”一个小公公毕恭毕敬地跟银心回话。

“那就走吧。”银心干巴巴地冲我笑了笑，离开了司织房。

我低下头打理衣裳，突然想到了什么。四十件，怎么会是四十件？后宫主子的衣裳都有定数，皇后六十件，贵淑德贤四妃各四十件，谧妃这一等的妃子每人各三十件，庄環这一等的嫔各二十件，美人们各十五件，淑女们各十件，分得清清楚楚，怎么银心会领走四十件衣裳呢？我心里奇怪，找到司织房的主管连翘，连翘竟然说送到锦颐宫的四十件衣裳是皇上特批的。我心里猛地一打鼓，脱口问出，“都是批给谧妃娘娘的吗？”

连翘愣了一下，很快就在眼里飘过一丝晦涩的笑意，茫然无辜地说，“只说批给锦颐宫，那不就是给谧妃娘娘的吗？”

我心里似乎悟到些什么，默默转身离去。回到中宫，我随便抓着个宫婢问皇后的去处，说是在桃源居。我匆忙赶到桃源居，看见皇后正逗弄笼中鸟雀。我的

脚步慢下来，犹豫着要不要说，一切都还只是猜测，似乎不该妄断，更不该将妄断之言当作事实禀报，凡我们口里的怀疑，传到皇后耳朵里，那便与真事儿无异了。我站在木桥这头，双手抓着桥头的墩子，指甲在上面拉出一道道的划痕，每一下都是挣扎。然而就在此时，棠颐急奔而来，嘴里喊着娘娘、娘娘，都没看见我站在这里，整个人扑上来，我们两个一起摔倒在木桥边，惊动了皇后。

“你们做什么，慌慌张张的，有大老虎在后面追你们吗?”皇后的心情似乎不错，数落中带着些许调笑。

棠颐刺溜儿爬起身说，“不是大老虎，是皇上，皇上御幸中宫了。”棠颐的惊慌显然多于惊喜，而我之前的犹豫挣扎在那一瞬间烟消云散，皇上驾临中宫，这是新皇登基以来破天荒头一次，它就像轰然爆炸的火药，把我心中乱七八糟的杂念轰出了十万八千里，最后留下的，只有巨大的震撼和无穷的惊异。

皇后的脸上只掠过瞬间的喜悦，很快就蒙上了怀疑和不安。这时，不知哪里吹来一阵怪风，挂在悬梁上的鸟笼呼啦一下掉落在地，整个儿歪倒滚到石阶边，一头撞在柱子上，来回翻滚了几下停住不动。“来者不善呐。”皇后努力在阴沉的脸上露出端和的笑容，踏过木桥往中宫正殿而去。等待了无数日夜，终于等来皇上的御幸，却要用来者不善论定皇上此行尚未可知的种种，这种猜忌到底是因为等待得过于长久而觉得疲惫厌倦，还是因为在皇后的心里始终没有把皇上当成值得依赖的夫君?

守在寝殿门口的宫婢将殿门推开，皇上的背影落入我的眼中。他站在巨大的屏风面前，铺满荷花的绣图被他均匀地分成两半，左边是芙蓉含苞出水面，右边是红莲绽放浮湖游，相得益彰，各显情态。皇后微微提起裙摆，迈过门槛，继而上前三步，给皇上行跪拜之礼。我和小顺子也跟着跪下，说着皇上万岁的话。皇上转过身来，示意我们起身，他的语气平和，听不出此行是福是祸。

皇上走到窗边，那里有一台坐榻，铺着厚厚的棉垫子，中间的榻桌雕刻得极为精致，榻桌中央摆放着精巧的香炉，正飘出清淡的香烟。皇上在榻桌左边的位子上坐下，轻轻压了压身下的棉垫，和气地说，“皇后也请坐吧，朕有些事，要与你商量。”

皇后眉目低垂，稍有思虑之色，随即含笑说了声是，走到窗边在榻桌的右边坐下，与皇上对坐而望，这幅景象，比冬开海棠夏落梅还要难得一见。我把茶送到皇后身边，皇后自然领会我的心意，亲自为皇上奉茶，一边量度着说，“皇上难得亲自登门，想来这事情，也是极为重要的了。”

皇上含笑不语，接过茶来送至嘴边，稍稍提起碗盖，手腕正挡住自己的双眼，波澜不惊地说，“朕要破例册一个美人，特来请皇后的恩准。”皇上说得悠哉，全无半点惭愧担忧之色，既不怕皇后难过生气，也不怕皇后反对刁难，咕隆咕隆吞下两口茶，茶碗和碗盖几乎把整张脸遮住，彻底躲避开皇后的任何目光。

皇后的脸上连续掠过几种复杂的表情，震惊与愤怒，怀疑与不安，悲伤与幽怨，隐忍与冷酷，最后在皇上放下茶碗的瞬间，恢复平静与端和。“不过是册个美人罢了，有什么破例不破例的，宫里十二处美人殿，有五处都还空置着，早些有人住进去，还不至于浪费了那些守殿的奴才们，”皇后伸出手，靠近暖炉柔柔地翻动着，肩膀连着胳膊都活动起来，显得不那么僵硬，眼睛盯着自己的手，下巴微微收拢说，“究竟是哪位淑女有这样的福气，也说给臣妾听听。”

皇上露出少有的亲和的笑容说，“皇后怎么反倒问起朕来了？难道不是皇后将她藏于锦颐宫中，想要调教好了送予朕的吗？”锦颐宫！难道皇上说的是杨岫云！我正目瞪口呆，一阵轻呼声传入耳中。皇后的手不慎触碰到暖炉的金属环上，烫得微微发红，似有水泡慢慢浮起。“快传御医。”居然还是皇上的反应最快，拉起皇后的手观察伤势。

皇后的表情有些僵硬，肩膀向后抽着，想要把手脱出来，但只稍稍用了很小的力气，就突然放弃了，任由皇上拉着自己的手，把头转向另一边，低沉地说，“臣妾原没想这么快，是要多培养她些日子的，日后给皇上一个惊喜，现在竟被皇上知道了，真真一点意思都没有了，”皇后没有点破名字，偷偷瞥视皇上一眼，皇上也冲她笑笑，却没有要说话的意思，皇后好像犹豫了一下，继续说，“谧妃还答应替臣妾保守秘密的，真不守信用，不过吃她几个月的米粮罢了，就急得忍不住跟皇上献宝了。”

“这倒不是谧妃小气，皇后不要错怪了她，”皇上这次接话倒很快，把皇后气

得脸憋得通红，“那日朕去锦颐宫，偏巧谧妃不在，朕本要走，她的一个婢女许是要替她留朕，把朕请进了荔香园，恰见一个宫婢打扮的女子在园里饲养鸟雀，朕看她的情态气质，竟是弱不禁风的那种，原就觉得蹊跷，偏她看到朕，竟像受惊的小鸟一样，转身就要躲，这等稀罕事，朕岂能不向谧妃问个究竟?”皇上一番话可谓自圆其说，既免了谧妃的错责，又显了杨岫云的无辜，更让皇后的怨恨如鲠在喉。

“哦，那便是皇上与她的缘分了。”皇后的眼在笑，嘴在笑，慢慢把手脱出来，放到膝盖上，手绢的一角勾着手指，盖住整个手背，隐约能见那渐渐攥紧的拳头和几乎要刺破手绢的蔻丹。

皇上含蓄地点点头，招手让我过去，从我手里接过茶壶，竟然亲自给皇后斟茶，若不是知道这碗茶的代价如此之大，只怕皇后与我都要纵泪涕流了。随着汩汩的茶水灌入碗中的声音，皇上的声音若隐若现，“那么，册封杨岫云为美人的事，皇后就算是答应了。”

皇上提到杨岫云这三个字的时候，皇后的嘴角抽动一下，眼神一下子暗了下去，等到飘起的热气散尽，才重新在脸上显出一片亮色，委婉地说，“这事本是好事，臣妾不该有二话，只是，宫里都知道，她本是违犯宫规的秀女，臣妾也是破例将她留下，为免流言蜚语，才有意将她藏在锦颐宫中，想等个一年半载，风头过去，事情淡忘了，再给她赐封，若是现在就册封美人，”皇后流露担忧的情怀，“臣妾怕反而给妹妹招来非议。”

我本以为皇上听到这话会脸色忽变，不至于转喜为怒，最起码也沉默不语，可皇上偏偏面不改色，十分流畅地接着皇后的话音往下说，“朕也知道此事难办，才想到托于皇后，杨岫云已然有了两个月的身孕，若不赐封于她，只怕会引来更大的非议，朕只是两相作比，取害其轻罢了。”话毕，皇上侧过脸去，推开身边的窗户，微微拔起身子，张望窗下的绿草，草间散落的蝴蝶兰，还有围起的篱笆旁栖息的雀鸟，就好像刚才的那番话完全没有说过一样。

杨岫云怀孕了！这个消息连我都可以击倒，何况是皇后。我有些不忍地看向她，她咬着嘴唇，倔强地要继续维持微笑与平静，但是眼泪还是掉了下来。我赶

紧上去替皇后擦掉眼泪，我注意到皇上始终没有把目光转回来，也许他就是在回避这样的场面，也许他就是在等皇后把眼泪收起，继续她的端庄与大度。这时，皇后突然将我推开，不是愤怒的那种，而是轻轻地，轻轻地推开，然后起身，给皇上行礼说，“恭喜皇上了，杨岫云得怀龙裔，江山有继，此乃大功一件，过去种种，皆不再议，赐封也是顺理成章，就按皇上的意思办吧。”

皇上渐渐把身体转回来，放下托起窗户的手，面色凝重地说，“还有一件事，需要皇后多费些心，”皇上果断地终止上一个话题，让皇后连一点转圜的机会也没有，“最近朕得到消息，宫里有些奴才，仗着自己主子的权势，在外面横行霸道滥用强权，放任家人敛财行凶，实在有损我朝皇尊，朕已下令司律监在宫中秘密调查，所有奴才和宫婢都要彻查，越是位高权重的，越是要查，尤其是内侍监和尚宫局的人，一个都不能漏网，这件事，还望皇后能够费心督察，尽早给朕一个结果。”皇上很认真地看着皇后，似乎这件事，才是他今天登门最终的原因，而册封杨岫云不过是顺便提及罢了。他拍拍自己的膝盖，站起身掸掸衣袖，大而化之地说，“此事就烦劳皇后了，朕还传召了几位大臣在钦安殿商议国事，就不陪皇后了，稍时自有恩赏，以慰皇后辛劳。”皇上说完，跨步朝殿外径直走去。

“臣妾躬送皇上。”皇后面无表情地说着，我却能感觉到她内心蠢蠢欲动的情绪。果然，皇上一踏出殿门，皇后平静的脸庞顿时像被冰封了一样，寒气煞逼人，锋芒见刀光。这时棠颐进来，说韩冬青在殿外等候，还问起娘娘的伤势，皇后冷笑一声说，“不必他看了，让他看好他的人，本宫少受些气，也少受些伤。”

棠颐看看我，我上前一步说，“娘娘别跟自己身子较劲，到底是烫伤了，让韩太医看一眼吧。”

皇后狠狠地瞪我一眼，袖子朝棠颐猛地一挥，棠颐识趣地退出去，皇后则满怀嫉恨地说，“你以为他真是来给本宫看伤的吗？别闹笑话了，他跟皇上一样，是来给谧妃说情脱罪的!”皇后的眼里突然多了一种叫委屈的东西，脸上如刀锋般锐利的棱角也在某个瞬间突然柔和起来，但很快又硬化成更加锋利的棱角，“杨岫云去到谧妃的宫中不过百日光景，腹中胎儿竟然已两月有余……”皇后的声音断断续续，犹如半断的琴弦嘤嘤而唱，“谧妃啊谧妃，你可真对得起本

宫……”

小顺子猛一跺脚，“让奴才把她喊来，看她如何交待。”

“她还交待什么！”皇后突然拔高的声音拦截住小顺子的脚步，“皇上不都已经替她交待清楚了嘛。”皇后将残酷的事实用一句简单的话完整地叙述着，连追讨一个说法的心气也没有了。“算了，反正也是杨岫云，不是别人，”皇后很快收回情绪，凝重又回到她的脸上，“倒是彻查宫人滥行强权的事，来得有些不是时候。”

“娘娘的意思是……”看到皇后再次蹙眉，我想到一些事情，但是没有从我的口中说出来。

皇后突然眉头一松，“小顺子，今晚是不是会有李袖音的传信过来？”

小顺子掰了掰手指说，“是的，娘娘。”

皇后渐渐将散开的目光聚拢起来，似有盘算地说，“那就看看她的传信，再作考量吧。”

是夜，小顺子摸黑取来李袖音的传信，皇后只看到一半，就发出一串冷笑，然后把信笺往桌上一按，留下五个浅浅的指印，似曾未卜先知地说，“本宫就知道，要出事。”

我和小顺子对望一眼问，“李袖音说了什么？”

皇后把信笺朝我们一扬，挑眉说，“皇上彻查宫人劣迹，李袖音能不撞上吗？她这是求本宫救命来了。”

我的心往下一沉说，“皇上刚有重托，无论虚实，总是说了那样的话，皇后只怕不好出面啊。”

“本宫根本就没想出面，李袖音终究是靠不住的冰山，如今胆敢反过来让本宫为她所用，真是不能再留，”皇后露出狡诈的笑容，“这种拔去眼中钉的好时机不利用，还等什么？”

小顺子突然做出恍然大悟的模样说，“娘娘是要查出她来，然后治她的罪？”

“查她治她，本宫一样要出面，这是条路，却是条死路，”皇后站起身，从寝殿外室走到内殿，“李袖音身份特殊，纵然查出有罪，她也会有申辩受审的机会，

一旦她认准了本宫是故意见死不救，难道你就不怕她胡言乱语吗?”皇后在梳妆台前坐下，手指拨上耳垂，取下耳环。

“娘娘是怕她绝路当前，鱼死网破?”我把首饰盒递过去，接住落下的耳环。

“鱼要死，但是网不能破，”皇后对着镜子中的自己露出凶狠的目光，“罪，她一定要有，但是抓，要等她去了阎王殿以后，本宫绝不能给她受审的机会。”皇后转过身，阴沉着脸说，“纸鸢，本宫让你查的事，有结果了吗?”

纸鸢上前一步说，“回娘娘，奴婢翻查了尚宫局札记，苏筱菊的确是恪尽职守的一等女官，对宫中每日的人和事都十分留心，但凡宫婢有一点失当之处，或有一句不慎之言，都会记录在册，成为抹不去的污点，而偏偏是她的严苛，透出了一点线索。札记中有录，苏筱菊对各司级以上的女官，和守嫔以上等级的宫婢尤其严苛，时常教导教训，几乎无人不曾受过苏筱菊的训示和惩罚，但，只有李袖音一人除外。奴婢以为，此二人关系甚好。”纸鸢的声音渐渐降低，暗示之意却越发明朗。

皇后的眼珠轻轻转动，“札记的最后写的是什么?”

“说起札记的最后，奴婢也正要禀报，”纸鸢略微停顿后继续说，“苏筱菊在札记中最后提到的一件事，是启元十一年先帝传令尚宫局为甄德妃筹办二十五岁的生辰贺宴，但是记录到贺宴的前一日便戛然而止，再无下文了。”

“甄德妃寿宴?”我回忆起一些事情，期望地看向皇后，“娘娘不是说过，您是在甄德妃寿宴的第二日发现苏筱菊藏在马车里的吗，这里面是不是有什么关联?”

“没错，这就可以说圆了，”皇后欣喜地点点头，“苏筱菊很可能想在甄德妃的寿宴结束后，向皇后吐露真相，但是不知道什么原因，她没能说出真相，不光如此，一定是发生了什么事，让她连尚宫局札记都不再继续，而第二天，就出事了。”

“娘娘，尚宫局札记一月一册，若有换任，则新开一册，奴婢已自作主张，翻查了方清继任后第一年的札记，娘娘，奴婢有意外的发现，”纸鸢抬起头，迎上皇后赞许的目光，不禁喜上眉梢，继续说，“方清对于甄德妃寿宴和苏筱菊的

失踪，竟然有补充的记录。原来甄德妃寿宴当日，苏筱菊忽感身体不适，全身乏力，又不肯宣召御医惊动皇后，于是授意尚宫局次尚宫李袖音代己行事。寿宴第二日，宫里便传出苏筱菊通奸有孕的流言，皇后下令彻查，苏筱菊落荒而逃，从此失踪。”

“不够，”皇后突然冒出这两个字，“尚宫局札记所述，仍不足以释本宫心中所疑，看来此事，还需另下一番功夫，”皇后思忖片刻，忽然微微勾起嘴角，“纸鸢，你好像很久没有练字了。”皇后的话说的没头没尾，但纸鸢似乎能听懂。

“没有可以临摹的帖子，奴婢就搁置了。”纸鸢谦卑地说。

“那就赶紧捡起来，千万别荒废了。”

纸鸢终于把喜悦统统浮现在脸上，笃定地说，“娘娘放心，奴婢一定以假乱真。”

纸鸢露出神秘而得意的笑容，两人流畅的环环相扣的问答，渐渐把纸鸢的身影变得模糊虚幻。尽管皇后问得漫不经心，尽管纸鸢答得不露痕迹，但彼此的默契，还是在我脑海中勾勒出阴谋的框架。但不知为何，我第一次在酝酿的阴谋面前感觉到深深的不安和迷茫，或许是因为我对这个计划的无知，或许是因为皇后眼中闪烁的忧郁就好像一颗随时要陨落的星辰，让人暗生被毁灭的恐惧。

第十章　一夜戏说袖音散

转眼又是乌云密布的夜，整个晚上，皇后表现得既平静安逸又心绪不宁，寸步未挪却心难自静，沙沙的翻书声有了些焦躁的感觉，频繁见底的茶碗远不能安抚她干燥的喉咙。静谧的夜忽然变得十分煎熬，习惯了站立的我也不禁感觉到脚尖的酸痛和脚跟的软麻。之前的两个晚上，纸鸢都乔装成李袖音的模样跟踪偷来中宫的木佳子，当然也是故意暴露自己让木佳子无功而返。今夜，李袖音随皇上

去了锦颐宫，小顺子奉命接应木佳子，将她带到皇后面前。

木佳子一进寝殿就跪下说，“娘娘，奴婢前两日被人跟踪，故而未能如约而来，请娘娘恕罪。”

“果然是出事了，跟踪你的人是李袖音吗?”皇后尖锐的目光中有一点点预料中的笃定，有一点点期望外的惊异，把那种明明预感到了什么，却又不希望真的发生的矛盾感从眼神中表现得淋漓尽致。

“是她，”木佳子抬起头，莫名的欣喜在眼中闪动，期盼地说，“娘娘是查到什么了吗?”

“查倒是查到了，原本是该大快人心的，”皇后看了木佳子一眼，“宫人弄权的事，李袖音的确有参与，而且涉案甚深，本宫原本打算按你说的以罪论罪，就算不能处死，也至少削了她的职，发配到八房里去受苦，之后再要折磨处置，便容易了。可惜现在……”皇后无奈失落地从袖中抽出一张信笺，丢给木佳子，“你先看看这个吧。”

木佳子拾起信笺，“这是李袖音的笔迹……是告密信!”木佳子花容失色。

“这是本宫昨夜收到的，想必她是对你的身份起了怀疑，更来试探本宫与你的关系，毕竟调换身份这样的大事不是你一个小小宫婢能承担的，告密一事可进可退，若本宫无辜，于她则无损伤，若本宫真有涉及，则可威胁本宫保她渡过难关。”

“无耻!”木佳子狠狠地骂了一句，随即不解地说，“可是，李袖音如何能洞悉奴婢的身份，她日日跟在皇上身边，怎对菊花台的尔容如此了解，岂非成了神通。”

皇后酸涩一笑，竟有些自嘲的意味，“不是她神通，是你娘太恪尽职守，留下了白纸黑字的证据。”

“我娘……”木佳子像个罪人一样望着皇后。皇后从袖中抽出一本札记，重重地按到木佳子手中。木佳子低头看了一眼，惊奇地抬起头，“尚宫局札记?”

“尚宫局札记的历史是由你娘开辟的，它是最高尚宫的秘密手札，通常只有皇后、太后、御前尚义可以翻阅，札记除了记录宫中点滴，以备查史所用之外，

还有一个很重要的作用，就是为后宫选拔人才提供参考。你手上这份，是现任最高尚宫方清在四年前的一本札记，里面记载着菊花台辅殿尔容曾因一次意外而弄伤膝盖，若遇阴雨天便会疼痛不已。当日本宫让你冒充尔容进钦安殿，只按惯例调阅了近三年的札记，故有此疏漏。天意不眷，想必是这连续数日的大雨让咱们露出了破绽。李袖音会送这样的信给本宫，必定是抱了破釜沉舟的决心，一旦她死咬不放，一牵牵一串，审出案中案来，就是自己把自己给拖累了。”皇后的双眼蒙上一层灰黯的霜色，无奈和窘迫让艳丽的脸庞顿时失去了光鲜的颜色，变得晦暗苍白。

木佳子咬咬牙说，“就是把奴婢送到刀口下，也不过是拉上一个陪葬的，只要同归于尽的人里能算上她，奴婢也认了。”

皇后嗤笑着摇摇头，“如果不是同归于尽，而是将功折罪呢？”皇后看了木佳子一眼，语气凝重地说，“你以为现在这个当口她不收敛自己还到处查你是为了什么？李袖音到底是御前尚义，时刻陪伴皇上左右，先不说她所犯并非谋逆欺君的大罪，本宫无权先斩后奏将她当场处死，一旦按律下狱受审，申诉之中会有多少嫁祸之辞谁也不知，即便本宫手中的证据足以证明李袖音罪大滔天，但要从皇上跟前拿人，谈何容易，她若狗急跳墙当场对你栽赃，就算是胡言乱语，谁敢保证皇上不听进心里去。”皇后走近木佳子一步，用更重更快的语气说，“到时，皇上是会同情你的遭遇，还是会维护宫规的尊严，就不好说了。”

听到这些话，木佳子连着后退几步，像是有无形的大手将她推至绝境，“那要怎么办，就这样放过她！”木佳子流出眼泪，是无可奈何的悲恸，也是咬牙切齿的批判。

“放过她？”皇后露出悲悯的笑容，似乎带一点嘲讽，如同讥笑自己的无能，“事情没有这么简单，宫人弄权的事并非只有本宫在查，无论是谁把李袖音揪出来，最后都会牵连到你，只怕光是放过她还不够，本宫还得倒帮她洗清罪证，保她周全，哼，可笑。”

“不，不能放过她，”木佳子仰起淌满眼泪的脸正视皇后，坚决地说，“有这样的把柄在她手里，只怕今后再不能名正言顺地将她治罪，今日放过她，下次，

下下次，都得放过她，若她继续查下去，这个把柄会成为奴婢的威胁，甚至成为娘娘的威胁，从此往后，不但不能治她的罪，还得处处维护她，提防她，提心吊胆，受制于人，奴婢不甘心如此，更不能让皇后娘娘如此。”木佳子说着，眼里露出一个弱女子的冷酷和阴险，“非常时期，非常手段，既然娘娘有罪证在手，不如豁出去拼一把，要是成了便好，不成，奴婢也愿意一力承担。”

“你想做什么?”皇后看着木佳子的眼睛，期待着她的回答。

“既然怕她胡说，那就堵住她的嘴。”

“这个时候了，谁能收买她，难道钱比命还重要?”纸鸢嘟着嘴说。

“奴婢是说杀了她。”木佳子清楚地说完这七个字，每个字都在发抖，但十分清晰，“杀了她，然后伪装成畏罪自杀，让她开不了口，也露不出被杀的破绽。”

谨书殿一下子陷入可怕的静谧中，而我，陷入在内心的恐惧中。我知道皇后一直把木佳子往这个念头上引，但亲耳听到木佳子把它说出来的时候，我又忍不住感到震惊和抗拒。如果，如果在木佳子心中最重要的不是报仇而是后宫的尊宠，那么皇后势必又多了一个可怕的敌人。幸好，幸好。

“主意倒是个主意，只是，须是李袖音信得过的人，才做得来吧。”皇后做出有些心动，有些犹豫的样子。

“李袖音疑心甚重，这样的人在宫里怕没有所谓信得过的人吧。”小顺子担忧地说。

“不用那么麻烦，奴婢就可以做。”木佳子干脆地请命于皇后，这让我更加震惊了。“奴婢可以在她的膳食中偷偷下迷药，待她不省人事，奴婢就把她吊上房梁，没有人会怀疑的。”木佳子似乎把生死看透，在诉说这样的谋杀时，竟然已经恢复了平静。

皇后拧紧眉头，沉思片刻，缓缓地摇摇头，“你让本宫再想一想，也许还有别的办法，这是一条不归路，不到万不得已，本宫不会让你去的。”

“娘娘，奴婢已经决定了。”木佳子说着，跪下给皇后磕了三个响头，再不多说一句，默默转身离去。

皇后没有阻拦，看着木佳子离开，直到她的背影完全消失，才舒然露出淡淡

的微笑，“之前本宫一直在想，要如何抛出杀人灭口的点子才不会显得刻意和突兀，想不到她自己提出来了，而且连细节都想好了，好一个心冷意狠的丫头，断不能长留在身边了。”皇后说完，转身走到书架旁，寻找起书册来。她的背影是那样悠闲自得，那样旁若无人，那样心安理得。断不能长留在身边了。这句话，究竟是什么意思？

接下来的几天，我始终在源源不断的担忧和不安中度过，不知道木佳子什么时候会下手，以什么方式下手，结果会如何，也许她在等一个合适的时机，也许，她暗中决定了放弃。明明是春光明媚的时刻，我却像被埋在暗无天日的深渊里，一直在走，却没有尽头。

杨岫云的册封大典到底还是排到了日子。四月初五朝阳殿，杨岫云穿着橘红的华服，接受御赐的玉牒，奢华的装束映衬着杨岫云青涩羞赧的脸庞，竟然晕染出滴血的愧疚。

大典结束后，皇后带着我踏进了承茗殿的门槛。杨岫云已经换下了奢美的盛装，取下厚重的头饰，还以轻盈质朴的本来面目。见到皇后亲临，杨岫云有些无所适从，连臣妾两个字都含在嘴里说不出来。皇后清淡地一笑，过去拉起杨岫云的手，一同走到偏殿的软榻旁坐下。这软榻是皇后特意吩咐人准备的，每个殿里都安置了一个，说是怀孕的人坐着舒服。皇后嘘寒问暖了一阵，又嘱咐了一堆，杨岫云一个劲地点头应承，大气不敢出，正眼不敢瞧，卑微的神情与周围喜庆的布置产生极大的反差，似乎这令人羡慕的一切都是偷来的，不敢享受，更不敢炫耀。

我始终不认为皇后对杨岫云的好是真心的，回中宫的路上，我以为皇后会露出真实的冷若冰霜的脸，然而，皇后竟然叫我去给韩冬青传话，要他务必保证杨岫云腹中胎儿的安全。再三犹豫后，我反复掂量了说法，唯唯诺诺地问，“娘娘是要推杨岫云上位吗？她是罪臣之女，母凭子贵获封美人，已是破例了，娘娘还要推捧她吗？”

“你是不相信本宫会真心对杨岫云吧，”皇后一下子点中我的命门，“杨岫云当个美人的确是到顶了，但是她的孩子却不会因此而丢失半分的尊贵，你也看见

杨岫云的样子了，如果她是在演戏，那本宫不如陪她演，如果她是真情流露，那本宫一定要好好利用她的这份愧疚，纵然得不到她的心悦诚服，也要得到她肚子里孩子的嫡母的名分。”皇后简单寥寥数语，就让我感觉到自己的孱弱和渺小。皇后从不在一时的失败中呼天抢地，她从来只在每一个不起眼的瞬间彰显自己的优势，开始下一步动作。

杨岫云的事略微转移了我的注意，就在我不太有防备的时候，李袖音的死讯传到了中宫。那是在册封大典后的第四天，李袖音的尸体被发现悬吊在尚宫府她自己的房间里。消息是深夜里传来的，我被惊出一身的冷汗，立马起身更衣，冲到皇后寝殿，正撞上纸鸢从里面出来。

“你来做什么？”纸鸢愠怒地看着我，没等我回答，甩下我独自去了。

我心中疑惑，跑进寝殿慌乱地四下寻望，却看见皇后安然的身影落在帷帐后面，小顺子正把织锦的床帐缓缓放下，留出一道缝隙，然后侍立在旁，没有一点要动身的意思。娘娘不去看看吗，她不是该亲临现场，断绝流言扫除猜疑，第一时间判决李袖音畏罪自杀的事实吗，怎么如此稳如泰山？我正疑惑，棠颐带着一个小太监进来。是小玄子！我飞快地看他一眼，然后收回目光，老实地站到小顺子身边，不作声响。

“奴才小玄子参见皇后娘娘。”

“本宫刚刚听说尚宫局李袖音被人发现死于房中，正要着令司律监连同大理寺细查，你就来了，莫不是，已经有了结果？”

“回娘娘的话，奴才不曾去到李尚义的住处，故而不知其中具细，奴才此来，是为了李尚义的另一桩事，或许，与李尚义之死有所关联。”小玄子说着，将一本文册高举过头，“前几日，卢公公着令奴才协查宫人行权一事，查得李尚义为包庇其弟杀人死罪，利用宫权，收买刑部大小官员及涉案证人，现已搜集部分证据，请娘娘定夺。”小顺子把文册接过去，递进帐子里去。小玄子略停顿一下，接着说，“此事本早该来禀报娘娘，只是李尚义的身份特殊，又牵涉到杀人大案，卢公公不敢妄报，这才扣压下来，不想未等全盘彻查，李尚义就……如今人已死了，如何定罪，还请娘娘的示下。”

“哼，”皇后把文册丢出来，“早不来说，如今出了事，倒来讨本宫的主意。”

“娘娘，奴才觉得这事情确有几分蹊跷，怎么刚一查到她头上，她就死了呢，别不是畏……”

“回娘娘的话，”小玄子居然把小顺子的话打断了，那畏罪自杀四个字到底没有说出来，“据奴才所知，李尚义和卓公公相交甚深，收买刑部的事，似乎卓公公也从旁搭了搭桥，如果继续查下去，没准能查出个结果来，所以，会不会是……”小玄子自觉地不再往深里说，但是意思已经很明白了。

皇后伸手撩开帷帐，露出脸来，“小顺子，备车，去尚宫府。”

尚宫府就建在钦安殿的边上，是整个后宫最形同虚设的府院，因为所有尚宫局的宫婢都随侍各宫各殿的主子左右，根本不会在尚宫府长久逗留，只有皇后亲临，宣布重大事宜的时候，尚宫府才会敞门点灯。有的时候，尚宫局的宫婢染上了疾病，未免传染给主子，她们可以回尚宫府休养，这也是尚宫局宫婢特有的恩惠。可是谁也想不到，在这后宫最奢华的宫婢居所，留下了御前尚义李袖音最后的踪迹。

李袖音的尸体已经被放下来，平躺在冰冷的地面，脖子上唯一一道深红泛紫的勒痕触目惊心。大理寺仵作检验了尸体，证实是自缢身亡。闻讯而来的现任最高尚宫方清竟然也向皇后递交了李袖音的罪证，证实李袖音收买刑部官员及命案证人，与小玄子所说完全吻合。大理寺最后判定是李袖音畏罪自杀，皇后不予否认，此事便就此终结。至于小玄子有意暗示的卓公公涉案一事，眼下并无证据，司律监和尚宫局都未再深究。

从尚宫府出来，我看见木佳子站在石阶旁，面无表情地看着我们。皇后没有搭理，径直朝车辇走去，我走到木佳子身边，大方地说，“尔容辅殿怎么来了，是皇上有话要传吗?”

木佳子遥望一眼皇后的背影，也大方地说，“皇上都知道了，要奴婢传话，说一切照宫里的规矩办。”

“请代回皇上，奴婢记下了，定转告皇后娘娘，遵照圣谕处置。”说完，我转身准备离开，擦肩而过的一瞬，我听见很轻微的声音刺痛我的耳膜。

“人不是我杀的。”木佳子沙哑的声音在说到杀这个字的时候，尤其让人感觉悚人的寒意。我忍不住去看她的脸，她不像在撒谎。小顺子在喊我了，木佳子扭头离开，我仿佛是看见了她试图隐藏的恐惧。是的，她不怕杀一个人，但是她害怕替别人背负杀人的罪名。我看着她远去的背影，仿佛看见她的生命正在如同她的背影，在慢慢消失。

第十一章　承茗魇兆惊花落

中宫寝殿，幔帐四垂，八盏灯烛相映摇，一壶温酒醉人忧。皇后素来不爱喝酒，却对热腾腾的酒香情有独钟。我把木佳子的话如实相告，皇后却只是轻轻哦了一声，她骨子里透出来的平静再次抚平我原以为会掀起的千层激浪。“娘娘早就想到了吧。”我自嘲地，连一丝疑惑的口吻都丢弃了，未卜先知从来是皇后的天赋，我不该如此自作多情。

皇后靠在躺椅上闭目养神，疲倦让她的声音微微透出沙哑，躺椅嘎吱嘎吱的声音，似乎在数着某人迈向尚宫府的脚步。“小玄子想要栽赃卓总管的时候，本宫就想到了，这个世上不仅有畏罪自杀，还有杀人灭口。”皇后深深吸一口气，满足地说，“本宫总会让卓老头知道的，究竟是谁帮他逃了生。”我不禁失笑，皇后又捏住了一个要命的把柄，李袖音的死是殊途同归，皇后便是站在终点的裁判。正想着，皇后又喊到我的名字，“西樵，你要开始练字了，让纸鸢教你吧。”

让我练字？我顿时心生疑惑，茫然地看向纸鸢，她的疑惑比我更甚，死盯着我的眼中还有一点嫉恨。我犹豫着问，“娘娘要我练字做什么，咱们不是有纸鸢吗，她写得那么好……”我讨好地看着纸鸢，想要平息一点她的不满，看见的，却是她不领情的冷面孔和嗤笑。

“纸鸢的字的确是百里挑一，这个本宫知道，但是本宫不可能把你们都送到

皇上的身边去，”皇后略停顿一下，看了看我，又看了看纸鸢，似乎早有安排地说，“纸鸢是不能离了本宫身边的，像尚宫局札记这种事，只有她做得来，但是留在皇上身边写写记记的事，就不须那么深厚的功力了。相反，越是没有字迹流落在宫中的，越合适。”

“皇后是要把奴婢派到皇上身边去？”我听出皇后的打算，预感到眼前的路将有一个大转弯。

“李袖音死了，御前尚义的位置就空出来了，这虽然不是什么非设不可的要职，但有人能顶上总是好的。可惜安瑾萱的寿筵摆得太晚了，若是本宫早能知道皇上和你有眼缘，早能知道万淑宁想要拉拢你，本宫当初就不会选李袖音这个大麻烦了，”皇后露出厌恶的眼神，似乎和李袖音的交易就像一场噩梦让她避之不及，忽然又莞尔一笑，斜视着向我投来饶有深意的眼神说，“现在好了，李袖音死了，你的机会终于来了。”

我的心怦然一跳。什么叫我的机会，我可从没想过要这样的机会。还有她说的，皇上和我有眼缘，这是什么意思，难道皇后连我也防备了，还说万淑宁要拉拢我，我与纪双木已经三个多月没见了，她又从哪里看出我的不忠来？若是她真的怀疑我，又为什么还要把我送到钦安殿去？我想不透这些，只能避重就轻地说，“钦安殿不是还有木佳子在吗？把奴婢送过去，她许会多心的。”

“她没什么机会多心了，”皇后无所谓地说，“她的一颗心从来就只系在苏筱菊的冤案上，原就是要报仇才替本宫做事的，如今大仇得报，本宫对她已无牵制，等你去了，她就可以功成身退了。”

功成身退。我的心如同被冰冷的大锤连续敲打了四下，一下比一下沉重。我太明白这话的意思了，所谓不死不离宫，像木佳子这样身上有故事有秘密的人，若非收归重用，便是……我不愿再想下去，只可怜木佳子冒险进宫，放弃了淑女的身份，毁了嗓子，掩了容貌，最后不但未能亲自报仇，还枉担了杀人的罪名，如今又要被皇后弃用甚至……更甚者，捏造正好符实也就罢了，但若当年出卖苏筱菊的并非李袖音，那木佳子就真的是白白毁去一生而不自知了。想到此，我心中阵阵拔凉，孱弱地问，“娘娘决定如何处置她？”

皇后缓缓摇头，似落入沉思之中，起身踱步至我身旁，思忖着说，“此时还谈不上决定，木佳子聪明识趣，若能收服，本宫还想用她，就先再看一段时间吧，也许，你可以不用去呢。”皇后拍拍我的肩膀，似在安慰，更似试探。幸而，我不曾说错什么。

无论皇后最终打算如何，我还是开始练字了。纸鸢教得很认真，凡是皇后的旨意，她都会尽心尽力去完成，这一点毋庸置疑，只是她不忘在教导我时，时不时给我小鞋穿，每每我都隐忍不发，一笑而过。李袖音虽然死了，木佳子的传信却没有断过，每三日一报，连续一月未断。之前皇后说，再看一段时间，看的就是这个吧。因为木佳子三报传信之后，皇后就再没提让我去钦安殿的事了。

眼下，杨岫云最得皇上的宠爱，虽然不能侍寝，但皇上每日都会去承茗殿探望，惹来不少的后宫嫉妒，尤其是安瑾萱和庄環，见不得杨岫云得宠倒是其次，杨岫云腹中胎儿方是她们最大的忌讳。听韩冬青说，安瑾萱服食补药反致信期混乱，庄環频练倒立反伤腰骨，已经成了御医院无人不知的笑柄。整个后宫，唯有皇后和谧妃对杨岫云怀孕的事笃定淡然。杨岫云是谧妃抬上去的，自然不能反过去踩，况且杨岫云得宠，皇上也不会忘了谧妃的功劳，她是既没有理由不淡定，也没有必要不淡定。至于皇后，在得知杨岫云怀孕的当天，就已经把所有的震惊、愤怒、担忧都消化了，自杨岫云正式册封那一日起，皇后就成了她的好姐姐，每隔一日亲临探望，一日三餐都要亲自过问，更是指派棠颐负责杨岫云的膳食，凡是棠颐不知道就送去承茗殿的食物，一律不准下人端给杨岫云，还吩咐韩冬青每日问诊，所有的汤药都要韩冬青亲自把关，并且在后宫传话，谁要是言语不当惊了杨岫云的胎气，以谋害罪论处。承茗殿所有奴才宫婢都要尽心服侍，若胎儿有恙，承茗殿上下均要陪葬。此令一出，背后中伤杨岫云的流言蜚语立时减了大半，各宫主子见到杨岫云也客客气气的，不敢有越矩之言，只有东华宫和南和宫还有些难听的话传出来，不过零星碎语，皇后也没有追究。我曾问过皇后，是不是要警告宫婢奴才不要把那两宫的闲话传到承茗殿里去，皇后却摇头说，那两句闲话，惊不着杨岫云这么有胸襟的人，再说若是没有一点流言，杨岫云怎么能知道皇后对她的好，怎么能知道东、西二宫对她的恨。听到这话，我便不再

多言。

然而，就是皇后如此缜密的守护，也不能阻止悲剧的发生。杨岫云怀孕到四个多月，胎儿都已成形时，竟然意外小产了。那是在五月十五的傍晚，承茗殿来报，说杨岫云突然腹痛，伴有流血，皇后闻讯即刻赶到承茗殿，却只能面对小产的结局。医女端着血水从寝殿出来，看到那一片红色，我感觉一阵眩晕。门槛就在脚下，皇后想要跨步进去，却被从里面出来的韩冬青死死拦住。

“你这是干什么，让本宫进去!”皇后冲韩冬青喊着。

“娘娘，”韩冬青很用劲地说话，但是声音却轻得只有一层气，看来他是在刻意压低声音，但是又想让皇后知道事情的严重性，“皇上在里面呢。”

皇后微微一愣，随即坦然地说，“皇上在又如何，是他不让本宫进去吗?”

韩冬青皱皱眉头，“娘娘还不知道吗，杨美人是喝了棠颐亲手端来的莲子羹后出事的。”皇后猛地一下瞪大眼睛，脚后跟一软，我及时扶住了。韩冬青左顾右盼后接着说，“皇上知道微臣是娘娘指派的，已经让微臣退下了，现在张御医在里面诊治呢，娘娘这个时候进去，不是找皇上的气受吗?”

“棠颐端的莲子羹，这话谁说的?”

“是皇上亲见的，当时皇上就陪在杨美人身边呢。”

皇后一只手抓住韩冬青的衣袖说，“皇上就在当场！那棠颐呢?”

“微臣赶来的时候，银心已经让人把棠颐给绑了。”

“银心？她怎么会在这里？她有什么资格绑!”皇后一下子愤怒了。

“银心奉谧妃之命来探望杨岫云，还没走杨岫云就开始腹痛了，”韩冬青慌张地瞧瞧寝殿里头，无奈地说，“娘娘，是您在宫中传话，说谁惊动杨美人的胎气就要以谋害罪论处，如今是真的小产了，银心又是事发时在场等级最高的宫婢，她说要绑，谁不听从？幸好皇上没有立刻处置，只让司律监和尚宫局同查此事。”

皇后搭在门框上的手早已攥紧，指甲在上面划出细细的痕迹，忽然锐利的目光投向韩冬青，“那到底是不是莲子羹有问题?”

韩冬青看着皇后，艰难地点点头，“莲子羹里被人下了藏红花，而且剂量很大。”

皇后眉头一锁，“藏红花？这些东西怎么会从御药房流出来的？”

“娘娘，藏红花有解淤通经之效，有些宫婢经血淤积腹痛难忍，医女便会开此药给她们，这是宫规允许的。”韩冬青解释着。

皇后眼中一亮说，“若是医女开药，定有记录，你去，查一查究竟哪些人领取过藏红花，无论主子奴婢，都要查。”

“微臣遵旨。”韩冬青说着，看皇后没有要离开的意思，疑惑地问，“娘娘，还是要进去吗？”

“有些事情是躲不掉的，本宫问心无愧，自然要进去讨个说法。”皇后说完，将我轻轻推开，迈入门槛。我跟着皇后到了寝殿内，满屋子的药香此刻却令人皱眉。杨岫云躺在床上，双目紧闭，脸色苍白，嘴唇只有淡淡的粉红，虚弱的样子，与皇后第一次见她时倒很相像。

“皇上，皇后娘娘来了。”银心轻轻地说。

皇上没有出声，他坐在床沿，心疼地看着杨岫云，不时轻轻抚摸她的额头，擦去汗珠，抚平眉皱。我刚要再报，被皇后阻拦。只见她轻轻提起裙摆，跪在地上，磕了个头说，“皇上，臣妾来请罪了，没有照顾好杨美人，使得龙裔不保，实在愧对皇上和杨美人的信任，皇上有任何惩罚，臣妾都甘心领受。”皇上沉默了许久，站起身走向寝殿外。“皇上，”皇后似乎哀求地喊着，“无论皇上心中有多少记恨，还请皇上能够让臣妾查明此事，给皇上和杨美人一个交待，也给天下一个交待。”

“皇后，”皇上依旧背对着皇后，“朕不会记恨你，朕只是不愿意和你在此处讨论如此不堪的话题，云儿的身体还很虚弱，朕不希望有人打扰她，包括你，也包括朕自己，有任何话，出了这间屋子再说吧。”皇上说着迈出门槛，小潘子和木佳子一左一右连忙跟上。

我伸手去扶皇后，她却比我快一步站起身来，回头看了沉睡的杨岫云一眼，眼中有一分怜悯，两分惋惜，三分羡慕，四分嫉妒。“为了她的养息，皇上竟然可以没有一句责备，这种宽容隐忍，本宫宁可不要。”皇后忍住快要流出的泪，快步走出寝殿，跟随皇上的踪影而去。

我和皇后穿过长廊，进入正殿，看到的却是与来时完全不同的景象。来的时候，正殿里几乎空无一人，现在，已是黑压压跪了一群。皇上也不坐，就站在殿中央，司律监总管卢公公和尚宫局尚宫方清各立一侧，他们身后，是一班跪地颤栗的宫婢奴才，棠颐也在其中。看样子，皇上是要亲自审问了。皇后没有多问，而是静静走到皇上身边，忽然又走到卢公公和方清的中间偏前的位置，当众跪下说，“皇上既然要审，就请先审臣妾，无论有心无意，谁人之错，均是臣妾管教不严之过，先审了臣妾，也好定奴才们的罪，这才不失公允。”

卢公公和方清见皇后下跪，也连忙扑倒在地，浑身微微颤抖，努力维持镇定。皇后若担了管教不严的罪过，那他们两个必定也要牵连在内，如何能不害怕?

皇上双手背在身后，将我们所有跪着的人一一扫视，面无表情地说，“皇后言重了，朕知道此事十之八九与你无关，因为你是个聪明人，不会做这种蠢事，至于你说的管教不严，自己知道就好，你是后宫之主，朕还是天下人之主呢，若要论管教，那朕的罪过不是更大吗?”

皇后闻言又磕了磕头说，“臣妾惶恐，臣妾并无此意。”

皇上摆摆手说，“这件事，朕不想往大了追究，是谁就是谁，该怎么处置就怎么处置。”皇上说着，示意皇后起身，然后将目光投向方清，“方尚宫，朕着你审问棠颐及承茗殿的所有宫婢，有何结果?”

方清微微颔首说，“回禀皇上，奴婢审问了棠颐和殿中宫婢，已确认杨美人小产前服食的莲子羹是由棠颐亲眼看着出锅倒入碗中的，试吃后确认无毒，才送去给杨美人的，这一点，小厨房的宫婢夏月可以作证。棠颐一路经过回廊，直接从偏殿穿过连廊到达寝殿，先后遇见了宫婢姚青、清元、杜鹃、梅香，这一点，四位宫婢都可以作证。进入寝殿后，棠颐将莲子羹亲自递给了潘公公，再由潘公公递给皇上，这些，宫婢银心可以作证。”

“这个朕也可以作证，莲子羹端进寝殿后，并无人做手脚，那么小厨房呢，是不是在那里，就有人下药了?”皇上说着，凌厉的目光射向卢公公。

“奴才都查问过了，”卢公公赶紧说，“当时小厨房一共四个厨子，两个在准备晚膳，一个在清洗皇上赐的西域葡萄，还有一个，就是在煮莲子羹了。奴才问

了他们四个，都说没看见谁下药，就是棠颐，也是站在一旁等着莲子羹出锅，试吃之前，一下都没碰过锅碗，试吃的时候，也不见她动手脚，至于端出小厨房后，他们四个就不知道了。"

"那也就是说，从小厨房到寝殿的路上，出了问题，"皇上又把目光转回到方清身上，"方尚宫，你说棠颐先后遇到了四名宫婢，那么是分开来遇到的，还是一起遇到的，中途有没有什么特别的事发生，这些你都查问了吗？"

方清笃定地说，"奴婢都查问过了，姚青和清元是一起的，杜鹃和梅香是一起的，相遇之时，彼此只是点头问好，并无更多接触。"

"这么说来，"皇上不情愿地将目光落到棠颐身上，"棠颐，还是你的嫌疑最大。"

我和皇后双双回头去看棠颐，棠颐平静地说，"奴婢的嫌疑的确最大，奴婢不否认。但是，奴婢真的没有做过，还请皇上明察。"

皇上迟疑片刻，最终将目光落回到皇后身上，"皇后，你怎么说？朕相信你不会这样做，但你能担保你手下的人，也不会这样做吗？"

皇后先是身体微微一震，随即抬头很肯定地说，"臣妾可以担保，此事与臣妾宫中的人绝无干系，臣妾不敢说她们不想，但是既然臣妾不准，她们就绝对不敢。"

皇上眉头一皱，抬手一挥，卢公公和方清立刻起身，带着宫婢奴才出了正殿，把门关上，偌大的殿内，只剩下皇上皇后，小潘子，和我。皇上来回踱步几许，定神看了看皇后，语重心长地说，"皇后，朕是在给你机会，这件事无论真相如何，你已逃不过宫里的流言猜测，棠颐更逃不过谋害龙裔的罪名，除非能证明棠颐是被别的妃嫔收买，否则你就无法全身而退。这件事朕可以帮你，但是你自己要能狠得下心，你不牺牲棠颐，就只能牺牲你自己了。"

皇后笑着闭上眼睛，似乎在感激皇上的援救，在沉思皇上的提议，但是最终，皇后平静地拒绝了，"臣妾不会牺牲棠颐的，因为臣妾坚信此事与她无关，更因为臣妾不想纵容那个想要陷害臣妾的混蛋。"说到此，皇后睁圆双眼，坚定地看着皇上说，"臣妾在这里跟皇上讨个人情，三天，三天的时间，臣妾给皇上

一个交待，如果三天还查不出真相，臣妾就依皇上的话，牺牲棠颐，成全自己，还望皇上给臣妾这个机会，逮住谋害皇嗣的真凶。”

皇上眯起眼睛，泄出一片深邃的目光，“皇后，不会偏帮棠颐吧？”

皇后轻轻一笑，“皇上想要牺牲棠颐，也是希望臣妾能够置身事外，如果最后的结果是一样的，皇上也不会计较那么多了吧。”

“哈哈哈哈……”皇上突然大笑起来，收住笑声后不无感叹地说，“皇后到底是皇后，连朕也不得不服啊。好，朕就给你三天时间，希望你不会让朕失望。”皇上说着朝大门走去，我看见皇后的脸上渐渐布满悲伤和无奈，与之前慷慨陈词的模样大相径庭。这时，皇上突然站住脚说，“对了，杨美人养病期间，你就不要来了，等事情查明了，心结打开了，你们再见吧。”皇上说完，推开沉重的大门，迈步出去。

夕阳仅剩的光辉从门缝中泄进来，照亮皇后满脸的失落和寂寞。我正要说回去的话，皇后突然悲戚地说，“皇上，你也太狠了，臣妾宁愿你直说对臣妾的怀疑，又何须这样耍弄臣妾，让臣妾输得如此彻底呢。”我听不懂皇后的话，只好扶着她，慢慢往大门口走。大概是送走了皇上，门外的宫婢奴才纷纷涌入正殿，见到皇后立刻退到两旁，虽不出声，我却能感觉到他们内心对皇后的指指点点。我们走出承茗殿，上了马车，终于只剩下我和皇后两个。车轱辘转起来，皇后的泪也流下来。

“娘娘别哭呀，咱们不是还有三天吗？”我用手绢擦去皇后的眼泪。

皇后拉住我的手说，“你知道皇上为何要本宫牺牲棠颐吗？”

我微微侧头，“不是为了保全娘娘吗？”

“他心中疑我，又怎会保我？”皇后心酸地笑着，“他适才亲自审问，若是棠颐为了推卸罪责，故意指控承茗殿的宫婢在半路上拦截下药，那他就会认定是本宫在背后使诈。幸好棠颐遇到的宫婢都是结伴而行，她无法指控，硬生生担下了这个最大的嫌疑，反而让皇上难下判断了。”

“原来是这样……”我深深感觉到这竟然是场无底的较量，每一句话都是一个陷阱，一不留神就会万劫不复。“既然无法判断，皇上牺牲棠颐，又是出于什

么考虑呢？”

“棠颐是本宫的人，如果最后由她承担罪名，无论本宫是否知情，别人都会当本宫是知情的，所以根本不存在皇上说的牺牲了棠颐就能保全本宫。再者，有此一例，以后谁还敢接受本宫的好意，谁还敢相信本宫的好意，皇上看似救了本宫一回，实际则是害了本宫一世，所以无论如何，本宫都要证明棠颐是无辜的，这才是一劳永逸的上策。”皇后的眼中，失望与坚韧交替出现，我心疼她，我敬佩她，若是我的丈夫这样处心积虑要给我制造难堪，我恐怕没有勇气如此坚持了。

我安慰皇后说，“不管怎么样，皇上最后也答应娘娘了，三天时间虽然不长，但是娘娘一定能查出真相的。”皇后看看我，勉强地笑笑，不说话了。其实听完皇后这些话，我已经明白，皇上答应给三天的限期，也不是因为信任皇后，关心皇后，而是他自己也想知道，到底有没有一个所谓的真凶。要么，皇后查出真相，要么，皇后陷入困局，总之最后的赢家，只有皇上一个。我隐隐不安起来，这次的不安，与以往的都不同。我记得皇后和小顺子都提到过，皇上资质平庸，是靠着皇后娘家的势力才坐稳皇位的，但是现在看来，他的心思盘算足以与皇后抗衡，皇后以前不知，如今也该察觉了吧。

回到中宫，皇后立刻把棠颐和韩冬青都传来，为保公正，她还特意传了卢公公和方清过来，好做个见证。棠颐把傍晚莲子羹的事又说了一遍，与方清和卢公公在皇上面前说的一般无二。皇后紧锁眉头，眼珠子滴溜溜转着，突然双眼一亮，对卢公公说，“卢公公，本宫记得你说过，莲子羹在锅里煮的时候，小厨房有一个厨子正在清洗西域葡萄，这葡萄可是新送去承茗殿的？”

“这个……奴才倒没细问。”卢公公垂下脑袋。

皇后一拍桌子，“这怎么能不问呢？若这西域葡萄是有人新送去的，那么送葡萄的人不就有嫌疑了吗？”

“哦……”卢公公拍着脑门子说，“娘娘说的极是，奴才这就去查问。”

“你先等等走，兴许还有别的要问，等本宫想好了，你一并去问。”皇后说着又细细思量起来，“光有可疑之人还不够，若当时尚未起锅，药又下在了哪里，若当时已经起锅，众目睽睽之下，如何下药？”

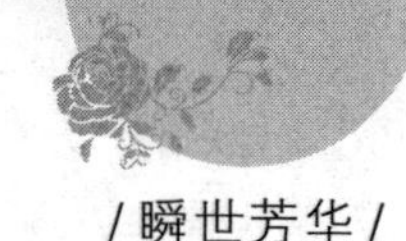

“娘娘，”棠颐突然说，“奴婢进小厨房的时候，莲子羹尚未起锅，但是四个厨子都在，洗葡萄的小安子说，这葡萄是奴婢到之前没多久刚送来的，想来那个时候小厨房里是有人的，不该容易得手才是。”

“你说的这些，只会给你自己招嫌疑，”皇后嗔怒地看了棠颐一眼，端起桌上的茶，刚送到眼前，就皱起眉头，“这茶里怎么还漂着油花呀，纸鸢，你是越发不会干活了是吧！”

纸鸢既着急又委屈地端过茶碗去看，一下子涨红了脸不知如何解释。这个时候，小顺子尴尬地笑着说，“娘娘您不记得啦，去承茗殿之前，您说要赏奴才一块糖油糕，但要藏起来，奴才找着了才算是奴才的，结果您一顺手就把它藏在茶碗里了。那个时候纸鸢也不在，后来奴才找着了，承茗殿就来说杨美人小产的事，奴才急着去套车，就没把茶碗给收拾了，后来也忘了跟纸鸢打招呼……”小顺子红着脸，不好意思地看着纸鸢。真想不到，他还挺仗义的。

皇后见状也不好多责怪，就让纸鸢把茶碗换了，结果韩冬青伸过手来，把茶碗给接了过去。韩冬青把茶碗捧在手里，左看右看，还闻了闻，忽然豁然开朗地说，“娘娘，微臣倒是想到了一种下药的方法，若此法真的可行，那有嫌疑的人可就更多了。”

皇后顿时提起兴趣问，“是什么方法，快说。”

“把藏红花熬成汤药，用来泡碗，然后晒干，平时看不出问题，但若是有汤羹类的东西盛入碗中，藏红花的干迹就会受热，重新融化在汤羹里。微臣记得，今日盛莲子羹的碗是赭石色的陶碗，最能掩盖汤药的干迹。而且，下药的人不需要选择特殊的时间，只要偷偷把碗泡好晒干，再偷偷放回去，总能有机会的。”

“对对对，这的确是个好主意，大不了多泡几只碗，总有盛汤羹的时候。如此，还能把下药的时间跟小产的时间错开，保住自己。”皇后竟然露出赞赏的眼神，“好啊好啊，这个下药的人还真是心思细腻考虑周全，若不是这碗糖油糕泡的茶，本宫还想不到那上头去。可是……”皇后转而又有顾虑，“若是如此手段，真就是大海捞针了。”

“皇后娘娘，”方清突然开口，“奴婢以为并不是大海捞针，按照宫里的规矩，

即使当日未用的碗筷碟盏，最多隔三天就要清洗一次，所以……”

“卢公公，”皇后明白了方清的意思，立刻吩咐说，“你去查一查，三日之内，究竟有谁进过小厨房，各自是什么理由去的，像今天这样送什么西域葡萄的，更要仔细调查。只是……”皇后的目光落回棠颐身上，“如此仍是免不了棠颐的嫌疑。”

韩冬青笑了笑说，“娘娘，其实去除嫌疑还有一个线索，就是娘娘之前让微臣去查的关于藏红花的事情。在医女开出的药方记录里，领取过藏红花的宫婢，并不包括棠颐在内。”

皇后闻言并不欣喜，同样笑了笑说，“棠颐只是个普通宫婢，她若是谋害杨岫云，那只能是受本宫指使的，那么藏红花自然也是从本宫这里拿去的，而本宫要得到藏红花，可以不让宫里任何一个人知道，所以你说的这个，帮不了棠颐，也帮不了本宫。不过……”皇后的目光突然狡猾起来，“本宫倒是很有兴趣知道究竟谁的手里藏有藏红花。”

韩冬青立刻从袖中抽出一支信笺，展开了递给皇后。皇后接过信笺，仔细地看着，我站在皇后身边，也努力张望着，看见那上面列了好多名字，写着对应的位分，以及领取藏红花的时间和分量。看到这份名单前，我倒还不知道，这藏红花在宫里如此行俏，粗略地估算一下，至少也有二十多个名字列于纸上。

“呵呵……”皇后突然冷笑两声，把信笺折起压在掌心下说，“真是没想到，从美人往上算起，手里有藏红花的嫔妃竟然有八人之多，除了本宫，全齐了，这是要在后宫开药铺呢。”皇后转过脸对方清说，“稍后本宫列份名单给你，你仔细地给本宫悄悄地查，就算不为杨岫云，本宫也要好好查查后宫婢女私自用药的事。”

方清已经涨红了脸，后宫宫婢私自用药被皇后点名彻查，这是她身为最高尚宫的失察之处，若不是遇上杨岫云的事让皇后分了心，只怕不会这么容易过关。方清不敢怠慢，口中连连说着奴婢遵旨。皇后没有再多说什么，只让卢公公和方清各自去查，明日这个时候再来回话。我觉得这个收尾有些突然，等到偏殿中只留下我、纸鸢和小顺子，我就觉得皇后其实已经有了答案，至少，也是有了怀疑

的对象。每一次皇后屏退左右，只留下我们三个的时候，都会挖掘新的秘密，或是设定新的计谋，这次，恐怕也不会例外。

果然，皇后重新展开信笺，盯着某一处看了好久，突然幽幽地说，“你们知道本宫在这名单里看到谁了吗?”皇后这一问，我就知道那一定是个极为特殊的人物。刚才皇后说美人以上的除了她全齐了，那么此人应该是美人以下的，皇后既然问我们三个，那此人必定是我们都知道的，甚至是与皇后有所牵扯的，那就只有……万淑宁，纪双木，银心，肖玉华，唐季柔……我正一一数着，皇后已把信笺拍在桌案上，顺势支撑着桌子站起身，深沉地说，“别说你们想不到，本宫也实在没有想到，木佳子也会藏有藏红花。”

木佳子！竟然是她！我的脑子嗡的一声响，眼前顿时黑了一下。没错了，木佳子也是美人以下，与皇后牵连甚深的人，我怎么把她给错落了。她现在侍驾钦安殿，送西域葡萄这种事，交由她手也不稀奇，断不会惹起怀疑和防备，若论时机，她比棠颐更能见缝插针，也更易全身而退。想到这里，我不禁后颈发凉，惊愕之中疑窦渐生。木佳子与杨岫云毫无瓜葛，为何要谋害其腹中胎儿，若被查出，是株连九族的大罪，她究竟是为的什么呢?

“娘娘，”小顺子揣测着说，“这木佳子跟杨岫云八竿子打不着，何苦要害她，总不至于苏筱菊的死跟杨岫云也有关联吧?还是……她被人收买?不对不对，知道皇上身边的尔容就是木佳子的人唯有奴才们几个，别的主子就算打这门主意，也不该轮到木佳子啊，奇怪，真奇怪。”

皇后看小顺子皱眉心烦，不禁疲倦地一笑说，“本宫也没说一定就是木佳子，凡是去过小厨房的人都有嫌疑，但究竟是谁，还得等明日司律监和尚宫局的调查结果。本宫倒是希望，不是木佳子，否则这件事，就难办了。”皇后似乎另有顾虑，忧心忡忡地走出偏殿，身体擦过桌子边沿，弄掉了茶碗，都不自知。

这一夜一日，皇后都没有多少言语，我知道她的心里并不踏实，她的心情绝不像她的表面那样平静淡定。傍晚的时候，卢公公和方清都来了，方清的说法倒是替木佳子澄清了不少，她的确是经血不调才在医女那里取的藏红花，医女的诊脉结果也记录在案。

就在我要舒一口气的时候，卢公公交上来一份名单，“娘娘，这是承茗殿所有奴才和宫婢的名单，其中打圈的，是三日内进过小厨房的。另外还有三个，不是承茗殿的人，第一个，就是棠颐，”卢公公小心翼翼地抬眼看了皇后一下，见她默不作声，便继续说，“第二个，是小潘子公公，昨日的西域葡萄，就是他送去的。”原来送葡萄的是小潘子，看来这条线索又没用了。我正这样想着，就听见卢公公说，“第三个，也是皇上身边的……”我的心猛一震，本能地看向皇后，她已经抬起头来，既期待又抗拒地看着卢公公。卢公公没发现我们的异样，继续说，“好像叫尔容，到钦安殿当差也就三个多月。”

“这个尔容又为什么进的小厨房？”皇后装作不经意地问起，一半有心一半无意的模样，亏她能装得出来。

“也是送水果的，西域进贡的甘蔗，听说杨美人喜欢吃甘蔗，皇上自己不得空，就让尔容送去了承茗殿。”卢公公说着看了方清一眼，“不过好像，奴才查到的人，和方尚宫查到的人，都不一样呀。”

“说来说去，都是些没意思的。”皇后把茶碗往桌上重重一搁，阴下脸来，“要照你们说的，还是棠颐的嫌疑最大，难道真要本宫担下这纵仆行凶的罪名？”方清和卢公公见皇后愠怒，赶紧扑通跪下，连说不敢。皇后深呼吸着把气压下去，警告地说，“你们再去查，取过藏红花的，去过小厨房的，两份名单给本宫从头核到尾，谁跟谁之间是主仆的，是姐妹的，是同病相怜是同仇敌忾的，但凡有一点勾连，就要彻底地查。还有，那些领过藏红花的，用了多少剩下多少，都一并查清了。”

听皇后把话说到这分上，卢公公和方清不敢怠慢，嘴里连说了好几个是，匆忙起身去办。待他们走后，皇后吩咐小顺子说，“你躲着点他们，去把木佳子找来，快。”

皇后神情严肃，小顺子一句没有多问转身就走。我跟过去关上偏殿的门，走回到皇后身边轻轻地问，“娘娘真认为是木佳子做的？会不会是有人指使承茗殿的人……”

“本宫放了那样的话出来，谁还敢！”皇后厉声打断我的话，“若胎儿有恙，

承茗殿上下均要陪葬，本宫当初这么说，就是要杜绝有人被收买。棠颐，小潘子和木佳子虽然不受此令所限，但在别人眼里，棠颐是本宫的人，小潘子和木佳子是皇上的人，谁敢收买!”

皇后这席话，让我的心凉了半截。承茗殿的人与杨岫云的孩子几乎是同生共死，若非深仇大恨，岂能被轻易收买？小潘子自小跟着皇上，棠颐又是皇后指派在承茗殿的人，谁敢收买？但若不是棠颐，不是小潘子，不是承茗殿中人，那么还能有谁？想到此，木佳子三个字呼之欲出。我更是满腹疑惑地说，“既是如此，娘娘刚才何不把她点出来，又为何让方尚宫她们再去查那些宫婢?”

“点出来，然后呢?”皇后露出可怜又可悲的眼神，“让木佳子变成第二个李袖音，威胁本宫帮她遮掩，或是走投无路把本宫的秘密说出来换一个两败俱伤的结局！哈，哈哈……”皇后痛心疾首地自我嘲讽着，“本宫真不该为了她的几封书信就心慈手软，苏筱菊的仇是她唯一的牵制，李袖音死后本宫就该马上把她撤了，也不至于像现在这样骑虎难下。”

“她终究知道太多事，就算不在皇上身边，还是会给娘娘惹麻烦的，日久人心变，承茗殿的事就是最好的例子。”纸鸢心狠意冷地说，“娘娘，不如把她调回来，然后秘密处置，奴婢可以再伪造一封遗书，随便拉个后宫的小主垫背，既能保娘娘和棠颐的周全，又能除去后患。”

皇后点点头说，“纸鸢所说，倒不失为一个可行之法，哼，原本本宫是要审案的，如今看来，得是安抚了。”皇后说着理了理衣衫，“行了，咱们去谨书殿等着吧，在哪儿结的缘，就在哪儿解吧。”皇后让纸鸢去宫门口等着他们，带着我直接去了谨书殿。

大约过了一刻钟不到，小顺子就带着木佳子到了谨书殿。皇后坐在铺着褥子的梨木雕梁椅上，仔细端详着垂手站立的木佳子。她似乎很平静，一点也没有感觉到皇后压抑在心的怀疑和纸鸢眼中的杀意。“承茗殿的事，你也知道了，现在皇上责成本宫调查此事，有些话，本宫想问问信得过的人。”皇后这话明显是既有安抚又有笼络，直接把木佳子放在了无辜证人的位置上。

然而万没有想到，木佳子坦然地说，“娘娘不必问了，这件事，就是奴婢

做的。”

此话一出口，皇后反惊愕无语，本想装作不知，如今却不得不知了。“你做的?”皇后坚持着把戏演完，尽管这戏早已不是最初编排的那样，“你是怎么做的?”

“皇上对杨美人常有赐赠，奴婢因此常有机会进出承茗殿，几日前，奴婢偷走了杨美人的陶碗，用藏红花的汤药浸泡了三天三夜，晒干后又送回了承茗殿。奴婢没有想到那只碗最后是由棠颐端进去的，连累娘娘受疑，奴婢罪该万死。”木佳子说的与韩冬青描述的一般无二，看来，事实就是如此了。

“你先别说死不死的，这个字在宫里一点也不矜贵，一点也没分量。”皇后似乎调整好了状态，重新把握现场的气氛，“本宫问你，你为何要谋害杨岫云的孩子，本宫三令五申要杨岫云平安生产，你怎么敢背着本宫做这样的事情!”

“娘娘真想让她生下这个孩子吗?”木佳子直白地问，“奴婢知道娘娘为难，知道娘娘心中委屈却要强作宽容，奴婢不想有人夺了娘娘的尊宠，所以才出此下策，彻底为娘娘拔除隐患。”

木佳子的话让我深感震撼。原来她是这样想的。皇后此刻已睁圆双眼，嘴唇微微发抖，眼中先是惊异，后是感慨，接着是无奈，最后回归平静。她走到木佳子面前，微皱着眉头说，“你竟然为本宫做这样的事?本宫并没有为你做过什么，你这样做，本宫只怕是承受不起。”

木佳子抬头坚定地说，“娘娘曾经救过奴婢的娘，如今又帮奴婢报了大仇，奴婢不敢忘却，如今奴婢也是举手之劳，何况也是娘娘给奴婢的身份，让奴婢能够偷天换日而不为人知，此乃娘娘功德所至，非奴婢功劳，还请娘娘不要挂在心上。”

“你倒是做了好人，娘娘却要担下这个罪名，如今把你供出去不是，不把你供出去也不是，难道你的心意，就是要娘娘左右为难吗?”纸鸢一张利嘴，说得皇后满腹委屈，说得木佳子满身罪过。

“奴婢知道这事出了岔子，今日来，就是要给娘娘一个说法，”木佳子磕了个重重的响头说，“奴婢愿意一力承担此事，请娘娘把奴婢交出去，了结此事。”

皇后先是双眼一亮，随即暗淡，似乎一转念间已经淡灭了期望，“你是无法了结这件事的，皇上要查的，绝不是一个小小的宫婢。”

木佳子并不意外，流畅地说，“奴婢知道，娘娘看哪个主子不顺眼的，奴婢可以拖她下水。”

皇后的手指微微曲动一下，木佳子的这句话说得平淡，却是暗藏汹涌的杀意。“你想得太容易了，拖人下水是要付出生命的代价的，死无对证的好处在于，死人的指证永远比活人的指证更加有力，因为活人永远无法找死人对质。后宫的主子，就是真有错还要狡辩三分，要她为捏造的罪名丢掉一条命，她怎能罢休？倒过来，就算你说的都是实话也未必不让人钻了空子，编出来的故事，哪里经得住拷问推敲？所以，别再说拖人下水这样的话，这是要用命去换的。”

木佳子沉默了很久，忽然开口，坚定不移地说，“说出主使人后，奴婢愿意以死明志。”

我的心怦怦一阵乱跳。这不就是纸鸢的主意吗？不过是遗书变成了遗言，却也许更加有说服力。我偷偷看向皇后，她的面庞平静得可怕，也许她正因为木佳子的提议而欣喜万分，也许她正因为木佳子的大义而唏嘘不已，但我更相信，木佳子过分的忠诚一定让她心生疑窦，木佳子无情的决断一定让她望而却步，无论如何，她的心绝没有她的脸那样镇定自若。我数着皇后慢慢挪动着离木佳子远去的脚步，一步，两步，三步……七步。迈到第七步时，皇后忽然转身对木佳子说，“本宫不会让你去以死明志的，因为你活着，比你死了，能给予本宫更多的帮助。”

“娘娘……”木佳子的眼神有些乱，原本清澈的目光突然浑浊起来。

“以死明志的事，本宫会找别人去做，从此刻起，这件事与你再无关联，听明白了吗？”皇后盯着木佳子的眼睛，眼中有期待，也有命令。

木佳子看懂了皇后的目光，缓缓低下头，慎重地说，“奴婢遵旨。”

皇后坐回到椅子上，沉思片刻，抬起手轻轻挥动着说，“明白了就去吧，记住，自作主张的事，不要再有下次了，本宫的心思，不是你能猜透的。”

木佳子茫然地看着皇后，似懂非懂地说了声是，磕头后起身离开。皇后给小

顺子使了个眼色，小顺子连忙跟上木佳子，明为相送，实为监视。我过去把门关上，还没转过身，就听见纸鸢说，“木佳子愿意以死明志，娘娘怎么反不答应呢?”

“你知道她说的是真是假，就敢答应?”皇后瞟了纸鸢一眼，似乎在嗔怪她的幼稚，“若她说的是真，本宫还真舍不得杀她了，若她说的是假，那她的心计之深，胆子之大，堪称冠绝后宫。以死明志，那不是她在表决心，那是她在试探本宫的心，不答应还好，一答应，不就坐实了本宫想要杀她的心吗？除非本宫这就解决了她，否则放她回去，还能有本宫的好吗？安抚，不是靠嘴巴的，本宫只有让这件事彻底收尾，才能稳住想要安抚的人。”

彻底收尾。这个词听起来有些灭亡的可怖感。我忐忑不安地问，“那娘娘，要如何收尾?”

皇后悲悯地一笑说，“还能如何收尾，只有牺牲棠颐了。”

“棠颐她会答应吗?”我不认为棠颐的忠诚能抗衡死亡的恐惧。

“她父母兄弟都在郑家为奴，不愿意，也得愿意。”皇后的话中带着狠辣无情，只是这一次，辣到了她自己，辣得涕泪流在心头。

第十二章　恨埋深家命逃宫

踏入钦安殿门槛的时候，我还不知道即将会发生怎样的惨剧。今日恰是三日期满，皇后去钦安殿向皇上复命。棠颐走在我和小顺子的前面，怀里抱着一只白猫。这只猫从哪儿来，用来做什么，我都不知道，自从那日皇后说了要牺牲棠颐，我就一直在等候她的吩咐，因为我知道每次她要圆谎，都要演一场大戏，戏里面，我们每一个人，都会扮演举足轻重的角色。但是这一次，她对我没有一句吩咐，甚至刚才我扶她上车的时候，都不知道那车轮滚去的方向，就是钦安殿。

踏上钦安殿前最后一级石阶的时候，我看见韩冬青站在一旁，微微低头却上翻眼皮，用眼睛数着我们的脚步一一迈过，然后跟上。走到大殿中央，我忽然听到喵的一声，棠颐的胳膊微微一缩，但没有放开。猫咪的叫声惊动了小憩中的皇上，也许他一直都醒着，只是应着猫叫，张开了眼睛，嘴角挂着一丝琢磨不透的笑意。

行礼后，皇后恭敬地说，“皇上，臣妾奉旨调查承茗殿下药一事，已有眉目，今日特来向皇上禀报。”

“眉目？”皇上眉头一蹙，似乎并不满意，“皇后可是答应了朕，要给朕一个结果的，这眉目与最终的真相，未免存在差距吧？”

皇后不慌不忙地说，“臣妾既然答应了皇上，自然不会食言，但此事牵涉臣妾的奴婢在内，若是只给皇上一个结果，无论解释得多么合理，也难以取信于君，取信于后宫，所以虽然臣妾已经推测出下药的手法，也圈定了可疑的人，但还是要当着皇上的面一一验证，才算数。”

“一一验证？”皇上似乎来了兴趣，一只手抚摸上案头的玉龙镇纸，沉思一瞬便说，“皇后圈定的可疑之人，是已经都在殿内了吧？”

“殿内自然有，但非可疑之人的全部，”皇后略带谦虚地说，“如果臣妾推测的下药手法没有错，那么凡是在事发前三日之内进过承茗殿小厨房的人都有嫌疑，数来没有一百，也有五十，臣妾若真要殿审，只怕天黑都没有一个结果。”

“是吗？那皇后所说的验证，究竟是指什么？”好奇的笑只在皇上的嘴角隐隐一现便成了被阴霾笼罩的质疑。

“自然是验证下药的手法，”皇后从容地说，“只要破解了下药手法，不用审问，只管搜证，任谁也不能抵赖。”皇后从袖中掏出一只陶碗，举起到胸口的位置说，“请皇上赐一碗清水。”皇上微微耸起眉头，随即朝小潘子点点头。小潘子捧着瓷水壶走到皇后跟前，往碗中注水。水满后，皇后将碗放在地上，冲棠颐点点头，棠颐蹲下身把白猫放在碗边，逗它喝水。白猫用舌头舔了舔清水，吧咂着嘴喝了几口，接着甩甩尾巴，似乎很满足的样子。皇后笑着对皇上说，“皇上看见了，这水，没有问题。”

“这能说明什么？”皇上流露疑惑的目光，其中却有几分意犹未尽。

皇后嘴角一勾，大声地说，“端上来。”话音刚落，两名医女走进大殿，前面的那个端着一只木盆，后面的那个提着一只火炉。端木盆的医女渐渐走近，一股苦涩的味道钻进我的鼻子，我忍不住拧起眉头。韩冬青从医女手中接过木盆，端到皇后跟前，皇后把刚才喂猫的陶碗拾起，丢进木盆中。皇上站起身来，想要看清木盆里的情形，皇后的手轻轻搭上木盆的边沿说，“这盆中装的就是藏红花熬成的汤药，请皇上稍等片刻，便能见分晓。”

皇上重新坐下，给了小潘子一个眼神，小潘子心领神会，赶紧让小太监们搬了张桌子放在韩冬青面前。韩冬青把木盆搁下，抬头郑重地说，“皇上，请恕微臣放肆。”说完，他转身从另一名医女手中接过火炉，蹲在桌子边烧起火来。大约一刻钟的时间，韩冬青用炭夹子把陶碗从藏红花的汤药中捞起来，放在火苗尖上烧烤。待陶碗烤干后，医女摊开一块厚布，把陶碗包裹住，翻转几下，然后重新摊开。皇后伸手将陶碗拿起，放在鼻子边闻了闻说，“能否请皇上，再赐一碗清水？”

皇上朝小潘子点点头，小潘子提起原先的那只瓷水壶，将水注入碗中。皇后亲手将陶碗搁在地上，这次没等棠颐逗弄，白猫就自己爬过来舔着碗喝水。然而，不过喝了几口，白猫突然狂躁地喵喵叫起来，身体横着躺倒在地上，四肢颤抖着，蹬踹着，一缕红色从两条后腿之间渗出来，带着暗红的污秽，越来越多。皇上缓缓站起身，死死盯着垂死的白猫，眼中的忧虑远多于震惊。

皇后一挥袖，两名医女立刻将白猫连同血迹都清理了，装满藏红花的木盆，飘着淡烟的火炉，都被撤了下去。皇后用手绢轻轻按了按鼻尖，朝皇上走近一步说，“皇上还需要臣妾解释得更清楚一些吗？”

皇上抬起手，掌心推向皇后，那是无声的阻止，目光却低垂着若有所思，沉默片刻后说，“岫云用的那只碗，验过了吗？”

皇后的眼睛微微一亮，继续说，“臣妾来钦安殿之前，已经命纸鸢到司律监、内侍监、尚宫局和御医院传旨，让他们四司会验，相信此刻，应该有结果了。”皇后话音刚落，纸鸢就到了钦安殿，将一纸验书交给小潘子。

验书在皇上手中被展开，几乎遮挡住整张脸，或有意或无意地，让我在凌乱

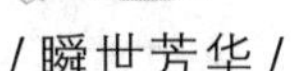

不安中坠落。我看见皇后慢慢握起拳头，看来她也跟我一样紧张。仔细想来，谁也不能保证那只碗就是藏红花泡过的毒碗，即便是，也没有谁能保证三天三夜过去还能让御医验出些什么。一切都只是皇后的推测，但她若想要彻底的清白，就只能走这孤注一掷的路。这时，我看到了纸鸢平静中略含期待的眼，猛然感觉一切看似飘忽不定，但却有一根无形的线在牵引。四司会验，这会是没有任何勾结的赌博，还是早有埋伏的陷阱？

皇上放下验书，一脸的凝重并没有把平静外衣脱去，手掌按在上面，掌心微空，手指啪嗒啪嗒轮番点落纸上。“皇后要调查事发前三日之内进过小厨房的人，朕没有意见，还有，宫中膳食器皿三日一清洗的规矩，要改一改了。”皇上的声音冷漠中透着严苛，显然已把所有的故事串联起来，更让我惊讶的是，他竟然对后宫的规矩了解得如此细致，究竟是偶然得知，还是一直都在留心呢。

皇后紧绷的脸在一瞬间缓和下来，顺从地说，“是，臣妾会着令尚宫局和内侍监对膳房之物多加留意的。”

皇上点点头，眼中微微露出兴奋和期待，“朕现在很有兴趣知道，皇后所说的搜证查验，究竟是如何验法？”

“宫里人偷偷喝药的不少，偷偷倒药的也不少，泡过碗的藏红花，肯定不会留着自己喝了，宫里人多眼杂，谁也不能端着一盆藏红花到处张扬，药汤和药渣都要谨慎处理才是，最常用又最保险的地方就是……”皇后走到一旁的花架边，摆出往花盆里倒东西的姿势，然后诡笑着继续说，“药汤被吸收了，药渣又有土壤的遮掩，表面上是没有一点破绽。但是，这花草并非死物，水浇多了都能淹死，这么多藏红花喂下去，焉能安然无恙？只要在有嫌疑的人房中搜到形态异样的花草，挖出泥土来检验一番，自然可见分晓。就算有谁急忙在这三天之内将花草处理了，只要向御林园确认分派各房的花草数目，也能很快知道究竟是谁心中有鬼。”皇后诡异的笑渐渐消失，取而代之的，是如同冰刀般凿穿人心的犀利。

皇上专注地听着，却无视皇后眼中的犀利，事实上，他的目光根本没有落在皇后身上，直接朝小潘子下令说，“皇后此计甚好，小潘子，立刻照皇后的意思去办。”

“等等，”皇后叫住小潘子，大胆地说，“皇上，臣妾掌管后宫，一要避嫌，二要公允，三要服众，小潘子是有嫌疑之人，不能插手此事，尔容和棠颐也是一样，而且棠颐是中宫的人，所以臣妾，连同臣妾带来的人都要留在此处，搜验一事，还请皇上另寻他人督办。”皇后有一些犟嘴，以身作则在她身上显现出浓重的刻意，也许是被之前的误会和怀疑伤了心，憋着一口气要彻底澄清自己。但是我觉得这样不好，过分的刻意，只能让皇上的歉意敬而远之。

果然，皇上眉头猛地一蹙，眼中有一道寒光急闪而过，很快湮没在深邃中，“皇后可真是把朕难住了，此事本就是后宫之事，若要彻底避嫌，岂不是要寻到宫外去，到底是朕的家务事，没必要张扬，但是皇后能够律己，朕不能违了皇后的这份心，就学皇后，着令四司联查吧。”皇上话毕，小潘子即刻传旨，急召四司，立刻搜宫。

大殿里一时安静下来，我把目光转向棠颐，她似乎比任何人都要平静，平静得有些不同寻常。我突然害怕起来，其实无论皇后的计划如何精湛，棠颐才是整个计划的核心，她会接受被牺牲的结局吗？我不禁担忧地将目光转向皇后，她沉静地伫立原地，目光盯着自己藏在裙摆下的脚尖，不知在盘算些什么。半个时辰不短，在寂静中显得尤其漫长。皇上批阅着奏折，似乎大殿上的我们都不存在。我们做奴婢的，最能忍受这种无尽的沉寂，而皇后因为要等待她铺设的结局，似乎比我们更加耐得住性子。

殿外传来了乱中有序的脚步声，我回过头去，看见了面色凝重的方清、诡笑暗藏的卢公公，和面孔紧绷的张学明，三个人并肩走进殿来，身后各自跟着一个人。卢公公身后是小玄子，手里捧着一盆枯萎的花。方清身后是次尚宫局的尚宫柳叶飞，手里抱着一本册子。张学明身后是一名医女，手里握着一个纸包。我的目光扫过所有人，最后落回到枯萎的花上。花是普通的蝴蝶兰，花盆，我似乎在哪里见过。

皇后走到小玄子身边，手指掐住一片枯黄的叶子，微微侧脸冷眼看向方清，“就是这盆花吗，真的验到藏红花了？”

“是的，娘娘，”方清朝身后的柳叶飞点点头，柳叶飞把册子递到皇后眼前，

皇后没有接，方清识趣地朝柳叶飞抛去一个眼神，柳叶飞赶紧把册子递给小潘子，方清这才继续说，“事发前三日内进过小厨房的人共有十六个，宫婢九个，内侍七个，奴婢只负责搜内侍的屋子，派了二十一个人分成七组同时搜，绝无通风报信，私下作弊的机会。”

“奴才也是，派了二十七个人分成九组同时搜查宫婢的住所，”卢公公赶紧接上说，“奴才还亲自和方尚宫去了御林园，果然在那里找到了好几盆枯萎的花，经过张御医的查验，在这盆花里发现了藏红花的药渣。”

“能确认是藏红花吗？”皇上突然开口，声音不大，却掷地有声。他还在继续批阅奏折，心思两用，却没有一点慌乱无措。

“是的，皇上，微臣仔细查验过，的确是藏红花，韩御医也在殿上，大可再验。”张学明将余光扫向身后，眉头一努，医女立刻将纸包打开，递到韩冬青面前。

韩冬青试探地望向皇上，见皇上微微合眼默认，使劲吸了吸鼻子，伸手抓起一些药渣，碾开来，放一点到舌尖尝了尝，掏出手帕抹抹嘴说，“皇上，的确是藏红花。”

咣的一声，皇上把毛笔甩入洗笔筒中，笔杆激起微澜，让我们每个人脸上都掠过一层惊涛骇浪。

“这花是谁藏到御林园去的，查出来没有？”皇后似乎有些迫不及待，那种为君担忧的神情拿捏得真是到位。我本以为棠颐的名字已是呼之欲出，忍不住向她投去怜悯的目光，却发现她并没有像我想象的那样局促慌张，连假装的都没有，这似乎有点不太寻常。

大殿里安静了一个瞬间，也许是因为牵涉到了皇后，竟然没有人说出棠颐的名字。皇后把目光落回方清身上，方清把头埋下，偷偷斜视卢公公，嘴巴闭得紧紧的，皇后紧跟着看向卢公公，他撇撇嘴，下巴刚抬起一些，又硬生生收回去，欲言又止，皇后又看向张御医，他竟是满脸寒霜一动不动，似乎这问题与他无关。

“怎么都不说话，哑巴了？”皇后提高音量，我看见她把眼角的余光投向棠颐，但是却猛地微微一闭眼，好像被刺痛了双眼。我看向棠颐，她就像一个旁观

者，期待地看着方清她们。难道，棠颐不打算遵照皇后的计划走下去？但是已经到了尾声，如何能重头来过，总不至于，出卖皇后……我的心一下子冰凉。

“知道什么就说吧，管她是谁，朕要听实话。”皇上这句话说出来，无疑是把皇后往险境里又推了一把。

卢公公抬起头，眼光从皇后的脸上扫过，卑微地说，“回皇上，奴才查问了御林园的公公，他们都说，这花是中宫的棠颐送去的。”

听到这话，皇上猛然站起身，皇后也向后趔趄了几步，不知是真的惧怕了，还是硬着头皮在演戏。我上去扶住皇后，她却推开我，冲到卢公公面前说，“这怎么可能！本宫想到这种下药手法后的第一件事就是去棠颐的屋中搜查，就连御林园也让西樵偷偷去看过了，当时并没有这样的一盆蝴蝶兰，若非肯定棠颐无罪，本宫何苦在这里自取其辱！”皇后极力为棠颐辩白，我分不清这是她事先设计的欲擒故纵，还是临场应急的无奈袒护。

“刚刚喂了藏红花的蝴蝶兰未必马上枯萎，西樵看到的蝴蝶兰，应该还很鲜艳才是。”这番说辞让皇后的袒护变得苍白无力，而说出这句话的，正是皇上。“皇后，如果这盆蝴蝶兰真的属于棠颐，那么若非是你欺骗了朕，便是棠颐欺骗了你。”

“棠颐！”皇后尖锐的目光刺向棠颐，尖锐中，还有依稀可辨的茫然和渴求。

棠颐站在原地，没有因为卢公公的指证而跪地求饶，她的肩膀簌簌发抖，但是目光却毅然坚定。大殿上所有的人都在注视着她，众目睽睽之下，她慢慢抬起头，愤怒的眼对着卢公公，斩钉截铁地说，“你……胡……说。”听到这话，皇后眼中顿时充满惶恐，此刻我便知道，她根本无力编造另一个故事来同时维护棠颐和自己，棠颐不肯牺牲，那就只有她这个皇后牺牲了。然而这个时候，棠颐露出鄙夷的神情，对卢公公冷嘲热讽起来，“奴婢虽然得罪过公公，但公公也不至于撒下这样的弥天大谎来栽赃奴婢吧。”

卢公公被棠颐一指责，立时乱了方寸，语无伦次起来，“你，你才胡说呢，你什么时候得罪过我，我有什么理由害你，你别胡说。”

“你不记得了？”棠颐反倒是无辜起来，随即恍然大悟地说，“哦，我知道了，

是你拿了谁的好处，要栽赃我来陷害皇后娘娘，是不是!”

“我没有!”卢公公似乎顾不上棠颐的愤怒和指责，赶紧对皇上跪下，惶恐不安地说，“皇上，奴才真的没有，奴才怎么敢陷害皇后娘娘，不不，奴才怎么能陷害皇后娘娘……”

卢公公正诉冤枉，方清站出来说，“棠颐，御林园是我和卢公公一同去的，看管花草的公公的确都说是你送去的花，卢公公没有栽赃。”

“御林园的公公跟他是什么交情！他是司律监的总管，谁不听他的?”棠颐也向皇上哭诉，“皇上，奴婢前日里的确送过一盆枯萎的蝴蝶兰去御林园，但那是因为奴婢把热汤洒进了花盆，花才会烂根枯萎，根本就与藏红花无关。一定是卢公公听说了此事，将蝴蝶兰偷偷调换，想要栽赃奴婢。”棠颐这番话，似乎又替皇后解围不少，皇上看卢公公的眼神也在渐渐变冷。

就在这时，我听见有个声音在说，“不是卢公公。”声音不大，刚好够我们听见。谁，是谁?大家循声望去，最后竟然将目光落到木佳子身上。她看着我们，嘴巴还微微张开着，似乎话音未尽。我看向皇后，正好撞上她担忧惶恐的眼神。她轻轻抿嘴，努力维持镇定，勾住衣袖的手指正微微颤抖。

皇上朝木佳子走近一些说，“尔容，你说不是卢公公，你是怎么知道的?”

木佳子抽动了两下嘴角说，“奴婢好像看见过，有人偷偷在御林园里往花盆里倒东西。”

木佳子看见过?我心里扬起阵阵迷尘。棠颐不认罪已经是出乎意料了，木佳子竟然也阴错阳差地搅和进来，这太匪夷所思了。皇上皱起眉头，不悦的神情显露无遗，“偷偷往花盆里倒东西?看清楚是谁了吗?”

“是，是……”木佳子怯弱地朝我身后扫了一眼，喝苦药似地憋着一口气说，“是方尚宫。”

方清！这下我更惊愕了。原本还算清晰明了的事，竟然牵扯出这许多不为人知的秘密。方清此时已脸色刷白，跪地辩解说，“奴婢绝没有做过，定是尔容看错了，要不就是胡说。”

皇上对方清所言不置可否，继续问木佳子，“尔容，你是什么时候看到方尚

宫进御林园的，你又是去那边做什么？”

“奴婢……”木佳子突然有些迟疑，犹豫片刻后说，“奴婢有罪，奴婢养死了一盆花，想偷偷去换一盆，所以趁夜深人静的时候去了御林园，结果看见方尚宫也在，就先躲了起来，结果就看见……那是前夜里的事。”

皇上点点头，走到方清面前，看似和蔼地说，“方尚宫，前夜里，你在哪里，说得清楚，朕便信你。”

方清的身体向后一缩，唯唯诺诺地说，“奴婢，奴婢在自己房里。”

“你撒谎。”柳叶飞的声音破空而出，惊得方清连嘴唇上仅剩的一抹血色也瞬间淡去。柳叶飞继续说，“前夜里奴婢身体不适，去找方尚宫告假，结果方尚宫并不在房内。因她是奴婢的上司，况此事也不打紧，所以奴婢从未向她提及。”

柳叶飞话说至此，方清已颓然无力地坐倒在地。皇上坐回龙椅，嘴角挂着苦涩的笑，“说吧，为什么要谋害杨美人的孩子？”

方清猛地抬起头，好像之前流失的力气突然又回来了，睁大眼睛说，“奴婢没有谋害杨美人，奴婢没有……”

皇上啪地猛一拍桌案，“你没有谋害杨美人，那又何必搞栽赃嫁祸的手法！”

“奴婢，奴婢只是想寻皇后的晦气，哦，不，是有人威胁奴婢，要奴婢想办法把谋害杨美人的事嫁祸给皇后，奴婢是受人威胁的，不是自愿的，不是自愿的……”方清已经泪如雨下，分不清是委屈，还是害怕。

听到这样的话，我深感宫中事绝没有定数，谁都按自己的计划在做，但是不同的计划撞在一起时，就全都成了变化。此时皇后已经慢慢平静，虽然之前的变数让她一度惊慌，但是峰回路转后的柳暗花明却让她重新把握主动。她朝方清走近一步说，“谁有这么大的胆子，威胁最高尚宫？再说，她凭什么就能威胁你做这样的事？”

方清面如死灰，闭上眼睛认命地说，“奴婢与司礼监曹副总管的侄子在宫内偷聚被人发现，之后便受到威胁，要奴婢嫁祸棠颐，陷害皇后，就连棠颐送花去御林园的事，也是那人告诉奴婢的。”

“那人是谁？”皇后紧紧追问。

方清摇摇头，绝望地说，“奴婢也不知道她是谁，胁迫奴婢的纸条是从门缝里塞进来的，奴婢也不想栽赃，但是奴婢实在是怕……”

“纸条呢？”皇后清冷地抛出一句，让方清的哭诉戛然而止。

方清抬起手，手背贴在脸颊，可怜地说，“奴婢……烧了。”方清说到这儿，惊惧的目光扫视四周，缩起肩膀，似乎受到了我们质疑的目光的围攻，一下子焦躁起来，“但是，但是奴婢真的没有说谎，奴婢没有谋害杨美人，奴婢跟她无怨无仇，根本没有理由谋害她，这真的与奴婢无关……”

“也许你是不想谋害她，”皇后突然开口，幽怨悲悯又绝情冰冷的目光扫向方清，淡然悲戚地说，“你只是想陷害本宫……”

一句话，轻若鸿毛，这里面暗藏的意思，却重得能压死人。顷刻间，方清的辩解如同哑然无声的嘶喊，全是徒劳，尤其是卢公公在方清的屋子里搜出了藏红花，她的哀求也被彻底漠视了。皇上下令杖毙方清，我亲眼看着她被倒着拖出大殿，脚踝被捉住，两只手疯狂地扒拉着，披头散发，凄厉地呼喊，却只换来柳叶飞无情的送别，和皇后冷漠的窃笑。

皇上说他累了，让我们都退下，皇后的嫌疑就此终止，棠颐的危机也得以解除。走出钦安殿，卢公公追上来，讨好地说，“娘娘，奴才在方尚宫屋里搜到了这个，给您留着呢，放心，跟这事儿没有关系。”卢公公从袖口中抽出一本册子，皇后扫一眼四周，接过册子。一路上，皇后借着微弱的灯火，看着册子，默默无语，我则掀起车辇的窗帘，偷望棠颐的身影。她低着头，车轱辘每响一下，她就迈出一步，我以前只知道她老实本分，做事踏实，今日才知道，她原来如此蕙质兰心，通透灵巧。究竟，究竟今日的她才是真实的她，还是昨日的她，才是她自己？

回到中宫后，皇后把我们都拒在寝殿之外，独自待了有足足半个时辰，才喊我们进去。我走在最后，刚转身关上门，就听见皇后用那种早已将一切了然于胸的口吻说，“谁的主意？你还是尔容？”

尔容？我一愣，稍后才悟到这话是在问棠颐。

果然，棠颐没有一丝一毫的惊讶，坦然地说，“是尔容的主意，昨天夜里她

来找奴婢，说她知道奴婢就是皇后娘娘选中了要替她牺牲的人，她觉得过意不去，决定帮奴婢摆脱嫌疑，帮娘娘渡过难关。”

皇后眼中飘过一丝惊异，但又不相信地说，“你可别告诉我，方清栽赃也是她安排的。”

“不，那只是个巧合。”棠颐抬起头继续说，“方清栽赃是一个天大的意外，她也是遇上了这个意外，才想到了这个主意。她说只要坐实了方清栽赃的事，那么娘娘的危机就不攻自破了。无论奴婢如何以死明志，到底是娘娘的人，不能抹去所有的嫌隙，但方清是局外人，她若担罪，就不会给娘娘冠上找人替罪的嫌疑。所以，奴婢死是下策，方清死是上策。”棠颐说完，眼巴巴地望着皇后，似乎还有泪水在眼眶中打转，那是隐藏的害怕，还有无奈的乞求。

皇后凝视着棠颐的眼睛，少时便弯起嘴角，“你做得对，有上策，谁还用下策？”话音刚落就有宫婢来报，说尔容送了皇上的赏赐过来。皇后收起笑容对棠颐说，“你去吧，让尔容到偏殿等着。”棠颐应承下来，转身出了寝殿。

小顺子走到皇后身边，轻轻拍着胸脯说，“在钦安殿上可吓坏奴才了，娘娘，这次真是有惊无险啊。”

皇后瞟了小顺子一眼，幽幽地说，“有惊无险，全靠棠颐……”听到这些，我正满心赞同，就听到皇后继续说，“若非她怕死，怎么可能只为木佳子一句上策下策的话就欺瞒本宫，甚至把本宫推出去冒险呢？”皇后冷峻的目光如同利箭穿透殿门直刺棠颐的背心，我忽然觉得自己在经历了数次自作主张后仍然能活着，实在是老天的眷顾。

我们去了偏殿，皇后公开传召尔容，引木佳子欣然来见。小顺子挥挥手，宫婢内侍纷纷退下。木佳子本是微微颔首，众人退下后，她抬头看着皇后，露出微笑。

皇后也笑了，欣赏地说，“你太让本宫意外了，从没有人能这样算计了本宫，却让本宫从心里感激。”

“奴婢不敢。”木佳子仍然抬着头。

“你怎么知道棠颐是要替你受过之人？本宫不该对你提过呀。”

“娘娘安排棠颐藏花，难道不是想留下伏笔？”

“你看见了？”

“缘分而已。上天要奴婢襄助娘娘，自然会留给奴婢有用的线索。”

皇后闻言，重重瞟了木佳子一眼，沉吟片刻，话锋一转，“你发现方清栽赃，真的是意外吗？”

“是的，”木佳子坦荡地说，“方清多此一举，奴婢方有此计。”

“既如此，为何不事先知会本宫？若非本宫沉着镇定，你此计未必能成。”

“娘娘既是沉着镇定之人，奴婢又有何忧，又有何惧？再说皇上对娘娘疑心深种，必定察颜观色，娘娘越不知情，此事胜算越大。”

“那方清屋里的藏红花……”

“是奴婢偷偷放的，”木佳子明白皇后的意思，坦荡荡地说，“方尚宫心思细，肯定不会留下证据在屋里的，奴婢在皇上身边当差，进出尚宫局，不会有人阻拦。”

皇后啧啧两声，似在夸赞她的自信，随即又问，“那柳叶飞的证词……”

木佳子淡淡一笑，“这个不难预料，方清死了，柳叶飞就是最高尚宫的第一人选，这样的机会，她如何能不把握？就算她不吱声，奴婢也会引导她陷害方清。”

皇后的笑容忽然淡了一些，“那方清与人偷欢被威胁的事，不至于也在你的意料中吧？”

“就算不是与人偷欢，也会有别的原因。棠颐藏花是娘娘的安排，但方清并不知道，她既已发现棠颐藏花，不但没有立即上报查验，反是多做手脚，可见她要的不是真相，而是将棠颐落罪的百分之百的证据。既然她有陷害之心，那就难怪有这样的结局了。”

“可你怎么就能肯定，皇上会把承茗殿的事也算到方清头上呢？她最多也只会承认栽赃而已。”皇后口中虽问，眼中却无疑惑。

木佳子低下头，“娘娘那么聪明，能在方清哭诉自己没有理由谋害杨美人时说出那样的话，将原本尚有一丝变数的局面变成板上钉钉的最终结局，应该能明

白奴婢方才所言吧。”

“哈哈……”皇后大笑起来，忽然话锋一转说，“你不是来送赏赐的，你是来向本宫要赏赐的。”我心里一惊，愕然地看向木佳子，她竟然没有反驳。皇后收起笑脸，无奈又愤恨地说，“如今你是本宫的恩人，想要什么，尽管说。”

“奴婢要的，娘娘真能给吗？”

“你能说，本宫就能做。”

“奴婢要出宫。”木佳子又一次语出惊人，她的平静坦承了她对皇后的不留恋甚至厌倦，“奴婢在宫里的使命已经完成，继续留下去，只怕会成为娘娘的负担，奴婢请娘娘赐一颗假死药丸，让奴婢出宫，自生自灭。”

皇后也露出轻微的惊讶，这应该是她没有想到的。她沉吟片刻，笑容重新浮现脸庞，“好，本宫答应你，但你要给本宫几天时间准备，到时候西樵会去找你。”皇后竟然答应了她，还把我也扯进这件事里。这其中，莫不是有什么用意？

“谢娘娘，那奴婢就先告退了。”木佳子转身朝殿门走去。

“等一等，”皇后冰冷的声音封锁住木佳子的脚步，用一种无奈的略带嘲讽的口吻说，“真是遗憾，若你早知道方清在宫里与人偷欢，就不必费如此苦心帮棠颐脱罪了。”

木佳子的身体摇晃了一下，没有说话，继续往前走出偏殿，消失在尽头。我琢磨着皇后的话，始终不得头绪，但我看得出，木佳子是能听懂的。我忽然明白了皇后不忍心除掉木佳子的原因，纸鸢忠心，我解人意，但总归是两个人，若能验证木佳子的忠诚，再加上她的聪慧，势必成为皇后身边的第一助力。

杨岫云的事就这么过去了，方清死后，柳叶飞升任最高尚宫，曹公公的侄子被发配边疆，曹公公也受到牵连，连降了两级。皇后本要查威胁方清的人，无奈死无对证，又搜不到任何线索，只能暂时搁置。

十天后，我带着假死药去木园附近的竹林，木佳子比我先到，站在根根翠竹间，身形萧瑟。我踩着脚下的一片片枯叶，伴着嚓嚓声响走到她身边，把药丸递过去，“这是假死药，其余的皇后娘娘会安排。”

木佳子接过药丸，盯着它看了一会儿说，“转告皇后，三日之内，我会服下

此药。另外，等我出宫以后，你把这些交给皇后娘娘。”木佳子从怀中掏出两本册子，一本是完整的，另一本是用线穿起来的一沓纸。

“这是什么?”我接过册子，天色暗，我也没有翻开来看。

“在李袖音的房间里找到的，藏在一个暗格里，卢公公没发现，是她的秘密札记，还有她和皇后娘娘的往来书信。”

我的心猛地一沉。秘密札记，往来书信，那她不是全都知道了，是我们利用了她，还差点让她背负杀人的罪名。我惶恐地看着木佳子，接触到她平静的目光后，反而有种无地自容的羞愧。她怎么能如此平静，她对皇后的恨呢，从来没有过，还是渐渐淡了？应该有过吧，承茗殿的事，恐怕就是冲着皇后来的，可是皇后放过了她，不惜牺牲棠颐也要放过她。她是被感动了？所以淡漠了曾经的欺骗，甚至在最关键的时刻拉了皇后一把。皇后的大度是为自己的筹谋，她呢，她真有这么大的胸怀吗？

我看着她平静却不简单的眼神，心里浮起疑云，可她却带着淡淡离愁说，“一切都该结束了，你先回去吧，我再待一会儿。”

我不知道她留恋这里的什么，但还是点头照做。忽然，脚下咯噔一下，踩到个硬邦邦的东西。我把脚挪开，惊得几乎要叫出声来。是我的木铃铛，丢在菊花台林子里的木铃铛。我捡起它，想到木佳子就在身后，一时竟不知所措。

“这是我的。”木佳子的声音传来，更是让我惊愕。我豁然转身，举着木铃铛欲言又止。木佳子轻巧地从我手里拿过木铃铛，三两下系在腰上，一点不遮着掩着，“虽是捡来的，我却很喜欢。”

我盯着铃铛，怀揣一丝慌乱说，“你，你就这么系在腰上?”

“不然要系在哪里?”木佳子莫名地看着我，反倒显得我唐突了。

我不好再说什么，悻悻地离开。一路上，我满脑子都是晃动的木铃铛。她不是贪心的人，木铃铛也不值钱，大约是真心喜欢，有眼缘，才会留在身边的吧。可那毕竟是娘的遗物，我必须拿回来，等明天吧，她假死出宫的时候，就是物归原主的时候。

回到中宫，皇后已经睡了，纸鸢陪夜，我回了自己房间。微弱的烛火下，我

翻看着李袖音的札记，看到了让我惊愕的秘密。原来当年苏筱菊同时把怀孕的秘密告诉了方清和李袖音，李袖音一直劝她打掉孩子，而出卖苏筱菊的，偏偏是方清。一下子，我全都想通了。从李袖音死的那一天起，木佳子所做的一切，都不是要帮皇后，而是要干掉方清。现在方清死了，她心愿已了，出宫，是在保护她自己。幸好，皇后不知道这些，否则……啊，不对！皇后的那句话，若早知道方清在宫里与人偷欢，就不必费如此苦心帮棠颐脱罪了，难道指的就是这个？可是，皇后怎么知道背叛苏筱菊的是方清……对了，那份卢公公交给皇后的札记！原来是这样。皇后利用木佳子报仇的心除去李袖音，现在木佳子反过来利用皇后脱罪的心除掉方清，怪不得皇后要说，被算计了还心存感激，原来指的也是这个。猛地一霎那，我怀疑起木佳子将札记和书信交托我的真正用意。这一页一页的都是她的护身符，若她平安，就可归还皇后，从此线索中断，恩怨不再，若她不平安，那护身符就成了皇后的催命符……一瞬间，我的心被真相压垮，原本清晰的结局此刻变得模糊不堪。

第十三章　顺水之舟锁钦安

整整一晚，我都在想象木佳子的死讯会以怎样的方式传来。但当噩耗真的传来，一切都已面目全非。木佳子死了，惊驾太后，杖毙。这不是我们安排的故事，却极其符合我们想要结束一切的初衷。在短暂的惊愕过后，皇后命我去木佳子的房间收拾残局，我知道她真正的用意是让我去抹掉所有的蛛丝马迹，而这些东西已经被缝在我的枕头里了。对于木佳子的死，我也有不放心的地方，就是我的木铃铛，还有她离奇的死因。惊驾不是什么稀罕事，但是发生在木佳子身上，发生在这个时间，就不能简单地视为意外了。奇怪的是，宫里并没有太多关于此事的传言，而我想要寻回木铃铛的希望更加渺茫了。

我好不容易等到天黑，偷偷去了皇宫北门附近，那里有一个比木园更静僻的坟场，没有特殊关照的宫婢太监死后都在那里的地下相会。木佳子的死不惊波澜，在别人眼里，是尔容死了。我踩着脚下的沙土，想知道哪一处是最新的坟，忽然，背后响起阴森的略带沙哑的声音，“你在找什么?”我被赫然一吓，竟然向前屈膝跪倒在地。我哆嗦着慢慢回头，一个黑影一点点在眼中完整起来。张学明！我忽然没之前那么害怕了，几次蜻蜓点水的接触，我感觉他对我并无恶意。但是，他怎么会出现在这里？跟踪我？想到这里，这个让我放心的御医也变得危险起来。他低垂着眼看向三尺薄土说，“她已经死了，就算她身上有再值钱的东西，你也要离得远远的，免得沾惹晦气。”他的话好像是在告诫我什么，没等我回应，他就默默转身说，“你好不容易能留在宫里，千万不要把自己推入险境。”

我的心一颤，再抬头时，张学明已经被浓重的夜雾完全吞没。来无影，去无踪，还能说出那样的话，难道，他知道我的秘密？我不敢多作逗留，匆忙逃回中宫辗转反侧直到天明。不知过了多久，晨曦的阳光刺破阴霾，我睁开眼，梳妆台上的柳叶珠环不偏不倚落进我的眼。承御，这就是我现在的身份，也是最安全的身份。

然而，当皇后拉着我坐在她的梳妆台前时，当纸鸢摘掉我的柳叶珠环为我重新盘出蝴蝶的发髻时，我感觉自己又被推到了危险的边缘。皇后看着镜子里的我，嘴角的笑如同淡墨勾勒的美意，轻盈地说，“真漂亮。”

我不安地问，“娘娘这是做什么?”

皇后的目光瞬间暗淡，转身走到桌边坐下，我从镜子里看到她半遮的背影，听到她淡漠的声音，“你收拾一下，三日后去钦安殿侍君。”

去钦安殿？我忽然想起练字的初衷就是要把我从承御变为御前尚义，这件事被搁置了这么久，终于因为木佳子的死被重新提起。不，皇后需要的不是御前尚义，而是奸细，她真的决定了吗？我鼓起勇气轻轻地说，“奴婢是皇后娘娘的人，只怕是送不过去的。”

“你忘了那日在东华宫的风波了吗?”皇后平静地说，“皇上让你参加安瑾萱的寿筵，就是再明确不过的表态。这宫里从来没有一个宫婢可以与御前尚义一同

侍君，而且是由皇上亲口点名，你已经是破了先例了。既然皇上肯为你破例，那么留下你在身边就绝无问题。”

听皇后这样说，我已汗涔涔凉透了背脊，想要立刻跪下表示忠诚，又害怕惹来皇后更深的怀疑。

此时，皇后反而收起凌厉的目光，笑盈盈地伸出手来。我转过身，犹豫着将手放在她的掌心，她握住我的手，使劲一拽，将我拉到她的面前，“你不用怕，皇上喜欢你是好事，也是本宫的福气，至于万淑宁，从她在安瑾萱面前替你解围就能看出她对你有好感，无论这好感是来自你一次又一次看似无意伸出的援手，还是来自你身为本宫近身承御的特殊身份，抑或是天注定的缘分，都充满了将你收为己用的欲望。”

我不得不承认皇后说的，每次我看见万淑宁的眼睛，总觉得那双眼睛在我对说话，瞳孔中流淌出来的那种温暖可亲勾得我心痒痒，无论我心里怎么明白她是个阴险小人，都会被她的眼睛吸引。我心里突然惧怕起来，颤栗着问，“那娘娘不担心吗？”

“担心什么？”

“他们要收买我。”我憋了好大劲才说出这几个字。

谁知皇后坦荡地莞尔一笑说，“那就问你了，你会被他们收买吗？”听到这话，我才知道自己又落入了皇后的陷阱，狡黠而明媚的笑，让她的陷阱铺满诱惑的芳草，而下面则是暗藏的利刃。我急忙摇头，皇后却两手抚摸上我的脸颊，让我直视她妩媚深邃的眼，“西樵，本宫想要你被她们收买，甚至，还会成全你的背叛。”

成全我的背叛？一下子，我全明白了。背叛只是一场戏，演给敌人看的戏。可是，我真的有机会演这一出戏吗？我忐忑不安地说，“娘娘，若奴婢身有反骨，万淑宁岂会交心？若奴婢忠诚，她要奴婢何用？恐怕是，她想要收买的，是留在娘娘身边的奴婢，而非离开娘娘的奴婢。”说到这里，我突然心里一跳，难道皇后要把我送走，正有这一层的意思在里面？

这时，殿外传来一声高喊，“圣旨下，林西樵接旨。”猛一瞬间，耸人的寒意

扑面而来，我微微侧目，发现皇后的笑眼早已被寒光浸透。她知道？她不知道？我想看透皇后的眼神，却得来更多的迷惘。“圣旨下，林西樵接旨。”声音重复着，已徘徊在寝殿门口，我听出来了，是小潘子。

“林西樵在。”皇后替我回答着，拉着我的胳膊几乎是把我甩到了寝殿门前，更用手按住我的肩膀让我跪倒在地。我的肩膀和膝盖都生生地疼，慌乱中偶然的一瞥，正迎上皇后阴冷的目光斜着朝我洒来，于是我明白了，那些痛是皇后的怨愤在我身上的发泄。可是，她不是很想我去钦安殿吗，为什么，为什么还会露出如此令人寒心的目光？

小顺子打开殿门，小潘子高举圣旨站在我的面前，只有一道门槛的距离。他徐徐展开圣旨，大声宣读起来，“中宫承御林西樵，忠诚守律，行事有序，受皇后调教，堪为众婢首，着升御前尚义，即刻接任，钦此。”话毕，小潘子将圣旨折卷起来，朝我头顶一送，“林尚义，接旨吧。”

林尚义，这个陌生的称呼让我一时难以适从。圣旨悬在头顶，我却感觉它是随时下落的利剑，威胁着我的生命。我咬咬牙，慢慢抬起手，圣旨落入掌心，沉甸甸的。

“奴才还要回去复旨，先告退了。”小潘子没寒暄两句就离开了，冷风从敞开的殿门灌入，我渐渐收紧胳膊，战战兢兢地将圣旨捧在胸前。

“林尚义，现在你该知道，你刚才的顾虑都是杞人忧天了吧？”皇后从我怀中抽走圣旨，没有听够似地一字一字重复着，“中宫承御林西樵，忠诚守律，行事有序，受皇后调教，堪为众婢首，着升御前尚义，即刻接任，”她哼哼两声，似笑若泣，轻蔑的笑在脸庞蔓延，悲戚的泪在眼中积蓄，“林西樵，原来你早已不是本宫的人了。”

我心里一惊，惶恐地说，“奴婢绝对不知此事，请娘娘明察，娘娘……不是也希望奴婢能去钦安殿吗？”

“这不一样！”皇后狠狠地甩袖，将圣旨丢回在我身上。

“这当然不一样！”我爬着转身面向皇后，掷地有声地说，“皇上亲自下旨，奴婢去钦安殿就是名正言顺，万淑宁的疑心至少减去大半，奴婢要替娘娘做些什

么，也就便宜多了。”说完这句，我感觉额头已经冒出细汗。但愿，但愿皇后能继续信我。

一只冰冷的手掐住我的下巴，抬起我的脸，我疼得流出眼泪，朦胧间看不清皇后的脸。寝殿里安静了很久，沉默的空气笼罩着所有人，猜忌、怀疑、怨愤、恐惧，都在沉默中渐渐沉淀，消磨了戾气。最终，皇后轻轻拂袖，默默离我而去。无声的别离，让我陷入深深的迷惘，曾经的默契，此刻变得微弱。我继续跪着，只因为我不知道她的离去是在传递什么意思。

许久，小顺子折返回来，无奈地说，“柳尚宫来接你了，赶紧收拾收拾吧，皇上等你即刻上任呢。”我抬起头，他抿抿嘴把脸转开。我站起身，朝殿外走去，双手扶住门框迈过门槛的那一刻，我听见小顺子闷闷的声音，“以后每过五日在钦安殿外西侧栅栏左数第三根竹枝下埋信，西樵，你可不要负了娘娘。”

我可不要负了娘娘。我何曾想过要负她，何曾想过要负任何人。我记着小顺子的话，回到自己房里收拾了细软，在中宫的宫门外见到了柳叶飞。她已经是最高尚宫了，勾起的嘴角既是得意的张扬，也是嫉妒的隐藏。苏筱菊曾以最高尚宫的身份兼任御前尚义，这才是身为宫婢的最高尊宠，李袖音死了，方清死了，本来一切都让人期待，而我的出现，让柳叶飞触手可及的美梦瞬间破碎。我回头遥望中宫的大门，曾经丑陋的记忆此刻正渐渐烟消云散。也许，中宫的确有过太多的杀戮，但对于我，恐怕这才是最安全的地方。皇宫哪一处是干净的？钦安殿，那里也许有更多的无辜冤魂，有更多的罪恶秘密，而我，正朝它们步步靠近。

钦安殿，我不止一次从它的石阶上走过，不止一次从它的门槛上跨过，不止一次站在殿中仰视君主的圣颜，不止一次跪在座下聆听帝王的御令。与奢华高贵又清冷落寂的中宫相比，钦安殿的空旷又多了几分无声的威严。

柳叶飞领我到钦安殿的后殿，那竟是比正殿还要开阔的空间。曲折的回廊如同硕大的迷宫隧道，穿梭的石子廊间种满奇异的花草，似瑶台仙境，比御林园工匠精心打理的捧仙居还要惊艳馥香。被奇花异草遮掩的深处，是一间无比宽延的殿院，柳叶飞推开门，一面巨大的屏风出现在我眼前。“这里是钦安寝殿，皇上若不去娘娘们处歇息，便在这里就寝。”柳叶飞边说边在前头带路，绕过屏风，从一道道垂落的层层叠叠的幔帐间穿过，最后停在一张巨大的床榻前。绣龙的锦被白玉的枕，镂金的榻板鹅绒的褥，这无疑是皇上的床了。想来可笑，从古至今，多少女人想栖息在皇上的床边，为此互相伤害不惜血流满地，在我看来，也不过如此而已。“跟我来吧。”柳叶飞说着朝床榻左侧走进去，我的视线随之而走，发现那里还有一道小一些的屏风，我跟着她绕到屏风后面，发现里面竟然别有洞天，床榻，梳妆台，桌椅摆设，虽然简单，却井然有致，俨然是精心布置过的小寝殿。柳叶飞轻轻瞥我一眼说，“以后你就在这里侍寝，耳朵要灵一点，别辱没了这样好的身份。”柳叶飞意味深长地笑笑，又领着我四处转了转，最后把我引到钦安偏殿。“这偏殿其实就是皇上的藏书殿，皇上不传、不召、不见的时候，喜欢来这里博览群书，在藏书殿伺候不比在别处，光是整理维护典籍书册就比侍弄其它的摆设器皿要难得多，你要谨慎用心才是。”柳叶飞训导人的口气一点也不输给后宫的主子，老资格三个字就像印在她的脑门上，审视我的眼神要多冷峻就有多冷峻。只是这一次，柳叶飞并没有擅自推门进去，而是侧立在殿门口轻轻叩门，“启禀皇上，奴婢柳叶飞领新任御前尚义林西樵来见。”

咯吱一声，殿门打开，小潘子从两道门的夹缝中挤出来，好像不愿意殿中的风景有半点的曝露。“辛苦柳尚宫了，把林西樵交给我吧，您请先回。”小潘子做了个请的姿势，虽然笑脸相迎，却有送客之意。柳叶飞的眼神明显闪动了一下，暗藏着不悦和失落，怏怏地看我一眼，尴尬地笑着转身离开。小潘子随意地拽拽袖口，轻快地说，“林尚义，跟我来吧。”小潘子后退回去，身体向后靠着敞开一侧殿门，我迈过门槛进到里面，还没来得及看清殿内的陈设，殿门就重新关闭，原本被光亮铺洒的大殿顿时暗了一层。

借着微弱的光亮，我依稀可见殿内的层层书架，感觉与中宫的谨书殿有几分相似。小潘子领着我七拐八拐的，越往里走，越黑暗狭长，又似乎没有尽头。这是要去哪里，做什么？同一个问题反复在脑海里跳跃，扑面而来的无尽黑暗让我的脚步渐渐放慢，甚至有了退缩的冲动。就在我几乎要停下脚步的时候，小潘子也停止了前进。我奇怪地看着他，他的周围并没有入口之类的东西，也没有可以透光的口子，这就像一个死胡同，除却后退，再无他路。就在这时，小潘子把手

搭上左侧的墙面，稍微动了动，只听到哗啦一声响，我身边的书架瞬间平移开去，露出一道深入地下的阶梯。“啊!”我一边喊一边用手捂住嘴巴，惊慌地看向小潘子。小潘子拱起眉头睁大眼睛努嘴笑着，似乎对我的惊愕模样期待已久。他指指阶梯，脑袋一摇，那是让我下去的意思。我颤巍巍地把脚踩在第一层阶梯，感觉整个身体都下陷了不少。阶梯很陡，几乎垂直地面，每一格阶梯都只能容纳一只脚的大小，我不得不死死扒住两边的墙面，才能勉强支撑身体。渐渐地，阶梯宽敞平缓起来，原本幽暗的光也逐渐亮堂起来，慢慢包裹住我。我一点一点松开手，不知不觉加快步伐。忽然，一个急至的转弯，眼前乍然出现一道铃廊。顶上，两侧墙上，贴住地面的墙根处，是延伸不见尽头的成串的铃铛。我惊慌地止步，好像随意的一动，就会惊扰了沉寂的铃铛。在这样狭长的地道里，只要有一只铃铛响起，就够刺耳惊悚的了，更别说这数百只铃铛一起跳动的惊天之音了。

“别怕，往前走，别碰那些铃铛就行。”小潘子在我耳边轻轻说。

我沉了沉气，迈开步子，战战兢兢地朝尽头走去。这一路走来，我感觉特别漫长，不管走多少步，总能感觉路的尽头又往前延伸了不少，最终的那一点，永远的空空的一点，而不是可见的实物，这条诡异的地道似乎总也走不完，是真的有太远的距离，还是我的心理在作祟。忐忑不安地，终于，我看到了青石色的门。我不禁加快步伐，那片青石色越来越清晰，越来越扩大，终于贴在了我的脸前，那样逼近，那样真实。我长吁一口气，彻底放松下来，自然地抬手要去推门。就在这时，门平移着开了。我惊慌地后退一步，抬起的眼正好看清了开门人的模样。那一刻，我真正地惊愕了。

开门人微笑地看着我，可见她早就知道青石门的这一边站着的是我。只是我不明白，怎么会是你来迎接我呢，纪双木？“跟我来吧。”纪双木转身带路，小潘子在背后推了我一把，可见他也是清楚明白的。我跟着纪双木走到一道赭石色的木头门前，纪双木轻轻叩门三下，门开了，纪双木拉着我钻过去，我一回身，发现这道门的正面竟然是一排普通的书架。我跟着纪双木穿过几排错落的书架，走到一排珠帘前。她掀起珠帘，让我先过。

我茫然地往前走了几步，忽然想到什么，回头问，“这到底是哪里？”

纪双木微微一笑说，“你来过这里的，不记得了吗？”

我来过？我仔细观察四周，的确似曾相识，好像，好像……我想起来了，画卷落水，熏蒸临摹，就是在这里。那这里岂不是……天哪，烟霞殿的书房竟然和钦安偏殿连接在了一起！我万万没有想到，离开中宫的第一天，哦不，第一个时辰，我就获悉了这样一个惊天大秘密。

走过又一道幕帘，我眼前出现一幅巨大的水墨丹青，高山峻岭溪涧丛流间，一男一女执棋对弈，指尖竟同时落在一颗棋子上。我慢慢走近画中棋盘，也不知被什么奇怪的力量驱使着，抬起右手将食指点向那枚棋子。刷的一下，画幅一分为二，我的手还空落落地停在半空中，指尖却已点向更远处的一幅大地图。这是本朝的版图吗？我不知不觉又跨进一步，忽然觉得右臂惶惶发虚，那是危险临近时我身体自然的反应。我猛地一转头，竟然，竟然看见皇上和万淑宁站在一起，一人手执竹筒一双，一人抓着一束竹签，平静地看着我，似乎早知道我会出现。

“奴婢参见皇上，参见郡主。”我提裙跪下，心中的好奇远比惊慌更甚。

“这里没有外人，西樵无须行此大礼，”皇上把一束竹签全部插入万淑宁手中的一只竹筒中，转身走到雕花的红梁榻椅边坐下，“你一路从钦安殿到了这里，有什么想问朕的吗？”

我心里一跳，感觉烫手的火球直直地抛来，躲不开，也不敢接。皇上一句没有外人，让我受宠若惊到如坐针毡，言下之意，我是他的人，万淑宁也是。我微微抬高目光，万淑宁已经仪态万千地坐在红梁榻椅边的竹藤圆椅上，明眸笑靥地看着我。又是那种诱惑的目光，我忍不住低头躲开，嘴里却不禁轻轻喃语，“皇上，怎么在这里……”话说到一半，我意识到自己的失言，急忙收声，却更感觉无处可逃。

“你是奇怪，朕为何要在安国郡主的书房与你见面，是吗？”皇上温柔得很，让我紧绷的心略微放松。但是只一瞬间，他的脸色骤变，锐利的目光扫去满脸的温柔，声音也变得厉如雷霆，寒若冰刃，“朕选择在这里见你，是要让你知道，朕要见谁，自能见到，再多的眼睛，也休想偷窥到朕的秘密。”

我的心猛然一颤，感觉身上最后一片丝缕被人掀起，骤然而至的惊恐竟然远

不及内心深处的羞愧来得汹涌。这个几乎从不踏入中宫的男人，竟然看穿了中宫隐藏最深的秘密，声声批驳似在嘲笑皇后的自作聪明，可怜皇后费尽心机，终究输在了皇上的手里。我顿悟皇上此话背后的深意，自嘲地一笑说，“皇上用心良苦，奴婢自能体会。”

皇上专注地看着我，“西樵，朕要的，绝不仅仅是一个御前尚义。”

我勇敢地看着他说，“但是奴婢能做到的，也仅仅是一个御前尚义。”

“哈哈……”皇上大笑起来，“看来你对朕的误解很深哪，朕既然看中了你，又怎会将你置于背信弃义的境地?”

我微微蹙起眉头，感激中带着疑惑，不解地看着皇上。难道，他不想利用我窥探皇后的秘密，他不想利用我牵制皇后的权力？那么，他何必选我来做这个御前尚义？还是，这只是欲擒先纵的一场戏。眼下这场刻意安排的相见，表面是警告，是威慑，背后呢，究竟藏着怎样的心思?

我的眉头越皱越紧，皇上却忽然收敛笑容，专注地看着我说，“林西樵，记住你自己说过的话，你能做到的，仅仅是一个御前尚义，御前尚义，而不是中宫承御。”我的肩膀猛抖一下，深知自己陷入了文字的陷阱。皇上站起身，威严的目光俯视着我，不容置疑地说，“从今日开始，你不再是皇后的人了。朕不会跟你打听皇后的事，也不会因为过去的事寻衅于皇后，因为朕要成全你的忠义，也成全你与皇后的情义，但朕也不许你再为皇后承担分毫，无朕允许，除朕以外，你不许再为任何人做任何事，包括安国郡主在内，明白吗?”皇上说着，将手直指万淑宁，没有丝毫的犹豫。

我有些愕然，皇上一边与万淑宁有着共同的秘密，一边却又当着万淑宁的面划清界限，真是矛盾。我看向万淑宁，她依旧温婉地微笑着，似乎一点也不意外，更不气恼。这两个人，到底是怎么的一种关系，原本以为是男女私情，但眼下看来，又不尽如是。此刻，皇上就像一个大谜团，就算给了我再多的线索，我依然看不清他最真的面目。于是，我只好乖巧地说，“奴婢明白了，从此刻起，奴婢只为皇上一人效力。”

话音刚落，万淑宁轻轻鼓掌两下说，“西樵果然是灵巧剔透，皇上只是简单

点拨两句，就能参透其中含义，比起李袖音的默契聪慧更是有过之而无不及，皇后娘娘失此良材，真是可惜了。”

“怎么会呢?”皇上走到巨幅地图前，右手按在一道延绵起伏的山脉上，顺着墨色的线条由西往东滑动，似乎在勾勒山脉的壮观，“朕用她的人，她用朕的人，很公平啊。”

我的心咯噔一下。皇上这话什么意思?

“那倒是，”万淑宁笑眉舒展，拿起桌案上的竹筒轻轻摇晃，弄出沙啦啦的声响，接着皇上的话往下说，“皇后娘娘一向宽容大度，既能信用皇上所信用之人，亦能让皇上信用她所信用之人，如此琴瑟和鸣，果然是天下之幸了。”

我没有听进那句天下之幸，我只听到她说，皇后既能信用皇上所信用之人，亦能让皇上信用她所信用之人。这两句话恰恰与李袖音和木佳子的情况相符，绝非随意一提。难道万淑宁是想暗示我，中宫里没有她不知道的秘密?换言之，中宫里有她的人。等等，究竟是万淑宁想要暗示我，还是皇上在借万淑宁的口?知道这两件事的除了皇后和我就只有小顺子和纸鸢，难道是他们中的一个?再有，皇上为什么要给我这样的暗示?让我相信他的无所不能，让我诚服于他用人不疑的品质，还是……离间?

“西樵好像有心事。”万淑宁轻巧的一句话挑动我早已脆弱的心弦。我茫然地摇头，却被万淑宁温柔的目光逼得无路可退。忽然，万淑宁撤走目光，转头温婉恬笑着说，“皇上今日还要手谈吗?西樵来了，我们可以四人成局。”

四人成局?下棋不是两人对弈吗?我正疑惑，就听见皇上说，“算了吧，西樵刚来，朕想给她一点时间。”

万淑宁轻轻看我一眼，“西樵这么聪明，相信这一点时间不会太长的。既然今日不手谈了，皇上就早点回去吧，也好给西樵多一点时间熟悉钦安殿里的一切。”

万淑宁竟然请皇上离开，这实在是出乎我的意料。而皇上也没有丝毫的异议，转过身点点头说，“也好，西樵，跟朕回钦安殿。”

“是。”我怀揣疑惑，乖乖跟着皇上，按照原路返回，穿过那幅一分为二的山

水墨画时，我清楚地听到两幅画在背后移动合拢的声音。山水之画，将桓书殿一分为二，一半是皇上专属的机密之室，另一半是开门迎客的风雅之堂，若非亲见，谁人能料？万淑宁没有再随行，而是目送我们穿过层层叠叠的幕帘。小潘子拨动机关，书柜打开，一瞬间，一股寒阴之气袭来。我侧过脸，轻轻打了一个喷嚏，却在回转的一瞬，看见皇上冷峻的脸，之前与万淑宁相谈甚欢的笑颜此刻已被阴云覆盖。难道，皇上在万淑宁面前，也是演戏吗？

我们进入密道，每一步，我都走得小心翼翼，因为随时可能触动的铃铛，更因为随时可能触怒的君王。与皇上相见不过一刻钟的时间，皇上与我所言也不过三两句，就轻而易举让我陷入无尽的迷惘和慌乱。记得第一次进东宫，皇后也是用几句看似无关的闲话就让我迷惘无措。可是，在我陪伴皇后整整四年后，在我目睹宫中生死未曾间断后，在我已经能面对皇后的猜忌疑惑游刃有余后，在我凭借承御的身份在后宫左右逢源后，我依然敌不过皇上的轻描淡写，在他的三言两语下彻底慌乱。这就是皇上深藏不露的冰山一角吗？记得小顺子说过，皇上是被皇后扶上位的，而此刻，这个故事变得荒谬可笑。

从狭长的阶梯爬出地面，我终于能呼吸到一口新鲜的气息。然而当我调匀呼吸看清眼前一切的时候，我惊觉这里并非钦安偏殿，而是一间没有窗户的小黑屋。小潘子触动机关，地面的开口合上，从地下发出的幽暗的光被瞬间切断，我顿时被没入一片黑暗之中。很快，耳边响起手掌拍打墙面的声音，然后是咔嚓一声，我面前的那堵墙竟然开了，亮光大片地泄进来，一道道错落的幔帐飘进我的视线，时荡时落间，一面巨大的屏风在远处若隐若现。幔帐，屏风，这里是钦安寝殿。

惊愕之间，我听到皇上的声音，“宫里的密道很多，朕带你走过一次，你就要牢牢记在心里，知道吗？”

“是。”我心虚地答应下来，其实我根本记不住。明明是一模一样的密道，我从偏殿进去，最后怎么会回到寝殿？这个钦安殿，藏着太多的秘密，我在这里，能留得长久吗？我谨慎地左顾右盼，仿佛这个自己将要栖身的宫殿处处暗箭，难安身，亦难安心。

皇上出了钦安殿，并没有说要去哪里，直接就上了车辇。我跟着车辇走，经过西侧的栅栏时，不禁放缓脚步。左数第三根竹枝……我心里默默数着，眼角的余光从颤抖的枝头落向深埋的竹根一掠而过，随即抬头远望跟着车辇前行。车辇经过东华宫，我不禁想起安瑾萱不可一世的嘴脸，厌恶地朝宫门瞟了一眼就把脸转开。车辇又经过南和宫，我回想起庄環的艳俗和愚蠢的行径，忍不住轻蔑地一笑，吝啬地将目光投向路边的花草。车辇经过仙居殿，我想起孟焦二位美人，轻轻一望敞开的宫门，只感慨她二人的悲寂。车辇又经过长淑殿，我竟然想起了那个被映秧红牵连致死的小太监，心里一阵痛楚，低下头不忍心去看。车辇经过文秀阁，我想起了文秀公主，想起我跪在她面前说的那句飞蛾扑火，想起她与皇后的知己之言和最终决裂，不禁伤心感怀，遥望宫门久久不舍。车辇又经过锦颐宫，我想起谧妃恬静的脸庞，宛若清泉的目光，还有深藏心底的秘密，一种复杂的情感在心头荡漾，忍不住望一眼，再望一眼。车辇经过承茗殿，揪心的疼痛纠缠着怜悯把我弄哭，杨岫云的淡然如此珍贵，却依旧不能在猜忌丛生阴谋迭起的后宫保住她腹中无辜的生命，点点猩红成全了别人的夙愿却断送了她的寄托，这是何等无情何等残忍。车辇又经过尚宫府，李袖音就死在里面，遗留的秘密，此刻正在我的房里，惊惧刺痛我的心，我似乎闻到了血腥的气味，尽管，她是被勒而死。

车辇最终停下，我愕然地发现，自己又回到了钦安殿。车辇几乎绕了皇宫一圈，却不见皇上从车上下来，这里面究竟有什么名堂？我看见小潘子扶皇上下车，不敢多问，乖乖地跟在后面，竟是一路直奔寝殿。我刚迈过门槛，小潘子就关紧寝殿的门，偌大的寝殿就只有我们三个，这种安静，让我如芒刺在背，悚意渐生。穿过层层幔帐，皇上最终站在落地的镜子前，双手在背后交叉，从镜子里，看我。

“西樵，”皇上突然叫我的名字，让我猝不及防，“你很讨厌安贵妃吗？”嗡的一声耳鸣，我心中一阵惶恐，这个问题本身并不可怕，就算我说是，皇上也不会怎样，但是，这个问题的背后，究竟隐藏着怎样的深意，才是真正让我欲言又止，望而却步的。皇上并不急于追问答案，温和地继续说，“你不仅讨厌安贵妃，

你还看不起怡嫔，虽然你曾经是皇后的人，却在心里喜欢和同情杨美人，而且，你很在意谧妃，是那种想要去了解的在意，那种充满好奇的在意，是吗?”

“皇上……”我感觉自己的心被剖开，一个帝王能如此清晰地看透一个婢女的心，这样的能力让人觉得可怕，这样的心思更让人觉得可怕。这是他的猜测，还是真的知道?

皇上转过身继续说，“文秀公主出嫁的事，是不是有朕不知道的内情? 长淑殿里是不是发生过什么特别的事? 还有，李袖音的死，是不是让你介怀?”接踵而来的问题让我感觉窒息。这不是猜测，皇上一定是知道了什么，可他是怎么知道的，好像他的眼睛、他的耳朵就长在我的脸上，看到、听到了这所有的一切……我惊魂未定，皇上就接着说，“西樵，朕问这些，并不是要你回答，朕说过，朕不会跟你打听皇后的事，朕只是要你明白，你离一个合格的御前尚义，还有很大的差距，甚至离一个合格的承御，都有一段不可忽视的距离。因为，你的一个眼神，一个表情，都已经出卖了你的心。”皇上深深地看进我的眼里，那是一种挖掘人心的力量，让我藏无可藏。

眼神，表情，出卖我的心? 我的脑海中闪过很多画面，悚人的寒意沿着背脊直窜后脑。刚才，皇上绕着皇宫兜圈，难道就是为了偷看我的表情? 是啊，我刚才把目光投向那些宫殿，或悲伤、或忌恨、或怜悯、或恐惧，但是，我从未将目光投向车辇，那里面，才是我应该关注的主子。皇上，我不过是一个婢女，就值得你费如此的心机吗? 还是，这本就是你最平常不过的状态，每一个看似不经意的瞬间，其实都在捕捉有故事的细节? 我是真的害怕了，那种害怕不是皇后的尖锐和残忍能够带给我的，也不是血淋淋的死亡和屠杀能够带给我的，皇上，他是以翩翩轻鸿做剑，割得我的灵魂满是不愈的伤口。

皇上挥袖在床榻上坐下，竟然能有坐在金銮殿龙椅上的气势，“朕说过，不许你再为除朕以外的任何人做任何事，如果你做了，或者你想做，朕一定会知道。”我握住手心冒出的汗，看着皇上冷峻的眼，知道这不是玩笑。“你过来，”我听从召唤走到皇上身边，他竟然对我附耳轻语，“西樵，朕不想你犯错，从此刻起，你寸步不许离开朕的身边，如有半点违抗，杀。”

我的心一沉，皇上轻轻吐出的一个杀字，如同千斤重的绳索将我羁绊。杀之一字，远比杀的行为本身更令人恐惧。刀剑穿过身体，疼痛已知，命数已定，还有什么可怕的？可偏偏是杀这个字，如同悬在头顶的利剑，让人在生与死之间徘徊。就是这个杀字，让我不敢，也不能离开寸步。那就意味着，皇后交托于我的使命，尚未开始，就已终结。

一切都变了，变得再也变不回当初。曾经，她只要一个东宫，她得到了，现在她想要整个后宫，她还是得到了。但是得到和得到不一样，东宫虽小，却全在她的掌握之中，皇宫虽大，却不是她能摆布。她一心一意培植安瑾萱，安瑾萱却不屑为盟，她费尽心机暗算杨岫云，杨岫云却劫后重生，她千方百计孤立万淑宁，万淑宁却羽翼渐丰，她纡尊降贵拉拢蒲谧妃，蒲谧妃却阳奉阴违，她费尽心机监视皇上，皇上却早已防患于未然，她将千斤重担压在我肩头，我却在死亡的威胁前却步。我突然替皇后感到深深的恐惧，在刚刚开始的后宫争斗中，她尚未得到分毫就已开始失去，这是多么可怕的事啊。

第十四章　花间游疑镜窥心

钦安殿的生活并没有我想象的那么剑拔弩张，甚至都不如我在中宫时的谨小慎微。皇上对起居之事从不挑剔，拿出我对皇后一半的用心来伺候就足已。上朝议政没有我的事，下朝批奏召臣议事，我从来就是旁观旁听，犯不着一点错。只有在旁人退尽，皇上静心读书思虑国事的时候，需要我在旁伺候，磨墨铺纸，排架查册，不敢出一点错，怕断了皇上的头绪，扰了皇上的心思。幸而，皇后也爱读书，又让我跟纸鸢学了不少笔墨功夫，张罗起来倒也顺手。其实，成为御前尚义后，我最难应对的主子并非皇上，而是后宫的妃子。以前我是皇后的人，她们多少对我有些忌恨害怕，如今见我成了皇上身边的人，不知又有多少猜忌怀疑藏

在心里，看我的眼神复杂极了。每每看见她们眼中的惶恐，我就会想起万淑宁见到我时的恬淡，脑海中一闪而过的预感一次比一次强烈。这些人都不是万淑宁的对手，纵然抛却男欢女爱，抛却后妃之争，后宫，依旧会是万淑宁的天下，只是时间早晚而已。

我恨自己有这样的想法，这种想法无异于将皇后视为无物。想到皇后，我的心揪起来。今天是第五天了，按照约定，我应该在钦安殿前西侧栅栏的第三根竹枝下埋下记载钦安殿秘密的书信。然而，皇上亲口说出的那个杀字始终萦绕心头，在死亡的威胁下，我似乎拥有了放弃的理由，更竟然萌生了退缩的邪念，唯一仅剩的，是对皇后无可奈何的愧疚和难以交待的辜负。此时已是黄昏，皇上伏案小憩，我无事羁绊，却无从离开。一次又一次，我望向钦安殿外，心中奢望能如约埋下些什么，纵然不能传递讯息，至少也要让皇后知道我所面临的困境，明白违背约定绝非我的本意。但转念一想，我若能诉苦，岂会不能诉忠，不如什么都不留，虽一时易惹皇后怀疑，日后终能解释得清楚，好过匆忙辩解，反留纰漏。想到这一层，我忽然觉得自己并不比勾心斗角的妃嫔们高尚多少，甚至，她们不惜得罪所有也只为博皇上一人之心，而我却时时起念，妄想得到帝后两人的宠信，就说这一点贪意，已是用心太过。有些东西，终究是不能坚持长久的，人总会变，因为环境一直在变。

腿麻了，我稍稍变换站姿，不经意地抬眼，竟然看到皇上已经睁开了眼。“皇上怎么不叫奴婢?”我心里拼命打鼓，心想刚才的那番心思不知在脸上幻化成了怎样的表情，又传递给皇上怎样的讯息。他说过，我的一个眼神表情就能出卖心里的一切，这句话在短短的五天时间里就被证实了好几次。每次我以为他还在酣睡，私心杂念难得在心中走一遍时，就会被他点名。他总是醒得悄无声息，每一次都支起胳膊，拳头微握顶住右边的额角，睡眼微张酣意未退，却已将所有的目光都聚焦在我的身上，那种凝望到钻进骨子里的目光实在可怕。每次叫醒我，他都会猜测我心中所想，或是一个人，或是一件事，或是一种难以言喻的心情，却从不要我的回答。是的，他不需要我的回答，因为他从未猜错过。而这一次，他竟然都没有叫我，是他还没有看够看透，还是在故意等我发现。

“你好像有心事。”皇上平静地说，直起身子舒展双臂。

“奴婢没有。”我低头轻声说，“许久站着不动，有些跑神了。”

“那就出去走走吧。”皇上站起身，奇怪的笑挂在脸上，也不说去哪里，就朝殿外走去。我跟着皇上走出钦安殿大门，一眼望到西侧的栅栏。每次经过这栅栏，小顺子的叮嘱就会一下子在脑海中冒出来，那些栅栏头就像削尖的刺，直往我眼里扎。渐渐地，我们离栅栏近了，我这才发觉，皇上就是在朝栅栏的方向走。我的心咚咚乱跳，虽然我还没有埋东西下去，但是谁知道小顺子会不会埋了东西在里面。我紧张地瞥了一眼，还好，第三根竹枝底下的泥土没有翻动的痕迹。我刚要松口气，就听见皇上说，“西樵，你觉得这个栅栏好吗？”

我心里慌了一下，含糊地说，“栅栏……挺好的。”

“可朕觉得不好。朕一直觉得这两边的栅栏粗陋得很，配不上这满地的兰花，不如用绿萝混着竹藤编一道围栏，更加雅致和谐。小潘子，告诉御林园的工匠，把这两边的栅栏全都拆了重搭。”皇上的话没有一丝拖沓，似乎早就酝酿在胸，随即转身又说，“走，去中宫。”

我的心猛一颠。先拆栅栏，后去中宫，这是巧合，还是别有用心？我越来越觉得皇上深不可测，也越来越怀疑皇后身边的的确确潜伏着皇上的眼线。于是，我准备好悲观又警惕的眼神，打算在见到皇后的第一时间抛给她。然而，从迈入中宫到礼毕落座，皇后始终没有看我一眼，是她已不信我，还是故意在皇上面前遮掩？若是前者尚罢，若是后者，只怕皇上是一点点也不会相信的。

皇后亲自给皇上斟茶，庄重又不失温柔地说，“皇上怎么想到来臣妾这里，据臣妾所知，今日是重华殿江美人的生辰，皇上怎么不去给妹妹贺寿呢？”

“皇后的记性倒好，只是没人来请，朕也记不过来，既然皇后提醒了，那朕稍后便去。”皇上淡淡地说着，我心里着实替皇后叫屈，难得皇上来，不管为的什么，终究是个机会，何苦把自己的宽容架得如此高，反把实惠给了别人，看着皇后强颜欢笑的隐忍之态，我越发纠结了。皇上喝口茶说，“朕今日来，是要感谢皇后，西樵行事得体，性情纯善，灵巧聪慧，忠诚有义，实在是宫婢中的翘楚，朕听说西樵以前是在静禄院当差，若非皇后伯乐识千里，只怕是要埋没了她。西

樵身有残疾，势无所依，皇后能赠鞋以慰其心，教诲以练其才，提拔以用其能，实在是难能可贵，对西樵而言，是不可求的知遇之恩，对皇宫而言，更是用人之道的典范。如今，皇后将此等良才拱手相让于朕，朕若不言谢，岂非辜负皇后苦心。”

皇后眉眼一翘，含笑说，“皇上言重了。西樵的好，有目共睹，并非臣妾拱手相让，而是皇上知人善用，所谓普天之下莫非王土，率土之滨莫非王臣，臣妾的，不就是皇上的吗？再说，西樵跟着皇上，多少人羡慕都羡慕不来呢，倒是西樵该跟皇上说谢才是。”

“哈哈……”皇上开怀一笑，却愧疚诚恳地说，“皇后这回错了，西樵跟着朕，不会有人羡慕。朕知道你一向疼爱西樵，可惜随了朕，就要吃苦了，光是禁足这一关，就够她受的。”

“禁足？”皇后眉头一皱。

皇上点点头，“吃一堑长一智，李袖音就是因为太自由，才生出那些事来，若朕能从严管教，就算她有弄权的心思，又能有什么时机去鬼祟？宫里怪，越是有权势的宫婢奴才越是放得宽，越是掀不起风浪的虾兵蟹将越受规矩管束，这不是颠倒了吗？她来的第一天朕就下了令，无朕的允许，绝不可擅离寸步，违者以死罪论，小潘子也是一样。朕知道这不容易，但是旧制陋习该改的还是要改，朕今日来，除了跟皇后道谢，更重要的，就是要皇后在后宫树立典范，重整宫规旧制，别再有重蹈覆辙的事情发生。”

“臣妾知道了。”皇后的声音里没有了笑意，连温柔也如同冰封的流水渐渐静止。

“还有，”皇上吹起茶的波澜，完全避开皇后的异样，继续笑着说，“朕刚才看见你的宫门口也有两片兰花地，那两圈栅栏实在不好看，朕一会儿让御林园的工匠拆了它，重新搭两个绿萝编织的篱笆，衬着好看。”

皇后的眼睛眨了一下，显然有些意外，带一点点疑惑地笑着说，“谢皇上费心想着。”

皇上搁下茶碗，极随意地说，“朕也是顺道，反正钦安殿前的那两个栅栏也

要拆，就一并换了吧。”

皇后的笑立刻僵硬，端在手中的茶碗轻轻晃动两下，最终勉强平稳地落在桌案，嘴边眼角苦苦支撑的笑，在皇上的悠然坦荡面前显得尤其狼狈。我一向钦佩皇后的演技，但此刻，我只能颔首不忍再看了。我心里是感激皇上的，恰如其分的几句话接得如此巧妙，说明了我的处境，掐断了皇后的念头，从此我可以毫无顾虑地只做我的御前尚义。但是，我心里又是害怕的，脱离了皇后的摆布，我面对更加难以捉摸的未来。一直以来，我对皇上的印象模糊得几乎只有一个不完整的影子，小顺子的传说，皇后与太后的争吵，使得他除了皇帝的头衔，再没有留给我任何真实的存在感，直到他扶持杨岫云，直到他殿审棠颐，直到他点名要我，我才渐渐开始勾勒出他的模样，而这几日在钦安殿的生活，虽然短暂，却已为他上色。记得当初，他像背书一样宣告予蓝的罪名，那种无奈、心痛、冷漠，在苍白的脸上显露无遗，我误以为那是他当时全部的心情，现在想来，没有一样是真的。

皇上很快要走，理由就是江美人的生辰，皇后没有挽留，平静地送我们到宫门口。离开的时候，我回头望了她一眼，我有太多的话要跟她说，皇上绝非我们曾经以为的那样平庸，这不是他成为帝王后的变化，而是他最原来的本相，甚至，他比我们能够想象到的精明睿智还要更甚，他和万淑宁之间绝非只有男女欢爱，而在中宫里很可能有皇上的眼线，我不想辜负皇后的恩情，但在死亡的威胁面前，我唯有守着最后的原则向皇上妥协。我望着皇后，很久很久，不惜在皇上的面前如此放肆自己的情感，只希望我的眼神能尽量将这些心意传达，但是我最后看到的，是皇后诀别的苦笑和无尽的幽怨。那一刻我知道，这一走，我和皇后之间的鸿沟再无法逾越，所有的疑惑和怀疑都无法得到证实或是辩白，唯有自己保重，但愿到生命自然终结的时刻，我们能彼此释然，让一切回归原初的平静。

离开中宫，皇上竟然真的往重华殿的方向走去，远远的，我就望见一驾马车孤零零地停在重华殿外。这么冷清，莫非江美人根本没打算庆生？那么这马车的主人是不请自来吗？风从耳边轻轻擦过，我听到清脆的叮当响，渐渐靠近，我发现那马车的四角垂挂着莲藕状的风铃，我认得了，这是万淑宁的马车。门口的奴

才见皇上到了，撒疯似的跑进去传话，没一会儿，江美人就和万淑宁一起出来迎驾。江美人叫江雪心，是礼部侍郎江炳臣之女，鹅蛋脸，五官清丽，弹得一手好古筝，照李袖音的说法，皇上就是听了她的琴才临幸于她，但自从初夜之后，便再未侍过寝。江雪心今天穿了石榴青的纱裙，没有梳高髻，只把长发挽了四个环，垂落耳畔，头顶心用蝴蝶形状的发饰扣住，亮莹莹的梅花坠点缀在额前，后面的头发披着，细细的珠链如同柔软的齿梳覆盖其上，错落有致，颇有几分西域女子的味道。万淑宁站在她身边橘色的宽肩纱衣映衬雪白的肌肤和裸露的双肩，拖地的衣摆下隐约露出鹅黄的绸裙，发髻盘在脑后，左右对称，插着孔雀翎的发簪，层层叠叠，通体贵气，端庄之态不言而喻。我仔细打量她们，目光缓缓挪移，最终落在她们彼此牵住的手上。她们，已经如此亲近了吗？

皇上拾阶而上，这时江雪心看到了我，竟然温和地冲我一笑，而我分明看见一丝忧虑藏进她的眼角深处。皇上走到二人跟前，万淑宁和江雪心自觉地分开两边，让皇上走在中间。我和小潘子刻意慢了一步，让她们两个紧随皇上而去。我看见万淑宁轻轻拉起江雪心的手，朝她莞尔一笑，江雪心立刻弯起笑眉，甚至还有些感激动容。如此温馨的画面，竟然没有感染我分毫，相反不知怎么的，过去那些万淑宁牵手的画面刹那间在我脑海中一幅一幅地闪现。她牵皇后的手，牵文秀公主的手，牵齐霜霜的手，牵我的手，每一次都是同样温婉的笑，唯一不同的，就是被牵起的手……手？我忽然感觉自己的手也被人牵起，仓促间抬头，恰迎上纪双木清澈的目光和恬静的笑。我猛然意识到，我曾经许诺抛弃的这份姐妹情谊，如今又要失而复得了。

我们来到重华殿的乌园，虽然地方不大，却是按照江南小桥流水的风格搭建，流水亭设在水流之上，亭中只有琴台一座，古琴一把，并无听客的座位。江雪心请皇上在山石边的花坊落座，自己在亭中抚琴，琴音混杂着流水声，分外流畅清新，入骨入髓。皇上起了雅兴，要传司艺院的舞姬前来助兴，此时万淑宁阻拦说，“皇上还传舞姬做什么，这重华殿里就有能舞的人。”

“哦？”皇上惊喜地看向江雪心，“真是这样吗？”

江雪心有些迷惘，尴尬地笑着说，“这臣妾倒是不知，还要请郡主赐教。”

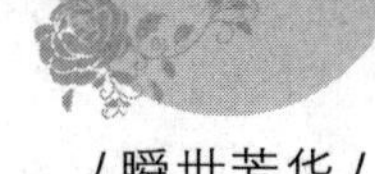

万淑宁笑着说，“皇上别为难了江美人，这能舞之人原不是重华殿的，只不过此刻恰在重华殿中，皇上以前也是见过的，可猜得着?”

“恰在重华殿中?”皇上看看我，看看万淑宁，又看看纪双木，最后无奈一笑，“你的鬼主意多，朕不上这个当，快说，到底是谁?”

万淑宁含笑不语，轻轻击掌，一阵悠扬的笛声响起，魂牵梦萦。花坊深处，一抹水袖泻落群瓣，妖娆身姿在层叠的枝蔓中渐渐扭转舒展，黑发缠绕花冠，裸肩画满红蕊，双臂轻似扶风，腰骨柔若柳枝，轻跳、旋转、甩袖、折腰，既如蜻蜓点水跃动灵巧，又似细水长流婉转绵长，虽然轻纱掩面难见其容，但仅这舞姿百转千回已是曼妙生花，无需再用容颜点缀。笛声未尽，琴声又起，是江雪心拨弦伴奏，更添情致。曲罢，那舞姬走到皇上跟前，摘下面纱。一时间，我不禁目瞪口呆，这个摇曳生姿的舞姬，竟然是烟霞殿的小禄子。

皇上连着咳了两声，嘴角已满是笑意，“万淑宁啊万淑宁，亏你想得出来啊。”

万淑宁拼命忍着笑说，“江美人生辰，淑宁一直想不出怎样的贺礼才够别出心裁，令人印象深刻，前几日看戏文，突然想到若是一般歌舞也能男扮女，岂不有趣，这才精心编排了这一出《花间游》献给江美人，皇上是沾了江美人的光，才能饱此眼福的。”

“花间游?”江雪心也走过来，“这个名字果然贴切，安国郡主不愧是我朝第一才女，如此厚礼，雪心定当珍藏心中。”

皇上朝小禄子又看了几眼，突然把目光投向小潘子，“小潘子，朕看你平时也挺灵活的，要不你也学学。”

“奴才不行，奴才不行……”小潘子赶紧往后躲，惹得众人哈哈大笑。我也笑了，心里有些感动。我不知道万淑宁对江雪心的这份心意是否纯粹不求所图，但不管理由是什么，她能在一个冷清的宫殿中激起这样开怀的笑声，真的很不容易。也许皇上跟她走近，就是因为她能让这看似冰冷的皇宫，也充满暖暖春意。想起中宫，似乎只有秋冬，从无春夏，听过冷笑、苦笑、狂笑、得意的笑、无奈的笑、放肆的笑、奸佞的笑，好像笑声从未断过，但是，从没有一种笑，是这样

的开怀大笑，也许曾经有过心思盘算，也许日后还会有愁云密布，但是起码这一刻，可以笑得纯粹，笑得没有一丝计较。

这一晚，大家都很愉快，皇上留下来用了晚膳，还给了江雪心许多赏赐。也许是正逢江雪心的信期，皇上没有留宿，也没有和万淑宁一起走，而是在离开重华殿后去了锦颐宫。

锦颐宫的四周很静，门口的奴才见到皇上也不像重华殿的奴才那么慌乱，看来皇上常不常来还是有很大区别的。皇上不等通报就直接迈进宫门，银心竟然等在那里。看到我的时候，银心微微一愣，很快恢复常态在前头引路。我们穿过几道回廊到了寝殿，银心推开殿门，皇上走进去，我却犹豫着要不要跟随。虽然这几日皇上带我去过一些嫔妃的住处，但都在白天，而且也没有进寝殿，看今晚这样子，怕是要临幸谧妃，要不要跟，我真的拿不准。

就在这时，皇上喊了一声，“西樵进来。”

我愣了一下，这时银心轻轻推了我一把，“皇上叫你呢，快进去。”我觉察到银心的口吻有些不同，她一向对我冷淡，但是刚才似乎柔和了不少。我走进寝殿，绕过大屏风，看见皇上和谧妃并排站着，彼此间还隔着一段距离，不像要就寝的样子。谧妃的寝殿不大，当中一张床，幔帐从上方的屋顶呈伞状垂落铺展，左边是梳妆更衣的地方，右边靠窗放着软藤椅，还有几盆花，靠墙是一排书架，几乎摆满了书，却没有发现笔墨纸砚之类的物件。

这时，银心走过来说，“皇上，门关好了。”皇上嗯了一声，银心走到书架前，开始整理排册。现在还整什么书？我觉得事有蹊跷，但皇上和谧妃都安静不语，我只能耐心等待。几本书进几本书出之后，咔嚓一声，书架和墙面之间似乎裂开一个口子。难道又是密道？难道谧妃和皇上之间也有秘密？我看着银心把书架像拉门似地拉开，一束幽暗的光泄进来，很快被寝殿中的明亮吞没，从那道明暗交替的夹缝中，一个人钻出来。光亮撕去他脸上晦暗的阴影，我看清了他的模样，差点忍不住要惊叫起来。

那人也看到了我，却轻易地将目光掠过，微微躬身，满面含笑地向皇上行礼，“微臣韩冬青参见皇上。”

天哪，真的是他，不是长得像，而是真的就是他。我顿时觉得天旋地转，这比我之前遇到的任何一宗意外都要意外，比我过去知晓的任何一件秘闻都要耸人听闻。他不是皇后的人吗，不是被皇后拿住了把柄唯命是从吗，不是为了保住谧妃的性命而被迫干了那些没有良知的勾当吗？怎么，怎么又摇身一变成了皇上的心腹？那些秘密，那些中宫的秘密莫非是他透露的？难道他不怕皇后知道了也把他的秘密抖出来吗？还是……我把目光转向谧妃，这个始终用平静来粉饰内心的女人……还是他们已经向皇上坦白了私情，而且皇上也打算既往不咎了。我紧紧盯着韩冬青，想要看清他，却反被他狡黠的一笑，扼杀到几乎窒息。

这时，皇上打破沉默，似乎是下了很大的决心用了很大的力气说了一句话，"西樵，韩御医是朕的人，一直都是。"一直都是！那就是说，他在皇后面前的卑微无奈，他和谧妃之间的私情爱意，都是伪装。不知为什么，我突然有点恨他们，皇上和韩冬青，他们一个本该是皇后最亲的人，是皇后抛却爱情后奢望得到的最后一点安慰，一个本该是救死扶伤的大夫，是皇后在愁海沉浮中不期而遇的浮萍，可他们却双双设下这样的陷阱去欺骗伤害她，皇后究竟做错了什么，要得到这样的惩罚，就算是她背叛了爱情，也不该由他们来惩罚。"你恨朕，是吗？朕从你的眼睛里看到了。"皇上的声音低沉下去，"西樵，你是宫里难得对真情还充满期待的人，这几天朕观察你，知道你是用心在活着，而不是用欲望在支撑生命。但是西樵，"皇上的语气又加重了，"你以为朕就是无情的人吗？坐在这个位置上，朕是不得不无情。"

"不得不无情，"我忽然感觉委屈，却说不出为什么委屈，努力睁大眼睛很认真地看着皇上，"皇上，既然话都敞开说了，奴婢也顾不得规矩了，请问皇上，不得不无情，也包括对皇后娘娘吗？"

皇上紧闭的嘴唇哆嗦了一下，慢慢张开，吐出一个字，"对。"

"为什么！"虽然我预料到了这个答案，但还是很难接受，"在这偌大的皇宫里，只有皇后娘娘才不会背负皇上，不管她的感情归属谁，天下人都认定了她是皇上的妻子，国在，皇上在，皇后在，娘娘一万年也不会做动摇皇上根基的事，她只要一个皇后该有的尊重，不要别人给的，只要皇上你给的，如果给不了，起

码不要伤害，连这个都做不到吗？奴婢陪伴皇后四年，从未见过她真心的笑，所有的坚强，都是勉强，皇上乃一国之君，难道容不下一个女人的尊严吗，那也是皇家的尊严呀。”

“不是这样的，”谧妃突然开口，“西樵你要知道，皇后不是一个女人，而是一个家族，一个政治力量。当这个政治力量必须被削弱的时候，这个女人，不得不去承受相应的伤害，这与尊严和感情无关，这是国家政局。”

我怔怔地看着谧妃，一个看似只懂得镜花水月的女人，竟然能说出这样的话。我把目光转向皇上，“皇上是要除去郑家吗？”我见皇上没有应答，自当是他默认了，心中的苍凉蔓延开去，“那奴婢明白了，都明白了……”

“你不明白，”韩冬青打断我的话，“皇上打压郑家不是为了自己，而是为了天下。”

“天下……”我红着眼含泪看着韩冬青。

韩冬青悲悯地说，“还记得竺静仪吗，还有代替安国郡主出嫁和亲的宗室女子？她们何错之有，要用一生的幸福承担护国的重任？只是因为朝廷大部分的势力都主和不主战，才会令我们次次妥协，尤其是郑家和长安王，他们是皇亲国戚，手握兵权，而皇上的生母早亡，在朝中没有支持，唯一主战的万将军又以身殉国，那些墙头草习惯了两边倒，谁的势力强就听谁的，长此下去，莫说一个女人的尊严，国家尊严又何在？”

韩冬青说的每一个字都重重落在我的心上。我没有想到一个复杂的骗局背后竟然还有更为复杂的政局。曾经在我眼里皇后重不能负的屈辱此刻显得那样微不足道。我理解了皇上的用心，但心头又冒出另一个疑惑地说，“既然如此，皇上当初又为何要选立她为太子妃，继而又册立为皇后？没错，皇后是胁迫谧妃和韩御医从中相帮，可如今看来，这胁迫根本不值一提，皇上又何必先予后取，何必要等到今日郑家势力更强时再来对峙？”

皇上闻言，冷酷的眼神扫过我的脸庞，“她若无望于太子妃位，那朕亦无望于储位之长久，她若不在后位，那朕岂能有足够的时间借郑家之力巩固帝位，所谓欲收之必先予之，情势所迫，朕不得不先让郑家的势力走到顶峰再暗中击垮，”

皇上掷地有声地说到这里，忽然停顿了一下，似乎忆起了什么，低下头说，“无奈中的无奈，是连累了秀逸，实非朕之本愿。”

听到皇上提及严秀逸，我才恍悟原来皇后一直解不开的谜竟也是皇上的一步棋。本以为此事掩盖的是谧妃的私情，不想最终掩盖的却是皇上的用心。等等，皇上为什么要让我知道这些，就因为我成了他的御前尚义？可李袖音看来并不知道这件事。我抬头问，“皇上把奴婢调到钦安殿，也和这件事有关吗？”

“啧啧啧，西樵，你真的是很聪明，”皇上露出不知是赞叹还是庆幸的目光，“看来万淑宁说得对，就算你不能为朕所用，也不能再让你留在皇后身边了。”

万淑宁，是她的主意？我继续问，“要奴婢离开皇后有很多办法，为什么偏偏是御前尚义？”

“朕要用你，必先保你，”皇上把手搭上书架，手指沿着木格子的边框滑动，流畅地勾勒出没有规则的线条，“御前尚义虽是虚名却有实用，宫婢三万，唯此一人能在朕的庇护之下不为皇后所制。”

“宫婢三万，为何偏偏是奴婢？”我依旧有不明白的地方，“皇上要做的是大事，奴婢纵然有心，亦恐无能为力。”

“你能的，”皇上邪恶地一笑，“因为你是皇后身边最亲密的人。”

我心里咯噔一下，原来还是因为这个，我紧蹙眉头问，“既然如此，皇上为何不让奴婢继续留在皇后身边做这个最亲密的人？再说，皇上行的是秘密之事，公然将奴婢调入钦安殿，又以奴婢禁足之事向皇后示警，岂非有悖皇上暗中行事的本意？”

“暗中行事并非目的，而是途径，明修栈道，暗度陈仓，一半是秘而不宣，一半是人尽皆知，”皇上走近我，竟然微微低身，鹰一样的眼睛直视着我，“你不能在暗处，你这双能看到秘密的眼睛，这对能听到秘密的耳朵，还有这张能说出秘密的嘴，都不能藏在暗处。”

皇上的话突然变得晦涩难懂，但是字里行间的惊悚之意更加露骨。“皇上究竟要奴婢做什么？”我不敢看他的眼睛，但是目光好像被他的眼吸附住，竟然无法挪开，甚至越看越深。

皇上直起身，目光越过我的头顶，深不可测，“你以后会知道的。”

“皇上还是不信奴婢。”我平静地说，也许是被皇后的怀疑刺痛了太多回，我总能听出藏在话音里的那点不信任。

皇上有些怨念地看我一眼，“皇宫之中，信任是最大的奢侈。你说朕不信你，你可曾信朕？”我的心如同被蜂蜇般猛地收缩一下。皇上轻轻一笑，“以信任求信任，终究是戏梦一场。朕敢断言，你从头至尾都在怀疑朕的秘密是试探你的诱饵，是与不是？”

“是。”我倔强地咬着牙，豁出命说，“难道奴婢不该怀疑吗？奴婢何德何能，得皇上如此倾囊相告，若非有假，便是有诈。”

“林西樵！”谧妃又气又急地叫了我一声，也许是怕我惹恼皇上吧。但是此刻，我已经做了最坏的打算，也想到了皇上将秘密袒露的另一种可能，就是他已经决定杀我了，只是让我死个明白罢了。想到此，我反而平静下来，如同已在心里死过一次，任凭再剧烈的风吹草动也不会做惊弓之鸟。

皇上背过身去，微微仰起头说，“你想得没有错，自你进入钦安殿就已身在险境。但凡你有一丝一毫让朕起疑，朕都会杀了你，不需要任何道理就杀了你。朕的秘密是真，朕试你之心也是真。”

我一笑，“皇上有没有想过，若奴婢已将之前所知的秘密说了出去，纵然皇上此刻杀了奴婢，也于事无补。”皇上霍然转身，目光倏然锐利，如同刻刀顶在我的眉心。我更努力地扬起微笑，带着断断续续的啜泣说，“请问皇上现在，是想杀了奴婢，还是不杀？”

皇上盯着我很久，渐渐的，他的目光柔和起来，缓缓吐出四个字，“你……不……会……的。”

一瞬间，我泪如泉涌，身体犹如被涂抹迷药的冷箭射中，明明受伤却似有暖流滤过韧若磐石的心，那种带着对抗的坚强力量一点一点流失。是的，我不会，我也从未想过。千百次，我在心里担忧皇后的安危，却一次也没有产生告密的念头。皇上，你当真看见了我的心，当真懂我至此，信我至此，还是……我的眼泪忽然断了，心里的温暖渐渐失去热度。皇上不是懂我，他是懂人，懂人的脆弱和

自私。原来，原来我竟是如此薄情之人，就连面对皇后，也只愿意付出一点虚无的同情，而不是背负生死的忠诚。国家大义，那是他们的说辞，我深知自己的心，就是怕死，就是怕死。

愧疚撞击我的心灵，皇上温柔的笑在我复又蒙眬的泪眼前逐渐模糊，而他魅惑人心的声音愈发清晰，“西樵，钦安殿是皇宫的窥心镜，镜照两面，你看到了朕的秘密，朕亦看到了你的心。从来走进钦安殿的人，或活着留下，或死着离开，这一次，朕替你选。”皇上不知从哪里得来一枚铜板，高高抛起，待铜板下落半空时，左手在下右手在上啪的一声将铜板紧紧夹住，递到我面前。“留则生，去则死。”

皇上说着，右手缓缓移开，左手掌心渐渐露出来。我睁大眼睛，却不敢用全部的目光去看，每一缕眼神触及逐渐显露的铜板，就感觉有强光袭来，再要努力睁开，就感觉痛到似要流血。一瞬间，我似乎感觉到宿命的召唤，不自觉地闭上眼睛，疼痛消散，我等待最终的审判。

“林西樵，朕要你留到最后。”皇上在我的耳边喃语，我猛地睁开眼去看，光滑的铜板面上，是朱红的留字。我含泪而笑，都说一入生门即是生，一入死门即是死，如今我入的是死门，要走的却是生路。皇上，你说镜能窥心，你真能看到我的心吗？

第十五章　易写玲珑难写忠

当乱跳的心逐渐平静，我的掌心被皇上打开，塞进那枚铜板。谧妃优雅地抬手，递给我一方绢帕，我轻抚眼角的泪，她盈盈的笑在一片透明中真假难辨。我想起有一次，谧妃因误会皇后争宠说了好些嫉妒的酸话，结果反让皇后发觉了皇上与万淑宁说不清的暧昧。如今想来，这其中的意境真是深远。“西樵，走了。”

皇上轻轻呼唤，我将沾湿的绢帕攥在手心，跟着离开。几次，我想去看掌心的铜板，却屡屡做贼似地收回眼神，这种莫名其妙的鬼祟连我自己都觉得可笑。等到跨出锦颐宫的门槛，一股夜的冷风将我吹醒，这一夜的相见不为别的，只为我。回到钦安殿，我把铜板塞进腰带，服侍皇上睡下后，才躲在屏风后面偷偷把铜板拿出来细瞧。这就是个普通的铜板，无非有人在上面写了朱红的字，一个是留，一个是……我把铜板翻过来，顿时呆住。这也是个留字，那就是说……我回头向后看，隔着浮华的屏风，隔着垂落的幔帐，躺在那里的，究竟是个什么样的君王？

清晨醒来，我最先听到小潘子匆匆零乱的脚步。我起身披衣掀开幔帐，绕过屏风走至榻边，小潘子已在皇上耳边轻轻言语。皇上的手肘搁在枕上，半支起身体，没等小潘子说完就双眉一努，“胡闹！他和陆蔓妮是先帝指婚，岂能说休就休！”皇上努力压住心里的火，略停顿了下说，“这件事皇后知道了吗？”

“娘娘已经亲自来请罪了，在殿外跪等呢。”

“请罪？哼，她要是能多放一点心思在郑君倬身上，就不会闹出这样的笑话。堂堂国舅，竟然为了一个青楼女子，悖逆先帝指婚擅自休妻，他到底是不把平远将军府放在眼里，还是不把先帝与朕放在眼里！”皇上说着一下蹬开被褥坐起身来，“朕还要上朝，你让她回去，散朝后，朕自然会去找她。”皇上说着，伸手要去抓挂在屏风上的龙袍，我赶紧接过手，服侍皇上更衣。

皇上说的陆蔓妮是平远将军陆柏的独女，先帝指婚，嫁给皇后娘娘的亲弟弟郑君倬，今年的除夕元宵还见他们来给皇后请安，两个人虽不是浓情蜜意，但也一直相安无事，没想到竟然闹到了休妻的地步。听皇上刚才的口吻，这个烂摊子，只怕皇后是丢不开手的了。我本以为皇后会趁皇上早朝的时候好好思谋对策，不曾想当我打开殿门的时候，皇后还跪在殿外。

“你怎么还在这里？朕不是说了，让你先回去吗？”皇上冷淡地说。

皇后抬起头，平静诚恳地说，“平远将军府的人已经派兵把郑家府邸团团围住，臣妾特来请皇上从中斡旋，否则再闹下去，家事就要变成国事了。”

“既然是先帝指婚，就从来不是什么家事，平远将军功在社稷，连朕都礼敬三分，郑君倬既是皇亲，就该亲善功臣良将，怎可悖逆婚约公然休妻，这让平远

将军府颜面何存！皇后，朕可以让平远将军立刻退兵，但是这件事，绝不可能就此罢休。”皇上说着，提脚迈过门槛。

“皇上，”皇后跪着转身叫住他，“臣妾自知是弟弟闯祸，不敢替他求情，任凭皇上处置就是了，只是，臣妾恳请皇上不要迁怒于郑家，凡事网开一面，至于臣妾的弟弟，就是要磕头谢罪，罢官弃爵，臣妾和弟弟也会甘心领受，以挽回平远将军府的颜面。”

皇上没有表情的脸微微回转，漠然凝望皇后双目含悲的楚楚之意，却似乎始终没有被打动。“你这算是弃车保帅吗？”

皇后的脸庞掠过一片阴云的颜色，“臣妾，只是不想小题大做。”

皇上的喉咙里发出低沉的“嗯”的一声，但最终没有给皇后任何承诺，我一边跟着他离开，一边回望皇后深若潭湖的眼，我依旧看不清她的心思，但或许此刻，她自己也正陷于迷惘。从来，她都想要掌控敌人的一切，纵然偶有失手，也是为仇敌所算计，这一次，她是被自己人拖入了困局。我本以为此事会给皇上绝好的机会打击郑家，谁知一走出钦安殿，皇上就对我说，“你回去告诉皇后，此事只有一个办法，就是把休妻，变为和离。”

“这怎么变？”我本能地问出口。

皇上狠狠瞪我一眼，“这就要看皇后的本事了。朕只能把上朝的时间推迟一刻钟，这一刻钟，就全看她的能耐了。”皇上拿出一块玉牌给我，“见牌如见朕，时间紧迫，朕准你帮她一把。”

我心中惊愕了一下，接过令牌不敢耽搁，赶紧回头找皇后，将皇上的原话重复一遍，只是保留了准许我帮助的那一句。皇后还没表态，小顺子先咋呼起来，“一刻钟，这怎么够？”

“够了，”皇后沉着地说，“纸鸢，你去拦住我爹的轿子，告诉他务必在上朝时弹劾陆柏拥兵自重，擅自派兵包围郡王府邸，是对皇上不敬。小顺子，你去给皇上传话，就说是本宫误会了陆将军的意思，他只是派人去郑家接女儿回府，没有别的企图。”

小顺子皱起眉头说，“可是陆蔓妮已经回府了呀，昨天半夜就回去了。”

“谁说她回去了?”皇后狠狠瞪小顺子一眼。

“奴才明白了。”小顺子赶紧低下头，“可是，陆将军那边……他怕是和国丈大人一样，已在来上朝的路上了。”

“本宫亲自去，”皇后摆出临危不惊的气势，“只是陆蔓妮那边……”皇后看向我，目光却有所迟疑，很快，她又回过头去对纸鸢说，“见完我爹后，你出宫去一趟平远将军府，不管用什么理由什么手段，务必悄悄把陆蔓妮送回郑家，然后再堂而皇之地接出来。”皇后说着把自己的玉牌交给纸鸢，“见玉牌如见本宫，这件事并不容易，能做到吗?”

纸鸢接过玉牌，我明显看到她脸上的不自信。现在是郑家的人得罪了陆家，皇后的令牌还管用吗？再说时间上也……我捏紧手中的玉牌，主动说，“娘娘若是还信奴婢，就让奴婢走一趟将军府吧。”

“你?”皇后眼中的惊喜很快被怀疑覆盖，“你不是被禁足了吗，怎么可以擅自出宫?”

我干脆把玉牌亮给她看，“奴婢现在可以随时出宫。”

皇后眼中的怀疑很快被嫉妒掩盖，“那就有劳林尚义了。”

我微微一笑，转身离开。我到了平远将军府，凭借皇上的玉牌，果然一路畅通。陆蔓妮还在房间里伤心，我见到了陆柏的夫人蒋忻。蒋忻对我还算客气，我顾不上诸多客套，开门见山地说，“皇上知道陆小姐受了委屈，特意让奴婢来探望的，而且下令奴婢，要把陆小姐送回郑家郡王府。”

“什么？送回去？郑君倬连休书都写了，还怎么回去?”蒋忻从袖中掏出一页纸，重重拍在桌案上。我轻轻拿起休书，趁蒋忻没有防备，嗞嗞三两下把休书撕碎。蒋忻一惊，“你，你怎么能……”

“这是皇上的意思，”我大着胆子说，“平远将军的人马已经包围郡王府，这在夫人看来兴许是家事，但动用兵权，在皇上眼里，在朝廷眼里，就是国事，夫人，将军派兵乃是情急之下爱女心切所致，本来无可厚非，但若此时与陆将军不和之人乘虚而入，当朝弹劾将军拥兵自重，对皇室亲眷不敬，岂非适得其反?”

蒋忻面色一凛，“的确的确，是老爷考虑得不周了。”

我看蒋忻不是很有主见的人物，继续说，“再者，陆小姐终归是名门闺秀，不敌青楼女子，终被休妻一说若传扬出去，对小姐及将军的名誉必然有损，郑家小郡王本是男子，又有皇后娘娘、太后娘娘这好几层关系在，若要再寻佳偶，并非难事，但陆小姐身为女子，有了这样的传言，若要再嫁，恐怕……”

“哎呀，老头子糊涂，本来这事捂在家里，倒能周旋，如今派兵包围了郡王府，这事就转圜不得了。”蒋忻是真的急了，完全没有主意的样子。

我轻轻地说，“夫人不必着急，皇上让奴婢来，就是转圜这件事情来的。事到如今，两人若能和好，自然太平，若不能，亦有解决之法。诚如奴婢刚才所言，只要把陆小姐悄悄送回郡王府，休妻之言自然不攻自破。至于派兵的事，只要说成是接陆小姐回府就行了，纵然有人怀疑，只要将军、夫人、小姐，还有郡王府的主子能统一说法，就不会有问题的。”

“送回去，再接出来？那不是一样嘛？”

“当然不一样，”我凑近蒋忻耳边，装作很神秘地说，“陆小姐自己回来，将军又派兵示威，那明摆着是陆小姐被小郡王给休了，但若是堂堂正正地接回家，那就是和离，在皇室官宦人家，和离可就没那么伤人颜面了，要是皇上能再给陆小姐指一门婚事，就把面子都补回来了。”

蒋忻听完这话，频频点头，“还是皇上想得周到，只是……郡王府那边……”

我微微一笑，“奴婢会亲自送陆小姐回去，请夫人放心。只是将军府的人已经包围郡王府许久，恐怕人一送到，就要赶紧接出来，到时候，场面上的事，还需劳烦夫人。”

“当然，当然，”蒋忻的面色有所缓和，但很快又面露疑惑，“只是皇上这次如此关心小女，实在让我们平远将军府受宠若惊。”

我知道她的意思，皇上管这种闲事确实令人费解，皇宫里，越是好人越遭人怀疑，不如多一分私心，反倒令人信服。我作出为难尴尬的样子说，“不瞒夫人，皇上也是无奈为之，陆小姐与小郡王的姻缘是先帝所定，岂能说断就断，小郡王所为的确有失体统，无奈强扭的瓜不甜，皇上也只能是亡羊补牢，替自己人遮丑罢了，但到最后，都是求一个大家都满意的结果，不是吗，夫人？”

“对，对，”蒋忻顿时满脸笑意，“请林尚义稍等片刻，我这就去安排。”

没等多久，蒋忻就带着陆蔓妮出来。陆蔓妮面有泪痕，咬唇不语。我也无暇照顾她的情绪，匆忙把她带上马车，从后门进到郡王府。我没让她下车，生怕她和郑君倬再起冲突。我跟郑君倬把皇上的意思说明了，郑君倬一听皇上并没有强求他收回休书，只是改为和离，就没有拒绝，同意蒋忻从郡王府正门将陆蔓妮堂堂正正地接走。在我看来，郑君倬不是无理取闹不懂规矩的人，怎么这一次能做出如此荒诞放肆的事情，真是匪夷所思。

陆蔓妮上了平远将军府的马车，蒋忻把我拉到一边轻轻地说，“没有将军的号令，这些兵未必肯退，这怎么是好?”

“夫人无法调动他们吗?”我这才想到蒋忻没有兵权，不能直接调兵。

这时，清脆的马蹄声由远及近，一位将领模样的人策马而来。“是李副将。”蒋忻轻轻地说。

李副将在郡王府门前下马，走到我们面前悄声说，“夫人，将军让我来带兵回去。”李副将说完，举手作了几个手势，士兵们立刻后退，尾随在将军府的马车后。李副将走过来轻轻说，“夫人请上马车，我等自会跟随。”

蒋忻终于放心下来，冲我点点头，上了马车。看来皇后是说服陆柏了，这一次总算有惊无险。我目送平远将军府的人离开，然后匆忙回宫。

回到钦安殿，皇上已经下朝，在偏殿看书。我把原委始末都如实说了，皇上第一句话就是，“看来，皇后在心里还是相信你的，愿意把最危险的事交托于你，这样很好，朕很满意，朕现在，也越来越喜欢你了。”

“奴婢惶恐。”我低下头，“皇上，奴婢为了劝服将军夫人，把皇上搬出来压阵，还说皇上要给陆蔓妮再指婚的话，都是先斩后奏，还请皇上责罚。”

“你是真的要朕责罚吗?”皇上故意严肃起来，我顿时心惊肉跳，随即皇上哈哈一笑，“你呀，这些事你不说朕可能永远都不知道，你为什么还要告诉朕啊?”

我无辜地说，“奴婢要是不告诉皇上，将来戳穿了怎么办?不是显得皇上不讲信用，就是证明奴婢在撒谎，这多不好。”

“哈哈哈哈……”皇上笑得更大声了，“你原来是怕日后阴沟里翻船，所以提

前跟朕打招呼啊。行了，这件事就算过去了，朕已经安抚了平远将军，答应半年后再给他女儿指个好人家，至于郑君倬，小惩大诫也就算了，送皇后一个顺水人情，对朕没有坏处。”皇上说完，收敛起脸上丰富的表情，沉静下来继续埋头看书，我乖乖地站到小潘子身边，像平常一样给皇上斟茶研墨，就好像今天早上什么都没有发生过一样。

晚上，皇上又去了烟霞殿，一进书房的密室就嚷嚷着要纪双木把棋盘端来。万淑宁听到这话，竟然眼藏深意地冲我笑了一下，我还没明白这笑的意思，纪双木就把棋盘搬来搁在桌案上，双手捏住盖着棋盘的绒布的两个角，轻轻一抽，赭石的玉棋盘印刻着深翡翠绿的横纵线，折射出幽明的光炫，晃了我的眼。更让我意外的，是一片密密麻麻黑白分明的棋子竟然未开局就落于盘上。难道是一副残局？我定睛一看，暗自摇头，这绝不是前次对弈留下的残局，布棋之法与围棋法则一点不沾边。我默不作声地看着皇上和万淑宁，期待能从他们的只言片语中获悉这棋局的秘密。

“郑君倬的事，想来你已经知道了。”皇上盯着棋盘，静静地说。奇怪的是，他竟然走到万淑宁的身边，而非对坐，这如何下棋？我也走到他们身后，仔细观察。

“嗯，”万淑宁用手指轻轻按住上五横右四纵的一枚白子，沿着横线朝左移动两格，然后放开手温和地说，“郑君倬的事，让我们省了不少力气。”我好奇地盯着那枚被移动的白子，从来也没听说过有这样走棋的，看来这一步另有玄机。

“一走就是两步远，倒也合情理，”皇上含笑说着，按住上七横左四纵的一枚黑子，先沿着纵线上移一格，再沿着横线朝右一直移动，最后停在那枚被移动的白子正下方，抬眼问，“你看这样如何？”

万淑宁双目轻轻一眺，“皇上是想要……”

“嗯……”皇上摇摇头，“不是朕想要，是西樵想要，”皇上笑着看我一眼，“这个丫头，为了说服陆柏的夫人演这场和离的戏，竟然代朕许诺，会给陆蔓妮再指一个好人家。既然话已经说出去了，朕只好硬着头皮做这个孽媒人了。”

“哦？”万淑宁抬头仔细打量我。

我心里一慌，赶紧低头说，“奴婢是一时情急，随口说的。”

万淑宁掩口一笑，“真是个水晶心肝玻璃人，你这随口一说，就说中了皇上的悉心盘算。”

我的手指一哆嗦，“皇上的盘算……”

“是谁的盘算都好，若无你出面，恐怕也难。”皇上一边说，一边又移动了一枚黑子，就落在之前那枚黑子的边上。

万淑宁微微一皱眉，“就算淑宁肯出面，此事也未必能成。一来和卓公主刚刚病逝，匆忙再娶于国于家都无益，二来赵翰扬心结难解，恐怕也不想再沾惹红尘事了。”

“陆蔓妮是再嫁，却不宜为妾，此实为无奈之选，”皇上感慨地说，“赵翰扬是性情中人，文秀公主一事恐怕是终身不能忘了，迎娶和卓公主是为大局，再娶陆蔓妮也是一样，说起来，也是委屈他了，但是，淑宁，他是你父亲带出来的人，朕不想舍近求远。”

万淑宁微微颔首沉思，“他虽能为国忘情，但未必能为国生爱。”

“朕不用他爱，”皇上的话竟然有几分无情，“爱不得，恐反生恨，朕不需要他对陆蔓妮情深意切，只要他比郑君倬对陆蔓妮好，朕就算兑现承诺了。”

万淑宁点点头，“皇上放心吧，就算赵翰扬对陆蔓妮没有一丝一毫的感情，也会有百分之百的责任，像今天这样的事情，绝不会再发生。”

“嗯，”皇上见万淑宁应承下来，人也轻松不少，“这事虽要做，眼下也的确还不是时候，等过个小半年再办吧。”

“是，”万淑宁说着，目光重新落回那枚白子上，“若是这一枚白子也去了，那么这几枚，就都无用了。”万淑宁连续点了四枚白子，都是落在下五横的，随即她双眉轻轻一挑，“如此一来，就剩下这两枚顽棋了。”

我顺着她的目光看去，在棋盘右一纵上二横和右二纵上一横两个相互对角的位置各有一枚白棋，每枚白棋的左侧，都各有一枚黑子。我苦思未果，皇上已让纪双木撤掉这盘棋，换了另一副棋上来。这回真的是盘围棋残局了，皇上坐到万淑宁对面，一人执一色子，正儿八经地对弈起来。我眼前棋子纷落，却完全印不

进心里，之前那盘看不懂的棋，反倒在我心里落了根，连两人走棋的路线都清晰地一遍一遍在脑海中重现。

一局结束，万淑宁赢了半子，看她轻笑恬淡如菊的模样，我可以想到她在棋盘上胜过皇上早已不是一回两回，究竟是她的棋艺真的不同凡响，还是皇上有意相让呢？第二局开始，两人都是下的快棋，皇上似乎有意报复，只半刻钟的工夫，就把万淑宁逼入困局。只见她愁眉紧锁，右手食指与中指捻住白子，手腕背顶住下巴，忧虑的目光在整个盘面上扫来扫去，始终无处落下。

“哈哈……”皇上得意又爽朗地笑起来，“这一局叫燕难飞，留给你慢慢破解。若成了，朕再教你一局。”

万淑宁认输地放下棋子，“皇上到底有多少个难解的局，不如一次教给淑宁，省了来回的脚程。”

“这可不行，这一局一局都是环环相扣，若是没有前一局的体验心得，无论如何是破不了下一局的，朕若一次全摆出来，只怕你没破了前一局，就耐不住去解下一局，最后就只落得全盘皆输的下场。”皇上说到全盘皆输四个字的时候，含在眼中的柔情突然被一种忧虑和深沉侵蚀，仿佛摆在面前的并非用以消遣的棋局，而是揪扯他心身的天下。

“只要输的不是皇上，又有何惧？”万淑宁四两拨千斤地顶了皇上一下，皇上也不以为意，起身准备离开。这时，万淑宁从怀中掏出一只精致的绣盒，“这是淑宁给西樵准备的，算是她这次游说陆夫人的赏赐，皇上以为如何？”

“既是送给西樵的，她喜欢就好，也多亏了你的这份心意，朕也要替西樵谢谢你呢。”

“淑宁不敢。”万淑宁笑得很甜，把绣盒递到我面前，“皇上都替你谢过了，还不接着？”

我的手臂微微抬一点，还是不放心地看了皇上一眼，他笑着说，“郡主送你的，收下吧。”我感激地接过绣盒，轻声道谢。

离开烟霞殿书房，我谨慎地走在密道里，两只手牢牢抓着绣盒，心里急着想看，却不敢。这时，皇上似不经意地问起，“刚才在烟霞殿，头一盘棋，西樵可

看明白了?”

我掂量着说，“不是很明白，虽然用的是围棋棋盘和棋子，但是走棋的套路完全不同。”

“哦?”皇上的声音里有一丝惊喜，“你懂围棋?”

“皇后娘娘经常自己跟自己下，奴婢看得多了，也懂一点。”

皇上轻轻一笑说，“不是很明白，就是说有一点明白，你说说，都看出些什么了?”我有些犹豫，虽然皇上这样问，但也许他并不想我知道得太多，于是我低头看着自己的步子，沉默。皇上叹口气说，“朕喜欢聪明的西樵，不喜欢藏话的西樵。”

我吸一口气说，“那些棋子，似乎是代表了一个人，白子是坏人，黑子是好人。”

“哈哈……”皇上开心地笑起来，“西樵啊西樵，朕果然没有看错人，你可知道，那许多的黑子中，也有一枚是你的化身啊。”

我的心顷刻轰鸣，瞬间抬起头，皇上前行的背影洒脱流畅，似乎这话是随口而出，从不期待我的回应。若真是棋中藏人，那么每走一步，都该预示着皇上的归政之举。万淑宁所说的两枚顽棋，是皇后和长安王吗，那么那两枚紧挨着的黑子，又是指谁?

年月匆匆流转，杨岫云又怀孕了。说来也奇，后宫那么多的嫔妃，就数杨岫云的身体最弱，偏偏也是她承欢最多，如今再次怀孕，既在意料之中，又惹她人闲言。什么私底下让御医开了媚药，开了催孕的方子，装着弱不禁风，其实颠鸾倒凤能折腾得很，光是我从宫婢奴才们嘴里听到的就不少，听不到的只怕还要不入耳。最后，终究还是皇后站了出来，发话给各宫的主子，谁的人再乱嚼舌根，连主子一起罚，若有不服的，只管跟皇上告状去。皇上听说此事，只淡淡地说了一句，“她已得不到皇后的实，若再留不住皇后的名，就白白葬送那一段刻骨铭心了。”

白白葬送那一段刻骨铭心，是说皇后与长安王世子吗?皇上用刻骨铭心来形容他们的感情，说明皇上并不是在介意，而是在惋惜，他对皇后的冷淡，也许真

的就是因为政治的交锋，而非情爱的争夺。

夜深了，皇上传了韩冬青问话，因为杨岫云怀孕，皇上对他的召见也不必遮掩了。当韩冬青说到杨岫云的腹中胎儿很不稳定，须行宫中禁止的烧艾之法才能保住时，皇上忧虑的面色反添一层欣然。他起身走到窗边，目光穿透窗格子的糊纱，不知遥望何处。许久，他平静地说，“朕许你用烧艾之法，孩子必须顺利产下，另外，你去告诉皇后，杨岫云的身体就只够支撑到孩子降生，日后恐怕病体羸弱，无力抚养，若皇后有心照料，肯视如己出，可由其抚养。”皇上转过身来，用强调的口吻说，“记住，这是你的意思，不是朕的。”

“是，微臣明白。”韩冬青似乎很了解皇上的心意，痛快地应承下来，略顿一顿又说，“微臣今日见过安国郡主，有句话，郡主托微臣转达圣上。”

“说。”

“安国郡主说，既然杨岫云已经怀孕，从今日起，皇上可以雨露均沾了。”

雨露均沾。万淑宁怎么会给皇上提这样的床笫之谏？我看见皇上微微含笑，似在玩味此话，难道一个皇帝，还要把他的家国天下维系在床笫的筹措间吗？难道除了皇后，像庄璟和杨岫云这样家世没落的后宫女子也要被计算在皇上的谋国大略中，将身体情感都错付于冷冰冰的政治吗？

皇上让韩冬青退下，摆驾去了南和宫。我不常去南和宫，因为庄璟得宠的时候我还在陪伴皇后，而我到钦安殿的时候，庄璟已败给了杨岫云，原以为杨岫云夺走了她的宠爱，她会使出一哭二闹三上吊的戏码，谁知她竟然只是雷声大雨点小地传播一些闲言闲语，稍稍有些厚脸皮地对皇上谄媚纠缠，并没有太过分的地方。不过想想她和万淑宁说不清的关联，再想想万淑宁和皇上不寻常的关系，我发觉这一切终归是有缘由的。

幔帐后传出嘻嘻哈哈的笑声，这种最初让我面红耳赤几乎想要逃跑的笑声，如今已是一耳朵进一耳朵出，无异于皇宫每日必响的钟声，告诉我此刻该做什么罢了。也许庄璟这样的，才是最纯粹的皇帝的女人，除了姿色还是姿色，她用女人的手段迷惑皇上，花言巧语中只有风月，不求亲眷富贵，不求家族名利，只要皇上的一份宠爱，足以为之倾情一世。她从不掩饰对杨岫云的妒忌，也从不标榜

仁义宽厚的胸怀，更从不舞文弄墨舒展文采，用皇上的话说，这是个俗到不能再俗的女人，可让他欲罢不能的，也恰是这份抛弃了清高傲慢尊贵矜持后的食色本性。

一连三天，皇上都在南和宫过夜，这似乎与万淑宁说的雨露均沾有所出入。呻吟渐消，天色渐亮，我服侍皇上更衣，一边偷看庄環酣睡的模样。这真是个很美的女人，美得勾魂，渐渐的，我的偷看也变成了欣赏。

“她很美吧?”皇上的声音突然钻进耳朵里，气息很暖，口吻很冷。“再美，终不敌岁月，容颜老去是每个绝色女子不堪面对的将来，只有江山社稷才能代代相传，贤主之名方能永世不朽。”

我垂怜地看着庄環，也许我不曾拥有过绝世的容颜，所以也从不惧怕老去。我跟着皇上离弥香的床榻越来越远，轻轻地说，“可是皇上依旧宠爱她。”

皇上意味深长地说，“正因为短暂，才更值得珍惜。”

我酸涩地说，“只是这份珍惜，从来不属于皇后娘娘。”

皇上猛地站住脚，我惊觉自己失言，赶紧跪下。皇上沉默了一阵，将我拉起来，“皇后若听到你这句话，只怕再也恨不起你，怪不起你。以后朕上朝，你不必跟去了，到太后那里替朕请个安，也看看皇后，朕知道你心里还惦记她，毕竟是她带你进这后宫的，是不该忘了。”皇上说完，喊上小潘子往金銮殿去。我相信他的话都是真心，只是，如今已非他一句不忘，皇后就会接受我的不忘，回头，终究是难的。

我去了中宫，在宫外站了很久，最终没有进去。回到钦安殿，一个小宫婢在殿门口等我，见我来了急忙跑上来说，“林尚义万福，奴婢是承茗殿的尚香，杨美人想请林尚义前去一叙，还请林尚义不要推辞。”

“杨美人要见我?”我的确诧异，但心里是愿意的。

我去了承茗殿，杨岫云屏退了所有人，种满兰花温情肆溢的寝殿里只剩下我们两个。杨岫云还是一身青兰，只是怀胎的身子比过去略显丰腴，清淡的脸庞挂着淡淡的忧愁，忧愁中却能生出丝丝甘甜，恬淡的微笑依旧不沾一点烟尘。我经历过皇上宠幸她的场面，虽然看不见，但还是能听到断断续续的婉转莺啼，宠幸

与宠幸之间没有本质的区别，床笫之间，她也不比庄環高贵矜持多少，但是走出幔帐，她还能纯然透出这种脱俗离世的处女气质，确实是天赋异禀了。

杨岫云慢慢走近我，很认真地看着我的眼睛说，“告诉我，皇后是个什么样的人?”

我的心一震，这个问题来得太突然，突然到无法回答。且不说我本就没有答案，即使有，又要如何说呢？仅仅我眼里看见的皇后，就如同厚厚的书，每翻一页，就是一个新的故事，哪一页都不是全部，却哪一页都属于她。像皇后这样的人，说一日，说一月，说一年，都未必能说清。

杨岫云继续走近我，“她是个有胸襟的人吗？她是个会妒嫉的人吗?”

我忽然明白了她的意思，第一时间想到那晚皇上要韩冬青说给皇后的话，难道，皇后来过了？我微微一笑，略带一点辩白地说，“那不是妒嫉，只是害怕失去自己仅有的幸福，那也不是大度，只是对自己最后的一点保护。妒嫉也好，宽容也罢，终究，是为了皇后的名分和尊严。”

“皇后的名分和尊严，皇后的名分和尊严……”杨岫云默念着我的回答，慢慢后退，缓缓转身，“她愿意用大度去换取尊严，愿意为名分而打消妒意，是这样吗?”

我握紧拳头，颤悠悠地说，“奴婢只能说，谁对皇后好，皇后就对谁好，若非不得已，莫与其为敌。”

杨岫云轻轻一笑，我能听到她浅浅的鼻息，想象她嘴角似有若无的笑意，她清浅温润的声音盈盈而起，“我明白了，多谢林尚义的忠告，另外，请不要告诉皇上今日的事，拜托了。”

我答应下来，退出去。回到钦安殿，皇上已经下朝，我犹豫再三，还是违背了自己对杨岫云的承诺，把事情告诉了皇上。皇上并没有生气，反而心情舒畅地赏给我一个梨。我闻着梨香，听小潘子欢喜地说，“皇上，看来皇后娘娘已经被韩御医说动心了，只要娘娘认准了这条路，皇上就能一路引过去，早晚都是尽头。”

“所以啊，朕才赏西樵这个梨吃，皇后可不是随随便便就按别人指的路走的

人，光下钩没有饵可不行，韩冬青的主意虽然动听，到底是皇后一厢情愿，若没有西樵今日这一点睛之语，此路也未必畅顺。小潘子，传令司织房，给林西樵定制高低鞋一百双。林西樵，你脚上的鞋是朕赐的，朕要你到哪里，你就要到哪里，别想逃得掉。”

我闻言一愣，他的话有几分玩笑，有几分真，但我真真实实感觉到他对我的喜爱，就像皇后喜爱我一样。只是，赐鞋的事若传到皇后耳朵里，她又要伤心了。这是她当初感动我的地方，如今却被皇上如法炮制，加倍地赐恩于我，简直无异于对皇后一片苦心的践踏。我想起自己刚刚违背了对杨岫云的承诺，才换来这意义复杂的赏赐，我同时伤害了两个人，这究竟是无心的结果，还是我真的变了呢？

第十六章　落子错盘胜亦负

今天，皇上拒了敬事房的牌子，说要留宿钦安寝殿。待夜深人静，我要服侍他更衣时，他竟然推开我说，“朕今晚不在这里睡，朕是骗他们的。”我迷惘地看着他，他笑着说，“走吧，去烟霞殿。”

烟霞殿？皇上打算临幸万淑宁吗？我的心怦怦乱跳。这段日子，我看着万淑宁和皇上讨论国家大事，心中对她的怨恨和疑惑已经渐渐消散，所谓的为国为民虽然很虚幻遥远，但是在这片光环的包围下，她以往的不善之举、深重心计忽然就变得无可厚非情有可原了。我本以为万淑宁为人津津乐道的才学不过就是琴棋书画诗词歌赋，没想到她竟能熟读兵法谋略史书典籍，通晓天文地理，深谙行兵布阵，与皇上说起前朝国事如数家珍，指点朝中奸贤有理有据，她每次都让我在似懂非懂中目瞪口呆，在迷惘不解中暗生钦佩，她的放眼天下，让皇后的那一点运筹帷幄逊色不少。渐渐地，我不再把她视作一个后宫女子，而是把她当作朝中

女相，烟霞殿就是另一个朝堂，真正把握着生杀大权的朝堂。

但是今天，皇上说要去烟霞殿过夜，这实在让我意外。皇上从不在那里过夜的，无论议政到多晚，都要回钦安寝殿。今天，是有什么事要发生吗？

我们到了烟霞殿，并没有去书房密室，而是由纪双木带路，到了一间雅致的别院。这别院原是空着的，现在却收拾得相当干净整齐，这里没有专门的正殿、偏殿、寝殿，就是四四方方的一间屋苑，被素色的屏风分成了内外两殿，外殿清雅通透，内殿别致馨柔，连熏香铜炉都预备了，果然是要住人的样子。万淑宁等在内殿，站在床榻边，垂落的荷花色幔帐与她身上映山红的锦缎倒是匹配到了极点。怎么，她跟皇上要在这里……

我思绪未尽，万淑宁就大方地说，"西樵是留在这里，还是……"

"你们都出去吧，"皇上似乎早有打算，"留下小潘子伺候。淑宁，你安排个地方让西樵稍微睡一会儿，寅时再过来服侍。"

万淑宁颔首称是，走过来拉起我径直往屋外去。我完全摸不清状况，跟着她出了屋子。她拉着我左转右转，最后到了她的寝殿。我见她关上殿门，四下无人，忍不住问，"郡主，这到底怎么回事？"

万淑宁微露娇羞之色，"还能怎么回事，你服侍皇上也不是一两天了，这都看不出来？"

果然是床笫之事。"那……不是郡主吗？"我就这么直直地问出来。

万淑宁嗔怒地瞪我一眼，"瞎说什么？我可不做这样的事，也没有这样的想法。"

"没有这样的想法？郡主是女子，又非真正的宫里人，参与这样的机密大事，把天下担在肩膀上，当真是为了国家大义，没有一点私心？"

万淑宁仔细看着我，不禁啧啧咂舌，"小小宫婢，能看人心哪。没错，本宫是有私心，但本宫的私心，皇上尽知，也愿意成全。"

我仗着皇上的喜爱，大着胆子说，"既然皇上愿意成全，奴婢早晚都会知道，相信郡主也无需对奴婢刻意隐瞒吧？还请娘娘告诉奴婢，这个私心究竟是什么？"

万淑宁轻轻一笑，"如果本宫告诉你，这个私心与你的皇后娘娘无关，你是

不是就没这么着急知道了呢?”

我有些心虚有些期待地说,“真的无关吗?”

万淑宁的笑意消散,“西樵,对于皇后娘娘,本宫真的是无能为力。就算本宫放过她,皇上也不会放过她。”

我的心沉下去,“果然是有关联的,是什么,到底郡主的私心是什么?”

万淑宁傲气地一笑说,“取皇后而代之。”

我的脑袋嗡的一下,急切地说,“可是郡主刚刚才说,不会做这样的事,也没有这样的想法……”

“本宫说的是,不会偷偷勾引皇上,不会跟皇上偷情,更不会借这种事玩木已成舟的把戏,若非是皇上正式册封的皇后,本宫绝不献出自己。”万淑宁的目光凌厉起来,“扳倒皇后和郑家,这是皇上既定的心愿,不是我万淑宁能够左右的,皇后的位置终究需要有人来坐,不是我万淑宁,也会是李淑宁张淑宁,这么长时间的相处,难道西樵你不觉得,本宫比郑君怡更像一个皇后吗?”万淑宁在床榻上端坐,幔帐对称地垂落两边,她以往的温婉平和此刻变幻成高贵端庄。她微微抬起下巴,充满欲望的眼竟然还能透亮明媚,“西樵,本宫用天下换一个皇后的名分,这很公平。”

“只要一个皇后的名分,不要别的?”我想到皇后,深知有名无实的后位多么难坐。

万淑宁毫不遮掩地说,“没错。每个女人都有欲望,有些女人为爱欲活着,有些女人为物欲活着,本宫不要这些。不能流芳百世,宁可遗臭万年,天下女人那么多,得到情爱的何其千万,得到富贵的何其千万,但能得到皇后之位国母之尊的,又有几人?本宫,就要做这寥寥无几人中的一个。”

国母之尊?皇后已经得到了,但她并不快乐,甚至痛苦,甚至,连这名分都已经摇摇欲坠。“郡主不怕自己成为第二个郑皇后吗?”

万淑宁突然嘲讽地笑起来,“本宫没有那个本事,确切地说,本宫没有那个家世。本宫再能干,再有野心,也只是一个人,父亲死后,本宫朝中再无一人,赵翰扬虽是父亲旧部,但他身世特殊,绝无掌权的可能,即使掌权,他与本宫并

无亲缘关系，如何能信？本宫若为皇后，唯一的依靠就是皇上，唯一的利益所系也是皇上，本宫如何能变成第二个郑君怡？”

我细想她的话，竟是头头是道。皇上要遏制外戚专权，定然是再三考量，才愿意用皇后之位跟万淑宁换取得天下的辅助。万淑宁的聪明，只在她一人，论家族势力朝野裙带远不如皇后，若非如此，皇上岂能信她、用她、容她？天下换后位，对皇上来说，的确谈不上奢侈。但若说到交换，韩冬青和谧妃也在替皇上打天下，万淑宁要了皇后之位，他们要了什么？

我正想着，纪双木敲门进来，两颊竟然有些绯红，“郡主，别院那里熄灯了。”

“西樵下榻的屋子呢？”万淑宁已经收起之前的凌厉孤傲，温婉的嗓音重现耳畔。

“也已经收拾好了。”

“那就赶紧带西樵去吧，让她睡一觉，皇上那里只怕还要一个多时辰呢。”

“是。”纪双木拉着我走出寝殿，背后的门一关，我立刻放松下来，和纪双木相视一笑，这是我们在彼此的立场终于不再对立后第一次单独相处，经历了那么多波折，我们猜忌过，怨恨过，放弃过，最终却被这心有灵犀的一笑化尽为乌有。

“皇上临幸的是谁？”我边走边问。

“你何须要问我？不出两个时辰，你就能亲见了。”纪双木还在卖关子。

“那……这是皇上的意思，还是你们郡主……”

纪双木悠然一笑，“郡主才不会为那些声色犬马的事劳心劳力，皇上也没有这份闲情雅致专程跑到烟霞殿来偷情，看起来风流韵事一桩，究竟为的是什么，你如今也该有数了，既是为了同一个目的，还分什么谁的意思？”纪双木说着，推开右手边的门，一股幽兰香草的味道飘出来，让人心旷神怡。走进屋子，我立刻感觉身上暖暖的，睡意渐渐萌生。“好了，你赶紧睡，等到了时辰，我自然来叫你。”纪双木说着，帮我铺好床，笑着离开。

我点点头，确实感觉倦意一重一重地袭来，连衣服都没脱，就抱着软软的被褥闭上眼睛。不知过了多久，我听到有人喊我的名字，莫名其妙地，深重的睡意

在这一声声的呼唤中迅速退去，我睁开眼，疲惫的感觉已经散尽，纪双木微笑地看着我，嘴巴一动一动的，我听清了，就是她在唤醒我。

“皇上醒了，你赶紧过去吧。”

我一个激灵，顿时更清醒了一层，爬起身飞快地打理下凌乱的衣衫和微散的发丝，一路小跑到了别院。还好，皇上还没起身，不过屋苑外早已设了炉子将水烧开，小潘子守在门口，耳朵贴着门缝听里面的动静，远远地看到我来了，努起嘴巴作嘘声状示意我不要出声，我立刻踮起脚尖，放慢脚步。我刚走到小潘子身边，皇上就在里面喊了声来人，小潘子拎起热水壶就推门进去，我也赶紧跟上。

洗漱用的器皿早已备好，小潘子把热水倒进洗脸盆，端进幔帐里头去。我端起漱口茶，跟在后面，连着穿过两层幔帐，等在第三层幔帐外。皇上已经起身，那被宠幸的女子还在睡，两人半裸的身影一横一竖，隐隐约约地透出幔帐，有点令人想入非非。小潘子退出来，我端着漱口茶进去，在皇上接过茶碗的一瞬偷偷一瞥，终于看清了那女子的模样。

肖玉华，竟然是她。她此刻只穿着贴身的肚兜，背后的带子松散开，斜挂在胸前，露出一片春光，松散的发髻上，歪歪斜斜地插着文秀公主赠给她的簪子。此刻我终于明白，为何自葫芦传信后，再新传来的密信就只会写并无异常四个字，原来，她们早就达成契约结成同盟了。我深知皇后娘娘，她能许给肖玉华的仅仅是荣华富贵，而且还是需要时间去兑现的荣华富贵。而万淑宁给她的，是君王帝宠，是不需要再等待的承诺，是铁铮铮的事实。只要名利不要情爱，也许这个世上真的是有舍才有得。

匆匆回到钦安殿，皇上重新沐浴更衣，像平常那样，由钦安殿的宫婢们好好服侍了一通。我笑说早知如此就该把朝服带去烟霞殿，小潘子却责备我，说烟霞殿别院的事动静越小越好，要是在那里沐浴更衣，省了钦安殿的几道早起工序，是要被怀疑的。我笑着说，那不如就光着身子回来，把那边的工夫省了，反正走密道也就我们两个人看见。小潘子撇嘴笑着，说我越发胆子大没脸皮了。

自那晚之后，皇上每隔两三日就会临幸肖玉华，不到一个月，肖玉华就怀孕了。韩冬青将此事密报皇上，皇上下令封锁消息，谁敢走漏风声，杀。我不知道

这个秘密要隐瞒到几时，但我相信，这绝非只是为了孩子的平安降生。

就在肖玉华初孕的一月间，皇后与杨岫云又渐渐熟络起来，但是每次皇上去承茗殿，都是挑皇后不在的时候，皇上若在承茗殿，皇后也不来，两人就这样几乎天天交错着，从未在承茗殿相遇过。这样的日子差不多过了两个月，皇上渐渐少去承茗殿了，除了南和宫，皇上还常去东华宫、重华殿和长淑殿，其它的宫院去得不多，但一个月也有一两次，唯有中宫，一次也没去过。

转眼匆匆到了岁末，皇上按例将典礼的事都交给皇后负责，我不在她身边，光有纸鸢和小顺子帮忙，也不知道应不应付得过来。每每想到这里，我就自己笑自己，不过一个奴婢罢了，主子还要靠你周旋？皇上倒是提过，要我愿意，可以过去帮忙。可我拒绝了，我不想也不敢面对那样的局面，站在皇后面前皇上看不见的地方，心里藏着那么大的秘密，硬不能说，这简直就是刁难。算了，就这样躲开去吧，就算老天骂我心狠，我也认了。

可人生就是这样奇怪，想要躲的，总不能躲得成。下午我去承茗殿送皇上的赐赠，一出来就遇见了皇后。她还是那样雍容华贵，厚重的发式凤冠永远不能压低她高贵的面庞，皇上的冷淡并不将她的自信高贵减去分毫，起码从外表上，我完全看不出她内心的空虚和惆怅。只是，我知道她是空虚的，惆怅的，所以她刻意维持的尊宠之态让我除了心疼怜悯，还是心疼怜悯。

我本打算行个礼就离开，她却叫住了我，一步一步走到我面前。“听说皇上赐了一百双鞋给你，看来他是想你长长久久地留在身边了。”

皇后果然在意这件事。我低头说，“鞋子是死物，从来都是奴婢到哪里，鞋子带到哪里，哪能被死物就绑住了手脚。奴婢穿着皇上赐的鞋，一样可以服侍皇后娘娘，再说皇上与娘娘本是一体，皇上赐，娘娘赐，在奴婢心里，都是一样的感激。”

皇后的目光越过我的头顶，有意无意地说，“上次平远将军府的事，本宫还没有谢你，没想到你真能摆平，本宫还是小看你了。”

谢我？皇后还觉得郑君倬与陆蔓妮和离是郑家的幸事，殊不知这早已成了皇上的踏脚石，随时都能借着它改变局势。是我，是我误以为那是皇上对皇后的情

谊，结果，我成了帮凶。我勉强露出微笑说，“多亏皇后娘娘及时劝住了陆将军，否则奴婢也不能顺利解郡王府之围。”

“你比以前更会说话了，”皇后对着我笑，我心里却很难受，忽然皇后收起笑脸，忧思忡忡地望着承茗殿说，“皇上最近不常来承茗殿了，杨美人嘴上不说，心里总归有些失落，她怀着孩子，心情很是重要，若是可以，就让皇上多来瞧瞧，至于夜宿，等出了承茗殿再去也不迟。”

原来皇后真正想说的是这个，是怕皇上不再宠爱杨岫云吗，她真的关心杨岫云吗？若腹中有孕的是庄環，皇后还会说同一番话吗？或者，她只是害怕皇上的移情别恋会让这宫里再多出几个怀孕的娘娘。我微微笑着说，“奴婢知道了，奴婢会把娘娘的心意当作自己的心意说给皇上听。”

皇后瞟了我一眼，表情依然淡淡的，目光却安定不少。

我知道自己该走了，转身走下三四层石阶，终于还是忍不住回头说，“娘娘，皇上是不会专宠任何一个妃子的，奴婢言尽于此，娘娘保重。”我说完逃命似地离开，这一句劝，蜻蜓点水，谁人能懂。娘娘，万淑宁根本意不在争宠，皇上亦不为情爱所扰，若你眼中只有后宫纷争，必输无疑。

时光荏苒，除夕、元宵、清明、端午，万淑宁在棋盘边允诺皇上的事，终是如约办成了。就在端午这一日，陆蔓妮和赵翰扬奉旨完婚，也是端午这一日，杨岫云的孩子降生了。这是个男孩，长得好看极了，皇上赐名昱，暂无封号。孩子生得并不顺利，差点要了杨岫云的命。韩冬青知道杨岫云绝不能死，孩子也必须活着，特奏请皇上，越过御医院律法，金针刺穴，亲自接生，最后终能保杨岫云母子平安。而就在韩冬青前往承茗殿之前，刚刚在烟霞殿替肖玉华接生了一个男孩。

皇上并没有去烟霞殿，而是自下朝就守在承茗殿的寝殿外。当他把孩子抱在怀里时，笑着的眼竟然微微有些红了，纵然是一国之君，为人父之时，总要流露儿女亲情的，跟在他身边也有一年了，从未见他这样发自内心地感动过、幸福过。不知，他怀中抱的若是肖玉华的孩子，是否也会有同样的心境。

“皇上，杨美人醒了。”韩冬青说。

“岫云，”皇上把孩子交给奶娘，坐在杨岫云的床边，握住她的手，等她渐渐睁开双眼，心疼地捋平她额角凌乱的发丝，“岫云，你醒啦，还疼吗?”

杨岫云虚弱地笑着，摇摇头，“孩子呢，臣妾想看一眼。”奶娘把孩子抱过来，杨岫云看着孩子，渐渐落泪，“是个男孩，是个男孩……”

皇上嗔怪地说，“男孩……不好吗?”

杨岫云自怜地说，“臣妾听说，皇长子，是不能养在亲娘身边的，是这样吗?”

皇上怜爱却又无奈地说，“没错，规矩是这样，岫云，朕知道你心疼孩子，你放心，朕会找最好的奶娘，最好的师傅，好好照顾我们的孩子。”

杨岫云握紧皇上的手，“皇上，臣妾放不下这个心，皇子，皇长子，多少双眼睛在看着，多少心思在惦记着，再好的奶娘，再好的师傅，能像臣妾这样，用生命去守护他吗? 皇上，不怕你恼，臣妾在心里一直想要一个女孩，不需要文韬武略，不需要权势地位，只要她平安就好。可是，偏偏是个儿子，偏偏是个……”杨岫云的声音在发抖，“臣妾当然也爱他，也希望皇上能有男嗣，只是，臣妾害怕，臣妾害怕……”杨岫云爱怜地看着孩子，此事要是换成其他娘娘，早就欢呼雀跃了，只有她会在这里为生了皇长子忧心忡忡。

“岫云，”皇上心疼地说，“你不要怕，朕不会让他受到伤害的，朕答应你，如果你要自己带，朕可以为你破了这个规矩。”

杨岫云感激地笑着，却还是摇头，“臣妾的身子，恐怕是经不起的，韩御医早就说过，臣妾这个孩子，能生下来，就该谢天谢地了，今后别说带孩子，恐怕连伺候皇上，都不能够了。”

“韩冬青!”皇上突然大吼起来，要杀人的样子。

“微臣该死。”韩冬青立刻跪下，磕头如捣蒜。

“皇上不要怪他，臣妾心里是感激他的，若非他有言在先，臣妾如何能早作准备。”

皇上担心地拧起眉头，“什么准备?”

杨岫云的眼神坚定起来，“臣妾想把孩子托付给一个人，有她在，臣妾才能

安心。”

“谁?”

“皇后娘娘。”

杨岫云的回答十分肯定，皇上搭在身侧的手渐渐攥紧衣衫。这的确是我们所期待的结局，但是现在由杨岫云第一个主动提出来，实在让人意外。皇上困惑地说，“为什么是她?”

杨岫云笑了，“后宫之中，只有皇后娘娘有能力保护他，只有皇后娘娘才真正需要有一个儿子。”杨岫云竟然说得如此直白，“臣妾不求名利富贵，不求权势地位，只求孩子能够平安，名分于臣妾，虚无而已，只要他好，臣妾再无所求。”

皇上的喉咙里发出悲怆的感慨，杨岫云就如同纯净的山泉，开启处处尘埃的皇宫中被封存的美好天性。

“皇上，请答应臣妾，这许是臣妾今生对皇上的最后一个请求了。”

皇上握紧杨岫云的手，放在唇边轻轻吻着，“朕答应你，绝不反悔。”

杨岫云感激地笑着，“多谢皇上。”她似乎累了，渐渐把头歪向一边，沉沉地睡去。

皇上闭起眼睛，泪从眼角落下，“岫云，是朕谢你才对。”

我的眼睛湿润了，朦胧中，我看见韩冬青用衣袖轻轻擦去额头的汗水，他今天不仅仅保住了两条命，更是保住了皇上苦心酝酿的大计。从承茗殿出来，皇上亲去中宫传旨，皇长子李昱由皇后抚养，同时晋封杨岫云为云妃，养身期间，仍居承茗殿。也许是有了孩子的缘故，皇后对杨岫云晋封的事竟无半点不快，我看着她从皇上怀中抱过孩子，幸福的笑容蔓延在她的脸庞，究竟是达成心愿的满足，还是天然母性的萌发，我无法辨别，只是就在那一瞬间，她与皇上，还有孩子，构成一幅奇特的画面，让我错觉皇后娘娘才是孩子的亲娘，若这错觉能成为真实，倒也圆满了。

从中宫出来，皇上说要走一走。我们去了明湖，沿着湖岸徐徐漫步。按理说，皇上今日应该喜上眉梢，但是自把孩子交给皇后，皇上的脸庞又被深沉的平静彻底覆盖，甚至还有淡淡的忧愁在眉宇间游荡。我略靠近皇上一些，更仔细地

观察他，他却突然转过头来，把我吓了一跳。我迅速地转开头，心里直叫糟糕。

“西樵有话要跟朕说?”

“是，”我也不作隐瞒，直爽地说，“奴婢在想，若是云妃娘娘不提托付孩子的事，或是不愿意托付，皇上要如何走这一步棋?”

“西樵的心思越来越细了，但你终究没有站到朕的位置上看眼前的一切，”皇上抬头眺望远方，眼睛里有一种很深很深的像潭湖水一样的东西几乎要漫溢出来，“放眼后宫，谁能为杨岫云之托，如其所言，唯有皇后一人。宫规再硬，硬不过朕的决心，母爱再深，深不过韩冬青的一剂药方，只要不是皇后不想要，朕这步棋一定能走成。”

一剂药方？难道杨岫云的身体……我感觉到皇上的心狠，更想知道这心狠究竟值不值得，“奴婢有一点不明白，皇上不是要削皇后的权吗，怎么还把皇长子交给她抚养，那不是反助了她?”

皇上轻轻一笑说，“朕说过许多次，欲取之，必先予之。你知道朕最佩服皇后的是什么吗？就是无论她多么恨朕，恨后宫的女子，她都能把面上功夫做到极致，你也许看过皇后疯狂的样子，但是中宫之外，除了郑家人，谁见过？在后宫嫔妃面前，在朝之大臣面前，在宫婢奴才面前，她哪一时哪一刻不是端庄大方、举止高贵，处理宫里的大小事务，哪一桩哪一件不是合情合理、公正严明，就连岫云上次小产的事都被化解得不留瑕疵，反显她无辜委屈、大度宽容，连朕都不得不承认，她尽到了皇后的本分，你去后宫问一问，若要换个皇后，谁能取而代之，谁能服众立威？何况朕还不宠她，不至于为了她损了别人的宠爱，这样的皇后，谁不喜欢?”

“若照皇上这么说，她皇后娘娘的位置稳得很，大可以不变应万变，怎么还……”

“怎么还患得患失，自己给自己找麻烦?”皇上似乎很了解皇后，并不因为不爱而一无所知，“皇后最大的失误，在于她既不知己，亦不知彼。你以为她擅长勾心斗角？错了。她本来就不喜欢这些事，不喜欢，怎么能做得好?”皇上的话里竟然有一丝惋惜，只是我仍然不明白，皇后若不喜欢，执意而为又是为何？皇

上继续说，“西樵，你可知道她这一生为什么而活？哼，这问题就算问她，朕想她也答不上来。她现在努力想要抓住的，根本就不是她真正想要的，而她拼命想要从朕身边夺走的，也根本不是朕所在意的，她的手段很漂亮，可惜，方向错了，一切就都错了。”皇上的话似乎是在对皇后的一生做一个提前的判决。错，一个错字，就是皇上对皇后此生所付的题记。

然，在这是非混沌的高墙之内，错付一生的又何止皇后一人？恨由情致，错由怨生。李袖音怨，所以她的冤魂悬在空荡的梁柱；木佳子怨，所以她的生命沦为孝心的祭奠。皇后是有怨，所以她的狠心只换来更甚的绝情；皇上何曾无怨，所以他的江山赢不来美人的真爱。然，谁人能知错，谁人能不怨？

夕阳照孤影，有心难有幸，自怜易生恨，怀嫉望天明。

第二卷　怨　［完］

瞬世芳华

SHUN SHI
FANG HUA

陈雅 著

下
XIA

文匯出版社

第三卷　变

第四卷　倦

第三卷

日复日难平　年复年难静

俯仰无愧义　万变不改心

第一章　血脉红颜画江山

端午夜，朝阳殿，皇后将小皇子抱于众位皇亲，所作姿态犹如亲母。她等了这么久，终于能在庆贺皇长子降生的朝宴上成为名正言顺的主角，这一刻，曾经不堪忍受的屈辱都随着杯中酒变得一滴不剩。

长安王世子李昊亦在席上，虽然笑容浮面，却如同随时都要脱落的面具，甚至一时不慎，摔落酒杯，还被溅起的碎瓷划伤手指，幸好当时众人的注意力都在小皇子身上，没有发现不妥。只是我有看到，纪双木悄悄走到李昊身边，要替他处理伤口，被李昊客气地拒绝。这是万淑宁的授意吗？我看向万淑宁，她正与江美人谈笑风生，似乎也完全不在意。再一回头，我已找不见纪双木的踪影。

宴席结束，我猜测着皇上是不是要去看看烟霞殿那对母子，谁知他竟去了皇后那里，虽只逗留了一小会儿，目光也只围着孩子转，却已是对皇后莫大的安慰。出了中宫，我们沿着明湖慢慢散步回钦安殿，晚风袭来，为初夏的夜平添趣意。扑通一声，石子投湖，我一回头，发现是万淑宁。万淑宁行过礼，走到皇上身边，眼睛望着湖面，身体微微侧背着皇上，好像各自看景，互不打扰的样子，说出来的话却是给皇上听的，“哈图使节又要来京了，可能有所图谋。”

皇上的目光顿时如寒剑般凌厉，“消息可靠吗？”

万淑宁平静地说，“竺静仪的消息应该不会错，难得皇上在湖边，事情又急，淑宁就莽撞了。”万淑宁微微走前一些，似乎要说一些更私密的事，“真正的皇长子如今还在烟霞殿里，这次哈图使节来京，或许是个机会。”万淑宁说完，轻轻

挥着衣袖离开，带走的又是怎样的沉重。

一个月后，哈图使团到京，初次朝拜之时，竟然就提出割地，否则开战。皇上早想开战，无奈长安王和郑王爷极力主和，皇上气愤难平，却难硬下决断。下朝后，皇上从密道去烟霞殿，这次不光是万淑宁，韩冬青和谧妃也都在，看来皇上是要有大动作了。

皇上站在大幅的版图前，背对着我们，双臂垂落，右手手指在大腿侧啪嗒啪嗒拍打着，待手指的动作停住，他转过身说，“冬青，你今晚就去密告皇后，就说肖玉华在杨岫云之前生下皇子，养在烟霞殿里，一直瞒而不报，就连朕也被瞒过去了。记住三点，一、孩子的的确确是朕的，但朕至今不知此事，二、肖玉华先于杨岫云生产，瞒而不报是安国郡主的意思，三、你是偶然知晓此事，冒险告密。只要你咬死这三点，其余的，随你去自圆其说。”

“微臣明白。”

“谧妃，你对杨岫云的举荐之恩，还是不能让皇后忘记才是。你与皇后关系微妙，煽风点火的事情，可以适当地做一点。”

谧妃心领神会地一笑，“臣妾知道了。”

“淑宁，如果皇后三日之内没有找朕来商量此事，你就要小心烟霞殿的人和事，皇后未必凡事都与韩冬青商量，暗中出手，她也不是头一次了。”

“皇上放心，”万淑宁依旧平静，“淑宁定然确保肖玉华母子平安。”

“西樵，”皇上最终把目光投向我，“等皇后知道孩子的事情以后，你去说给她知道，朕现在最头疼的，就是长安王和郑家主和的事，谁能替朕解决这个大麻烦，朕有求必应。记住，你这步棋，是最关键的一步棋，你若不能走到位，她们所作的，皆是徒劳。”

我的心猛地晃了一下，类似的话我也听皇后说过，但都没有这一次来得沉重，也许曾经的托付只是为了皇后一人，而今日的委以重任却是为了江山天下。想到此，我竟然感觉无比自豪，抬头诚恳地看着皇上，许下承诺，“只要皇上肯相信奴婢，奴婢定然不负所望。”

从密道返回钦安殿，我被晃眼的阳光刺痛了眼，这才想起现在还是白天。要

再等一天一夜，等到韩冬青说出孩子的秘密，我才能走自己的这步棋。等明日见到皇后，不知她会是如何癫狂的模样。若我还在中宫，定然能听到她刺破暗夜的叫骂，对万淑宁的诅咒，对肖玉华的鞭笞，对杨岫云的埋怨，只怕一个长长的夜也不够她滴尽满心的血。对于明日的相见，我既抗拒又期待，胡思乱想中，这一天过得极慢又极快，等到真正天黑的时候，我已忘记了时间。辗转反侧的一夜过去，我醒来后的第一个念头，就是皇后怎么样了。想起昨日在皇上面前我信誓旦旦的承诺，我的心忽然变得很重很重，重得我无力承担，重得我透不过气。整整一个早上，我都在酝酿如何走自己这步棋，反反复复，把要说的话在心里过了无数遍。终于熬到午歇过后，我带着皇上的赏赐前往中宫。

到了中宫，我把几乎所有的赏赐都交给棠颐去处理，只捧着红玛瑙珠子编缵的小老虎走进寝殿。皇后坐在摇篮边，专注地看着熟睡的孩子，笑容似乎是静止的，却并不僵硬，目光柔和得似乎不属于她，手指轻轻拨过几缕胎发，最终在孩子的耳根处摩挲。从她的脸上，我看不出她已知道那件事的痕迹。

“皇后娘娘。”我轻轻地呼唤，“皇上让奴婢来看看小皇子。”

皇后微微抬眼，在我脸庞扫过一片轻盈的目光，轻轻地问， “皇上今日不来?”

“嗯。”我轻轻应着。自从李昱寄养在中宫，皇上天天都来，今日不到，恰能让我说开去，“今日朝上出了点事，皇上心情不好，就不过来了。”

“是吗?”皇后替孩子挪了挪被子，竟然没有追问。

我把红玛瑙的小老虎递过去，“这是哈图送给小皇子的满月礼，皇上让奴婢带过来的。”

皇后这才真的抬起头，“哈图使臣？他们又来京了?”

“嗯，”我赶紧接茬说，“昨天就到了，不过好像闹得不太愉快，皇上下朝后发了好大的脾气，到今天都没有消。奴婢和小潘子也不敢劝，听小潘子说，哈图想要咱们割地，不然就打仗，朝上有人想打，有人想和，弄得皇上左右为难。”

“那皇上是想打，还是想和?”

“好像是想打，皇上东一句西一句的，奴婢和小潘子忙着收拾碎了的砚台和

纸张，当时没听全，事后也没敢问。”

“碎了的砚台和纸张？皇上发那么大的火，看来事情很棘手了。”皇后渐渐感兴趣起来，“政见不和，就要看谁能说服谁了，满朝那么多文武大臣，就没有谁能斡旋其中，替皇上做说客的？”

“奴婢没有在朝上，也看不见，不过照小潘子的说法，应该没有吧，否则皇上怎么会气那么久。看皇上那个着急的样子，要是谁能把这个难题解决了，就是要一座金山，皇上都会给的。”我说着，逗弄刚刚醒来的小皇子，竟然把他弄哭了。我给皇后赔了罪，匆匆告退，最后的回眸一望，落入眼中的，是皇后哄抱小皇子的画面。她喜欢这个孩子，更喜欢这个孩子能为她带来的一切，所以为了这个孩子，她应该会做些什么吧。可若她真的只是为了孩子，那我今日引她上这个钩，就太残忍了。我站在石阶上，回望中宫的大门，心想不知将来的哪一天，我再踏入这个门槛时，见到的主人，已改了容颜。

连续三日，皇上都没有去中宫探望小皇子，我本以为皇上会继续以静制动，等皇后先按耐不住找上门来，谁知第四日，皇上竟主动去中宫看望小皇子。小潘子说，这叫反客为主。皇上的驾临显然出乎皇后的意料，她不自觉地看了我好几眼，可惜我无法给她任何提示，以至于她始终战战兢兢，谨慎言语，时时注意皇上的态度，每次皇上提到烟霞殿，她都会紧张一下，直到确信皇上只是随意提及，才略微放松下来。

“连着好几日皇上没来，昱儿好像也知道似的，每天总要闹一阵子。”皇后轻轻投给皇上一个眼神，见他满心满眼只有小皇子，就继续装作不经意地说，“听西樵说，皇上是被政事缠住身了，可是有什么解决不掉的麻烦？”

皇上刚刚喜乐的脸顿时阴暗了一层，声音也沉闷下来，“朝上的事，皇后就不必操心了，照顾好昱儿，才是皇后该操心的。以后若是其她妃嫔有了孩子，皇后也能为其表率。”

听到这样的话，皇后的目光瞬间暗淡下来，但很快又露出笑容，只是有三分勉强七分无奈夹杂其中。这时，舞雁来报，说烟霞殿的宫婢过来请皇上赶紧过去，安国郡主有十万火急的事找皇上商量。皇后一听这话，整张脸紧绷起来，抱

着小皇子的手渐渐箍紧。哇的一声，小皇子哭喊起来，皇后赶紧收神，转开身去轻拍着小皇子的背哄起来。

“怎么回事?”皇上似乎有些不快。

“没什么，皇上，是小皇子舍不得皇上，不如皇上再多留一会儿。”皇后难得说这些挽留的话，我能感觉她此刻的恐惧。

皇上走到皇后身边，轻轻托起小皇子的小拳头，小皇子的哭声渐渐弱了。皇上放开手，小皇子又哭得厉害了。皇上皱皱眉头说，“还是有劳皇后多照顾昱儿，照顾得好，朕自有恩典。安国郡主平日少有扰朕之事，想来必定不是简单的事，朕还是先去一趟，不陪皇后了。”皇上说着要走，我看见皇后的眼圈红了，从来在皇上面前，我都没见她如此难以自控，也许这次，她是真的害怕了。

“皇上，皇上……”小潘子急匆匆地闯进来，来不及给皇后行礼，就在皇上耳边一阵嘀咕。

皇上脸色一凛，竟然不顾小皇子哭闹未息就大声呵斥起来，“这个哈图王到底想怎么样，他当真以为朕不敢动他!”

“皇上!”小潘子挤挤眼，略朝皇后这边给了个努嘴的动作。

“少做这猴样!”皇上把火气撒在小潘子身上，双眼瞪圆了要吃人的样子，“你去，立刻传陆柏和赵翰扬进宫，到钦安殿议政。”

“那安国郡主那边……”小潘子试探着问。

“不如让臣妾去吧，”皇后主动请缨，“若真有要紧的事，也好一起拿个主意。”

“不必了，”皇上果断地拒绝，“西樵去就可以了，你还是好好照顾小皇子吧。”皇上说完，甩袖离开，我也赶紧前往烟霞殿。

茶很香，水果也很甜，我静静地坐在烟霞殿里，等着时间流逝。根本没有安国郡主的求见，没有哈图国王的传话，没有皇上下的急召，一切都只是想逼皇后尽快决断，仅此而已。大约两个时辰后，我回到钦安殿，皇上站在寝殿的窗户边，神态从容，似乎已达成所愿。

他抬起手，手指摸索着窗框上繁复的雕花说，“皇后来过了，朕与她已经达

成约定，只要她能说服那两个老匹夫弃和开战，而且出战之兵出自他二人麾下，朕就册封李昱为太子，由她抚养，将来太子继位，不得立两宫太后。”皇上把手收回，凝视指肚上留下的印痕，似乎尖突的雕花曾深深嵌入其中。

我微微一笑，“皇上精心布局，早从临幸肖玉华就开始了，今日的这个约定，可是皇上所求?”

皇上侧过脸来看我，露出捉摸不定的笑，“是朕所求，亦不是朕所求。”

“皇上……”我原以为皇上的局到此是一个结果，可他的笑，让我不寒而栗，似乎这一个局，才刚刚开始。灵光一闪，我想到了另一种可能，竟然不顾礼仪跑到皇上身边扯住他的衣袖，“奴婢想问，在皇上的心里，究竟是想要皇后说成，还是说不成呢?”

皇上低头看看被我拉扯的衣袖，我赶紧松手，皇上却笑了，“西樵，你好像比万淑宁还要懂朕的心。”皇上徐徐而述，“朕先说段历史给你听吧，其实郑家与长安王交好并非今天才开始，而是从四代以前就注定了。郑家第一位皇后郑絮柔是太祖的第二任皇后。那个时候，第一任张皇后已经为太祖诞下皇子，出生落地就被册封为太子，郑皇后百般努力，最终都没能把自己的儿子送上皇位，而是成了四大铁帽子亲王之一的长安王。因为这一层血缘关系，也因为两家同在皇位的争夺上败北，郑家与长安王府的结盟就变得顺理成章、水到渠成。太祖皇帝驾崩后，因有郑太后从中斡旋，郑家的女儿从此久占后位，把持后宫，长安王一系则世袭王权、手握重兵，两家世代交好，对政见之争心照不宣，虽然表面上忠君忠国，实际上频频以诤谏之名挟制皇上。自高祖皇帝登基，我朝已有十二位公主远赴西域诸国和亲，其中有八位是朝臣之女。这八位朝臣，皆是与郑家、与长安王政见不和之人，远嫁之女中，也包括替代万淑宁的平遥公主。”

“垄权结盟，反对异党，这本不是什么稀罕事，只是要牺牲无辜女儿家的幸福来达成己愿，实在非君子所为。”话毕，我忽觉不妥，赶紧请罪，“奴婢失言，请皇上恕罪。”

“无妨，朕也的确不算得君子。”

“朝政之争，本不是君子之争，若皇上太过君子，反失了胜算。”我尽力补救

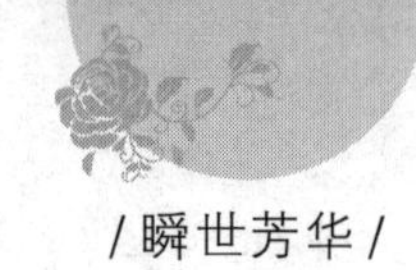

之前的言语之失。

"照你这么说，那戚戚小人，反有做皇帝的命了？"

"奴婢不是那个意思！"

皇上含蓄地一笑，"是君子，是小人，都无所谓，一句话，和则利，分则损，那件事便是最好的证明。"

"那件事？"我的心忽然痒痒的，好像真的有心弦被拨动。

"当年太祖皇帝执意将皇位传给张皇后之子，也就是朕的祖父，是下了很大决心的。张皇后早逝，朝中四品以上的大臣有半数都支持郑皇后之子李睿，这李睿天资聪颖，能文善武，确实比其兄长更具帝王之才。李睿十岁那年，太祖皇帝封其为长安王，既有安抚之意，亦有防范之心。后太祖皇帝驾崩，未留遗诏，李睿若真要谋反，论实力，论势力，都轻而易举。但也许是郑皇后顾及自己的名声，且当时她已一人独坐太后之位，高祖皇帝亦不敢对其有丝毫怠慢违逆，她也就忍下了这口气，成全了一个太平盛世。后来，为巩固权势，郑太后将自己的亲侄女郑婉秋嫁于高祖皇帝，成为郑家第二位正宫皇后，若这位皇后能诞下皇长子，那郑氏一族和长安王一派便可安心辅政，不会也没有必要再做他想。可偏偏天不遂人愿，高祖皇帝的江昭仪先一步诞下龙嗣，立为皇储，可怜郑皇后所生的嫡子，文韬武略皆在兄长之上，却只能屈居长安王世子之位，岂能甘心？"

"长安王世子？"我心一惊，"莫非现在的长安王李正茂是高祖皇帝的嫡子？"

"对啊，"皇上一副理所当然的表情，"当时长安王李睿突染奇疾，御医们束手无策，李睿膝下无子，高祖皇帝以不忍亲弟无嗣承业为由，将李正茂过继给李睿，承袭长安王一脉。虽说立长不立嫡也算不得违背祖制，可这将嫡出皇子过继旁嗣，哼哼，高祖皇帝打压郑氏一族的私心彰显无遗啊。"

"太祖皇帝如此，高祖皇帝也如此，这前后两次同样的羞辱，郑家恐不会甘心领受。"我一边说，一边在心里想着，皇上今日的所为，难道不是对郑家的又一次凌辱吗？

"所以啊，才有了二十多年前那场扑朔迷离的政变危机！"皇上的目光闪烁起来，微眯的双眼蕴藏着无尽的迷意。

“郑家要谋反？”我试探着问。

“郑家怎么会谋反？这是李朝的天下，要谋反的，是李正茂。”

“可他现在依旧是长安王。”我疑惑地说，“成王败寇，他如何谋反不成，却仍能安居王爷之位，手中权力不减分毫？”

皇上摇摇头，“朕若知道，便不会用扑朔迷离这四个字了，但有一点，朕很确定，”皇上望向我，谨慎地说，“除危者，英宗皇后郑倾华，也就是当今太后，可内情如何，就连朕也知之甚少。这是宫里极少数人知道的秘密，事后，那场政变就像从未存在过一样，朝廷上下，皇宫内外，一如往昔。不过，在朕眼里，此事虽然平息，却已说明一点，郑家最终的依托，永远都只能是皇上，而非长安王府，这是郑氏皇后们的女人本性所决定的。除非，长安王也能许给郑家皇后的位置，否则，无论两家平日里如何同杞连枝，一旦利有分歧，必反之。”

我的心一沉。郑家这一代就一个女儿，在皇上与李昊之间，她已经选择了皇上，那么郑家这一世，终究是不能弃皇上而去的了。一旦利有分歧，必反之，难道皇上是想……我抬起头问，“哈图与我朝乃是国别之争，非政权之战，主战、主和，政见而已，真有那么大的利益分歧吗？纵然有，也与他二人无关啊。”

“怎会无关？”皇上笑得有些沉重，“虽说都是主和，其内缘由却大不相同，就说哈图，郑亲王主和，是为财，哈图从我国强取财富，取十分之一赠于郑亲王，足够他锦衣玉食、收买朝臣、添置家产，纵然他日朝中有变，亦可左右逢源、风光无限，长安王主和，是为权，他反意尚存，及早与哈图结成盟约，相互扶持，倘若他日谋反，许诺以尺寸江河，哈图出兵相助，绝非奢望。倘若朕不知情不设局，他二人虽所求不同却能殊途同归，在朝堂之上成就联盟之谊，在朝堂之下满足私人之欲，朕唯有被蒙在鼓里成全他们的好事。但如今朕既知情，岂能再让他们同心同德？”

“所以皇上设局相逼，不是要为难皇后，而是要……”一个深藏的真相就要呼之欲出。

“没错，”皇上的眼神忽然变得冷峻，“今时今日的郑君怡早已无法面对李正茂和李昊，只能先求自己的父亲，再由父亲出面说服李正茂。郑亲王本是求财，

利害无损其权势根基，为了自己女儿的正宫之位，为了郑家与皇室的世代姻亲，那些身外之物，咬咬牙也就放弃了。可怜他怎么会知道李正茂的野心，等到李正茂看清郑家明仗长安府、实倚皇后位的真实一面，彻底与郑家分道扬镳，朕才算求得真正想要的结果。”

皇上的话让我想起死去的娘，她离世前曾经说过一句话，皇宫里，没有一眼看尽的真相，只有一眼迷乱的错觉。我鼓起勇气继续问，“既然皇上的本意是离间，直接拿后位和郑亲王做交易不就好了，为什么要兜那么一大圈演戏给皇后看？万一皇后不上钩，皇上的计划要如何继续？反正最后都要让郑亲王出面的，化繁为简不是更好？”

“好个屁！”小潘子插话进来，“郑亲王和长安王又不是傻子，一旦皇上出面，这离间之意岂不摆在了明面上，他二人必有提防。这件事，只能是皇后自己的意思，是她想要以主战之见换嫡母之位，是她想要以郑家的妥协换后宫的权位，皇上呢，犹犹豫豫勉勉强强地答应下来，这才能不露痕迹。像你那样明刀明枪的，还没捅着别人，自己先翘辫子了。”小潘子说书一样地说到这里，突然惶恐地捂住嘴巴，支吾着说，“皇上，奴才失言了。”

皇上含笑说，“小潘子，朕以前怎么没发现，你还有说书的本事啊。”小潘子羞赧地笑笑。“西樵，”皇上重新注意到我，“你似乎还有疑惑。”

我点点头说，“奴婢是在担心，如果皇后娘娘无法让长安王弃和开战，那国家不是又有损失了吗？”

“皇后做不到，不代表别人做不到，”皇上语出惊人，“西樵，你还记得玉石棋盘上朕曾经移动过的那枚黑子吗？”皇上意味深长的笑挂在唇边许久，转身推开窗户，欣赏漫漫的月光。

皇上不需要我的回答，我却已在重叠的记忆中搜索答案。玉石棋盘上移动的黑子……记忆拼凑成书在脑海中飞快地翻动，忽然停止在某一页，某一夜。朝阳殿……长安王……齐霜霜……洒落的酒水……如玥的呼唤……难道长安王和樊如玥之间真的有特殊的关联？樊如玥已经死了，齐霜霜也死了，宫里只有一个人能成为她们的影子，就是万淑宁。可是，朝阳殿献舞时，长安王虽然略有失态，但

他是目睹齐霜霜的舞姿才发感慨，与万淑宁毫无关系，除非，皇上早就知道长安王与樊如玥的关系，而这种关系足以说服长安王放弃天下。等一等，万淑宁与樊如玥的相貌无差，却从未听宫里人议论，就连皇后也是查阅旧年的画像才知道此事，可见樊如玥是宫中的忌讳。记得太后说过，她是最想樊如玥能够活下来的人，樊如玥是二十多年前被烧死在冷宫的，二十多年前……忌讳……政变……李正茂……太后……樊如玥……难道樊如玥和当年那场化于无形的政变有关？啊，难道就因为万淑宁酷似樊如玥的容貌，皇上就要她去重复如此艰难的任务吗？那么，万淑宁的结局，会和樊如玥一样吗？

我的脑海中忽然显现熊熊烈火，房梁、圆柱、瓦砾，在火光中纷纷落下，砸向我的头顶。啊……我在心里尖叫，顿时感觉头痛欲裂。不知为什么，我觉得那一幕，似曾相识。

两日后，皇上在朝堂上重提哈图一事，长安王极力反对开战，郑亲王则连朝都没有上，称病告假。小潘子说，郑亲王肯定在李正茂那里碰了一鼻子灰，到了朝上，既不好说主和，又不好公开跟李正茂对着干，就算两家关系已经出现裂缝，也最好别张扬开去，只好干脆躲在家里。我有些哭笑不得，原来堂堂国丈也会当缩头乌龟。皇后没能兑现承诺，来钦安殿请罪，皇上简单安慰了两句，说就算没有哈图索地这件事，他也会考虑册封太子一事的，毕竟李昱是长子，这也符合礼法。皇后听到这话，略微放心一些，识趣地回宫照顾小皇子去了。

是夜，皇上又去了烟霞殿和万淑宁手谈议政。一年了，盘上布局早已更改无数回，始终未变的，就是那两枚顽棋。然而今夜，皇上将上一横右二纵的白棋移到了右五纵上。我知道，这枚白子就是郑氏家族，棋子滑过的瞬间在棋盘上留下雾白色的拖痕，这一步走得太沉重。如今，整个棋盘上丝毫未动的那一枚白子就是长安王府，它与其它棋子的距离越来越远，与棋盘上属于它的那一点越粘越牢，若再不移开，恐怕就只能用刀铲去除了。

皇上拾起一枚黑子，再三犹豫，最终放回原位。我知道，那枚黑子代表烟霞殿，或指万淑宁，或指纪双木，也可能同时指她们两个人。皇上的目光渐渐黯淡，似乎心中悲伤，凄情浮面。他竟然抓起桌上的绒布丢落棋盘盖住那些黑白

子，不愿意回头去看的样子，惆怅地说，“朕今日不落子了，西樵，回钦安殿。”

“皇上，”万淑宁竟然抓住皇上的手腕，“淑宁已经决定了，就算皇上不落子，淑宁也会去的。”

“可要是万一……”

“只有一种万一，”万淑宁悲怆地笑着，“就是皇上背弃约定，得天下而负淑宁。”

皇上反手微微托起万淑宁的手腕，翻转手掌，对贴万淑宁的掌心，渐渐抬高与肩膀平，如击掌盟约之势，“淑宁许朕以天下，朕许淑宁以后位，既有承诺在先，朕绝不负约。”

万淑宁的另一只手掀开绒布，拾起那枚黑子举起在皇上眼前，“淑宁对皇上，从来倾心直说，今天也不例外。淑宁管不了天下苍生，也管不了人间正道，淑宁只想要一个拥有天下的夫君，只想要一个完整的皇后之位。若天下最终为李正茂所得，皇上许给淑宁皇后之位又有何用？淑宁愿意赌命一搏，都是为了淑宁自己，皇上无须有任何的负担。”万淑宁将黑子又往前送了一点，“请皇上落子，成全淑宁。”

皇上眉头紧蹙，盯着那枚黑子看了很久很久，而后愁云笼罩的眼扫过棋盘，忽然一把夺过黑子拍在棋盘上。“西樵，回宫！”皇上顺势手掌一撑，扭头就走。掌心离开棋盘的一刻，我看见那枚顽固的白子碎裂成瓣，黑子稳稳落于碎瓣之上，完好无损。

从烟霞殿回来，皇上一言不发，和衣倒床就睡，我刚要说什么，被小潘子从背后捂住嘴，硬拽着到了殿外。“你拉我做什么？”我挣脱开，抹抹嘴巴，深吸了两口气。

“你知道什么？”他朝里张望了两眼，教训起我来，“我伺候皇上二十多年了，像今天这种情况，就遇上过一次，就那一次呀，把我给吓的。”话音刚落，殿里就传来砸东西的声音。我刚要进去看，就被小潘子拦住，“别，别拦着，让皇上把气撒出来就没事儿了。”

“撒气？”

小潘子做贼似地左顾右盼，压低声音说，“当年皇后和长安王世子的事儿被皇上知道的时候，就是这个样子。哎，你们别以为皇上对皇后真的那么绝情绝意，是皇后先负皇上的。那个时候，皇上可伤心了，从此再也没有给过皇后笑脸。你在中宫那么久，没理由不知道的。”

“那皇上今天是……”我没有再说下去，愣愣地望着殿门，每每皇上提及皇后时的言语神情翻涌上来，竟然让我有别样的触动。我忽然觉得，皇上才是受伤最深的那一个，虽然坐拥天下，却怀抱满目疮痍的虚爱。皇后为母仪天下而放弃情爱，万淑宁也是为母仪天下而付出所有，若皇上不是皇上，还会有这些决绝的割舍和执著的倾注吗？皇后越在乎名分，万淑宁越义无反顾，皇上就看得越清楚，他爱的两个女人，都只爱他的天下。

我和小潘子在殿外守了一夜，等到天微微发白，他叫醒我，一起悄悄地溜进殿内。“离皇上起床还差半个时辰呢，这么早进来做什么，万一惊醒了皇上怎么办？”我蹑手蹑脚，几次想要回头出去。忽然，我脚下不知踩了什么，有点疼，轻轻地哎哟了一声，被小潘子捂住嘴。

“瞧瞧瞧瞧，你踩的是什么？”小潘子只用气声说话。

我低头一看，竟然是碎瓷片，这时，我想起昨晚殿里传出的砸东西的声音，赶紧再往里放眼一瞧，天哪，满地都是碎瓷，结实的铜制器皿滚落各处东倒西歪，娇艳的花草在花盆的碎瓦和泥巴中彻底被糟践了模样，还有撕扯下来的半幅幔帐落在倒地的屏风上，整个寝殿就像被人洗劫过一样，混乱不堪。唯独，唯独皇上安睡榻上，那份安逸与满地狼藉格格不入。

小潘子咬耳朵说，“你不会想要留着这副残局恭迎皇上起床吧，半个时辰，真的早吗？”

原来是拉我来收拾残局的。我不禁苦笑。钦安寝殿不许其他下人进来，只能我们两个自己来，可还不能大刀阔斧地干，轻手轻脚地，足足得收拾半个时辰都未必够。我不再废话，麻利地收拾起来。撕落的幔帐成了包裹杂碎的好东西，碎瓦花泥、破瓷烂卷，统统包起来扔掉，铜器虽然未损，也置换成新的，扫清地面遗留的碎末尘泥，拆下半幅幔帐，撤走破损的屏风，总算是让寝殿恢复了本来的

面貌。皇上醒来，洗漱更衣用膳上朝，按部就班，无论言行神情都与往日一般无二，比这寝殿复原得还要彻底。

我没有跟去金銮殿，留在寝殿收拾床榻。昨夜皇上和衣而睡，所有的被褥枕头都要换掉。忙完这些，我掐准时间，到钦安殿外等皇上，谁知先等来了锦颐宫的宫婢小桃。她带给我一个消息，就是皇后今日向太后请旨去太庙祈福，因小皇子未满百日，不能出宫，云妃又卧病在床，就把小皇子托给谧妃照顾半日，谧妃已经应承下来，此刻小皇子正在锦颐宫。皇上回来后，我将此事告知，皇上眉尖若蹙似有思虑，最后只淡淡地说了一句，皇后刚进宫那几年，时常以祈福之名单独出宫，近来三年，好像不太去了，如今又去，定是又要生事端了。

也许是心虚，我觉得皇上所说恰是暗示我心中所忧。皇后以前出宫，都与长安王世子李昊有关，直到三年前出了纪双木替万淑宁出嫁半路折回的事，菊花台相见后，皇后与李昊之间算是彻底断了情谊。今日小桃所说，令我也颇为意外，时至今日，若有什么事逼得皇后与李昊厚颜相见，那么就只有劝说李正茂弃和开战一事了。皇后果然还是不肯放弃，但她若出面，万淑宁那边又要如何交待呢？

皇上似乎也在担心这一点，午歇过后听说皇后已经把小皇子接回了中宫，就让我过去看看。这段时间我常替皇上去中宫看望小皇子，所以也不需要编排什么借口，随便挑几件小玩意当作赏赐带去就行。

皇后今日穿得极为素净，跟太庙祈福的说法很是相合，我借着这一点，问及她今日的行程，她也直说去了太庙，如此坦白，我反倒不好再追究了。我逗留了一刻钟，几次旁敲侧击，想要看出些端倪，最终不能成，甚至，连她是不是和李昊见过面我都看不出来。唯一的收获，就是我在她身上闻到淡淡的奇怪香味。

是夜，皇上翻了谧妃的牌子，从正门进了锦颐宫。进到寝殿后，银心启动机关，韩冬青从密道出来。君臣过礼后，我和银心奉茶上来，皇上特许众人落座，他自己坐雕木宽椅，谧妃和韩冬青坐圆凳椅，我和银心还有小潘子坐马扎。

皇上先说了安排万淑宁游说李正茂的事，紧接着问谧妃，“皇后今早是亲自把昱儿送过来的吗？”

“没错，是亲自送来的。”谧妃有些奇怪，“皇上怎么问这个？”

“你可闻到皇后身上有什么奇怪的香味?”我回去就跟皇上说了这事，他真的听进心里去了。

“奇怪的香味?”谧妃仔细回想后摇头说，“臣妾没有闻到。”

“皇后回宫后，西樵说从她身上闻到奇怪的香味，如果出宫之前还没有沾染，那就是在宫外沾染来的。”皇上疑惑地眯起眼，“太庙朕去过不下百次，从来没有闻到过什么奇怪的香味，那里的植株都是宫里常见的，不该有特别的味道才对。”

“皇上说的，是一种淡淡的像烟草又像熏香的味道吗?”银心突然问。

“没错，就是这个味道，”我有些兴奋，“你也闻到了?”

银心点点头，“皇后来接小皇子的时候，谧妃娘娘正午睡，皇后没让奴婢惊动娘娘，是奴婢把小皇子抱给皇后的，香味就是在那个时候闻到的。”

“那除了皇后，你们有从其他人身上，比如纸鸢或者小顺子身上闻到这种味道吗?”韩冬青问。我仔细想了想，摇摇头，银心也摇头否认。韩冬青皱了皱眉头说，“那就是了，皇后一定是单独去过哪里，或者，是单独近距离地接触过什么，物件，或者是人。”

“她又想做什么?”皇上的脸色很不好看，“难道游说长安王的事情她还不肯死心，朕已经安慰她会考虑册封昱儿为太子，她还纠缠这件事做什么！万淑宁现下就在长安王府里，偏偏皇后也是今日出宫，若她真是去太庙烧香倒还无妨，万一真的与哈图有关，一旦李正茂同意开战，朕都不知道要把这功劳算在谁的头上！”我的心一动，皇后的位置只有一个，说客却有两个，究竟是谁的话起了作用，还真无法算清。

“不如，由微臣去探探口风吧，”韩冬青自荐说，“西樵如今的身份已难避皇后提防，倒是微臣还得皇后信任，可以一试。”

皇上先眼中一亮，随即忧虑再现，“你在皇后眼中，一向是知分寸晓进退，从不无缘无故进出中宫，惹人怀疑，近日宫中无事，皇后无召，亦不需你复命，你到了皇后面前，如何自圆其说，又如何打开话头呢?”

韩冬青微微一笑说，“请皇上放心，御医院掌院张百孝对微臣诸多不满，微臣有意取而代之，无奈资历尚浅，想请皇后娘娘从中斡旋，若能成事，将御医院

握于掌中，日后替皇后效力，就更左右逢源了。皇上，这个理由，足够微臣面见皇后了吧？”

“哈哈……”皇上赞赏地笑起来，“韩冬青，真有你的。如此甚好，既能探些口风，更能让你欠皇后一个人情，日后你们之间，就更亲密无间了。不过，点到为止，不要引起怀疑。”

“微臣明白。”韩冬青迟疑一下说，“皇上，烟霞殿那边，那个宫婢……是不是也能探些口风？据微臣所知，皇上原本也是想让她跟……跟世子……”韩冬青小心翼翼，说一个字看一眼皇上，如履薄冰。

啪的一声，皇上拢起手中折扇，斩断韩冬青的断续之音，淡淡地扫了他一眼说，“这也是个办法，朕会安排的。”

“是。”韩冬青不再多言，反而看了我一眼，让我浑身一个激灵。

皇上跟谧妃又交待了几句后宫的事就要回钦安殿，离开寝殿的时候，韩冬青还没有走。我忽然想起之前有过的一个疑惑，皇上许给万淑宁江山，许给谧妃和韩冬青什么呢？现在我想到了，也许皇上把自己最难得到的相爱相守，许给了他们。谧妃和韩冬青瞒骗皇后的太多，唯独这个与情爱有关的把柄是真的。

回钦安殿的路上，皇上不坐车辇，要我陪他走一走。途中，他提及韩冬青最后那几句话，直溜溜地问我，“你知道他是在说谁吗？”

“应该是纪双木和长安王世子吧？”

“你说纪双木朕不奇怪，可你怎么知道是李昊呢？”

“忘了是哪一年的哪一天，世子的马车从奴婢身边经过，风把车帘吹起来，奴婢看见纪双木坐在里面。”

“原来如此，”皇上打消疑惑，“那年万淑宁被安排和亲，已经启程，忽然噶里木反悔，和亲取消，其中的来龙去脉，纪双木有对你说起吗？”

“她没有说过。”

“那朕就说给你听吧。”皇上开始说那件事，其实那件事，我与皇后都已知道得七七八八，皇上此时所说的，无非是在证实我们的猜想。果然，果然是纪双木顶替出嫁，果然是李昊透露了关于刺青的忌讳，纪双木身上的玫瑰刺青也的确是

李昊所为。但是，皇上却对纪双木如何说服李昊的过程只字未提，是不知道，还是真如纪双木所说，用李昊和皇后的事加以威胁，所以皇上不愿提及呢？

我小心翼翼地问，“这件事，皇上是如何知晓，是从一开始就……”

“是万淑宁告诉朕的，她说要与朕互无隐瞒。”

“那安国郡主有没有说长安王世子为何要出手相帮，纪双木是顶替郡主出嫁，就是已被先帝认可，世子那样做，有欺君惘上、损毁两国邦交之嫌，他又何必惹祸上身，莫非真为了纪双木？”

皇上看了我一眼，“他没有欺君惘上，他也不是被纪双木说服的，这原本就是先帝的意思，只是没有强令要求，只让他尽力而为罢了。”

“先帝的意思？”我实在感到意外。

皇上忍不住一笑，“傻丫头，平时机灵，这个时候怎么犯蠢了。纪双木不回宫，淑宁如何能回来？就算先帝将她妥善安置在宫外，一年又能见上几回，若是等两年再重新招进宫，就要替她安排假身份，还要准备好说辞，去解释她与本该嫁出去的万淑宁为何样貌一致，这都是很麻烦的事情，不如釜底抽薪取消和亲，一切就都顺理成章了。”

“哦，”我恍然大悟，“那也幸好先帝对她痴迷，否则郡主一去不返，谁来为皇上出谋划策呢？”我嘴上这样说，心里还是有所保留，我始终觉得先帝不会为一个万淑宁这样冒险，反是万淑宁为了回宫，让纪双木说服李昊的可能性更大些。

“那也幸好李昊够聪明，不然先帝的心机就要枉费了。淑宁能够留在宫里，也有李昊的功劳啊。”皇上说到这里，忽然严肃起来，“西樵，你即刻出宫去一趟长安王府，但是不要进去，等淑宁她们出来，你先问下情况如何，若是一切顺利，你就让纪双木再去探一下李昊的口风，看皇后是不是找他谈过哈图的事，最好能知道李昊是如何答复的。若事情不顺利，或是有更大的变故，你即刻回来告诉朕。如今朕的路走到这一步，已经是站在岔口，稍有一点偏差，可能就会走上错路。韩冬青那里，朕还是比较放心的，至于纪双木，李昊对她的态度始终让朕琢磨不透，你跟她说，一切以安身为重，切勿强行。”

“奴婢知道了。”我先行一步回钦安殿，取了令牌匆匆赶往长安王府。

不到路口，我就跳下马车，只身溜到王府的墙边，朝正门口张望。万淑宁的马车果然停在那里，我耐心等待，大约足足有半个时辰，王府的门开了，万淑宁和纪双木从里面出来，还有下人专程送出来。我不好现在上去，只能等到马车走起来，下人们都回了府，再冲出去拦马车。我把来意说明，万淑宁说一切顺利，接着纪双木就以落下东西为名回去王府。就在她伸手将我拉上马车，自己跳下马车的一瞬，我闻到了一股淡淡的奇怪香味。我愣愣地坐下，身边就是万淑宁，那股味道，消失了。

我和万淑宁在马车里等。万淑宁似乎有些累了，抱着膝盖微微侧脸，我竟然看到她的眼角有淡淡的泪痕，不止如此，她的左手食指指肚上还有一道明显的划痕，显然是被利刃划开的。“郡主，你的手怎么了?”

万淑宁看了一眼划痕，淡淡一笑说，“没什么，滴血认亲罢了。”

“滴血认亲?”我被吓到，“跟谁?”

“长安王爷啊，我若不是他的女儿，他如何为我放弃主和的念头呢?”万淑宁波澜不惊地说着，我却早已心潮澎湃。

“郡主真是王爷的女儿?”

“当然不是了，我是万将军的女儿，跟王爷没有关系。”万淑宁的口气毋庸置疑。

“那这血……”

“还记得小皇子出生当晚的庆贺宴吗，李昊的手指被碎瓷所伤，纪双木替他包扎，”万淑宁看着我，“你看见了的，对不对?”万淑宁莞尔一笑，“虽然李昊拒绝了，但是他手指上的血还是留在了纪双木的手绢上，被保存了下来。”万淑宁平静极了，仿佛在说别人家的故事。

我的心顿时怦怦乱跳，“保存下来做什么?难道……用来滴血认亲……”我不敢相信地摇摇头，“滴血认亲，是要用活血的，渗透进手绢里的血，也能用吗?”

万淑宁抬起手，轻轻抚平我因为疑惑和紧张而集中在眉心的皱纹，“只要有特殊的药材和容器，血液即使渗透到手绢里也是能重新提炼成活血的，保存的时

间最长可以有半年。其实最难的并不是得到李昊的血，而是要让李昊的血从你的身上滴落，要在阅人无数的李正茂面前使用这样的障眼法，可是要冒很大风险的，尤其是他的定力比一般人都要强很多很多，幸好……”万淑宁忽然露出狡猾的目光，“算了，有些事，你以后会知道的。”

滴血认亲这么大的骗局都说了，还要隐瞒什么？我盯着万淑宁的脸，忽然，脑海中浮现出另一张脸。樊如玥……李正茂……万淑宁……我把一切串联起来，心中豁然开朗。二十多年前那场把一切都毁尸灭迹的大火，赋予了二十多年后一个期冀的梦。原来万淑宁不是要顶替樊如玥，而是要成为她的延续，血脉的延续。

这时纪双木安然而归，万淑宁立刻收起狐意的笑，关切地问，“李昊怎么说?”

“他说他不管这些事，就算皇后来找他，也是一样说法。”

话音落，我们三个都沉默了。马车走起来，走向深宫，夜笼罩着我们，让我们的心更不为他人所见。

第二章　错陷连环姻缘计

最终，哈图索地未成，唯有向我国宣战，皇上派赵翰扬领兵出战，直言奉陪到底。皇后因劝说郑亲王有功，皇上给了丰厚的赏赐，但是册封太子的事没有再提。时至今日，似乎一切都回归正道，但我始终有两件事搁在心里堵得难受。一是皇后明知长安王已不再坚持和解，也没有旧事重提要皇上兑现承诺，就算如纪双木所说，李昊没有答应帮忙，但结果是好的，难道皇后那么确定这不是她的功劳？再就是万淑宁滴血认亲的作用那么大，为什么早不用？就凭万淑宁觊觎皇后之位，李正茂就跟郑家好不了多久，何必再用什么离间计？除非，这所谓离间计的本意就是要逼郑亲王妥协而已。想到此，我不禁替皇后悲哀，她又一次被深深

地愚弄和伤害了。

宣布开战后的第二天，皇上忽然向谧妃问起韩冬青继任御医院掌院之事，谧妃说皇后已答应帮忙，甚至都已经想好了办法，除掉他最大的竞争对手张百孝张御医，扶他坐上御医院掌院的位置。皇上说这话听着好像又是什么惊天动地的大阴谋，一个御医院的掌院而已，可见皇宫里，没有一粒尘埃是甘心平淡的。

今天下了一上午的雨，直到午时三刻方才放晴。我去司织房办事，然后又去承茗殿替皇上送赏赐，接着慢慢溜达回钦安殿。皇上约了翰林们诵读诗书，又赶上心情好，准我自由小半日，我就去御林园挑了几株新到的西域植物，让小公公们送来钦安殿种上。谁知不到一个时辰，我就渐渐不舒服了，鼻子痒，身上还起疹子，一开始忍着不说，用晚膳的时候，袖子缩上去，胳膊上的疹子被小潘子看见了。他狠狠数落我一顿，说自己遭罪不要紧，万一传染给皇上就是千古罪人了。我心里想着哪有那么严重，最多就是过敏罢了，但还是经不住他唠叨，去御医院找韩冬青给开方子。

今晚皇宫里好像静得很，没看见一个主子出来乘凉，就只在我沿着御花园的外围走到岔路口的时候，见到有个人影在左边那条岔路的尽头闪了一下。呵，这个背影跟纪双木倒有点像，只是那条岔路通往木园，纪双木怎么会去那里。我身上养得难受，也顾不上这些，沿着右边的岔路往御医院去。

因为身上越来越痒，我的步子也越来越快，跑进御医院的时候，跟一个人撞了个满怀，摔倒在地。

“哪里来的宫女，把眼睛擦亮点!”那人张口就数落我，我抬起头，见他三角眼细眉毛，胡须也是尖尖的，顿时没有好感。

“林尚义，你怎么过来了?”韩冬青发现我。

“下午搬了两棵西域的植物到钦安殿，然后就起疹子，痒得难受，就过来找个医女瞧瞧。”那个人还没走，我不方便跟韩冬青表现得太熟络。那人听说我是御前尚义，这才尴尬地撇撇嘴，很快走开了。“他是谁呀，那么横?”我轻轻地问。

“他就是张百孝。”韩冬青说。

“就是他啊，皇后不是说替你摆平的吗，怎么还让他在这里嚣张？”我说着，脚下好像踩到了什么，拾起来一看，是张揉搓过的字条，上面写着，今夜申时，昙花林，要事相告。“这是哪里来的？”我捏着纸条问韩冬青。

“会不会是从张百孝身上掉下来的？”

有这个可能。我重新去看字条，越看越觉得这几个字眼熟。这是谁的字呢……啊，小顺子。这是中宫传来的纸条，约见张百孝的。申时，差不多就是现在，昙花林……不就是在木园的西面吗？要事相告，对张百孝来说还能有什么要事，自然是继任掌院的事。我抬头拉着韩冬青，“皇后真的说过已经想好办法除掉张百孝的话吗？”

“就是两天前跟我说的，说只要再过两个晚上……”韩冬青说到这里突然打住，瞪大眼睛看着我，“两个晚上，那不就是今晚，皇后今晚就要动手……”

“不对不对……”我的脑子里突然蹦出刚才岔路口看到的画面，那个背影，往木园方向去的背影，好像真的就是纪双木。我一下子想起来很多事，皇后与纪双木身上同样的香味，李正茂同意开战后皇后的淡泊，这些冥冥之中似乎有着千丝万缕的关系，我一时不能全部理清，但一个大胆的想法已经在脑海中构成，十分清晰。“快，快去阻止张百孝！”我朝韩冬青大喊，拉扯他的衣袖。

“这件事皇上已经默认了，我们不能……”韩冬青完全不明白我的意思。

“不是这样的！皇后不仅要害张百孝，还要害纪双木，我来的路上，看到纪双木往昙花林那边去了。要是我猜得没有错，皇后又要拿宫婢偷情说事，现在只有拦下张百孝一条路可走，只要两个人没有被同时拿住，就不会有事。你赶紧去，赶紧去呀！”

“西樵，你说的这些都是真的吗？”

“真的真的全是真的，如果最后证明是我错了，皇上皇后怪罪下来，我愿意一力承担。”韩冬青见我这样发誓赌咒，不好再有怀疑，转身就冲出去。我在心里不停地祈祷，一定要拦住张百孝。我心急如焚，却觉得时间过得极慢，不知道过了多久，韩冬青拖着张百孝回来。我冲上去说，“你，你怎么把他弄成这样？”

韩冬青无辜地说，“这不是我弄的，我在岔路口发现的他，已经晕倒了。”

“啊？”我觉得事情更蹊跷了。

这时，钦安殿的小安子急惶惶地找上门来，上气不接下气地说，“林尚义快到中宫去，出大事了。”

我心里咯噔一下，张百孝都回来了，还能有什么大事。“是皇上出事了？”

小安子摇摇头，“你还真敢问，皇上倒是没事，就是烟霞殿的宫婢纪双木和长安王世子在昙花林私会被御林军逮个正着，现在纪双木已经被扭送到中宫皇后娘娘的面前，世子被押去见皇上，连太后都惊动了。”

“你说谁？长安王世子！”我顿时感觉头晕目眩，这一切怎么又颠倒成这样了呀。

“是长安王世子，皇上还说，要林尚义赶紧去中宫，小心别闹出人命。”

我的心猛一沉，纪双木和李昊私会，无论从哪一层讲，都戳到了皇后娘娘的死穴，可不要闹出人命嘛。我匆忙赶往中宫，此时中宫正殿已是灯火通明，纪双木被五花大绑跪在皇后面前，皇后咬牙切齿居高临下地看着她，眼睛里就像生出钉子来，要扎进纪双木的身躯。

“奴婢参见皇后娘娘。”我看见皇后提起手，要打纪双木的耳光，赶紧冲进殿内，在纪双木身边跪下。

皇后的手停在半空中，渐渐放下，看我的目光很不友好，“林西樵，你不在钦安殿服侍皇上，来本宫这里做什么？”

“回娘娘，正是皇上差遣奴婢来的，这件事牵扯到皇室宗亲在内，皇上说必须谨慎处理，在事情问清楚之前，不用刑、不写供、不画押、不判罚……”我把对纪双木不利的事情都给否决了，说这话的时候，我都能感觉到自己的身体在发抖，毕竟，毕竟这已经超出皇上的授意范围了。

啪的一声，皇后的那个巴掌最后打在了我的脸上，很久没有领受这样的教训了，我的身体朝一边倒去，纪双木要来扶我，无奈根本不能够。“林西樵，你跟着本宫也有几年了，什么时候听皇上说过这样的话！没错，长安王世子是皇室宗亲，本宫是动不了他，但是这个贱婢凭什么！本宫连她都问不得打不得判不得罚不得了！”

我捂着脸说，“皇上是怕纪双木趋利避害，言词有误，曲构事实，论罪之时，累及世子，总要等两人对质了才好……”

“哼，你想拖延时间，等什么人来救她吧！谁都知道，两人供词不一，才需要对质，即便需要对质，也要先采口供。林西樵，你偏帮的本事，真不怎么样。”皇后的目光移向纪双木，从看着我时的冷峻失望，逐渐变为嫉恨毒辣，“纪双木，你真有胆子，竟然敢在本宫掌管的后宫行淫乱之事，你以为他是世子，就能保住你的命吗？有本事，你跟皇上好啊，那本宫就真拿你没办法了。宫规有云，但凡身为宫婢，就算皇上没有宠幸过你，你名义上还是皇上的女人，没有皇上的官配文书，就连私自问媒都是不准的，何况是与人私会，说到谁那里，都是死罪一条。你的郡主娘娘，也救不了你。来人，将纪双木拖出去，杖毙！”

“皇后娘娘……”我抱住皇后的腿，“一切还是等皇上来了再作定夺吧……”

“奴婢没有与人私会，就是今日死了变成鬼，也绝不改口！”纪双木被人拖着往外去，却是一副英勇就义的模样，与我的摇尾乞怜相比，更显清者自清的底气。

皇后踢开我，“没有私会？那么多御林军几十双眼睛看到的又是什么！”

“奴婢也想知道他们看到的是什么，”纪双木竟然如此说，“谁人都有脚，昙花林也不是宫中禁地，奴婢与世子碰巧遇上，这本无稀奇，若是相遇便是偷情，那些突然冲出来的御林军，难道是集体来与奴婢偷情的吗！”

“好个不知廉耻的贱婢，连这样的话都能说出口，还有什么事干不出来的！碰巧？怎么别人就不碰一个给本宫看看。告诉你，御林军就是本宫派去的，若要人不知，除非己莫为，宫里早有人发现你的丑事，向本宫检举，要不是捉贼要拿赃捉奸要捉双，本宫早拿你过来了。”

“皇后娘娘，”纪双木大声地说，“御林军将奴婢与世子团团围住时，奴婢与世子分明还隔了三尺多远的距离，这也不算得什么铁证吧。”

“就算你们当时还没来得及做什么，也不能保证你们以前没有做过！”皇后忽然奸险地一笑，“你要铁证是吧，好，把她拉回来，传柳尚宫，本宫要验身！”

验身！咔嚓一声响，我惊觉所有内侍已退到殿外，关紧殿门，柳叶飞不知什么时候进来的，身边还跟着两个医女。她们死拽住纪双木将她拉到皇后面前，仰

面扣倒在地。我想要扑过去护住纪双木，无奈皇后紧紧抓住我的肩膀，尖利的指甲几乎要嵌进我的肉里。棠颐和舞雁她们搬来四面屏风，将纪双木、柳叶飞、还有那两个医女围住，和我们分隔开来。屏风围上的那一刻，我看见柳叶飞粗暴地掀起纪双木的裙子，雪白的裤底露出来。

我无力地坐在地上。我自然是相信纪双木的，但是皇后刚才的笑告诉我，等验身完毕，一切都可能被扭曲了。万淑宁滴血认亲的事，让我开始相信这世上任何真相都可以伪造，同样是在血肉之躯上作假，查璧验身又比滴血认亲难到哪里去，万淑宁可以是李正茂的女儿，纪双木为什么不可以是失节的宫婢。皇后要的铁证，什么时候拿不到过？到时，就算李昊能脱身保清白，泼在纪双木身上的污水也永远抹不掉了。忽然，我的脑海闪过一个念头，宫婢偷情不过是阴谋的开始，活生生将纪双木破璧才是皇后要给她的惩罚。

“等一等！”我冲口而出，回头乞求地看着皇后，“娘娘，让奴婢来验吧。”我知道希望渺茫，但我还是忍不住要争一争。

皇后盯着我看了一会儿，忽然诡异地一笑说，“可以，或许这样更好，免得被人说本宫动了手脚。”我的心好像被狠狠地拧了一下，感觉肩膀上的手一松，再有只手在我背后猛地一推，我跌撞着往前去，刚好棠颐将屏风挪开，我正好扑倒在纪双木身旁。屏风又再合上，我听到皇后说，“柳尚宫，让西樵来验，你在一旁看着就行。”

我的心簌簌抖得厉害。皇后看透了我，我却看错了她。她没想做手脚，她让我来验，那也就是说……皇后的坦荡让我开始动摇，我颤抖的手伸向纪双木的腰系，下手的前一刻，不忍地看向她的脸。她已经渐渐安静，不再挣扎，眼泪从闭合的双眼流出，如同待宰的羔羊。

“要本尚宫帮忙脱吗？”柳叶飞阴笑着在我耳边吹气。

“不用，”我大声地拒绝，凝望纪双木惨白的脸庞，“奴婢自己来。”在柳叶飞的逼视下，我解开纪双木的腰带，褪下她的裤子，每多见她的一寸肌肤，就觉得自己多亵渎她的一分灵魂。心痛、残忍、怜惜，我的心颠簸其间，直到……怎么可能，怎么可能会这样，纪双木居然并非完璧。难道，她真的和李昊……

“怎么样啊，究竟是不是完璧?”柳叶飞的手拍上我的肩膀，隔着几层衣服，我都感觉到冰凉。“虽然娘娘指定你来验，但若你看不明白，那本尚宫只好代劳了。”柳叶飞说着，要去掀我刚给纪双木盖上的裙摆。

“不用了，”我拉住她的手，“奴婢看明白了。”柳叶飞怀疑地看着我，我却用更确定的眼神回敬她。柳叶飞愤懑地挥挥手，两个医女放开纪双木。我蹲下身要帮她整理衣衫，她却转过身躲开我，自己穿好衣服。柳叶飞轻轻嗤笑了一下，我的心更痛了。

这时，殿外传来小潘子的高喊，“皇上驾到……”我苦笑一下，若是这皇上驾到能来得早一些，我会狂喜不已，但此刻，我只有满怀的忧愁。

“撤屏风，开殿门。”皇后吩咐着。屏风撤走的同时，殿门大开，皇上大步流星地迈进殿来。皇后上前高声相迎，“臣妾参见皇上。”

“皇后，朕听说纪双木押来了你这里。”皇上没有给皇后任何的眼神，径直走到正殿正位上坐下。

皇后见皇上这样轻描淡写，加重语气说，“宫婢犯错，自然是要押来臣妾这里，尤其今夜之事，事关重大，臣妾必须要亲自处理。”

“是你处理的就好，朕就是过来与你商量此事的。”

皇后眉头一拧，“皇上，这件事恐怕没什么商量的余地了吧，纪双木在宫中行为不检，与人私会当场被拿，按律须施以杖毙之刑，以前那几个也是同样的做法，皇上不会厚此薄彼吧。”

“可是世子说，他们今夜只是碰巧相遇……”

“也许今晚他们真的只是碰巧相遇，”皇后适时地打断皇上的话，“也或许他们之间真的没有苟且之事，但是纪双木仍然逃不过淫乱后宫的罪名。”

皇上脸色一凛，“皇后这是什么意思?”

“臣妾早就收到匿告，说纪双木淫乱后宫，今夜更是与人相约在昙花林私会，臣妾派人前去捉拿，不想捉到了世子。当然，世子可能是碰巧出现，当了替罪羊，但是纪双木就没那么无辜了。”皇后拉住我的胳膊，将我牵引到皇上面前，“臣妾刚刚才让林尚义给纪双木验身，还没来得及问结果，既然皇上来了，就让

林尚义向皇上禀告吧。”

“不知道结果，皇后就敢断言纪双木有罪，这不是自相矛盾吗?”

皇后轻轻摇头，“皇上，要是等证据齐备再去捉犯人，犯人早就逃之夭夭了，有的时候，证据是用来让犯人认罪的，还有那些不服判裁的人，证据，可以让她们闭嘴。”

皇上意味深长地笑着点点头，“皇后这样说也对，可是，朕并不想知道结果。”

“皇上……”皇后有些被打乱阵脚，“皇上是要存心包庇吗?”

皇上站起身，平静地说，“不是包庇，而是没有追究的必要。”

“没有追究的必要?”皇后不敢相信地看着皇上。我也有些意外，虽然说皇上包庇纪双木在我的意料之中，但是如此赤裸如此霸道的包庇，与皇上凡事都要能说通的行事风格截然相反。除非，有特殊的原因。

这时，皇上竟然怜悯地看了皇后一眼，很用力地说，“朕本来就有意把纪双木指给长安王世子为妾，而且也早把这个意思透露过给他们，所以他们之间就算有什么，也是朕默许的。”

皇后嗤笑一声，笑声中透着荒谬，分明是不相信，“皇上就别替他们编了，刚刚才说是碰巧相遇，怎么一转眼就变成早有默许了，到底哪个才是真的?”

“都是真的，朕与你也是夫妻，皇宫这么大，难道你我就不能碰巧相遇？不过世子说的也对，碰巧相遇都能被御林军拿住，可见后宫不是个安全的地方，不如朕早些指婚，大家安生。”皇上说这话时，目光坚定得很，似乎这些都是嵌入历史的事实，而非临时编撰的故事。我想起韩冬青说过一句含糊的话，烟霞殿的那个宫婢……皇上也想让她跟世子……

皇后怔了很久，猛然惊醒，错愕间竟然大声直呼，“皇上怎么可以这样?”

“朕为什么不能这样?”皇上说出这句话，顿时大殿静得可怕，就是这一句，无异于与皇后正面对抗。

皇后的面色瞬间惨白，不禁连连后退，不甘地说，“纪双木只是一个宫婢……”

“朕的生母在被先帝宠幸前也只是一个宫婢，”皇上丝毫没有退让的意思，“朕已经决定赐婚，今夜的事，就当是一场误会吧，太后那里，朕自会交待。”皇上说完，甩袖离座，“西樵，带上纪双木，回钦安殿。”

“等一等，”皇后竟然叫住皇上，此刻她脸上的不甘不愿一扫而空，只剩下平静和平静之下的痛恨，“臣妾不敢反对皇上的指婚，但是臣妾依然有权查察后宫之事，若纪双木已非完璧，为保世子颜面，臣妾要找出匿告之人，令她不要四处散播流言，若纪双木仍是完璧，那便是匿告之人存心陷害，臣妾更要揪出此人，重罚以儆效尤。但无论臣妾怎么做，都要先知道验身的结果才好，”皇后指着殿门说，“走出这个门，今夜的事就是一场误会，但是在这扇门里，臣妾定要知道结果。”

“皇后，”皇上痛心疾首地说，“你我都知道西樵与双木情同姐妹，你看她的样子，你还要逼她说什么?”

“皇上，”皇后双眼隐隐含泪，似乎是咬着牙说出的每一个字，“今夜的事无论皇上怎么判决，恐怕都堵不住宫里的悠悠众口，西樵亲自验身，无非是想保住纪双木和世子的清白，臣妾现在要问一个结果，也是要保住纪双木和世子的清白，既然大家的目的相同，又怎么能说是逼? 何况皇上已经决定指婚，臣妾知道与不知道，又能碍到皇上什么呢?”

皇后最后这一句挑起了皇上的怨怒，就在他要发作的时候，我猛把拳头一握，咬咬牙说，“是完璧。”我的声音不大，但是似乎所有人都听到了。在众人惊愕的目光下，我反而感觉到从未有过的放松，平静地说，“纪双木确是完璧，这就是结果。”

皇后瞪大眼睛，受了奇耻大辱的样子，眼泪竟然像断线的珠子落下。那一刻我知道了，皇后是知道真相的，她只是要借我的嘴，往纪双木的伤口上撒盐，那是她最后的挣扎和最微薄的报复了。可惜，我不能如她的愿了。我不忍看她的样子，闭上眼，明显感觉到两束冰冷的目光刺入我的喉咙。其实我早就想好，无论她知与不知，我都要这么说，若她知道，我便不能帮着她伤害纪双木，若她不知，那不如让李昊的专情在她心里存留得久一些。只是，她不会领我的情了。啪

嗒一声，我听到如同丝弦断裂的声音，从我的心里发出来。这一次，我们真的是情义皆断了。

“皇后听见了吧，这就是你要的结果。朕就等着看皇后如何以儆效尤。”皇上说完离开正殿，我扶着纪双木，跟着皇上离开。

我奉命先把纪双木送回烟霞殿，一路上，纪双木沉默不语，靠着窗愣愣地出神，眼泪一刻不停地流下来，却没有一声啜泣，哭得那样安静，那样刺痛人心。我上去轻轻抱着她，想说安慰的话，却不知如何开口。马车到了烟霞殿门口，我要掀门帘时，纪双木突然拉住我，纯净的眼神让我分不清泪与泪光，“我虽不介意别人怎么看，但是，我还是要告诉你真相，我和世子并无那层关系，我自出生，就是无璧。”纪双木说完，自己掀开门帘下车，在我惊叹的目光中，消失在烟霞殿的深处。天生无璧，万千女子中才有一人。

我回到钦安殿，才知道更多的秘密。原来纪双木入宫时就验过一次身，当时使了银子，无璧之事未被记录在案。后来验身的医女为了讨得出宫的恩惠向皇后透露此事，才有了今日捉奸捉双的一石二鸟之计，既能除掉纪双木，剪去万淑宁的羽翼，又能除掉张百孝，扫清韩冬青的障碍。至于李昊的出现，恐是皇后始料未及的吧。

皇上把李昊约见纪双木的字条拿给我看，竟看不出一点破绽。“不怪纪双木上当，这要是奴婢，恐怕也会信的。”我不无赞叹地说，心里早已认定这是纸鸢的好手法。

“其实吸引纪双木前去昙花林的并非这张字条，而是这张字条出现的时机。”皇上一边泡脚一边说，“滴血认亲的事刚刚过去，这张字条虽然只写着要事相商这样含糊其辞的话，但是出现在这个时候却是意义非凡，否则就这么几个字，就算说服了纪双木，也是说不动淑宁的。”

“这样不是挺好的嘛，”小潘子说，“皇上一直想在长安王府安插个可靠的人，如今总算成了。”

“没有今天的事，皇上就不能指婚吗，”我突然发问，“赐一个宫婢给世子，再正常不过，为何要等今天？”

“因为只有过了今天，李昊才会对皇后真正地绝望。”皇上看着我，“朕告诉你吧，李昊不是无缘无故出现的，而是朕约来的。纪双木去昙花林之前，淑宁拿着字条来见朕，那时你刚好不在。朕一看，就知道这字条是冒充的，但是并没有说破，所以纪双木才会信以为真地去了。朕立刻以纪双木之名约了李昊，还让小潘子带人埋伏在通往昙花林的路上，拦截赴约之人，韩冬青把张百孝扛回去的过程，他都看见了。”

“啊？”我看向小潘子，他正得意地嘿嘿笑。

“李昊到了昙花林，却被御林军团团包围，他肯定马上就会猜到这是一个圈套。只要看了纪双木手中的字条，李昊就会怀疑到皇后身上，再加上皇后的确夜审纪双木，还闹到要验身这么严重，加上御林军的证词，他们的确是皇后派出，李昊会怎么想？”

“世子会想，皇后为了对付纪双木，连他也利用了。”我把一切串联起来，原来关键的关键，是皇上。还有那张字条，皇后身边有个模仿字迹的高手纸鸢，要是李昊也知道她的存在，这份怀疑就可认了真了。被深爱的人抛弃、伤害、利用，偏偏牵连在内的，还是与他关系迷离的纪双木，在这样的局面下，在这样的心情下，李昊才会因为一时的气愤和冲动，痛快地接受皇上的赐婚。在他眼里，皇后已成龌龊的小人，而皇上，则是坦荡的君子。

“皇后就像一团烈火，想要融化一切，最终烧伤了自己，也烧伤了别人。纪双木则如同一潭温泉，不损自己一丝一毫，就能沁入他人身心，李昊外冷内热，外刚内柔，最初要走近他非常的难，但是他的心扉一旦被打开，他的情感必定也是覆水难收。这样的人，让纪双木去收服，最是恰当。”皇上说着躺下，我替他盖好被褥，转身要走前听到他的提醒，“朕约李昊的事，忘了它。”

“奴婢明白。”我端着水盆走开，心里忽然感觉到悲凉。纪双木的感情和身体，就这样被当作收服他人的工具，用赐婚这样冠冕堂皇的形式赐给了适用的对象，这究竟是作为奴才的悲哀，还是作为女子的悲哀呢。

三日后，皇上正式赐婚给纪双木和李昊，并钦封她为侧夫人，一旦将来世子继承王位，她就是侧王妃。出嫁的前一晚，皇上特准我去纪双木那里送别。她已

经把发髻全部放下，也帮我把发髻放下，然后拉我在床上躺下，“今夜在这里睡吧，明日送我出嫁。”

“嗯，”我轻轻勾着她的手指，感觉到她的紧张，“你害怕吗？”

“不知道。”她的嗓音里有哭的声音。

“那天皇上在皇后面前说要把你指给世子，你那个时候好平静，你是不是早就知道皇上有这个意思？”

纪双木微微一笑，竟然也有幸福的味道，“我一直都知道，只是没有想到，会是侧夫人，未来的侧王妃，我一直以为，最多就是个侍妾，负责监视长安王府而已。”

我猛地扭头，“你知道这场婚姻其实是……”

“我就是个奸细，”纪双木淡定地说，“一个高贵奢侈的奸细。”

“你没有想过拒绝吗，我是说，如果可以的话，你会拒绝吗？”我也只能说如果的话了，谁能拒绝皇上。

谁知纪双木竟然说，“我是心甘情愿的。”

“为了皇上？为了天下黎民？”我几乎被她的胸怀感动得要哭。

“不，”她轻轻摇头，“我是为了郡主。我曾经跟你说过，为了郡主，我甘愿付出一切，现在，我就告诉你我们的故事。其实我的父亲，也是一名将军，他叫纪学方，曾经和万将军出生入死共赴战场，在他人生的最后一场战役中，他率领敢死队潜入敌营烧毁粮草，结果在混战中牺牲。我娘当时与我爹并无婚约，未婚先孕生下我，独立抚养，只因众人皆以为我爹无后，我娘并未得到爹战死的讯息，也无法得到朝廷的抚恤。娘死后，我进京寻父，机缘巧合进入万府为婢，万将军得知我的身份后，对我处处优待，我与郡主也情同姐妹，唯一的遗憾，就是没有一个人能告知我爹战死的真相，混战而死四个字成了他人生最后的题记。直到五年前，万将军出征身受重伤，我陪郡主偷偷远赴战场探视，无意中，我听到有资历的将官回忆早年的战役，说我爹当年计谋高超，赢得的军心更甚于万将军，若非殉国，只怕成就在万将军之上。我当时昏了头，竟然怀疑万将军是怕我爹战功过高，故意派他以身犯险，结果致使我娘久等未有善果，而他万家却声名

鹊起福禄安享，于是一时心存怨念，将万将军的救命汤药倒掉，结果使万将军不治身亡。”纪双木说到这里，已经泪如雨下，泪水顺着颧骨流淌到枕头上，湿了一片。

“那后来呢？”

“没有后来了，人死不能复生，我想要时间倒流，已经不可能了。”

“你后悔了？”

“何止是后悔，我恨死了自己，怎么能因为毫无根据的猜疑害死万将军。我看到那么多人痛哭流涕，那么多人诉说他的忠君爱国，那么多人遗憾他的为国捐躯，我就知道自己错了。这么多年，我都不敢说出真相，只能默默地陪在郡主身边赎罪。是我让她失去了父亲，我愿意为她付出一切，以作偿还。”纪双木说着闭上眼睛，但仍然止不住流出泪水。我终于明白了一切，明白了她对我的欺骗和利用，竟然是为这样一段尘封多年的孽债。可怜的双木陷在自己挖掘的坟墓中，何时才能走出来。也许，一辈子也不能了。“替我照顾郡主，求你。”她哽咽着，握紧我的手。

“好。”我不假思索地答应下来，额头轻轻碰她的额头，闭上眼睛。

纪双木出嫁了。先在烟霞殿拜别过万淑宁，再到朝阳殿向皇上、皇后、太后和太皇太后谢恩，最后从朝阳殿前的永安门乘坐长安王府的马车出宫。我陪在皇上身边，站在朝阳殿的围城上，亲眼看着纪双木在永安门前把手递到李昊面前，由李昊牵引着登上马车。马车渐渐远去，我的心也悬空不定。长安王府，在那个陌生的地方，面对深藏不露的李正茂，心有所属的李昊，从未谋面的正夫人，还有上上下下大大小小的仆役，纪双木要如何做一个妃妾，如何做一个奸细，一切都不得而知。

第三章　沉冤破梦空虚夜

纪双木离开后，皇上公开了烟霞殿宫婢肖玉华诞下皇子的消息，还册封肖玉华为美人，赐居祺祥殿，并给小皇子取名为李荣。没过几日，李荣先于李昱诞生，是真正的皇长子的消息不胫而走，却一直虚虚实实，皇上既不否认，也不承认，弄得宫里流言四起，比纪双木私会的事传得要厉害得多。我知道，那是皇上故意放风出去的。消息传了三日，等今日皇上刚下朝没多久，太后娘娘就亲临钦安殿，屏退左右，令古月月关闭殿门，似乎事态严重。

“这到底是怎么回事？别人不知道真假，皇上总该知道呀，到底两个孩子，谁才是皇长子，这一点都马虎不得呀。”太后心急如焚，手掌拍着桌案啪啪响。

“母后，朕也知道这马虎不得，所以消息传了几日，朕一直没有搭理，就是不想草率决断。云妃的生产时辰，朕是知道的，肖美人生产的时辰，朕也是知道的，但是，这未必是太后希望得到的答案。”

“皇上是说……”太后欲说还休，端起桌上的茶堵住自己的嘴。

“朕实话告诉母后吧，李荣出生的时候是辰时，李昱出生的时候是午时，谁先谁后，清清楚楚。”

太后放下茶碗，有些不情愿地说，“那就是说，肖美人的孩子才是皇长子了。”

皇上耐人寻味地一笑，“朕早就说过，这不会是母后想要的结果。”

“皇上这话是什么意思，”太后像被人捉住了短处，有些恼怒，“哀家心里能有什么想要不想要的结果，都是皇上的孩子，都是哀家的孙子。但是话说回来，身为皇长子，须是众皇子表率，肖美人身份卑微，又不安分守己，教养出来的孩子恐怕难为典范。云妃的背景虽然也有瑕疵，但那孩子自己倒很争气，淑良端

和，知进退，守本分，哀家也很喜欢，如今她又把孩子寄养在皇后那里，可见在她眼里，孩子的前途教养胜过自己的私情杂念，也胜过自己的风光权位，有这样的亲娘，孩子一定差不到哪里去。哀家听说，云妃正是因为这个孩子是皇长子，才特意寄养在皇后那里，重托皇后好好地培养，如今要是有了什么变化，可不是让她白白忍受这母子分离之苦吗？”

“太后放心，朕若真急着重定皇长子的名分，既有事实为证，何必拖到今日，任由流言满天，猜测四起，不就是想要三思而后行，一切以国之长久为重吗？”皇上见太后的脸上有了些暖色和笑意，接着说，“这样吧，太后有何想法，不妨直言，若是有理且又可行，朕自会斟酌采纳。”

“哀家要说的不过是些旧话，皇上以前也跟皇后提起过的，就是立云妃的儿子为太子，交由皇后抚养的话。只是时间过去许久了，皇上的朝政又忙，想来是有些淡忘了。”太后轻飘飘两句，就把这意图变成皇上的了。记得她当皇后的时候，就能三寸舌两片唇把天下的道理都说尽了，如今当了太后，更有造化了。

皇上倏然一笑，“这才过去多少日子，朕怎么会不记得？别说是这句，就是朕的生母姚美人去世时，朕对她说过的话，这十几年来都未曾忘记过一个字。”皇上的笑从脸上消失，太后手中的茶碗轻轻晃动了一下，碰得碗托发出脆响。皇上飘了太后一眼，轻轻用手指弹了茶碗一下，也发出一声脆响，“朕记得那句话是，娘之仇，儿之命，有生之年，必报之。”

太后霍地站起身，之前的慈母之态全然不见，“皇上跟哀家说这个是什么意思？”

皇上慢慢抬头，饶有意味地说，“没什么意思，只是想说朕的记性并不差，太后一日不忘立嫡之事，朕便一日不忘亲娘之死。”

“你……”

“若要人不知，除非己莫为，”皇上站起身，端起皇后的那碗茶送到她面前，“这句话赠于太后，请太后好自为之。”皇上说着，竟然用腾空的那只手托起皇后的右手，将茶碗搁在她的掌心，再用腾出的手托起太后的右手，帮她做出捧碗的动作，“端好了，母后，不然会翻的。”皇上说完转身离开，我第一次见他如此无

遮无拦地挑战太后的尊严和权威。我感觉皇上变了，自从万淑宁滴血认亲，李正茂同意开战以来，皇上的霸气和野心渐渐暴露出来，甚至是暴露在皇后与太后的面前，这是以前绝不可能发生的事情。李正茂，是他的态度改变了皇上，而李正茂的死穴恰是万淑宁。

我又一次见到万淑宁，是在肖美人的祺祥殿。其实，万淑宁出现在这里并不奇怪，皇后也在这里就有点意思了。在肖美人面前，大家都和和气气的，但是出了祺祥殿的大门，皇后立刻拦住万淑宁的去路，连最后一点修饰伪装都抛却了，“万淑宁，安国郡主，本宫真是小看你了。”

“皇后娘娘这句话，淑宁听不懂。”万淑宁还是笑眯眯的。

“肖玉华是怎么摇身一变就变成祺祥殿的主人了，那个流言所谓的皇长子又是怎么从她肚子里跑出来的，安国郡主不是比谁都清楚吗?”皇后走近一步，“本宫很早就听人说过，对自己残忍的人，才是真正残忍的人，安国郡主能把皇上拱手相让，实在是让本宫领教了。”

万淑宁依旧温婉地笑着说，“娘娘误会了吧，淑宁可不觉得这样残忍，因为淑宁的心一点都不痛。至于肖美人的事，淑宁只知道，皇上想要的，淑宁就尽量去给，如果因此伤害了皇后，还请皇后娘娘海涵。”

皇后轻蔑地一笑，“皇上想要的你就给，如果皇上要你死呢?”

万淑宁毫不犹豫地说，“那淑宁就请赐一根白绫了此残生，”万淑宁暗含挑衅的目光掠过皇后的脸庞，“皇后娘娘，你有这样的胆量吗?”万淑宁轻盈地从她身边擦过，似乎在抚摸流血的伤口，皇后如同被扎了一下缩动身体，万淑宁则超然物外般说，“淑宁从来都不想争宠后宫，娘娘看错淑宁了。”

我望着万淑宁的背影，心里迭起千层浪。我知道，只说后宫争宠，万淑宁的确无心，但后宫争宠，所争又岂在后宫之内?我回头看皇后，她已经坐上车辇往中宫去。没有一句话，我与她之间，竟然已经生分至此，比仇恨更可怕的，便是陌路。

回到钦安殿，我看见太皇太后的车辇停在殿外。自我到钦安殿以来，从未见她亲临，今天一定有特别的事情。我匆忙赶回正殿，刚到殿门口，就听到太皇太

后愤怒的声音从里面传出，“皇上一定要把平静的朝廷变成喧嚣的战场吗？有些事情，注定是要成为秘密的。”我不敢再往前，靠着窗户静立殿外。

“是吗，太皇太后是不是也想成为同样的秘密？”皇上的声音紧随而至。

“皇上，你怎么能说这样大逆不道的话？”太皇太后似乎有些惊慌。

一声冷笑传来，随后又是皇上的话，“明知先帝死因有疑却不追查，这才是大逆不道吧。再说，朝廷是朕的朝廷，朕都不怕它乱，太皇太后怕什么？”

“你……”我听到类似茶碗翻倒的声音，接着便是太后苦口婆心之言，“这么说，皇上是打算让太子之位悬而不决了，宁愿将来看到骨肉纷争兄弟相残，也不愿意早定大统，以安他心。”

“太皇太后言重了，”皇上据理而争，“太子当然要立，而且越早越好，但是前事未了，何谈后继，要册立新太子，必先查清先帝之死，这不是祖宗的规矩，却是朕的尺度。予取予求，太皇太后自己决定吧。”

短暂的安静后，我听到凌乱的脚步声朝殿门而来，很快就看到太皇太后夺门而出，满脸的焦急与愤懑平添了几分苍老。我走进殿内，小潘子在收拾打翻的茶碗，皇上已经安然自得地坐在龙椅上翻阅奏章，奏章遮挡住他的脸，我看不见他的表情，自然也揣测不了他的心情。我走到小潘子身边帮忙，一边悄悄地问，“怎么了？”小潘子冲我挤挤眼，摇摇头，埋头收拾。

“你们都出去吧，朕一个人待一会儿。”皇上的声音凭空而起，吓了我一跳。

走出殿外，小潘子一声叹息说，“你是没看见，皇上和太皇太后那个剑拔弩张的样子，吓死我了。”

“我虽没看见，却都听见了，”我指指自己的耳朵，“喂，这立太子的事怎么扯到先帝头上去了，莫非先帝驾崩和当年姚美人的死都……”

“嘘……”小潘子把声音压得更低，“虽说郑家代代都出皇后，可登上大宝的没一个是郑家的皇后所出，你想，要是皇上的亲娘还在，郑太后的凤椅不就要分出去一半了吗？”

我点点头，那日听皇上和太后对话，我就隐隐猜到姚美人的死与太后有关。“可是，这跟先帝又有什么关系，难道是先帝要查姚美人的死因，所以被……”

我被自己的猜想吓到，随即又有疑惑，“那也不对，帝王之家，又没有株连九族的说法，纵有这样的事，吓吓太后也就足够了，怎么连太皇太后都唬住了？”

“你傻呀，那太皇太后不也姓郑吗？你想想，要是先帝的生母江昭仪还在……”小潘子的笑容耐人寻味，“皇上可以追查姚美人的死因，先帝就不能追查江昭仪的死因吗？”小潘子把吗字说得很重，几乎是咧着嘴咬牙说的，似在嘲笑我的愚蠢。

我单挑着一侧的眉毛说，“那皇上有证据吗？”

小潘子摇摇头，遗憾地说，“二位娘娘都仙逝那么多年了，哪里还能有什么证据，要是有的话，这皇后的位置早就不姓郑了。不过，有没有证据不重要，重要的，是她们真的做了那样的事儿，心虚害怕，不敢硬跟皇上叫板，你说，谁敢保证当年的事就没有一点遗漏，万一皇上真的追查起来，谁也不敢说自己就是清白的。”小潘子美滋滋起来，忽然又神色一凛，“不过，这再怎么虚张声势，也得有一点是实的，那就是先帝驾崩的事。”

“皇上查到什么了？”我赶紧追问。

小潘子鬼魅地一笑，“张百孝，辞官了。”张百孝？这跟张百孝有什么关系？我还没发问，小潘子就继续说，“皇后捉奸的那个晚上，皇上让我埋伏在半道，原本这张百孝该由我来截住，结果被人捷足先登弄晕了，让你和韩冬青捡了便宜，这件事你还记得吧？”

“当然记得了。”我想起那天韩冬青把张百孝拖回御医院，我们都奇怪他是怎么晕的。

“人家说螳螂捕蝉、黄雀在后，这回是螳螂黄雀都没得逞，让个臭虫赶上了。我告诉你，把张百孝弄晕的不是别人，正是永寿宫的小惠子公公。”

“啊，是太皇太后的人！”我吃了一惊。

“皇上觉得此事蹊跷，一早就派人暗中保护张百孝，纪双木出嫁次日，张百孝递上辞官文书，皇上即刻批准。张百孝前日离京，皇上今日就跟太皇太后说了那样的话，你说皇上有没有证据？”小潘子把手伸出来，在我面前空抓了两下，“至于这里面的沟沟坎坎，你自己慢慢琢磨吧。”小潘子得意地晃晃脑袋，神秘兮

兮地笑着。

一个故事渐渐在我心中形成。太皇太后从皇后或是太后那里知道了捉奸的计划，害怕张百孝一旦以淫乱后宫的罪名被抓起来，就会疯狗乱咬人，把毒害先帝的事供出来以求自保，就急忙派人半路拦截，原本可能会杀之而求安心，或许是因为韩冬青去得及时，时间匆忙没有得手，而此时皇上批了张百孝的辞官文书，太皇太后就心怀侥幸放过他一马。怎知，皇上是欲擒故纵，张百孝出了京城，反而成了皇上的囊中物，精明的太皇太后也是棋差一招，落得受制于人呐。说起来，郑家的几位皇后看人的眼光还真一致，当初李袖音私自弄权，今日张百孝贪婪中计，都因难逃牢狱之灾而惹主人怀疑担忧，不得不杀人灭口却留下更多后患。

皇上的威慑似乎是起了作用，这十几日来，皇后往祺祥殿走动得更勤了，也许是知道太子的宝座未必留给李昱，就开始脚踩两条船，随时要上岸。这一点，皇上感觉到了，杨岫云也感觉到了。今早皇上上朝前脚刚走，承茗殿的宫婢就来请我过去。到了殿里，我看见杨岫云侧卧软藤长椅，举书而阅。五、六日前，皇上应皇后所提，擢升韩冬青为御医院掌院，随即暗中吩咐他给杨岫云换药。今日见到杨岫云，气色果然比先前好多了。

她屏退左右，让我靠近她身边，开门见山地说，“西樵，你老实告诉本宫，到底谁才是皇长子?”

“娘娘，这件事皇上也未作决断，奴婢不敢擅自揣测。”

“那好，那你告诉本宫，皇后娘娘还想要昱儿吗?”

“娘娘……”我一时语塞。

“西樵，你是知道的，本宫是为了昱儿的安全，才把他交托给皇后，什么太子之位，什么权势地位，都是因为他皇长子的身份，才摆脱不掉，也是因为这些，本宫才担心他的安全。如今，他若不是皇长子了，自然不会去贪恋那些危险的东西，皇后既然心已不在他身上，本宫也不劳她费心为难了。”杨岫云诚恳地看着我，“请你把这些话转告皇上，请皇上看在与本宫以往的情分，不要负了我们的孩子。”

“娘娘怎么自己不跟皇上说呢？皇上疼爱娘娘，一定会听的。”

杨岫云摇摇头，“从误食中毒那天开始，本宫就看明白了，红颜血脉画江山，本宫可以替皇上走一步棋，但再难替皇上走第二步同样的棋。本宫的孩子，已经当了一回棋子，还是本宫亲自落的子，这样的残忍，一次就够了。江山这盘棋，本宫下不起，本宫不下了。”

我听着杨岫云的话，顿时觉得自己满身污浊，在清澈如水的杨岫云面前，清楚地看到自己丑陋的模样。我以为我会反省自己的自私懦弱，尽力对每一个人都好，为了主仆恩情而挣扎，为了姐妹深情而承诺，为了冤魂错案而悲悯，为了江山天下而付出，就是宫中难得的纯良真善之人。现在我知道，我远不是那样的人。

不知是不是老天爷要给杨岫云机会，我离开承茗殿不到一个时辰，谧妃就偷偷差人来报，说李昱腹泻发热，情况危急，韩冬青虽然已赶到中宫，但偏偏皇后去了祺祥殿还没回来，若直接上报给皇上，恐怕皇后对他起疑，请皇上量情处理。皇上前往中宫，却故作不知，等到了李昱跟前，才怒火中烧。皇后也的确运气不好，比皇上只晚了那么一刻回来。李昱的哭声让皇后方寸大乱，正要入殿探视，竟被皇上拦在殿外。

“你心里既然没有这孩子，还进去添什么乱！”皇上大声斥责。

皇后自知理亏，只能轻声说，“臣妾离开时，昱儿确实是好端端地安睡着。”

“朕听说，你是去了祺祥殿，是去看荣儿吗?”皇上见皇后不否认，脸色更阴沉了，“云妃把昱儿托付给你，是相信你能专心照顾他，你如今为了别的孩子把昱儿扔下不管不顾，你怎么对得起云妃的信任?”

“皇上怎么能说是别的孩子？荣儿一样是皇上的骨肉。”皇后说到这里，忽然注意到皇上脸上的淡漠，这种淡漠，让我都感觉到皇上的心里只认李昱。皇后的眼中似有恍悟，“是臣妾错了，臣妾本想着自己身为皇后，对所有皇子就该一视同仁，是臣妾看轻了云妃的托付，看轻了昱儿。”

“皇后能一视同仁，那是再好不过，只是不要顾此失彼，本末倒置。”皇上也渐渐收敛气焰，“荣儿那里，自有肖美人和安国郡主照顾，不需要你多事。”

“安国郡主?”皇后敏感地抬起头，“安国郡主到底只是个外封的郡主，让她来照顾皇子，名不正言不顺，臣妾也不放心。”

“那皇后认为什么才叫名正言顺?”皇上似乎又被挑起了火，“是不是所有的皇子都要皇后来照顾，皇后才能放心?”皇上略顿一顿，突然加重语气说，“但是朕不放心！你听着昱儿的哭声，你还有什么资格去不放心别人。要说名正言顺的话，云妃和肖美人才是最名正言顺的。罢了，皇后也不要趟这趟浑水了，朕这就把昱儿送回承茗殿由云妃照顾。西樵，抱上昱儿去承茗殿。”

皇后大惊，“云妃的身体……”皇后的话没能说完，皇上已经甩袖离去。

我悲悯地看了皇后一眼，走进殿内抱起小皇子，皇后冲到我面前，想要抢走孩子，我竟然侧身躲让，“娘娘，这是皇上的旨意，奴婢也无能为力。”说完，我抱着李昱，在小潘子的“护送”下离开中宫。其实我自己知道，我的这一争更多的是为杨岫云，但我也知道，皇上的这一争更多的是为他的江山。

李昱送回承茗殿的第二天，杨岫云是罪臣之女的事在宫中被大肆渲染，最多的说法，就是杨岫云虽有皇上特许，越过宫规成为正式册封的妃子，但其子仍为罪臣之后，立为太子于理不合。这话一听就是企图阻挠皇上立李昱为太子，而事实上，皇上并没有流露要立李昱为太子的意思，李昱送回承茗殿，反而让更多人揣测李荣会成为太子，所以说这话的人反倒露了胆怯。

今夜，皇上在承茗殿留宿，夜半时分，我站在殿外的院子里遥望星空，李昱轻浅的哭声时而传入耳中，却如风铃声让我感觉亲切温馨。忽然，我听到背后有脚步声，回头一看，竟是杨岫云披着斗篷站在我身后。“娘娘怎么出来了，院子里冷，快进里面去。”我要扶她进去，她却拉住我的手，用力地握住，我又一次看见她恳切的眼神，轻轻地问，“娘娘是又有要紧的话跟奴婢说吗?”

杨岫云微微一笑，“把昱儿送回来，是皇上自己的主意吧?”

“娘娘……”

杨岫云轻轻拍动手指，打在我的手背，安慰我，“本宫就知道，若非他有意为大局谋，断没有这么快就把昱儿还回来的。”杨岫云迟疑片刻，认真地问，“你与皇后还能说上话吗?”

我认真地回答，“奴婢与皇后早已形同陌路，但是传一句话，奴婢还是可以做到的。”

杨岫云感激地点点头说，“本宫不知道皇上在计算什么，但是本宫知道皇后想要的是什么。无论皇上怎样平衡，皇后不信本宫，本宫的生活终难平静。有句话，本宫望你转告皇后，就说，只要昱儿留在本宫身边一天，就不会是太子，请她放心，也请她放手，本宫只想平平安安度此一生，绝不会成为她的绊脚石。”

“皇后娘娘不会信的。”我担心地说。

杨岫云淡淡一笑，“她不信，是她的失算，本宫不说，便是本宫的错了。”杨岫云说完，渐渐放开我的手，转身回去。我望着她柔弱的背影，感受着她内心无比坚强的意志，竟然觉得这冰冷的皇宫还有一丝浮动的春暖之意。岫云过宫墙，杨柳扶风暖。

为了传这一句话，我在中宫门口等了皇后好多次，终于有一次，她肯停下来听我把话说完，却只用鼻子哼了一声就拂袖而去。自那以后，皇后再没有去过承茗殿，关于罪臣之女的流言也渐渐消停。只是节庆聚会的场合，两人难免相遇，通常会彼此默不作声地保持距离，也算默契。只是偶尔，皇后会偷偷将目光投向杨岫云怀中的李昱，看一眼，再看一眼。每次看到皇后这样，我竟也会为她心酸。

承茗殿空了，祺祥殿倒客似云来，尤其是皇后，几乎每日都去，每每提及此事，皇上都含笑不语。一直到年尾，李荣七个月大了，竟突然被御医院诊断为半聋，从此，皇后再没去过祺祥殿。奇怪的是，肖玉华不吵也不恼，似乎就这样认命了，与万淑宁也渐渐疏远。

偏偏就是在这个时候，安瑾萱怀孕了，除夕盛宴之上，安瑾萱当众宣布已怀孕两月有余，转瞬间，宫中传言再起，说安瑾萱若诞下皇子，必被立为太子。对于这些闲言，皇上似乎都充耳不闻。安瑾萱本来脾气就大，现在仗着肚子里的龙胎，越发嚣张跋扈，昨晚还当众嘲笑皇后生不出孩子，到处认子嗣，结果脚踩两条船，还翻了船。事情刚由小潘子的嘴传到皇上的耳朵里，敬事房就送来嫔妃的牌子。皇上翻了谧妃的牌子，我和小潘子对视一眼，知道今夜又将不寻常。

韩冬青今夜来得有些迟，他先是被安瑾萱召去诊脉，接着又被皇后传去问话，等踏进锦颐宫寝殿的时候，皇上已经连喝了三杯茶。韩冬青顾不上请迟来之罪，神色凝重地说皇后要他扭转胎位，致使安贵妃难产。

皇上闻言眉头紧蹙，端起第四杯茶，不无怜悯地说，“昨晚安瑾萱讥讽皇后的那些话，就是再高再厚的宫墙也能穿得过去，她这等于是打了皇后一个大嘴巴，把皇后打到了朕设的陷阱边缘啊，”皇上沉吟半刻，垂落的目光渐渐从浅淡变得幽暗深邃，“孩子……偏偏这个时候来，那朕就遵从老天的安排吧，是该走这最后一步了。”

“微臣明白了，”韩冬青略顿一顿说，“扭转胎位的事，微臣要如何回复皇后?”

“你只管答应下来，”皇上半开半合的眼瞄向韩冬青，“安瑾萱的脾气大，想个办法让她把你换掉。”

“是。”韩冬青应下来，嘴角微漾的笑似乎是在称赞这一招釜底抽薪的妙计。没错，这的确是个绝顶妙的主意，但我更有兴趣知道皇上隐晦其词的那最后一步，究竟是怎样的一步。更深露重时，我们从锦颐宫出来，夜色掩盖我们的轮廓，脚步声反而更能帮我们寻找彼此。我大胆问起这最后一步的说法，皇上却含笑摇头，说我早晚会领悟的。

每逢元宵将近，各宫妃嫔就会争相邀请皇上品尝她们亲手揉制的五色元宵，今年的第一张帖，竟然是来自中宫。接到帖子的时候，皇上正在池清殿沐浴，我把小潘子叫出来，把帖子给他看，他把那张帖在手里翻来覆去捣鼓了好久，龇着牙说，“皇后娘娘从来不掺和这种事儿的，别不是有人要揭中宫的短，故意引皇上过去吧。”

我一把夺过帖子，敲了敲他的脑门说，“少胡说，这帖子上还施了凤印，谁有胆子作这个假?我去拿给皇上……”

“拿给朕什么啊?”皇上的声音伴随袅袅水雾从池清殿的内殿传来。我走进去，皇上湿漉漉的手微微伸出，接过帖子，只看了一眼就顺手扔回给我，“告诉皇后，朕没空。”

没空?好苍白的理由。我和小潘子对视一眼，拿着帖子退出去。过了晌午，更多的帖子接踵而来，皇上却再没有扔回来一张。没空，我看是没心才对。皇后也是，怎么突然就俗套起来，不请倒还罢了，请了不去，不是反落人笑柄吗?

我虽有心藏，但总有人说，不出两日，这事就在宫里传开了。刚才我去司织房办差，听到两个宫婢偷偷议论皇后，说她怎么怎么独守空房，怎么怎么被皇上冷落。我那时在想，就算她把皇后做得再好，皇上不宠她不爱她，她终究是要被人在心里糟践的。明晚就是元宵盛宴，不知她要如何面对那些在心里笑过她的人。

这一夜，皇后很美，是精心雕琢过的那种美，精致并且矜贵。盛宴之上，皇上把对皇后的不尊重全部收了起来，若没有之前的流言蜚语，断不会觉得他们的执手相望相敬如宾有多虚假。而洞悉这一切虚伪表面的我，只会觉得他们的欢笑充满悲凉，那笑容就像是被苦水浸泡过的花瓣，每一瓣每一次的绽放都能滴出眼泪。

今夜皇上喝了很多，似乎是醉了，摇摇晃晃，还特别沉，几乎把小潘子压垮。太后吩咐，把皇上送到中宫休息。我和小潘子愣在那里，扶着迷醉的皇上迟迟未挪动一步，直到太后愠怒，要另差人送皇上前去，我们才顺从。出了摆宴的朝阳殿，我们已经找不见皇上的车辇，中宫的马车停在殿门口，显然是早有安排。皇上醉得不省人事，没有他撑腰，我们不敢违背太后的命令，在古月月和一班宫婢的“护送”下，把皇上送到了中宫。进到中宫，我和小潘子就更加无力扭转局势，棠颐和舞雁早已铺好床榻，我和小潘子望着眼前那一张大床，双脚如有铅注，如履荆棘。棠颐和舞雁上来抢皇上，我和小潘子略有挣扎，古月月就摸出太后的令牌示威。我和小潘子自知反抗无益，只能顺从她们的安排。好在，她们还没有霸道到要把我们两个赶出去，能够守在皇上身边，哪怕多一刻也是好的。

我和小潘子局促不安又心慌意乱地陪在皇上身边，趁古月月她们不注意的时候，就拽一下他的胳膊，或是嘘嘘出声想要弄醒他，这一切幼稚的举动在大约过了一炷香的时间后，被寝殿门重重推开的声音彻底终结。皇后迈入寝殿，站定后平静地说，“所有人都出去。”

“奴才自请留下伺候皇上。”小潘子跪下说。

“出去。”皇后简单利落地说。小潘子咬了咬牙，跺着脚起身离开。我担心地回望皇上一眼，也准备离开。“林西樵，”皇后叫住我，等到其他人都退出寝殿，她走到我的面前，努力地笑着说，“本宫终于能有今日，你不替本宫高兴吗？”

我咬咬嘴唇说，“娘娘自己高兴就好，奴婢，不配替娘娘喜怒。”

皇后的笑顿时消散，看我的眼也渐渐没有了焦点，冷冷地说，“你也可以出去了。”

我一言不发地离开，转身关门的瞬间，看见皇后的锦缎滑落，露出清丽无媲的肩背……

我睡不着，绕着中宫高高的围墙一遍一遍地走，夜里的风刺骨得很，我穿得也不厚实，但是无论风霜飘雪如何凌虐我的身体，我都觉得比不上我的心冷。骨碌碌，一个小石块滚到我脚边，我听到谁在喊我的名字。又一个小石块滚来，我寻望墙边的树丛深处，韩冬青正冲我招手。他怎么来了？我溜到树丛里，又急又气又不敢大声说话，“你怎么才来，事情都闹大了，皇上今晚喝得酩酊大醉，就要被皇后……为所欲为了。”韩冬青见我这样着急，竟然还忍不住笑起来。我狠狠捶他一下，“韩御医，韩掌院，你怎么这个时候还笑得出来啊？”

韩冬青被我捶得拼命躲，一边讨饶说，“别打，别打，皇上没事的。”我一下停住手，怀疑自己听错了。韩冬青赶紧按下我的手说，“皇上是装醉的，他不会让皇后得逞的。”

“装醉？”我看着韩冬青认真的样子，不像是开玩笑，“装醉干什么？故意要给皇后机会吗？可是皇后好像早有准备的样子，她也知道皇上要装醉？”

“她不是知道皇上要装醉，她是要让皇上真醉，所以，她在皇上的酒里下了我给她的迷药。”

我闻言一惊，迷药竟然是韩冬青给的，他明里是皇后的人，暗里却是皇上的心腹，装醉、迷药，莫非，这就是皇上说的最后一步？我恍恍然似有所悟，尝试着问，“这都是皇上的安排？”

“聪明，”韩冬青夸赞说，“这表面上，是我给皇后献的一计。我跟她说，要坐稳皇后之位，过继其她妃嫔的子女并非上策，好在眼下长子不能立，那么就该子以母贵，若皇后能产子，册封太子就顺理成章，也不会受制于其她妃嫔，所以才会有了……”

“有了请食五色元宵的帖子，”我接上他的话，“原来那个时候皇后就动了合

衾的念头，那皇上拒邀也是用来刺激皇后的了?”

“明的不行，就来暗的，若非如此，皇后怎么会想到要迷醉皇上，乘人之危呢？皇后想要怀孕，就只有这一次的机会，但对于皇上来说，一次的机会也不能留给皇后，所以只有装醉，才能引诱皇后，只有装醉，才能保住皇上。我有迷药自然也有解药，今晚发生的一切，他都会清清楚楚。”

“既是装醉，皇后娘娘如何能得逞？啊，莫非……”我想到了答案，惶恐地睁大眼睛看着韩冬青，直到看到他耐人寻味的笑攀爬上眼角，我的愕然渐渐归为平静。皇后使过那么多的计谋，今晚的这个，实在不算是最高明的。

我回到中宫，不知不觉走到了自己以前住过的屋子，不经意地推开门，灰尘的味道扑鼻而来。这里一直没有人住吗？我吸着灰尘，打了个喷嚏，这时隐约听到寝殿那个方向传来喧杂的声音。我赶回寝殿，原来是皇上醒了，连夜要回钦安殿去。我在皇上的脸上看到极其丰富的表情，愤怒、后悔、自责、焦虑，他甚至还撞翻了挂衣服的屏风，一副仓皇出逃的模样，但在知晓真相的我的眼里，竟然有几分滑稽可笑。

皇后没有出来恭送圣驾，离开前我对她最后的印象是她半裸地躺在床上，嘴角还挂着笑，似乎睡得很沉又很香甜。她把昨夜的秘密留给无言的画面和无尽的猜想，这是最聪明的造假。只是，她碰上了另一个更会造假的人，所以她的美梦也永远只能是假象。

第四章　红颜易改醒黄粱

那晚之后过了两个多月，宫中传出皇后怀孕的消息，由御医院掌院韩冬青亲自诊脉报奏。此消息一出，安瑾萱立刻气得动了胎气，韩冬青为其保胎，竟然连着见红三日，安瑾萱一怒之下不准韩冬青再踏进东华宫半步。皇后那一头，韩冬

青说自己已尽量让安瑾萱见红，怀孕四月见红最是不好，就算孩子出生，有七成可能身有残疾。此后，皇后不再提扭转胎位之事。

自皇后怀孕，安瑾萱处处提防谨慎，尤其是吃食，都要自己的心腹宫婢在东华宫的小厨房里做，御膳房送来的一概不吃，各宫妃嫔送来的点心都被她转送给皇后，实在是草木皆兵，令人啼笑皆非。更有趣的是，安瑾萱每次见到皇后，都会死盯着她的肚子看，眼睛里就像要生出毒钉来，好像她的目光越怨愤，就越能诅咒皇后的胎似的。只可惜，她千盯万盯，都没能看出皇后的肚子是假的，只能说韩冬青这个游走于帝后之间的细作太过高明，才骗过了后宫中万千双的眼睛。

我们在这个谎言中平静地度过四个月的时光，八月初八，安瑾萱在东华宫诞下一位小公主。安瑾萱是丑时开始阵痛，真正分娩的时候，皇上正在上朝，差我守在东华宫。隔着屏风，我听见安瑾萱不要命地哭嚎，全然没有皇室贵亲的风范，比我们乡下杀猪佬的媳妇叫得还要惨烈。在听到婴儿第一声响亮的啼哭后，我很快又听到安瑾萱哇哇的哭声。我把接生的医女官沈碧珠叫出来询问，她竟说安瑾萱是因为没生儿子在那里大哭。我不禁失笑，同样是后宫的女人，怎么会有那么大的差别，可惜时间不会倒流，即使倒流，也不可能把杨岫云和安瑾萱调个个儿。杨岫云多么盼望能生个公主，但即便不如愿，她还是愿意用生命去守护那个孩子，但愿，安瑾萱也能善待这个不能为她带来后位的女儿。

皇上下朝后立刻往东华宫来，他倒是很喜欢这个小公主，在怀里抱了很久，赐名天宁。我想，其实安瑾萱是幸福的，皇上不可能毫无保留地去爱任何一位皇子，因为这份爱随时会给最爱的孩子带去威胁，但是皇上可以毫无保留地爱他的女儿，抛开了权力的争夺，爱才能完整。

是夜，太后在永宁宫设宴，庆贺皇上的第一个公主诞生。贺宴结束，皇上同谧妃一起回锦颐宫，韩冬青已在密道等候。韩冬青先是恭喜皇上喜得公主，随后更是恭喜皇上一切都进展顺利。皇上轻轻点头，感慨地说，“幸好是位公主，朕不用费口舌去应付立太子的事了。”皇上的眉梢眼角都带着笑，这个公主，没有出生就逼得皇后来了一出醉酒同床的戏，出生后又免去了皇上的唇舌之辨，看来皇上对她的宠爱是注定了。

“这次连天也帮皇上，接下来，只要皇后娘娘诞下皇子，混淆皇室血统的罪名就等于是埋下了。如今云妃有罪臣为其父，肖美人之子又让微臣断诊为半聋，皇后定会把握时机，要求册立太子，如此，颠覆朝廷、易主天下的罪名她也推脱不掉了。”韩冬青的眼中放出寒光，

“孩子找好了吗?”皇上诡笑地看着韩冬青。

“微臣已在民间寻找了十位产妇，产期都与皇后娘娘相仿，这些产妇的丈夫都已经去世，家中又急等钱用，愿意卖断孩子，到时哪个男孩跟皇上或皇后娘娘样貌最为相似，就接进宫来说是娘娘所生，至于皇后娘娘，只需假作阵痛，其余的，微臣自会安排，这，也是皇后娘娘自己的意思。”

“朕难得与皇后心意相通，怎能不助她一臂之力?”皇上笑得有些酸涩，也许他追求与皇后的心意相通，已经追求了太久，追求到爱变成了恨，追求到聚变成了散，最终虽能如愿，这愿却早已面目全非。“韩冬青，韩卿家，你就快实现你的心愿了，不要让朕失望，朕也一定不会让你失望。”皇上说这话时，眼睛是看着谧妃的，我忽然觉得，所有的忠君爱国背后，其本质，无非也是一场平等的交易。

回到钦安殿，我忽然感觉很累很累，坚持着服侍完皇上睡下，回到自己的榻边倒头就睡。我做了一个梦，梦见皇上站在一堆枯叶上，在旁边挖了一个陷阱，同样也铺上一层枯叶，然后将皇后拉到枯叶之上，让她学自己跳，结果哗啦一声响，两个人都掉进陷阱里。我惊醒过来，后背冰凉一片。

两个月后，立冬刚过，枫叶落尽，薄霜初结，夜半子时，中宫传来喜讯，皇后诞下皇子。当日早朝，长安王与郑亲王同时奏请皇上册立皇后之子为太子，这两个原本已经渐渐走远的人，在机缘巧合下又一次站在了一起。朝臣皆知郑亲王是为了女儿，亦纷纷猜测长安王与郑亲王已重修旧好，他们岂知长安王此举，又是为了谁的女儿。皇上压了奏本三天，最终准奏。十月初十，皇上昭告天下，册立郑皇后之子为太子，赐名靳。同一日，皇上着史官书皇子长幼，肖美人之子李荣为皇长子，云妃之子李昱为二皇子，太子李靳，是为三皇子。

此书一出，两年来的纷纷扰扰终能尘埃落定，皇后逐渐逝去的风光似又卷土

重来。家世、姿容、才干、龙裔，她将做皇后该有的全部资本牢牢地攥在手里，原本摇摇晃晃的皇后之位转眼就变得固若金汤。在羡慕与嫉妒的目光中，皇后的光环愈发耀眼，安瑾萱气得牙痒痒也只能硬摆出不屑的姿态，四处宣扬天宁公主如何得到皇上的宠爱，杨岫云本就孤僻自守，反倒不为波澜所惊，纵得皇上爱慕却能淡泊行事，皇后锋芒灼目也不伤她分毫，肖玉华从来身陷争议，如今只空得了个皇长子生母的虚名，位份低微，子有顽疾，早已黯淡无光，被渐渐遗忘，连讥笑残讽都不曾留于她。

如此喧嚣之中，大家似乎都遗忘了一个人。十月初十那一日，正是她入宫满六年的日子，也许其他人都淡忘了，但皇上还记得，从库房抽出了几件精致小巧的贡品让我送去。共谋江山是一回事，皇上的真心实意那便是另一回事了。我为皇上的细心感动着，却愕然发现留有这份细心的人不止有皇上一个。今天，皇后送了一对金翅翠羽孔雀钗给万淑宁，说是命人特意打造的，昨天才刚刚完工。

我在烟霞殿见到了那对钗，金箔勾翅，明珠为翎，鸟羽点翠，玛瑙含舌，没有三个月的时间绝对拿不下来，那就是说，皇后早在假孕之时就开始准备这份大礼，她的细心绝非偶然，万淑宁进宫后的日子，都是从她的手指头上一滴不漏地算过去的。

我把钗放回盒子里，正要合上盖子，就听到万淑宁问我，“西樵，你知道皇后送这钗的意思吗？”

我没有继续落盖，仔细看了看说，“莫非是因为孔雀？”

万淑宁站起身走过来，按住我的手将盒盖一下盖上，下巴微微向右靠向我的耳朵说，“所以，本郡主绝不会戴。”我偷偷侧目，看见她意味深长的笑隐藏在冷峻的目光，耳边的气息还暖暖的，心，竟已如同被冰潭浸泡，瑟瑟颤抖着逐渐下沉。忽然，手被握紧，万淑宁转过头来，一动的瞬间，冰寒散尽，满面桃花，“你到我身边来吧，双木只放心把我交给你。”

“郡主……”

“当然不会是现在，而是在那一天到来之后，我会比皇后对你更好的。”比皇后对我更好。这句话让我隐隐心痛。万淑宁莞尔一笑，“怎么，觉得对不起皇后？

西樵，在皇宫里是不会有真感情的，皇后对你的恩遇我都知道，但若你换了这副皮囊，换了这条腿，她还能待你如故吗？你为皇后承担那么多的风险，保守那么多的秘密，完成那么多的任务，舍弃那么多的感情，她给你的，不过是随口一句就能有的承御名分，还让你等了三年那么久。她若真要对你好，在你第一天踏入太子宫，予蓝死的那一天，就该给你这样的荣耀作为你杀人的犒赏。”

我猛地把手缩回来，惊愕又惶恐地说，“什么杀人的犒赏？”

万淑宁拉过我的手去，“你当时不知道，现在也该好好回想一下，当初予蓝怎么就死了，是她喝了什么，还是吃了什么？”

啊！我倒抽一口冷气。吃……那个食盒……我去御膳房拿回来的那个食盒……我顿时感觉到窒息，脑海中，画面闪回六年前，皇后给我的簪子，指名要找的厨子，还有后来再没见过的食盒。原来，我早就糊里糊涂地做了皇后手里的那把刀，杀了予蓝和她的孩子。那时我对皇宫还是那样得陌生，对皇后还是那样得一无所知，而皇后就利用我的无知，骗我杀了人。

“你为皇后做的已经够多了，如果你愿意，还能为她做得更多，但她能为你做的已经是极限，所以你离开她，一点也不需要内疚。我知道，要你留在钦安殿，和留在烟霞殿，是不一样的，皇上是皇后的天，顺应天命，不需要任何的理由，但若是留在烟霞殿，恐怕你自己就会给自己定一个背叛的罪名，他日从我，也是屈从。”万淑宁点破我的心思，却轻巧得让我感觉不到一丝疼痛，“我知道你的心里还是很挂念她，但你要想清楚，这样的人，是不是还值得你挂念？”万淑宁说着，将装着孔雀钗的盒子递到我怀里，“本郡主把它送给你，哪一天你从心里接受本郡主了，就把它戴上。本郡主等着那一天。”

我接过盒子，鼓起勇气问，“郡主，你说皇宫里从来没有真感情，那郡主和纪双木之间，又是什么？”

万淑宁轻轻一笑说，“我们怎么一样？我们是在宫外就成了姐妹的。”

我没有再说什么，告退离开。从烟霞殿出来，飘雪的冷风让我一下子清醒了。六年，我身边的人几经沉浮，历尽伤痛，爱恨越深，伤害越重，死亡从不曾终结悲剧，苟活亦不能残留幸福，也许，就只有像万淑宁这样没有情不去爱的

人，才能不被伤害。与她相比，皇后付出那许多的沉痛，既可以说，她终于坐稳了皇后的位子，也可以说，她不过就停留在原来的位子，而万淑宁依旧站在后宫的某个角落看着她，不曾被赶走，不曾被伤害，不曾被夺走一丝一毫的光彩。

我低头走了一段路，忽然觉得方向不对，抬头竟然望见中宫就在眼前。怎么走过头了？我正欲转身折返，忽然万里晴空乍现一声惊雷，接着一道闪电从空中直劈下来，中宫门前一棵百年老松刹那间拦腰折断，被烧灼的树干断口处还冒出缕缕硝烟。我亲眼目睹这一幕，吓得差点把盒子摔在地上。中宫里很快有人跑出来，大喊大叫着，我在原地站着，远远地望了一阵，默然地转身离开。

此事很快传遍宫中，被视为不祥，更有宫婢私下议论，说三皇子李靳并非天命所归，百年老松被劈，就是天公示警，若非我是亲眼目睹，真会怀疑那也是皇上的戏法。多嘴之人很快在宫中消失，很长一段时间，我都没有再听到与此事有关的蜚语流言。但我知道，这些被风轻轻一吹就散的虚言，早晚有一天会变成无法从历史中抹去的事实。只是我没有想到，这一天，会来得这样快。

太子靳满周岁的前一天，皇上去了狩猎场，我留在钦安偏殿整理文房四宝，忽然小安子在殿外急拍门板，都快把门板拍烂了。"出什么事了？"我抓着他的胳膊问。他不是大惊小怪的人，看他那一头的汗，我就知道出大事了，纪双木被捉奸的那一次，他也是这副模样。

"中宫来报，太子突然得了急病，先是面红憋气，后是呼吸急促，接着全身抽搐，现在已经晕厥过去了。"小安子一口气说下来，亏他能记得清楚。

"什么！"我心中暗叫不好，让小安子赶紧去找皇上，自己一刻不停地赶往中宫。中宫太子殿此刻已被围得水泄不通，那些宫婢奴才们瑟瑟发抖地跪在殿外，见我来了，纷纷让开一条道。

我刚要进去，一个靠近殿门的宫婢忽然扑上来抱住我的腿，"林尚义，你替奴婢向皇上求个情吧，不要让奴婢给太子陪葬啊……"

"谁说要让你陪葬的？"

"皇……皇后娘娘……她说太子若有闪失，就要我们太子殿的所有人一起陪葬。"

我轻轻拉开她的手，悄悄走进太子殿。所有的人都围在太子床前，离殿门好远，隔着大屏风，她们没有注意到我。我静静地站在大屏风后面，从屏风框的镂孔望向床榻。太子昏昏地睡着，脸色苍白，柔弱的身躯还在一下一下地抽动。皇后沿床榻而坐，愁云满面，轻轻握着太子的小手，纤柔的手指轻轻抚摩。御医跪在床边，替太子诊脉。许久，御医放开手，渐渐转过脸来。

不是韩冬青。是张学明。只见他眉头紧锁，频频抿动嘴唇，似有难言之隐。

“张御医，如何?”皇后焦急地询问。

“回皇后娘娘，太子只是气管发炎，因为年纪小，无法自我调节呼吸，又因大声啼哭，噎住了气，才会抽搐，微臣刚才已经施针帮太子理顺气息，稍后再开副温良调理的药，可保太子康健无虞。”

“既是如此，张御医为何眉头深锁，似有不安啊?”一听说太子无恙，皇后立刻恢复平日的精明谨慎。

“回娘娘，因为此病容易复发，若调理不当，易成顽疾，微臣故而担忧，”张学明略顿一顿说，“微臣以为，应该让韩掌院再来诊一诊脉，以保万全。”

“韩掌院此刻若在宫中，本宫又何必传你!”皇后转头问纸鸢，“韩冬青从长安王府回来了没有?”

“回娘娘，还没有。”纸鸢小声地说。

皇后很明显地咽了一口怒气下去，甩甩袖子对张学明说，“你先开药吧。”

“是。”张学明开了药方，告退离开。经过屏风的时候，他看到了我，我在唇前竖起手指，他默默离去。

我趁无人注意，悄悄地退出殿外，转身发现跪等的宫婢奴才正眼巴巴地望着我。我的心突然起了微妙的变化，鬼使神差地说，“不想要陪葬，就当这会儿我没有进去过。”我垂落目光俯视他们，他们先是带着疑惑面面相觑，随即小鸡啄米般地点头。我急步走出中宫，看见张学明正慢慢地往御医院方向去，我追上他问，“太子究竟得的什么病?”张学明继续走着。“张御医!”我加重语气，侧转身体微微拦住他的去路。

张学明站住脚，复杂的眼神掠过我的脸庞，“是你问，还是皇上问?”

我一愣，直觉这话里身藏无尽的意味。张学明含蓄地弯起嘴角，带着冷漠的眼神离去。我咀嚼着他的话，不经意间望见韩冬青匆忙走入中宫。我已来不及跟他交待一句，只能去永圣门等皇上。大概半炷香的工夫，皇上的马车进了宫门，我挥手叫停，跳上马车，把太子殿的情形和张学明的那句话都告诉皇上。皇上沉吟片刻，让小安子即刻传张学明到钦安殿候见，自己仍前往中宫太子殿。

当着皇上的面，韩冬青对太子病症的诊断与张学明无二。皇上略作安心之态，强调此时正是秋冬交替，要格外注意几位皇子的身体调养，切不可大意。从中宫出来，皇上速回钦安殿，召见张学明。

“微臣张学明叩见皇上，”张学明从容不迫地跪下行礼，“不知皇上召见，有为何事?”

皇上双臂伸直张开撑住桌案，目光低垂看着平摊案上的奏折，说家常一般地说，“张学明，元淑帝姬的夫君竺邵云今日陪朕在围场狩猎，一时不慎摔伤了右臂，虽然已有随行的御医诊治，但筋骨伤病是你最在行，朕要你出宫一趟，替竺邵云医治。”

“微臣遵旨。”张学明略顿一顿说，“不知随行的是哪位御医，微臣需向他了解竺驸马受伤时的情形，以免诊治有所偏差。”

皇上曲起右胳膊，小臂靠在案上，嘴角似有窃笑，“不必了，这位御医在回宫途中突然面红憋气，呼吸急促，最后更浑身抽搐，晕倒在地，朕已令人送他到御医院，你来的时候，没有碰上吗?”

张学明脸色微变，却依旧镇静地说，“微臣失察，因一路匆忙，未曾留意身边。”

“张学明，”皇上接过小潘子递来的茶，“你说他这症状，得的是什么急症呀?”

张学明迟疑片刻说，“据症候看，是哮喘。”

“哦，”皇上喝了口茶，“朕怎么觉得，他这症状与太子的有些相似啊?”

张学明抬起头，喉结处明显动了一下，“回皇上，太子得的，就是哮喘。”

“可韩冬青说，太子不过是气管发炎，好像你也是这么说的。”

“微臣惶恐，韩掌院并未说错，哮喘只是气管发炎的其中一种罢了。”

皇上眼中流露出疑惑，“其中的一种？如此看来，似乎说哮喘更加准确啊，那又何必避重就轻呢？”

张学明加重语气说，“回皇上，普通的气管发炎，通常是偶然病发，任何人在任何年龄段都有机会感染，服药后可治愈，而哮喘，是季节性、诱因性发病，婴儿若发此症，为天生遗传所得，若调理不当，遇到季节变化，或情绪激动，就容易发作，药物只能帮助调理，不能愈病，但只要等到孩童成年，多能自动痊愈。”

“天生遗传所得？”皇上把茶碗重重搁在案上，蹙眉怒目，“张学明，你可知朕与皇后都并无此症？”

张学明低下头，“微臣只是据实而奏，微臣也从未替皇上和皇后诊脉，除方才所言，微臣一无所知。”

皇上渐渐将身体倚后靠在椅背上，微微有点侧，双臂展开轻搭在两侧扶手上，沉吟许久，最后闭上眼睛说，“竺邵云在帝姬府等你，去吧。”

“是，微臣这就去。”张学明转身就走。

“治不好，不要回来。”皇上望着张学明的背影说。

“微臣明白。”张学明瞅我一眼，继续往前离开钦安正殿。

皇上把脸转向小潘子，“让小安子跟着他，别出什么事。”

“奴才明白。”小潘子匆匆离去。

殿中只剩下我们两个，我刚想问些什么，皇上就仰面长吁一口气说，“老天，多谢你帮朕了。”我听着这话，把等在嗓子眼的问题咽下去。不需要再问什么了，皇后的得意终归是到头了。

是夜，皇上在锦颐宫亲自给韩冬青斟茶，“韩冬青，你的眼光可真准呐，朕还头疼要如何点破这孩子的身世可疑，如今，一切都水到渠成、顺理成章了。”

韩冬青受宠若惊地接过茶碗，“微臣也没有想到，抱回的这个孩子竟然有天生的哮喘，更巧微臣今日不在宫中，才有了张学明告密这一出，否则若是微臣诊脉，碍于皇后，还不知道要如何左右为难呢。”

“皇后那边，是不是也知道哮喘的事了？”

“皇后对张学明仍然有疑，微臣又身份特殊，只能向皇后言明真相，但是微臣已向皇后保证，定让张学明闭嘴，况且皇上已派张学明出宫问诊，皇后暂时应会静观其变。”

“她静，那朕就动。”皇上下定决心说，“明日一早，朕就召集在京的所有皇室宗亲在朝阳殿验亲，谧妃、韩冬青，明日要委屈你们了，朕希望你们能演好这最后一出戏。”

“是。”谧妃和韩冬青答应着，答应得义无反顾。

回到钦安殿，我服侍皇上睡下，自己却怎么也睡不着。想到明日，皇后就要从万人拥维的高台跌下，那将是怎样的血肉模糊，怎样的粉身碎骨。睡意渐渐袭来，我无力地闭上眼，疲倦就和皇后即将面对的命运一样，只能接受，不能抗拒。

一觉醒来，我感觉对周围的一切都无比抗拒，不情愿地起床，不情愿地等在金銮殿外，不情愿地踏入中宫太子殿。皇上站在床边，看着笑容无邪的太子，温柔渐渐从眼中流淌而出。

皇后递过来一杯茶，“皇上放心吧，靳儿服了韩御医开的药，已经好多了。”

“那就好，”皇上忽然收起笑脸，推开茶碗说，“西樵，抱上太子，去朝阳殿。”

“是。”我走到床边抱太子，纸鸢要来阻拦，最终不敢。

皇后略有惊慌地问，“皇上，去朝阳殿做什么？”

“皇上，”小安子这时走过来说，“人都到朝阳殿了。”

“西樵，走。”皇上不解释一句就要走。

“等等，”皇后拦住我们，“皇上，谁在朝阳殿，你带太子去朝阳殿做什么？”

“没做什么，”皇上脸上再无一点温柔，“朕就是要证明一下，你是不是有资格做天下人的皇后，靳儿是不是有资格做天下人的太子。皇后要是愿意，也可以一同前往，但是太子，就让西樵抱着吧。”皇上说完，扔下目瞪口呆的皇后径直往殿外去。我抱着太子跟在后面，没人敢拦，皇后也没来拦。我好奇地回头，看见皇后正在纸鸢耳边轻轻言语。她是预感到危险，在想对策吗？我刚想到这一

点，皇上突然停住脚步说，“小安子，你在这里看着，除了皇后，任何人不得离开中宫一步，违者杀。”皇上说完，回头看了纸鸢一眼，把纸鸢吓得往后缩了一步。

皇上疾步离开，我紧随其后，皇后追出来，将我一把扯到她身后，奔跑着想要挽留皇上。“小潘子，扶好皇后娘娘。”皇上说着加快脚步，我要花很大劲才能赶上。小潘子自然明白皇上的意思，半搀半拦地将皇后从皇上身边拉开。

我与皇上甩下皇后先到朝阳殿，太后、太皇太后、安太妃、安贵妃、谧妃、云妃等正三品以上的后妃宫嫔，以及长安王、郑亲王、长安王世子、郑郡王等从一品以上的亲贵都已等在殿内。见到我抱着太子出现，那些高贵的人全都神色迥异，却都不约而同地紧紧盯住我怀中的太子，让我每走一步都心惊胆颤，直到站在了谧妃身边，才有一点点安稳。

“皇上，你让哀家与诸位后妃、亲贵同到朝阳殿，又把太子抱来，究竟意欲何为?”郑太后面色凝重地问。

皇上已在正位坐下，气定神闲地说，“母后，朕今日要在朝阳殿验亲，请母后及在场各位做个见证。”此话一出，全场暗有唏嘘声起。皇上扫视全场说，“林尚义，把孩子抱给在场的各位看一下，是不是太子。”

“是。”我小心翼翼地抱着太子，从谧妃开始，挨个儿走到每一个人面前。太后神色焦虑，太皇太后面色凝重，安瑾萱和庄環抿嘴忍笑，云妃和谧妃沉默平静，郑亲王双颊流汗，长安王冷眼旁观，还有那些美人，都是想要看又不敢伸长脖子看的模样。当我走到尽头，从朝阳殿一侧走向另一侧时，皇后正好从门外冲进来，眼疾手快将太子抢过去。

“皇后，你做什么?”皇上大声喝斥。

“皇上，这话该臣妾来问才对。”皇后抱着太子走到殿中央，“太子仍在病中，皇上一大清早就将太子抱来朝阳殿，召集满朝亲贵摆出这样的架势，还不让臣妾的人进出中宫，这究竟是为何?”

“朕已经说过了，朕要证明皇后母仪天下的资格，证明靳儿立身储君的资格。朕不想有人里外勾结陷皇后于百口莫辩的冤罪，这才将皇后的人看管起来，一切

都是为了皇后的清白，请皇后不要会错朕意才好。”

惊慌与迷惘同时在皇后眼中闪现，“什么百口莫辩的冤罪？臣妾不知皇上在说什么。”

“皇后不知道，那就朕来告诉你。”皇上郑重地说，“昨日太子抱恙，御医张学明为太子诊脉，诊断太子所患乃是先天遗传的哮喘。可皇后与朕皆无此疾，张学明所言无异于暗指太子非皇室正统。为证皇后与太子清白，朕唯有验亲以正视听。”

皇上猛地后顿一步，脸上一阵刷白后，努力压住惊慌说，“太子明明只是气管发炎，御医院掌院韩冬青已经确诊，张学明分明就是无中生有胡乱断症，皇上应该将其处死，怎么还竟然相信他的话，令臣妾蒙冤，令皇室蒙羞?”

“朕就是不想令皇后蒙冤皇室蒙羞，才要验亲求证，否则如何平息悠悠众口？若张学明真是无中生有，朕自然要将他处死，但若无真凭实据，纵然处死张学明，也会有止不住的流言，平不息的猜忌，朕还会被天下人说成是为了遮自家丑枉顾直谏之臣的昏君。皇后身为一国之母，怎能为一时之屈而不求清白于天下，此举亦是警醒宫中，好让日后再无人敢生口舌是非，妄图挑起后宫纷争。朕想不出皇后有什么拒绝的理由。”

“皇上……”郑亲王想要求情的样子。

“郑亲王，”长安王突然开口，“皇上这样做，也是为了你们郑家的清白，你再推辞，就不好了吧。”

郑亲王被顶了一下，脸色难看得很。皇上见他也沉默了，高喊一声，“来人，验亲。”小潘子端清水上来，我去抱太子，皇后将太子紧紧抱住，身体拼命向后退缩。“来人，拉住皇后。”皇上吩咐着，两个小公公过来按住皇后，我硬生生把太子抱出来，转身的时候，感觉到皇后拉扯着我的衣衫。我狠心往前再走一步，任由挽袖的绸挂被皇后扯落。

银针扎破太子的手指，鲜血滴落碗中，太子响亮的哭声与皇后长长的一声“不”混杂着冲击我的耳膜。其实看到这分光景，人人都已心中有数，但若不亲眼看见两滴血是否交融，此事终难结。小潘子将清水端到皇上面前，皇上亲自刺

破手指，滴落红血。我看见太后和太皇太后痛苦地闭上眼睛，听到身旁扑通一声，皇后已瘫软在地，两眼空空，连绝望也如覆水难收。

“皇上，这……”小潘子欲言又止。

皇上抡起拳头要砸向那碗，硬生生在半空中停住，然后重重挥下，砸在案上。“皇后，你就是这样做皇后的吗！”皇上血红的眼看向皇后，痛心疾首，“连一句辩白也没有，皇后这是认了吗？”

皇后看了皇上一眼，冷漠中暗生恨意，“臣妾想不认，皇上肯吗？”忍着不流一滴眼泪。

“你……”皇上立刻下令说，“查，从旧年十二月给朕查起！”

“皇上你是要……”太皇太后不敢说下去，只能硬着头皮说，“皇上，兹事体大。”

“就因为兹事体大，才不得不查。皇后失德朕可以视为家事，但此子血脉所系另有他人，难保不是别有居心。若太子将来为帝，其身世就是动摇国本的利器！”太皇太后欲要开口，被皇上举手制止，“太皇太后莫要再劝，朕心意已决，此事不容宽赦，朕会让大理寺彻查其身世，宫中上下但凡与此事有牵连之人，朕绝不轻饶。”

“不用查了！”皇后突然开口，慢慢站起身，有凤凰涅槃的惊艳，亦有慷慨赴死的绝然，“千算万算，没有算到太子发病时韩冬青不在宫内，没有算到一个小小的张学明竟然有这样的胆色，没有算到那日竺邵云的伤能给皇上一个急召张学明的理由。没错，太子不是皇上的骨血，但也同样不是臣妾的子嗣，”皇后说出这句话，殿上一片哗然，哗然中，皇后反而更加无所畏惧，“臣妾是有错，错在太想当这个皇后，错在得不到皇上的宠爱，错在没有自己的孩子，但是千错万错，臣妾没有破了为人妻子的底线，臣妾没有不守妇德，没有淫乱后宫，从来没有。”

“你说什么？”皇上更加震怒，抬手指着我怀中的婴孩，“这不是你的孩子！那你的孩子呢？”

“臣妾从来就没有什么孩子，是韩冬青谎报臣妾有孕，十月怀胎，一朝分娩，

都是韩冬青的手笔。”皇后在一片唏嘘声中狠狠瞄了谧妃一眼，谧妃此时已面色苍白，躲在杨岫云身后瑟瑟发抖。

皇上瞪大眼睛，似有所恍悟，“就因为你推荐他做了御医院掌院，他就这样报答你吗？”

“他是报答臣妾，却不是为了什么御医院掌院的位置，这个，谧妃娘娘最清楚了。”皇后在最不经意的时刻点出谧妃的名字，引起一片哗然，“皇上不是要查吗，那就好好查一查，韩御医究竟是为谁进的宫，究竟是为谁要帮臣妾撒这样的弥天大谎。”皇后这样说，聪明人早已知其暗意，众目睽睽下，谧妃跌倒在地，战栗不已。

“谧妃，皇后所言，是否确有其事？”安太妃蹙眉而问。

谧妃慢慢抬头，凄绝的目光投向皇后，一字一字地说，“皇后娘娘，你好狠的心，自己走投无路，便要我们陪葬……亏我们还替你做了那么多的事，蒜蓉去味毒害杨岫云、借刀杀人除去李袖音、李代桃僵调包木佳子、红花浸碗打落云妃胎、模仿书信陷害纪双木……”谧妃把皇后过去种种都抖了出来，真的，假的，都让皇后背走了。

“你胡说，你胡说！”皇后大喊着，一边惶恐地看向始终默默无语的李昊。也许别的栽赃她都不在乎了，可是陷害纪双木一事直接牵扯李昊在内，她不能认，也不该她认。

“是不是胡说，朕自然会查，”皇上怒火中烧，再不听皇后一言，绝情地说，“传朕旨意，将皇后、谧妃、韩冬青三人暂且收押，着大理寺五日之内秘密翻查所有宫案，所有涉案之人，不论官职权位，一律收监，有偏帮袒护、阻挠大理寺查案的，一并收押，在押之人生死去留，待朕查实后再作定夺。”

皇上此令一下，一切再无还转的余地，皇后和谧妃被押出去，眼前虽无铁链镣铐，我已能想象皇后深陷牢狱之情景。谧妃说的那些事早已无从查起，唯独她与韩冬青可以为证，但他们又岂会帮皇后脱罪？其实，单是太子的事，皇后就无法翻身了，其他的罪过，只能为皇后落罪锦上添花，不能为皇后脱罪雪中送炭，皇上一直知道，一直不说，就是不想一击不中反打草惊蛇，如今，倒都成了压死

骆驼的最后那几根稻草。

大理寺依照谧妃和韩冬青所供，将皇后、谧妃、韩冬青三人的罪状一一罗列，按律三人该问斩刑，但事关皇室尊严，不宜宣之天下，经太后等人多番相劝，皇上最终只按假太子一事定了三人欺君之罪。郑君怡废为庶人，幽禁静禄院，谧妃贬为庶民，韩冬青免去掌院之职，逐出御医院，流放边陲。旨意下，辰时，已经被废为庶人的郑君怡被准许回中宫梳洗更衣，由安太妃亲自监督，送往静禄院，我则奉命出宫，秘密送谧妃和韩冬青离开京城。

我们在京城郊野相见，谧妃此刻已洗尽铅华，发无点缀，身无绫罗，银装素裹如风中玉兰，满面春意似雪中红梅。我给他们安排了马车，把皇上赐的银两衣物安放好，转过身似有牵挂地说，“我只能送到这里了，此去恐今生再难相见，两位多保重。”

谧妃点点头说，“西樵，宫中险恶，若非皇上有用人之心、用人之需、用人之急，当初知晓我二人之事绝无轻饶的可能，这是千载难逢的幸运，这样的幸运，宫里再难有第二次。如今皇上坐稳江山，对人对事恐再难留情，你要千万小心。”

“我知道了，我会小心的。而且我相信，皇上本性为善，否则也不会信守承诺放你们离开。伴君如伴虎，这个道理我懂，我会处处留意，保护自己，不辜负韩夫人今日的叮嘱。”我说完这话，看见谧妃脸红了一下，羞涩中苦尽甘来的幸福可以把满天飘舞的冰雪融化。我送他们上了马车，望着马车渐渐远去，也把那份幸福渐渐地带走。

郑君怡被废后，太后和太皇太后的威信受到影响，安太妃反倒有了小小的声望，她提议立安瑾萱为皇后，太后和太皇太后也一时找不出反驳的理由，反倒是长安王以防止外戚专权为由，提出另立新后，更是直接点了安国郡主的名。皇上征询朝臣众议，竟然无人反对。顺应此意，皇上下诏立万淑宁为皇后，册封大典定在十一月初九。

十一月初九，册封大典在朝阳殿举行，还是那一道扶摇而上的阶梯，还是那一座华丽巍峨的宫殿，还是那一个风华绝代的美人。七年，两千五百多个日夜，

万淑宁带着满身的流光溢彩蛰伏于郡主之位，游走后宫的尔虞我诈竟然分毫未损，七年前的这一天，她走进朝阳殿将郑君怡的锋芒踏在脚下，七年后的这一天，她再次走进朝阳殿将郑君怡的辉煌彻底颠覆。我看着她在朝阳殿城楼与皇上执手而望天下，心想这天下，半壁画李，半壁书万。

是夜，独自一人时，我打开那个盒子，那对孔雀钗被我封存了整整一年，依旧璀璨夺目。我盯着它看了一会儿，重新盖上盒子。美丽的东西，还是离远一些好。我是不会戴上它的，这虽然只是一只孔雀，但是在凤凰眼里，孔雀永远都是威胁，是与其争艳的不祥之物，我若真的在万淑宁面前戴上这只孔雀，只怕忠心未表，先露了权欲之心。在万淑宁眼里，一切都可以交换，但是交换就意味着索取。这只孔雀表面上可以让我与她走得更近，但是一不小心，我就会被她火焰般的尾羽烧成一片灰烬。

第五章　红锦如引蛾扑火

我站在朝阳殿的围城之上，耳畔似有隐隐的马蹄声，夹杂着飘浮不定的鼓乐，穿过浓重的雾色渐渐靠近我脚下的这片禁宫之地。

遥望西北，那是大越国所在的方向，一直以来，它都是李朝最忌惮的西域大番，若非五十年前的一场浩劫，大越国被塔利、勒桑、月支三国瓜分掉大半疆土，只怕李朝这五十年来不会如此平静。然而就在八年前，大越复国，重新崛起，不但收复失地，还先后吞并了与之接壤的八个部落，与李朝疆域之间再无他国为屏障。偏在此时，大越王的书函送至李朝，说大越王亲生的羽乔公主将于近日出使李朝，如此突然的造访，福兮祸兮，无人能断。

两个月后的今天，大越使团临近宫门，我奉命站在朝阳殿的围城之上，要在宫门开启的那一刻，亲手完成最后一道华丽的点缀。

崭新的铃琅绸已穿过一只只缀满珠铃的吊环，彼此绕来绕去，形成层层叠叠的结，却不打死。吊环也被银链子连接成串，每串三到五只不等，每一只都有铃琅绸穿过。守殿昙谨仔细检查完每一个结，指挥辅殿宫婢们用举竿将吊环顶起，一串一串挂在围城飞檐下的弯钩上，铺地的铃琅绸顿时被牵起飘在半空。昙谨将铃琅绸穿出的一端递给我，我将它环缠在手，静静等待着。

此刻，两道仪仗之间的御道上，崭新的红锦缎已经铺开，从朝阳殿一路延展至宫门口，此情此景，似在重复过去的种种。每一次红锦缎铺开，都会改写一个女人的命运。竺静仪，李文秀，郑君怡，纪双木，万淑宁，她们都从这条红锦缎上走过，走入了各自不同的命运归宿。直到今日，一切的华丽都是过往的重复，不同的，只是即将走上红锦缎的人，大越国公主，羽乔。

呜——号角吹响，宫门渐启，我稳稳地用力一拉，唰的一声，铃琅绸抽紧升起，从吊环中穿梭而过，松垮的结被一一拉紧，铃琅绸在每两个高低错落的吊环间形成弯弧，整个编织成网，吊环上的珠铃被一一触碰着，发出一片轻盈悦耳的脆响。这是大越国的王室庆典礼仪，皇上特意参习，以示尊重。

使团的队伍走上红锦缎，我已默默离开围城，回钦安殿待命。大约一个时辰后，百合宫的守殿柏清来传话，说皇上让我即刻去百合宫。

百合宫是专门为羽乔公主落榻准备的宫殿，选择了宫中一处较为僻静的地方兴建，宫殿内外一律按照大越的风俗进行布置，以示诚意。老远地，我就闻到奇异的香味扑鼻而来，那是西域花草特有的味道。御林园的公公说，汉室的土壤根本不适合培植西域的花草，能够活上个把月，让羽乔公主在的时候能够欣赏，就已经是极限了。穿过这些奇花异草，我走进百合宫正殿，一个身材高挑的女子立刻吸引我的注意。她穿着华丽鲜艳的异族服装，头发几乎全披着，只有一缕编起的发辫如花冠围住额头，额头正中是珍珠额饰，简约大方不失高贵，与汉室女子发髻迭起珠钗绫罗的风格完全不同。她双手背在身后，腰身挺拔，头微微仰起，裙子是纵向褶皱着撒开，不拖地，露出布靴，竟然浑身上下透着一股男儿气概。再看她的样貌，反而像足了汉室女子，眉清目秀，纵然沾染了西域黄沙尘土的狂野之气，仍能看出是个美人胚子。在她胸前，佩戴着耀眼的红色宝石，似乎是身

份的象征。这应该就是大越国的羽乔公主了吧。在她身边，还站着一个陌生的男人，也是异族打扮，很俊朗魁梧，我没来得及细看，就已经到了皇上跟前。

“奴婢西樵参见皇上。”

“西樵平身，”皇上站在羽乔公主身边温和地说，“西樵，这位是大越国的羽乔公主，你见礼吧。”

“是，”我转身正面朝向羽乔公主，躬身行礼，“御前尚义林西樵参见羽乔公主，公主万福金安。”

“林尚义客气，请起身说话。”羽乔公主竟然扶住我的胳膊，言语措辞似乎也越了宫中规矩，吓得我赶紧缩手，后退半步。羽乔公主见状大方地说，“林尚义不必紧张，羽乔来自西域，虽习得汉语却难改番邦习性，言谈举止或有不当之处，林尚义切勿介怀。”

“奴婢不敢。”我对自己的失态抱歉不已。可是听她的口气，好像跟我一点陌生感也没有，是她太过豁达，还是我太拘谨了呢。

“西樵，”皇上指着羽乔公主身边的男子说，“这位是大越国的护宫将军蒙泰，负责保护羽乔公主，你也见一下礼吧。”

“是。”我大胆地抬头看了他一眼，被他满脸的杀气给震了回来。那分明是一张俊朗的脸，棱角分明，眉如箭鼻如峰，双目炯炯有神，可偏偏冷厉得让人无法将目光停留。我低头轻声说，“西樵见过将军。”

“不敢。”蒙泰的声音比他手中的兵器还要硬冷。等等，兵器，皇上面前，他怎么能持有兵器，大越国的使节竟然有这样的特权。“林尚义是在欣赏本将军的兵器吗?”蒙泰发现了我偷窥的目光，“本将军是大越王特封的带刀护卫，得李朝皇帝陛下恩准，凡公主在场，本将军即可御前带刀行走。”蒙泰振振有词，反显得我大惊小怪。

“西樵，”皇上适时地插话进来，“羽乔公主将在百合宫居住半月，朕虽已着尚宫局精心安排，但仍恐有不周到之处，西樵你处事谨慎，行事妥帖，百合宫就交由你负责打理，每日多来走动，关键之时，可行便宜之权。”皇上把最后四个字说得略重一些，我自然明白其中的意思，赶紧应下。他继续说，“羽乔公主远

道而来，一路辛苦，朝礼繁杂，公主定然更加劳累，西樵你就留在这里，安顿好羽乔公主后，再回钦安殿。”

“奴婢遵命。”我送皇上离开，和柏清一起引羽乔公主到寝殿歇息。除了蒙泰，公主还有两个贴身婢女也同住百合宫。我推开寝殿的门，辅殿宫婢们纷纷跪下请安。

羽乔公主微微一皱眉头，蒙泰立刻说，“林尚义，公主不习惯陌生人在近旁服侍，可否请她们出去?”

我没有多问，直接吩咐说，“柏清留下，其他人全部退下。”话毕，辅殿宫婢们悉数退出殿外。我看蒙泰始终盯着柏清，笃定地说，“公主带来的人对皇宫并不熟悉，恐怕不能照顾周全，奴婢虽然熟悉皇宫，却不能一天十二个时辰都随侍在旁，这才安排柏清以备不时之需，还请公主多多包涵。”羽乔看了蒙泰一眼，蒙泰这才收回警惕的目光，却又立刻转身关上殿门，我对他的印象更加不好。我看见公主环顾四周，走上前去问，“公主对寝宫的布置是否满意，如有需要添置的，只管告诉奴婢。”

“这里很好，本公主很满意，”羽乔转身面对我，“只是本公主想知道，蒙泰将军和两位婢女要住在何处?”

我指着寝殿内的一幅落地幔帐说，“幔帐之后是侍寝房，两位宫婢可留宿寝殿内，蒙泰将军的寝室安排在隔壁。”

“恐怕要换一下了，”羽乔看了蒙泰一眼说，“蒙泰将军要留宿在此，隔壁的寝室留给两位婢女，请林尚义安排一下。”

“蒙泰将军留宿?”我怀疑自己听错了。

“这是大越国的规矩，除非主子另有安排，否则，大越所有的护宫将军都要与主子同处一室。”羽乔朝我走近一步，“大越可没有李朝那么多男女规矩，主子的安全是第一位的。”

“奴婢明白了，”我朝柏清看了一眼，柏清点点头转身出去，我对羽乔说，“柏清会亲自处理此事，稍时便可办妥，不如公主先在宫内各处走一走，熟悉环境，待寝室调整好了，公主与各位可以回来稍作歇息。”

“这样最好。”羽乔说着径直朝殿外走去，蒙泰紧跟其后。

我带着她们在百合宫各殿走了一圈，也去了宫中的百花园，直到柏清来报寝室已调整完毕，我才送她们回去休息。安顿好各人后，我准备回钦安殿复命，临走前，再三嘱咐柏清要注意拿捏分寸，不管这个羽乔公主的真性情如何，单是她的身份，就足以令我们忌惮谨慎。

我回到钦安殿，趁皇上午歇，向小潘子问起今晨朝礼的事，“那个羽乔公主的个子好高，气派也大，今天在朝礼上，她是不是很威风呀？”

小潘子咂咂嘴说，“当然威风啦，就光是她带来的那些贡品，就给她长足了面子。可惜没咱们的份儿。”

“贪财鬼，”我瞪了他一眼，忽然来了兴趣，“都有些什么，说来听听。”

“都是一些奇珍异兽的皮毛，什么驼毛、貂皮、还有穿山甲……”

穿山甲？我的记忆一下子跳回到很久以前。很久没有听到这三个字了，也很久没有关注这件事了。大约六、七年前，万淑宁设计获取御药房库存的所有穿山甲，至今也不知所为何用，久而久之，这件事也被渐渐淡忘，直到刚才，小潘子提到穿山甲，我心中曾经的疑惑才重新跳了出来，只是时隔多年，万淑宁又已经为后，此事似乎早已没有了追究的必要。

再次见到羽乔公主是在戌时开始的宴请礼上，她竟然换了李朝的服饰，梳起发髻，除了眉宇间存留的一丝英武之气，倒再难找出她与汉家女子的差别。不仅如此，与在场的诸位妃嫔相比，羽乔也丝毫不逊色，反而有一种特别的风采。只见她一手按在胸前，一手背在腰后，弯腰说，“羽乔参见汉室皇帝陛下，参见皇后娘娘。”见此情景，我不禁想她虽身着汉服，却在行国礼时依然使用大越的礼仪，看来纵然更改了容颜，依旧不能更改她大越人的本心。

我去看皇上的表情，他眉眼带笑，却笑得暗藏威仪，示意羽乔平身，赞许地说，“想不到大越公主穿上我朝的服装，倒有几分汉家公主的风范啊。”

羽乔含蓄地一笑说，“羽乔身着此服，是为表达入乡随俗之意，以示我大越与李朝交好的诚意，只不过羽乔身为大越皇室后裔，必须代表大越行以大越国礼，此非大越风俗，却是大越国法，不得违犯，请皇帝陛下海涵。”

“羽乔公主言重了，”万淑宁站起身，她今天穿着橘色的云锦宽袖衫，霞云色的绸裙，藕色纱罩，在灯光照耀下如同云中太阳放射光芒，给人感觉温暖又充满力量，“公主是大越国的瑰宝，大越国礼象征大越国的尊权，而李朝服饰代表了李朝的传统，公主能够穿戴李朝服饰行大越国礼，是我李朝与大越共同的荣耀。同样，为表我李朝诚意，本宫将赐你一顶公主冠，寓意李朝亦将公主视为掌上明珠，愿李朝与大越万世修好，共存共荣。”

万淑宁说完冲我点了点头，我将公主冠送至羽乔面前，并替她戴上。这时，羽乔给了蒙泰一个眼神，随即上前一步说，“皇上，羽乔此次前来，除了带来西域的特产，还有更大的惊喜要送给皇上。”

“更大的惊喜？”皇上似乎很有兴趣。就在这时，西域的鼓乐声响起，五面大鼓被抬进殿来，每面大鼓上，各有两名大越女子摆出优美的舞姿，她们身着短袖彩丝衣，露出腰部和小腹，下身穿着金缕丝线的灯笼裤，脚踝、手腕上带着金银镯，发出叮当脆响，手臂上环缠着飘带，尽显妖娆风姿。伴随着鼓乐之声，十名女子在鼓面上翩翩起舞，脚尖击鼓双手击掌，合着鼓乐，跳出别样风情。皇上饮酒观舞，面露欣赏之意，万淑宁笑而不语，手指却在膝盖上打着节拍，似乎也被吸引。曲罢，十面大鼓被抬下去，女子却留在殿上，排列成行，走到殿中央。那一刻，我心中有些异样的不安。

羽乔离开座位，走到这些女子前面，“皇上，刚才您欣赏的是我大越最有特色的踏鼓舞，是羽乔亲自编排，特意敬献给皇上的，跳舞的十位女子，是我大越最美的美女，是父王精心挑选进献李朝的，寓意李朝和大越能同结连理，共衍后嗣。”

羽乔这话一边说着，朝阳殿的气氛就一边缓缓地变化，之前洋溢的热情渐渐失去了温度，一张张无论真心或伪装的笑脸全都冷淡下来。毕竟皇后和各宫妃嫔都在场，这个时候说进献女子的事免不了尴尬。安瑾萱已经彻底板起了脸孔，庄環嘟着嘴气不顺的样子，肖玉华咬着嘴唇低头不看任何人，只有杨岫云抬头看着羽乔，却是一脸淡漠。我看向皇上，他有些意外，更有些犹豫。

就在这个时候，万淑宁站起身来，庄重大方地说，“大越国君一片心意，我

李朝自当领受，大越女子貌能倾城、舞能倾国，我李朝皇族官宦之家也不乏年轻有为的优秀才俊，不如就让本宫替他们拉了这条红线，促成十对鸳鸯美眷，也好实现李朝与大越共衍后嗣的心愿。皇上，你说这样好吗?”

“如此甚好，”皇上豁然开朗，看得出是真心赞成万淑宁所说，“羽乔公主，大越国君的心意让朕十分感动，你放心，朕与皇后一定在皇室与官宦世家中替这十位佳人觅得好归宿，绝不辜负了大越国君的盛情和美意，李朝与大越必能姻缘相连，共传万代。”皇上这番话，让各宫嫔妃不禁露出庆幸之色，更对万淑宁投去感激的目光。万淑宁的当机立断，既解了皇上的困，又解了后宫的危，一箭双雕，可谓厉害。

“如此，羽乔替大越谢过皇上。”羽乔一边谢恩，一边看向万淑宁，那一眼，似有无穷无尽的深意。

宴请礼结束后，皇上回了钦安殿，对之前发生的事一字不提，一个人在寝殿里静思，我则和陆音等在殿外。陆音是今年三月调入钦安殿的守殿，聪颖乖巧，与我很是投缘，有时候，我能在她身上看到纪双木初入宫时的影子。钦安殿的殿值江辛已有了年纪，也有意栽培陆音，就将她安排在我身边历练。当夜更深一点，我服侍了皇上睡下，嘱咐陆音好好看顾，自己悄悄地往静禄院去。

现在的静禄院只住了两个被废的嫔妃，一个是先帝的恬妃，一个就是我以前的主子，郑君怡。自从她欺君被废，牵连父兄贬为庶民，纸鸢和小顺子也充为官奴，太皇太后没多久就病逝永寿宫，太后也深居简出，郑之一字于后宫、于朝堂近乎绝迹。时间是记忆最大的敌人，不是因为它善于抛却过去，只因为它要承载太多的未来。时至今日，万淑宁统治下的后宫早已更改了旧颜，郑君怡此刻的落魄就与她曾经的风光一样被宫里大多数的人遗忘，除了我，除了皇上。每隔十天半月，我都会夜探郑君怡，我相信皇上是知道的，却从不说破，从不阻拦。也许，他是欣赏我顾念旧情，又或者，他是认定我的顾念旧情对他的江山统治不会再有任何的影响。然而，皇上对我的宽容并没有换来郑君怡对我的原谅，她至今不肯见我，我站在门外和她说话，她也不应我，但是，只要她不赶我走，我就继续来。

今天宫里唯一值得说的就是羽乔公主进宫的事，我很小心地把所有和万淑宁

有关的场面都略去了，我怕这个名字会刺痛郑君怡的心。说完故事，我静静等了一会儿，等来的依旧是一片寂静。我无奈地一笑，准备要走，郑君怡的声音竟然在这个时候传来，“林西樵，你进来。”

郑君怡肯见我了！我心里一阵激动，赶紧推门进去。一股阴冷的气息扑到我身上，带着淡淡的霉味和飞扬的灰尘。怎么，都没有人打扫吗？我眯着眼，挥散眼前的尘，看见郑君怡坐在墙边的椅子上，穿着一身白，暗淡的目光望着正前方，那里只有一片格子窗。静禄院简陋我是知道的，但是亲眼见到在乎的人身处其中，心中的悲凉还是忍不住迅速地扩散。我走过去，看到桌上的茶碗是空的，不自觉地端起茶壶，却发现茶壶是凉的。

“不用忙了，我不喝茶。”郑君怡平静地说，悲惨的境遇仍然不能消磨她的那份矜贵。

“皇后娘娘……”我本能地喊出声。

“我不是皇后娘娘了，”郑君怡打断我，“万淑宁才是。”

“娘娘……”我不禁瞪大眼睛。

“怎么，很奇怪我为什么会主动提到这个女人。这么久以来，你说了宫中大大小小那么多事给我听，却从来没有一件是跟万淑宁有关的，所有与她有关的细节、称呼，你都小心翼翼地避开了，究竟是你不愿意提她，还是觉得我经不起你提她？要是我今天不见你，你是不是打算让我永远听不到万淑宁这三个字？”

“奴婢以为娘娘不愿意听……”我还是习惯叫她娘娘。

“以前是不愿意，但是从今天开始，我很有兴趣知道万淑宁的一举一动，包括与她有关的所有事情。”郑君怡的眼中忽然又有了生机，那是一种充满欲望的生机。“西樵，我今天见你，不是因为我原谅了你，而是因为我不想再听到任何的废话。你一直都说，愧对我，现在你将功补过的机会已经放在眼前，你不会拒绝吧？”

我的心猛地一沉，竟然有些后悔今晚过来。我心里明白，如果我对郑君怡的态度超过了念旧的尺度，皇上是不会放过我的。但是，如果我拒绝了，这大半年来的关心愧疚，不就立刻变成了虚伪的面具吗？我深吸一口气说，“娘娘对万皇

后的态度忽然有这么大改变，可是有什么缘由?”

郑君怡哼地一笑，“你大可不必在我面前如此卑微，以你现在的地位，要拒绝我不需要任何借口。不过，我没打算要瞒你，我在进宫前曾遇相士批命，说我虽能得荣华富贵，平步后宫，但命中注定有一大劫，若不能过去，就将登高跌重，一无所有，而这个劫，就是一个意外进宫的女子。原来我并不相信这些，但是事到如今，我不得不信，这个劫，就是万淑宁。不过幸好，我当时虽然不信，也请相士替这个带劫之人批了一命，相士说，就算这个女人能将我取而代之，她也会有自己的劫数，这个劫数也同样是一个意外进宫的女人，而且，还是一个远方来客。我相信，万淑宁的这个劫，应该就是羽乔公主。哈哈，既然她的劫数已至，我当然要瞪大眼睛竖起耳朵，看她怎么死!”

羽乔是万淑宁的劫数?这个说法让我不寒而栗，难道宫中的平静又要被扰乱了吗?我没有给郑君怡任何承诺，从静禄院出来，又去了朝阳殿的围城，红锦缎已经收起，但打开的命运序曲却无法中止。

我开始留意羽乔，尤其是注意她在皇上面前的举动，但是一连十几天，都没有发现可疑的地方。她每天都会去一个妃嫔的住处，一起用午膳，逛御花园，每天都会去给太后请安，说一个大越国有趣的传说，每天都会去马场骑马，和蒙泰比试射箭，每天都很充实，很开心，我实在抓不到一点漏洞，也想不出她如何能成为万淑宁的劫数。与她相比，那个蒙泰反而有点不太对劲，进宫以来，始终就是一个表情，冷冰冰，杀气腾腾的，对周围的人和事防范得紧，有几次我还没靠近，他就一把大刀挥过来，人没伤到，心差点跳出来，那副疑神疑鬼一惊一乍的样子，好像宫里没有一个让他放心的人，随时会有刺客跑出来伤害羽乔似的，这样的忠心真有伪装的嫌疑。但讨厌归讨厌，羽乔公主的安全始终是第一位的，如果她在李朝皇宫里出了什么意外，那么付出的代价不会是皇上愿意承担的。

转眼半个月过去，羽乔公主终于要回去大越国了。临走前一晚，皇上在朝阳殿设宴为羽乔送行。宴上，万淑宁兑现承诺，将大越晋献的十名女子分别赐给皇上的四位兄弟和朝中六位重臣的公子，包括德祯王李允、裕清王李澈、懿文王李熙、镇宣王李硕，而那六位重臣分别在兵部、户部、工部就任高职，更巧的是，

这六位重臣均有女眷在不同时期以公主之名远嫁和亲，看来这一次万淑宁的安排是颇费心思了。

然而宴会的高潮并非是指婚，而是羽乔公主献给皇上的胡璇舞。看着羽乔飞旋的身姿，我在心里感慨这让人揪心的半个月终于风平浪静地过去了，一切都还算如人意。但谁也没有想到，就在这个时候，羽乔忽然惊叫一声，摔倒在地，额头碰到地面，发出咚的一声响。刹那间，全场鼓乐即停，皇上和万淑宁面色顿改，立刻围上前去，却被蒙泰拦住。此时羽乔公主已经痛得说不出话来，身体蜷缩，双腿颤抖，似乎痛苦不堪言，很快就陷入昏迷。皇上要召张学明，却被蒙泰阻止，坚持要等大越御医前来，更不准我们任何人接近羽乔。

大越御医赶来替羽乔检查，说羽乔公主是因为旋转过速，扭伤了膝盖，因疼痛导致站立不稳，摔倒时又不慎撞到头部，造成轻微的震荡，才出现昏迷之状，须得静养三月，方能痊愈。

“静养三月？那公主不就不能回大越了？”蒙泰着急地说，“公主离开大越已有数月，若不能按时回国，只怕大越王会多心的。”蒙泰说这句话时看了皇上一眼，利似寒剑。

大越御医中肯地说，“将军，公主的腿伤虽然没有大碍，但她额头的伤却不能小觑，若真的只是皮外伤倒无妨，若是脑中积有淤血，恐怕会有后遗之症，还是静养调息，检查清楚的好。”

“蒙泰将军，既然大越御医也说要让公主静养，那就真不适宜即刻上路了。”万淑宁不紧不慢地说，“这样吧，公主就安心留在宫中休养，大越国王那边，皇上自会修书说明，只要有大越御医的证明，大越王不会误会的。”

“皇后说得对，大越国王那边朕会亲自解释清楚，一切以公主的安危为重，也定当不让将军为难。”

蒙泰看看昏迷的羽乔，咬咬牙说，“好，公主就暂留宫中，至于是否静养三月再回大越，等公主醒来后再作定夺。”

万淑宁松了一口气，立刻吩咐宫婢把羽乔送回百合宫，皇上更命令我今晚守在百合宫，直到羽乔醒来。

我去了百合宫，不顾蒙泰的反对，坚持守在羽乔床边。大约到第二天寅时，羽乔醒来，我对她说明一切，她也同意留在宫中养伤，我才放心离开，临走时，嘱咐柏清好好照顾羽乔，但尽量避免与蒙泰的冲突。这个将军对羽乔的保护几乎到了霸道的地步，让我很不舒服。

离开百合宫，我朝钦安殿去，经过一片竹林时，听到有谁在喊我。“是谁?”我四下寻望，竟然看见关秀月在冲我招手。当年郑君怡的天山雪莲让她重新翩翩起舞，如今她已是司艺院的掌院，不知这个时候有何事找我。

“西樵，我在这里等了你好久，你再不来，我就要回去了。”关秀月似乎很着急的样子。

“出什么事了吗?”

“西樵，我信得过你，才来跟你说这件事，至于你要如何处理，我不会有任何干涉。”

“到底什么事，让你紧张成这样?”我隐隐觉得这件事不小。

“大越的羽乔公主不是在跳舞的时候扭伤了吗？我负责宴会的歌舞，当时就在一旁，依我的观察和经验，羽乔公主的意外必是人为。”

“你说什么?”关秀月的话在我心底炸开了锅。

“我看得出，羽乔公主的舞技了得，做那样的旋转，绝不可能摔倒，若非是踩到了滑脚的东西，就是自己故意了。你没有学过舞蹈，我不能解释到让你完全明白，我只是依照自己的经验在判断，信或者不信，完全在你。”关秀月诚恳地看着我，“我能说的就这么多，天就快亮了，我必须走了。”

望着关秀月匆匆离去的背影，我的心不能平静。如果，如果羽乔是故意的，那就只有两种可能，一是制造李朝与大越的矛盾，二就是，她还不想离开皇宫。不想离开皇宫，那她想干什么？这一平地风波让我想起了郑君怡的话。难道真如郑君怡所说，羽乔会是万淑宁的劫数，那我该做些什么，还是根本不需要做，因为历史从来不因为我而改变。

我无法改变竺静仪为国而嫁的命运，身不由己的一步错踏，将一世断送在蛮夷的荒土；我无法挽回纪双木为主而嫁的决心，心甘情愿的一步错踏，将一生沦

落为她人的棋子；我无法劝慰郑君怡为族而嫁的伤痛，破釜沉舟的一步，成就了母仪天下的黄粱一梦，亦落入了万劫不复的冷宫深渊；我无法打消万淑宁为名而嫁的宏愿，势在必行的一步，谱写了风华绝代的红颜传奇，亦卷入永无休止的权力之争。

时至今日，我又一次眼睁睁地看着一个女人从红锦缎的一端走向另一端。血泪的颜色充满诱惑的陷阱，承载了多少女人的荣宠与梦想，又承载了多少女人的委屈与离殇。但是，不会有人从中吸取教训，反而会有更多的人飞蛾扑火。我能看到红锦缎的尽头，却看不见羽乔脚下要走的那条路的尽头。

第六章　乱中有案指迷津

我回到钦安殿，考虑再三，没有把关秀月所提告诉皇上。宫里是一丝涟漪都能变成大风浪的地方，没有确凿的证据而只凭一句经验之词，就要在李朝和大越间生出嫌隙，这种风险和代价不是关秀月能够承受的，亦不是李朝所能承受的。

因为腿伤，羽乔暂时困足于百合宫，我每日都去探望，向柏清询问羽乔的作息和医诊情况，柏清却说蒙泰实在不易亲近，从不让她在寝宫内驻足。我曾私下向张学明求证羽乔的伤势，张学明却说大越御医的说辞并无不合理之处，而且蒙泰一直拒绝让御医院参与诊治，他实在不好断言什么。我也曾几次三番以皇上所托为名面见羽乔，却无法从尊卑有别的相处中试探出丝毫的不妥。面对风平浪静的后宫，我一度以为自己是受了郑君怡的影响而杞人忧天，毕竟眼下除了关秀月的推测，再没有其它佐证能说明羽乔是刻意留在宫中。但每次自我安慰过后，我很快就又陷入深深的忧虑中，无法摆脱。三个月虽说不长，但草木风云变化通常只在瞬间，谁能疑而不虑，羽乔一日不走，我始终难以安心。

我在这种惴惴不安的情绪中煎熬着过了整整一月，几乎就快要麻痹了，这

时，一个意料之外的人找到了我。

“唐季柔？”我看着眼前粗布麻衣的婢女，头发微微蓬乱，面容略显憔悴，两只努力放亮的眼睛也是闪烁着乞求的目光。我差点认不出来她，记得上次见她，还是医女的妆扮，整洁素雅，如今竟已人事全非了。

“没错，是奴婢，原来林尚义还记得，”唐季柔的眼圈忽然红了，“人都说林尚义念旧，果然不假，想当初你我一同在司礼院领受尹司礼的教诲，平起平坐，如今你已贵为御前尚义、众婢之首，我却沦为最卑贱的浣衣房婢女，天上地下，悬殊之别何止天壤。我还以为，林尚义会不记得我呢。”

“记不记得真那么重要吗？”我平静地说，“说正事吧，为什么找我？”

“真是士别三日，当刮目相待，好，我也不废话了，浣衣房我不想呆了，我要重回御医院，还请林尚义替我安排。”

“你要我帮你重返御医院？”我瞪大眼睛，就像在告诉她这是个多么荒谬的要求。

唐季柔反倒很认真地点点头，“作为报答，我可以告诉你一个惊天大秘密。”

我回敬她说，“你的秘密，我未必感兴趣。”

唐季柔走近我，嘴巴凑着我的耳朵说，“如果这个秘密跟大越国的羽乔公主有关呢？”

跟羽乔有关！我不自觉地后退半步，疑惑地看着唐季柔得意的笑。“如果真有这样的秘密，你又是怎么知道的，而且既然是秘密，就不能在事先验证真假，我凭什么相信你的话？”

唐季柔满不在乎地说，“你可以不信，我也可以不求你，这宫里这么多人，愿意相信这个秘密的不在少数，能够帮我回御医院的也不在少数，我是念着我们以往的交情，先想到和你来说这件事，你不感兴趣的话，我再找别人就是了，比如说，皇后娘娘。”唐季柔说完，别有深意地朝我一眨眼，转身要走。

“等一等，”我叫住她，盘算片刻，抬头问她，“为什么是御医院，而不是别的去处？”

“林尚义的问题还真特别啊，”唐季柔几乎不作思索就回答我，“我不想吃苦，

但更不想给自己惹麻烦，何况若要有所表现博取晋升的机会，当然是要选自己擅长的，再说，御医院现在有张掌院执掌，”唐季柔说到这里刻意停顿了一下，看了我一眼，“我见过林尚义单独与张掌院会面，看得出来你们交情匪浅，如果有林尚义替我美言，我在御医院的日子一定不会难过。”

“你见到的不过冰山一角罢了，”我知道这种事被看见是难免的，与其遮掩否认，不如顺势承当，“宫中各房各院各司各局的执掌都与我有交情，但我从来也不为难他们做假公济私的事情，这也是交情能够长久的原因。至于张掌院，哼，羽乔公主的秘密的确值得我开口，但调用医女这样的大事，并非他一人就能决定，也非我所言能够左右。”

“林尚义就别替他人谦虚了，我又不是没在御医院呆过，调用医女需要牵动哪些人，我是知道的，这件事只要没人跳出来阻拦，成功的机会还是很大的，”唐季柔的目光突然变得怪异，那种不怀好意的贼窃的笑似乎是要诉说一个见不得人的丑闻，“我是怎么从御医院到浣衣房的，林尚义很清楚，现在的后宫早已不是当初的后宫，我的去留又能影响到谁?”唐季柔后退两步，怪异的笑脸渐渐没有了表情，“总之一句话，奴婢回御医院之日，就是将羽乔公主的秘密向林尚义公开之时。”唐季柔说完，干脆地转身离开。

望着唐季柔的背影，我替自己庆幸，帮她回御医院不是难事，而要得到羽乔公主的秘密却着实不易，这次是我捡了便宜，但愿她不是在欺骗我。我本想立刻去御医院请张学明帮忙，但仔细一想，我与张学明的交情始终都模糊不清，除去假太子事件上实打实的相互合作，我与他几次轨迹的交叠都充满着神秘和宿命的感觉，如同雾里看花虚实难分，更似镜中水月似有若无，在还没有弄清我与他最真实的关系的情况下，也许不应该把他作为我求助的第一个选择。相反，也许另一个人可以更直接地解决我的难题，虽然有一点冒险，但是值得一试。

打定主意后，我赶回钦安殿，陆音说小潘子正陪着皇上在钦安御池喂鱼。我赶过去，老远就听到小潘子的戏逗声，心想时机正合适，就大胆地走过去。“奴婢见过皇上，皇上，奴婢有话想说。”皇上似乎没有听见我的话，很随意地回头看了看我，继续将一把鱼食撒入池中。我沉了沉气，提高声音说，“皇上，奴婢

有事禀告。”

“说。”皇上的心情一点没受影响，又撒下一把鱼食。

我张了张嘴，猛地看见小潘子冲我摇头使眼色，干脆心一横说，“皇上先喂鱼吧，奴婢告退了。”

“等一等。”皇上叫住了我，如我所期。我听到他拍了拍手，走到我身边，好奇地盯住我看，“西樵好像有心事啊，说吧，朕听着。”

我抬起头，专注地看着皇上说，“皇上还记得前皇后的罪状里，关于云妃误食蒜蓉的那一桩吗？”

皇上眉头一皱，“朕记得，怎么了，是又有同样的事情发生了吗？”

我摇摇头说，“当时太后追究云妃恶疾不报，有一名御医院的医女无辜受到牵连，成为替罪之人被贬入浣衣房，此事皇上是否还有印象？”

皇上沉吟片刻说，“你是为了那名医女才跟朕旧事重提的？”

“奴婢不敢隐瞒，确实如此，”我见皇上已经猜透我的心思，忐忑之心反而平息不少，“那名医女被调入御医院之前只是一个普通的宫婢，与奴婢一同在司礼院受训，也算姐妹一场，自贬入浣衣房就再没相见。如今时过境迁，她特意来求奴婢帮她说情，希望能调回御医院做医女，完成她父亲的心愿。”

皇上又露疑惑之色，“父亲的心愿？她的父亲是什么要紧的人物吗？”

“回皇上，这名医女的父亲是已故的京城名医唐正宵。”

“原来是他，”皇上感慨地说，“朕听翁仲恺说起过唐正宵的事，原来他女儿也到了宫中。”

“皇上，因为云妃的事，唐季柔已承受不少委屈，奴婢以为她的要求并不过分，请皇上恩准。”

“既然是被无辜牵连，又曾经在御医院当值过，再调回原任，也符合理法，西樵，你去找张学明，就说此事朕已同意，让他按律提请尚宫局就是了。”

“是，奴婢代唐季柔谢过皇上。”我心中暗自欣慰，羽乔公主的秘密就要为我所知了。

我找到张学明，告知他皇上的意思，他听完后默不作声，许久才问我，“皇

上从不主动过问御医院和尚宫局的事，这个唐季柔是通过什么渠道让皇上亲自过问她的前程呢?”

“张掌院是要了解清楚所有的事才愿意遵照皇上的意思办理吗?”

“那倒不是，只是调用医女需要提请尚宫局，尚宫局由皇后监管，我是怕事情传到皇后的耳朵里，万一责问下来，我该说哪些不该说哪些，还是事先考虑周全的好。”

我承认他的顾虑有理，于是坦白地说，“唐季柔来求我，我只是尽力而为罢了，皇上能恩准此事，连我也觉得走运呢。”

“哦，原来如此，看来林尚义虽然地位与之前大不相同，乐于助人的心还是没有变哪。”张学明凝视我的眼睛，好像要捕捉住我所有的目光，我敢确定他的心中一定藏着怀疑，只是不说破罢了。“请林尚义回去告诉皇上，我一切遵照圣意办理。”

“如此就有劳了。”我诚心致谢，同时对张学明与我之间可能存在的某种联系更加有了窥探的欲望。

不出五日，唐季柔就被调回御医院，她倒是很守信用，而且胆子够大，调职当晚就来钦安殿找我。我没敢让她进殿，佯装和她一起去御医院，在路上僻静无人之处就忍不住说，“你胆子也太大了，敢找到钦安殿来。”

“只要林尚义愿意装病，我以后还会有大把的机会走进钦安殿。”唐季柔倒是一副坦荡荡的样子，“怎样都好，林尚义在短短五天之内就让我恢复了医女的职务，感激之余，我不禁要说一声佩服，没有想到，这一天居然来得这么快，看来林尚义是等不及想要知道羽乔公主的秘密了。”

我猛地站住脚，转身对她说，“唐医女的承诺，不会反悔的吧?”

“当然不会，”唐季柔左右看看，确定周围无人后说，“我听说羽乔公主受伤后，根本不让御医院的人参与诊治，无论是外用药还是内服药，都由大越御医负责打理，司药房对此一无所知，在我看来，这么做的目的只有两个，一是大越的药方神奇，不能随便透露，二是大越对羽乔公主的伤病有所隐瞒，不想被我们发现破绽，对于我来说，前者可以让我精进医术，后者可以帮我翻身重来，以我当

时的处境，更希望是后者。”

“翻身重来，你已经做到了，难道你在暗示，大越对羽乔公主的伤病有所隐瞒，这就是你所说的秘密?”

“没错。”唐季柔有些得意，“大越国以为封锁住御医院和御药房的消息源就可以瞒天过海，但他们偏偏忽略了最没有地位的浣衣房。无论是喝药，还是敷药，身上都会留下气味，气味附着在衣服上，久而久之很容易就能闻出来，何况我还是学医的，药的味道就算别人闻不出来，却骗不了我。羽乔公主入宫后，她所有的衣服都是我负责清洗，只要闻一闻，很多事情就藏不住了。”

“衣服每天都洗，药味不能积累，恐怕没那么容易闻出来吧?”我先要确认她是不是在编故事才能继续深究下去。

“谁说每天都洗?”唐季柔忽然轻蔑地一笑，“现在已经入秋，天凉水冷，只要没有明显的污渍，谁会天天替她们洗衣服，谁又能看得出来这衣服究竟洗没洗过? 只要重新熏一熏，熨一熨，她们就当是洗过的穿，大家省力。”唐季柔看着我微愕的样子，啧啧着说，“没想到吧林尚义，就连浣衣房这样的地方也要花心思才行的。”

“那你到底发现了什么?”

“我就是什么都没有发现，才觉得这件事有猫腻，就算是喝进去的药没有味道从体内散发出来，外伤的药呢，为什么羽乔公主的裤子上没有一点药膏的味道，这很不正常。”

“药膏的味道?”我想起了什么，“我闻到过药膏的味道，在百合宫的寝宫，我确实闻到过的。”

“你别忘了，羽乔公主的额头也碰伤了，这是在场的所有人都亲眼看见的，没有任何作假的必要，药膏的气味极有可能是来自她额头的伤口。”

“对对对，她的额头上的确包着纱布。”我开始接受唐季柔的分析，心中暗赞她不愧是出自医学世家。

“那就对了，既然你能隔着纱布闻到药膏的味道，没有理由我在裤子上闻不到啊，何况是一直没有洗的贴身衣裤，这绝对不正常。我的判断是，除了额头上

的伤，羽乔公主根本就是安然无恙。”

“有没有可能，大越御医用的是无色无味的药？”我必须考虑所有的可能性，才能做出进一步的判断。

“不可能，”唐季柔肯定地摇摇头，“害人才会用无色无味的药，意在不被发觉，救人，怎么能如此冒险。何况宫中用药，更是谨慎，为求开药、抓药、煎药、服药、用药不出差错，为免施药害人无迹可查，除非万不得已，宫中切忌使用无色无味无辨别特征的药物，如果大越御医使用此类药物，那同样是别有用心。”

我点点头，唐季柔的话证实了我一直以来的怀疑，这也让我对她更加好奇。“其实就凭你的这番见识，大可以直接找皇后娘娘甚至皇上陈情，也许得到的封赏会更多，你为什么偏偏要选我呢？”

“在皇上和皇后的面前，谁还有讨价还价的资格，如果他们一定要我说出秘密却不肯恢复我医女的身份，我岂不是吃了大亏？何况，皇上和皇后未必想要知道这样的秘密，弄不好，我得到的不是赏赐而是惩罚，那就更不值得了。就像现在这样，你知道了秘密，却一脸沉重，看来你也很清楚这个秘密是把双刃剑，不知道哪一面会刺中敌人，哪一面会伤到自己。”唐季柔看看天色，“你出来好一会儿了，该回去了，我能说的只有这么多，至于这秘密背后的秘密，是否要挖掘，是否要上禀，一切就由林尚义决定了。”唐季柔说完，迅速消失在僻静小路的尽处。

一切由我决定，又是由我决定，关秀月这么说，唐季柔也这么说，看来最蠢的那个是我，自己走进了两难的境地。去告诉皇上吗？不行，口说无凭，而且就算皇上相信了羽乔公主是故意长留宫中又能如何？她可以喜欢李朝的文化，可以喜欢李朝的人，如果不能查明她留下的目的对李朝有害，那么说出她假受伤的真相只能是百害而无一利。

我回到钦安殿，强打精神服侍皇上安寝，皇上问起唐季柔找我的事，我敷衍说她来感谢自己，并希望自己以后多关照她。皇上信了我的话，还说以后这样的事恐怕会越来越多。等他睡下后，我跑到花园吹了好久的夜风，却仍旧不能静下心来，以前无论做多么为难的事，因为有了主子在背后撑着，心里还能静下来，

现在事虽不大，却全要我一个人拿主意，实在折磨人。我以前总是抱怨自己被人安排了命运，现在又突然发现，做主的那个一点也不幸福。

我被吹得开始头疼，又不想睡，挣扎了许久，还是决定去静禄院走一趟。

我说不清为何会把这个秘密告诉郑君怡，关秀月跟我说羽乔假受伤的时候，我是有心隐瞒的，不想郑君怡再趁势说什么劫数的话，更不想被她追问是否愿意传递万淑宁的消息。但是这一次，我对郑君怡的劫数之说竟然有些信了，更因为我实在无法一个人承受这个决定的分量，所以我主动找到她，把一切都告诉了她。

郑君怡听完整个故事，幸灾乐祸的笑委婉地在脸上显露出来，“我就说过，万淑宁的劫数到了，这个羽乔公主就是她命中的克星。”

我从郑君怡的话音中听出报复的快感，可我心里却藏着更大的不安，羽乔公主会不会不仅是万淑宁的劫数，更是李朝的劫数呢？我被自己的想法吓了一跳，赶紧让自己平静下来，诚恳地说，“娘娘，对于劫数，奴婢无能为力，奴婢是想请教娘娘，此事是否应该向上呈报，比如说，告诉皇上？”

“当然不应该，”郑君怡不假思索就否决了我的想法，甚至反诘我说，“无凭无据，你要怎么跟皇上说，说完后，你要皇上怎么做？你怎么就能肯定羽乔假受伤不是皇上暗中授意的，你怎么就能肯定大越皇室跟我们一样禁用无色无味的药物，或者更大胆一点，关秀月和唐季柔会不会被万淑宁收买了来引诱你戳穿这件事？这么多值得怀疑的地方摆在眼前，你还需要我帮你做决定吗？”

我被郑君怡说得哑口无言，惭愧地低下头去。

“西樵，御前尚义是一个很特殊的角色，特殊到你要用心去经营，通透但不能点破，忠心但不能盲从，多听多看却不能多说多动，我奉劝你，不要掺和到自己看不通看不明的事情里，更不要企图去改变什么，既然已经坐到了这个位置，保全自己才是最重要的。”我微微一愣，没想到郑君怡会说这样的话，可很快，她的下一句话让我浑身一颤，“只有保全了你，才能保全我的眼睛和耳朵。”

我的心被猛地扎了一下。郑君怡终究不死心，这座冷宫困住了她，她便想让我成为她的触角，将恶意伸向后宫。我自知亏欠于她，可我实在不想继续这种一仆二主的游戏，何况对于万淑宁，郑君怡早已不是旁观的心态，我的口舌之便难

保不成为今后的罪源。想到此，我深吸一口气说，“既然娘娘要奴婢以保全自己为先，奴婢就暂且静观其变，请恕奴婢不能为娘娘犯险。”

郑君怡双目一抬，凌厉的眼神似乎在斥责我的无情，但没有说一句话。

“请恕奴婢无能为力。”我狠心说出这句话，蹲了蹲身，准备离开。

“站住，”郑君怡叫住我，站起身来说，“别急着走嘛，这件事你无能为力，那别的事，你可愿意为我做？”郑君怡走到床边从枕头底下拿出一只胭脂盒朝我递过来，“放心接着，此事不与万淑宁相干，也不需你犯险，只是要辛苦你走一趟旧件库房罢了。”

“旧件库房？”我接过胭脂盒，手指摩挲着盒盖上的雕花，疑团骤起。

“进宫之前，长安王世子曾赠予我一盒脂膏，望我能用它点缀容颜。脂膏是用则难留之物，既是长安世子所赠，我怎舍耗尽，于是珍藏宫中从未使用，但又不想世子失望，就令人调配了你手中这盒同样颜色的脂膏代为使用。”我听她这么说，轻轻打开胭脂盒，微微泛橘色的脂膏露出剥皮红橙的诱人颜色。“后来我被废，旧日所用被收入库房，我至今没能将世子所赠的脂膏取回，不知西樵是否能够代劳，将脂膏偷龙转凤？”

“走一趟库房倒不难，只是旧件库房堆积的脂膏何止千百，奴婢未必能找对娘娘说的那一盒。”

郑君怡托着我的手背抬高我的手，让脂膏靠近我的眼，笃定地说，“据我所知，这种颜色的脂膏在宫中仅此两盒，不会找错的。”郑君怡说着在我手心里把胭脂盒盖上，扳着我的手指将它捂好，“万淑宁的事既然你不愿意，那就就此作罢吧，只是大越使团入宫，事关国运，皇上身在其中，有些人和事，你就是知道也不便上谏，有的时候，是应该找个更合适的聆听对象，也好有人帮你指点一二，以佑天下。”

“若为天下，奴婢定当相助，万望娘娘心中真有天下。”说完，我不看郑君怡回馈我的眼神，把胭脂盒收好告退离开。退出寝殿转身关门的瞬间，我看见了郑君怡脸上惬意的诡笑。

第二日，我奉命探望羽乔公主，从百合宫出来后就顺道去了旧件库房，一个

足以媲美藏宝库的地方，那里堆积着历代被罢黜的嫔妃遗留的随身物件，头上戴的珠钗、眉上描的青黛、腕上挂的镯环、身上穿的绫罗，无一不是要价不菲的珍宝，只因主子失势沾了晦气，就被搁置在冰冷的宫阁中，真是可惜了。我借口检查库房的防盗漏洞进入库内，将宫婢支开，仔细寻找郑君怡的胭脂盒。我伺候郑君怡四年，她的用物我一望便知，最爱的白玉海棠、最常戴的菊瓣扣颈链、最炫目的翠羽五彩披纱，就是没有看见那盒在昨夜之前连我都没见过脂膏。郑君怡的物件应该都摆放在同一处才是，怎么会不见了呢？我心中有疑，越发仔细地翻查，忽然听见脚下啪啦一声，感觉像是踢中了什么东西。我蹲下身，伏低身体朝柜子底望去，不禁瞪大眼睛。方才被我踢中的是一片胭脂盒盖，弓起的盖顶贴着地面，微微轻晃，而边上正是我要找的脂膏，透过稀薄的灰尘，依稀可见那柔媚的橘红色泽。然而此刻，真正吸引我的并不是这脂膏，而是胭脂盒旁一只丑陋的死老鼠。本来旧物堆积的库房出现死老鼠也不奇怪，但令人难以释怀的是，若我没有看错，那死老鼠的嘴边分明有一抹柔媚的橘红。

我把胭脂盒拾起藏入袖中，犹豫徘徊片刻，从内衬裙上扯下一段绸，不顾脏臭将死老鼠包裹起来，生生揣入怀中，然后双臂弯起两手聚于腰间将拱起的衣衫遮掩，匆忙离开库房。我抄僻静小路去了木园，将死老鼠埋在围墙外的墙根处，只带着胭脂盒回了钦安殿。

陆音告诉我皇上突然兴起去了围场狩猎，我自知幸运，回到寝殿后就用头簪挑了一点脂膏抹在手绢上，把胭脂盒锁入梳妆小柜，带着手绢又去了御医院。一路上，我在张学明和唐季柔两个选择中犹豫不定，张学明多次相助于我，若我再有请求，应该不会拒绝，但此人对我的态度捉摸不清，且前几次帮我也是因为有皇上牵扯其中的缘故，这次情况特殊，不知托于他是否妥当，唐季柔自然是不可靠的，但她此刻正求在宫中有个依托，牵制她比牵制张学明要容易些，她若不帮我，便无事可忧，若帮了我，便是一根绳上的蚂蚱，更有一层，若是先求了唐季柔，万一出了纰漏，还可以再求张学明补漏，若直接求了张学明，一旦坏事，再难补救。想到此，我定了主意，借口身体不适点名要唐季柔来诊治。

唐季柔从后堂出来，见到是我，神色微微一变，似乎已有所感应。她替我把

脉，眉尖存疑，眼角含怯，随便说些忧心操劳以致气血不畅的话，开了药方，亲自送我出御医院。她陪着我走了一小段路，终于忍不住说，“林尚义明明身体安好，为何谎称不适，还要点名我来诊治？羽乔公主的事，我已尽数相告，你我各取所需，不该再有来往才是。”

“你我都在宫中，我是宫婢，你是医女，单是这样的关系，就不可能无来无往，那样岂非更不正常。”

“林尚义说的是道理，我现在说的是情理，林尚义这样刻意的安排绝非你我原本所愿，除非，有什么特殊的原因。”唐季柔站住脚，认真地看着我，疑惑和怯弱混在眼眸中。

我从怀中掏出手绢，在她眼前摊开，露出那一抹脂膏，“我想知道，这里面是否有些不该有的东西。”

唐季柔看了一眼，轻轻一闻说，“这是上好的脂膏，林尚义从哪个宫中得来的？”

我瞬间握拳收起手绢，“这个你不需要知道，知道了，对你有害无益。”

唐季柔笑了一下，“我已经进了御医院，也不需要林尚义再给什么恩惠了。”

我知道她会来这么一下，淡定漠然地说，“御医院的大门，可以进，也可以出。”

唐季柔有些得意了，“奴婢不才，这几日给诸位娘娘们请平安脉，得了不少赏赐，以后少不得要被点名了。”

“点名又如何，未必见得是非你不可，皇上只有一个，医女，哪里不好找？何况你虽进了御医院，也只是一个最普通的医女，这就是你所谓的父亲的心愿吗？”

唐季柔的脸色渐渐变了，低头踌躇了很久，猛地抬头说，“我若帮你，你还能给我什么？”

“当初你被牵连，是替谁顶了包，心中应该有数，虽是前皇后定了你的罪，但若沈碧珠肯站出来承担，也轮不到你去浣衣房，张掌院跟我提过，论医术，沈碧珠远不及你，若你能查出这脂膏的秘密，便是莫大的功劳，就凭这一点，我愿

意谏说沈碧珠退位让贤。”

唐季柔的双眼露出殷切之光，“你是说，医女官的职位？”

我知道她动心了，轻巧地微微一笑，“医女的地位特殊，虽受尚宫局管束，却有不同的职位等级，一旦成为医女官，就相当于司职，除了受命于御医院掌院外，就只领受尚宫局最高尚宫的教诲，这是一般宫婢要苦熬多少年才能得到的荣耀，你不会真的不屑一顾吧？”

“你真有这个把握？”唐季柔如同抓住了救命稻草般看着我。

“把握不敢说，可只要有十分之一的机会，就值得一试，何况验药对你来说，根本就不费吹灰之力，纵然无所得，亦不会有所损失，何况我若欠下你的这个人情，纵然此事不成，他日有所相求，我亦会相帮。唐季柔，没人可保证在宫中一世无忧，你要知道拿捏这其中的分寸才是啊。”

唐季柔看着我，又看看我手中的绢帕，深吸一口气说，“好，我帮林尚义便是。”

我把手绢交给她，约定三日后再来复诊。回到钦安殿，陆音说皇上在偏殿等我，让我赶紧去。我知道今日耽搁了太多时间，一定要有个说法才行。我看看手里拎着的药，不禁深感庆幸。

“奴婢参见皇上。”我蹲身行礼，拎着的药包轻轻晃动，依稀能听见簌簌声响。

“怎么去了那么久，百合宫有什么不妥吗？”皇上只把书册微微挪开一点，看了我一眼，然后继续翻阅书册，似乎也没有注意到我的药。

“回皇上，百合宫并无不妥，是奴婢自己的事耽搁了时辰，请皇上责罚。”

“朕若责罚一个病人，便是没了体恤之德，”皇上放下书，他终究是在意了，“御医怎么说，可是天气变凉冻着了？”

“倒不是冻着，是奴婢自己不注意，劳损略过，伤了身体，吃药调理一下便可，不敢劳皇上挂心。”

“天寒地冻的在外面跑，哪有不病的道理，”皇上这话似在暗指我去静禄院的事，幸而他没有继续追究，反把话题转向百合宫，“羽乔公主的伤势如何，三个

月可否痊愈?”

我如实回答说，“公主还是不让我们的御医诊治，而大越御医则始终坚持说公主再过两月余就可启程返回大越。”

皇上闻言沉吟片刻，长吁一口气说，“但愿如此吧，大越的公主长留我李朝皇宫内，总归是个隐患，光是不慎跌伤，就已让朕难向大越王交待，若再有闪失，于两国邦交恐怕不利。不知为什么，朕总觉得这次大越来访动机不纯，百合宫越平静无事，朕就越难安心，总觉得一场暴风雨即将来临。西樵，你要多留心，只要和大越使团有关，哪怕是看似无关的细微之处，都要谨慎对待。”

“是。”我答应下来，这亦是我发自内心的意愿。

走出正殿，我努力去剖析这几天发生的一切，种种揣测在心中编织成网。关秀月和唐季柔的发现已足以证明大越使团是有意长留宫中，皇上的担忧亦与此相互印证，大越和李朝的关系已是微妙，怕再也经不起一点风吹草动，而百合宫里的人与事，依旧扑朔迷离，危机暗藏，似乎越来越复杂了。

第七章　胭脂落蛊一点红

大越国的事并未让我忘记与唐季柔的约定，我如期复诊，却不见唐季柔在御医院等我。我略等了片刻，仍不见她回来，心中感觉不妙，匆忙离开，谁知刚到御医院门口，就撞上了张学明。不，不是撞上，他温和亲切的笑容里藏着审视和警告，他分明就是在等我。

“张掌院好。”我知道避不开，当作往常一样向他问安。

张学明斯文地一点头，“林尚义好。唐医女去给云妃请脉了，林尚义若有不适，学明愿意分忧。”

“唐医女不在，西樵改日再来便是。”我说完就想离开。

“林尚义苦等了三日，可是为了这个？”张学明抬起手，手中竟然是我给唐季柔的手绢。

“这手绢……”我有些急了，伸手去抓，被他闪开了。

“林尚义有求于御医院，为何不直接来找我呢？唐季柔不是安分的人，你不该不知。”张学明的口吻冷硬，明显是在教训我。

“张掌院要在这里跟西樵说话吗？”我警惕地看看四周，提醒他注意。

“跟我来吧。”张学明带着我走上一条僻静的小路，我知道这条路通往木园，静静地跟着，没想到竟一直走到了三日前我埋下死老鼠的墙边。张学明踩着掩埋老鼠尸体的黄沙土，转过身对我说，“这里没有旁人，你可以回答我的问题了吗？”

我的目光脱离开他脚下的黄沙土，抬头说，“唐季柔是不安分，但对于张掌院你，西樵一样是知之甚少。”

“你我彼此相助多次，仍不能去掉那些疑心吗？”

“正因为相助多次，西樵才更加谨慎，唐季柔有求于我，张掌院却独立于后宫之外，西樵能牵制唐季柔，却不能把握张掌院分毫，更何况，前几次你出手，帮的是皇上，这一次西樵只想找人帮助自己。”

“若你想查的事情真与这绢帕中物相关，那最终帮到的还会是皇上。”张学明一语道破事实，让我无法辩驳，“唐季柔纵有心思却不慎重，否则也不会让我发觉异端，随便吓唬两句就坦白了，”他把手绢递给我，面带忧容地说，“这橘红的脂膏看起来柔媚滑润，却是最毒的毒药，这种毒药只对成年的男子有用，药性奇特，内服外用都会渗透肌理，中毒的人早期不会察觉，渐渐地，就会出现疲倦、头晕、精神不济等症状，脉象亦是如此，所以用药调理并不能解毒，若再继续沾染，毒素积累到一定程度，就会使毒性突然加剧，中毒者会晕厥、口齿不利、眼盲、甚至瘫痪。”

“这么严重？”我一下觉得惶恐，不止因为这毒药的药性可怕，更因为我知道这是李昊送给郑君怡带进宫的赠礼。“这脂膏哪里能搞到？”

张学明摇摇头说，“脂膏是普通的脂膏，因为加了毒药，所以越发明亮香醇。

至于这毒药，是用罕见的毒虫血混合调制而成，我至今只能验出十种，其中有一种叫蛊蝎，其血香甜却有剧毒，这脂膏气味独特，馥郁浓香，世上无二，但谁人能想到竟然是毒虫之血的功劳。这样的毒，绝非我李朝疆域内所产，定当是来自西域。”

“来自西域?”我立刻联想到大越国，难不成李昊送脂膏给郑君怡，还和大越国有关?

“西樵，这脂膏你是从何处得到的?”张学明如此问我，让我惊惶语塞，正想措辞辩驳，他竟宽容地说，“不管你是从何处得来，不要为了它妄送了自己的前程平安。”

他对我放纵，我反起了疑窦，“若是寻常毒药，你信我，不追究我，我自当心存感激，可此毒来自西域，若有人中毒，死生恐关乎国运，张掌院竟然也能知情不问，这与你帮我的初衷似乎有悖。”

“你当真不明白吗?”张学明似乎有些失望，失望中流露出一股幽远的怀念，“我要帮的从来也不是皇上，我只是想帮你而已。木佳子死的时候，你就该明白我是站在哪一边的。”张学明说完，再不给我多一句的解释，沿着来时的路离开。我慢慢低下头，将手绢在掌心摊开，那抹残留的橘红刺痛了我的眼。

我好不容易等到天黑了，偷偷地带着胭脂盒又去了静禄院。我把脂膏有毒的事情毫不保留地告诉郑君怡，看着她惊愕后怕满是惧忧的双眼，我心里相信她对此事全不知情。她用微微颤抖的手捏住茶碗，捧在掌心似要取暖，身体却抖得更加厉害。我觉得有些不对，伸手触摸她的额头，好烫。

我紧张地说，“娘娘烧了多久，怎么不叫御医?”

“御医会来这里吗?”郑君怡轻轻的一句就让我无言以对。她的目光落在胭脂盒上，怆然一笑，“想不到他有那样的胆子，敢利用我谋害皇上，可惜，白费心机了，就算我真地把这毒脂膏涂在了嘴上，皇上也不会给我亲近的机会，一切都是徒劳罢了。”

“娘娘换了同样颜色的脂膏让世子宽心，可皇上至今安然无恙，由此世子便会以为娘娘与皇上并未多有亲近，或许世子对皇上的恨意就此消减了也未可知。”

我安慰着她，却连自己都感到这种安慰无力得很。

“无限风光的背后，全是千疮百孔，百般掩盖，还是都让他知道了。”郑君怡咳了两声，竟然咳得流出了眼泪。

“娘娘，请恕奴婢妄加猜测，这毒药来自西域，大越国也在西域，两者之间会不会……”

“你怎么会有这样的想法?”郑君怡一下警觉起来，“世子赠送脂膏是十年前的事了，大越国重新崛起足以与李朝抗衡也不过是近两年的事，你怎么会把这两件事想到一处？还是，又出了什么我不知道的事，让你有这样的想法?”郑君怡虽然心计不如万淑宁深，却有着极为敏锐的触感，一下子就说中了要害。

“奴婢已经基本能肯定大越使团要借羽乔公主的伤长留宫中，至于是否有不良企图，是否与人勾结，都不得而知。”

“你怀疑世子?”郑君怡领会了我的意思，“照你的说法，如果脂膏之毒只能证明世子与西域有所来往，那么使团之事，就足以令人联想到世子与大越勾结，意图不轨，是吗?”

“这是最坏的局面，”我看着郑君怡，怜惜心痛地说，“可奴婢相信，真相不会如此。”

郑君怡猛地抓住我的手腕，如同冰冷的铁钳将我制住，“我求你，在没有更多的线索出现之前，不要将此事告诉任何人，千万不要。”

我看着她渴求甚至哀求的目光，心里明白她也与我有着同样的怀疑，所以她要求我，不要让更多的人产生这样的怀疑。“奴婢答应娘娘，暂且将此事保密，若有一日非说不可了，也一定预先知会娘娘。”

郑君怡渐渐放开手，因为我的承诺，也因为她实在没有力气了。我把她扶上床，环视屋内，真真觉得这里简陋得不成样子，于是留下皇上赐的鹅绒披风，好让她御寒。

出了静禄院，我被冷风吹得顿时缩成一团，但一想到郑君怡的病，我不再缩手缩脚，在风中忍着走了好久，回钦安殿后也不用热水泡澡，坐在床边吹了一夜的风，等到晨曦露曙，我已是头痛体乏，风寒之症毕露。我去御医院问诊开药，

告病休养在尚宫府，夜里偷偷煎了药，装在药罐里送去给郑君怡。如此接连三日，郑君怡的病渐好，我的病愈加重了，幸好御医院也查不出端倪来，只能多配几副药给我，过了三四天也痊愈了。

回到钦安殿当差的第一晚，皇上就翻了庄環的牌子，如今她已晋了妃位半年有余，越发娇纵得意，只在万淑宁面前还收敛几分。万淑宁做了七年的郡主，一朝登高成为皇后，庄環再没分寸也知道惹不起，再加上万淑宁看重名位，只要妃嫔尊重她，侍寝的事她从来不计较长短，庄環为得圣宠，装也要装出懂事的样子来，偏因为如此，皇上更愿意往南和宫去了。

更深露重，我和小潘子安顿好皇上，退出寝殿在侧房打盹，睁开眼已是天明。我如往常一般伺候皇上更衣，庄環则忙着打扮自己，要是其她妃嫔，早就亲自服侍皇上了，偏偏她受着宠爱，皇上又说过喜欢看她梳妆，她便养成了这个习惯。

我替皇上戴冠，皇上则望着庄環说，“你今日的发髻梳得不好，多了几分华贵却少了雅致，不适合你。”

“皇上不知道，臣妾宫里的楚翘最会梳头，可惜昨日弄伤了手，不能给臣妾梳头了。”

“原来是这样，西樵，你的手艺不错，要不要露一手给怡妃看看？”皇上笑着看我，虽然是问，却无异于令。

“奴婢不敢当，楚翘的手艺在宫婢里拔得头筹，奴婢可不敢相较。其实怡妃娘娘今日的发髻也算婉约，只是钗环佩饰搭配得不好，才失了原有的情致。”

“是吗？来人，快把本宫的首饰盒拿来，让林尚义替本宫挑选。”庄環把头上的凤钗都拔了下来，等着我重新打扮她。我得了皇上的许可，走到梳妆台旁，从首饰盒里挑出一支桂瑶点翠的垂链坠珠钗，斜侧着插入怡妃的发髻，顿时减去端重之感，多添飘逸之姿。庄環立刻喜上眉梢，夸赞我说，“不愧是承御出身，比楚翘更有奇巧之心。”

“娘娘谬赞了，娘娘不嫌奴婢笨手笨脚，就是奴婢的福气了。”我说着又挑了一根络梅的额饰替怡妃戴上。就在这时，我闻到一股奇特的香味，馥郁浓醇，又

很熟悉。这味道不是……我心中骤然不安，努力控制着不让双手颤抖，目光却仓促地在梳妆台上寻望，一只精巧的胭脂盒落入眼中。莫不是……我刚冒出一个大胆的想法，庄環就拿起那只胭脂盒，打开盖子。橘红的脂膏映入眼帘，柔媚明艳的色泽如此熟悉，馥郁醇香没有了遮拦，更是一阵一阵猛扑进鼻子里，我使劲一嗅，真的就是那个味道。怎么会这样？这个味道不是蛊蝎独有的吗，怎么会在庄環的脂膏里闻到，甚至连脂膏的颜色都一模一样？胭脂盒已经归还郑君怡，不可能流出静禄院，庄環的这盒脂膏又是从何而来？我满腹疑惑，看着庄環用指腹将脂膏一点一点拍打在唇上，心里猛地一个哆嗦，庄環进宫四年，承宠最盛，若她长年用这脂膏美颜侍君，那皇上岂不是中毒甚深……我偷偷瞄向皇上，他正悠然欣赏庄環的媚态，似乎还沉溺在昨夜的温柔中，无畏以至荒谬。

这时，守在宫外的内侍来报时辰，皇上起身说，“西樵，朕先上朝了，你在怡妃这里用早膳吧。”

“是。”皇上的吩咐正对我的打算，这脂膏虽说颜色气味都与郑君怡的脂膏惊人得相似，但总要验清楚了才好做下一步打算，皇上让我留下陪早膳，正好给了我机会。我先恭送了皇上离开，然后传膳、摆膳、陪膳，最后在帮着宫婢收拾碗筷时，趁人不备，用手绢抹了庄環留在碗口的脂膏印。

我回到钦安殿，陆音远远地看见我就迎上来说，“林尚义，奴婢把东西都备齐了，尚义打算什么时候动身？”

“东西？动身？”我一时不明白她的话。

陆音微微一侧头，“林尚义怎么忘了，皇上许你每月二十出宫探望纪夫人一次，上次从王府回来，林尚义就说纪夫人爱吃宫里的枣泥牛乳糕和桂花酥糖，特意嘱咐奴婢准备了要在这回一并带过去的。”

“今天已经二十了吗？”我看着陆音狠狠地点头，顿时一阵窃喜，心想若能在王府遇上李昊，倒不失为一个旁敲侧击的好机会。只是，若能先查清了庄環的底再去就更好了。我略一思量，拉住陆音说，“御医说我仍需每日复诊，不如你先让出宫的马车在宫门口等着吧，我复了诊就去。”

“知道了。”陆音丝毫不怀疑我的用意，转身就照吩咐去办。

我用最快的速度赶到御医院，点了张学明替我诊脉。幸亏我是皇上身边的人，得的又是会传染的寒症，这才有资格点名掌院看诊，也幸亏掌院有单独的问诊室，我才方便不露痕迹地私下与他说起诊脉之外的事。我把右手腕搁在脉枕上，左手将抹了脂膏的手绢递过去。

“又是一条?”张学明右手替我搭脉，左手接过手绢，一眼瞧见上面的橘色，“这也是……”

“是不是，要张掌院验过才知道。”张学明眯起眼，单边的嘴角轻轻向上一勾，起身打开背后靠墙的柜子最上面一格抽屉，从里面拿出一个四折的绒布包带摊在桌案上，里面密密麻麻排列着长短粗细各不相同的银针，射出层层寒光，虽未刺入肌肤，我却能感觉到顺着血流游走全身的冷意和痛感。“你的运气不错，我保留了上次验毒的银针，只要将它们一一接触脂膏，看是否变出与上次同样的异色，就能判断两种脂膏的含毒成分是否相同，至于各种毒素的分量和毒素混合在一起的效果是否一致，还要另行查验才能知道。”张学明说着，从最左边开始依次将银针触碰脂膏，“但就我的经验，气味和颜色都分辨不出差异，若是成分再相同，基本就能断定是同一种毒了。”

“这样最好，我也不希望白跑一趟。”我仔细留意着每一根银针的色变。第一根，变成了紫色，第二根，变成了绿色，第三根，变成了黑色……最后，二十五根银针都变了颜色，我的心也沉到了谷底。都说银针遇毒变黑，可这一抹脂膏就能变出如此的五颜六色，可见制毒之人的心比这毒药还毒，更甚者，若此毒与上次的并非一种，那这毒药背后的人也可能并非一人。可怜皇上住在这所谓固若金汤的皇宫中，却难逃暗箭处处的危局。“怎么样，是同一种毒吗?”

张学明收起银针，眉头紧蹙地对我说，“毒应该是同一种，但毒源也是同一处吗?”我一时语塞，他继续说，“上次的脂膏是块状，看得出是你从大块的脂膏上挑下来的，而这一次，脂膏只有浅浅的一层印，若我猜得没错，便是从什么人的嘴上擦下来的，又或者是从什么人用过的器皿上擦下来的。”

“你猜的没有错，”我抽回手绢，正视他猜疑的目光，“的确有人正在使用这脂膏，但是这个人是被蒙在鼓里，还是有心为之，我现在还不知道，未免连累无

辜，这件事暂且还不能传出去。”

张学明眼中添了一层忧虑，“若不将事情揭开，中毒之人只能继续中毒。”

“若按你说的药性，便也不差这几日了。”我轻垂目光，盯着手中的绢帕，“我也知道此事利害，纵然药不害人，下药的人却真真不能放过，可君王之心，总是宁枉毋纵，我只是不想白白连累了谁。保密只是暂时的，若查得顺利，两三日便可见分晓。”

“既然你已经有了打算，我只能说一句万事小心。”张学明似乎很信任我，信任到近乎放纵，哪怕是毒害皇上这样的大事，他也能做一个如此冷静的看客。但即便如此，我还是没有将李昊与脂膏的关系透露给他，并非不信，只是事关郑君怡的吉凶，我的态度总比对待其它事情更加谨慎一些。出来的时间已不短，我收好手绢告辞离开。

去长安王府的路上，我一直在想要如何引起李昊的注意而不显得太过突兀，自从半年前皇上许我每月探望纪双木一次，我便成了长安王府的惯客，虽然纪双木怪我不该讨这样的恩许惹人非议，但我知道她心里是欢喜的，因为她只是侧夫人，非传召不得入宫，我若不出来，便是难以相见了。只是碍于其她几位夫人的觊觎之心，我每次都只在纪双木房里待着，从不乱走，李昊若在，就去请个安，不在就作罢，从未在他跟前呆过超过两句话的时间。这次的事，三言两语绝说不清，我要如何能问清想问的并得到答案呢？我感觉蹙拢的眉间有浅浅酸意，轻轻一甩头，目光正落在两摞食盒上。食盒……正好！我把其中一个食盒打开，将脂膏残留的手绢放进去。

到了王府，纪双木的近身侍婢瑶梅站在门口迎我，她是王府管家秦河的女儿，原先是正夫人姜姒的侍婢，皇上赐婚后，姜姒就把瑶梅拨给纪双木使唤，这其中的用意总是令我担心。瑶梅爱打扮，长得一般却穿得花哨，万淑宁赏赐给纪双木的布料脂粉有一半都打赏给了她，但我并不觉得这些俗物就能换来瑶梅的忠心。我拎了一摞食盒下马车，瑶梅敷衍地行了礼说，“林尚义来了，里面请吧。”

我看了一眼她头上的小步摇，与陆音戴的是一样的，就知道是宫里流出去的，暗笑着说，“你今天打扮得倒有几分像宫里的人，可是给我看的？”

“林尚义谬赞了，奴婢听过穿上龙袍也不像太子这样的话，奴婢就算打扮得像宫里人，那也是要在王府当差的，比不上林尚义有福气，能在御前任职，皇上一句话，就有了其她宫婢没有的特殊照顾，奴婢要是蓬头垢面来见，那不是对林尚义不敬了嘛。”瑶梅真真是伶牙俐齿，也不真忌惮我的身份，有这样的人在双木身边，她非打起十二分精神不可。

我迈过一道道门槛，穿过连接前后院的窄廊，步入女眷居住的眷亲府。眷亲府的正院住的是原配姜姒，纪双木住在西正院，旁边的西偏院一直空着，等李昊有了新的侍妾再住进去，对面的东正院住着李昊的另一位侧夫人师卿，她的父亲师抒是现任的录史官，比纪双木早两年进门，听说是太后亲点的侧夫人。此刻，各院的门都还紧闭着，因为长安王妃已经辞世，各位夫人都免了晨昏的请安，现在天又冷，没事谁也不愿早起，更懒得出门走动。

我到了纪双木那里，她的屋子暖和极了，火炭烤得通红，把她的脸也暖得一片潮红。她今天穿着朝霞色的缎袄，从腰开始就往后往下斜裁出裙摆的形状，将腰臀的曲线收得极好，裙子是黄昏时天边云的颜色，配上缎袄腰襟处垂落的柳絮状的须子，整个人就像是一股清暖的春风，在这奢华沉闷的大宅中平添了一抹活色。她本在火炉边暖手，见我到了赶紧请我过去一块儿暖暖，平静的声音里全是关切担忧之意，“怎么今天这么晚，我还以为你被宫里的事绊住脚，不来了呢。”

“确实有些事绊住了脚，幸好没大耽搁。”我把食盒搁在桌上，和她一起暖手，“这是专门给你带的枣泥牛乳糕，你尝尝味道好不好，若是喜欢，下回我再给你带。”

纪双木看了一眼食盒说，“我不是说过别老从宫里给我带东西嘛，你是御前尚义，这样做，其他人不是效仿便是非议，对你不好。”

“皇后娘娘都时常给你些赏赐，这些吃食又算什么，我都是私下打点的，不碍事。”暖过了手，我与她并肩在软榻上坐下，朝门的方向瞟了一眼，嗔怪着说，“你又赏她东西了。”

“你看见了？”纪双木无奈一笑，“一支步摇罢了，没什么舍不得的。”

“你对她这样好能有什么用？她是秦河的女儿，心在谁那也不是她能自己做

主的，况且无论你来王府的用意究竟如何，表面上，皇后娘娘是你在宫里唯一的依靠，你把她赏你的东西一半多都打赏给了下人，这样的事情若是传出去，对你对皇后都不好。”

“我知道你心细想得也周全，但你怎知道我的用意，”纪双木的眼中满是忧虑，“长安王因为与樊贵妃的那一段旧情，纵然事情离奇，他也愿意相信皇后就是他的女儿，但李昊的生母是长安王的原配，他未必能真信，一旦他疑了皇后，自然连对我也要生疑了。皇后娘娘老是赏赐我东西，在疑心人看来，里面或有暗藏的信息也未可知，我若不是借了瑶梅爱打扮的由头，每次连看都不看就让她自取一半，岂能打消李昊的警惕？”

“李昊怀疑你？”我竟不知简单的打赏背后是这样的小心翼翼。

“是怀疑一切与皇后有关的人和事，也包括你，”纪双木抬头认真地看着我，“记得我曾经说过，你不该向皇上讨这每月一探的恩许，现在你知道我何出此言了吧？”

“原来是我错了……”我顿时明白过来，“因为我，你就算送光了皇后的赏赐，也不能换回世子的信任了。”

“你错了，李昊对我早有疑心，你来探我，连累的是你自己，但你若得了恩许又不来，只怕更加招疑，所以我一直没有向你说明，但求你今日听了，还要照往常一样待我才好。”

“他若是这样疑心你，平日待你的好岂不都是演戏？”

“我何尝不是在演戏，就看谁演得更真罢了，”纪双木垂落目光，似暗自神伤，“皇后以为她布的局天衣无缝，殊不知从一开始李昊就盯上了她，据我所知，李昊曾秘密派人调查皇后的身世，想要验证我们编造的故事是否属实，幸而皇后早就做好了万全的准备，他才不至于查到什么。”

“你是怎么发现李昊在暗中调查你们的？”我觉得奇怪，“以他的能耐，绝不至于让你发觉才是。”

“你也觉得奇怪吧？”纪双木笑了，“我当时就怀疑他是故意透露给我知道，好让我有所动静，他便能抓个现形，我一直按兵不动、静观其变，才能到今天还

当着这个侧夫人。你想，他能想到假装调查来试探我，如何就不会真的去调查一番，我担心长此以往，事情终有败露的一天。”

我低头思虑片刻说，“我知道万将军的家眷是在十六年前迁入京城的，那是先帝为了把控重臣下的命令，在那之前，前朝后宫无人知晓万淑宁的存在，这的确是作假的好机缘，但据万淑宁登记在册的生辰，至今不过二十六岁，樊贵妃却是死于二十八年前的大火，这两年的差距不容狡赖，你们是编造了怎样的故事，能让长安王信服?”

“如果万云川真的收留了樊贵妃侥幸存活的孩儿，这两年的差距不正好是对她的保护吗？所谓死无对证，樊贵妃葬身木园，万云川战死沙场，就连万夫人都红颜早逝，从樊贵妃的死亡，到万淑宁的出生，这中间的两年到底是真实的存在还是虚构的谎言，无人可以证实。上天给了我们这么多无人知晓的曲折，我们为什么不能好好利用呢?”纪双木的话里有一丝得意，但更多的是冷漠与苍凉，“两岁的差距在你看来是个破绽，但在长安王看来，这是万云川欺君欺世不得不造的假。万淑宁十岁进京，早过了单凭脸蛋身形就能看出大小的年纪，只说今日的皇后已有二十八岁，又有哪里不像呢?”

我感慨地说，“真没想到，竟是这样的简单。”

“再简单，也没能逃过李昊的怀疑，我们已经绞尽脑汁了，唯独不能让他相信分毫，”纪双木失落地说，随即抬头问我，“西樵，你既然有疑惑，又长日在皇上身边，怎么不问他?”

“有好几次都想问，但我怕皇上也不知晓全情，只认为皇后凭着酷似樊贵妃的脸拉拢了长安王，不明白里面还有这样的曲直，若是问错了，反惹事端。”

“你倒是谨慎，”纪双木笑着说，“其实皇上所知也比宫中流言所传多不了几分，恰恰是这捕风捉影的陋习，让我们有机可趁。只是此法凶险，弄不好就功败垂成，所以皇上一直不肯下决心，是皇后坚持，最后才成事。可惜李昊不信，此事恐会再有风波。”

我看她皱起眉头，忍不住握住她的手怜惜地说，“你别想那么多，行事在后，安身为先。”

“我知道。”纪双木微微一笑，看看窗外摇摆的枝影说，“你出来的时间不短了，早些回去吧，在宫里，皇上会保护你的。”

我自嘲地一笑，“这话，你自己信吗？说句没义气的话，主子若能靠得住，我何须易主求生，终究，靠的是时势罢了。对了，世子现下在府里吗？”

“在，你要去请安？”

“我要……糟了！”我一跺脚转身往外跑，一直跑到王府外从马车上抱下另一摞食盒。瑶梅气喘吁吁地跟在后面，不满地看着我。我面露歉色，口气却不服软地说，“这是皇上赐给世子的，之前走得急落下了，累你跑这一趟，辛苦了，带我去给世子请安吧。”

瑶梅一甩手绢说，“忘了世子的差事，倒记得侧夫人的，这个安请不请都一样。”

我不理会她的气恼，能够顺利见到世子却不引起任何人的怀疑才是最重要的，这个食盒只能让世子一个人打开来看，未免意外，留在马车上等确认了世子在府中再拿出来才最稳妥，至于瑶梅，她总没胆子从我手里硬抢吧。双木，并非不信你，只是这件事，不知道才是帮你。

我到了李昊的书房前，还没开口求见，书房门就开了，走出来的竟是侧夫人师卿。她怎么会在这里？我看向身边的瑶梅，心中满是疑惑，但继而想想，也许是自己太敏感了吧。我微微欠身说，“奴婢见过侧夫人。”

“林尚义又来了，还真勤快。”师卿也是个骄傲的人，比安瑾萱柔和一些，比庄環冷傲一些。“哎，这是什么？”师卿毫无防备地就把话题转到食盒上，并伸过手来，“是送给西院那位的？”

我微微一让手，“这是皇上赐给世子的。”

“哟，还碰不得了，瞅一眼也不行吗？我倒要问问太后去，什么时候有了这样的规矩。”

我心里一紧，太后眼下失势，我也不怕她告状，只是这赐食之事子虚乌有，最好烂在这王府里。我打开食盒讨饶地说，“侧夫人言重了，奴婢也是小心当差罢了，侧夫人请看，这里是新酿蒸的桂花酥糖，取的是积攒下来的秋末桂花，此

刻已是初冬，要一模一样再做新的也难了，可见皇上对世子的体恤。”

“桂花是好，可惜本夫人从不爱吃甜食，看着就腻了。”师卿一下没了兴致，甩着手绢走了。

你不爱吃甜食，真是老天保佑了。我这样想着，慢慢盖上食盒，酥糖底下垫着的蒸纱也被渐渐盖住。我求见李昊，得其应允进入书房。李昊坐在案前，一手支起握住书卷，一手平放轻轻研墨，双目却是闭起，既不看书也不看墨，让人捉摸不透。

“参见世子。”我打破沉寂，心也开始不静。

“是林尚义，”李昊放下书墨，看见我身边的食盒，“这是你带来的？”

“这是皇上赐给世子的松子饼。”

“松子饼？”李昊皱起眉头，“这真是皇上赐的？”

“不是皇上赐的，难道还是奴婢送的吗？”我说着将食盒打开一些，“世子请看，这是最好的松子饼。”

李昊看了一眼，顿时定睛不动，但很快，他的眉头舒展开，“果然是最好的，本世子会仔细品尝。”

“谢世子，奴婢告退。”我将食盒放下，匆匆离开。走出书房，一股冷风扑面而来，我顿时神清气爽，怦怦乱跳的心也渐渐静下来。最难的一步已经走出，接下来，就看老天的意思了。我稍一侧目，看见瑶梅还在等我，想她不亲自把我送走是不会罢休的，于是干脆大摇大摆地走出王府。听着身后关门的声音，我鄙夷地笑笑，爬上马车，刚要喊起程，隐约一阵嘎吱响，竟是王府的门又开了。

“林尚义请留步。”一个随从拎着个食盒跑出来。我心里一阵打鼓，下了马车。随从客气地说，“林尚义，世子想请您把这个食盒交给皇上，里面是皇上最爱吃的蔗糖糕，请林尚义一定别忘了。”

蔗糖糕……我一阵欣喜，接过食盒说，“请转告世子，奴婢一定不负所望。”我转身抱着食盒上了马车，心里一阵激动迟迟不退。皇上最不爱吃的就是蔗糖糕，看来，世子懂了我的话，也用同样的方法来传递信息。我把食盒打开，里面根本就是皇上最爱吃的木薯糕，我将底下的蒸帕拨开，另一方薄丝露出来。我将

薄丝抽出一看，上面写着一行字：明日上朝之时，相见木园西墙。木园西墙，居然选了那里。

我辗转反侧一夜，醒来后看着镜子，自己都觉得憔悴。初冬的早晨最是湿寒，我裹着斗篷从最僻静的小路走去木园，湿滑的石子和两旁落霜的针松让我在一步一滑间吸了不少寒气，胸口有些闷闷的疼痛。到了木园西墙，李昊已经在那儿等我，他面向木园高起的围墙，静静伫立，右手抓着那条手绢，在风中飘曳，浅浅的一点橘色若隐若现。

“参见世子。”我走到他身后，脚踩在湿漉漉的泥上，感觉冰凉。

那人转过身来，我不禁倒抽一口冷气随即后退三步。那个人，根本不是李昊。我一时不知所措，那人突然拔出一把明晃晃的刀来，高高举起，朝我走来。我吓得赶紧转身要跑，却脚下一滑趴倒在地。这时，我感觉那人拽住了我的脚，我硬扭转过身，见那人咧开嘴，将刀对准我。我两手乱扒，却根本挣脱不掉，就在刀子要落下的前一刻，我闭上眼睛冲口而出，“脂膏是娘娘给我的!”

刀子没有落下，扣住脚踝的手也松开了。“哪个娘娘给你的?”这像是李昊的声音。

我不敢睁眼，唇齿打颤地说，“前皇后娘娘……郑……郑君怡……”我听到一些脚步声，接着有人让我睁开眼。我把眼微微张开一条缝，眼前的人由模糊渐渐变得清晰，李昊，是李昊，旁边还站着那个拿刀的人。我一下睁开眼，豁出去地说，“世子为什么要杀我?”

“本世子什么时候要杀你了，”李昊无辜得很，“本世子只是吓唬你而已，否则你还能活着跟本世子说话吗?”

我擦擦额头的冷汗站起身，“杀我也好，吓我也罢，奴婢已经来了，世子有话就请说吧。”

李昊拎起手绢抖了抖，“这个，是什么意思?”

“世子是明知故问吗？世子若不明白它的意思，怎会约奴婢相见?”

“它是什么意思本世子自然明白，就凭你刚才说出脂膏的由来，本世子相信你已经了解了本世子与这脂膏的渊源，只是本世子很想知道，你送手绢的举动究

竟是何考虑，是想试探、提醒、还是威胁本世子？”

“都不是，”我干脆地说，“奴婢只是对世子送这脂膏给前皇后的用意表示不解，前皇后以为，世子有报复谋逆之心，不知世子是否要替自己辩解？”

李昊面色一凛，“你们已经知道这脂膏的药性了？”

“不然呢，难道世子以为奴婢会为了一段已经过去的感情来冒险私见世子吗？前皇后已经背负了欺君的罪名，差点还要背负不贞的罪名，时到今日，你们的过去早已不足以成为任何人的威胁，若不是这脂膏另有悬机，奴婢身为御前尚义，何必再多有过问？”

李昊点点头，“那就是说，林尚义也和君怡一样，怀疑本世子有弑君谋逆之心了？”

我咬咬牙，勇敢地迎上他冷硬的眼神，一字一顿地问，“你有吗？”

李昊瞬间瞪大眼睛，像要吃人似地，我本能地一缩肩膀，却硬撑着不逃避。一步，两步，李昊走近到我跟前，死死地盯着我说，“我没有。”一下子，我整个人放松下来。渐渐地，李昊收起凌厉的眼神，后退两步侧过身说，“那是本世子做过最后悔的一件事情，因为一时气不过，差点枉顾了人伦社稷，好在元珠能时常进宫，本世子便用一样的胭脂盒装上同色的脂膏，嘱咐她偷偷把原来的换出来，只是元珠还小，本世子不便告知真相，她便不知其中利害，虽然偷了脂膏出来，却不知丢在宫中哪里了，本世子一直都在想，这脂膏最后会落在谁的手里，原来是你。”

我摇摇头，“世子错了，其实元淑帝姬偷走的脂膏和世子做的全无差别，虽然前皇后不知道脂膏有毒，但她顾念旧情，舍不得用，又怕不用伤了世子的心，早就偷偷换了同色的顶替，把有毒的那一盒珍藏身边，后来因为抄宫被存在旧件库房，也是因为顾念旧情，前皇后才让奴婢将它偷回，这才发现了其中的秘密。”

“你告诉本世子这些是想替她求得原谅吗？”李昊转身彻底背对我，“你每月一探的恩许是为了谁，你们姐妹分离的罪魁祸首又是谁，有些事一旦做了，是永远也补不回来的。”

“那件事是……”我想要解释，却一下意识到此事不能出口，猝然收声。

“是什么？林尚义怎么不说了?”李昊转回身来，又是一脸冷峻，“林尚义，林西樵，本世子要提醒你，你已经贵为御前尚义，还是颇受宠爱的御前尚义，在你余下的日子里，只要懂得安守本分，就一定能平安无事，连皇后也不敢轻易惹你，除非，你自己多事。脂膏的事不如就到此为止吧，今天就当你是为了江山社稷来试探本世子的居心，但除此以外的用意，还是舍弃了好。”李昊说着跨步离开。

“世子认识怡妃娘娘吗?”我脱口而出，已经来不及考虑是否合时宜。

李昊站住脚，果断地转身鄙夷地看着我，“林西樵，你对本世子与后宫嫔妃的关系就那么感兴趣吗?”

“奴婢不是这个意思。”

“那本世子就真不知道你是什么意思了。”李昊转身又往前几步，突然刹住脚说，“本世子只知道她与元珠长得有几分相似，不知道这是不是林尚义想要窥探的关系。如果林尚义想要拿这个做文章的话，本世子乐意奉陪。”李昊的澄清夹杂着无惧的挑衅，望着他坚定的背影，我竟然有种以小人之心度君子之腹的惭愧。眼下看来，李昊和庄環几乎就是陌路，庄環的脂膏应该另有来源。既然不会连累到李昊和郑君怡，那就该好好想个办法提醒皇上小心枕边人了。

第八章　欲救天命了卿生

几日后，趁皇上狩猎的时候，我去了宠物房，那里饲养着各种小动物供主子们玩乐，主子们闲来无事的，可以抱回去自己养，怕麻烦又贪新鲜的，可以抱去玩个一两天再送回来，抱养的宠物得病受伤，也都送回来这里疗养。宠物房的宠物不下百只，每天都安排了四个饲养师、两个兽医负责照料，还从宫外选了最好的驯兽师调教它们，再配了当值的公公看管宠物房。宠物房设有掌房一职，从内

侍监选了有耐心的公公担任。我曾经以为宠物房少争斗，这个掌房会容易当一些，但去年，庄環最喜欢的一只松花色猫被毒死在宠物房，那日当值的所有人都被赐死，我始发觉在宫里连无辜的小动物也不能好好活着，甚至还会给别人带去无妄之灾。然而此刻我要做的事，又有多光明磊落呢?

我想过了，若是直接提醒皇上，只会招惹嫌疑，但若不说，皇上只能中毒愈深，我不能牵扯李昊和郑君怡，更不能牵扯进张学明与我自己，唯一的办法就是引皇上自己去查，我需要的，就是一次意外。我走到关葵鼠的笼子前，趁没人看见，解开自己腰间的香囊，轻轻打开笼子，引小葵鼠钻入香囊中。香囊里不但有葵花籽，还有少量的迷香，小葵鼠钻入后就会安静的。

“哎呀，”我叫起来，“这笼子怎么开了?”

当值的小喜子匆忙赶来，看到是这个笼子开了，立刻松了口气说，“不妨事，这笼子里养的葵鼠还是无主的，跑了也不怕，求林尚义宽宏，别说出去了。”

“不妨事就好，你们以后要仔细些，尤其这些个头小的宠物，极容易跑掉的，小心别再出了去年那档子事。”我像模像样地教诲起他来。

小喜子讨好地一笑说，“奴才知道，多谢林尚义，不知道林尚义看中了哪一只，奴才让人把食物和饲养的诀窍一并专门给你送去。”

“不需这么麻烦，只把食物准备一些我这就带走。”我说着指着旁边一个鱼缸，“皇上在，不宜养会吵会叫的，就把这金鱼选几条好看的给我，我那里本有空鱼缸放着，也不用重重地搬来搬去了。”

听我这样说，小喜子赶紧取了防漏的水袋，挑了两条大红的、三条橘色带金的、两条乌黑的金鱼装起来，更挑了些鹅卵石、假山水草之类的一并给我。我回到钦安殿，把从库房搬来的鱼缸注上水，摆放好鹅卵石与水草，再将金鱼放进去。如此，我去宠物房的理由便成立了。

小葵鼠醒了，我喂它涂了哑药的葵花籽，将它养在小笼子里，笼子是我自己扎的，用的是张学明偷偷给我的细铁丝。接着，我打开梳妆台的抽屉拿出一只胭脂盒。昨天，我已将从小厨房偷来的葵花油涂抹在脂膏上，此刻应该已经渗透风干了。我将胭脂盒靠近笼子，小葵鼠立刻扑腾着要过来。我满意了，将小葵鼠藏

在床底，走去小厨房吩咐宫婢为皇上准备白果腐竹芝麻糊，并悄悄将胭脂盒扔进燃烧的柴火中。

我亲自碾着芝麻，好让自己看起来没有那么行色匆匆，也能确保燃烧的脂膏不生出什么意外来。细腻的芝麻粉末在我手底下磨成了，烧火的柴加了一批，炉子上的人参鸡汤飘出阵阵诱人的香味，我安心地在心里笑了。这时，小厨房外传来喧闹声，接着陆音匆匆跑进来说，“林尚义，南和宫里打起来了。”

“打起来了？怎么回事？”我擦了擦手，正好借这个离开。

“听说是月嫔绣了件寝衣给皇上，被怡妃在侍寝的时候扯坏了，月嫔认定是怡妃使坏，又自恃怀了龙胎，大胆骂上门去，怡妃不认账，说是皇上自己兴致高，把寝衣弄坏了，更惹了月嫔不快，嘲笑怡妃只会床上使劲，肚子不争气，怡妃听了怒不可遏，直接就抄起个花瓶砸了过去，两人就打起来了。”陆音边说边陪我往南和宫去。

“女人打架也没什么，只是月嫔有了身孕，怎么折腾得起？皇后娘娘那里有人去报了吗？”

“把事情告诉奴婢的小果子就是去中宫报信的，半路遇上奴婢方才说起。”

“既如此，咱们只管看皇后怎么发落就是。”到了南和宫前，我稍一抬头，竟然看到张学明和唐季柔进了南和宫门。他们怎么来了，难道月嫔……不好，一定出事了。我加快步伐冲进南和宫正殿，第一眼见到的就是满地的碎瓷片，还有瓷片上星星点点的血迹。谁流血了？月嫔？我抬头四处看，却看见月嫔面色惨白地哆嗦着坐在一边，身上并没有受伤，而她的脚边竟然是一个枕头。我再找怡妃，却不见她的踪影。

“皇后娘娘驾到。”卫公公的声音响起，殿内的人纷纷起身行礼，月嫔也颤栗地站起身，却是如同站不稳一般蹲下身去，嘴巴一开一合，却似乎只是跟着动，完全没有出声。

万淑宁走进正殿，威仪顿时震慑全场，凌厉的目光第一时间扫到月嫔身上，随即慢慢落在那个枕头上。“这究竟是怎么回事，”万淑宁走到殿中央，转身面对所有人，“有没有谁能告诉本宫？”

“皇后娘娘……”万淑宁话音刚落，怡妃就披散着头发从正殿后面跑出来，额头上围着纱布，袖口上沾染着血迹，满脸垂泪，“皇后娘娘，你要为臣妾做主啊。这个焦胧月明明是假怀孕，还要仗势欺人诬赖臣妾，臣妾把花瓶砸破了想吓她一吓，她竟然用瓷片划伤了臣妾的脸，臣妾怕是要毁容了……”

“我哪里有划伤你的脸，分明就是瓷片溅起来划到的，不关我的事！”月嫔勉强争辩，却不敢正视万淑宁。

“划伤脸不关你的事，那么假怀孕呢！”万淑宁一句话，月嫔就缩紧了脖子。万淑宁走到月嫔面前，看了看地上的枕头说，“看到这个枕头本宫就知道了，又有人来不及想要试一试罪犯欺君的滋味。你还不止罪犯欺君，你还想嫁祸于人。通常妃嫔怀孕，哪个不是小心翼翼，尤其是假孕，更要谨言慎行少露破绽，你倒好，跟人打架，真是有胆魄，本宫看你，是想和怡妃大干一场，然后回宫往床上一躺，弄一滩血水，再买通个医女，说自己小产了，反正皇上已经册你为嫔，断没有掉了孩子就打回原形的道理，这样保住一条命不说，还顺道踩怡妃一脚，堪称一箭双雕，若不是这个枕头掉了出来，现在喊冤的就是你月嫔了。”万淑宁言语温和，却说出了一个残忍的故事，似乎是温润的盐水轻轻流过伤口，很轻很暖，却极狠极痛。

“皇后娘娘……”月嫔跪下拼命磕头，“臣妾错了，臣妾错了，请皇后娘娘饶命，皇后娘娘饶命……”看着月嫔那样，想来万淑宁的猜测无误了，这本不是什么聪明绝顶的法子，做起来又错漏百出，万淑宁一眼看透也不稀奇。

“兹事体大，本宫救不了你，也不想救你，否则将来人人效仿，岂不冤案成堆，皇室枉悲了？不过本宫不会自作主张，你是皇上的嫔，命在皇上手里，有什么曲直原委，留着说给皇上听吧。来人，将月嫔带回长淑殿禁足，处置的事等皇上回来再作定夺。”焦胧月被带下去，万淑宁走到庄環面前说，“你也太莽撞了，若月嫔真的身怀有孕，被禁足的就是你了。这件事，本宫会向皇上说明，不许你添油加醋。”

庄環本欲争辩，最终顺从地说，“臣妾不敢。”

万淑宁伸手轻轻触碰庄環额头的纱布，“张掌院把过脉，怎么说的？”

“只是额头碰伤，不需要把脉的。”庄環自己也摸了摸纱布。

“没事就好，本宫先走了，你好好休息吧。”我见到万淑宁要走，赶紧退到门边，不想她根本就是朝我走来，“西樵也来了，这场戏好看吗？不过对你来说，这也是小儿科的把戏了。”

“月嫔一向安分，偶耍心思，所用手段确实拙劣了些。”我陪着万淑宁走出南和宫，陆音跟在后面。

“就因为她一向安分，本宫才觉得其中还有蹊跷……”

“皇后娘娘，”万淑宁话未说完，孟萝依突然出现，直接跪倒在万淑宁跟前，“南和宫的事臣妾刚刚听说，臣妾不敢为月嫔辩驳，但求娘娘允许臣妾前去陪伴月嫔，她素来安分守己，纵是争宠也是畏首畏尾不敢张扬，欺君嫁祸之事另有内情也未可知，请容臣妾前去劝一劝，以免她一个人胡思乱想，做出傻事来，还请娘娘宽宏体恤。”

万淑宁盯着孟萝依看了一会儿说，“看你言词皆悲，十足诚恳，本宫就许你前去。”孟萝依顿时千恩万谢，匆匆起身离去。万淑宁远望她的背影，忽然问我，“她们当真这样好吗？”

“真与假，只有她们自己知道，但是就奴婢所知，她们确比一般的后宫姐妹感情要好，当初取悦前皇后，两人也是默契相合，自觉平分秋色，只分宠而不争宠。皇上似乎也深知这一点，有意平宠孟焦二人，若非月嫔怀孕，奴婢想皇上也不会单独晋了月嫔而不顾孟美人的感受。”

“可不就是这一怀孕，才让事情起了变故嘛。”万淑宁收回目光，坐上轿辇回宫去了。

“林尚义，”张学明的声音忽然在背后冒出来，“你也是来看打架的吗。”

我转过身，看见张学明和唐季柔站在一起，于是慎重地说，“月嫔有了身孕，皇上又不在宫里，奴婢自然要多看顾一些。”

“林尚义所言甚是，如今冬寒渐深，我配了几副御寒的药膳汤，还请林尚义到御医院取一下。”

“张掌院有心了，我自当前往。”我先遣了陆音回去，张学明也差唐季柔去长

淑殿看顾月嫔，万一月嫔有什么过激的举动也好及时救治，我知道他的用意，便没有说出孟美人陪伴在侧的事。去御医院的路上，我见四下无人便主动问起，“张掌院是有要紧话跟西樵说吗？”

“你看到怡妃额头上的纱布了吗？”

“看到了，有什么问题吗？”

“额头受伤，包扎伤口自然是必要的，但是把脉定诊也很重要，万一怡妃身怀有孕而不自知，或是处于信期内调有变，都会影响到用药的选材和剂量，虽说几率极小，但作为医者却不得不谨慎为之。只是没有想到，怡妃竟然拒绝了，反倒是急着让我赶紧把伤口处理了，一则免于留下疤痕，二则她还要跟月嫔理论，让我不要浪费时间了。”

“又爱美，又爱争，这倒是她的性格，张掌院是觉得有哪里不妥吗？”

“有些问题其实早就在了，只是以往不去注意罢了。我自当上掌院，需定期翻看各位主子的医案，医案中最重要的就是脉案和药案，通常脉案会写得很细，药案虽然具体，但因为一味药可有多种功效，所以药案不如脉案细致繁杂。但是怡妃的医案中，药案写得很细很全，脉案却是大而化之，虽说事有例外，但每一份医案都是如此，就有些奇了。”

“医案该有署名才是，张掌院没有问过吗？”

“这就更奇了，一般的妃嫔若要传召御医，不是选医术好的，就是选权威重的，再不然就是选关系熟的，可怡妃每次传召的御医或医女都是医术平平，甚至还有新入院的生员，而且每个人被传召的次数都不多于三次。我问过他们，他们都说怡妃只是请看平安脉，偶有不适也是寻常毛病，本没有太多可入案的，而且怡妃还说不想留太多线索给心怀鬼胎的人，怕几年前云妃误食蒜茸的事再发生，所以他们才将脉案写得如此含糊。”

“这个解释，张掌院认为不通？”

“原本我也认为是通的，但是今天怡妃的拒诊让我想到了另一种可能，那就是从来没有人给怡妃把过脉，那些御医和医女都是按照药案倒着推出的脉案，因为不能确诊，所以写得含糊。”

我心中一惊，随即疑惑地问，“可既然不曾把脉，如何写得出药案?”

“药案未必是出自御医院，”张学明似乎有了论断，“怡妃大可将药方告知御医，再由御医入案，甚至连倒推脉案的主意都很可能是怡妃想出来的。她深受皇宠，原本就不好拒绝，何况说辞皆具，只要统一口径就能免去我的疑虑，哪有御医会不遵从？倒说回来，她总是传召没有经验和权势的御医，也是一个佐证，只有那样她才能把拒诊的事一直隐瞒下去，若是一开始就找了我，只怕早已穿帮了。”

“那么今天是因为月嫔的缘故你才亲自去了南和宫吗?”

“没错，我原以为月嫔会顾着孩子不敢争执太过，更容易受伤一些。怡妃已经够聪明的了，若不是那些医案埋下的线索，我绝不会有现在的怀疑。只是……”张学明站住脚，侧脸认真地看着我，“怡妃为何要拒诊呢?”

为何拒诊？猛然间，一个让我不安的想法跳出来，“你刚才说，药案是出自怡妃，那怡妃会不会通晓医理呢?”

张学明清楚地说了四个字，“极有可能。”

难道她拒诊是为了……我没有说出来，转而喃喃自语，“可就算她通晓医理，跟拒诊又有什么关系呢?”我打着马虎眼，渐渐沉默，到御医院取了药就离开。回去的路上，我的思路越发清晰了。怡妃拒绝诊脉，无非是怕脉象上显出什么来，她每日用脂膏擦脸，毒性久而久之必定渗入肌理，显于脉象，可见怡妃对此中乾坤利害是心知肚明，而非蒙在鼓中被人利用。想到这里，我更觉得那件事不能再拖了。

傍晚皇上回宫，直接去了中宫用晚膳，差小安子来传我过去。据我所知，这几日恰是万淑宁的信期，不能侍寝，难保皇上不去庄環那里过夜，想到此，我借着天冷加衣的由头，回寝殿将小葵鼠装在香囊里系在腰上，再将装着葵花油的小瓶藏进袖中，最后将一枚涂毒的葵花籽塞进腰带里。我站在镜子前面转了好几个圈，确定从身形上看不出破绽后，跟着小安子往中宫去。

我在中宫门口遇上了小潘子，他说皇上已经知道了南和宫的事，下旨废黜月嫔封位，降为淑女，迁居静禄院，并将谎报月嫔有孕的御医以及一干知情包庇的

人全部打死，他现下就是去传旨的。小潘子将打死二字说得极重，我的心思却在另一头。月嫔迁居静禄院，岂非有机会发现我与郑君怡暗中往来，虽说皇上纵容，但若后宫因此惹起流言，我也不能不顾。我心怀忐忑地进到寝殿里，皇上与万淑宁正在碰杯，南和宫的事似乎已是过眼烟云，不曾给眼前的春暖之景带来一丝阴霾。我静静地在旁伺候，清晰地感觉到香囊中的小葵鼠使劲扑腾，看来当初给它喂哑药是再正确不过的决定了。

晚膳后，敬事房的人来问皇上是否要翻牌子，皇上犹思未定，我心急如焚，偏此时万淑宁开口说，“皇上不如还是去南和宫吧，今天的事让怡妃受了委屈，虽说她拿花瓶吓唬人是有些鲁莽，但到底阴错阳差揭穿了月嫔的谎言，歪打正着也算是有功，额头上又受了伤，肯定担心留下疤痕不能再讨皇上的喜欢，皇上若去看看她，也能叫她安心，若能陪在身边，她必定不再闹了。”

皇上赞赏地笑着说，“皇后想要后宫安宁，就把朕推出去受苦，这成何体统啊。”

万淑宁起身亲自拿了貂毛的大披风说，“若是在南和宫皇上还要受苦，那别的宫里就是刀山火海了。”

“刀山火海朕不怕，就怕是情海无涯，醋海翻波啊。”皇上说着站起身，由万淑宁亲自围上披风，起驾往南和宫去。

到了南和宫，庄環不出所料地撒娇嗔恼了一阵，皇上仔细哄着，最后总算是安静了。她们嬉闹的时候，我静静地靠着寝殿门站在屋檐下，冷风吹得我清醒极了，心里一遍一遍地过着早已设计好的步骤，只等着一天中最黑的那个时刻的到来。

夜深了，重重叠叠的幔帐让我看不见皇上和庄環是睡是醒，但同样，他们也看不见幔帐这一边的我是动是静。我轻轻拉开梳妆台的抽屉，拿出那个胭脂盒小心翼翼地打开，将准备好的葵花油涂抹在脂膏上，轻轻地吹干了，然后放回原处。咯吱一声响，我惊得猛抬头，发现是窗户被风吹开了。我警惕地看看四周，确认一切安好后蹑手蹑脚地走过去将窗户关好，折返殿外静静伫立，就好像什么都没发生过一样。

清晨转眼即至，我将层叠的幔帐束拢，看见庄環已醒，正拿着镜子照面，一边轻轻抚按额头的纱布，满脸的倦睡之意渐渐变成淡淡忧愁。皇上注意到她的不悦，伸手挡住镜子说，“朕不是说了吗，无论你怎样，朕都宠爱。”

庄環委屈地说，“皇上依旧宠爱臣妾，可别人未必这样看，臣妾素来招人妒嫉，有时难免张狂一些，得罪了不少人，她们纵然不能真把臣妾怎么样，可嘴上的便宜谁不会讨，若是见到臣妾这副模样，肯定会笑话讽刺，难听话一大堆，臣妾也是要强的，怎能由她们这样取笑。除非，皇上下旨不许旁人非议臣妾，否则臣妾就躲在宫里不出去了。”

“朕若为了这个下旨，别人更会以为你伤得不轻，原本只是额头划伤，没准最后就成了脸上两个大叉，嘴巴豁了口子，牙也磕掉了，鼻也磕歪了，整一个就面目全非了，”皇上夸张地说着，连自己也快要笑了，“你若不出去，岂不更由着外面的人添油加醋?”

“皇上也来取笑臣妾，臣妾生气了。”庄環身子一倒，竟然抱着被子装睡了。

我一边替皇上戴冠，一边安抚说，“娘娘无需担心这些，奴婢想个法子帮娘娘把额头的伤遮掩过去就是了。”

“你有办法?”皇上见庄環还是硬撑着不动就替她多问了一句。

“皇上可还记得玉昌公主，奴婢只需效仿就是了。”提起玉昌公主，我顿时想起了过去她和郑君怡作对的那些事，好在后来先帝许她宫外独住，才免了更多的风波。

“谁是玉昌公主?”庄環一下子坐起身来。

“玉昌公主是朕的姑母，因为天生脸上有巴掌大的胎记，所以一直不敢出宫见人，后来她身边的一位宫婢专门给她梳了个琵琶掩的发式遮住胎记，让她在人前看起来与常人无异。那么大的胎记都能盖过去，何况你是额头上那么一点点的小伤呢。”

“真的?”庄環光着脚就下床跑到我跟前，“西樵，你真能做到?”

我微微一笑说，“娘娘的伤口原本就小，又在额头上，奴婢只要给娘娘梳个额发，再扣上绝美的额饰，就一定能遮掩过去。”

“那还不赶紧!”庄環拉着我就往梳妆台去，我知道从此刻开始每一步都至关重要。

庄環在梳妆台前坐下，我回头看了一眼皇上，凑近庄環耳边轻轻说，“娘娘的妆还没上呢，再说皇上一会儿就去早朝了，你再急也赶不上这会儿给他瞧了，不如约了皇上来早膳，奴婢也好仔细地打扮娘娘不是吗?”

庄環赞赏地看了我一眼，回头撒娇地说，“皇上，你下朝后可要来臣妾这里用早膳啊，臣妾还想让你看看西樵梳的额发呢。”

“好，朕一定来。”皇上痛快地答应了，起身喊上小潘子要往朝上去，临走的时候回头感激地看了我一眼。我知道他是谢我替他安抚了庄環。这样的事早不是第一次，万淑宁虽然执掌后宫，但也不可能连妃嫔侍宠撒娇使小性的事都一一过问，基本上都是我替皇上出面摆平的，也正因为如此，他对我这一次的自告奋勇丝毫不存怀疑。

我建议庄環先上妆，免得弄污了额发，其实为的是自己最后收拾梳妆台的机会。宫婢鹿儿替她上妆，用的还是那毒脂膏，馥郁浓香掩盖了葵花油的味道，连我故意暗暗吸气都几乎闻不出来，唯有香囊中的小葵鼠躁动不安。

“娘娘，”宫婢灵秀进来说话，“皇上说娘娘昨日失血，需要好好滋补，特意命御膳房用进贡的大枣为娘娘炖补品，御膳房来问娘娘是喜欢煲汤还是炖甜食。”

“自然是甜食，就像本宫与皇上，甜甜蜜蜜的才好。”庄環将鹿儿手中的镜子拉近一些，竟有些从容不迫的姿态。

妆罢，我拾起木梳，先从额顶发迹开始往后算了一绺头发用卡子别在耳后，再将其它的头发盘编了蝴蝶凤尾相交叠的样式，最后将全部披发束起，挽了两道纵向的发弧垂在脑后，既有盘发的端庄高贵，又显垂发的飘逸婉约。我连着试了好几款首饰，都说不够好，庄環就让人把司珍房最新送来的首饰都拿出来任我挑，我算着皇上下朝的时间差不多了，就挑定了一缵近玫瑰色的梅花络链钗替她戴上，然后将耳后的发绺分成两股，一股梳平了铺在右边额角，完全盖住了纱布，另一股重新编成柳藤的模样，像额链一样从左额角向右弯，与另一股额发相接，再用平日里用来点缀眉心眼角的白梅蕊的点珠错落地贴在柳藤样的额发上，

最后将梅花络链的尾拖搭扣在遮住纱布的额发上，既固定了额发，又将梅花络链的尾拖用出了新意。

“真漂亮。”庄環忍不住夸口，“看她们谁还敢取笑本宫。西樵，本宫要好好赏你。”

“谢娘娘。”我将梳子反握，用竹子尖蘸了桂花油替她将碎发抹平。

这时，早膳在桌上摆开，皇上驾到的呼声在殿外响起。我让鹿儿她们赶紧替庄環更衣，自己留在梳妆台前假作收拾，等透过镜子看到庄環迎驾，就赶紧偷偷解开香囊把小葵鼠放出来，喂它吃了有毒的葵花籽，再将它放到胭脂盒边。小葵鼠抬头嗅了嗅，扑地窜上胭脂盒，舔起脂膏来。

我适时地惊呼一声，引来皇上的注意，“奴婢失态，奴婢自幼害怕鼠类，惊扰了皇上，奴婢……”说到这里，我便戛然收声，因为那只小葵鼠已经开始瑟瑟发抖，嘴角流出鲜血，最后趴在胭脂盒上一动不动，这一幕，相信皇上和庄環，还有南和宫寝殿里的所有人都看得真切。

“小潘子，过去看看。”皇上的声音很冷，冷得叫人害怕。

小潘子跑过去，先用拂尘杆子轻轻戳了戳小葵鼠，再帮它翻了个身，双目惊恐地睁圆了说，“皇上，这葵鼠……死了。”

一瞬间，殿内的气氛变得极为压抑，宫婢奴才们面面相觑齐刷刷地跪倒在地，庄環的眼中有强作镇定的冷硬，但身子却哆嗦着藏在皇上身后，惨白带青的脸色不知是因为怕死还是怕阴谋败露，她不知道我做的手脚，内心一定在犹豫这场戏要不要继续演该怎么演。皇上阴沉着脸，死死盯着小葵鼠和染血的脂膏，“死了就死了，一只葵鼠罢了，何须大惊小怪，西樵是女孩子家，害怕了才叫嚷起来，你这样咋呼，难道是想小题大做吗？”

“奴才该死，”小潘子赶紧跪下，“奴才失仪，请皇上责罚。”

“责罚不必了，懂得三缄其口就好，还有你们，”皇上扫视跪地的奴才们，“不许借此事搬弄是非，也用不着心中存疑草木皆兵，今后衣食用度一切照旧，朕不想听到任何的闲言碎语，明白吗？”

“是，奴才谨遵圣命。”

“行了，都起来吧，没什么大不了的事，都各归各位，各行各事去吧，西樵，开膳。”

“是。”我慢慢起身走到桌边伺候，庄環的面色略有缓和，亲自给皇上夹菜。看着跪地的奴才们纷纷退回原位，我心里有些打鼓，难道皇上不打算追究了吗？还是，皇上已经看穿了我的手笔。我本能地望了一眼梳妆台，竟然看见灵秀要收了葵鼠和脂膏，我冲小潘子使了眼色，小潘子赶紧过去遣走灵秀，从座凳上拿了铺垫盖住葵鼠和脂膏。

庄環给皇上夹了一块芍药酥，皇上却用筷子压住庄環的筷子，抬头一个字一个字地说，“環儿，你不害怕吗？”

庄環的瞳孔轻微地一缩放，很使劲才握住筷子没有失态，“臣妾……害怕。”

“既然害怕，为什么不求朕查个清楚呢？”

“皇上不愿此事张扬，再说臣妾身体并未受损，怎好劳动皇上？”庄環可怜兮兮地，手中的筷子微微颤抖。

皇上看了一眼就快掉落的芍药酥，放开筷子，“葵鼠死于你的胭脂盒上，至少有一半的可能是你的脂膏中含有剧毒，就算你不追究这毒是从何而来，也不急着先去洗一把脸吗？”

庄環往后踉跄了两步，筷子也掉在桌上，一时惊慌恐惧得不成样子，双手想去摸脸却扭曲着不敢触碰，连声喊着鹿儿倒水来就跌撞着往里间奔去。皇上夹起掉落碗中的芍药酥，咬了一口。我和小潘子相互对望一眼，不知道皇上的葫芦里卖的究竟是什么药。稍时，鹿儿出来说话，“皇上，怡妃娘娘已经洗了脸，只因不好素颜面圣，需得重新上了妆再来陪皇上，还请皇上恕罪。”

皇上没有马上说话，又吃了几口菜，喝了几口小米粥，然后放下筷子，擦擦手站起身，“等她出来，朕恐怕已经用过三回早膳了。算了，这件事朕自会处理，不必她来操心，你让她好好歇着，朕先回去了。小潘子，带上那些脏东西，跟朕走。”话毕，皇上丢下擦手的绢帕离开，小潘子直接扯了桌布，去梳妆台那里将葵鼠和胭脂盒一并裹起来带走。走出南和宫，皇上立刻吩咐说，“小潘子，你去，秘传张学明速来南和宫替怡妃诊脉。”

“是。”小潘子把包裹交给我，匆匆而去。

“西樵，你去皇后那里，把这些东西给她，就说是朕的秘旨，让她亲查今日之事，期间除非不得已，须绝密封锁消息，若有泄露，难辞其咎。”

“是。”我赶紧去了中宫传旨，万淑宁听完我的讲述，立即秘密传召司律监总管前来，并让我回钦安殿复命，说让皇上放心，她一定秘密查清此事，确保后宫安全。我回到钦安殿，转达皇后所表，小潘子也正好回来，同向皇上复命。

皇上正描丹青，手腕一勾落笔，将笔墨未干的丹青图撇向我们，那上面画的竟是中毒而死的獒鼠。皇上的笔法画这样写实的浊物真是不值了，但此刻，这必是他心中最大的牵挂。“西樵，小潘子，你们知道朕请张学明替怡妃把脉，意欲何为吗？”

我试探着说，“奴婢想，皇上这个时候传张掌院，定是担心怡妃用的脂膏有毒，会损伤身体。”

“是，是，奴才也这样认为。”小潘子竟然附和我的说法，看来他也不敢乱猜。

“脂膏是否有毒尚且未知，但是身体有损定是必然，”皇上搁下笔说，“那獒鼠死于怡妃的胭脂盒上，不是有人要毒害她，就是有人要陷害她，两者皆是常人所不能容忍的。怡妃若全不知情，刚才见到獒鼠死亡就不可能这么冷静，撒泼含冤嘶闹后宫那才是她一贯的做法，不逼着朕把凶手纠到她面前又岂能罢休。所以，朕很肯定，怡妃是从心里不愿意朕追查此事。但是獒鼠死于当场，脂膏若有毒必是剧毒，既是剧毒，怎么敢真的抹在脸上，既是剧毒，怎么会就那样摊在梳妆台上，她或有解药，她或不怕死，那万一西樵或是其她宫婢看着喜欢也涂抹了，岂不是多害一条人命，多惹一分麻烦。所以唯一的解释，獒鼠未必是死于脂膏，但必定有什么是怡妃不想让朕知道的。”

我听着这番话，在心里不禁叫好。原本的设想只是皇上能就此查验脂膏，但未料皇上仅从庄環的举止就看出了端倪，所说的怀疑真真是全中了。“既是如此，只要查验脂膏就能明了一切，为何还要张掌院替怡妃把脉？”

皇上看了我一眼，理所应当地说，“若怡妃是有意放了东西在里面，自己自

然懂得避忌，纵然肌理有变也是不碍事的，但若怡妃自己也深受其害，那此事便复杂了。故而，只有把过脉，朕才知道该如何查下去。”

我心里一动，皇上要查？他不是已经密诏皇后娘娘去查了吗？怎么自己还要……我疑窦丛生却不敢深想，就在此时，小安子跑进来大惊失色地说，“皇上，不好了，怡妃娘娘被毒死了！”

“你说什么？”皇上顿时震惊，我和小潘子也瞠目结舌。

“南和宫的鹿儿刚刚来报，说怡妃娘娘喝了红枣茶后就口吐鲜血，当场就……”

皇上霍地站起身，“张学明不是去南和宫了吗，怎么不赶紧救治？”

“据说怡妃娘娘毒发时张掌院刚到宫门口，等进去的时候，已经来不及了。”

皇上猛地蹙眉，意难平地说，“已经来不及了，那就是说，张学明没有给怡妃把过脉了……”

“把的时候，人已经去了。”

皇上攥紧拳头，身体渐渐坐回到椅子上，闭上眼睛沉重地说，“小潘子，即刻传朕旨意，命皇后查清怡妃中毒一案，密旨照旧。另外，即刻传召张学明来见朕。”

小潘子应下赶紧去了，我见皇上眉宇间泛出疲倦失意之色，就轻轻走到侧殿的茶柜边，选了清目提神的人参枸杞陈皮片，泡了一碗茶奉给皇上，“皇上是怕怡妃娘娘的死断了线索，所以才急着找张掌院来，想从脂膏上多得些线索吗？”

“朕找张学明过来不是为了问脂膏的事，”皇上睁开眼睛，转脸看向我，“而是问朕的脉。”

我的心一惊，乍然明白皇上此刻的失意不仅仅是因为断了的线索，更是在害怕很多事已经无可挽回。庄環在这个节骨眼上中毒死亡，只能说明一个问题，就是在她的背后，还有其他人。这个人猜中了皇上的心思，知道庄環的脉远比她的嘴还要危险，所以赶在张学明到达之前就下手了。

谁，谁会有这样七窍玲珑的猜心？脂膏之事刚刚才发生，皇上又下令封锁消息，就连红枣炖品也是临时起意，谁能拿它来做手脚。鹿儿、楚翘、灵秀，会是她们中的一个吗?

咯吱一声响，窗户被风吹开，让我猛然想起昨夜极为相似的一幕。莫不是我被人偷窥了?若是葵鼠之死的秘密那个时候就已经泄漏，那庄環的死……轰的一下，我的脑子像要炸开，晕眩、窒息、压抑，重重叠叠的负罪感包围着我让我无处可逃。我突然间看清了自己，原来一场精心的谋划只是把自己变成了从罪责下逃脱的刽子手，计划的成功让我忘记了下手时的紧张和恐惧，也让我忘记了一个叫庄環的女人得到了与我赐予葵鼠的同样的结局。如果，如果没有我一手制造的葵鼠之死，庄環是否就能保命?

莫不是我欲救人，人却因我而死，这难道是上天给我的警告吗?

第九章　证似流沙疑非花

张学明来得有些快，我刚要续第二杯茶，小潘子就领他到了殿内。皇上接过茶抿了一口说，“张掌院的步子真快，朕还以为要三杯茶尽，张掌院才能到呢。”

“微臣惶恐，”张学明刚起身又跪下，“微臣适才被皇后娘娘召去问话，出宫时正巧遇见了潘公公，这才来得早了些，因此惊扰了皇上喝茶的雅兴，还请皇上责罚。”

“皇后传召?”皇上示意张学明起身，故作无知地说，“是身体有不好的症候吗?”

“请皇上放心，皇后今日召见，并非为一己之身，而是另有所托。”

“另有所托?”皇上抬头看了他一眼，“所托何事?”

“这……”张学明面露难色。

“你但说无妨，朕不会告诉皇后的。”

“是，皇后娘娘让微臣验一样东西。”

皇上顿时略显谨慎，“什么东西？可有结果？”

“看起来像是女人用的脂膏，至于结果，微臣还需要回去验过后才知道。”

皇上眯起眼睛，“女人用的脂膏？是皇后自己的？”

“微臣不知，皇后娘娘直接将挑在手绢中的脂膏给了微臣，让微臣一日内查验清楚，其他的，娘娘只字未提，微臣也不便多问。”张学明说到这里，忽然又诚惶诚恐地跪下说，“微臣人微言轻，诸多事皆是主上吩咐什么微臣就做什么，因此多有行事草率之嫌，请皇上赎罪。”

“行了行了，朕只是随口多问两句，也没有要怪罪你的意思，皇后执掌后宫，有些查察之举也是理所应当，你安守本分遵命而为原该嘉许，不必因为朕不知此事就自觉行差踏错，册立新后前，你曾相助于朕，朕对你还是信得过的，”皇上渐渐松弛下来，抬起一只手说，“朕近日心悸难眠，不知是偶染疾病还是疲乏所致，所以请张掌院过来瞧瞧。”

“是，微臣这就替皇上把脉。”张学明跪行至案边替皇上把脉，稍时眉头皱起，放开手不安地说，“皇上，微臣惶恐，此脉微臣不敢擅断，还请皇上另召一名御医与微臣会诊，方敢定论。”

“你是御医院掌院，你若不敢定论，谁还敢说实话？”皇上的声音颇为沉重，眼中尽是深藏的恐忧，“你只管实说，可是什么恶毒之症，不治之疾？”

“不不不，并非皇上所想，”张学明立刻否定了皇上的担忧，“皇上并无大不妥，只是此事关系后宫嫔妃性命，所以微臣不敢妄议。”

“关系后宫嫔妃性命？张掌院这是何意？”皇上顿时在意起来，我也提起警惕。

“恕微臣直言，皇上体内曾有媚药侵入……”

“你是说有人给朕下了春药？”皇上的担忧顿时化为惊赫，而这惊赫却透着宽慰。

“恐怕是这样的，而且，就是这一两天的事，”张学明犹疑一瞬，小心翼翼地说，“微臣知道后宫严禁妃嫔使用媚药，所以怕断症不准连累了无辜性命，为求谨慎，还请皇上传召御医再诊。”

“不必了，”皇上断然拒绝，稍显绝情地说，“怡妃已死，已经没有什么无辜不无辜了。”皇上停顿片刻，看了张学明一眼说，“除了媚药，朕的身体是否还有其他隐忧？”

“皇上体内的媚药只需两三日便可自觉散退，除此之外再无不妥，至于皇上所说的心忧难眠，有部分是媚药余效，实属正常，再有，恐是心绪烦躁、操劳国事所致，脉象上并无明显疾兆，无需用药，食补即可。微臣稍后开两副药膳的方子给御厨，调养个小半月便可见效。”

皇上闻言顿时面露宽慰，语气也缓和许多，“如此甚好，你把方子开了，就安心去做皇后吩咐的事吧。”

“微臣遵命。”张学明收起脉枕和药箱，起身退出殿外。

“西樵，研墨。”

“是。”我走到案边拿起墨石，在清水浮流中轻轻打转，故作宽心地说，“皇上之前可吓坏奴婢了，原来怡妃藏在脂膏中不愿意皇上知道的东西就是……媚药，虽是禁物，到底无大害，皇上现下可以安心了。”

“真的吗？”皇上冷不防盯了我一眼，那眼中分明还有怀疑，“西樵你知道吗，朕的生母在临终前三天还请过御医，当时御医的说法是，本无大碍，休身为要，无多思专疑，心宽可愈，然而就在三天后，朕的生母就病死了，御医院一句心悸而猝死，就将一切真假是非盖棺定论，谁敢说这样的事不会在朕身上发生。朕并非信不过御医院，但朕更明白什么叫防不胜防。凡恶疾重症皆有积累的过程，时不至，不得知，脉象所现必有之，脉象不露未必无，张学明今日之言纵然全部是真，也不能断了朕的疑心，怕只怕，这疑心还是来得太晚了。”皇上说完，在纸上写下一个狂草的命字。

我安慰说，“疑心虽然来得晚，好在还能验证，脉象虽不能说明一切，但皇后娘娘不是让张掌院验脂膏吗，等查验的结果出来，一切自然明了。”

“那要是张掌院和怡妃是一伙的呢？”小潘子突然来了这么一句，“奴才的意思，还是要请别的御医也来瞧瞧，以防万一呀。”

“以防万一，却也会打草惊蛇。”皇上将笔甩落洗砚池，划出一缕墨色，“怡

妃之死疑点重重，但有一点是肯定的，这脂膏断不是怡妃自己变出来的，是毒是药，都有传递的人在里面。若是脂膏中真的只有媚药，不但张学明可信，怡妃的死也可公开彻查，但若脂膏中真有他物，朕就算不信张学明，也不得不做出信他的样子，甚至连怡妃的死也未必能以真相示人。”

“可是皇上，您已经下令皇后娘娘彻查怡妃之死，恐怕此刻已经传遍全宫了。”小潘子担忧地说。

皇上淡然一笑说，“庄環身居妃位，其死怎可不查，只是结果不宜宣之过早。西樵，你再去一趟中宫，告诉皇后庄環的死因一旦查明，即刻报于朕知，对外不许提一个字，如何盖棺定论，由朕决定。”

“是。”我欣喜地领命而去。皇上这样周全，我顿时安心不少，动了这些个手脚，搭上了庄環的命，无非是想提醒皇上提防宫中变故，他能上心，我也算没有白白担了害人的罪名。

我去中宫传了话，出来的时候与御医院的刘兴打了个照面。刘御医，他来这里做什么？我疑窦又生，趁时间还早，调头往御医院去。御医院此刻空荡得很，除了新来的几个生员和医女，只有张学明一个人在。

我进到他的诊室，还未说出遇见刘兴的事，他就一脸沉重地说，“出事了。”

我一下把话都噎了回去，尽量镇定地说，“出什么事了？”

张学明指着桌上的手绢说，“这脂膏里，真的只有媚药。”

我一下愣住，这怎么可能！等等，张学明说万淑宁只让他查验脂膏，我也从未提过有毒的脂膏出自南和宫，更没有告诉他我准备有毒的葵花籽和铁丝到底意欲何为，他又如何知道这脂膏里应该有别的东西呢？想到此，我结巴地说，“只有媚药，不对吗？”

“西樵，事到如今你还要隐瞒我吗？”张学明真的有些气恼了，“有些事情你虽然没有明说，但并不难推测，你刚刚准备了那些东西，皇后就要查验脂膏，现在怡妃娘娘又死得不明不白，皇上也突然问起自己的身体来，如果这样我还不能参透玄机，我在宫里早已死了千百回了。”

“是我太过小心了，绝没有不信张掌院的意思，”我先认了错，然后坦白说，

"没错，我第二次送来查验的脂膏正是出自南和宫，所以我准备了那些东西，制造了葵鼠食脂中毒的假象，希望引起皇上的注意，只是没有想到怡妃会因此丧命，更没有想到，这染了鼠血的脂膏竟然无毒……"我拿起手绢盯着那一点橘红看，满心都是对自己的怀疑，"莫非这脂膏只是颜色相近，昨夜又太黑，我涂葵花油的时候太紧张就没留意到不同？可那种馥郁的味道分明就是一样的……"自责涌上心头，我几乎认定是我的不慎造成了眼下的尴尬局面。

这时，张学明抽走我手里的绢帕，打断我说，"你刚才说什么，涂葵花油？"

"我为了引葵鼠食用脂膏，特意偷偷涂了葵花油在脂膏上。"

张学明低头闻了闻绢帕上的脂膏，皱起眉头一脸凝重地说，"这里面没有葵花油，有问题的脂膏一定是被人调包了。"

"调包？这怎么可能？"我实在不敢相信，"脂膏是小潘子亲自送去给皇后娘娘的，又是皇后娘娘亲自交到你手上的，就算有想调包的人，也没有机会和时间呀。"

"你确定吗？"张学明丝毫没有被我的惊惶唬住，"别的我不知道，但至少我得到的脂膏是皇后娘娘的婢女落秋递过来的，在那之前是否脱离过皇后娘娘的视线，我着实不敢肯定。"

"落秋递的……"听他这样说，我也渐渐动摇了。想起灵秀在梳妆台前的身影，我心里萌生无尽的惧意，不禁脱口而出说，"岂止落秋，南和宫里的人也有嫌疑了。"

"西樵，葵鼠还在吗，就是你毒死的那只？"

"一起送到皇后娘娘跟前了，怎么，葵鼠也有问题？"

"南和宫的人就算有时间换掉脂膏，也绝无机会换掉葵鼠，只要验过葵鼠嘴边的脂膏，便可知真相。"

"那若是葵鼠被换掉了呢？"

"那便是中宫的人，"张学明层层分析着，"无论脂膏还是葵鼠，换掉便是更大的破绽，因为正常来说，无人知道葵鼠真正的死因，更不会知道那是你的设计。"

我惨淡地一笑，“所以，只要我肯牺牲自己说出实情，就一定能验出真相。”

张学明抬手示意我不要再说，“这是最坏的打算，在走这一步之前，我们还有一个最后的机会，就是看皇后能否查清怡妃之死，如果两件事真的有关联，可能就此顺藤摸瓜查清楚了也说不定。”

“但愿如此，”我开始将希望寄于万淑宁，这才想起自己的来意，“适才我从中宫出来，见到刘御医进去了，可是正常的传召？”

张学明眉头一拧，“我并不知道此事，他去殿前见皇后了？”

“只见他进宫门，不知有没有到殿前。”

“皇后心思缜密，若是信不过我才找了他人从旁协查倒是无妨，怕就怕，刘兴的背后还有别人，要是被他查出葵鼠的真正死因，你我都会有麻烦的。”

“查出来又如何？事情掀开了，没有好处的是他们，或许到了那个时候，不想隐瞒的反而是我呢。”我说着违心的话，将心底波动的恐惧硬生生地压下去。麻烦？我何曾不知道此事会有麻烦，但做都做了，就只能撑下去。我看到张学明满脸忧色，走过去宽慰他说，“张掌院这样忧心，岂不是看低了皇后娘娘的手腕，葵鼠在她手里，刘兴哪能那么容易就得手？”

张学明苦恼地摇摇头，“我怕的不是刘兴，也不是事情被揭穿后的罪责，如果葵鼠之死能够完全公开在皇上面前，你也算是保住了一条命，怕就怕……”

“怕就怕那些人对我起了怀疑，如果此番不能一网打尽，日后为求扫清障碍，早晚暗中向我下手……”我断断续续地说着，恐惧如同潮水起伏，撞击我心中能承受的底线。当初下决心设计庄環时，我怎么就没想到这件事会变成无穷无尽的冤孽纠缠呢？就在刚才知道脂膏被调包的时候，我还害怕这件事会被草草了结，转眼此刻，我多么希望这就是个简单的意外与巧合。

张学明走到诊室的门边，把手按在门板上，正视着我，表情认真得让人害怕，“西樵，你该回钦安殿去了，留在皇上身边，是你最好的选择。”

嘎吱一声长响，门轴轧转的声音为我心底的恐惧封锁上倾泻的闸口，冷风灌进来，将我的软弱冰冻成坚强。对，留在皇上身边，看谁敢来害我。我一步步走到门边，跨出门槛的前一刻，心存感激地说，“张掌院，西樵在宫里多番蒙你看

顾，虽不知因由，但由衷感激，只为你的用心，西樵也会珍惜自己。此番回去钦安殿，西樵会如同张掌院所说，寸步不离皇上身边，御医院这里就请张掌院多费心了。再有，皇上本不知道我来了你这里，也未必会问，但所谓宁可得了先斩后奏的罪名，也不能落下藏私的嫌疑，我会告诉皇上曾来提醒张掌院不要把媚药的事写入医案留人诟病，日后若有提及，请张掌院也是同样说法。”话毕，我轻盈一苦笑，告辞离开。

我回到钦安殿复命，随后主动提及去御医院一事，皇上知道我心细敏感，又被南和宫的事困扰着，当真一句追究的话都没有就把这事给跳过去了。这整整一日，皇上栖身于偏殿中练习狂草，拒见所有朝臣与嫔妃，我和小潘子守在旁侧，不敢劝，不敢离，心里的忧扰硬是埋在了深处。今日的钦安殿静极了，像一座空殿，被阴云笼罩。我心里清楚，眼前的平静是包裹着汹涌浪潮的一层薄纱，脆弱不堪，一丝一毫的细微触动，都可能引发江河直下的灾劫，我更清楚，南和宫的事不了结，钦安殿就永不得真正的安静。

我原以为这样貌似流沙实为惊澜的日子至少也要持续三五天才能消停，但原来我真的低估了万淑宁，事发后第二天的晌午她就派人来说南和宫的两桩命案都已查清，特请皇上移驾中宫。我和小潘子陪着皇上去了，一进正殿就看见张学明和刘兴站在殿侧，一脸严肃，落秋站在张学明身边，手托方盘，红色的丝绒布盖在上面微微隆起，看那形状，应该就是葵鼠。皇上到了御座台前，万淑宁在踏梯旁躬身迎驾，我和小潘子向她行了步间礼，随即上御座台扶皇上落座，接着再下御座台侍立在两道踏梯内侧。这时我才看见正殿另一侧还站着两名新晋位的御医，陈全和方敏，还有一个宫婢，看着眼熟却叫不上名字来，再有就是……站在最后的那个小太监一直不抬头，我实在看不出是谁。

万淑宁走到正殿中央，领殿中众人行拜见礼毕，起身从容不迫地说，“皇上，臣妾奉命查察南和宫中两桩命案，现已有了结果，请皇上准臣妾在此陈情，并虑及此事关乎皇室安危荣辱，准许闭殿。”

皇上朝小潘子点点头，小潘子高喊一声闭殿，就听得“吱呀——嘭”的一声响，正殿大门紧紧关闭，气氛顿时紧张起来。皇上看着万淑宁说，“皇后辛苦，

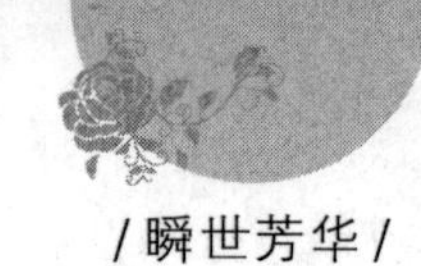

就从葵鼠之死开始说吧。”

“是，”万淑宁朝落秋点了点头，落秋将方盘送到万淑宁身侧，掀开红色绒布，盘上惊现葵鼠的尸体、残留的脂膏、还有两方绢帕，万淑宁指着方盘说，“这盘中四件要物，分别是死于南和宫的葵鼠、留于梳妆台上的胭脂盒、葵鼠嘴边的残留脂膏以及取自怡妃面部的脂膏。臣妾请了御医院四位资历、职务各不相同的御医分别查验这四件要物，以求公正公平，没有错漏。”

皇上点点头，“皇后心思缜密，此查验结果必定可信。”

“张掌院、陈御医、方御医分别查验残留的脂膏，查验结果已经写于纸上，臣妾已取来三位御医的医案做笔迹的对较，确保无人作假。”万淑宁轻轻一扬手，立刻有宫婢将查验记录和医案交给小潘子。

皇上看了记录，先前的严肃紧绷之态有所缓解，“三份记录都一样，说脂膏中除了一味媚药可疑，其余成分都是正常的香料、花膏和铅粉。香料和花膏也就算了，铅粉不是应该有毒吗?”

万淑宁微微一笑说，“铅粉的确含有毒性，但是也有养颜嫩肤的功效，放一点在脂膏中用来匀面并不会伤及身体，就连臣妾用的脂膏里也有此物呢。”

“如此说来，葵鼠之死与怡妃的脂膏无关了?”

“有关，”万淑宁肯定地说，“铅粉可以用来匀面，却不能大量吞食，尤其是葵鼠这样体型娇小的动物，只要服食一点就会致命。臣妾已命御医院的刘御医查验葵鼠尸身，确定葵鼠是食用过量铅粉中毒而亡。”

“过量铅粉?”皇上略露疑色，“朕当时亲眼看见的，只是那么一两口而已，如何过量?”

“一两口当然不会过量，但若这只葵鼠服食铅粉已有多日呢?”万淑宁说着一回头，“小喜子上来。”小喜子！我的心猛一惊，这才发现那个一直低头的小太监是宠物房的小喜子。糟了，他怎么也在这里? 只见小喜子畏畏缩缩地走上前来，扑通一下跪倒，哆嗦得厉害。万淑宁继续说，“皇上，臣妾查问过了，这只葵鼠原先是养在宠物房的，后来无故走失了。这个小喜子是葵鼠走失时的当值太监，臣妾问他为何不去找回葵鼠，他竟说这只葵鼠已经被兽医王一全喂食了大量铅

粉，若是找回来继续饲养就只有死路一条了。”

喂食铅粉，竟然有这样的事！上次小喜子怎么没有说呢？我看向皇上，他已经暗暗攥紧拳头，但脸上流露的愤怒依旧很有分寸，“喂食铅粉，王一全身为兽医竟然做出这种丧心病狂的事情来！”

“回皇上的话，”小喜子立即磕头如捣蒜，“王一全不知怎么想出了训练百毒不侵的宠物的法子，拿最没人爱养的葵鼠做实验，每日喂食一点铅粉，想要观察培养宠物抵抗毒性的最好方法。奴才原本也是不知道的，后来王一全喝醉酒，趁着酒劲都跟奴才吐露了。奴才想，这葵鼠找回来也是死，就没再找下去，想让它好歹能保一条命，谁知道……”

“你说的都是真的？”

“奴才不敢撒谎，葵鼠跑了以后，王一全又挑了一只白鼠做实验，如今那只白鼠还在宠物房里养着呢。还有，葵鼠跑掉那一日，林尚义也在宠物房，还是她先发现的呢。”

糟了！这件事我没跟皇上提过，显然是藏私了。顷刻间，我已感觉到皇上质问的目光在我的脸上扫荡。“皇上，”我赶紧跪下说，“小喜子说的确是真话，那日奴婢去宠物房挑些金鱼来养，看见一只笼子空了，把小喜子叫来一问，才知道跑的是只葵鼠。”

“那在南和宫里你亲眼看见那只葵鼠死了，怎么不说？”皇上的话听起来尽是怀疑。

“奴婢并不知道两只葵鼠是同一只，而且皇上已经下令皇后密查此事，奴婢无凭无据，不敢妄议。”

皇上略带失望地责备说，“知即知，不知即不知，何来妄议？朕喜欢你谨慎，却不喜欢你谨他人之慎。稍后自己到尚宫局去领罚。”皇上说完，抬眼看看小喜子，转而对万淑宁说，“既然是王一全的醉话，若能有铁证最好。”

万淑宁从容一笑，轻轻抬手，手中不知什么时候已多了一个笼子，里面的小白鼠瞪大眼睛看着陌生的环境，“皇上说得对，无凭无据，臣妾就算传召王一全也不会问出结果，何况此案密查，所以不便强行搜证，好在今日他被安贵妃召去

戏犬，臣妾已命人趁机取来小喜子说的白鼠，可让四位御医当场查验，若白鼠体内真有铅粉，就算不能指证王一全，至少也能证明的确有人在给小动物喂食铅粉，为刘御医查验结果之旁证。”

皇上盯着小白鼠说，“查，当场查。”

张学明立刻接过白鼠笼子，其他三名太医围拢过来，很快我就听见白鼠惨烈的吱吱叫声。稍时，查验完毕，宫婢端水上来，张学明洗尽双手回禀皇上说，“皇上，经微臣等四人共同查验，白鼠足底有宠物房标印，确是宫中饲养，体内确有残余未消化的铅粉，腹内脏器已有轻微的腐蚀迹象，只因时值深冬，白鼠嗜睡少动，食量锐减也属正常，如果喂食的人本为兽医，就更无人得知了。”

“雁过留声，人过留影，做过又岂会无人知晓？皇后，葵鼠之死起于宠物房，就全权交由司律监查处。”

“是，臣妾会吩咐下去的。”

“皇后，”皇上的声音里终于多了一些沉痛，“如果怡妃之死与此无关，”皇上指了指落秋手中的方盘，“那究竟是谁在后宫行凶？”

皇后清楚地说，“是孟萝依。”

“孟美人？”皇上疑惑地望着万淑宁，“她是为什么？”

“皇上还记得焦胧月假孕的事吗？”

“此事是因假孕而起？”皇上似乎已经猜到了一些，“胧月假孕是被怡妃误打误撞揭穿的，她要挟私报复这都说得通，但是孟美人跟这件事有什么关系？她们姐妹交好是不假，但如何能好到肯为对方举刀杀人？再说朕只是罢黜了胧月嫔的封位，并未将她赐死，这样以死相报，未免太过惨烈了吧。”

“皇上太高看她了，难道皇上就没有想过，孟美人是一早就惨和进来了吗？”万淑宁侧身看向小喜子身后一直没有说话的宫婢，“姜羌，你来说。”

那个叫姜羌的宫婢快步走到万淑宁身边跪下。皇上仔细瞅了瞅说，“朕见过你，你是仙居殿的人。”

“奴婢姜羌，是仙居殿的守殿宫婢。”

“你知道什么，尽管说。”

姜羌磕了头说，“回皇上，月嫔，哦不是，焦淑女假孕被揭穿后，曾被皇后娘娘禁足在长淑殿，孟美人求了皇后前去陪伴，奴婢随主前往，却被阻拦于寝殿门外。奴婢心觉不安，怕孟美人牵连其中，就偷听了她们的对话，才知道原来假孕的主意是孟美人替焦胧月出的，焦胧月不甘心怡妃坏了她的好事反成了功臣，要孟美人替她惩治怡妃，并给了孟美人一颗嵌了巴豆粉的红枣，要她放入怡妃的饮食中，还说怡妃受伤，这一两日的饮食中加入红枣是必然，不会有人怀疑，还威胁说如果孟美人不帮忙，就把假孕的事都抖出来。孟美人当时没有拒绝，奴婢不知道她的打算，只能装不知道。结果昨日早晨，孟美人悄悄去了南和宫，刚到门口就突然闪到一边躲起来，原来是皇上正好从里面出来，奴婢还听到皇上吩咐御膳房用红枣炖补品给怡妃，接着孟美人就去了御膳房。奴婢不敢一直跟着，心想巴豆也就是让人肚痛几日，再说也没亲眼看见孟美人放红枣，就没说。哪里晓得怡妃喝了红枣汤竟死了，奴婢，奴婢……”姜羌说着就哭起来。

万淑宁摆摆手让她退到一边，“这丫头心里害怕，昨晚急匆匆来投奔臣妾，把什么都招了。”

皇上微微皱眉，“姜羌说的是巴豆，巴豆不至于取人性命，皇后命姜羌作证，似乎这案情还缺了一块不能完整。”

“所以说耳听为虚，眼见也未必为实。”万淑宁抬手，落秋将一只铺了纱布和干红枣的瓷碗送上，“臣妾让张掌院查验过怡妃喝剩的红枣汤，里面只有砒霜，没有巴豆。臣妾也想过是否这件事情还有第三个人参与，但若是那样，包有巴豆的红枣也该留在碗中才是。所以臣妾以为，巴豆变砒霜的解释就只有一个……”

“是焦胧月欺骗了孟萝依。”皇上闭上眼睛，似乎一场精彩的表演落幕。

万淑宁清冷一笑说，“孟萝依把焦胧月送上了不归路，怡妃又把这条路给拆了，说到恨，能放了哪一个？”

“路是自己选的，焦胧月和孟萝依都是自食其果，就连怡妃也是被自己的娇纵所害，”皇上的话听起来甚是无情，“孟萝依还在仙居殿？”

万淑宁点点头说，“南和宫出事后，孟萝依就一直称病，不知道是吓着了还是以为这样就能躲得过。只是，焦胧月的欺君罪摆在那儿，已经没有翻身的余地

了，若不能诱她招供，孟萝依的罪就大了，而且此事也不能算有铁证。”

皇上立刻说，“朕既信皇后所断，又何所谓铁证，孟萝依是自食其果，何必替她澄清。”

话音刚落，宫婢雁秋从正殿侧门悄悄探进头来，落秋过去耳语了几声，立刻慌张地跑过来说，“皇上，娘娘，焦胧月自尽了。”一时间，众人都惊了一下。焦胧月这个时候自尽，分明就是连招供的机会也不留给自己，存心要孟萝依陪葬啊。她虽有争宠之心，却从来不行强悍之事，想不到被逼急了，竟也这般狠辣决绝。可怜孟萝依替她出主意的时候，只想到了一朝得逞能与姐妹分享荣华富贵，却不曾料到计划败露后的无尽牵连。

万淑宁轻轻摇头说，“真是始料未及，皇上，你看此案要如何了结？”

皇上冷笑一声，脸色铁青，“欲盖弥彰，反证皇后之推测，可惜朕偏不如她所愿。小潘子，传朕旨意，焦胧月假孕欺君在先，谋害怡妃在后，更欲陷害嫁祸孟美人，未遂被查，虽畏罪自尽，仍不得饶恕，追废为庶人，埋于乱葬岗，宗族连坐。”皇上说着看向皇后，“你怕没有铁证难以服众，那毒红枣也还在碗里躺着，加上朕的旨意和姜羌的证词，你该知道如何结案。”

“是，”万淑宁心悦诚服地应下，“那……孟萝依如何处置？”

“冷宫安置。”皇上说罢，起身掸掸衣尘，迈步朝殿门走去，万淑宁赶紧一扬手，殿门缓缓打开，一片亮光泻进来，将皇上的身形轮廓映射得格外鲜明，吱呀呀的转轴声中，我似乎听见了皇上内心愉悦的笑声。

是啊，多么荒谬的一场虚惊，原来这个世上不但有巴豆变砒霜，也有蛊蝎变媚药，毒药变铅粉。张学明，蛊蝎之毒是你替我验的，葵花籽毒是你帮我下的，究竟你是卖了我，还是骗了我？你说葵鼠调包才是最大的破绽，可眼下别说葵鼠，就连整个宠物房都成了供证的紧要一环，若非知道来龙去脉，如何能将证据换得如此彻底，将故事编得如此完整。张学明，我是该继续信你，还是从此疑你？

抱着这样的念头，我自此就与张学明形同陌路了，有多少误解在里面都好，眼下这个时候，我们还是少接触为妙。我有段日子没有去百合宫了，为了不让自己多想，我特意多往羽乔公主那里跑了几趟，羽乔公主的伤势已大有好转，也喜

欢和我说话，唯独那个蒙泰，还是冷冰冰的傲气模样，更拿宠物房与南和宫的事嘲笑李朝后宫疏于教养。我不愿与他计较，每每问过羽乔公主安好就走，这样过了十几日，竟也成了习惯。

今晨我同样从百合宫出来，往钦安殿的路上经过翠竹林，忽然听到簌簌风声中有人喊了我的名字。我疑惑地转身一看，竟然是李昊，他站在翠竹林间的小路口，没有走过来，而是转身往林中去。我四下看过无人，迅速地跟上，在他身后一步远的距离跟着走了一段说，“世子今日进宫就是为了踏雪赏竹吗，霜色未退，竹翠被掩，似乎时间早了些？”

李昊伸手扶过落霜的竹枝说，“宫里出了这样大的事，本世子今日才来，已经是错过好戏了。”

“世子指的是南和宫的事吗？”

“在你面前本世子就不打晃眼了，”李昊突然站住脚转过身，“怡妃的死是不是和本世子赠于君怡的脂膏有关？”

我猛一惊，没想到他竟然联想到了那上头，但嘴上仍说，“世子想多了，怡妃的死皇后娘娘已经结案了，的确是焦胧月和孟萝依串谋假孕引起的事端，证据确凿，不与脂膏相关，更不与世子相关。”

“这宫里本世子最不信的就是万淑宁，”李昊朝我走近一步，“此事绝没有表面那么简单。”

“世子为何这样说，难道后宫争宠不是常事吗？”

“是西樵你提醒本世子的呀，”李昊露出狡黠的笑，“那日在木园，你刚刚问完本世子脂膏之事，就突然问起本世子是否与怡妃相熟，本世子当时未曾深想，还以为你是轻视本世子，现在想来，林尚义又怎么会在那种场合问那样不羁的问题，偏巧没过几天怡妃就死了，还有那只葵鼠……”

“葵鼠……”我不知道李昊听说了多少，不敢马上回应。

“世上没有不透风的墙，本世子听说那只葵鼠是食脂而亡……”李昊的笑更鬼祟了。

我立刻指正说，“是食脂时亡，世子别听错一个字，就错认了一桩事。”

“既然林尚义知道那脂膏的厉害就该知道怡妃的死绝对是举足轻重，林尚义心里当真没有半点怀疑吗?”李昊的气势一下子上来将我压制得死死的，那种外表的温善与内心的强悍竟然融合得这样好，“证据确凿又怎么样，只要是经过人手的东西都可以抛去本来的面目，林尚义每日跟在皇上身边，这样的事看得还少吗?”

李昊步步逼近，我的心理防线开始一点一点溃决，不禁暗暗攥住拳头，试做最后一争，“就算如同世子所言，此案尚有谜团未解，也不能断定就是皇后娘娘所为。”

李昊蔑笑着说，“林尚义，你若心中没有怀疑也罢，既然有怀疑，不妨想一想，在这后宫之中，除了皇上，还有谁能将所谓的证据确凿呈现人前。西樵，是你说的，案子是万淑宁结的，纵然不是她所为，也是她授意而为。”

李昊不容置疑地说着，每一句话都如同冰凿撬开我结疑的心房。其实我并非没有怀疑过，张学明纵然知晓我的秘密，却也是孤掌难鸣，若非皇后穿针引线，那三个御医，还有小喜子他们，难道都是给张学明卖命的吗？可是，万淑宁几经磨难、费尽心机才将皇上扶上真正的帝位，难道就是为了今天来将他谋害？这绝不可能。

我正要反驳，李昊竟收起刚才的凌厉之势，诚恳地说，“林西樵，本世子是在冒死与你说这些话。御前尚义，你是皇上的人，皇上又偏信万淑宁，有心无心，只要你的嘴里漏出去一个字，就足以令本世子人头落地，本世子是看在你与君怡的情分，才相信你，”李昊朝我走近一步，眼中竟是托付之意，“本世子不求什么，只是好言提醒，但愿，不是在枉做小人。”李昊说完，转身钻入林中匆匆而去，沙沙叶响掩盖沉重的脚步，落下满地白霜。

第十章　蹊跷丛生怨曲合

庄環、焦胧月和孟萝依相继出事后，皇上对后宫倦怠了不少，一来后宫不甚充裕，除万淑宁外，安瑾萱原就是应景的，肖玉华更是皇上用罢的棋子，杨岫云虽得皇上心意，却因为二皇子曾被利用的事心里始终有根刺，加上本就身子虚弱，所以甚少侍寝，剩下的李美人、江美人、谭美人之流虽有份服侍，却无一人能长留皇上，偏偏万淑宁又在信期，这半月下来，竟有十日皇上是在钦安殿独宿。为此事，万淑宁还特意传召过我一次，说要再给皇上选秀。我觉得现在正是万淑宁博得盛宠于一身的最佳时机，在这个时候扮演贤良淑德似乎有些多余，但对她这个倾心皇后之名远多于眷宠之实的女人来说，没准有人分宠还是求之不得的呢。我私下问过小潘子的看法，他说皇上这个时候绝没有选秀的心思，庄環下药的事情刚刚才过，虽说不是毒药，但想到枕边人如此容易就能损及自身而不露一点痕迹，抵触之心在所难免，只怕以后再也不会专宠谁了，那又何必选秀。我真心觉得这话有理，便再没有将选秀一事提到皇上跟前去。谁知没过几日，万淑宁再次传召我去她宫中，在那里，我遇到了李昊的正夫人姜姒，在她身边，还站着一位极美的美女，肤若凝脂、面如月盘、眸似点漆、眉如柳黛、鼻尖圆小、嘴角轻翘、不笑而生媚、不泣而生怜，最难得的是她的眉眼竟与郑君怡有三分相似，虽然穿着婢女的衣服，仍不掩落花人独立的清冷气质，使她摆出的谦卑姿态多了些许无奈。

“西樵，选秀的事本宫仔细考虑过了，觉得现在还不是时候，就不大肆操办了。只是皇上倦怠后宫，对皇嗣繁衍无益，本宫打算从权势不是太高的皇亲和大臣家里挑选两三个样貌和教养都好的臣女留用，既不失嫔妃的水准，又免于张扬操办，更胜在不违逆皇上的意思，只是要辛苦你了。”

“娘娘为李朝后嗣费心，奴婢不敢为一己之身多思，一切都是为了皇上和李朝江山。”

“好，本宫果然没有看错人，你留在皇上身边，实乃江山社稷之福，”万淑宁往姜姒身边看了一眼说，“这是姜夫人的表妹宋知墨，是出使官宋卯生的过继之女，本宫试了她的礼仪与学识，觉得很不错，有意算她一个，叫你过来，是想和你商量如何安置宋小姐的事。”

我低头说，“后宫事自有娘娘做主，奴婢不敢妄议。”

“你想不议也不行了，”万淑宁在无奈中夹杂了一丝威慑，“皇上现在无意选秀，也不愿多亲近后宫，本宫若擅自作主封了册了谁，颇有强加之意，必定有害无益，况且知墨是姜夫人的表妹，也算半个长安王府的人，本宫不想让皇上有别的误会。”万淑宁有意无意地看了我一眼，我知道她的意思，皇上最不喜欢后宫与前朝有太多牵扯，虽然她与李正茂的父女关系是假的，但如果再添一个宋知墨，弄假成真在皇上心里扎根刺就不好了。

我抬起头说，“那也好办，就隐瞒知墨小姐的身份，以宫婢之名送于皇上。”

万淑宁喝着茶，头也不抬地说，“这样硬送去，万一皇上不喜欢，也不能长久。”

“那娘娘的意思是……”

“不如当真就让知墨做个把月的宫婢，等她和皇上熟稔了再正式收入后宫，要是一段日子处下来，皇上还是没动一点心思，那本宫也好另做安排，不至于白白耽搁了人家。”万淑宁放下茶，期待地看着我。

我心里猛地一颤，避重就轻地说，“娘娘思虑周全。不知娘娘打算将知墨小姐安置在哪一处宫室，奴婢会尽量引皇上去的。”

“若是要安置在其它宫室，本宫就不会只找你来而不找柳尚宫了，”万淑宁意味深长地说，“虽然尚宫局和尚殿局的女官职权在你之上，但谁都知道，事实上在钦安殿，所有的宫婢都是唯你是从，本宫又何必舍近求远呢？知墨虽然条件好，但是……”万淑宁看了知墨一眼，莞尔一笑说，“谁也吃不准皇上的脾气，有你林西樵在，起码不会酿成祸端。”

“奴婢明白了，奴婢会权衡轻重的。”我知道万淑宁指的是知墨的样貌，恐怕皇上对她不是极爱便是极恨。我想不通，万淑宁要施皇后之德，有太多的选择，何苦要冒险选一个无论长相还是出身都有忌讳的宋知墨呢？

这时万淑宁又说，“你嘛，本宫自然放心，但是听说现在你身边跟了个叫陆音的丫头，似乎还是你的左膀右臂，知墨要是去了你身边，那她……”

我立刻说，“陆音绝不会是障碍。”

“一山难容二虎，不是人人都有你这样的胸襟，”万淑宁端着茶碗略作思忖说，“这样吧，陆音就调来中宫做内人好了。钦安殿不设内人和守嫔，知墨就委屈一下，暂时顶上守殿的缺，依旧留用在西樵身边。落秋，这件事你去安排。”

“是。”落秋应下。自万淑宁进宫，落秋就在烟霞殿伺候，当了三年辅殿、三年守殿和一年殿值，接着万淑宁封后，提拔落秋为中宫守嫔，离承御只差一步之遥。

“雁秋，你带知墨到桃源居去赏梅吧，本宫和姜夫人再说会儿话。”万淑宁也不遣开我，等雁秋带着知墨离开，重新展露笑容说，“姜夫人，这样的安排你满意吗？”

“臣妾多谢娘娘体恤，”姜姒很感激的样子，“知墨有娘娘调教，定当光宗耀祖。”

“既然如此，就请姜夫人说实话吧。”万淑宁顿时冷下脸来，“据本宫所知，宋卯生从没过继过谁当女儿，你的父亲姜荣是宋卯生的老师，同朝为官多年，你不应该不知情才是，本宫不想让你们犯欺君大罪才故意做这样的安排。本宫帮你避罪，不代表本宫认同你的做法，你说，你送这样一个来历不明的女子到宫里来，究竟是何意图？”

姜姒闻言顿时面色惨白，跪倒在地磕了好几个头，“臣妾知道平民女子不能破例入宫为妃，若冒认朝中大臣的生身女儿肯定要被揭穿，正巧宋大人出使在外，臣妾就编了这个幌子把她送进宫来，想来宋大人与臣妾有些交情，日后待他归来再作解释也是可行的。”

咣的一声，万淑宁把茶碗重重搁在案上，尖锐的目光似要刺入姜姒的心口，

“谁不知道你是借宋卯生编了个幌子，本宫是问你，这样一个平民女子，你到底是出于什么目的要急着把她送进宫来!”

“臣妾再不送她入宫，她就要成世子的人了，”姜姒的话让我大吃一惊，“十日前，世子不知从哪里把她带回来，说要留用在书房。到了第二日，世子奉命出京办事，嘱咐臣妾好好看顾她。臣妾细看她的样子，就知道绝不是留用书房那么简单。再过三日世子就要回京，若再不将她送走，只怕会纠缠不休，所以……”

“行了，”万淑宁似乎已经明了，“你自然不能违逆了世子的嘱咐，只有说她被本宫看中了留在宫里才能应付过去，可要是本宫真的将她以宋知墨的身份册嫔封妃，你是不是还要去和世子说，是本宫为了让一切顺理成章而安排她成为宋卯生的女儿啊?”

姜姒顿露骇状，往前爬了两步到万淑宁膝前哭喊，“万望娘娘体恤臣妾，娘娘恕罪……”

“本宫若要追究还会安排她去钦安殿吗?”万淑宁轻轻一挑就让姜姒安静下来，“本宫只是不明白，世子已经有两位侧夫人了，再多一个又能改变什么?”

姜姒抬起头，双目含泪点点幽怨，“娘娘有所不知，臣妾不怕世子多娶，只怕世子动情。纪氏和师氏都是赐婚得来的，并非世子真心所爱，世子对她们敬重多于爱慕，这才保得家宅和睦，臣妾的地位才得以维持。知墨就不同了。臣妾知道，世子曾经有过深爱的人，无缘相守成为毕生遗憾，现在碰到这个宋知墨，替身也好，影子也罢，终究是要威胁到臣妾了。”

“世子是皇亲贵胄，所立正夫人必须是出身官宦名门，她一个来历不明的女子就算再得宠爱，也不可能越过你去。”

“臣妾说的不是名分的地位，而是感情，”姜姒委屈地说，“臣妾是没有指望了，但臣妾绝不允许有其她女人得到，谁要敢分世子的爱，臣妾就让她消失。”姜姒此刻流露出被夺爱的嫉愤，形似怨妇。

“那如果有一天世子爱上了纪双木，你也会让她消失吗?”我心里一颤，这个问题，两头都是陷阱，万淑宁敢问，姜姒是否敢答?

姜姒咬紧嘴唇，肩膀瑟瑟发抖，“会。”

时间一下子凝固，稍过片刻继续流淌。“好，很好。”万淑宁站起身大方地说，“为了嘉奖你的勇气，本宫会安排好一切的，知墨就暂时留在本宫宫里，由落秋教导规矩礼仪，三日后送往钦安殿。”万淑宁说着，朝落秋望了一眼，落秋点头以示遵从。

姜姒闻言如获大赦，深呼吸几下后恢复平静，叩谢万淑宁说，“娘娘宽厚成全，臣妾感激不尽。”

“先别忙着谢，本宫要你答应，如果真有那么一天的话，请你告诉本宫，由本宫来处理，不要擅自决定双木的将来。”

“是，娘娘的姐妹，纵然有错也是要交给娘娘处置的，臣妾不敢逾越。”

“西樵，”万淑宁转脸看向我，“来龙去脉你都清楚了，知墨到钦安殿后，该说些什么做些什么，你该有数了。”

我沉默一阵，抬头鼓起勇气说，“娘娘不怕奴婢向皇上说出实情吗？”

万淑宁毫不犹豫就说，“你不会的，除非，你不想保住双木。”我倒吸一口冷气，时到今日，万淑宁竟然用双木来威胁我。她如此相帮于姜姒，断不是举手之劳，到底是何用意呢？我抬头看了一眼，万淑宁竟已懒懒地倚在座上，“本宫玩笑而已，西樵对双木的心意自然比对皇上的要深，怎会不顾？再说，知墨以宫婢之身与皇上相识，兴许还正中皇上下怀呢，西樵又何必执著于真相，君心大悦不是你我共同之所求吗？”

没错，皇上心里有郑君怡，对待她的影子也会好的，一旦抖落出知墨和长安王府的关系，没准皇上又会多疑多思，对谁都不是好事。想到这一层，我落落而言，“方才是奴婢失言了。娘娘说的是，但求君心大悦，奴婢少说两句真话也是无妨的，决计不能为了自己痛快而毁了皇上的快乐。”

“西樵本性善良，有些挣扎也是对的，你方才那样的质问，就是不宣之于口也会在心里默念，其实只要最后的选择正确，过程怎样本宫不会在意，”万淑宁又看了姜姒一眼，轻轻地摆摆手，“好了，都回去吧，本宫还有事，不留你们了。”

我告退出了中宫，与姜姒一前一后走下石阶，她上了马车，我则步行往钦安

殿回。经过竹林时，我下意识地往前次李昊等我的地方望了一眼，两片翠绿之间空空如也。我回头继续往前，竟然听到身后有马蹄声渐近。

我转过身，长安王府的马车在眼前停下，帘子掀起，姜姒朝我露出礼待的笑，“林尚义，可否入车内一叙？”我愣了一下，姜姒此刻的笑容看起来与刚才在万淑宁面前的大不相同，与我在王府偶遇她时也有差异，一时间，我觉得这个女人也不简单。我钻入马车，一下子被姜姒捉住了手，“你放心吧，我会照顾好纪双木的，只要你能照顾好知墨。”

我的心猛晃了一下，觉得有些不对，不禁脱口而问，“夫人不是只求知墨离开世子吗，怎么还关心她在宫里好不好？”姜姒放开手，连目光也挪移开了。我顿时豁然，反抓住了姜姒的手，“难道夫人跟皇后娘娘说的不是实情？”

姜姒的另一只手搭在我的肩上，专注地看着我，“如果知墨能得到专房之宠，起码皇上和她在一起的时候是安全的。”嗡的一下，我的头晕了。安全，这个词从姜姒的口中说出来意味了太多复杂。难道知墨进宫的背后不是姜姒的嫉妒而是李昊的筹谋，姜姒就是为了李昊，扮演了这个妒妇的角色？我直直地凝视姜姒，想从她的眼中看出多一点暗示，就在这时马车停下来，姜姒看了看窗外说，“你可以下车了，知墨承宠的事就拜托给你了。”

点到即止，这样聪慧的人怎么会是将妒意流于面上的怨妇，可见她在万淑宁面前的哭诉都是演戏了，纪双木在她的眼前当细作，岂不是……我诚恳地看着姜姒说，“知墨在奴婢身边会很好的，希望夫人也能遵守承诺。”说完，我掀起门帘跳下马车，头也不回地按原路返回，等到车轱辘声渐渐远了，才停住脚步回头去望。

姜姒，你把知墨送进宫来并不难为我多少，真正让我为难的，是我清楚知道李昊所做的一切都是为了防范万淑宁，你用纪双木来说动我，可我对你们的协助，恰恰正是对纪双木的背叛。

我回到钦安殿后俱事不提，照样陪皇上留宿钦安，照样将陆音带在身边，一如既往地过了三日，尚宫局一纸调令，陆音晋升为内人去了中宫，知墨进了钦安殿执守寝殿。我告诉她不要急着引起皇上注意，最好当我也是个陌生人，埋头当

一阵子的普通守殿，再到我身边听差。知墨很听话，也很有本事，与钦安殿众人都相处融洽，就算是她浑身散发的清冷气息也没有让旁人疏远。在她入殿后的第十二日，我向钦安殿值要了她，并开始准备知墨承宠的事。

事情比我想象的顺利很多，原来皇上早就注意到她了，而她这种无顾旁人所议、清者自处安身的干净洒脱更让皇上放低了戒心，就在我留用她的第三天，皇上就向我打听她的来历。我用再不能轻描淡写的言辞说是万淑宁看中了陆音调去中宫，恩许我任选一个中宫的宫婢交换，我便选了知墨。当然，我也毫不避忌地承认了因为知墨像一个故人所以选她。皇上听完我的话沉默了许久，接着连续数日让知墨一人伺候，最后，终于在知墨入殿满一月整的那一晚临幸了她。灯灭的那一刻，我凄然一笑，也许，就是我那故人二字，让皇上旧念重起，痛而不怒，伤而生思。

除夕前一日，皇上正式册封知墨为淑仪，赐号静，居南和宫。听到南和宫三个字，我着实有些意外，再看知墨，她的平静将内心的坦然全部呈现出来，清姿犹在素心更甚。知墨入南和宫是我陪去的，这处封闭了许久的宫院还透着淡淡的霉气，薄薄的灰尘掩盖昔日的华丽，还有寝殿里丝毫未改的布置，让我不禁想起那个紧张的夜晚和惊悚的清晨。知墨站在殿中央环顾四周，目光落到每一处都是实的，她把一切都真切地看在了眼里。

宫婢们忙碌着，我走到她身边轻轻地问，“南和宫是皇上的大忌，现在赐居给娘娘，是有什么用意吗？”

知墨慢慢走到一个角落里，看我一眼说，“不是皇上赐的，是我自己要来的。”

“娘娘自己要的？”我诧异，“那皇上也能答应？”

“我跟皇上说，后宫争斗实属常事，南和宫毕竟是四皇妃的宫院，若是长久封锁或是永远废弃，不但无法避开旧事，反而会留人话柄流言再起，不如大方地赐给嫔妃，更显皇上心胸坦荡，如果没有人愿意住，那就让我来住好了。”知墨这一番话说得极其平静，尤其是最后那句就让我来住好了，透着从指尖上挑走一只小飞虫的随性淡易，我想这南和宫的专房之宠也不多需要我费心了。

日子就这样又流过一个月，万淑宁先后又选了两名臣女进宫，皇上一律册了美人，把长淑殿和仙居殿赐给她们居住，但宠幸甚少。知墨博得专宠后，李昊和姜姒再没有进宫找过我，好像一幕剧演到一半就断了，让人记挂又迷惘。

元宵过后，羽乔公主说伤势已大好，等过出头月天气转暖就要起程回大越，似乎一切都将回归到最初的平静。但就在二月初的清晨，我一直担心的事情发生了，皇上在朝堂上突然晕厥，小潘子没来得及给我消息，就按万淑宁的吩咐把皇上直接抬入了中宫医治。消息传到我这里的时候，落秋也刚好到了钦安殿前，说万淑宁急召我到中宫照料。她还能来找我，这倒不算太坏。我跟着落秋到了中宫寝殿，看见张学明跪在榻前诊脉，万淑宁只顾来回踱步，面露忧容，根本没有朝我这里望一眼。

张学明松开手，沉沉地叹气。万淑宁上前紧张地问，“怎么样，皇上为什么会突然晕厥?”

张学明抬起头，坚持了一会儿又将头低下，艰难地说，“毒发了。”

“什么!”万淑宁竟然不顾尊卑礼仪一下子揪住张学明的衣领，“什么叫毒发了，你不是说没事就是没事，不管之前下了多重的分量，只要不再摄入就不会毒发的吗?”

“此毒不发，难显于脉象，若是毒量不够，停止摄入自然可保平安，但若毒量已足，渐渐发挥毒性，就只是时间早晚而已了……”张学明被掐住了脖子，声音都扭曲了。

万淑宁一下子甩开张学明，面对无人之境厉声斥责，“庄環这个贱人，竟敢这样谋害皇上，本宫真后悔没有把她的罪行抖出来，还要按妃子之礼将她风光大葬，早知道这件事最后还是瞒不住，当初就不该顾忌那么多!”

嗡的一下，我感觉视线有些模糊，听觉似乎也弱了。万淑宁知道皇上中毒的事？张学明早就和盘托出了吗？我有些站不稳，本能地伸手去扶旁边的柜子，碰倒了一只金鼎壶。

“谁?”万淑宁尖锐的目光刺向我，很快就说，“落秋，关殿门，西樵过来!”我感觉到万淑宁的怒气，畏惧地走过去，哪知道万淑宁过来直接就给了我一个巴

掌，火辣辣的疼在脸颊上蔓延开。“你是怎么照顾皇上的，张掌院说即便每日落毒也要两年才能足量，两年，皇上天天被人下毒这么长时间你居然一点都不知道!”万淑宁的手直指向我的脸，几乎要把我撕碎的样子，我能感觉到滚烫的潮红在面庞迅速蔓延。

“娘娘，”张学明恳切地说，“此毒世间罕有，又是加在怡妃的脂膏中施于皇上，之前毒性未发，林尚义没能察觉也是在所难免。”张学明说罢看了我一眼，这算是求情吗，还是暗示，暗示我万淑宁已经知道皇上中毒的原委，却不知道我与此事的瓜葛。

“在所难免?”万淑宁用极其讽刺的腔调说着走到张学明面前，“你干脆说，你们御医院没能及早查出皇上中毒也是在所难免，皇上现在毒发身危也是在所难免!”

“微臣不敢，微臣惶恐……”张学明赶紧跪下，心诚意恳得只差老泪纵横了。

我努力沉心静气，膝盖一弯跌坐地上，幽幽地说，“怎么会中毒呢，怡妃的脂膏里不是媚药吗?”

“那些脂膏和葵鼠都是娘娘准备的假证供，媚药也是娘娘放进去混淆贼人视听的。”落秋冷冷的声音似在嘲讽我的无知。

“假证供?”我慢慢抬起头，虽然心中早有猜想，但还是流露满眼的疑惑，“为什么要准备假证供?”

“不准备假的，难道要把皇上中毒的消息传遍全宫吗?”万淑宁走过来，拎着我的胳膊把我一下拽起来，凝视我说，“你就不怕有心之人从中作梗动摇国本?”

我承认自己没有想到这一层，但是……我承受着她的目光许久，忍着胳膊的痛说，“一群人知道是知道，一个人知道也是知道，娘娘既已找人查明脂膏中有毒药，这秘密就已经不能守住，除非……娘娘让那个人也成为了秘密。”

万淑宁微微一笑，松开手说，“没有那个人，西樵，本宫在闻到脂膏里浅浅浮着的葵花油味道时，就想到那里面不是什么好东西了。”

“葵花油味道……”我是真的愕然了，万淑宁单凭葵花油的味道就能猜到其中乾坤?

万淑宁抛了一个眼神给落秋，落秋将一盒脂膏送到眼前，万淑宁接过手轻轻闻了闻说，“脂膏里无缘无故怎么会有葵花油，偏偏葵鼠钟爱此味，食之即亡，那就很明显了，是有人要引诱葵鼠食用脂膏。当然，这个人的目的不太可能是谋杀葵鼠，那就只能是欲揭脂膏之毒又不想暴露自己。但是，从知道脂膏有毒到揭露脂膏有毒，这样的设计是需要时间的，所以设计的人必定已经确定这脂膏中毒是慢毒。”万淑宁在榻边坐下，忧虑地望着皇上，“慢毒与剧毒，所差并非毒发的时间，而是下毒之后的种种。皇上正当盛年，若用剧毒，则摆明了是有人谋害，此人心计不过尔尔，但若是慢毒，那便是预谋已久，皇上的命就成了随时可能爆炸的火药，不定哪天就酿成了灾难。眼下皇子年幼，兄弟又多，稍有不慎就会万劫不复。何况事情捅破，皇上必定会查，虽说是密查，可密了又如何能查，查了又如何守密，万一皇上中毒的消息流出去，谁晓得会成什么局面，不如从源头上就把一切截断。”

万淑宁的眼中流露出坚毅和果断，我却摇摇头说，“不查不知，但不知的仅是无关之人，若是有人存心谋害，只怕他更乐得娘娘不查。”

“庄環已死，还要如何查？能揪出来当然好，但若揪不出来，能防住也是好的，”万淑宁的脸上多了几分智慧，“本宫换了证供，背后的人若是聪明就该有所警惕，就算是蠢笨的角色也该被本宫此举迷惑不敢轻举妄动才是，只要皇上的身体没事，不再有机会摄入蛊蝎，那些稀罕的蛊蝎毒也只能白白浪费，皇上冷淡后宫，不光是因为没了心思，还因为本宫让张掌院下了淡性的方子，只是此方不宜久服，本宫才考虑选人进宫，望皇上宠幸新人，避开后宫遗害，哪里知道皇上中毒已深，再多补救也是惘然了。”万淑宁眼中满是遗憾，却少有悲伤，也许皇上在她眼里的价值就是皇后宝座的给予者，天下江山的执掌者，而不是深爱的丈夫。

“娘娘，”落秋走到万淑宁身边说，“眼下这种局面，要如何收场，大臣们还在外头等消息呢。”

万淑宁蹙眉深思片刻说，“张学明，可有一种急症表现为忽然晕厥，休养调理后便可痊愈的？”

张学明说，“食物过敏可有此症。”

“那就宣称皇上食物过敏，暂时言行不便，需卧床休养，病体未愈前，由懿文王、镇宣爷、长安王共同理政，本宫听政，如遇急要政务，由三位王爷共同决议，议不同的，交由本宫处议，其它事务暂缓批议，等皇上身体好转再行处理。落秋，你去找小潘子，让他去宣告。”

“是。”落秋说着走出寝殿。

这时，我才发现小潘子不在，好奇地问，“娘娘，小潘子没有陪着皇上吗？”

万淑宁一边替皇上整理被褥一边说，“原本是陪着的，来中宫的路上心太急绊了脚，额头磕了个大口子，在偏殿让御医看着呢。此事机密，不宜让其他御医知道，就没急着让他过来。”

是这样……我看向张学明，万淑宁瞒住了御医院的所有人唯独他例外，甚至还有重托交付于他，这份信任还是有些让我意外的。但，她对我的信任何尝不让我自己意外。我走近榻边，看着昏睡的皇上说，“皇上自己知道吗？”

“本宫没有告诉他，”万淑宁抬头看我一眼，声音里有一点强撑的坚毅独立，“既成事实无法改变，让本宫一个人承受就够了，身为君王，往往比一般人更不能承受病痛和死亡的威胁，何必呢？”万淑宁起身放下半边的幔帐，“西樵，皇上病愈前就留在本宫这里，你是要一起搬过来，还是留守在钦安殿呢？”

我冷不防地被她问住，不经意间环顾四周，明明在这里住过四年，却忽然觉得很陌生。

万淑宁见我不答，继续用温如水的声音说，“皇上身边和钦安殿都不能没有可靠的人，若是你搬过来，就让小潘子留守在钦安殿，若你想轻松自在些，就让小潘子过来，总之两头都别空了就好，”万淑宁轻轻牵起我的手，“当然，本宫是希望你能过来的，一则这件事能瞒一个是一个，小潘子既然现在仍不知道，干脆就一直不知道，二则你是皇上的御前尚义，自然是皇上在哪你在哪，三则……”万淑宁神秘地一笑，“在本宫心里，你永远是最合适的承御人选，哪怕只有几日，中宫能得你照看，也是好的。”

万淑宁把话说到这份上，我已是无法强拒，看着她微笑的眼，我不禁被那种诱惑的目光刺得睁不开眼，“谢娘娘器重，奴婢自当竭尽全力，只是小潘子服侍

皇上多年，又在钦安殿掌事最久，奴婢还是要尊重他的意思……”

万淑宁倏地一笑，“西樵能尊重宫里的老资历，是德行为尚的典范，本宫自然要助你，小潘子那边本宫去说，你这就回去准备吧。”

“是。”我说着关切地望了皇上一眼，退出寝殿。一路沿着回廊走向中宫大门，我忽然想起了陆音，她不是调过来做内人了吗，怎么不见人影？我放慢脚步，四周看看，恰看到张学明在我身后，他朝我持重地微笑一下，反让我觉得尴尬。

走出中宫，我们都有意识地靠近彼此，我低着头说，“皇后娘娘是什么时候找到你的？”

“你又愿意相信我了吗，”张学明将失望和委屈藏得很好，但我还是听出了那么一点难受，想来最近一段时间我的避忌和冷漠都深深伤害了他，好在他并不深究，回到正题说，“焦胧月死后第二天她就来找我了，也是刚才同一番说辞，让我留意皇上的脉，还让我验了那盒真的脂膏。我看她没有提你，自然也不会提。”

“你觉得她的话可信吗？”

“道理上很通，没有漏洞，而且，我想不到她撒谎的理由。”

“那媚药是怎么回事？”我提出自己的怀疑。

“皇上会相信脂膏里什么都没有吗？总要查出点东西来的！”

“这个我知道，我是好奇，皇后为何选媚药，她如何断定皇上体内有媚药的残余？”

“呵呵，”张学明的笑看起来像在讽刺我的幼稚，他随即正色道，“既然后宫里真的有人做了，皇后知道是很正常的，怡妃盛宠在身，说是靠了媚药也不过分，而且，也不能排除皇后借此立规的可能。”

“话是这么说没错，可我怎么觉得，张掌院对皇后娘娘也不是全然相信。”

“你我介入此事太早，已有太多的猜疑，所谓先入为主，皇后所为在别人看来是先人之先掌控一切，在你我看来却已是迟来的补救，岂能有信，纵有，也是因为无法证实怀疑，不能不信而勉强相信，”张学明字字剖心，倒也诚恳，“就说皇上中毒这件事，如果皇后撒谎，为何撒谎，有何益处，都是不解的谜题。若是

为谋害而谋害，不必等七年这么久，也不必等到登上后位这么艰难，若是另有图谋，最大胆不敬的猜测，就是她想外戚掌权以把控朝政，但是她已无家亲在朝谋事，膝下无子继位，又让三位王爷执政，干政一说似乎也站不住脚，何况长安王爷的野心已非一朝一夕，没有了郑家的平衡，再失去皇上这个依傍，她的后位只会不稳，我实在想不出她有何道理要谋害皇上。”

“是啊，有什么道理呢?”我嘴上这样说，心却被更大的不安笼罩。张学明，你哪里知道万淑宁和长安王府的纠葛，长安王的野心只怕已经被万淑宁消耗得差不多了，如今倒想回去，怎知万淑宁当初认亲的初衷不包括要在今时借长安王铲除其他的势力呢?但是女子当政，并非权盛即可，臣心民意属李属万恐不能相提并论，当最后只剩下长安王一派掌权的时候，万淑宁要如何收场……

与张学明分开后，我回钦安殿收拾了东西，连同万淑宁当日相赠的孔雀钗也一并收进了细软里。进了中宫，就再难夜探郑君怡了，就趁这最后一个自由的夜晚，去见她一面吧。我等到暗色笼罩皇宫，冬夜的气息更加彻骨寒冷，顶着漫飘的雪花溜进静禄院，朝着清冷的宫阁错落间那一点微弱的灯光靠近。忽然，一阵飘然空灵又饱含深深幽怨的歌声传到耳朵里，隐隐约约，断断续续。谁?我一下紧张起来，竖起耳朵追寻歌声的来向。是那边吗，最远处的一片黑暗中，似有戚戚簌簌的脚步声，歌声也越发真实，但却听不出在唱什么。“是谁?”我壮着胆子喊了一声，慢慢往前走。歌声戛然而止，只一瞬的间隙，我看见有个白乎乎的影子一闪而过。我猛地一惊，心想莫不是鬼吧……鬼?我想到了自尽的焦胧月，莫不是她的鬼魂不安来向孟萝依索命?对了，孟萝依也住在这里，没准是她。我渐渐放心下来，想到如果被孟萝依看到我来这里也够麻烦的，就赶紧调头朝郑君怡的房间走去，离光亮越近，我的心也越安宁。

我将羽乔公主的近况告诉郑君怡，她皱起眉头满眼失望，难道她还在期望羽乔成为万淑宁的诅咒吗?我看郑君怡陷入了沉默，许久不搭理我，小坐了一会儿就准备离开。谁知我刚起身，郑君怡就开口了，“庄環死了，焦胧月到了这里也死了，现在孟萝依又进来了，这些事你都不打算给本宫一个说法吗?”

我竟忘了她会问这个，一时间哑口，飞快地想了想说，“焦胧月和孟萝依同

谋制造怀孕假象，被庄環撞破，焦胧月在明处，被打入静禄院，孟萝依在暗处，迫于焦胧月的威胁下毒害死了庄環，后来事情查清了，焦胧月畏罪自尽，孟萝依也被发落到静禄院，就是这样。”

“就是这样?”郑君怡怀疑地看着我，“每次你说就是这样，就代表不仅仅是这样，最起码你没有说到宠物房的事。”宠物房的事她也知道了！我瞪大眼睛，心虚都挂在了脸上。“西樵，不要以为这里是冷宫，就不会有流言蜚语传进来，其实宠物房的事情本宫并未放在心上，真正让本宫心绪不宁的是刚才你的隐瞒和遮掩，庄環和焦胧月的死并不足以让本宫确信宫中有事，但是，你的刻意闪躲，让本宫相信宫里一定出事了。你这么久没有来看本宫，是不是也被牵扯其中了?”郑君怡目不转睛地看着我，让我无路可退。

“庄環下媚药被发现了，皇上的身子也受不住媚药的药性有些不妥，奴婢因为在旁照顾所以无暇过来。”我做出被逼无奈的可怜样，希望能骗过她。

“庄環下媚药?”郑君怡流露出更多的猜疑，但很快眉头渐渐舒展，像是想通了什么，随即眉毛一挑说，“哼，那她的死因就有待斟酌了……”有待斟酌？我的心紧张起来，听见她继续说，“庄環可是万淑宁力保的秀女，却一直没能生育，皇上对她的宠爱只怕也有所削减，此时固宠得子是第一要务，没准下媚药就是万淑宁的主意，东窗事发，所以先下手为强，焦胧月和孟萝依是不好运撞上了，被万淑宁借刀杀人也未可知。”原来郑君怡是这个心思，我放下心来。这时，那阵奇怪的歌声又飘进来，我下意识地浑身一颤。郑君怡平静地看了我一眼说，“这是高祖皇帝的恬妃在唱歌，一到二月初她就这样，不用害怕。”

“奴婢失仪，”我惭愧地低下头，随即好奇地问，“恬妃为何会在这里?”

“你竟不知道，我还以为皇上对你已是倾囊相告了呢。都是快三十年前的事了，”郑君怡站起身走到窗边，似在倾听，“那时候月支瓜分了大越的大片疆土，起了吞并李朝的狂妄野心，派了八个密探潜入李朝，查得镇守边疆的八大将军的秘密，用以威胁他们打开城门放月支国军入侵。其中一个密探卡扎的妹妹纳林更作为细作被送来李朝后宫，封为恬妃。谁知一年后，恬妃的身份败露，被打入冷宫，卡扎听到了这个消息，为救妹妹，他杀了其余七个密探，带着秘密进京，决

定和高祖皇帝交易。时逢高祖皇帝有意重塑玉玺凤印，遍寻铸匠能手，卡扎找到李朝第一铸匠仇髯，速学铸金之法，取代他进宫。玉玺凤印制成后，卡扎坦露身份，公然提出只要高祖皇帝册封纳林为皇后，他就将八大将军的秘密献给李朝，可所谓的献给，也是交于皇后保管，以此保纳林一生无忧。结果祖姑母，也就是病逝的太皇太后怕高祖皇帝废后再立，就设计将卡扎杀死在宫中，听说卡扎死时面带微笑，不知何意，而纳林也从此困于冷宫，渐渐失了心性，疯疯癫癫。"

"高祖皇帝没有处死她?"

"卡扎已死，纳林很可能就是唯一知道这个秘密的人，虽然说希望渺茫，但是高祖皇帝还是希望有一天纳林能吐出秘密，这样才能牵制八大将军，固我疆土。"郑君怡转过身惋惜地说，"卡扎死时正是二月初，所以每逢此时，纳林就会整晚整晚地唱歌，高祖皇帝和先帝都曾让译官来听过，但是不解其意。有时候本宫在想，要是有人能听懂纳林的歌，是不是就能破解了那个秘密呢……"

歌声渐渐远去，我也从静禄院出来，回去的路上，纳林的歌声始终在脑海中回荡，想不到这样一段忧戚的歌声背后还有这样一个不为人知的故事，尘封了近三十年的秘密，如果能够破解，那也是上天对李朝的眷顾了。可惜，译官也听不懂，就算与那个秘密有关也没用了。等等……卡扎死时只有月支没有大越，而事实上，月支是瓜分了大越的疆土……我不敢再深想下去。纳林唱歌的时节在二月初，羽乔公主的归期也在二月初，这会是巧合吗……

第十一章　风起云涌困愁城

纳林的出现让我本就烦扰的心更加不能释怀，一夜辗转后，我拖着被倦意束缚的身子去中宫报到，不想竟在宫门外遇见了太后，我原想躲开，等她们离开后再进宫门，谁知古月月眼尖得很，不但远远地就盯上了我，还提醒太后朝我看，

此刻我身负包裹，果不其然地引起了她的警惕，审视的目光从落在我身上那一刻起就格外犀利，令我睡意全消。

“参见太后。”我躲不过，只好上前行礼。

太后与古月月对望了一眼说，“林尚义，你一大清早背着包袱是要做什么去?”

我低头轻声地说，“回太后，皇上染疾留居中宫休养，奴婢奉命迁入中宫暂居，以便侍疾。”

“奉命，奉谁的命？皇上？皇后?”太后的话中尽是不满，“你是皇上的御前尚义，怎么能唯皇后的命是从，你这么听皇后的话，难道是以为自己还当着中宫的承御吗?”

我听到太后这样的话，就知道自己已经处在了极为尴尬的位置，太后与皇后素有矛盾，因为皇上的关系才一直被压着，现在皇上病重，太后若再不为自己一争就难守在后宫的地位和颜面了，而我身为前皇后的承御，现任的御前尚义，要在万氏皇后和郑氏太后之间留取一片生存的空间，谈何容易。我赶紧磕了个头说，“太后教训的是，奴婢疏忽了，请太后责罚。”

“好一句请太后责罚，这样的话天天有人说，说得都要滥了，却有几个是真心，反正说说也不心疼，你们是不是都把这话当作请安问好一样的口头禅了，也从来不想一想这责罚真的下来了会是什么样子!”太后一把掐住我的下巴硬生生抬起来，“记住了，是你向哀家讨的责罚，可不是哀家要塞给你的。来人，掌嘴二十。”话音刚落，古月月就走到我跟前，邪恶地冲我一笑，扬起手打下来。啪，啪，啪……我只觉得牙根晃动，火辣辣的痛感一下比一下强烈，牙齿磨到脸颊内侧，有血的味道从嘴角渗出来，痛。

就在这时，一个更有魄力的声音打破了眼前这于我不利的局面。“全都住手!”厉声之后，万淑宁微笑着从容地走到宫门口，她笑中的亲和与刚才的那一声喝斥的霸道截然相反。万淑宁站定后温暖地看了我一眼，朝太后盈盈行礼说，“臣妾给太后请安，不知林尚义犯下了怎样的错，要受这样的重罚。”

“重吗？哀家不觉得。林西樵身为御前尚义，照顾皇上不周，不能恪尽己守，

赏几下打嘴而已，皇后不必心疼，也不该心疼。”太后不屑地瞟了万淑宁一眼，继续说，“皇后来得正好，哀家听说昨日皇上突发急症，因情势紧急所以被匆忙送来你这里救治，哀家已经问过御医院，知道皇上的病情已经稳定，所以来接皇上回钦安殿休养，请皇后准备一下吧。”

“请太后恕罪，臣妾并不觉得皇上适合回钦安殿休养，”万淑宁的回绝十分直白，“一来皇上的病情虽已稳定，却仍未过险境，不适宜来回迁挪；二来皇上急症突发，病源未定，难保不是钦安殿中的花草、饮食、疫源或是其它不祥之物冲撞了龙体，怎可轻易再涉；三来皇上的身体关乎国运社稷，眼下皇上口不能言手不能书，若身旁只有宫人伺候，太后娘娘真的放心吗，万一有些什么要紧的事不能及时处置，闪失的可不仅仅是一个病人的性命。”

“皇后是在教训哀家吗，”太后的脸颊因为愠怒而泛起红色，“钦安殿不能住，那就搬到哀家的宫中，由哀家亲自照顾，皇后也好专心管辖后宫，安抚嫔妃们，再不然，哀家搬来中宫小住，总好过皇后一个人顾此失彼。”

“臣妾谢过太后娘娘的好意，只是太后既然有这样好的主意昨日就该说，现在才提，已经晚了，”万淑宁的话语很温柔，却能够传递出很强的力量，“臣妾昨日已经传下懿旨，皇上留居中宫休养，任何人无召无宣不得入中宫打扰，在此期间，由懿文王、镇宣爷、长安王共同理政，臣妾听政，这些太后想必也已经知晓，如果这个时候突然有变，外头的皇亲和大臣会作如何猜想，臣妾着实不敢保证，臣妾不怕被人说自己无力主持后宫，怕就怕有人认定了后宫不能同心，伺机起意染指后宫前朝之权事，这样对皇上又有何裨益。”

“皇后好大的道理，”太后隐忍着胸中的怒气说，“皇后如此明理，怎么就不说你自己擅作主张先斩后奏，谁许你下那样的懿旨，谁许你说出任何人无召无宣不得入中宫的放肆之言！哀家的脚就是要跨过你这道门槛，你又能怎么样？”

“太后娘娘，臣妾虽然自称臣妾，但到底是后宫的主人，是李朝的国母，除了皇上，臣妾所拟之旨无需向任何人奏请求许，包括太后娘娘。当然，太后可以说出让臣妾收回成命的话，但这话若非遗诏，恕臣妾不能从命，也无需从命，”万淑宁竟然将遗诏二字挂在嘴边，丝毫不畏惧太后眼中喷涌而出的愤怒，越发振

振有词，“更何况事急从权，臣妾不自作主张，又要向谁去奏？皇上昨日清晨在朝上晕倒，太后直到今日才上门一问，这难道就是做母后的心意吗？”万淑宁的话让太后立刻变了脸色，“这一天一夜太后在忙什么臣妾不知道也不想知道，但臣妾所做的，是要替皇上留住江山天下，万望太后成全。”

“替皇上留住江山天下，你……你这是要干政吗？”太后的胸脯起伏着，看得出极为气愤。

“前朝的大臣都没有非议臣妾干政，太后娘娘这是欲加之罪吗？再者说到干政，臣妾倒有要嘱咐太后娘娘的，”万淑宁走过来将我扶起，背对着太后说，“后宫规矩，守嫔以上的宫婢，不可轻赐掌嘴之刑，太后娘娘是不理后宫多日所以忘记了吗，西樵是皇上的人，又隶属尚宫局，皇上在皇上管，皇上不在自有臣妾教导，以后都不劳太后娘娘再费心了，”说到这里，万淑宁转过身，微笑着朝太后摆出请的姿势，“太后娘娘，请回吧。”

“皇后你竟敢……”太后咬牙切齿，却拼命忍住，阴沉沉地说，“好，既然皇后是替江山天下筹谋，哀家再有微词，就是与江山天下过不去了，皇后，记住你今日说过的话，替皇上留住江山天下，但愿你不会食言。”太后说完，不甘心地瞪着万淑宁好一会儿，最后甩手离开。

等太后走远了，万淑宁缓缓吐出一口气说，“这就是曾经母仪天下的皇后，端庄，高贵，矜持，如今却像贪婪的俗妇一般，真是可悲。”

“太后到底还是争不过娘娘。”雁秋轻轻地说。

万淑宁轻拂额头说，“心里没底，自然不敢彻底与本宫反目断交。”万淑宁垂怜地牵起我的手，仔细看着我的脸说，“西樵先跟雁秋去住处安顿吧，这一巴掌挨得不轻，等消了痛消了肿再来听差。”说着，她轻抚了下我的耳鬓，转身走进宫内，由宫婢簇拥着往深处去。

我跟着雁秋去宫婢房安顿，没想到竟住回了我以前的房间，之前用过的物件摆设都原封不动地在那儿静静安放着，好似忠心的伙伴在执著地等我归来。雁秋命人拿来消肿的伤药，我敷药后稍微休息了一会儿，就找了小宫婢带我去见万淑宁，绕过几道回廊，谨书殿乍现眼前，万淑宁的近身内侍小青子站在殿门口，就

像有意在等我似的，推开门请我进去。我踏入谨书殿，竟然感觉比在外头更冷一些，不知为什么，殿中没烧炭火，又换了糊窗的明纸，把阳光隔绝殿外，再加上纸墨书卷的肃穆之气，这谨书殿有种与世隔绝的寂寥之感。也许是我许久未曾踏入的缘故，我在这层寂寥之上，还感觉到了尘封已久的哀伤。万淑宁坐在桌案前看书，依旧是柔美娴静的模样，她衣衫单薄，只用了锦缎裹身，没有用风毛护暖，也没有手炉取热，却一点不显缩手缩颈的惧寒之相，不知是天生不怕冷，还是心神贯注以致忘记了寒冷。

“娘娘，林尚义到了。”雁秋轻轻地说。

“到了，那就过来替本宫磨墨。”万淑宁依旧专注于书卷，丝毫不提及我照顾皇上的事。雁秋主动让开万淑宁身旁的位置，我只好先按她的吩咐做了，她用我研的墨临摹了好几幅帖子，前后加起来总有半个时辰才搁笔，抬头对我说，“辛苦西樵了，到底是御前尚义，研的墨都比别人的好。”

“娘娘谬赞了，奴婢万不敢当，”我说着略顿一顿，躬身说，“娘娘，奴婢的脸已无大碍，现下就能去给皇上侍疾。”

万淑宁端起茶喝了一口说，“侍疾的事落秋会处理，你不必管了。”

不用我管！我心里一慌，“娘娘，奴婢是来……”

“侍疾只是本宫召你来中宫的说辞，皇上的病虽重，却不是离了你就不能医治的，侍疾虽然要紧，却不难，有落秋在，你毋需担心。”万淑宁忽然站起身，专注地看着我说，“本宫让你来，是有别的用意。刚才太后的架势你都看见了，这才是刚刚开始，说不准哪天，那些家势显赫的妃嫔们就会成群结队地找上门来，皇上在的时候，本宫因为朝中无人而被选为皇后，一旦皇上出事，本宫的出身便是最大的劣势，今日凭皇后之尊能挡住她们一次，也是因为皇上病情不明所以无人敢冒险犯上，若是皇上一直不好，他日再有寻衅之人闯宫，单凭本宫一己之力，恐怕再难阻挡。西樵，你是皇上的御前尚义，这个时候，你必须留在皇上身边，必须站在本宫这边，与本宫一起渡过难关。”

听着她恳切的言辞，我深深看入她的眼，这是无奈的乞求，还是另一种命令？我迟疑许久才说，“娘娘用意深远，思虑周全，奴婢自当竭尽全力相助于娘

娘，只是奴婢不懂，后宫妃嫔要仰仗皇上才能保住自己，就算有人要借子嗣成事，也需先为自己挣得足够的权势，眼下两位皇子年幼，无可仰仗之力，云妃是罪臣之女，肖美人更是出身卑微，她们既无安贵妃的显赫家世，亦无娘娘的名正言顺，如何能成事，又何惧之有？再说太后，如今郑家已败，太后空有名位而无实权，娘娘惧她何来？”万淑宁的眼突然空淡了许多，我接着说，“奴婢愚见，不如娘娘与太后摒弃前嫌，至少情急之时还能借太后之威镇统后宫，好过娘娘一人孤军奋战。”

万淑宁面无表情地听我说完，凝视我许久，低眉低声说，“局势复杂，竟是西樵也不能看透的，并非你眼盲，而是有些事你不知道。”万淑宁丢下我走到旁侧的书柜前，望着架上排列整齐的书卷，平静地说，“太后昨日秘密召见了镇宣王爷，现在你还认为本宫应当与太后摒弃前嫌吗？”

“太后召见了镇宣王？”我心里一惊，这的确出乎我的意料。

万淑宁抽出一本书翻看着说，“就连西樵你也会说两位皇子年幼，且生母的母家无权无势，需寻一靠山方能成事，镇宣王爷手握兵权，其生母康太妃又于两年前病逝，膝下暂无子嗣，太后于此时此刻召见此人，仔细想一想便能清楚所求为何。郑家失势后，太后与皇上早已母子情绝，怎会真的关心圣体安康与否，何况若有心，昨日就该来，何必要先急着召见一个对皇位有威胁的人，可见今早一番问候是包藏祸心，要替她们郑家再立权势了。”万淑宁将书放回原处，朝我走过来，“太后如此，镇宣王如此，其她妃嫔和亲王未必不如此，肖玉华就不用说了，本有野心，又苦于皇子残疾，若是此时有人撺掇她做个傀儡太后，只怕她也是愿意的，云妃虽然性情好，却是一切以子为先，要是有人拿她的儿子胁迫她，你以为会是什么结果？”

万淑宁的话让我在内心生出无尽的恐惧，纵然是她谋害了皇上，也为自己掘开了坟墓，行差踏错一步，就是万劫不复。万淑宁，你是真的无辜，还是把这一切都当作了掩护。我让自己的心沉静下来，接着她的话说，“既然镇宣王有夺位之嫌，娘娘是否要收回他的理政之权？”

“后宫不得干政，本宫就是收回来也留不住，留得住也不能留，夺位之嫌谁

没有，看得见的看不见的，难保没有懿文王和长安王，若因此便要收回，岂非人人都要收回？”万淑宁走到我面前站住，“现在剑拔弩张，把朝政交出去未必不是欲擒故纵的好法子，权分三家，至少能防一家独大，有他们彼此制约着，尚能保住前朝一时的太平，本宫也好专心于后宫。”

“一时太平也要寄望于皇上的身体，否则……”自从张学明说了蛊蝎之毒的厉害，我就担心这场危机会因为皇上的离世而无法收场。

“否则，就是天地倾覆，难有安卵了。”话音刚落，宫婢来报，说静淑仪求见皇后。万淑宁莞尔一笑，“果然来了，到底长安王府送来的人聪明些，知道求见皇上必遭拒绝，就改为求见本宫，如此，倒要见一见了。雁秋，请静淑仪到偏殿。”

“是。”雁秋领命而去，万淑宁则叫上我一同去偏殿，此刻我已知道，自己虽顶着御前尚义的头衔，却回到了承御的位置。

偏殿里，知墨见到我并不显意外，也许我进中宫的消息已经传开了，不知此刻她是以怎样的心情看我。知墨行过礼，万淑宁让赐座，知墨看了一眼座椅，婉拒说，“臣妾是戴罪之身，不敢承座。”

“戴罪之身？”万淑宁顿时在意起来，低眉浅思后说，“静淑仪此言何义？”

知墨抬起头说，“宫里都说皇上是饮食不当以致突发急症，偏偏皇上晕厥前几日都是在臣妾宫中留宿，昨日清晨又是从臣妾宫里直接去的朝堂，这一来二去的，岂非显而易见是臣妾的过错。”

“静淑仪过于自责了，”万淑宁关爱地说，“这次是皇上自己的体质有变，喝了御膳房烹煮的鹧鸪汤以致过敏症发，实在与你无关。”

知墨抿嘴安心一笑说，“皇后娘娘明察秋毫，自然不会错冤了臣妾，其实臣妾也自问谨慎，不至于疏忽至此，之所以问责于己，也是难敌后宫悠悠众口，不敢妄言无辜。”

“悠悠众口？”万淑宁重复这四个字。

知墨直言说，“娘娘忙于照顾皇上，不知自昨日起，奚落或是责问臣妾的话就没有断过，臣妾虽不宜辩驳，却也断不能枉担流言，即使有错，也该由娘娘裁

断，而不是被流言加罪于身。”

“流言无稽，最是要不得，你确是无辜，怎可谓妄言？”万淑宁知晓了知墨的来意，嗤笑着摇摇头说，“当真是在无事生非，嫉妒你得宠罢了。”

知墨正色道，“从来妄言不是以其妄而不得信，而是不得信方称之为妄，娘娘虽信臣妾，却不能信达后宫，臣妾依旧是百口莫辩。”

不能信达后宫，这是在暗指万淑宁的纵容之过吗？我惊讶于知墨的大胆坦诚，更忍不住看向万淑宁，她似乎陷入了某种沉思。此时宫婢紫绡来报，说安贵妃的马车快到宫门口了。万淑宁的眉头猛地蹙动了一下，“果然来了，真快……”她喃喃而语，眼神却变得更加沉浸专注，饱含深意的目光投向知墨，“静淑仪，你敏惠充怀，又据理擅争，远胜安瑾萱的跋扈和云妃的懦弱，当真是助本宫协理六宫的人才，若本宫今日为你正名，但却要你承受皮肉之苦，你可愿意？”

知墨迟疑片刻说，“臣妾愿意。”

万淑宁伸手从知墨头上拔下一支金簪，拉起知墨的胳膊瞬间划了下去。血红的颜色渗透云白的缎子，万淑宁捂住她流血的伤口，任凭鲜血从自己的指缝间流出，“紫绡，速去请张学明过来，记住要让安瑾萱看见。”

“是。”紫绡领命去了。

“小青子，速传所有后宫嫔妃到正殿领本宫的训示，定要做出十万火急之势，但是话只需传到首领太监或守嫔处便可，不必说得太明。”

“奴才明白。”小青子转身一溜烟跑出了偏殿。

“雁秋，你去宫门口迎安瑾萱，务必请她到正殿等候。”

“奴婢明白。”雁秋谨慎地看我一眼，转身匆匆离开。

吩咐完这些，万淑宁把知墨扶到椅子上坐下，朝我喊，“还愣着干什么，静淑仪受伤，不该喊人来帮忙吗”

“哦，是。”我缓转过神来，喊了人取来温水和布绢，简单处理了知墨的腕伤。

没过多久张学明来了，替知墨重新上药包扎，万淑宁担忧万分地在一旁看着，时不时嗔怪两句，言语间断断续续地就将知墨受伤的经过雕琢了一番。一切

处理停当后，脚边已落满染血的棉纱，知墨的衣袖渗透了红色，额头的汗珠仍未消落，万淑宁的袖口和胸口都蹭上了血色，却没有要换洗的意思。这时紫绡来说，所有嫔妃都已集聚正殿。万淑宁让紫绡和张学明留下照顾知墨，带着我往正殿去。

刚到正殿侧门，万淑宁突然站住，犹豫着回头看我一眼说，“你是以侍疾的名义入中宫，不宜和本宫一起出现在众妃面前，就在这里等候吧。”说完，万淑宁独自踏入正殿，我在之后走到墙边，背靠墙壁贴着，仔细听殿中的动静。

“给皇后娘娘请安。”嫔妃们请安的声音传到耳朵里，自从跟在皇上身边，这样众妃单独拜见皇后的场面就见得少了。

“都起来吧，赐座。”万淑宁的声音里透着疲倦，还有些许不悦。

“呀，皇后娘娘，”这是肖玉华的声音，“您身上怎么有血？”

“啊，是血……”殿中顿时不安静起来，嫔妃们用矜持压抑着惊慌，唏嘘声连成一片。

“这是静淑仪的血，”万淑宁直接地说，“就在刚才，静淑仪当着本宫的面欲举簪自尽，若非本宫阻拦及时，静淑仪早已命休，这血便是金簪划破静淑仪的手腕流出来的，张掌院说虽是误伤了手腕，但若再深一分，也是性命堪忧。”此话一出，嫔妃间顿起一片喧哗，万淑宁继续说，“静淑仪说，若她的一条命仍不能证其清白，但愿也能足以谢罪天下。本宫倒是很想知道，究竟静淑仪要证的是怎样的清白，要谢的是什么罪。”

殿中顿时鸦雀无声，少顷，安瑾萱的声音传来，“静淑仪既然在皇后面前自尽，难道没有把话说明吗？”

“说了，但是本宫听不懂，静淑仪怎么会以为是她害了皇上。”万淑宁先是疑惑地一问，后又郑重地说，“皇上晕厥完全是始料不及，是因为体质有变，喝了鹧鸪汤引发川贝过敏，与御膳房和南和宫都不相干，本宫也因此不作任何追究，只要求御医院早日治愈皇上。若不是静淑仪今日的举动，本宫还真不敢相信宫中竟有人拿皇上的性命做勾心斗角的利器！”万淑宁的声音一下子拔高了，我能感觉到她站直了身体，居高临下地看着垂首的嫔妃。“本宫知道事情发生后，宫中

多有揣测和流言，只因流言无稽，所以本不想追究，以为凭各位姐妹的聪慧不会将流言当真不会将揣测作实，可现在看来，本宫是高估了各位姐妹的境界了。安贵妃，旧年的四月，皇上在东华宫留宿，睡前喝的不正是鹧鸪汤吗？江美人，旧年六月初八，皇上召幸于你，离开前喝的不也是鹧鸪汤吗？你们的运气好，不代表你们就比静淑仪谨慎小心，皇上体质有变，这样的事谁能预料，这汤端到谁的宫中不是喝，怎么就只有静淑仪成了汉室的罪人，她不也是以你们的所为为榜样吗，如今这般指责她，你们竟也能安心。”万淑宁的话中添了几分指责，却并没有嘶喊叱骂，似乎反倒是这份从容镇住了场，我几乎能听到嫔妃们屏气呼吸的声音。

“臣妾不敢，”江美人显然慌了神，急忙先认了错，“是臣妾人云亦云了。”

隔了一小会儿，安瑾萱也用闷闷的口气说，“臣妾不敢，是臣妾妄议了。”

话毕，各种声音都消停了一阵，接着又听到万淑宁说，“行了，这件事就到此为止，静淑仪那边，本宫会好好安抚，你们回去管好自己的嘴巴，别再胡乱揣测。”万淑宁略歇了一口气又说，“静淑仪的事说完了，下面该说说给皇上侍疾的事了。”万淑宁慢条斯理的，我却能想象嫔妃们刚松一口气又重新紧张起来的模样，只听她从从容容地说，“皇上卧病在床，本宫知道各宫姐妹都心急如焚，一个个地都想来中宫侍疾探望。本宫原不想劳动各位姐妹，又怕人来人往地打扰了皇上养病，因此只把林尚义召来服侍，竟没想到因此又惹出了不少闲言碎语。既这样，本宫不如应了你们的心意。只是榻前不宜有太多人走动，不妨你们当中有谁不怕辛苦自愿侍疾的，就站出来，本宫安排你们轮流服侍就是了。只是有一点，近日皇上的病情有些反复，虽然有御医在旁边看顾着，但若是侍疾的人不能时时谨慎处处周全，也难保毫无差池。当然，你们也不必担心自己会像静淑仪那样枉担了责任，若哪一日皇上的病情有了变化，本宫只和那一日当值的宫妃说话便是了。怎么样，有谁愿意留下的，站出来吧。”话音落，殿中许久没有动静，万淑宁的声音又再传来，“怎么了，都不愿意？那好吧，本宫不勉强你们，是好是坏，就都是本宫担着了。退下！”万淑宁这最后一句说得甚为悲切，似乎是对嫔妃们生出了失望之心，落落孤寂尽随那一句退下倾泻而出。

殿中传来轻碎的脚步声，嫔妃们大概是默默地退了出去，我悄悄从侧门往里看，万淑宁低眉而坐，伤感的脸惹人怜爱。嫔妃散尽后，万淑宁缓缓抬起头，朝着空空的殿门望去，渐渐地，露出笑容。静淑仪之难，自身之困，如今都解了。她转身看到我站在门边，走过来说，“幸好都是外强中干的角色，否则也是弹压不住的，走吧，去看静淑仪。”万淑宁说完拉起我的手一路回了偏殿。就在我转身的那一刻，我看到了雁秋脸上某种似曾相识的表情，那表情，让我心悸阵阵，不由想起了被贬的纸鸢。

偏殿后殿里，知墨躺在软榻上，脸色苍白，见我们来了赶紧坐起来，眼里的担忧完全流露出来，“娘娘，她们作罢了吗？”

万淑宁闻言怔怔地盯住知墨，慢慢走到软榻对面的椅子边坐下，顾左右而言他，“手腕的伤如何了，张掌院怎么说？”

“臣妾的手腕没事，娘娘，情况如何了？”

万淑宁看着知墨焦急的模样，疑惑地说，“你似乎很在意这件事，在意得都有些过分了。”

“臣妾，臣妾失礼了。”知墨轻轻地说。

万淑宁把目光转开，一边接过雁秋递的茶一边说，“放心吧，宫里再不会有那样的流言，本宫都替你摆平了。”

知墨顿露喜悦，“臣妾谢娘娘。”

“谢就不必了，告诉本宫实话吧，为什么这样在意这些流言？”万淑宁重新看向知墨，凝望中夹杂着审视，“流言终究是流言，说流言的人自己也未必当了真，等到皇上病愈，自然还你清白，那个时候流言也会避之不及，伤不到你分毫，何苦要在眼下为了一些无中生有的话煞费苦心，甚至承受皮肉之苦，这痛楚难道不比暂时的委屈更甚，究竟你是爱计较呢，还是真的害怕自己被流言所伤？”

知墨的眼中有一丝惊惶掠过，沉住气说，“臣妾并非怕流言伤了自己，而是怕流言伤了他人，”知墨扶着软榻跪下，有些惧怕又鼓着勇气说，“娘娘，臣妾是从长安王府来的……”

万淑宁愣了一下，忽然猛地站起身，“你是为了李昊？”

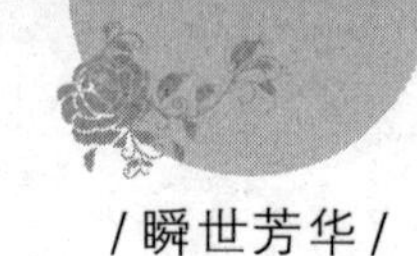

知墨无言，只是低下头。

“明白了，”万淑宁长吁一口气，静静伫立许久，略带无奈地说“你去吧，有本宫在，会尽力保住长安王府的，这也是本宫眼下唯一可仰仗的了。”万淑宁说完，让紫绡送知墨回宫，自己回寝殿准备更换染血的衣衫。

我发现自己的袖口也沾了血，趁万淑宁沐浴的工夫回屋更换，褪去腰带的时候，竟从里面飘落一张小纸片，映出隐隐的墨迹。我拾起纸片展开一看，里面写着：皇上毒发难愈，务必盯紧皇后。我的心一沉，迅速回忆之前的每一个瞬间，似乎……在我为知墨胡乱包扎的时候，她因为吃痛抓住了我的腰，难道就是在那个时候……别不是她的请罪只为了这一句话。我盯着这十二个字，心乱如麻。

知墨离开后，这一天余下的时间倒是平静地度过了，万淑宁带我去见了皇上，在他还昏昏沉沉睡着的时候，我原本就不期望他能醒过来，知墨留下的字条更是将我最后一点对奇迹的奢望都几乎粉碎尽了，因而，我也不怎么表露出内心的悲伤，毕竟万淑宁在努力让我相信一切都还是有希望的。

午歇过后，万淑宁开始在偏殿处理后宫事务，听到她和礼部尚书邱刈议事，我才记起皇上毒发前已经命礼部筹备大越使团的送行国宴，时间就定在后日晚。邱刈离开后，我惴惴不安地说，“娘娘，大越使团的送行国宴还要举行？”

“当然，迎送使团是国礼，怎能随意取消？”

“可是皇上抱恙，势必不能出席，若由娘娘主持国宴，按规矩这筵席的仪制要降一个品级，可奴婢听邱尚书方才所说，似乎……”

“仪制的品级不变，”万淑宁抬头看我，“皇上会亲自出席。”

皇上亲自出席！我惊了一下，这怎么可能呢。就在这时，柳飞飞求见万淑宁，送来了新一批适龄出宫的宫婢名单，要万淑宁批阅。万淑宁阅过名单，盖上凤印以示准奏。柳飞飞告退后，雁秋送上三位理政王爷批议的折子，万淑宁阅过后让我把折子收好，另外拟了内传告文，让雁秋送到朝房给三位理政王爷。

我把折子叠磊起来，正要送到谨书殿去，突然腹部一阵疼痛，顿时蜷缩身体，双臂也失去力气，折子滑落下来，砸中了我和紫绡的脚。我站不稳，撞在紫绡身上，偏偏紫绡正捧起凤印，被我一拉扯，凤印竟然掉落在地，发出咕咚一声

闷响。

“奴婢该死。”紫绡赶紧跪下。

我也跪下，身体是蜷拢的，两只手在地上摸到凤印，拾起后递向万淑宁。

“西樵?”万淑宁发现我的异样，赶紧接过凤印搁在桌案上，想把我扶起来。然而凤印一离手，我就再也支撑不住，没等万淑宁碰到我，就整个人朝后仰倒，被紫绡抱住。“西樵……来人，传太医!”万淑宁焦急万分，可也许是疼痛的关系，她关切的目光在我眼里也渐渐复杂混浊。

我把头歪向一边，渐渐地闭眼，只剩下一线残留的目光对准桌案上的凤印，缝隙里透进的光仿佛鱼肚白露出天际，心海苍穹渐渐清晰。类似的事情发生过一次，那时我还是郑君怡的承御，也是在偏殿，也是在桌案旁，因为突如其来的腹痛而失手掉落了凤印，发出叮咣一声脆响。是的，是叮咣一声，而不是咕咚。声音，声音不一样了……疼痛加剧，我被另一种害怕的情绪纠缠着，渐渐陷入昏迷。

不知过了多久，我渐渐恢复了意识，肚子没那么痛了，嘴巴里苦苦的，看来是被灌药了。没人发现我醒了，因为我的眼还紧紧闭着，这样很好，我可以安静地思考凤印的事。

不得不说，这个凤印仿造得极好，别说用眼睛看，就是我忍痛拾起它时那么用心的一掂，都没能掂出分量上的差异，若非落地的那一响，这个秘密就不知还要再埋藏多久了。看上去一样的东西落在同一处地方出发的声音却截然不同，那就只能是材质不同，可是从两个凤印重量相同这一点来看，仿造的人至少用了两种材质相互混合，如此刻意的做法只能说明一点，仿造的人连凤印的重量都要仿得一模一样，这个人若不是手上有详尽的图纸，就必定是亲眼见过、亲手摸过凤印的人，而这两样东西都只在中宫里有。是皇后，还是皇后身边的人?

如果是皇后，明明有凤印在手，为什么要用赝品?难道是真的凤印不见了，皇后害怕担责，所以仿造了一个。但郑君怡和万淑宁都是谨慎的人，中宫又守卫森严，丢失和偷走凤印的可能性都微乎其微，况且凤印是皇后言行的印记，一旦为歹人所用，只会累及皇后，无论是丢是偷，郑君怡和万淑宁都犯不着替贼人遮掩，给自己留患。除非……皇后知道真的凤印去了哪里，甚至……是皇后亲手安

排了凤印的去处。

可我想不通，真的凤印会在哪里？无论是谁，如果她有能力得到足以乱真的凤印，那么直接用那个凤印就好了，何必要冒险调换呢？除非对她来说，真的凤印有着仿造品不可替代的作用。想到这里，我乍然睁开眼，蒙住双眸的黑暗顿时变为明亮的光，可惜这光只照亮了我的心，尚未拨开笼罩后宫的阴霾。

“你醒了。”张学明的声音在耳边响起，我心里一阵激动，转过头去，发现雁秋也在，就把话咽了回去。张学明看着我，不无担忧地说，“你这是第二次痛了，如果再有第三次，就要下重药了。”

“还是宫血积淤吗？”我酸涩地笑笑，“在木园十年，身子早养坏了，反正这一生都要留在宫里了，只要不害性命，下重药就下重药吧。”

张学明犯难地说，“让我再想想吧，能不用药，最好不要用。雁秋姑娘给你喂了药，现在感觉怎么样？”

“我……”我迟疑地看着他，心里迫不及待地想告诉他我的猜测，但雁秋的身影始终落在我的眼里，不能说，不能现在说。我勉强一笑，“好多了。”

“那就好，药方我已经给了这里的宫婢，你要按时服用。皇后娘娘还在等着，我先走了。”张学明背起药箱，和雁秋一同离开。

“张掌院慢走。”我闭上眼睛，在心里已经放弃了希望。记得你问过我，万淑宁费尽心机当上皇后就是为了到今日来谋害皇上的吗？就是因为这个解不开的结，我在李昊的质问面前犹犹豫豫，以至于到了今日想要对他坦诚内心的疑虑时，已找不到出路。张学明，我多么想告诉你，万淑宁费尽心机要得到的很可能就是皇后凤印，凤印背后一定还藏着更深的秘密，也许就跟皇上的中毒案有关，我更想托你把这个消息带给李昊，他已是眼下唯一可以托付的人了。

可惜，你也是落在万淑宁视线里的人，这里的人都是。你我近在咫尺，却连一句话，一个动作都不能自由。知墨为了那一句提醒，付出了血和谎言的代价，而我若不是承受了病痛，也发现不了凤印的秘密。一切都是意外中的意外，只能解释为天意，而天意并非每一次都会眷顾我的。在万淑宁执掌的中宫，有谁可以为我所托，再多的秘密，也只能陪我坐困愁城。

第十二章　惊天泣地江山计

二月的天本该很安静，没有一月的寒风，没有三月的细雨，暖一床被，点一炉炭，泡一盏茶，最适合静养休身，我难得有半日的假，疼痛也渐消了，这三两个时辰本该给予我片刻的惬意，可偏偏我心不能静，辜负了短暂的好时光。凤印的秘密未能出口，使团离宫的日期又近在眼前，我怕纳林歌中的秘密会被带走，更怕明晚的国宴会横生事端，万淑宁说皇上会亲自出席，这若不是自欺欺人的谎话，便是处心积虑的设计了。

晚膳后，万淑宁把我叫到谨书殿，先问了我的身体，得知已无大碍后说，“你没事就最好了，明晚的国宴，你也要去。”

我愣了一下说，“娘娘不是不让奴婢在太多人面前跟随娘娘吗?”

“本宫昨天说过，国宴的仪制不变，皇上会亲自出席，自然你这个御前尚义也要在场，这么快就忘了吗，还是，从未相信过?”万淑宁笑盈盈地看着我，胸有成竹的样子。

“奴婢以为娘娘只是一说自己的心愿，不想会是真的。”

“一说?”万淑宁有些愠怒，“难道本宫一直坚持让礼部按最高的仪制筹备国宴也是一说自己的心愿吗？难道那些仪制都是为本宫自己准备的吗？原来你也跟外面的人一样，从没相信皇上真的会去，从来就只等着看本宫的笑话。”万淑宁竟然有些伤感了，她的每一个表情都拿捏得恰到好处，若非我刻意的抗拒，定会深受其感。

我摇摇头，“奴婢没有那样想过，只是奴婢不知道皇上的身体已经好转……”

“皇上的身体没有好转，”万淑宁直接就否认了，“西樵，本宫已经找到了一个可以冒充皇上的人，他会出席明晚的国宴。”

“什么!”我不敢相信自己的耳朵，“娘娘，这可是冒天下之大不韪啊……”

“如果皇上自己会醒本宫又何必出此下策，”万淑宁的沉着冷静中有着孤注一掷的狠劲，“现在前朝后宫看上去微澜不惊，实则离剑拔弩张也只差毫厘，只在于时间长短，只在于一念之间的敢与不敢，如果皇上一直不露面，猜忌和怀疑就会卷土重来，宫里的这层平静早晚会打破，那些权臣如今还不敢乱来，可一旦等到他们被流言怂恿失了耐性，把反叛之心变成了反叛之举，就谁也回不了头了。”

“所以娘娘要证明给他们看，皇上还好好的……”

“对，”万淑宁决然地说，“趁他们妄念未深，现在就掐断了最好。”我低头不语一阵，万淑宁靠近我说，“你以为不妥?”

我抬头说，“娘娘所求并非朝夕之安，而是长久之宁，明日扬眉吐气，那后日内?君王为朝臣及后宫所盼，平日里已是盼之不及，再经此一事，更如惊弓之鸟，若皇上匆匆一现便又称病避见，恐会适得其反更惹猜疑。若从此开禁，一日见则日日见，这谎这戏不知要延续到几时。如此，妥与不妥，娘娘自有分晓。”

万淑宁迟疑了一瞬，抬起头镇定自若地说，“日日见就日日见，本宫找的这个人，不会有破绽的。”

“娘娘怎么可以……”我心中顿时凉了半截，“今日皇上还在，娘娘可说这是权宜之计，若他日皇上不在，这样做，与把江山拱手让人有何区别?”

“这当然是权宜之计，”万淑宁毫不犹豫地说，“如果没有了皇上，这个傀儡也就到了命终的时候，本宫从未想过要把江山拱手他人，只想争取时间来扭转局势。”

“什么局势?”我直白地问，“既然娘娘要奴婢一起撒这个谎，还请娘娘告诉奴婢这遗留的江山将何去何从，这谎言的最后会是什么样的局势?”

万淑宁奇怪地看着我，好像我的问题极为愚蠢，“当然是为昱儿扫清障碍，护其继位，守万年江山，保皇上后嗣有续的局势了，不然还能是什么?”

我深吸一口气说，“娘娘要保云妃的儿子登位?那云妃不就成了……”

“皇太后，”万淑宁从容地接上我的话，“这有什么不可以的吗，还是西樵以为本宫不会有那样的心胸?”万淑宁朝我走近一步，“西樵你要知道，昱儿登基，

本宫还能做个太后，他人为帝，本宫就什么也不是了。”

我顿时恍悟，自己竟差点忘了这一层。当初万淑宁一心一意要当皇后，现在皇上垂危，她也是时候为自己的将来筹谋了。但是，从调换凤印的事情来看，她所求绝非如此简单。我低下头避重就轻地说，“可是奴婢担心云妃不会喜欢这样的安排。”

“昱儿是目前唯一可以继承大统的皇子，云妃再不愿意也要勇敢地面对，身为皇帝的妃子，皇子的母亲，她有什么资格为了她的清高而罔顾天下？而且本宫相信，为了昱儿，她会改变心意的。现在最棘手的，是皇子昱太过年幼，不敌叔伯年壮势强，而本宫和云妃一样，在前朝没有什么靠山，所以即便拥皇后之名，仰子嗣之贵，一旦皇上不在，权柄外移不可避免。”

没有靠山？那李正茂算什么？我仔细一琢磨，也对，李昊对万淑宁怀疑甚深，极可能向李正茂进言，也许李正茂已经起了疑心有所防范，而这层戒心已经被万淑宁发觉了。我试探着问，“娘娘不是还有长安王可以依靠吗……还是王爷已经有了疑……异心？”我不想暴露李昊，故意用了别的词。

谁知，万淑宁竟然冲我点了点头说，“他的异心一直都有，当初勉为其难向皇上妥协，是为了本宫的皇后之位，为了本宫的儿子他的外孙能继承皇位，也勉强算是了却了他的心愿。如今皇后之位岌岌可危，本宫又没有子嗣，李正茂的异心自然按捺不住，何况他承帝位，一样能保本宫的荣华富贵，也算对得起当年的樊贵妃。如果他用这个理由来说服本宫帮他，本宫就难以推辞了。”万淑宁长吁一口气无奈地说，“所以，无论是长安王，还是其他王爷，本宫都鲜有收为己用的希望，皇子昱也因此前途堪忧，除非，除非皇上能昭告天下传位于昱儿，亲择辅政大臣，亲证后宫权柄，于前朝后宫晓喻重托，才能保我等完好，保李朝江山不落旁人手，而这一切，皇上都没能来得及做……”

“所以，这个傀儡就是来……”

“对，”万淑宁冷冷地说，“完成了这个任务，这个傀儡随时可以消失。”

“可是这个任务并不容易完成……”我不相信有谁可以假扮皇上游走于前朝后宫而不被发觉，虽然木佳子也曾成功地假扮尔容，但不是因为没有破绽，而是

以尔容的身份，没有人会去留意去追究那些破绽，而皇上的言行，绝对不会遭遇视而不见、置若罔闻的对待。

万淑宁淡淡地说，“去寝殿看看吧，你会有答案的。”

我一愣，随即明白过来，快步往寝殿去。寝殿的门微微开着，紫绡守在那儿，见我来了便放我进去。我悄声踏入寝殿，忐忑不安地朝里走，一个熟悉的背影出现了，是小安子。“小安子！”我竟然惊慌起来。

小安子回头，紧张地冲我嘘了一声，压低声音说，“皇上刚睡下，林尚义轻些说话。”

刚睡下？我完全不知道如何接话，愣了一阵说，“你怎么过来了？”

“皇后娘娘召我来的，原该小潘子公公来，可他老家昨天来信，说潘老爹病重，内侍监许了他的假，就轮了我。”小安子好像完全不知道内情，“谢天谢地，皇上总算是大好了，等潘公公回来一定高兴坏了。”

我的心咚咚直跳，看来，小安子是被骗过了。我慢慢靠近床榻，看清躺着的人，不禁倒抽一口冷气。像，真像，哦不，是几乎一模一样。我坐在床边，拨开一点点被褥的边沿，轻轻抚摸上他的右手，食指和中指间有一个微微隆起的茧。

“小安子，”万淑宁也走了进来，“既然林尚义来了，你就先回吧，明日过来伺候早膳。”

“是。”小安子朝躺在床上的人行了跪安礼后离开。看他那虔诚的样子，我哭笑不得。

小安子走后，万淑宁屏退左右，朝床上的人说，“你起来吧，见过林尚义。”

话音刚落，床上的人掀开被褥起身，他穿着明黄色绣盘龙的寝衣，高矮胖瘦看上去与皇上丝毫无差。“草民甘庸见过林尚义，林尚义万安。”这个叫甘庸的男人向我行礼，熟悉的声音说着恭敬的话语，嘴角勾起时浅浅的纹路竟然也如此相似，神态，举止，还有贵族的气质，都因为太过熟悉而让我惊惶不安，也从心里相信小安子的被骗和愚蠢无关。

“你不用担心皇上，本宫已经将他安置在中宫的密室，落秋和张学明会悉心照顾的，”万淑宁走到我身边，凑着我的耳朵说，“像吗？”

“像，”我的目光从他的脸挪到他的手，“可还是瞒不了奴婢。皇上的中指与食指间原有两个茧，现在少了一个。”

甘庸抬起手看了看指间的茧，“怪不得皇后说，朕最不能欺骗的，就是西樵。”我惊了一下，他在说到皇后、朕、西樵这几个字的时候，更像皇上了。

“本宫就知道会这样，两个茧，这可是本宫都没有留意到的事，”万淑宁走到我眼前歉疚地说，“本宫知道骗不了你，所以，只能让你跟本宫一起去骗人。”

“这也是娘娘传召小安子的缘故吧，潘公公的家信，也是娘娘的手笔?”

“没错，”万淑宁坦诚地说，“小潘子与皇上最是亲近，你能发现的破绽，一定也逃不过他的眼睛，最重要的，他对皇上的忠心让本宫不敢用他。然而，小潘子的位置必须要有人顶上，小安子是最合适的人选，老实，听话，不多想。”

“那就请娘娘护他周全吧。”我半蹲下身子替小安子求情。

“西樵真是宅心仁厚，皇后可愿意网开一面?”甘庸竟然真的摆起样子来，但看万淑宁从容平静的样子，他应该是得到了默许，可以随时练习，尤其是在我面前。

万淑宁轻轻一笑，“本宫原本就没有为难他的意思，只要他一直一无所知下去，会很安全的。”听到这句话我就知道，靠小安子传递消息的念头非断不可了。万淑宁走到我眼前，“西樵，本宫已经向你坦诚了所有，你是否也能向本宫坦诚你的心意?”

坦诚了所有，是吗？我看着万淑宁，在这个三难的抉择面前已经没有闲暇去追究万淑宁的秘密。怎么办，拒绝，那么等待我的就是死亡，接受，那就等于欺骗了天下，先假装接受再当众揭穿，那就等于掀开了皇上中毒的秘密，也势必引起李朝的政变，葬送了天下的安宁。万淑宁，你这是在逼我接受，而我，也只能接受。想到这里，我提裙跪下，抬头仰望万淑宁说，“奴婢愿为李朝天下襄助于娘娘。”

万淑宁笑了，扶起我说，“皇上的小动作除了小潘子就是你最清楚，只有一个晚上的时间，你必须教会甘庸皇上所有的小动作，明白吗?”

“奴婢明白，”我略一思索接着说，“娘娘久留皇上在中宫已经引起非议，皇

上……奴婢是说甘庸出现后，是否还要留居中宫呢？”

万淑宁的眼中闪过一丝疑惑，但还是回答说，“等到明晚国宴结束，你们就回钦安殿居住。”

“那后宫侍寝的事……”我其实想知道自己什么时候能离开中宫，既然得到了答案，就得赶紧消除万淑宁的疑惑，“奴婢的意思是，皇上与后宫嫔妃相处时的习惯和小动作，奴婢并不清楚，一旦皇上离开中宫，那些嫔妃一定不会安分的，到时候……”

万淑宁打消疑虑说，“就说皇上初愈，不宜召幸妃嫔，实在躲不过，后宫不还有很多从未被召幸过的女人吗，她们可是什么都不知道。”我低头称是，心想也许是万淑宁太聪明了，所以对我这个愚蠢的问题不屑多于怀疑，这样挺好。“事不宜迟，你们赶紧开始吧，本宫还有事要处理，今晚在谨书殿睡。”万淑宁转身就走，我送她到殿门口，她忽然一个转身凑近耳边说，“西樵你知道吗，你今晚说的话，所有，都不像一个奴婢。”

我惊怵了一下，本能地躲开脸，生怕她如利剑般刺人的话会剖开我的心。万淑宁笑着离开，看着她温柔中透着杀机的笑，我感觉自己走到了路的尽头，身后是节节断裂的浮桥，眼前是黄泉咆哮的深渊，进退维谷间，头顶的命运之轮开始转动，最终转到我的是生还是死，没人知道。

甘庸是个极聪明的人，皇上的小动作我都没能示范清楚他就已经信手拈来了，还有那些说话用词的习惯，我只说过一次，他就能在下一次完美地表达，堪称天才。教学结束已夜过寅时，我看着甘庸连沉睡时都紧锁的眉头，就知道这个人心机颇深，只怕最后消失的不是他，而是我吧。有好几次，我都想摸一摸他的脸，看看他是天生皇帝的相貌，还是易容所得。但最终，我还是不敢，像他那样机警的人，怕是一触即醒的，我甚至不敢靠近了细看，怕微弱的呼吸会将他惊醒。万淑宁，若非你早有筹谋，朝夕之间去哪里找这样的人来？你说因为小潘子太忠而不能用，那么在你眼里，我是注定的叛徒，还是有着不可取代的利用价值？你说国宴之后我就能回钦安殿居住，是因为你完全信任了我，还是因为我已经成了你阴谋的一部分？我已经沉默了太久，在皇上中毒的真相面前，在庄環、

孟萝依、焦胧月的死亡面前，我一次又一次地沉默，以至于尘封的秘密一次比一次难以开启，明晚的国宴是最后的机会，如果我放弃了，就再难澄清真相，也再难澄清自己了。

我想了一夜，伏羲微露的时候才渐渐睡去，醒来时，一场好戏的序幕已经拉开。因为传召小安子的关系，皇上病愈的消息已经传开了，现在想想，万淑宁昨夜是故意放小安子回去散播消息的，先由他的嘴证实皇上醒了，那一切就水到渠成了。小安子一大早就来伺候早膳，甘庸将我教给他的用膳习惯都表现得十分到位，从饮食的偏好到拿筷子的手势，都无一差错，除了小潘子，我还真不知道有谁能看出端倪，也许连小潘子都不能吧。后宫的嫔妃听说皇上醒了，都等在中宫门外候见，甘庸以政务积累甚多需要处理为由，让小安子把她们都打发了。甘庸照万淑宁的意思批了折子，让我惊讶的是，他竟然还有临摹笔迹的本事，这让我又想起了纸鸢，一个真正忠心而又多才的婢子，为何最后留下的不是她。

国宴就要开始，我和小安子服侍甘庸更衣，他的左边肩膀有一道浅浅的疤痕，皇上也有，那是狩猎时被石砾割伤的痕迹，要恢复到只留这样浅的痕迹需要至少半年的时间，甘庸竟连这样的细节也做到了，那该从多早以前就开始准备了呀。万淑宁来到寝殿，甘庸对她浅浅一笑，就连眼中的爱意也是真假难辨。宫外的銮驾已经备下，甘庸抬起手，万淑宁将手轻轻搭上，两人一同朝宫门走去。我跟在后面，看着他们的背影，心想自己若是不知道真相，该有多么欢愉惬意，就是因为自己当初一时的好奇心，此刻，所有的心情都被毁了。

朝阳殿的红毯一路铺展，甘庸和万淑宁携手踏上御台，两旁的朝臣停止了窃窃私语，等候的嫔妃隐藏了妒嫉怀疑，尊重和忌惮混合成平静沉淀在他们的眼中，只有眼角相似的余光出卖了他们的心情。万淑宁，这个女人真不简单。

我在人群中寻望着，我看到了知墨，她依旧是冰冷的美人模样，目光落到我身上时也是一如既往得淡定，我看到了杨岫云，她还是挂着淡淡的哀愁和宁静的笑容，完全不知自己已经卷入了残酷的皇位之争，我还看到了李昊，唯一在投向万淑宁的目光中流露出仇恨的人，如果他知道了假凤印和假皇上的事，只怕这仇恨会顷刻爆发，这也是为什么在遇见甘庸后我反而不敢轻易向他吐露真相了。

甘庸和万淑宁在御台上站定，众人拜见过后，甘庸赐众人座，并宣羽乔公主上殿，所有言行一气呵成，举手投足间毫无生涩，对养病之事更是绝口不提，反有威慑之气，镇煞宝殿。

宣召下达，羽乔公主与将军蒙泰一同上殿。羽乔公主今日穿了大越的朝服，红宝石色的缎袄，墨紫色的百褶撒花裙，金橘翠的宽高腰带，大红的顶珠靴子，风干的小菊花串成的叠绦挂链，鹅卵石大的玛瑙玉挂在胸前，前额的发向后挽上去，露出光洁的额头，其余长发编成一股股的细麻花披着，吊金的额饰搭配玉翠的宝冠，高贵而颇具异族风采。蒙泰仍旧是将军打扮，腰间别着刀剑，脸上除了严肃再没有其他表情。

"羽乔参见皇上，"羽乔公主单手抚胸行大越国礼，"皇上大病初愈，还能如此盛装主持国宴，亲自为百合与使团送行，实在是大越的无上荣幸。羽乔谨以大越公主之名在此宣告，大越愿与李朝修好结盟，永世相安。"

"好，羽乔公主所言即为朕心所想，取国书来，朕要亲自宣读。"甘庸话音刚落，众人起身跪倒，百合与蒙泰也后退三步曲身恭听，这是皇上的习惯，凡重要场合，他都要亲自宣读召文，以示重视。小安子打开国书卷轴，高举头顶跪在甘庸面前，甘庸高声宣读，"致大越国塔利陛下亲启，李朝自太祖皇帝开国以来，历四代盛世，据地东南，幅员辽阔，物产丰盛，因治理清明、兵强臣能而民富国强。朕承国训，励精图治求国之富庶民之安乐，且深明天下为家各族为亲之理，愿修好诸国，同存共荣。今有西域强首大越愿亲平乐而远杀戮，诚心可见，朕上承国训，下顺民意，愿以李朝与大越修万世之好，结为盟亲，永不相战。"

"吾皇万岁万岁万万岁。"众人高呼万岁，甘庸坦然承之，亲自下御台请羽乔公主起身，下令开宴。我看着他的表演，不禁觉得自己有些多余。甘庸根本不需要我的帮助，他只需要我站在这里，做他表演的背景道具，如果说我能给他什么，也就是我御前尚义的身份罢了，小安子也是一样。

歌舞过半，甘庸站起身说，"羽乔公主，你大越使团此来，送来了不少敬贺之礼，作为感谢，也为表我李朝结盟的诚意，朕有两份特殊的礼物要赠于大越。"

"特殊的礼物？"羽乔公主似乎很感兴趣，"有多特殊？"

甘庸含笑不语，击掌两下，两列宫婢从殿门鱼贯而入，引入一位盛装的女子。那女子身着大红的云锦华袍，长长的裙拖突现出华贵，头顶宝冠，薄纱掩面，长长的珠玉从盘起的发髻两侧垂荡下来，我猜想，又有谁家的女儿要以公主的名义去和亲了。但是，和亲不是皇上一直反对的吗，甘庸这样重视细节，怎么在大事情上有了悖举。这时甘庸说，“朕一向反对和亲，江山天下要靠牺牲女子来守护，那是国家的耻辱，但是，大越已经与李朝结盟，便是一家同亲，通婚往来不再是被逼无奈的羞辱，而是共同繁衍子嗣的亲善之举，这位陆音姑娘并非皇族亲贵，而是皇后身边的宫婢，自愿嫁往大越，以示两国融血之盟，还请羽乔公主为她择一良人，不负其心。”

陆音！我震惊了，自从陆音去了中宫便再没有了消息，想不到再见，竟是这样的分离场景。羽乔公主掀开她的面纱，陆音的脸庞和眉眼清楚地落在我的眼中，真的是她。羽乔公主赞赏地说，“汉家果然出美人，陛下所托，羽乔定不辱命。”

甘庸微微一笑，又命人端上来一个盒子，送到陆音手里。盒子是紫檀木的，镂刻得相当精美，陆音奉命打开盒子，里面是羊脂白玉色的圆球。甘庸下令熄灭所有灯火，当大殿陷入漆黑的瞬间，那颗圆球发出夺目的光芒，柔和而璀璨，绚丽而清透，博得满殿哗然。我听皇上说起过，李朝存有一颗罕见的夜明珠，色白如玉，光泽柔和，比一般的夜明珠珍贵甚多，看来就是这一颗了。我正欣赏着，突然听见一声喊叫，似有人影扑倒在夜明珠的盒子上，夜明珠的光芒顿时熄灭，大殿重新陷入漆黑，只听蒙泰高喊一声保护公主，就传来一声凄厉的叫喊。甘庸立刻下令点灯，看来他还好好的。

灯亮了，所有人都被眼前的景象吓住。陆音扑倒在地上，似乎昏厥了，羽乔公主倒在陆音身边，脸朝地，背上插了一把利刃，血流出来，浸透红色的衣裳分辨不清。朝阳殿顿时陷入混乱，蒙泰更是拔了刀就往御台上冲，被侍卫们拦住。

“蒙泰将军，请你冷静！”李昊拉住他，他倒是难得在众人面前这样表现自己。

“冷静？你们口口声声说要两国修好，却在国宴上杀害公主，这是赤裸裸的

挑衅和宣战!”

“蒙泰将军,”甘庸推开守护自己的侍卫,走上前去说,“请你相信,今日之事绝非朕所为。”

蒙泰冷笑一声,“无论如何,我大越公主死在你的面前,死在李朝的宫殿里,你们李朝脱不了责任!”

甘庸沉住气说,“朕从未说过要推脱责任,请将军给朕时间调查此事,无论是为了大越还是李朝的清白,朕一定给你们一个交待。”

蒙泰冷着脸说,“蒙泰只是臣子,不能决定任何事。”

“那就请将军修书一封,请奏大越王,无论是何结果,朕来面对。”

蒙泰哼了一声,收起兵器,转身走到羽乔公主的遗体旁。万淑宁见状赶紧说,“柳尚宫,速将羽乔公主的遗体奉入烟雨阁,妥善安置。”

“不用了,公主的遗体,不许你们碰。”蒙泰说着抱起羽乔公主,大步朝外走去。

“柳尚宫,把陆音扶下去,救醒她,暂时不许她走动。”万淑宁吩咐完转过身,朝甘庸皱了下眉头,随即担忧地问,“皇上,怎么办?”我微微一愣,难道她期望甘庸能做出正确的决断吗?这时,甘庸朝大殿一挥手,那是皇上命众人退下时的习惯动作,联想到万淑宁刚才的皱眉,我理解了这是她们事先定下的暗号,当甘庸不知所措的时候,万淑宁便会提示他如何解围。朝臣和嫔妃纷纷散去,我看见李昊临走时紧锁着眉头朝万淑宁望了一眼,这一眼包含了太多内容。

甘庸先跟着万淑宁回了中宫,问她要如何处理这件事。万淑宁说先要安抚好蒙泰和使团的人,让大理寺即刻着手调查,无论大越王的决定如何,查明真相是澄清李朝的唯一途径。当甘庸问起谁最可能谋划此事时,万淑宁的目光悠远起来,只说了一句谁都有可能便沉默了。

虽然发生了羽乔公主遇刺的事,万淑宁还是放我和甘庸回了钦安殿,我忽然觉得,与其说是我在帮甘庸扮演皇上的角色,不如说是甘庸在帮万淑宁监视我的行动。我不禁回想李昊的眼神,很想知道他究竟知道多少。忽然,我想到了知墨给我的字条,既然他们知道皇上中毒难愈,一定也会怀疑甘庸的身份,可刚才在

殿上，他们那么沉得住气，早知道这样，我就该寻个机会把凤印的事也告诉他们，真是错过了。

第二日，甘庸在朝上下旨，命懿文王、镇宣王、长安王三人领大理寺共同调查羽乔公主遇刺一案。没多久，大越王发来通牒书函，要李朝在一个月内交出凶手，证明此事确与朝廷无关，否则就要兴兵开战，报仇雪耻。接到书函时，三位王爷已经调查了近十日，却是毫无头绪，当时最接近公主的陆音被百般讯问，却只说自己当时被人推了一下，整个人扑倒在地，将夜明珠压在了身下，胸口一阵疼痛，肩膀上又挨了重重的一下，当场就昏迷了，醒来的时候已经在房间里，连公主被刺的事都是被人告知的。医女检查了陆音的胸部和肩背，伤口与她的描述吻合，因此推测是有人故意推倒了陆音，用她的身体遮盖住夜明珠的光芒，进行刺杀。但是，没有人看见是谁推倒了陆音，如果夜明珠的光芒不足以暴露这个凶手，那他推倒陆音不就是多此一举吗？因此，陆音的嫌疑始终未能彻底洗尽。另一个线索便是刺中公主的利刃，利刃很轻，刀把上有勾环，大理寺认为这个勾环可以用来设计机关，利刃可以从殿外飞入刺中公主，推倒陆音很可能是陆音当时站立的位置挡住了预设的飞刀路线，那就是说，朝阳殿内有帮凶。根据这两条线索，大理寺对当时站在公主近旁的所有宫婢和内侍进行了审问，但没有结果。

眼见期限一日一日临近，在一个雨夜，懿文王李熙突然来到钦安殿求见皇上，说发现了刺杀公主一案的大悬机。我奉命将他带到钦安偏殿，一口茶没喝，他就满面忧容地说，“皇上，臣弟以为刺杀一事是大越人设计的陷阱，凶手就是蒙泰。”

“你说什么，是大越人自己刺杀了公主？”甘庸惊讶，“这也太匪夷所思了吧。”

“不不不，”李熙对自己的猜测极有信心，“皇上您想，大越公主死在李朝的国宴之上，这是绝妙的借口，挑起战争的借口。”

“战争？”甘庸摇摇头，“以大越的实力，为时尚早吧。”

“敢问皇上，若大越宣战，李朝会应战吗？”

“朕说过，朕最恨的就是委曲求全，若大越真的宣战，朕绝不退缩。”

“可是公主之死让李朝亏欠于大越，大越宣战，自然师出有名，但是我朝应战，岂非违背了两国修好的盟约。”李熙认真分析着，“除非我们能有确凿的证据，证明这是大越人的阴谋，否则无论战与不战，我们都是输家。”

甘庸沉默片刻，“大越人自然可以设陷阱，但也不排除朝内有人里通外国，此事若复杂起来，还会有无数种可能，看来，之前是朕把事情想简单了。”甘庸思虑许久，让李熙回去等消息，然后连夜前往中宫。

寝殿里，万淑宁屏退左右，听甘庸说了李熙的怀疑，沉思片刻，“甘庸，这件事你让李熙去查，事态未明朗之前，不要让镇宣王和长安王知道。”

“是。”甘庸顿了顿，迟疑着说，“娘娘，安贵妃来请了小人好几次，她的父亲安佑国很有些背景，姑母又是太妃，小人总是避而不见，会不会引起他们的怀疑?”

万淑宁不屑地说，“那你就去吧，凭安瑾萱的脑子，你足以应付。”万淑宁抬起头，“要是有机会，就探探安佑国的虚实，他也不是个安分的，要不是生了个笨女儿，本宫有得烦了。”

甘庸应下，离了中宫就往东华宫去。其实自从跟了甘庸，我还是有不少机会去传递消息的，甘庸上朝的时候，甘庸宠幸后宫的时候，我都是自由的，但是，我不敢无缘无故地消失，不敢随便托人带话，在这个敏感又关键的时候，我的言行并非被时空束缚，而是被不安的心束缚。甘庸住进钦安殿后，每日都有嫔妃来请，而我最希望看到的知墨始终没有出现。在万淑宁面前，她扮演着心有所属、无心争宠的角色，甘庸不召见，她怎会主动来请？就在我苦于无法传递消息的时候，一个噩耗传来，懿文王李熙被人杀害了。

甘庸命大理寺调查李熙之死，在李熙遗留的札记中，他们发现了羽乔公主遇刺一案的调查记录，矛头直指镇宣王李硕，说他勾结大越，妄图以公主之死逼迫皇上退位让贤，并在篡取皇位后割让领土给大越以作报答。李熙的分析丝丝入扣，但是大理寺却没有在他的遗物中搜到任何能证明李硕通敌的证据，只在李熙死亡的现场找到了镇宣王府的腰牌。面对如此扑朔迷离的局面，甘庸为平众议，下令褫夺李硕的兵权，禁足府中，将两案并查之权交给了李正茂和安佑国。

李熙死后的第五日，我在后宫新贵曹静柔的富春殿遇见了知墨。曹静柔原是仙居殿的淑女，现在是甘庸宠幸最多的女子，在万淑宁的允许下封了美人，作为甘庸在后宫的掩护。今夜，当我看见知墨与曹静柔秉烛对弈的画面，就忍不住在心中称赞，好个聪明的知墨，终究还是让你逮到机会了。

甘庸走到棋盘旁看了看说，“谁执白子？”

知墨说，“臣妾执白子。”

甘庸点点头，“下得不错，这一局曹美人要讨饶了。”

曹静柔站起身笑着说，“琴棋书画中，臣妾最不通的就是棋，都说下棋要天赋，臣妾想要将勤补拙也难了。听静淑仪说，皇上与她经常下盲棋，那便是更深的造诣了。”

甘庸看看知墨说，“静淑仪聪慧，有时候还喜欢自己跟自己下棋。”甘庸说着，拾起一枚黑子落在盘上，一面示意知墨坐下继续落子，“朕近日学了一套新鲜路子，下来试试。”听了这话，我倒很是佩服甘庸的胆量，他知道棋路也能出卖一个人，就先给自己找好了退路。在我的印象里，知墨的棋艺算得上是出神入化，皇上从来没有赢过，这恐怕也是她吸引皇上的原因之一吧。

“看来臣妾要靠皇上翻盘了。”曹静柔笑着将知墨按下坐好，走到甘庸身边撤了自己的茶水让人换新的来。我趁机走到知墨身边给她续茶，伺机而动。

时间一点一点过去，棋子渐渐摆满棋盘，突然，我感觉有什么压住了自己的脚，低头一看，竟然是知墨脱了鞋的脚，而她的绣鞋就贴着茶几脚，被裙子遮住了一半。猛然间，我明白了其中的窍门，以准备茶点为由去了小厨房，用酱汁在手绢上写下凤印被调包五个字，然后把手绢塞进绣鞋里再穿上，从食柜中取了可用的茶点返回。搁下茶点后，我在知墨身边偷偷脱了绣鞋，踢到她的脚边，她穿上我的绣鞋，我也穿上她的绣鞋，然后用裙子盖住。

“好，”甘庸突然喊了一声，吓出我一身冷汗，“朕赢了，赢了。”甘庸满脸得意，我不禁在心里说，要不是知墨分心，你还未必能赢呢。不过……我又想到了另一层，甘庸能因为赢了一盘棋而如此高兴，可见他知道皇上的败局历史，然而一直以来我对这一点都只字未提，如果不是南和宫的人无意间走漏了消息……难

道万淑宁在南和宫也安插了眼线，她当真是无孔不入吗？

棋局散后，知墨带着皇上的赏赐和中宫的秘密离开，我在期待中度过了十日，大越国提出的期限将至，羽乔公主遇刺案的调查仍没有结果，知墨和李昊也没有新的动静。偏偏在这个时候，甘庸病了，眼睛痛，容易流泪，后来就是遇光睁不开眼，睁开了也看不清东西，奇怪的是万淑宁虽然来瞧过，却没有什么说法，只让张学明诊治，张学明仔细检查后，说甘庸是眼睛发炎，不能见光，配了几副膏药都不见效，到了今天早上，宫里已经传遍了皇上患眼疾的事，就在这时，万淑宁和张学明一同来到了钦安殿。

走进寝殿，万淑宁第一时间屏退了左右，慢慢走到榻前，“行了，别装了，起来吧。”

我闻言吃了一惊，甘庸已经利索地爬起来，睁大眼睛站在我面前。“娘娘，这……”我感觉自己又被戏耍了，慌忙间将目光投向张学明，他平静地沉默着，显然是早已知情。我冷静下来说，“娘娘是又有什么计划了吗？”

“没错，”万淑宁痛快地承认了，“皇上受眼疾所扰不能见光，这是本宫想要制造的第一层假象。”

“第一层？”我没想到这是个复杂的计划。

“等个四、五日，宫里就会有流言传出，说每日在金銮殿上垂帘听政的是个假皇上，当然，他们眼中的这个假皇上并不是甘庸，而是躲在幕帘后面的小青子。”

“让小青子冒充皇上，那不是很容易就会被揭穿的事吗？”

万淑宁点点头说，“本宫就是要人来揭穿，但等到真正揭穿的时候，金銮殿上坐着的依旧会是甘庸。”

我明白了，好一条引君入瓮的阴毒之计。“娘娘好计谋，这计谋不知是为谁而设？”

“谁最危险就为谁设，现在懿文王死、镇宣王禁，最大的威胁就是来自李正茂和安佑国，安佑国不是正统皇亲，兵权也不算很重，何况他的女儿是个生了公主的贵妃，无论出于什么原因，他都不应该走篡位的路子，所以只要压制住了李

正茂，局势就能在掌控之中。李正茂向来谨慎，如果守株待兔只怕会延误了时机，不如打草惊蛇引他出来，变被动为主动，免除后患。”说到这里，万淑宁凌厉的目光投向我，“西樵，以后每日的早朝时间，你就不能那么自由了，你得让人觉得你的主子还在，明白吗？”

“是，奴婢明白。”我在心里失笑，什么不能那么自由了，自从回到钦安殿，我就没有自由过。

万淑宁冲我笑了一下，传召钦安殿的所有宫人进来，殿门被推开的时候，甘庸已经躺回了床上，张学明也跪在了榻边。万淑宁居高临下地看着她们，郑重地说，“你们都是钦安殿的老人了，皇上如今患了眼疾，行动不便，你们更要尽心伺候，一切以林尚义的吩咐为上，知道吗？”

“奴婢遵旨。”宫婢们全都低着头，我想此刻就是甘庸睁开了眼也没有人会看见。

万淑宁假惺惺地回望了甘庸一眼，和张学明一同离开。我望着她的背影，越来越不相信李正茂的垮台会是这个计谋的最终结局，在消除了长安王一派的威胁后，万淑宁一定会有更令人咋舌的举动，而这个举动，不会是为了她的夫君，不会是为了李姓一族。可是，我要留在钦安殿制造假象，这个消息要怎么传出去呢？我苦思了一日，却在夜幕降临的时候忽然发现，我差点落入一个陷阱中的陷阱。这是一个完全可以瞒着我实行的计划，有张学明的诊断，有钦安殿外的流言，有朝堂上的权力纷争，我知道实情对这个计划一点益处都没有，反而增加了泄密的风险。难道，难道是万淑宁在试我？

甘庸休息了一日，之后便照张学明的嘱咐开始了躲在幕帘或面纱后的生活。果然没几日，宫中就有流言散开，说皇上矮了，轻了，走路的姿态也变了，当然，这都要归功于甘庸的演技和万淑宁的安排，在这些流言中，我一度犹豫是否真的放弃将消息传递给知墨，尤其当知墨出现在我面前时，我更加矛盾难决，但最后，我还是硬生生把秘密咽进了肚子里。

终于有一天，我送甘庸离开钦安殿后不到半个时辰，小安子就急匆匆地跑回来报信，说皇上在朝堂上被当众掀开了幕帘，一下子就双眼刺痛失明，摔落宝

座，被紧急送入中宫了。我知道万淑宁得逞了，摆出惊恐万状的模样扔掉手里的活就往外跑。小安子跟着我跑，一边气喘吁吁地说，“这个安将军也太大胆了……”

我一下子刹住脚，狠狠拽住小安子问，“你说谁，谁掀了皇上的幕帘？”

“安将军呀，安佑国将军……”

我被震慑住，后面的话已经听不清了，这样翻天覆地的变化真让我难以置信……不，也许不是翻天覆地的变化，而是按部就班的计划，万淑宁从一开始的目标就不是李正茂，相反，李正茂是她稳住眼下局势首选的依附，安佑国才是她处心积虑要除去的障碍。想到这里，我触电般地浑身一颤……

第十三章　支离破碎亡国梦

圣谕几乎是在我踏入中宫的同一刻下达，护国将军安佑国驾前失仪，冒犯圣颜，妖言惑众，诬陷皇后，有犯上谋逆之嫌，暂收兵权，禁足将军府，其女贵妃安瑾萱、其妹太妃安梓桐劝阻不力，知情不报，暂各禁足东华宫、永安宫，待使团之事落定后再行议处，所有军国大事暂交由长安王处置。听到这样的诏书，我便知道万淑宁又朝目标近了一步，安佑国和李硕一样，被莫名而来的罪责和无法证实的嫌疑捆绑住了手脚，只能坐看李朝江山玩转在万淑宁和李正茂的手中，这一点在我看见李正茂出现在中宫寝殿时就更加确信了，此刻除了佩服，我只有无尽的后怕，安佑国的下场从头至尾就只有一个，而我却为了这不变的结局差一点被试出了忠奸。

我走到榻边和张学明一起照顾甘庸，偷偷环顾殿中，除了万淑宁、李正茂、甘庸、雁秋、我和张学明外再没有旁人，可甘庸还是紧闭双目满脸痛楚，他还在演戏吗，给谁看，难道李正茂也被蒙骗过了？这时张学明用胳膊肘戳了我一下，

我赶紧收回贼窃的目光，竖起耳朵专心聆听。

“王爷，”万淑宁诚恳地说，“如今朝内局势不稳，大越又虎视眈眈，可说是内忧外患，皇上病痛在身无力亲顾所有，一切就都仰仗王爷了，待大局平定，皇上定有重赏。”

“娘娘言重了，臣自当竭尽全力。”李正茂略顿一顿说，“那羽乔公主遇刺的事，臣就照刚才说的去办了。”李正茂的话提醒了我，我掰指一算，离大越给我们的最后期限就只剩四天了，眼下查明真相的希望渺茫，听李正茂的意思像是要另作打算了。

万淑宁迟疑了片刻无奈地说，“唯今之计也只有如此了，去办吧。”话毕，我很快听到离去的脚步声，还有殿门开合的声音。甘庸睁开了眼睛从榻上坐起来，我知道不必再装，也转过身看着万淑宁。她的脸上有一层淡淡的疲倦，疲倦中浮动着若隐若现的喜悦，看来，李正茂也不过是她的一枚棋子罢了。想到这里，我突然生出一个可怕的念头，目光渐渐呆滞又渐渐犀利，直朝甘庸投去。

“甘庸，”万淑宁完全转过身来，我赶紧收起刚才的眼神，只听她说，“你该下诏立储了。”立储！我的心猛一晃，是李昱吗，万淑宁真的要这么干了吗！

甘庸笑着问，“娘娘定了要立谁吗？”

万淑宁清冷地一笑，“立，长安王世子，李昊。”

李昊！我的脑子嗡了一下，万淑宁是不是发癫了，难道她真的以为李昊跟李正茂一样相信和在乎她，还是，她已经跟李正茂达成了某种交易。我还没来得及向她投去质疑的眼神，她已经拂袖离开了寝殿，张学明欲说又止地看看我，无从选择地跟着离开，雁秋也走到殿外转身将门关上，看来，我是哪儿也别想去了。

甘庸似乎看出了我的困惑，潇洒地往榻上一躺说，“别担心，皇位最后还是李昱的，娘娘和王爷早有约定，只要他能容下李昱这个娃娃皇帝，成全娘娘在前朝后宫的名位，将来李朝真正的主人非他们父子莫属。”

“那倒是，”我略带耻笑地说，“皇后加上长安王，前朝后宫还有谁敢放肆，除了安佑国以外，懿文王的死和镇宣王的罪也都是你们设计的吧？”

甘庸开怀一笑，连续击掌说，“西樵真是聪明，难怪娘娘要把你留在身边。”

我愤慨地说，“娘娘纵要保住江山，也该分主次轻重，如今大越虎视眈眈，娘娘却不惜谋害和冤陷重臣来稳固自己，甚至拿羽乔公主的死来做文章，这不是亡国之策吗?”我真真想大哭一场，原来这些风波的背后竟是一场天下的交易。

甘庸的脸色顿时阴沉下来，“羽乔公主的事摆明了就是大越挑衅，就是留着两位王爷也查不出真相来。再说，谁能保证他们就与此事无关呢?”

我反诘说，“那又有谁能保证长安王与此事无关呢?”

甘庸看看我，淡然地说，“有关无关，都不重要了，大越不会是我们的危机了。”

我厌恶的心情顿时被惊喜取代，“我们查到真相了?”

“我们真的需要吗?”甘庸的表情诡异起来，“既然大越可以制造谜案，我们也可以制造真相，以谎言对骗局，不是绝妙吗？凶手、证据、还有所谓的真相都会在李正茂的安排下一一呈现，这是他的计策，所以，即便真的是他策划了一切，他也正在用自己的方式化解，因为他就快得到他想要的了。”

原来是这样，我沉了口气说，“既然你们已经有了约定，还要诏书做什么，不是画蛇添足吗？万一皇上真的驾崩了，岂不是弄假成真，弄巧成拙了?”

甘庸摇摇头，“李正茂看起来对皇后十分诚服，但皇后却不敢小觑他的野心，今日他要的只是监国辅政之权，他日会不会得陇望蜀求九五之尊，谁也不知道。”

“娘娘想用诏书拖住他?”我顿时明白了诏书的意义。

甘庸低头抬头到额前打了个响指，“诏书是备不时之需的，只要李正茂不贪得无厌，逼得皇后走投无路，诏书就是永远的秘密。”

“可我还是不懂，为什么不是李正茂，而是李昊，这里面必定有缘故吧?”

甘庸嗤笑一声说，“李正茂都多大年纪了，他能耐着性子等到皇上殡天?”甘庸走到我面前，强迫我看着他贼窃的笑，“从今日开始，皇上的身体会越来越差，但就是不死，让他们在希望中等待，在唾手可得的千古骂名和姗姗来迟的帝王之尊中选择，这是多么美妙的事啊。更何况，李正茂为了成全女儿的皇后梦已经妥协了一次，不如妥协到底，成全一双儿女。”

看着甘庸鬼魅的笑，我完全懂了，更暗自称赞，万淑宁，你当真是心细如

尘，面面俱到。什么扶助李昱上位，根本就是借口，你安排了这一连串的意外和罪行，无非是想以临危受命的姿态顺理成章地独掌大权。可是，你猜尽人心，是否知道这世上并非所有人都被表象迷惑，并非所有人都按套路出牌，并非所有人都要等证据确凿了才会去判定一个人有罪。李昊对你的怀疑和恨，比你的圈套谎言更要坚不可摧，他早已认定皇上被你所害而死生不测，若他在乎皇位倒罢了，否则，抛却了弑君的包袱和皇位的诱惑，到时候，未必能如你的愿。想到这里，我忽然希望李正茂的贪婪，能来得更早一些。

也许是一场戏渐渐接近了尾声，留在舞台上的角色越来越少，戏份也越来越集中在主角身上，万淑宁挪去了谨书殿宿夜，渐渐远离主角的我成了困于中宫的闲人，偶尔在嫔妃们前来请安的时候配合甘庸做一场无聊的戏，除此之外，就是享受寂寞和禁足的滋味。中宫已经彻底取代了钦安殿，这是我在皇上中毒后就该料到的结果，所幸的是大越的危机正在解除，李朝总归还是完整的李朝。限期将至的前一晚，我坐在窗边静静等待明日的到来，那种期盼又抗拒的心情真是难以言喻，一切都要落幕了吧。就在这时，寝殿外一阵细碎的脚步引来窃窃私语，隐约可闻的喧闹顿时激起我不安的情绪，我茫然地看向甘庸，他却安静地闭目坐在床榻上，单腿曲起，手腕抵着膝盖，手指轻轻弹着，一切心中有数的样子。喧闹声渐渐消了，取而代之的是天边的红光，那是司律监、侍狱监、大理寺专设和宫牢所在的方向。

我猛然一个激灵，哆嗦着站起身，甘庸的声音钻入耳朵，“别慌，没事的。”

“没事？”我不懂他的镇定从何而来，“羽乔公主遇刺案的证供都放在大理寺专设，还有那些替罪的人都关在宫牢，你肯定不是那边起火吗？”

“宫里是不会无缘无故起火的……”甘庸只说了这半句就沉默了。

“是纵火？”我说完这句，甘庸抬眼望了我一下，随即垂目。我看着甘庸不合时宜的镇定，狠狠地说，“你早就知道，是吗？”

“大越存心挑衅，又岂容我们查得真相？”甘庸不慌不忙地说，“遇刺案的证供究竟在谁手里我也不知道，但一定是个安全的地方，对外说证供放在大理寺专设只是想钓鱼而已。你看那漫天的火光，怎知其中就没有御林军火把的颜色，怕

是眼下长安王已经将人拿住了。”甘庸张开五指做出抓鸽子的动作。我不再言语，静候宫中的传报。大概过了半个时辰，雁秋踢门进来，满脸阴沉。甘庸微微皱起眉头，“娘娘没有捉到贼吗？大理寺专设那边的火光可是从这里就能看到了。”

雁秋脸面色凝重地说，“长安王死了。”

“怎么会……”甘庸的脸色顿时变了。

雁秋抿抿嘴说，“御林军统领董正说，李正茂的命令是活捉，所以谁也不敢太下狠手，结果反让贼人寻机射出了袖箭暗伤李正茂，箭上有毒，救不过来了。”

袖箭？我心里咯噔一下。纵火的目的是销毁证供，为求脱身，实在不该带袖箭这种一用即弃的兵器，而且还有毒。我感觉事情变得太快，而且也太蹊跷。“证供被烧，李正茂被杀，天下就更不太平了吧。”我幽幽地说。

雁秋露出理所应当的表情说，“正因为情势又起了变化，娘娘才让我来知会你们一声，好让你们知道现在局势非常，未免节外生枝，就停了嫔妃的请安，留在寝殿静候吧，娘娘若有需要你们的地方，自会传召。”

“其实李越干戈还不是眼下最大的问题，”甘庸抬头望顶，眼中蓄满忧郁的目光，“虽然大理寺专设起火，蒙泰必定质疑是我们拿不出羽乔公主遇刺案的证供所以演了这出戏，很可能不再信任我们，甚至即刻离宫接应大越王出兵，但事实上，所谓的证供和真相都好好地在那儿，本是谎言，何惧不存，反倒是……”甘庸用曲起的指关节轻轻敲着额头说，“李正茂一死，所有的兵权就落在了李昊手里，说到底，李正茂是为了平息李越干戈才丢了性命，还是死在了宫里头，要是李昊借题发挥……”

“他已经穿着丧服跪在金銮殿前的官道上了，”雁秋的话中有被甘庸说中的无奈和愤恨，“马上就到上早朝的时间了，娘娘没有办法，只好请出诏书了。”

“诏书？”我猛地抬起头，“是甘庸拟的传位李昊的诏书吗？”

雁秋看向我，“林尚义以为现在这种局面，还有什么更能安抚李昊的办法吗？”我哑然，慢慢低下头，雁秋走近我一步说，“林尚义，娘娘安排你去见一个人，请跟我走吧。”

“见人，见谁？”我忽然觉得无措。

“羽乔公主遇刺案的替罪人之一，等到娘娘把她交出去，你们就再不可能相见了，娘娘知道你们交好，又感念她为国受屈的义举，所以特意安排你们见这最后一面。”

我的心一点一点往下沉，听雁秋的意思，我又要失去一个好姐妹了，而且是永别，是在我毫无准备的情况下的永别。“告诉我，是谁？”我颤抖着问。

“陆音。”听到这个名字，我懵了一小会儿，然后丢下雁秋撒腿就跑，跑了好几步才意识到自己根本不知道陆音在哪儿。雁秋走出来，默不作声地在前头带路，一直到尚宫局后院的一处僻静住所。奇怪，这本就是后宫守嫔们的居所，之前陆音消除嫌疑后就暂不当值，一直住在这里，现在既然决定让她顶罪，为何不挪去别的地方看管。到了陆音的房门前，雁秋遣退两名看守的宫婢说，“陆音一直在这里没有离开过，林尚义请进去吧。”

我推开房门进去，陆音坐在床上，安静得很，似乎就是在等我。“陆音，我来了。”我走到她跟前，轻轻抚开耷拉在她肩头的纱帐。忽然，陆音一下子抱住我，把脸埋在我的胸前，发出阵阵啜泣。我的手抚上她的后脑，轻轻地问，“为什么是你呀，是她们逼你的吗？”陆音继续发出呜咽声，我感觉她点了点头。“可是，你认罪了，最后不还是免不了牢狱，甚至免不了一死吗？”

陆音慢慢放开我说，“也许我会老死狱中，也许我会身首异处，但是我的家人可以安度一生。”

原来是这样。我在她身旁坐下，让她靠在我的肩上，轻轻地说，“进了宫，宫外的牵挂还是不能断，我原为没有亲人在世觉得悲哀，如今看来，那倒是我的幸运了。那天听说你要嫁到大越去，我真的吃了好大一惊，怪不得我一直在中宫都见不到你，想来娘娘把你调到中宫的时候就已经替你打算好了。”

“若非是要嫁去大越，我怎么会站在公主身边，不站在公主身边，我怎么会被人推倒遮掩了夜明珠的光亮，不遮掩了光亮，我怎么会有顶罪的价值……”

听到这一句，我不禁犯疑，“对了，她们要你怎么顶罪，你当时趴在地上，怎么能刺杀公主？”

“难道宫里就只能有我一个替罪羊吗？我只是扑倒了夜明珠制造黑暗罢了，

飞刀杀人的自有他人。”听着陆音自怜自嘲的话，我心里涌出一股酸涩的味道，正要再问，被陆音用手堵住了嘴，“别再问了，你只需知道我的清白，其他的，知道得越少越好。我不想把你也拖进来，娘娘对你的喜爱至此已是顶峰，别被你的好奇心断送了。”

陆音的话像针一样扎在我的心头，我轻轻拨开陆音的手，哽咽着点头，“知道了，我会好好的，让她一直喜欢我。”说这话的时候，我心里竟然也有了罪恶的感觉。其实我早被拖进来了，如果当初万淑宁是让我来说服陆音顶罪，恐怕我也是能干得出来的，相比陆音，我的心早已不那么纯净，幸好她不曾看见那片阴暗，万般猜疑、惧怕和怀恨中，我对万淑宁竟然生出了那么一点感激，感激她没有让我和陆音在不堪的伤害中告别。

这时，雁秋进来说时间差不多了，陆音握着我的手，手指瞬间捏紧了一下，随即松开。“姐姐请回吧，我要上路了。”上路，这两个字比死还让人伤感。我缓缓起身，这才注意到她穿了青绿色绣蒲草的衣裳，残若枯柳，命如草贱，她清楚自己的路归往何处。我不舍得走，更不忍再留，在雁秋的催促声中离开。

走出尚宫局，我忽然想起一件事，转身捉住雁秋的手腕问，“李正茂死了，那个贼活捉了吗?”

雁秋的眼中闪过一丝不快，甩开我的手说，“自尽了。”

自尽了？既要自尽，何必再杀人，他到底为什么去的？我慢慢转回身继续往前走，心里已经有了异样的猜测。回到中宫寝殿，甘庸问我和陆音相见的情形，我摆摆手走到窗边靠着一盆白玉兰坐下，双臂交叠在茶几上，趴下身枕着额头，一句话也不想说。太累了，太乱了，我需要好好地想一想，想一想。

甘庸没有再烦扰我，我们就这样相对无言地等了很久很久，也没有等来前朝的消息。雁秋说过，娘娘有需要自会传召，但是这传召始终没有来，天黑又天明，我越等越数不清日子，越等越觉得不安，蒙泰是否接受一个捏造的故事，李昊是否接受一道伪心的诏书，李越干戈的外患是否已消，宫闱争权的内忧是否可解，这些已经不再是疑问，而是深深的担忧。

下雨了，清明的雨，淅淅沥沥的，像在哭泣，不知是在悼念冤死的亡魂，还

是在挽留李朝的千秋。此刻满心的不安都已成了习惯，沉淀的担忧也变得麻木无感。雁秋也不出现了，只在两日前来过一次，说李昊已经安抚住了，让我们再安心等几日，等大局平定就放我们自由。我不知道她说的自由到底是什么，但总好过现在这样画地为牢的生活吧。

又等了两日，雨渐渐停了，久违的阳光透过窗户照进来，让我难得有了一丝暖意。甘庸这段时间沉默得很，变得跟之前很不一样，原本神采飞扬的脸似乎蒙上了一层阴影。雁秋在晚膳前来了，说万淑宁在谨书殿等着见我。终于要见了吗？我换上自认为最好看的一件衣裳，摘了御前尚义的蝴蝶珠环，戴上当年万淑宁赠予我的孔雀钗，这个举动让雁秋都惊讶得瞪大了眼睛。我到了谨书殿，双手推开殿门，正前方一片空空，咔嚓咔嚓的剪刀声从窗边传来，那是她修剪花枝的声音。我踏进殿去，反手关上门，一步一步走到万淑宁身旁说，“娘娘，奴婢来了。”

万淑宁看了我一眼，一眼就看见了我头上的孔雀钗。我早就发现了，每次我们见面，她的目光总是先落在我的发髻上，也许在她眼里，柳叶代表我对郑君怡心意，蝴蝶代表我对皇上的忠诚，只有孔雀才代表我对她的诚服。此刻，她终于看到了。万淑宁放下剪刀，伸手触摸孔雀钗，弯起嘴角恬笑着说，“真好看，可惜看不长久了。”听到后半句，我的心猛沉到冰冷的湖底，看不长久了，是我要死了吗？我顿时感觉脊梁骨一阵抽搐，这时万淑宁说，“你知道吗，大越已经宣战发兵了。”

“什么！”我用惊愕取代了恐惧，“不是供证都完好吗，陆音也说……”

“就是陆音，”万淑宁悲愤地说，“她反口了。”

“反口，怎么会？她不怕家里人……”

“她都告诉你了是吗？”万淑宁一听就明白了，酸涩地笑着说，“你真的认为本宫会对她的家人下手吗，不过是吓唬她罢了，”万淑宁的脸阴下来，“只恨上天不佑，陆音的老家发了大水，全家都死了，她的老乡写了报丧的信送进宫给她的同乡姐妹，偏偏这个同乡姐妹就是每日给她送饭的宫婢，这才走漏了消息让她死心反口。都是死路，她却为了清白，连天下都出卖了……”

“可是，那日娘娘许奴婢见她最后一面，当时她还说要为了家人顶罪呢。”

“她知道自己必死，若是一早反口，如何能再见你一面，不告诉你，是不想让你为难罢了，”万淑宁说着露出不解的嫉妒，“西樵，在她眼里，你当真比天下还要重要，罢了，都是本宫错漏了，这才功亏一篑，实在怨不得谁……眼下，就看李昊能不能守住了。”

“李昊没有对诏书起疑吗？”

万淑宁转开脸说，“诏书利于他，纵然起疑也不会说，本宫对他是虚情假意没错，但他何曾没有想过要弄假成真？再说，国之将亡，坐上龙椅也只能等死，孰轻孰重李昊会分，倘若他真能平息战乱，保全李朝，就是他最后真的凭这一纸诏书得了皇位，本宫也认了。”万淑宁说认了的时候，竟然十分平静。

“认了？这可不像娘娘说的话，娘娘想过没有，如果李昊真的平息了李越干戈，哪怕没有诏书，皇位也必定是他的了，还是……”我忽然抽动了一下嘴角，觉得张嘴有些艰难，但最后还是用尽可能平淡的语气说，“还是娘娘早就和大越有了默契，只想借此送李昊一程？”

万淑宁在一瞬间露出了我从未见过的恐惧和凶恶的神情。

“娘娘的这个表情，相信宫里再没有别人见过了吧，能让奴婢见这一次，死也无憾了。”我害怕地笑着说，“娘娘布了那么多的局，说了那么多的谎，怎么都想不到，会输在这最后一个看似最不起眼的谎言上吧。陆音是想让奴婢置身事外的，可惜也许连她自己都忘了，她的身家册是动过手脚的，她的老家并非册上记载的苏南陆村，而是扬州陆村，更忘了，她曾偷偷告诉过奴婢这件事，扬州今年干旱，所以根本不会有什么大水，不会有什么老乡的来信，更不会有反口的理由，除非，是娘娘的授意。”

万淑宁沉默了很久，转过身背对着我说，“说下去。”

“还用说吗，娘娘也是遇刺案背后的人吧，借羽乔公主的死除掉了最有权势的三位王爷，借陆音反口激起李越战争再把李昊推上战场，这一切的行为难道还有第二种解释吗？娘娘已经是皇后了，还不满足吗，娘娘说过，不爱君王宠，只爱天下名，但奴婢万万没有想到，这名，是卖国之名。娘娘到底许了大越什么好

处，他们竟愿意付出公主的生命来成全，而娘娘又是有多不甘于万人敬仰的皇后之位，宁做耻辱之君也不当盛事贤后。”

“傻瓜，既然是做戏，又何需是真公主，”万淑宁终于转过身来，脸上竟无一点羞愧，“冰冻三尺，非一日之寒，你是从很早的时候就开始怀疑本宫了吧？有多早，庄環死的时候，还是之前？”

我的手指蜷缩了一下，感到脸上一阵火烫。

万淑宁立刻注意到了我的异样，眯着眼睛笑起来，“果然，死老鼠的事果然是你干的。虽然本宫不知道庄環是在哪里露出了破绽被你窥视，但不得不说你这一手的确厉害，着实让本宫慌了一把。幸亏庄環是死了，不然终是祸患。”

我倒吸一口冷气，“娘娘是什么时候开始怀疑奴婢的？”

万淑宁摸摸发髻旁的坠珠，“从一开始就怀疑了，这样婉转迂回又胆大包天的指证，别人谁敢？”

“娘娘可以杀了奴婢，一了百了。”

“然后呢，谁陪着甘庸演戏，谁帮着本宫度险，宫里还能找出第二个林西樵吗？”万淑宁怜爱地看着我，看得我心里发毛，“失去你，比留着你更可怕。”

“那娘娘对奴婢就是疑而用之了。”我倒佩服她的兵行险招。

“不怕，能拖你下水就行了，”万淑宁露出狡猾的笑容，“人在迷惘的时候往往不能做出决断，只会越陷越深，你当时所知不过冰山一角，这点把握本宫还是有的。本宫编了一个又一个的故事来向你证明本宫的无辜和忠诚，如果你是无辜，自然会甘心情愿地帮助本宫，如果你是有心，你也只会越来越不敢轻举妄动，慢慢地，你就是本宫的人了，不管是自愿，还是被迫。”

“娘娘说得没错，奴婢现在就已经里外不是人了，除了头上这枚孔雀钗，再没有其他更适合、更能保命的饰物了，”我知道一切都不能回头，干脆都摊开来说，没准反能苟活，“娘娘算得准，运气也好，当时月嫔和孟美人阴错阳差地掺和进来，到死都不知道最终得益最多的竟是娘娘。”

“运气只会眷顾有心的人，”万淑宁似乎不愿把今日的胜利归功于运气，“孟美人因为假孕的事心虚不已，求本宫让她陪伴焦胧月的时候就露出了端倪，所以

本宫一直都在留意她，她的确只往红枣里放了泻药，是本宫让人换成了毒药，借一道东风杀了庄環，守住秘密。”

“原来娘娘和怡妃是一路人，怪不得最初怡妃调换画像，娘娘不惜冒欺君之险，也要扭转乾坤保住她，竟是为了今日。”想到几年前琢磨不透的画像事件，我感慨原来一切在那么早的时候就注定了。“娘娘接下来要怎样，等着大越军杀死李昊然后两国和谈吗？”

万淑宁慢慢流露出诡异的笑容，凝望着我，走到我近前说，“本宫，从没想过要和谈。”我一愣，强作勇敢的笑顿时消失，万淑宁搭住我一侧的肩膀说，“李昊的生死，本宫不在乎，等到大越军攻入京城，李昊就只能抱着诏书去做亡国奴了。不爱君王宠，只爱天下名，西樵你可知道，本宫说的天下，并非李朝的天下。”

“什么！”我不禁后退一步想要躲开，身体摇晃得厉害，有种浮在云间不真实的感觉。

“本宫不是不甘于皇后之位，而是不屑于。”万淑宁转身走到桌案前，一脚踢开坐了多年的凤椅，“本宫没有卖国，李朝不是我的国，大越，才是我的故乡，羽乔不是大越的公主，我才是。”

轰的一声，我感觉头顶的天炸开了。

“没想到吧，这几十年来，大越虽然被瓜分殆尽，但复国的念头从未消亡，皇室的子孙无论男女，都在想方设法与各国臣民通婚，这样生下的孩子才更容易成为优秀的细作。实话告诉你，万云川的夫人就是我大越的公主，生下的孩子当然也非万云川的骨肉，试问我又岂会背叛自己的民族呢？从头到尾，整个大越使团都是阴谋的一部分，除了陆音是被我逼迫之外，死去的羽乔也好，护主的蒙泰也好，还有那个说谎的大越御医，都是为了这个计划甘愿付出的人。”

我不禁踉跄两步，刹那间，我想到了另一件事，凤印，被万淑宁调包的凤印，一定也与李朝的覆灭计划有关。我扑上去抓住她问，“你把李朝皇后的凤印送去了哪里，到底要做什么？”

“真了不起，连这个也让你发现了，”万淑宁拧着我的手挣脱开，她的力气真

大，难为了她总是扮作弱不禁风的模样，“大越近几年虽然养精蓄锐，但与李朝相比还是相去甚远，你们兵强马壮，能臣众多，大越岂敢以卵击石，除非朝中内乱，边塞反水，否则大越没有胜出的机会，我的任务，就是毒杀皇上、削权亲王、胁迫边军……”

胁迫边军！我触电般浑身一颤，“啊，你得到了八大将军的秘密！”我惊呼出声，彻底恍悟，卡扎是以铸匠的身份入宫，凤印就是出自他的手艺，他要自己的妹妹为后才肯交出秘密，其中竟是这层深意，毒杀皇上和离间亲王，并非一定要皇后的名分才能做到，只有凤印，非得由皇后执掌不可，万淑宁不惜一切索要皇后之位，这才是最根本的原因吧。可恶，我怎么早没有想到！我抡起手狠狠甩了自己一个耳光。

万淑宁看着我，许久才说话，“我原想让你大吃一惊的，结果最后被惊到的竟然是我。看来在你面前我没有秘密，若非我真是万夫人所生，只怕也要被你看穿。你料得不错，八大将军的秘密就熔铸在凤印里，我也是为这个才要努力成为皇后，只是必须要等到蛊蝎毒发作，朝中内乱，才好走这最后一步，这也是我们必须要留到二月的原因。苍天保佑，你终究是发现毒药太晚，李政最终还是在我们预料的时间里毒发，而八大将军的秘密也已全部到手，哎，为求自保，再骁勇善战的将军也只能选择或败或降的结局。”

我不解，更不服，“国之将亡，什么错不能得到宽容？”

“犯错的人可不会这样想，何况每位将军都只知己有难、不晓他人危，哪里能看到国之将亡的迹象。不过，”万淑宁稀罕地看着我，“难得你竟然能这样想，看来当初，我真不应该因为一瞬间的眼缘跟你走得这样近，太危险了。”

“危不危险，娘娘都已经赢了。但奴婢不解的是，樊贵妃和李正茂的纠葛是秘不外传的宫闱丑闻，本以为是皇上泄密，可如今看来，娘娘冒充李正茂的女儿并非临时起意，而是早有预谋，无非选一个最有利的时机罢了，而皇上要灭长安王的势力就是最好的时机，那么，在皇上介入此事之前，娘娘，或者说大越，是怎么知道此中内情的呢？”

“西樵说中了我一分的秘密，就要我用剩下的九分秘密来补回被你戳破的颜

面吗？”万淑宁的笑一掠而过，“告诉你也无妨，在尚宫局上吊死的李袖音也是我的人。”

李袖音？这个尘封数年的名字激起我的回忆，怪不得她手上有熏墨这样稀罕的东西，原来也是个奸细。可笑郑君怡还把她当作安插在皇上身边的一枚棋子，殊不知她自己与皇上的恩恩怨怨，也不过是万淑宁复国大计的一段伴奏罢了。“我还有最后一个问题，穿山甲，娘娘要那么多的穿山甲，到底做什么用？”

“到底还有什么是你不知道的？”万淑宁击掌表示赞赏，“其实也没有什么，本宫只是不想怀上李政的孩子，又不想被人洞悉而已，所以用了大越的偏方，真是劳你费心思猜了。”

“可是万将军也向先帝求赐穿山甲……哦，我明白了，那是因为万夫人，她也不想怀上万将军的孩子，所以用了什么借口，骗万将军求赐穿山甲。”我解开这个谜，觉得真是一切都清楚透彻了。“真是一个宏伟的阴谋，可惜万将军战死，否则也不容你这样颠倒是非。”

“万云川本就是要死的，”万淑宁一句话就把我噎住，“最迟不能晚于我向长安王滴血认亲的时间，但就连我也没想到他的死期会提前来到。那年战事不利，我为了保住万云川的战功，特意赶去战地助他得胜，结果偷听到他和军医的对话，原来万云川根本没有生育的能力，他一直都知道我不是他的亲生女儿，只是没有说破罢了。我怕这个计划继续下去，等不到滴血认亲他就会怀疑我的身份，为求自保，我换了他伤口的药，要了他的命，至于因此得到太后垂怜赐封郡主，只能说是天道酬勤了。”

我瞠目结舌，纪双木出嫁前说的那些话一遍一遍从我的脑中翻过，她为了不属于自己的错误而断送了自己的幸福，我真替她不值，更替她恨，“原来是娘娘的好手笔，看来这恩怨是完全颠倒了。”

瞬间的沉默后，万淑宁哦了一声，“看来双木是告诉你了，她倒药的事。”

“你知道，你知道双木倒了万将军的药？”我比之前更惊愕了。

“若非她倒了药，她怎会对我愧疚，愧疚到为我付出一切。”

听到万淑宁如此厚颜无耻的回答，我真想扑过去狠狠扇她一巴掌，但想到今

后我还要在她手下苟活，硬生生忍住了。“娘娘明知道双木是奴婢的好姐妹，还这么坦白，不怕奴婢在心里记恨吗？”

“比起你的记恨，我说出了这么多不堪的秘密，岂不更要怕吗？”

“娘娘说得是，”我勇敢地正视万淑宁，“可娘娘现在已经掌控了整个后宫，要说怕，也该是奴婢怕。娘娘会杀了奴婢吗？”

万淑宁风轻云淡地一笑，“你今天特意戴了孔雀钗来，不就是来示弱求饶的吗？我知道你不是真心诚服，可我不在乎，因为我相信终会有那一天的，我要驯服你。”万淑宁用食指滑过我的脸颊，“如今大事未决，要辛苦你在密室待上一段时间，等到这里变成了大越宫，你我会再相见的。”

我紧绷的神经在这一刻终于放松下来，心里长吁一口气。拘而不杀，这本就是我所期盼的结果，我不想死，却也不愿因为怕死而对李朝覆灭无动于衷，就把我关起来吧，别让我有选择的机会。

吱呀一声刺耳的响，密室的门在我身后关闭，接着便是锁链冷冰冰的摩擦声。密室很小，很黑，阴影笼罩我的面庞，半面带忧，半面挂笑。忧为天下，笑为苟存，我究竟是忠是奸，自己也辨不清了。

密室里的时间仿佛是静止的，后一天是前一天的重复，前一天是后一天的预见，不记得从何时开始，也不知道在何时结束。直到有一天，我在酣睡中听到有人呼唤，锁链冰冷的摩擦声变得急切，我才感觉到沉睡的时间又重新开始了流转。是谁，这样迫不及待……我站起身，刚要走向通往铁门的石阶，哗啦啦一阵锁链滑落的声音传来，门开了。

最先进来的是御林军统领董正，他与我有些交情，因为李正茂被杀的事，我曾疑过他，不知他来这里做什么。“林尚义受委屈了，”董正走到我身边，把手臂抬起往铁门方向一指，“请吧。”

请？他是来放我出去的。我记起万淑宁的话，等这里变成了大越宫，我们会再相见的。顷刻间，我感觉乌云压顶，扶着石壁满心抗拒地踏上石阶，出了密室，却看见姜姒站在眼前。“夫人……”我意外极了，忽然有种天亮的感觉。

“已经是王妃了。”董正提醒我。

“不要紧的，”姜姒走到我面前，脸上是胜利的荣光，“林尚义辛苦了，王爷已经带兵进宫了。”

“真的吗？”我感受到发自内心的喜悦，他居然真的做到了。

姜姒捧起我的双手捂住说，“多亏你的消息，王爷才能揭穿万淑宁的阴谋，及时争取八大将军的支持，打赢这一仗。”

“娘娘谬赞了，奴婢统共就传过凤印调包这一个消息，哪能起那么大的作用？”

“虽只是一个消息，却是最要紧的消息，王爷对万淑宁一直有疑，最猜不透的便是她处心积虑成为皇后的真正用意，你的消息，让王爷想起了当年卡扎和纳林的事，这才能从凤印调包直接想到了八大将军的秘密。所以不管有意无意，你都是最大的功臣。”姜姒笑着用手绢拂去落在我肩头的堰泥，“好了，你刚受了苦，我不该再说这些沉重的事，快回钦安殿歇一歇吧。”

姜姒说着牵起我的手，我却反拉住她说，“娘娘，奴婢还不想回钦安殿。”

“嗯？”姜姒奇怪地看着我。

我微微低头扪心自问而诉，“奴婢被万淑宁设计在这场叛国游戏中，水里火里地淌了个够，怎么能不看看结局呢，”我抬起头诚恳地看着姜姒，“还请娘娘成全。”

姜姒略作沉吟说，“好吧，她如今还在中宫寝殿受王爷的问话，你跟我来吧。”

我跟着姜姒到了中宫寝殿，这里并不像我想象的那样狼藉遍布，万淑宁跌坐在地上，无数把冰冷的刀剑架在她的脖子上，其中任何一把轻轻一动，就能削断她披散的头发。李昊身穿铠甲，手执长戟站在她身后，平静冷漠之下隐藏沉淀的恨。也许是听见了我的脚步，万淑宁缓缓抬头，用哀怨的眼神盯住我，“他说，是你把凤印的秘密告诉了他……”

“没错，是奴婢，”我承认了，“娘娘一定想不到吧，奴婢虽然被拉下了水，却总能找到喘息的机会。”

“怎么可能，我看得你这样死，甘庸看得你这样死，你不该有机会的。”

“娘娘没有低估奴婢，娘娘是低估了王爷，”我看了李昊一眼，“静淑仪也是王爷的人。”

万淑宁惶恐地睁了下眼，呆了许久，忽然露出绝望的笑，慢慢回头看向李昊，“原来，原来你从未打消过对我的怀疑，甚至，更甚从前。”李昊冷漠地将头扭开，鼻子里轻蔑却郑重地哼了一声。万淑宁沉默片刻说，“双木呢，我要见双木。”

“你见她做什么？”李昊的话里充满了厌恶，充满了拒绝。

“怎么，她背叛了我，没有脸来见我了是吗？”万淑宁的话刻薄起来，“我知道你不好对付，但我也从没有真正害怕过，因为我有双木，有她做我的眼睛做我的耳朵，替我掌握着你的一举一动，连你偷偷派人去万云川的老家调查我的事，我也是知道的。可惜，我低估了你的执著，想不到你对我的怀疑竟然如此不可动摇，我更高估了双木对我的忠诚，因为自庄環死后她就对我没有一句实话。你的夫人姜姒在我面前作出楚楚可怜的弃妇模样，你的细作知墨在我这里扮作情有所属的痴人，我是被骗了，但骗了我的不是她们的戏，而是双木的伪证。之前我还纳闷，你凭什么能悄无声息地收服八大将军而不漏一点风声，凭什么能偷潜回京暗度陈仓不露丝毫端倪，现在我知道了，原来是我的眼睛瞎了，耳朵聋了，所以，我输给了你，不，是输给了纪双木。”话说至此，万淑宁已经血红了双眼，抬头狂声大喊，“纪双木，你这个叛徒，出来见我，来见我……”

喊声未绝，殿门被吱呀一声推开，纪双木穿着丧服站在门槛外，两行清泪垂落脸颊。

“双木，你怎么穿成这样？”我惊讶地看着她。

“怎么，这就来给我送葬了吗，真是迫不及待啊。”万淑宁话中带刺。

“给你送葬，你配吗？”纪双木的嘴里竟也说出了这样狠绝的话，看来是被伤到极致了，“我是给你的父亲戴孝，给万将军戴孝！”纪双木哭喊着，提到了死去的万云川。万淑宁的眼中闪过一丝惶恐，纪双木看见了，笑了，“其实你比任何人都清楚我背叛你的理由，只是你从没有想过，有一天我会知道。”

万淑宁露出被人掐住喉咙时才有的窒息表情，“李昊，你真够绝的……”

“我绝吗，那你做的又算什么？若要人不知，除非己莫为，万淑宁，你是断送在了自己的手上。”

纪双木走近万淑宁，悲凉的眼神中透着惘然和疲倦，“王爷告诉我的时候，我还不相信，哪怕他找到了当年被你收买又偷跑了的老军医作证，我还是不肯相信，难道这些年我的心都错付了吗？”

“既然已经错付了为什么不错付到底!”万淑宁挣着要扑过去，被刀剑强压住，脖子上已留了一道血痕，“你到底是信了他的话，骗了我。”

“你何曾没有骗过我，但你又何曾像我这样因为欺骗而痛苦！我是背叛了你，可你知道我这一步走得有多艰难吗？我多么怕自己错了，因为我不能在错冤错害了万将军后再错把她的爱女推向万劫不复，我又多么希望是自己错了，因为我那样在乎你我的情谊在乎我当年的错，但是现在，我不再欠你的了……”纪双木一句不欠，把她与万淑宁十几年的恩怨情仇彻底了断。相望一瞬，纪双木咬住嘴唇，果断地擦掉眼泪，落寞的转身和安静的离去显得那样无所留恋。

“我是为了我的国家……”万淑宁似乎不甘心被这样抛弃。在国家民族和小情小义之间选择前者，这并不能算是错。

纪双木没有回头，漠然是她最后留给万淑宁的无声的判决。一段残忍却真真切切存在过的感情，如今用这样的方式抹去，实在是摧残了人心。

无声的绝望笼罩寝殿，李昊将匕首、白绫、鸩毒送到万淑宁面前，万淑宁选择了匕首。利刃刺入腹部，她竟没有皱一点眉头，鲜血从嘴角流出，比嘴上的胭脂还要红。“日复日思思难静，年复年计计难定，今朝重蹈昔年变，俯仰无愧忠诚心。”一阵风吹来，她流着苦涩的泪顺着风吹的方向如折枝般伏倒在地，美丽如初，梦湮如故。

第十四章　沧桑游尽何处归

在历史上，万淑宁的死不会沾染任何的污点，因为李朝皇后的耻辱就是李朝的耻辱，在李昊的安排下，万淑宁的死成了自尽免辱的壮烈悲剧，用污浊的血成就了清白的名，用篡改的事实平息了天下的波澜。御林军清理中宫的时候，发现了埋在花园里的甘庸的尸体，据说就是在我去见万淑宁的那个晚上被毒死的，记得我离开时，紫绡正端着晚膳与我擦肩而过，现在想来，万淑宁是真的有心留我，可惜最终不能留下的是她。

战事平定后，李昊怒斥大越罪责，震慑诸国野心，为李熙昭雪，为安佑国复权，洗清了李硕的冤屈，赢得了边军的归诚，桩桩件件都得尽人心，最难得的，是他并未在找到甘庸的尸体后凭借诏书夺得皇位，而是从中宫寝殿的地下密室里救出了皇上，命我和张学明悉心照料，对外只沿袭万淑宁关于皇上病重未愈需要静养的说法，丝毫不提遗诏之事。如此谦诚之下，李昊继位的呼声日日高涨，几乎每日都有朝臣上表太后，建议册立李昊为皇太弟。李昊对此置之不理，他也不需要理，张学明和我说过，皇上的身体最多熬不过三个月，到时天下易主是必然之事，以李昊目前的声势，这个皇太弟立与不立根本没有区别，无论他有没有这个野心，得继大统已是迟早而已。

其实这样的结局我并非没有想过，甚至，我很愿意让李昊以这样没有争议的方式来结束这历经数代的皇族纠葛，但是，如果这真的发生了，那郑君怡……当初的隐忍和冀望不都白白辜负了吗？为这个，我数次打消去静禄院探望郑君怡的念头，就怕她追问我江山后继的事。然而瞒到今天，张学明告诉我皇上的病情又恶化了，太后在皇上的榻前就直接说起了立储的事，让我感觉有些在劫难逃。除非这一世都瞒着郑君怡，否则，还是早说的好，若等到李昊做了皇帝再说给她

听，或是今后由别人的嘴说了出来，只怕我和她之间最后的那点情分也要伤没了。我前思后想，写了一封长信诉清一切，趁天黑塞进了郑君怡的房间。

回到钦安殿后，我一直坐立不安，想象着郑君怡看完整封信后会是如何反应。惊讶、震慑、愤怒、不甘、嘲讽、怀疑、还是解恨。无论怎样，万淑宁最后的死亡多少能给她一些安慰吧。这时，一个小宫婢端水进来，我走过去要接，她却把手让开，绕过我到了皇上的榻前。这已经不是第一个对我冷漠的宫婢了，冷漠中，似乎还有一点怨恨。张学明在榻边看到这一切，悄悄把我拉到寝殿外，面色凝重地说，“你是不是觉得身边的人对你的态度有些怪异？”

我听出他话里有话，“张掌院知道是什么原因？”

张学明拉我到了僻静的角落，确定四周无人后说，“你这几日照顾皇上辛苦，出钦安殿也少，有些闲言碎语你没听见。自万皇后自尽、皇上病重、王爷持政以来，宫里关于你的不祥之说渐起，你不得不谨慎啊。”

“不祥之说？”

“你从木园出来，一路走进了钦安殿，于你自身是万幸，于他人却是灾祸。郑君怡度日冷宫，万淑宁血溅当场，皇上生命垂危，凡是你亲近过的主子，无一不是至尊至贵，却又无一不是下场凄惨，这其中的危险，你当真不明吗？”

我顿时恍悟，随即心寒无比，“张掌院这样来问我，必定也是同样想法了，照这么说，万里江山是掌握在我一个小小宫婢的手中了？”

“万里江山的沉浮不在你手中，你也不在万里江山的沉浮中，能做到这一点，你便无权再期望平静能一世相随了。”张学明深邃的目光中包含着无尽的危机，重重忧虑浑浊了他的瞳孔。

“我也是从九死一生中拼出来的，”我正视张学明，“人死我活，也只是我幸运罢了。”

“你是幸运，但凭什么只有你能幸运，身在后宫，你难道还不明白嫉妒不仅仅只在主子心里才有吗？”

“我当然明白，”我走近张学明，争辩中带着丝缕的感激，“我都明白，尚宫局的宫婢中，唯有御前尚义可以换代继任，其余的守嫔和内人都要跟着旧主迁居

别宫，换成是我，也不可能毫无怨尤。但是，我的生死去留，绝不是她们的妒嫉可以左右的。郑皇后被废的时候，人人都拿异样的眼光看我，叛徒、走狗、内奸，这样的辱骂之词虽没有出口，却是生生地写在每一个人的脸上，可最后怎么样，我不还是皇上的御前尚义吗，只为皇上的一句西樵于朕如水于鱼，谁不是闭紧了嘴巴谨慎待我。有过那一次，还有什么样的非议是我不能承受的。”我越来越坚定了语气，“谣言怎么传都无所谓，我明不明白也不重要，重要的是李昊怎么看，姜姒怎么看，他们才是能主宰我命运的人。”

张学明沉默了很久，背过身去沉重地说，“他们自然不会误会你，因为他们知道埋藏更深的真相。西樵，你不是不祥，而是不在是非之外，所以这不是单纯的流言，而是最说不清楚的欲加之罪。”

说不清楚的欲加之罪，我岂不知道这个？我走到张学明面前，“若是如此，张掌院面上虽无流言缠身，实际上不也是与我一样危险吗？”

张学明垂下眼眸无奈地一笑，“我从未觉得自己能逃得掉。”

我的心被狠狠触动一下，转身默念一句，“李昊不会那样做的。”这一刻，一股莫名的冲动驱使着我，让我等不到郑君怡睡醒发现那封信，急匆匆地就往静禄院去。就是当面说穿了又如何，事情到了今天这一步，我的处境能比郑君怡好多少，何必要躲她，反露了怯。我这样想着，憋着一股劲冲到郑君怡的房门前，竟看见一片亮光透出来。她不是睡了吗，难道我刚才塞信进去，弄醒了她？我一鼓作气敲开房门，郑君怡静静地坐在桌前，烛火照亮她的侧影，脸上的平静如同风暴过后的海面，让人难以想象之前的汹涌，地上散落着几页信笺，她果然都看了。

“去而复返，是怕我想不开吗？”郑君怡慢慢转过脸来，“这么说，他要做皇帝了。”

“是。”我看她这么冷静，反而有些害怕。

郑君怡的眼中似有泪水要流出，努力忍住了，“我从不承认自己输给了万淑宁，但不得不说，我输给了姜姒。”

我不禁疑惑，“娘娘和王妃相熟？”

郑君怡苦苦一笑，似乎想起了过去的某些回忆，“姜姒一直喜欢李昊，甚至

比我更喜欢，所以明知道李昊的心里一直有我，还是嫁给了他。李昊对姜姒并非没有感情，但更多的是感激之情，淡若甘泉，若非我退出，她是没有机会的。他们大婚的时候我在心里安慰自己，说姜姒不过是得了我的施舍而已，但是看看现在，她得到了我想有也曾经有过的，更得到了我想有却从没有过的，泉水淡柔，亦能穿石而过，我竟把这一点都忘了。”

我低下头轻轻地说，“王妃，很能帮到王爷……”

“看出来了，”郑君怡把脸转向桌上的烛台，“这是家传的本事。”

“家传的?”

“姜姒的父亲姜落出身贫寒，全赖夫人龚月桥帮忙铺路，才从小小的翰林院学士步步高升成为李朝第一出使官，很多人都以为龚月桥是书香门第的小姐出身，欣赏她的琴棋书画和温文谈吐，才给了姜落一次又一次表现的机会，姜落也很争气，每一次的机会都把握住了，也算没有辜负龚月桥为他的悉心谋划。但你知道吗，龚月桥并没有什么高贵的出身，相反，她的父亲还是盗墓的贼窃，在被抓获的时候将龚月桥送到远亲家照料，谁知两个远亲先后将龚月桥卖到妓院，龚月桥冒险当掉了父亲悄悄留给她的一个陪葬物，脱身去到江南开了聚贤客庄，供各大富商要员会谈生意要务，因为经营得好，渐渐打出了名堂，龚月桥也被奉为江南的一大奇女子。此后，龚月桥便洗清了自己的出身，把自己形容成家道中落的名门闺秀，并以这个身份结识了姜落。龚月桥并不因为姜落出身贫寒而弃之不理，反而凭借自己的声明和裙带关系帮姜落一路走到今天，更为了姜落能有子嗣继承家业而主动给姜落纳妾，可以说是隐藏在姜落人生中的第一谋士。姜姒有这样的母亲，我绝不敢怀疑她辅佐李昊的能力，就连李昊今日对她的信任，我也相信是她凭能力赢来的。”

我瞪大眼睛，“这些奴婢从没听说过……”

“谁会议论这些？只有想阻止他们大婚的我才会有兴趣，当年我把调查结果公开，就是想重议他们的婚事。可是李昊这头犟牛，竟然为了跟我赌气，比之前更加坚持这桩婚事，最后还是成了。”郑君怡说到这里，淡淡的愁绪忽然涌上眉间，眼神黯淡下去，但只一瞬，那种黯淡化为恐惧，“西樵，会不会是我疏漏了，

李昊明知她的出身不正还坚持娶她的原因莫非是……”郑君怡没有继续说下去，一片沉默中，我看着她眼里越来越深的恐惧，几乎可以听到她内心的读白。

那不光是她的读白，也是我乍然而起的怀疑。莫非那个时候，李昊就对皇位起了觊觎之心，所以才娶了一个能辅佐他成事的女人？他暗中帮助郑君怡戕害先帝的妃嫔和子嗣，难道就是为了今天后继无人的局面吗？如果不是因为野心，那就是他在报复，报复郑君怡为后位抛弃了他，所以对脂膏的秘密知而不报，对万淑宁的阴谋疑而不阻，对父亲的遇害查而不公，努力走到今天，破釜沉舟的最后一步，好让郑君怡后悔当初那样自私无情的选择……天哪，李昊当真怀着这样的心思吗，还是天意的巧合给了我们眼前的结果。

我这样想着，耳边响起郑君怡的喃喃自语，“明白了，明白了……”她的眼中已经没有了恐惧，而是疼痛和隐藏在疼痛之下的惋惜后悔。李昊，如果这是你的报复，你已经赢了。

“娘娘别多想，眼下完全是形势所迫，并非有心针对娘娘……”我急忙说宽慰的话，却看见郑君怡的目光更加黯淡，那个瞬间，我忽然意识到自己劝错了方向，也许郑君怡是希望被李昊针对的，至少说明他从未放下过，若只是为了形势，只是为了野心，反失了意了。想到这里，我仓促地改口说，“即使是针对，也是因为放不下……”

“说针对，那是冤枉了他，眼下这盘残局是万淑宁和李昊各走了一半，对今天的结果，李昊纵使没有刻意求过，也从未抗拒过。”我张了张嘴，郑君怡举起手示意我不必再劝，“是不是针对我都好，这已经是不能扭转的事了，我再怎么想，也只是想想而已，还能如何，都别说了。”

我们都沉默了，许久我轻轻地说，“娘娘，那奴婢先回去了。”

“你还是御前尚义吧？”郑君怡在我将要转身的时候突然问了一句。

我纳闷地看着她，“是啊。”

郑君怡看了我一阵，带着微妙的口吻说，“你真是一点都不担心啊。”

“担心什么？”我已经隐隐惧怕起来，惧怕郑君怡又要说出什么预示性的话，万淑宁的死劫已经在她口中应验，我实在不愿意自己会成为下一个。

“你就没有想过吗，你放弃了万淑宁为你准备的大好前途，把关乎江山存亡的秘密送给了李昊，这样的功劳是姜姒不能比的，这样的用心也是姜姒猜不透的，偏偏，你还是纪双木的姐妹。”郑君怡略顿一顿，似乎在给我时间好好咀嚼方才的话，“你有功于社稷，有恩于李昊，他日李昊登基，你自然更上一层楼，只是，”郑君怡沉默了一瞬，“楼上楼，便是天，少一步，尽可俯瞰天下，多一步，便是粉身碎骨。”

我的心一慌，抿了抿嘴说，“奴婢没想再多走，双木也不会这样想。”

“知足常乐，但知足不长安，尤其是在宫里，尤其是在你所处的风口浪尖上。”郑君怡平静地继续说，“我的路几乎是到了尽头，无路可走却也没有了走路的烦恼，而你，则是相反。”郑君怡抬起头，深深望入我的眼，似乎要把什么刻在我的双眸，让我永远不忘，“记住我一句话，一朝天子一朝臣，前朝如此，后宫亦如此。”

郑君怡有力的眼神让她的话更具杀伤力，我的心顿时沉入不可预知的恐慌，好像被一片漆黑笼罩住。就在这片黑暗中，姜姒祥和亲善的笑时不时地闪现，每次闪现都那样短暂，却已足够我将这句话在心里默默地咀嚼千百遍，仿佛一把锉刀在我的心弦上来回拉锯，发出可怕的粗糙的噪音，几乎要扯断了那弦，在断头处滴出血来。

从郑君怡的房间出来，我穿过迂回寂静的长廊，走过冷土掩埋的荒院，经过高耸冰冷的围墙，就在跨出静禄院大门，扶着门墙的手离开的那一刻，我听到一个冷冷的声音喊了我的名字。我不敢相信地抬起头往声音传来的方向看去，竟然真的看见了他，一个我从未想过会出现在这里的人，李昊。他此时披着斗篷，侧对着我，目光望向遥远的围墙之上的天际，悠远而伤感。

“奴婢参见王爷。”我赶紧跪下，却迟迟没有听到回应，抬起头，发现李昊仍然望着天际，有一些走神，有一些专注。我忽然开窍，回头看了看静禄院内，隐隐还能望见郑君怡房中射出的亮光，急忙说，“娘娘还没睡，王爷要不要……”

话未说完，李昊已经挪动脚步，踩着枯落的叶子发出沙沙声，朝远离静禄院的方向而去。我跟在后面，就如我曾经跟着皇上那样，一个念头涌上来，不知这

样的情景是否会成为日后的习惯。走了一段路，李昊突然说，“这本不是我该来的地方，却还是跟着你来了，知道是为什么吗?”

我略一沉吟说，“王爷情之所至，不愿罔顾了昔日旧友，然王爷深谙宫范，不愿因一己善意损及娘娘清誉，故与奴婢同行，许是期望奴婢能劝阻王爷止步于院外，”我说着抬头看了李昊一眼，他继续走着，头微微低着，不做声，我便又加了一句，“至于王爷如何知道奴婢来往所趋，怕是凑巧了。”

李昊慢下步子来，渐渐停住脚，仿佛有极重的心事，“皇上病重之际，御前尚义夜探被废的皇后，这样反常的行为是否值得本王跟踪一探呢?”

“王爷……”我惊愕地抬起头，心扑通扑通跳得厉害。

李昊慢慢转过身来，心事重重地说，“你还认得这里吗?”他苍茫的目光似乎只在周围游荡，不曾落在我的身上。我茫然地环顾四周，这里似乎是昙花林，因为不对季节，所以林子里一片枯淡。“哦，对了，你当时不在场，所以不会像本王一样对这里记忆深刻，”李昊似乎在回味一段只属于他的记忆，糟糕的记忆，“这里就是本王和双木被人拿住的地方，有过那一次，本王便觉得这后宫里处处围牢，不可擅举一步，跟踪你，倒是个不错的借口，有这一说傍身，便可以防万一了。”

我的心一凉，顿时觉得有一股寒气渐渐透过皮肤渗入骨髓，努力沉住气，细细思量了许久说，“王爷今非昔比，哪里还会有重蹈覆辙的可能。王爷不过是在提醒奴婢，不要忘了身后有人罢了。”我蹲了蹲身，“奴婢在此谢过王爷。”

李昊怔怔地看着我，“你当真这样觉得?”

“当然，”我站直身体，却一直低着头，“跟踪奴婢固然是个不错的借口，但难免失了王爷的身份，”我抬起头恬淡地一笑，“王爷怎么会真的那样做呢?”

李昊似乎有些动容，专注地看了我一阵，转身朝更深的黑暗中走去。我们一路走到钦安殿外，李昊朝紧闭的殿门看了一眼说，“回去吧，你不在皇上身边待着，张学明也替你捏把汗呢。”

我自愧地笑笑说，“那王爷请自便吧，奴婢告退了。”

“西樵，”李昊忽然在我挪开脚步时又叫住了我，略犹豫了片刻说，“如果今

夜是本王在院内，你在院外被人拿住，又当如何应对呢？”我一时哑然失笑，窘迫了许久，无言以对。李昊忽然笑了，友善地拍拍我的肩膀，宽慰我似地用眼神告诉我不必再思考怎样的回答才是最好，仰望天空深深呼吸一下后转身离去。

望着他的背影，我渐渐露出不安的神色。李昊，你当真想过出卖我吗？因为，在你那样问我的时候，我就起了这样的念头。若是我，会像抓救命稻草一样抓住你，把一切都推在你的身上，我未必真的敢那样做，但心里确有那样的冲动，骗不过自己。但是李昊，为什么你要让我看到自己心里胆怯卑微的那一面，为什么要让我感觉到，那种伴君如伴虎的危险因为你的胜出而更甚从前呢……

皇上的病一日重过一日，最初从密室救出来的时候还只是昏迷不醒，每日喝药擦身维持着气息和体面，谁知到了四月下旬竟然开始便血，不管我和张学明如何清理照料，寝殿里总是有一股散不去的腥臭味道，让人难以靠近。安瑾萱和肖玉华最初还常来，后来见皇上这副奄奄一息的样子，似乎也灰了心，渐渐懒怠了，反倒是杨岫云时常带着李昱过来，远远地望着请安，清澈的眼眸中流淌着宁静，惹起我一阵阵抽心的疼和怜。李昊一直有来探望，就算自己不来，也会让姜姒和知墨过来，但无论谁来，都会问张学明一件事，那就是皇上到底还能支持多久。这样的反复确认让我相信郑君怡所说的，李昊纵使没有刻意求过什么，也从未抗拒过，而此刻这样的不抗拒，已经变成了欣然接受。

因为皇上病重的关系，再加上郑君怡的提醒和李昊的警告，自那一晚后我甚少走出钦安殿，也害怕走出钦安殿，这个钦安殿如同我的避风港，出去容易，再回来就难了，谁知道还能留多久，守一日，便是一日吧。五月初四，皇上便血的量又增加了，脸上已经完全没了血色。知墨照例在午膳前来探望，张学明刚好替皇上施完针，看到知墨来了，略微迟疑了片刻说，“静淑仪来了就好，微臣也正要差人去请。”

“请本宫？”知墨眼睛一亮，随即环顾四周，并没有旁人。

“就在今夜了。”张学明认真地说。

知墨闻言，瞬间闭上了眼睛，静静伫立原地，许久才睁开眼睛，缓缓走到榻边，轻轻撇开垂落的幔帐，平静地凝望着皇上，眼中的忧愁比海更深。我也几乎

没有站住，虽然知道这一天迟早要来，但没想到顷刻间已在眼前了。“王爷知道了吗?”知墨放下幔帐问。

“还没有，微臣想请娘娘的示下。”

知墨略一思索说，“王爷那边，本宫会把消息传出去，至于你这里，再等过一个时辰，只管报于太后，太后怎么说，你们就怎么做。”

“微臣明白了，”张学明略犹豫了一下说，“静淑仪要在这里陪一陪皇上吗，微臣这就暂避，留下林尚义看顾即可。”

知墨看了我一眼，略带感激地说，“多谢张掌院的好意，但是不必了。”

“那……静淑仪走好。”张学明微微颔首，眼中似有无奈。

知墨深深吸了一口气，走向殿门的脚步沉重而缓慢，似乎有极重的心事快要将她压垮，就在与我擦肩的时候，她慢慢停下来，微微回转身体，看到我关切的眼神，凄然一笑说，“西樵，到时候你能来送送我吗?”

“啊?”我没有听懂，疑惑写在脸上，愣愣地看着她。

知墨的笑维持了一瞬间，没有解释，没有再问，转身离去留下落寞的背影。“她好像并不开心。”我喃喃而语，不经意地转回身，看见张学明整理着药箱，把用完的银针一根根放回原来的位置。“这不是他们一直期待的结局吗，”我慢慢走向张学明，却不自觉地回头追望那已经消失的背影，“为什么我在知墨的脸上看到了悲伤，这里只有我和你，她的满脸绝望、满眼忧愁要给谁看?”

“那不是给人看的，不开心也是真的，”张学明抿抿嘴，手上的动作并不停，用极平淡的声音说，“西樵，宋知墨是李昊的人，这没有错，但你别忘了，她也是皇上的女人啊。位不及妃又无子嗣，一旦皇上殡天……”

张学明没有继续说下去，我已顿然恍悟。一句皇上的女人说到了要害，陪葬两个字瞬间闪现在脑海中。一时间，悲从心中来，原来知墨的生死从计划开始就注定了，败是死，成亦是亡。我刚要蹲下身帮忙收拾，突然心里咯噔一下，不，不对，这不是注定的，如果皇上当初能册她为妃，一切就都不同了。“知墨曾得盛宠，怎么不替自己争一争呢?”

“夫人与妃一级之差，却是完全不同，”张学明抬眼无奈地看着我，“单拿后

宫女子的亲族来说，册为夫人只需上表谢恩，封妃却要进宫谢恩，宋知墨的身份是假的，不怕谎言戳穿连累了李昊吗？”

我无言以对，原来知墨想得这样周全，周全到不留一丝泄密的缝隙。如今皇上倒是辨不清真假了，却也下不了封妃的旨了。等等，封妃的旨？我灵光一闪，一个大胆的念头窜出来，“太后的懿旨，太后的懿旨就能晋知墨为妃，”我看向张学明，期望他给我一个鼓励的眼神，但他始终没有朝我看一眼，注意力全在银针上。我不放弃地说，“这不是异想天开，太后和王爷如今是同气连枝，只要王爷求情，知墨就能保命。”

“所以呢，”张学明停下手里的动作，“你要为了这个去向王爷求情吗？”我语噎，张学明把银针包放进药箱，盖上箱盖说，“若非怕你这样为她冒险，刚才我有心回避让你们叙别，她就不会拒绝。原本你没有想到这一层，她也有意避开，我是不该说破的，但怕你不明白她邀你相送的苦心，这才说给你听。她必定有话要嘱咐你，才会在临走时说了那样的话。”

到时候你能来送送我吗？知墨的声音回响耳边，原来这一送就是永别。一下子，我想通了很多事，慢慢站起身说，“她不告诉我，是怕我为她找王爷求情，还是她早知道，求也白求？”

“其实你心里是明白的，王爷若有心有力，岂会等到今日，再说知墨，命是自己的，如果有机会，她岂会不替自己争，你又何必再作无谓之争？”

“无谓之争？”我揪心阵阵，慢慢走到榻边，像知墨刚才那样抬起一点幔帐，凝望皇上，“这宫里的血雨腥风，从来都是无谓之争……”

一个时辰后，张学明把皇上的病况报给了太后，太后传了后宫妃嫔和皇子到钦安寝殿的外殿候着，一跪就到了入夜时分。我和张学明在殿内，清理着从皇上身下不断涌出的血块，当我把第三盆血水换成清水的时候，我忽然听到一声粗重的喘息，夹杂着艰难的呻吟，从幔帐的方向传来。我不敢相信地回头，不自觉地放下盆子，一步一步朝床榻靠近。又是一声，我本能地一缩脚，求助地看向张学明，他正面如死灰地盯着幔帐里面，证实了我此刻的怀疑。

“是皇上……”我颤巍巍地问，渐渐走到榻边，掀开一点幔帐。皇上果然有

了知觉，虽然双眼紧闭，头却微微摇动，好像因为疼痛在挣扎，喘息加重，却还没有到让外殿的人听到的程度。我不知所措，当真从没想过皇上的苏醒会让我这样害怕。

“我怎么没有想到呢，大量的便血让毒素也排出了体外。”

“你是说皇上能活了？”

张学明摇摇头，“皇上的身体已经被掏空，这样严重的便血必定会致死，只不过不是被毒死罢了。”

“但是便血是可以医治的，你试一试，也许会有奇迹呢。”

张学明的目光暗淡下去，踌躇了很久说，“西樵，我不能，我不能试。”

“什么？”我不敢相信自己的耳朵。

张学明咬了咬嘴唇，似乎下定了决心说，“事情到了这一步，皇上今晚非死不可。”

“你在说什么呀？”我顿时感觉浑身的汗毛倒竖，“那是皇上，你要弑君吗？”

“箭在弦上，不得不发，宫里宫外都知道皇上熬不过今晚，也许王爷此刻就在钦安殿外，”张学明的话重若磐石压在我的心口，那一份沉重，把他的声音也压低了，“既然我们有心成全，就成全到底吧。”

“有心成全？”我真不敢当这样的评价，“我们何时有心成全过？我们只想成全天下，王爷有今天完全是形势所致，我们不能扭转天命，但至少不能逆天而行。”

“西樵，当你将天下存亡寄望于一个人的时候，其实你已经将天下托付给了他，你预料了这样的结局却依然让这样的结局发生了，不管当中有多少无奈和被迫，这就是有心成全。”张学明看着我，似乎有些不忍，却最终还是将有心成全四个字加注在了我的身上，“若当初你没有对皇上隐瞒，天下因此而亡，没有人会说是你的错，但你既然选择了隐瞒，那么今日无论结果如何，你都不能撇清关系。你妄图左右天下存亡，便不能阻挡天下存亡左右你……”

“强词夺理……”我委屈地说，“我是寄望于王爷能拯救天下，但我更寄望于他能辅佐皇子昱。”

“不要再有这样的想法，”张学明一下子震慑住我，沉痛的目光充满了焦虑和担忧，“这会要了你的命。眼下的局势，已经不是我们要帮谁，而是只能帮谁，外殿跪着的那些人可以来了又走，但是王爷和宫外的那些亲王不会，他们来，就是要成全这改朝换代的时刻。今时今日，我们没得回头，只能在已经铺开的路上一直走下去。是对是错，全当是为了李朝天下吧。”

张学明说完沉默许久，见我不再辩驳阻挠，走到榻边从药箱中取出一枚银针。我的心揪起来，只见他卷起皇上的衣袖，用左手微微抬起他的胳膊，拇指在手肘内侧偏下的位置摸索着，然后在一个点上按下去，快速地放开后，右手将银针对准那个凹陷未平的位置扎下去。很快，更多的血块从皇上身下涌出，皇上先是加重了喘息和呻吟，接着呻吟渐消，喘息渐无，到最后，连血块也不再流出了。张学明收起银针，站起身后退几步，回过头来将深邃的目光投向我，那分明就是在说，一切都因死亡而终结了。

顿时，我的脑中一片空白，醒转过来的时候，已经瘫坐在地上。在眼睛能够直视到的地方，皇上僵直地躺着，嘴唇和脸庞几乎是一样的白。“不……”我凄厉地喊着，想要时间倒回，却找不到回去的路。

也许是听到了响动，安瑾萱第一个冲进来，捉住我的肩膀，使劲摇着，“怎么了，说话!”

肩膀的疼痛让我愈加清醒，我望向安瑾萱，过去一切恩怨都在此刻泯灭了，“皇上驾崩了，皇上驾崩了……”我号啕大哭起来，三个月的默默期守，我终究背弃了皇上对我的宠爱，此刻，只有放纵的哭喊才能让我逃避开皇上死亡的真相，逃避开我内心的负疚和冲动。

我的呼喊惊动了外殿所有的人，此起彼伏的哭声承接而来，淹没了我的。李昊终于来了，和其他亲王一起等在钦安殿外，不知他们进行了怎样的商讨，最后李硕和安佑国进来，向诸位嫔妃宣读了之前甘庸拟写的传位李昊的诏书，并首肯了诏书的内容。我在内殿没有出去，但那些话听得清楚，尤其是一段沉默过后，此起彼伏的三呼万岁，让我明白离弦的箭已经射中了靶心。

吱呀一声，分隔内外殿的木门被推开，我感觉有人走到我身后，注视着我，

这种感觉让人不寒而栗。

“微臣参见皇上。”张学明急忙行礼，还冲我使眼色。皇上？皇上不是躺在龙榻上吗，哪里又跑出来一个皇上？哦，是我错了，榻上躺的是先帝，身后站的才是皇上。

我转了个方向，换了下跪的姿势说，“奴婢参见皇上，恭祝皇上荣登大宝。”

李昊伸手将我扶起，“林尚义辛苦了，皇兄入殓的事就交由礼部和内务府打理吧，你回尚宫局好好休养几日，等眼前的事情忙完，还有需要你辛苦的地方。”

“奴婢不能陪着皇……不能陪着先帝吗？”

“朕是怕你触景伤情，毕竟你与皇兄的情谊深厚，朕实在不忍心让你受此折磨。”李昊说得情真意挚，把血淋淋的生离死别后该有的撕心裂肺变成了脉脉温情。“不过，你若执意要陪，朕自会成全你的忠义。”

“奴婢谢皇上成全。”我闭上眼睛，眼泪流出来，李昊没有再多言，我听着他渐去的脚步声，慢慢睁开眼。张学明来到我身旁，皱紧眉头看了我一眼，跟了出去。我知道他是在责怪我问了不该问的，但是，李昊当初肯向我求助，不就是认准了我的忠诚和情义吗，若我此刻马上将忠诚转投向他，把先帝抛诸脑后，只怕更遭忌疑。

很快，内务府的人来了，我看着他们忙忙碌碌，一举一动都那样娴熟利索，就深深感到了他们内心的冷漠。生死在他们眼中，也许只关乎于他们忙与不忙，再没有其他的意义。我走到窗边，推开窗户让月亮的光照射进来，这个寝殿太黑太暗，点再多的灯都不能带来温暖和光明，只有天上的月亮，那一分不经雕琢的纯洁，才能让我疲倦的心得到片刻的安宁和清明。此时，正是子时。

先帝的遗体被奉入了殇樽阁，日夜我都陪着，几乎一步也不离开。直到三日后，张学明来告诉我，小玄子已经带着三宝去了南和宫，我才惊觉今日就是宋知墨上路的日子。我匆忙赶往南和宫，在寝殿门外遇上了刚刚退出来的小玄子，他如今已是司律监的副总管，俏皮的脸上也微微有了些岁月的痕迹。

“小玄子，静淑仪她……”我觉得不会这么快，但心里还是害怕得很。

“还没有，”小玄子挥挥手，“当年有齐霜霜，现在有宋知墨，西樵，我的林

尚义，你太容易动感情了，这样不好。”小玄子说归说，最后还是无奈地叹口气，“时间可不长，她在等你，快进去吧。”

“谢谢小玄子。”我推门进到殿内，第一眼就看到长长的白绫垂挂在横梁上，随风轻飘。我步步前移，终于看到了宋知墨，她穿着一袭白衣白裙，长发垂腰，背对着我站在殿中央，落寞孤独的气息萦绕着她，就像她最初走进这宫殿时一样旁若无人。“知墨……”我轻轻呼唤着。知墨慢慢转身，看到是我，露出欣慰的惜别的笑。“只有这一条路吗？”我不甘地问。知墨走到我面前，从怀中掏出一封信递给我。我伸手去接，忽然注意到她的指甲涂了粉色的蔻丹。知墨从来不喜欢涂蔻丹的，怎么会在今天……我盯着她的手，忘记了接信，她伸手将我的手翻转，手心朝上，把信塞给我，就在这个时候，她的袖子翻开，手腕上部有一道淡淡的疤痕印入我眼中。“你，你不是知墨，”我被狠狠吓了一跳，顿时后退连连，“你是谁？”

眼前的人只在一瞬间从眼中掠过惊慌，很快平静下来，笑容更加欣慰更加安心了，“这封信是她留给你的，记得一个人的时候再看，还有，要记得为我哭哦。”她说完，从我的身边经过走到白绫垂落的位置，踏上方凳，将白绫打上死结，将粉嫩的脖子套进去。哗啦一下，方凳翻倒在地，悬空的双脚抽搐了几下，不动了。我开始哭，哭声就像呜咽的风声，在南和宫的回廊中屋檐下穿梭环绕。时隔三日而已，我又亲眼目睹了一个人的死亡，那样近在咫尺，那样无力挽回。

小玄子让人来把遗体运走，我把信藏在怀中，脸上挂着未干的泪水走出南和宫，竟然看见姜姒站在宫外。她如今已经是板上钉钉的皇后了，但衣着装扮倒还素雅，而且今日，她的脸上似有淡淡的病容，唯独骨子里的坚毅丝毫不减。我想起郑君怡说她的那些话，心里感慨她的坚持和委屈总算也有所偿还了。“奴婢参见皇后娘娘。”我在她面前跪下，手肘暗暗捂着腰腹，生怕那封信掉出来。

“起来吧。本宫还未得到册封，这样的称呼就暂且免了吧。”

“娘娘自谦了，”我站起身，关切地问，“皇后娘娘怎么来了这里，不吉利的。”

“知墨是为了江山社稷，本宫当然要来送一送。”姜姒说着抬头望向南和宫的

匾额，“到底是不能两全，委屈了知墨。”

“娘娘会这样想，静淑仪泉下有知也感欣慰了。”

“西樵，陪本宫走走吧。”姜姒微笑地看着我，让我无从拒绝。我们一路慢行到了大明湖边，风吹在身上暖洋洋的，但心却还冰凉冰凉。姜姒叫了游湖的船，在船头坐下，伸手入湖中捧起一掌水，看着水从指缝流出落回湖中，那种感觉，就像在看时间流逝，情感流失。

“湖水凉，娘娘小心身体。”我打破沉默。

姜姒恬淡地看了我一眼说，“时间过得真快，本宫送知墨进宫的画面还在眼前，一转眼就送她去了另一世。先帝这一去，到底是亏负了他的女人，也就安瑾萱和杨岫云封了太妃，肖玉华虽然位份低，但有子嗣所以封了太嫔，其余的都是照着宫规各寻各的去处，青灯古佛、香消玉殒，谁知是幸是命。还有那些守嫔和内人，除了留在太妃和太嫔身边的还能有些依靠，其他人，走的留的，究竟谁好谁不好，全看她们的造化了。”

“奴婢们的去留自有宫中规矩约束着，娘娘如此费心为她们思量，倒真是娘娘的一番心意了。”

“别人本宫是不会操心的，闲话一句怎当得心意二字，”姜姒说到此处抬头看我，“倒是你，本宫必定要有个妥善的安置才不枉你的辛劳。”

妥善的安置？我的心顿时咚咚狂跳，郑君怡说后宫里也免不了一朝天子一朝臣的俗例，难道姜姒想让我离开钦安殿？我一下子谨慎起来，喏喏地说，“娘娘切莫为奴婢费心，奴婢现在就挺好的。”

“挺好的？”姜姒立刻露出心疼的模样，“宫里那些不着调的闲言闲语你也听得下去？”闲言闲语，姜姒是说关于我不祥之身的流言吗？听她的意思是不信这些的，但是无缘无故，她怎会主动提及这个？我正疑惑，就听到姜姒愤愤不平地说，“窝在后宫里自己说说也就罢了，竟然把话传到了朝臣耳朵里，一个一个都跟皇上进言，要撤了你的御前尚义之职，要是后宫之事能由他们这样捕风捉影就说了算，那还要本宫做什么？岂非又纵容了以鬼神之说妖言惑众的风气。难就难在，皇上眼下初登基，不宜和朝臣为后宫事相驳，本宫又尚未得到册封，名不正

言不顺，若强为你出头，难保适得其反，但是你放心，不出一个月，皇上和本宫定然为你讨个公道。”

我听着姜姒的话，始终低头不语，心里已如明镜。姜姒越说谣言可恶，其实就越在意，无非是用这些好听的正义之言让我知道罢了。一个月，一个月什么都成定局了，还讨个鬼公道。只是，她在不在意有什么要紧，只要李昊不在意，我这个御前尚义就能继续当下去，倒不是我舍不得这个地位，只是我不甘心自己就毁在这些风言风语里，过去种种委屈、冒险、拼命，到头来还抵不过毫无根据的妄言吗？我在心里一笑，下定了决心。

船靠了岸，我向姜姒告退后回到尚宫局自己的房间里，窝在床头仔细读着知墨留给我的信。

西樵，当你看到这封信的时候，我已经在宫外了。李昊没有我想象的那样冷酷无情，那个与我面貌相仿的女囚，就是他为我找的替死之身，我自由了，真正地自由了，皇宫里的一切我都不留恋，只有你是我放心不下的牵挂。我与你相识时间不长，相处却不乏默契，离别了，有几句话要嘱咐你。宫里的流言你也听到一些吧？也许你会说，不祥之说无法将你打垮，但是西樵，不祥之说只是表象，表象下，是深藏的危机。西樵，你不可能再像郑皇后被废时那样优雅地与背叛的罪名擦身而过了。

我翻过一页，震惊、庆幸、猜疑和恐惧交替着占据我的心，我深吸了一口气，继续往下看。

万淑宁虽是我们的敌人，一心毁掉李朝，却是为了她自己的国家民族，至死不休，我虽恨她，却也敬她，在她的族人眼里，她不是叛徒，而是英雄。但是西樵，忠心只能对一人，你背叛郑君怡是为了忠于皇上，那你欺瞒皇上是为了谁，出卖万淑宁又是为了谁？你是为了李朝，但这样的境界几人能有，忠君爱国，先忠于君，才能忠于国。当初你能站稳御前尚义的位置，是因为皇上认定了你的忠，是因为郑君怡是皇上的附属而非对敌，但是现在，李昊却不能做同样的事，那样不仅是表明了你的不忠，更是让他自己沾上了蓄谋已久的嫌疑。再仁慈的君王也还是君王，西樵，他留不得你，保不了你，你就只能……

我又翻过一页，嘴里默默念着，“我就只能自保了。”果然，自保两个字落入眼帘，后面继续写着——

后宫里，权宠能予人巅峰，亦能予人颠覆，平凡能予人悲凉，亦能予人安宁，位份高低又如何，能上便要能下，只要能换来喘息的机会，没什么是不能割舍的。但割舍归割舍，后宫中必要寻一依靠。李昊深知纪双木底细，在王府时对其种种皆为试探和麻痹，今后恐无信亦无宠，故近其者难近君王，然，纪双木是先帝赐婚于李昊的，为成就仁义之名，李昊在名位上必定厚待之，可视为依靠。切记，切记。

我闭上眼睛，渐渐攥紧拳头褶皱了信纸，刚刚下定的决心犹如决口的堤坝慢慢坍塌。看来，我无需再向李昊说出什么身正不怕影子斜的鬼话了，那一夜他让我回尚宫局，不是怕我触景伤情，而是想用最不着痕迹的方式送我离开钦安殿。我不禁开始怀疑，姜姒在大明湖上对我说的那番话，是不是也出自他的授意，就像当初他授意姜姒假扮妒妇送知墨进宫一样，这不就是他娶姜姒最大的得益之处吗。可惜，他只看到了姜姒无悔的付出，却没有看到知墨内心的善良。知墨，你的这份情意我一生难忘。

五月初十，先帝的遗体下葬，从陵园回来后，李昊即刻着内务府拟旨，册封姜姒为中宫皇后，师卿为东华宫妍妃，纪双木为西静宫宁妃，册封礼于三日后举行，即刻晓谕。就在同一日，我以照顾先帝不周为由向李昊请辞御前尚义一职，请求入西静宫陪伴纪双木。李昊答应了，让我静等尚宫局的告令。

告令是在册封礼后传到钦安殿的，免我御前尚义之职，降为守嫔，即刻迁入西静宫。我悬着的心终于放下，诚然接下告令，交出蝴蝶珠环，无视周围的窃窃私语和怪异眼神，回房间收拾了细软离开。

从钦安殿出来，我驻足在空旷的石阶上孤独地回望钦安殿的大门。自我当上御前尚义，就不停地在钦安殿和中宫之间往来，但是往来再多，也多不过我在这两者之间的抉择，到了今日才算是真正摆脱了这样的反复挣扎。钦安殿没变，中宫也没变，只是时事风云已在我的数回折返间更改了颜色，而那屋檐下的人也几度更改了容颜。郑君怡荣耀在身，一朝败落只留一身羞色；万淑宁蛰伏养晦，一

夕得势断送一代君王；纪双木沉醉愧意，一时错付换得一梦惊醒。在这固若金汤的皇宫中，香甜的胭脂竟是蛊毒，珍藏的凤印竟是赝品，一国之君缠绵病榻沦为阶下囚，辅国重臣深陷阴谋困为笼中鸟，无辜的宫婢变成了阴谋的棋子，妖娆的宫妃变成了潜藏的奸细，死生之间，变换的脸已有了腐朽的颜色，朝阳殿变凶案地，李朝危是大越谋，权臣变囚徒，爱意变杀机，就连十年前万云川的死都变了样，错成冤，愧成恨，失去了纪双木，万淑宁的亡国梦成就了李昊的帝王命。昨日君怡为后，今朝李昊称帝，期间种种，开始得悄无声息，结束得轰轰烈烈。前朝后宫皆易主，时变，人变，事变，宫变，却永远不能变成我们真正期盼的样子。

我一路走到西静宫的门前，一样空旷的石阶上，纪双木遥遥地等着我。她已换下了册封的吉服，摘掉了华贵的发冠，一袭白荷色的衣裙轻舞飞扬，如同芙蓉枕风醉、白羽化仙立。刹那间，我的心安定下来，管它日月山河怎样变迁，这西静宫便是我此刻向往的归宿。

日复日难平，年复年难静，俯仰无愧义，万变不改心。

第三卷　变　［完］

第四卷

倦

人在卷中书　点墨凤凰图

欲乱星火燃　烬处留半幅

第一章　安宁难谱后宫曲

西静宫坐落在皇宫的西南角，宫门前一排柳树，露出入秋后衰败的颜色。记得郑君怡还住在中宫的时候，宫门前的梨树也是一年到头不改凋零的模样，看来草木亦懂人心，风月亦难以自欺。李昊对纪双木的冷漠，果真就像知墨说的那样，尊贵予，宠信收，独自保平安。在尔虞我诈血腥不断的后宫，这样的结局也许是另一种福气，但是，当我看到纪双木眉宇间不经意露出的落寞和悲凉，我真心不希望这就是最后的结局。那种落寞安静却充满了故事，让我感觉她和李昊之间不仅仅只有万淑宁的阴谋和江山的去留。

李昊在王府的时候就没有纳过侍妾，所以现在后宫里只有一后两妃，除去姜姒，李昊剩下的恩宠都给了师卿，但姜姒待她远不如待纪双木亲厚。一个月后的中元节是师卿的母亲翟宜的生祭，师卿想请李昊追封母亲为正二品诰命夫人，却因姜姒反对而作罢，但姜姒却向李昊请旨破格替纪双木的父亲纪勇在福陵修葺衣冠冢，纪双木倍感慰藉之余，也与师卿积怨更深。当初李昊为了赢得纪双木的襄助，真真假假的关怀落在师卿眼中已让她生了妒嫉之心，现在虽然恩宠盛于纪双木，但名位尊贵皆是一样，再加上姜姒偏顾，师卿一直心有不甘，好在纪双木一向深入简出，守得住寂寞，自然也保得住安宁。

只是，纪双木的这份安宁未必就能成为整个后宫的安宁。两个月前，户部的候补侍郎赵觉送了一个男人进宫，第二天就被宣布是姜姒失散多年的弟弟姜荀，这个人脸长眼细，看起来有些刁钻，右耳窝里的一颗黑痣竟有黄豆那么大。纪双

木听到消息后并不惊讶，说一早就听李昊提过，姜姒十岁的时候带着年幼的弟弟去看花灯，被人群挤散了，找了二十年也没有结果，后来不知道哪里走漏了消息，说姜荀的耳朵上有黑痣，便有不少人浑水摸鱼去王府认亲，但都骗不过姜姒被撵了出来，如今这一个能够公诸于前朝后宫，必定是赵觉找对人了。我心里在想，时过境迁，人海茫茫，若非赵觉运气好，便是能耐不可小觑了。

姜荀进宫后，一直留在姜姒身边学习礼仪规矩，可惜开蒙太晚，又自小混迹于三教九流，总是眼神呆滞言行粗野，那一身华丽的锦服掩不住他流气和猥琐的面貌，宫中的礼仪在他的举手投足间显得滑稽可笑，刻意模仿的庄重和斯文越发凸现他的低俗和庸碌，最让人不能忍受的，就是他那双不安分的眼睛总在漂亮的小宫婢身上打转，但凡姜姒不在身旁，他就露出馋涎的邪相，宫婢们哑忍不语，他就更加放肆。姜姒对此并非不知情，但她总觉得是自己当年的失误才导致姜荀如今的不堪，故而自责多于教诲，只对受辱的宫婢多加抚慰，对姜荀也是嘴上教训，甚少严惩，始终不忍将姜荀驱出宫门。

转眼中元节至，清晨，姜姒派人送来首祭的一应用品，并免了纪双木今日的请安，让她专心于福陵拜祭之事。我准备了素服让纪双木换上，清点了各类祭品，就在一切准备停当的时候，内人羽嫣匆匆进来，见状知道时机不好，立刻退了出去，似有话却不方便说的样子。纪双木从镜子里瞥见了雨嫣慌乱的模样，转过身喊了一句，“羽嫣进来。”羽嫣磨蹭蹭地进来，纪双木疑惑地看着她，走近问，“你在躲什么，是宫里出了事，还是你犯了错？”

羽嫣犹豫了一下说，“娘娘，请娘娘救救雨溪。”

“雨溪？”纪双木疑惑地眉头一蹙。

“雨溪是咱们宫里的清帚婢，是羽嫣的表妹。”我在一旁说。

“是这样，”纪双木明眸一转，继续问羽嫣，“你要本宫救她，她是犯了什么大错吗？”

“娘娘……”羽嫣一下子眼睛红了，“雨溪有身孕了。”

啊？我大感意外，心里明白这着实是件棘手的事。纪双木平静地说，“多长日子了？”

“已经有一个多月了，”羽嫣低头不敢看纪双木，“那晚她在荷花池边偷祭母亲，被人撞破威胁，这才失了身。”

“一个多月了……”纪双木喃喃自语了这一句便迟迟不说话，许久才问，“雨溪有说是谁吗?”

羽嫣动了动嘴，没有出声，一丝恐惧和犹豫在她的眼中闪动。我见羽嫣吞吞吐吐，便头一个怀疑了姜荀，直白地说，“是不是姜……”

“别说了，”竟然是纪双木打断了我，“羽嫣，去传雨溪过来。”

“是。”羽嫣起身去了，纪双木深吸一口气，伸手解开斗篷，脱下素服。

“娘娘……”我不解地看着她，一边把之前换下的茉莉花色的衣裳递过去。

“怀孕之事谁人能料，时间这样巧合，皇后娘娘也算未雨绸缪了。衣冠冢已修，这份恩德我不想受也已经受了，唯有今日不去拜祭，她方能明白我的心意。”正说着，羽嫣领着雨溪进来，颤巍巍地跪在纪双木面前。“你就是雨溪?”纪双木看着羽嫣身边的丫头，她看上去不过十五岁，眉尖若蹙，鼻头圆小，甚是惹人怜爱。雨溪埋低头用极轻的声音说了句是，纪双木点点头说，“事情已经发生了，本宫再追究对错也是无益，现在本宫给你两个选择，第一，本宫去向皇后娘娘说明此事，把你赐给姜公子，今后你的生死福祸就都由他说了算……”

“不要，”雨溪的情绪一下子激动起来，眼泪也瞬间涌出，“奴婢不要……”

“那就走第二条路，把孩子打掉，本宫给你指户中上人家，从此不再与皇宫有任何牵连。”

雨溪整个人安静下来。羽嫣看了雨溪一眼，担忧地说，“娘娘，雨溪已非完璧，若再嫁他人……”

“本宫自会安排妥当，不会让她被人看不起的。”

“姜公子是皇后娘娘的亲弟弟，如果他知道雨溪出了宫，不再得娘娘庇佑，恐怕不会轻易放过。”

“他要如何不放过！追到天涯海角吗?”纪双木的声音忽然凌厉有势起来，“雨溪如今在宫里，他不也照样没有放过吗？无非是吃准了雨溪不敢告发他罢了。若不是有了身孕，恐怕本宫现在也依旧是一无所知。本宫既然安排雨溪出宫，自

然会保她平安，你不放心，就亲自守护在她身边好了，本宫可以一并放行!”羽嫣听纪双木这样说，低下头默不作声。纪双木看向雨溪，“雨溪，这是你的人生，本宫必定要听到你的选择，才好为你安排。”

雨溪抬起头，含泪的眼望着纪双木许久，突然重重地把额头磕在地上，“奴婢愿意打掉孩子，奴婢愿意出宫。”

纪双木宽慰地点点头，“雨溪你先回去吧，本宫会替你安排的。”雨溪再三磕头谢恩，离开寝殿。纪双木等雨溪走远，冷眼望着羽嫣说，“你很想自己的妹妹嫁给姜公子吗?”

羽嫣的肩膀明显地向后缩动了一下，“娘娘……”

“如果姜公子和雨溪是两情相悦，偷食禁果才有了今日的麻烦，本宫自当为她争取，可姜公子的人品如何你不是不知，雨溪跟着他岂有幸福?而你的幸福，也不是维系在雨溪身上的。”纪双木边说，边裹上了果红色的披风，“羽嫣，你已经满二十五岁，只要本宫同意，就可以放你出宫，你回去等消息吧。西樵，陪我去向皇后请安。”纪双木说完，扔下目瞪口呆的羽嫣，朝中宫去。

车轱辘转得有些慢，纪双木倚靠在窗边，轻微的颠簸似乎并不能打断她的思绪。许久，马车到了中宫门前，我扶纪双木下车，轻轻地问，“娘娘可想好了要跟皇后说些什么?”

纪双木淡淡一笑，“不需要刻意去想，实话实说就是了。”

我们进了中宫，在偏殿见到了姜姒，她看到我们，微微的惊讶从脸上一闪而过，随即责备宫婢们说，“怎么回事，不是让你们传话给宁妃免了今日的请安吗，是谁负责传话的，赏二十个嘴巴，停奉一月。”

“娘娘，”纪双木赶紧说，“宫婢们早已传话过来，是臣妾没有遵从娘娘的意思，娘娘别错怪了她们。”

姜姒略愣了一下说，“这本宫倒是好奇了，今日中元节，本宫想你必定要去首祭的，莫非是有更要紧的事要与本宫商量?”姜姒招呼纪双木坐下，让宫婢奉茶上来。

纪双木捧起茶碗轻嘬一口说，“皇后娘娘聪慧，一猜就中，臣妾的确有件棘

手的事，想请皇后娘娘一道恩旨。”

姜姒温和地说，“你行事向来有分寸，这样着急来说，必定事出有因，只要能帮，本宫一定不推脱。”

纪双木放下茶碗，“事情倒也不大，臣妾想放一名叫雨溪的清帚婢出宫，想问皇后准还是不准。”

姜姒抚弄茶碗的手微微停顿了一下，顺势拎起碗盖说，“宫婢年满二十五就能放出宫，这本就是合规矩的事，你传话到尚宫局自然都能办妥，何须特来向本宫请旨。”姜姒说完，埋头品茶。

纪双木看了姜姒一眼，平缓而冷淡地说，“看来皇后娘娘是不识得雨溪了，雨溪今年尚不足二十五，只因为一个多月前在荷花池边受了惊吓，身子一直不好，头晕恶心的倒还罢了，如今竟然连月事都迟了，这样的身子，留在臣妾身边也是累赘，不如放出宫去，也免得用库里的钱养一个闲人。皇后娘娘以为呢?”

姜姒听着纪双木的话，品茶的姿势维持了许久，渐渐抬起头说，“宁妃用心良苦，你的心意就是本宫的心意，辛苦宁妃了。”

“偶尔辛苦一次，便也不算得辛苦了，这样的事岂能常常有，否则，臣妾再尽心，也不够保住后宫的安宁。”纪双木站起身，后退一步弯腰说，“多谢娘娘的心意，臣妾告退。”

“时辰还早，宁妃还是要去福陵看看才是。”姜姒站起身对着纪双木的背影说。

纪双木转过身，带着浅浅的笑说，“雨溪为了荷花池的事，终日惶惶不可安生，臣妾还是回去看着她比较好，免得今后生出什么危言耸听的讹传，让美丽的荷花池成了禁地就可惜了。不管怎么样，臣妾还是要多谢娘娘恩德，臣妾一直视娘娘为姐姐，今后，也将一如既往。”说完，纪双木带着我离开中宫。

上了马车后，我轻轻地问，“皇后娘娘已经服软，娘娘为何不顺着她的意思去福陵走一趟，别伤了和气，对娘娘无益啊。”

纪双木微微叹息，“我不去，并非只为了求皇后应允，而是要她明白绝不能再纵容姜荀，若再有第二回，我必不会再视而不见了。”纪双木低头沉思片刻，

“雨溪落胎不能在宫里，你去找一趟张学明，让他偷偷安排，顺便看看有没有合适的人家，让雨溪和羽嫣能有个归宿。”

“娘娘当真要把羽嫣也送走?”纪双木的果决让我有些意外。

“羽嫣在王府的时候就跟着我，她什么都好，就是心不静，皇上以前有个门客叫张放，风流倜傥，曾在一次家宴上看中了妍妃的婢女罗秋，羽嫣和罗秋原没有什么交情，但自那晚之后就与罗秋热络起来，好几次只要张放在王府，羽嫣就必定找了各种理由去罗秋那里，心思再明了不过了。”

“她还留在娘娘身边，便可知没能如愿，”我无奈地看着纪双木，略带好奇地问，“她有这样的心，可曾也借着娘娘接近皇上?”

“她虽有心，却也有自知之明，不至于那样肆意，”纪双木倒很体谅，“不过，她有这样的心思，当真不适宜留在宫中，不如指了好的人家，以求断其念，更期足其愿。”

“娘娘真是与其她的妃嫔不同，若换作她人，知道身边宫婢有这样的念想，必定防之害之，而非像娘娘这样，护着她，帮着她。”

“那是因为她们害怕一旦有人乌鸦变凤凰，便会分了自己的幸福和荣耀，所以要防，所以要害，而我心里却明白，飞上枝头后得到的，可能是更大的伤害，我自己不就是个例子吗?”纪双木的眼中掠过一丝灰暗，忧伤沉淀在里面，更胜无声的啜泣。

“皇上不该这样的，”我真心埋怨说，“为了万淑宁的事迁怒娘娘，这不是明君所为。”

纪双木慢慢转过脸，怔怔地看了我一会儿，似乎在惊奇我会说出这样的话来，她忽然嗤笑，凄凉婉转地说，“怎么你也认为我是因为万淑宁才遭受冷落的吗?”

“难道不是吗?”我不解地看着纪双木，知墨留下的那封信已经阐明了一切，她的一切预料都已经成为了现实，还有什么隐藏更深的缘由吗?

纪双木自嘲地笑了笑，“你还记得我是如何成为侧夫人的吗?”

我一怔，没想到她会突然提起这件事，不明就里地如实回答，“昙花林捉奸，

先帝赐婚。”

“昙花林捉奸，那是郑君怡的设计。”纪双木一句话顿时如醍醐灌顶让我看清了许多，先帝那个时候说过，昙花林一事，必定让李昊永远不能原谅郑君怡，如今看来，李昊不能原谅的，岂止是郑君怡一人。“如此你就该明白了吧，”纪双木的平静让我感觉到她已放弃争取，“是郑君怡的背叛让他被迫接纳了我，所以我就像启动那段痛苦记忆的钥匙，让他不敢触碰，甚至厌恶。”

“可这是个误会，娘娘何不向皇上解释？”话一出口，我猛然想起纪双木并不知晓先帝顺水推舟李代桃僵的事，天哪，我竟然守着这么大的一个秘密连最该知道的人都忘了告诉，如此说来，是我的疏忽耽搁了纪双木的幸福。我愧疚地望着纪双木疑惑的目光，犹豫着说，“娘娘，昙花林捉奸的事，其实还有内情，约皇上去昙花林的人其实是……”

“……先帝。”纪双木平静地打断我，这下轮到我惊讶了。纪双木缪然一笑，“原来万淑宁推测得没有错，真的是先帝从中插手了。”

“娘娘既然知道，为何不解释？”

“本就是推测，说不清来龙去脉，如何能解释得清，何况，昙花林捉奸和先帝赐婚，前后衔接得这样好，看起来，就像是我与先帝联手制造了郑君怡背叛皇上的假象，这样的解释，能比如今的误会好到哪里去？何况，我本就是一枚棋子，凭什么奢望他的原谅，凭什么说自己无辜。”她的目光黯淡下去，我沉默了。我知道她是害怕，害怕一旦说出真相，会连仅剩的怜悯都烟消云散了。

回宫后，纪双木折了船灯，让我入夜后拿到曲池去放。按规矩，嫔妃的船灯在曲池放，皇上、皇后和太后的船灯在太安池放，自我做承御开始，已经有六年没有去过曲池放船灯了。也许是我去得晚，曲池边已经没有旁人了，池面上的船灯已经游远，星星点点的光浮动闪耀着，赋予曲池另一种美。我点了船灯，逐一放下水，其中有一只，是我的。记得娘临终前说过，如果有一天我能有机会到曲池为主子放船灯，一定要多折一只，纪念故人，至于这故人是谁，我如今也不知道，只是不想有负娘临终所愿罢了。船灯随着水流飘远，我缓缓站起身，望着粼粼池水，感伤萦绕心头挥之不去。冷风吹来，我下意识地裹紧衣衫望向风吹来的

方向，那是一个岔口，通往太安池的小路从那里蜿蜒而上。我的心不安静起来，抬头看看天色，转道进了岔口。

今夜的太安池格外安静，池面上只有两只船灯，荡荡悠悠地朝截然相反的方向彼此漂开去。没有人吗，看来是我枉费这一时的冲动了。我失落地望着空旷的池面笑笑，落寞地转身沿着小路离开，却在回到曲池边时遇见了李昊。那时我才刚刚走到岔口，李昊正站在曲池边，转身要往岔口来。相见的那一刻，也许我们都意识到自己站错了位置，不约而同地用沉默驱赶难言的尴尬。

短暂的沉默后，李昊朝我走来，我低头下跪说，“奴婢参见皇上。”

“你怎么从上面下来了，是去太安池了吗？”

“奴婢每年都去，不知不觉多走了几步。”

“起来说话吧。”李昊抬头望向坡顶，我站起身，端正脸庞，目光却微微朝下投向李昊的胸口位置，黄袍上的盘龙那样熟悉，而眼前的这个人却让我觉得陌生。“随朕一起上去吧，其他人留在这里。”李昊说着迈开步子，我接过随行内侍准备好的船灯，跟着上去。

我们走到太安池边，原先的两只船灯已经漂得不见踪影，我蹲下身，将船灯放入池中，轻轻拨一拨水流，让船灯徐徐散开。

“听说，宁妃没有去福陵首祭。”李昊站在我身后，突然就问起话来。

“皇上的消息真是灵通，”我望着远去的船灯，心里酸涩得很，“娘娘今日身子不适，没能成行，所以特命奴婢到曲池放船灯，以表孝义。”我站起身对着李昊说，“皇上生气了吗？福陵的衣冠冢是皇后娘娘特意请求皇上为宁妃所建，宁妃不去首祭，皇后娘娘的面子必定挂不住，皇上是因为心疼皇后娘娘才来质问奴婢的吗？”

李昊听着我的话，眉头渐渐拧紧，又渐渐放开，最后深吸一口气说，“西樵，你是这样看朕的吗？朕没有想到你竟然会这样想，难道朕不能是关心宁妃吗？”

我听了这话心里难受，忍不住说，“皇上这话自己信吗，皇上对娘娘，难道还有关心可言吗？”

李昊闻言一怔，像是要发火，却忍住了，“看来，不是朕要质问你，而是你

要训斥朕了。”

“奴婢不敢，”我低头下跪，诚恳地说，“奴婢只是不明白，宁妃娘娘错在何处，要受这样的委屈。”

“委屈？她身在妃位，又得朕与皇后的厚待，这样也叫委屈？”

“若名分权势就能让人满足，当初的郑皇后就不会日日痛苦了。”我这话一说，李昊顿时变了脸，愤恨与痛苦中还有一种叫屈辱的东西如同无形的烙印刻在了脸上。这一刻我相信，李昊这样伤害纪双木，当真是有郑君怡的缘故。

“她痛苦，是怕皇后之位不保。”李昊狠心地说。

“这只是皇上的猜测，奴婢看到的并非如此。”我心里真觉得痛，为李昊对郑君怡的冷酷，为李昊对纪双木的无情。我见他没有说话，便继续说，“赐尽封赏，却无爱宠，那样的封赏只会是讽刺，皇上天纵英明，岂会不知宁妃如今的尴尬。明知是伤害却还要继续，皇上是在惩罚宁妃吗？”

李昊的表情有些僵硬，“西樵想多了，宁妃无过，朕何必惩罚她？”

“娘娘无过，怎知不是旁人有过牵连了娘娘，”我缓缓站起身，“可还是因为万淑宁的事，如此，皇上未必太不能容人了。”

“那就当朕不能容人好了。”李昊竟然认了这一桩。

我微微一怔，知道话套到这里已是死路，于是干脆掉头离开，走出几步复又停住转身，“皇上这样说，是存心与宁妃娘娘断了情意了，如此，奴婢今后再见皇上的机会便寥寥无几了，能够这样在四下无人之地两厢倾谈更是再无可能，有件事，奴婢一直瞒着皇上，既然时机不再，也不想再隐瞒了。当年昙花林……”

“别说了！”李昊竟然一下就打断了我的话，“昙花林的事，朕不想再听到一个字。”

“皇上难道不想知道昙花林的真相吗？”我大声地说。

“真相？”李昊不屑地笑了，“如果真有所谓的真相，靠你一个人就能隐瞒到今日？”

“那是因为知道当初昙花林事件来龙去脉的人都已经归天了，只剩下奴婢一人活着，所以奴婢不说，再不会有第二个人来告诉皇上。”

李昊转过身，神情严肃地看着我，用警告的口吻说，“你最好不要骗朕。”

“奴婢只管说出自己知道的，是不是欺骗，皇上自己分辨。”我转身走到池边，望着暗夜笼罩下的池面，心情如同池水涌漾，过往的景象在脑海中映射出来，深刻得就像刚刚发生在眼前一样。“当年郑皇后急于剪除万淑宁的羽翼，又知道宁妃与皇上交往甚密，就想出了捉奸的法子陷害宁妃，但她安排的捉奸对象不是皇上，而是御医张百孝，是先帝从中插手，引皇上去了昙花林。”我说完转过身，看见李昊呆若木鸡地站在那儿，仿佛沉溺在我的话中不能自拔，不能呼吸。我慢慢走上前去，“先帝赐婚，并不是捉奸之后的顺水推舟，早在先帝洞察昙花林之约是个阴谋的时候，就已经想好要请皇上入局了。”

“螳螂捕蝉，黄雀在后，”李昊慢慢转过头来，“你知道这么大的秘密，却到了今日才告诉朕。”李昊恨恨地说。我能理解他的恨，是我的沉默让他错待了良人，也是我的不沉默让他知道自己错待了良人，只是，我也有我的情非得已。

我镇定地说，“郑君怡是前朝废后，皇上却是当今的皇帝，换作任何人，都会选择让这个误会继续下去。”

李昊谬然嗤笑，“那你今日又为何要说与朕听？”

“那是因为奴婢今日才知这个真相如此重要，”我抬眼望着他，一字一字地说，“奴婢，不想误了宁妃一生。”李昊明显一怔，那样敏感，那样惶恐。我继续望着他，凄婉如诉地说，“都说沉默是后宫生存的第一要则，可知这沉默一旦伤起人来，远比刀剑流言更痛更深，奴婢已经负了郑氏，怎可再误她人？皇上，昙花林的事，郑氏和宁妃都是既不知情又无能为力，只有先帝是最后的赢家，先帝已经不在了，这份怨这份恨，就都让它烟消云散了吧。”

李昊沉吟许久，轻轻地问，“这件事，宁妃知道了吗？”

我没想到李昊的话锋转得这样快，意外之余，心里却觉得他正渐渐打开心扉，如实说，“她一直知道，不过，她不知道奴婢会和皇上说。”

李昊看了我一眼，默默转身走到池边，低头望着池中倒影，“你可知道你的这份心意，足以让朕怀疑一切你所谓的真相。”

我惊愕，风吹池面，模糊了他的声音，也模糊了我的眼。我当真没有想到他

会说出这样的话来，忍住心中难过说，“奴婢口中的真相，都是当年先帝所述，并非奴婢亲见，是真是假，早已无从查证，但奴婢相信郑氏，因为相信郑氏，所以愿意相信这就是昙花林事件真实的来龙去脉。一样的，如果皇上相信郑氏，又何必理会奴婢说这番话是为了什么呢？”

李昊的背影有一些晃动，不知是水光迷乱了我的眼，还是这些话动摇了李昊的心。慢慢地，李昊转过身来，苦思浮双眸，愁绪穿眉过，“若君怡是无辜的，为何不来向朕解释？”

“恐怕是，她对你也绝望了吧，就像菊花台那一夜，你对她的绝望一样。”我不再用皇上和郑氏这样的字眼，那样会让他们的感情更加淡薄。“昙花林的事，先帝隐藏得这样深，可想而知解释的苍白无力。你说她不给你一个解释，那你可曾向她求过解释？你不去，她便知道你已认定是她的错，那还要一个苍白无力的解释做什么？”

“那么玫瑰花钗呢？她把元珠送的玫瑰花钗扔出马车外，不是存心要了断这份情意吗？这难道不是她的绝情吗？”

“你怎能这样误会她！那一日玫瑰钗断，她伤心欲绝，一时感慨天意捉弄才将花钗掷出窗外，事后百般寻找不见，悔恨不已，你却因此认定她的凉薄无情，到底无情的是谁！”

李昊顿时瞪大了眼睛，少有的惶恐在他幽深的瞳孔中跳动，“你说什么，你再说一遍。”

我闭上眼蹙眉摇头，没想到李昊对郑君怡的误会竟这样深。我将李元珠出嫁那日马车里发生的事说出，李昊始知真情，难以置信地看着我，我越见他伤心，就越体会他对郑君怡的误会之深，眼泪啪嗒啪嗒落下。李昊见我这样，不禁掩面痛思，木讷失魂地后退两步，随即转身跑开。

“皇上，”我听闻耳边一阵急促的奔跑，警觉地抬头叫住他，“不要，不要害了她。”

李昊刹住脚，渐渐镇定下来，放慢步子沿着小路往曲池走去。我擦干眼泪跟在后面，当作什么事都没发生过一样。到了岔口，钦安殿新的首领太监荣喜立刻

迎上来，如释重负的表情在黑暗中深深映入我的眼。李昊看看那些跟着的人，面无表情地说，“都踏在这儿做什么，今天是中元节，你们也去御花园后的九连池替家人放些船灯吧，荣喜，你领他们过去。”

“那皇上……”荣喜似乎有顾虑。

“朕去看看太后，你们不必跟着了。”李昊回头看我一眼，“你也回去吧，朕有空会去看宁妃的。”

“是。”我不知道他是真的想通了，还是在人前说的敷衍话，眼下也只能默默走开了。

回宫后，我主动说了在曲池遇到皇上的事，但只提及福陵首祭和太安池放船灯，对昙花林的事没有吐露一个字。幸而今夜不是我当值，躲回自己房里睡去了。谁知晨曦未露的时候，内人南雁偷偷来说，小安子到处找皇上，都找到西静宫来了，不过没让惊动宁妃。我心里一惊，回想昨夜的情形，一度怀疑李昊去了静禄院，可此时临近上朝的时辰，李昊即便去过静禄院，也断不会留至天明，否则一旦被人发现，岂非害了郑君怡，倒是在昙花林自醒更有可能。

我匆匆奔往昙花林，果然在那里找到了李昊。昏暗的晨色下，他披着黑色的狐皮斗篷，双手背在身后，脖子微微仰起，双眼微合望天，看起来，像是吹了一夜的风，正在心数漫天的尘沙。天开始微微发亮，昙花渐渐露出枯萎的颜色，见不得阳光的美丽那样让人留恋却无力挽留。

“皇上，该走了。”我轻轻呼唤着他，他却似乎没有听见，眼看晨光铺泻，整个昙花林渐渐脱出阴霾，我干脆提高声音跪请说，“请皇上速速回宫。”话音刚落，花草丛丛拂动的簌簌声从背后传来，我急忙回头，竟然看见纪双木站在不远处，鹅绒的披风包裹身体，像是晚霞映射下的云朵，轻柔洁然。“娘娘……”我有些不知所措，她能找到这里来，恐怕是知道我干的好事了。

纪双木越过我走到李昊身后，簌簌的草动声似乎惊扰了李昊，眼睛虽然还望着天空，苍白的声音已打破沉默。“你怎么也来了?”他的声音迷惘蹉跎，平添了昙花林的孤寂和沧桑。

“皇上一夜未归，西樵也不知所踪，臣妾要找你们两个，也只有此处可来。”

纪双木简单的一句话，便已叙清所有，她环顾四周，温和地说，“昙花林虽然偏僻，却一览无遗，实在不适合避世。”

李昊看了纪双木一眼，似乎是听出了她的弦外之音，却依旧没有要走的意思，愣愣地望着天空，直到阳光更加直接地照射在他身上，让他不得不闭上眼睛躲开的时候，才慢慢转过身，倦意浓浓地说，“你回去吧，朕这就回钦安殿去，不会乱了前朝。”

“皇上，”纪双木叫住他，“钦安殿的人已经在四处找皇上了，想必随时都可能惊动皇后和太后，臣妾出来时已经交待了宫里人，但凡有人来问，就说皇上在西静宫。”李昊锐利的目光扫了她一眼，纪双木立刻跪请说，“臣妾已经让南雁备下朝服，请皇上以大局为重，以免再生波澜。”

李昊凝望着伏膝在脚边的纪双木，锐利的眼神渐渐柔和，最后含着隐晦的笑说，“那就去你宫里更衣吧。”李昊说着，径直往西静宫的方向去了。纪双木站起身跟在李昊后面，一句多余的话也没有，这样无声的安抚让我感觉到久违的温暖和安宁。风吹起落下的昙花瓣，被我信手拈来，看着轻轻颤动的花瓣，我不禁在心中感慨，一切从昙花林开始，就让一切在昙花林结束吧。

不多久，荣喜从西静宫接走了皇上，敬事房的记档也补上了这一晚的记录，虽然我知道，李昊不得不从西静宫出去掩盖他昨夜失踪的真相，但在心里还是看到了希望，似乎有盏灯被点亮了，小小的火苗温暖而富有生机。然而就在我和纪双木送走李昊回到寝殿后，一个猝不及防的巴掌打在了我的脸上。我愕然地看着纪双木挥完巴掌后心疼又怨愤的样子，一时竟说不出话来。

“这样的错，只此一次。出去。”纪双木眼睁睁地看着我，自己却流了泪。我不明白她的泪是为谁而流，但一定不是我。这是第一次，纪双木在我面前完全拿出了主子的架势，让我深切地感受到我与她之间的距离。

我退出寝殿，换了南雁来随侍，低头快步走回房间，终于坚持不住放声哭泣，纵情流泪。一个始料不及的巴掌，几乎将我对她的一心一意震得四分五裂，委屈，是我此刻心中全部的感受。我在房里躲了一整天，南雁来敲过几回门，我都没有开，直到晚膳过后，南雁又来，我才开了门。她给我送来敷脸的药冰，我

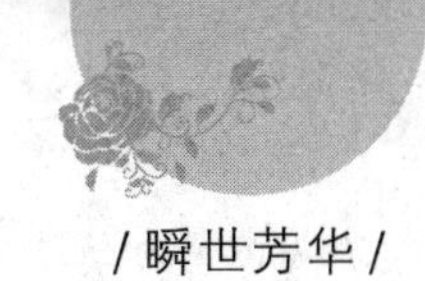

接过药冰按在挨打的脸颊上，勉强地笑着说，“娘娘还生气吗?”

南雁无奈地摊摊手，在我身边坐下，“我不知道你是怎么惹娘娘生气了，从王府到宫里，我从没见娘娘打过谁，更别说你们这样要好，当真让我不敢相信。不过我想，她并不是真的生你的气。”

“你怎么知道?”我一下在意起来，嘴上稍一用力，感觉到疼痛。

南雁娇娆一笑，指了指我手中的药冰，“这个是娘娘让我拿来的，心疼也好，讨好也罢，她有这份心意，足见不是真的恼恨你，就算你觉得委屈，也要咽下去，毕竟，你们是情如姐妹，而不是真的姐妹。”南雁说完离开了，我放下手，低头看着掌心的药冰，轻轻动了动手指，感觉沉甸甸的，就像是一段扛不起的情谊。这就像是姜姒为纪双木修葺的衣冠冢，只能退一步以作偿还。我苦笑一下，重新敷上药冰，决定用一晚的沉睡遗忘今天的所有事，在明日太阳升起的时候，让一切复原。

但也许是那个巴掌打得太重，我们的心也像受伤的脸颊，看起来伤痕尽去，内里的痛却久不能愈。尽管我们都对旧事避而不提，尽管我们看上去还和以前一样知心知意，彼此顾念，但我们的心却始终回不到最初。我们越要忘记，记忆却愈加深刻，抹去的只有快乐，留下的却是心结。所幸的是，我在太安池边说的话对李昊起了作用，他不再冷着纪双木，每隔四、五日便会来留宿一晚，我在心里期待他带给纪双木的温暖能够融化冻结在我们之间的心结。但在期望的同时，我也隐隐害怕李昊的恩宠与纪双木的安宁会无法并存，害怕有一天我会发现，纪双木给我的这一巴掌真的没有打错。

第二章　情深障目命如秋

今天是九月的第一天，秋雨临歇，红枫满地，呜咽的风让人心里一阵一阵发

凉。纪双木先去给姜姒请了安，又去祥和宫看了杨岫云，李昱如今已经四岁了，端仪守礼很是听话，更学了杨岫云淡泊素雅的性格，就连深居简出的纪双木也喜欢来这里小坐。我们正说着话，南雁突然跑来急报，“娘娘，东华宫里出事了，妍妃派人来请娘娘过去，说要主持什么公道。”

“主持公道?”纪双木疑惑地和杨岫云对望一眼，随即问南雁，“没有说清是什么事吗?”

“说是关系到各宫安危和后宫纲常的大事，所以才务必请娘娘去一趟。”

“既是这样，宁妃就赶紧去吧。”杨岫云说。

“娘娘，”杨岫云的守嫔乙儿进来说，“东华宫娘娘请娘娘即刻去一趟，说有大事请娘娘主持公道。”

“连我也要去?”杨岫云疑惑地看着我们。

纪双木蹙眉冥思片刻后说，“妍妃从不与娘娘相交，突然来请只怕另有所图，娘娘一向身子弱，不如称病避开。”杨岫云点点头，纪双木向杨岫云告辞后带我前往东华宫。

巧的是，姜姒的马车与我们的同时到了东华宫门前，她下了车就急匆匆踏上石阶，匆忙得连看见我们的时间都没有，好像有事等着她救急似的。我们被直接迎到正殿，刚迈进门槛，就看见姜姒掌掴姜荀这惊人的一幕。

“姐姐!”姜荀捂着脸委屈地看着姜姒。

“不要叫本宫姐姐，本宫没有你这样不知自爱的弟弟。”姜姒似乎是生了大气，妍妃站在一旁看着，一张面无表情的脸却似乎透着幸灾乐祸的喜悦。

“姐姐，臣弟是被冤枉的，臣弟没有奸污琦秀。”奸污？我一听到这个词，立刻与纪双木对望一眼。

“哈，琦秀?”妍妃冷冷地说，“叫得这样亲切，摆明是动过心思的。”

“名字取来就是让人叫的，我不叫，皇上姐夫也会叫，难道皇上对她也有心思?”姜荀无赖又嘲弄地说。

“放肆!”姜姒大声呵斥到，“自己做错了事，还要在这里狡辩。”

“姐姐，”姜荀猴急急地朝姜姒使眼色，大概是要让她护着自己吧，“妍妃娘

娘自己的宫婢不检点有了身孕，却硬要赖在臣弟身上，贼喊捉贼不说，分明就是要借着诬陷臣弟诋毁姐姐的声誉，姐姐贵为皇后，岂能这样任人欺负?”姜荀说得头头是道，一副死不悔改的赖皮样。

“还敢说!”姜姒一边喝斥，一边慌乱地朝我们看了一眼。

“哼，说本宫是诬陷，那不知道国舅爷敢不敢等上八个月，八个月后孩儿落地，生父是谁自然一验便知。”妍妃有恃无恐地看看姜荀，又看看姜姒，“皇后娘娘，臣妾的这个办法是最公道的，要是国舅爷抵赖到底，本宫也只能奉陪到底了，到时候，这强奸宫婢、欺君惘上的罪名，可不是国舅爷担得起的。”

姜姒面色一凛，警告的目光看向姜荀，此刻的他已经老实了许多，甚至还有些怯弱，眼巴巴地望着姜姒，一副可怜相。姜姒深吸口气，沉稳地说，“妍妃不要动气，倘若姜荀真的奸污琦秀以致其有孕，本宫必定为琦秀做主，只不过眼下事实未清，妍妃这就急着给舍弟定罪名，是不是有些操之过急呢?”

妍妃斜着眼说，“事实未清?等到孩子一降生，还有什么不清楚的，何况皇后娘娘刚才自己也说了，是国舅爷自己做错事还要狡辩，娘娘既然已经替国舅爷认了这个错，又何须再说事实清不清这样反悔的话?”

姜姒平静地说，“姜荀与宫婢私通有了孩子，这当然是错，本宫也当然要认，但是，私通和奸污，怎能一概而论?也许是琦秀与姜荀两厢情愿私下行了周公之礼，现在东窗事发不敢承担，就谎称是被姜荀奸污以保自身清白和性命，这一点，妍妃要从何否定呢?”

“皇后你……”妍妃一时气愤，应答不上。

“又或者，是琦秀引诱姜荀，如今咎由自取就反咬一口，这样的事，也不是没有可能的，”姜姒说到这里，正好抬起头，目光不偏不倚与我的相交，那一瞬间，她迅速地挪开视线，继续说，“当然，本宫相信妍妃调教出来的宫婢不会如此龌龊，此事最大的可能，还是他二人情难自禁惹出了祸，因为害怕被责罚，才把过错推到了对方身上。这样的家务事，你我之间商量着解决就好，何必惊动了不相干的人，闹得满城风雨，被皇上知道了，还不是你我一起不好看。”

妍妃咬紧嘴唇，憋着气说，“那皇后娘娘以为，要如何解决?”

姜姒的嘴角终于有了笑意，“木已成舟，你我何不做个顺水人情，成全了他们，也不算委屈了你的人。”

“皇后既然这样说了，臣妾……”妍妃后面的话我已听不见了，在姜姒说出成全二字的时候，纪双木就默默离开了。

出了东华宫，纪双木立刻就问我，“羽嫣和雨溪出宫的事是不是都安排妥当了?”

“已经安排妥当了，三日后就送她们出宫。”

“不要等了，明日就送她们走。”纪双木果断地说，“是非之地，不宜久留，琦秀的结果你看到了。”

我点点头，“就算姜荀再怎么胡闹，妍妃想借此扳倒皇后，真的是过于乐观了。”

“皇后知道孩子是抵赖不过的铁证，就毫不犹豫地认下了，转而把无人证实的事颠倒黑白，拉妍妃下水，逼着她妥协，如果我当初也是这样去闹，得到的也会是同样的结果。”

“可是，”我犹豫着说，“照这样看，修葺衣冠冢的事倒不像在收买娘娘了。”

纪双木摇摇头，“那是因为她知道妍妃是故意针对她，不是靠恩情就能收买和平息的。她知道我不会闹，也不会为了澄清自己就置宫婢的死生福祸于不顾，所以她对妍妃那一套在我身上行不通，也不需要她来行。”

“对娘娘她要以恩德收买，对妍妃她要以利害牵制，一切的心机谋算，都是为了这个弟弟。”

“皇后对姜荀愧疚甚深，如今不用流血牺牲就能挽回劣势，已经是运气了。”

“虽然没有流血牺牲，也是震惊四座了，那个巴掌……”我说到这里即刻打住，真恨不得时间倒回，这一次的疏忽，完全暴露了我心里始终对那一巴掌耿耿于怀，所以见了类似的情景便难以释然。

“那是要救他，”纪双木平静地感慨着说，“两情相悦，这样牵强的话要说出来，就必须狠下心先打那一巴掌，这就是爱护的代价。”

我的心猛一颤，惶惶不安地看向纪双木，她淡淡地笑着一路往前，从容中透

着勇敢。莫非当日的那个巴掌也是出于爱护？我努力想要理清些什么，但最终是一片模糊。

姜荀的事最终被压了下来，姜姒命人重新修缮了姜家老宅让姜荀和琦秀婚后居住，羽嫣和雨溪也相继嫁到了京城之外，几起暗涌的风波就这样过去了。转眼入十月，霜结渐渐开始，太后的腿疾反复发作，点了妍妃和纪双木一同侍疾。但许是万淑宁的关系，太后对纪双木心结甚深，挑剔之词不绝于耳，去了两回就被告知不必再去了。又过两日，中宫守嫔绛珠来传话，说姜姒被太后召去侍疾，五日内暂免了各宫的请安。纪双木听闻此事沉吟良久，眉宇间似有隐隐愁忧。

我送绛珠到宫门，悄悄地问，“皇后娘娘怎么亲自去侍疾了，我们娘娘不得用，不是还有妍妃吗？”

绛珠嘟着嘴说，“妍妃还不如你们娘娘呢，千娇万宠长大的小姐，被人伺候还行，还能指望她伺候别人？也就是狐媚皇上还凑合，若先进永宁宫的是她，宁妃再不得好也不会被赶出来，如今想回头也难了，只好叫了皇后过去。”

“原来这样，那后宫事务怎么办，皇后娘娘岂不是分身乏术？”

“谁说不是呢，”绛珠左右看看，压低声音说，“太后这一病，可算有了充裕后宫的好借口，让你们娘娘自己注意着点。”绛珠说完匆忙回宫了，我想起纪双木眉间的忧愁，总算明白了忧从何来，即便她不在乎恩宠多少，这后宫的女人一多，安宁就难保了。

是夜，李昊来了西静宫，我准备了他最爱的铁观音，用陈年的积雪泡了三盏，将第三盏奉上了茶几。南雁点亮所有的灯，铺开棋盘，与我一起静静候在一旁。大概是从太安池那一夜后李昊第二次来西静宫开始，她们定下了棋局定寝的约定，如果李昊赢，我和南雁就要退出去，让他们就寝，如果纪双木赢，就要接着下，直到天亮。我记得到今日为止，李昊已经有过六个晚上彻夜不眠了，连累我和南雁也要熬夜。

今晚的棋局本就开始得晚，三局下来，已经过了丑时，第四局开始，李昊落下第一个子，指尖未离开棋子就说，“朕听说，你也曾与老先帝下过棋，你也这样老是赢吗？”

“臣妾下棋只看棋局不看人，所以赢的也是棋，而非下棋的人。”

“你赢的是棋，不能睡觉的却是朕。”

“皇上亲口下的约，岂有反悔的道理?”

“是朕低估了你的棋。”李昊用指尖夹起一子，手腕拱起顶住下巴，细观棋局。

“皇上若后悔，不来也就是了。”纪双木捉起棋子，等着李昊。

“皇后与妍妃都不擅棋艺，新的秀女进宫前，朕只能继续守约了。”李昊说着落下一子。

纪双木轻轻抬眼望了李昊一下，随即轻轻落子，两个人都没有再说话，我和南雁也不敢大喘气，寝殿里除了偶尔响起的泡茶汩汩声，便是棋子落盘的清脆声音。

这一局纪双木输了，我和南雁铺好床榻退出寝殿，相顾无言只有满心的忧愁心照不宣。到了清晨，竟然淅淅沥沥下起雨来，仿佛如泣如诉的喃音，雨歇后，花园流水中浮动着不少断枝残叶，我命人用细网打捞起来，只留一些娇嫩的花瓣随波逐流。

寝殿里，简单的梳洗后，纪双木送了李昊离开，一边吩咐人准备早膳，一边捧了君子兰图案的花瓶，和我一起到后花园的簇景台折剪花枝。没过多久，南雁面色惨白地跑进来略带怯意地说，“娘娘，宫里出了事，皇上打发小安子来说不过来用早膳了。”

“出了什么事，这样要紧?”纪双木注意到南雁的脸色。

南雁咬咬嘴唇说，“娘娘还记得琦秀是谁吗，她死了。”

琦秀死了！我和纪双木都惊呆了，我一下抓住南雁的胳膊问，“这是小安子亲口说的?”南雁点点头，我继续追问，“他有没有说琦秀是怎么死的?”南雁摇摇头。

纪双木的眼眸覆盖上一层淡淡的阴霾，“不管怎么死的，能让皇上吃不下饭，必定是惊心动魄的死法。南雁，你去悄悄打听，本宫想这事跟姜荀脱不了关系。”南雁应声去了，纪双木继续折剪枝蔓，咔嚓咔嚓两声后，剪刀微微开口在半空中

停住，“西樵，你说世上真有这么愚蠢，这么不知好歹的人吗？还是他真的以为皇后能够凭一己之力保他万全，也愿意保他万全？”

“娘娘的意思是……”我摆弄着花瓶中的折枝，满腹疑惑地看着她。

纪双木思忖稍时说，“赵觉送姜荀进宫，到底是怎么一个来龙去脉？”

“好像是赵觉在查案时找到了在路边乞讨的姜荀，要他做什么证人，不经意间发现了他耳窝里的黑痣，后来仔细一问，竟是幼年与家人失散，被人贩子拐走卖到了戏班学艺，几年后因为伤了腰骨不能再表演，就被赶出戏班成了一个路边乞丐。听说赵觉特意找到了那个戏班求证，又找到了当年的那个拐子，证实姜荀走失的时间与地点，都与皇后娘娘的亲弟吻合，这才送进宫来。”

“仅凭黑痣和幼年失散两条线索，赵觉就做了这么多事，而且还做成了……”纪双木的眼神悠远起来，沉吟片刻后继续折枝。

没多久南雁回来，惧色未消地说，“奴婢打听过了，娘娘说得真准，琦秀是被姜荀殴打，流产致死的。”

纪双木放下剪刀，将折枝递过来，饶有深意地看了我一眼，“西樵，你想到了什么？”

我接过最后一株含苞的折枝，慢慢插入瓶中，“姜荀殴打琦秀，并非不能想象，这样犯死罪的事情姜荀也不是第一回做了，奇怪的是，皇后娘娘怎么会允许消息走漏呢？”

“娘娘，这就叫天网恢恢，疏而不漏，”南雁颇有正义感地说，“听说那姜荀原本偷偷收买了一个郎中要作假，企图漏夜掩埋尸体，陪嫁的宫婢梨儿撞破此事要去报官，遭姜荀穷追不舍，在经过岳王庙的时候被校检少将军孟天尧所救，才有命为此事作证。”

纪双木眼睛一亮，随即警觉起来，“你是说孟天尧？”

我好奇地问，“娘娘，这个孟天尧有什么问题吗？”

“孟天尧是赵翰扬的结义兄弟，武艺高强，性情耿直，长安王爷在世时对他极为赏识，有意收为己用。谁知孟天尧不但严词拒绝，更暗指长安王有心造反，一度与王爷关系紧张。但是在对付万淑宁的事情上，他却能以国任为重，抛除与

长安王府的芥蒂，尽力襄助皇上，足鉴其忠心。所以皇上明知他性情直率、桀骜不驯，也要留他在身边，以防利令智昏之时无人劝诫。此人是非观念极强，又不畏惧权势，别人不敢说破的事到了他手里就必定要捅破天的，所以也无怪乎皇后没有压住了。"

南雁立刻说，"娘娘料得极准，孟天尧将军在朝上直接向皇上告发姜荀的罪行，以致皇上雷霆大怒。"

"在朝上直接告发……"我不禁瞠目结舌，"这个孟天尧是存心断了皇上包庇的念头。"

"以孟天尧的性格，这不算稀奇，怪就怪在，校检将军府在城北，姜家老宅在城西，官府衙门在城东，而岳王庙在城南，这样都能撞上，未免太巧了些……"纪双木眉目低垂，似有隐忧。

我一时也觉得蹊跷，"娘娘，莫非真有猫腻？"

纪双木面色凝重地说，"有没有猫腻我不敢确定，但是此事必定对皇后不利。妍妃若是咬住了殴打之事，一定会推翻姜荀与琦秀两情相悦的说辞，不但要重定姜荀奸污宫婢之罪，更会直指皇后包庇亲弟，蒙蔽圣听，加上琦秀的死和追杀梨儿掩盖罪行的企图，桩桩件件都是罔顾法纪的欺君大罪，除非皇后能壮士断腕，否则只能赔上自己。"

"壮士断腕？娘娘是说……"

"杀了姜荀。"纪双木平静地说出这一句，反倒让我惊愕不小。"别觉得我心狠，皇后走到今天这一步，难道不是因为她对姜荀愧疚太深以致纵容太过的缘故吗？你再仔细想一想，姜荀死不死跟妍妃有什么关系，置皇后于险境才是她真正所求，皇后若于心不忍，便只有走进妍妃的陷阱里。"

我听着纪双木恳切的言辞，自认无法反驳。她说的没有错，无论妍妃怎样有心针对，也必是皇后自己先被人抓住了尾巴。在姜荀的事情上，宫里忍气吞声的人已经太多，如果这一次她再不能狠下心肠，还要一味地保全姜荀，只怕会人心尽失。想到人心，我忽然想到了什么，抬头说，"皇后娘娘助皇上登基有大功劳，这恐怕也是她的倚仗。"

“倚仗?”纪双木无望地摇摇头，“只怕这昔日的倚仗早已成了今日的枷锁，不妨实话告诉你，后宫的风波皇上不是不知，装聋作哑，也是感念皇后的付出和亲情，是给皇后时间将一切化为平静，而非让这风波越发不可收拾。皇后纵容姜荀，已是辜负了皇上的良苦用心，何况身为帝王，最不愿意的就是有人倚仗功劳祸患宫闱，皇后若为姜荀犯忌，只会引来更多的挑拨和非议，眼下她能依傍的就只有多年情分了。”

“在帝王的眼里，情分能有多重?”我刚怜悯地说了一句就后悔了，转而轻声试探地说，“奴婢是替皇后娘娘担心，那姜荀虽然可恶，死不足惜，但奴婢更不愿意让妍妃得逞。凭娘娘看，皇上会不会真就看在多年的情分上保全了皇后姐弟?”

纪双木深吸一口气，“保全了又怎样，勉强来的结果怎能长久，就算这次硬撑过了关，姜姒的后位也已是岌岌可危，绝不容再有一丁点的错。可她身处风口浪尖，再怎么小心谨慎、战战兢兢地过，也防不住小人算计，这压死骆驼的最后一根稻草不知什么时候就飘过来了，实在是前程堪虞。”纪双木无奈又坚定地说，“所谓当断不断，必受其乱，若皇后还想保帅，弃车便是唯一的出路。”

我的心开始隐隐作痛，照纪双木所言，姜姒今后是如履薄冰，如行尖刀之上，难道她的人生真要毁在亲弟弟的手上吗?这时，内人苏青闪进半个身子，招手让南雁过去，我心里一惊，难道这么快就有结果了?南雁与苏青轻声窃语了一阵，回来说，“娘娘，中宫那边有消息了。”

“说。”

“姜荀对奸污宫婢、虐打琦秀、掩埋尸体、追杀梨儿等所犯之事供认不讳，皇上废了他的姓氏，赐他杖打八十，发配幽州，永世不得入京。”

我若有所思地说，“杖打八十，那双腿就废了，幽州苦寒，只怕年年都要受伤痛折磨，废了姓氏，姜家的人便不能跟去照顾，看来他又要过上沿街乞讨的日子了。不过这样的惩罚，还是抵消不了他所犯的罪，看来皇后是求情了，”我转而看向南雁，“皇后娘娘可有受牵连?”

南雁犹豫地看我一眼，迟疑地说，“皇后娘娘为姜荀极力求情，已经自请废

去后位……”我和纪双木都目瞪口呆，南雁略停顿下说，“听说皇上已下口谕，把皇后降为嫔，迁居清琼院，无召不得入见。”

南雁说完，我和纪双木许久都没有说话。我是真的没有想到，姜荀在姜姒的心目中如此重要，连皇后之位都能为之舍弃，看来她之前的隐忍和付出并非为了皇后的位子，而是真的为了对李昊的情谊，所以在今天，她也能为了一份遗落的亲情而放弃这个位子。也许对她来说，这的确是另一种两全的结局。

第三章　阴云生变悬崖路

似乎姜姒的事始终牵绊我的心，一夜辗转难眠，直到三更天后才因为疲倦而渐渐入睡。第二天清晨，我强打精神服侍纪双木起床，发现她也是一脸倦容，眼下还有淡淡的乌青，想来也是一夜没睡好。

朝堂的消息是在早膳时传来的，废后一事经过朝议成了最终的事实，听说李昊提出将姜荀发配幽州时尚有些异议，但到姜姒一事时，便没人多吭一声。不过想想也是，姜荀的债都背在了姜姒身上，她的父亲已经亡故，朝中没有人撑腰，只要师家早早打点，自然没有异议。

早膳后，纪双木又去了簇景台，剪刀双刃间发出的咔嚓咔嚓的折枝声，似乎在诉说心中的烦忧。花枝修剪完后，我替纪双木清洗双手，用手绢擦拭干后，她抬起手轻轻揉了揉太阳穴说，“南雁，你去请张学明过来，本宫有些头疼。”

南雁应声而去，我走近她身边，本想关心她的身子，却见她满面愁容，眼中深藏忧疑。我顿时起了心思，稍作思虑后低声问，“娘娘是否心中有疑问，要借张掌院一臂之力？”

纪双木微微翘起嘴角，眼中却是悲苦的颜色，“这件事从头到尾，都有妍妃掺和在里面，绝不是凑巧那么简单……”纪双木的脸色渐渐阴沉下来，“西樵，

你说赵觉有没有可能被人利用了?”

“娘娘是说……”

“但愿不是我想的那样。南雁那里先别说什么，许是我杞人忧天呢。”纪双木落寞地盯着散落花瓣的池水，仿佛那残留的美丽只要稍不留神就会一去不复返了。

流连一阵，她回了寝殿，站在窗户边看我整理熏屋的花草，似乎很专注，又似乎早已神游天外，直到南雁带了张学明来，她才在桌边端正地坐下，拾起书本摆作阅读的模样。张学明进寝殿后，纪双木吩咐了南雁其它事，寝殿里就剩下我们三个。

张学明拿出脉枕，这时纪双木说，“张掌院不必忙了，本宫找你来，是有事要你帮忙。”

“微臣惶恐，娘娘有事尽管吩咐。”张学明收好脉枕，静静地听着。

纪双木看了我一眼说，“你对西樵的眷顾本宫了然于胸，找你来，自然是信你，对你也不会有所隐瞒。开门见山地说吧，本宫听说你与校检少将军孟天尧的关系不错，想请你代本宫问一句话。”

“多谢娘娘信任，微臣实不敢当一个请字，但不知娘娘要问的是什么。”

纪双木放下书本说，“孟天尧告发姜荀的事想必张掌院也有所耳闻吧。”

“是，微臣听说了，”张学明说完抬头看了纪双木一眼，又迅速收回目光，“微臣还听说姜嫔因此自请废后，不知是否确有其事。”

纪双木露出默认的神情说，“若非后果如此严重，本宫也不会求助于你，实不相瞒，本宫想知道孟天尧昨夜为何会突然在岳王庙出现，是不是有人故意引他去的，但是现在情势未清，这句话不能告诉他，否则以他的脾气，再闹到皇上那里，就不可收拾了。”

张学明流露恍悟之色，“娘娘的心意，微臣明白了，只是单凭微臣与孟将军的医患之交，未必问得出那些不为人知的内情。”

“孟天尧的结义兄弟赵翰扬性情稳重，足智多谋，只是如今甚少进宫了。”纪双木饶有深意地看了张学明一眼，“本宫已经把话说到这个份上了，你就放手去

做吧。记住，除孟天尧外，妍妃和姜荀，赵觉和梨儿，这四个人都要谨慎应对。”

“娘娘是怀疑……”张学明话说半句，见到纪双木警觉又狡黠的目光，立刻说，“是，微臣懂了。”纪双木暗沉一口气，让我送张学明出去。我们沿着回廊走到无人处，张学明轻轻地问，“娘娘是不是怀疑姜荀的事情从头到尾都是妍妃娘娘的圈套?”

我赞许地看着他，“你的眼睛还是一样得毒，耳朵也还是一样得灵。其实娘娘从未细说她的怀疑，但我想，八九不离十了。”

“娘娘的话虽然隐晦，却透着诸多暗示，刚才她说有四个人要谨慎应对，想必这四个人便是圈套内的关键人物。来龙去脉，娘娘已经猜到了九分，所缺的也只是证据而已，其实娘娘的本意，是要让赵将军暗查此事，替姜嫔翻案，我不过是个可靠的传话筒罢了。”说话间，我们已走到宫门口，张学明望了一眼浮光流云的天空，诚恳地说，“宁妃娘娘身在妃位，却能为姜嫔着想，我一定全力相助。”

我嫣然一笑，心悦诚服地躬身致谢，目送他离开。之后，纪双木便对此事绝口不提，并明令宫里人不许出去打听和议论此事。

是夜，李昊又来找纪双木对弈，他整个晚上都没有几句话，我和南雁在一旁服侍也倍感拘束。这一晚，纪双木首盘就败下阵来，两人早早地睡了。我和南雁退到殿外，荣喜看到我们吃了一惊，“今儿怎么这么快就结束了，这可是从没有过的事，宁妃娘娘的棋艺退步了?”

我瞟了他一眼轻声说，“瞎说什么，娘娘是故意的。”

“哦，”荣喜隔着殿门往里瞅了瞅，竖起拇指说，“宁妃娘娘真有心，知道皇上今天心里烦，乖乖地投降了。”荣喜有些庆幸地笑着，能看出他是真的担心。荣喜是从王府跟进宫的，李昊刚登基的时候，我与他一同在钦安殿里当差，也算有几分交情。

“皇上心里烦，是因为姜荀的事吗?”我趁机悄悄问。

“嘿，明知故问。”荣喜拿拂尘掸掸身上沾到的堰泥。

我略顿一顿，细声细语地说，“我听说姜嫔是自请废后。”

“哎，卑微求全啊，”荣喜顿时陷入深深的惋惜中，“皇上本不想迁怒，娘娘却逼着皇上非迁怒不可，不过话说回来，娘娘若不舍弃了位份，妍妃也是断不会罢休的。没办法，姜荀的祸闯得太大，不得不办啊。”

我看荣喜的话匣子渐渐打开，做出钦佩的样子说，“都说后宫女子无情，我亲眼见的也不少，真没想到姜嫔肯为了二十年不见的弟弟如此付出。”

“唔，这你就不知道了，”荣喜摆摆手说，“娘娘一直为二十年前的疏忽自责不已，这一辈子，心里就只有两件事，第一，陪在皇上身边助其成就大业，第二，找回姜荀补偿二十年的亏欠，这二者在她心目中的分量可以说是难分伯仲，如今皇上已登九五，她舍弃后位保全姜荀的一条性命，实不足为奇。”

原来连荣喜也这样想，那就不难解释妍妃如何能料准姜姒会为姜荀牺牲至此。我装作生气地说，“要是这样，那姜荀也太不是个东西了，但凡他还有一点良心，都不该这样害了自己亲生的姐姐。”

“谁说不是呢，”荣喜啧啧地说，“哎，光有出身什么用，不经过教养的人受不得这些福气，以为能仗着姐姐无法无天，终究是会连累人的祸害。”

“是啊……也不知是怎么混进宫来的。”后面半句我没敢说出来，眼下只有等张学明的消息了。

夜越来越深，南雁已经倚着门框睡着，今天不是我当值，又再站了一会儿就回房睡去了。这一夜，我睡得极不踏实，梦魇不断，琦秀流血的下半身和一个傻乎乎满嘴流涎的男人脸不停地在我眼前晃动，我感觉很晕，很难受，像要窒息，最后两个人一起朝我扑来，我吓得大喊，挣扎着推开他们，一用劲，惊醒过来，发现自己直直地坐在床上，背后已是汗流涔涔，窗户微微开着，晨曦渗透进来，伴随着呼呼灌进来的冷风，让我越来越清醒。是梦，是梦……那个女人是琦秀，那个男人是谁……

姜姒被降了嫔位后，迁去了清琼院，一个偏僻又简陋的院落，在那之后，皇后的位子一直空着，李昊对此只字不提，更是以中宫空缺为由向太后请求暂缓选秀，一时间后宫的局势扑朔迷离。

大概过了四、五日，李昊带妍妃去崇山温泉，走后第二天的傍晚，张学明约

我和纪双木在昙花林见面，在那里，我们看见了赵翰扬。纪双木起先微微有些吃惊，在赵翰扬跪拜后，温婉一笑说，“怪不得要约在这里，原来是赵将军亲自来了。”

赵翰扬起身颔首说，“既是娘娘重托，又有孟天尧牵涉其中，于公于私，微臣都会尽力。”

“赵将军辛苦了，那就长话短说，可有什么结果？”

赵翰扬的神情顿时严肃起来，“娘娘的推测没有错，孟天尧应该是被人设计了，他一直在暗查大越奸细的余党，事发当晚，他收到匿名信函，说岳王庙有余党私会才赶去查探，结果没有抓住余孽，反撞上了姜家的人，微臣看过那封信函，表面上并无破绽，但蹊跷的是，岳王庙十分偏僻，周围没有人家，梨儿若真要求救，怎么会往偏僻的地方去……”赵翰扬质疑地说。

我微微仰起头，确信无比地说，“自然是越偏僻的地方，越容易演一场好戏。”

“林守嫔所说也正是微臣所想，但当微臣要往前再走一步时，却发现这案子已经查不下去了。”赵翰扬无奈地说。

“为什么查不下去？”纪双木顿时警惕起来。

“因为姜荀已在发配幽州的途中被劫匪杀害，宫婢梨儿也几乎在同一时间暴病身亡。”

“什么？”纪双木愤恨地咬了咬嘴唇，“那赵觉呢？”

赵翰扬摇摇头，“他听说姜荀惹了这么大的祸，生怕皇上追究，这几日都战战兢兢，还大病一场，估计也是被人利用的。微臣听说赵觉为了确证姜荀的身份找过不少人核实，但是那些人在姜荀进宫前后纷纷搬迁旧址，想必是收了钱逃跑了，找回来的可能性极小。”

“这样看来，事情已经很清楚了，有人利用赵觉求功心切，借他的手送了一个冒牌货进宫，一群人合演了这无数场好戏，再诱导孟将军揭发此事，一切就都顺理成章了。”张学明轻轻叹口气说，“可惜我们晚了一步，死人不能开口，活人早溜之大吉了。”

“那倒未必，要是逃跑的人当中有谁贪得无厌，回过头来找买主要钱，也会是一条线索，只是这一招必要先有了怀疑的目标，才能守株待兔。”赵翰扬扣准话音看向纪双木，她的目光倏然一闪，赵翰扬随即问，“娘娘心中，可曾怀疑过什么人?”

纪双木慢踱两步，应着草蔓沙沙的响声说，“不瞒赵将军，本宫怀疑此事与妍妃有关。”

“娘娘的凭据是什么?”

“没有凭据，只有推测，”纪双木认真地说，“姜荀走丢时只有四岁，二十年来声音样貌早已更改，姜嫔聪慧，绝不会单靠一颗黑痣就断定真假，儿时的记忆至关重要，所以主谋者与姜嫔应是世交，这是其一，”纪双木停顿了一下，见赵翰扬没有插话的意思，就继续说，“事实证明，赵觉虽然求功心切，但也绝不敢在这样的事情上马虎，要捏造足够的证据去坐实姜荀的身份，诱骗赵觉上钩，主谋者必定要有权势，这是其二，”纪双木说着，已走到赵翰扬身边，“姜荀是因琦秀而犯错，又因梨儿被揭发其罪，主谋者必定能对琦秀和梨儿加以控制，这是其三，第四，也是最重要的，主谋者要十分了解姜嫔，确信她会为了姜荀的命舍弃自己的后位，否则一切努力付之东流，”说到这里，纪双木深吸一口气，微微抬高的目光悠远而深邃，“赵将军，本宫说的是否在理，此四者兼而有之之人，是否当属妍妃?”

短暂的沉静后，赵翰扬微微低头说，“娘娘说的句句在理，微臣佩服，但是娘娘似乎遗漏了最重要的一点，”赵翰扬抬起头，目光有些诡异，更有些犀利，“姜嫔被废黜后位，妍妃娘娘就是最有可能成为皇后的人，娘娘对此避而不谈，是从心里不愿意认同这一点，还是心虚这一点并非妍妃娘娘一人所有。”

“赵将军!”我感觉到赵翰扬话中的讽刺之意，不禁出声喝止。

纪双木抬起手示意我冷静，“请赵将军说下去。”

“如果皇上此时已经册妍妃为后，那娘娘的话还能站得住脚，但事实上，皇上并没有立妍妃为后……”赵翰扬饶有深意地停顿了一下，“其实娘娘刚才列举种种，也是娘娘所有。娘娘本是姓纪，但在外人眼里，娘娘姓万，而万将军生前

与姜家也交情甚好，这是其一，娘娘曾经的靠山是万皇后，而万皇后的靠山是大越，娘娘虽然弃暗投明，但是大越的余孽不知内情，只要娘娘略作文章，他们极可能视娘娘为第二个万皇后，娘娘借他们的手筹谋布置也未可知，这是其二，微臣已经查过了，琦秀和梨儿原是锦绣殿的宫婢，娘娘嫁入王府前就住在隔壁的烟霞殿，彼此早就相识，这是其三，娘娘观人入微，在王府中居住三年，若然有心，对姜嫔必有所知，这是其四，至于第五点，想必不用微臣重复了吧。”

“简直是一派胡言，信口雌黄。”我愤怒地看着赵翰扬，之前对他的好印象荡然无存。

“没错，微臣是一派胡言，信口雌黄，但娘娘对妍妃的怀疑，同样也是毫无真凭实据的揣测，揣测对揣测，娘娘以为自己能有多少胜算？”赵翰扬口气硬冷得很，似乎是在教训纪双木，“娘娘要查妍妃，妍妃岂能坐以待毙，她背后有家族撑腰，不比娘娘孤军奋战，想要捏造些什么还不是易如反掌，姜荀的事就是活生生的例子。”

我略被他镇住，但还是不甘地说，“娘娘没做过的事，不怕别人栽赃，若赵将军英明神武，也断不会白白看着娘娘被人栽赃。”

“即便栽赃不成，娘娘指控妍妃陷害姜嫔，亦是无凭无据，光是这一点，娘娘就要担一个冤枉后妃的罪名。”

我不屑一笑，“娘娘请将军出面查案，就是想要一个公正的结果，若我们早有证据在手，还请将军来做什么。再说，娘娘本非求自保之人，别不是将军怕了吧。”我故意激他。

没想到赵翰扬还挺沉得住气，挤出一丝比我更不屑的笑容说，“姑息养奸的事，微臣比林守嫔还不愿意做，林守嫔觉得宁妃委屈，微臣还不愿意自己的兄弟被人利用呢，只是微臣不认为娘娘此时扳倒妍妃是明智之举。眼下后位空置，皇上先赐权妍妃暂理后宫，后又召妍妃伴驾出游，后宫权柄实则暗落娘娘手中，是有心是无意娘娘自己体会，但如果此时平地起波澜……置身悬崖峭壁，娘娘若执意要推妍妃一把，只怕会伤在自己的臂力之下。”

纪双木低眉冥思许久，目光渐渐豁朗，“赵将军的意思，本宫懂了，多谢赵

将军提醒。”

赵翰扬露出欣慰的神色，“娘娘睿智，妍妃那里，微臣会继续留意的，只求不要操之过急，”赵翰扬说完看看我，“林守嫔本性聪慧决然，只是不要太过用情，反而模糊了眼前的曲直。”赵翰扬说完，告退离去。

张学明嗤嗤一笑说，“他与你接触不多，看得倒是挺准。”

“哪里准了……”我刚要反驳，张学明就跟着告退离开，连辩白的机会都不给我。“娘娘，奴婢护主是本分……”我委屈地看向纪双木，她正望着两人一前一后的背影，沉默不语。我不再为自己分辩，走到她身边轻轻地说，“娘娘，这件事就这么作罢了吗？”

纪双木抬起头，慢慢舒展双臂，像要揽住飞舞的草絮，“忘了，全忘了。”

“那姜嫔那边……”我想起姜姒还在清琼院受苦，之前因为她包庇姜荀而生的埋怨此刻都变成了怜悯。

纪双木缓缓放下手，“如果眼下我们还不能救她，就不要害了她。”风卷枯枝模糊了她的字句，我却清楚听见了她心里的声音。

我们慢慢往回，天色愈发黑了，昙花却愈加散发出独特的气韵。昙花林，我们不止一次躲藏在这里，分享那些不能见人的喜怒哀乐。这一次，昙花林还能守住我们的秘密吗？

细细的雨丝落了一根在我手上，我抬起头，望见一片黑压压的乌云，似乎透着不祥的预兆。原以为李昊登基，妖孽尽除，他与姜姒治下的李朝不会再有动摇国本的巨变，可这才有多久，阴谋诡计已接踵而来，后宫权柄将再度易主，一切就像此刻头顶上的天，变得太快。一声惊天雷响后，大雨滂沱，泥泞了轱辘碾过的尘土，也泥泞了坎坷磨过的人心。

第四章　疑深信浅嗣绵延

姜姒废后的事像秋日里一阵让人心寒的风，刮过了，也就刮过了，除了纪双木的惋惜，竟也没有留下什么。记得事发伊始，师卿对姜姒恶语相向，但姜姒自请废后之后，师卿便再也没有施舍一句怨咒。这就是后宫，无论曾经多么期盼一个人离开，当她真的离开了，也不会有人为她的离开而欢呼，只会继续寻找下一个要驱逐的目标。

转眼十几日过去，李昊回宫在即，权柄归还的话题从两三日前就开始偷偷地被议论着，纪双木知道，却没有放在心上。谁知就在李昊回宫的前一天，太后突然把纪双木召去永宁宫。我们到的时候，她正在万泉居喂鱼，奇怪的是，她就像忘了传召的事一样，专心地喂鱼，对站在一旁等候的我们视若无睹，宫婢报过两回，纪双木也行过大礼，可太后的目光始终没有离开池中鱼，甚至也不叫平身，微微完成半弧的手臂伸出三曲木连桥的围栏，鱼食纷纷散落，姿势优雅，却让我觉得比冰雕还要冷酷。古月月站在太后身边，体面的妆容挂着淡淡的漠然，仔细想来，当初我们几个一同受训的宫婢，也就剩下我们三个有还算不错的结果。

终于，太后把手伸向古月月，让她轻轻擦拭，一边慢慢转过脸来，把目光落在纪双木的头顶。“平身吧。”太后从容地说，随即走下木连桥朝偏殿去，我和纪双木跟在后面，忐忑的感觉如同身后的木桥摇摇晃晃。走进偏殿，太后随手往两侧的座椅一指，“坐吧。”纪双木选了靠右侧的第一张椅子坐下，古月月奉了茶，淡淡的梅花香钻进鼻子里，现在才刚入冬，太后这里就有新梅泡的茶了，记得先帝在位的时候，所有的新岁梅花都是送到万淑宁手里的。两人都抿了一口，搁下茶碗后，太后打量了纪双木一阵说，“这几日皇帝和妍妃不在宫里，你代理后宫事，辛苦了。”

纪双木谦恭地说，“后宫人少，又有太后坐镇，臣妾不过在一些琐事上拿些主意，实在没有什么功劳。”

“宁妃谦虚了，”太后轻轻吹着盏中茶，“齐尚宫早就来和哀家说过，你比妍妃会当家。”

纪双木略带羞涩地一笑，“齐尚宫性格温厚，自然常常赞誉他人。”尚宫齐芷渊是姜姒在位时提拔的最高尚宫，言行品德都令人信服。

“那就更说明妍妃无能了，”太后露出难以捉摸的笑容，“原本皇上让妍妃暂理后宫事，哀家还以为他属意于妍妃继皇后位，如今看来又不太像。其实姜嫔的性子和家世最是适合做皇后的，偏偏她心结太深，误了自己。当务之急，是选出皇后，哀家才好重提选秀一事，充裕后宫，延绵子嗣。现在宫里只有你和妍妃两个，说实话，哀家一个都不喜欢，但若硬要从你们中间选一个，哀家选你。”

纪双木即刻起身跪下说，“臣妾不敢。”

“没什么不敢的。”太后接过古月月递来的手炉，搁在腿上用两只手捂住，轻轻摩挲，“哀家不喜欢你，是因为你对君怡的所作所为，但轻重缓急，哀家会分。万淑宁的事起码说明了一点，你对皇帝忠诚，而且敢于去决定他人的命运，这就比娇生惯养的妍妃要好上千百倍。但是说到做皇后的资本，你确实不如妍妃，所以哀家打算另想办法，”太后给了古月月一个眼神，古月月立刻递过来一包药，纪双木点点头，我收下药包，接着听见太后说，“这包是促孕的秘方药，在承宠前半到一个时辰喝下，必定有孕。明日妍妃回宫，哀家会让御医去请脉，除非她在温泉已经有孕，否则，总是你的胜算更大。等到时机合适，哀家会去跟皇帝说，万事要以皇嗣为重，你们谁先诞育龙胎，谁就是皇后。”听到这一句，我不禁低头去看手中的药包，明明是小小的一包药，还不够遮盖住我全部的掌心，却感觉那样沉甸甸的。“宁妃，只要你愿意，皇后位就在咫尺，”太后站起身，走到纪双木身边，亲自将她扶起，“药，哀家只配了这一包，你拿回去小心收好，用不用却在你自己，哀家只要听着你怀孕的消息，就自然知道你与哀家是否同心。去吧。”

“是。”纪双木告退离开。走出永宁宫，我看见纪双木脸上拘谨的神色渐渐淡

去，剩下一层若隐若现的忧愁如同阴霾遮盖了她平日的明朗。“西樵，上次我们去看云太妃是什么时候?”纪双木边走边问。

“已经有两个月了。”我奇怪纪双木怎么突然问这个。

“好，你傍晚的时候去一趟祥和宫，把这包药也带过去，让云太妃暗中请张学明看一看，记住，皇上明日回宫前，一定要有回音。”

“娘娘怀疑这药……”

“现在还不好说，但是太后无缘无故跟我说这些，一定是有特别的意义，有时候越是突然的事，越是经过深思熟虑的，我们还是小心点好。”

“我知道了。”我小心把药揣进怀中，陪纪双木一同若无其事地回宫。傍晚时分，我带着精心准备的炖补品和那包药去了祥和宫，杨岫云听闻太后所言，也颇感蹊跷，留下了那包药，并和我约好明日晌午在御花园见。

第二日，我以采花熏衣为名带着两个内人去了御花园，果然看见杨岫云带着李昱在花丛边玩耍。我过去向杨岫云请安，此时宫婢都护着小皇子，没有留意我们，杨岫云把药包偷偷塞回给我，压低声音说，“张学明说，这药根本不能促孕，而且有剧毒，食者三日内必定暴病而亡，请转告宁妃娘娘，务必谨慎。”

“多谢太妃。”我颤抖着把药包收好，走到李昱身旁和他玩耍片刻，又采了些开熟的桂花，方才离开。同去的内人不知底细，还在与我说着御花园的景致，我笑言相对，其实心中早已惶恐不安。回到宫里，我悄悄把杨岫云的话告诉了纪双木。

纪双木紧锁眉头，幽深的目光凝视着药包，沉思片刻，随即恍悟，“太后这是要试我。”

“试?”我仿佛感觉到她的意思，却仍不清晰。

“如果我愿意当这个皇后，而且对太后的话深信不疑，就会服下此药，那么相应的症状便会出现。如果我最终没有服药，要么，是我不愿意为后，要么，就是我验药后拒绝服用，无论是哪种，都会让太后与我之间的隔阂更深。”

我听着她的话，转念一想，顿时摇头说，“我看未必，这是毒药，又不是巴豆，即便被太后试出了真心，也已经一命呜呼了，我更愿意相信，太后不是真心

收拢娘娘，她更想看到的是娘娘不喝药，无心后位的结果，否则，就是死。”

纪双木猛地抬头盯住我，我意识到自己失言，但仍以确信的目光回应她。她慢慢收起尖锐的眼神，把手挪到药包上，轻轻拍打两下，“你把药收好，让我再想一想。”

“是。”我感觉到她主意未定，将药包揣入怀中退出殿外，好让她静心思量。我自然不想让她冒险，但若真有不测，太后难逃其责，想必这也不是她所求的结果，既然太后的心思猜不透，就只能看纪双木想要在太后面前将自己置身何地了。

傍晚，皇上和妍妃一回宫，就被太后召去了永宁宫，大约过了半个时辰，敬事房的人来传话，说要纪双木晚膳后到钦安殿侍奉。敬事房的人刚走没多久，太后就派人悄悄捎话过来，说已经问过跟随去崇山的御医，妍妃至今尚未有孕。

纪双木赏了传话的人，把我叫到跟前，用一种深思熟虑后才有的淡定眼神看着我，“药呢？”

我把药包拿出来，刚递过去一点，又急忙缩手。“娘娘……”我预感到什么。

纪双木拉过我的手，接过药包，亲手将它打开。“太后召见皇上不过半个时辰，又是敬事房的传话，又是妍妃未孕的消息，布置的痕迹还不够明显吗，这就是在提醒我该服药了。”纪双木将完全打开的药包送到鼻子底下，轻轻闻着，似乎是要充分预感这毒药的滋味。

“娘娘真的要喝？”我感觉到一阵虚弱，纪双木若是在自杀，我便是在谋杀。

纪双木抬头望着我，“若她不想我为后，有更简单的方法，没必要这样暴露她歹毒的用心。张学明不是说了吗，三日内必定亡，这恐怕就是玄机所在。”

“生死不能回头，只要有万分之一的可能，便是百分百的死路。”

纪双木微微弯起嘴角，露出很浅又很深的笑意，“我若不喝，就能逃过吗？”

我心里一惊，终于明白这是一次无法逃避的冒险。晚膳的时候，我去小厨房偷偷把药煎了，装在保暖的汤壶里，纪双木沐浴更衣后，坐着马车前往钦安殿，在下车辇前，喝下了整碗汤药。荣喜和小安子早就准备好了一切，我送纪双木进了寝殿，殿门关上的那一刻，我忽然害怕会从此失去了她。

这时，小安子贼窃的笑声打断我心中的感伤，我有些愤怒地看向他，他却喜

滋滋地说，“西樵姐，恭喜啊，你离重任中宫承御的日子不远啦。”

我立时心中一动，“这话怎么说？”

“你不知道？太后娘娘开了金口，谁先诞育皇嗣，谁就是李朝的皇后。”

太后果真这样说了？我定了定神说，“那皇上的意思呢？”

“皇上已经应允了，否则，我也不敢在你面前说呀。”

我略一思量说，“那……也未必就是宁妃娘娘，不是还有妍妃吗，她可是陪同皇上去了崇山温泉的，说不定已经有了呢。”

小安子听到这话，突然鬼祟地看看四周，压低声音说，“西樵姐，我这话你可不能跟别人说，妍妃娘娘天生有宫寒之症，不易怀胎，纵使怀了，也难保住，这可不是宁妃娘娘的机会吗？”

我闻言不禁愕然，不相信地看着小安子，他却笃信地冲我点点头。“这事皇上知道吗？”我问。

“当然知道，”小安子笑得更欢了，“知道，还应允了太后所提，还召幸了宁妃娘娘，这可不是明摆着要把宁妃扶正吗？若非如此，小安子我怎敢现在就说恭喜的话。瞧好吧。”

我看着小安子喜上眉梢的样子，担忧的目光不禁想要穿过殿门，去守护着纪双木。李昊的心思，从不易被人猜中，小安子说的是真话，却未必是事实。

翌日清晨，我接了纪双木回宫，沐浴之后，她觉得困倦不堪，就上床歇息，等到午膳时间都没有醒。我开始觉得有些不对，想要唤醒她，却发现她的脖子和肩膀上一片片地起红疹，我吓坏了，摸了摸她的额头，竟然滚烫。我一下想起了张学明的话，三日内必定暴病而亡。难道，这不过一夜的时间，就病发了？我不敢声张，让南雁悄悄地去请张学明过来。张学明诊脉的时候，我让南雁去殿外看着，然后悄悄在他耳边说，“娘娘喝过那碗药了，是不是有关系？”

“药？云太妃给我看的那个？”张学明紧张地问，我点点头，他顿时露出诧异的神色，抓住我问，“娘娘在喝药前后两日内，是否食用过新梅？”

“新梅？”我仔细回忆了一下，“哦，娘娘在太后宫里，喝过新梅泡的茶。”

“是这样，”张学明茅塞顿开，神情也缓和下来，“放心吧，娘娘的性命无碍，

她已经过关了。”

“过关了?”我疑惑地问，“莫非你也认为太后无意害娘娘性命，仅仅是试探而已?”

“太后给的那包药虽然有毒，但是只要在服药的前后两日内食用新梅，就能解毒，而解毒的外在症状就是娘娘现在的样子，脉象上看，就如同风疹发作，也不会引起怀疑。只要有御医向太后禀明娘娘风疹发作，太后自然就知晓了娘娘的心意。反之，若娘娘不服药，自然无恙，太后也同样能知晓。”

“那要是娘娘过几日再服药，新梅的解毒之效已无，岂不白白送了性命?”

“太后知晓娘娘未曾服药，自然会有所动作，她如此精于算计，怎么会让自己背上杀人的罪名。”张学明收拾好药箱，安抚我说，“别担心了，娘娘只需休息两日便能痊愈，我回头开好医治风疹的方子，你照常抓药，偷偷倒掉便是，太后那边，我自有分寸。”张学明说完离开，我感激地目送他，数不清这是第几回他帮我和我的主子死里逃生。

纪双木患上风疹的消息在后宫不胫而走，避忌之声迭起，我却暗自庆幸。纪双木昏睡一天一夜后终于苏醒，我在她耳畔悄悄告知药包和新梅茶的事，她听后柔弱地一笑，像是劫后余生的安慰。午膳时候，太后命人送来清火的药膳汤，她要我喂她喝下，一边呛住了喉咙猛地咳嗽，一边却感慨万千地说，“有了这一碗，我算是保住命了。”

我轻轻捶着她的背，接过碗放到床边的小茶几上，心疼地说，“太后这样试探娘娘，到底图什么?”

纪双木的身体还很柔软虚弱，声音却已渐渐坚定起来，“也许就是要试试我的忠心，才好彻底下定决心把我扶上后位。皇上大赦天下，太后有重振郑家的机会，却实在孤立无援难有所成，我在前朝没有背景，最适合做傀儡皇后，太后大概动的是这个心思。”

我拿了软枕垫在纪双木的后背，扶她坐好，“那……娘娘自己想做皇后吗?”纪双木的身子僵了一下，背还微微弯着，双臂朝后弯曲扶着软枕，维持着不自然的姿势。我意识到自己失言，赶紧纠正说，“奴婢的意思是……”

“西樵，”纪双木打断我的话，抬起头问，“你说妍妃能当个好皇后吗？”我一愣，不禁有些哭笑不得，妍妃那样的人，若执掌宫闱，还不祸患无穷。我一时没能回答，纪双木微笑一下，身体向后舒展，倚靠柔软的枕头，双手在腹部交叉，宁和平静地说，“皇后，岂是好当的？但如果无法改变我与妍妃二选一的结局，我愿意试一试。”

“娘娘……”我错愕地看着她，想不到她会因为这个理由而选择走这条路，但是作为皇后，该有的不正是这样的大爱之心吗。只是，在经历了郑君怡和万淑宁的起伏人生后，我不再认为皇后之位是后宫女子的幸福和荣耀，甚至隐隐感觉它是对后宫女子命运的诅咒，即便再有避世的心，也违逆不过皇后二字带来的无奈和疲惫。

纪双木按张学明的嘱咐，假装养了近十日的病，李昊不明就里，因要避忌就多在妍妃宫中留宿，不过妍妃宫寒，我倒不担心她能短短十日就怀得龙裔。纪双木病愈后不久，太后正式宣布谁先诞育皇嗣就册为皇后。妍妃听闻此讯，邀宠之举比往日更甚，李昊竟也毫不反感，三日中必有两日是在东华宫。反观纪双木一切如常，即使李昊来了西静宫，仍要对弈在先，似乎对皇后位有敬而远之之意。更奇怪的是，太后迟迟没有表示，既未劝李昊多宠纪双木，亦未送来真正促孕的汤药，是试探未终，是改了主意，还是真对纪双木的肚子深信不疑？我向纪双木抛出心中疑惑，她却说御医已经确诊妍妃宫寒，太后自然无需强求。我承认此话有理，但心中仍觉得有什么不妥，而且我能看出，纪双木也有同样的担忧，只是嘴上不说罢了。

时隔一月，后宫南角新的藏卷楼落成，原先的藏书楼、藏画楼中的书册画卷都要挪到新楼去，尚宫局特意传话到各宫，要我们把久藏不动的书册画卷也一并送到新楼去，重新排列集藏。我和南雁整理了一下，竟也有十数本残旧的书册画卷积了灰尘。趁着纪双木午睡，我和小福子捧着书卷去了新楼。

新楼坐落在一片竹林旁，格外清静幽雅。小福子在记录上交的书册，我则好奇地四处走动，因为这两日搬迁，所以内阁里堆满了书卷，要十分小心才能不碰到踩到。也许是旧书的灰尘进了鼻子，我忍不住打了一个喷嚏，耸动的肩膀撞到

了一旁的柜子，只听咕咚一声，像是什么东西掉了下来，紧接着，我便感觉肩头被硬东西捅了一下，刚要回头，一轴画卷似的东西就滑落到我的怀中。我本想偷偷将它放回柜子顶，但没想到卷轴的系带已经松开，我刚一抓，画卷就摊开来，露出一截画样。那是一群女子飞舞的裙摆，红的粉的，流光溢彩非常，裙摆上的饰物更是高高抛起，翠玉、金箔、流苏，各显飞扬，还有……铃铛?

我的目光瞬间被那个飞起的铃铛捕获，这，这好像我的那个木铃铛……我一下拉开画轴，整幅画映入眼帘，六名女子翩翩起舞，三名在远处，笑靥若花，三名在近处，身姿绰约，只是没有正面。这名戴铃铛的女子是谁？我怔怔地盯着画面，想要从她的背影上看出蛛丝马迹。

“很美，是不是?”低沉而诡异的声音突然从背后想起，我慌张转身，差点把画掉在地上，反是他眼疾手快扶了一把。“别怕，老奴是藏卷楼的管事，每日只跟这些书啊画啊的打交道，不会说人是非，这画你要是喜欢，就多看几眼，没事。”

我莞尔一笑，“多谢公公，奴婢是被这画上的美人吸引，才贪看了一阵。”

他竟然叹口气说，“人无百日好，花无百日红，人面不知何处去，桃花依旧笑春风啊。”

“公公是说……这画上的女子如今过得不好?”

“这是快三十年前的画了，当年她们都是豆蔻年华，自然春风得意，如今老的老，散的散，死的死，都回不去了。”

我的心一揪，沉吟一瞬说，“奴婢听说司艺院掌院关秀月舞技过人，这里面可也有她?”

“有，这个就是，”他指着其中一名戴金箔佩饰的女子说，“若老奴没有记错，这画是她第一次献演时画就。”

“哦，”我把手指向戴铃铛的女子，“这名舞姬尤其身姿妖娆，可还留在宫里?”

他仔细看了一眼，脸色顿时晦暗下去，过了许久才说，“老奴没有那么好的记性，说不上来了。”他匆忙将画卷收起，我觉察出其中蹊跷，便不再多问。恰

好此时，小福子唤我回去，我就告辞离开了。

是夜，我躺在床上久不入眠，画中舞姬的身影挥之不去。这个戴铃铛的舞姬究竟是谁，是否还留在宫中？那个公公能即刻点出关秀月，还清楚说出作画的时间，怎么可能不记得关秀月身旁的舞姬是谁，而且还露出那样隐晦的表情，分明是知道什么，却不说。哼，没关系，既然这人和关秀月共舞，那问关秀月就最清楚了。

第二日，我奉命出宫办差，回去的路上转道去了司艺院。时近太后生辰，司艺院正加紧排练歌舞，我被小宫婢引到彩袖庭，老远就看到舞姬们旋转飘逸的身影。关秀月站在台前，严苛的目光依次从每个人身上划过，不放过一个细节。“停，”关秀月突然喊到，然后指着一个穿紫衣的舞姬说，“你刚刚的步子错了，站出来重跳。”紫衣女面色羞愧地站出来，把刚才的转身加轻跳又做了一遍。关秀月点点头，“以后注意，回去吧，继续。”丝乐声再次响起，罗裙飞转，一时流光溢彩。我看关秀月这样认真，知道不便打扰，就静静等着，顺便欣赏舞蹈。这丝竹古琴奏的是《流沙愿》，沉静而不失祥和，轻盈而从容大气，我不禁听得也有些入迷。突然，琴声骤停，六名舞姬瞬间停止动作，一幅静态的仙女图乍现眼前，但只一转瞬，琴声又起，舞姬们旋转着簇拥到一起，顷刻间轻舞飞扬，绚丽夺目。而就在这一刻，我的脑海闪过一幅画面，与眼前舞景极其相似的画面。那幅画……旋转的舞姬……飞舞的罗裙……这支舞，难道……我心里一阵惊喜，就算是巧合，我也有话开头了。

一舞结束，关秀月让舞姬休息片刻，回头才看见了我。我们彼此行礼后，我就悄悄地说，“我是知道这里有好东西看，就半路偷溜了过来，你可别声张。”

关秀月含蓄地笑着说，“现在宁妃和妍妃同理后宫，你是宁妃的守嫔，这里爱来就来，谁敢去声张。”

我微微一笑，“我以为关掌院舞技了得，原来口才更了得。”

关秀月感慨良多地说，“做一名舞姬，的确只需身上的功夫，但是当掌院，也许身段反是最用不着的。说实话，你觉得她们跳得如何？”

“跟你当然是不能比的，只不过……”我略作迟疑后说，“我好像在哪里

见过。”

“你见过?”关秀月半笑半疑地说。

“是一幅画,”我把话题引过去,“我昨日在藏卷楼看到一幅旧画,里面所画的舞景与我刚才一瞬所见的极为相似,藏卷楼的公公说,那幅画是你第一次献舞时所作,他还在画中指出了你,”我期待地看着关秀月,“别不是你把过去的编舞又拿出来用了吧?”

关秀月懵懵地看了我一会儿,低头说,“真是什么都瞒不过你,这舞叫凌波仙,取仙境长生之意,”她略停顿一下,唏嘘的口吻让人伤感,“想不到那幅画还在……”

“不过才二、三十年,藏卷楼的书册画卷比这更久远的还有呢,”我以为关秀月只是感慨岁月匆匆,随意安慰了一句就继续说,“我看那画中有一名腰间戴铃铛的舞姬,身姿分外妖娆,可想其舞技之精湛,本以为是周掌院,但年龄又不对,不知是司艺院的哪一位前辈?”

关秀月的目光渐渐黯淡下去,像是满腹心事,郁结难解,许久才说,“既然这幅画被你看到,也算有缘,你曾是郑氏的承御,自然是知道一些事的,我也就不隐瞒了,那名戴铃铛的舞姬不是别人,正是与我一起跳敦煌飞仙的樊如玥。”

“什么!”我的脑子里轰然一声响,如同天地旋转山河颠倒,用很大的劲才镇定下来,“可是樊贵妃的画像不是都已经销毁了吗?”

关秀月摇摇头说,“那个时候如玥还是普通舞姬,何况描绘盛宴的画卷何止千百,当真能全部销毁,不留半点痕迹吗?”

“那倒是……”我点点头,庆幸藏卷楼保住了这幅画,更庆幸这幅画落到了我的身上,“可既然是盛宴之上,樊贵妃怎么会只佩戴了这么一个不起眼的铃铛呢,你的金箔和其她几位舞姬的佩饰都是极华丽的,难不成是贵人赐赠,或是挚爱之物?”

“这我也不知道,只知道她对那铃铛喜爱不已,时常在献舞时佩戴。后来她迁居冷宫,我偷偷去送她,依稀记得她还是戴着这铃铛,恐怕最后也一同化为灰烬了吧。”

“是这样……”我疑惑迷惘着，做出惋惜的神情，“光阴似箭，多亏你，能留住昔日的刹那芳华，敦煌神秘，凌波幽静，你倒真有几分仙家掌门的意境。”我笑着让关秀月继续排舞，自己假装欣赏地站在一旁看了一会儿，便悄悄离开。

鼓乐声渐渐从耳边隐去，我的心却越来越不安静。樊如玥，你的木铃铛，和我的木铃铛，到底有怎样的关联……我满腹心事地回到西静宫，努力摆脱满心的纠结，却始终不能集中精力。直到晚膳后，一个更大的意外发生，我才从迷惘疑惑的情绪中走出来。

妍妃怀孕了，刚好一个月出头，掐指一算，正是纪双木养病期间的事。消息刚从东华宫传到西静宫时，李昊正与纪双木对弈，听闻此事后微有诧异，却不露悲喜，坚持走完了整盘棋才前往东华宫探视。李昊走后，纪双木自己动手收拾棋盘，我能看出她平静的面容下深藏着不见底的忧愁。寝殿里安静得很，只有棋子落入玉碗的声音，清脆，却如同不尽的雨，滴滴答答没有完结。

终于，棋盘上一片空白，纪双木望着干净的格子线，慢慢开口，“看来，皇上失算了。”

我一愣，疑惑地说，“皇上失算了？这话怎么说？”

纪双木没有抬头看我，只是目光朝下，似乎要去看自己的心，“太后提出立后一事，初衷用意都已明了，而皇上同意太后所提，你以为是为了什么？”纪双木说到这里，抬头看着我，“在皇上心目中，我和妍妃都不是最佳的皇后人选，而他想要的皇后永远也没有机会，如果可以选择，他会让这个皇后位一直空下去。但如果躲不过，他就会让龙嗣尽可能晚地来到这个世上。”

我的心一沉，回想李昊方才的举动，不禁暗自点头，“难怪他听说妍妃有孕，却不着急去看，原来他心里，并不盼着这个孩子。”

纪双木苦笑一下，“妍妃宫寒，不易受孕，皇上才会多予恩宠，岂料世事无绝对，这还不是失算了吗？”

“那娘娘要怎么办？”我不禁担心纪双木的未来，“妍妃已身怀有孕，皇后位岂非要……”

“这个还轮不到我来操心，”纪双木渐渐握紧了拳头，眉头也渐渐拧紧，“太

后和皇上都不想妍妃为后，如今我反倒替妍妃的肚子担心，胎儿无辜，却难保能平安生产。”

“娘娘是说……”我不禁浑身一颤，“那可是皇家血脉，嫡亲骨血，皇上和太后不至于那么狠心吧?”

纪双木的眼中突然露出悲凉的颜色，“谁知道呢，或许皇上不至于，但太后就不好说了。”

“娘娘还相信太后站在我们这边?”我心中积蓄的不悦顿时发作，“妍妃宫寒又如何，事实证明，她还是有受孕的机会，皇上是男人，不解其中机窍也就罢了，太后精于此道，真要扶持娘娘，早就把促孕的汤药送来了，妍妃这样邀宠，她却不闻不问，若不是耐性真的好，就是另有蹊跷。”

“哼，有汤药又如何，”纪双木缓缓吸一口气，眉目轻垂悲戚地说，“从崇山温泉回来后，皇上就再没有在棋盘上赢过我。若我是太后，知道了这样的事，也断不会白白浪费了那些汤药。”

我闻言惊诧，原来这么多天来，皇上从未宠幸纪双木，原先还以为只有我值夜的时候皇上才一直输呢。我咬着嘴唇摇摇头，“要是这个样子，就算妍妃册后无望，也未必归属娘娘。”

纪双木淡泊一笑，“我本无意为后，只是不想妍妃掌权，若她不能得势，后位空置又有何妨，最怕太后不肯善罢甘休。今朝妍妃有孕，我总觉得太后很快会有所动作，而且，是我们料想不到的动作。”纪双木说着，脸上浮起一层阴郁的忧色，这忧色也让我的心情更加沉重。

服侍纪双木睡下后，我正要就寝，隐约听见西静宫首领太监小福子在殿外轻轻唤我。我走过去轻推开殿门，小福子探进半个脑袋，憋着声音说，“南雁似乎不大好，林守嫔请去看看吧。”

“她还是不肯请御医来瞧吗?”我走出寝殿顺手关门，往南雁的寝房去。她从昨天夜里就开始不舒服，早起时竟然浑身发热，像是得了较严重的风寒，偏偏她幼年时，母亲因庸医误诊而亡，心中留下阴影，再不信医问医，硬撑到现在还是一口汤药未进。

小福子无奈地摇摇头，“再这样硬撑下去，只怕挨过了，也对身子损伤极大。”我匆匆到了南雁身边，她已有梦魇的症状，双颊通红地昏睡着，情况很不好。小福子出主意说，“林守嫔，要不要趁南雁现在昏睡着不知道，去请医女来瞧瞧。”

“光来瞧有什么用，”我急躁地说，“诊脉不难，难的是无法医治，若是趁机强行灌药，或偷偷针灸，定会留下痕迹，一旦她事后察觉，只怕会更加抗拒，对身体有害无益。”

“灌药和针灸都行不通，那就用熏艾呀，只要将艾叶的味道驱散，就能瞒过去。”

“熏艾是宫中禁忌，为了一个宫婢，谁敢冒险？”我不禁加重语气。

小福子咬咬嘴唇，凑近一步说，“林守嫔不是和张掌院很熟吗？”

我猛地扫了他一眼，“熟归熟，也不能因为这样就要他违例，白日里人来人往自是不便，夜里虽静，但张掌院早已不需值夜，除非主子传召，否则不准留宿宫中，即便他心里肯帮忙，也是爱莫能助。可惜御医院没有能信得过的医女，否则就好办了。”我曾经想到过唐季柔，但实在不敢用她。

小福子低头沉吟半刻，像是鼓足了勇气似地说，“林守嫔，说到精通熏艾的医女，我倒认识一个，是我的远房表妹，叫芸梅，两年前被选入御医院，不过半年前因为犯了错被贬去了静禄院，她一直想找机会再回御医院，如果林守嫔愿意用她……”小福子期望地看着我，我知道他这是替表妹找出路，但我也确实把这话听进了心里，思量片刻后，我默许着点头，小福子朝我作了个揖，飞快地跑出去。也好，自从那日在昙花林接回李昊，我就再没去过静禄院，倒是可以从这个芸梅嘴里打听些郑君怡的近况。

小福子很快带着芸梅来，她个头小小的，五官清晰，说不上漂亮，只觉得是个干净利落的小姑娘。她很懂事，一见我就磕头，问安的话很简短，恭敬但不畏惧，到底是医女出身，与苦役房的宫婢不同，也不像其他受罚的宫婢那样卑微。

我看了小福子一眼，他凑到我耳边说，“我都和她说清楚了，她愿意帮忙。”

我把目光落回芸梅身上，“熏艾是宫中禁忌，你可想清楚了？”

“是，奴婢前次被贬，就是因为违禁救人，奴婢虽然领罚，却不后悔。奴婢愿意为内人熏艾，只是有一点，”芸梅抬起头为难地说，“奴婢被贬后，身边不曾留半点医药之物，所以今夜恐怕不能立刻为内人医治，而且还要烦请林守嫔去御医院走动一趟。”

“这倒无妨，你开列所需之物，我明日就能取得。诊脉吧。”我让开位置，站在门边等。这个丫头为了救人不惜犯险，是真的善良无畏，还是别有用心？我忍不住仔细观察起她来。

芸梅给南雁搭了脉，明眸微动似乎已心中有数，走到我身边说，“内人确实是风寒入侵，因延误医治才使病情加重，好在内人底子实，虽然受了大罪，却不会危及性命，熏艾两日便能转安。只是内人已经烧了一天一夜，若又要再拖一日才能医治，恐怕会伤及神髓，奴婢需马上用温水替内人擦身，按摩穴位，以缓解病情，防止损伤更深。”

“温水擦身，会不会弄醒她？”

“奴婢可以焚烧一些香料来让内人安睡，这样就万无一失了。”芸梅略顿一顿赶紧又补充一句，“哦，只需要几种普通香料即可。”

“如此，就赶紧医治吧。”我走到门边，轻轻推开门，回头嘱咐说，“小福子，你留在这里帮忙，芸梅想要什么香料，你只管去库房取，记在我的名下就好。”

“林守嫔放心，我会办妥的。”

我走出寝房，忽然想到还没问郑君怡的事，刚要回头，不禁又自嘲地笑笑，算了，才刚遇上，不便问那么多，等她医好了南雁再说也来得及。我望了紧闭的房门一眼，匆匆返回寝殿。万幸，纪双木静静地熟睡着，殿外发生的一切都与她无关，即便哪天东窗事发，也有我一力承担。

第五章　宫墙疑影种祸根

第二日清晨，纪双木吩咐我准备厚礼，要亲自去东华宫探望妍妃。我假装腹痛不适，让小福子和内人南湘陪纪双木前往，自己则借口讨药去了御医院。我将南雁的事偷偷告知张学明，并把芸梅开列的药单给了他，张学明配了艾叶和熏艾之物给我，让我小心保管。我趁机问起芸梅违禁被罚的事，张学明告诉我，半年前的一天，李荣突然腹痛不止，几次昏厥，芸梅为减轻其痛苦，配了止痛药喂他喝下。而肖玉华坚持说是有人给小皇子下毒，因喝了芸梅的药症状有变，而无法诊断所中为何毒，不能追查下毒之人，故而在御医院和尚宫局告了芸梅的状。其实，李荣只是错食草植，责任应在照看小皇子的乳母身上，芸梅因此被贬，着实冤枉。后来因宫闱巨变，这件事就不了了之。我听了前因后果，对肖玉华厌恶之心更深，对芸梅则起了恻隐之心，决定在南雁病愈后，就帮芸梅重回御医院。

我匆匆往西静宫去，发现小福子竟在半道等我，“西樵姐姐，娘娘出事了。”

我心下一惊，“怎么回事，你们不是去东华宫探望妍妃了吗，能出什么事？”

“就是在东华宫出的事，”小福子焦急地说，“娘娘给妍妃送了燕窝红枣粥，妍妃当场以银针试毒，银针竟然发黑，妍妃说娘娘有心毒害她，已经告到皇上和太后跟前了。”

“娘娘怎么会下毒，肯定是妍妃的诡计，娘娘现在在哪儿？”

“应该在西静宫里，”小福子说，“太后已经下令，让娘娘禁足宫中，现在尚宫局的人正在搜宫呢，我是偷跑出来找救兵的。”

“妍妃存心陷害，就是搜到什么也不奇怪。”

“这事说来也奇怪，妍妃是当场验毒，银针没入粥中即刻变黑，没露一点破绽。”

我盯着小福子，“你看清楚了？”小福子肯定地点点头。我转念细想后说，“小福子，你去一趟御医院，把你所见都告诉张掌院，看看他有什么说法，若能解救，请他务必帮忙。”小福子应声去了，我则快步跑回西静宫。

寝殿里，只有纪双木一个人，孤零零的，不是人，而是心。栽赃陷害，最坏的结果不是含冤入狱，而是众叛亲离，李昊再不喜欢这个孩子，恐怕也是不允许别人去伤害的。尤其是在这个时候，太后刚刚宣布了册后的条件，在这个敏感的时期做这样危险的事，摧毁的不仅是自己的前程，更是李昊的情与信。

“娘娘……”我开口呼唤，却不知道接下来该说些什么。

“什么也不必说了，”纪双木微微侧转身体，倩影落在未尽的晨光里，忧愁的美丽多了一分孤寂，“我没有做过，就不怕她们查。”

我听纪双木这样说，稍稍放心一些，“想不到妍妃这样狠毒，娘娘，小福子把当时的情景都跟奴婢说了，奴婢已让他去向张掌院求解救之法，相信很快能助娘娘脱困。”

纪双木微微一笑，“你倒是反应快，妍妃没能收拢张学明，是她失策了。”

我轻轻叹息，“反应快也是被妍妃逼的，她昨日才知有孕，今日就成功陷害娘娘，真是比从前更加精于算计了。”

“从前姜嫔还在，她就等不及要取而代之，如今万事俱备，她离皇后位只差一步之遥，还不赶紧结果了我，以免夜长梦多。”纪双木伸手端起已经放凉的茶，送到嘴边呷了一口，“就是没有这碗红枣燕窝粥，也会有其他的麻烦找上门来，还不如撞到张学明的枪口上，尚有一线生路。”

“娘娘放心，张掌院定能解开银针试毒之谜，还娘娘一个清白。”我安慰着纪双木，走过去为她续茶，提起茶水壶，才发现壶差不多空了。我拎着茶水壶准备去小厨房灌热水，打开寝殿门，竟然有两个宫婢拦住了我。

年纪大点的那个宫婢口气生硬地说，“林守嫔，西静宫寝殿尚未搜查，林守嫔既然进来了，就别再出去了。”

我不禁瞪大眼睛，“你们敢搜娘娘的寝殿？”

“我们是奉命行事，请林守嫔不要为难我们。”

我刚要发作，纪双木就说，“算了，西樵，不要为难她们，她们想要搜，就搜吧。”

我甩上殿门，气愤又担忧地走回纪双木身边。果然没多久，搜宫的人就进来了，出示了司律监的搜宫文书，然后迅速在寝殿里翻腾起来。纪双木一言不发，静静地看着她们搜，我看着殿内一片狼藉，回想起郑君怡被废，万淑宁被捕时的情形，恐惧在不经意间渗透了心房。

她们搜了一阵，似乎没有结果，这时，为首的宫婢走到纪双木面前说，“娘娘，奴婢是司律监的司律尚官严如意，奉命搜查西静宫及宫中各人，还请娘娘传召西静宫的所有宫婢接受搜查。”

此话一出，我心中顿时一紧，张学明给的熏艾之物还藏在身上，要是被搜出来，就说不清了。我紧张地看向纪双木，她平静的面容终于有了愠怒的颜色，“怎么，你们搜宫还不够，还要搜人?”

严如意面无表情地说，“奴婢们是奉太后之命行事，请娘娘不要阻挠为好。”

纪双木眉心一蹙，点点头说，“好，很好，既然是太后之命，本宫自不会阻拦。但本宫是西静宫之首，奴婢们一言一行都是本宫授意，你们要搜，就从本宫身上搜起，”纪双木说着展开双臂，摆出任人宰割的模样，“来啊，搜啊。”

严如意一下不知所措，一向平和温顺的纪双木突然如此决断强势，也颇让人害怕。就在她犹豫不决的时候，小安子突然出现了，就像一个从天而降的救星，带来我喜欢的消息。“宁妃娘娘，皇上传召，请娘娘即刻到钦安殿，太后和妍妃娘娘也正都赶过去呢。”

我喜从心中来，底气十足地朝严如意说，“听见没有，皇上传召，还不赶快让路?”

严如意看了我一眼，让开路，纪双木走向殿门，我刚要跟上，就被严如意拦住，“皇上传召的是宁妃娘娘，林守嫔还是留守西静宫吧。”

“严尚宫，”纪双木郑重地说，“西樵留在这里，你也一样搜不了她的身，本宫就第一个不许，严尚宫真的要搜，不如一起去到圣驾前，当着皇上和太后的面搜，有他们一句话，本宫也就拦不了你了。”

严如意一听这话，脸色微微泛白，侧身让开路，但还是不甘心地跟在我们后面一路出了西静宫。我们上了马车，我从窗户看着她尾随而行的身影，叹口气说，“真是人善被人欺、马善被人骑，娘娘若有妍妃一半骄横，她们哪里还敢这样放肆。”

“西樵，”纪双木竟然喊了我一声，严肃地看着我，“你现在说话怎么越来越霸道了，严尚宫她们是职责所在，只因为你信我，才觉得委屈，若有一日事情颠倒过来，她们去搜妍妃的寝宫，只怕你会觉得越放肆越好呢。”

我怔怔地看着纪双木，想不到她会是这样的反应，嘟囔地说，“娘娘既然觉得她没错，何苦要维护我？”

“你怀里藏的是什么？”纪双木一句话就把我惊得魂飞魄散，“从你进寝殿，我就闻到了艾叶的味道，严尚宫不识药性，那是你的运气，我不维护你，难道要让你背一条违禁的罪名吗？”我低下头，知道是自己疏忽了。纪双木缓了口气说，“现在可以说了吧，到底要这艾叶做什么用？”我见事情已经到了这个份上，就一五一十地说了，纪双木倒没有怪我自作主张，只是伸出手来说，“东西呢，给我。”

“娘娘这是要……”

“给我就是了。”纪双木伸出手，我把怀里的布包拿出来，纪双木一把抢过去，塞进自己怀里。我愕然地看着她，却看到她坚定无畏的眼神，便不再多说了。

马车到了钦安殿，太后的銮驾和东华宫的马车都已停在殿外，我和纪双木快步前行，还未踏入偏殿，就听见里面传出说话声，我立刻阻止小安子通报，只听妍妃婉转莺啼之声续续而来，“……臣妾本不疑心宁妃，只是多年养成的习惯，凡是外人送来的吃食，都要先验一验，也免得哪天自己吃坏了肚子，赖错到旁人头上，这才用银针试了那么一下，断没有想到会是这样的结果。”

“这样的结果谁都不愿意看到，”李昊的声音丝毫听不出偏帮之意，“朕现在就是要亲自问清这件事，如果确是宁妃所为，朕定不姑息，但如果不是宁妃，查清真相是必定的，此外，师卿，以后不要再借太后的名指使尚宫局搜宫。”

我立刻和纪双木对视一眼，原来搜宫是妍妃指使的，真是仗着肚子什么都敢

做。纪双木给了小安子一个眼神，小安子一声通报，我和纪双木走进偏殿。李昊很快地看了纪双木一眼，目光却空泛得很，似乎是有意避开两人的对视，太后倒是一直看着我们，用再平静不过的目光审视着我们，妍妃神气又愤怒地盯着我们，浑身上下透着一股要冲上来拼命的架势。我不屑在她身上浪费目光，跟随纪双木走到殿中央，拜见过皇上和太后，等候发落。

短暂的沉寂后，太后缓缓开口，“宁妃，红枣燕窝粥，是你派人送去东华宫的?”

纪双木坦然地说，“回太后的话，是臣妾。”

“是派谁送的?”李昊突然插话进来。

纪双木轻轻看了李昊一眼，清楚地说，“是西静宫的内人查若惜。”

“查若惜现在何处?”李昊高声问到。

“回皇上，”站在太后身旁的齐芷渊说，“妍妃娘娘已命人当场拿住了查若惜，奴婢已派人过去看管。”

“即刻传她前来，朕要亲自问话。”李昊一声令下，没一会儿，几个身体健硕的宫婢押着查若惜进来。若惜今年二十岁，原本是中宫的守嫔，姜姒被废后，只留下内人及以下等级的宫婢留守，其余宫婢都分派到了其它宫院，查若惜则进了西静宫。若惜哆嗦着身子，连请安的话都说得瑟瑟发抖。李昊看她那个样子，口气也稍稍缓和了些，“查若惜，你原本是中宫的婢子，姜氏被废后去了西静宫，心中可有对宁妃的半点怨怼?”

查若惜听到这话，立刻摇头说，“皇上明察，宁妃娘娘对奴婢极好，奴婢怎会怨怼娘娘，绝无此事。”

李昊嗯了一声，话题一转说，“朕问你，你送红枣燕窝粥到东华宫后，发生了什么事情?”查若惜的眼神顿时恍惚了一下，畏惧的目光犹豫着投向坐在一旁的妍妃。“你不用怕谁，只管说你看到的。”李昊一边说，一边端起荣喜递上的茶。

“是，”查若惜慢慢地说，“奴婢向妍妃娘娘说明来意后，娘娘便说马上要喝粥，传了尝膳的小德子公公过来，小德子公公拿出一根银针试毒，接着奴婢看见

银针变色，娘娘就摔了粥碗，让人把奴婢拿住了，还说要请太后主持公道。”

李昊身体微微朝前一倾，“你是亲眼看见银针变色的吗？”

查若惜为难地看了纪双木一眼说，“是。”

李昊沉吟片刻，似乎很不情愿地问，“双木，查若惜是你的人，她这番话，你作何解释？”

纪双木的嘴角略过一抹无惧的笑容，“臣妾没有下毒，其他的，臣妾全不知情。臣妾愿意相信若惜不会陷害臣妾，但是若惜看到的，也未必就是真相。”

“哼，”妍妃冷笑一声，“空口白牙，宁妃说没有便没有了吗，什么叫看到的也未必是真相，若眼见都不能为实，那宁妃的口说，就更是强词夺理，故弄玄虚了。”妍妃说着站起身面向李昊，“皇上，宁妃送来的红枣粥和发黑的银针都是铁证，一验便知真假。”妍妃说着朝身后的宫婢雀翠点了下头，雀翠立刻将一个托盘端到殿前，上面是摔碎的瓷碗和残粥，还有一枚用绒布垫着的发黑的银针。

李昊眉头一皱，“传张学明。”不知为什么，我一听到张学明三个字，立刻安心下来。很快，张学明匆匆而来，手中提着药箱，像是准备充分的样子。李昊指着托盘说，“你验一下托盘上的东西，据实禀报。”

“是，”张学明打开药箱，取了些药瓶出来，用竹签挑了些粉末撒在掌心，然后拾起银针在粉末上滚动，再仔细观察，随后，他又取出银针探入残粥，依样检验，最后回禀说，“回皇上，红枣粥中确实验出了鹤顶红，银针也是一样，”此话一出，妍妃立刻露出奸佞的笑意，李昊和太后却狠狠沉下脸来。这时，张学明补充说，“但是虽然如此，却不能轻易论断什么，东华宫的事微臣已有耳闻，方才来的路上，也问了小安子公公殿中情形，从银针试毒到微臣验毒，中间隔了这许久，且此二物都是妍妃娘娘送来的，期间无人监管，有没有被人动过手脚，谁也说不准，所以要说这铁证，也没有那么铁。”

妍妃立时阴下面孔，“张掌院对谁都这么有疑心吗？好，就算铁证不铁，那银针变黑是查若惜亲眼所见，岂能有假？张掌院可别再说查若惜被本宫收买这样的话，如此推测下去，但凡不是皇上和太后亲眼见的，就一律是冤案了吗！张掌院可别为了一个人，就一棍子打翻一船的人。”

“娘娘多虑了，微臣要说的是，即便银针变黑，也不能证明粥中有毒。”张学明从一只绒布包中拔出一根银针，端起妍妃刚刚喝过的茶，将银针伸进去。一瞬间，黑色蔓延到银针的中部，在场的所有人都目瞪口呆。妍妃惶恐地瞪大眼睛，下意识地用手抚摸脖子。“娘娘好镇定啊，”张学明把银针递给荣喜，一边盯着妍妃说，“是不是一早就知道，茶中无毒呢?”

妍妃一下子松开手，稳定情绪说，“胡说什么，本宫只是不信有人敢在皇上和太后的眼皮子底下下毒，何况这茶本宫已喝了半盏，若有毒，本宫绝不能安坐到现在。”

“一瞬间的功夫，娘娘就能想到这么多，真是九曲心肠啊。”张学明转向李昊说，“皇上，此茶分明无毒，但银针却依旧发黑，可见银针探毒也并非没有漏洞。所以妍妃娘娘说宁妃下毒谋害皇嗣，并不算得证据确凿。”

李昊手持银针，凝视着，不解地问，“这茶中无毒，银针怎会发黑?”

“很简单，银针上本就涂了毒，因为在特殊的药水里浸泡过，所以显不出黑色，但是，这种药水一经温热的液体浸泡，就会失去效力，毒素就会显现颜色。这不是什么绝密的法子，只要略通医术药理的人就能操作。”张学明说着，锐利的目光扫过妍妃的脸庞。

妍妃的肩膀向后一缩，立刻提高声音说，“张掌院真是动作迅速，这么快就把有毒的银针也准备好了，替宁妃脱罪之心昭然若揭啊。”

张学明含蓄地一笑，有条不紊地说，“微臣行医多年，类似的案例也接触过不少，所谓触类旁通，有此设想并不稀奇，如果今天被告下毒的是妍妃娘娘，微臣也会做同样论证，还望娘娘不要多心才好。”

妍妃把头一扬，避开张学明的目光，“即便如此，张掌院所说，只能证明宁妃有被陷害的可能，却不能证明这就是事实。”

“娘娘说的对，微臣不能证实宁妃无辜，但娘娘也同样不能证实宁妃有罪。”

“本宫从未想过要证明什么，因为本宫也从不知道真相如何，”妍妃到底是聪明的，很快冷静下来，跳出张学明的口舌圈套，镇定地说，“张掌院不要再套本宫的话了，何况，残粥和银针并非唯一的线索，还是等搜宫有了结果，再下最后

的结论吧。”妍妃依旧信心满满的样子，这让我非常担心。

这时，严如意进殿禀报搜宫的结果，“皇上，太后，奴婢已经搜了西静宫，并无发现。”

此话一出，妍妃顿时露出惊异的神情，但很快用另一种忧虑的情绪掩盖掉，然而就是那一瞬间的惊异，让我相信妍妃早对搜宫的事有所安排，只是不知道为什么没有按她的心意发生。

“不过……”严如意的声音有些迟疑，最后还是说了，“林守嫔曾想出宫，被奴婢拦下，后因皇上传召宁妃，林守嫔未经搜身就……”

“是臣妾不让严尚宫搜的，”纪双木坦然地说，“臣妾没有下毒，臣妾宫中的人也不会。”

“会不会，搜过才知道，”妍妃像抓住了什么把柄似地立刻跳出来接话，“林守嫔未经搜身就出宫，实在可疑，”她挑眉斜眼地看着我，“就算现在皇上下令当殿搜身，恐怕也晚了。”

“不晚，”严如意稳稳地说，“奴婢虽然无法阻拦林守嫔出宫，却一路跟随，并未见其丢弃什么物件，刚才奴婢在殿外已搜过马车，并无问题，如果林守嫔真的夹带了东西出来，也只能在自己身上，”严如意略停顿一下，继续说，“奴婢并非有意怀疑，只是为求公允……”严如意看了我一眼，跪下说，“一切全凭皇上和太后裁夺。”

李昊默不作声地看向我，我回以坦荡的眼神。那一刻，我庆幸纪双木替我收起了艾叶，又或许……我微微侧目，看到纪双木淡如清水平若流沙的神情，也许，她当时就预料到了眼前的局面，她的聪慧竟然这样不着痕迹。李昊随着我的目光看向纪双木，干涩的声音问，“宁妃以为呢？”

纪双木微微扬起脖子说，“皇上，之前张掌院尚未证明银针发黑的诀窍，妍妃怀疑臣妾还有几分道理，臣妾不许搜宫，是为西静宫上下考虑，但若皇上和太后要搜，臣妾也无怨言，但此刻张掌院已经证实银针发黑可能另有蹊跷，如此情势下，皇上仍要搜验，岂非真对臣妾毫无信任可言。”

“宁妃，”太后慢慢开口，“张掌院所言只是其中一种可能，并不能洗清西静

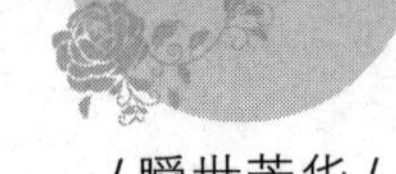

宫的嫌疑，当殿搜验，反能维护西静宫的清誉，你要想清楚啊。”

纪双木凛然一笑，“就怕搜完了，西静宫还是不得安宁，岂非白白受辱。”

“宫都已经搜了，也不差林守嫔一个，”妍妃依旧咄咄逼人，“宁妃娘娘肯敞开宫门，却硬要维护林守嫔一人，当真是偏帮得厉害，不得不让人疑心啊。”

纪双木脸一沉，“林西樵不是一般宫婢，如今虽只是西静宫守嫔，曾经也是御前的人，”纪双木说着，期待的眼神投向李昊，“皇上，西樵为人如何您比臣妾清楚，难道她会……”

“好了，”李昊断然喝止纪双木，声音有力却又不乏温柔，“宁妃，今日之事，并非林西樵一人之事，亦非你西静宫一宫之事，若要服众后宫，西樵不得不受些委屈。”纪双木闻言，满眼失落毫不隐藏，妍妃则忍着不笑在脸上，那副模样让我从心里厌恶。李昊略缓了缓，沉了口气说，“严尚宫，朕准你当殿搜验，但若无结果，西静宫的人，你不许再查，谁也不许再查。”李昊加重了语气，这句话倒是个安慰。

殿里安静了一会儿，太后摆摆手，严如意走到我的面前。我抬起双臂，微微抬高下巴，空放的目光浮在半空，感觉着严如意的手在我身上摸索。稍后，我感觉她的手离开了我的身体，接着便听到她说，“回皇上，林守嫔并无夹带物件。”

我笑了，胜利的笑。纪双木走到我身边说，“皇上搜验过，能让妍妃娘娘不再为难西静宫了吗？”

李昊凌厉的目光扫向妍妃，妍妃有些坐不住了，不知是不是慌过了头，竟然脱口而出说，“出西静宫的还有宁妃……”

“妍妃娘娘，”我忍不住上前一步，用手臂把纪双木挡在身后，“谋害嫔妃是大罪，难道诬陷嫔妃就不是了吗？”

妍妃的嘴唇微微一哆嗦，辩解说，“本宫这是怀疑，不算诬陷。”

我慢慢放下手臂，“皇上亲口说的，若在奴婢身上查不出来，就不许再查西静宫一人，妍妃娘娘是要抗旨吗？”

“哼，”妍妃不屑地一笑，“林西樵，你别误传了皇上的意思，皇上是说，当殿搜验无果，不许再查，可没有说，搜你无果，不许再查，你这样急着混淆圣意，

究竟是何居心？严尚宫，还不赶紧执行圣令，当殿搜验。”

“慢着，”我赶紧护住纪双木，“娘娘凤体，岂容奴婢搜查？”

“哀家来，”我的话音刚落，太后的声音就接上，“哀家亲自来搜，也不算侮辱了宁妃。”太后说着站起身，牢牢盯着纪双木一步一步走过来，最后站到了纪双木的跟前，“你不用多想，哀家虽然不喜欢你，但也绝不会拿皇嗣的生死来出气，如果搜不出东西来，哀家给你斟茶认错，妍妃也是一样，但如果搜出来了，什么样的结局都有可能，可以吗？”

纪双木凝望太后许久，慢慢将我推开，我不愿意，知道这将是九死一生的赌博，恨不得脚底生出根来，把她们永远隔开。纪双木终于用劲推开了我，抬高双臂，坚定无畏的眼神看着太后，“请吧，太后娘娘。”话说着，竟然有眼泪流下来。

太后微微垂落目光，错开纪双木的泪光，把两只手搭上纪双木的腰身。我紧张极了，知道纪双木就把艾叶包揣在怀中，只要太后的手再往里挪一点，就能摸到了。我的手心开始出汗，要很努力才能维持住表面的镇定。但奇怪的事发生了，太后的手从纪双木的腹部滑过，又挪向别处……怎么回事？我的心突突跳得更厉害了，此刻我注意到，纪双木的表情始终如一。能耐，也许直到今日，我才见识到纪双木真正的能耐。

太后的手终于离开纪双木，表情复杂地对李昊说，“皇上，看来宁妃是真的无辜了。”太后这话一说，李昊紧绷的面孔终于有了一丝松弛，眉梢眼角的安慰也不多掩饰，嘴角甚至有了庆幸的笑意。妍妃此刻已是完全变了脸，绯红的胭脂也掩不住苍白的面颊，闪烁的目光早已不见半点伶俐，头也埋低了，只有咬嘴唇的动作还透着最后一点倔强和不甘。“月月，端茶来。”太后一声令下，古月月端着茶碗走过来，太后亲手把茶端到纪双木眼前，“哀家说话算话，这一盏茶是哀家赔罪的。”

纪双木跪下双手接过茶碗说，“太后赐茶，臣妾感激不尽，赔罪二字，臣妾万不敢当。”纪双木说着轻轻抿了一口茶，然后再站起身。

“妍妃，”太后略提高声音，“该你了。”

“臣妾……”妍妃面露为难之色，却又不敢推脱，偏偏李昊也严肃地盯着她，让她不敢不从。古月月把另一盏茶送到妍妃面前，妍妃狠狠咬了咬嘴唇，端茶走过来，不愿正视纪双木，生硬地把茶往前一送，不情愿地说，“请宁妃喝茶，就算是本宫为难你了。”

纪双木接过茶，平静地说，“没关系，下不为例就是了。”纪双木喝了茶，抬头对李昊说，“皇上，臣妾既已清白，是否可以回去了？”

李昊郑重地说，“妍妃状告宁妃谋害皇嗣一事，证据不足，不予采信，此事交由尚宫局和司律监继续调查，事情未清楚前，任何人，不得非议，更不许有关于西静宫的流言，否则，朕决不宽待。妍妃禁足十日，小惩大诫。”

听到李昊这样说，我算彻底松了口气。李昊还有政务要处理，大家便都散了。从钦安殿出来，纪双木故意让妍妃先走，然后转道去了永宁宫。太后像早知道我们会来似的，让古月月引我们到了偏殿。时值深秋，偏殿里用大大的白瓷瓶装了大捧大捧的桂花，但不知为什么，那馨人心脾的味道竟然散发着寒意。

一进殿内，我就看见太后冷若冰霜的脸，审视的目光牢牢盯住我们。我担心地看向纪双木，不知道她此来的目的。就在这时，她朝太后跪下说，“臣妾谢太后娘娘维护之恩。”

太后沉闷地哼了一声，似乎愤懑得很，“到底在身上藏了什么，拿出来吧。”我闻言一惊，纪双木没有再隐瞒，如实相告。太后听完看了我一眼，“若是如此，也不算什么大罪，只是以后再不要做这样危险的事了。芸梅既要替南雁医治，哀家就调她到西静宫为婢，免得风口浪尖上再生事端。”太后说完，似有难解的心事似地叹口气说，“妍妃已经怀孕，占尽先机，还要针对你，实在不是理想的皇后人选。哀家本以为她天生宫寒，不易有孕，加上促孕有伤母体，孩子也容易先天不足，所以才没有刻意为之，现在看来，不得不做事了。”

纪双木抬起头，“太后娘娘的意思是……”

太后从旁边的白瓷瓶中抽起一支桂花，轻轻弹着，让碎瓣落入滚烫的茶水中，立刻浮起一片清香，“皇嗣无辜，哀家也不忍伤害，但中宫之位，必选一妥当之人，为天下计，若你不能有孕，哀家自然不会舍弃妍妃腹中的孩子，但若你

能有孕，忍痛割爱的事也并非不可能。”

我的心往下一沉，太后的话暗透杀机，就像无形的冰封，让人不寒而栗。瞬间沉默之后，纪双木平静地说，“十月怀胎，本就需万千小心才能保得孩子平安降生，何况太后也说了，促孕有伤母体，孩子也容易先天不足，倘若真是如此，妍妃的孩子就更加珍贵，太后当真舍得?”

太后将光秃秃的枝蔓丢给古月月，无奈却又坚决地说，“若无关后位，子嗣当然是越多越好，但眼下，必要为将来筹谋才行，只要你当了皇后，再有多少个皇子哀家都可以不管，哀家只要保住你的后位，就是保住了后宫和皇嗣，除了……妍妃的这一个。”

纪双木深深吸了一口气，沉稳地说，“臣妾明白了。”

“明白了就要做，这十日妍妃禁足，是你的机会。”太后朝古月月使了个眼色，古月月把一个食盒递给我，我打开一看，是一个汤盅。这时太后说，“这是放了药的汤冻，热一热即可食用，就算再有人搜宫也查不出来，下面的事，就看你自己了。”太后抬起右手，用掌心贴了贴自己的脸颊，“好了，哀家累了，你去吧。”

“是。”纪双木退出偏殿，满腹心事地离开永宁宫，午间的阳光照射到我们身上，却感觉不到一点温度。永宁宫，永恒不变是宁静，可惜宫闱中事往往与宫闱之名相悖驳，外宣清朗善意，内则丑陋不堪。倏然间，我陷入莫名的不安，不禁觉得一切更加扑朔迷离，仿佛被人牵扯住了手脚，正往一个未知的方向前行。

我们上了马车，离永宁宫越来越远，我悄悄地问，“娘娘，太后真会弄死妍妃的孩子吗?”

纪双木用手轻轻按住腹部，“如果我能有孩子，我相信她是做得出来的。”

“那我们岂不是帮凶?”我心里极想知道纪双木的选择，如今，我已有些看不透她了。

“若没有今天的事，我兴许会为了保全皇嗣而放弃后位，但是有了今天的事……”纪双木锁紧眉头，眼中竟然有愧疚和残忍，“看来妍妃实在不值得我去同情，与其对不起李朝，不如对不起她。西樵，你把太后给的汤冻好好收着，说不

定哪天就能用上。”

我听着这样的话，心里也充满了无奈和矛盾，只能默默不语，祈祷上天不要让最坏的结果出现。回到西静宫时，尚宫局的人都已经撤了，钦安殿的冒险一搏，终究是保住了西静宫上下。在太后的安排下，芸梅调入西静宫小厨房为婢，方便夜里替南雁熏艾。晚膳刚过，芸梅就找到我，说有要事求见纪双木，我在纪双木的准许下，把她带到寝殿，她竟然从药箱中掏出一个小葫芦瓶，送到纪双木眼前。

“这是什么？”纪双木指着葫芦瓶，脸上已有怀疑之色。

“毒药。”

“什么！”我和纪双木同时惊呼。

“就在昨夜，奴婢看见有人鬼鬼祟祟地从小厨房里出来，奴婢进去查看，发现了这个。”芸梅说着磕了个头，“奴婢通药理，一闻就知道这是毒药，却不敢肯定就是那人所放，种种顾虑下，奴婢擅自将此物带走，想看看动静再作处理，后来听说了搜宫一事，想到可能是有人陷害娘娘，所以前来禀报。娘娘，奴婢知情不报，又擅自取物，还请娘娘责罚。”

“娘娘，莫非尚宫局的人想要找的就是这个……”芸梅的话虽然让我意外，却解释了许多不通之处。

纪双木让我把芸梅扶起来，感激地说，“罚什么，是你救了西静宫上下。本宫原来还奇怪，妍妃命人搜宫分明是有备而来，怎会无功而返，原来是因为你。哼，看来我西静宫里，是有人里通外敌了。芸梅，你可有看清那人是谁？”

芸梅摇摇头，“奴婢实在看不清，但奴婢能肯定是个公公。”

“公公……”我思索起来，“西静宫里除了小福子是近身伺候的，其余六位公公都是内侍监指派过来的，只做一些粗活，也很少去留意。”

“那就留意着吧，”纪双木看了我一眼，继续说，“芸梅，你要是看着谁像，也不妨直说，没有真凭实据前，本宫绝不枉害人命。你先去替南雁医治吧。”

“是。”芸梅应下，退出殿外。我跟着她一起去，守在南雁的房门口，直到芸梅开门让我进去。

南雁熟睡着，淡淡的熏艾味道弥散在空气中，竟然还挺好闻，我小时候也见过人家熏艾，气味却呛鼻得很，宫里选用的艾叶上乘是一方面，这个叫芸梅的丫头必定也是有些本事。她将毒药收起而非即刻禀报，必定是怀疑过毒药可能是纪双木所有，在搜宫的消息传开后又果断禀报，这样谨慎细腻又大胆直接的人，虽然留在了静禄院，但应该也会留意身边的吧。

我们走出南雁的房间，我正考虑要怎样开口问郑君怡的事，不曾想她竟先问起我来，“林守嫔，奴婢听人说，你以前是郑氏的承御？”

“那是很多年前的事了。”我没有流露出意外，平静地说，“你怎么对这个有兴趣？”

“奴婢……在静禄院看见过林守嫔，”芸梅一句话让我顿时驻足，她继续说，“所以奴婢想，林守嫔还是惦记郑氏的，是吗？”

芸梅问得小心，小心而直接，让我一下子语噎。芸梅看着我，眼神中竟然有鼓励和期望。片刻犹豫后，我笑了，坦诚地说，“没错，你看到的是我，我与她彼此相处多年，到底有情分在，而且娘娘也默许了。”

“那……”芸梅踌躇一阵，抬起头，“如果郑氏有难，林守嫔愿意相帮吗？”

刹那间，我有种很不好的感觉，不禁捉住她的手腕，“她出什么事了吗？”

芸梅盯着我看了一会儿，“郑氏知道奴婢要来西静宫，便托奴婢转告林守嫔一句话，若心中有念，万望一见，至于究竟为了什么，她没有吐露半字。”

我眉头一蹙，“她虽没有吐露半字，你却已察觉眉目是吗？否则，绝不会说方才的话。”

芸梅欲言又止，似有难言之隐，“总之，林守嫔去了就知道了。”芸梅含糊其辞，反让我心中的不安已迅速扩大。

我定了定神说，“西静宫虽得皇上庇护，但风口浪尖上，更要谨慎自律，我与她再有情分，也不能连累了西静宫，你若不说清楚，我也只有等东华宫的事彻底查清了，才方便前往。”

“那就晚……”芸梅脱口而出几个字，我尖锐的目光投向她，她很快回避开，片刻犹豫后，像下定了某种决心似地说，“郑氏已有两个月的身孕……”

“放肆！”我没等芸梅说完就大声喝止她，马上又意识到自己失态，赶紧压低声音，“郑氏久居静禄院，怎么可能有孕？”话已出口，一个可怕的念头闪过脑海。难道，难道是那一晚……我极力控制情绪，慢慢地说，“你可知道这样的话，是会害死人的。”

“正因为会害死人，所以若非郑氏托付，奴婢也不会对林守嫔提及一字。”

“郑氏虽有托付，却未曾说明缘由，你又怎么知道她怀有身孕？”

芸梅的嘴角微微动了下，“奴婢是医女出身，日日在静禄院当差，自然能窥得一二。”

能窥得一二？我开始仔细打量这个丫头，这是她第二次知情不报，后又因势而变，每一次都能救人。她不说，是怕丑闻闹开，连累自身，是顾忌郑君怡是太后一脉，不敢宣扬，还是因为……我想到了最坏的可能，既然，既然她曾看见我出入静禄院，也同样有机会看见皇上……我审视的目光毫不掩饰地投向她，她似乎感受到了压力，呼吸渐渐加重。“这可是掉脑袋的事，你不怕我说出去？”

“试问宫中，谁会比自己更在乎自己的命呢，既然郑氏不怕，奴婢又有何可怕？”芸梅显然听出了我的质疑，努力让自己镇定、平静，“郑氏与奴婢并无交情，若非天大的事，怎会托付，但这样一句重要的话，竟是全无首尾，含糊不清，要多深的了解和多重的信任，才能让郑氏寄望于林守嫔会为此话前往，所以，奴婢不必有这样的担心。”

“你信得过我的情谊，你也信得过我的能力吗？”我故意要试探她的心意，“万一我失败了，郑氏的命保不住不说，你也不能独活，我与郑氏情谊深重，陪葬也是心甘情愿，你既与她没有交情，为何要如此替她奔走？”

芸梅淡泊地一笑，笑得几乎不露痕迹，像是安慰我，更像是安慰她自己，“奴婢只是带一句话，没有什么奔走不奔走的。这话说给别人听，就是害人性命，说给林守嫔听，便是救人性命，所以并不难选。”

我心中一动，后宫中人人求自保，她这样的年纪，竟然就明白这样的道理，将来必成大器。我轻轻摆手让她先去休息，而后思虑良久，决定先瞒着纪双木去静禄院走一趟。

第六章　临危托就生死盟

迈进静禄院大门的脚步还很匆忙，但渐渐靠近郑君怡的屋子，我的脚步越放越慢，橘黄的光一点一点露出来，心中的忐忑似乎变成了抗拒，这不是我能解决的问题，更不是我愿意发生的故事，但追根溯源，是我一时的冲动导致了眼前的不堪，纪双木那一巴掌，真真是没有打错。我正犹豫着，忽然房中传出异样的声音，仿佛是有人作呕。我不顾一切地推门进去，看见郑君怡正趴在床头，一副难受的样子。我跑过去扶住她的身体，替她拨开挂在额头脸颊的发缕，轻轻拍打她的背心。她连续呕了几下，也许好受些了，紧绷的身体渐渐放松，微微喘着气，细密的汗珠从额头和肩颈渗出来，连我都能感觉到虚弱。她慢慢回过头来，看到我，绝望和期望同时从瞳孔中流淌出来，就像以前，她得知谧妃怀孕，得知万淑宁回朝，得知纪双木刺青，得知肖玉华怀孕时那样，把内心的绝望和对我的期望都坦白流露。不同的，曾经她用命令来寄托期望，如今，却只能乞求。“你来了。”郑君怡平静地含泪而语。

“是，”我不想出卖芸梅，轻声地回答，“芸梅说，你要见我。”

郑君怡酸涩地勾起嘴角，“你已经很久没有来看我了，我还以为这一次，你也不会来。”

我的心有所触动，避开她的目光说，“我知道皇上来过，是我说了不该说的话，我不知道怎么面对你。”

“如今，是我不知道该怎么面对你了，”郑君怡的声音突然沉着冷静起来，“西樵，我怀孕了。”我猛然抬起头，虽然已经知道了，但听到她亲口说出来，我还是非常震惊。“是皇上的。”郑君怡看着我，丝毫没有要逃避的意思，我看到她眼中的坚定和坚持，那是绝望无法覆盖的东西。

我怔了很久，强压住内心的惊诧和惶恐说，“皇上知道吗？”

郑君怡低垂目光，“若是知道，早就赐我一碗红花了。”

“皇上不会的……”我赶紧说，不是为了安慰她，而是真心觉得皇上不会。

“不会？”郑君怡反倒笃定地打断我的话，“那日他仓惶地悄然离去，到今日不复相见，难道不是怕了吗？只怕，还有后悔在里面。儿女情长永远胜不了万里江山，这就是皇帝。”郑君怡含着悲悯的泪，却是在可怜自己。

“那娘娘打算怎么办？”我听着郑君怡这样奚落自己的心爱之人，知道她已决定自己来面对这件事。

郑君怡低头盯着肚子，沉默许久后用毋庸置疑的口吻说，“生。”我狠狠闭眼紧皱眉头一下，像是熬过了一记重击的疼痛。“别怕，”郑君怡安慰我，“皇上是不会再来了，纳林疯癫难愈，芸梅调守别宫，这里就剩下一个看门的流翠，也是整日偷懒偷闲，只要瞒过她，就能瞒过所有人。”她的眼中隐隐透出了智慧的光，看来，她是把一切都想好了。

“娘娘要知道，只要有一点差池，母子俱亡。”

“打掉他，一样有可能母子俱亡，即便不至如此，我也绝不会用他的死来换我的生，”郑君怡的声音竟然有些哽咽了，沉默了许久后说，“西樵，这是他的孩子。”

我听到这句话便懂了，知道再说什么都是无用，沉静许久后说，“好吧，我尽力去安排，一定在宫外替孩子找个好人家……”

“我的孩子不会出宫，”郑君怡打断我的话，柔和的声音忽然变得执著，“皇子，岂能流落宫外？”

“娘娘……”我难以置信地看着她，“你是先帝的废后啊，这个孩子会要了你的命的。”

“我从没想过自己能活，”郑君怡笃定地说，把手轻轻放在腹部，“但他的命我一定要保。”

我一时怔住，一种很不好的感觉在心里蔓延开，郑君怡，你是想一命换一命吗，可如今你的命又能对谁构成威胁，你腹中的孩子，才是后宫最大的祸根。我

不情愿地说，“娘娘若要保，便要保得他一世，否则，这一时也不必保了。”

“你以为我做不到？”郑君怡似在指责我看低了她。

“做到了又怎样？”我心疼地说，“这孩子生下来，皇上不能认他，皇室不能容他，娘娘要怎样保，才能护他一世周全，困他在这里一生吗，那岂非也毁了他一生？”

郑君怡露出意味深长的一笑，“皇上不能认他，是因为皇室不许，皇室不能容他，只因为他的母亲是我，只要这一点能改变，他的生死结局自然也会跟着改变。”

我略一思忖，猛然一惊，“娘娘要把他托付给后宫？”郑君怡笑而不语，她已经完全出离了情绪，平静镇定得像一个冰人。我的心揪起来，现在后宫只有师卿和纪双木，但若是师卿，又何必让我知道。“娘娘……是属意宁妃……”

“不是宁妃，”郑君怡说着抬头看我，“是你。”惶恐瞬间包裹住我的全身，我看懂了她的眼神，也听出了话里的深意。我本能地要缩身离开，郑君怡一把抓住我的手，把我拽到咫尺之地，牢牢盯着我说，“我要你，做皇上的女人，做这个孩子的生母。”

“娘娘……”我倒吸一口冷气，想要把手抽离开，却被她死死攥住。

“虽然晚了两个月，但是还来得及，宠幸，假孕，有张学明在，这些都难不倒你……”

“这不行的，娘娘……”我的脑海中顿时闪过无数念头，每一个都让我选择拒绝。

“为什么不行？当年的韩冬青可以伪造脉象和胎动，如今这取而代之的张学明必定不输给他。纪双木不会害你，滴血认亲也扳不倒你，只要我死了，西樵，这就是永远的秘密。”

“这样的秘密我承受不起，”我打断郑君怡的话，如实相告，“太后已经下令，谁先诞育皇嗣就是皇后，娘娘可知道这意味着什么。”

郑君怡先一愣，错愕如花火在双眸中瞬间闪烁，随即变成欣喜，连口气都变得捉摸不定，“那不是更好，西樵你就可以母仪天下了。”

“娘娘!”我实在没想到她会这样说，“这不可能……”

“你说不可能，是因为有我的先例在前，我既无法让先帝宠幸我，亦无法假装他宠幸了我，我都做不到，何况是你，对吗?”郑君怡终于放开我的手，掀开被子下床。我颔首不语，这的确是不可逾越的障碍，但，这并不是最重要的。郑君怡见我沉默不语，继续说，“你我是不一样的，西樵，先帝于我，是拒，皇上于你，是迎，拒迎岂可相提并论?你想过没有，他会因为你的话来这里，就已经说明你对他而言不再是个普通的宫婢，你们联手破了万淑宁的阴谋，在他一步步走向皇位的道路上，你们福祸与共，默契使然，这一切都是你的筹码，也是他待你与众不同的证明，所以，你是我能想到的最合适的人选，只要布置得好，会成功的。”郑君怡字字恳切，我却用牙齿摩挲着嘴唇不说话。郑君怡盯了我一会儿，忽然话音一转，“还是……因为纪双木，你不想让她误会?”郑君怡戳中要害，我微微侧转面庞，躲开她的目光。“果然是因为纪双木，”郑君怡走到了桌边，声音中饱含悲戚与落寞，“看来在你心里，我始终不及她重要。”

“娘娘……”我不想用这种方式伤她的心。

这时，郑君怡咬牙冷冷地嗤笑一声，“别忘了，当日是你负我，难道今日，还要再弃我而去吗?”

我的心被狠狠刺了一下，那是抹不去的记忆，也是无可抵赖的事实，但是，我这几年的牵挂和眷顾，也足以抵消当年无奈的背叛了吧。我不自觉地后退两步，心寒地说，“娘娘一定要提当年的事吗?这几年的守望，原来始终没能让娘娘忘记我的错。”

“那是我唯一的筹码，”郑君怡竟然用乞怜的目光望着我，“今时今日的我，命令不了你，胁迫不了你，如果连求你都不能够，就只有死路一条了。”

我低下头，用比她更卑微的口吻说，“可惜，我担不起娘娘与皇子的生死，也担不起后宫的天下。”

“可你却担得起李朝的江山，也担得起帝后的存亡，”郑君怡的话似乎有种戳穿我的味道，“守嫔，承御，御前尚义，在你还是扫墓婢的时候，可曾想过自己能有今天，两宫皇后，两代君王，两朝天下，任天地如何变迁，也不改你的自在，

林西樵，这宫里还有什么是你担不起的，只看你愿不愿意担。”

“我要是不愿意呢？”我也不知怎么了，竟然冲口而出顶了她一句。

“安于平淡的人是不会有命在你的路上走到今天的，”郑君怡竟然在我暗生悔意的同时说了这么一句狠话，“能走过来的人也已经停不下脚步了。你可以不帮我，最惨也就是一失两命，但我不能保证秘密戳穿后，李昊能不能原谅你的放弃。”

我的心一颤，知道她并不是在吓唬我，也许李昊可以残忍地放弃她们母子，但却不会允许我也有同样的残忍。我望着郑君怡孤注一掷的眼神，竟然不知道要说些什么来继续或结束我们之间的对话，沉静许久后，也只能无言地离开。

我在夜风中走了很久，回宫的时候，纪双木仍在安睡，我凝望她如初的模样，心里突然觉得自己将要离开似的。我抱膝坐在床角，拉过被子蒙住头，想要清空脑海的记忆大睡一场，一觉醒来这一切都不存在了。可惜，发生的事不会改变，时间也不会停止，当天际露出鱼肚白，我还是站在了选择的十字路口。纪双木还没醒，我躺在床上，郑君怡乞求的话语和眼神挥之不去，每一时每一刻，那个未决的选择都在吞噬我的心。我拖着满心的疲惫下床，打开窗户让气息流通，风吹烛灭，今天似乎更冷了一些。

一切都还是照旧进行，纪双木起床后，我替她梳洗，陪她早膳，一同去了杨岫云那边小坐，郑君怡的事我只字未提，一直等到纪双木午睡了，才一个人跑去御医院把张学明叫出来，一五一十把事情都说了。

也许是见我匆匆而来，已经有了预感和充分的准备，张学明从头至尾都没有明显的表情变化，就连惊讶都是克制的，只是到后来，他的脸越来越紧绷，面色也越来越阴郁，让我越来越胆怯。

我说完后，他转过身去背对着我，沉寂了很久，突然问，“你来告诉我这些，是不是已经决定帮她了？”

我哆嗦了下嘴唇，没有马上回答，害怕等待我的会是劈头盖脸的斥责。

“连你和宁妃的情义也不顾了？”张学明像是看透了我的心，“你可知道这样做，就会在众人眼里成为一个薄情寡义背弃恩主的人，众叛亲离的痛苦会让你后悔的。”

张学明的话刺痛了我，而在来之前，我已经用这句话将自己刺痛了无数次，再痛，也能够承受了。我平静地说，“情断义绝也不过一时罢了，等到皇嗣得保，时过境迁，我会寻机向皇上说明原委，料想皇上也不会对自己的亲骨肉下手。待确保皇嗣安全无虞，皇上完全体谅了之后，我会再向娘娘请罪，纵不能得到原谅，至少也能表明自己并非薄情寡义存心背叛。”我说着看了张学明一眼，他正带着苦涩又鄙夷的笑容，朝我竖起了大拇指。我心里难过极了，犹豫片刻后，鼓起勇气说，“你会帮我吗？”

“不会。”张学明转过身来，想要说什么，却硬生生忍住了。他的拒绝这样果断，不知是气话，还是真的没商量了。

我低下头，双手的食指相互摩擦着打圈，嘟囔着问，“是怕危险吗？”

“危险？”张学明的话中透着失望和痛惜，“西樵，我们经历的危险还少吗，我什么时候害怕过，可是这一次，你真觉得值得吗？其实郑君怡说的是对的，最难的选择，不是你要不要冒险，也不是你要不要成为后宫，而是你究竟要在郑君怡和纪双木当中选择谁。难道在你的心中，纪双木还不及郑君怡吗？”

“我的心？”我倏然一笑，只觉得这个问题多余而且荒谬，“张掌院，这样的选择，从来不由心，就像我以前背弃郑君怡选择李政，又放弃李政选择李昊一样，只一条为天下计，便在我的心门题上了忠诚的匾额，却也扣上了背叛的枷锁。若由心，我做不到对郑君怡绝情，也不愿与纪双木情断，但我现在必须选择，所以心里如何想，已经失去了意义。”

“那么你认为，帮助郑君怡就是忠，对吗？”张学明神情严肃，教诲的口吻似已在批驳我的浅陋。

我深深吸一口气，“张掌院应该知道，若失了这个孩子，就是将后宫拱手妍妃……”

“拱手妍妃又如何？”张学明的话不急不躁，却让我顷刻语噎，“难道必得你的主子才能是皇后？你的忠到底是为谁？”

“自然是为李朝，”我自认有理，不自觉也针锋相对起来，“妍妃为人，岂能

托付皇后之位……"

"皇后可立亦可废，"张学明果决地打断我的话，紧盯住我，炯炯目光深不可测，"谁主后宫，谁该主后宫，自有皇上和太后做主，你又有什么立场去左右？"

张学明话说得狠，我原本连贯的思绪被彻底打乱，许久才把最要紧的念头抓回来，心怀愤懑地说，"那皇嗣怎么办？纵然我能不顾后宫谁主沉浮，又岂能眼睁睁断送皇室血脉！"

"可如果留下了这个孩子，那妍妃的孩子还能保住吗？"张学明的话把我震了一下，"一命抵一命，断送的不照样是皇室血脉。"

我心下一虚，猛然又回过神来，"这不一样，妍妃的孩子不能留，只因为涉及皇后之选，并非不能变通，而郑君怡的孩子关乎天伦纲常，两者岂能相提并论？就算没有郑君怡的孩子，等到宁妃怀孕，妍妃的孩子一样在劫难逃。此事本就无法两全，若要我在郑君怡和妍妃当中择一相助，我自然是选郑君怡的，除非张掌院有两全之策，否则无可奈何。"

话毕，我们一下陷入安静和沉默，张学明许久没有说话，就在我以为他已被我说服的时候，他开口说，"你想要两全之策是吗？我有，"我心猛地一个颠簸，他郑重其事的口吻让我心中顿生无数猜测，他蠕动了下嘴唇，拳头缓缓攥住，像在下极大的决心，最后坚定地说，"让宁妃出面，取你而代之。"

"不行，"我想也不想就拒绝了，"这件事绝不能和娘娘扯上一点关系。"

"从你打算帮助郑氏开始，这件事就已经和宁妃扯上了关系，"张学明像是料到我会拒绝似地，立刻回应我的话，"宁妃是西静宫的主人，宫中任何人犯错，宁妃都要担责，何况宫里谁都知道你和宁妃情谊深厚，福同享，祸亦同当，你若犯了死罪，宁妃岂可置身事外？"

我浅浅一笑，这个问题我早就想过，争辩起来也是游刃有余，"张掌院错虑了，我若以奴婢之身犯下死罪，娘娘自然不好开脱，可张掌院自己也说了，若我成了后宫，成了皇子的生母，李朝的皇后，那就是做了西静宫的叛徒，背弃了娘娘，到时我与娘娘情断义绝，分道扬镳，谁还能把脏水泼到她的身上？"

"我看是林守嫔想错了，"张学明竟然也毫不思索就接上了我的话，"你若是

真的成了后宫，诞育皇嗣，当然就不再和宁妃是一根绳上的蚂蚱，但是林西樵，这都是假的，你没有勾引皇上，也没有怀孕，自然也没有和宁妃分道扬镳的理由，一旦真相被揭穿，谁都会怀疑这一切都是宁妃指使你做的，包括你们的决裂，也是一场欺骗，别忘了，妍妃之流最擅长的就是无中生有，这件事，只要你做了，无论宁妃知情与否，一旦败露，必受连累。”张学明的话说得极重，最要命的是，他都说在了点上，瞬间，我的心像被磐石压住，喘不过气。“除非，你放弃襄助郑氏，否则，还不如让宁妃出面，一则对她本是有利，二则一旦东窗事发，也不算枉担了虚名。”张学明照顾地看了我一眼，用略微平缓的语气说，“你不是想要两全吗，到时只要告诉太后宁妃已经有孕两月，会比妍妃提前生产，不就都保住了嘛。”

张学明的话如醍醐灌顶，让我顿时思路开阔，若此事势在必行，这的确是一箭双雕的绝好法子，只要说服了纪双木……我心里突然咯噔一下，欣喜和庆幸渐渐消退，担忧和顾虑如同潮水渐涌上来。纪双木，她恐怕不会顺从这样的安排吧。啪，啪，张学明似是见我不出声，便要用逼近的脚步声提醒我做个决断。我转过身，带点提醒意味地说，“娘娘恐怕……不会接受这样的安排。”

“你没试过，怎么知道?”张学明倒是很有把握的样子，“别忘了，此事对宁妃亦是难得的机会。”

我摇摇头，“机会难得，却不是唯一，娘娘已有太后垂怜，又何苦选一条死路来走？郑氏以死求成是因为母子血缘，我甘心相助是出于主仆情份，娘娘又是为了什么?”

“名利胜于仁义，原来在你眼中，宁妃是这样的人。”张学明嘲讽地看着我，我一时不解，只听张学明继续说，“我说的并不是争夺后位的机会，而是救人的机会，”望着他正义的目光，我意识到自己失误，想要反驳，张学明已抢先开口，“太后垂怜，结果却是要弄死两个皇子，这不应该是宁妃期望的结果。我知道这样做并不能让宁妃得到更多，唯一的筹码，就是她的仁德，我相信纵然她今日贵为皇妃，这样东西，依旧没有舍弃。”

我看着张学明充满信任的目光，一时竟不知要如何替纪双木申诉。名利是浮

云，宫规是愚木，纪双木当然不会因此而舍弃仁德，但是若为了别的……我记起了那晚的巴掌，脸颊竟隐隐作痛。仁德，怎能左右情爱？情爱自私，郑君怡和孩子本身就是对她的伤害，还要她怎样宽容？想那日我化解了皇上和郑君怡的误会，就被她掌掴斥责，今日的孽，不知又要掀起怎样的波澜。我抬起头，无奈而又悲戚地说，“你太高看娘娘了，她除了仁德、名利，还有情爱，这场三角的角逐，谁能说哪一头轻，哪一头重呢。”

“既然是不能肯定的事，为什么不试了之后再来评断呢，也许到时候你会发现，是你自己看低了娘娘。”

“那如果，是张掌院看错了呢？”我顾虑重重地说，“一旦我去求娘娘，就必须把事情和盘托出……”

“难道宁妃不是个值得你信任的人吗？”张学明轻松地反诘，“西樵，我们不是在拉拢敌人，而是在向最可靠的人请求帮助，就算不能说服，至少也不会被出卖，就像郑氏对你托付生死，你又对我托付成败一样，难道都是因为成竹在胸的缘故吗？不过信任二字罢了。我们为何不能尽力一试呢？”

我摇摇头，“郑君怡求助于我，是因为除我之外她再无人可求……”

“你也再无人可求！”张学明一句狠话我把震住，我仓惶地看着他，看到他眼中的坚决透着冷酷。“我知道，你想一个人扛下这件事，不让宁妃有丝毫沾染。我告诉你，想也别想。”

“张掌院的意思是……”我凝望他犀利的眼神，他这最后一句，霸道得让人害怕。

张学明微微转开脸，毋庸置疑地说，“林西樵，你听着，这件事，宁妃必须出面，如果她不答应，你也不要管了。”

“为什么？”我忍不住脱口而问。

“我是为你好，”张学明加重了语气，分明是不容我再追问，也许是意识到自己的气焰过于猛烈，张学明深深吸了一口气，用略微平缓但是更加郑重的语气说，“对你来说，成为皇上的女人，绝不会是一个好的归宿，我不想你为了一时的义气，将来后悔。”我听着他的话，说不清是因为被说动了，还是在赌气，一

直不吭声。张学明见我这样，干脆直接说，“你信不信我都好，总之，宁妃若愿意担当，我张学明拼尽一身医术全力相帮，否则，我绝不再为此事出一分力。”张学明字字如斩钉截铁，我惊惶地抬头，想从他的脸上看一看他的决心到底有多大，但看到的竟是他甩袖离我而去的决然的背影。这一刻，我心里虽不接受，却也明白，这就是他最后的决定。

我沮丧地返回西静宫，快到寝殿的时候，看见小福子正焦急地四周张望，一瞧见我，顿时长吁一口气跑过来，“我的祖奶奶，你可算回来了，娘娘醒了正找你呢……”小福子叨叨着，我心下一紧，脚步却反而有所迟疑，就在这时，我看见小顺子从寝殿里出来，不由得更是心一沉，小福子没有发觉我的怪异，竟抢先一步进了寝殿通报，我无奈，只能紧跟着走进寝殿。

外殿没有人，我走到隔开内外殿的幔帐边，此时幔帐已经卷开，内殿的情形尽收眼底。纪双木坐在梳妆台前，一手扶着流云雁的发髻，一手从内人蔓儿递过来的一盒首饰上一一按着数过，最后在一支凤穿芍药的步摇上轻轻点了两下，内人芙儿拿起步摇，沿着纪双木扶发的手，轻轻插入发髻。我的心微微一荡，这支步摇我只见她用过一次，就是太安池之事的第二日，她去昙花林接李昊的时候，发髻上唯有一枚凤穿芍药的点缀，就像此刻一样，记得那个时候，她梳的也是流云雁的发髻。莫非……我心里顿时起了无数猜测，就在这时，蔓儿和芙儿从内殿出来，看到我后轻轻唤了声林守嫔，就一同退出殿外。

纪双木听到了声音，回头朝我看了一眼，默默地将一只手摸上铜镜顶，忽然也不知道是失手还是故意，啪地一声将铜镜反扣在梳妆台面上。我心里一慌，以为是自己露出了马脚要被责难，正琢磨如何叙说，纪双木已慢慢转回身，沉默良久，将铜镜重新竖起来，我从镜子里看到她彷徨的脸，愁绪覆盖掉脂粉的颜色，眉宇间阴云笼罩，“你看见小顺子了吧，他是替皇上来传话的，今晚，皇上要来用晚膳。”

皇上要来，就意味着她要做出决定，这一步走出去，便是新一轮波澜的开始。郑君怡的事，隐瞒还是坦白，求还是不求，似乎已经没有时间再考虑了。

“西樵，”纪双木似乎先我一步有了决定，“太后赐的那个东西……你去准备

一下，今晚就用吧。”

我的心猛地一个大颠簸，纪双木果然选择了听太后的话，那便会有自己的孩子，到时候郑君怡的事就再无挽救的机会了。我看着纪双木孤注一掷的眼神，感觉喉咙痒痒的，有一些东西要喷涌而出。

就在这时，纪双木突然说，“西樵，你和张学明的交情到底有多深？”

我的心一颤，不知道她是什么心思，如实说，“宫中两次大变，张掌院与奴婢都有所作为，算是共同经历过一些艰难险阻吧。之前姜荀的事，还有妍妃诬陷娘娘的事，他都倾力相帮，或许更多是心存正义的缘故。”

“姜荀和妍妃的事，道理本就在我们这边，他如实直说，便已能帮到我们，自然是正义大于交情，可如果是欺君之举呢？”纪双木诡异的目光飘向我，“如果本宫需要他为本宫犯险，你是否能说服他？”

“犯险？”我不解地看着她，完全捉摸不透她的深意。

纪双木微微扬起头，“本宫今晚用药，八个月后，要孩子足月出生。”

我闻言一愣，随后大惊，“娘娘，娘娘是要张掌院……”

“唯有如此，才能保住妍妃腹中的孩子。”

我彻底怔住，纪双木说话时的平静，还有她眼中流淌的善良与慈爱，让我深深愧疚。张学明说得没错，是我看低了她，如此，说服她帮助郑君怡也是很有可能的……该死，怎么到了这个时候，我还在为郑君怡盘算，纪双木的仁义就像一把刀，割的是她自己的心，威胁的是她自己的命，她狠心退让至此，我又怎么忍心得寸进尺。我的心复杂极了，双唇像沾满了浆糊，怎么使劲都张不开。

然而，纪双木断然不会知道我的犹豫是为了什么，她朝我走过来，像是要劝解和安抚我似地说，“我知道这很难，但除了你和张学明，我也无人可求。妍妃怀孕已近两月，或许今晚就是我最后的机会，西樵，我们没有时间再犹豫，皇上来之前，我必须做出决定，如果张学明点头，我就用药，否则……”

“怎么样？”我赶紧问。

“这就不是我怀孕的好时机。”刹那间，纪双木露出无奈和自怜的神情，惋惜化成泪光在眼眸中泛动。

我的心被深深地震撼了，原以为她只是和张学明一样想要两全，现在看来却是完全不同的考虑。“娘娘为了妍妃的孩子，要放弃皇后位不说，难道还要放弃自己的孩子吗？”

“如果要让我的孩子成为凶手，我情愿放弃，”纪双木沉稳的语气一下子压制住我的急躁，“西樵，我今日的抉择，为的不仅是妍妃一个人，而是这后宫所有人长远的平安。”纪双木似乎经过了深思熟虑，虽然感伤，却不迷惘，“太后今日属意于我，便可以杀了妍妃的孩子来成全我，若他日有了更合适的傀儡，太后又会如何？皇后立了可以再废，孩子不生可以再等，命没了，岂能再续？不能因为皇上还会有别的孩子，就轻易舍弃已经有了的孩子，我若不想来日有同样的报应，就要在今日留有余地。再说，张学明也未必不答应，对吗？”纪双木坚强地笑着，充满期待地看着我。

我听着这些正义之言，不禁想到了张学明，没有想到，他与纪双木连做出决定时说的话都如出一辙。可想而知，张学明若知道纪双木有这样的心思，一定会更加坚持自己的决定，甚至为了断我的念头，主动向纪双木说出郑君怡的事，除非，我能放弃郑君怡，这样唯一被牺牲掉的，也就只有郑君怡的孩子。但是，我做不到，我最终还是要把千疮百孔的真相摆到纪双木面前，让她来作抉择。想到这里，我咬牙狠了狠心，朝纪双木跪下。

纪双木一愣，“你这是干什么？”

我抬起头，鼓足勇气说，“娘娘，如果张掌院愿意施以援手，保住娘娘的后位和妍妃腹中子，却会因此损及皇嗣性命，娘娘还会坚持吗？”

纪双木怔了一下，“你在说什么？”

“我是说，娘娘的主意并不能保全所有皇嗣，但是，如果娘娘真能暂时不要孩子，张掌院就有办法，同时保全皇家血脉和娘娘的皇后之位，不知道娘娘能不能成全？”

纪双木闻言错愕，朝我走近两步，眼中流露出深深的怀疑和不安，“什么叫所有皇嗣？”她显然听出了我的暗意，“你是想提醒我，后宫里，还有沧海遗珠？”我没有吭声，算是默认了。纪双木的脸色顿时变了，不禁朝后退了一步，我赶紧

去扶，却被她打开了手。“既然是皇上的子嗣，就让皇上和太后去保全吧！”纪双木的眼中已隐隐泛起泪光，我知道，这是气话。

“这件事不能让皇上和太后知道！”我一下子喊出来。瞬间，纪双木敏锐凌厉的眼神投向我，我一下闭嘴，知道后面的话一旦出口，便是捅入心窝的刀。

纪双木蹲下身，“你刚刚说什么，不能让皇上和太后知道？”我用力张开嘴，却吐不出一个字。纪双木盯着我看了一会儿，突然一下抓起我的手，搭住了我的脉。

“娘娘……”我被她的举动吓了一跳。

“不是你……”纪双木渐渐松开我的手，我乍然明白她此举的含义，不禁出了一身冷汗。她站起身，低头看着我，那一眼，像是要把我看穿，“不是你，却能让你如此难以启齿，看来也不会是一般的宫婢。大胆说吧，你不是还要本宫救她吗？是谁，我都能经受得住。”

听到这一句，我便感觉她已经猜到了，只是，她还抱着期望，希望我能说出另一个名字。我轻轻拉起她的手，展开她柔软的手指，耗尽全部的力气，在她的掌心写下一个郑字。收尾的那一刻，我抬起头，看见纪双木抿紧嘴唇，两行泪从紧闭的双眼流出。

一片可怕的寂静过后，她终于说话，“是太安池那一晚吗？”她的声音虚弱极了，听起来，像是连声带都在哭泣。

“是……”我艰难地回答。

“那你现在，还怪我打了你那一巴掌吗？”纪双木并不掩饰她心中的悲愤，我的眉心一阵酸痛，悔意像一把尖刀将我凌迟，是我的一时冲动，是我自以为是的仗义，酿成今日的祸。“可你知道你最错的是什么吗？”纪双木加重了语气，“你不该为了这一巴掌，就不再相信我，把这么重要的事也对我隐瞒。想必这几天，你和张学明都偷偷摸摸地商量好了吧。”

“娘娘……”我惊诧于她的警觉，原来她全都看在了眼。

“我一直在想，到底是什么事，连我你都要小心翼翼地避过，如今，终于都明白了。也对，除了郑君怡，你还能瞒我什么？是我想多了，也是我太不敢去想

了。”纪双木走到外殿的圆桌旁坐下，转过头看我一眼，瞬息而过的目光中流露出疲惫，“我不想费神去猜了，你和张学明到底想我做什么，说吧。”

我知道一切都到了说开的时候，就从芸梅带话说起，一直说到张学明最后的那个决定。在这短暂又漫长的叙述中，纪双木的脸渐渐陷入晦暗的阴影，也许是被伤透的心已经麻痹，她浑身都散发着死寂的气息，在听完所有故事后很长的一段时间里，始终沉默着，沉默着，仿佛掉入泥沼的睡莲，从容地等待心死。这份从容，让我更深感自己的罪恶，没想到今时今日，那个伤她最深的人，竟然是我。“娘娘若不愿意，就当奴婢没有说过……”

“现在说这些还有什么用？事实伤人，再好的话也不能安慰。”纪双木的目光渐渐转到桌上的针线篮，盯着看了好久，突然，她伸手抓起针线篮里的剪刀，在自己的手腕上飞快地划了一刀。鲜血喷涌而出，我吓得几乎要大叫，同一时间，纪双木捂住了我的嘴巴，“记住，我是不小心弄伤手腕的，明白吗？”我仓惶地点点头，纪双木放开手，我这才大喊起来，而此时，她已疼得满头都是汗珠。

芸梅比御医院的人来得更快一些，手脚麻利地替纪双木的伤口做简单处理，看着她细心谨慎的模样，纪双木的眼中像是划过一道诡异的光。很快，张学明匆匆赶来，看到简单包扎过的伤口，不禁将称赞的目光投向芸梅，虽然是偷偷的，却被我看在眼里。张学明检查了伤口，开了药方，让医女竹湘重新替纪双木包扎。趁这当口，纪双木说，“张掌院，本宫的手腕割伤，今夜是否还能侍寝？”

张学明微微一愣，随即说，“娘娘的伤口颇深，又接近脉搏，伤愈之前不宜动作太大，的确会对侍寝有所影响。微臣会向皇上言明娘娘的伤势，以免娘娘为难。”

“依张掌院所见，本宫的伤要多久才能痊愈？”

“若是调养得好，十日便可痊愈。微臣会把忌食的单子开列给御膳房和林守嫔，娘娘少不得要忍耐这几日，等伤口结痂后，方可恢复日常饮食。”

“忌口十日倒也不算长。”说话间，伤口已包扎好，纪双木没有再说什么，让他们都退下了。

我看着她手腕上缠得厚厚的纱布，乍然明白这一剪刀戳下去的真正用意。李昊最后一次来是半月之前了，怀孕一月半而不显怀，倒还能说过去，如今时至两月，身形再不可能毫无变化，所以纪双木才要用这样惨烈的方法拒绝侍寝。我的心再次被深深震撼，短短三两句话的工夫，她就想了这么多，做了这么多。口口声声要帮郑君怡的人是我，可最后真正付出的却是纪双木。

“十日，我们只有十日来准备一切。”纪双木说这话的时候，像是把一切都想透了，“但是在准备之前，我要见郑君怡。”

“见她?”我吃一惊。

“纸包不住火，既要生死相依，就要坦诚布公，虽然我肯救她，她却未必肯让我救，这一道生死盟约能不能定，全在她了。”纪双木的眼神逐渐黯淡，逐渐深邃，生死相依，她们之间的关系，又何止是生死的依附，只怕爱恨情仇都是不解的结，系在同一人身上，想要相互摆脱都不能够。

傍晚过后，李昊来用了晚膳，问了纪双木的伤，吩咐我好好照顾，又喝了两盏茶，对弈了一局，准备宿在西静宫。我正铺被褥的时候，小福子进来说，“皇上，娘娘，奴才发现这宫门外好像有什么人在盯梢，仔细找又不见，不知是不是奴才眼花，但总觉得不妥，要不要叫人仔细搜搜。”

“好好的，怎么会有人盯梢呢，何况朕还在这里。”李昊正用热毛巾敷脸，听到这话也颇为疑惑。

“怎么不会?”我立刻委屈地说，“昨个儿夜里奴婢想上宫门外透透风，就觉得有谁在盯梢，说来说去，还不是因为东华宫的事，皇上又说要查，又要护着西静宫，他们不敢明目张胆地查，就开始来暗的，这样下去，谁还敢和西静宫来往。”

“西樵!”纪双木朝我使眼色。

“她倒没说错，”李昊愠怒着把毛巾丢入脸盆中，溅开水花，“既然要查就光明正大地查，朕不许他们诬赖你，但也不是要他们这个查法，何况朕还在这里，他们是连朕也要怀疑吗。荣喜，你去宫门口，告诉他们，不管哪个宫都好，再敢胡乱盯梢，绝不轻纵。”

荣喜应声出去了，我服侍李昊和纪双木躺下，点上熏香，退出寝殿。荣喜回

来的时候，芸梅正送了糕点来，我说要慰劳荣喜，挑了个最大块的给他。荣喜吃了糕点，没多久就呼呼大睡。我走进寝殿，把醒神的药油给纪双木闻了，她醒来后见李昊已经熟睡，便换上宫婢的衣裳，和我偷偷从后门出了西静宫。

“娘娘，让小福子守在寝殿，靠得住吗？这回可是把皇上和荣喜都给弄晕了才偷溜出来的。”我一边走一边担心地问。

“放心吧，小福子靠得住。”纪双木似乎一点也不担心，或许是她在王府时和小福子之间有过什么因缘际会的事，结下了恩义所致吧。我没有再多问，和纪双木匆匆赶往静禄院。

郑君怡见到纪双木的时候，疲倦凄惘的眼神突然就充满了嫉恨，但当她注意到我的时候，嫉恨就成了怨怒，整个人颤抖着，指着我的鼻尖恨斥，“林西樵，你又出卖我。”

“她若真出卖你，来的就不会是我们两个了。”纪双木威凛的眼神飘过郑君怡的肚子，“你有孕在身，不宜动气，有什么话，坐下来慢慢说。”

郑君怡的目光落回纪双木身上，不禁失笑，“哼，做了娘娘真是不同了，连说话的口气都不一样了。她没有出卖我，那你怎么会来？”

“我是来帮你的。”纪双木平静地说，声音不重，但很有力量。

“你？帮我？”郑君怡的目光渐渐从怀疑变成谨慎。

“我来做你孩子的生母，我来保全他的性命和尊贵，如果他是个皇子，我还会成全他的太子之位，这样，还不算帮你吗？”

惊诧和怀疑同时在郑君怡的双眸中闪过，欣喜夹杂在其中，隐约可见。“我凭什么信你？”

“凭你肚子里的孩子，凭我是这后宫里唯一能与妍妃抗衡的人，凭这宫中万年不变的规律，母凭子贵，子亦凭母贵。”她的声音始终这样冷冷的，甚至有些冰，如果我是今天才认识她，会觉得这是个心冷意冷只在乎权势名利的无情人。

郑君怡的眼中晃过一丝犹疑，“那如果以后，你有了自己的孩子呢？”

纪双木摸上郑君怡的肚子，“在别人眼里，他就是我自己的孩子，他好，我才能好。”

郑君怡的目光从容了一些，我连忙说，“别再怀疑宁妃娘娘的用心了，她为了这件事，割伤自己拒绝侍寝，连太后赐的促孕药也没有用，这还不够真心吗?”

“太后赐你促孕的药了?”郑君怡的神色突然复杂起来，目光渐渐落到纪双木手腕的纱布上，牢牢盯住，雪白的纱布，在昏暗的烛光下，特别伤眼睛，郑君怡就这样目不转睛地看着，像是要看穿层叠的纱布，直到看见血肉模糊的伤口，那眼就像被灼伤了一样，血红血红。

纪双木开始解开纱布，一点一点露出殷红的血迹，一点一点露出可怕的伤口，“今晚是我最后的机会，我已经错过了，今晚也是你最后的机会，你是不是也要错过?”

郑君怡看到了赤裸的伤口，掀开的纱布粘连着血肉，惨不忍睹。她低头沉吟一瞬，随即抬头说，“好，我信你，我让你救我的孩子，但愿你不要忘记自己的承诺。”

“你也一样，”纪双木提醒她说，“别忘了你向西樵承诺过的，要让这成为永远的秘密。”

我浑身一颤，这虽是郑君怡亲口说过的话，但此刻从纪双木的口中说出，更多了一层杀意，就像在逼一个人走上死路。而此时，郑君怡竟然露出了笑容，满足而义无反顾的笑容。

第七章　筹谋欲尽关不绝

从静禄院出来，冷风从面庞拂过，像被杀意浸湿的手，触摸着脸。纪双木朝迈出的大门回望了一眼说，“芸梅离开后，这里还有谁常住着?”

“除了郑君怡，只有已经疯癫的纳林住在这里，芸梅是犯了错被罚来这里照顾纳林的，她走以后就只剩下一个看门送饭的流翠。”

“我记得刚入宫的时候，太后曾把袁乔安罚来静禄院的小厨房。”纪双木边走边问。

“这里的小厨房早不能用，那不过是个名头罢了，被罚来这里的宫婢其实无所事事，像芸梅这样心善的还会对纳林施以照顾，其他人，只怕一心都在琢磨如何出静禄院呢。袁乔安因有亲戚在宫里，也下了不少功夫，在郑太后失势的那段日子里，已经托关系由尚宫局安排去御膳房当差了，后来的唐季柔也被调去了御医院。再之后，就只有芸梅被贬来过这里。”

“幸亏是芸梅，才没有走漏了消息，只是不知道以后，还有谁会去，这样天大的秘密，落在谁手里，都是翻身的绝好机会，除非……”

“除非被贬去的，是娘娘的人。”我立时开窍，“芸梅？”

“不行，”纪双木不假思索就否定了，“芸梅本就是从静禄院里出来的，再回去，容易惹人怀疑。”

“那娘娘属意的是……”

“这事，再容我想想。”纪双木说罢加快步伐。

我们沿原路返回，偷偷摸摸进了宫门，趁黑摸到寝殿的后院，沿着围廊绕到殿门口，小福子和芸梅还在放风，荣喜靠着围廊的柱子呼呼大睡。我们进到殿内，李昊睡得正熟，纪双木让芸梅重新包扎了伤口，宽衣躺下，我把沾了泥的鞋换掉，然后倒掉熏香，灭灯出寝殿，走到荣喜身边，把他弄醒。

“怎么了，怎么了?”荣喜恍惚得很，睁开朦胧的眼说，“皇上，皇上怎么了?”

“皇上没怎么，是你，哈喇子都流到奴婢的衣服上了。”我给她看弄湿的衣袖。

“哎哟，就这事儿啊，吓死我了。”荣喜摸摸嘴巴，强打精神。

“还敢说，值夜的时候睡觉，你这总管真是越发出息了。”小福子也开始打趣。

“小奴才，说什么呢。”荣喜撇撇嘴，转脑袋朝寝殿张望了一眼，这才放心下来。

两个时辰后，天亮起来，熏香的药力消退，李昊从沉睡中苏醒，我们照往常一样伺候着，就好像昨夜什么都没有发生过一样。李昊走后没多久，医女竹湘来给纪双木换药，解开纱布后一看，伤口似比昨天更深了，竹湘疑惑地一皱眉，没有说什么，静静地上药和包扎，然后告退。

“这是个聪明孩子，”纪双木摸着厚厚的纱布说，“明明看出了我的伤口有变，却一个字都不提。张学明带出来的人，也和他一样沉得住气。”

听到纪双木这样夸赞竹湘，我突然有了某种猜测，“娘娘该不是想……让竹湘去……”

“你想到哪里去了，我不过是随口称赞一句罢了，竹湘毕竟不是西静宫的人，而且我也不想把无关的人牵连在内，”纪双木沉吟片刻，抬起头看着我，“你觉得，南雁是否可当此任?”

“南雁?”

“这件事原本就有几个人是瞒不过的，张学明，芸梅，你，还有就是南雁，毕竟我的月事一向都由你和南雁照顾，就算把她调去别宫，也瞒不住我谎报孕期的事，既然如此，不如就算上她一份。至于芸梅，我原就打算留她在西静宫，有她的医术傍身，就能免了张学明进进出出。”

“还是娘娘思虑得周全，这样一来，西静宫、静禄院、御医院，三头都有人看顾，把握就更大了。可是，南雁会答应吗?”

“这种事情，只要知情，就是必死的罪，她若不答应，或是说了出去，也一样保不住命，只有把这个秘密永远瞒住，她才能活得长久，这点利害关系，她还能想明白。”话音刚落，小福子来报，说张学明求见。纪双木慧心一笑，“我怎么说来着，竹湘是个聪明人，知道什么话该对什么人说，正好，免了你再多跑一趟。”

张学明被传召进寝殿，行过礼后开门见山地说，“娘娘，微臣适才去给太后请平安脉，故而未能与竹湘一同前来，还请娘娘恕罪。”

“张掌院事务缠身，本宫自然理解，请吧。”纪双木说着将手搁在桌案上。

张学明上前一步，单膝跪下，手指轻轻搭住纪双木的腕脉，稍时，他抬头

说，“娘娘的脉象还算平稳，只是略有虚浮，乃失血所致，不必过于忧虑，只要进些补气补血的汤药，三五日便可大安。只是手腕上的伤，要精心调养，切不能反复触动伤口，否则难以痊愈。”

“张掌院很希望本宫的伤口痊愈吗，那如果皇上再要传召，本宫是去，还是不去呢？”张学明猛地一晃肩膀，纪双木继续说，“凭你的眼力，想必已经看出本宫是自伤手腕，其中的用意张掌院难道不明白吗？”张学明听到这一句，赶紧俯首在地，纪双木将手收回，郑重其事地说，“张掌院应该明白，这是一条不归路，你既请了本宫上这条路，便要确保万无一失，做得到吗？”

张学明直起身体说，“微臣，做得到。”

“如何能做到？”

张学明不慌不忙地说，“娘娘的伤要十日方能痊愈，这十日时间，足够微臣替娘娘伪造怀孕的假象，娘娘受伤本就需要用药，亦需要微臣看顾，所以很容易就能掩人耳目。娘娘伤愈之前，微臣会先安排其他御医诊出娘娘有孕，然后微臣再诊，如此反复，自然不会再有争议，侍寝之事，微臣也会出面替娘娘周旋。另外，微臣会设法让芸梅调入御医院，这样娘娘生产的事便可由她一手安排，至于产后的脉象和妊娠痕迹，微臣也有把握以假乱真。唯一要小心的便是，娘娘产后一月便可侍寝，但一般来说，此时受孕的机会实在很小，产后五个月内，娘娘记得要大洗，才能谨防万一。”

纪双木闻言沉吟半刻起身说，“张学明，从今日开始，本宫的胎便由你照料。准备去吧。”

“是，微臣这就去准备。”张学明站起身，后退两步又停住说，“娘娘，静禄院那边……”

“本宫会安排的。”

“是，微臣告退。”

等张学明离开后，纪双木重新坐下，我给她斟茶，她却捧着茶碗不喝，发呆了好久突然说，“你说他这是为了什么？”

“谁为了什么？”

“张学明，”纪双木抬头看我，“他本可以完全置身事外，为何要自告奋勇趟这浑水?”

“他也不算是自告奋勇……”我低下头，心想是否自己连累了他。

“是你逼他的，你有什么可以逼他的?”纪双木问得直接，我一时语噎，这个问题我也问过自己，但始终没有答案，隐约是为了我，但我又值得什么呢?我朝纪双木摇摇头，她继续说，“我知道你们的交情非同一般，但这背后的原因，只怕你也是糊里糊涂的。”我抿抿嘴，无可否认。“算了，宫里的关系本就是计算不清楚的，只要他不是第二个韩冬青就好。”

第二个韩冬青?我一下想到当年正是韩冬青给郑君怡出了假孕的主意，实则是彻彻底底的圈套。那么张学明……不会的，不会的。我努力打消各种怀疑，隐隐觉察到这条艰难的道路已经蜿蜒到了我看不见的角落。更让我奇怪的是，纪双木既然已经想到了这一层，为什么还要继续下去，若非有底牌在手，她不该如此冒险才对。这一瞬间，我不仅弄不清张学明的心思，连纪双木都看不透了。

张学明很快就送来了汤药，纪双木的伤一日比一日好转，计划也有序地进行。受伤后的第五日，李昊来陪纪双木用早膳，膳间，御医王喻茗和医女竹湘前来请脉换药，暂时在殿外等候。南雁端上滚烫的竹笙老鸭汤，一时不慎失手将汤碗砸在饭桌上，油腻腻的热汤淋在纪双木受伤的胳膊上，顿时烫起了一串水泡。

“皇上小心手!”荣喜赶紧护在李昊的手。

“怎么回事，连个碗也端不住了吗!”李昊被溅了一身的汤，把筷子狠狠扔在桌上，微微发红的手背上还挂着零星几滴汤。

南雁惊慌地跪下，我一边用手绢轻轻吸掉纪双木胳膊上的热汤，一边对南雁说，“还跪着干什么，快去请御医来瞧瞧。”

“不用她去，”李昊阴沉着脸说，“这样不得力的奴才，在朕面前也能侍主有失，背后不知道如何懈怠敷衍，应该拖去司律监好好处置。小安子……”

“皇上息怒，”纪双木赶紧求情，“南雁大病初愈，身体还未好全，一时失手才会这样的，请皇上看在她平日服侍得当的份上，饶过她这一回。”

“平日做得好，就可以有错不罚吗，那难怪就有人居功自傲，不把朝纲规矩

放在眼里。”李昊不知吃了多少火药，脾气大得很。纪双木不再说话，小安子把南雁拉了出去，王喻茗和竹湘被荣喜急传进来，要给李昊看伤。“朕没事，先看宁妃。”李昊在窗边坐下。

我扶纪双木坐下，王喻茗把脉枕搁在茶几上，纪双木把右手腕放上去，一边再把左手搁在竹湘递过来的软垫上。我担心地看着纪双木红肿的手臂，抬头问竹湘，“张学明怎么没来?”

“张掌院今日晨起身体不适，便请王御医来给娘娘诊脉。”竹湘边说边准备敷料。

“又是身体不适，如今下面人的身子骨都比主子的还娇贵了，要是连自己的身子都照顾不好，还当什么御医院的掌院！荣喜，去传张学明过来。”李昊的气始终没消，说话都有些刻薄了，他边说边瞄向纪双木的伤，我突然觉得在李昊心里，纪双木的分量并不比郑君怡轻，他的话刻薄，但心意却暖得很。“宁妃的伤如何?”李昊板着脸问。

“回皇上，娘娘的手臂被热汤烫伤，幸好没有损及原先的伤口，只要仔细照料，一个月就能痊愈。”竹湘一边说，一边将敷料涂抹在纱布上。

“一个月恐怕不够，”王喻茗突然说，惹得李昊和竹湘顿时变了脸色，王喻茗见状赶紧补充说，“皇上不要误会，娘娘的伤本无大碍，一般情况下，确如医女竹湘所说，一个月就能痊愈，只是娘娘的情况特殊，恐怕需要费些时日，”王喻茗有些卖关子的味道，李昊不耐烦地耸起眉头，王喻茗赶紧送上笑脸说，“微臣恭喜皇上，宁妃娘娘已经有了两个月的身孕，因此内服汤药不宜下太重的祛瘀药材，伤口自然要痊愈得慢一些。”

“你说什么，宁妃有了身孕?”李昊不禁露出惊喜的神色，却不知为什么要尽量收敛。

“是的，皇上。”王喻茗点头如啄米。

“皇上，张掌院到了。”小福子进来传报。

“让他滚进来。”李昊说不清是兴奋还是生气，脸上的表情也生动起来。张学明虚步浮动地进来，请安时，连身体都在微微摇晃。李昊见他这副样子，气就更

大了，“你这个御医院的掌院是怎么当的，宁妃已经怀孕两个月了，你竟然都没有诊出来吗?”张学明闻言倒不惊讶，反而露出尴尬的神色，偷偷看了纪双木一眼。李昊注意到这个表情，疑惑地看向纪双木，纪双木低头不语，并没有露出怀孕的喜悦。李昊转而看向我，声音也多了几分质疑，“西樵，你也没有发觉吗?”我埋下头，似在逃避问题。李昊的脸顿时陷入阴暗，闷闷地说， “到底怎么回事?”

“皇上不要怪罪他们，是臣妾不让他们上报。”纪双木拦住要解释的我，自己澄清一切。

“为什么?”

“皇上忘了东华宫的事吗，臣妾不想西静宫变成第二个东华宫，无论是戏是真，臣妾都不想。”

“你能瞒过十个月吗?”李昊的话中有责备也有无奈。

纪双木浅浅一笑，“不用等那么久，只要推迟一个月，让妍妃以为她比臣妾怀胎更早，就不怕了。”

李昊明显地一怔，低下头像在沉思，随后有所触动地说，“她若存心害你，就算你不怀她也会害。”

“臣妾不是怕这个，”纪双木的话让李昊露出意外的神情，“臣妾是怕，妍妃为求皇后之位，会用催产之术比臣妾先行生产，到时若伤了她们母子，皇上会伤心的。”纪双木说着，汪汪的眼睛看着李昊。

李昊似乎被她的眼神摄住，相互对视许久，感慨地说，“可是你不说，朕要怎么保护你呢?”纪双木低头不语，李昊微转过身对我们说，“你们听着，宁妃怀孕的事，谁也不准走漏风声，一切，都听从宁妃的安排。张学明，宁妃的胎由你看顾，朕不管是什么原因，若有差池，你提头来见。”

“是。”张学明诚惶诚恐地应下。

李昊回头看着纪双木，任由她颔首垂目，轻轻拍了拍她的手背，“好好养着，有事就让西樵去办，朕准她随时可入钦安殿。”纪双木乖顺地点点头，李昊起身离开，张学明和王喻茗也先后离去，竹湘留下来替纪双木敷伤口，回去的时候已

经过了小半个时辰。

人都散去后，我拍着胸口说，“总算是面面俱到，这个故事也算是完整了。”

“这要多谢小安子，”纪双木轻轻推开窗户，“宫里人都知道我体恤下人，断不会狠狠处罚身边的宫婢，本想借皇上的手，又怕拿捏不好轻重，重罪轻罚难，轻罪重责更难，多亏小安子告诉你今日早朝皇上和赵翰扬起争执的事，我才能借着皇上那一点火，把南雁轻罪重罚，而后……”

“而后娘娘就可以出面求情，免去南雁的劳役之苦，只罚她到静禄院承受半年苦寒，有那么多双眼睛作证，有皇上的亲口下令，再有娘娘的善心，所有的一切就不留痕迹了。”我叙述着纪双木的筹谋，不禁感觉有神灵相助，危险也变得微不足道了。

“别得意，”纪双木谨慎地说，“司律尚宫严如意可不是容易买帐的人，你一会儿去找她，一定要小心应对。虽然搜宫和盯梢的事已经引起皇上的反感，使她不得不忌讳本宫，但她到底没有做错什么，强争起来，说不定还会逼得她得理不饶人，我想，既然是去求情的，就要拿出求的态度来，还是把姿态放低一些，反容易成事。”

“那要不要送些礼过去?”

“不好，”纪双木想也不想就拒绝了，“严如意为人正直，送礼会画蛇添足的，你只记住一点，人屈心不屈，明白吗?”

“我知道了，那我这就去。”我把芸梅叫来陪着纪双木，自己去了司律监。

刚迈进司律监的大门，我就听见一声惨叫，顿时汗毛直竖，阴森的感觉扑面而来。司律监，宫内唯一一个由尚宫局和内侍监共同执事的机构，专管后宫奴才的法纪刑责，无论是地位多高的奴才，被发落到司律监，就一视同仁。为保法纪公正严明，尚宫局和内侍监各指定一人负责司律监的大小事宜，这就是司律尚宫和司律监总管，通常情况下，两人各自分管宫婢和太监的言行法纪，但也有权相互监督，遇事不决时，可以上奏最高尚宫和内侍监总管裁夺，而在必要的时候，他们的职权又可以独立于尚宫局和内侍监，直接向皇上负责，换句话说，司律监在暗里掌握着后宫奴才的生杀大权，若非万不得已，即使是自认清白的奴才，也

不愿意踏进司律监一步。

我调整了下心情，准备继续往前，这时背后传来不友好的声音，“林守嫔……”我心里一颠，忐忑不安地转过身去，果然看见严如意那张冰冷的脸。“果真是你，”严如意走到我面前，“这里是司律监，谁都不肯来的地方，林守嫔想必是有要紧事才会大驾光临了，难道，南雁冒犯皇上被发落来司律监的事是真的?”

“严尚宫执掌司律监，消息自然不会错，南雁的确不慎冒犯了圣驾，我自是不会袒护。”

“林守嫔这样公正开明，真是宫婢的榜样，不知林守嫔所为何来?”

“皇上虽然将南雁发落至此，却没有定她的罪名，宁妃娘娘和南雁主仆一场，心中牵挂，特让我来问一问，司律监到底会如何惩罚南雁。”

“如何惩罚都好，难道宁妃娘娘还想干涉司律监的事?”

“南雁虽然有错，却是无心之失，且她大病初愈，情有可原，皇上一时盛怒将她发落，本也无可厚非，但律法不外乎人情，娘娘尊重严尚宫的身份，也尊重司律监的地位，所以不求免罪，只求轻判。若严尚宫能手下留情，娘娘自然铭记于心，但若惩罚过重，娘娘纵不会干涉，也难免诸多感伤，万一皇上不悦，追究起根本来……”

“南雁发落司律监本就是皇上的意思呀。”严如意一点都不妥协地说，“就算我重判了，皇上也不会怪罪，怪罪，我也认了。”

“皇上一时气话，能记多久，再说好好处置这样的话本就没有标准，即使轻判，也不算违背圣意。”这话一说，我看到严如意的眉头微微一蹙，知道她开始把我的话听进心里，于是继续说，“娘娘从没有为难严尚宫的意思，还望严尚宫也别让娘娘难过。”

严如意思忖片刻，斜侧着微抬起下巴，如同倾听状轻轻地问，“那娘娘的意思是……”

我心里一笑，刚要说，一眼瞥见有个人从刑房里走出来，直往司律监外面走。小玄子……我露出怀念的目光，随即注意到他穿着紫色的袍子，头上的冠帽也似乎更高了。他也看见了我，却没有表现出来，反而朝严如意微微点头，而严

如意也向他颔首致意。我心里一动，难道小玄子现在的身份是……我望着他的背影，心里有了另一番盘算。我回过头对严如意说，“娘娘怎么好左右严尚宫的裁断，只求明重暗轻，面上要能过得去，但也别真太狠了，就行。”我说完，稍稍弯腰施以谢意，就离开了。

出了司律监，我急忙找寻小玄子的身影，但却不见其踪。周围都是空旷的地，又没有树荫遮挡，这个小玄子怎么就没影了呢？我正着急又纳闷，肩头上突然被谁拍了一下，回头一看，正是小玄子。我刚要开口，他就警惕地使了个眼色，然后朝司律监的围墙西边走去，我默默跟上，直到司律监南门边上，才停下脚步。

“你怎么上这儿来了？”小玄子忧心地问。

“南雁失手伤了皇上，被发落到司律监，宁妃娘娘让我来探个口风，请严尚宫手下留情。”

小玄子眯起眼睛说，“宁妃娘娘从不干涉后宫法纪，这一次竟然也来求情？”

我替纪双木辩解说，“娘娘再求情，也一定不会越过规矩。东华宫的事，严尚宫的脸上并不好看，娘娘担心严尚宫因为这个加重南雁的责罚，那便是受到她的牵连了。”

“这倒不会，”小玄子像是很了解严如意似地说，“严尚宫虽然严苛，却也公正，不会乱来的。”

“正因为这一点，我和娘娘才担心。”我紧皱眉头，“南雁的错漏，往小了说，就是砸了一锅汤，往大了说，就是损害娘娘凤体，前者无伤大雅，后者则要驱逐出四局六院，赶到八房去做苦役，这其中的差距无非就是在一个说法上，娘娘想要替南雁争取的，也不过是这一点差距罢了。”

“那娘娘的意思是……”

“静禄院，”我正儿八经地说，“静禄院虽然冷清苦寒，但至少能免去劳役之苦，也不需要看人脸色，受人管束，最重要的，是容易被人遗忘，等到哪天皇上心情好了，娘娘一求情，南雁就可以回宫了。”

小玄子赞同地点点头，“的确是个变通的法子，那严尚宫怎么说？”

“严尚宫并不完全知道娘娘的心意，我原本是要说的，但是我看到你，心想，或者由你出面，更能事半功倍。”我眼巴巴地看着小玄子。

小玄子晦涩地一笑，“你看出来了?”

“嗯，”我点点头，“先帝的静淑仪被赐死后，我就很少见你，刚才看见你的这一身打扮，才想到你应该是接替了你义父的位置，做了司律监总管。”我说着，不禁流露哀求的神情，“小玄子，你能不能看在我们的交情，帮我替南雁求个情，罚去静禄院了事。”

“哼，”小玄子坏笑着，“严尚宫可是油盐不进的角色，求情容易，她给不给这个面子，我可说不准。”

“她会给的，”我急忙说，“我已经告诉她，娘娘不会勉强她违背圣意，只求高抬一手，留有余地，看她的样子，已经有几分松动，若再有你这个司律监总管从旁劝谏，她必定就肯通融了。”

小玄子直直地盯着我，“既然她的立场已经有几分松动，那你为什么不趁热打铁，把宁妃娘娘的心意全说出来呢?”

“那是下下策，”我很慎重地回答，“由你去说，肯定比我说更能让她听进心里去，而且，”我故意露出愧疚无奈的表情，“我也不想让宁妃娘娘沾染干涉后宫法纪的嫌疑。”

小玄子疑惑的眼神转瞬释然，微微翘起嘴角露出投降的笑容说，“我，尽管一试吧。”

我感激地笑开，随即又紧张地嘱咐说，“千万别说这是我的意思，否则，就跟我自己去说无异了。”

“这个自然，我只说是我的意思。”听到小玄子这样说，我才放心下来，此时风吹叶响，簌簌声似在告诉我有人走近，小玄子安慰我地拍拍我的肩膀，让我先离开，随即，他也沿着围墙往司律监的南门里走进去，我远远回头望着，满眼都是诚恳的寄望，和不掩的担忧。

我回到西静宫，把托付小玄子的事都说了，纪双木也觉得这样做更加游刃有余，也不着痕迹。午膳过后，小福子打听来消息，说南雁真的被罚去了静禄院，

到此，总算是又过了一关。

午歇过后，我奉纪双木之命，用食盒装着加了促孕药的汤冻去了永宁宫。

入冬又深，永宁宫的红梅正是开得最艳的时候，就像郑家逆风而重生。自从李昊称帝，郑家流落在外的族人除有罪在身的，都已陆续迁回京城，虽不涉官场，但吃穿住用均有供给，五服内的亲族因有忌讳，远离官场，筹资经商，借着宫里这点关系，不动声色地就打开了局面，藏富于身，五服外的亲族中有年轻好读的，就借着亲族的财力打点关节，考取功名，许是将来又能在前朝写上一个郑字。这些消息，纪双木和我从不刻意打听，却也断断续续地总能听到一些，想来这其中少不了郑太后的功劳，若非郑家到了这一代只有郑君怡一个女儿，恐怕也轮不到纪双木来做这个傀儡皇后。我不禁回想纪双木最近常有的眼神，静坐时，她的眼似乎是在望自己的心，行走时，目光就一直朝着前行的方向，始终镇静，冷峻，似乎已经完全接受了命运的安排，然后渐渐地，渐渐地，把接受变为控制，用自己的方式去把握命运的走势。也许，人就是这样变得强大。

我被带到寝殿里，太后正漱口，一双睡眼还有些惺忪，可阴沉的面孔明显不是因为刚刚睡醒的缘故。“听说宁妃昨天弄伤了手，推了皇上的召幸，她是不打算当这个皇后了吗?”她用沉闷却带着尖刻的口吻说着，从内殿穿过透光的纱幔走到外殿，飘过的眼神看到我手里的食盒，此时我已缓缓拉开盖子，露出那盅汤冻。太后朦胧的眼立刻射出冰冷的目光，像锋利的刀片，她抬起手指着食盒说，“你这是什么意思?”

我将食盒举过头顶说，“奴婢奉宁妃娘娘之命，前来送还此物。”

太后一听这话，两眼立刻就像要喷出火来，“她想干什么，要羞辱哀家吗?”

“太后不要误会，宁妃娘娘是怕这东西久留在西静宫中会是个隐患，才让奴婢送回，”我抬起头，从双臂之间望向她，“即便今后再有搜宫的事，想来永宁宫是没有人敢搜的。”

“哼，”太后闷哼一声，“她吃了，自然就不会留下了。”

“可是太后娘娘，宁妃娘娘已经有了两个月的身孕，不需要再吃药了。”我的声音不大，像是在偷偷说着什么让人愉快的秘密。

“你说什么!”太后的嘴角忍不住翘起来，满脸的惊诧还是盖不住发自内心的喜悦，但很快，嘴角的笑容凝固住，慢慢冷却，她沉静下来，细细琢磨了一番，迟疑着说，“既然已经有孕，为什么上次不说？就算早的时候不知道，可宁妃风疹病愈至今不过一月尔，御医每日请脉，难道没有诊出来吗?”

风疹发作？我心里在暗笑，拼命忍住了说，“回太后，张掌院的确在娘娘风疹病愈时就已诊出有孕，但恰恰因为风疹发作，用药甚杂，张掌院无法确保龙胎安泰无异，所以才大胆瞒报，以免太后和皇上空欢喜一场。如今病愈多时，调养得当，张掌院已断定龙胎无恙，且胎象稳固，所以才敢来禀报太后。”

听到这话，太后的疑虑之色才渐渐散去，“既是如此，倒也在情理中，哀家就不追究瞒报的事了。只是，有这样的喜事，宁妃怎么不亲自来向哀家说明?”太后的话音越来越柔和，甚至还夹杂了几分笑意在里面，面庞逐渐焕发出亮色，沉浸在迷离中的双眼也变得炯炯有神。

我把食盒交给古月月说，“外人眼中，太后与娘娘素来不睦，娘娘怕无端出入永宁宫，惹人多议，所以只让奴婢孤身前来，另外，娘娘还想求太后帮一个忙，就是暂时保守她有孕的秘密。”

“这是为什么?”太后不解地说。

我含蓄地笑着说，“娘娘怕有人心中不悦，从中作梗，故而想要缓报孕期两月……”

“她是怕东华宫的那位对她下手，还是怕哀家对东华宫的那位下手?”太后一下就看穿了纪双木的用意，目光又变得犀利起来。但很快，她重新露出和蔼的笑容，像是妥协了似地说，“好吧，难为她有这样的心肠，哀家就成全她，话说回来，妍妃肚子里怀的也是哀家的皇孙，哀家比谁都想两全。可是，皇上那边……”

“皇上已经知道了，而且也和太后一样，愿意成全娘娘的善心。”我接着把早上西静宫的事说了一遍，只是隐去了南雁发落到静禄院的那一段。

太后听完宽慰地点头说，“这样就好，日后就算露出来，也无伤大雅。宁妃这次做得好，保全了皇嗣和后位不说，一定也更得圣意。你去告诉她，哀家与她

过去的芥蒂，就到此为止，如今在哀家心里，她是比君怡更好的皇后。”

“是，奴婢一定转告，奴婢替娘娘多谢太后赏识。”我满怀喜悦地高声说着，继而告退离开。

走出永宁宫，我朝天空吁出长长的一口气，放肆地让笑从心里跑出来一点，挂在嘴角。缓报孕期，这样明目张胆的作假，不止是为保护和提防妍妃，更重要的，皇上和太后为了守住这个秘密，就会只认准张学明一个，不会再让其他人随便诊纪双木的脉，摸她的肚子了。

漫长而紧张的八个月从此开始，张学明仔细教导纪双木孕妇在不同阶段的行为特征，包括步伐、坐姿、食性，以及身体变化带来的特殊举止。经过一个月的教习，张学明在郑君怡怀孕满三个月后宣布了纪双木有孕的消息，孕期一月。他把纪双木的假肚子弄得和妍妃的差不多大，对李昊和太后说是纪双木身体本就清瘦的缘故，对外则说纪双木不像妍妃身娇体弱，妊娠反应小，胃口好，自然孩子也大些。时间一天天过去，转眼已是新年的三月，纪双木的肚子有五个月大了，每天傍晚，她都习惯坐在窗边，看着夕阳斜下，轻轻摸着肚子，不得不说，怀孕这种事，骗着骗着，就连说谎的那个都一样会被骗。

今天，李元珠进宫了，明日太后要在新修缮的蓬湖湾设宴，庆贺她二十五岁的生辰。自从她嫁给竺邵云后，我就见过她三回，都是在郑君怡出事之前，郑家没落后，李元珠再没有踏进皇宫一步，甚至连李昊登基为帝，她都没有进宫表贺，还婉拒了公主的封号，这一切都让我非常奇怪，一直在想，到底发生了什么事，让她变得这样冷漠决绝。这一回她肯进宫，实在是我没有想到的。是夜，李昊来西静宫留宿，刚一到就把我们都遣了出来，而寝殿的灯，直到三更才灭。

清晨，送走李昊以后，我关上寝殿门，纪双木站在床边，提起寝衣，露出胶质的假肚子。尽管纪双木不能侍寝，李昊还是常来留宿，所以张学明特意做了胶质的假肚子，最外面一层是用人皮制成，可以紧紧贴合裸露的皮肤，用肉眼看，用手轻轻触摸，都不会露出破绽。芸梅仔细检查了一下，确定假皮已紧紧贴住纪双木的腰身，便转去小厨房看药。我留在寝殿服侍纪双木更衣，在叠领的粉色中衣外套上梅红色带纱罩的织锦袖衫，用石榴红的双层筒裙系住，再打上菊金的胸

带，华丽大方，一点不显腰腹的臃肿。可对比这一身的光彩，纪双木脸上淡淡的忧愁一下让所有美丽黯然失色。

“娘娘怎么了，”我轻轻地说，“昨天听说媛淑帝姬进宫还高兴得很，怎么就要见面了，反而心事重重的。”

“元珠这几年一直不肯进宫，今天突然肯来，你不觉得奇怪吗？”

“是有点意外，”我刚想说几句释疑的话，突然觉察不对，“娘娘是知道些什么吗？”

纪双木转过身，面对我说，“这次元珠肯进宫，是因为皇上答应她，一有机会，就让郑君怡去望月庵。”

“怎么会这样？”我吃惊不小，“莫非，李元珠这次进宫，真正的目的是这个？”

“没错，西樵，有些事情，我一直没有告诉你，现在，不得不说了。”纪双木的目光穿过微微打开的窗户，似在寻找过去的记忆，“你应该知道，元珠和郑君怡的感情非常深，郑君怡刚出事的时候，元珠就闹着要进宫，但是皇上一直不准，后来，元珠不知从哪里知道了郑君怡假孕背后的真相，要皇上陪她进宫去向太后告状，皇上顾全大局，把她关在王府里不许她出去，竺邵云来劝过好几次，最后她真的不闹了，但从前活泼的性格也不复存在了。”

“这么说，皇上早就知道郑君怡的事是先帝的谋划？那他为什么不……”

“为什么不说出来？”纪双木凄凉地笑了，“郑家都倒了，他去说给谁听？先帝再绝情，也是为了李家，就这一条，皇上就没有反驳的理由，更没有揭穿的意义。至于郑君怡，做一个名存实亡的皇后，每天算计着，痛苦着，期待一个永远不会有的梦，和做一个无人问津的废后，孤独着，回忆着，守着下半生平静无争的生活，你能说哪一个比哪一个更差吗？何况，无论先帝有没有设计过她，她的确是犯了欺君之罪，这个秘密即便说出来，也帮不了她。相反，一旦说出秘密，皇上的用心必定会遭人质疑，反过来害了郑君怡也未可知。”

听着这些话，我的记忆也回到了过去，确实，她这个皇后当得并不快活，反而在静禄院，她得到了从未有过的平静，得到了李昊的……得到了她梦寐以求的

孩子。我闭了一下眼睛，然后睁开，就像从回忆中跳了出来，继续说，“那么，他们从那时起就形同陌路了？”

“不是的，那是在万淑宁死后，皇上登基前，元珠来求他放郑君怡出宫，但是他没有答应。说实话，要他对郑君怡的生死前程做出安排，那是极其不合规矩，也是极其容易引人猜疑的。可元珠却因此认为皇上和先帝一样，都是可以为了权力而绝情绝义的人，她不理解，也不接受，所以他们的关系就成了今天这个样子。”纪双木在窗边坐下，低头看着自己搅动的手指，绢帕在其间翻动，甩出不同的花样。

“那皇上现在是打算妥协了吗？”我倒了茶搁在窗边的茶几上。

纪双木微微一笑，“他就只有这一个妹妹，怎么可能不疼爱？”她伸手端起茶碗，停顿了一下说，“最要紧的，郑君怡留在望月庵，比留在宫里安全。”

我心里咯噔一下，心想这才是最终的缘由吧。“娘娘，郑君怡还怀着孩子呢，这个时候要是……”

“不要紧的，皇上已经决定，在我生下孩子后，再放郑君怡出宫，”纪双木的话让我一怔，她放下茶碗，抬起头看着我，“规矩还在，人性的猜疑也在，这些障碍摆在眼前，从没有变过。皇上虽然心疼元珠，却也不得不为此事找一个能上台面的说法，”她把手放在肚子上，“等到孩子出生，要什么样的说法没有？只要我这个皇后支持，元珠的心愿一定能达成。”

我看着纪双木努力露出的笑容，小心翼翼地问，“那郑君怡的承诺呢？”

纪双木重新把目光投向窗外，“傻瓜，我会真的要她去死吗，知道她有这个决心就够了。”

这时，小福子进来说，“娘娘，永宁宫派人来传话，说今儿个天气难得的好，请各位娘娘早一步去蓬湖湾赏景。”

“知道了，本宫马上就去，”纪双木走到镜子前，认真打量了自己的模样，轻轻摸了摸肚子，披上斗篷，然后握住我的手说，“让芸梅陪我去好了，你赶紧悄悄去静禄院一趟，我担心，李元珠会偷偷跑去见郑君怡，你要她小心应对，还有，不管李元珠说什么，都让她不要惊慌，只要守住她怀孕的秘密，其他所有

事，本宫都会处理好。”

“是。”我答应下来，走出寝殿朝小福子交待了两句，回头望她一眼，匆匆往静禄院去。

一个晚上，一个晚上就让事情有了这无数种变化的可能，本以为过了太后那一关，就能静静等到郑君怡分娩的那一刻，谁知道李元珠的突然出现会平地起波澜，曾经那么多的恩怨，那么多的起落，尽管早已结果分明，可曾经欠下的债，却是到今日还要继续还下去。

第八章　索命红花亡命夜

我还是去迟了，郑君怡和南雁告诉我，李元珠昨夜已经来过了，而且发现了郑君怡怀孕的秘密。我闻言大惊，差点连站都站不稳，扶着桌子问，“她都知道了？那她打算做什么，告诉皇上吗？”

“她打算隐瞒，”郑君怡镇定地说，“她想救我，她不会说出去一个字。”

我突然有不好的感觉，一种被人窥探的感觉，“你是不是把我们的计划也告诉她了？”

郑君怡抬起头看着我，“我不得不告诉她，只有这样，她才会帮我们一起隐瞒。”

我倒吸一口冷气，“那你也告诉她……那个承诺？”

“我怎么会说那个？如果她知道我会死，就不会帮你们了。”郑君怡摸摸肚子，已经七个月大了，我突然很想知道，那种一边孕育着生命，一边濒临着死亡的感觉究竟是怎么样的。“不过，”郑君怡突然拧起眉头，“有一件事我觉得奇怪，她说皇上答应她，等到妍妃的孩子降生，就能放我出宫了，这是怎么回事？”

“这是真的，因为媛淑帝姬求情，皇上打算等第一个孩子出生，就大赦天下，

借这个机会，把你送去望月庵，这件事，宁妃也会极力促成的。”

“宁妃？她不是要我遵守死的承诺吗？”

我蹲下身，握住郑君怡的手说，“娘娘从没有这样想过，所以，忘了那个死亡的承诺，好好活下去吧。”我努力微笑着，看了她一会儿，起身离开。

我加紧脚步往幽湖岸边的码头去。蓬湖湾和菊花台都建在湖心，有异曲同工之妙，不同之处在于，菊花台以菊花著称，而蓬湖湾以莲藕闻名，每年尚未入夏，工匠们就会从宫外引一股温泉水入池，使得芙蓉露尖，藕香飘淡，所以三四月间反是澎湖湾最美的时候，幽湖上原有一座九曲桥，新修缮的时候被拆了，所以澎湖湾现在只有水路能通。李元珠知道了我们的计划，也许会和纪双木说些什么，保险起见，还是要把这件事立刻告诉纪双木，这个时间，兴许还有没开的船。

快到岸边的时候，我远远看见最后一只停靠的船正要起锚，我大喊着等一等，但似乎所有的声音都被风吹了回来，等我跑到岸边的时候，最后那只船已经游开去了。果然是一步迟，步步迟，我无奈地喘着气，望着湖面，粼粼波光，我却没有心情赏阅，这时，船舱里走出一个女子，站在船尾临湖而立。李元珠……我依稀是看出了她的模样，只是她身上的一袭紫衣，更让湖面增添几分清寒。我在岸边等了将近大半个时辰，终于有一条小船回来，把我载过去。我走过浮桥，穿过暖阁，经过一片竹间亭，走进通往回茗殿的幽廊。幽廊是回茗殿的出口之一，廊壁上全是天女散花的壁画，另一个出口是种满奇花异草的温泉池，当真是一半幽境，一半仙境。

我沿着幽廊往里走，已经渐渐听到殿中的鼓乐声。鼓乐声渐渐明显，我渐渐放慢脚步，突然，鼓乐声戛然而止，我似乎听见呼喊的声音，接着便是一片嘈杂。我感觉不对，一下加快脚步，接着就看见有宫婢跑出来，大喊着宣御医。我的心一沉，飞快地跑到殿内，只见里面已乱作一团，一堆人好像围着谁，嘴里喊的话重叠在一起，声音很大却听不清楚。我往别处一眼扫去，还好，纪双木没事，她镇定地站在座位旁，正对着簇拥的人群，脸色凝重。我走过去，她看见我后吃了一惊，“你怎么跑来了？”

我悄悄地说，“李元珠昨夜去过静禄院，什么都知道了，不过，她答应郑君

怡会保密。”

纪双木闻言一怔，目光呆滞了一瞬，而后渐渐转向李元珠。跟随她的目光，我看见李元珠站在座位后面，苍白的脸上露出害怕的神情。在她旁边，李昊和太后都站在各自的座位旁，一脸焦急地看着簇拥的人群。这时，不知谁尖叫了一声，大喊着流血了流血了，李昊面色一沉，太后立时离开座位走过去，人群自动让开，我终于看清了被围住的情形。妍妃已经坐不住了，痛苦地呻吟着，双手紧紧抓住宫婢的衣袖，裙摆渐渐渗透出血的颜色。

“怎么会这样?”我愕然。

“怕是，被人下药了。”纪双木冷静地说。

“那娘娘你……”我一下紧张起来。同样有孕在身，一个痛苦不堪，一个安然无恙，总归是要留下一个疑字的。

纪双木轻轻拎起浸在锅里的汤勺，“放心，没事。”

妍妃的呻吟越来越痛苦，李昊忍不住大声起来，“御医怎么还不来，都死了吗?”

“已经去传了，因为要坐船过来……”荣喜解释着。

“闭嘴!”李昊大声呵斥，荣喜不敢说话了。

“哼，”纪双木发出怜悯的笑声，“这回是真的了，西静宫又要有难了。”我一怔，还没来得及细问，她就开口对李昊说，“皇上，能不能让芸梅试试?”

“不行，”妍妃痛成这样，竟然还能大声反对，“西静宫的人，本宫信不过。”

“至少，先把脉诊了，不会伤到龙胎的。”纪双木只跟李昊说话。

李昊做了个去吧的手势，芸梅赶紧上前把脉，妍妃也是痛极了，再没有力气反对。芸梅诊过脉后说，“回皇上，妍妃娘娘的胎十分危险，最好现在就挪去暖阁，让奴婢救治。”

李昊略想了一下说，“你有把握吗?”

芸梅镇定地说，“奴婢有把握。”

纪双木走出来说，“皇上，让芸梅试试吧，现在也没有其他办法了，御医们也不知道什么时候能到，总不能空等吧。出了事，臣妾愿意一力承担。”纪双木

大声地说，像是要把一切都扛上身。

李昊看了太后一眼，太后微微抿了下嘴角，轻轻闭眼。“好吧，立刻挪去暖阁。”李昊下令，宫婢们过来抬起妍妃，往暖阁去。众人都跟着到了暖阁，芸梅让人把妍妃平放在软藤躺椅上，扯下幔帐围成方形，然后挑了几个看起来机灵的宫婢帮忙。宫婢们本有些害怕，还是太后说了无论结果如何都不予追究的话，宫婢们才大胆跟着芸梅进了帐。

暖阁边有一座翠微堂，太后和李昊，还有杨岫云她们都去了那里等消息，我和纪双木去了竹间亭，闻着泥土和青草的味道，我的心渐渐沉静了一些。我看周围没人，走到纪双木身边，压低声音问，“娘娘为什么要把芸梅推出去，万一……”

“我只想救人。”纪双木不假思索就回答了我。

“可妍妃的态度你也看到了，万一芸梅失手，所有的错就要娘娘一个人扛了。”我担心地说。

“哼，原本东华宫的是是非非，就是要西静宫来买单的。妍妃的龙胎有事，得益最多的人是我，芸梅失手，我难辞其咎，芸梅不出手，我就能置身事外了吗？刚才事出紧急，大家才没有想起芸梅是医女出身，事后回想起来，给我按一个见死不救的罪名，我连分辩的借口都没有。相反，如果芸梅能保住龙胎，也许我们还能扳回一局。”纪双木抬头望着翠绿的竹叶，眼神逐渐深邃，“其实只要皇上和太后认定我是无辜的，谁也别想栽赃，我真正在意的是，到底是谁对妍妃下了手。”

我点点头，身体随意地摇晃了一下，竟然看见不远的竹林丛中，李元珠正直勾勾地望着我们。“李元珠……”我喃喃而语，纪双木转过身来看，李元珠看到我们注意到她，很快转身走掉了。我感觉好像丢失了什么，刚刚平复的心情忽然又低落下去，“她真的变了，以前的她就像一团火，让身边的人都很温暖，现在……”

“西樵，”纪双木的声音突然严肃起来，“你把今早郑君怡和南雁告诉你的，一五一十告诉我，一个字也不许落下。”

“啊，哦。”我把早晨听到的都如实说出，纪双木听罢沉默不语，仿佛陷入了沉思。

我们这样静静地站着，直到宫婢来请我们去暖阁，踏入暖阁的门槛，正好遇上张学明在向李昊和太后回话。“……微臣已经替妍妃娘娘把脉，可以确定是湿毒的食物引起胎气变动，才会有腹痛和出血的现象，幸得芸梅救治及时，娘娘的胎现已稳定，请皇上和太后放心。”听到这话，站在门槛边的我和纪双木也松了一口气，大方地走进暖阁，坐在太后身边。

“那么，到底是什么食物，怎么会进到妍妃的饮食里?”太后关心地问。

“微臣问了娘娘近日的饮食，恐怕，就是今天午膳时喝下的竹笙老鸭汤有问题。”

“竹笙老鸭是一道寻常菜，本宫怀孕的时候也常常喝，不该有问题的。”杨岫云对太后说。

“这汤原本是没有问题的，但是微臣尝过，这汤的味道有些奇怪，像是放过除竹笙以外的药材，但是，微臣在汤底里，并没有什么发现，所以微臣相信，这个放药材的人是用纱布将药材裹住扎好，放入锅中熬煮，然后取走药包，故而没有留下痕迹。”

“你说的除竹笙以外的药材，是什么?”李昊开口问。

“微臣怀疑，是红花。”

“岂有此理!”李昊一巴掌拍在桌上。

“那宁妃的汤呢?”太后紧张地问，“会不会也……”

“太后请放心，臣妾并未饮此汤，不怕它有毒。”纪双木从容不迫地说。

“这就是了，”张学明赶紧接上，“宁妃娘娘未饮此汤真是万幸，此汤中亦有红花。”

李昊抽动了两下嘴角，愤怒地说，“荣喜，去膳房好好查查，妍妃和宁妃的两锅汤，到底谁碰过。”

“是，奴才马上去查。”荣喜转身就要去。

“光查膳房恐怕是不够的，”张学明叫住荣喜，“皇上，太后，请恕微臣大胆，

妍妃娘娘的汤是整锅端上来的，里面的药包不能排除是端到回茗殿后再被取走的，所以……”

“你是说在回茗殿的时候……”李昊略一思量，凌厉的目光投向身边的所有人，随即宽心地一笑说，“不会的，太后和各位太妃绝不会伤害皇嗣，张掌院多虑了。”

“哦，微臣并不是指各位娘娘，”张学明赶紧自辩，“皇上，回茗殿中来来往往的宫婢奴才甚多，且都是从各宫各殿调过来的，其中有一两个得罪过二位娘娘的也未可知，反观膳房的奴才，都是从御膳房临时拨过来的，与二位娘娘结怨的可能性更小一些，荣喜公公调查的时候，可以从这方面下手。”

李昊赞赏地点点头，“张掌院说得有理，荣喜，你都听见了。”

“奴才听见了，多谢张掌院提点。”荣喜朝张学明笑笑，又低头说，“皇上，在这儿终究是不方便，船已经都靠了岸，不如您和太后，还有各位主子都先回去，让奴才们留在这儿仔细地查。”

“也好，荣喜，你在这儿看着，张学明，你也留下，仔细地给朕查，把司律监的人也叫过来，务必要查出结果来。”李昊说着，起身往回，太后和我们也跟着回去。

这一路往回，大家都没有说话，船在幽湖岸边停靠后，所有人都各自回宫，只有纪双木和我一直跟在李元珠的后面。她今天没有带宫婢随行，独自一人默默走在石子路上，一直到桃花林的转角，她突然停下，转过身看着我们。“娘娘跟着我做什么?”她的声音就好像井水，柔软，刺骨。

纪双木走上前去，一把抓起李元珠的手，放在鼻子底下。李元珠本能地要缩手，但被纪双木死死拽住，李元珠恼恨地看着她，忽然，放弃了挣扎，把脸也转向另一边。“真是你做的，”纪双木放下她的手，“如果刚才张学明提出要验手，你打算怎么交待?”

“他不敢，而且，你也不会让他那么做的，”李元珠毫无畏惧地说，这副胸有成竹的架势在她的身上显现，真是让我有恍如隔世的感觉，她一边握住自己的手腕，一边说，“你会来怀疑我，就说明你已经知道我去静禄院的事了，那你就一

定会保护我，因为我也是在保护你。”

“我不觉得你弄死妍妃的孩子就能保护我。”纪双木不领情地说。

“如果妍妃早产了呢?”李元珠的口吻竟有些像诅咒，“只是差了一个月的时间，想要万无一失，就不能留着那个孩子。”

“无稽之谈，”纪双木驳斥说，“时间的早晚，只关系到我能否成为皇后，而不会影响郑君怡孩子的生死。”

“怎么不会影响?”李元珠的情绪一下子上来，“皇上根本不知道郑君怡的事情，如果妍妃的孩子先降生，皇上又信守承诺放她出宫，到时候怎么办?”

纪双木慢慢转过脸来，难以捉摸的笑容挂在嘴角，“那这，也是你求情的结果。”

李元珠的眼眶红了，她的嘴唇哆嗦了一下，坚定地说，“对，是我求来的，所以，也由我自己负责解决。”

“你说的解决，就是害死妍妃的孩子?”纪双木痛心地说，“元珠，你就不怕被查出来?”

“查不出来的，”李元珠自信地说，“我从小就喜欢在膳房里晃悠，所以单凭我去过澎湖湾的膳房，是不能构成嫌疑的，即便真有嫌疑，皇上也不会相信，因为他答应我，妍妃生下孩子，就放郑君怡出宫，所以我是最没有动机毒害妍妃的人，这件案子查到最后，也只能是无头公案。”李元珠露出娇俏的笑容，可说出来的话却一点也不可爱。

纪双木不相信地看着她，“元珠，你怎么变成了这样?”

“变?”李元珠的声音一下子冷下来，“你们在我眼里，何曾没有变过。郑君怡是怎么被废的，你们比我清楚，我再变，也不及你们的十分之一。”

“这件事，和你皇兄没有关系。”纪双木替李昊辩白。

“可他从知道真相到现在，没有为郑君怡做过一点努力。”李元珠露出怨恨的目光。

纪双木摇摇头，“我知道你们为这件事争执过，但我不知道，这件事竟能让你们相互怨怼这样深。”

“天意如此，”李元珠望向天空，“郑君怡被废的第二年，我出京游历山水，无意中发现韩冬青和谧妃竟然过着双宿双栖的好日子。我马上去找了皇兄，谁知他早就参透了其中的玄机，可他并没有替郑君怡辩白，而是让我忘记。我虽心有不甘，但为了保全长安王府，还是咽下了这个秘密。可后来，他自己做了皇帝，还是不肯放郑君怡出宫，我怎么求都没有用，于是我明白了，无论郑君怡还是我，都没有他的皇权重要。”

“可皇上最后还是答应你了。”我陈述事实。

“对，所以我还是很感动的，觉得皇兄终究还是个有情有义的人。”李元珠说这话时，露出甜美的笑容，像是沉浸在幸福中，可渐渐地，她的笑容消失，“可是昨晚，我知道了事情的真相，我才明白，皇兄不是为我，也不是为郑君怡，而是为了他自己，为了他的良心可以安宁，为了他的龙椅可以坐稳，为了那荒唐的一夜可以永远被掩埋淡忘，这样的人我还需要为他考虑什么！”李元珠越说越激动，接着又努力让自己镇静下来，“我没有别的要求，只想救一个自己在乎的人。”

话音落，风吹起初落的桃花瓣，我们都沉默了。

“我不许你再动那个孩子，”纪双木的话听起来没有什么可商量的余地，“其他的事我来解决，总之，我确保她们母子平安就是了。”

“如果你解决不了呢？”

“别忘了，我的生死，是和她们绑在一起的。”

“可我不能因为有你陪葬，就任由她们去死。”

纪双木笑了，悲凉的目光从李元珠的脸庞轻轻划过，“如果不是郑君怡坚持要把孩子留在宫里，如果不是太后坚持要我来做这个傀儡皇后，我根本不需要出此下策。那到底是他爱的女人，只要这件事不动摇国本，皇上是不会杀她们的，她们最多，不能得到应有的名分和满足罢了，最后死的，只可能是我一个。”

李元珠明显地一怔，默不作声地背过身去，低下头沉吟许久，最后缓缓抬头。“我明天就出宫。”她简练地说完这一句，迈开脚步朝前走去，不停，不回头。

我和纪双木回到西静宫，芸梅已经煮好了红枣茶压惊。纪双木在窗边坐下，心有余悸地说，“今日幸亏芸梅提醒我，那锅汤，我一点都没动，否则若是在场的人里谁要害我，就全完了。”

“那要是不在场的人设下的局呢?”我担心地说。

“既然没有亲眼见到我喝，那个人就不敢乱猜乱说，但就怕这样的事以后还会有。”纪双木思虑了一下说，“西樵，你稍后去找一下张学明，让他多留意御医和医女们用药的事，元珠的红花是从外面带进来的，我那锅汤里的就只能从御医院和御药房出去。”

“是。”我刚应下，院子里就有脚步声，纪双木把窗推开，是东华宫的明月正跟着小福子走进来。“她来做什么?”我疑惑地看看纪双木，赶紧迎出去。

“林守嫔。”明月朝我弯了弯腰。

“你怎么过来了，不用陪着妍妃娘娘吗?”我朝她身后看了一眼，几个小宫婢正捧着各色的礼盒。

“妍妃娘娘已无大碍，特让奴婢带了谢礼过来，多谢宁妃娘娘今日出手相救。”

“宁妃娘娘已经歇下了，这些谢礼我替娘娘收下，妍妃娘娘的心意我一定转达给娘娘。”我朝小福子点点头，他赶紧领着那些小宫婢往库房去。

“妍妃娘娘特意让奴婢过来的，要是不当面说一个谢字，怎么好回去交差呢。”明月说着就想往里走。

“明月，”我抬起手拦住她，“真心要谢，就请妍妃娘娘自己来吧，我们娘娘一定亲自相迎，你想要替妍妃娘娘谢也行，那我就替宁妃娘娘受礼了。”

“你……”明月压住火，“好，那就不打扰了。”明月气呼呼地转身离去，我也转身回到寝殿。

芸梅正靠在门边听，见我回来就说，“妍妃怎么会那么好心来送礼，以她的性格，被人救了也是不会感恩的，何况还是娘娘救她，”她边说，我们边回到内殿，她走到纪双木身边说，“娘娘，你说下药的会不会是妍妃，她借着送礼的由头，让明月来打探虚实，看娘娘是不是真的无恙。”

“这也的确是一种可能，”纪双木低下头，双眸中闪烁着忧虑，“这件事，远比我们想象的还要艰难，复杂，现在离郑君怡分娩还有两个多月，就出了这么多的意外，往后的日子，一定要更加谨慎才行。”听纪双木这样说着，我和芸梅对望一眼，心里的石头有千斤重，沉默，是此刻唯一的表达。

澎湖湾的事最后还是像李元珠说的那样，成了一桩无头公案，李昊虽然说了务必要查出结果这样的话，但终究没有深查下去，也许在张学明提出质疑的时候，李昊就已经感觉到了他的暗示，他相信不是纪双木，又不能去怀疑太妃她们，更想不到会是李元珠，既然当时放跑了她们，就已经想好会是个不完整的结局，而张学明那番不只要查膳房的话，也是给大家一个台阶下罢了。张学明是聪明的，妍妃也不笨，所以硬生生吃下了这个哑巴亏，但心里有没有埋下怨恨的疑窦，我就不知道了。

从四月开始，天气渐渐变暖，我们养了几只鸽子，训练它们在西静宫和静禄院之间来回飞，作为郑君怡分娩的信号。四月下的时候，张学明奏请皇上和太后，把芸梅调回了御医院，这样他就有正当理由让芸梅为纪双木接生。转眼到了五月下，雷雨多发，到了二十五那一天，从午后开始天就阴沉沉的，到了傍晚，一声响雷带着闪电劈空而下，倾盆大雨哗啦啦就落满了皇宫。李昊来吃过晚饭就走了，纪双木做了会儿女红也睡下了，今天芸梅值夜，我就站在寝殿院子里的屋檐下，朝静禄院的方向望着天空，心里不知怎么忐忑不安，就好像有什么大事要发生。雨水打湿了衣裳，冰冰凉地贴在身上，一种莫名的担心和恐惧顺着凉意渗透进身体里。“小福子，”我把他叫过来，“你和芸梅陪着娘娘，我去静禄院看看。”

“娘娘不是说过吗，现在是特殊时期，要比任何时候都懂得避嫌，不能随便去静禄院，一切以鸽子为信，再说那儿有南雁看顾着，你就别瞎担心了。”小福子说着，回头又忙活去。我抬头看了看天，心里还是放心不下，于是从伞桶里抽了把伞，朝小福子的背影打了声招呼，就跑出了西静宫。

雨真的很大，我觉得连伞都是多余的。我跑到静禄院，发现屋里的灯还亮着，屋檐下的鸽子笼里，鸽子正一边躲雨，一边啄食，这才放心一些。就在这时，

暴雨雷鸣声中，我突然听到一声惨烈的嘶喊，接着便是婴儿的哭声。天哪，郑君怡生了吗，那南雁怎么不放鸽子通知我们？我顿时全身紧张，一边打开笼子，放出鸽子去西静宫传信，一边冲进屋子。

推开门的瞬间，我被眼前的情景惊吓住，摇摆的带血的白色幔帐后，唐季柔打扮成小太监的样子，跪在带血的床边，用染血的手捂住了婴儿的口鼻。郑君怡昏死在床上，头发散乱，下身的血还在滴落床沿。南雁缩在床角，双臂环抱着浑身发抖。“你们在干什么！”我扑上去推开唐季柔，要把孩子抢过来。

谁知唐季柔力气大得很，一下把我推出去，然后抄起带血的剪刀就扑过来，一边喊着，“南雁，快蒙死孩子，你已经没有退路了，快点！”唐季柔一边喊，一边把我按在桌上，用膝盖压住我挣扎的双腿，剪刀在我的鬓边斯磨。

我听到婴孩的哭声，死命挣扎间，看到南雁哆嗦着朝婴孩爬过去。“南雁，不要……”

南雁好像听到了我的话，停下来犹豫了一下，这时唐季柔大喊，“别听她的，我们两个对一个，没什么好怕的，你不想让你的爹娘活命了吗，赶紧动手！”唐季柔大喊着，有些分神，我趁机反扑上去，但因为脚的缘故，不能用力到位，和她一起滚到了地上。这时，婴孩的哭声有了变化，大概是南雁捂住了他的嘴。我更加用力地反抗，但始终被她压在下面。就在这时，我仿佛听到了杂乱的脚步声，然后听到咣啷一声重响，唐季柔突然停止了拼杀，整个身体软软地趴下来，我看见芸梅喘着气站在她身后，手里还有一小截花瓶脖子。这时，婴孩的哭声又起。

“孩子！”我大喊一声，推开唐季柔跑到床边。这是个男孩，芸梅把啼哭的孩子抱起，擦干净身上的血后，用带来的襁褓裹好，然后跑去看郑君怡。“她怎么样？”我担心地问。

“我们运气不错，唐季柔还没来得及对她下手，她只是太累昏过去了。”芸梅一边说一边打开了药箱。

我松了一口气，这才留意到南雁，她已经完全吓傻了，身体还维持着要蒙死婴孩的姿势，颤抖好像从来没有停止过。我把南雁拽起来，用双手扳住她的脑袋

说，“你在做什么，你在做什么呀！”南雁呆滞地看着前方，却不是在看我。

“这些话等着娘娘来问，”芸梅走过来，手拍在南雁的脖颈，我看见一根细针扎进南雁的身体里，让她瞬间昏迷，“时间紧迫，我们得先把孩子带回去，这两个就先藏在隔壁的空房间里，等日后娘娘发落。”芸梅一边说，一边给唐季柔也补上一针。

我们把唐季柔和南雁拖到隔壁房间藏好，换掉屋内带血的东西，在郑君怡的枕头下留了字条和补身的丸药，临走前，芸梅用银针封住孩子的穴位，让他哭不出声来。我本想让郑君怡看一眼孩子再走，但是形势危急，我也只能寄望于将来了。

风雨飘摇的夜成了最好的掩护，我从后门先把孩子让小福子抱进去，然后再和芸梅一起从正门进入。寝殿里，张学明和小福子早已布置好一切，连血包都备齐了，再加上芸梅从静禄院带来的胎盘和脐带，足以乱真。我和芸梅放下厚厚的幔帐，纪双木喝下会产生剧烈腹痛的药剂，躺在床上，褪下衣裤，把裙子拉上膝盖，按照芸梅的指示摆出分娩的姿势，芸梅把胎盘、脐带和孩子都用包衣裹住藏在被褥中，把血包放在纪双木的臀下让她压住。没多久，纪双木腹痛发作，开始发出轻微的呻吟。张学明退出寝殿外，我去叫了蔓儿和芙儿两个内人过来，告诉她们纪双木要分娩了，但是深夜风雨，不宜惊动皇上和太后，让她们进到内殿帮忙。她们年纪都还小，平时又多得纪双木的体恤，乖乖地进去帮忙烧水裁布，偶尔，芸梅会让她们递毛巾过去，或坐在床边替纪双木擦汗，那副腹痛的药剂果真是让一切都更加逼真了。因为被褥遮挡的缘故，她们看不见被扎破的血包，只能听着纪双木的呻吟，问到阵阵的血腥，看到芸梅手上的血和纪双木额头的汗珠，一切都是那样真实。

我们算着时间，等到天微微发亮时，芸梅朝我眨眼示意，我便另差了人去禀报李昊。

“娘娘，已经看到头了，再用点劲。”芸梅对纪双木说。此时纪双木已经喊哑了嗓子，张学明的药下得狠，经过这一晚的折磨，分娩该承受的痛她已经都经历了，成缕的头发和湿透的衣衫，嘶哑的嗓音和疲倦的容颜，相信李昊看到这样的

场景，就不再需要我的任何解释了。

然而，没等到李昊和太后，就先听到了妍妃闯宫的消息。我知道张学明和小福子都拦不住她，迅速地和芸梅交换眼神，让蔓儿去烫剪刀，芙儿去打热水，趁她们走开，芸梅扯掉纪双木的假肚子，把孩子和胎盘从纪双木的双腿之间拉出来，同时扎破最后一个带血块的血包，拔出封穴的银针。刹那间，响亮的啼哭声充满整个寝殿。

哐的一声，寝殿的门被踢开，妍妃托着肚子走进来，直进内殿，而此时，芸梅正剪断脐带。妍妃目瞪口呆地看着眼前的一切，那种发自内心的错愕和惊叹，在脸上显现出来时，却是诡异的绝望的笑，最让我不能释怀的，是那笑中，竟然还有着佩服。“哼!”她冷冷地转身，步子突然颠了一下，随即努力稳住，慢慢走出去。

“蔓儿，去把门关上，娘娘不能吹风。”芸梅一边给孩子清洗，一边吩咐。这时，我心里突然有一种奇怪的感觉，渐渐回想起在静禄院时芸梅的一举一动，她似乎比我还要冷静，还要知道如何处理才是最好，一个医女可以凭善良的心帮助郑君怡，但是如此准确的分寸拿捏，真是一个医女能做到的吗，如果这是她与生俱来的天赋，那又怎么会让自己流落到静禄院受罚那样无奈呢?

我正想着，李昊已经踏入寝殿，纪双木刚喝了掺有止痛散的热水，元气渐渐恢复。我扶纪双木坐起来，李昊心疼地拉着她的手，在床边坐下。芸梅把孩子抱过来，李昊仔仔细细看了一番，嘴角的笑洋溢幸福，这实在是难得在他脸上看到的表情。这时尚宫局选的奶娘到了，把孩子抱下去喂奶，芸梅也退到殿外。

“太后的腿疾犯了，不方便过来，特意亲自挑了最好的奶娘照顾孩子。”李昊边说，边拨开纪双木挂在脸颊的头发，心疼的目光肆无忌惮地流露出来。“感觉怎么样，还疼吗?”

“都生完了，怎么还会痛，有些累罢了。”

“怎么嗓子哑成这样? 张学明。”李昊一声喊，张学明赶紧到外殿隔着门坎朝李昊跪下。“你不是有很多止痛的药吗，怎么都没有用，是不是内务府拨给你们的银子，都花到别的地方去了。”

“微臣不敢，”张学明赶紧磕头，“微臣怕用了止痛的药，反使娘娘感觉麻痹，无法用力。”

李昊轻轻哼了一声，纪双木淡淡笑着看了张学明一眼，劝解说，“张掌院已经尽力了，是臣妾自己不争气，受不住疼，皇上别怪错了人。”

李昊不情愿地看了张学明一眼，“还跪着做什么，下去领赏吧。”

张学明谢过恩，起身刚要离去，小福子进来说，“张掌院先别急着去领赏，刚刚东华宫传来消息，说妍妃娘娘动了胎气，好像也要生了，请张掌院赶紧过去。”

“妍妃的胎不是王御医在看顾嘛。”李昊疑惑地说。

“回皇上，王御医两个月前醉酒落井，皇上不记得了?”张学明解释说。

“御医院的事有你就行，朕哪能管那么多，那你就赶紧过去吧，朕下了朝也会过去的。”话毕，张学明称是告退，李昊转过脸对纪双木说，“朕要先去上朝了，你好好休息，朕晚些再来看你。”

纪双木淡淡一笑说，“朝政要紧，臣妾一切无恙。”李昊宽慰地点点头，起身离开。

等李昊走远，芸梅和小福子走进来，纪双木静静地靠在床头说，“去把唐季柔带来，本宫要问她话。”

“现在?”我惊讶。

“皇上早朝，太后犯病，妍妃临盆，现在西静宫是最安静的时候，最适合审问。反正她被你们困在静禄院里，也不能去帮妍妃接生，就让她从此失踪好了，为了一个医女，没有人也不会有人敢查到本宫头上来。去吧，把她带来。”

“那南雁呢?”我轻轻地问。

纪双木低下头，“宫里是不能留了，郑君怡若能顺利出宫，倒是可以把她带走，先等问过了唐季柔再作打算吧。”

我点点头，心里突然荡漾起异样的感觉，好像经历了这一场属于又不属于自己的痛楚，纪双木一下子就和以前不一样了，高高在上的皇后宝座，延续血脉的皇家子嗣，有了这些，也许谁都会改变的吧。

第九章　蝉雀螳螂唱不绝

我和小福子去静禄院带唐季柔，顺便把西静宫的情形告诉了郑君怡。她是半夜里醒的，看了我们留的字条，知道一切都转危为安，心也宽了不少。临走的时候，她剪下了一撮头发，让我带给孩子，我收下了。不知怎么回事，我以前只觉得她变得沉静了，这一回，我觉得她真是沉默了，也许承受和付出的都太多，剩下的精力只够支撑沉默了。

小福子把唐季柔背回西静宫，芸梅刚把她弄醒，就被急召去东华宫帮忙了。纪双木在饮墨殿见唐季柔，她跪在地上，脸色惨白，但是倔强的眼神没有要屈服的意思。纪双木捧着茶，专著地盯了她很久，慢慢地开口，“本宫不管你的主子是谁，你办砸了这件事，等待你的必是灭顶之灾，想死想活，你自己考虑。”

唐季柔不肯低头地说，“奴婢从不是惜命的人，死，威胁不了奴婢。”

“那你总有所求吧，”纪双木柔柔地说，但好像这声音能穿透人心，“无缘无故，杀人好玩儿吗？而且你也知道，你杀的，不是一般孩子。”唐季柔咬了咬嘴唇，不说话。“到了这个时候还要硬撑就不是忠诚而是愚蠢了。”纪双木把茶碗搁下，起身要走。

“娘娘想知道什么？”唐季柔突然说。

“全部。”纪双木毋庸置疑地说。

“那娘娘能给奴婢什么？”唐季柔抬起头看着纪双木。

“你想要的全部。”纪双木居然不假思索就承诺了。

唐季柔沉默了一会儿，开口说，“娘娘还记得那次媛淑帝姬的生辰宴吗，妍妃喝了掺有红花的竹笙老鸭汤，险些落胎。”

“本宫当然记得。”纪双木坐回椅子上。

“那娘娘知不知道，您的那锅汤里，也有红花呢？”唐季柔用泄密的口吻说。

“当然知道，”纪双木的话使唐季柔明显一怔，“有芸梅在旁提醒本宫，本宫才没有喝。”

唐季柔脸上露出原来如此的表情，继续说，“红花，是妍妃让人下的，御医王喻茗一早就出卖了娘娘，所以妍妃很清楚娘娘的产期比她更早，这才出此下策。本来娘娘没有喝汤，不落胎是说得通的，偏偏王喻茗对张掌院从来都不是真心诚服，他重新检查了那日的饮食和餐具，发现娘娘用过的汤匙里有残留的红花，并且告诉了妍妃。”

“那是本宫后来用汤匙搅动汤品时留下的，当时妍妃已经腹痛不止。”

“可妍妃并不知道，况且那日人多眼杂，谁能保证娘娘一口没喝，这自然能算是个破绽。娘娘饮红花而无恙，这本是假孕最好的佐证，可这毕竟是因为妍妃下药在先才露出的破绽，不能说破，于是妍妃让王喻茗一个人出面去向太后告密，想借太后的手揭穿此事。谁知，最后的结果竟然是王喻茗醉酒落井，而娘娘却安然无恙。如此，妍妃不得不怀疑，太后也与此事有牵连，既然不能声张，就只有暗查一条路了，但娘娘一定也想不到，最后是那些鸽子让奴婢发现了静禄院的秘密，这恐怕就是你们的百密一疏吧。”

“的确是百密一疏，但不是疏在这几只鸽子上，南雁，才是你们了解所有真相的关键，对不对？”

“没错，”唐季柔干脆地说，“光凭几只鸽子和郑君怡的胎，我们还是无法了解全部的事实，郑君怡的胎到底怎么来的，妍妃并不清楚，但是南雁和娘娘的关系，却因此更加明朗，于是妍妃抓了南雁的爹娘逼她说实话，没想到这事竟还牵涉到皇上，妍妃再急功近利，也知道此事不宜公开，但又不甘心放弃，那么唯一的选择，就是悄无声息地让你们的计划胎死腹中。”

纪双木流露出钦佩的目光，“是本宫小看妍妃了，想不到她的心思细腻起来，竟是这样可怕的人。可本宫不明白，妍妃既如此胎为皇上所有，难道不怕得了后位，失了君心吗？”

唐季柔的嘴角抽动了一下，不自觉地握紧了拳头，“妍妃说，只要南雁不吐

露实情，就没有人会知道这件事和东华宫有关。雷电交加，鸽子迷路，郑君怡难产而至生下死胎，一切都是天意，一定要追究的话，南雁的命能保则保，不能保，至少她的爹娘可以高枕无忧。”

“她倒是撇得干净，”纪双木惋惜地说，“可惜啊，这样好的将计就计就毁在这当场撞破上。”

“所以说连天也帮你们，”唐季柔有一些激动，“你们训练鸽子，就是为了避免常去静禄院惹人猜疑，尤其是这段时间，鸽子不飞，你们是绝不会去静禄院的，何况昨夜皇上也在，你们明明没有机会的，鬼知道林西樵着了什么魔，好端端地跑来静禄院，天意，天意，全都是天意……”

“你们也算是冒险了。”纪双木看着唐季柔把一切都归咎于天意，似乎也有些无奈和不解，“妍妃想做皇后，她做这些事本宫可以理解，你又是为什么，如果是求名利地位，投靠本宫不是更切实际吗？”

唐季柔的目光顿时黯淡下去，沉默片刻说，“娘娘还记得最初进宫的时候，太后问过奴婢关于父亲误诊一案的事吗？”

纪双木面色微变，边忆边说，“本宫隐约记得，你是唐正宵的女儿，你父亲因为误诊，致使病人施救不及，被封铺判狱。当时审案的翁仲恺大人还保荐你入宫为婢，你也表示此案并非误判……”纪双木突然话有迟疑，双眸一转，“难道是错案，和妍妃有关？”

“对，这就是一桩错案，而妍妃的父亲师抒恰恰就是记录此案的史官。”

“误诊之案，何须史官记录？”我好奇地问。

唐季柔看向我，“那就只有师抒知道其中的答案了。”

“你是为了替父亲翻案才进宫的？”我把一切都串联起来。

“不，”唐季柔竟然否认了，“是妍妃，是她为了对付娘娘，主动透露消息给奴婢，以翻案为条件，要奴婢帮忙。在那之前，奴婢一直以为翁仲恺是好人。”唐季柔的声音开始有些模糊不清，她的目光重新落回纪双木身上，哀怜，乞求，“娘娘想要知道的全部奴婢都说了，娘娘许诺给奴婢的全部，是不是也能兑现？”

纪双木站起身，一步一步走到唐季柔面前，伸手抚低她的头，“你父亲的案

子，本宫会尽力而为，但你未必能亲眼看到这个承诺兑现。”我的心一惊，难道纪双木是要唐季柔去死。

唐季柔的肩膀颤抖了一下，镇定下来后艰难地说，“那奴婢就在心里当是看见了。”

纪双木悲悯地闭上眼睛，放开手，接过我递过去的迷香茶，“委曲你，要多睡一会儿，后面的事，本宫会安排的。”唐季柔慢慢地接过茶，忍住不让眼泪流下，艰难地喝了茶，然后睡倒在地上。凄凉的泪从纪双木的双眸落下，“西樵，我是不是太绝情了？”

我心里难过极了，走到她身边宽慰她说，“就算我们放过她，妍妃也不会罢休的，娘娘，这是意外，是妍妃横生枝节才会……”

“娘娘，娘娘不好了，”小福子急惶惶地闯进来，“妍妃娘娘刚刚产下一个死胎。”

纪双木脚下一个趔趄，我赶紧把她扶住。她双目圆睁，不相信地望着小福子，“消息可靠吗，快，把张学明传来见我！”

“张掌院已经被皇上拉出去杖打了。”小福子焦虑地说。

纪双木痛楚地闭紧双眼，抓住我胳膊的手拧得死死的，仿佛一场离别就在眼前，“留不得了，都留不得了……”我忍痛抱住她，但自己的心也已经瘫垮。皇子逝，大赦天下是不可能了，郑君怡没有了出宫的理由，南雁也就出不了宫，留不得，走不掉，那就只有一个结果。“西樵，当救一个人，需要以杀更多人为代价的时候，这样的挽救还值得吗？”纪双木这样问我，而我，完全无从回答，只觉得心里一阵一阵地发凉。

晚膳过后，明月过来请纪双木去东华宫，说妍妃要见她。纪双木没有推辞，乘马车去了。东华宫的寝殿比西静宫的要华丽很多，装饰多用花团锦簇的图案，比起西静宫的幽兰之色，更暖更烈。妍妃安静地靠在床头，暖炉映红了脸，但眼中的怨恨让她的安静充满诡异的味道。

“才刚生完孩子就漏夜出宫，宁妃娘娘还真爱惜自己的身子啊，”妍妃讥讽着，眼里竟然噙着泪水，“可惜张学明这样好的本事，也没能保住本宫的孩子，

你高兴了？”

纪双木低下头，“没什么值得高兴的，我并没有得到我想要的。”

“你真虚伪，”妍妃摆出一副正义凛然的面孔，“郑君怡的孩子你不是已经得到了吗？”

“如果我要的只是那个孩子，又何必对太后故作诚实而对你故作隐瞒，太后一心一意要我做皇后，我不虚伪，你以为你的孩子还能留到分娩吗？”

“可他还是死了！”妍妃一下嘶喊起来，那种撕心裂肺的痛苦，即便是郑君怡的养子被杀时都没有看见过，也许只有真正的血缘，才能激发出这样的情绪。这一刻，我同情她了，比起郑君怡和纪双木，她才是一切成空。

纪双木的口气也缓和下来，“对不起，可我真的没有想过，要让你失去这个孩子，而且我相信，我甚至可以保证，张学明已经尽力了。”

妍妃的眼泪流下来，赶紧用手擦去，“不必解释，本宫请你过来，不是要听这些。本宫问你，唐季柔和南雁，是不是都在你手里？”

“是。”纪双木坦白地说。

妍妃提了一下气，在意地问，“那你打算怎么处置她们？”

“你想让我怎么处置？”纪双木反问妍妃。

妍妃冷笑一声，“本宫说了，你会听吗？”

纪双木的脸色暗下来，“到了今天这一步，再要分你我，就没什么意思了。”

妍妃尴尬了一下，轻轻抿嘴，稍稍拔高声音说，“要本宫说，像唐季柔这种益驱则来利去则散的人，绝不能留下，至于南雁，”妍妃的声音轻下来，又提上去，但似乎已少了些底气，“就当是本宫对不起她了，她的父母亲族，本宫会照顾的。”

“好，很好，”纪双木沉稳地说，“那，你答应唐季柔的事，还算数吗？”

“你连这也……”妍妃微微吃惊，躲开纪双木的目光，略想一想说，“被翻案的人不在了，想翻案的人也不在了，宁妃觉得还有必要查吗？”

纪双木安抚地说，“妍妃不必紧张，你不愿意查，谁也勉强不了，但是，”纪双木话锋一转，“本宫自己对她的承诺，却不能因为旁人而有所违背，本宫必定

要尽己所能，还她父亲一个清白，但，也仅此而已，所以请妍妃转告师大人，只要能为唐正宵翻案，师大人有关此事的种种，本宫都既往不咎，一个月的时间，应该足够师大人准备妥当了吧。”

“纪双木你……”妍妃一时要发作，却好像被扯住了皮肉，痛苦地伏低身体，慢慢稳下来，“纪双木，本宫真是小看你了，从前只道你是运气好，现在看来，皇上赐你一个宁字，也是不配的。”

“比起你诬陷本宫在粥中下毒，陷害姜嫔被废，本宫这点心思，算得了什么？”

妍妃明显地一怔，猛地转过脸来，大声呵斥，“你在胡说什么，休想冤枉本宫！”

“别演了！”纪双木的气势盖过妍妃，接着放低声音，力量却更加强大，“你明知道，现在这种情势，本宫即便有证据在手，也不可能再去追究了，可你，却连承认的勇气都没有。”

“本宫没有做过，为什么要承认！”妍妃摆出一副死不改口的架势。

“西静宫膳房里的毒药，难道不是你让人放的，否则怎么敢大张旗鼓地来搜宫？”纪双木干脆把话都说开了。

“什么毒药？”妍妃竟然一脸茫然，“司律监不是什么都没搜出来吗，最后还不是本宫讨了皇上的嫌，你有见过这样愚蠢的陷害吗？”

纪双木单边嘴角一翘，“不是愚蠢，而是倒霉，幸好有宫婢及时发现毒药，才没有被你人赃并获。”

妍妃露出匪夷所思的眼神，“你怎么能把黑白颠倒过来说？没错，本宫银针试毒是预先安排好的，那也是你有害人之心在先，本宫为求自保而为之。那毒药分明是你准备好了来毒害本宫的，幸亏有人密信告知，本宫才好先下手为强。至于姜嫔的事，本宫更是听不明白，就算本宫曾经因姜荀和绮秀的事为难姜嫔，不是也被她用赐婚一招化解了吗，后来的变故，更与本宫毫不相干，宁妃又何必欲加之罪呢？”

妍妃坦荡荡地说着，言之凿凿令人很难不信。纪双木的脸色渐渐变了，我也

是，我只感觉背脊一阵阵发凉，而脸上一阵阵发烫。如果，如果这些事真的与妍妃无关，那又会是谁在背后捣鬼呢？

“罢了，本宫原本也不是来追究这些的，还是先处理好眼前的事吧。”纪双木把话题牵回来，“唐季柔和南雁，本宫会替她们安排好去处，妍妃若是听到了什么，接受就好，张学明和芸梅，你也可以放心，本宫保证他们的嘴里不会传出去只字片语，当然，也请妍妃信守承诺，把本宫的话转告令尊，也算是，告慰亡灵吧。”纪双木说完，替妍妃拉了拉被子，起身离开。

迈出东华宫的门槛，纪双木就已支撑不住，好像受了很重的伤，要我用力撑着才能行走。我让马车快跑回西静宫，把纪双木扶进寝殿。“娘娘是哪里不舒服，奴婢去叫芸梅过来。”

“别去，”纪双木不知哪里来的力气，一下拉住我，“别去叫她，别去。”

“娘娘……”我感觉很不好，把她扶进内殿在床上坐下。

纪双木深呼吸着，气息渐渐均匀，她冰凉的手握住我的手说，“你听到妍妃说的话了？”

“嗯，”我点点头，迟疑着说，“奴婢看妍妃不像撒谎。”

“我倒情愿她是撒谎，”纪双木恨恨地说，话音里竟有悔恨，“我们错了，西樵，你，我，张学明还有赵翰扬，我们都错了，”纪双木抬起头看我，“不是师卿，是太后，是太后！”

我在她腿边跪下，“娘娘你是说，在西静宫偷放毒药，和陷害姜嫔的，是太后……”

“不只是这些，”纪双木似乎看见了可怕的东西，没有聚焦的眼里露出惧色，“还有本宫假孕的事，恐怕也是她一手促成的。”我闻言惶恐地瞪大眼睛，纪双木的声音还在继续，“其实唐季柔说到王喻茗的死的时候，我就已经有些怀疑了，原本我还期望太后是为了扶持我上位而替我隐瞒，可刚才妍妃的那番话如果属实，那太后就决计是心机深远，废掉姜嫔，才能挑起我和妍妃的后位之争，陷害我，才能坚定我压制妍妃的决心，早从赵觉送那个假姜荀进宫起，我们就掉进了太后设下的迷局……”

我听着纪双木揣摩太后的心，几乎深陷其中不能自拔，直到纪双木说出这最后一句话，我忽然觉得不妥，抬起头说，“这不对呀，姜荀进宫的时候皇上和郑君怡都还没有……”

“所以我才说太后心机深远，郑君怡怀孕毕竟是意外，而太后重振母家的心是早就有了的，姜荀就是一颗火雷，要不要燃爆，什么时候燃爆，全在太后。所以再也不要说我为郑君怡付出这样的话，从头至尾，都不是我在保全她，而是她和孩子保全了我。太后说的每一句话，做的每一件事，全都是在为今天，为她们郑家的今天做准备。”纪双木看穿了自己彻头彻尾的棋子身份，反而出离了情绪，仿佛一切都是顺理成章，再没有什么好担惊受怕的了。

以前跟随郑君怡的时候，我就知道太后不是个简单角色，现在看来，她的道行还真不是一般的深。我不禁揶揄说，“那她对娘娘还真是信任了，能够一边给娘娘促孕的药，一边还寄望于娘娘放弃怀胎。”

纪双木阴沉地一笑，“所以，西静宫里，一定有太后的人。”

我的心突然像被一只大手擒住，纪双木说中了我最不敢去想的东西。回想太后和我们说的每一句话，回想所有与假孕有关的事，记忆的片段在脑海重复闪现，刹那间，我想起一个人来，像被刺了一下似地猝然站起身，那些与她有关的画面逐渐加深颜色。毒药是她发现的，郑君怡怀孕的消息是她传递的，因为懂医术，游走于静禄院和西静宫之间，十月怀胎，一朝分娩，真真假假，所有的秘密都到她为止，恐怕这其中，也包括了她被贬罚到静禄院的真正原因。怪不得，怪不得她刚才不让我去叫她……

“想到是谁了吧?”纪双木看向我，就像在等我从迷途中醒悟折返。

“是芸梅……”我艰难地说出这个名字。是我，是我自作主张让她进了西静宫，是我，是我轻易放行让她接近了纪双木，是我，是我错信了她的善良，彻底把纪双木推进了太后的圈套，是我，又是我。我颓然地跪下，悔恨地低下头，“娘娘……”

“你不用责怪自己，太后存心要利用西静宫，早晚都会是类似的结果，只是，”纪双木哀戚的眉眼像是在悼念什么，“这宫中，再没有值得本宫相信的善

良了。”

这一夜，我们没有再说话，各自沉浸在自己的内疚和悲伤中，等着日月又一次交替。第二天清晨，宫婢在竹林旁的流池里发现唐季柔被泡大的尸体，经查验，是溺水身亡。又过两日，南雁被雷电劈中，死在静禄院的槐树下，一切都这样突然，一切又都这样顺理成章。

三个月后，李昊正式册封纪双木为皇后，皇长子李泰为太子。站在朝阳殿的最高处，我从纪双木的身上看到了国母与人母交织的情怀，这是郑君怡和万淑宁都不曾拥有的。如果说郑君怡身上折射出的是宝石的璀璨，万淑宁骨子里透出的是美玉的冷艳，那么纪双木散发的，就是太阳的和煦与明亮。

我又变成了承御，这个熟悉的身份，竟在今日让我有种无所适从的压迫感。离，归，仿佛一切变回了最初的模样，那样前路漫漫，看不清方向。

第十章　孤手拾遗悲花开

册封礼毕，犹如繁华落尽，喧嚣散淡，被华丽掩饰的伤口重新开始疼痛。当晚，我独自去静禄院见郑君怡，她似乎还未从产后的虚弱中恢复过来，饭菜搁在桌上，已经完全凉透了。我把册立太子的事告诉她，终于她淡然的脸上有了一抹充满希望的笑容。她从枕头底下拿出一封信交给我说，“这里，你以后不要再来了，这封信，你交给元珠，她看了，就不会再去为难纪双木了。”

我听到这话，知道她是认定自己无法出宫了，宽慰她说，“娘娘不要放弃，以后还会有机会的。”

“都无所谓，”郑君怡悲凉地望着我，“宫墙里，宫墙外，都是皇家的地方，都是我孤单一人，有何分别。元珠一心想我出宫，可她不知道，我的心已经被困，人又怎么能得到自由，天涯海角对于我，不过也就是更大的牢笼罢了。”郑

君怡说着，钻进被褥中背过身去，“西樵，我累了，走的时候帮我把门关上，我不想听外面的风声和雨声。”

我慢慢站起身，走到桌边看一眼凉透的饭菜，忧心忡忡地离开。回到中宫后，我把郑君怡的境况说给纪双木听，她听后沉默许久，让我赶紧把那封信托人带出去给李元珠。之后又过了一月，尚宫局突然来报，说郑君怡病死在静禄院。纪双木闻讯即刻前往，却被张学明拦在院外。

“皇后娘娘，往生之人带有秽气，娘娘不宜靠近。”张学明面色凝重，警觉地打量四周。

纪双木迟疑一下，对我说，“西樵，你去看看。”

“是。”我进到院内，尚宫局的人正从郑君怡的屋子里进进出出，我走进去，一眼看见她躺在床上，脸愈发得苍白和消瘦了，只有安详的容颜让人稍稍宽慰一些。记得去年此时，也是一样的秋雨漫天，一样的凉意不绝，她孕育着生命，预言了今日的结局。眼泪悄无声息就流下来，又被我悄无声息地擦去。回到院门外时，纪双木独自站在远处，静静地出神。“娘娘，没事吧？”我轻轻地问。纪双木摇摇头，上了马车回宫。

回到寝殿里，小幅子进来说，“娘娘，刚才媛淑帝姬差人送来一封信，说是给林承御的。”

“给我的？”我好奇地看着小幅子，接过那封信，“这不是……”我顿时瞪大眼睛，朝纪双木说，“这不就是郑君怡托奴婢带给媛淑帝姬的那一封吗？”

纪双木挥挥手让小幅子出去，然后对我说，“你看看吧，这应该是她的遗书。”

“什么？”我惊愕地抬起头，“遗书？”

“张学明说，郑君怡她，是绝食自尽的，”纪双木的话像是千斤锤当头砸下，“她怕其他的死法会引起怀疑，所以才选择绝食，再加上张学明的检殓结果，才有了我们现在所听到的郑氏病亡，而非自尽。西樵，她是心甘情愿的。”

什么心甘情愿，她怎么可以这样心甘情愿！我飞快地拆开信，不可自抑地颤抖着双手，泪水模糊了字迹。这是一封写给三个人的信，第一个是李元珠，在写

给她的篇章里，郑君怡讲述了事情的原委，澄清了我和纪双木的无奈，表明了求死的心意，并请求她通知张学明暗中留意静禄院的动静，以免在尸身检殓时被人发现破绽，第二个是纪双木，郑君怡托付她太子的生死与前程，并细说李昊的种种，似乎是想要纪双木更好地了解这个男人，第三个是我，她回忆了在太子宫和中宫时的点滴，说她遇我，知我，信我，恨我，亦念我，最后她写到，“也许真的还有机会，可是我不会再给自己这样的机会了，我会遵守最初的承诺，完结我的人生，这是为我自己，能做的最后一件事，最后一件心甘情愿的事。”

我痛心地闭上眼睛，几乎能感受到她在孤独和病痛中，带着满足和遗憾离开人世的心境，不禁潸然泪下。“她那天不是这么说的，为什么不告诉我，为什么不告诉我……”

“还能为了什么，”纪双木似乎完全能了解她的心意，“她要保护太子，而首要的，就是要保护你，保护我，保护中宫，张学明今日才说出真相，元珠今日才送来书信，都是一样的缘由。”纪双木走到我身边，关怀地把我的头枕在她的肩上，“西樵，这件事已经牺牲了太多的人，无论是太后的计谋也好，是我们的命中注定也罢，这一条路，只有不回头，前面的路才不算枉走……”纪双木安慰着我，焉知这就不是在安慰她自己，我闭上眼睛，任由眼泪顺着面颊流下……

是夜，李昊喝得大醉来到中宫，把我和小幅子都赶出了寝殿。我心里明白，他是在为郑君怡的死伤心，这一段不伦的情爱，也只有在纪双木这里可以释放，郑君怡在信中坦露她与李昊的过往，也许就是预见了今夜的情形，果然，果然她还是最了解李昊，可惜一道宫墙，把所有的美好都毁了。

第二日，纪双木起得很晚，李昊早去了前朝，我和小福子守在寝殿外，直到纪双木急促地喊我，我们才冲进去。纪双木坐在床上，一手按住胸口，似乎在努力让自己冷静。

“出什么事了，娘娘?”我坐在她身边，拨开披散的长发。

“西樵，我忘了，”纪双木不知所措地看着我，“我忘了大洗。”

嗡的一下，我顿时头皮发麻。张学明说过，产后五个月内不能有孕，而现在才四月出头。“奴婢马上去准备。”我说着要去浴房。

“西樵，”纪双木叫住我，眼神中有种不可逆转的无奈，“来不及了。”

我看着纪双木，鼓励她说，“总要试一试的。”说完，我立刻去浴房准备。

纪双木按芸梅说的方法大洗，时隔半月，本该是纪双木的信期，但却迟迟没有见红。纪双木让我去把张学明请来，诊过脉后，张学明的脸色阴沉得可怕。

“果然是没能躲过吗？”纪双木似乎早有了心理准备，用劲捏紧拳头，诚恳地说，“这次的确是本宫疏忽了，张掌院，你说吧，该怎么办？”

张学明舔舔嘴唇说，“没有别的办法了，只能打掉孩子。”

我焦急地说，“娘娘承宠时，分娩已经四月多了，就算真的有孕，也并非不可，难道四月和五月就有那么大的差距吗？”

“寻常来说，五月都是不合时宜的，”张学明冲我瞪了一眼，略微放缓口气，“但因为宫中，曾有过妃嫔产后五月再怀胎的先例，微臣才默许的。其实，只要过出两月，怀胎就是有可能的，但问题是，这个时候怀的孩子，因为母体的虚亏根本没有补回来，所以根本留不到足月分娩，通常六月大的时候就会自然小产，宫里先前的例子，也是未足月就生产，而且胎儿降生不到四个月就夭折，与其如此得而复失，不如不要。何况娘娘还是四月出头就怀胎，就是要留，也不能留过五个月，到时必定要将他打下，才能消了宫中疑虑啊。”

纪双木的眼神黯淡下去，“那也就是说，孩子迟早是要打掉的。”

“是，”张学明直白地说，“就看是要现在偷偷地落胎，还是等将来在众人眼前小产了。”

纪双木用手护住肚子，思量许久后，慢慢抬头尚怀期望地说，“要是本宫缓报一个月的孕期呢？”

张学明眉目低垂，“娘娘要冒险，也不是不行，但娘娘以初孕之身侍寝，真的不怕吗？”

纪双木一笑，“反正也是保不住的，不如试一试，”她的话竟有破釜沉舟的味道，“若不幸小产，便是母体孱弱胎象不稳所致，合情合理，若侥幸过关，只要张掌院告知众人胎里不足的孩子并非个个都夭折，想必也能堵住悠悠众口。”纪双木说着看向张学明，见他还是一副为难的表情，不禁皱起眉头，“张掌院还有

什么顾虑吗？”

张学明朝两边撇了撇嘴角说，“微臣的顾虑倒不在月份上，而是担心太后会出面阻止，一来，她绝不会陪着娘娘冒险，二来，她未必希望娘娘有自己的孩子。说到底，她只是顶了太后的头衔，事实上不过是皇上的堂姑姑，并非生母，所以对皇上的子嗣不会真的视若己孙，一旦与她自己的利益相冲，必定会狠心除去，想当初若非娘娘坚持，妍妃的孩子早就不在了。”

我看见纪双木的眼中掠过忧愁，赶紧说，“太后就算反对，也只能在心里，娘娘若坚持要生下孩子，她也没有办法，说到底，她和娘娘是一根绳上的蚂蚱，怎敢轻举妄动，更别想使出下毒的阴招，咱们都防着呢。”

“你说得轻巧，”张学明反驳说，“太后不需要和娘娘有任何交锋，只要把芸梅调出御医院，娘娘就必然陷入困境，等到他朝分娩，医女发现娘娘是头胎生产，之前的秘密必定曝光无疑。”

“秘密曝光，对太后有什么好处？”我不服气地说。

“是没有好处，但问题是娘娘不会允许这种情况发生，太后就是认准了这一点，所以只要稍使手腕，就能迫使娘娘知难而退。再说，现在没有任何证据证明此事与太后有关，退一万步讲，哪怕真相揭穿，太子被废，对太后也不会有丝毫损伤，而对娘娘，则是一朝倾覆，必步郑氏后尘。”

我的心一颤，不得不承认这是个可能出现的可怕结果，但被一股倔强的劲顶着，我强作争辩，“御医院不只芸梅一个医女，张掌院身边的竹湘不是也很能帮上手吗？”

“都别说了，”纪双木打断我们的争执，转向张学明的脸上已经没有彷徨的颜色，坚定的目光透露出势在必行的决心，“张掌院，本宫不是不知道，这是九输一赢的赌博，但无论是哪种结果，本宫都要尽力一试，否则就这样放弃，本宫也不配为人母了。”纪双木加重了语气，一字一句都好像深深拓下的印记，再难更改。

“微臣明白了，”张学明似乎是妥协了，“那微臣即刻回去准备固本培源的方子，助娘娘顺利侍寝。但有一点，微臣必须提醒娘娘，孕期缓报不宜过长，若超

出一月半，腹围就会露出破绽，若以生绢束腹，恐会对龙胎无益，所以娘娘，若十日内不得召幸，恐怕也只能放弃了。”

“这个本宫知道，”纪双木低头踌躇一刻，抬起头说，“本宫可以向你保证，如果此事真的到了无法继续的地步，本宫会按你说的，以落胎终结一切危险，这一条后路，本宫会一直留着。”

“娘娘深虑，微臣叹服。微臣这就去准备。”张学明告退离开。

纪双木疲倦地闭上眼睛，努力让自己沉静下来，我能听到她刻意的呼吸声，急促与缓慢相互交替，那是她的恐惧和决心在相互抗衡，但最终，她渐渐安静下来，呼吸越来越轻，越来越轻，“西樵，”她轻轻地唤我，“陪本宫去看看泰儿。”

“是。”我陪纪双木去了隔壁的寝殿附殿，李泰正睡午觉，奶娘在一旁看护着。

纪双木站在摇篮边，面带微笑地看着摇篮里的孩子，温柔地说，“西樵，你去告诉小安子，近两天看皇上什么时候空了，提醒他来本宫这里看看太子。”

“是。”我轻轻应下，知道这是她在为侍寝作准备，只是，看着她充满怜爱的眼神，还有哄抱孩子时轻柔的举止，我愿意相信她是真心疼爱这个孩子，可偏偏这个孩子，承载了太多的是非恩怨，爱恨情仇，我怕有一天，纪双木会觉得累了，尤其是等她有了自己的孩子，这份充斥着责任的爱会更加沉重。

李昊是三天后来的，看过李泰后便在宫中留宿。一个月后，张学明宣布纪双木怀孕，果然在后宫引起议论，但由于曾有过先例，加上纪双木为人温良端厚，故而议论声多是说纪双木福气好，最不如人意的也就是在担心她小产或产后幼子夭折，并无对怀胎一事有所猜疑。意料之外的是，胎儿三个月大的时候，张学明告诉纪双木这一胎是双生，双生易早产，反能遮掩缓报孕期的事，但也因为双生子多体弱，胎儿成熟的时间比单胎晚，所以纪双木一定要精心调养，尽量拖到足月生产，否则容易露出破绽。杨岫云每隔几日就会带李昱过来，李昱似乎和李泰很有缘分，兄弟俩玩得起劲。妍妃来过中宫一次，向纪双木问清打算后也没有多说什么，只是警告纪双木不要太在乎此胎，因为怀孕越久，就会越割舍不下，万一等到了最后才不得不落胎，会悔恨千万倍的。妍妃这话，就好像预见了这孩子

不能留下似的，但不知为什么，我竟隐隐有同样的担心。自纪双木宣布有孕后，太后那边出乎意料得平静，这反让我们忐忑不安，就像在等待一场迟来的暴风雨，有一种敌暗我明的危机感。

时间在忐忑中匆匆流过，今天已是新一年的二月初八，李昊在中宫用完早膳后，传赵翰扬陪同出宫狩猎，前脚刚走，太后的传召就到了中宫。听到传召的那一刻，我预感有些不好的东西就要应验了。

古月月把我们引到正殿，刚一踏进门槛，我就看见妍妃在给太后斟茶，她转身往回的时候也看见了我们，眼神突然变化了一下，像是要表达些什么，却是隐晦得很。纪双木请安落座后，三人寒暄了几句，寥寥数语，却透着各怀鬼胎的诡异。

等茶上了第二道，太后切入正题，“闲话就先说到这儿，其实今日把你们找来，是有一件大事要和你们商量。早在前年年中的时候，哀家就提过要给皇上选秀，后来因为姜氏的事，就搁置了下来，如今后宫已有了新的主人，一切都步入正轨，也是时候充裕后宫了。”

妍妃和纪双木对看了一眼，妍妃沉默不语，纪双木起身说，“太后说得是，眼下后宫只有臣妾和妍妃两个，确实冷清了些，臣妾听说朝中不少大臣的千金都已到适婚的年龄，而且教养出众，品性优异，若能选入后宫，必是李朝之福。”

太后摆摆手让纪双木赶紧坐下，毫不吝啬地夸赞说，“皇后能这样想，才真是李朝之福，难怪上天眷顾，让你这么快就能为皇上再添子嗣，只不过，”太后一下收起笑容，露出为难的神色，“有一点，哀家并不十分放心，还要和皇后商议了再定。”

纪双木的肩膀轻微地耸了一下，“太后请说。”

“按理说，选秀之事应由皇后主持，但你如今怀有身孕，本就不宜操劳，能够兼顾泰儿已属不易，如果再要你主持选秀，恐怕身体会吃不消的，所以哀家考虑，你把泰儿送到永宁宫由哀家照顾，这样你也能集中精神忙选秀的事，皇后以为呢？”

太后这话让我心里一紧，她分明是借口选秀要把李泰从纪双木身边夺走。我

看向纪双木，她镇静地微笑着说，“太后，泰儿自出生就没有离开过臣妾，仓促移居，恐怕会因不适而哭闹，影响到太后就不好了。”

“不要紧的，住久了，就不会哭闹了，没准以后住习惯了，还不肯回去了呢。再说，皇后也不能过分宠他，否则娇纵惯了，将来如何继承大统。”太后说着喝了口茶，见纪双木迟迟不说话，又慢慢盯住了她，“皇后不会是舍不得吧？”

纪双木抿抿嘴唇，没有说话。

太后一下笑了，像是深有感触似地说，“哀家明白，自己身上掉下来的肉，怎么会舍得离开，可哀家也是为你考虑，难道你就只顾着这个已经落地的，不心疼心疼你肚子里的那个？你辛苦，就是他辛苦，何况你还是产后有孕，身子本来就虚亏，虽有张学明的好本事撑着，自己也要多当心，才不枉皇上疼爱，天意眷顾呀。”太后说着，双眸轻转又作思量后说，“这样吧，你若舍不得，泰儿就还留在中宫，可选秀的事，你不能再管了，交给哀家，让哀家替你操这个心，可好？”太后说完，又马上低头喝茶，似乎是刻意留出时间给纪双木思考。

妍妃看看太后，看看纪双木，把头转向殿外，有种事不关己的味道。纪双木沉默良久，捏着衣角的手渐渐攥紧，又渐渐松开，抬起头说，“那臣妾就把选秀的事托付给太后娘娘了。”

太后的脸瞬间阴了一下，但随即微笑着点点头，似乎也是心满意足的。妍妃依旧望着门外，不知在想什么。

从永宁宫出来，妍妃和纪双木并肩走着，我和明月跟在后面，隐约能听到她们的对话。

“看到太后那张阴阳脸了吗？你交出后宫大权，却依旧不能收拢她的心，比起操纵后宫嫔妃，她更想握在手心里的，是泰儿。眼下你不仅不肯交出泰儿，还要再怀龙胎，岂非公然和她做对。”妍妃朝纪双木的肚子瞄了一眼，不知是担忧还是警告地说，“我早就说过了，你这个孩子来得不是时候，别以为太后不表态，就能蒙混过关强撑到底，相反，她一天不表明立场，你的危险就更多一分，别真的到了最后，连挽回都来不及了。”

纪双木闻言并不惊慌，淡淡地说，“妍妃能对本宫说这些话，还真是让本宫

意外。”

“我可不是关心你，我只是太知道那种失去孩子的痛苦了。算你幸运，她刚才就是在提醒你，孩子和权力，你只能选一样。你懂了，你也选了，只是她今日勉强接受你的选择，他日会否后悔，就不得而知了。李泰对于她的意义非比寻常，你的肚子始终是个威胁，好好准备着吧，但愿，你还没有陷得太深。”妍妃说完，正好到了马车边，上车先离开了。

我走到纪双木身边说，“娘娘，妍妃说的不是没有道理，我们要不要……”

“妍妃的话当然有道理，可再有道理，我也不能把泰儿给她，”纪双木毫不犹豫地说，“她处心积虑让郑家的骨血成为太子，背后的用意昭然若揭，我若让泰儿与她朝夕相处，后患无穷，相反，我选泰儿，至少说明我对她还有依附之心，也肯放弃权力，有泰儿牵制，这样或许还能保住我的孩子，但是……”纪双木突然停下脚步，望着远去的马车，双手渐渐覆盖上肚子，“我留下腹中的孩子，已足以让她明白我不会甘心做她的傀儡，所以这次的选秀，是她寻找下一个纪双木绝好的机会。”话音轻颤，纪双木远眺的眼眸中蕴藏着决心和勇气，也闪动着恐惧和忧虑。

第十一章　死欲藏羞天意白

新一批的秀女是在三月初十那天进宫的，一共八十四人，第一轮的初试过后，留下了二十四个，等到三月十六，就是复选，虽然此次选秀由太后主持，但纪双木身为凤印的执掌人，依旧需要在候选秀女的名册上盖印为证，无奈名册由古月月亲自送来，纪双木不便细看，粗粗掠过几个字，也只是记住了几个名字。因避忌太后，纪双木从不私下里过问选秀的任何事，对入选秀女不多的了解，竟都是来自于妍妃的透露。当然，妍妃这样好心来通风报信，绝不是要维护纪双

木，只不过想借纪双木替自己守住阵地罢了。在进入复选的二十四名秀女中，家世鼎盛的只有三名，一是平远将军陆柏侄女，已故镇关将军陆松的小女儿陆淑妮，二是新任兵部侍郎温驰的二女儿温秀仪，三是户部尚书吕乃容的独生女儿吕宛娉，三人都是十七岁，温秀仪以貌博众，凤眼柳眉，天生的美人胚子，吕宛娉腹有诗书，气质脱俗，很有些杨岫云的风范，陆淑妮无愧是将门之后，一身豪气盖红颜，竟比温秀仪更加抢眼。除了这三个，妍妃还特别提到秀女中出身最低的沧州知府白慕生的女儿白若溪和白若霜，她二人是同父异母，姐姐白若溪是正出，肤若凝脂，静若处子，妹妹白若霜是庶出，明眸皓齿，娇若桃李，听妍妃的口气，似乎对她二人防范更多。

转眼到了三月十六，第一轮的复选结束后，古月月送来中选的十二名秀女的名册让纪双木盖印，我匆匆一瞥，白家姐妹都在中选之列。古月月离开后，我一边收起凤印，一边说，“一轮复选考文墨，要筛掉一半的人，二轮复选看才艺，通常都能过，白家姐妹过了第一轮，想来第二轮也是难不住她们的，上次妍妃来，奴婢听她的口气，似乎对白家姐妹特别在意，要是知道她们一轮复选全中，不知会不会睡不着觉呢。”

“白家姐妹中选是意料中事，妍妃真要睡不着，也不是从今天才开始的，郑君怡的事情已经让她清楚看到自己的未来，包括太后的心意，她也拿捏得十分准确，温秀仪她们单凭出身，就难得太后亲睐，反而是白家姐妹最可能得到太后的扶持，因为除去家世和容姿，她们正庶有别的姐妹关系，恰恰是最能被利用的一点。”纪双木的话就像她怀胎的身子一样沉重，只是不知道，她的忧愁是否会随着孩子的降生也一并离开她的身体。仔细想想，李泰已经是太子，有太后照拂，也无需纪双木再多做什么，如果让出后位，能保住亲子一生平安，也是不错的选择。可后宫里真能有高居后位的傀儡吗，连纪双木也不能坚持到底的事，还有谁能，我总觉得，那不过是太后的痴心妄想罢了。

二轮复选在三月十八，纪双木照旧静等永宁宫的消息，却先等来了东华宫的明月请纪双木到明湖边与妍妃一见。此时复选尚未过半，想来是妍妃已有了可靠却在意料之外的消息。

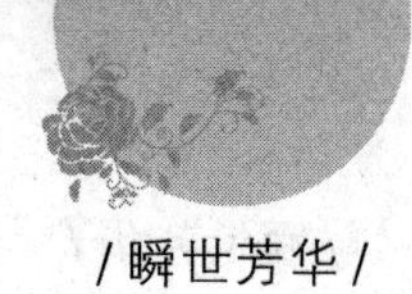

我陪纪双木去了明湖，在一片被合欢花遮掩的僻静之处见到了妍妃，她开口第一句就说，“吕宛娉被刷下来了。”

纪双木一愣，“怎么会?”

“你也没想到吧? 在复选的时候就替白家姐妹除去障碍，实在不是聪明的做法，而且就算要除，也轮不到吕宛娉做这头一个。”妍妃说完，歪着头等纪双木发话。

“你的前半句我认同，但后半句……”纪双木轻轻摇头，“在温秀仪、陆淑妮和吕宛娉三个人当中，难道你不觉得吕宛娉才是最能跟白家姐妹抗衡的人吗?”

“原本是的，”妍妃似乎掌握了什么秘密，双眸一挑说，“可昨天我听到一个消息，吕宛娉的父亲早就因为身体抱恙而有了辞官的打算，一直拖着不向皇上禀奏，也是为了女儿的前程。一旦吕宛娉当殿中选，他便会告病辞官，舒舒服服做个手无实权的国丈，你说如果太后也得到了这消息，会不会改变主意呢?”

纪双木微微吃惊，寻思片刻后对妍妃说，“你怀疑太后是以退为进?”

“所谓欲盖弥彰，她这一步退得太大，不能怪我往坏里想。你知道吕宛娉是怎么被刷掉的吗?”妍妃露出嘲讽一切荒谬的事的笑容，“二轮复选，吕宛娉一舞倾城，亦一舞熏人，这古往今来，因为腋臭被踢出局的秀女，也只有她了。”

“腋臭?”纪双木皱起眉头，“腋臭是顽疾，亦是初选时御医院必查之症，可我并没有见过这样的报档。”

“所以啊，如果不是太后一早就有了安排，就是临时起意，通过不知道什么手段，让吕宛娉出现腋臭的症状，但无论哪种都好，吕宛娉已经是太后看中的人了，趁着太后还想雪藏她一段日子，能用的手段，能使的招，就赶紧用，赶紧使吧，否则等她风光起来，再要下手，就只能在众目睽睽之下了。”妍妃说着，关切烦忧的眼神中闪烁着挑拨的奸佞。

纪双木微微一笑，从容地说，“本宫何时说过，要对她下手，任凭她是谁的人，只要无害于后宫，有益于天下，本宫愿意让贤。”

“哈，”妍妃把虚弱隐藏在笑声背后，从牙缝里挤出几个字，“但愿娘娘能说到做到。”妍妃说完，甩袖离开。

我等妍妃走远，走近纪双木轻轻地说，“娘娘……真是这样想的？”

纪双木望着湖面，沉默一阵说，“我说的并非谎话，可世上既有难成的心愿，也就会有我说到做不到的无奈，可即便做不到，我也要那样说，万不能纵容她的存心挑拨。”

“那吕宛娉的事，娘娘以为妍妃的分析可有道理？”

纪双木收回远眺的目光，转过身说，“等到复选的最终结果出来，一切就更分明了。”

我们没有在湖边久留，去杨岫云那里坐了一会儿就回宫了。傍晚的时候，古月月送来入选名册，果真只有吕宛娉一人被淘汰，但却没有一笔缘由。同时送来的，还有落选秀女的安置令，吕宛娉并没有被驱逐出宫，而是发落到御林园做清扫婢。纪双木一句不问就盖了印，古月月离开后，她开口说，“这样看来，妍妃的猜测应该是无误了，吕宛娉如果真有腋臭，便是连初选的要求都不符合，虽然发现得晚，也应该按照初选不过的秀女处置，送出宫去，可太后偏偏在此处含糊带过，把她留用后宫，而且还是放在几乎无人问津的御林园，这藏之一字已是呼之欲出。”

“那也得吕宛娉肯被藏才行，太后的眼光也太毒了，原本娘娘和妍妃都更在意那对白家姐妹呢。”

纪双木轻轻摇头，“太后心思细腻，哪里就能在一棵树上吊死，不光是白家姐妹，也不光是吕宛娉，任何人，任何机会，太后都不会放过。现在秀女们刚刚入宫，太后还摸不准她们的心性，必定要观察一阵才会真地有所动作，雪藏吕宛娉，恐怕也是给自己留个后手罢了。”

“可既然是藏，为何要做得这样明显？现下，连妍妃都看出端倪了。”

纪双木会意地一笑，似乎是看穿了什么，“太后走到这一步，经历的危险和艰难不比我少，你以为她就希望从头再来一遍吗？换人是下下策，这点太后比谁都清楚，只不过因为我肚子里的孩子，她才有了这些猜疑和筹谋，”纪双木说着抬头看我，“我看她，是巴不得我看穿她的伎俩，那样她才好测出我的心思。如果我因为眷恋权势而屈从，那就还是她的傀儡，但如果我无动于衷，那就是打算

和她作对到底了。”

我一边斟茶一边说，“可娘娘现在，好像既不打算屈从，也不准备作对。”

“太后毕竟是太后，她的母家虽不如从前，但在宫中的权势也绝非我能撼动，和她作对，无异于以卵击石，可反过来，就算我屈从了，太后也不会相信我是真心，更会害怕有一天我羽翼丰满，必要报这弃子之痛的仇，只会对我压制更甚，所以屈从和作对都是下下策。”

我再次提壶斟茶，“那娘娘的上策是……”

纪双木端起茶碗轻轻闻了闻说，“对赌。”

我斟茶的手轻轻一颤，溅出一滴茶。对赌，这是什么意思？我抬头迷惘地看着纪双木，她却不再多言，默默起身朝偏殿的门走去。我放下茶壶，跟随而去，这一夜再无对白。

三月二十日，殿选在朝阳殿举行，我又一次以承御的身份站在皇后座侧，颔首低望那些日后有可能凌驾于我的绝色。温秀仪凤眼朱腮，如一株嫣红摇曳生姿，陆淑妮庞清眸亮，似雪顶翠微傲视芳兰，白若溪婉约天成，仿佛山涧之下一株含羞，白若霜柔媚圆润，好比深海之中蚌吐圆珠，比起名册中的寥寥数语要生动千百倍，就连名册中一笔未及的四品典仪曹允墨之女曹锦瑜，新晋御林军统领葛萧之妹葛倾音，都眉目流盼各有风采，相比下来，纪双木和师卿都不禁失了颜色。

殿选的规矩还是原样，李昊择了饰物赐予秀女，继而拟定封号，赐居宫院。我原先一直在想，李昊会不会也和李政一样，对选秀之事敷衍而为，只碍于前朝的缘故，择家世显赫者稍示青睐，但此刻看来，李昊对诸位秀女也颇为在意，请安后必要问上几句，或考其才学，或试其德行，除出身显赫的秀女外，也恩泽她人，除了封温秀仪为淑仪，赐号阑，赐居凌波殿，封陆淑妮为昭仪，赐号瑛，赐居闵德殿外，还册曹锦瑜为庄嫔，赐居依岚殿，册葛倾音为璇嫔，赐居琮茝殿，白若溪和白若霜皆为美人，因是同胞姐妹，特赐居双雀殿，同为主位。这样的结果倒有几分让我意外，以前陪郑君怡研读宫闱史，只知道有一个皇帝宠爱诸多妃嫔的，倒很少见一个君王能在选秀时一下册封这么多主位的，如此慷慨，竟不像

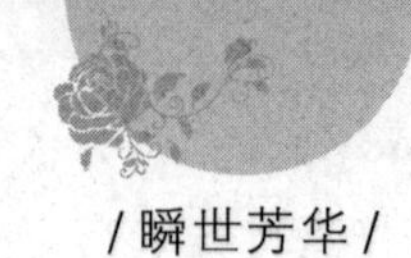

是风流所至了。

殿选当晚，李昊留宿在了温秀仪的凌波殿，纪双木对此一笑置之。此时纪双木的胎已有六个月了，胎动频繁，张学明一直叮嘱要多休息，李昊少来留宿，正中下怀，且太后虽明里不闻不问，暗里处处把持着后宫，纪双木干脆推开不管，专心养胎，一切都在期许之中。不过静养归静养，纪双木也在偷偷观察这些新来的妃嫔，当真都是可造之材。温秀仪极会做人，绝对是在外人眼里恃宠而不骄的那种，陆淑妮我行我素又不屑争宠，自得其乐也没有谁去惹她，曹锦瑜醉心于音律，恩宠于她似乎白水一瓢，兴致寡淡，葛倾音能常与兄长相见，更似乎与李昊早就相识，彼此相处更似兄妹，白家姐妹更是克己能忍，从不卷入旁人的争执，也从不给自己制造麻烦，然而这表面的忍让，表面的随性，表面的其乐融融下，究竟是怎样的心思，没有人知道。相比之下，师卿才是真的身在困境，性子已不能改，恩宠又不如从前，只有妃子的位份还能周全颜面。不过，也许是经历过失子之痛，师卿处事待人比之前沉稳了许多，骄奢之态已不复再见，唯有骨子里的高傲还不曾改变。

光阴流散，转瞬又是一轮月圆月缺，四月的春风最是和煦，但不知为什么今年的冬寒退去得这样慢，从黄昏开始到第二日的清晨，霜冻的气息总夹杂在空气里，连花瓣都透着霜白，一番春花凋落的情景。

噩耗是在一个雷电交加的夜里传来的，那一日白天的日头特别好，风清云淡，云层中透出的光也暖了许多，花叶上的霜白渐渐浸透了橘红的颜色，这样的景致，实在很难让人想象随之而来的夜幕会是如此可怕。闪电像利剑割裂屋顶的瓦片，被风吹开的窗户把窗台上的君子兰整盆打翻在地，我赫然惊醒，接着便听到急促的叫门声。

吕宛娉死了，在救护新移植的鹤望兰和菩提兰时，被身后拦腰折断的梧桐击中头部，与死亡的梧桐一起跌入已经被践烂的花泥。我奉命赶往御林园，癫狂的风雨让我看不清眼前的路，迷乱中，我看见御林园的人还忙着搬移那些花草，吕宛娉躺在冰冷的泥里，残花败叶吹到她的身上，像是要就这样埋葬她。

风雨渐歇，我终于能看清她的样貌，尽管泥点弄污了她的脸，可还是掩不住

她端秀的眉眼和清透的容颜，此时，她就像枯萎的绿萝，碧色还没有完全褪去，但枝蔓已经开始僵硬。其实所有留在后宫的女子中，我最想见的就是吕宛娉，这个被太后雪藏在御林园的女子，不想最终见到的时候，只剩下一具尸体。

司律监和御医院都派了人过来，古月月也来了，我默默地退到一边，默默地转身离开，在御林园的门口遇上了张学明和赵翰扬，我们没有说话，但彼此深望了一眼，不知为什么，我总觉得赵翰扬在这个时候这个地方出现，有些不自然。

回到中宫时，天已蒙蒙亮，纪双木睁着眼睛躺在床上，见我回来就坐起身。我把御林园的情形说了，还告诉她见到了古月月、张学明和赵翰扬。纪双木低头沉吟片刻说，“吕宛娉是太后藏起来的人，太后现在又管涉后宫，出了这样人命关天的事，让古月月跑一趟也十分应当，至于赵翰扬，他现在已经是督卫大将军，又赐御前行走，自然有权去御林园看个究竟，若要说事不关其身，那两年前他不也是空凭一腔正义在为姜姒的事奔走吗？”纪双木微微露出欣赏的微笑，接着又很快陷入迷惘，“反倒是张学明，据你所说，御林园中受伤的花奴没有几个，大可让值夜的御医赶去医治，何需他这个掌院亲力亲为，勤勉虽无错，却也有些过了，莫非其中还有他非去不可的缘故……”纪双木的喃语渐渐变成自言自语，这时天开始大亮，我和蔓儿准备服侍纪双木起床。

梳洗完毕后，小厨房送上燕窝小米粥，我正要盛出一碗来，瞥见小福子躲在殿门外冲我使眼色。我看桌上有一碗清口的茶，就把袖口故意沾湿了，找了借口溜出去。小福子告诉我，有个司律监的小公公在后门等我。我去了后门，那个小公公正缩在墙边，见我来了，赶紧溜步过来轻声说，“玄公公让奴才来传个话，御林园吕宛娉的死不纯粹是意外。”

“什么？”我猛一惊，赶紧又捂住嘴说，“他怎么知道的？”

“玄公公听到御林园的两个花奴在悄悄议论，说那梧桐树不是一下子倒下的，当时还有人拼命喊着让吕宛娉离开，可她好像全然不顾似地，还在搬移那些鹤望兰，接着梧桐树完全倒下，才压中了她。”

“风雨太大，或许是没有听见。”我嘴上这样说，心里已经起了疑，“玄公公是怎么个看法？”

“玄公公说事有蹊跷，所以才让奴才来告诉承御。”

我转动眼珠子说，“那玄公公是觉得吕宛娉故意求死？”

小公公朝四下望了望，声音压得更低，“玄公公的原话是，至少，她没有求生。”

我的脑子里嗡的一下，不求生，这是比求死更难琢磨的心态。我沉一口气说，“这件事，还有谁知道？”

“玄公公已经警告那两个花奴让他们别再多嘴了，除此外，眼下就只有我们三个人知道，那两个花奴虽被公公喝斥，却也是不准他们议论死人，想来不会走漏风声，玄公公的意思是，若娘娘不打算声张，就全当没有这回事，若娘娘要摊开来查，恐怕要先支会一声，司律监那边还得预先通通气，免得公公将来不好做。”

“我知道了，你在这里等着，我去回娘娘。”我回到寝殿，把情况说明了，自然也说了我和小玄子的交情。那一刻我在想，我把自己和小玄子的交情隐瞒了这么久，纪双木会不会因此生出芥蒂，说来也怪，我已经和她这样亲近，却还在骨子里想要保留住一些完全属于自己的东西。

好在纪双木没有多想，只思忖片刻就说，“你去告诉他，这件事不能声张，也不需要知会司律监的其他人，本宫纵然要查，也不会牵连进他们，让他们只管当作不知情就是了，”纪双木说着从桌上的水果盘里挑了两个西域进贡的奇异果，“这是皇上昨日赏的，你拿给他们，多谢他们尽心。”

我把纪双木的话和赏赐一并带给小公公，刚回到寝殿门口，看见张学明正从院子里进来，一脸凝重，想来也是要说御林园的事，莫非这里面的蹊跷还不止一桩。我们进到殿内，纪双木一见他那阴沉的模样就说，“看来张掌院不是来给本宫请平安脉的了，西樵说在御林园看到你了，是要说这件事吗？”

张学明抿了抿嘴说，“或许也算有些关联吧，娘娘，微臣发现在御林园遇难的吕宛娉已经有了近一月的身孕。”

纪双木搅动燕窝粥的手猛然停住，瞬间抬起头，惊愕的眼神停留了许久才渐渐散退，“是检殓的时候发现的？”

“不，吕宛娉的死因并无可疑，又是区区清扫婢，用不着微臣检验，只因昨日微臣去御林园寻找一株稀有的绿植，吕宛娉将植株递给微臣时不慎手滑，微臣情急帮忙，正好搭住了她的手腕，才发现她已有孕。不过，吕宛娉应该不知道微臣已洞察此事……”

“可她却很可能因此选择了死。”纪双木的声音充满了悲怆和质疑，豁然开朗中夹杂着一丝迷惘。

张学明不知缘由，疑惑地看着我们，我轻轻说，“司律监的玄公公偷偷来说，吕宛娉极可能是故意不躲避危险，放弃求生而死。”

张学明眉头一蹙，“娘娘认为两件事有关联？”

“也许有，也许没有，”纪双木扶着桌子托着腰走到窗边，闻一闻君子兰的香说，“就看她肚子里怀的是谁的孩子了。”

张学明露出苦思冥想之态说，“要说吕宛娉是秽乱宫闱有了身孕，没有勇气面对而求一死，大可以自尽，为何要用这样麻烦而且惨烈的方式，从风雨骤至来看，似乎是偶生去意，这一点极为不通。当然，也可能是她还想用其它的方法解决问题，偏巧天意驱使，她借势而去，也算保全了名节，不至于死后再起流言。”

“又是这样，”纪双木悲凉而落寞的目光渐渐从瞳孔中流淌出来，“这话让本宫想起了郑君怡，她在死前甘愿承受那样的痛苦，也是怕暴露了她自尽的意图，宫中多是非，更多流言蜚语，竟连自尽都要掩埋起来了。”纪双木转过身，郑重地说，“张掌院所说本宫记下了，本宫会谨慎处理此事，还请张掌院暂时保守秘密。”

“是，微臣明白。”张学明说完，见纪双木挥了挥手，自觉告退。

张学明离开后，我走到纪双木身边轻轻地说，“这样看来，这孩子便不可能是皇上的了。”

纪双木低下头，拉扯过来一片长长的叶子，摆弄着说，“是我沉不住气，让他听出了话里音，才说了这些避重就轻的话来打消我的念头，不过仔细思量，也确实是我多想了，如果吕宛娉真的承皇上雨露怀有身孕，便再没有什么更要紧的事能让她放弃生存，再说，一个月的工夫，即便太后有心也不该这样匆忙，终究

是我太过紧张了。”

“那也是因为娘娘在乎皇上的缘……”纪双木猛地瞪我一眼，我赶紧闭嘴，不知为什么，纪双木很不喜欢我评论她对李昊的感情，明明很在乎，却硬要埋藏在深暗处，仿佛一见了阳光，这感情就会烟消云散似的。我停顿了一下，换话题说，“那吕宛娉的事就这样了了?”

纪双木摇摇头，目光突然变得深邃，“张学明说吕宛娉秽乱宫闱，那是因为他不知道太后在吕宛娉身上下的功夫，以她眼下的处境，怎么可能做出秽乱宫闱的事，就怕此中另有隐情，等这两天风头过去，你去御林园找个靠得住的人打听一下，这一个月里，都有谁进出过御林园，要是有人问起，就说我要的君子兰的花泥里被倒了腐蚀花根的东西，我就不信他们不说实话。”

“奴婢知道了。”我刚应下，请安的嫔妃们就陆续到了，纪双木喝了安胎药，前往正殿。

只一个早上，吕宛娉的事就已经传开了，大家寒暄了没有几句，曹锦瑜就先提到了此事，因她兄长是禁卫军统领，所以知道得略多一些，接着温秀仪她们也每人提了一两句，反倒是妍妃一声不响，想必是心里也在琢磨其中的玄机。宫里八房以下的宫婢常有损伤，就是死掉的也不在少数，能被这样议论的，吕宛娉也是头一个，毕竟她是秀女出身，还是中选的热门，若非因腋臭被踢出局，谁也不敢说自己住的宫殿仍旧还是自己的，可差一点就是差一点，她死时只是宫婢，按规矩就只能草草埋了，太后念及她父亲过往的功劳，准吕家把她的尸身带回去安葬，也正因为她的死这样轻于鸿毛，嫔妃们议论起来才多了几许怜悯，少了几分幸灾乐祸。

两三日后风头过去，我去御林园找到相熟的小林子，从他口中知道，这一个月里进出过御林园的只有三个，先帝的十弟，现在的安南王李贞，十三弟，现在的福王李度，还有就是禁卫军副统领赵翰扬。从御林园往回走，我的眉头皱了一路，虽然赵翰扬出入御林园有些怪异，但以他的为人，不至于做出这样无耻的事，或许，他是知道了什么，想要守住吕宛娉的秘密和清白，才在事发当晚赶去了御林园，就像张学明一样。

我加快脚步回宫，把怀疑告诉纪双木，她闻言停下绣线的动作，放下箏子思忖片刻说，“既然你对他的出现这样耿耿于怀，那我就准许你在吕宛娉头七那一日出宫去吕家致哀，赵翰扬应该也会去，你到时见机行事，或许能问出些什么来。”

“娘娘的意思是……让奴婢直接问他？”

“像赵翰扬这样的人，开门见山地问是最好的，你要是用其它办法，反而讨不到便宜。想当初若非赵翰扬，姜姒被废的真相可能到现在都不见天日，况且你也说他对吕宛娉有维护之意，如果他知道我调查吕宛娉的死是出于善意，除非真不知情，否则应该不至于再对你隐瞒。”

“那安南王和福王……”我觉得此事非常棘手，安南王是先帝剩下的几个兄弟当中最出色的，皇上登基后，他自请出宫，只享亲王尊位荣华，不要半分权力，只在每月的月下进宫一次，探望生母张太嫔，是个孝顺又性格温和的人。福王自幼残疾，性格孤僻，皇上特许他和生母温太嫔一起住在盂岚殿。照小林子的说法，张太嫔钟爱绿萝常青，安南王每次进宫必定会去御林园亲自挑选，而福王性情寡淡，只喜爱种植花草，每过一段时间就会去御林园选稀有的花草回宫种植，由此看来，他们出现在御林园极可能是个巧合，那么再除去赵翰扬，就没有能怀疑的人了，难道吕宛娉是在御林园外被谁盯上了吗？

纪双木蹙眉几许说，“安南王和福王本就是御林园的常客，实在不能因此就沾染嫌疑，等你问过赵翰扬，再作筹谋吧。”话音刚落，纪双木猛地咧了下嘴，手仓促地扶住桌子，微微开口却没发出声音，随即眉头舒展，顷刻绷紧的脸也转瞬就松弛下来，慢慢恢复血色。我上前扶住她，她却缓缓抬手示意我不要紧张，转而拿起箏子继续绣云出月的图案。

我担心地看着纪双木，最近她的胎并不是很稳，可此时离足月生产还差两个多月，离宫中众人知道的受孕时间仅有六个月，张学明无奈加大了安胎药的药量，再三嘱咐纪双木要安心静养，无论如何都要再拖足一个半月，好在眼下还没有出现见红的迹象，否则就要用熏艾了。

耐心等待几日后，终于到了吕宛娉的头七，我身穿素白的衣裳去吕府吊唁，

因为承御的身份而倍受礼遇，吕宛娉的母亲方氏还请我到内堂小坐，但从吕乃容冷峻的目光中，我觉察到一股努力隐藏的敌意，这也难怪，我若是他，送了这样出色的女儿进宫，落选沦为八房奴婢不说，还莫名其妙地死在宫里，对执掌后宫的皇后就算不疑，也难不恨，我这个皇后爪牙，自然也看不到好脸色。只是赵翰扬一直没到，我只能继续在灵堂里等着，直到吊唁快结束时，赵翰扬出现了，与他同来的还有孟天尧，看着他们在灵位前拜祭，我心想不好，孟天尧在场，很多话就不方便说了，我正打退堂鼓，这时吕乃容发出一声很重的哽咽，一下老泪纵横起来。赵翰扬走过去安慰吕乃容，孟天尧则默默地离开灵堂，我本以为机会又来了，可这时，我瞥见灵堂外的院子里，有下人叫住了孟天尧，把他请到了我看不见的地方。我心里咯噔一下，悄悄跟出去，但已不见他的踪影。

“林承御在找什么?”冷酷的声音从背后传来，我肩膀一提，转过身，赵翰扬已站在了跟前。

我攥了攥空手心，“奴婢的手绢飞了，所以跑出来找一找，赵将军不是在和吕大人说话吗，怎么还能注意到奴婢的动向，真不愧是一国将才，眼力极好。”

“林承御在宫中地位显赫，我岂敢视而不见，皇后娘娘有心了。”赵翰扬的声音依旧冰冷。

我微微一笑，“赵将军也一样。”

“这里是灵堂，林承御请注意自己的言行。”我勾起的嘴角立刻抚平，正想着如何说下一句，赵翰扬就先开口，“林承御和吕家小姐既有同宫为婢的缘分，就多陪伴一刻吧，本将军还有要务在身，就不奉陪了，告辞。”赵翰扬说完转身就走。

“赵将军，”我喊住他，“你不等孟将军了吗?”

赵翰扬的脸颊凹陷了一下，“天尧与我只是在府外相遇，并非相约而来，自然也不必相约而去。”赵翰扬说完继续迈开步子。

我上前追了一步，“赵将军是要进宫吗，不如和奴婢同行。”

赵翰扬转过身，生硬地说，“我要回将军府，和林承御并不顺路。”

“可奴婢还有事请教将军，奴婢愿意去将军府小坐。”

赵翰扬闻言目光骤深，盯着我看了一会儿，“看来林承御不是为吊唁而来的。”

我毫不含糊地说，“是为吊唁，也是为了逝者的清白。”

赵翰扬闻言紧张地望了灵堂一眼，目光突然间变得深邃而敏锐，他铁青着脸，丢给我一个跟我走的眼神，默默地让我跟着走出吕府，朝皇宫的方向步行。喧闹的集市上，吆喝声和戏耍声盖过了我们的脚步，他的声音隐藏在喧哗中，刚好够我听见。“林承御刚才的话，我实在听不明白，但好像不是什么尊重逝者的话，林承御不像是搬弄是非的人，说这些话到底意欲何为?”

“赵将军嘴上说听不懂奴婢的话，可心里却跟明镜一样。拐弯抹角的话奴婢不多说了，皇后娘娘想要知道，赵将军那日和张掌院一同赶往御林园，是否为了守住吕宛娉的秘密?”

“皇后娘娘怎么会认为吕宛娉有秘密呢?”赵翰扬不答反问，我更加肯定他知道内情，只是他还不能确定我们知道多少。

“皇后娘娘执掌后宫，吕宛娉想要瞒天过海，那是不可能的。坦白跟将军说，皇后娘娘已经知道吕宛娉有了一个月的身孕……”

“你说什么!”赵翰扬一下抓住我的胳膊，瞪着我的眼像要喷出火来，周围的人朝我们看过来，赵翰扬拉着我进到一个拐角的胡同，压低声音说，“吕宛娉怀有身孕?”

“赵将军不知道?”我看着他惊诧的模样，不像装出来的。赵翰扬松开手，慢慢转过身背对着我，陷入沉默和深思。看样子，他和我都知道些对方不知道的，沉默和深思，他分明是在怀疑谁，甚至是已经知道是谁，却犹豫要不要说出来，于是我提醒他说，“奴婢已经把话说到了这一步，赵将军如果知道什么，还是说出来为好。”

赵翰扬闻言猛地转过身，“这一定是歹人所为，畜牲!”赵翰扬握紧拳头，摆出要揍人的架势。

我心里微微一惊，他犹豫了那么久，最后却说出这样一句话，可见是要维护那个人了。我知道多问无益，话锋一转说，“娘娘也是这样觉得，所以才要奴婢

来求助于将军，虽然吕宛娉确因意外而死，但不能就这样纵容了狂徒，焉不知宫中还有多少宫婢受其所害，娘娘仁义悯怀，绝不许同样的事情再发生，必要揪出根源才算完。本来后宫的事不该惊扰将军，但是太后把持后宫，娘娘又身怀六甲需要静养，实在有心无力，能托付的，唯有将军。”

我说这话时一直看着他，他的愤慨始终积聚在胸腔里起伏不断，短暂的沉默过后，他像是有了决定，斩钉截铁地说，“我可以暗中帮娘娘调查这件事，但是请林承御转告娘娘，此事务必要到此为止，不能再让任何人知道，否则打草惊蛇，本将军也无可奈何了。”

“好，奴婢一定把话带到。”

“那就有劳林承御了，告辞。”赵翰扬神色匆匆地转身离开，那种想要掩盖什么的无措神情让我想起了当日我在文秀阁撞破他与公主的感情时的情形，看来，他还隐瞒了很多，吕宛娉已死，我又知道了她最不堪的秘密，到底赵翰扬的隐瞒，是在维护什么呢?

我心中潜藏的疑影渐渐扩大，猛然间我又想起了孟天尧，调头回去吕府，发现刚才拴在府门外的校检军的马已经不见了，刹那间，我有一种中计的感觉，一个清晰的故事脉络在脑海中形成。

我急匆匆地回宫，正好蔓儿和小福子都在院子里侍弄花草，寝殿里只有纪双木一个人安静地在看书，我抽起她手里的书放下，半扶半推地拉她进到内殿，轻声说，“娘娘，奴婢怀疑吕宛娉肚子里的孩子是校检少将军孟天尧的。”

纪双木微微一惊，小心翼翼地朝外殿瞅了一眼，压低声音说，“你查到什么了?”

我把在吕府的见闻以及和赵翰扬的对话都说了一遍，纪双木听完后，脸上露出复杂的神情，沉默良久说，“你的怀疑不是没有道理，赵翰扬对吕宛娉的维护之意很深，但看得出这份维护不是为他自己，他无父母亲人，最敬重的万将军已经辞世，唯一所爱又与他渐行渐远，眼下能够让他如此维护的，恐怕也只有他的义弟孟天尧了。可如果真是孟天尧，恐怕就不是歹意而为了，想那孟天尧虽然桀骜不拘，却还不至于如此无耻，否则他还怎么有脸去吕府吊唁，还被请留，搞不

好，他和吕宛娉的这层关系吕家早已知晓，甚至……”纪双木一下加快语速，又骤然缄口不言，眉头拱起，眼露迷色。

“甚至什么?”我问。

“你还记不记得我说过，吕宛娉是太后的一颗棋子，利用腋臭藏身御林园，如此处境，绝无与人苟合的可能，”纪双木边说边看向我，眼中流淌的无尽猜测渐渐透出深黑的颜色，“那如果，腋臭之事是吕宛娉自己的主意呢?”

我怔住，喏喏地开口，“娘娘是说，吕宛娉有心不中选，所以才……”

纪双木慎重地点点头，“腋臭之症并非无药可医，或许太后想留有后手，所以留下了吕宛娉，反而破坏了她落选的计划。”

我若有所思地点点头，“这的确能说得通，可如果吕宛娉存有出宫的心思，就更该谨慎自处，即便不知道太后的真实用意，也不该胆大妄为，在后宫里就……”

“不是的，”纪双木打断我，“我不认为孩子是孟天尧的，这应该是两件事，赵翰扬怀疑和维护孟天尧是因为知道他们的情谊，但这并不表示除了孟天尧就没有别人会侵犯吕宛娉，可惜赵翰扬的心思虽然缜密，却不细腻，尽管最后在你面前还是果断地认定是歹人所为，但之前的犹豫已经出卖了孟天尧，好在你反应及时，停止追问，转而托付赵翰扬暗中调查，没有让他发觉你对孟天尧的怀疑，倒能稍减他对我们的警惕。”

“我倒不是刻意隐瞒，只是当时真的没有想到孟天尧这个人。”

“这样也好，眼下赵翰扬既已答应了要查，一切就等查清了再说，孟天尧那边，别露一个字。”

“娘娘还是要查?”我以为她会就此按下此事。

“当然要查，这种人留在宫里，只会再害人，我只求不要查出什么了不得的人物来，真相残忍，吕宛娉借意外而去，就是不想孟天尧有所怀疑，赵翰扬再三强调不要再让任何人知道此事，也是怕孟天尧卷入其中难以承受，若最后证实孟天尧无辜，最好能私下处置。”纪双木的话中不无担心，想想也是，吕宛娉虽是宫婢，好歹也是吕乃容的女儿，一般的侍卫岂敢轻薄，就怕最后不能私了，孟天

尧躲不过要知道。但这都是其次，最要紧的，吕宛娉心系孟天尧，求死未必只求保命和名节，而是不想辜负孟天尧，如此一来，即便孩子是李昊的，可能也是同样结局，恐怕这才是纪双木真正担心的。

第十二章　计败子亡两俱伤

春寒露重，接连几晚，纪双木睡得很不踏实，尤其是今夜，接连梦魇了好几回，胎动也比平时猛烈许多，直到三更后才安稳下来。我把犯困的小福子叫醒，换了新炭，让他早些去睡。他走开没两步又跑回来说，“你听见没有？”

“听见什么？”我摸不着头脑。

“好像有鸽子扑腾的声音。”

“不会吧，”我仔细听了听，没有声音，“郑君怡自尽后我就把鸽子都放了，哪里还会有？”

小福子不甘心地朝四边天空张望了下，努力竖了竖耳朵，确实没再听见什么，悻悻地走了。我铺床睡下，也不知是不是小福子多嘴的缘故，我闭起眼睛，总听到耳边鸽子扑腾翅膀的声音，睁开眼就是一片轻飘的纱帐，和一整片安静。该死的小福子！我在心里埋怨着，渐渐入睡。

第二天早晨，蔓儿把我拽醒，压低声音说，“严尚宫来了，说有急事找你，在偏殿的回廊等着呢。”

“严尚宫，严如意？”我见蔓儿点了点头，心里更诧异了，她能有什么急事找我。我让蔓儿守着纪双木，自己去偏殿的回廊，老远就看到严如意带着两个宫婢站在廊下。

我走过去，朝她行礼，她回礼，然后微微一笑，说出两个字，“拿下。”

我一惊，她身后的两个宫婢已上来一左一右钳住我的胳膊，她们都是动刑的

高手，我自知不敌，便也不挣扎了。我冷静地说，“严尚宫，你这是什么意思，是存心不让皇后娘娘安胎吗？”

严如意内敛地一笑说，“林承御这话错了，正是因为考虑到皇后娘娘的龙胎最是重要，才把林承御请到这里来，否则在寝殿里动手，我的罪过就大了。”严如意说着冷下脸来，“皇上和太后要见你，走吧。”

我被带到了永宁宫，李昊并不在这里，倒是张太嫔和温太嫔都在座上，神情严肃。太后坐在正位上，两眼竟盯着一只血淋淋的鸽子看，那鸽子躺在铁笼里，已经奄奄一息。这时我注意到，太后的右手拿着一张纸，一张染血的纸，纸上似乎有密密麻麻的字，还有被反复折过的痕迹。鸽子，血迹，纸，莫非这是被截下的飞鸽传书，那么，和我有什么关系？我略一思索，顿时紧张起来，想起小福子昨夜说听到鸽子扑腾的声音，莫非这鸽子是在……我不敢往下想，谨慎地看着太后，分不清眼前的局势究竟是谁在掌控。

这时，宫婢把一张台子搬到我面前，上面有笔墨纸砚，我正诧异，只听太后说，“把笔拿起来，哀家说，你写。”我抬头看了太后一眼，她眼中威吓的目光不容任何的拒绝，我满心疑惑地提起笔，轻轻蘸了墨，耳边只听得一句，“尔子为储，仰中宫扶仗……”我刚写了第一个字，就浑身颤栗想要收笔，可太后字字绵延全无停歇之意，我只能奋笔疾书，硬着头皮落字纸上，颤抖的笔头如忐忑的心方寸大乱。

尔子为储，仰中宫扶仗，他日君临天下亦为万世难得之荣耀，尔为其生母，必要为其顾全大局，岂可为一已思亲之故而至其于险境，入宫为婢一事实不能行，望尔为长远计，暂忍分离之苦，他朝因缘际会，自会安排尔与亲子相见，勿焦勿妄乃尔须谨记之要，否则祸及幼子，亦非尔之所愿，切记，切记。

墨干字终，我搁下笔，空洞的目光扫过凌乱的字迹，古月月走过来，把纸拿去呈给太后，只见太后一边接过我写的纸笺，一边把染血的纸笺也抖开，两相对照着看起来，脸色渐渐铁青。我正不知所措，荣喜的一声皇上驾到让我更加心慌。李昊也是铁青着脸，大步迈进永宁宫正殿，从我身边走过时，有一种充满恨意的冷漠。

太后站起身，把两张信笺地给李昊，“皇帝说林承御不在钦安殿服侍多年，字迹恐已有变，不能擅断，所以哀家让林承御写了同样的字句下来以作比对，皇帝自己看吧。”

李昊接过信笺，一眼就盯住了，他的瞳孔渐渐放大，拿住信笺的手不断使劲，几乎要把信笺捏碎。“大胆，”李昊一下子将两张信笺一起抓住朝我扔来，“林西樵，你太让朕失望了……皇后也让朕失望了。”

我拾起信笺，发现两张信笺上的内容和字迹都一模一样，其实不用看，太后对照它们的时候，我就猜到会是这样的局面，阴谋看得多了，就知道什么离奇的事情在后宫里都会发生，一样的脸都曾有过，何况是一样的字迹。从信笺的内容看，伪造之人只知道太子非纪双木所生，却不晓得太子就是太子，无凭无据却要扳倒纪双木，就来了这一手，是想逼李昊滴血认亲吗？真是画蛇添足。我心里有了底，抬起头说，“皇上信吗？皇上是信这上面人人可以模仿的字迹，还是信皇后？”

李昊的嘴唇颤抖着，死咬着每一个字说，“朕，只相信自己亲眼看到的。”

“难道娘娘的肚子不是皇上亲眼看到的吗，难道娘娘诞育皇嗣的痛楚，不是皇上亲眼看到的吗？”我哀怨地看着皇上，不是害怕，而是为李昊的话替纪双木不值。“一张纸，几个字，就把之前的一切都抹杀了吗，皇上还要亲眼看到什么才能停止这无谓的猜忌！”

“放肆，”太后竟然驳斥了我，“这怎么是无谓的猜忌？皇后产子时，只有你们几个亲信在侧陪伴，皇上和妍妃到达时，孩子已经生下，谁能保证，这个抱到皇帝面前的孩子就是从皇后的肚子里生出来的。皇后是怀过胎，皇后或许也真的生过孩子，但那也不能排除，皇后产子不顺，另寻胎儿顶替的可能，何况她生的是太子，偷龙转凤也不稀奇。”

我愕然地望着太后，她是最知道内情的人，却说出这样置人于死地的话，究竟，究竟是她导演了今天的一幕，还是在临场修改别人的剧本呢？我一时不敢妄言，只能用愤懑的眼神盯着太后说，“那依太后的意思，要怎样？”

“滴血验亲，”太后看向李昊，义正词严地说，“只要亲眼看到两滴血融合，

皇后和太子的清白即可验证，皇帝应该也是这个意思吧。”

我听到这句话，心安下来，看来不管怎么样，太后始终都要先保住李泰的身世秘密，才能保住自己的地位。我见李昊还有一些犹豫，哀求地说，“奴婢请皇上三思，皇上若真的要验，就是毁了和娘娘的多年情谊，就算到时证明娘娘和太子的清白，一切也都回不到过去了，皇上真的要继续这必输之赌吗？”

“林承御这话错了，”温太嫔在一旁开口，“皇上不是皇后一个人的皇上，而是这李朝江山的皇上，是前朝后宫天下黎民的皇上，他和皇后有情谊，可天下没有，滴血认亲，不仅是为了皇上信，也是为了让天下信，这也是身为皇后不得不承担的责任呀。”

“温太嫔说得对，”太后立刻接上说，“这不是针对任何人，而是为了江山社稷的根基能够稳固。哀家可以在宫中立规，但凡后宫诞育的子嗣，生下来就要与皇帝滴血验亲，以保皇室血脉的纯正，这样就不算针对皇后，也没有什么信任不信任的说法了。林承御怕此事有损皇上和皇后的感情，那就让哀家来做这个丑人。严尚宫，”太后提高声音，“立刻宫禁皇后，把太子抱来。”

“太后，皇上……”我做出还要求情的样子，此刻太后越坚持，我越求情，纪双木的屈辱就越能让李昊铭记于心。

李昊抬起手，那是让我闭嘴的意思，他闭了一会儿眼睛，艰难地开口说，“去吧。”

我颓然地一屁股坐在地上，心似如水的镜，安宁之下，一片清晰。

严如意很快把李泰抱来，李昊亲自扎指滴血，伴随着李泰充斥着申诉感的啼哭，两滴血融合在一起。

我的心彻底落地，带着嘴角的一抹浅笑和一抹鄙夷对李昊说，“皇上看见了，亲眼看见了？”

李昊专注地盯着器皿中早已分不清哪滴是哪滴的血，欣慰、愧疚、自责、愤怒，交织着像一副面具，粘在脸庞的皮肤上，生动，复杂。太后没有说话，帮腔的温太嫔也不吱声，一直沉默的张太嫔继续沉默，这永宁宫的正殿一下子安静得有些可怕，就像纪双木的清白直接暴露了后宫的黑暗一样，这过分的安静，只能

预示着即将掀起的波澜。

中宫传来消息，纪双木动了胎气，即将早产。我爬起身飞奔出去，再没有一个人敢拦我。张学明和芸梅很快赶来中宫，替纪双木检查胎儿，我把永宁宫的事情简单说了，让纪双木安心生产。张学明替纪双木把完脉，和芸梅对看了一眼，以屋内不宜有太多人为由，让蔓儿和其他宫婢都在外殿伺候。我关上内殿的门，只听张学明说，“娘娘动了胎气，恐怕是要早产了。”

话音未落，纪双木已经牢牢抓住他的手，“你实话告诉本宫，能生得下来吗?”

张学明的嘴角狠狠地抽动一下，似乎是下了很大的努力说，“能是能，但是，微臣建议，不要留住孩子。”

“这不可能……”纪双木使劲弯起身体，揪住张学明的衣领，但因为疼痛，很快就松手歪在床上。

“娘娘是产后五月有孕，怀胎双生，且孕期不到七月，安全产子是根本不可能的，微臣若强行保住孩子，那之前的滴血认亲好不容易扳回的局势就要全部毁掉了。事关江山社稷，还望娘娘为大局计。”张学明沉痛地说。

纪双木的手紧紧抓住床板，吃力地说，“本宫没有时间解释，但可以实话告诉你，现在只有保住本宫的孩子，才是为大局计的关键……啊……”纪双木的呼吸急促起来，激动让她的腹痛加剧，而她乞求的目光更加炽热。

张学明舔舔干燥的嘴唇说，“娘娘，微臣不是不想帮，是实在帮不了啊。”

纪双木摇摇头，像是看穿了张学明的谎言，“医史上曾记载过两个例子，也是母体怀有双生，因为胎儿汲取母体养分的能力不同，出现一个孩子发育特别成熟，而另一个孩子发育缓慢的情况，以至于产下的两个孩子一死一活。”

“娘娘想要留一去一?”张学明的脸色变了，“娘娘的双生胎不到七月，寻常来说，胎儿刚刚成形，能生不能养，微臣倒容易善后些，但若依照娘娘的办法，让其中一个平安降生，那另一个就无法成形，自然也不能正常生产，只能让微臣用药使其胎死腹中，再加以引产。”

“对张掌院来说，这应该不难吧?”纪双木忍住不让眼泪流下来。

“难的是娘娘，”张学明沉痛地说，“这样一来，对娘娘的身体损伤极大，恐怕以后再也不能……”

“本宫已经决定了，张掌院照做便是……啊……”纪双木的话说到最后已经完全变了音，她的手抓紧被褥，像是更大的痛楚正在袭来，喉咙里各种声音混合在一起，让人听了心碎。

“娘娘不要一时冲动，酿成终身悔恨啊。”张学明还想再劝，其实我也觉得用一生不孕去换一个孩子是不值的，但或许纪双木有自己的想法吧。

“本宫不是一时冲动，”纪双木略缓过一些来，断断续续地说，“自从本宫的胎有早产的迹象开始，本宫就在想一个两全之策，虽然很残忍，虽然本宫一千一万个不愿意，但两权相害取其轻，事到如今，本宫也只能不得已而为之，请张掌院一定成全……啊……”痛楚再次让她嘶喊，芸梅从被褥底下探出头，朝我们轻摇了摇，意思是宫口尚未打开。

张学明把我拉到一边轻轻地说，“娘娘刚才说，只有保住孩子，才是为大局计的关键，是什么意思?”我摇摇头，张学明犯难地说，“那现在怎么办?”

我看了看纪双木，她已经自觉地把眼睛闭上，像轮回了几世的待宰羔羊，放弃了挣扎。“照娘娘说的做吧。”我说完过去在床边蹲下，拉住纪双木的手，感觉那手心里全是虚汗。虽说是形势不让孩子留下，但这个决定还是挖空了她的心。凄厉的喊声响彻中宫寰宇，那是不能言说的哀悼。

大约过了五六个时辰，纪双木生下了真正属于她的第一个孩子，张学明用针灸术让纪双木迷睡，给她灌下损胎的药，没多久，血胎从她的下身排出。张学明开药止血，芸梅在床边照料，我让蔓儿进内殿来帮忙，自己抱着小皇子站在帐边，张学明背对着床榻，并肩与我站在一起，我望着沉睡的纪双木轻轻地问，“娘娘以后真的不能生育了吗?”

“不能说绝对，但是希望渺茫了。但愿真像娘娘说的，这个孩子能成为大局计的关键，否则，便是赔了后半生的幸福了。”张学明的话里还是有许多不甘，他再压低声音说，“娘娘对此真的没有提过分毫吗?”

我使劲想了想，忽然想到了什么，低声说，“我只记得娘娘曾经说过对赌两

个字，但到底是什么意思，我也不知道，”我此时恨极了自己，自责地说，“我甚至不知道娘娘都想好了一旦早产就要留一去一，每天还期望着你能保她到足月生产呢。”

“原本是可以的，”张学明无奈地说，“只是我还没来得及用熏艾，就出了永宁宫这档子事，娘娘现在哪里经得起这样的折腾，任凭我医术再高，心神惊惧，乃是保胎的大忌啊。”

我的心顿时一冷，恨恨地说，“如果让我知道是谁在背后放冷枪，绝不轻饶。”

话音刚落，纪双木转醒过来，我赶紧把孩子抱过去，放在她的枕边。纪双木伸手轻轻把襁褓的边按下一些，小皇子的眼睛还未睁开，小脸还有些红，嘴巴一开一合的，甚是可爱。纪双木露出浅浅的一弯笑，但只一瞬，这笑便消失了。“奶娘来了吗？”纪双木问。

“已经在外殿侯着了。”我说。

“那就抱下去吧，”纪双木躺平身体，把被褥拉高一些，闭上眼睛，“本宫累了，除了西樵，全都退下。”

大家都退出去，奶娘进来把孩子抱走，我让小福子守在院子里，把内外殿两道门都关上，回到纪双木身边，“娘娘，人都走了。”

纪双木睁开眼睛，“西樵，我的一个孩子没了，我终于也能够体会，妍妃当时的心情了。”纪双木的眼泪成串流下，伤心欲绝，此刻才开始。

“娘娘别太伤心了，身体要紧。”

“我没有时间伤心，比起伤心，我还有更重要的事要做。”纪双木的神情由悲伤转向凝重，“永宁宫里，究竟是怎么一回事。”

我把发生的种种细说了一遍，最后说，“太子现在已经抱回来了，这次虽然凶险，也算是因祸得福，以后再没有人敢质疑娘娘和太子的清白了。”

“哼，这个人的心狠，胆子也大，明明不知底细就想要激怒皇上置我于死地，反而帮了我们一把，否则她若只说出太子非我亲生，未必会是这样的结果，现在证实了太子的清白，其中的曲折就更难看透，她再要害我，也要掂量掂量里面的

分寸，不会再像今天这样轻举妄动，于我们倒是有益。怕就怕……”纪双木担忧之色浮上眼眸，正要往下说，殿外小福子进来通传，说钦安殿的荣喜公公来了。

我一撇嘴说，“皇上自己不来，派荣喜来是个什么意思?”

纪双木不以为然地说，“皇上不来也好，他没有脸来，我还没有心思见呢。让荣喜进来吧。”纪双木边说边坐起身。

我去开门让荣喜进来，荣喜一进门就跪下说，“奴才荣喜给娘娘请安，恭喜娘娘又诞育了一位小皇子，皇上国事缠身，一时无法顾及娘娘，特让奴才先来探望，皇上那边只要一得空，就立刻来看娘娘。”

“多谢荣喜公公，请公公转告皇上，皇上国事繁忙，不必再为本宫分神，况且本宫不能保全一双子嗣，没有什么值得恭喜的。”

荣喜听到这话，一脸尴尬地说，“皇上知道自己委屈了娘娘，已经传谕赵将军彻查此事，内务府和司律监全由赵将军调度，一定要给娘娘一个交待。”

“不必了，”纪双木直白地拒绝，毫无感恩之意，“请公公转告皇上，此事不必再查。”

“娘娘……”荣喜不解地看着纪双木。

“后宫本就是尔虞我诈的地方，任是谁要陷害本宫，本宫都不会诧异，区区流言，岂能伤到本宫，此事只有一个罪魁祸首，就是皇上自己，不要以为抓个人出来就能让本宫忘了他今日的所作所为，本宫不要这样的交待。”

“娘娘，”荣喜急忙劝说，“娘娘不要错怪皇上，皇上的心里是相信娘娘的，只是人言可畏……”

“公公自己信这话吗？皇上若相信本宫，接到飞鸽传书的时候就该暗中彻查，而不是带走西樵围禁中宫甚至滴血验亲，现在太子和本宫都已证实是清白的，再把那个人揪出来，除了多砍掉一颗人头还有什么意义，仅仅是为本宫出一口气吗，还是要讨好本宫?”纪双木的话让荣喜语噎，“请公公转告皇上，不需要。”

荣喜无奈地咂咂嘴，“奴才明白了，那奴才先告退了。”

“等一等，”纪双木叫住他，对我说，“西樵，让乳娘抱着孩子一起去钦安殿，让皇上好好验一验，免得日后再有非议。”

荣喜愕然，一时无措，茫然地看着我，我轻轻摆手让他退出去，自己也跟着走出去，把他拉到一边说，“娘娘心里难过，才说了这些气话，你给皇上回话的时候，千万慎重。”荣喜为难地看看我，摇头叹着气走了。我走到纪双木身边担心地说，“娘娘何必说这样的重话?”

“就怕我说了这样的重话，皇上也还是执意要查。如果被他找到陷害我的人，难保不再次生疑，若这个人彻头彻尾是无中生有也倒罢了，万一她手里真握有太子非我亲生的证据，那就麻烦了。”纪双木紧锁眉头，她刚才那样的任性，原来是在尽最后一分力阻止皇上调查。

我也不禁担心起来，但转念一想，这件事从头到尾都没有留下任何的物证，而参与此事的人，若非死了疯了，就是身在利害之中，绝无泄密的可能，于是安慰纪双木说，“怎么会有这样的证据？最多也就是发现了端倪，现在娘娘生了皇子，就连不是头胎这一条也无从验证了，娘娘还怕什么?”

“千不怕万不怕，就怕皇上的心里藏下这个疑影。我生育的那场戏做得那样足，都不能让皇上完全相信，如果有一种说法能够解释滴血认亲的结果，我们死里逃生得来的信任只怕又要动摇了。”纪双木话音刚落，小福子就敲门进来，手里端着汤药。“这是什么药?”纪双木问。

“回娘娘，这是退奶的药，张掌院说一定要及时服下。”小福子把药碗交给我，自觉退出去。

我把药碗端过来，一边说，“皇上对娘娘这样多疑，真是辜负了娘娘的心意。”

“天子本就多疑，况且本宫，也的确是值得怀疑，我既不清白，又怎能怪他不信?”纪双木自嘲又悲凉的眼神让我心痛，她接过碗，张嘴刚要喝，突然停下来，慢慢转过脸，“西樵，上次我假装生育，张学明有没有配退奶的药给我?”

我沿着床边坐下说，“张掌院心思谨慎，当然是配了，这样医案上也好留下记载。”

“那我喝了吗?”纪双木的眼中流露出十分的在乎。

我摇摇头，“和之前送来的安胎药一样，奴婢都让小福子端去偷偷倒了。”

纪双木沉默了，思忖良久，把药一口喝尽，“也许，就是在这上面咱们疏漏了，被人发现了破绽。”

我的心一沉，要真是这样，就是当时近身服侍过纪双木的人，除了我自己，小福子，芸梅，就是……“莫非是蔓儿和芙儿中的一个？”我疑惑地说，“可是谁都好，那至少也是快一年前的事了，怎么到了今天才拿来做文章？”

纪双木的身体慢慢向后靠住枕头，眼中是无尽的思量，“不管是什么时候，也不管是谁，这件事不是谁单枪匹马就能做到的，看来这里面，有好多我们不知道的事，想要一时半刻全部理清是不可能了，当务之急，是要比皇上先一步找到那个人。西樵，你看有什么办法能让赵翰扬在这件事上为我们所用。”

“赵翰扬现在跟我们最大的牵扯就是吕宛娉和孟天尧，”我边寻思边说，“奴婢觉得，娘娘手里捏着这件事，就是最有用的砝码，只要我们暗示他想要比皇上更早知道飞鸽传书的真相，他必定心中有数。”

纪双木眉目稍动，似乎听进了心里，慢慢躺下身体，把被褥轻轻拉到胸前说，“去办吧。”

“是。”我放下幔帐，转身出了寝殿，让纪双木静心睡一觉。

我去找了赵翰扬，把纪双木的意思转告，赵翰扬听后怀疑地盯了我很久，最后一言不发地走开。

三天后，纪双木已能随意走动，但因为风大，所以不曾迈出中宫。傍晚的时候，天气突然转暖，风也停了，纪双木披了裘毛的斗篷，到桃花林中散步，就好像约好了似的，见到了赵翰扬。两人心照不宣地各自走着，到了僻静的角落。

“娘娘生下皇子不过三日，就敢迈出宫门来这林中赏花，先不说对身体无益，娘娘就不怕再惹事端吗？”赵翰扬面无表情地说。

“张掌院已断言本宫再难有孕，这身子调不调养，又有谁来在意？况本宫刚刚自证清白，哪个不要命的还敢多嘴？”

“娘娘好胆色，微臣佩服。”

“赵将军不会是为了称赞本宫而来的吧？”纪双木拨动桃花枝，温蔼的神情像在聆听花瓣舞风的声音，“可是查到了什么？”

赵翰扬颔首说，“臣的确查到一些事情，但是臣不确定娘娘是否希望臣继续查下去。”纪双木松开手中的枝蔓，转过身好奇地看着他。赵翰扬继续说，“敢问娘娘宫中是否有一位唤作颂春的乳娘？”

纪双木看我一眼说，“不错，颂春是小太子的乳娘，将军怎么会提起她？”

赵翰扬迟疑了一下，坦诚地说，“娘娘是否还记得曾托付臣暗中调查御林园中吕宛娉受辱的事？”纪双木双眸一亮，轻轻点头，赵翰扬继续说，“那么臣再问娘娘，在臣介入调查之前，娘娘是否也私下调查过此事？”

纪双木将目光收回到桃花瓣上说，“不错，本宫曾让西樵打听过进出御林园的可疑人物，因为查无所获，又不宜大肆宣扬，才请将军援手。”纪双木说到这里，语气突然变得谨慎起来，“将军由此及彼，究竟想说什么？”

“臣想说，孟岚殿的殿值饶珠，是乳娘颂春的女儿。”赵翰扬话音落，我的心轰然一动，迅速望向纪双木，四目相对，虽不言语，猜疑已尽诉无遗。“娘娘，还希望臣继续查下去吗？”赵翰扬始终面无表情，但他的话却让人意犹未尽。

纪双木露出警觉而深邃的眼神，沉默许久说，“如果飞鸽传书一事成了无头公案，将军不怕皇上责罚吗？”

赵翰扬轻蔑地一笑，“这世上多的是解不开的谜团，说到底，皇上是为娘娘查，只要娘娘不追究，臣何足为惧？”

纪双木平静地露出一抹笑，没有让赵翰扬看到，“委屈将军了，本宫若有机会，会弥补将军的。”赵翰扬再无多言，转身独自离开。

我等赵翰扬走远，走到纪双木身边，心有余悸地说，“莫非是奴婢去御林园的事被孟岚殿知道了？”

“你也觉得是孟岚殿？”纪双木心中有数地看向我。

我轻轻点头，“若娘娘因此获罪，那么对于吕宛娉之事的调查就会从此终止，单从动机来看，孟岚殿最有可能。”

“就因为有这个可能，所以不能再查下去了，”纪双木的双眸已蒙上一片阴雾，缓缓吐出一句，“看来，他已经猜到了。”

我跟随纪双木的目光望向赵翰扬离开的方向，隐忧如疑，“娘娘是怀疑他猜

到了……”

纪双木的嘴唇微微蠕动两下，平静地说，“太子非我亲生。”我虽已有最坏的准备，但还是微微一惊，只听纪双木继续说，“既然是为了让福王摆脱危机，就不可能是毫无根据的胡乱陷害，她们必是认定了太子非我亲生，才会下这样的狠手。”纪双木转过身来看着我，神情严肃，“我会这样想，赵翰扬也会，何况他还先我一步查到了颂春。颂春是泰儿的乳娘，是有机会洞察我秘密的人，这里面的关窍已是一点就破，赵翰扬又不蠢，怎会没有觉察，他今天来问我是否还要继续调查，言下之意还不清楚吗？”

我后怕地点点头，“那他是……存心放娘娘一马？”

“恐怕是为了孟天尧吧，”纪双木此刻倒露出钦佩的目光，“这件事要查下去，吕宛娉的秘密就保不住了，逝者已矣，与其揭开这丑陋不堪的真相，不如保全大家的颜面，何必要再多伤害一个呢？”

我淡淡一笑，“赵翰扬铁一样的性格，竟然也有情谊深重的时候，奴婢想，这里面也有赵翰扬信任娘娘的缘故吧。”

“赵翰扬虽然性情耿直，但大局面前，也是懂得两面兼顾的人，说到底，太子的的确确是皇上亲生，皇室血脉并未混淆，这种情势下，用我的命去换孟天尧的前程，终究是笔不划算的买卖。”

我认同地点点头，随即谨慎地问，“那我们现在要怎么做？”

纪双木平静地一勾嘴角，“当然是要封住孟岚殿的嘴了，走，先回去审颂春。”

我和纪双木回到中宫，把颂春召到寝殿问了些闲话，小福子趁机去太子的寝殿，在颂春的茶点里下了蒙汗药。当夜里，小福子把昏睡的颂春弄到密室里，用冷水把她泼醒。这是我第三次进中宫的密室，前两次都是囚徒，这一次却是要审问囚徒。

颂春刚睁开眼看到我们的时候，还努力维持镇定，跪在地上说不知道犯了什么错，恳请皇后娘娘训示的鬼话，等纪双木问到她是否还想再见女儿饶珠，她的鬼话再也说不下去了。短暂的语塞后，她突然嚎啕一声，面如死灰地趴低身体，

像狗一样喘息。

纪双木脸上掠过淡淡的怜悯，这样的恐吓并不是她喜欢的手段。她用竹签子拨弄着跳动的烛火说，“先别哭了，本宫还没打算动你的女儿。”颂春的喘息声小了一些，纪双木立刻接上说，“但是别人会不会动，本宫就不知道了。”颂春的抽噎一下又猛烈起来，纪双木大声地说，“别哭了，想救你的女儿，就说实话。”

“请娘娘一定救救饶珠，奴婢，奴婢是被温太嫔逼迫的，她用饶珠的命来威胁奴婢，奴婢不敢不听啊……”颂春拼命磕头。

纪双木冷笑一声，“你若早来回本宫，本宫大可以把饶珠调出孟岚殿，你也不需再担惊受怕。”

颂春狠命摇头说，“温太嫔说，奴婢若敢求助于娘娘，她就鱼死网破，让饶珠陪葬……”

“你以为你帮了她，饶珠就可以不死吗？兔死狗烹，连你也活不了。小福子，把东西拿来。”纪双木话音刚落，小福子就端过来一盘藕粉糕，上面插着一根变黑的银针，“这是皇上为安抚中宫上下赏赐的糕点，因你是太子的乳娘，所以格外厚赏，别人都是红枣糕，你的却是藕粉，而且是毒藕粉。”纪双木说着打翻盘子，插着银针的藕粉糕掉在颂春面前，足以让她看个清楚。“这毒藕粉，你若一吃就死也罢了，要是一时半会儿死不了，再以乳汁抚育太子，是什么结果你心里清楚。等你一死，谁来保护饶珠，你就愿意那个躲在幕后的人逍遥法外吗！”

颂春闻言惊骇而泣，“求娘娘救饶珠，求娘娘救饶珠……”

纪双木沉口气说，“本宫问你，以飞鸽传书诬陷本宫，究竟是你的主意，还是温太嫔的主意？”

颂春略微迟疑了一下说，“大概是温太嫔的主意吧。”

“什么叫大概是？”纪双木疑惑地问。

“其实奴婢只是告诉温太嫔，太子可能不是娘娘亲生，后面的事，奴婢真的没参与啊。”颂春看上去不像撒谎。

“没有参与？”纪双木的疑惑更深，“难道西樵的字迹不是你流出去的？”颂春摇摇头，纪双木双眸微动，不解地说，“你说是温太嫔逼你合谋，但若你不主动

招惹她，她怎能想到用这一招？即便想到了，她又不用你去偷西樵的字迹，能逼你做什么？你说的，似乎不通啊。”

“温太嫔最初并没有想到这一招，她只是利用饶珠威胁奴婢直接给娘娘下毒，奴婢不敢，又怕饶珠受害，所以才用太子不是娘娘亲生的秘密去交换，这就不算奴婢亲手害了娘娘。”颂春簌簌发抖，一副可怜又可悲的模样。

纪双木的眼中飘过一丝恍悟的眼神，她蹲下身，用手抬起颂春的下巴，盯着她的眼睛说，“你凭什么说太子不是本宫所生？”

颂春的嘴唇哆嗦了一下，“娘娘生产的当天，奴婢无意间看到小福子把退奶的汤药倒了，可奴婢抱太子给娘娘时，不小心触碰到娘娘的身体，发现娘娘毫无涨奶的迹象，本以为是娘娘奶水少，所以才不喝药，可后面连着四、五天，御药房天天都送退奶的药来，奴婢留心看着，那些药也是倒了，既是有奶要退，又为何将药倒掉，只要深想三分，就会知道有鬼，娘娘虽然百般掩饰，但奴婢存心观察，又怎能没有察觉。”纪双木听着颂春沙哑的声音，渐渐松开手，颂春大口地喘了几下，咳嗽了两声继续说，“娘娘得信于众，故而能瞒天过海，亏就亏在娘娘没有生过孩子，演戏太过，反露破绽，这不是奴婢聪明，而是比娘娘多了那么一点经验罢了。”

纪双木从容地站起身，自嘲地说，“果然是在这件事上疏忽了，真的就是真的，假的就是假的，一个意外，就全都藏不住了。”

面对纪双木的坦诚，颂春微露惊异，随即渐渐在嘴角浮上淡漠的笑，“娘娘果真坦白，看来奴婢的命是保不住了，”颂春重重磕头，“娘娘，奴婢知道的都说了，请娘娘一定要救饶珠。”话音落，颂春的喉咙里发出艰难的呜咽声，我顿时觉得不好，把她的身体翻转过来，发现她已满口是血。

“小福子，赶紧传张学明。”纪双木疾声吩咐，走到墙边的矮柜旁，从抽屉里取出一个小盒子，打开盖子，把里面的白色粉末倒在手绢上，然后塞进颂春的嘴里。那个矮柜里放着各种急救的药，就是防着有人自尽的。张学明很快赶来，救回了颂春的命，但是他告诉我们，颂春再不能开口说话了。

这不是我们期望的结果，但它却就这样猝不及防地发生了。曾经，我觉得孑

然一身是那样悲凉孤独，但此刻，我觉得了无牵挂才是最幸福的，那些走了的，死了的，疯了的，无一不是心有牵挂才步步受制，颂春为了饶珠，吕宛娉为了孟天尧，不挣扎便是死，挣扎便是更不堪的死，唯有我这种本就孤独的人，或是赵翰扬那种选择孤独的人，反而苟活到今天，这究竟是运气，还是宿命。

第十三章　千金一诺终身计

颂春昏睡着，在确定密室里没有纸笔后，纪双木叫来蔓儿守护颂春。我们走出密室，回到寝殿，此时已过了四更，天际都有些发白了。我扶纪双木在床头坐下，掀开被褥，她却摆摆手，示意不想躺下。我一边铺平被褥一边说，“颂春已经知道了娘娘的秘密，娘娘留着她，是打算和温太嫔对质吗?”

“我已经说过，这件事不能再往下查，”纪双木坚定地说，“但我也不想就这样把颂春推上死路，爱女心切，今时今日我是再有体会不过了，她早知道真相，却一直隐瞒，也算是对我忠心了，若非为了饶珠，也不会说出这个秘密，我若推她去死，那饶珠怎么办，只怕宫里又要多一个恨我的人了。”

“都是为了自己的孩子，连温太嫔也是，”我颇有感触地说，“那娘娘要怎么封住孟岚殿的嘴?”

纪双木的眼睛眯了一下，像是被强光刺痛了眼睛，她沉静许久说，“西樵，去把小皇子抱来。”

“是。”我不知道纪双木打的什么主意，只能先照做。

纪双木抱着孩子靠在床头，静静地坐着，坐了很久很久，直到天完全亮了，阳光从透白的窗户纸射进来，她才从死般的沉静中苏醒。她低头看看小皇子沉睡的模样，这个乖巧的孩子，竟然一个晚上都没有哭闹，似乎知道她的母后需要没有一丝杂音的安宁。纪双木就这样坐了许久，忽然缓缓站起身，没有说一句话，

抱着小皇子出了寝殿。

“娘娘，你去哪?”我跟紧她，她没有回答，只是稳稳地踏着步子往中宫大门去。小福子见状赶紧叫人备车，我们走出中宫时，马车已等在石阶旁。

纪双木坐上马车，用不容置疑的口吻说，“去永宁宫。”

我心里一惊，本能想要说些什么，但看到纪双木冰样的脸庞，顿时不语。车轱辘转动起来，我们的身体都随着轱辘的转动轻轻颠簸，唯有小皇子安静地睡着，似乎有了娘亲的怀抱，任何纷乱都无法打扰。马车最终在永宁宫门前停下，纪双木抱着孩子，在宫婢们声声见礼中，穿过长长的廊，宽阔的院，直到太后跟前。

我本要抱过小皇子，却被纪双木用手挡开，她上前一步说，“臣妾和小皇子给太后请安。”

纪双木很少这样严肃地说话，连太后都不禁抬起头，显然有些意外，她此时正靠窗而坐，手捧一大盘新鲜的折花，微微诧异的目光在纪双木身上逗留片刻后，落回并盘旋在花瓣上，“皇后月子都没出，怎么就急着来给哀家请安了呢?”太后把折花交给古月月，端起了茶碗。

“臣妾不是为请安而来。”纪双木平静地说。

太后的手停了一下，语气更和缓了，“那就是怪哀家没有相信你了。”太后把折花交给古月月，端起茶碗，“那天的事，的确是哀家言语太重，但当时的情形，若不由哀家提出滴血验亲，一举推翻飞鸽传书的流言，就无法保得你和泰儿平安了。”

“太后想多了，那件事，臣妾完全明白是太后用心良苦，又怎会在心里责怪?臣妾今日来，是另有要事与太后商量。”纪双木一脸凝重，平白的话也让人生疑。

太后果然露出疑惑的眼神，“能让皇后这样着急来找哀家，一定是关乎六宫的大事吧。”

“臣妾惶恐，是臣妾自己的事，”纪双木略顿一顿，继续说，“臣妾身体不好，又掌管六宫事宜，还有太子需要抚育，实在无暇兼顾其他，所以，臣妾想把小皇子托付给太后照顾，以后就养在太后宫中，不知太后可愿意为臣妾分忧?”

我听到这话脑袋里轰的一响，纪双木竟然把亲生骨肉交给太后抚养，难道，这就是她说的对赌。太后也怔住了，但很快回过神来，迷惘的眼神刹那间变得尖锐，“皇后可想清楚了？”

“臣妾想得很清楚，这样做，对大家都好。”纪双木的声音有点抖，但是抖得无比坚定，她突然转身把孩子塞给我，再转回身背对着我，绝情地说，“林承御，把小皇子抱给太后。”

林承御，她从不这样叫我，可见她说的话有多违心，但我也知道，这个决定是不会改变了。我走到太后身侧，把小皇子送到她跟前，她抬头看着纪双木，伸手接过孩子，触碰到襁褓的那一瞬间，孩子突然大声啼哭，我不禁双手一颤，有缩手的冲动，最后硬生生忍住了。太后抱过孩子，低头看了一眼，又抬头看了看纪双木，纪双木冷酷的眼神中折射出莹莹泪光，但无论孩子如何啼哭，她都狠心不多看一眼。

太后就这样盯了纪双木许久，低下头说，“月月，晓喻尚宫局，内侍监，内务府，哀家年事已高，不宜操劳，难以继续辅佐皇后管束六宫，今后非关乎国本之事，不必再请示哀家，一切全由皇后做主。”说完，太后抬起头，望着纪双木的眼神耐人寻味，“后宫，是你的了。”

纪双木的喉咙里咕噜了一下，咬牙转身离开。

“孩子，哀家会好好照顾。”太后这句话像是承诺，也像是赌约。

纪双木在门边停住脚步，露出悲伤的笑，“后宫，臣妾会好好照看。”话落，脚步踏出寝殿的门槛，风声把一切都湮没。啼哭从一个方向传来，我们则努力往听不见哭声的方向而去。

纪双木直接去了盂岚殿，我感觉一场没有硝烟的战争刚刚结束，另一场不见鲜血的厮杀又要开始。温太嫔在正殿迎接纪双木，她举止谦和，却气质孤僻，一看就有种生人勿近的距离感，即便脸庞挂着笑容，也抹不干净那嘴角的一缕陌生。

“温太嫔安好。”纪双木的口气生硬，又面无表情，虽然礼数周到，但温太嫔已微露不安。

“皇后娘娘安好，”温太嫔谨慎地往我们身后看了看，确定只有我们两个后，

神色稍从容了一些，一边吩咐宫婢上茶，一边小心翼翼地说，“娘娘突然驾临盂岚殿，不知有何赐教?”

这时宫婢送茶上来，纪双木用手轻轻一挡说，“太嫔不用招呼了，本宫有几句话，说完就走。”温太嫔脸色很不好，轻轻摆手，奉茶的宫婢退下去。纪双木继续说，“本宫的寝殿里丢了东西，查下来，竟是有人偷拿了让盂岚殿的饶珠私藏着，本宫不想牵累太嫔的名声，故而连尚宫局都没有惊动就自己来了，只要太嫔交出饶珠，本宫绝不对外说一个字。”

温太嫔的脸色越来越差，闷着声音说，“皇后查错了吧，饶珠一向乖巧，断不会犯这样的错误。”

“她若不乖巧，怎么能骗过太嫔？是对是错，本宫问过饶珠自然见分晓，绝不冤枉了她。”纪双木看向温太嫔，见她低头不语、满脸不愿，便走近一步说，“饶珠只是盂岚殿的殿值，不值得太嫔如此维护吧。”温太嫔猝然抬起头，正好纪双木凌厉的眼神如同锋利的刀片划过她的脸颊，“如果太嫔一定要包庇饶珠，本宫就只有向太后禀告了。”

温太嫔的眼中掠过一丝惶恐，惶恐中，夹杂着一点凶狠。她踱步两记，声音比先前反倒沉稳不少，“皇后这样做，怕不好吧。”

“本宫这样做，对谁都好。”纪双木扬起声音，显然是打算摊牌了，“太嫔娘娘还不知道吧，颂春昨夜在本宫面前咬了舌头，再也不能说话了。”

温太嫔露出惶恐的眼神，但很快这惶恐中就添了一分庆幸。

纪双木留意到这瞬间的变化，继续说，“本宫知道太嫔有护犊之心，但从不知道护犊之心竟是如此可怕，太嫔就不怕本宫今朝不死，他日报复吗?”

温太嫔闻言惊骇，强作镇定地说，“皇后说什么，本宫听不明白。”

纪双木轻轻飘过一缕目光，从容地说，“有的人可以用一纸信笺毁了本宫，焉知本宫不能用一句遗言毁了她!”温太嫔大惊，脚下一个虚浮，宫婢墨玉刚要去扶，纪双木已先一步伸手用力钳住她的胳膊，让她站稳，也让她知道痛，“死亡从不能葬送秘密，只有活着的人才能守口如瓶，这句话，太嫔总该听懂了吧。”温太嫔惊诧的目光渐渐收敛，转而变成痴疑，最后竟流露出绵羊一样的顺从。纪

双木的手松开一些，一手托住温太嫔的手肘，一手轻轻拉住她的手腕打着转，“颂春和饶珠从今天起就是本宫的人了，无论她们身在何处，她们的命，本宫来担待。今天之前的事，本宫会通通忘记，希望太嫔也不要再记得。身为皇后，本宫最希望后宫平静，相信这也是太嫔的心愿吧。”纪双木放开手，从温柔孝顺的模样突然变回正色的模样，“温太嫔，本宫现在，可以带饶珠走了吗？”

温太嫔站在原地，双手握紧拳头又再渐渐松开，“墨玉，去把饶珠带来，交给皇后。”温太嫔说完，转身从正殿的侧门离开，脚步那样急速，就好像一刻也不打算停留。纪双木望着她匆忙闪躲的身影，转身走到殿门前，用力地将两扇门推开，破门而入的阳光笼罩住她，身影嵌在光影里，突然变得强大。

我们把饶珠带回中宫，纪双木传张学明前来，在确定饶珠身体无恙后，让我带她去和颂春相见。颂春此时刚刚苏醒，看到饶珠的瞬间，似乎抛却了疼痛，抱住她笑泪狂涌，我则悄悄离开。回到寝殿，张学明已经离开，纪双木面带苦色地歪在床榻，双眼紧闭，除了疲倦，似乎还有另外一种气息笼罩着她。

“娘娘怎么了，不舒服吗？”我担忧地问。

“没事，就是累了。”纪双木的声音虚弱得厉害，眼睛也没有睁开，身体顺势躺倒在床上，睡了。

我走近一步，凝望她似乎已经陷入沉睡的脸庞，突然间不禁又生出了从前在木园时的心态。谁都想要做皇后，但做皇后又有什么好，除了辛苦和痛苦，再得不到一点更真实的东西。

等到晚上，颂春和饶珠一起来给纪双木磕头谢恩，纪双木坦诚地说，“盂岚殿那边已经答应放过你们，本宫也已经决定不再追究此事，如果你们愿意，本宫会安排你们出宫。”颂春深情难掩地看了饶珠一眼，咿咿呀呀比划起来。我取来纸笔，她用力握着笔写下几个字。我留下，她走。纪双木不禁疑惑，“那你不一起走吗？”颂春又写下四个字。赎罪，报恩。纪双木拿起字迹并不端秀的纸笺，欣慰的笑容如一点烛火，渐渐染亮周围的黑暗。

在独掌后宫的第三天，纪双木把颂春和饶珠都送出了皇宫，在她看来，既然是好不容易才让她们母女平安相聚，又何必再让她们分离，远离后宫是非，就是

颂春最大的报答。事情似乎就这样平息了，御林园和盂岚殿的秘密就此再无人提起。太后遵守诺言，非请不插手后宫的事，纪双木的才德渐渐得到更大的发挥，但在得到权力的同时，她和李昊之间的情谊似乎在不经意间缓缓流失，想来想去，也就只能是那一日的缘故。

今天是小皇子满月，李昊给他赐名佑，取上天保佑之意，并在中宫设家宴庆祝。宴席散后，李昊去了温秀仪的宫中，嫔妃们纷纷散去，留下妍妃还在独自饮酒。她还是那样美丽，只是明艳不再，空留美貌，失了从前的魅力，说起来，也有我们的缘故。

纪双木走过去，妍妃朝她举起酒杯说，“想不到你会用这种方法赢得太后的信任，身为母亲，饱尝失子之痛却还要割舍爱子，究竟是什么力量让你这样不顾一切地对自己心狠。”妍妃已经微醉，泛红的脸颊映在烛光下，格外妖娆。

“我只想尽最大的努力保护所有人，尽管这并不是我喜欢的方法，”纪双木蹲下身，按下她的酒杯，“别喝了，伤身。”

妍妃嗤地一笑，“身子早就伤了，否则也不会到现在还怀不上孩子。”妍妃又要倒酒。

纪双木抢过她手里的酒杯和酒壶递给我，一边劝解说，“其他嫔妃不也没怀上吗？不要太心急了。”

“你拿我跟她们比？”妍妃露出鄙夷的神色，“她们多年轻，有的是时间和青春，我已经三十了，再不生，就生不出来了。”妍妃说着要抢我手里的酒壶，被纪双木按住，不知是不是被弄痛了，她一下哭出眼泪来，“你自己有了两个孩子，就这样对我吗？”

纪双木明显一怔，温柔的目光转瞬间变得冰寒。“你就这么想要生孩子吗？哪怕生出来后，天天被人惦记着，甚至巴不得除之而后快。”

“哈哈，”妍妃发出怪异的笑声，“你是皇后，只要你不惦记，谁会惦记？哈哈，就算要惦记，也是先惦记你的，再惦记我的，哈哈……”妍妃笑得有些疯了，趴倒在桌上，嘴里轻轻不知哼着什么，眼睛慢慢闭上，像是要醉得睡过去。纪双木低下头盯着她看了一会儿，一股提着的气忽然慢慢释放，她从袖口中拿出

一个纸包，放在妍妃的手心里。妍妃的手指动了一下，睁开眼睛，正好能看到那个纸包。她用迷离的眼盯着，用充满疑惑也充满倦意的口吻说，“这是什么？”

纪双木平静地说，“药，张学明配的方子，有了它，你就会有孩子了。”妍妃闻言，忽地一下坐起身，药包捻在手心里，惊讶与感激的目光迟迟停留。“西樵，照顾妍妃，派人送她回去。”纪双木说着站起身，朝殿外走去。

“等一等。”妍妃像是清醒了，想要问什么。纪双木轻盈又沉重地摆摆手，月光里留下她云渺的背影。

我送妍妃离开，正好赵翰扬带着巡逻的侍卫从宫门前经过，我和他相互对望一眼，我转身进宫门，他继续前行。桃花林那一遇后，他因查案不力，被李昊暂时罢免了禁卫军副统领的职务，要每日亲自带兵巡夜满三个月才能复职，虽然他的义弟孟天尧也牵涉其中，但每逢我见他巡夜，心里总有些歉疚。好在三个月的时间相比起遥遥无期的后宫岁月，无论如何都让人能有些期许。

转眼盛夏悄至，赵翰扬官复原职，妍妃也怀得龙裔，消息不胫而走，犹如投石入海，让平静了三个月的后宫微澜四伏。喜脉是张学明诊出来的，那日给药后，纪双木就把看顾妍妃的御医换成了张学明，而妍妃也安然接受。消息传来后，纪双木第一时间就去了永宁宫，亲自向太后禀明此事。

太后正在小憩，听说妍妃有孕，先是微微的惊讶瞬间闪过，随即便沉下脸来，似有不悦。她轻轻摇了摇手中玉扇说，“这件事，你怎么看？”

纪双木温婉地说，“妍妃服侍皇上多年，虽然宠爱不如从前，却也彼此有情，她失过一子，心身俱伤，况她已过而立之年，能再怀孕，实为上天垂怜，臣妾自然要恭喜她。”

太后听完沉吟片刻说，“你真觉得她是收敛了，没有斗心了？就不可能是韬光养晦，等待时机？”太后满眼的狐疑，“妍妃的心气向来很高，最早传出怀孕的消息也是她，在她眼里，这个皇后位从来就不是你的，只因为自己的孩子没能生下来，你又有了佑儿，她斗不过才选择退避三舍，如今她又有了身孕，一旦生下皇子，死灰复燃野心再起也是极其可能的，你就一点也不设防吗？”

“原来太后是担心这个，”纪双木似乎一点也不担心，微笑着说，“太后放心

好了，妍妃是生不出儿子的，”她的话让太后一愣，我也吃了一惊，只听她继续说，“皇上膝下没有公主，妍妃生的若是长女，一定也得尽宠爱，有女为伴，妍妃心里应该也不会再想着别的了。”

纪双木流露出暧昧的眼神，太后望而知意，嘴角顿时添上一抹意味深长的笑，“看来皇后，果真越来越像个皇后了。月月，去把佑儿抱来，哀家有些累了，就让皇后逗他玩乐一会儿吧。”太后说着慢慢起身，走进内殿里去。纪双木的脸上露出一片欣喜，要知道，平时我们要见小皇子一面都是难的，更何况是亲自照料，看来太后已经认定是纪双木在妍妃身上下了功夫，让她不能怀上男胎，也唯有如此符合她心意的做法，才能得到这样的褒奖。

我们在太后的寝殿一直留到黄昏时分才出来，呼吸着夕阳下的空气，我终于能开口问，“娘娘，关于妍妃生不出皇子的说法……”

纪双木领会我的意思，娓娓而叙，“那天你不在，我让张学明配药的时候就告诉他，要在里面多加一些东西，让妍妃的体质只能怀女胎。”说到这里，纪双木有意看我一眼，似乎知道我会疑惑，正好我们上了马车，坐稳后，马车动起来，她继续说到，“我和妍妃一样，都失去过孩子，所以能够明白她的心境，如今对她来说，孩子是最珍贵的恩赐，是男是女已经不再重要，经历过一次痛苦后，我相信她也不愿意自己的孩子再有随时陷入危险的可能，所以给她一个女儿，一个受皇上宠爱的女儿，才是最好的。”

我看到纪双木眼中流淌出羡慕的眼神，若不是背负着傀儡的宿命，她何尝不愿意像杨岫云那样，享天伦乐，而忘权位争。我默默无语，只是拉住纪双木的手，给她安慰和鼓励。这时，我隐约听到小福子的声音，马车急刹，我一下抱住纪双木护住她。马车完全停稳后，我掀开帘子，看见小福子站在马头边上擦着汗，担心地问，“出什么事了，这样着急?”

“告诉娘娘，孟岚殿那两位主子出事了……”

我心里一紧，还没来得及回禀，纪双木已掀开了帘子探出身来，“温太嫔和福王不是昨天就请旨出宫去望月庵诵经祈福了吗，到底怎么了?”

小福子喘着气说，“太嫔和福王在回来的路上，马车翻进山沟里，双双遇

难了。”

我脑袋里轰的一声响，迅速去看纪双木的反应，她也是毫不遮掩心中的震惊和诧异，身子一点一点向后坐回马车里，怔了许久说，“回宫，传齐尚宫到正殿见我。”

小福子应声而去，我放下帘子，马车又跑起来。纪双木靠在窗边，偶尔被风吹起的窗帘子轻轻蹭着她的脸庞，她却陷在沉思中，毫不理会。我能明白她的心情，大费周折地保全所有人，最后还是不免悲惨的下场，人力在天意面前总是无可奈何。忽然，纪双木开口说，“西樵，除了我，应该不会再有别人想要温太嫔母子的命了吧？”

我心里一动，瞬间领会她的意思，赶紧安慰说，“当然不会有，虽然孟天尧和赵翰扬都有动机，但依他二人的个性，必不屑有此作为，何况孟天尧至今都被蒙在鼓里，这一定就是个意外，娘娘千万别多想。”

纪双木听着我的话，神色微微有了变化，渐渐转了含蓄的笑脸，“希望就像你说的这样吧。”

我露出肯定的目光，“一定就是这样的，一切都和娘娘，和任何其他人无关，天理昭然，冥冥中注定她们要为过错偿还的。”

听到这一句，纪双木突然变了脸，不安和胆怯浮上面庞，哀伤蒙上双眼，“你说得对，天理昭然，任何人都要为过错偿还。”

我的心被狠狠一戳，知道纪双木是想到了自己，也许在她眼里，郑君怡和南雁的死都是她的过错，而与亲生骨肉的生离死别就是必须付出的偿还。我本是安慰的话，却让她这样痛苦，可见那件事无论过去多久，都是她心中的一根刺，没有不痛，只有更痛。车轱辘继续转着，好像永远也不会停，就像盂岚殿的风波，像这宫里所有的事，从来没有简单的结束。

今年的冬天似乎来得特别早，也特别冷，宫里的人都好像冬眠的动物，少了走动，少了喧嚣。捕猎的游戏停止，皑皑白雪既没有被奔逃的脚步践踏，也没有被刺眼的鲜血染红。三月开春的时候，妍妃生下一位公主，李昊喜出望外，不等孩子满月就赐名栎阳，并按纪双木所提，晋妍妃为妍贵妃，自此，纪双木与师卿

的关系更加牢不可破。

借着小公主带来的祥瑞之气，在纪双木的努力下，后宫和睦的景象维持了很长一段时间，也正因为这份付出，纪双木的身体渐渐不如从前了，容易疲倦，容易晕眩，有时心情太过紧张沉重，还会有反胃呕吐的现象，张学明说这是精力消耗太过，身体肌理受损的缘故，要彻底静养才能缓解，否则药一副一副喝下去，也是浪费了一半。

转眼又一年多过去，温秀仪、葛倾音和白若溪又先后为李昊诞育三位公主，分别赐名为瑶安、景宁、元英，去年入秋时有孕的白若霜也在这一两日就要生产了。然而这样的和睦，却让纪双木忧心忡忡。今晚后半夜，双雀殿传来白若霜开始阵痛的消息，纪双木连夜赶去，一直等到孩子出生，亲眼看到母子平安才回宫。可一出双雀殿，她适才欣喜的笑脸就全然不见了，一路沉默着回到中宫。没多久，张学明也来了。

“又是个公主。”纪双木声音闷闷的，忧愁填满双眼，“本宫让你检查各宫嫔妃的膳食，有结果了吗？”

“微臣查过了，的确如娘娘所料，所有适孕的妃嫔所用膳食中，被人加了改变母体体质的矿物提纯，若一点一点吃进去，从脉象上是诊不出来的，从剂量和提纯的程度上看，连续服食一月，则在半年内会影响体质，无法怀得男胎，连续服食半年，则三年内无望，若连续吃上一年，恐怕就只能生公主了。”

纪双木痛心地闭上眼睛，深深呼吸了一下说，“和你配给妍贵妃的药比，如何？”

“微臣配的药，并非从矿物中提纯，药性猛烈，却不易在体内积累，只要停止服用，就会在五到十日内恢复体质，至于其他嫔妃，虽然微臣可以尽力调理，但能否有效，微臣实在不敢保证。”

“竟然这样厉害……”纪双木攥紧拳头，“当真是一劳永逸的办法。”

“是啊，”张学明意味深长地说，“不过幸好，妍贵妃躲过一劫。”

“张掌院这话应该不是在提醒本宫此事是妍贵妃所为吧？”纪双木敏锐的目光扫向张学明，见他颔首不语，倏然慧心一笑，随即又露无奈，“本宫自己何尝不

知道，这多半是太后所为，只有她知道本宫给妍贵妃下药的事，也多亏她的信任，才忽略了东华宫，张掌院是这意思吧。当初本宫为求制衡，把佑儿送入永宁宫，想不到竟是滋长了她的野心，如今泰儿身为皇储，是郑家嫡亲的骨血，剩下佑儿这唯一的皇子，也是养在她的身边，两张王牌都捏在手里了，她当然不需要也不再想要第三个皇孙，说起来，也是本宫思虑不周，为保全妍贵妃母子的平安，事先暗示太后妍贵妃无法得男，才引她动了同样的心思。”

“娘娘别这样想，”我安慰说，“太后若无心，随娘娘怎么引，都不会走上错路，若有心，即便没有这一事，也会有更狠的招来代替，恐怕到时候，就不是生不出皇子，而是彻底绝育了。”

张学明猝然看我一眼，或许是觉得我的话重了，但他还是认同地说，“西樵说的是，娘娘实在无需为此事自责，太后所为虽然不近人情，但也并非无益于后宫稳定，何况娘娘不是一早就决定，无论微臣调查的结果如何，都不说破的吗？”

“当然不能说破，”纪双木肯定地说，但随即又露担忧，“可本宫不说，不表示旁人不会怀疑。纸包不住火，嫔妃们一直生不出皇子，万一有谁起了疑心，就难收场了。”

我嘟着嘴巴说，“太后自己不担心，娘娘担心什么？”

“糊涂，”纪双木瞪我一眼，“真的把事情掀开了，谁会去怀疑太后，满后宫里，只有本宫诞育皇子，还不司马昭之心路人皆知吗？”

我一惊，“难道太后醉翁之意不在酒？”

“她未必是故意，但若情急，把本宫扔出去做挡箭牌也是意料中事，这三年太后虽然信任本宫，但本宫总觉得，这里面不免缓兵之计的嫌疑，当年本宫有孕，太后也曾想过要另觅傀儡，难保今日她不会有同样的想法。”

“微臣倒觉得，这样的想法或许更甚从前，”张学明不无担忧地说，“与其她妃嫔相比，娘娘对太子的真心是最宝贵的，但那也是在不断会有皇子出生的情况下，如果嫔妃们自己都没有皇子，甚至明确知道自己不会再有皇子，恐怕都会争着对太子好的吧。”我的心一沉，若是那样，只怕太后的顾虑也都消了。这时张学明又说，“所谓借刀杀人，未必需要设计太多，事情一旦揭穿，不用太后发话，

所有的矛头都会指向娘娘，到时候……”

“到时候太后只要保持沉默，就能坐收渔翁之利，”纪双木已经把眼前的危机看清，目光渐渐黯淡，“张掌院所说，也正是本宫所虑，但不知道张掌院有何良策?”

张学明郑重地说，“若为自保，微臣建议娘娘说破此事。”

“你说什么?”纪双木不解。

“嫔妃体质有变已是事实，旁人将来若要怀疑，娘娘也拦不住，娘娘现在能做的，就是先发制人，撇清干系。”

“如何撇清干系?”

“太后在嫔妃的饮食中加入了矿物的提纯，但这并非矿物进入人体的唯一方法，皮肤接触也是重要的途径，据微臣所知，廊山温泉是在三年前建成的，那里曾经是一座矿山，水流从山池中经过，谁知道会沾染到什么，如果微臣把能改变嫔妃体质的矿物原石掷入温泉……”张学明的话戛然而止，含意却延绵无限。

纪双木思量着说，“若是如此，修建温泉的工人岂非要蒙冤获罪?”

“娘娘，甘蔗没有两头甜的。”张学明的话冷酷得很，他见纪双木重新陷入思考，继续说，“这件事要做便要趁早，先入为主最是重要，等到嫔妃中有人起疑，就不会任由娘娘说什么是什么了，再者，经此一事，虽然微臣不能肯定太后会有所忌惮，但是以后再要有人发现膳食中有猫腻，也不容易推赖到娘娘身上了。娘娘，工人无辜，那六宫何辜，再倒退一万步，无论娘娘要保的是六宫还是中宫，这一步都非走不可。”

纪双木抬眼看了张学明一下，踱步几许，最后在窗前站定说，“下去办吧。”

“是。”张学明应声退下。

纪双木静静站着，沉默了很久才开口，“凭张学明的智谋，能在御医院蛰伏二十多年，他心里一定是藏着什么大事，比起韩冬青，他才是更有心思的人。”

纪双木说完走进内殿休息，我不禁回头望向张学明已经消失的背影，莫名的苦涩在舌尖回味。

上天还是眷顾纪双木的，直到我们前往廊山温泉，太后的秘密依旧还是秘

密。廊山温泉新来的宫婢依依在服侍纪双木沐浴时不慎跌入温泉池中，她本是山林矿工的女儿，对矿石极为熟悉，从温泉水的味道就能分辨出山池的石质，纪双木看遍宫婢的记档，挑中了她，张学明投入池中的矿物原石就这样被找到。一时间，宫中激起千层浪，嫔妃们人人自危，御医院的门槛几乎要被踏破，修建廊山温泉的所有工人都锒铛入狱，由此换来纪双木的危机迎刃而解。

太后迟迟未召见纪双木，一直等到整件事完全平息，太后才在大明湖边和纪双木不期而遇，这样的相见，纪双木早已做好准备，恭敬行礼后，等着听太后的训示。太后面上依旧和颜悦色，望望湖面，看看我说，“怎么只带了西樵过来，哀家听说你把廊山温泉的依依调到了中宫，怎么没一起带来?”

纪双木温婉谦卑地说，“依依只是中宫的内人，臣妾近身的事还由西樵打理。”

“太亏待了，”太后惋惜又抱屈地说，“依依对李朝子嗣繁衍立有大功，皇后只给她内人的职位，是否太过吝啬了呢?”

纪双木微微扬起头说，“依依识出矿石有异纯属意外，若臣妾因此褒奖太过，只怕其她宫婢会侧目非议，更担心有人会歪曲事实从而群起效之，每日都把心思用在如何立功争位上，明明无事，却要制造事端来突现自己的本事，那样就违背了行善的本意，所以臣妾只给依依内人的职务，以后的前程，需要她自己靠努力去争，也好告诫各宫宫婢，不要峙功自傲。”

太后挪开目光，用教训的口吻说，“皇后要树立威信，德行立身固然重要，但也要懂得衡量得失，就像这一次，皇后何必要揭开廊山温泉的秘密，后宫姐妹中你喜欢谁，告诫她少去就是了，有这样一处地方，你也能省力不少，后宫里，你不止有师卿一个敌人，皇子多了，对你有什么好处，千万不要养虎为患啊。”

“养虎未必为患，但安坐就只能待毙，臣妾求生而已，”纪双木说着严肃地看向太后，似乎要宣告什么，“太后，臣妾的忍耐是有限度的，太后要么就相信臣妾，不要再有任何的小动作，要么，就直接废了臣妾，让臣妾带佑儿出宫居住，等到将来新人入主后宫，再看太后要如何阻止皇子出生而又能全身而退。”

“你……”太后倒是吃惊不小，纪双木这样赤裸裸的反驳，想必是她意料之

外了。

“太后，”纪双木凌厉地打断她，谆谆告诫说，“纸包不住火，臣妾就是不想揭开秘密，才走了这一步，其中的苦心，还望太后能够体谅。”纪双木说完，警醒的目光停留在太后的脸庞许久，也许走到今时今日，她与太后的纠缠越深，反越无所畏惧了。

太后怔了许久，竟然在嘴角露出一抹不怀好意的笑，“皇后的苦心，就连死去的君怡都能体谅，哀家岂会不能？”我的心猛一惊，太后竟然主动提到这件事，这是要做什么？我本能地看向纪双木，目光还未落定，就听到太后继续说，“静禄院偏僻，却不是禁地，你能去，哀家也能去，君怡并不是要出卖你，只是想要在关键的时刻，能有人帮你一把，飞鸽传书的事不正好说明了这一点吗？虽然你利用西樵替皇上和君怡牵线，借她的肚子当上了皇后，但总算也是替君怡得偿心愿，替郑家留住了血脉，所以哀家帮你，也是心甘情愿。”

听着太后的话，我不禁想要斥责她无耻，竟能颠倒是非黑白，倒打一耙让纪双木替她背黑锅。我刚要说话，就听到纪双木斩钉截铁地说，“欲加之罪，何患无辞，太后这样说，臣妾就是百口莫辩了。可即便如此，臣妾也不会用皇嗣来作交换。”

“皇嗣的事，哀家可以不再插手，只要太子还是泰儿的，哀家也不介意多几个皇孙。”太后说到这里，略微停顿一下，郑重地说，“哀家在乎的是，郑家那几个后起之秀是否有机会效力朝廷，必要的时候，还请皇后不要吝啬荐举之言，适当的时候，也可教导泰儿如何提携良臣，皇后能做到吗？”

纪双木抬起眼，嘴角竟也露出了浅浅的笑，却是鄙夷的、酸涩的、不屑的笑，“太后方才还说，帮臣妾亦是心甘情愿，看来也不尽然。”纪双木轻转身体，正视太后，同样郑重地说，“甘愿也好，勉强也罢，帮了就是帮了，所以臣妾愿意领这个人情。”纪双木说完，迈动坚定的步伐转身离开。

回宫的路上，我看四下无人，忍不住问，“娘娘为何要答应太后提拔郑家的人，若她真能克制娘娘，又何须对皇嗣一事妥协？”

“眼下的局势，是我们谁也不能绝对压倒谁，避重就轻才是最好的选择，断

绝皇嗣是重罪，不亚于我借腹称后，她自然不会再坚持，相反，提拔郑家无人敢有微辞，何况短短时日也不足以让郑家重归旧日的辉煌，既然太后肯退一步，我们也要给自己留有余地，毕竟，现在还不是和太后翻脸的时候，与其两败俱伤，不如答应下来，也能获得一时的喘息。”

我轻轻点头，纪双木的话不无道理，但是，若我们不能尽快扭转局势，掌握主动，这一时的喘息恐怕会变成永远的窒息。

我们回到中宫，张学明已等待多时，纪双木屏退左右，坐下后问，“怎么样，本宫让你抽查嫔妃们的膳食，是不是有结果了？”

“是的，娘娘，”张学明微微颔首说，“微臣在几位嫔妃的膳食中没再发现矿物的提纯，相信太后已经停药了。另外，”张学明压低声音，“微臣已经偷偷研制了调理各位嫔妃体质的方子，不知是不是马上就用？”

“用。”纪双木果断地说。

张学明略微有些吃惊，看了我一眼后，迟疑地说，“娘娘真的不怕宫中再有皇子出生？”

纪双木露出轻蔑而又内敛的笑，随即又平复了表情说，“若本宫不能驾驭有皇子的嫔妃，要靠禁育男胎才能统驭六宫，那就也没资格做什么皇后了。”纪双木看向张学明，见他眉宇间疑惑更深，便坦然说到，“张掌院似乎还有疑惑，有话不妨直说。”

张学明微微前躬的身体抬高一些，“微臣不解，娘娘既然不惧，为何不能一视同仁，独独对妍贵妃加以防范。”

纪双木闻言，脸色即刻变了，她把脸转向我们看不见的那一侧，沉默了很久说，“本宫独对妍贵妃防范，是因为眼下后宫里独有妍贵妃可以为我所托。”

我一愣，对纪双木的话颇为不解，而张学明则双目一亮，眉头一蹙，恍悟地说，“难道娘娘是想……”话未尽，纪双木已经垂目轻轻点头，张学明顿时露出肃穆的神色说，“娘娘深谋远虑，微臣敬佩。”

我听得更糊涂了，好奇又担心地问，“娘娘，您和张掌院，说的是什么呀，什么深谋远虑，娘娘是又有什么谋划吗？”

纪双木看向我，悲情的目光让我觉得似乎分离就在眼前。“张掌院，你先退下吧。”纪双木轻轻抬手，张学明退出殿外，我正迷惘，只听纪双木说，“西樵，下面不管我说什么，你都不要害怕，更不要难过，”我更紧张了，刚要开口，就被纪双木抢先，“西樵，我可能没有几年可以活了。”

刹那间，我浑身僵硬，犹如跌进了冰窖，满心都是凉的，“娘娘胡说什么呀，不要咒自己。”

纪双木怆然地说，“头晕，恶心，视觉不清，这些症状天天都困扰着我，时好时坏，却不能阻止死亡的脚步。”

我不相信地摇头，“这些症状，张掌院不是说是疲劳所致吗？”

“那是骗你们的，”纪双木有种把戏被揭穿的无奈，“我们带绕珠回来的那一天，你去了密室，我忽然感觉头晕，就让张学明把了脉，结果他告诉我，我的脑子里长了一个瘤子，压迫住了血管，瘤子会渐渐长大，有一天会要了我的命，头晕越严重，恶心的次数越多，视觉越不清晰，我的命就越靠近结束。”纪双木说到这里，狠吸一口气，像是要堵住喉间的哽咽，“如果有一天我不在了，你觉得，谁能代替我守护在皇上和皇儿身边？”

我听懂了，尽管这些像遗言又像诅咒的话让我如同置身噩梦，既觉得不真实，又拼命想要挣扎，却怎么都醒不过来，但它字里行间的深意，我还是领会了。“娘娘属意妍贵妃？”我红着眼睛，声音也虚浮了。

纪双木没有否认，用毋庸置疑的口吻说，“别的人爱怎么争就怎么争，但是接掌后位的人，绝不能有二心，一点机会都不能有。”纪双木坚定地看着前方，眼泪涌出，无声地流淌。

我万没有想到，她对我隐瞒了这么多，这么久，而在向我坦白自己的身体时，也坦白了她对妍贵妃深藏的用心，我并不觉得她卑鄙，相反，我被她这样的用心深深感动，为了当初的承诺，为了延续她所爱之人与他所爱之人的血脉，她已经把诺言融化进生活的每一个点滴，就连她的性命，也成了筹谋的背景。我没有再说一句话，我怕一开口，就会是劝诫和阻止的话，而她是绝不会听的。别无选择，我能做的，就是陪她把这个承诺兑现到最后一刻。

第十四章　薄情厚义君取舍

转眼又是新年，元宵一过，太后就病了，说是极严重的风寒，不能起床，李昊让张学明替太后医治，太后却不放心张学明，选了另一位御医，结果三个月都不能痊愈，最终还是让张学明接手，结果不到一月就能下床了。太后养病期间，我原提议以太后需要静养为由，把小皇子抱回中宫，但纪双木毫不犹豫就拒绝了。事后张学明告诉我，太后的风寒根本就是一个试探，他治好了太后的病，纪双木也没有趁机放肆，这样一来，太后的警惕就会放松不少。我闻言庆幸，纪双木当真是每时每刻都在计算着太后的心，也只有这份用心，才能随时应对太后这样绝狠的试探。可惜这心最不能把控的，是她的病，多亏张学明尽力维持，她才又平安地撑过了三年。三年里，张学明的药渐渐起了作用，自前年底曹锦瑜诞下皇子后，后宫争宠之势又起，纪双木严立规矩，严禁妃嫔间相互嫉妒戕害。曹锦瑜诞下皇子后不久，白若溪就不慎小产，得知流掉的也是个男胎后，就心中不平，又见姐姐白若霜得宠，就在她为李昊准备的糕点中加入迷情之药，捏造她违反宫规的假象。纪双木没有偏听白若溪的告状，几经查证，最后真相大白，毫不留情地将白若溪降为淑女，迁出双雀殿，搬到东华宫受妍贵妃调教，并晋白若霜为颐嫔，以为安抚。自那后，后宫嫔妃有害人心者不敢妄动，新宠无权者不再提心吊胆，争宠争位之事虽不能免，却再未有过分之举，其后短短两年，嫔妃所怀子嗣都平安降生，现在宫里共有五位皇子和六位公主，如此枝繁叶茂，反成就了纪双木一统六宫的局面。

或许是天意垂怜，要更助纪双木一把，从去年秋开始，太后的身体渐渐不好，时常肺痛咳嗽，严重时还会喀血，虽暂时无碍性命，但已伤及内里，对后宫事也是有心无力。趁这机会，纪双木开始提携妍贵妃，很多事情都与她商议着

办，只是悄悄的，还不敢让人知道，妍贵妃隐约知其用意，也很用心。但天意如何眷顾，总还是无济于纪双木的病，从今年春开始，纪双木的病再不能隐瞒，好在太后病得更重，纪双木见时机成熟，接回了李佑，并请李昊赐了妍贵妃协理后宫之权。纪双木交权后，李昊曾召张学明问话，听张学明的意思，李昊对纪双木依旧情意颇深，只是心结结了这许多年，一时也无法解开，心中越挂念，言行上反而越有克制。我知道张学明有心劝慰，但纪双木何曾需要这样的劝慰？这份情意她从未否认过，但她也从不强求宠爱，再多得宠的嫔妃，再多孤独的夜晚，她都泰然处之。也许，这就是皇后的宿命，也是皇后得以继续为皇后的唯一方法。

除了后宫，前朝国事也在这三年里有了很大的变化，从两年前开始，李昊开始吞并不肯缔结同盟的西域各部，逐步扩大了李朝版图。同时，前朝权势也有大变，李昊集中兵权，元老重臣多赐文臣之职，武将中，提拔了不少年轻将领，赵翰扬和孟天尧因能征善战而备受重用，分别册为一等骠骥将军和督卫大将军，地位日趋提升。除官爵和金银外，李昊还为功臣能士选配名门之女，虽然从中不难看出相互制衡的意思，但到底也是御赐的恩宠，收服不少人心。就在去年春时，李昊曾要为孟天尧指婚，只因孟天尧拒绝才作罢，为此，李昊至今还对孟天尧留有心结，但重用之心未见有变。

李朝最近一次西征是在旧年秋，赵翰扬领军攻打牧齐，十日前刚刚班师回朝，带回了和亲牧齐的长宁公主。我奉纪双木之命安排长宁公主入住春和宫，此时她正怀有九个月的身孕，又逢家国剧变，对宫里的人都极为冷漠，甚至厌恶，我和妍贵妃想尽办法，也无法让她释怀，只能等待时间的流逝慢慢带走她的伤痛。好在她也没有心情四处走动，对李昊的这份怨怼也就留在了春和宫内。

今天是九九重阳，我去探望过杨岫云，回宫的时候经过钦安殿，正好碰到赵翰扬从里面出来，这还是他凯旋后我第一次见他。这几年他四处征战，英武之气更胜，只是经历的风沙多了，更添了几分沧桑。我朝他走近一步，以为他会看见我，谁知他的目光始终落在地上，似乎满腹心事，根本无暇顾及身旁人事。

“赵将军。”我开口叫他，他却好像没有听见，继续自顾自地前行。我隐约觉得不妥，远远地跟在他后面，一路跟到了朝阳殿的城楼。站在城墙边，他望向西

北，就像当初等待大越羽乔公主进宫的我一样。

“你跟了很久了，有话说吗？”他回头看我，我这才发现他沉重的表情。

“将军凯旋，奴婢还没有机会恭喜呢。”我平淡地说着，走向他。

“攻城略地非我本愿，林承御还是恭喜皇上吧。”赵翰扬转过头去，似乎不领我的情。

我一愣，这话里分明透着不悦，我思量着说，“征战沙场，以人之性命博国之盛衰，人可前赴后继，国则一亡不再，如此，倒是应该贺皇上，谢将军。”

“职责所在，何所言谢，功过皆非一人故，不是本将军，也会是别的将军在战场上拼杀。”赵翰扬转过身，深邃的眼看着我，“或许下一次，林承御就要谢别人了。”

我从他的话里听出厌战之意，轻轻地说，“可在皇上眼里，征战沙场，恐怕将军才是第一人选。”

“可如果皇上让本将军杀人呢，无辜的人，本将军也要做这第一人选吗？”

我的心一惊，怔怔地说，“将军这话是什么意思？”

赵翰扬盯着我看了一会儿后说，“出征前，皇上亲口御令，牧齐皇族，不能留下半点血脉，就算是公主所出，也格杀勿论。本将军知道斩草除根的道理，所以尽管公主跪求本将军，本将军也不曾心软留情。可谁知皇上竟连公主的腹中子也不肯放过，一知道公主有孕就飞鸽传书让本将军在半路上将胎儿打落。”

“怎么会这样？”我不自觉地用手心按住胸口。

“公主已经怀胎九月，若强行落胎，只怕公主也会性命不保，再加上公主以死相逼，本将军想皇上不至于如此狠心，又想那遗腹子不知国仇家恨，根本无害于李朝，这才没有下手，谁知皇上却因此训诫本将军，不应心慈手软，纵然让公主一同陪葬也好过养虎为患。”赵翰扬说着说着，不禁露出愤怒的神情。

“皇上一向体恤和亲的功臣，怎么会突然如此狠心？”

赵翰扬带着荒谬的笑摇摇头，“和亲的公主都不是皇上的嫡亲血缘，为求斩草除根，牺牲一两个又有什么关系？可笑我李朝先行撕毁盟约，对方没有杀了和亲的公主以示抗议，我李朝反倒要骨肉相残，这难道就是天朝仁君的风范吗？这

些和亲之女都出自功臣之家，为国远嫁，功成之日却要赶尽杀绝，这与兔死狗烹有何异？要本将军上阵杀敌，任凭血肉横飞也不会眨眼一下，但要本将军杀害无辜，杀害功臣，本将军不愿苟同。”

我看着他愤慨万分的样子，心里明白长宁公主的下场会是如何悲惨，力不能及，也只能劝慰赵翰扬宽心了。我轻叹一口气说，“将军不是已经把长宁公主接回来了吗，皇上要再怎么做，那也与将军无关了。”

“你以为这件事到长宁公主就为止了吗?”赵翰扬沉重地说，“牧齐之后，便是噶里木，噶里木之后，还会有别的部落，适才皇上召见，就是为继续征西一事，西域各国与李朝和亲的不少，长宁公主不过是开个头罢了。林承御还要说，皇上再怎么做都与本将军无关的话吗?”赵翰扬一席话让我哑然，他专注地看着我很久，在我的沉默中转身离开，独自走下城楼。

我回到中宫后，把赵翰扬的话告诉纪双木，她倒是一下就领会了赵翰扬的用意，“这样的话，他本不必跟你说，他是想借我们去扭转皇上的心意。虽然我们和长宁公主没有交情，但是平遥公主当年可是代替我去和亲的，赵翰扬知道我不会不理。”

“可是平遥公主未必也和长宁公主一样身怀有孕。”

“就因为没有身孕，她才不会像长宁公主一样，为了保住腹中的孩子，而眼睁睁看着其他儿女被杀，若她以死相逼甚至以死相随，那岂非是皇上逼死了她。”

我顿时觉悟，“原来长宁公主的隐忍，都是为了腹中的孩子，幸好赵翰扬没有下手，否则就算留住公主的命一时，也留不住她一世。”我觉得心寒，担心地说，“娘娘，皇上的心像是越来越狠了。”

纪双木平静地说，“帝王从来都是如此，只要是和江山得失相关，都不会留半分仁慈，只看先帝对郑君怡的所作所为就能知道，相比于他的狠心，我更放心不下的，是赵翰扬的善心，他是皇上重用之臣，但治国之心意已和皇上有了分歧，若日后渐行渐远，恐怕会酿成灾祸。”

听她这样一说，我也有所觉察，不禁点头，“娘娘说得对，就像今天，他是早知道奴婢在跟着他，故意引奴婢去城楼坦诚心扉，不过是想借奴婢的嘴罢了，

想不到，他也玩起心机来了。"

"他向来有心机，却始终能用在正道上，你我走的也是正道，所以不易察觉，但若今后他的心机用在与皇帝的争执上，迟早会引火烧身，"纪双木说着端起茶碗，轻轻呷了一口，"昔日他帮我们的不少，不为私交，只因为他知道我们为的不仅仅是自己的私利，如今他也是一样，为难的是他，可这为难也是为李朝为难，就冲这一点，我绝不能坐视不理。"说到这里，纪双木像是下了决心，双眸一动说，"西樵，长宁公主回宫后，一直住在春和宫吗？"

"是的，不过……"我迟疑了一下说，"公主自打住进春和宫就再没露过面，皇上虽没有禁足公主，但一直以公主需要静养为由，不准任何人探视，奴婢听说春和宫的内侍换了一批，看起来有几分软禁的意思，娘娘，我们大概是已经迟了一步，恐怕公主腹中的孩子已经不保了。"

纪双木闻言眉头一拧，随即又摇摇头，"未必，公主若在路上出事，可以有很多理由，但既然已经接回宫里，就不能闹出事来，公主宁死也要保住孩子，若是此刻已被逼落胎，轻则哭闹，重则求死，肯定都不会这么安静，春和宫锁不住那么大的秘密。"

话音刚落，小福子进来说竹湘来请平安脉了，纪双木便示意我稍后再说。

竹湘拎着药箱和一樽药壶进入内殿，这几年她一直跟着张学明，每每张学明不得空，就让她来请平安脉。她放下药箱，把药壶递给我说，"这是张掌院新研制的药，因为煎药比较考功夫，所以让奴婢煎好了送来。"她一边说，一边在桌案上摆好脉枕，"娘娘，药还有些烫，请让奴婢先为您诊脉。"

纪双木轻轻嗯了一声，把手腕搁在脉枕上，"张掌院今天是又被哪一宫的主子召去了吗，怎么都快晚膳的时间了还不得空？"

"回娘娘，张掌院刚走到半路就被皇上召走了，因娘娘喝药不能耽搁，就让奴婢来了。"竹湘一边说，一边把手指搭上纪双木的手腕。纪双木双眸一亮，嘴里轻轻哦了一声，若有所思，但并未多言。竹湘诊过脉说，"娘娘的脉跳还是有些紊乱，但是血亏气梗的现象有所好转，继续服药，便可减轻头晕的症状。"

"本宫也觉得近来不太会头晕了，但是呕吐的现象好像更频繁了。"纪双木晓

得竹湘的医术，也信得过张学明的眼光，所以即便来的是竹湘，她也从不在病情上隐瞒分毫。

“呕吐是因为瘤子压迫血管的缘故，师傅新研制的这味药就是用来缓解呕吐症状的。”

纪双木从我手中接过药碗送到嘴边，忽然眉头微皱，“这药似乎更有一片苦味。”

“娘娘的嗅觉真是灵验，这药经过提纯，故而甚苦，奴婢听说娘娘宫里种有薄荷，娘娘可将薄荷叶含在舌下再喝药，可以解苦味。”

纪双木听到这话浅浅一笑，“你有心了。”说完，纪双木仰脖一口把药喝尽，但随即眉头紧皱，呕了几下，脸都微微泛白了。我赶紧上去轻捶她的背脊，她却轻轻推开我说，“是本宫尚未尝尽人间的苦，自不量力了。”

竹湘宽慰说，“良药苦口，师傅研制此药，三天三夜没有合眼，必定是有奇效的，娘娘的苦不会白吃。”

纪双木含笑垂目，欣慰地说，“你师傅和你为本宫尽心竭力，这些本宫都知道，必定保重自己，不辜负了你们的辛苦。”

话音刚落，小福子进来说，“娘娘，妍贵妃来了。”

“哦，那奴婢先告退了。”竹湘收拾好药箱，退出殿外。

我往香炉中添了些鹅梨熏，僻掉药香，这时妍贵妃走进殿内，自从她生下公主，昔日的风光渐渐回来，如今又掌协理后宫之权，意气风发更胜从前，不过她对纪双木倒还依旧敬重感恩。落座后，她把厚厚一本账簿送到纪双木眼前说，“这是这个月的后宫开销，你看看吧。”

纪双木翻开账簿，一边看一边说，“最近宫里没什么大事吧？”

“皇后规矩立得好，谁敢造次，”妍贵妃轻轻笑着，喝了口茶，忽然好像想起了什么，放下茶碗说，“哦，有一件事，本也不算大，既然过来了，就和你说一声，皇上要把长宁公主送出宫了。”

纪双木翻动账簿的手顿时停住，抬起头，露出警觉的目光，“这是什么时候的事？”

“昨天晚上皇上才提起的，说已经把长宁公主进宫前居住的府宅改建成了公主府，大概这一两日就要送她出宫，我稍后还要让尚宫局安排一批宫婢随行服侍，还有长宁公主的乳娘望春，和她过去的婢女秋月，皇上也让我找回来，照顾长宁公主。”

“是这样，”纪双木的眼神晦暗不清，她慢慢合上账簿，从容地说，“既然是皇上的意思，照办就是了，长宁公主在外吃苦多年，如今虽然回宫，却也是夫死子亡，难免心中积怨伤怀，若能有从前的人在身边照顾，想必助益不少。”

“我也是这样想，已经让尚宫局着手办了。”妍贵妃的目光落在空药碗上，不禁皱起眉头，“你的身体怎么样了，每天三副药喝下去，可有些许好转?”

纪双木低下头，似有些沉浸在哀伤中，随后抬起头，暧昧的目光望着妍贵妃，幽幽地说，“你的协理后宫之权还在吗?”妍贵妃先微微一愣，随后像是领会了深意，歉疚地低下头。纪双木淡淡一笑，“行了，你回去吧，我也累了。”

妍贵妃轻轻嗯了一声，起身走到殿门口，转过身来说，“我别无可言，唯有说一句保重，不为别的，只为你的两个孩子不至于失去了母亲。”说完，妍贵妃朝纪双木婉然一笑，孑然离去。

妍贵妃前脚一走，纪双木平静的笑容就渐渐消失，“看来，皇上要有所动作了。”

我一下警惕起来，“娘娘的意思是……”

纪双木抬头看我，锐利的目光似乎在责怪我的迟钝，“你没有听到妍贵妃的话吗，皇上要送长宁公主出宫，还要调回从前的身边人照顾，眼下又传召了张学明，这三件事必有关联。”

这三件事……我刚要深想，脑子就嗡的一下，一股寒气从脊梁骨窜上来，“皇上是要把长宁公主软禁在宫外，然后再悄悄落了她的胎……”我话未说完，人已开始打寒颤。

“胎死腹中是张学明的拿手本事，若能买通公主信任的身边人，自然就事半功倍。”纪双木端起茶又喝了一口，丝毫没有发觉，那是妍贵妃喝剩的残茶。

我静了静心说，“那奴婢即刻去找张学明问清楚，若他真的有份参与，就让

他暗中相帮。”

“不，”纪双木果断地拒绝，“公主一旦出宫，单靠张学明根本是鞭长莫及，勉强而为只会拖累他，何况我们救得了一个，救不了所有，与其一回回冒险，不如一次去除症结。”

“娘娘！”我有不好的预感，这件事的症结在皇上身上，若要一次去除，就唯有直谏一条路。“娘娘方才还说帝王对关于江山得失之事绝不手软，娘娘若要直谏皇上改变心意，难保不引火烧身，这绝对不行。”我不假思索地反对。

“你若只怕我引火烧身，那就不必说了，”纪双木似乎已经下定决心，“保全自身又如何，今日不劝，来时未必还有机会弥补，我劝，最多也只是为难我一人，否则等到来日由别人来劝，那只怕会是更大的灾祸，”纪双木的话中藏着担忧，眼神中透着勇敢，“行不行，我都要试一试，总不能任由他丢了这份仁君之心。”

我心里忽然明白，她这样做，不只是为了赵翰扬的困境，也不只是为了无辜的性命，更不只是为了将来她对平遥公主的弥补，而是为了李昊能不失了赵翰扬和孟天尧这样的仁义之臣。如此，我自不必再劝了。

第二日清晨，纪双木早早地去了钦安殿等李昊下朝，小安子当时正在监督宫婢打扫，一见到我们，整个人顿时紧张起来，他知道若非事态严重，纪双木绝不会亲临钦安殿，而且还是在上朝的时间，数来数去，也就是白若溪陷害白若霜的那一次，纪双木曾有过此举。

小安子匆忙把我们引到偏殿，奉上纪双木爱喝的老君眉，正想要偷偷打发小太监去金銮殿前传话时，被我拉住说，“国事要紧，娘娘的意思，不必催皇上回来。”小安子看看我，又看看纪双木，见我们都一脸严肃，轻轻嗳了一声，不再多事。纪双木在偏殿等了大约两炷香的工夫，手中捧的茶早已凉透，却不让人换，身边的座椅一直空着，也不坐，就这样捧茶而立直到李昊踏进偏殿。

“臣妾参见皇上。”纪双木按规矩见礼，李昊轻轻用手托起她的胳膊，两人四目相对的一刻，竟然都有些逃避的意思。这几年，李昊和纪双木既有生疏又不能情断，那种儿女情长已经不见许久，但眉目间总有不能散尽的情愫，隐忍着，矜

持着，连看似如旧的恩宠也都在压抑中变得不自然。

小安子奉上茶，打断这瞬间的尴尬，李昊一边接过茶碗，一边说，“张学明说你的身体要多休息，怎么还一大早就过来了，是有要紧的事吗?”

“是，”纪双木坦白地说，“臣妾听说，皇上打算送长宁公主出宫。”

“是啊，”李昊已把茶碗送到嘴边，轻吹一口说，“朕已命人把她以前的府宅改建成公主府，仆婢之事也让妍贵妃去着手办了，你身体不好，朕嘱咐过她不必刻意因此事去打扰你。”李昊说完低头喝茶。

纪双木轻轻瓢了李昊一眼，平静地说，“臣妾多问一句，皇上送长宁公主出宫后，是否打算让她平安生下孩子?”

李昊闻言微微一怔，似乎有些猝不及防，但很快就完全冷静下来，把茶碗往边上一送，说，“皇后既然问得坦白，那朕也不必隐瞒，公主对朕怨怼难消，生下的孩子耳濡目染，也必定对朕恨之入骨，不如不要。”李昊说着走到桌案旁，顺手抄起一本奏折，胡乱翻看。

我曾在钦安殿当差，知道这是李昊的习惯，只要一翻奏折，就表示不想再继续这个话题。这一点纪双木也知道，以前她都会识趣地调换话题，但这一次，她却继续说，“孩子出生后，可以送到宫中由臣妾抚养，或者远送他乡寄养在民间，再不济，和公主一同软禁在宫外，也好过就这样把他杀死在腹中。”

啪的一声，李昊把奏折摔在案上，我顿时屏住呼吸，只听李昊说，“皇后想让朕放过的，不只长宁公主的孩子一个吧，是不是有谁说了什么，让皇后动了做说客的心?”李昊的话让我心惊肉跳，他像是看穿了我们，那双露着锐利目光的眼，正牢牢盯住在纪双木身上，“单凭一个长宁公主出宫的安排，还不至于让皇后这样来质问朕，除非是皇后已经知道朕有斩草除根的念头，才会一听说公主要出宫就匆匆赶来救命。朕不会追究这个人是谁，但是皇后的请求，朕不能答应。”

“臣妾知道斩草不除根是亡国大忌，但若孩子还在襁褓甚至腹中，又能对李朝江山有何威胁?想来公主为保儿女平安，也是不会说出真相让儿女冒险的，退一万步，生离与死别都能守住秘密，皇上为何一定要选以死别离，而不留人一条生路呢?毕竟公主也是为李朝而嫁啊!”纪双木一口气说了这些话，微微有些呼

吸急促，我要去扶，她悄悄抬手制止，眼睁睁看着李昊，等他一句话。

李昊没有马上说话，暗自沉吟似有所感悟，少时，他抬起头说，“皇后既然这样说，那朕就跟皇后赌一把，朕可以放过和亲公主的幼子，只有一个条件，就是皇后要能说服赵翰扬领军攻打大越，只要皇后能做到，朕就遂了皇后的心愿。”李昊说得这样信誓旦旦，我心里却大感疑惑，纪双木也是微露迷惘，不能领会李昊的深意。李昊翘起单边的嘴角，诡秘的笑让我预感这是一场必输之赌，“皇后很奇怪朕为什么会设这样一个赌局吧，等皇后试过以后，就会明白了。小安子，传赵翰扬到钦安偏殿，不必告诉他皇后在这里。”小安子应声去了，李昊的目光忽然温柔了一些，伸手轻轻触摸纪双木鬓边的脸颊，“双木，朕是身不由己，望你能明白。”李昊说完，默默转身走出偏殿，荣喜也跟着出去。

赵翰扬很快来到偏殿，见到纪双木的时候他明显一怔，迟疑了一下，最后还是迈过门槛，走到纪双木面前。“臣赵翰扬见过皇后娘娘，适才钦安殿传召，臣不知娘娘也在，冒犯了。”

纪双木淡淡地说，“将军言重了，要见将军的，恰恰是本宫。”赵翰扬愕然地抬起头，纪双木继续说，“本宫要代皇上，问将军一句话，请将军仔细考虑，再做回答。请问将军，是否能领军攻打大越?”

赵翰扬闻言惊愕更重，一时竟无法作答。我和纪双木期待地看着他，看着他惊惶的目光渐渐平静，僵硬的脸渐渐松弛，整个人从惊惧不安渐渐平复冷静，最后，他后退一步，艰难地说，“臣万死，请娘娘不必再为和亲公主之事烦恼了。”赵翰扬的话让我们大吃一惊，今天不光李昊，连他都有了料事如神的本事，这里面一定藏着我们不知道的谜。只见他慢慢转身走到殿门口，对小安子说，“请公公带本将军去见皇上，本将军有话要说。”小安子嗳了一声，带着赵翰扬去了。

我和纪双木面面相觑，眼中的猜疑和忧虑惊人得相似，忽然，纪双木拳头一握，也跟着走出去。我们走到钦安正殿，见赵翰杨跪在李昊面前，双手托着官帽，这是大臣辞官时才有的举动。

纪双木不相信地看着眼前这一幕，疑惑地问，“皇上，这到底是怎么回事?”

李昊望着赵翰扬说，“其实朕早就答应了赵将军，绝不让他领军攻打大越，

现在你去问他，他自然就知道这是朕的试探，而这样的试探只会证明朕的做法没有错，因为赵翰扬，就是大越人。”

我猛吃一惊，赵翰扬怎么会是大越人！我怔怔地望着他，他沉默不语，这算是默认了吗？

“那……万淑宁引军叛乱的事……”纪双木立刻联想到更多。

“那件事和赵将军没有关系，害国之心，他从未有过，但是这国，既有李朝，亦有大越。”李昊的话让我心中一颤，想起赵翰扬西望远土，想起他那句攻城略地非我所愿，现在想来，竟是有这层深意在里面，我刚有所悟，只听李昊继续说，“赵将军的生父是大越的军官，但是遭到同僚的嫉妒和迫害，又因为娶了李朝女子为妻，被扣上通敌的罪名。他父亲被害死后，母亲带着他逃往，遇到了崇光远将军，崇将军敬他父亲是值得尊重的对手，又见他母亲病重垂危，就收养了他，当时他只有一岁，也就是皇后所说的，尚在襁褓之中。后来崇将军为国捐躯，把赵翰扬托付给了万云川，这才有了今天的一等骠骑大将军。”李昊略顿一顿，看了纪双木一眼，继续说，“本来这件事，赵翰扬是没有机会知道的，但是他偏偏爱上了文秀公主，若非有和亲之名，李朝嫡出的公主，怎能嫁给大越将领的遗孤，为了劝服赵将军放弃公主，先帝的废皇后郑氏把他的身世说出，他自知与公主再无可能，这才有了那封绝情信。”

我听着那个遥远又熟悉的故事，时隔十数年，到今日我才知道他们分离的真正原因，竟是上天的错误安排。所以郑君怡当年才说，文秀公主绝不可能嫁给赵翰扬，原来不只有门第之别，不只因为赵翰扬的断臂残躯，而是因为他的身体里流淌着大越的血，军权可交可收，身体里流淌的血却不能改变颜色。

我无奈地看向纪双木，她却好像更有底气地说，“那皇上就更不该赶尽杀绝，赵将军自知是大越人，还对李朝忠诚依旧，足见血统不能左右一切。”

“皇后错了，”李昊斩钉截铁地说，“赵翰扬是一直对李朝忠心耿耿，先帝和朕也都对他信任有加，可就在万淑宁引八大将军反水的时候，朕布局抗敌，发现赵翰扬对大越军队无法一视同仁，从此明白，赵翰扬，始终不是真正的汉人。朕感激他对李朝真心，感激他为李朝效劳，敬佩他对公主不变的感情，理解他对大

越军不忍的心情，所以主动应允他不必攻打大越，但是，他一个有一半李朝血统，在李朝长大，深爱李朝公主，而且还是被大越军官迫害而父母双亡的人，都不能对大越军队狠起心肠，朕要如何去相信那些西域皇室的子孙，因朕而家破人亡的子孙，会不恨朕，不恨李朝。”

李昊的一席话让我和纪双木顷刻哑然，谁能保证人人都有赵翰扬的经历，谁又敢说人人都有赵翰扬的胸襟？何况现在看来，赵翰扬对李朝的忠诚，也是建立在两国和平的基础之上，当日是大越妄图倾覆李朝，赵翰扬尚不能以平常心对待，若换做是李朝挑起战争，换做是大越人亡国为奴，又当如何？不敢想，真的不敢想。我的目光落在赵翰扬身上，也许他正是想通了这一点，才会要纪双木不再相劝，因为他自己，就是头一个反例。我起了退缩之意，胆颤地看向纪双木，她也黯淡了目光，但似乎还有话要说。

李昊像是看懂了她的心思，先开口说，“朕知道皇后想要两全，意图隐瞒身世让他们平安成长，但国仇家恨太深太重，人一生的机遇又实在难料，谁能保证他们一世不知？皇后以为孤子无依，难有撼动李朝的一日，但哪怕小小的报复，都可能伤害我李朝真正的子孙，朕绝不能拿李朝的嫡亲子嗣和江山社稷冒险。朕知道皇后要保朕的仁义，可难道伤害公主幼子是无情，置子孙于隐危就是伟大吗？对一人之仁义，若要以对他人之不顾来换，那便不是仁义了。”

李昊的字字句句敲打在我心头，不可否认，他的道理是比所谓仁义更大的道理，纪双木害怕李昊失去赵翰扬，殊不知他早就做好了失去的准备，而赵翰扬对此也是心知肚明，一切心思都是枉费了。

纪双木凄然一笑，默默转过身，走到殿门口，脚迈出去之前，只说了一句，“这一场赌，是臣妾输了。”

我回头望了李昊和赵翰扬一眼，来不及看最后的结局，就跟着纪双木离开钦安殿。此时太阳已高高升起，夏末的回暖让人的心再度浮躁，纪双木坐进马车里，憔悴终于浮现脸庞，忧虑深深嵌在眼中，像海水一样深。

我拉住她的手，安慰说，“皇上是身不由己，赵将军也能体谅，娘娘已经尽力了，这件事就到此为止吧。”

纪双木沉静了许久，嘴唇上已经咬出淡淡的牙印，“我原是要替皇上留住赵翰扬，如今，反而逼他离开更早了。到底，是我不自量力了。”

“娘娘不要妄自菲薄，赵将军身世特殊，谁能知道他和皇上已经有了那样的默契呢。”

“默契?”纪双木猛地转过头来，怔怔地看了我一会儿，又慢慢将目光挪移开，猜度着说，“皇上借赵翰扬让我死心，用心在于我，也可能在于他，莫非，皇上已知赵翰扬与我们之间的牵扯，才会这样疑心于他。”

纪双木的警觉让我不禁浑身一颤，但很快摇了摇头，“未必如此，斩草除根的命令是下给赵翰扬一个人的，皇上猜到是他所说一点也不奇怪，再加上赵将军本就对此事有所芥蒂，求助娘娘也是顺理成章，皇上不至于想到别处去。”

纪双木犹疑地点点头，又摇摇头，喃喃地说，“但愿，这就是全部的原因。”

我看着纪双木忧愁不散的模样，不得不面对自己内心的恐惧，其实，纪双木的怀疑已经深种在我心中，安慰的话是说给她听，也是说给我自己听的。

长宁公主的事终究不能转圜，半个月后，她在公主府产下死胎，自此郁结难消，每日在府中以泪洗面，夜深人静时哭号不止，声声痛斥李昊，更不乏诅咒之词，李昊全当她得了失心疯，用软禁终其一生。赵翰扬的辞官得到恩准，唯一的要求，就是要他打完噶里木之战，赵翰扬答应。经过一年的准备，赵翰扬领十万大军再次出征，一走就是两年。转眼冬又至，掐指一算，我已离开木园整二十年。

战事消息是四个月前传来的，说赵翰扬已攻破噶里木的都城，不日将班师回朝。随之而来的，还有平遥公主的自尽的噩耗，大概是知道自己和孩子在劫难逃，赵翰扬攻入皇宫时，平遥公主已经给两个孩子喂下毒药，自己则当着赵翰扬的面抹脖自尽。因为一场风雪阻碍了行程，我们在唏嘘中等了四个多月，才等到赵翰扬到京，而此时，他已经奄奄一息。消息如春雷惊天，纪双木急命我去将军府打探，在寝殿门外，我遇见了小安子。

他当时正趴着窗户往里看，听到声音转过身来，“西樵姐来了，张掌院正在里面看着呢。”

“哦，”我闻言便不急着进去，跟小安子打听起来，“到底是怎么回事，都班

师回朝了，不至于让一场风雪折磨得没命吧。”

“是有人下了毒，”小安子的话吓了我一跳，“西樵姐一定想不到，平遥公主临死前留了一封遗书托赵将军呈给皇上，这信上就下了慢性的剧毒药。”

“是平遥公主?”我心惊肉跳，原来李昊的担心不是杞人忧天，而是随时可能爆发的灾难。

“幸好有那场风雪阻挡了去路，赵将军和接触过那封遗书的士兵不到京就毒发了，皇上才逃过一劫。”小安子后怕地拍着胸口说，“哎，就是赵将军恐怕……”

话音刚落，寝殿门被推开，张学明从里面走出来，我赶紧问，“张掌院，赵将军怎么样了?”

张学明看看我，晦暗的目光更加浑浊不清，沉重地说，“谁都知道皇上有能力聚集天下名医，若存心下毒，怎会是轻易能解的毒，这一次，恐怕我也束手无策了。”

我从没听过张学明在疾病面前说这样丧气的话，我走进寝殿，慢慢靠近赵翰扬，透过薄弱蝉翼的纱帐，看到他苍白中透着青绿的脸，这样的脸，本该是可怕的，扭曲的，阴森的，可我此时只觉得心痛可怜。他就可以离开了，抛开李越的矛盾，抛开忠诚与忠诚间的挣扎，可偏偏，他没能逃开死人的算计，仇恨，真的是很强大。如此，倒分不清李昊的绝情是对是错了。

我回宫把实情告知纪双木，她静静地接受这一切，孱弱的身体仿佛本就是悲伤化成的，再也没什么不能承受。大概过了十余日，将军府传来赵翰扬去世的消息，张学明终能回宫继续看顾纪双木。

晚膳后，张学明来给纪双木请平安脉，照例说了脉象和病况，吩咐了用药。话毕，张学明见纪双木一直愁眉淡淡，迟疑了一下说，“娘娘是还在为赵将军的事难过吗？娘娘最好不要这样，为一个将军伤心而致病重，皇上是要疑心的。更何况，赵将军并没有死。”

“你说什么?”纪双木一下从哀伤中脱离出来，我也被惊了一下，不自觉地用手按住胸口。

张学明从药箱中取出一个小锦盒，搁在案上说，“皇上知道娘娘为国失栋梁而烦忧，特意让微臣送来去头痛的药膏子，望娘娘不要辜负了皇上的心意，娘娘，微臣告退。”张学明说完这不明不白的话，急匆匆离开了。

我刚要叫住他，被纪双木拦住，她缓缓将手伸向锦盒，打开盖子，里面有一个小小的碗盅，碗盅下面压着一纸折起的信笺。纪双木赶紧把信笺拿出来，我把掌灯挪近，明暗转瞬间，苍劲有力的字落在眼中，是那样熟悉。

赵翰扬辞官，朝野必多揣测，朝野不安，则国家不安，但朕之承诺绝不能悔，唯有借中毒一事送其离京，方能两全其美。

纪双木的嘴角终于露出了缱绻的笑容，风吹烛曳，不曾模糊了视线，短短字句，已非落于纸上，而是嵌入心扉。

第十五章　故梦尘封遇离人

赵翰扬在前朝后宫的人生轨迹最终以一场隆重的葬礼终结，我奉命到灵堂吊唁，在那里，我再次遇见了身着素服的孟天尧。记得上次在吕宛娉的灵前见到他时，他一脸的肃穆哀严，那是要怎样的隐忍，才能把他对吕宛娉的爱全部都掩藏起来。这一次，他不需要再掩饰悲伤，可我看到的，依旧是肃穆悲情的面孔，也许他们之间的情义，就是要用沉淀才能纪念吧。

葬礼结束后，我坐马车回宫，途经曾府，我忽然想起了文秀公主，按规矩，她和驸马都是不需要去给臣子吊唁的，但是今天灵堂上，也没有看到曾府的下人出现，是不方便，还是已经无心了呢？我忽然替赵翰扬感到悲哀，当年的绝情信，也许是真伤了公主的心，可这里面的委屈和无奈，谁又能理解呢？

我在心里轻轻叹息着，也记不清马车跑了多远，忽然一下就停了，只听有侍卫在外头喊，“是林承御吗，福公公让我们传话，请林承御赶紧去太子宫。”

我掀开门帘说，“没说什么事吗？”

“没有，只说是皇后娘娘的吩咐。”

纪双木的吩咐？我略一琢磨，顿时心头一颠，太子两日前就开始低烧，吃了药后体温还是起起落落，直到昨天傍晚才完全退烧，原本以为没事了，难道现在又起了变化？我不敢怠慢，立刻往太子宫去。一进太子宫，我就闻到浓浓的熏艾气味，宫婢把我引到寝殿门前，我竟看到进出寝殿的宫婢都用绢帕蒙住了口鼻，这是身边有疫症传播时才用的防范措施呀，我的心顿时沉下去。走进寝殿，我看见纪双木和妍贵妃都坐在外殿，面色焦虑，内殿门紧紧关闭着，熏艾的气味就是从那里面传出来。

“你回来了，赶紧进去照顾吧，张掌院也在里面，你们娘娘有本宫陪着，不用担心。”妍贵妃先开了口，我看纪双木满脸疲倦又带哀愁，就直接应下，推门进内殿。浓郁的药味扑鼻而来，还带着呕吐物的酸臭，张学明跪在床边给李泰把脉，蔓竹清理着床边的残污，恹恹的气氛充斥着整个空间。

“太子这是怎么了？”我边问边走近床边，在看清李泰的面庞后，不禁心中发怵。他的脸上布满可怕的红色斑点，嘴唇似乎发焦了，伴随一下一下地抽搐，还有白色唾沫从嘴角流出。我揪紧衣角，不敢接受地说，“这是……天花？”

“是，”张学明沉着地说，很快又转过头来，“你知道？”

“我小时候得过。”我说着拿起捂在李泰额头的帕子浸入冷水，重新拧干了，敷在他的脖子一侧。“这样会更有用一些，天花这种病，还是土方更管用些。”我把自己的帕子也浸湿了，敷在他脖子另一侧。“娘娘知道了吗？”

张学明站起身，“疹子是昨夜里才发的，我现在方能确诊，可我担心，以娘娘现在的身子，知道了实情，只怕会雪上加霜。”

“那也要说，这件事瞒不住，除非你有把握治好。”我嘴上这样说，心里却期望他真敢隐瞒。谁知张学明紧锁眉头看向李泰，迟疑了一阵，最后还是走过去推开了殿门。这样我便知道，他心里没有底。

纪双木见我们出来了，那种可怜的眼巴巴的目光立刻投过来，妍贵妃站起身问，“张掌院，太子究竟得的什么病，怎么一夜工夫就这么严重了？”

张学明为难地看了看妍贵妃，又难以面对看了看纪双木说，“回禀二位娘娘，太子得的，是天花。”

“什么？”纪双木猛地站起身，“张掌院，你没有诊错吧？”

“微臣也希望是诊错了，但是……”张学明低下头，似乎无颜面对。

纪双木虚弱地坐下，无声无息间，眼泪已经蓄满眼眶。妍贵妃伸手轻轻搭住纪双木的肩膀，郑重地问张学明，“你说吧，能不能治？”

张学明抽动了下嘴角，咬牙说，“微臣一定尽力。哎，娘娘……”张学明刚说了一句，纪双木就突然起身要冲进内殿，张学明飞快地退后两步，跪下挡住纪双木的去路，“娘娘，娘娘您不能进去，天花易传染，娘娘凤体要紧啊。”

“本宫原就是残病之躯，还怕这小小天花吗？”纪双木不知从哪里来的力气，竟把张学明推开到一边。

我见形势不好，张学明又碍于男女有别不敢硬拦，赶紧扑过去跪倒抱住她的腿。“娘娘，太子病重，娘娘更要保重身体，主持大局啊。”纪双木一时间停止了挣扎，此时此刻，自己的性命她早已置之度外，也只有所谓的大局才能劝住她。我见她冷静下来，慢慢松开手，站起身，“娘娘，这里就交给张掌院吧，前朝后宫，此刻都不能乱啊。”

纪双木微微后退一小步，似回心转意地慢慢转身，但只转了一点就突然又转回来说，“不，本宫不能走，前朝有皇上，后宫有妍贵妃，本宫现在不想做什么皇后，只想做个母亲，本宫会留在太子宫照顾太子，直到太子病愈为止。”

“娘娘……”张学明还想再劝。

“张掌院不会是想说，太子已回天乏术，本宫留也白留的话吧。”纪双木狠狠地瞪着张学明，好像是要逼迫他收回劝说的话，但在我眼里，这凶狠的眼神，尽是哀求。

张学明被纪双木的眼神震慑住，怔了许久侧身让开一条路，低头说，“微臣不敢，微臣自当竭尽全力，保太子平安。”

纪双木的情绪和缓了一些，吩咐我说，“西樵，你去偷偷告诉皇上太子生病的实情，记住，这件事不能张扬。”我轻轻应下，纪双木又召了进出过寝殿的宫

婢太监训话，“你们都听好了，太子只是得了一般的疫症，只要隔离治疗，不日就能痊愈，即日起，本宫会暂居太子宫照顾，除乳娘外，所有宫婢都在寝殿外候召，非本宫、林承御、张掌院的传话不得信，不得听，若让本宫听到一丁点流言揣测，全都提头来见。”说完，等众人齐声应下，纪双木接过张学明递过来的三角帕子，蒙住口鼻，走进内殿。

张学明跟着进去了，妍贵妃和我一同离开太子宫，她回东华宫，我去了钦安殿。李昊正在与大臣们议事，我等了很久才见到他，听说李泰得的是天花，李昊一下子变得不像是个皇帝，他把握紧的拳头塞进嘴里，用牙齿狠狠咬住，我能看见他太阳穴几乎要爆出的青筋，也能看到他的眼角处努力遏制的泪水。据我所知，李昊的母亲就是天花不治而死，这个病在他心里也许就意味着死亡。

“张学明怎么说，现在太子宫是谁在照顾？”李昊克制着情绪问我。

我为难地说，“张掌院说会尽力保太子平安，至于太子宫，现在是皇后娘娘自己在照顾。”

“你说什么？”李昊顿时激动起来，“这样的病，皇后又是这样的身体，怎么能亲自照顾，那你们是干什么的？”

我立刻跪下说，“奴婢和张掌院都劝过了，可娘娘执意要自己照顾，还说太子一日不愈，她就一日不出太子宫。”

“胡闹！”李昊说着就要往外走。

“皇上不能去，”我跪爬着拦住他，“娘娘心意坚决，皇上若要去劝，就必要有劝动的把握，否则这样大闹一场，只会让娘娘更加心力交瘁。何况娘娘不惧生死，和她病躯难医自有关联，皇上是一国之君，绝不能以身涉险啊。”

李昊像是听进了我的话，没有再往前迈步，但是，开始用一种深不可测的目光审视我，仿佛要看穿我的心，“不能吗，皇后能为别人的孩子涉险，朕为自己的孩子，还有什么不能的吗？”我闻言错愕，感觉心房一瞬间坍塌。皇上这句话，这句话的意思……我惶恐地望着他，浑身发冷。他知道了，他知道了吗？李昊像是看出了我的心慌，伸手扣住我的下巴，把我的脸抬起，“皇后执意要照顾太子，不是怕他没人照顾，而是心结难解，林西樵，朕没有说错吧？”我哑然，承认，

不承认，都是错，都是死。李昊放开手说，“这件事，这个理由，足够让她走出太子宫了吧？朕要见她，你是自己去请她出来，还是让朕下旨？”

我的心颤抖得厉害，跪爬着后退，“奴婢，这就去请娘娘。”

我匆忙跑回太子宫，告诉纪双木李昊已知真相，纪双木无奈，只能到钦安殿一见。荣喜引我们到寝殿，屏退所有宫婢太监，李昊背手站在空荡荡的寝殿，初秋的风不知从哪里吹来，轻舞的幔帐让这天子安睡之地充斥着幽冥之气。恍惚间，我怀疑郑君怡的魂魄是否正在殿中飘荡，守护着李昊，也守护着纪双木。殿内安静，只听到我和纪双木的脚步声，我们在李昊跟前跪下，听候发落。

“你来了，”李昊的话里竟有失落和后悔的意思，“朕还以为你一心看顾太子，不会这样匆匆而来。”

纪双木从容地说，“臣妾自知有罪，不敢求得宽恕，但请皇上饶过所有其他与此事相关的人，只要皇上一语承诺，臣妾马上回太子宫，绝不再为自己多言一句。”

李昊愤怒又不惑地说，“你不为自己多言？你连朕是怎么知道此事的都不想知道吗？”

纪双木抬起头说，“这都不重要了，太子已经长大，后宫诸事皆安，前路长远，何必回头再看，皇上睿智，参透此事只是早晚而已，而且臣妾，也没有想过要瞒皇上一世，只是，一直没有找到适合的机会向皇上坦诚罢了，原想着，等臣妾要走的时候……这样也好，皇上自己知道了，臣妾也不用左右为难了。”

“好，很好，”李昊狠狠地点着头，悲愤地说，“你不问朕，朕倒有话问你，你当日把郑氏的孩子留在身边，可有一分一毫不是为了后位的筹谋？”

纪双木的眼睛一眨，像是被什么刺伤了一样，瞬间泛红。她慢慢低下头说，“敢问皇上，皇上当年挫败万淑宁的阴谋挽救李朝，可有一分一毫不是为了帝位的筹谋？”纪双木话一出口，李昊就狠狠一怔，纪双木漠然一笑继续说，“皇上为君多年，可曾安枕，权力在手，亦是责任在肩，后位也是一样。皇上借万淑宁伪造的圣旨登上皇位，是为了救主，是为了救国，还是为了救己，到今时今日还能说得清吗？同样道理，臣妾凭郑氏生的皇子登上后位，是求皇嗣平安，是求后宫

平安，还是求一己平安，也早已分不清哪个更多一些。”纪双木说到这里，再次抬头看向李昊，“其实当年，妍贵妃对臣妾步步相逼，皇上是看在眼里的，数难齐发，臣妾不得不挺身涉险。”

李昊后退了两步，似乎想留出一些空间来存放这些复杂的过去。“好，那朕再问你，借腹一事，还有郑君怡的死，是她自愿的，还是你逼迫她的？”

纪双木闻言立刻变了脸色，像是受了极大的羞辱一般，“皇上以为，臣妾能用什么来逼她？生死，只怕她都不会看在眼里。孩子，只怕离了臣妾会死得更惨。逼迫，究竟是臣妾在逼人，还是时势在逼臣妾？”

我听纪双木说了这些，却绝口不提当时的为难，立刻说，“皇上这样说娘娘就太无情了，郑氏怀的是皇上的骨肉，皇上当时又在哪里，就算没有妍贵妃的刁难，就算没有后位的空悬，除了借腹，皇上还有更好的法子能保住这个孩子吗？娘娘替皇上周全了一切，皇上还要责怪娘娘，难道在皇上眼里，娘娘是这样歹毒的人吗？皇上只知道是太子成全了娘娘的后位，难道不知，首先是娘娘的妃位，成全了太子的命吗？不妨直言告诉皇上，此事是逼迫，但是不是娘娘逼迫郑氏，而是郑氏求娘娘救子。”

“你说什么，你说是君怡求的皇后？”李昊更吃惊了。

“西樵，别说了！”纪双木猛拽我。

我甩开纪双木的手说，“怎么，难道皇上不相信她会为了保住你们的骨肉而牺牲自己的所有吗？她又岂是个能被逼迫的人？枉费你们相爱一场，你竟这样不了解她。娘娘当初曾许诺郑氏送她的孩子出宫安置，是郑氏不肯，她一定要你们父子相见，娘娘才出此下策。郑氏的死，娘娘全然不知情，是郑氏担心有一天会压抑不住母子之情使得前功尽弃才选择了永远离开。皇上今日错咎皇后，实在是轻看了郑氏，更枉费她爱你一生。”

李昊面对我的指责，不禁神思恍惚，颠步寸寸，口语喃喃，“是这样，怎么会是这样，”李昊蹲下身抓住纪双木的肩膀，“为什么，为什么不早告诉朕？”

纪双木沉静许久，抬起头说，“皇上真的愿意知道吗？”李昊一愣，纪双木继续说，“皇上对臣妾冷淡了八年，现在看来，这件事也在皇上心里藏了八年，可

惜，全是一知半解，若是皇上八年前就来质问臣妾，早就真相大白了，皇上不问，肯定不是不想知道，而是不敢知道，皇上是怕看错了臣妾，还是怕确证了郑氏的死全由皇上而起……”

我听到这里，乍然明白李昊这八年的淡漠竟是他自己的逃避，而纪双木对这份淡漠的无动于衷，竟是深藏的知己默契。李昊闭上眼睛，悲苦的泪从眼角流下，纪双木轻轻拉过李昊的身体，与他轻轻相拥，这一刻，八年来的疏离和隔膜就此消了。

我和荣喜悄悄退出殿外，过了好一会儿，李昊才让我们进去。此时两人都已起身，李昊吩咐说，“荣喜，去把人带来。”

人？我不解地看向纪双木，却见她也是一副迷惘的样子。

这时李昊面对纪双木，深吸一口气，关切而郑重地说，“皇后，朕知道你对泰儿的用心，君怡也知道，这就够了，你实在无需守在太子宫，朕安排了一个人，她得过天花，而且对泰儿的心意一定不比你少。”我和纪双木听他这样说，不禁更加纳闷，这时荣喜带着一个用笠帽蒙纱遮脸的宫婢进来，这宫婢身材娇小，走路还一瘸一拐的。李昊指着她，对我们说，“看看，还认识吗？”

我和纪双木渐渐朝她走近，她掀开面纱，我们顿时大吃一惊。“纸鸢！”我不禁呼喊出来。

“罪婢参见皇后娘娘。”纸鸢跪倒在地，磕了个头。

“朕接纸鸢进宫已经八年了，一直安置在木园，就是西樵以前待过的地方，”李昊走过来说，“飞鸽传书的事情发生后，朕从没有停止过调查，这件事最大的线索，就是西樵的字迹，能够学得这样惟妙惟肖，又敢陷害皇后的，朕第一个就想到了纸鸢。纸鸢告诉朕，是温太嫔让她按西樵的字迹写了那封信，纸鸢记恨万淑宁，也记恨皇后，所以不问原委，写了这封信，朕又找到温太嫔，逼她供出了陷害的真相，也供出了颂春。泰儿曾当众与朕滴血认亲，若他非你所生，自然就只有朕曾宠幸过的妃嫔，再排除了她们，唯一的可能，就是郑君怡。如此朕便知道，她的死，不是天数。”

我惊讶，惊讶之余佩服李昊的睿智，都说后宫的女人藏心，其实后宫的男人

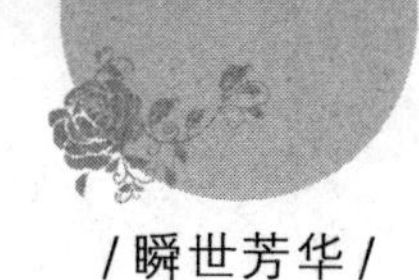

也一样，从前的先帝是，现在的李昊也是，孟天尧，赵翰扬，韩冬青，无一不是藏着天大的秘密，或许，还不止他们。这时，纪双木平静地说，“这么说，赵将军说查不出真相，皇上从未信过?”

李昊摇摇头说，“当年郑君怡出事的时候，纸鸢过目不忘和临摹笔记的本领是满朝皆知，虽然时日久远，她又出了宫，可以赵翰扬缜密的心思，是不会把她落下的，除非，他自己不想往下查。后来朕查到温太嫔，才想到不愿朕往下查的人，可能是你，只是赵翰扬肯听你调遣，这一点让朕颇为意外，尤其后来在长宁公主这件事上，皇后也是消息灵通，看来赵翰扬对皇后是真心拜服。”

“赵将军的确已经查到了温太嫔，因为顾忌臣妾和太子的前程，才隐瞒了，说到底，是因为太子总归是皇上亲生的缘故，为保皇家血脉，赵将军才大胆欺君的。”

“一个死人，不必为他多言了。”李昊丢给纪双木一个眼神。

“是，”纪双木心领神会地说，“那么，温太嫔的死……”

“陷害皇后，朕绝不宽恕。”李昊说起旁人的生死，又露出了君王的霸气和狠心。“纸鸢，你刚才在隔壁都听清楚了吧，朕要你去太子宫照顾太子，你可愿意?”

“罪婢愿意，罪婢一定竭尽心力，不辜负我们娘娘和皇后娘娘的一番苦心。”纸鸢给李昊磕了头，又给纪双木磕头，“娘娘，罪婢无知，险些害死太子，请娘娘先容罪婢照顾太子安康，待太子病愈后，一定前往中宫向娘娘请罪。”

纪双木上前扶起纸鸢说，“你不必请罪，若能照顾太子病愈，前尘往事就一笔勾销了吧。”

“娘娘……”纸鸢的眼中噙着泪水，纪双木强露出笑容，这是她对纸鸢的托付和寄望。

从钦安殿出来，我陪纪双木去太子宫又看了一眼李泰，然后就回了中宫。这一天折腾下来，纪双木几乎耗尽心力，回宫后没有几天就加重了病情，但因张学明在太子宫脱不开身，纪双木这头一直不肯把病情上报，一拖就拖了一个多月，每次李昊来时，她就强作精神，屡屡勉力而为，更无益于身体，等到太子大好，

张学明赶来中宫时，已经束手无策了，只能用药拖着，十月一过，她更开始有半盲的症状，张学明说，最好的情况，也就只有小半年的命了。

这段时间，李昊每天都来看纪双木，妍贵妃已经完全接管后宫，未免打扰纪双木休息，二皇子李佑也搬到东华宫由妍贵妃照顾，纪双木早免了各宫的请安，只见妍贵妃和杨岫云两人，杨岫云的孩子李昱已经被封了少郡王，再过两年就能迁出宫外居住，杨岫云已经请了李昊的恩旨，到时可以一同迁居，纸鸢就留在了太子宫照顾，她对郑君怡的忠诚此刻都转到了李泰身上，有她这样尽心，纪双木也可放心一些。

新年元月一过，纪双木的精神有了些好转，张学明说，那是回光返照。二月二龙抬头那一日，李昊先来中宫看过纪双木，见她一切还好，嘱咐了两句，就按常例出宫去清凉寺祈福。谁知他刚走不到半个时辰，纪双木就在窗边弄花时晕倒了。张学明匆匆赶来，把过脉后将我拉到一边悄悄说，“娘娘怕是撑不住了，得赶紧把皇上找回来，我用针再拖一拖，但最多怕也过不了午时了。”

“过不了午时？”我顷刻心肝俱裂，忍不住就要哭出来。

“现在不是伤心的时候，皇后薨逝是大事，赶紧预备着吧。”张学明说完，又回到床边照顾。

我让小福子去清凉寺传信，让蔓儿去请妍贵妃，自己留在寝殿陪着纪双木。张学明施过针，纪双木转醒过来，半盲的眼放空了目光，不说话，安静地躺着。

“娘娘，你觉得怎么样啊？”我轻轻地问。

纪双木转过脸来看了看我，再看了看张学明，复又转过脸去说，“我的眼睛好像不盲了，你，还有张掌院，你们的脸，我看得很清楚，”纪双木说着，竟在嘴角露出一抹笑，“时间到了吧，我刚才好像看见了郑君怡，看见了万淑宁，她们冲我笑，冲我招手，好像过去的爱恨都不存在了。”

“娘娘别胡说，日子还长着呢。”

纪双木摇摇头，“日子再长也不是我的，西樵，我不心疼时间从此就没了，只是还有好些事没有交代。”

这时蔓儿进来，把我叫到一边说，“妍贵妃领着各宫妃嫔在外候着呢……”

“是各宫嫔妃来了吗，”纪双木像是听到了我们说话，挣扎着坐起身，“西樵，让妍贵妃进来。”我去殿外请妍贵妃进来，她走到床边，刚要行礼，被纪双木先一步搭住了手，“你在我这里从来不行礼，今日也不要破例了，”纪双木拉她在床边坐下，仔细凝视了她一会儿，“师卿，”纪双木叫了她的名字，“姜氏被废后，你我就是伺候皇上时间最久的人了，我们一同在王府住过，后来又一起到了宫里，斗过，争过，恨过，最后，竟也走到今天了，我让你失去过孩子，也还给过你孩子，我让你失去了后位，现在，我也把它还给你。”

“皇后娘娘……”妍贵妃一下子站起身。

“我知道，这近十年来，你虽然诚服于我，却从未臣服于我，”纪双木平静的话语让妍贵妃有了些许的惊慌，纪双木拉住她的手，让她坐下，“苦楚虽让人痛，却是最好的磨砺，如今你已能担得这后宫的风雨，我就把皇上，把皇上的后宫，把皇上的儿女都托付给你了。”

“娘娘，”妍贵妃起身在床边跪下，“请娘娘保重身体，臣妾无论身居何位，都会一如既往。”

“正因为如此，我才要保全你的名位，西樵，把嫔妃们都叫进来。”我应下，打开殿门让她们都进来，众女行礼后，纪双木示意妍贵妃起身，轻轻推着她的身体让她面朝所有的嫔妃，郑重地说，“你们听好了，妍贵妃协理后宫以来，克尽己责，谦恭宽德，实可为后宫表率，皇后之位，本宫属意于她，皇上也是一样意思，若他日本宫不在，各位姐妹要敬重新皇后，悉听教诲，各安其位，彼此和睦，保我李朝后宫安宁长在。”

“臣妾谨遵皇后懿旨。”各宫嫔妃叩拜过纪双木，按序退出殿外。

纪双木好像有些累了，闭上眼睛深深呼吸了两下，张开眼睛说，“泰儿和佑儿来了吗？”

“都在殿外候着了。”我轻轻回答。

“让他们进来，还有，如果纸鸢在，让她也一起进来。”纪双木说着用枕头把后背更垫高一些，让自己看起来更有精神。我把两位小皇子请进来，纸鸢也跟着，三个人给纪双木请了安。纪双木的眼神一下变得跟刚才不同了，威严，持

重，恩德，这些东西都从眼中隐去，只留下怜惜，疼爱，不舍，和期望。她先朝李泰招招手，李泰走上前去，她伸手抚摸李泰的脸庞，眼睛都红了，“泰儿，母后好久没有见你了，功课念得怎么样，有没有淘气?”

“儿臣一点也不淘气，纸鸢姑姑每天看着儿臣读书，昨日还得了父皇的夸奖呢。”

“那就好，”纪双木感激地看了纸鸢一眼，继续说，“泰儿，你是太子，是李朝未来的皇帝，你身上的担子很重很重，需要很用心，很用心才能担好这副担子，就像你父皇一样，你怕吗?”

李泰摇摇头，用初生牛犊不怕虎的口吻说，“儿臣不怕。”

“泰儿好样的，”纪双木欣慰地一笑，轻轻捏了捏李泰的鼻子，宠溺地看着他，这样的目光，我从未见过，她对李泰一向是恩威并施，疼爱却从不宠溺，也许是最后一眼了，所以才放肆地把心中的爱都宣泄了出来，“泰儿，母后要离开了，以后，就由妍贵妃娘娘照顾你，还有纸鸢姑姑陪着你，你要听话，别让母后担心，知道吗……”纪双木的声音已经有些模糊。

“母后……”李泰也哭了，扑进纪双木的臂弯。

纪双木一手拥着李泰，一手朝李佑招了招。李佑走上前去，看着纪双木的眼神比李泰要陌生一些。纪双木望着他，眼泪止不住流下来。这才是她的亲生骨肉，一出生就留在永宁宫，和纪双木难得才有一见，好不容易接回中宫后，又因为纪双木的病，不能时常相处在一起，后来更是搬去了东华宫，与纪双木几乎没有好好地亲密相处过，眼下竟就要永远地分离了。我知道，纪双木一直觉得愧对李佑，这次分离，定是要为他竭力安排的。可后宫这么多人，谁能托付，妍贵妃虽然是最可信的人，但已有统摄六宫的大责任落于肩上，还要照顾李泰和栎阳公主，恐怕难以顾及，而其他嫔妃……或许杨岫云还是个可托付的人选。

我正想着，纪双木突然说，“西樵，你过来。”我走到纪双木近身，她恳切地看着我，那样深重的目光是我从未承受过的，“西樵，我要把佑儿托付给你。”

“娘娘……”我感觉一块巨石压在了心头，喘不过气来，赶紧跪下说，“抚育皇子是天家重责，奴婢怎么承担得起!”

纪双木的手抚摸到我的头顶，“你不用怕，我都会安排好的，你只管说，愿不愿意替我看顾佑儿。”

我抬起头，诚恳地说，“娘娘重托，奴婢绝不辜负。”

纪双木笑了，转而看向李佑，“佑儿，过去给你西樵姑姑作个揖，今后她一生都要为你费心了。”

我闻言即刻慌了，眼看着李佑朝我走来，我步步后退却已退无可退，只见他抱着小拳头朝我作揖，吓得我赶紧跪下，“二皇子请起，奴婢不敢。”

李佑作了揖，回到纪双木身边，纪双木拥着他，抬头恳切地看着纸鸢，“纸鸢，本宫这一走，前尘旧事就是真的都烟消云散了，一切都拜托了。”

纸鸢泪眼朦胧地望着纪双木，重重地点头，“娘娘放心，奴婢一定照顾好太子。”

纪双木强笑着，抱着两个小皇子很久，最后渐渐放开，把他们轻轻往前一送，“纸鸢，你把两个孩子先带下去吧。”纸鸢应下，拉着两个小皇子退出殿外。一瞬间，纪双木眼中的光彩都流散了，她向后仰头重重摔在垫枕上，急促又痛苦地喘息着，眼睛越眯越拢，似乎在寻找一个清晰的焦点。张学明赶紧拔针扎穴，银针飞旋，最后猛地一提，纪双木才渐渐调匀了呼吸。

许久，纪双木睁开眼睛，无力地说，“张掌院的医术，真是越来越高明了。”

“娘娘，”张学明无奈地低下头，“微臣医术再高，也只是把娘娘残存的精气神激发出来，娘娘若再不保重自己，就怕越是施针……”

“本宫剩余的时间就越少是吗？”纪双木坦然地面对着生死，比我们谁都要无惧，“放心，就差一件了，把这一件交待完，本宫就好好地等皇上回来，”她说着，忽然把目光投向我，那种期望又异样的眼神让我莫名地心跳加剧，神色也严肃起来，“西樵，你听着，我走后，你就不再是奴婢了，我会让皇上给你一个妃位，佑儿今后就交由你来抚养。”

我一惊，脑袋好像被火烧一样滚烫，转瞬又像被水浇一样冰冷。我怔怔地看着她，本能要说拒绝的话，但是看到她期望的眼神，竟然说不出一个字。

这时，张学明突然跪下说，“娘娘，林承御的确是可托付之人，但若要册封

为妃，只怕不能服众，反有损其在宫中的威望，对二皇子未必有助益，不如另选出身高贵，德才兼备的嫔妃托付，林承御亦可奉娘娘的遗召随侍，只要娘娘能赐予权柄，林承御自能周全。”

张学明字字恳切，话也都在理上，但不知怎么的，我听着他这番说辞，心里竟多了几分猜想。记得上次郑君怡要我抚养李泰，张学明就极力阻止，还说对我来讲，成为皇上的女人绝不会是一个好归宿，方才又在纪双木面前据理力争，似乎他很不愿意我成为后宫。

这时，只听纪双木说，“西樵在宫中多年，两任承御，两任御前尚义，代本宫行走尚宫局，泰儿和佑儿都与她感情深厚，再加上本宫的首肯，皇上和师卿的支持，绝对有资格受封妃位。况且本宫将佑儿托付，赐她妃位，是赐她保护自己的权力和能力，你明白吗？”

张学明的脸色起了变化，他绷紧面孔，嘴角抽动着，眉毛突突挑动，似乎在做着挣扎，许久，他深吸一口气，鼓起劲说，“娘娘，林承御，不能为妃。”

纪双木的眼神倏然一变，“你说什么，不能为妃，什么意思？”

“张掌院……”我惊愕地看着他，心底有些东西似乎要蹦跳出来。

“娘娘，林承御，其实是皇上同父异母的亲妹妹。”

“你说什么？”纪双木大惊，剧烈地喘息起来，疑惑的目光投在我身上。我听到她的喘息，可自己好像被冰冻住了一样，手脚发麻，动弹不得。张学明急忙又要施针，纪双木躲开手说，“本宫没事，你把话说清楚！”

张学明一时没有言语，我从短暂的震愕中脱离出来，一边照顾纪双木，一边怒斥说，“张掌院，就算你不愿意我成为后宫，也不该捏造这样的无稽谎言啊。”我一边这样说，一边却用歉疚的目光望着张学明。自从木佳子被杖毙，我在寻找失落的木铃铛时被他撞见起，我便隐隐感觉他知道我的秘密，甚至是，连我自己都不知道的秘密。

是的，这个秘密我隐藏了近三十年，我不是文秀公主的奶娘关琼慧的女儿，也不是把我养大的孙嬷嬷的女儿，在我八岁那一年，孙嬷嬷病重弥留，拿出一个木铃铛，让我小心保管，说这木铃铛能让我找到自己的根，非万不得已不能示

人，接着就把我托付给了关琼慧，并留下若有机会，把一切交由天意的遗言。关琼慧照顾了我两年，在我十岁的时候，家乡大水，瘟疫横行，关琼慧记挂着孙嬷嬷的遗言，重病之时修书一封，不知送去了哪里。没多久，就有公主府的人来寻问的情况，关琼慧就假说我是她的女儿，虚报两岁，由文秀公主将我安排入宫。我问过关琼慧，什么叫万不得已的时候，关琼慧说，万不得已的时候，就是走投无路的时候，只要还有一条活路，就不是万不得已，最后她嘱咐我，一切随缘，莫要强求。

我一直记着她的话，所以安心留在木园十年如一日，所以谨守奴婢的本分求取生存，只是宫中世事多变幻，我弄丢了木铃铛，我卷入了后宫纷争，我不再心无旁骛，我不再只为这一个念想而存在，幸运的是，我做到了关琼慧所说的随缘，也得到了孙嬷嬷所说的天意。木佳子的死，张学明的诡，万淑宁的戏，还有那一年，我在藏画楼见到的那幅画，都一步一步把我指向被掩藏的身世。樊如玥的木铃铛，李正茂的长相思，木园夜的无名火，所谓的根，我差不多已经寻到了。可我也知道，这是个所有人都想埋葬的秘密，不能说，就像木铃铛，非万不得已不能示人，所以我一直隐瞒，一直隐瞒，甚至都未曾去求证。想不到今天，这个秘密，竟然因为纪双木这样一个临终的安排而被揭开，我别无选择，只能继续装作不知。

久远的历史瞬间在我脑海闪过，除了歉疚的目光，我不知道此时此刻该拿什么去面对张学明，在我所知的一切里，没有张学明，他是个什么样的角色，如何洞悉这段历史，我全然不知，但我想，他应该是会保护我的吧。我心里紧张极了，这时只听张学明说，“娘娘可还记得万淑宁冒充已故长安王的女儿，博取信任的事?”

“本宫记得。”纪双木自己也轻轻抚着胸口，脸色越发阴沉了，忽然，她双目一瞪，喘息也因为过分的在意而停止，“张学明，你该不会是想说……”

“没错，”张学明露出豁出一切的表情，“娘娘，林承御才是樊贵妃和长安王真正的女儿。”

“你说什么?”这下轮到我用手按住胸口，做出错愕万分的样子。“这不可能，

你是胡说的，樊贵妃生得那样美，怎么会有我这样的女儿?”

纪双木这下反倒冷静了，轻轻喘息两下说，“把你知道的，都说出来吧。”

“是，”张学明看了我一眼，开始叙说，“那是在郑太后还是皇贵妃的时候，樊贵妃一舞倾国，很快被皇帝册封为骊妃，接着是贵妃，大有取皇贵妃而代之之势。可事实上，樊贵妃与长安王早已有情，皇贵妃一直知道此事却始终纵容，直到樊贵妃怀了身孕才向皇帝揭发。皇帝大怒，但并未将樊贵妃处死，而是禁于木园中。然而那个时候，皇贵妃已经有了借腹之意，她说服樊贵妃，承诺到时会将孩子视为己出，并安排死胎躲过调查，要樊贵妃看在子嗣前程上，委曲求全，她也会留樊贵妃一条活路。樊贵妃别无选择，答应下来。可谁料樊贵妃所怀为龙凤双生胎，而临盆之日皇贵妃准备的死胎又出了问题，樊贵妃不想女儿被冒充死胎，就向看顾她的御医和孙嬷嬷求助。这位御医钟情于樊贵妃，愿意成全，幸而双生胎之事也一直瞒着没说，就帮着孙嬷嬷把女孩偷出宫，再把男孩送去给皇贵妃，这男孩便是先太子，李羡。最后，樊贵妃用一把火烧了木园，把这个秘密连同自己一起化为灰烬。”

张学明的故事这样长，让我和纪双木都入了神，我虽怀疑自己的身世，但这样的来龙去脉是我没有想到的。借腹为嗣，太后把在自己和樊贵妃身上使过的伎俩又用在了郑君怡和纪双木身上，这样乐此不疲，当真就是为了天子血脉能永远沾着一个郑字吗？纪双木沉吟良久，但唏嘘的神色始终未消去，好像一个梦结束了，可梦的结局成了不能逃避的真实。“这么说，先太子是皇上的亲兄长，而西樵就是长安王郡主。”纪双木看了我一眼，见张学明没有否认，继续问，“那么，那个御医就是……”

“他叫张学奚，是微臣的兄长，樊贵妃烧了木园后，兄长知道皇贵妃一定会怀疑其中有猫腻，就先一步寄书托孤，自尽身亡了。兄长在我三岁那年，为救我出火海，整个背都被烧伤了，我欠兄长太多，只能尽我所有完成托付，以此为抱。因为潜逃出宫的孙嬷嬷不知所踪，所有的秘密就暂时冻结，孙嬷嬷照兄长所说的路线逃到了微臣家乡，一住便是八年，临终前，又把西樵托付给金兰姐妹关琼慧，此后的事，娘娘和林承御都知道了。”

“既是如此，为何西樵不认得你？皇上登基后，你又为何不将真相说出？”纪双木不解地问。

“未进宫前，微臣是有意不与林承御和孙嬷嬷亲近，若让人识得微臣与她们的关系，一旦情势有变，连微臣也会卷入祸中，又如何暗中相助？微臣与孙嬷嬷早有约定，她在明，我在暗，以保林承御安全。孙嬷嬷去世后，关琼慧安排林承御进宫，微臣便于次年考入御医院，继续守护着她。至于真相，其实微臣从不觉得林承御知道真相是好事，这个身份，带来的并非荣华富贵，而是杀身之祸，两位嬷嬷的安排微臣无法干预，只能暗中守护，除非确定林承御安全，否则绝不贸然说出真相，之前是林承御前程不测，不敢说，后来则是她遗失了信物，更不敢说。”

“信物，什么信物？”

“林承御有一个木铃铛，是父母的遗物，后来不慎遗失，被木佳子拾得，随即木佳子就被太后杖毙，木铃铛也不知所踪，这里面的蹊跷，想来娘娘能够明白。”

“木佳子是因为我的铃铛被杖毙的？”我惊讶地说，恐惧无辜的眼神望向纪双木。

纪双木拉住我的手，轻轻抚着我的手背，感慨地说，“太后想要死守秘密，必定是宁可错杀一千，不可放过一人的。从西樵出生到现在，也快有整整四十年了，这四十年，想必你们谁也过得不轻松。”纪双木看向我，浅浅梨笑蕴意绵长，那一句谁也不轻松已是敲中了我的心门。

“娘娘，”张学明再度恳请说，“林承御的身份见不得光，微臣想，是否可以让林承御回钦安殿伺候，那里才是最安全的地方，也能照顾到两位皇子。”

纪双木望着我，缓缓开口，“钦安殿，西樵是回不去了。她做了一辈子奴婢，本宫不会再让她寄人篱下，但是张掌院放心，无论本宫怎样安排，总能让她平平安安就是了。这个秘密，本宫会带进棺材里的。”纪双木的眼始终不离开，此刻，我已不知用怎样的目光去看她才是好的，幸好泪水朦胧，遮掩了一切。

这时，小福子进来说，“娘娘，皇上的御驾快到宫门口了。”

纪双木的目光飘晃一下，慢慢掀开被子，准备起身，“西樵，替本宫梳妆，本宫要端端正正地和皇上见最后一面。”

张学明和小福子自觉地退出去，我扶纪双木到梳妆台前坐下，她苍白的脸照在铜镜中，还是一样美丽，动人。红胭扑颊媚，青黛染眉秀，茉莉引发香，泪眸牵情愫，我从镜中望她，她从镜中望我，好像回到了每一次相见和离别，可是这一次，特别不同。泪模糊了彼此的视线，我们在彼此眼中擦去了身影，害怕从这一刻开始，却必须勇敢面对。我仿佛听到了匆匆的脚步，属于我们的时间就像渐近的距离，越来越短。

嘎吱一声，殿门被推开，我知道分离的时候终于到了。李昊步步走近，我步步走远，直到完全退出寝殿，关上门，让她彻底消失在我的视线里。那一刻，我流下眼泪，捂住嘴巴吞下所有的哭声，跪在殿门外。李昊，纪双木，这是属于你们最后的时间，但愿，这最后，永远没有最后。

第十六章　落叶归根埋深冢

不知时间过了多久，殿门缓缓打开，我抬起头，看见李昊直直地站在两扇门间，双手微微向前，还保持着轻轻推门的姿势，转轴发出的声音像是丧钟在我的脑海中敲响。我们都不敢妄动，我更不敢妄猜，但是李昊失魂的表情已经宣告了与世的诀别。此刻，整个中宫都是安静的，只有哭泣的声音，不在口中，却在耳畔心头。

李昊踏出寝殿的门槛，沉默悲伤不掩庄重，“皇后纪氏，柔佳表度，宽德谦厚，勤持宫闱，功泽子嗣，今皇后殁，朕感其孝义仁能，期以为后宫典范，望以为后世之念，特尊皇后纪氏为德敬仁皇后，以为纪念。荣喜，传朕旨意，德敬仁皇后的丧仪之事交礼部郑重相待，若有怠慢，视为欺君。追封德敬仁皇后的父亲

纪学方为忠勇侯，以表对其教女有方之嘉许。通令全国，凡四品以上官员，为皇后守国丧三年，九品以上官员，守国丧一年，李朝百姓，守国丧三月，不得有违。后宫嫔妃，为皇后诵经祈福三日，以表哀思敬孝。”

话音落，众嫔妃齐声说，“皇上圣明，臣妾感同身受。”

我的嘴也跟着一开一合，但喉咙里发出的全是哽咽。李昊沉默了一下，朝妍贵妃看了一眼说，“再传朕旨意，妍贵妃师氏，入宫多年，伴朕左右，上敬皇后，下睦宫嫔，孝对太后，福及皇嗣，协理六宫，德能共睹，朕承德敬仁皇后遗愿，册封师氏为皇后，五日后在朝阳殿行册封礼。”

我闻言心中更生感慨，虽然一早知道这是势在必行，但想不到会如此快，这样一来，那些侥存异心的人就没有后宫无主的机会可趁了。

我望向师卿，她端端正正地起身，上前两步，又再端端正正地跪下，磕头说，“臣妾谢皇上隆恩，谢德敬仁皇后信任，定当竭尽全力，以期后宫和睦，子嗣繁衍，不辱德敬仁皇后临终托付。”师卿郑重其辞，脸上的悲切沉痛多于惊喜欣然，她今日担此重托，恰是应了纪双木说的那一句，权力在手，亦是责任在肩。

忽然，我感觉有一道凌厉的目光从我的肩背扫过，不禁心中一颤，茫然地抬起头，看到的是李昊冷峻的脸庞，“再有，德敬仁皇后自小孤苦，幸得中宫承御林西樵守护身旁，尽心辅佐，互为知己，不离不弃，为勉其心，朕承德敬仁皇后遗愿，免林西樵承御之职，改赐纪姓，以忠勇侯义女之名加封御妹，居恬安殿，抚育皇子佑。”

李昊这番话让所有人都大为吃惊，就连我也颇感意外。御妹的身份，通常只有皇室姻亲家族中的女孩才能受封，身份贵重堪比万淑宁这样的外封郡主。我能感受到嫔妃们投来的异样的目光，里面有猜测，有怀疑，有担忧，有嫉妒，唯有师卿一个人，平静地望着我，似乎她早就料到了这样的结果，她那悠然哀伤的目光仿佛在对我说，果然，纪双木把最好的去处留给了你。

我在众目睽睽下磕头谢恩，只听李昊继续说，“另，传朕旨意，晓谕前朝后宫，册封皇子佑为长安郡王，暂居恬安殿，待三年守孝期满后，迁居长安王府。此事，不再复议。”

此令一出，殿中的气氛顿时又陷入另一种寂静，这种寂静被狐疑和错愕充斥着，我却明白，这是纪双木临终前对两位皇子力所能及的最大保护，亦是对这段微妙的兄弟关系和将来的君臣关系最后的维系。

我感激地抬起头，真诚的眼看向李昊，可是他似乎有意躲开了我的目光，回头深情地望了一眼殿中的所有，默默地离开。

我回到寝殿内，纪双木此刻已经停止了呼吸，安静地躺在床上，嘴角一抹从容的笑像极了我们初见时，她从骨子里散发的青涩和纯善。宫里的生活，充斥着欺骗和阴谋，残忍和冷酷，曾经改变了多少人，又即将改变多少人，能像纪双木这样守住自己的心的，还能有几人。此时我突然明白，李昊爱纪双木，也许就是在寻求一处不变的纯净。我含泪，亲自将她的遗体奉入烟雨阁，也算我服侍她最后一场。秋雨蒙蒙起，那是天在哭泣。

从烟雨阁出来，我正往中宫回，张学明突然不知道从哪里冒出来，一下就出现在我的身后，当时周围没有旁人，他与我并肩走着，一边提醒我说，“看样子，德敬仁皇后的确遵守承诺，既瞒住了你的身世秘密，也为你求得了平安归宿。可德敬仁皇后一走，你和皇上之间的联系其实已经断了，皇上的爱能有多深，能有多长，你我都不好说，木铃铛不寻回，你的身世就如同浮萍，难以依仗。”

“你不是不赞成说出真相吗？”我还记得他不久前说过的话。

“我不赞成的事未必不会发生，就像刚才，娘娘的临时嘱托逼我不得不说出事实，这样的意外谁都防备不了，”张学明一脸肃穆，比纪双木临终时更甚，“坦露身世，这一天也许永远不会来，但如果来了，你就不能没有它。”

我放低声音说，“木铃铛，不是已经不知所踪了吗？”

张学明朝周围迅速地扫了一眼说，“你真的相信吗？木佳子出事前，身上正戴着木铃铛，所谓不知所踪，终究也是有迹可寻。只是当时你无力保护自己，说再多也是无用，现在，可以了。”

我的心一动，警惕地问，“是太后？”张学明没有否认，我摇摇头说，“如果是在别处也就罢了，如果是在永宁宫里，只怕现在也是不可以的。虎口拔牙，痛的是她，险的是我。”

“那就别让她知道是你，木佳子已经替你担了这个身份，就让她继续担下去吧。”张学明说完，在迎面而来的岔路口就与我分开了。

“知道了，不急。”我继续往前走，张学明已听不见我的回答，但这是我给自己的承诺。我在宫中生存至今，在曾经扭转我命运的人中，李政对我莫名而生的喜爱，李昊于我不曾改变的信任，恐怕都难脱去血缘的关系。祸兮福所倚，福兮祸所伏，冥冥之中，是这层危险的血缘关系保护了我，而木铃铛，是这层关系的唯一佐证。不管它将来会不会继续左右我的人生，既然知道了它在哪里，就一定要拿回来。

接下来的三天，我自请留在烟雨阁守灵，期间师卿让明月来告诉我，太后曾经三次传召李泰，但都被师卿以守丧为名婉拒了。我领会师卿的用意，请明月代为谢过。三日后纪双木下葬，我脱掉孝服后的第一件事，就是心甘情愿踏进了永宁宫的大门。因为纪双木，我在很长一段时间里不愿意再见太后歹毒的面孔，在她逐渐失势后，我更无需再沾染永宁宫的一点污浊气息，直到纪双木死去的那一日，我才突然有了与太后再见一面的欲望。角逐的最后，可以没有胜利的笑声，也可以没有失败的叹息，但是一定要有公平的裁决，裁决太后和纪双木的博弈，裁决太后和我娘四十年的赌约。

我走进太后的寝殿，拿出御妹的身份命令所有人退下，然后一步一步，慢慢走到太后的病榻前。寝殿里恹恹的气息太重，仿佛愁云惨雾笼罩着我，让我步履沉重。轻轻掀开幔帐，我看到太后枯萎的容颜，凋落已不足以形容她的神色，衰败才是她此刻最真实的一面。她好像感觉到有人靠近，肩膀缩动一下，我挑起幔帐挂好，行礼说，“臣女给太后请安。”

重重的一声呼吸后，我听到太后沙哑疲惫的声音，“林西樵，是你?”

“太后好耳力，的确是我。”我站起身，原本平视的目光渐渐下移，最后俯视着她。

“你到底还是来了，”太后艰难地转过脸来，努力睁开眼睛，迷离的眼神落在我的身上，“听说皇上册封你为御妹，还把二皇子交给你抚养，所以现在连说话口气都不一样了。还有师卿，”太后不甘心地说，“听说两日后就要行册封礼了。”

我轻蔑一笑，含蓄地讥讽着说，“太后久居不出，又病得厉害，对后宫的事倒还了如指掌，心就跟明镜般清楚。你老这样惦记放不下，这病怎么能好呢？”

太后的脸色微变，刚要说话，忍不住咳嗽了两声，努力压住气说，“再惦记，也不比你的主子，人走了，却还把后宫把在自己手里，真是不简单啊。”

我听她把矛头指向纪双木，不禁厌恶地看着她说，“再不简单，也不敢比太后的狠毒，”我看到她目光一下闪烁，知道戳中了她的软肋，继续说下去，“残害琦秀和梨儿，为的是逼走姜嫔，离间德敬仁皇后和师皇后，为的是寻找傀儡，挟皇子，霸宫闱，暗下药，断皇嗣，桩桩件件，实在让人不敢恭维，更甚者，王喻铭惨死井中，郑君怡至死都不知道是谁利用了她！”

太后的目光渐渐阴寒，脸孔像是被人剥掉了一层皮，扭曲得可怕，“你，你都知道了……”

“再不知道，岂非要继续被你算计。”我恨意正浓，忍在心里多年的话终于能说出来，“纸包不住火，你如何利用姜嫔的心结，陷害逼迫她让出后位，如何制造滑胎危机离间后妃，诱使德敬仁皇后起争位之心，如何安插芸梅在中宫，借她的口，引我们跳进借腹拥嗣的圈套，这所有的机关算尽，从太子出生时起，就全都不是秘密了。那天你颠倒黑白装作从郑君怡那里得知了德敬仁皇后的秘密，要挟她提拔郑家的后人，真是无耻又可笑。你以为师皇后会从此更加憎恨德敬仁皇后，但偏偏是这场共同的磨难，让你处心积虑要离间制衡的二个人结为知己，同仇敌忾。太后恐怕还不知道吧，师皇后的身体早不适合怀孕，她能有公主相伴，多亏了德敬仁皇后让张学明配的好方子。所以，太后别再妄想能随意传召太子，更别妄想告诉太子他的生母是谁。师皇后虽不是太子的生母，但她对德敬仁皇后的维护会像郑君怡的自尽那样义无反顾。”

我一边说一边冷眼看太后，她的身体似乎已经不起这样的刺激，歪倒在榻上，孱吁声声。我看她实在辛苦难受，就在床沿坐下，扶她靠在我的肩头，端起茶柜上的碗，想要喂她一口水。谁知，她竟用力把脸挪开，不肯接受我的施舍。

“太后也知道羞愧吗，”我放下碗，忍不住讥讽她，“不喝也罢，恶藏心中，岂是这一碗清水可以洗净的？”

太后略微缓过一些来，吃力地瞪着我，却还要极尽嘲弄地说，“这水里怕有毒吧，你才甘心喂我。”

“太后也怕毒吗？我还以为这世上没有比你的心肠更毒的了。后宫里，尔虞我诈本是难免，但你算计得太过，众叛亲离是必然的结果。但，我不会杀你，”我站起身，不屑地说，“你现在日夜受病痛折磨，死就是解脱，我又何必要帮你了结这前仇旧恨，反让你得了自在，如果天意眷顾你，就让它来替你了结吧。”我低头斜视她，见她虚弱的目光中透着狐疑，就大方地说，“太后不用不信，其实我今天来，是别有所图，想问太后要一件东西。”

“东西，什么东西？”太后盯着我的眼更加眯拢。

我微微停顿一下说，“木铃铛。”

太后的眼睛猛地一下瞪圆了，“木，木铃铛……”

我直视着太后说，“对，就是樊贵妃当年最钟爱的木铃铛。”

“啊……”太后倒吸一口冷气，惶恐地瞪着眼睛，激动得浑身颤抖，“你，你是谁……”

“太后很想不通是吗，为什么你明明杖杀了木佳子，却依旧不能藏住这个秘密？那是因为，木佳子当年为郑君怡做了太多事，原本那一夜她就是要死的，在遇到太后之前，她已经向我说出了四十年前的故事，所以我一得知她是被太后杖毙，自然比谁都清楚其中原委。我答应过木佳子，等她死后，要将木铃铛与她合葬，谁知太后横生枝节以致这个承诺迟迟不能兑现，如今，太后已是风烛残年，此事一定不能再拖延了。”

“合葬？”太后的眉头微微一蹙，“留这样的遗愿，她果然就是樊如玥留下的种，哀家这么多年的怀疑终是被证实了，想不到当年那样的情势之下，还会有人替她卖命。”太后一瞬转念，散漫的目光渐渐盯住我，狐疑加深，过了一阵，莫名其妙发出嘿嘿的笑声，“木佳子真的对你有过托付吗？”我心里一惊，不知道哪里露出了破绽，只听她继续说，“还是你想拿木铃铛去冒充李朝的郡主？”

我一怔，想不到太后已徘徊生死，还只记挂着名利算计，想来也实在可悲。我不禁冷笑一声说，“在太后眼中，人只为权势名利而活吗？那好，我就拿权势

和太后说话。区区木铃铛能证明什么，即便能，谁又能证明这木铃铛就是我的，退一万步，皇上信了我的话，他真能还我一个身份吗？我都已经是御妹了，何苦贪心不足自毁前程，只有蠢人才会多此一举。”

太后像是听进了我的话，眼中的狐疑变成不解，“对啊，你都是御妹了，这木铃铛于你何用，你定要讨回，难道就不是多此一举了？何况，哀家为什么要成全你的心愿？”太后说起这些狠话来，倒不像个病入膏肓的人了，看来她的狠毒已经深深烙进了骨子里，不是生死能增减的。

我笃定地说，“信守承诺，怎么会是多此一举？”我稍稍上前一步，像是要说悄悄话一般露出谨慎的目光，小心翼翼地说，“我怕呀，若不兑现承诺，木佳子的鬼魂不会放过我。太后难道不怕吗？樊贵妃之子病亡，自然是怨不得太后的，但樊贵妃的死，太后难辞其咎，她的女儿木佳子最终是死在了太后手里，遗愿不得尝，遗物不能归，太后就不怕樊贵妃和木佳子午夜梦回时来向你索命吗？太后，你成全的不是我，而是自己。四十年了，想必太后日日夜夜都在不安中度过吧，这样的日子，也应该结束了。”

“不安？我为什么要不安？”太后的淡定，还有那从容中的迷惘，让我十分意外，“我对君怡和纪双木做的那些，或许还能让我不安，但是四十年前的这件事，我绝对问心无愧。”

“太后怎么能说出这样的话来？”我既不理解又恼恨地说，“纵然樊贵妃有错在先，你利用她也同样是错，若你名正言顺地将她处死，反倒是光明磊落，可你为了一己后位，不但不约束宫嫔，反而纵容她酿成大祸而后告发，惺惺作态，借腹拥嗣，逼人至死，又在二十多年后，为了保住这个秘密，杀害木佳子，这也叫问心无愧？”

我声声质问，等着看太后还会有怎样苍白无力的辩驳，但谁知，她竟然露出了迷惘的眼神，疑惑中沉思过后，缓缓开口，“惺惺作态，借腹拥嗣，木佳子是这样跟你说的？”我心里一咯噔，太后似乎是不承认这些作为，但好像又没有要争辩的意思。许久，她眼中的迷惘渐渐淡去，更让我诧异的是，一抹欣慰的笑浮上她的嘴角，“好吧，就为了死去的樊如玥，林西樵，我成全你。”太后用力抓起

枕头，扔到我面前，“拿去吧。”

我一愣，抱起枕头，暗暗用手捏鼓了几下，乍然摸到里面有一个略硬些的东西，大概就是我的木铃铛了。我抱紧枕头，后退几步，跪谢说，“臣女谢太后，从今日起，臣女不会再来打扰太后了。”我说完，抬头再看太后一眼，她已经躺回床上，背对着我，看来是不想再见我的容颜了。

我拖着迟疑的脚步离开，说心里话，此刻我虽心愿得偿，却好像有另一股力量在挽留我，太后突然的转变，让我惊喜之余深觉其中留有蹊跷，更不寻常的是，她将木铃铛日日枕于身边，若换作是我，断不会把曾经冤害过的人的遗物留在榻旁，莫非她真的问心无愧？那她又为何停止了辩驳，还将木铃铛还给我，是她想通了，还是其中有我不能想通的事？我犹豫几许，最终还是放弃了深究，一段埋藏了四十年的旧事，就到物归原主为止了吧。

两天后，师卿正式接受册封，领受凤印，而我则迁入恬安殿，迁宫当日，我把承御的衣裳和佩饰交给了明月，从此脱去宫婢的衣裳，也脱去带了数年的柳叶珠环，穿上华服锦袍，梳起高额流髻，朱笔点眉心，云黛画秀眼，不改容貌却改妆，是我非我一笔就。更衣完毕，我去钦安殿向李昊谢恩，荣喜引我到后花园，李昊正站在观鲤池边，此时池中金鲤早就埋深在水中，可李昊还是目不转睛地凝望池面。不落眼中仍追望，人对待心爱的东西就是这样，皇上也不例外。

我静静站在一旁不敢打扰，还是荣喜通报了一声，我才跪下说，“臣女林西樵参见皇上，谢皇上赐封。”

“朕已赐你纪姓，日后莫再说自己姓林。”李昊的声音透着沧桑，更具威严。“听说你喂鱼喂得好，看看能不能把这池中的金鲤引出来。”李昊的话不着边际，却每一句都打中我的心。

我大着胆子说，“皇上，这池中金鲤已入冬眠，不如让它们安睡吧。”李昊闻言默不作声，我忐忑不安地看向荣喜，荣喜为难地朝我拱起眉头，看来他也无计可施了。

“你起来吧，”李昊的声音依旧沉痛，“册封的事，你不需要谢朕，这是双木的遗愿，朕为了她，也一定守护你一生。”我抬起头，却不想他仍背对着我，也

许在他眼里，我就如同纪双木的影子，他怕触景伤情，便不愿看我一眼。这时，荣喜端着一支长长的锦盒走过来，只听李昊说，“朕既封了你，按例也要有赏赐，绫罗绸缎，珠宝玉器，朕已命人送去恬安殿，只有这一件，朕要亲自赠与你，而且要你当场打开。”

我疑窦顿生，接过锦盒，打开一看，里面是一卷画轴，我将画轴轻轻拉开，渐渐露出乌墨描绘的发髻和彩墨点缀的珠翠，似乎是一幅画像。我心里升起莫名的感觉，手指微微停了一下，继续转动画轴。画中人的脸庞渐渐露出来，我的心顿时冰凉。是娘，樊如玥，这世上居然还留有她的画像！我的手有些把不住画轴，干脆轻轻松开一些，让画卷随着转轴的重量一路铺开。李昊亲手将樊如玥的画像赠与我，这是什么意思，莫非，纪双木告诉他了？

我正不知所措，听到李昊说，“西樵，宫里的人生总是错乱不断，爱人相离，亲人相残，虽血脉相连不能心意相通，不如你和双木，天各一方而生，风雨同舟而在，相濡以沫而守，胜于空有血缘，朕羡慕，朕亦感激。”李昊说到这里，转过身来，“西樵，朕要谢谢你，谢谢你这么多年为她们付出的一切，朕不能给你更高的名分，但朕会视你如亲人，本朝之内，朕不会再册封第二人为御妹，除了元珠以外，你是朕唯一的妹妹。”李昊的承诺让我错愕，元珠是他的亲妹妹，拿她作比，其中深意不言而喻。他果然都知道了，这画，便是不能言说的接纳。

走出钦安殿，我感觉阴霾的天忽然敞亮无比，冬日的阳光从未这样温暖过，就连风中的飘雪也多了几分轻盈，摇晃的枯枝也生出一片即将绽放的春意。

春，转眼就在后宫的每处角落铺开，茸茸绿草沿着明湖蔓延，点点桃红染遍宫墙林间，谁也不知道，一个生命正在随着冬去而悄逝。端午那一日，永宁宫急召，说是太后要见我。本以为那次见面后，太后不会想要再见我，这样毫无预兆的召见，让我心里生出一丝丝不安。我到了太后的寝殿，惊奇地发现曾经弥散的药味都没了，难道太后大安了，还是……

我正要往下揣测，太后的声音钻进耳朵里，“我把药都撤了，打算这几天就去见你的主子。”

果然是因为这个，她是准备好要去死了吗？我走到床边，一边行礼一边说，

“臣女参见太后，不知太后还有什么遗言要留给臣女。”我不是不怜悯她，但不知为什么，我对她的恨似乎无处不在。

太后并不在意我的讥讽，反而说，“我都要走了，你还不能说句实话吗?”我好奇地看着她，不知她所指何意，这时她盯住我，露出饶有意味的笑，“你该自称儿臣才对。”

我心里一惊，“太后……”

太后抬起手轻轻一摆，继续说，“我上回差点让你给骗了，照你所说，木佳子已经决定赴死，又不想把秘密带进棺材，那她为何不直接向先帝吐露？同样是死，还能博上一博。所以，若非你是从其它渠道得知了四十年前的事，唯一的可能，你才是樊如玥的女儿。是不是?”

我低下头，觉得否认也没有意义了，“是，我才是樊贵妃的女儿……”说到这里，我忽然觉得不对，仔细回想太后的话，猛地一下抬起头，“太后刚才说，我该自称儿臣，可我只是……”

“不，”太后似乎知道我要说什么，直接打断了我的话，“你不是长安王郡主，你是公主，是皇帝的女儿。”

“什么!”我呆若木鸡。

“我说过，四十年前的事，我问心无愧，樊如玥留给你的真相，是对我的诋毁，但我不恨她，我佩服她，即便是为了救你，她也从未出卖我和皇帝，是我看轻了她。”太后低下头，哆嗦着嘴唇，似乎是在逼自己做最后的决定，我眼巴巴望着她，很想大喊告诉我真相，但还是忍住了，没有人能逼得了太后，必须得让她自己下决心。我望着她，眼泪流出来，终于，她再度开口，“你知道的那些，所谓的，为一己后位借腹拥嗣，不过都是遮人耳目的故事罢了。我从没有纵容过你娘，更没有惺惺作态利用她，相反，她从一开始就是皇帝安插在长安王身边的棋子。”

“棋子?”太后的话让我吃惊更甚，难道他们之间的爱情都只是一场骗局和游戏。

太后继续说，“长安王早有谋反之心，对你娘虽然爱慕，却别有盘算，有一

回，他要你娘给皇帝下毒，皇帝精心设计才瞒混过去。后来长安王谋反的趋势更甚，而依当时的局势，一旦政变，只能两败俱伤，唯一能走的路，就是说服长安王放弃谋反，这个重任就落在了你娘的身上。长安王生性狡猾，不易说服，当时你娘已经怀有龙裔，她和我商量，共同捏造一个谎言，让长安王相信这是他的孩子，而且是能继承皇位的孩子，也许那样，一切就都有转机了。于是，皇帝，我，樊如玥，我们三人演了这出嫔妃秽乱后宫被禁足木园的戏，才使这场剑拔弩张的政变最终作罢。时隔十数年，羡儿病逝，尽管此时起兵的时机已过，但一切仍有变数，好在有万淑宁冒充你的身份继续安抚长安王，才一直维持李朝安宁到今天。”

我听着太后的叙说，心一点一点地坍塌。我曾以为所有的谜都已经揭开，哪里知道被时间掩埋的并非太后一个人的阴谋，而是李朝的坎坷。怪不得娘要对所有人隐瞒，甚至捏造故事，将脏水泼给太后。张学奚和关琼慧都在局外，若不慎泄漏实情，长安王岂能罢休？一切，竟都是为了维护李朝，维护老先帝和太后。感慨间，我忽然闪过一个念头，小心翼翼地问，“太后就从来没有怀疑过，我和太子羡也可能是长安王的孩子？”

“你不是，”太后肯定地说，“樊如玥和长安王的越轨之举是皇帝默许的，但子嗣上绝不能将错就错，真让他的儿子做了皇帝，那一切的筹谋就都是枉然了。皇帝早让御医算过时日，确证是皇嗣才应允了这个计划。可木园大火后，孙嬷嬷失踪，张学奚自尽，皇帝和我再生怀疑，于是亲自验过，确定是皇嗣无疑，才对外宣称我生下了皇子。”

我忐忑地问，“那若当初验明不是皇帝亲生呢？”

太后平静地说，“那我就第一个结果了他。李朝江山绝不容落入他人手。”

我的心有所触动，轻轻地说，“都说太后一族和长安王一脉关联甚深，如今看来，也并非完全如此。”

“关系深，为的是稳定江山，若反成了威胁，自然是要除去的，”太后说着，突然眼泪流下来，委曲的神色掠过面庞，迟疑了一下说，“可惜政儿子嗣不多，又都年幼，最后还要靠李昊平定外族，安抚社稷，早知今日，何必当初，都辜

负了。”

我听到她的哽咽声，忽然懂了她的眼泪和委屈。身为郑家女儿，她一直站在皇帝那边，可皇帝从未信过郑家，以致嫌隙更深，让万淑宁有机可趁，差点颠覆了李朝江山，这才有了李昊趁势而起的今天。所谓早知今日，何必当初，怕不单只我娘这一桩，说到辜负，太后也是可怜人。我一时被一种莫名的情绪驱使着，伸手替太后抹去脸颊上的泪，安慰说，“先帝英年早逝，的确令人惋惜，好在是先帝禅让皇位，并非被他人篡位，不至于被天下人羞辱耻笑。”

“是啊，我虽心有不甘，但这天下，李昊也是受之无愧。昱儿秉性纯良，求一生平安富贵不难，这一脉算是保住了，泰儿有师卿，佑儿有你，李朝后继有望，郑家骨血有续，我这一生也不留遗憾了。”

我听她这样说，心中不禁感慨良多。太后的过往种种，皆非我能认同，如此她也能不留遗憾地离开，可见人与人的命数真是完全不同。“太后一生无奈，但无情更甚，面对生者怨恨亡者咒骂，太后真能说自己不留遗憾吗?”

“怨恨咒骂，我既然一脚踏进宫门，就预备好了要承受，午夜梦回，厉鬼索命，我也不是没有经历过，如今，我也要变成鬼了，就更不怕了，难道奈何桥会比宫里的路还难走，地府会比宫门还难进吗，不怕，不怕……”太后说着，泪未尽，又在嘴角露出了笑。

在我眼中，这笑是多么的荒谬讥讽，多么的自欺欺人，多么的……我忽然觉得有些不对，太后的笑没有一点的变化，似乎僵硬了。“太后?”我轻轻呼唤，再轻轻摇她的肩膀，她都一动不动。我脑海中顿时闪过一个念头，颤栗着伸出手指探在她鼻下，没有气息。

死了?太后死了?她竟然就这么死了!我一屁股坐在地上，头脑空白了很久，转过神来时，感觉到背脊一阵冰凉。我倒不害怕有人把太后的死赖在我身上，只是方才的话还在耳畔萦萦不休，说话的人就眨眼不在，这骤然间的变化，就像一段幽幽长歌戛然而止，让人生出一丝莫名的寒栗。然而这寒栗并没有让我忽略太后临终的安详，她是笑着死的。病痛久缠身，迟迟待归日，终得笑慰时，却是长别离，想不到她与纪双木纠纠缠缠争争斗斗进进退退这么多年，最后的离

开竟如此相似。寒栗在瞬间消失，我心里只剩一片悲凉。

我把古月月喊进来，告诉她太后已经殡天，我原以为她会激动责难，但谁知，她只是轻轻地愣了一下，就转身叫了宫婢进来，让请御医，并通传李昊。我看到她这样镇定自若，微微吃惊，待无旁人时疑惑地说，“你似乎并不惊慌，也不甚伤心，对我……也没有怀疑吗？”

古月月走到榻边跪下，一边替太后整理衣衫发丝，一边平静地说，“太后的病拖了这么多年，每一天都是挣回来的，就算她的死真和你有关，我也会咽进肚子里。至于惊慌和伤心，那岂是做来给人看的？从太后头一回咯血开始，我就预备了有今天，再惊慌，再伤心，也在这无数个担心的日夜中消磨光了。”古月月说着站起身，转过来望着我，“我没有必要为证明忠诚而七情上面，也不必为失去靠山而惊慌失措，我自问没有你那样的运气，唯有处变不惊，才是久在宫闱的第一要则。”

我听着她这席话，不禁记起当年初进宫时，她就是因为处变不惊而被太后一眼看中，想来就是这四个字，保得她一生平安。现如今太后殡天，也是她重得自由的时候了。

我未再多言，没多久，李昊和后宫的人都来了，我退出寝殿，和师卿她们一同在外面跪等。张学明带着御医们进了寝殿，没多久就正式宣告太后殡天，我们大哭了一场，是孝心，更是礼数。一片哭声中，师卿暗暗回头看了我一眼，这一眼，我们心知肚明。太后的咯血症是张学明一手造成的，我和师卿都是张学明背后的人，被瞒的，是纪双木。

当年太后感染风寒，久治不愈，师卿和我商量，与其相互僵持，不如借机出手，若太后被病痛缠身，对后宫事也就力不从心了，即便她还是霸权不放，也能找个合适的机会用病痛暗暗结果了她。我知道这是妙计，亦是毒计，纪双木断不会应允，师卿也深知这一点，于是我们瞒着纪双木去见了张学明，之后三人承诺，此事永不让纪双木知晓。这个承诺，在纪双木含笑而终之时，总算能说是守住了。而今天，随着太后的死，这个秘密可以彻底忘却了。

我换上一身雪白，牵着皇子佑的手走在送葬的道路上，暖风吹来，我却瑟瑟

发抖。永宁宫空了，我成了这世上唯一知道四十年前真相的人，而我，没打算把它告诉任何人，包括张学明。他为这件事付出太多，而最初的根源是张学奚对我娘的爱慕和保护，如果到今天，猛然发现一切的付出都是因为一个谎言，而且是维护太后的谎言，那将是怎样的不堪。不如掩埋一切，这样人人都能得到自在和安慰了。

然而我也知道，一切秘密的沉淀只会将皇宫的路修得更平，将皇宫的墙垫得更高。宫，就像心灵与命运的枷锁，被它锁住的人，至死都难以解脱。宫，又像情感与理智的漩涡，被它吸住的人，重生已然是奢谈。如玥误、倾华枉、君怡错、淑宁毁、姜姒屈、双木憾。从来只会有人输得更惨，而不会有人赢。风光无限只落旁人眼，劳累满怀唯有一己知，何苦，何必。不如弃之忘之，留得清浅余生。

人在卷中书，点墨凤凰图，欲乱星火燃，烬处留半幅。

卷尾叙　歇尽头

恬安殿，殿如其名，我疲倦的心终于有了小憩的天地。可惜，恬安殿的宫墙再高，也只能阻隔权欲的厮斗，而无法锁住注定要散去的缘分。短短两年间，杨岫云迁居避世，张学明告老还乡，关秀月寿尽天年，孟天尧驻守边关，那些曾经有意或无意走进我生活，像石子激起过涟漪，似疾风掀起过波澜，更改我人生颜色，陪伴我几度春秋的人，最终一个接一个淡出我的生活，两手空空而去，却带走了我对皇宫最后一点残存的留恋。

纪双木逝后三年，皇子佑守孝期满，迁居长安王府，我请旨随行，终能如愿。

回想那道围墙里过去的岁月，明里暗里都是阴谋算计，眼前身后都是权欲宠妄，每一年每一天的躲藏和求生，每一分每一秒的奔走和守护，将勇气和智慧全

都蹉跎殆尽，我实在累了，倦了，不想连最后的时间都淹没在无止尽的担惊受怕和筹谋算计里。王府的围墙固然不能将我与皇宫的一切彻底隔绝，但这四方天地里的自由和简单已是我心中期许已久的归宿。

第四卷　倦　［完］

《瞬世芳华》完结

第一卷初稿完成于 2010 年 4 月

全四卷初稿完成于 2012 年 8 月

第一次修改完成于 2013 年 4 月

第二次修改完成于 2013 年 8 月

全四卷校对完成于 2017 年 8 月